हिन्दू

जीने का समृद्ध कबाड़

हिन्दू

जीने का समृद्ध कबाड़

भालचन्द्र नेमाड़े

अनुवाद

डॉ. गोरख थोरात

राजकमल प्रकाशन

मूल मराठी उपन्यास 'हिन्दू : जगण्याची समृद्ध अडगळ' से अनूदित

ISBN : 978-81-267-2795-7

मूल्य : ₹1395

पहला संस्करण : 2015
तीसरा संस्करण : 2023

प्रकाशक : राजकमल प्रकाशन प्रा. लि.
1-बी, नेताजी सुभाष मार्ग, दरियागंज
नई दिल्ली-110 002

शाखाएँ : अशोक राजपथ, साइंस कॉलेज के सामने, पटना-800 006
पहली मंज़िल, दरबारी बिल्डिंग, महात्मा गांधी मार्ग, प्रयागराज-211 001
1, अनमोल सोराबजी संतुक लेन, धोबी तलाव, मरीन लाइंस, मुम्बई-400 002
वेबसाइट : www.rajkamalprakashan.com
ई-मेल : info@rajkamalprakashan.com

मुद्रक : बी.के. ऑफसेट
नवीन शाहदरा, दिल्ली-110 032

HINDU : Jeene Ka Samriddh Kabaad
Novel by Bhalchandra Nemade
Translated by Dr. Gorakh Thorat

1

कौन है?

मैं, मैं हूँ, खंडेराव।

खामोशी। फिर मैं पूछता हूँ, तुम कौन हो?

मैं, तुम ही हूँ खंडेराव।

तनिक बेचैनी से मैं फिर पूछता हूँ, यानी? मैंने तुमसे ही पूछा कि मैं कौन हूँ? अपने आपसे ही पूछने जैसा कि मैं कौन हूँ? फिर वह कौन है? मैं ही?

हाँ, अब ठीक है। तभी हम कुछ बतिया सकेंगे। खंडेराव, मैं, तुम, वह सब एक ही हैं।

इस पर खामोशी। कई सदियों की। निःशब्द।

और खंडेराव, बस कहानी ही सुनाते जाओ यार।

राम, राम, ये तो बड़ी मुसीबत आ गई मुझ जैसे आदमी पर। आजकल सभी के पास कहने के लिए बहुत कुछ होता है, बस कहानी नहीं होती। कहते हुए मैं ऊपर तम्बू के कपड़े में बने काले-सफेद धब्बों को देखते हुए दुबारा सो जाता हूँ। मुझे दिखाई देने लगता है सप्तसिन्धु के भूप्रदेश का मानचित्र, जिसे मैंने अफगानिस्तान की शरयू नदी से लेकर राजस्थान की सरस्वती नदी तक आकाश की बहुत ऊँचाई से परिश्रमपूर्वक बनाया था। इसी नए मानचित्र से मेरा अनुसन्धान सभी ओर चर्चित हुआ। सिन्धु नदी के तट पर उतरते ही हमारे **यूनेस्को-मोहन जोदड़ो 1963** प्रोजेक्ट के पुरातत्व अन्वेषकों द्वारा खोदा गया सारा प्रदेश मुझे नजर आता है। सक्कर बाँध के नीचे का लोगों से ठसाठस भरा सभागार। सभागार में कदम रखते ही मेरे गाइड साँखलिया सर मुझे लाल लँगोट पहनाकर मेरे नंगे बदन पर तेल मलते हैं। भारतीय हिन्दू प्रतिनिधि लेजीम, ढोल बजाते हुए मुझे संगोष्ठी के बीचों-बीच बने लाल मिट्टी के अखाड़े में लाते हैं और बजरंग बली की जय के घोष के साथ नाचते हुए चले जाते हैं। मुझे दिखाई देता है कि मैं अपनी भुजाओं की मछलियाँ दिखाता मंच पर खड़ा हूँ। फिर रंभा वगैरा देवांगनाओं का नृत्य शुरू हो जाता है। गोल-गोल अदा-भरे कदम थिरकाता, विभिन्न प्रकार के अंग-विक्षेप, हाव-भाव तथा शारीरिक चापल्य का कमाल दिखाता उनका नयनमनोहर नृत्य संपन्न होता है। उपस्थित सभी अपनी-अपनी गर्दनें हिलाकर और दाँतों तले उँगलियाँ दबाकर वाह-वाह कर उठते हैं। इसके बाद चेहरे पर बुर्का डाले अध्यक्ष महोदय सभी से मेरा परिचय कराते हैं। अरे, ये तो मेरे गाइड हैं! लेकिन इतने महान विश्वप्रसिद्ध पुरातत्ववेत्ता ये मेरा कैसा परिचय करा रहे हैं?...यहाँ सम्मिलित क्रोधिस्ट, संस्कृतिस्ट, ओरिएंटेलिस्ट,

इजिप्तालिस्ट, मानववंशशास्त्रज्ञ, भूवैज्ञानिक, प्राणिवैज्ञानिक, रसायन विशेषज्ञ, इंजीनियर, मृद्पात्रज्ञ, फोटोग्राफर तथा ऊँची-ऊँची पोशाकों से विभूषित तरह-तरह के विद्वज्जनो, आज के हमारे वक्ता येन-केन पत्रिकाओं द्वारा प्रसिद्ध पुरातत्ववेत्ता मिस्टर खंडेराव विट्ठल, जिनसे अभी तक अपना पी-एच.डी. भी पूरा नहीं हो रहा है, यहाँ सिन्धु लिपि का मनमाना अर्थ लगानेवाले हैं। ये पैदा हुए हैं मोरगाँव नामक देहात के एक किसान परिवार में, दक्षिण भारत में पश्चिमी तट के निकट उत्तर महाराष्ट्र के पूर्व खानदेश में—इनका इतना परिचय काफी है या यों कहिए, इनका यही परिचय काफी है। हाँ तो, मिस्टर खंडेराव, शुरू कीजिए अपना शोध-आलेख।

मैं साहस बटोरकर त्रिभुवन में चर्चित अपना सप्तसिन्धु प्रदेश का मानचित्र टाँग देता हूँ। टेबल पर रखा प्रोजेक्टर शुरू करके नष्ट हुए करीब डेढ़-सौ महानगरों के स्लाइड दिखाते हुए अपना शोध-आलेख प्रस्तुत करता हूँ। हड़प्पा, पिलाक, मेहेरगढ़, कुल्ली, अमरी, झोब, नाल, कान्हूदड़ो, झुकर, बैक्ट्रिया की शोर्तुगाई, दासली, लोथल-मित्रो, उझबेकिस्तान से कच्छ तक की इन उजड़ी महानगरीय संस्कृतियों से हम क्या सबक लें? जब से हमारी सिन्धु संस्कृति विलुप्त हुई है, इस उपमहाद्वीप में और संसार में अन्य स्थानों पर भी, भाषा सार्वभौम बनती गई है। यह भी सिद्ध नहीं होता कि मंत्रोच्चार के बिना हमारा जन्म हुआ है, और, भाषिक मंत्रों के बिना विवाह भी सामाजिक संस्था नहीं बनती है। और तो और अंतिम संस्कार के मंत्र बुदबुदाए बिना हम भूत-प्रेत ही बननेवाले होते हैं। इस प्रकार श्रम को केंद्र में रखकर प्राकृतिक फसल द्वारा पृथ्वी की शान बढ़ानेवाली आत्ममग्न स्वायत्त कृषि-संस्कृति धीरे-धीरे परावलंबी बनती गई। इसके विपरीत, भाषा को केंद्र में रखकर शोषण करनेवाली नगरीय मुफ्तखोर, औद्योगिक, व्यापारीय, कोयला-पेट्रोलादि खनिजों पर दौड़नेवाली शोषण संस्कृति की-जमीन में धँसी जड़ें नष्ट—इलेक्ट्रॉनिक—वैश्वीकरण—जीने की सामर्थ्य—

क्या बकवास है? अचानक शोरगुल। कौन है ये, कहाँ से आया है—किस बात पर फोकस—अभी ये कुँवारा है क्या? हमारे डेक्कन कॉलेज के ढवले सर जल्दी-जल्दी एक चिट्ठी पर लिख मारते हैं—भूमिका में ही समय की इतनी बरबादी? संगोष्ठी में उपस्थित और अपने आप को अन्तर्राष्ट्रीय ख्यातिप्राप्त कहलवानेवाले तरह-तरह के विद्वान चश्मे तरेरते हैं। सिन्धु नदी में करीब सौ नलकूप खोदकर उसके भूजल स्तर को पैंसठ फीट तक नीचे ले जानेवाले हमारे यूनेस्को कैम्प के जलवैज्ञानिक, मोहन जोदड़ो की पाँच किलोमीटर की परिधि में पाँच हजार वर्षों से जमा करीब तीस फीट गहरा तलछट उलीचकर हमारी खुदाई के लिए नगर खुला करवानेवाले अमेरिकन इंजीनियर, बुलडोजर विशेषज्ञ तथा अब तक खर्च हुए पचहत्तर लाख डालर का हिसाब रखनेवाले अमेरिकन लेखापाल—सभी क्रुद्ध दृष्टि से मेरी ओर देखते हुए अपने गलों से जंगली भैंसों जैसी आवाजें निकालने लगते हैं। गाइड सांखलिया सर अपना अध्यक्षीय उत्तरदायित्व निभाने के लिए बरफ की सिल मँगवाकर

अपने सिर पर रख लेते हैं। पाकिस्तान के महान विचारक–पुरातत्ववेत्ता डॉ. जलील, जो अब अमेरिका के नागरिक बन चुके हैं और जिनकी केवल सिफारिश से हमारी इस परियोजना के लिए अमेरिका ने यहीं नजदीक लारकाना में अलग–से हवाई अड्डा बना दिया है और जो मेरे तम्बू–पड़ोसी जिगरी दोस्त यारू यासीन अली के पी–एच.डी. गाइड भी हैं; खड़े होकर कहते हैं, जनाब खंडेराव, सबूत दीजिए। प्रमाण दीजिए! सभागार में खामोशी। उपस्थित लोग सोचने लगते हैं, अब खंडेराव का पुरातत्ववेत्ता का करियर समाप्त हो जाएगा। इसे वापस खानदेश में मोरगाँव जाना पड़ेगा और इसके हाथों में हल आएगा।

पेशावर में जन्मे और सूफी परंपरा के कट्टर शाकाहारी अनुयायी अस्सी वर्षीय विद्वान डॉ. जलील, जो रोज मेरे तम्बू में आकर मुझसे चर्चा करते हैं, आज मुझ पर किस बात से क्रुद्ध हुए होंगे? उनका कहना था कि पाकिस्तान का इतिहास इस्लामपूर्व काल में भी देदीप्यमान ही था। लेकिन उनकी बातें यहाँ के सरकारी पाठ्यपुस्तक मंडल के लोगों को नहीं जँचीं, इसलिए डॉ. जलील ने उन्हें कट्टरपन्थी घोषित करके अपना इस्तीफा दे दिया था। इस धर्मांध इस्लामिक लहर के निषेध में कि अरबी भाषा को पाकिस्तान की राष्ट्रभाषा बनाया जाए, उन्होंने अमेरिका से एक अखबार निकाला है। इससे ये पाकिस्तान में बहुत लोकप्रिय हुए हैं। पेशावर के पास हजरा में महानुभावों के गोपाल मंदिर में संस्कृत की बड़ी पाठशाला थी। यहाँ के जग्गा महन्त से उन्होंने संस्कृत सीखी थी, यही उनकी और मेरे बीच की सच्ची निकटता थी। इतिहास का अगाध ज्ञान, अनेक भाषाओं पर अधिकार और बिना समझौता किए विवाद को अंजाम तक ले जाने की वृत्ति के कारण सभी इनसे डरते थे। लेकिन उम्र के तकाजे के कारण अब स्मरणशक्ति उन्हें दगा देने लगी थी। इस कारण आजकल वे जरा मुश्किल में फँसते थे। जैसे; यह देखकर कि मैं कुछ हड़बड़ा गया हूँ, उन्होंने अपनी बात आगे बढ़ाई—प्रत्येक क्लासिकल फॉर्म क्यों पक्का होता है? यह क्लासिकल विचार ही हमारी जरूरत के रूप में विरोधी, विद्रोही संप्रदायों को जन्म देता है, बढ़ाता भी है। इस्लाम के हीनयान और शिया संप्रदाय को लीजिए या हिन्दुओं के बौद्ध और सुन्नी संप्रदाय को लीजिए। कैथोलिक और शैव—सॉरी वैष्णव और प्रोटेस्टंट—सॉरी—करते–करते सबके लिए यह अनाकलनीय हो जाता है कि जलील साहब किस संप्रदाय के बारे में कह रहे हैं, और बुनियादी ज्ञान तथा उदार विचारधारा इस कदर सभी पर हावी हो जाती है कि उसे जानना किसी को भी जरूरी भी नहीं लगता।

जनाब खंडेराव, सबूत दीजिए!

मैं हड़बड़ाकर गड़बड़ी करता हूँ। इस कारण बहुत सावधानी से लगाई गई उत्खनन की स्लाइडों के लेबल छितरकर एक दूसरे से चिपकने लगते हैं। डेक्कन कॉलेज की केरली टाइपिस्ट लड़की पारू कुट्टी द्वारा पुराने लम्बे कागज पर सिंगल स्पेस में टाइप किए शोधालेख पर मेरी आँखें बस घूम रही होती हैं। फिर स्लाइड

दिखाते हुए मैं कहता हूँ, यह महानगर उरूक—ईसापूर्व 3000 वर्ष, देखिए। यह हमारे इतिहासकारों द्वारा रूढ़ किया गया सुखद बहाना-सिद्धान्त है कि जंगली जनजातियों के हमलों के कारण ये नगर नष्ट हुए हैं। परिवेश का नाश हुआ, प्राकृतिक आपदाएँ आईं—वगैरा भी बाद के नए-नए बहाना-सिद्धान्त हैं। दरअसल, प्रत्येक नागर संस्कृति की संरचना में उसके विनाश का बुनियादी तत्व जुड़ा रहता है। अब यह न्यूयॉर्क—ईसापूर्व 3000, ऊर* ईसापूर्व 2800...के साथ-साथ प्राचीन समझकर मुम्बई, लन्दन, न्यूयॉर्क वगैरा महानगरों के भी नाम लेकर वह कहता है, क्या ये शोषण करनेवाली नागर व्यवस्थाएँ नहीं थीं? हँसी। तालियाँ। हा हा। वाह जीऽ वाह। सब गड्ड-मड्ड हो गया।

फिर मैं प्रोजेक्टर के नीचे एक मुद्रा लगाता हूँ। मित्रो, मोहन जोदड़ो एच आर—6 एरिया—नगर तट के बाहरवाली शूद्रों की झुग्गी बस्ती में मिली यह मुद्रा। भुजा पर बाँधे जानेवाले अभिमंत्रित तावीज का यह एक प्रकार है, ताँबे की पट्टी पर खुदा हुआ। इसमें केवल तीन चिह्न हैं। बाएँ से दाएँ पढ़ें तो अर्थ होगा—हमारा देश परदेस, और वही उल्टे क्रम में, यानी दाएँ से बाएँ पढ़ें तो विपरीत अर्थ निकलता है। देखिए :

हमारा देश परदेस तो परदेस देश हमारा।

किस दिशा में पढ़ना है, यह तय करना होगा।

डॉ. जलील और ग्लोबल विलेजवाले आठ-दस विद्वान उठकर पूछते हैं, भूमि की इतनी सराहना किसलिए? इतना बड़ा अंतरिक्ष किसलिए है? अपमानजनक...क्या इसे स्कॉलरशिप कहेंगे? दाएँ से **परदेस हमारा देश** तो बाएँ से **देश हमारा परदेस**—क्या अनुसन्धान ऐसा होता है? 100 करोड़ डालर खर्च करके अब तो आप समझे न जनाब कि क्या था हमारे देश में पाँच हजार साल पहले? माटी के नीचे?

कोलाहल। डॉ. जलील जैसे धर्मनिरपेक्ष विचारक पर निशाना साधते हुए पाकिस्तान के राष्ट्रवादी और कट्टरपन्थी विद्वान मेरा पक्ष लेते हैं। लेकिन यह भी एक आपदा यानी आफत ही सिद्ध होती है। जमात-ए-इस्लामी का एक पाकिस्तानी इतिहासकार कहता है—क्या करना है काफिरों का यह भूतकाल खोदकर? यह इस्लामिक राष्ट्र है। सिन्धु संस्कृति का इस्लाम से क्या सम्बन्ध? क्या अमेरिका इतने डॉलर इस्लाम के किसी प्रोजेक्ट पर खर्च करेगा? यह इस्लाम को नजरअन्दाज करने की साजिश है। यहाँ स्पेशल हवाई अड्डा किसलिए चाहिए? यह कुछ और नहीं बल्कि पाकिस्तान को हथियाने का पश्चिमी ईसाई प्रोजेक्ट है। यदि अमेरिका को सिन्धु संस्कृति से इतना ही लगाव होता तो हिन्दुस्तान में, जहाँ हजार से ज्यादा जगहों पर खुदाई हुई है—कमखर्ची में, वहाँ अमेरिका ने एक भी डॉलर क्यों नहीं दिया? लोथल, काली बंगन, सुरकोतड़ा, कच्छ—और अफगानिस्तान में असल सिन्धु संस्कृति की जड़ें है। बॅक्ट्रिया के शोर्तुजाई में खुदाई क्यों नहीं करते ये डॉलरवाले? अमूदर्या तक सिन्धु संस्कृति का विस्तार था। पाकिस्तानी संस्कृति—इस्लामी संस्कृति। खंडेराव सही है।

* एक प्राचीन नगर का नाम।

मैं इत्मीनान से अपना मुद्दा आगे बढ़ाता हूँ। मित्रो, अब यह देखिए अगली चौकोर मुद्रा, जो एस डी-1 एरिया में मिली है। मोहन जोदड़ो पाकिस्तान में रहे, अमेरिका के कब्जे में चला जाए या कुछ और हो; यह पाँच हजार वर्षों पुराना अंतराल हिन्दुओं को अपना ही लगेगा। तक्षशिला, पाणिनि, पतंजलि, गान्धार, हड़प्पा सभी हिन्दू संवेदनाओं के ही हिस्से रहेंगे। मित्रो, संसार में भूतकाल का ऐसा विशाल अंतरिक्ष किसे मिला है विचरण के लिए ?

फिर शोलगुल, कोलाहल। मुफ्त अधिकार ? बिना कुछ किए ? हमेशा दंगे होते रहते हैं। आज के मुसलमान, ईसाई और दलितों को तो सँभाल नहीं सकते और भूतकालीन समुदायों को पास बुलाते हैं।

डॉ. मंडी मेरा पक्ष लेकर कहती है, इन बातों से हम सभी को शर्म आती है, लेकिन क्या इसलिए हम अपनी संवेदनाओं को संकीर्ण करेंगे ? यह कहें कि भूतकाल हमारा नहीं है ?

डॉ. जलील कहते हैं, पोलिटिक्स ? गन्दी बात। हमारा पुरातत्व देश-काल-धर्म-संस्कृति से परे जानेवाला क्षेत्र है। जनाब खंडेराव उर्फ अन्वेषक महोदय, हड़प्पा लिपि को पढ़कर सुनाने का अपना दावा सिद्ध कीजिए। हम सच्चे अन्वेषक बेकरार हैं।

तो मित्रो, ऐसा मानकर चलेंगे कि इस लिपि के एक चिह्न का अर्थ एक पूर्ण अवधारणा, पूर्ण वस्तु होता है; तभी हम कुछ आगे बढ़ सकते हैं। अब यह अगली मुद्रा महानगर की मुख्य सड़क पर उच्चवर्गीय कोठियों के क्षेत्र में जमीन से 600 फीट नीचे मिली है जो ईसापूर्व 1500 के आसपास की है। यानी ऋग्वेद के बीच का काल। इसमें ऊपर की पंक्ति में ये सात चिह्न हैं। इनमें जिन-जिन चिह्नों के नीचे बिंदुओं और रेखाओं के चिह्न हैं, उन्हें ही दुबारा दूसरी पंक्ति में रखना हैं। कैसे ? जैसे- ये रात का चिह्न, इसके नीचे ये दो बिंदु देखिए। यानी इसी चिह्न को दूसरी पंक्ति में भोर समझकर अर्थ लगाना होगा। सिन्धु लिपि में ऐसे सौ से ऊपर चिह्न हैं, जो आज तक मिली सभी मुद्राओं में एक ही बार आए हैं। अतः डॉ. मंडी जिस सिन्धु रोजेटा शिला को इस उपमहाद्वीप में ढूँढ़ रही हैं, उसके मिलने तक इन अकेले-अकेले चिह्नों के अर्थ इसी प्रकार लगाना संभव है। देखिए, एक अर्थ इस तरह लगता है :

थके-माँदे श्रमजीवी रात में गाएँगे, वैसा कौन गा सकेगा, हे धनवान लोगो
दुखी लोग भोर में हँसेंगे, वैसा कौन हँस सकेगा, हे धनसंपन्न लोगो।

मेरा जिगरी सहकर्मी यासीन रसूल अली कहता है, यह ऋचा हड़प्पा की हो या न हो, लेकिन है बढ़िया।

लेकिन यदि इन्हीं चिह्नों को अलग अर्थ दें, तो यह अर्थ निकलता है :

उधर की हिम लपेटी शुभ्र भुजाओं की प्रदीर्घ सुस्त निशा को छोड़कर, हे बिना चेहरेवाले आर्यो
इधर की शाम लपेटी शुभकृत्यों से प्रदीप्त सुस्त और प्रणयी भोर तुम्हें क्यों पसन्द आती है?

तालियाँ। हँसी। सराहना। साधु, साधु। वाह वाह। चीअर्स। अली तो पटाखे भी फोड़ता है। वाह वाह वाह वाह, चर्चा शुरू होती है : सांखलिया सर, आपका यह छात्र चमकेगा। ऐसे पागल लोग ही कुछ खोज करते हैं। प्रशंसा होगी। डॉ. जलील सर कहते हैं, ये बड़ा अनुसन्धान सिद्ध हो सकता है...सकता है? सकने दो। इस *सकना* क्रियापद का प्रयोग करना यानी होशियारी से संकेत करना कि यह गप भी हो सकती है...इन सम्माननीय विद्वानों ने भी 'सकता है' क्रियापद का ही प्रयोग किया है। यानी उन्हीं के शब्दों में यह उनकी गप ही समझें? हा हा हा। यूनेस्को की पुरातत्व कमिटी और हमारे इस प्रोजेक्ट के चेयरमैन प्रोफेसर जिब्स कहते हैं, जिस खोज को पागलपन करार न दिया गया हो, उसका भविष्य खतरे में होता है।...यानी क्या इसे पागल कहें? हँसी। फिर गंभीर चर्चा : आखिरी चिह्न का अर्थ पहले होता था *धनवान लोगो*—उसी का अर्थ *बिना चेहरेवाले आर्यों* होता है? कैसे इसे मानकर चलें? खैर, इसका कोई अर्थ भी है? है। काव्य अर्थ में होता है? *अर्थात*। इसके बेजोड़ श्लेष और अनुप्रासादि का तो कोई सवाल ही नहीं? *सवाल ही नहीं*। इस अति ठोस रचना की व्यंजना का विषय क्या है? *विषय भी*। कामेच्छा? *धत्ऽ*। यूरोप, भारत, हम सब आर्यवंशीय हैं। *शी:ऽ*। ये इस तरह हमारे गंभीर प्रश्न का उत्तर है? *तो*!

आखिर में निरुपाय होकर समापन करते हुए अध्यक्ष महोदय कहते हैं, चलिए, खंडेराव की इस ऋचा की रचयिता प्रिया घोषा वक्षावती नर्तिका ने इस नगर की अपनी कोठी में हम सभी को प्रीतिभोज का अधिकृत निमंत्रण दिया है। वहाँ जाने के लिए तुरन्त निकलना जरूरी है। यहाँ किस भाषा, किस धर्म और किस वंश के लोग रहते हैं—हमें कुछ भी पता नहीं है। इससे सिद्ध होता है कि इस महानगर के प्रशासक अत्यन्त कठोर और अनुशासनप्रिय हैं। खंडेराव के साथ आप सभी सूर्यास्त से पहले ही तट के अन्दर प्रवेश करें। प्रचंड बाढ़ के कारण उस ओर जानेवालों को कई सदियों तक रुकना पड़ सकता है। फिर यहाँ मंदिर भी नहीं होते हैं, जिनमें आप रात भर मुफ्त में बसेरा कर सकें। यहाँ के स्थानीय सिन्धु लोगों ने मुर्गीपालन की एक अपूर्व विद्या खोज निकाली है। मैं अन्तर्शतकीय—सॉरी—अन्तर्सहस्त्रकीय संगोष्ठी के अध्यक्ष के नाते इसमें सम्मिलित सभी विद्वज्जनों को सप्रयोजन बताना चाहूँगा कि संसार में कहीं भी नहीं मिल सकती, ऐसी भरपूर ताजा मुर्गियाँ, मसालेदार लजीज चिकनकरी हम सभी को यहाँ भरपेट खाने को मिलेगी।

फिर बड़े शोरगुल के साथ हमारी यूनेस्को उत्खनन परियोजना का डेढ़-दो सौ का स्टाफ आर्यों के झुंडों के समान साल-दर-साल लाँघता हुआ सिन्धु नगरी की ओर तेजी से चल पड़ता है। एक विदेशी विद्वान कहता है, मित्रो, इस मेलुहा देश में सिन्धु तट के जंगल में डरावने जटाधारी संन्यासी कहीं दिखाई दें, तो उन्हें टालिए।...क्यों?...वे

कुछ ऐसे रहस्यमय सवाल पूछते हैं कि बाद में हमें उम्र भर नींद नहीं आती।...यानी कैसे ?...**तुम कौन हो ?**...मैं कौन ?...**कहाँ से आए हो ? क्यों आए हो ?** सवाल साधारण ही लगते हैं, लेकिन उनका आशय होता है—*इस संसार में*। एक श्रमण आजीवक तो मुझसे यहाँ तक पूछ रहा था कि क्या *यहाँ* फिर आना संभव होता है ? यह फिजूल झंझट कौन पालेगा ? *कोऽहं* और *तत्वमसि* धत् तेरी। फिर खामोशी। कई सदियों की। निःशब्द।

सिन्धु के दोनों तटों के घने जंगलों से जंगली भैंसों, हाथियों और गैंडों के झुंडों की अनुष्टुभ छन्द के समान आवाजें आती हैं : हे अरण्यानि अरण्यानि, तुम्हें डर नहीं लगता कि कुछ सदियों में यहाँ हमारा रेगिस्तान बन जाएगा ? फिर कोई मुझसे मजाक में पूछता है, क्यों जी खंडेराव अन्वेषक, किसी सोमक्कड़ दुरमादपुत्र देवमुनि ऋत्विज को घड़ा भर मधुपर्क गोमांस देकर कम-से-कम आखिरी मंडल में आपकी अपनी जुटाई ऋचाएँ घुसेड़ देना इतने हजार वर्षों में आपको संभव क्यों नहीं हुआ ?...संभव नहीं हुआ यार, ह्रस्व-दीर्घ, आरोह-अवरोह आघात, प्रत्येक वर्ण-उच्चार के साथ उन्होंने उन्हें पहले से ही मुहरबन्द करके रखा है। ग्रामोफोन रिकार्ड-टेपरिकार्डर से भी ज्यादा हूबहू। वैसे भी ऋग्वेद की ऋचाओं का सिन्धु नगरी से क्या सम्बन्ध ?

आप भी कमाल करते हैं, खंडेराव हिन्दू। पश्चिमी पहाड़ियों से आयवों की लहरें इस सिन्धु प्रदेश के सभी महानगरों के तटों से टकराती हैं, क्या ये आवाजें आपको सुनाई नहीं देतीं ? *डुम्बा हो रे डुम्बा हो रे*, ये दास, दस्यू, पणी, पृथु, द्रह्यु, परशु, गन्धर्व, पकथू और सिन्धु के पाट से जहाज फड़फड़ाते हुए आनेवाले विभिन्न जातियों के उदन्त्य यहाँ तट के बाहर चटाई की झुग्गियाँ बनाकर रहते हैं, दिखाई नहीं देता ? आप हिन्दू-विरोधी, यूरोपीय भाषाशास्त्री कहते हैं कि ये सभी मध्य एशिया से एक ही आर्यभाषा लेकर आए कट्टर भाषाप्रेमी लोग हैं, जो यहाँ फैलते जा रहे हैं। लेकिन जैसे ही हम पुरातत्ववेत्ता दिखाई देते हैं, ये आर्य अदृश्य हो जाते हैं। हम लोग सभी को अपने भीतर समानेवाले हैं। जानवरों के साथ रहनेवाले इन घुमक्कड़ लोगों को ये महानगर क्यों नहीं भाएँगे ? यह चालीस फीट मोटा अभेद्य तट, इन कोठियों-हवेलियों की ये सुरक्षित दीवारें, मजबूत नींववाले दुमंजिला विशाल मकान, आँगन, कमरे, रसोईघर, स्नानगृह, पाखाने, कुएँ, सार्वजनिक अनुशासन—यह स्थिरता कहीं और देखने को मिलेगी ?

सोचिए, बाहर से दरा बलशाली आर्य राजाओं ने आक्रमण कर दिया तो क्या करेंगे ये ? इनके पास तो मामूली कुल्हाड़ी तक नजर नहीं आती।

मेरा शोधालेख दुबारा पढ़िए। बीते पाँच हजार सालों में कौन से महानगर टिक पाए हैं ? महानगरों के ध्वंस के लिए कुल्हाड़ी और रथ की क्या जरूरत ? मुफ्तखोर नागर समाज पहले से ही अपनी अन्दरूनी हिंसा की भुरभुरी नींव पर खड़ा होता है। इसके अलावा कच्चे माल की आवक रुक गई, पानी बन्द हुआ, पेट्रोल, गैस खत्म

हुआ, व्यापार ढह गया, प्राकृतिक कोप, नदी ने पाट बदला तो ये गुब्बारे की तरह फट जाते हैं। फऽट—फऽट—

फऽट। रुकिए। बुर्ज के पास पूरे जत्थे को रोका जाता है। यूथप्रमुख कौन है? आगे आइए। परिचय दीजिए। सांकेतिक शब्द बताइए। वरना तट के भीतर कदम मत रखिए।

बताएँ?

सांकेतिक शब्द बताइए।

बहुवचन भूतकाल।

आइए, अन्दर आइए। मोहन जोदड़ो नगरी आपकी ही है। अजी, नाल भले ही टूट जाए, नाभि तो हजारों साल वैसी ही बनी रहती है। माँ की माँ भी तो होती ही है न? रोज स्नान के जल से हमारी सिन्धु को दूसरा कौन संनिध करता है? आपके लोगों के सिवा?

इस नगरी पर हमें भी गर्व है। नष्ट हुए मायके जैसा। पृथ्वी पर किसे इतनी समृद्ध विरासत केवल नाभि के बल पर मिलती है?

यारू, तब अनेक सहस्र पूर्णिमाओं को ढँकनेवाला यही है वह चन्द्रमा। सिन्धु तट की छह सौ एकड़ भूमि पर बसी इस विशाल महानगरी की लम्बी-चौड़ी, आड़ी-तिरछी, अच्छी यानी उँगली भर भी अतिक्रमण से रहित सड़कें प्रागैतिहासिक रहस्यमयी चाँदनी के छाया-प्रकाश में शतरंज की बिसात की तरह दिखाई दे रही हैं। इस तरह चौक के बाद चौक लाँघते हुए बन्द, निर्मनुष्य, सुनसान कोठियाँ पार करते हुए कितनी सदियों तक चलेंगे? विश्व के अनन्त सहस्रकों के दौड़ते बिंदुओं के बीच सही अंतरिक्ष को हमने अपने दिमाग में जकड़कर रखा है। देखिए, अब यहीं की किसी कोठी से नर्तकी प्रिया घोषा के बाएँ हाथ में कंधे तक पहने कंकणों की खिन-खिन सुनाई देगी। यह आह्लाददायी रात। ऊपर शीतल चन्द्रमा। उस समय का मेरा यहाँ का पारायण जितना अद्‌भुत होगा, उतना ही यह मेरा पुनरायन मधुमत हो रहा है। यही है वह कोठी।

मातृस्थानीय, मातृसत्ताक। यहीं मेरा रात-बेरात आना-जाना है। जमीन से आठ-सौ फीट नीचे मिले छह परतोंवाले हार के पीछे का धड़कता वक्षस्थल और इस छरहरी के मोटे होंठों का आकर्षण मुझे हजारों साल बाद सप्तसिन्धु लाँघकर यहाँ इतनी गहराई में खींच लाता है—त्रिभुवन में और क्या होगा इतना प्रबल? यारू, इस विकराल विश्व में अपने छोटे-से अस्तित्व के लिए यदि हमने अपने मन के भीतर का यह अंतरिक्ष सुरक्षित नहीं रखा, तो फिर या तो हम नहीं हैं या फिर यह स्थान नहीं। इसी कारण कोठी के द्वार पर खड़ी यह वृद्धा कह रही है कि होना भी नहीं होता है और अनहोना भी नहीं होता है। यही वृद्धा अब हमें बताएगी कि प्रिया घोषा कहाँ है। पिंजड़े की मैना को पानी देते समय द्वार पर बँधे अपने कुत्ते मोती की तनी रस्सी को उसने देखा है। यहाँ कभी सूँघने को भी न मिलनेवाले मेरी थैली के चावल को

वह निसन्देह पहचान गया है। हमारी ओर के इन बढ़िया सुगन्धित चावलों से नर्तकी प्रिया घोषा वक्षावती सुशोभित आकृतियों में रँगी लाल मटकी में भाप पर पुरोड़ाश पकाए और फिर हम दोनों एक-दूसरे को खिलाएँ। ये जिद्‌दी यादें इस मोती के लम्बे नथुनों में पल भर में जिंदा हो गईं और दुम हिलाकर कुईं-कुईं करते हुए मुझे अपना परिचय देने के लिए वह अपनी पिछली टाँगों पर खड़ा होता है, देखो।

फिर मैं वृद्धा से बड़े विनम्र स्वर में पूछता हूँ, हे आदिमाता, इसी घर में वृद्धा हुई, ऐसा जिसका गौरव सिन्धु प्रदेश के कविकुल मंत्रों में करते हैं, वही हे परमपूज्य दादी माँ, जिसके गालों पर सचमुच तिल का फूल खिलता था, वह प्रिया घोषा कहाँ है? उसके पैरों की ये पाजेब और मेहँदी के रंग में रँगी दाहिने हाथ की तीसरी उँगली की निप्पुर के काशी सुनारों द्वारा बनाई मुँदरी—मैं लाया हूँ और सोने का छह परतोंवाला हार भी लाया हूँ। उसकी ही सुन्दर नाक को सुशोभित करनेवाला हामा के अक्कड़ व्यापारियों से मिला बड़ा-सा पानीदार मोती भी मैंने प्राप्त किया है। जिसके चोली पहने बिना सूरज नहीं उगता था—

हूँऽऽ का सूचक हुंकार भरती आश्चर्यचकित वह अपने गाल पर उँगली रखकर और मेरे पैरों पर जमी धूल पर अपनी अनुभवी दृष्टि टिकाते हुए कहती है, हूँऽऽ, हिन्दू! बहुवचन भूतकाल! पाँच हजार सालों की धूल! बताती हूँ ऽ। स्त्रियों में मेल भी कहीं टिकता है? उनके हृदय भेड़िए की तरह होते हैं, हमारी उर्वशी का यह सन्देश आप तक अभी पहुँचा नहीं है, ऐसा समझें?

तभी हमारी परियोजना के सभी सहकर्मी दरवाजे के पास जमा हो जाते हैं और सामूहिक रूप से पूछते हैं, क्यों? क्या हुआ?

क्या हुआ? वाकई हुआ। पर न तुम्हारे कान उसे सुनने लायक हैं न मेरा मुँह उसे कहने लायक। वो देखो।

ऐसा कहकर वृद्धा ने सामनेवाले टेढ़े-मेढ़े मार्ग की ओर उँगली उठाई। उसके उँगली उठाते ही उधर से चेहरे ढँके आर्य लोगों की एक जगमगाती बारात हमारी ओर खिसकती हुई आती नजर आने लगती है। सबसे आगे घंटा, घुँघरू बज रहे हैं। दोनों हाथों से शंख, सूर, शहनाई, तुरही, सींग फूँके जा रहे हैं। खँजड़ी, डुग्गी चपलता से पीटनेवाले हमारे गाँव के काले और सुन्दर मातंग[1]; उनके पीछे दोनों ओर मशालों की कतारों में इन्द्र, वरुण, अग्नि, वायु, पूषण जैसे स्वर्गवासी उदन्त्य देवताओं का जयघोष करते हुए बड़ी-बड़ी प्राचीन दाढ़ियाँ सीने पर लहरा रहे नंगे, काले, गोरे, साँवले, पीले, अर्कतर, गोमांसभक्षक, मधुपर्क डकारनेवाले, अपने संस्कृत के ज्ञान का दिखावा करने के लिए जान-बूझकर पुरानी ईरानी रचनाओं का प्रयोग करनेवाले याज्ञिक ऋत्विज मंत्र का प्रत्येक विराम, प्रत्येक मात्रा, वर्ण, उच्चारण में बिना कहीं जरा-सी भी चूक किए अपनी सांघिक शक्ति का भय निर्मित करते हुए दो हट्‌टे-कट्‌टे वृषभों के पुष्पसज्ज शकट के पीछे से आते दिखाई देते हैं। पुरु और भारत की

1. महाराष्ट्र की एक पिछड़ी जाति जो मातंग या मांग के नाम से पहचानी जाती है।

नौ पीढ़ियों से कविकुल कहकर अकड़नेवाले ये अनुओं के पुरोहित और भृगुओं के कवि, जो अफ़गानिस्तान की सरस्वती नदी पार कर आए थे, लेकिन जो अपने आप को इस पार के सरस्वती तटवर्ती कहलाते हैं, ऐसे असुरों के पुरोहित आंगीरस बीच की कतार में चल रहे हैं। और उनके बीचोंबीच स्वयं को छठा अवतार कहलवानेवाला, जिसे हमारे इक्ष्वाकु कुलीन मुंडावंशीय काले राम ने पराजित किया था, वही ईरानी परशु, सप्त चिरंजीवियों में से एक और फरसाराम जमसेदजी अग्निपुत्र कंधे पर फरसे का डंडा धरकर चल रहा है।

फरसाराम के ये आर्य अब हम पुरातत्ववेत्ताओं के बारे में अवहेलनाजनक शब्दों का प्रयोग करते हैं। वे हमारी ओर ऐसे देखते हैं, मानो हम सिन्धु प्रदेश के एक सींगवाले जानवर हों। हमारे सामने वह शकट रुकता है और हर अंग में उत्तेजना भर देनेवाले समर्पक अलंकार और शृंगाररसोत्पादक वस्त्र पहनी त्रिभुवन सुन्दरी का आह्लाददायक रूप भीतर से मेरी दृष्टि के सामने आता है। ऊपर शीतल चन्द्रमा है। जिस तलुवे को मैं अपने हाथ में लेकर उसमें अपने हाथों से पाजेब पहनानेवाला था, उसके पैरों में वह पहले से ही थी। यही नहीं, उसके मेहँदी से सुशोभित दाहिने हाथ की तीसरी उँगली में भी वही मुँदरी थी, जिसे मैं स्वयं पहनानेवाला था। मुझे इससे भी अधिक उद्विग्न करनेवाली बात यह थी कि उसके लम्बे चंपाकली जैसे नाक को सुशोभित करनेवाला बड़ा-सा मोती, जिसे मशाल के उजाले में चमकता देखकर उसके रूप, मात्रा और लावण्य का वर्णन करने में मैं असमर्थ हूँ; जमीन के आठ-सौ फीट नीचे मिले उसी छह परतोंवाले हार के पीछे का धड़कता वक्षस्थल देखते ही सन्तप्त हो उठता हूँ और उपहारस्वरूप लाए अपनी थैली के बढ़िया चावल अक्षत की तरह उछाल देता हूँ। जिसके अयोग्य मस्तक पर ऊँचे सींगोवाला सेहरा बँधा दिखता है, उस प्रतिदूल्हे पर मैं अपनी पुरातत्व की कुदाली उठाकर दौड़ता जाता हूँ। अचानक बजनियाँ रुकते हैं। मशालचियों में भगदड़ मचती है। मेरे साथी भी इन सभी को शरयू पार, सरस्वती पार खदेड़ते हुए धीरे-धीरे इतिहासपूर्व काल में धकेलकर ले जाते हैं। सदियों के सन वगैरा में फेंकझोंक होती है। सहस्रकों में धक्कामुक्की होती है। हम चिल्लाने लगते हैं कि हे सोम पीकर होम जलानेवाले ब्राह्मण स्तोमक्कड़ो, अर्क में गर्क होकर तर्क करते रहनेवाले कर्को, यज्ञ की सेवा के लिए रखी गई हमारी सुन्दरियों से लावारिस सन्तति पैदा करनेवाले चुदक्कड़ो, द्यूत में दामिनी सदृश्य अपनी पत्नी पर दाँव लगाकर और उसे हारने के बाद उन्हें बच्चों समेत अपनी किस्मत के सहारे छोड़ देनेवाले जुआरियो, ये देखो, इक्कीस बार इस पृथ्वी को निर्ब्राह्मण करने के लिए वैट्ठल खंडेराव आया है।

इसी के साथ उन वैदिक ऋषिकुलों में भारी खलबली मच गई। कुछ तो यह सोचकर कि आनेवाले पाँच हजार वर्षों तक इस उपमहाद्वीप पर अबाध चलनेवाली अपनी असीम सत्ता चली जाएगी, चने की तरह हवा में उड़ गए दुर्वचनों से सारा मोहन जोदड़ो गूँज उठा। कौन है ये विट्ठल ? द्रविड़ ? मुंडा ? कौन है ये अकिंचन

शिश्नपूजक मूरदेव, जो इतिहास को पलटना चाहता है? वृत्र से गर्भिणी हुई जननी से जन्मा? कुरू या पांचाल? यदु या मानव या तुर्वश? क्या ब्राह्मणमुक्त हिन्दू धर्म कभी संभव है? इस आर्यावर्त में हर युग में ब्राह्मण ही राज करेंगे। ब्राह्मणविरोधी बौद्ध, ईसाई, मुसलमान, महानुभाव, वारकरी, कम्युनिस्ट, सोशलिस्ट, कॅपिटॅलिस्ट, फासिस्ट—सभी धर्मों का नेतृत्व ब्राह्मण ही करेंगे। इधर सिन्धु की ओर से खदेड़ेंगे तो परशुराम का यह लेंहड़ा समुद्र मार्ग से कोंकण में घुसकर राज्य करेगा, अटक तक आएगा। बोलो फरसूराम जी फारसीराम जी की—

बारात के आगे सजी गाड़ी के वृषभ-युग्म अपनी गर्दन के नीचे लटकता विशाल माँसल गलकंबल और पिछले पैरों के बीच जमीन तक लटकनेवाले वृषण दिखाते हुए अचानक उछलते हैं और अंगभूत संमितीय सौन्दर्य से सजे सींग तानते हुए ईरानी पारसी जमसेदजी का अग्निपुत्र, छठा क्रूर अवतार, चिरंजीव फरसाराम पर सीधा हमला करते हैं। मुझे समझते देर नहीं लगती कि ये हमारे घर के दुलारे बैल झीबू और ढबू हैं। पर हमारे बैलों की जोड़ी ने यह कैसे जान लिया होगा कि यह फरसाराम ब्राह्मण अपने कमंडलु से पानी की बूँदें मेरी ओर छिड़ककर सदियों तक के लिए मुझे अभिशप्त कर रहा है? लेकिन दुर्भाग्य से मेरे शरीर पर वे बूँदें गिरने से शापवाणी लागू भी हो चुकी थी :

दुष्ट खंडेरावादि पामरो, यह केवलभृगु क्षत्रिय द्वेष्टा ऋषि तुम्हें शाप देता है कि हमारी यह सिन्धु सुन्दरी तुम्हारे लिए हमेशा-हमेशा के लिए पराई हो जाएगी। तुम इसके नाम के केवल अपभ्रंश रूप से ही पहचाने जाओगे। तुम चिरंतन और निरन्तर किसी-न-किसी के दास बनकर जिओगे—संस्कृत, अरबी, फारसी, अंग्रेज लोगों के दास। हर युग में तुम्हारी सीमा अन्दर-अन्दर खिसकती जाएगी और अंत में तुम अपने ही नाम के सागर में गोते लगाते रहोगे। यदि तुमने कुछ खोज कर ही ली, तो गणित के शून्य और शतरंज का खेल अथवा माया, संन्यास, अपरिग्रह, अहिंसा, समाधि, हठयोग, सल्लेखना—जैसी नाकारा चीजों को ही खोज पाओगे—स्वाऽ हाऽ हाऽ हाऽ हाऽ हाऽऽऽ

देखते ही देखते सिन्धु प्रदेश में हाहाकार मच गया। कई सदियों तक चक्रवात में घूमता बड़ा चंडवात झंझा बन गया, जिससे सिन्धु का पाट पचास किलोमीटर पूरब की ओर खिसक जाता है और मैं उसकी बाढ़ से अरब सागर में गुजरात के तट पर फिंका जाता हूँ। शंकु जैसा बहता और जी-जान से चिल्लाता हुआ बड़े ज्वार की लहरों पर सवार होकर ताप्ति नदी के मुख से उलटा हो मोरनदी के पाट से हमारे गाँव मोरगाँव की रेती पर अपने आप आ फँसता हूँ। हमारे गाँव के महाद्वार का पुराना ढहता बुर्ज और उस पर उग आया पीपल। अरे यह तो चौबीसों साल मेरे ही साथ यहाँ बड़ा हुआ है। ये कैसे नहीं पहचाना जाएगा?

उपले जमा करने आई लड़कियाँ मुझे वहाँ ऐसे अचेत पड़ा देखकर अपने गालों को उँगलियों से छूती हुई चहकती हैं, दैया री, क्यों री रेना, ये तो मृदंगिया विठू का

लड़का खंडिया है, क्यों हरखू? क्या-क्या नखरे करता है री, ये भी? घर पर माँ-बाप माथा पीट रहे हैं कि इकलौता बेटा, बरबाद हुआ जा रहा है। शादी-ब्याह करने को भी राजी नहीं। वहाँ कुछ गड्ढे खोदता है और गड़े मुर्दे उखाड़ता है। कहते हैं, कुछ पीच्डी या खिचडी सीखता है। क्यों रे खंडू, इस साल होगी या नहीं तुम्हारी पीच्डी?

ऊपर काँव-काँव करते मँड़राते कौए। उनकी काँव-काँव ऊपरी सप्तक में बढ़ती जाती है। सारा आसमान गूँजने लगता है। हमारे घर की सीढ़ियों के नीचे का आँगन जूतों से भरा दिखाई देता है। इतने सारे लोग किसलिए आए होंगे?

सिर तक रजाई ओढ़े भीतर बने गर्म अँधेरे में घुटनों को सिर के पास सटाए मैं गर्भाशय के शिशु की तरह सुषुप्ति के-अबोध आकाश में तैर रहा था, तभी बाहर अचानक बारिश की हल्की-सी बूँदा-बाँदी हुई और तुरन्त स्वच्छ कोमल धूप उग आई। उसे देखने मैं तम्बू खोलकर बाहर आया। लेकिन ऐसा कुछ नहीं था। कुछ था तो रेडियो लाहौर के गुलशन कार्यक्रम में शमशाद बेगम की आवाज।

बचपन से ही मुझे नींद से अचानक जगकर और अँधेरे में जैसे कुछ भयंकर घटित हो रहा हो, आँखें फाड़-फाड़कर उसे देखते रहने का शौक या लत है। ऐसा लगता है कि मेरे सिर में फिर से घाव लगा है। फिर धीरे-धीरे यह साफ होता जाता है कि इस समय मैं ठीक कहाँ हूँ, और बड़बड़ाते हुए ही मुझे दुबारा नींद आ जाती है। यहाँ सिन्धु नदी की मौजूदा सतह के बीस फीट नीचे हमारा कैम्प खड़ा है। करोड़ों रुपए खर्च करके यहाँ जमीन के नीचे मोहेनजो-दड़ो में रिसनेवाले सभी प्रवाह बन्द किए जा रहे थे और सक्कर बाँध के नीचे रिसनेवाले पानी को दूसरी ओर मोड़ा गया था। कई बार ऐसा आभास होता कि अचानक यह बाँध टूट गया है और मैं नींद में ही इस जमीन में दफन होकर इतिहास में शामिल हो गया हूँ।

कैम्प में सभी ओर सन्नाटा था। मैं दुबारा सो गया। दो दिन पहले ही जरा-सी बरसात हुई थी। लेकिन इससे भी सिन्धु तट का सारा मैदान हरा-भरा हो गया था। दो दिन में ही घास पर कहीं-कहीं फूल भी दिखाई देने लगे थे। खंडेराव, ये नजारा आज ठीक से देख लो। आगे चलकर बस स्मृतियाँ ही रह जाएँगी। महीने-भर में हमारा यह *यूनेस्को-1963* प्रोजेक्ट समाप्त होनेवाला था। बीते तीन महीनों में हमारे कुल साढ़े सात-सौ लोगों द्वारा किए गए उत्खनन की और उसमें मिली वस्तुओं की रिपोर्ट हम तीन-चार लोगों को टाईप करके देनी थी। इस कारण अली, मंडी और मैं सुबह अमेरिकन ब्रेकफास्ट को एक बार पेट में सरकाते और पूरा दिन बस दौड़ते रहते। वीएस एरिया से डीके एरिया में, वहाँ से एचआर एरिया से एसडी एरिया के बुर्ज के टीले पर, वहाँ कैमरा लगा रहे ड्राफ्ट्समैन लोगों के साथ—हमारी दौड़धूप लगातार चलती रहती। अली और मैं इतने साथ-साथ रहते कि यहाँ के सभी लोग

मजाक में हमें नौशाद और शकील बदायूँनी की जोड़ी कहा करते। एक स्त्री-कंकाल के पास मिली इकतीस टुकड़ोंवाली मिट्टी की लाल गगरी को जोड़ने की हम जी-तोड़ कोशिशें कर रहे थे। रात में तीन बार हाइवे पर दिलवर के मोहमदराम अज कराची ढाबे पर चाय पीकर आए। ईसापूर्व 3100 से भी पहले का यह सबसे निचला स्तर होने के कारण सांखलिया सर और प्रोफेसर जलील दोनों रात को बार-बार सोत्साह हमारे वर्कशॉप तम्बू के चक्कर लगा जाते। लेकिन इससे हमारा काम और बढ़ता जा रहा था; क्योंकि उनमें से एक को तात्विक चर्चा का शौक था तो दूसरे को पचहत्तर साल पुरानी बँटवारे से पहले की यादें ताजा करने की चाह।

सांखलिया सर का विचार था कि पृथ्वी का मानचित्र हर सौ सालों बाद बदलता रहता है। सन् 1947 से पहले जन्मे दोनों ओर के लोग एक बारगी मर जाएँगे तो दोनों देशों में अपने आप मित्रता हो जाएगी। सन 1946 में जलील सर के पेशावर का एक अत्यन्त कंजूस आदमी सच्चे दिल से बँटवारे के खिलाफ था, क्योंकि एक आने पैसे में सीधा मद्रास-गुवाहाटी तक के रिश्तेदारों को पोस्टकार्ड भेज पाना—एक बड़ा देश होने का उसका ये सबसे बड़ा लाभ खत्म होनेवाला था। जलील सर एक याद बाँट रहे थे कि बँटवारे से पहले एक दंगे के दौरान लाहौर में हिन्दू महासभा के एक कट्टर नेता ने तिरंगे झंडे में से इस्लाम का हरा रंग फाड़ डाला और मुस्लिम लीग के विरोध में घोषित किया कि स्वतंत्र हिन्दुस्तान का तिरंगा दो ही रंगों का हो। लेकिन अली को बँटवारे की ये यादें बेचैन करती थीं, क्योंकि बँटवारे के समय उसके पिता कम्युनिस्ट पार्टी के स्वयंसेवक के रूप में काम करते थे। एक बार दंगे में कत्ल हुए 1200 हिन्दुओं के शव लेकर एक रेलगाड़ी लाहौर स्टेशन पर आई। कर्फ्यू होने के बावजूद वे चाकू से घायल, खून में लथपथ, रोते-चीखते छोटे-छोटे बच्चों को पानी पिलाने के लिए स्टेशन पर गए और बर्थ के नीचे छिपे किसी आदमी के हाथों मारे गए थे। वे यह भी नहीं जान पाए कि मारनेवाला हिन्दू था या मुसलमान।

जब से पाकिस्तान आया, तब से मुझे यह आशा थी कि बँटवारे के दौरान पाकिस्तान में फँसी मेरी महानुभावपन्थी संन्यासिनी बुआ की जलील जी की पहचान से कुछ-न-कुछ खबर मुझे मिल जाएगी। लेकिन उनकी पूछताछ से भी कोई खोज-खबर नहीं मिली। एक-दो बार उन्होंने रेडियो पर भी यह घोषित कराया था। एक बार अखबार में भी दिया था—लेकिन हमारे ये महानुभावपन्थी कहाँ रेडियो सुनेंगे और कहाँ अखबार पढ़ेंगे? जलील को भी हमेशा इसकी चुभन महसूस होती रही। इसी कारण जलील सर के आने पर मैं बेचैन होकर सिगरेट पर सिगरेट पीता रहता। मेरे यहाँ आने का यह भी एक खास मकसद था कि तिरोनी बुआ का कहीं-न-कहीं पता चलेगा, वह मिलेगी, लेकिन सफल नहीं हुआ। मंडी मुझे धीरज देती थी। दिलवर भी अपने ढाबे पर रुकनेवाले ट्रकवालों से पूछकर मुझे सूचित करता कि महानुभावपन्थी अथवा जयकृष्णी या गोपालपन्थी काले कपड़ोंवाले हिन्दू फकीर कहाँ-कहाँ दिखाई दिए, लेकिन प्रोजेक्ट का काम इतना जानलेवा था कि उसे

छोड़कर ऐसे मठों में बुआ को ढूँढ़ते फिरना मुझसे हमेशा संभव नहीं हुआ, जहाँ उसके मिलने की बिलकुल संभावना नहीं थी।

मुझे लगातार सिगरेट पर सिगरेट पीता देख जलील सर कहते, खंडेराव, सिगरेट कुछ दिन ज्यादा कम पिया करो। फिर ज्यादा दिन कम-कम पिया करो। उनकी बात को समझे बिना मैं कहता, शुक्रिया। वे अन्तर्बाह्य पुरातत्ववेत्ता बन गए थे। जैसे-जैसे साल बीतते गए वैसे-वैसे उनकी संवेदनाओं के अन्दरूनी प्रस्तरों में हजारों ऐतिहासिक बातें अश्मीभूत होती गईं। हम उम्र की पच्चीसी में होने के बावजूद इतने हड़बड़ाए हुए हैं। पचहत्तर साल की, उन्नीसवीं सदी में जन्मी बँटवारे से पूर्व की इस हिन्दुस्तानी पीढ़ी ने तो कितना कुछ उलट-फेर देखा है—वतन, राष्ट्र, वंश, धर्म, संस्कृति, भाषा, इतिहास सब कुछ गुत्थमगुत्था हुए। फिर भी हम उसे सीधा करके देखते हैं। यानी हिन्दू यह मानकर चलते हैं कि पाकिस्तान में केवल हिन्दुओं का ही कत्लेआम हुआ और मुसलमान यह मानकर चलते हैं कि हिन्दुस्तान में केवल मुसलमानों का ही कत्लेआम हुआ। इससे हमारी पीढ़ी को जीने में कुछ आसानी हुई।

अली और मैं मजदूरों के साथ बड़े प्यार से रहते थे। एक-एक ईंट ब्रश से साफ करनेवाले ये अधिकतर बलूची स्त्री-पुरुष बीते तीन महीनों से हमारे कुटुंबी ही बन गए थे। कहीं पर खप्पर का टुकड़ा, कहीं मणि, कहीं चूड़ी की काँच का टुकड़ा, अनाज के जले दाने दिखाई देते तो ये औरतें हुजूर, हुजूर पुकारते हुए हमें ढूँढ़ती आतीं। हम कुँवारे थे इसलिए ये हमसे मजाक भी किया करती थीं—इसे अपने गाँव ले जाइए, हुजूर। मुझे लगता, हमारा मोरगाँव इन्हें आराम से समा लेगा। मानचित्र की रेखा छोड़ दें तो इधर और उधर में कोई खास फर्क नहीं है। एक बलूची मजदूर औरत का रो-रोकर लाल हुआ चेहरा—कह रही थी, उसका एक साल का बच्चा बुखार से कल ही मर गया था। कुदरत का था कुदरत को सौंप दिया। सुपुर्द-ए-खाक। मोरगाँव की एक स्त्री भी ऐसा ही बोली थी।

अली, पृथ्वी के कौन-से समाज बिना शोषण के उन्नत हुए हैं? उन्नति करना यानी शोषण करना, यही हमारे लोगों से नहीं हो पाया।

सुबह नौ बजे हाथ में टोकरा, झाड़ू, ब्रश और कुदाल लिये रंगीन घाघरा-लहँगा पहनी गठीली फुर्तीली बलूची स्त्रियों और चूड़ीदार कुर्ते और भारी पहनावे से लैस पुरुषों की टोलियों से हमारा कैम्प भर जाता। हमारी मजदूरी की दरें यहाँ की सामान्य मजदूरी से तीन गुना ज्यादा थी, इस वजह से हर कोई समय पर उपस्थित हो जाता। भले कल ही अपना बच्चा क्यों न मरा हो। सुबह-तड़के हमारे कैम्प के नीचेवाले पठार पर नीम के पेड़ तले सभी ओर सुलगते चूल्हे दिखाई देते। आधे घंटे में खाना-पीना निबटाकर पठार खाली हो जाता। कैम्प की ओर आनेवाले रास्ते में एक पीपल के पेड़ तले किसी हजरत तखदूम बालेमियाँ की ध्वस्त मजार थी। उसे तवाफ करने के बाद ही ये सभी मजदूर काम पर आते थे। हमारे बीच के विदेशी, यूरोपीय-अमेरिकन लोगों को और पाकिस्तानी अफसरों को भी यह अन्धविश्वास का तरीका

गँवार, ओछा और हास्यास्पद लगता था।...अली, हम भी इस पीर के आगे मत्था टेक आएँगे। बड़े-बड़े भव्य चर्च और मस्जिद और मंदिर जैसे धार्मिक स्थानों को ही अच्छा और पवित्र क्यों समझें? छोटे-छोटे सिन्दूर मले देवताओं का मजाक हमारे बड़े-बड़े सन्त भी क्यों उड़ाएँ? एक बार गाँव की एक औरत को ऐसे सिन्दूरी पत्थर के आगे आँखों में पानी लिए आर्त स्वर में कहते मैंने सुना था—भगवान, तुमने तो दिया, लेकिन सँभालने के लिए आँचल नहीं था। हम ही अभागे। इस भक्ति को असल नहीं तो और क्या समझें? और आसमान से बातें करनेवाले सेंट पॉल और मक्का-मस्जिद और तिरुपति की फाइव स्टार महँगी श्रद्धा को ही केवल असल कैसे समझें? अली, पूँजीकरण ही अन्धविश्वास है।

उस्मान और बहादुर, दोनों चपरासियों को हमारा पीर की बन्दगी करके आना बहुत ही अच्छा लगा। इसी कारण पूरे कैम्प में वे हमारा काम बड़े प्यार से और तुरन्त करते थे। रात-बेरात नीचे मोटेल के पासवाले ठेले से सिगरेट, चाय लाकर देते थे। ये दोनों मुलतान के थे। हमारे यहाँ गाँव-गाँव में पूजा जानेवाला सत्पन्थ जिसे इमामशाह ने पन्द्रहवीं सदी में स्थापित किया था, वे भी मुलतान के ही सत्पुरुष थे। हमारी फैजपुर की मौसी तो कट्टर सत्पन्थी थी। बचपन में इमामशाह के सत्पन्थी मठ में उसके साथ पारायण में जाने पर मुलतान के मुसलमान इमामशाह के योगविद्या वगैरा ग्रंथों का उपदेश कानों में पड़ता—चैतन्यस्वरूप यह सृष्टि नारायण की क्रीड़ा है। दृढ़निश्चय, प्रतिज्ञापालन, ज्ञानदृष्टि, शरीरशुद्धि, हृदयशुद्धि, व्रत, सत्य, क्षमा, परोपकार, समान भाव—मैं सो न जाऊँ इसलिए मौसी मेरा अँगूठा मलती है—मनुष्य की आत्मोन्नति आवश्यक है। उनके मुलतान से मेरा कुछ तो सम्बन्ध था और वह बहुत करीबी भी था।

अभी-अभी हमारे कैम्प में यूनेस्को की ओर से एक बड़ी संगोष्ठी सम्पन्न हुई। इसमें हमारे डेक्कन कॉलेज के पुरातत्ववेत्ताओं की सभी ने प्रशंसा की, इसलिए हम सब खुश थे। हमारे कैम्प के अन्वेषकों में प्राय: किसी भी बात पर सहमति नहीं होती थी। हमारे प्रोजेक्ट के प्रमुख प्रोफेसर जिब्स तो मानते हैं कि हिन्दुस्तान के सभी वेश, संस्कृतियाँ, सारी भाषाएँ--सब कुछ बाहर से आया है। हड़प्पा संस्कृति के उत्खनन में मिले स्थान सुमेर के व्यापारिक उपनिवेश रहे होंगे। सुमेर, ईरानी, आर्य, शक, हूण, तुर्क, अफगानी, मुगल, अंग्रेज--इन विजेताओं का ताना-बाना एक ही जैसा है। लन्दन के ओरिएंटल स्कूल के प्रोफेसर रसेल ने तो सिद्ध कर दिखाया है कि आर्यों की जड़ें अफगानिस्तान की ऑक्सस नदी पर हैं। एक अंग्रेज सज्जन तो हम भारतीयों से कहता था कि आपका और इन ऋग्वेद रचनेवाले आर्यों का सम्बन्ध ही क्या है? और दक्षिण हिन्दुस्तान का तो सिन्धु संस्कृति से दूर-दूर तक कोई नाता नहीं है। केंब्रिज के डॉ. रेसाईड तो सिद्ध ही कर दिखाते हैं कि असली सरस्वती अफगानिस्तान

की ही है। हिन्दुस्तान की सरस्वती, शरयू सभी नदियाँ डुप्लिकेट हैं। हम गरीब देश के पुरातत्ववेत्ता सुनने के सिवा और कर ही क्या सकते थे? रूखी-सूखी दाल-रोटी खाकर किए गए हमारे उत्खनन हमें ज्यादा ताकत नहीं देते थे।

लेकिन रिख्टर नामक इंजीनियर ऋग्वेद की ऋचाओं और हड़प्पा की मुद्राओं का सम्बन्ध दिखाकर कहते थे कि आर्य मूलत: पंजाब-हिमाचल- हरियाणा के हैं और वे ही उल्टे अफगानिस्तान, उझबेकिस्तान से होकर पूरे यूरोप में फैल गए हैं। उनके अनुसार 'आर्य बाहर से हिन्दुस्तान में आए' जैसे सिद्धान्त यूरोपीय विद्वानों ने वंशश्रेष्ठत्व की ग्रंथि के कारण जान-बूझकर रूढ़ किए हैं। प्रोफेसर जलील ने तो सबसे पहले कहा था कि आर्य ही नहीं, बल्कि बाद के जिप्सी-बंजारा लोगों की भी हिन्दुस्तान से यूरोप जाने की परंपरा रही है। गुरुवर सांखलिया जी बड़ी विनम्रता से कहते कि ऐसे किसी तर्क का पुरातात्विक आधार नहीं है। अमेरिका-यूरोप के विद्वानों जैसी अखंड आर्थिक सहायता का आधार हिन्दुस्तानी विद्वानों को उपलब्ध न होने के कारण ऊँची आवाज में बोलना कठिन था।

डॉ. मंडी स्कॉटिश थी और खास बात यह कि वह प्राचीन भारत के महान अध्येता बॅशम की बड़ी प्रतिभासंपन्न शोधछात्रा थी। वह धड़ल्ले से हड़प्पा की संपूर्ण भारतीय परंपरा पर बल देकर सैकड़ों प्रमाण प्रस्तुत करती। वह निरन्तर इस खोज में लगी थी कि सिन्धु प्रदेश में मिली प्रत्येक मुद्रा का, अवशेषों का भारतीय उपमहाद्वीप के कोने-कोने से प्राप्त ढाँचों से जैविक सम्बन्ध है। अभी-अभी वह हमारे मोरगाँव में महीना भर रहकर आई थी और उसके अनुसार वहाँ के व्यापारियों के **॥ शुभ ॥॥ लाभ ॥** जैसे चिह्न—इसकी खड़ी दो रेखाएँ सिन्धु संस्कृति के व्यापारियों से चली आ रही उसी लिपि की हैं। अखतीज की गगरी पर कुम्हार द्वारा बनाई गई चित्रकारी, स्त्रियों द्वारा देवताओं के आगे बनाई जानेवाली रंगोली, बेंदूर[2] के मिट्टी के बैल, कानोड़देवी[3], आदिवासियों के गोदने के आकार, आकृतियाँ—सब कुछ मोहेनजो-दड़ो से मेल खानेवाला था। यह ब्यौरा उसने बीते दस-बारह सालों में श्रीलंका, अंडमान-निकोबार के वेड़ा, ओंग लोगों से और गोंड, मुंडा लोगों के साथ स्वयं रहकर जुटाया था।

डॉ. मंडी ने हमारे मोरगाँव की सुप्रसिद्ध गणिका झेंडी के घर में रहकर काफी गोपनीय कामशास्त्रीय जानकारी इकट्ठा की थी। उसके अनुसार मोहेनजो-दड़ो वगैरा हड़प्पा संस्कृति के नगरों में चाल जैसे बने मकान कुछ और नहीं बल्कि चकलाघर ही थे। पाँच हजार साल पहले समुद्री हवा की राह देखते हुए मिस्र, मध्यपूर्व के व्यापारी कुट्टिनियों के यहाँ पड़ाव डालते होंगे। देवदासियाँ, गणिकाएँ, नर्तकियाँ, नटनियाँ, वेश्याएँ—वगैरा सबके बीच रहकर उसका मत बन गया था कि ये औरतें सिन्धु संस्कृति से ही यह व्यवसाय ईमानदारी से करती आई हैं। वात्स्यायन

2. महाराष्ट्र में मनाया जानेवाला बैलों की पूजा का त्योहार।
3. उत्तर महाराष्ट्र के लोकसाहित्य में वर्णित प्राचीन देवी।

की जड़ें भी आर्यपूर्व सिन्धु संस्कृति में ही हैं। अंग्रेजों ने इन सभी को वेश्यावृत्ति में धकेल दिया, क्योंकि अंग्रेज लैंगिकता के उदात्त तो क्या, शारीरिक पक्ष को भी कभी समझ नहीं पाए, वगैरा। अभी-अभी हुए सर्वेक्षणों में हिन्दुस्तान के पश्चिमी तट से सीधे मलाबार तक अनेक जातियों में गोरा रंग अधिक होने का कारण भी यही प्राचीन काल से चला आ रहा वंशमेल ही है। ऐसा गोरा रंग पूर्वी तट पर क्यों नहीं है? मंडी विश्व के सर्वोत्तम पुरातत्ववेत्ताओं में से एक बनेगी, इसमें हम डेक्कन कॉलेज के सहकर्मियों को सन्देह नहीं था।

पिछले साल मैं और मंडी डेक्कन कॉलेज में एक ही साथ नियुक्त हुए थे। मैं सांखलिया सर के पास पी-एच.डी. के लिए विषय निश्चित करने आया था, तब लन्दन विश्वविद्यालय की प्राचीन भारत के पुरातत्व की यह प्रोफेसर एक साल के लिए यूनेस्को की एक अच्छी फेलोशिप पर शोधकार्य करने भारत आई थी। उस समय मैं औरंगाबाद में प्रोफेसर बनने का राजमार्ग छोड़कर महीना साठ रुपए पर यू.जी.सी. का रिसर्च फेलो नियुक्त होने का प्रयास कर रहा था। मैं विषय निश्चित करने सांखलिया सर के ऑफिस में आया, तब सर ने उसे भी रुकने को कहा। फिर सर की और मेरी 'पुरातत्व में संवेदनाओं को स्थान क्यों न हो'—विषय पर दो-तीन घंटे तक नोंक-झोंक जैसी बहस हुई। मंडी चकित होकर यह बहस सुनती रह गई, क्योंकि उसने इंग्लैंड में सुन रखा था कि इंडिया में शोधछात्र गाइड के जूते साफ करके पी-एच.डी. पाते हैं। मैंने पहले ही यह साफ कर दिया था कि मुझे केवल खप्पर और कंकाल पर पी-एच.डी. के तीन-चार साल बर्बाद नहीं करने हैं। सांखलिया सर अपनी भूमिका पर दृढ़ थे कि संवेदना जैसे ललित कविकल्पित विषय का पुरातत्व में कोई स्थान नहीं है। सर को शायद यह भी लगा हो कि उन्होंने कहीं गलत आदमी को तो प्रोत्साहन देकर नहीं बुला लिया है? सर से मेरा विस्तृत परिचय एक साल पहले तेर[4] में उत्खनन शिविर में हुआ था। मैं अपने शौक की खातिर समय निकालकर अपने खर्च से वहाँ जाकर काम करता था। सांखलिया सर के छात्र मेरे अच्छे मित्र बन गए थे।

एक दिन शाम को तेर के मजदूर जल्दबाजी में सर्वेयर की रस्सियों के उल्टे-सीधे उलझे ढेर तम्बू के सामने लगाकर चले गए। दूसरे दिन सर्वेयर जब तक इन रस्सियों को ठीक नहीं करेगा, तब तक उत्खनन का इतना बड़ा आयत खोदने का काम शुरू नहीं हो सकता था। इस बात से मुझे रात-भर नींद नहीं आई। फिर मैं अकेला ही तम्बू के बाहर पड़ी रस्सियों की गुत्थियाँ लपेटकर ठीक करने बैठा। बचपन से ही मुझे रस्सियों की गुत्थियों को सुलझाना परम बौद्धिक चुनौती लगता

4. पंढरपुर महाराष्ट्र के पास संत गोरा कुम्हार का गाँव और पुरातात्विक उत्खनन की दृष्टि से महत्वपूर्ण स्थान।

था। सुबह तक रस्सियों के छोटे-छोटे अलग-अलग पुलिंदे बना डाले। फिर मैं वहीं ठंडी हवा खाते और खुले आसमान में तारे देखते हुए दरी पर लेट गया। कब नींद लगी, समझ भी नहीं पाया। सुबह सांखलिया सर ने कहा, अरे, अब समझा कि ये खंडेराव रात में अकेला बड़बड़ाता हुआ यहाँ क्या कर रहा था। ऐसे चूतिए लोगों के बिना बड़े काम नहीं होते। उस दिन सर्वेयर के आने के साथ ही रेखाएँ खींचने का काम जल्दी से पूरा हुआ और मजदूर भी तुरन्त काम में जुट गए। सांखलिया सर ने खाने के वक्त मुझे अपने पास बिठा लिया। यही हमारे प्रगाढ़ स्नेह का प्रारंभ था। फिर संगोष्ठियाँ और नेवासा[5] में उत्खनन के लिए महीना-भर साथ। इस तरह हमारे सम्बन्ध दृढ़ होते गए और फिर उस निराश दौर का सुवर्णक्षण आया—मुझे बुलाकर दिया गया यह पी-एच.डी. फेलोशिप का निमंत्रण। मैं एक टाँग पर दौड़ता हुआ पुणे में हाजिर हुआ। सोचा, खंडेराव, पहला कदम तो बढ़ाओ। भैया, प्रत्येक दीर्घ यात्रा का प्रारंभ पहला कदम बढ़ाने से ही होता है।

सर कहते, खंडेराव, प्राचीन नागर संस्कृति की संवेदनाओं का यह इतिहासवालों का भूत दिमाग से निकाल डालो। इतिहास में ऐसी गप्पें चल जाती हैं, लेकिन पुरातत्व केवल भौतिक संस्कृति की ही खोज करता है और वह भी तात्कालिक पुनर्रचना करने के लिए। साथ ही 'कहाँ क्या मिला' का प्रामाणिक अंकन भी करता है। खंडेराव, खयाल रहे, एक पद्धति एक ही काम ठीक से कर सकती है। दूसरे काम के लिए उसका प्रयोग किया तो जा सकता है, लेकिन उसकी निष्पत्ति अप्रस्तुत हो जाती है। यानी, यह कंकाल किसका है? किसने किसका विनाश किया होगा? फिर अपने मन में बसा ढाँचा वहाँ लाद देना है—आर्यों ने अनार्यों का या मुसलमानों ने हिन्दुओं का विनाश किया। सब मिथ्या। कौन आर्य? कहाँ से आए? उनके वंश और भाषाएँ भी आर्य या अनार्य? इसके लिए भी वही पद्धति प्रयुक्त की जा सकती है। सकती है नहीं, अध्येता प्रयुक्त करते ही हैं। लेकिन यह असली पुरातत्व की पद्धति नहीं है। इसी कारण शास्त्र में घपले होते हैं। जमीन खोदकर संवेदनाएँ कैसे मिल सकती हैं?

गुरुवर सांखलिया सर ने दो सालों में मेरे व्यक्तित्व पर ऐसे कई संस्कार किए हैं। इसके लिए मैं उनका कृतज्ञ हूँ। लेकिन मुझे जँचा हुआ संवेदनाओं का महत्व मैं उन्हें भरसक समझाता रहा। सर, फिर सम्बन्धित काल की संवेदनाएँ कहाँ जाती हैं? लिपि, घरों की रचना, सड़कों की रचना, नगर रचना, परकोटा, मुद्रा, चित्र, मूर्ति इन सभी बातों के पीछे क्या संवेदनाएँ नहीं होती हैं? और यदि होती हैं तो उनकी खोज को हमारे कार्यक्षेत्र में शामिल क्यों न किया जाए?

नॉनसेन्स, फाँसी पर चढ़ाए किसी व्यक्ति की लाश से यह कैसे तय करेंगे कि उसे मातृभूमि के लिए लड़ने के कारण फाँसी पर चढ़ाया गया है या चोर-डाकू होने के कारण लटकाया गया है? इस अर्थशून्य विश्व-व्यापार में संवेदनाएँ हमारे नगण्य

5. महाराष्ट्र के अहमदनगर जिले का पुरातात्विक उत्खनन की दृष्टि से महत्वपूर्ण एक गाँव।

जीवन को आधार देनेवाले बहुत ही कृत्रिम बहाने हैं। आपको यदि पुरातात्विक पद्धति का पालन करना है, तो पूर्वानुमान भी इसी पद्धति से खोजे गए होने चाहिए। बोलिए डॉ. मंडी, आपकी नई पीढ़ी को क्या लगता है? दिल से बताइए, क्या लगता है।

मंडी अपनी ब्रिटिश मितकथन शैली में बोली—सर, रूसी आर्कियॉलजिस्ट एक्स्टर्नल आर्कियॉलजी की यह भी एक पद्धति मानते हैं। इस वास्तविकता का कि विशिष्ट इतिहासपूर्व काल में गरीब स्लाव लोगों को जंगली कबीलों ने खदेड़ दिया, सबूत के रूप में प्रयोग किया जाए, तो उत्खनन में मिली स्लाव लोगों की ध्वस्त बस्ती का एक पुरातत्ववेत्ता के रूप में मुझे कैसा वर्णन करना चाहिए? यहाँ मेथडॉलजी की अपेक्षा डेटा की जरूरत की खातिर आत्मनिष्ठ बनना आवश्यक है, नहीं?

अब मुझे भी जोश आया। मैं कहने लगा—सर, बिलकुल ऐसी ही एक मिसाल है। हमारे गाँव के पास एक उजड़ा हुआ गाँव है हरिपुरा। वहाँ के लभाने लोग अपने रोजमर्रा के काम करते समय अचानक पिंडारियों के हमले का शिकार हुए। उस समय मची भगदड़ अभी भी दिखाई देती है : चूल्हे की अधजली लकड़ियाँ, वहीं पर सब्जी चीरते समय छुटी पहँसुल—यानी डरकर भाग खड़ी हुई स्त्रियाँ—उस देहात में एक चक्कर लगाएँ, तो ये संवेदनाएँ वहाँ की हवा में भी पाई जा सकती हैं। मैं जब हड़प्पा की साईट पर जाता हूँ, तो लगता है कि मैं सिन्धु संस्कृति के काल में ही विचर रहा हूँ। जब शिकार पर जाता हूँ तो लगता है मैं आदिमानव बन गया हूँ और तक्षशिला की डॉक्युमेंट्री देखने पर लगता है कि हम पहले भी कभी यहाँ आ चुके हैं। क्यों लगता है सर ऐसा? गुवाहाटी के कामाक्षी मंदिर में शक्तिपीठ की संवेदनाएँ अपने आप क्यों जागृत हो उठती हैं? क्या देवगिरी पर सात-सौ साल पुराना वातावरण अनुभव नहीं होता? अहमदनगर में मलिक अम्बर की कोशिशों का अथवा पानीपत पर हुए संहार का एक मराठी व्यक्ति के रूप में मुझे स्पर्श तक न हो? केवल भौतिक संस्कृति को बौद्धिक आकलन की परिधि में लाकर अपने देश के प्रदीर्घ भूतकाल का अर्थ कैसे जानेंगे? स्थल और काल के परे संवेदनाओं का अस्तित्व होता भी है या नहीं? अब तो मनोविज्ञान भी यह कहने लगा है कि व्यक्तिगत संवेदनाएँ सामाजिक होती हैं, ऐतिहासिक होती हैं, और तो और वंशीय भी होती हैं।

खंडेराव, अरे अभी तो बस कहने लगे हैं। अलबत्ता यह प्रस्थापित होना चाहिए।

मंडी ने भी कहा, इसका अनुसन्धान हो रहा है कि मानवीय मस्तिष्क के रहस्यमय केंद्र बाहर की किसी ऊर्जा से तो नहीं जुड़े? मुझे तो ऐसा भी सोचना जरूरी लग रहा है कि लिपि की जड़ें भी कहीं संवेदनाओं में तो नहीं हैं! सिन्धु लिपि अभी तक किसी से सुलझ नहीं पाई है। इसका कारण है, लिपि की वर्तनी को वर्णों से मिलाने की हमारी फिजूल की बौद्धिक आदत।

सांखलिया सर सन्तप्त होकर बोले, आप लोग पुरातत्व की नींव ही खोदने पर तुले हो। शिकार करते समय जब मुझे आदिमानव जैसा लगेगा और तक्षशिला में

जब अपने वाइस चान्सलर होने का अनुभव होगा, तब दो ही संभावनाएँ हो सकती हैं—या तो मुझे मानसिक रोग हुआ है अथवा पुरातत्व का मेरा अध्ययन कालबाह्य हो रहा है। बस्स।

इस तरह हमारी चर्चा का समापन हुआ था। शाम को मेस में खाना खाते समय मंडी ने मुझे सुवर्ण परामर्श दिया, देखो, सर जो कहते हैं, उसे तुम कम-से-कम अपनी पी-एच.डी. तक तो मान ही सकते हो। तुम्हारे अजन्ता के चित्र पर और गोवा की ईसाई लड़की पर, और इसी प्रकार अनुभव हुई बातों पर तुम अलग से लिखो। वह भी अच्छा और यह भी। ओके?

ओके। तब से मंडी को लेकर मेरे मन में सम्मान और ज्यादा बढ़ गया और हमारे बीच घनिष्टता कायम हुई। फिर हमारी रोज की चर्चाएँ। हम सभी को यूरोप की सभी नई-पुरानी परंपराओं का, संगीत का, साहित्य का, आर्यपूर्व यूरोपीय संस्कृति का सही परिचय मंडी के कारण ही हुआ। हिन्दुस्तान में किसे पता कि बीटहॉवन रोमैंटिक है और मोझर्ट क्लासिकल? हमारे गाँव के कुम्हार द्वारा बैलों के त्योहार बेंदूर के लिए बनाए गए मिट्टी के बैल मेरे टेबल पर देखकर मंडी ने इसे बहुत संजीदगी से लिया कि सिन्धु संस्कृति की मुद्राओं से वे कैसे मेल खाते हैं। एक दिन खाना खाते समय मैंने उसे अपनी अन्धी चाची से सुनी जिवती की कथा सुनाई कि गर्भवती स्त्री को करेले के मंडुवे के नीचे से नहीं जाना चाहिए। यह सुनते ही उसे मोरगाँव के बारे में बड़ा अचरज लगने लगा। उसका एक शोधालेख था कि प्राचीन काल में मुंडा लोगों के द्वारा हिन्दुस्तान लाया गया इक्ष्वाकु यानी यही करेला है और उसका मातृकुल अयोध्या के इक्ष्वाकु कुल से जुड़ा हुआ है। लेकिन एक बार उसने मुझसे हमारे गाँव की नामचीन गणिका झेंडी की चर्चा सुनी :

कहते हैं कि लभानी जाति के घरों में लड़की के ऋतुमति होते ही उसकी कमर में एक अभिमंत्रित तावीज बाँध देते हैं। कुछ स्त्रियों के अनुसार ऐसी लड़की के सीने पर अथवा पेट पर कोई आकृति गुदी रहती है। उसकी मोहिनी जिस पुरुष पर पड़ती है, भविष्य में वह कभी उसे छोड़कर नहीं जा सकता, और यह सच भी है। झेंडी की परदादी से लेकर हमारे गाँव का एक जमींदार, एक चौधरी, पाटील कुनबे के दो आदमी, एक व्यापारी, आगे चलकर एक साहूकार और अब पहले विश्वयुद्ध से लौटा गरुड़नाक वाला कैप्टन—ऐसे कई लोग उसके दरवाजे पर कुत्ते की तरह बैठे रहते थे। इस कारण यह मोरगाँव की सभी सुहागनों की चिंता का विषय हुआ करता है कि अपना पति भी कहीं इस औरत की जहरीली नजरों में तो नहीं आ रहा है?

यह सुनते ही मंडी बोली, क्या मैं तुम्हारे गाँव में कुछ दिन रह सकती हूँ? ये वेश्या क्यों समझी जाती हैं? इस जनजाति की स्त्रियों का हमारे जिप्सियों से अवश्य वंशगत सम्बन्ध होगा। मेरे लिए यह जानना बहुत जरूरी है।

मैंने कहा, उल्टा हम लोग इन लभानियों को बहुत सम्मान देते हैं। गाँव में अन्य वेश्याएँ भी हैं, वो अलग। बरहीं के दिन गाँव के नन्हे बच्चों को झेंडी के हाथों पलने

में डालते हैं। मुझे भी बचपन में झेंडी ने पलने में डालकर झुलाया है। लेकिन मोरगाँव में तुम्हें सिन्धु लिपि की कोई रोजेटो शिला नहीं मिलेगी।

ना मिले। देश-भर में फैले ऐसे टुकड़े ही सिन्धु संस्कृति का रहस्य खोलेंगे। सिन्धु प्रदेश के वे डेढ़ हजार नागर बस्तियों के लोग कहाँ गए होंगे? वे विस्थापित होकर देश के कोने-कोने में, कहीं ऐसी ही पहाड़ियों में, नदियों के तट पर बसे होंगे।

मैंने भावडू को पूरे ब्यौरे के साथ पत्र लिखा कि लन्दन की एक बड़ी स्कॉलर महिला डॉक्टर मंडी आ रही है। उसे अपनी कोठी में एक कमरा ठीक करके महीने-भर के लिए दे दो। भावडू को भी ऐसी खोजबीन में बहुत रुचि थी। हमारे इलाके के लोगों की उसे बहुत अच्छी जानकारी भी थी। घर की स्त्रियों के लिए पाखाना बनाने की कई सालों की उसकी जिद भी इस बहाने पूरी हुई। वैसे हमारे गाँव में मुसलमानों के दो-तीन परदानशीं परिवार ही केवल अपनी स्त्रियों के लिए बन्द पाखानों का इस्तेमाल करते थे। मंडी वहाँ एक महीने से ऊपर रही। उसने काफी जानकारी इकट्ठा की, लेकिन घरवालों के लिए बहुत सारे सवाल भी खड़े किए।

झेंडी के प्रणय नितान्तता का रहस्य शीर्षक उसकी नोटबुक से यह मुझे बाद में पता चला। लेकिन उसके मोरगाँव जाने के बाद पन्द्रह दिनों में ही पिताजी का क्रोध भरा पत्र आया—खंडेराव, भैया, तुमने हमारे पीछे यह क्या झंझट लगा दिया है? यह जवान लड़की उस झेंडी के घर रात-बेरात जाती है और उसकी छाती की और ढोंढ़ी की तसवीरें खींचती है। देहात में कुछ भी छिपा नहीं रहता। इंग्लैंड के लिए ऐसा अनुसन्धान करने को तुम लोगों को एक हमारा ही गाँव मिला? और हमारे गाँव की कुलीन औरतों से ऐसी गोपनीय बातें पूछती है कि बस। पूछती है एक ही पति का होना अच्छा या सदू तेली की तरह दो-दो पत्नियों का होना अच्छा? ये भी कोई अनुसन्धान है? और ये राँड़ हमारे बहू-बेटियोंवाले घर में रहती है। गाँव में हमारी कितनी बदनामी हो रही है?

और फिर हमेशा की तरह पत्र का समापन—अपने सारे काम समाप्त होने पर मिलने आ जाओ। राह देख रहा हूँ—तुम्हारा पिता। और मोड़ी लिपि में लम्बे दस्तखत।

ऐसे पिता। क्या वे मुझे हरखू से शादी करने देते? विद्रोह करता तो विद्रोह के साथ मुझे भी कुचल देते। कुल मिलाकर मंडी को अपने गाँव भेजकर मैं पछता रहा था।

लेकिन बाद में भावडू का धीरज बँधानेवाला पत्र आया--खंड्, मैं पिताजी को और गाँव के कर्ता-धर्ता लोगों को समझाता रहता हूँ कि दुनिया बदल रही है और ये डॉक्टर साहिबा दुनिया-भर में हमारे मोरगाँव का नाम ऊँचा कर रही है। बखेड़ा तो तब हुआ जब हमारे गाँव की स्त्रियों ने इससे सीधा पूछकर यह रहस्य पता किया कि

इसने अपने पति को छोड़ दिया है। शायद तुम्हें भी यह पता नहीं होगा। बस, यही सवाल हमारी स्त्रियों को सालता है कि अपने पति को वहाँ लन्दन में छोड़कर यह सुन्दर स्त्री इधर ऐसे काम क्यों करती होगी? खैर, खंडेराव, मैं तो पढ़ नहीं पाया, लेकिन तुम खूब पढ़ना। अंग्रेजी राज के कारण हम वैसे-के-वैसे ही रहे। लेकिन अब तुम जैसे लोगों को समाज को नया विचार देना है। ये यूरोपीय स्त्रियाँ कितनी आत्मनिर्भर हैं? कितना आत्मविश्वास है इनमें? इन स्त्रियों में यह आत्मविश्वास किसकी बदौलत आया? हमारी स्त्रियाँ इस स्तर तक कितनी सदियों के बाद पहुँचेंगी? इस विदुषी के कारण ही मैं समझ पाया कि यौन मामले में मुक्त हुए बिना स्त्रियों में ऐसी निर्भीकता नहीं आएगी। बस और कुछ नहीं। संस्कृत शब्द 'मुक्त' के स्थान पर हमारा देशज शब्द 'खुला' ही इसके लिए इस्तेमाल करना चाहिए। बस, समझ लो कि ऐसा होते ही हमारी लड़कियाँ सुधर जाएँगी। बचपन से ही यौन मामलों में आजाद होने के कारण इन्हें आगे कुछ भी संकोच नहीं रहता। व्यभिचार की संभावना भी इसमें है। पर ऐसा भी नहीं कि यौन अतिचार ऐसी ही स्त्रियाँ करती हैं। वास्तव में हम हिन्दू पुरुष ही हमारी स्त्रियों के पिछड़ेपन के लिए जिम्मेदार हैं। सोना कल आँगन में इस डॉक्टरनी साहिबा को गाना सुना रही थी—

सुन्दर मेरा जाँता री ऽ
बहु घूमता

खंडू, ऊपर ताक पर यह सुनकर मेरा दिल भर आया। राम राम, क्या आदर्श है हमारी स्त्रियों का। संसार की स्त्रियाँ कहाँ जा रही हैं!

भावडू, इसी खेती के लिए तुम्हारी बलि चढ़ी। दरअसल, पढ़ना तो तुम्हें ही चाहिए था। एक साल बीता तुम्हें गुजरे, लेकिन तुम हमेशा मेरे पास ही रहते हो। हमेशा मुझसे बतियाते रहते हो। तुम्हारे ही कारण मैंने हमेशा मौत के एहसास में जीना सीखा है। वरना, मैं मूरख, उच्छृंखल...बेलगाम, भौतिक बातों को महत्व देनेवाला बेवकूफ ही रह जाता। विट्ठल विट्ठल।

मंडी मोरगाँव से लौटी तो वह भी भावडू के बारे में अभिभूत होकर बोल रही थी। बेचारे ने खेती का काम सँभालकर उसके लिए बहुत दौड़-धूप की थी। लन्दन में एक मिशनरी स्त्री से जैसी-तैसी मराठी सीखी मंडी ने सभी के साथ बहुत अच्छा संवाद कायम किया था। उस समय हमारे घर में बड़ी बहन बिजा की जचगी हुई थी, उसकी तीन बच्चियाँ। फिर छबी प्रसव के लिए आई थी, उसके दो बच्चे। फिर बायड़ी का अपने पति से कुछ मनमुटाव हुआ और उसका पति दोनों बच्चों समेत उसे घर पर छोड़ गया। फिर दिवाली के कामों की आपाधापी। फिर भी मंडी के साथ सभी ने घर जैसा बर्ताव किया। उसके लिए सुबह-शाम अलग से बिना मिर्च की रसोई बनाई। हमारी अतिथि होने के कारण सारे गाँव ने उसे अपनी अतिथि समझा।

यह बताते समय मंडी का गला भर आया था। सादगी कितनी उदात्त होती है, आधुनिकता की लहर में यह समाप्त नहीं होनी चाहिए। ये देहात ऐसे ही निष्पाप, सादगी भरे और उदारमना रहेंगे? रहेंगे, जरूर रहेंगे। हिन्दू लोग कुछ भी फेंक नहीं देते। सिन्धु काल से लेकर सारा कबाड़ हमने तहखाने में ठूँस-ठूँसकर सँभालकर रखा है। सब कुछ वहीं कहीं अँधेरे में रखा होता है। भले ही वह दिखाई न दे, गुम हो जाए, स्मृति से भी चला जाए, कुछ नहीं बिगड़ेगा। कभी-न-कभी मिल ही जाएगा। सिन्धु धर्म है, बौद्ध धर्म है, जैन धर्म है, वैदिक ब्राह्मण भी है। पीपल के नीचे का बरुआ है, दिवाली के पटेर के गट्ठर हैं, सेहरे हैं और लभानों के नाम— हरखू, शरयू नदी का अफगान-पश्तू नाम है। खरखोती सरस्वती का पश्तू रूप। तुम्हारे इतने से मोरगाँव में आठ धर्म, संप्रदाय और बाईस जातियाँ आज भी हैं। जीवन-भर शाकाहार, अहिंसा—एक जीवन पद्धति है। बाहर का स्पर्श टालने के लिए घोंघे जैसे स्वयं के शरीर को ही अपना घर क्यों न बनाएँ? कैसे मानें कि अन्दमानी, निकोबारी, भील, गोंड, लद्दाखी, तिब्बती ये हजारों जनजातियाँ पिछड़ी हुई हैं? किसने तय किया? जब तक हिकारत करनेवाला नहीं होता, तब तक हीनता भी नहीं होती। यह किसने और किस आधार पर तय किया कि शोषण करनेवाले ही प्रगत हैं? खंडेराव, कम-से-कम मैं तो अपनी जिंदगी को इस सही मार्ग पर ले जाऊँगी। सौभाग्य से हमारे यहाँ यूरोप में बौद्धिकता को उन्नति न माननेवाले कई संप्रदाय हैं। इसलिए अब मैं तलाक लेकर मुक्त होनेवाली हूँ। इसके लिए मुझे तुम्हारी मदद की आवश्यकता पड़ेगी।

मेरी मदद और इसके तलाक के लिए? कुछ भी समझ न पाने की वजह से मैंने सिर्फ यह सोचकर गर्दन हिला दी कि विचारों की जड़ें भावना में हों तो विश्वसनीय ही होती हैं।

जैसे-जैसे हमारे कैम्प की अवधि पूरी होती गई, वैसे-वैसे मजदूरों का कोलाहल भी थमता गया। अमेरिकन इंजीनियरिंग विभाग का कोलाहल भी समाप्त हो गया और वे नीचे के पीटीडीसी हॉल में एक बड़ी-सी पार्टी देकर चले गए। सर्वेयर लोगों के साथ मानचित्र मिलाकर रेखाएँ सुनिश्चित करना, ड्राफ्ट्समैनों से पक्का मानचित्र बनवाकर सम्बन्धित फाइलों में उनकी सौ-सौ फोटोकापियाँ लगाना, मिले हुए कंकालों की हड्डियों को, वस्तुओं के टुकड़ों को फोटोग्राफर के सामने नम्बरवाले लेबल चिपकाकर हौले से अलग-अलग कोनों में रखना, प्रत्येक वस्तु के भीतर का और बाहर का नम्बर और फिर बाहरी बक्से पर उसका वही नम्बर ठीक से जाँचकर बक्सा बन्द करना, उन्हें मुहरबन्द करना, उस्मान और दिलदार को एक-एक बक्सा सौंपना, वस्तुओं की सुरक्षा के लिए केमिकल प्रक्रिया जरूरी हो तो इसके लिए अलग से नम्बर डालना, केवल स्टोर करने की वस्तुओं पर ए-ए नम्बर लिखकर

यासीन अली को देना, बर्तन के टुकड़ों पर डाले नम्बर जाँचने के लिए मृद्पात्रविशारद को देना, रजिस्टरों में कच्ची दर्ज बातों को जाँचकर पक्का करना। डार्करूम के सभी फोटो जाँचकर उनमें अंकित सभी वस्तुओं के नम्बर एक-दूसरे से मेल खाते हैं या नहीं, इसे अली और मैं, दोनों जाँचते और अन्त में इसकी पुष्टि के लिए कि उसमें एक भी त्रुटि न रहे, मंडी को सौंपकर हम जल्दी से दिलवर के ढाबे पर चले जाते। हम दोनों का रोजाना का व्रत ही था कि लेबल लगाना, पत्राचार और रेकार्डिंग का काम खत्म किए बिना सोना नहीं। इसलिए पुराने हिंदी फिल्मी गाने सुनते, चाय पीते और सिगरेट फूँकते रहते। फिर रात-भर में काम का सफाया आराम से हो जाता। इसके अलावा दिलवर के पास जिब्स साहब की अमेरिका और कराची से मँगवाई दवाइयाँ, किसी की खत्म हुई अमेरिकी सिगरेट, जलील सर का महँगा अमेरिकन सिगार—ट्रकवालों के जरिए सब हमारे लिए दिलवर के पास मौजूद रहता। इससे भी हमारा *मोहमदराम अज कराची* पर जाना कई मायनों में अहम बन चुका था।

मोहमदराम अज कराची तक पैदल आनेवालों में हम दोनों के अलावा कभी मंडी, एक सिन्धी फोटोग्राफर, कई बार जलील साहब, जाग रहे हों तो हमारे डेक्कन कालेज के ढवले जी, तिवारी, मिश्रा, जैतली और अली के कुछ पाकिस्तानी मित्र साथ होते। कभी रसेल और जिब्स भी यह देखने की जिज्ञासा से साथ आते कि खंडेराव और अली रात-रात भर इस ढाबे पर क्यूँ मशगूल हो जाते हैं। लेकिन यहाँ के गरीब बिहारी मुहाजिरों के छोटे-छोटे बच्चों को रात-रात भर प्लेटों के ढेर ढोते और ड्राइवरों की गालियाँ खाते देख यूरोपियन-अमेरिकन लोग कुछ दिनों तक इधर आने का नाम भी नहीं लेते। मुझसे पूछते, इंडिया में क्या हालात हैं? मैं कहता, इससे भी बुरे। उत्तरऔपनिवेशिक स्थितियाँ दोनों तरफ एक-सी ही होंगी। ये बिहारी हिंदी बोलनेवाले बच्चे थोड़ी-थोड़ी देर बाद हमें बड़े प्यार से पूछते, कित्ते बजे साब? कपड़ा मार-मारकर और प्लेटें साफ करते-करते उकताए हुए खेलने-कूदने की उम्रवाले ये बच्चे यहाँ से छूटकर घर भागने के समय की प्रतीक्षा में थक जाते और फिर, कित्ते बजे साब? यह सोचकर कि ये हमारे ही बिहारी लोग हैं, मैं उन्हें टिप देता। इससे हमारे टेबल के आसपास हमेशा इन बच्चों का जमघट लगा रहता।

बँटवारे के उत्साह में ये बिहारी मुसलमान रेलगाड़ियों में लद-लद कर हिन्दुस्तान मुर्दाबाद के नारे लगाते हुए यहाँ आए, लेकिन दिखने में हिन्दुओं जैसे होने के कारण पंजाब में इन्हें किसी ने उतरने नहीं दिया, आखिर इधर सिन्ध के रेगिस्तान में आकर इन्होंने हिन्दुस्तान भाग गए सिन्धियों के ताले लगे घर हथिया लिए। रहने का ठिकाना तो हो गया, लेकिन आमदनी के साधन ऐसे ही थे। एक बार एक बिहारी मुहाजिर लड़के ने किसी ट्रकवाले पठान के अंगरखे पर शोरबा गिरा दिया। वह आदमी गुस्से से चीखा, बेवकूफ हिन्दू ऽऽऽ।

एक दिन छोड़ और कभी हर रोज मेरा यहाँ चक्कर जरूर लगता था, क्योंकि दिलवर ने अनेक ट्रकवालों से कह रखा था कि महानुभाव जयकृष्णी पन्थी हिन्दू जोगी फकीरों के मठों में कहीं संन्यासी स्त्रियाँ दिखाई दें और यदि वे मुम्बई की ओर की मराठी हों तो उनकी सूचना जरूर देना। मोहमदराम अज कराची ढाबे पर रुकनेवाले ट्रकों का पूरे पाकिस्तान के छोटे-बड़े शहरों में आवागमन होता था। पंजाब की ओर के कुछ ड्राइवर महानुभाव मठों में जाकर बन्दगी भी करते थे। मुझे अन्त तक यह आशा थी कि कभी न कभी तिरोनी बुआ का पता चल जाएगा या उसे पहचाननेवाले कुछ संन्यासी तो कम से कम मिल ही जाएँगे। दिलवर को भी यह यकीन था।

इसके अलावा अली का निद्रानाश भी एक कारण था। उसके साथ यहाँ खुले मैदान में आकर रेडियो के गाने सुनने, रेकार्ड सुनने, ट्रकों के आवागमन और पाकिस्तानी श्रमजीवी लोगों की जिन्दगी को करीब से स्पर्श करने में समय बढ़िया कट जाता था। कैम्प से निकलते समय अली और मैं सभी का नाम लेकर पुकारते और किसी की आहट न पाकर दोनों ही चल पड़ते। रात की चाँदनी में तम्बू के पीछे की कच्ची सड़क और हमारे खोदे हुए आयतों से होकर झट से पीसीडीसी के मोटेल के पीछे आना ज्यादा आसान था। अँधेरे में कैम्प के मेन गेट से दाहिनी ओर खुदे लम्बे-चौड़े मोहेनजो-दड़ो महानगर को अँधेरे में छोड़कर मुड़ते-मुड़ते आखिर में म्यूजियम के पासवाले हायवे पर पहुँचना जरा तकलीफदेह होता था। लारकाना की ओर से आकर बाईं ओर कराची जा रहे पहले गियर में घूं घूं करते बड़े-बड़े ट्रकों की लाइटें रास्ता साफ दिखातीं। कभी-कभी अली भी सो जाता और आधी रात में जेब की आखिरी सिरगेट पीते-पीते मैं अकेला चला जाता। तब इस अँधेरी निर्जन सड़क से गुजरते हुए एक विचित्र आभास होता; जैसे, दाहिनी ओर खुदा पड़ा शहर महानगरी मुम्बई ही है।

कराची-लाहौर हायवे से जुड़नेवाले इस रास्ते के पेट्रोल पम्प के पीछेवाला टीला चढ़ते ही उस पार दीवार के जगमगाते निऑन बोर्ड पर उर्दू में, अलग-अलग वर्णों में उल्टा यानी बाएँ से दाएँ छपा मोहमदराम अज कराची दिखने लगता और दूर से ही हिंदी फिल्म की पंजाबी कव्वाली के कुछ ज्यादा मिठास-भरे सुर सुनाई पड़ते,

आहें न भरी शिकवे ना किये
कुछ भी ना जुबाँ से काम लियाऽऽ

फिर हमारे कदम पगडंडी को ढूँढ़ते हुए ढाबे पर जा पहुँचते। दिलवर का ढाबा एक बड़ा-सा साम्राज्य था। बाहर आगे-पीछे ट्रकों की पार्किंग। बस, गाड़ियाँ कतार से लगी हुईं, मेहँदी के ऊँचे पौधों की बाड़ से लगीं फलों की दुकानें, जूसवाले, लस्सी के ठेले, मिठाई की दुकानें, पान के ठेले, पंचरवाले, खिलौने, झूलेलाल की तसवीरें वगैरा सामान की दुकानें—ये सभी दुकानें दिलवर द्वारा किराए पर चढ़ाई

हुई थीं। फिर अन्दर हरियाली और हमेशा ठंडक भरा बीस–पच्चीस खटिया का मैदान। यहाँ दोनों हाथों से रोटी पकड़कर जल्दबाजी में खाते और बीच–बीच में प्याले खाली करते ट्रक ड्राइवर। बीच में आयत के आकार में सजाई गई जगह में आराम से खाना खाते और बातें करते शरीफ ट्रकवाले। उनके पीछे रसोई, कमरे और पीछे बड़ा–सा मैदान। यहाँ जगह–जगह खटियों पर बैठकर शराब पीनेवाले और पूरे बेंच पर खाने–पीने के बर्तन–प्लेटें सजाकर और गाने सुनकर तृप्त होते दिखाई देनेवाले ट्रकवाले।

हमारी आँखों में आज तक वो
हिना की खुशबू महक रही है

मुहाजिर लड़के, पानी के जग, बोतलें, कबाब की सलियाँ, लस्सी के प्याले, लौंग–दालचीनी की सौंधी खुशबू से गमकती बिरियानी की बड़ी–बड़ी प्लेटें, कीमा, दाल–पकवान, हलुवा और पकौड़े की प्लेटें, सभी ओर थकावट की कानाफूसी। दूर–दूर से आये ये लोग विश्राम करके आराम से चल देते। उनके गिरोहों के बीच से होकर हम कोने का टेबल ढूँढ़ते और हमारी ओर पीठ कर खड़े दिलवर को चिल्लाकर 'अस्सलाम वालेकुम, दिलवर मियाँऽ' पुकारकर अपने आने की सूचना देते। दिलवर गर्दन पीछे मोड़ता हुआ अपने लंगड़े पैर पर खड़ा होता और मुहाजिर लड़कों को हमारी ओर खदेड़ता—कुर्सियाँ, अलग से पानी, टेबल पर साफ कपड़ा, ऐश ट्रे, दोमीनार सिगरेट, ताजा नींबू शरबत, अलग से चीनी, अलग से काला नमक। फिर धीरे–धीरे इधर–उधर घूमनेवाले कुतिया के पिल्ले, मुर्गियाँ और उनके पीछे दौड़नेवाला उनका लेंहड़ा। उधर दिलवर खास हभारे लिए अलग से रेकार्ड लगाने के लिए कहता है—

धड़क रहा है दिल तो क्या दिल की धड़कनें न गिन
फिर कहाँ ये फुरसतें फिर कहाँ ये रात–दिन

हमें अद्‌भुत एहसास होता कि मानो हम औरंगाबाद के बेगमपुरा में इस्माइल मामू के नाज़ होटल में बैठे हैं और वहाँ भी यही गाना बज रहा है। बीच में ही दिलवर आदाब करता हुआ झुकता और टेबल पर एक प्लेट में सुन्दर केसरिया रंग की पपीते की फाँकें आगे करते हुए कहता—ये खाली मेरी अर्जी है हुजूर—मानो–ना–मानो—चाय के पहले जरूर खाइएगा। अच्छा भाई, जो तेरी मर्जी—कहकर हम प्लेट साफ कर देते कि दूसरी भरी हुई प्लेट आ जाती। कभी शिकारपुर का ताजा कलाकंद या मुलतान का पेवस—शुक्रिया दिलवर भाई, ये भी तुम्हारी मर्जी है। दिलवर के पास हमें देने लायक बहुत कुछ होता था—किसी का कोई भी काम, दूसरे गाँव के सन्देश, ट्रक ड्राइवर के साथ तुरन्त भेजने के लिए कुछ पार्सल, पत्र, दवाइयाँ, कुछ भी। लेकिन सच कहो तो उसे हम दो–तीन आदमियों से ही दिल की बात करनी होती थी। कहता, प्रोफेसर साब, अकेले हैं? कुछ गमगुसार हो जाए? असल में, अपने मन की कोई बात साझा करने को वह तड़पता रहता।

दरअसल, दिलवर एक खुशमिजाज आदमी था। अपने ढाबे पर इतनी सारी किस्मों के, देश-विदेश के दूर-दूर से लोग हक से आते हैं, प्यार से बैठते हैं, खुशी से गप्पें लड़ाते हैं, सभी ओर खाने-पीनेवाले प्रसन्न लोग, बस जन्नत में और क्या होगा?

हम उनको देखते हैं हसरत भरी नजर से ऽ

दिलवर के पूरे जिस्म पर उसके पूर्व-जीवन की मुहरें लगी थीं। जैसे खुद कह रही हों कि हर मुठभेड़ में वह बचा है। उस जमाने में अफीम के बोरे सरहद पार ट्रक से लाते समय बोलन दर्रे में जान की बाजी लगाकर हमलावरों से माल बचाने की निशानी, यानी उसका टूटा हुआ एक पैर। इसके बाद नशीले पदार्थ ट्रक से न ढोना तय किया। इसके लिए सरहदी इलाके के जंगल में ठोड़ी पर कुछ छिदाने का गहरा घाव। इसके बाद कुख्यात डकैत अफ्रीदी का गर्दन छाँट देनेवाला वार चूकने से बच जाने का सबूत बाईं भौंह पर। सीधे हाथ की छिगुनी टूटी हुई। तब से रोज सड़क पर ट्रक उतारते ही अगरबत्ती जलाकर आँखें बन्द कर दिल से प्रार्थना कि मौला, बन्दे को कराची आने दे, और परमपूज्य औलिया साहब फकीर कलन्दर मोहमदराम बरेलवी—जिनकी कृपा से दिलवर करीब दस जानलेवा हादसों से बचा था—की तसवीर को रोज ताजा सफेद फूलों का हार।

इसके अलावा बीते बीस सालों से इस ढाबेनुमा होटल की रक्षा का इतिहास अलग। यहाँ आसपास किरथर पहाड़ी के मंगल, बुगती जैसे कबिलों का आतंक था। दिन-दहाड़े राहगीरों पर हमले होते। कोलाहल, आगजनी। लोगों का बीवी-बच्चों को सँभालते हुए सामने दीख पड़नेवाले रास्ते से भाग खड़ा होना और दूर कहीं जा बसना। मरनेवाले बच्चों को रेगिस्तान में दफनाकर मातम मनाते हुए आगे बढ़ना। जो मरे सो गए। साथ में गधे पर सिंधोरे-गठरी में खाने-पीने का सामान लादकर दूसरे स्थान पर जा बसने से आयी कड़ुवाहट। पुराने पड़ोसी, पुरानी बस्ती—सब कुछ भूलते जाना। फिर अपनी जमीन को पकड़े रहना। इस निर्जन और भूतों का टीला कहलाए जानेवाले मोहेनजो-दड़ो के सामने अकेले होटल चला रहे दिलवर के पास हमलावरों से निपटने के लिए हिम्मत के साथ एक और बड़ा सम्बल था—औलियासाहब मोहमदराम की दुआ-ए-खैर।

दिलवर का हमेशा यह तकाजा रहता कि कभी-न-कभी हम उसके साथ जाकर पास के सिन्धु तट पर सेहवन गाँव के लाल शहबाज कलन्दर की दरगाह जरूर देखें। सुन्नी, शिया, हिन्दू, काफिर—सभी वहाँ बरेलवी प्यार के रंग में रँग जाते हैं। दरवेशों का जुलूस देखकर कृतार्थ होते हैं। उनके दर्द-भरे नारे, मस्ती-भरी कव्वालियाँ, नटों का जोशपूर्ण नाच, रात-भर चकराते हुए घूमते रहना। औलियासाहब मोहमदराम बरेलवी के खानकाह में बसेरा करेंगे।

बात तब की है जब इक्कीस साल का गरीब ईमानदार लड़का दिलवर कराची के मशहूर भिकाजी मिठाईवाले के ट्रक पर ड्राइवर लगा था। यह लखपति कच्छी

हलवाई पेशावर–शिमला तक सेवँई, मिठाई के ट्रक भेजता था। अब बँटवारे के बाद नाम में मामूली *बी. काजी मिठाइयाँ* जैसा बदलाव किया। पाकिस्तान में सभी ओर वे ही लोकप्रिय हैं। इस रास्ते से गुजरते हुए दिलवर सेहवन के पासवाले टीले के औलियासाहब मोहमदराम बरेलवी के दरबार का हलुवे का प्रसाद खाए बगैर ट्रक को कभी आगे नहीं बढ़ाता था। एक बार मिठाई का एक ट्रक दोपहर तक जल्दी से मुलतान पहुँचाना था। इसलिए यह जिम्मेदारी दिलवर जैसे ईमानदार नौकर को ही दी गई। उस दिन पता नहीं क्या हुआ। ट्रक रोककर औलियासाहब के पास जाना उसे ठीक नहीं लगा या वह भूल गया, और सीधे आगे तेज रफ्तार से जानेवाली एक फोर्ड गाड़ी के पीछे–पीछे हो लिया।

दरअसल, इस फोर्ड के पीछे काफी सुरक्षित फासला रखकर वह ट्रक दौड़ा रहा था। लेकिन अचानक आगे की फोर्ड गाड़ी की जगह उसे सामने से पूरी सड़क पर पीठ से रस्सी की जाली में मटकियों के ढेर बाँधे, और उस बोझ तले जोर लगाकर चले आ रहे कुम्हार के गधे दिखाई दिए। मानो बाँध के नीचे से ही यकायक ऊपर, सीधे बोनट पर ही आए हों। अचानक ब्रेक। दाहिनी ओर कलाबाजी खाता हुआ मिठाई के साथ ट्रक सीधे बाँध के नीचे की नदी में डूब गया। अल्लाह परवरदिगार। दिलवर की किस्मत सिकंदर, वह बहता हुआ नीचे—कलन्दर औलियासाहब मोहमदराम फकीर नदी पर नहा रहे थे, उनके कदमों तले, बिल्ली जैसी गर्दन पकड़कर उठाया गया। जोर–जोर से हँसते हुए मोहमदराम कह रहा था, *इहा थीं न गाल्हि! दिलू, हाणे तू हिते ई रही पउ।*[6]

फिर इसे अपना नया जनम समझकर दिलवर ने सड़क के किनारे चार प्यालियाँ और केतली–सिगड़ी रखकर चाय का ठेला शुरू किया। यहाँ आर्कियालॉजी डिपार्टमेंट के चार भूतों के सिवा कौन चाय पीने आएगा? सभी ने उसका मजाक उड़ाया। लेकिन दिलवर औलियासाहब मोहमदराम बरेलवी की कृपा से ही बच गया था, और आगे भी वही उसे सब कुछ देनेवाला था।

फिर अचानक आजादी मिली। यानी कि बँटवारा हुआ। यानी कि दिलवर ने जिस खेत की झोपड़ी में होटल शुरू किया था, उसका सिन्धी मालिक मुम्बई भाग गया। यानी कि वह सारा खेत दिलवर के नाम कर दिया गया। फिर आजाद पाकिस्तान के टूरिस्ट डेवलेपमेंट का बड़ा ऑफिस मोहेनजो–दड़ो के आगे रास्ते में ही खुला। अमेरिकी लोगों ने कराची से ठेठ चार लेनवाली सड़क बनवा दी। इसमें भी दिलवर को सड़क में गई जमीन के बदले में हजारों रुपए घर बैठे मिल गए। फिर यहीं एक बड़ा–सा म्यूजियम भी बना। मोटेल आया। पड़ोस में बड़ा पेट्रोल पम्प बना। अब अमेरिका ने यूनेस्को के लिए हवाई अड्डा भी बनवा दिया। सारे जहान से टूरिस्ट आने लगे। लेकिन असली बदलाव तब आया जब फौज के अफसरों में मशहूर हमीरा नामक बड़ी कोठेवाली ने लाहौर से आकर ठेठ यहाँ डेरा डाल दिया

6. ये हुई न बात, दिलू यहीं पड़े रहो।

और फौजी बैरकों के दस-बारह बन्द कमरों में अपनी आठ-दस साथी लड़कियों के साथ 'हैंगिंग गार्डन' नाम से बड़ा धन्धा शुरू किया। सच पूछो तो इसी कारण कराची-मुलतान हायवे की यह जगह सबसे अहम बनी। औलियासाहेब मोहमदराम बरेलवी की दुआ। बाद में हमीरा की बैरक के पीछे किसी अफ्रीदी आदमी ने अफीम-गांजा-चरस का खुफिया धन्धा शुरू किया, जिसके कारण अफगानिस्तान से माल लाकर अमेरिका के बीटनिक-हिप्पी लोगों तक ट्रिप शॉट पहुँचाने का कारखाना भी यहीं शुरू हुआ। भीड़ बढ़ती गई। अब तो हर रोज नमाज पढ़ते हुए अपनी बदली हुई किस्मत पर दिलवर को भी यकीन नहीं होता। वह लखपति तो बन ही गया, लेकिन फिर भी मानवीय इतिहास के प्रति श्रद्धा और भलाई की खातिर अपने दिल की ये बातें हम जैसों को कहने के लिए वह बेकरार रहता था। बरकत ही बरकत, मौला।

उलटी हो गईं सब तदबीरें कुछ ना दवा ने काम किया

तीन महीने में भी तिरोनी बुआ का कहीं कोई अता-पता नहीं चला था। मैं भी अली की तरह निद्रानाश से खटिया पर रातें गुजारने लगा। यानी उठकर दिलवर के ढाबे पर समय काटना। दिलवर ने कराची के अनेक दोस्तों के जरिए पंजाब-पेशावर की ओर के कृष्णभक्त मुसलमानों को पैगाम दिए थे कि इन महानुभाव संन्यासियों की जानकारी देनेवाले लोगों से संपर्क करें। लेकिन इतना ही जवाब मिलता कि ऐसे लोग कभी-कभी ही दीख पड़ते हैं। एक दिन शाम को चपरासी उस्मान दिलवर का पैगाम लेकर आया कि आज आपके मुल्क के एक जनाब सलीम खान आनेवाले हैं। वे महानुभाव योगियों की जानकारी देंगे। अली और मैं तुरन्त ढाबे पर पहुँच गए।

अली को मैं जानकारी दे रहा था कि बँटवारे के समय हमारे गाँव से आए लोग कौन हो सकते हैं। हमारे पिता के अजीज यावल ऑइल मिलवाले कुरैशी, चोपड़ा के जमींदार इसहाक और सिन्धु मौसी के दामाद को बरहानपुर का बगीचा-खेती-बाड़ी लगभग मुफ्त में देकर चले गए नवाब—जैसे कई। लेकिन यह अपने मुल्क का कहलानेवाला व्यक्ति कौन है? तिरोनी बुआ के होने का जरा-सा भी अन्देशा होने पर अली, मंडी और मैं पेशावर की ओर कूच करने की पूरी तैयारी में थे।

काफी समय बीता लेकिन दिलवर के मराठी दोस्त का पता ही नहीं था। तब तक दिलवर ने हमें अपने गुरु औलियासाहब मोहमदराम से सुनी सोई किस्मत की कहानी भावुक आवाज में सुनाई :

अपने मरते-मरते बचने पर महीने-भर बाद सरकारी अस्पताल से डिस्चार्ज लेकर घर गया। घर पहुँचते ही फाकाकशी से परेशान जोई चिल्लाई, अरे सितमगर, महीना भर कहाँ मरने गया था। बहुत बुरे हालात थे प्रोफेसर साहब उस दिनों। दुर्गत। फिर भी दस बार बड़े-बड़े हादसों से बचा। एक बार तो अस्पताल में ही लगा, अब मरा कि तब मरा। एक जोई कहाँ, दूसरी कहाँ, बाल-बच्चों से महीना-महीना

मुलाकात नहीं होती थी—खैर छोड़ो। फिर हमारे पीर औलियासाहब माथे पर उँगली रखकर कहते, तुम्हारी किस्मत, दिलवर तुम्हारी किस्मत।

मैं बार-बार पीर मोहमदराम के पैर पकड़कर बेचैन होकर पूछता, मालिक, क्या मेरी किस्मत हमेशा के लिए ऐसी ही सोई रहेगी? वे बस मुस्कुराकर खामोश हो जाते। फिर मैं अपनी कंगाली और दुर्गत से इतना परेशान हुआ कि एक बार उनके पीछे ही पड़ गया और पैर ही नहीं छोड़े। तब औलिया साहब ने संजीदा होकर यह किस्सा सुनाया :

सुन। सिन्धु के किनारे एक गरीब मछुआरा रहता था। इतना खस्ताहाल कि उसके घर में चूहे तक नहीं आते थे। न बीवी को गहना न बच्चों को कपड़ा। रोज रात को जमीन से समुद्र की तरफ हवा चलती तो जमीन पर ही नंग-धड़ंग सोए बाल-बच्चों के बदन पर वह अपनी पहनने की धोती ओढ़ाता। फिर लंगोट पहनकर नदी किनारे की डोंगी पर बैठना, बाँस धँसाते हुए, नदी बहा ही ले जाए उतना भीतर तक जाना। भँवरों में खँचिया डुबो-डुबोकर अन्दर फँसी मछलियाँ, केंकड़े, झींगे, घोंघों को मटकी में डाल लेना, हवा बन्द होने पर बाँस धँसाते हुए ही तड़के नंगे बदन वापिस घर। नंग-धड़ंग बच्चे बाप को आते देख उछलते हुए तट पर जाते और मटकी का सामान लेकर दौड़ते हुए वापिस आते और माँ को ताजा-ताजा वही पकाने के लिए कहते। क्योंकि दिन-भर घर में और कुछ होता ही नहीं था। बीवी भी जो मिला है उसका एक हिस्सा बनिए को देती और बदले में रोज की जरूरत के चावल, नमक, मसाला, तेल ले आती। इधर रसोई बनने तक मछुआरा चिलम फूँकते हुए सामने थाली लेकर कतार में बैठे अपने पिल्लों की ओर असीम वात्सल्य से देखता रहता। फिर वह भी खाना खाकर सो जाता। रोज यही। आधी जिन्दगी ऐसे ही बीती। यही मेहनत, यही दिलबहलाव, यही मनोरंजन। निज सुख। आनन्द। फिर एक बार सपने में सहसा उसे अपनी सोई किस्मत दिखाई दी। वाह भई वाह। क्या घोड़े बेचकर सोयी है। या अल्लाह, ये यहाँ ऐसी सोयी है, इसी वजह से मेरे घर में धन-दौलत नहीं आ रही है। क्या मेरे घर में कभी औरों के घरों जैसा सामान नहीं आएगा? कम-से-कम घर तो औरों के जैसा कभी बने? या अल्लाह, मुझे रास्ता दिखा। ऐसे खूब शोर मचाने के बाद अल्लाह ने उसे सलाह दी कि उसे सोने दो, जगाओ मत। यदि एक बार वह जाग गयी तो दुबारा सोने का नाम नहीं लेगी। क्या तुम्हें मंजूर है? देखो, अपना फैसला खुद लो और फिर जो जी में आए सो करो।

फिर ये हजरत बीवी की सलाह लेकर चल दिए। अनुमान से रास्ता ढूँढ़ते-ढूँढ़ते उस ओर निकल पड़े जिधर सपने में सोयी किस्मत दिखाई दी थी। मिल गयी, एक टूटे-फूटे खलिहान में सूखी पत्तियों पर सोयी, जैसे सपने में देखी थी बिलकुल वैसी...गुस्से से उसे एक लात रसीद कर मछुआरा बोला, माँ की लौंडी, उठ, यहाँ मेरा ये हाल और तू सालों से सोयी ही पड़ी है, क्यों? उठ। इसके बाद उसकी किस्मत उसे जल्दी से दूर, एक भीड़-भाड़वाले बड़े शहर ले गई। अमीरी की चमक-दमक,

काम-धन्धों की क्या कमी? खाने-पीने-कपड़े की कोई कमी नहीं। लेकिन रहने का इन्तजाम काम-धन्धे से पचास मील दूर, तिस पर घोंसले जैसा, क्योंकि जिनकी किस्मत पहले ही जग गई थी, वहाँ उनके घर ही घर, ऊपर सात-सात मंजिलें हँस रही हैं। रोज तड़के अँधेरे में उठकर काम पर जाना, जो मिले वह खाना। काम करके रात को लौटते समय ऐसी नींद कि जूते उतारने तक की फुरसत नहीं होती। फिर तड़के वही। धीरे-धीरे वह वहाँ का एक अमीर आदमी बन गया। सारी चीजें खरीद लीं। बीवी-बच्चे आए। लेकिन उन्हें वह दिन में कभी घर पर नहीं मिलता था। दिन-ब-दिन कई झमेलों में उलझने के कारण वह देर से घर लौटता और कहता, साली ये किस्मत दुबारा कभी सोएगी या नहीं? वे सुख-भरे दिन दुबारा आएँगे या नहीं?

अन्त में औलियासाहब मोहमदराम कहते, दिल से कोई नहीं चाहता कि जागी किस्मत दुबारा सो जाए। एक बार लात खायी किस्मत पूरा बदला लेकर तुम्हारे साथ तुम्हारी कब्र में ही सोएगी।

जनाब भाई खंडेराव, भाई यासीनजी, यार, अब मेरा भी वही हाल है।

लेकिन दिलवर, मान लो कि गरीब आदमी ने किस्मत को सोने दिया हमेशा के लिए, फिर भी आखिर में एक बार तो उसे उठना ही पड़ेगा न, तुम्हारे साथ कब्र में सोने के लिए। तो फिर पहले ही एक बार लात मारकर उसे जगाने में बुरा ही क्या है?

वाह भाई खंडेराव, बहोत खूब, जनाब बहोत खूब हू हू हू हू।

अली, ये सब हम आध्यात्मिक परंपरावाले लोगों का झमेला है। इक़बाल साहब का एक मिसरा है, *यह तेरी खुद निगाहदारी तेरा साहिल न बन जाए*। भौतिक सुखों को टालना धीरे-धीरे हमारे गरीब देश में भी असंभव होता जाएगा। इस दर्शन को हमारे यहाँ स्थापित करना भी इसके आगे मुश्किल हो जाएगा कि उपभोक्ता विध्वंसक भी होता है। यथार्थ चाहे जैसा हो, वह जीने से सुन्दर ही बनता है। उसे विलोभनीय बनाकर जीनेवाले पूर्वार्द्ध के इस मछुआरे जैसे सहनशील लोग क्या उस कठोर यथार्थ को सिद्ध नहीं करते?

अली कहता है, हम कैसे तय करें कि लाखों की बस्तीवाले इस सिन्धु के नीचे के महानगर में पाँच हजार वर्ष पूर्व के यथार्थ को यहाँ के लोग कैसे जिए होंगे?

मेरा लगभग बारह आना ध्यान गानों की ओर था। फिर भी मैंने अली से कहा, यारू, यही तो एहसासों का महत्व है। अब देखो, कौन-सा गाना बज रहा है रेडियो पर—

परदेस ना जय्यो जी
मौसम सुहाना बरसात काऽ

यू.पी. का लखनवी ढंग—ये यकीनन खुर्शीद नहीं है। खुर्शीद नाचनेवाली नहीं थी। ये तो कथकवाली है। आपके लाहौर के अनारकली बाजार की नर्तकियाँ यह

कभी नहीं जान पाईं कि एक हाथ धुरी जैसा ऊपर उठाकर अपने पूरे शरीर को आधे, पौने, पूरे गोल कथक के फेरों में कैसे बरखास्त कर डालें। लखनऊवाले नवाब वाजिद अली शाह जैसों ने यह कर दिखाया। सारा इलाका इंद्रियलोलुप कर डालना, अपनी मस्ती भरी जिंदगी को माहौल में घोल देना—यानी उस काल के यथार्थ में परम पद पाना। बहुत थोड़ों की किस्मत में यह होता है।

गाने सुनते-सुनते हमारी ऐसी ही बकवास चल रही थी। बीच में अली ने अपनी नई नज़्म भी पढ़कर सुनाई। चूँकि वह लाहौर जम्हूरियत छात्र आन्दोलन का कार्यकर्ता था, सो उसकी कविता में जोश था। धीरे-धीरे ढाबे पर खामोशी छा गई और होटल में काम करनेवाले बच्चे, ट्रक ड्राइवर, मजदूर सभी कान लगाकर सुनने लगे:

पाकिस्तान के पिल्लो, कुबूल करो कि तुम खुश हो।
हम खुश हैं, हुजूर, हम खुश हैं।
कुबूल करो कि तुम सबको मुझ पर पूरा भरोसा है और रहेगा।
कुबूल, कुबूल।
कहो कि हमें यहाँ पूरी आजादी है।
हाँ है।
यदि यह कुबूल नहीं किया, तो तुम्हारी खैर नहीं।
तुम्हारी खैर नहीं।
***हमारी** कहो : यदि यह कुबूल नहीं किया, तो **हमारी** खैर नहीं।*
वाकई, तुम्हारी खैर नहीं।
*अरे, फिर वही, कहो—**हमारी...**।*
हम सब पाकिस्तानी कहते हैं कि तुम्हारी खैर नहीं।

हँसी। तालियाँ। वाह भई वाह। कमाल की। बच के रहना मेरे लाल, ज़माना बड़ा खराब है। अली का सीना चौड़ा हो जाता है।

मैं अली से कहता हूँ, यारू, फैज साहब की वह नज़्म सुनाओ, प्लीज...। फ़ैज़ साहब जेल से रिहा हुए थे, फिर भी रावलपिंडी साजिश में शामिल कम्युनिस्टों पर अमेरिका की कड़ी नजर थी। कोई भी फ़ैज़ की कविताएँ खुलेआम नहीं पढ़ता था। इतनी भीड़ के आगे कहना तो संभव ही नहीं था। मैंने अली से कहा, यारू, फ़ैज़ साहब के इस गाने के सहारे ही तो हम दोस्त जीते रहे हैं। *मुझसे पहली-सी मोहब्बत मेरे महबूब न माँग...*।

फिर अली को भी जोश आता है। वह जोर से पंजाबी तान लेकर शुरू क्या करता है कि पूरे होटल में खामोशी छा जाती है। भट्टी के पासवाला गैंडे जैसा नंगा बावर्ची सबसे आगे आ जाता है। उसके पीछे फटेहाल नौकर लड़के भी आँखें फाड़े आते हैं। बाहर की गाड़ियों के ट्रक ड्राइवर भी जमा हो जाते हैं।

मुझसे पहली-सी मोहब्बत मेरे महबूब न माँग...
तेरी सूरत से है आलम में बहारों को सबात

खंडेराव, अपने आप को सँभालो। उसकी सुन्दरता की वजह से सृष्टि की बहार कायम है। वाह भई वाहऽ

अनगिनत सदियों के तारीक बहीमाना तलिस्म

मेरे पैर उठ जाते हैं और पूरे उपमहाद्वीप की अगणित पीढ़ियों को पाशविक जादू से सम्मोहित करनेवाले अँधेरे—गरीबी, भूख, बीमारियाँ, बेचे जानेवाले शरीर, धूल में खून से लथपथ लोग...

लौट जाती है उधर को भी नजर क्या कीजे?
और भी दु:ख हैं जमाने में मोहब्बत के सिवा
राहतें और भी हैं वस्ल की राहत के सिवा
मुझसे पहली-सी मोहब्बत मेरे महबूब न माँग...

सभी के चेहरे लाल-लाल हुए दिखाई देते हैं। अली गद्गद् होकर रुक जाता है। क्या जादू है फ़ैज़ का। मैं अली के कंधे थपथपाकर उसे पीने के लिए पानी देता हूँ।

लोग पहले की तरह अपनी-अपनी जगहों पर जाकर अपना-अपना खाना-पीना शुरू कर देते हैं। दिलवर टूटी टाँग पर खड़ा होकर तसल्ली कर लेता है कि कोई पुलिस वगैरह तो नहीं है।

थोड़ी देर बाद मोटे सीद्दी होंठ, काला-कलूटा, चौड़ा नाटा बदन, आत्मसन्तुष्ट चेहरा, सोने की चेन से लदी गर्दन और अँगूठियों से दमकती उँगलियोंवाले एक वयस्क हजरत दिलवर को ढूँढ़ते हुए हमारी टेबल के पास आये। इन्हें देखते ही मुझे यकीन हो गया कि इनसे हमारा महानुभाव मठ का काम बननेवाला नहीं।

क्या क्या न जफाएँ दिल पे सही,
पर तुमसे कोई शिकवा न किया।

दूसरा आदमी जो सलीम खान के साथ आया था, गहरे हरे रंग का ड्रेस, बड़े-बड़े कान, अल्सेशियन जैसा दिखनेवाला उसका ड्राइवर, वह भी अंगरक्षक की भाँति हम दोनों के बीच में साधिकार बैठ गया। छोटे देहात के लोग जिस प्रकार बड़े शहरों के लोगों का चेहरा निहारते हैं, वैसे बड़ी जिज्ञासा से वह मेरी ओर देखे जा रहा था।

दिलवर ने शायद पहले ही एक बड़े इतिहासकार के रूप में मेरी पहचान करा दी थी। जनाब सलीम खान की उर्दू के बीच-बीच में झाँकनेवाली मराठी से यह जाना जा सकता था कि उसका बचपन अहमदनगर में बीता है। अहमदनगर की दमड़ी मस्जिद इलाके में उसके पिता का हथकरघे का बड़ा धन्धा था। अंग्रेजी पढ़ने के लिए सलीम मुम्बई के अंजुमन-ए-इस्लाम हाइस्कूल में आया और दोस्त के साथ फिल्म इंडस्ट्री में डिमांड के हिसाब से एक्स्ट्रा कलाकारों को ट्रक द्वारा स्टूडियो में सप्लाई करनेवाले बड़े कॉन्ट्रॅक्टर एजेंट के रूप में मशहूर हुआ। धीरे-धीरे प्रोड्यूसरी भी करने लगा। आगे चलकर मुस्लिम लीग के लीडर जनाब एडवोकेट कादर अली खाँ से उनका रिश्ता हुआ। इस कारण बँटवारे के घमासान में सारा बिजनेस ओमान बैंक में गिरवी रखकर सलीम सही-सलामत कराची भाग आया।

बाद में जनाब सलीम ने मुम्बई में बँटवारे के पहले की प्रोड्यूस की हुई अपनी एक फिल्म पर बहस शुरू की—हिन्दुस्तान का आखिरी बादशहा बहादुरशहा पर आधारित हिंदी यानी उर्दू संवादोंवाली यह फिल्म पूरी हुई। लेकिन वितरण के समय ही मुम्बई में हिन्दू–मुसलमानों में दंगे शुरू हुए और वह फिल्म मुम्बई के एक स्टूडियो में वैसी की वैसी पड़ी रही। आप अच्छी सोचवाले प्रोफेसर हैं करके पूछना चाहता हूँ—बहादुरशहा की यही फिल्म जरा–सी नई बनाकर क्या अब हिन्दुस्तान में रिलीज़ की जा सकती है? काफी देर तक इस के सभी पहलुओं पर हमारी चर्चा हुई। बढ़ता हुआ मुसलमान–विरोध, बॉक्स ऑफिस, नई पीढ़ी, वगैरा। ऐसी फिल्म फिलहाल नहीं चल पाएगी। अर्थात् उसके डांस सीन, गाने, कौन किसे मार रहा है वगैरा न पहचाने जानेवाले लड़ाई के स्टंट दृश्य तो किसी भी हिंदी फिल्म में फिर से नब्बे फीसदी चला ही सकते हैं।...हॉ हॉ हॉ, खंडेराव जी, हॉ हॉ हॉ।

यह बात छोड़िए सलीम मियाँ, लेकिन आप जैसे अहमदनगर के लोग बहादुरशाह की इतनी इबादत करने के बजाय मलिक अम्बर, चाँद बीबी पर अच्छी फिल्में क्यों नहीं बनाते हैं? जनाब सलीम को यह विचार बहुत ही पसंद आया। उठकर मुझे सीने से लगाते हुए वह बोला, भाईजान, हमारे कबीले दरअसल, मलिक अम्बर की छावनी से ही हैं। मलिक अम्बर की ओर से मुगलों से लड़े हैं। आपका मन्सूब बिलकुल सच है। कुच तो बी करने कु हुना।

जनाब सलीम खान आजकल पाकिस्तानी फिल्म इंडस्ट्री का बड़ा फायनान्सर था। साथ ही दिलवर से यह खुफिया जानकारी भी मिली कि उधर मुंबई के फिल्म निर्माताओं को हवाला के जरिए गल्फ का काला धन पहुँचाना भी उसका एक धन्धा था। दिलवर के हिसाब से करोड़ों रुपयों का। दिलवर सच्चा आदमी था, इसलिए यह पता चला। लेकिन उस दिन गोपालपन्थी जयकृष्णी खानकाह से सम्बन्धित जानकारी किनारा कर रही थी। ये मराठी–उर्दू बोलनेवाला अहमदनगर के सिद्दी मुसलमानों की जाति का दक्खिनी आदमी हाइस्कूल से ही मुम्बई में पलकर बड़ा हुआ। इस कारण वह मुझसे अपने काम निकाल रहा था। लेकिन मेरा काम किनारे ही रहा। गाँववाला कहकर मुझसे मिलने आए इस मुम्बईवाले से मुझे निराशा ही हाथ आई। वैसे भी, मुम्बई भला किसी का गाँव होता है?

आपुन भेंडी बाजार मोहमद अली रोड पे व्हॉपे सितारा मंजिल में रह्या। वी.टी. के अगले चौक मेच...फिर आगे?...आगे क्या, सभी इधर ही कराची चले आए। यहाँ हैदराबाद में कच्छे–बनियान की बड़ी होजियरी फैक्ट्री लगा ली। अब इंशा अल्ला, यहाँ दूसरी फैक्ट्री लगा रहा हूँ...वाह भई! मुबारक हो।...आपकी दुआ है। मोहमद अली रोड—तीसरी लेन, सब कुछ आँखों के सामने है। उधर हरियाली मस्जिद थी...थी मतलब? है।...हाँ हाँ है। जुम्मे के दिन पूरे क्राफर्ड मार्केट तक नमाजी रास्ता भर देते हैं। क्राफर्ड मार्केट क्या पहले जैसा ही है?...बिलकुल वैसा

ही। ऊपर की घड़ी भी वैसी ही हमेशा बन्द।...हॉ हॉ सुभान अल्ला। वहाँ लुहार चाली के आगे मस्जिद के सामने एक गुसाईंबाबा रहते थे। उनके हाथ में हमेशा एक दगदगा रहता था। उनकी झोली में से हम भभूत लिया करते थे—उसे ह्यांपे लगाने से बरकत भौत होती कहते थे...बरकत तो तुम्हारी भी अच्छी हुई सलीम भैया...हाँ। वैसे ठीकच है। बोले तो कोई झगड़ा-झाँटा किये बिना हमने काफी कारोबार बढ़ाया, सो है। तुम लोग कभी आइएगा—बोले तो मेरे वालिद भौत-भौत याने भौतही खूश होंगे। वो हमेशा नगर की या मुम्बई की यादें करते रहते हैं। काला घोड़ा तक टराम में कैसे जाते थे, वो चोर बाजार, वो चौपाटी—

टराम बन्द कर दिये? अरे अरे, उनको बताउँगा, देखो अब दो-तीन दिन वे टराम कीच बातें करेंगे।...सलीम मियाँ, आप ही आओ, मुम्बई, चाचाजी यानी आपके वालिद को लेकर। सब कुछ वैसा ही है। खाली भीड़ बढ़ी है, और आप लोगाँ नहीं हैं।...हॉ हॉ हॉ। आते थे पहिले। सब रिश्तेदार लोगाँ तो उधर ही है ना। अब टूटते जा रहे सो हैं। ह्यांपे कराची में पहले एक हिन्दुस्थान की वकालत थी। वीसा आसानी से मिलता था। पाँच सौ रुपये पट्टेवाले को दिए और हो गया। इतना आसान। खिड़की से किसी पंजाबी इंडियन अफसर ने पूछा तो हम कहते थे, हमारा वतन है और क्या वजह चाहिए लाला? लेकिन जंग के बाद केवल इस्लामाबाद में एक ही कचहरी रखी गई है। इतनी दूर कौन जाएगा? पहले कराची में वीसा लेते और मछुआरों के जहाज से काठेवाड़-कच्छ बॉर्डर से चुपचाप घुस जाते, रिश्तेदारों के यहाँ रहते और महीने भर में दुबारा चुपचाप वापिस। गए वो दिन—

तभी मैं मुद्दा उठाता हूँ, हमारे यहाँ के काले कपड़े पहननेवाले गोपालपन्थी? जयकृष्णी? महानुभाव जैसे नामों के जोगी संन्यासी इधर कहीं हैं? कहीं मठ है उनके? संन्यासी स्त्रियाँ भी होती हैं—

सलीम आकाश की ओर देखते हुए कहता है, हाँ, वो नगर में थे। इधर आजकल वैसे खानका मेरे देखने में नहीं आए हैं। हमारे दोस्त उधर रावलपिंडी में गोपालपन्थी करके हैं। वहीं होंगे। क्यों, कोई काम है प्रोफेसर साहब?

कुछ खास नहीं, वो हमारा संप्रदाय है। हमारे लोग हैं इन मठों में पहले से—

फिर सलीम ने ड्राइवर से पूछा, अपने रुस्तुम की दादी का भूत एक खानकाह में उतारा था—कहाँ? याद है? चकवाल में?

इतनी देर तक यह बड़े-बड़े कानोंवाला ड्राइवर मुझे बड़ी जिज्ञासा से घूरता ही जा रहा था कि हिन्दू मनुष्य दिखता कैसे है, बोलता कैसे है, पीता कैसे है। अब जाकर जैसे उसे बोलने का लाइसेंस मिला हो, वह सिक्ख गुरुद्वारे के बारे में, बाद में सत्यनारायण पन्थ की दुनिया-भर में फैली शाखाओं के बारे में लगातार बिना रुके बोलता चला गया।...हिंगुलजा माता मंदिर कराची से पास ही है। कराची में तो बड़ा शिवमंदिर है। पंचमुखी हनुमान के मेले में—

सलीम बोला, अरे साब क्या पूछ रहे हैं, और तू क्या बक रहा है?

हाँ हाँ, जी, वही बता रहा हूँ। हिन्दू फकीर—उधर अछूतपन्थी बोलते हैं उनको, वो? वो लोग बम्मन का भूत तो तभी उतार देते हैं। वो गाँव के बाहर पेड़ के नीचे ही पड़ाव डालनेवाले, पूरे वेजिटेरियन लंगर होते हैं ना? खानका में साँप भी मिल जाय, तो उसे रस्सीवाली लाठी से पकड़कर जंगल में छोड़ आते हैं। मारते नहीं। ये मुझे बहोत बड़ी बात लगी। कंधे पर बस झोला। तस्बीह, एक ही जोड़ी कपड़ा। बँटवारे से पहले चकवाल मठ में काफी जोगिनियाँ थीं। उधर अब भी कुछ जगहों पर दिखाई देती हैं। गए साल जलालपुर के आगे खेत में किसी मरे हुए जोगी या जोगिनी को गड्ढा खोदकर दफनाते हुए मैंने देखा था। गाड़ी रोकी और अल्लाह से दुआ माँगी।

मेरा दिल धड़का। मेरी बुआ तो अभी चालीस की ही होगी। मैं उम्र गिनता हुआ पीछे गया। तिरोनी बुआ चबूतरे पर खड़ी होकर कहानी सुना रही है—

बीच में ही ड्राइवर मुझसे पूछता है, आपकी तरफ पिंडारी अभी तक हैं? आपके यहाँ ब्राह्मण अभी तक हैं? और अखबार में पढ़ा कि खुदा का अवतार कृष्ण अभी तक प्रकट होकर डांडिया खेलता है? क्या ये सच है?

सलीम ने फौरन उसे गाड़ी पम्प पर ले जाने का हुक्म दिया और मुझे आगे के मुश्किल सवालों से उबार लिया। अगले हफ्ते मैं दिलवर के जरिए आपको पैगाम दूँगा। गाड़ी आएगी। जरूर आइएगा। अली साहब को भी लेकर आइएगा। खुदा हाफिज। नमस्ते।

हम दो मराठों ने अपने भारी हाथ एक-दूसरे से मिलाए।

अली कह रहा था, बँटवारे के कारण अमीर लोगों को ही भागना पड़ा था, फिर भी वो दोनों तरफ स्थापित हो ही गए। समस्याएँ बेचारे गरीब लोगों की ही नहीं सुलझीं। और गरीब लोगों में मुसलमान ज्यादा थे। अभी भी वैसा ही है। इस बीच मैंने फ़ैज़ का एक शेर याद कर टेबल के कागजी रूमाल पर लिख डाला था—

यह शहर भी शायद छीन लेगी अब दुनिया,
किसको याद रखना है किसको भूल जाना है।

मैंने कहा, गरीब हो या अमीर, हिन्दू हो या मुसलमान, *आबरू क्या खाक उस गुल की के गुलशन में नहीं*। तिरोनी बुआ की गोद में बैठकर कहानियाँ सुननेवाला मेरे दिमाग का खंडू अभी तक होश में नहीं आ रहा था। बोल खंडू, गौरैया का घर...मैं कहता हूँ, मोम का। हाँ। बुआ ऊँची तीखी आवाज में, खंडू, आगे—कौए का घर...मैं कहता हूँ, गोबर का। सात-सौ सालों से चक्रधरस्वामी की धानी को सुनाई गई कहानी। मैं बहुत बेचैन हो गया हूँ। यह देखकर कि उँगलियाँ जल रही हैं फिर भी दूसरी सिगरेट जलाने का ध्यान नहीं है, अली अपनी सिगरेट मुझे देता हुआ कहता है, खंडेराव, इस हफ्ते हम स्पेशल कार करके लाहौर-चकवाल-हजरा-पेशावर और वापिस, सभी मठ छान डालेंगे। ओके? मंडी का और मेरा सब फायनल हो गया है।

सारा खर्च मैं उठाऊँगा, यारू, प्लीज...

देखो खंडेराव, मंडी का तखीले तक जाकर लौट आने का एक प्रोजेक्ट सैंक्शन होकर आया है। हम उसी की गाड़ी में होकर आएँगे।

हम भी हैं वहीं तुम भी हो वहींऽऽ हाँऽऽऽ
ये अपनी अपनी किस्मत हैऽऽ
दिल तोड़नेवाले देखके चल
हम भी तो पड़े हैं राहों में

मैंने अपने भाई को ट्रंक किया है। हो जाएगा। हमें इस्लामाबाद के रिलिजस मायनॉरिटीज के दफ्तर से सभी संन्यासी स्त्रियों की जानकारी मिल ही रही है। तुम चिंता मत करो। उतर–पश्चिमी सरहदी इलाके में हिन्दुस्तानी जासूसों ने गड़बड़ी फैला दी है, इसलिए इंडियन लोगों को आजकल पेशावर नहीं जाने दिया जाता। लेकिन हम जाएँगे। आजकल युद्ध का माहौल भड़काते हैं हमारे लश्करशाह।

यारू, यह मानकर भी कि हिन्दू–मुसलमान धर्मों के बीच बड़ी भूगर्भ रेखा है, इस उपमहाद्वीप में हम उसे कितना पाटते आए थे? लेकिन देखो न, आखिरकार धर्म ने दगा दी। भाषा, वतन, देशी जड़ें—सभी को मात दी।

माँ की च्यूत, बीस लाख लोग मारे गए। दोनों तरफ के डेढ़ करोड़ लोगों को अपना वतन छोड़ना पड़ा। हमें तो बस कोई यह कह दे कि यहाँ से बाहर जाइए, गुस्सा आता है। धमकाने पर भी लोग अपनी जगह नहीं छोड़ते, इतनी गहरी होती हैं जड़ें। ऐसे डेढ़ करोड़ लोगों को दोनों ओर से खदेड़ दिया गया। मादरचोद। बेइज्जती के कितने बड़े पहाड़। इस पार्टीशन के कारण पूरे इंडिया में कितने इंडियन रातोंरात विदेशी हो गए।

यह बँटवारा टिकेगा? यह भूगर्भ रेखा बढ़ती गई तो और बँटवारे होंगे। हिन्दू अगर अपनी सांस्कृतिक परिधि को बड़ा करते हैं और मुसलमान भी अपनी सांस्कृतिक विरासत में मोहेनजो–दड़ो, ऋग्वेद, रामायण, महाभारत—सबको अपने ही देश का मान लेते हैं, तभी बँटवारा रुकेगा। लेकिन यही तो नहीं होता है। हिन्दुओं की सांस्कृतिक विरासत में खिलजी, तुगलक, मलिक अम्बर, अकबर, यहाँ तक कि अभी–अभी के अली अकबर, गालिब, मीर, फैयाजखाँ, बेगम अख्तर, मधुबाला—कितने हैं? उर्दू है। सभी ओर औलिये हैं, पीर हैं। राष्ट्रगीत में भी सिन्ध है, लेकिन इकबाल जैसों को हिन्दू अपने घरों में क्यों नहीं ले पाए? मलिका पुखराज, नूरजहाँ को क्यों नहीं अपनाया जा सका। इधर आकर भी नूरजहाँ ने क्या किया? हिन्दुस्तान में अपनी आखिरी फिल्म जुगनू करके यहाँ आई और खत्म ही हो गई।

और फ़ैज़?

और भी दुख हैं जमाने में मोहब्बत के सिवा
राहतें और भी हैं वस्ल की राहत के सिवा

वाह! असल हिन्दू तो इधर काबुल से सतलुज तक ही हैं। यह हिन्दुत्व उधरवालों ने अगवा किया और इधरवालों ने त्याग दिया—यहीं असल में गड़बड़ी हुई और अंग्रेजों ने बीच में माँ चुदाई।

हम हो गए पराए अब उनसे वास्ता क्या?

बँटवारे से हमारे कितने बड़े-बड़े नुकसान—जमीन की बात छोड़ो, लेकिन सांस्कृतिक धरोहर का भी पार्टीशन?

मुसलमान भारतीय हो या पाकिस्तानी, उसे बँटवारे के खिलाफ ही होना चाहिए। बँटवारे से सबसे ज्यादा चोट मुसलमानों को ही लगी है, यारू।

भारत में इतनी बड़ी मुस्लिम विरासत छोड़ दी आपने? लेकिन हिन्दुओं ने पाकिस्तान की अपनी हिन्दू विरासत नहीं छोड़ी, और कभी छोड़ेंगे भी नहीं।

खंडेराव, क्या यह एक तरह का हिन्दू साम्राज्यवाद नहीं लगता? अगर पाकिस्तानी मुसलमान को ऐसा लगता है, तो क्या वो गलत है?

बँटवारे से पाकिस्तान का कोई नुकसान नहीं हुआ? आजाद तो होनेवाले थे ही हम सब।

इकबाल साहब तो बोले ही थे :

तुम्हारी तहजीब खुद अपने खंजर से खुदकुशी करेगी

खुदकुशी? किसने की खुदकुशी? हिन्दुस्तानी हिन्दुओं ने या हिन्दुस्तान के मुसलमानों ने? या पूरे उपहाद्वीप के हिन्दुओं और मुसलमानों ने मिलकर की?

इसकी बजाय पाकिस्तान ने हिन्दुस्तान की खुदकुशी की और हिन्दुस्तान ने पाकिस्तान की—ऐसा कहें!

हॉ हॉ हॉ।

इस बँटवारे के कारण ही हमारी तरफ के कट्टरपन्थी धर्मांध लोग ढीठ हो गए। वरना इधर के मुसलमानों की उधर के हिन्दुओं पर और उधर के हिन्दुओं की इधर के मुसलमानों पर अनेक सदियों से कुदरती धाक थी।

अफसाना लिख रही हूँ दिले बेकरार का,
आँखों में रंग भरके तेरे इन्तजार का।

इसी समय डॉ. जलील, तिवारी, मिश्रा और मंडी वगैरह पाँच-छह लोग अली और मुझे ढूँढ़ते हुए दिलवर के ढाबे पर आए। सुब्हान अल्ला कहते हुए चाय मँगवाकर जलील साहब बोले, क्या खुदकुशी चल रही है जनाब? पार्टीशन के बारे में सुनकर जलील सर कराची के अपने हिन्दू लीडर मित्र गोप भंभाणी के किस्से सुनाते हैं : भंभाणी के मतानुसार पाकिस्तान जिन्ना के कारण उतना नहीं बना जितना उस नंगे फकीर गांधी के कारण बना। कैसे? बुड्ढा बुलन्द हिन्दू था। इसीलिए उसे नकली हिन्दू ने मारा। उन संघी और हिन्दू महासभावाले सावरकर जैसों से कोई मुसलमान नहीं डरता था। वो तो बनावटी हिन्दू थे। उनके दंगों से कौन मुसलमान डरेगा? यार,

मुसलमानों को असली डर था गांधी के हिन्दुत्व से—वे प्रार्थनाएँ, भजन, वह नंगा बदन, उपवास और वह भी महीनों। और हमेशा मुसलमानों का पक्ष लेना, दिखाने के लिए दिलदार हिन्दू। देखो, इसी कारण मुस्लिम लीग के मुसलमान डर गए। वरना अखंड हिन्दुस्तान में रहने में उन्हें कोई डर नहीं था—जो था, वह इस सर्वभक्षक भयानक गांधी के हिन्दूपने का। उधर बुड्ढे ने ईश्वर अल्ला तेरो नाम कहकर झाँझ बजाई कि इधर मुसलमानों की फटी। यूँ ही नहीं आपने उस बुड्ढे को फादर ऑफ द नेशन बनाया। जनाब भंभाणी यह भी कहते हैं कि यदि गांधी कांग्रेस में सर्वोपरि नहीं होता—मान लो नेहरू होते, पटेल, सुभाषचन्द्र होते तो पार्टिशन का खयाल मुसलमानों के दिमाग में आता ही नहीं। लेकिन तुम्हारा यह गांधी हिन्दू था बहुत खतरनाक।

यह गोप भंभाणी सन् बयालीस के आन्दोलन में सिन्ध का सूत्रधार था। उसे पाकिस्तान से इतना प्यार कि पार्टीशन के समय सिन्धी हिन्दू हिन्दुस्तान पलायन न करे, इसलिए अखंड हिन्दुस्तानवादी मुसलमान नेताओं के साथ मिलकर इसने जी-तोड़ प्रयास किए। इसी कारण सिन्ध में हिन्दू जनसंख्या काफी है। लेकिन मजे की बात यह कि भंभाणी की पाकिस्तानपरस्ती मुसलमानों को रास नहीं आती। हॉ हॉ। यह तो समझ में आता है कि हिन्दुओं को उसकी पाकिस्तान-भक्ति पसन्द नहीं होगी, लेकिन इससे भी ज्यादा पाकिस्तानी मुसलमानों को यह अस्वाभाविक लगता है! दे ताली। हॉ हॉ हॉ। दोनों ओर के लोग उससे बेहद नफरत करते हैं। हिन्दू और मुसलमान दोनों कहते—क्या यह एक हिन्दू को शोभा देता है? हॉ हॉ हॉ। अब पाणिनि का पोस्टल स्टैम्प पाकिस्तानी पोस्ट को नहीं बनाना चाहिए, हिन्दुस्तानी सरकार को ही बनाना चाहिए। सॉरी, पाकिस्तानी सरकार को बनाना चाहिए, क्योंकि पाणिनि का जन्मगाँव कहाँ है? क्या भंभाणी का यह मुद्दा सही नहीं?

जलील साहब अब धीरे-धीरे हिन्दुस्तान की जगह पाकिस्तान कहने लगे और पाकिस्तान की जगह हिन्दुस्तान। हिन्दुओं के स्थान पर मुसलमान और इसके ठीक विपरीत। धीरे-धीरे हम सुननेवाले अपने दिमाग में यह बदलाव करते-करते उकता गए और जलील सर जो कहें वह सब गलत होते हुए भी, सही मानकर आगे सुनते रहे। आगे चलकर पूर्व और पश्चिम में भी अदल-बदल होने लगा। यानी वे कह रहे थे कि लाहौर असल में पूर्व पंजाब में नहीं जाना चाहिए था। पश्चिम की ओर के पंजाबी हिन्दुओं का वह शहर था। फिर भी कुल अर्थबोध में ज्यादा बदलाव किसी को मालूम नहीं होता था। उदाहरणार्थ, जलील सर कह रहे थे :

आप कुछ भी कहिए बच्चा लोग, इस उपमहाद्वीप में असल सहिष्णु व्यक्तित्व किसका बन रहा होगा, आपको क्या लगता है? पाकिस्तान के (? हिन्दुस्तान के) हिन्दुओं का (? मुसलमानों का)। बचपन से इस अल्पसंख्यक वर्ग का हर तरह से मानसिक दम घोंटना, आप सभी देशद्रोही हैं, जैसे बचकाने आरोप, और वे भी मुसलमान (? हिन्दू) गुंडों द्वारा। हमेशा उन बेचारों को कोंचना कि हम पराए हैं।

इसी हिन्दुस्तान के (? पाकिस्तान के) मुसलमानों को (? हिन्दुओं को) गलत बातें गलत हैं, पहचानने की घुट्टी बचपन से ही मिल जाती है। कितने अपमान सहने पड़ते हैं। यह फायदा पाकिस्तान के मुसलमानों को (? हिन्दुस्तान के हिन्दुओं को) कभी नहीं मिलता। ऐसी चरम कोटि की सहनशीलता अपने व्यक्तित्व में कुदरती तरीके से पानेवाली ग्रेट पीढ़ी अब तैयार हो रही है—पाकिस्तान में ? हिन्दुस्तान में ? उपमहाद्वीप में ? आप देखेंगे।

आगे चलकर इतिहास यही साबित करेगा कि बँटवारे के बाद के हिन्दुस्तान में (= पाकिस्तान में) रहने का निर्णय लेते समय मुसलमानों ने (= हिन्दुओं ने) उचित जजमेंट दिखाया था।

ऐ मोहब्बत तेरे अंजाम पे रोना आयाऽ

बाद में जलील साहब दिल्ली के स्थान पर इस्लामाबाद और जमात-ए-इस्लामी पार्टी को जनसंघ कहने लगे। इस कारण उपमहाद्वीप की कुल राजनीतिक स्थिति की सादृश्यता के बारे में हमें यकीन होता गया। क्या फर्क पड़ता है यार, इसकी बजाय वह या उसकी बजाय यह कहने से ? कहिए, किसकी समझ में आती हैं कुरआन की ऋचाएँ या वेदों की आयतें ? वही तो।

द्वा*परी श्रीकृष्णचक्रवर्ति गुसाईं चरण शरणे:*

...इस स्मरणातीत काल से आज तक ल।खों भोले-भाले देसी गँवार जीव-उद्धार की आशा में इतने कड़े आचार-विचार का पालन करते आए हैं। आखिरकार हमारी तिरोनी बुआ *प्रतिष्ठानी श्री चांगदेवो राउल सर्वज्ञ चरण शरण:*[7] कहती हुई इधर पैदल आई। उनके गुसाईं चक्रधरस्वामी कहते थे, *क्यों मामूली दुनियादारी के झंझटों में फँसते हो? आप महात्मा हो जी : एक गाँव भोजन कीजिए : दूसरे गाँव हाथ धोइए*। यह सोचकर मैं बेचैन हो उठा कि हमारी बुआ की विशाल मूर्ति सिर पर काला घूँघट ओढ़े मोरगाँव में भोजन कर रही है और यहाँ पेशावर की सड़क पर हजरा में हाथ धो रही है। मंडी की गाड़ी से तक्षशिला से लौटते हुए केवल रावलपिंडी के पासवाला, चकवाल का मठ देखना बाकी रह गया था। जलील साहब के पेशावर के रिश्तेदारों ने काफी मदद की थी। संन्यासी स्त्रियों के साथ जयकृष्णी मठ कहाँ-कहाँ सक्रिय हैं, अली के इस्लामाबाद के रिश्तेदारों ने उन सबकी अच्छी जानकारी दे दी थी। उसी के अनुसार हम मानचित्र बनाकर मुलतान हाइवे से, लाहौर से ठेठ पेशावर तक पड़ाव डालते चले गए।

अधिकांश मठ मस्जिदों जैसे, खानकाह कहलाए जानेवाले और दो-चार पंजाबी संन्यासियों द्वारा चलाए जा रहे थे। वजीराबाद, जलालपुर, रावलपिंडी, हजरा, अटक—हर जगह के महानुभाव मठ में पूजा-अर्चा करते हुए हम आगे बढ़ते। हम गद्दी पर

---

7. सर्वज्ञ श्री. चांगदेव महाराज के चरणों में शरण।

स्थापित विशेष (पवित्र वस्तुओं) को माथा नवाते और वहाँ जमा लोगों को खानदेश के अनजान महन्तों का परिचय देते। जीर्ण-शीर्ण और धूल से सने, इन खानकाहों के थके-माँदे, निरुत्साही महानुभाव महन्त, बूढ़ी संन्यासी स्त्रियाँ कहतीं, दक्खन के लोग अब इस ओर नहीं आते। आजादी से पहले सामन्ती समाज में आज जैसी निष्ठुर धार्मिक कट्टरता नहीं थी। नवाबों के राज्य में गाँव-गाँव हम जैसे मूर्तिपूजा विरोधी, देवी-देवता न माननेवाले हिन्दू संन्यासियों को आश्रय देने की, दान देने की प्रथा थी। इधर के पंचपीरों को तो महानुभाव मानते ही हैं। मध्यवर्गीय पंजाबी मुसलमानों में, पठानों में लड़के के जनम पर, लड़की की शादी तय होने पर पूरे मठ को भोजन देने की प्रथा थी। किसानों को बरकत होने पर मठों की कोठियाँ गेहूँ के बोरों से भर जातीं। गरीब मुसलमान अपनी-अपनी जाति के रिवाजों के मुताबिक भूत-प्रेत उतरवाने आते। मठ को सम्मान दिया जाता। अब इन बातों की कोई प्रतिष्ठा नहीं रही। श्रीकृष्ण! श्रीकृष्ण!!

ये सब बँटवारे के आघात से अपने-अपने इलाकों से बिछड़े, बेवतन, असहाय गोसाईं, जोगिनियाँ। इनसे अब कोई धार्मिक संवाद भी असंभव था। सबको लगता कि हम पड़ाव डालकर इन्हें हिन्दुस्तान के महानुभाव लोगों के समाचार दें। रिधपुर में क्या वो घोड़ा अभी भी है? क्या वो कुआँ है? हमें इसमें कोई रुचि नहीं थी। हमें तो बस अपने एक आदमी को बीस सालों के बाद देखना था।

कौन? कहाँ की? नाम हिराइसा, मोरगाँव की दक्खनी मराठा स्त्री, उम्र चालीस की, कहीं मिलेगी? सारंगधर महन्त का मार्ग क्या इधर कहीं है? इन सवालों के जवाब कहीं नहीं मिल पाए। फिर तुरन्त अशिष्ट की तरह निकल पड़ना। किसी गरीब महन्त को लगता, कहीं ये पुलिसिया जाँच तो नहीं? पूरा सप्ताह निराशा में बीता। रास्ते में मंडी और अली के साथ महानुभाव संप्रदाय के बारे में उकता जाने तक चर्चा : उस काल में चक्रधर मानते थे कि नाक से बहनेवाला नेटा और स्त्रियों की माहवारी में कोई फर्क नहीं है। स्त्रीमुक्ति, स्त्री-पुरुष समानता, जातीयता विरोध, अहिंसा, करुणा, ग्रामीण क्षेत्र में प्रबोधन, कहीं न मिल सकनेवाला देश का उच्च कोटि का गद्य साहित्य, प्रगतिशील विचार, यह सब बताते-बताते मुझे अचानक निराशा का दौरा पड़ता। अपने इस शोध का अन्त और इस कदर विफल? कितने लोगों का समय ज़ाया किया है मैंने? मंडी भी कितनी मेहनत करे?

खंडेराव, ये सारी बातें मुझे अहम ही लगती हैं। लेकिन मुझ जैसी ब्रिटिश, यूरोपीय, पाश्चात्य कह लो—प्रोटेस्टेंट दर्शन से संस्कारित स्त्री को यह दर्शन अखरता है कि हम दूसरे के श्रम पर जिएँ, जो बौद्ध मठों से लेकर कैथोलिक मठों तक में होता है। बस यही एक अखरता है। अब ये देखो, यहाँ भिखारियों का ताँता लगा हुआ है। कुछ अजीब-सा लगता है उन्हें कुछ दें तब भी और न दें तब भी।

इसका दूसरा भी एक पहलू देख लो, मंडी। ये लोग हम पर जबरदस्ती तो नहीं करते हैं कि हमें पैसा दो। किसी को सताते भी नहीं हैं। झमेला भी खड़ा नहीं करते।

इनमें कहीं भी महत्वाकांक्षा से भरी दानवीय वृत्ति दिखाई नहीं देगी। और मुख्य बात यह कि बिना किसी घमंड-पाखंड के ईमानदारी और तन-मन-धन से यह घोषित करना कि हम दीन-हीन हैं, आशा, मोह का त्याग कर चुके हैं, कितना धैर्य चाहिए इसके लिए? भीख माँगने के लिए भी कितना धैर्य लगता होगा? भविष्य के शांतिप्रिय मानवीय समाजों को आगे चलकर यही आदर्श रूढ़ करने पड़ेंगे—भीख माँगने का विनम्र बड़प्पन। साधारण पैसेवालों को लगनेवाला डर इन्हें कभी नहीं सताता।...लाचारी? इनसे कहीं ज्यादा लाचारी पार्लियामेंट के लोगों में, फौजी अफसरों में होती है। यूनिवर्सिटियों के प्रमोशन पानेवाले प्रोफेसर तो इनसे बहुत ज्यादा लाचार होते हैं। क्या वे पाखंडी मौकापरस्त लोग कभी ईमानदारी से यह घोषित करेंगे कि होड़ाहोड़ी की दुनिया से हम पूरी तरह से बाहर हो गए हैं, हार मान ली है? भिखारी यह काम बड़े साहस के साथ करते हैं।

...बेशर्मी? राष्ट्रीय योजना, सामाजिक बीमा, जैसी बातें जिस समाज में असंभव हैं, वहाँ इनका अभिभावक कौन होगा? भीख और वेश्यावृत्ति के व्यवसाय कभी नष्ट नहीं होंगे। भीख के लिए हाथ बढ़ाने में कोई बेशर्मी नहीं है। ठीक से देखो तो यह स्वीकारोक्ति उनमें से हरेक के चेहरे पर दिखती है कि होड़ाहोड़ी की क्षुधा हमने खो दी है। इनमें एक टुंडा आदमी सचमुच वैसा ही दिखा और अली ने उसे दो-तीन सिक्के दिए। आगे की एक अस्थिपंजर स्त्री को मैंने भी कुछ दिया। मंडी अपने ड्राइवर से बोली, लतीफ, बेचारी को कुछ दो, मैं बाद में उधार चुका दूँगी। लतीफ के साथ हम तीनों हँस दिए। ऐसा नहीं होता है देवीजी, दान-धरम स्वयं ही करना पड़ता है। प्रोटेस्टेंट यह कब समझेंगे? लेकिन अच्छा है कि समझ में आ गया।

ऐसे ही दर्शनों के कारण हिन्दुओं की किस्मत में गुलामी आई जी। वरना ये हैं तो महान ही।

देवीजी, जब तक गुलामी लादनेवाले नहीं होते, तब तक कोई भी गुलाम नहीं होता। एक बात बताइए—बौद्ध, कैथोलिक और हमारे ये महानुभाव लोग, भगवान के नाम पर लड़के-लड़कियों को अर्पण क्यों करते होंगे? गुलामी? धार्मिक श्रद्धा? जनसंख्या स्थिर बनाए रखने का उपाय? विशालकाय मठों की सैकड़ों सालों से चली आ रही आस्थापना को बनाए रखना? या मठों में झाड़ू-कटका, लीपा-पोती, दियाबत्ती, पूजा-आरती चलती रहे इसलिए? जिंदगी को समर्पित करने की यह कौन-सी पद्धति होगी?

अली कहता है, आज विश्व-भर में लाखों की संख्या में कच्ची उम्रवाले युवा फौज में भर्ती करवाए जाते हैं—जबरदस्ती। उनकी अपेक्षा इन शांतिप्रिय संन्यासियों को पोसने में क्या बुराई है? बौद्ध मठ व्यवस्था तो इस मिलिटरी से कहीं ज्यादा उदात्त थी।

यारू, तुमने ठीक कहा। छब्बीस जनवरी का सैन्य संचालन देखता हूँ तो लगता है एक जैसी यूनिफॉर्म पहनाकर बलि के लिए तैयार रखे गए हैं मुर्गों जैसे सैनिक।

कितनी ऊर्जा को धड़ाम से बरबाद कर देने के लिए तैनात रखा जाता है? मुझे तो रोना आता है यह दृश्य देखते समय। भयानक। अमानुषी।

आखिरी प्रयास समझकर हमने चकवाल के मठ में प्रवेश किया। फिर मायूसी। ऐसा लगता रहा कि वहाँ की हर संन्यासिनी स्त्री मेरी बुआ ही है। फिर मैं गहरी निराशा में डूब गया, करीब-करीब बेहोश। मंडी, अली मुझे पुकार रहे थे, लेकिन मुझे सुनाई नहीं दे रहा था। इससे उन्हें मेरी चिंता होने लगी। आखिरकार वे मुझे उठाकर मठ से बाहर ले आए। गाड़ी में बैठते समय मंडी ने मेरे कंधे पर हाथ रखते हुए कहा, खंडेराव, अब यह सब भूल ही जाओ तो अच्छा है। हमारा यहाँ का, रिपोर्ट का काम खत्म होने पर तुम पुणे में अपनी पी-एच.डी. की ओर ध्यान दो।

फिर वह मजाक में अली से बोली, लोकगीतों में अपनी प्रियतमा को खोजनेवाले प्रेमी होते हैं, बचपन में बिछड़ी बहन की खोज करनेवाले भाई भी दिखाई देते हैं, लेकिन अपनी बुआ की खोज करनेवाला भतीजा हमने नहीं देखा। चलो।

मंडी की हिदायत थी कि भोजन के समय तक हमें मुलतान पहुँच जाना चाहिए, सो ड्राइवर लतीफ ने तूफानी रफ्तार से हाइवे को पीछे धकेलना शुरू किया। उस एकरस आवाज और पहले ही थकान से चूर मंडी और अली ऊँघते-ऊँघते धीरे-धीरे सो गए। मैं ड्राइवर के पास सिगरेट पीते हुए और उसके लगाए पंजाबी गाने सुनते हुए धीरे-धीरे सभी संवेदनाओं को ढँकनेवाली अबोध उदासी में लीन हो गया। जबरदस्त छटपटाहट। किसलिए? चकवाल में कोई लखखी यक्षराज नामक एक वृद्ध महन्त बोला कि काबुल के मठ में काफी दक्खनी मराठी संन्यासी स्त्रियाँ थीं—इसे भी दो-एक साल बीत गए। वहाँ की हुकूमत से महानुभाव संन्यासियों के लिए बहुत ही उदार आश्रय प्राप्त है। मैं और भी बेचैन हो उठा। मेरा काबुल जाना तो संभव नहीं होगा। फिर क्या पता वहाँ बुआ न भी हो? पच्चीस सालों में न जाने क्या-क्या उलटफेर होते हैं। उस समय काबुल भी बहुत पराया नहीं लगता था। हींग मसालेवाला गफूर मामा नामक अफगान हर ग्रीष्म में चार-पाँच दिनों के लिए मोरगाँव में पड़ाव डालता। उसके आए बिना किसानों की स्त्रियाँ अचार डालने का सोच भी नहीं सकती थीं। उसके आने पर सौदा खरीदने के लिए औरतों का ताँता—उड़द, तिल, मेथी वगैरह के बदले वह मसाले देता।

भिखारियों के और बौद्ध परंपरा के मठों में देवताओं को अर्पित लड़कियों के बारे में मैं कुछ ज्यादा या अतिरंजित तो नहीं बोल गया? मोरगाँव के स्कूली मित्रों के जमाने से वितंडावाद की यह गन्दी आदत लगी है। खंडेराव, बस कहानी सुनाते जाओ यार।

दादाजी की पहली पत्नी यानी मेरी सौतेली दादी रुखमा दादी की एक के बाद एक लगातार लड़कियाँ हो रही थीं। उस समय घर में सास की तूती बोला करती थी। इसलिए परदादी ने अपने महन्त गुरू के कहने में आकर महानुभाव मठ में भगवान

दत्तात्रेय के सामने मन्नत माँगी—दत्तात्रेय जी, घर में लड़का नहीं है। लड़कियाँ तो चिड़ियों जैसी, एक-एक कर सभी ससुराल उड़ जाएँगी। फिर बुढ़ापे में हमें कौन देखेगा? इतनी खेती-बाड़ी, घर-बार, गोठ को कौन सँभालेगा? क्या हमारे बाद इस कोठी के दरवाजे बन्द ही रहेंगे? दीया कौन जलाएगा? भगवान, अब की बार तुमने मेरी बहू की गोद में लड़का डाल दिया तो तुम्हारी सेवा के लिए मैं अपनी एक पोती अर्पण करूँगी।

रुखमा दादी वारकरी संप्रदाय के घर से आई थी। अपनी गँवार महानुभावपन्थी सास का यह अघोरपन उसे बिलकुल नहीं सुहाया। हिम्मत जुटाकर बोली, क्यों मामीजी, आपके संप्रदाय के चक्रधरस्वामी तो स्त्रियों के लिए पुरुषों को फटकारते थे कि केवल पुरुषों की जान जान होती है और स्त्रियों की जान क्या बेजान है? और हमारे तुकाराम महाराज भी तो कह गए हैं न कि यदि मन्नत माँगने से पुत्र होता है तो पति की जरूरत ही क्या—

खामोश, परदादी ने सोचा उसकी मुँहफट बहू अश्लील बोल रही है, पति का काम-क्या ऐसा बोलना ठीक है? मैंने इतनी बड़ी मन्नत माँगी—अपने संप्रदाय और अपने दत्तात्रेय जी का अपमान कैसे सहूँगी? खूब ऊधम मचाया। रुखमा दादी ठहरी पहले से ही दो बच्चियों की माँ, उसे तो खामोश होना ही था।

परदादी, पुराने खयालोंवाली, चलो ठीक है। लेकिन अगली पीढ़ी की दादी और माँ भी बचपन में हमारी बहनों की ओर लापरवाही बरतती और हम दो भाइयों को ममता से सहलाती हुई कहतीं, बेर-बबूल के पेड़ तो यों ही बड़े हो जाते हैं, लेकिन आम का खास ध्यान रखना पड़ता है। और यह मानना ही पड़ेगा, क्योंकि हमारे घर में सभी बुआएँ, बहनें, बुआ की बेटियाँ जल्दी-जल्दी बड़ी होती गईं। लड़के ही मरते गए। पिता तब हमेशा बीमार, हुना चाचा सन बयालीस के षड्यंत्र में मारे गये। पिछले साल हीरे जैसा मेरा बड़ा भाई भावडू चल बसा। अब यह इकलौता खंडेराव बस एक आम बचा है। आमराव। पूरे घर का एकमात्र खम्बा। खंबेराव। खंडेराव खानदान का दीपक। माँ ने एक बार मुझे पत्र में लिखा था, तू वंश का *दावा* है। *दीवा* की बजाय गलती से *दावा*। यानी दीये से भी भयानक।

इस रुखमा दादी की दोनों लड़कियाँ चेचक की महामारी में एक साथ चल बसीं। दोनों को गुदड़ी में लपेटकर एक ही दिन एक ही गड्ढे में दफनाने ले गए। तब दादी ऐसी दहाड़ मारकर रोई कि दुनिया में दूसरा कोई नहीं रोया होगा। उस समय वह गर्भवती थी और उसने सतमासे बीमार लड़के को जन्म दिया। साल-भर में उसकी कोख में चिन्धु बुआ आई। कहते हैं कि जब से रुखमा दादी ने बच्चियों की छोटी-छोटी लाशें ले जाते देखीं, तब से जो उसने बिस्तर पकड़ा कि फिर जचगी के बहाने वह मर ही गई। तब बुआई की आपाधापी होने के कारण बड़ी भागादौड़ी में यह दूसरी दादी पाट लगाकर (पुनर्विवाह) रातोंरात लाई गई। यह हमारी सगी दादी सीता बहुत ही वत्सल और विशालहृदया निकली। उसने नन्ही चिन्धु बुआ को अपनी सगी बच्ची

की तरह पाला। खेती में बुआई का काम होते हुए भी उसने फाहे से दूध पिला-पिलाकर उसे बचा लिया। सीता दादी का ही पुण्य था कि अगले ही साल उसके लड़का हुआ। यानी हमारे पिता, विट्ठलराव। करतबी मुखिया। सभी ओर यह बात फैल गई कि इसका जन्म भगवान दत्तात्रेय की मन्नत से हुआ है। इस डर से कि अब मन्नत के मुताबिक मोरगाँव के ये सम्बन्धी बेचारी चिन्धु बुआ को भगवान को अर्पण करेंगे, उसके मामा वगैरा लोगों ने पहले ही आपत्ति उठाई—वाह जी वाह, एक तो हमारी बहन चली गई, अब भानजी को भी मूँड़ रहे हो? लड़का तुम्हारा, यानी लाभ तुम्हारी दूसरी बीवी का, इस्टेट उसकी, और हमारी भानजी, बेचारी बिना माँ की बच्ची चिन्धी, उसे जोगिनी बनाएँगे? धत्। काहे का तुम्हारा यह मनभावड़ा भगवान और काहे की मन्नत? और फच्चर को और भी पक्का करने के लिए उन्होंने दो-ढाई साल की इतनी-सी चिन्धु बुआ की सगाई धरणगाँव में अपने रिश्ते के जमींदार देशमुख के लड़के से पक्की कर डाली। बस, लड़की को सिन्दूर लग गया। अब वह भगवान को नहीं चलेगी। इस तरह यह दत्तात्रेय जी का झमेला चिन्धु बुआ के चाणक्य-नीति-प्रवीण ननिहालवालों ने हम पर और दत्तात्रेय जी पर भी पलट दिया।

लेकिन अगर यह अध्याय यहीं समाप्त होता, तो फिर वे महानुभाव देवता कैसे कहलाते? हमारे पिताजी को उसी समय किसी असाध्य रोग ने ग्रस लिया और धीरे-धीरे उनकी हड्डियों का ढाँचा दिखाई देने लगा। कई भगत, मांत्रिक, ओझा और वैद्य बुलाए गए, लेकिन विठू सूखता ही जा रहा था। फिर परदादी भी अचानक मर गई। फिर गाँव के लालू ओझा ने भुभुआते और सिर धुनते हुए सत्य की खोज की। बोला-सीता, देवता तुम पर कुपित हुए हैं बहना। तेरी सास ने देवता को कुबूली हुई बच्ची नहीं दी। सीता बुआ बोली, मेरे तो लड़की है ही नहीं तो कहाँ से दूँगी? ओझा बोला, मन्नत माँग, कहो, भगवान, मुझे लड़की दो, तो तुम्हें अर्पित करूँगी। वरना दरवाजा बन्द हो जाएगा बुढ़िया तेरे घर का। दादी बेचारी डरी-सहमी दत्तात्रेय जी के मठ में गई। और दत्ता जी को दंडवत् प्रणाम करके फिर से उसे फाँसा कि मेरी सास ने पीछे तुम्हें बच्ची कुबूली है। भगवन, अबकी बार मेरी कोख में लड़की देंगे तो आपको ही अर्पित करूँगी। लेकिन मेरे बच्चे को ठीक कर दो। इस प्रकार पहले की मन्नत में उप-मन्नत माँगकर मुचलके जैसे आठ सालों बाद होनेवाली तिरोनी बुआ का मठ के देवता के नाम पंजीकरण कर डाला गया। श्रीकृष्ण! श्रीकृष्ण! यानी तिरोनी बुआ जन्म के कई साल पहले से ही संन्यासिनी थी। कहना न होगा कि जैसे ही कोख में आई, मुँह में माला लेकर ही जन्मी तिरोनी बुआ। आजन्म ब्रह्मचारी? जन्मपूर्व पूर्वजन्म ब्रह्मचारी। *देमती, दैवे करावे ते केले: पुरुषे करावे ते ठेले।*[8]

हिन्दू धर्म में आज तक क्या किसी ने लड़की के लिए मन्नत माँगी होगी? यह ऐतिहासिक प्रसंग हमारे घर में संपन्न हुआ। ये बच्ची मन्नत से हुई थी, इसलिए तिरोनी को जन्म से ही महिमा प्राप्त हुई। उस पर त्रिवेणी नाम को शोभा देनेवाले

8. नियति को जो करना था वो किया, अब पुरुष को जो करना है, वह करना चाहिए।

उसके लम्बे-घने बाल। ऐसे बाल तो देवता की लड़की को ही शोभा देते हैं बेटा, औरतें सराहना करतीं। भगवान भी देखो कैसे खुदगर्ज होते हैं। अपने लिए कैसे रूप और गुणों की अप्सरा बनाई है। कुछ लोग कहते, बच्ची ने जनमते ही सोना बचा लिया दहेज का। कोठी में खेलनेवाली बच्चियों में उसका सबसे अधिक निखरनेवाला सलोना रूप देखकर घर आए मेहमान अपने वत्सल हाथ उसके बालों पर फेरते हुए कहते, क्या यही है वह मानभाविन संन्यासिनी? दैया री। खेल लो बेटा कुछ और दिन। एक बार सिर मुँड़ गया और कालिख में भीगे काले वस्त्र बदन पर आ गए, तो फिर खाओ रूखी-सूखी और रटो हरिनाम। लेकिन यह सुनकर तिरोनी बुआ लाल हो जाती, लगता जैसे बदन की लहँगा-चोली अभी जल उठेगी, और वह आँगन में धीरे-धीरे पराई-सी अप्सरा दिखने लगती। साध्वी तिरोनी बुआ, मानो इस दुनिया की थी ही नहीं।

बेचारी इकलौती लाड़ली बच्ची—अभी छोटी है। पाँच बरस की ही तो है। आठ बरस की होने दीजिए। फिर रहने दीजिए साल भर और। बारहवें साल तक तो सयानी भी नहीं होती। खेलने दीजिए। फिर वही मठ और देवपूजा और भगवद्गीता रटनी है। ऐसा करते-करते चौदहवें साल में उसे दीक्षा देनी ही पड़ी। उस समय खानदेश के बड़े महन्त सारंगधर जावले महाराज का ठेठ काबुल से लेकर रिधपुर जानेवाला मार्ग हमारे मोरगाँव से होकर गुजरता था। उनसे दीक्षा लेना तय हुआ। ये जावले महाराज बचपन से लाहौर की पाठशाला में पढ़कर बड़े पंडित बने थे। उनके जैसा, महानुभाव संप्रदाय के तेरह आम्नायों की आचार-मालिका का अधिकारी संन्यासी, देश-भर में नहीं था। रावलपिंडी के उनके एक भक्त ने सोने की मूठवाला छत्रचामर और चाँदी की पालकी उन्हें भेंट की थी। साल-दो साल में जावले महाराज वहाँ से पंजाब लौटनेवाले थे। तब तक बुआ यहीं मठ में संस्कृत पढ़नेवाली थी। सभी बताते हैं, बुआ की दीक्षा-विधि बड़े धूमधाम से संपन्न हुई। गाँव के मातंगों का शहनाई-चौघड़े का बड़ा बजनिया नाद अभी भी मुझे सुनाई देता है। पूरे गाँव को सीमा-भोज, दाल पर देसी घी। दादी बतलाती थी कि इतना-सा खंडू बार-बार बुआ की ओर दौड़ता। उसके आगे कटकर गिरे उसके रेशम-से बालों के ढेर को छूने के लिए मचलता, माँ खींच-खींच कर उसे दूसरी ओर ले जाती। शू: अब तिरोनी नहीं, हिराइसा पुकारो। तिरोनी बुआ अब हिराइसा बन गई। श्वेत-शुभ्र सिर पर हल्दी, तेल मला, बड़ी-बड़ी आँखोंवाला देवी जैसा तेजोमय चेहरा।

कैसे गुजरता है यह महानुभावों का मार्ग? खंडवा, रतलाम, ग्वालियर, मथुरा, जालन्धर, लाहौर, पेशावर, काबुल। अब कब आओगी हिराइसा? बारह सालों बाद। गाँव के बाहर गड़े तम्बू उखाड़े गए। प्रस्थान का समय हो गया? अब अपनी

बुआ संन्यासिनी हो गई रे, खंडू। अन्दर नहीं जाना। *स्वदेशसंबंधु त्याज्य: संबंधियों का संबंधु तो विशेषत: त्याज्य*। मैं बड़े प्रयास से आम के ऊँचे पेड़ पर चढ़कर बैठ जाता हूँ। छोटी-छोटी गठरियाँ, झोलियाँ कंधों से लटकाए भूरे कुरते पहने संन्यासी, लाल कपड़े पहने महन्त, पूरा शरीर, मूँड़ा सिर, भाल, गर्दन को काले चीथड़ों से लपेटकर जैसे-तैसे चेहरा दिखती संन्यासिनियों के बीच बुआ को देखने की कोशिश में मैं टहनी पर आगे खिसकता हूँ। पहचान लिया, तिरोनी बुआ। सारी संन्यासिनियों में लगातार पीछे मुड़-मुड़कर देखनेवाली, छोटी-सी, दुलकी चाल से चलनेवाली मेरी बुआ। यही समापन। बीते बीस सालों से यही दृश्य देखता हुआ मैं टहनी से लटका हुआ हूँ।

बाद में एक ही साल के भीतर पूरे उपमहाद्वीप को कँपानेवाली घटनाएँ घटित हुईं। कहाँ सतपुड़ा की गोद में बैठा हमारा छोटा-सा गाँव मोरगाँव—वहाँ भी दरार आ गई। सारंगधर महाराज का मार्ग पेशावर की ओर कहीं जा रहा था और इधर देश का बँटवारा हुआ। हाहाकार। बेचारी तिरोनी बुआ। उधर ही फँस गई।

बेचारी? माथे तक काला परदा ओढ़े, गुरुआइन होने की धाक जमानेवाला तेज:पुंज चेहरा सामने आते ही मैं चौंक पड़ता हूँ। खंडू, ये क्या बेचारी-बेचारी लगा रखा है कब से? इतना पढ़-लिख गया है, बीस सालों में। तुम्हें जरा-भी नहीं लगता कि तुम एक गलती कर रहे हो, और वह ये कि तुम विचार ही गलत कर रहे हो। राम! राम! क्या फायदा तेरी अंग्रेजी शिक्षा का? पी-एच.डी. कर रहा है और इतना भी तेरी समझ में नहीं आता कि श्रद्धा से ही तो इस जिंदगी को अर्थ मिलता है। बल मिलता है। करोड़ों लोग मेहनत करके जीते हैं, इसी श्रद्धा के बल पर। शांति से गरीबी, व्याधि, जरा-मृत्यु को सहते हैं, इसी श्रद्धा के बल पर। बेचारी-बेचारी कहना बन्द करो। क्या पूरे संसार की गृहस्थी चलानेवाली स्त्रियाँ बेचारी नहीं हैं? क्या हमारे घर की बाकी स्त्रियाँ बेचारी नहीं हैं? सिन्धु मौसी? उसकी सुधी क्या बेचारी नहीं है? बुआ का क्या? बायड़ी का क्या? सोना भाभी का क्या? लाड़ली का क्या? जा खंडू, पहले इस पर सोचना सीख कि हम सोचते कैसे हैं। दरअसल वही सीखने लायक होता है।

जेथौनि सुरुवात होती तेथचि प्रतिकूळ करावे ऐशी बुद्धि उपजे[9]—ऐसी एक विद्या हमारे गोसाईं चक्रधर जी ने बताई है : *अज्ञानी अन्यथाज्ञान: अन्यथाज्ञानी ज्ञान: निद्रा: स्वप्न: स्वप्न में आत्मज्ञान:*[10]

कभी एक तिरोनी थी...

बीस साल से हाथ में आम की टूटी टहनी सँभाले हुए ढहते-ढहते मैं सिर के बल आ गिरता हूँ। ड्राइवर अचानक रफ्तार धीमी कर लेन बदलकर रुक जाता है।

---

9. जहाँ से आरंभ होता है, वहीं से प्रतिकूल सोच शुरू करना, ऐसी बुद्धि प्राप्त करो।
10. अज्ञान के स्थान पर अन्यथा ज्ञान : अन्यथा ज्ञान में ज्ञान होता है। निद्रा, स्वप्न, स्वप्न में आत्मज्ञान।

क्या हुआ ? पसीने से तर मैं चौंककर उठता हूँ। शायद हमेशा की तरह मैं चीखकर उठा था। पीछे अली और मंडी भी जाग जाते हैं। लतीफ, चाय पियेंगे। आगे ढाबे पर गाड़ी रुकती है। रेडियो पर जोर-जोर से बहाउद्दीन और कुतुबुद्दीन का गाया कबीर का दोहा बजता है :

कबीरा कूआँ एक है और पानी भरें अनेक
भांडे में ही भेद है सबका मालिक एक
मन लागो यार फकीरी में ऽऽ

आ*डवा डोंगर ऽऽ तयाला माझा नमस्कारऽऽ*[11]

तार आया कि पिताजी मृत्युशैया पर हैं। हम चार-पाँच आदमी चेयरमन जिब्स के ऑफिस में बैठे थे। चर्चा कर रहे थे कि अगले साल रिपोर्ट प्रकाशित करने से पहले हमारी कमिटी की आखिरी बैठकें कहाँ ली जाएँ—न्यूयॉर्क या लन्दन में अथवा कराची या दिल्ली में ? ब्रिटिश म्यूज़ियम और बीबीसी दोनों मिलकर इस उत्खनन पर एक डाक्यूमेंटरी बनानेवाले थे।...खंडेराव और अली, तुम दोनों यह काम स्वीकार करो। काफी पैसा, साथ ही युवा पुरातत्ववेत्ताओं के लिए विदेश में काम करने का दुर्लभ अवसर भी। मैं मन ही मन अपने पी-एच.डी. के काम का हिसाब लगाकर मुदित हो रहा था कि ढह ही गया। अचानक तिवारी और मिश्रा धम्म से अन्दर ही घुस आए, पीछे-पीछे सांखलिया सर भी आए और जिब्स के कानों में कुछ बोले। बाद में उस्मान भी आया। यह सारा इंडियन-पाकी स्टाइल में घुस आना देखकर जिब्स का चेहरा कुछ नाराज नजर आ रहा था। फिर उन्होंने मुझे ही ऑफिस से बाहर जाने का आदेश दिया। पीछे-पीछे सभी बाहर आ गए। डाकिया बड़े-से अँगोछे से सिर के पीछे कालर तले गर्दन का पसीना पोंछता खड़ा था। मैंने तार लिया और दस्तखत करते-करते जैसे-तैसे पढ़ा। दिमाग में पुरातत्व का सारा संचित मिट गया और दृश्य कौंध गया कि मोरगाँव के हमारे घर में पिताजी को भूमि पर लिटाया गया है और अब मेरे अलावा बाकी सब उनके इर्द-गिर्द इकट्ठा हो गए हैं। जलील सर भी हाँफते हुए तम्बू से बाहर आ गए। मैं वहाँ की कैंटीन के तम्बू से टिकते-टिकते ढह गया। उस्मान ने मुझे पीछे से पकड़कर खड़ा किया। किसी ने मेरे हाथ से तार निकाल लिया। कोई पानी लाया। भागादौड़ी। भगदड़। मैं खुद को सँभालता हुआ दिमाग को शान्त रखने का प्रयास कर रहा था। किंकर्तव्यविमूढ़। कुछ-कुछ लगता था कि जिंदगी का कुछ अनिवार्य घटित हो रहा है। तीन-चार आदमी मुझे खींचकर तम्बू में ले गए। कैंटीनवाला चाय लेकर आया। सांखलिया सर मेरे गाँव संपर्क करने के लिए मुझसे ट्रंक नम्बर ले गए। परेशानी और खीज में वे ट्रंक फोन पर चिल्ला-चिल्लाकर बोल रहे थे।

---

11. संत एकनाथ के भारूड़ की आरंभिक पंक्तियाँ।

थोड़ी देर बाद वे फिर मेरे पास आए। खंडेराव, सभी को यह निभाना पड़ता है। मेरे पिताजी भी इसी तरह—तब हम नालन्दा में थे, ऐसे ही एक उत्खनन शिविर में। तब तो सफर के ऐसे साधन भी उपलब्ध नहीं थे। सौराष्ट्र में मेरे गाँव ऊँट से पहुँचने पर एक आदमी से मालूम हुआ कि पिताजी शान्त हो चुके हैं। खैर, यहाँ का हम सँभाल लेंगे, तुम पहले दिल्ली से भुसावल पहुँचो। रेल में काम करनेवाले तुम्हारे जीजाजी से अभी ट्रंक पर बात हुई है। घर पहुँचने पर खबर करना। तिवारी और मिश्रा तुम्हारा सारा सामान डेक्कन कॉलेज पहुँचाएँगे। तुम चिंता मत करो। अली का भाई तुम्हारा सारा इन्तजाम कर रहा है। तुम तो इकलौते बेटे हो। हिन्दू रिवाज के मुताबिक पिताजी को तुम्हारी गोद मिलनी ही चाहिए, और अब मुखाग्नि भी तुम्हीं को देनी पड़ेगी। यहाँ से आज रात तक लाहौर पहुँचने का इन्तजाम हो रहा है। और कंधा थपथपाकर वे बाहर आए। सभी अमेरिकन और पाकिस्तानी मित्र एक-एक कर आए और बैठकर चले गए। इसी दौरान जैतली और ढवले सर, दोनों ने मेरा तम्बू में बिखरा पड़ा सामान दो बड़ी-बड़ी सन्दूकों में भरकर बन्द करके रख दिया। जलील सर बीच में एक बार आकर कह गए, लाहौर-बाघा बोर्डर का क्लीयर हुआ ही समझो, अली का भाई फौज में आला अफसर है।

लारकाना से एक ट्रक पर सवार होकर अली का और मेरा लाहौर के लिए तुरन्त चल पड़ना तय हो रहा था। थोड़ा खाकर निकलो-एक अमेरिकन डॉक्टर मित्र ने कहा, ऐसे समय शरीर को पानी की ज्यादा जरूरत होती है, बड़ा-सा वाटर बोटल भर लो। निकलने तक ऐसा लगता रहा जैसे दिलवर के ढाबे की ओर पैदल जाते समय सामने से अचानक एक ट्रक तेज रोशनी फेंकता हुआ चला आ रहा है और हड़बड़ाकर खड़े रहने के अलावा दिशाशून्य हुए मस्तिष्क से कोई और आदेश देते नहीं बन रहा है। इस तरह बिना समारोह कैम्प से विदा लेना...कैंटीन के बच्चों को कुछ कपड़े भेंट देने थे। दिलवर के होटल में सबको आखिरी बार सीने से लगाना था। सब रह गया। यहाँ के कैंटीनवाले, सवारीवाले, मजदूर—सभी घरवालों जैसे हो गए थे। तीन महीनों में यहाँ का एक-एक पत्थर जाना-पहचाना हो गया था। झाड़-झंखाड़, सीढ़ियाँ, खोदकर रखे आयतों के बीच से गुजरनेवाले शॉर्टकट—और दूर से हमेशा पुकारता-सा लगता सिन्धु का किनारा। खैर छोड़ो।

भूख थी ही नहीं, फिर भी वहाँ के लोगों ने एक पराँठा, एक कटोरी दाल जबरदस्ती खिलाई। सफर लम्बा है, प्रोफेसर साब, थोड़ा और—

बाहर जीप के इर्द-गिर्द हमारे देश-विदेश के सभी सहकर्मी पेट पर हाथ रखे शोक की मुद्रा में खड़े थे। वस्तुतः ये पुरातत्व के लोग संसार में जमीन के नीचे जाने कहाँ-कहाँ से मजार, ममियाँ, कंकाल खोदकर निकालनेवाले—इराक, पैलेस्टाइन, मिस्त्र, इथियोपिया—अपने एक युवा सहकर्मी के पिता के गुजर जाने पर इतने बेचैन क्यों होते हैं? शायद इसलिए कि मैं सबसे मिल-जुलकर रहता था, सभी के काम

करता था। लेकिन इसके अलावा एक और कारण रहा होगा—हम सबको बेचैन करनेवाला हमारा आखिरी पड़ाव—मृत्यु।

डंग डंग डंग डंग
डंग डंग दडंग डंग डंग

डफ की धीमी लय दिमाग में कहीं प्रतिध्वनित होती है। सभी के चेहरों पर कृतज्ञता का, अफसोस का मोरपंख अनुभव करते हुए मैं आखिरी बार हाथ हिलाता हूँ। जीप रफ्तार पकड़ लेती है। आगे ड्राइवर के पास बैठा अली पीछे मुड़कर मेरे हाथों पर अपना हाथ रखता है। सिगरेट देता है। फिर सुलगाता भी वही है। पानी देता है। मैं काफी सँभल जाता हूँ। ये क्या हुआ?

लारकाना के व्यापारी गोदामों के आगे कतार में खड़े ट्रकों के सामने से गुजरते हुए अंतिम छोर पर रवानगी के लिए बिलकुल तैयार खड़े ट्रक के आगे जीप झटके से रुक जाती है। अली और मैं खुले दरवाजे से ड्राइवर के पासवाली सीट पर बैठ जाते हैं। पीछे आड़े बेंच पर सोया एक आदमी ड्राइवर से कहता है, चलो मुबारक। अली ने संक्षेप में हमारी जानकारी दी। रात को खाने के समय तक लाहौर पहुँच पाएँगे?

ऊँची-सी बड़ी नाकवाला मुबारक ड्राइवर अच्छा तजुर्बेकार रहा होगा। जवाब देने की बजाय उसने पीछे सोए अपने साथी से पूछा, शरीफ, बिस्तर ले लिया? हाँ हाँ। अली का फिर वही सवाल। दुबारा ड्राइवर का जवाब न देकर सामने से आ रहे ताँगेवाले को सम्बोधित करना : अबे देखता नहीं क्या? अब अली ने भी जिद पकड़ी। क्यों भाई मुबारक, मैं क्या पूछ रहा हूँ? खाना खाने के वक्त—मुबारक ड्राइवर ने बाईं ओर अली की तरफ देखते हुए समापन कर दिया : जब पहुँचेंगे तब खा लेना।

फिर अली से ज्यादा देर तक जागना संभव नहीं हुआ। मुझसे ज्यादा बातचीत करना भी उसे ठीक नहीं लग रहा था। धीरे-धीरे इंजन के शोर में ऊँघते-ऊँघते पैर पसारे और गर्दन पीछे टिकाकर वह सो गया। हम दोनों का रात-भर का जागना और ऊपर से चेयरमैन द्वारा आज सुबह-सुबह मीटिंग रखना। इस कारण हम सो नहीं पाए थे। मेरी आँखें तो बन्द भी नहीं हो पा रही थीं, लग रहा था जैसे मस्तिष्क के अन्दर कुछ ऐंठन-सी आ गई हो। मैंने ड्राइवर से पूछा, सिगरेट पी सकता हूँ? ऊँची नाकवाले मुबारक ड्राइवर ने समकोण नजरों से मेरे हाथ की सिगरेट की ओर बस देखा और बिना कुछ बोले फिर सामने काँच से आर-पार देखता हुआ गाड़ी हाँकता रहा। मेरी ओर तो देखा भी नहीं। उससे मेरी पहचान कराई गई थी। हिन्दू कहने से उभरनेवाला तिरस्कार कुछ दिनों से यहाँ मेरे लिए परिचित-सा हो गया था। हमारे यहाँ गाँव-गाँव में मुसलमान पड़ोसी होते हैं। क्या यहाँ के मुसलमानों को नहीं पता? मैं चुपचाप गुस्सा पी जाता हूँ। सिगरेट पीते-पीते यह क्या हो रहा है? क्या हुआ? कैसे होगा? इसके आगे क्या—घर-बार,

खेती, पी-एच.डी. अनुसन्धान—मस्तिष्क इनमें से कुछ भी अन्दर लेने को तैयार नहीं था। बीच की भीषण स्थिति।

रास्ते में एक तिराहे पर मुबारक ने गाड़ी धीमी करके पीछे सो रहे आदमी से पूछा : शरीफ, आर्मी एरिया से चलें? दो-तीन घंटे बचेंगे। शरीफ ने जवाब दिया, जुह्र नमाज में तय करेंगे। वहीं पूछेंगे। चलने दो।

थोड़ी देर बाद सड़क के किनारे एक बड़ी मस्जिद के सामने उन्होंने ट्रक खड़ा किया। मेरी तरफ सामान की तरह नजर डालकर वे दोनों नमाज पढ़ने चले गए। अज़ान खत्म हुई। जल्दी-जल्दी वजू करके अन्दर कतार में खड़े नमाजी। अपने और अल्लाह के बीच में किसी और का न होना, केवल आँखें बन्द कर प्रार्थना—कितना धीरज बँधानेवाला? काश हमें भी वहाँ खड़े होकर आर्त स्वर में पुकारना आता, *बिसमिल्ला इर रहमाँ इर रहिम। या परवरदिगार, आप महाप्रतापी हैं, आप में ही सामर्थ्य* है। हम अपने आप छोटे-छोटे होते जाते हैं। सब कुछ—इच्छा, आकांक्षा, दुःख, चिंता—सब कुछ मामूली लगना, वह भी तब जब दिमाग पूरी तरह जम गया हो। अब ये दो दिन कैसे बीतेंगे? लाहौर-अमृतसर-दिल्ली-भुसावल-मोरगाँव। खंडेराव, अल्लाह को पुकारो : *या मौला, मैं गुनहगार हूँ और आप उपकारी। अल्लाह के नाम से, जो असीम मेहरबान और दयावान है। जिसने चाँद और सूरज को एक कानून से बाँधा है। इस सारी व्यवस्था की प्रत्येक वस्तु नियत समय के अनुसार चलती रहती है...*।

दोनों ड्राइवर नमाज पढ़कर दो-तीन नमाजियों से सलाह करते हुए आए। सतलुज में बाढ़ है। रास्ता बन्द होगा। अभी भी पीछे उल्टा वापिस जाकर दूसरे रास्ते से मुलतान तक जाओ, आगे सीधा लाहौर—ऐसा ही कुछ सोचकर वे गाड़ी में चढ़ गए। मैंने गर्दन झुकाकर आदाब किया, शरीफ ने केवल जवाब दिया। मुबारक ने फिर नजरअन्दाज किया। उसने अली के सोए शरीर की बगल में अपनी जगह ली और ट्रक को काफी देर तक पीछे ले जाकर दाहिनी ओर घुमाया। ऐसा पीछे-पीछे जाना मुझे कुछ अजीब लगा। पीछे कहाँ जा रहे हैं हम? इतनी देर तक? पिछले साल भी यही, बिलकुल ऐसा ही कुछ हुआ था। यह क्या पीछे पड़ा है मेरे?

डंग डंग डंग डंग

डंग डंग दडंग दडंग

मैसूर विश्वविद्यालय के गेस्ट हाऊस में था। अचानक ऐसा ही तार मिला—भावडू चल बसा, तुरन्त निकलो। अकेला कर्ता-धर्ता भाई चला गया। डेढ़-एक साल की छोटी-सी गौरैया और युवा सोना भाभी अब किसके सहारे जिंदगी बिताएँगी? अब

पिताजी उस निर्दय खेती का अड़गोटा कहीं मेरे पाँव में तो नहीं डालेंगे? अब मैं अकेला ही सुपुत्र बचा हूँ। भाई के जाने का दुःख अलग, ऊपर से यह जानलेवा चिंता। जल्दी घर पहुँचने का भरोसा नहीं था। गान्धार देश के लड़ाका आर्य—वांशिक मिश्रण—द्रविड़, मुंडा, मंगोल, शक, मध्य एशिया : बी.ए. की परीक्षा का आखिरी प्रश्न : *वंश क्या है, व्याख्या करते हुए आर्य और द्रविड़ का अन्तर समझाइए।* मैसूर विश्वविद्यालय से सड़क तक आने में दो घंटे लग गए। वहाँ किसी से साहसी निर्णय लेते नहीं बन रहा था और दूसरे का निर्णय भी पसन्द नहीं आ रहा था। द्राविड़ी अधिक सन्तुलित, धीमे, दीर्घावधि की सोच रखनेवाले—प्रोफेसर, सुबह क्यों नहीं निकल पड़ते? अब रिक्शा कहाँ मिलेगा? और बैंगलोर की ट्रेन तो अब तक छूट भी चुकी होगी। वह तो बिलकुल मिनट-सेकेंड के हिसाब से चलती है—ऊपर से यह अतिरिक्त द्राविड़ी समय-पालन। दोगुना किराया देकर भी टैक्सी नहीं मिलती। रात में रास्ता भी सुरक्षित नहीं है। एक्सीडेंट बहुत होते हैं मंड्या गाँव के मोड़ों पर। रात में बैंगलोर तक पहुँचकर भी आगे पुणे तक कहाँ गाड़ी मिलेगी?

आखिर झुँझलाते हुए मैंने महीना-भर लाइब्रेरी में खपकर जमा किए पी-एच.डी. के नोट्स सन्दूक में भरे और उसे कंधे पर उठाकर चल दिया—दो मील पैदल, फिर रिक्शा से बस अड्डे तक। वहाँ से ऐसे ही किसी ट्रक से बैंगलोर। सौभाग्य से चेन्नई से देर से आई ट्रेन स्टेशन पर ही खड़ी थी। घर आने तक भावड़ू की अरथी बाँधी जाने लगी थी। छोटी-सी गौरैया का अपनी माँ से चिपककर किया जबरदस्त आर्तनाद कोठी के बाहर भी सुनाई दे रहा था। ऐसा रुदन, जो हम जैसे केवल आँखों से रोनेवालों को दुःख की अभिव्यक्ति का, उसकी सही गहराई का अनुभव करा रहा था। इस छोटी-सी बच्ची का दुःख कितना ऊपर तक पहुँच गया है, उसके मुकाबले हमारे जीने की तीव्रता कितनी नीचे है? हमें उम्र के मुताबिक पूरे शरीर के साथ उफनकर रोना भी नहीं आता।

इसके विपरीत अब सिन्ध से इस तरफ के ज्यादा आर्य लोगों के विश्वास के बल पर निकल पड़े हैं। समय पर लाहौर पहुँचेंगे ही। समय पर बार्डर क्रास करेंगे ही। पीछे एक सेमिनार में गया था, तब चंडीगढ़ में पंजाबी आर्य ड्राइवर का अनुभव हुआ था—दिल्ली से बस द्वारा चंडीगढ़ जा रहा था। अम्बाला में स्वादिष्ट लस्सी का हाथ-भर लम्बाईवाला प्याला आधा फेंक देना ठीक नहीं लग रहा था। लम्बे सफर का अनुभव भी नहीं था। देर भी हो चुकी थी। दौड़ते हुए गया, तो बस छूट चुकी थी। उसमें सूटकेस भी गया। कहाँ मिलेगा? कहाँ ढूँढ़ें? संगोष्ठी के पहले सत्र में प्रस्तुत होनेवाला मेरा बहुचर्चित शोधालेख उसी में रखा था। छह महीने खपकर बनाया गया सिन्धु प्रदेश का नया क्रांतिकारी मानचित्र। वह भी सूटकेस में छूट गया। साल भर का अनुसन्धान ज़ाया हो गया। ऊपर से हम ठहरे मोरगाँव के अनाड़ी गँवार। दूसरी कॉपी बनाई नहीं। संकट की घड़ी। उन दिनों संगोष्ठी के लिए कितना उत्साह? अब क्या करें?

चंडीगढ़ जानेवाली दूसरी एक बस निकलने की तैयारी में थी। ऐसी ही ऊँची नाकवाला *ज्यादा आर्य* ड्राइवर। मेरा दुखड़ा सुनते ही शरीर में क्षत्रीय वीरश्री जगाकर इतना ही बोला, बैठो। बस को सरपट दौड़ाकर चंडीगढ़ से काफी पहले उसने पहलेवाली सूटकेस ले जा रही बस को पकड़ा, अपनी बस को उस बस के ऐन सामने ले जाकर रोक दिया। कोलाहल। पीछे का ड्राइवर गालियाँ देता हुआ नीचे उतरा। ये अपना जमाई सँभाल च्यूतिए, कहकर मुझे उतारकर वह चला भी गया। मैंने ऊपर चढ़कर देखा तो मेरा सूटकेस वहीं था। अन्दर का मौलिक अनुसन्धान भी वहीं था। मेरा यह शोधालेख बहुत चर्चित हुआ। लेकिन एक कसक रह गई कि रहे आखिर हम मराठी ही—कम आर्य, ज्यादा शक, मुंडा, द्रविड़। उस उत्तम, ज्यादा आर्य साहसी बस ड्राइवर को पैसा, बक्शीश देना भूल मैं अन्दर सूटकेस को ही देखता रहा, जिसमें रखे शोध आलेख से मैं सभी की नजर में आया। पचीसी की उम्र में संसार के बड़े-बड़े अनुसन्धाताओं के साथ विचर सका। और वह आर्य ड्राइवर?

उस छुट्टी में पिताजी झुँझलाते हुए कह रहे थे, छोड़ दो इन झमेलों को, हमारी कितनी खेती पड़ी है। मैं उनसे अकड़कर बोलता, उद्दंडता से पेश आता। पिताजी के रहते मुझमें इतनी भी तमीज नहीं आई कि प्रत्येक पीढ़ी की अपनी सीमाएँ होती हैं। मैं ही बुद्धू, मूर्ख। पिताजी को समझने की कोशिश किए बिना कितनी ही बार मैं अपना ही दुराग्रह चलाता रहता। खंडेराव, तू ही निर्दय, दुष्ट—वे उधर से बोलते, मैं इधर से। हमारे बीच क्या था?

डंग डंग डंग डंग

दडंग डंग डंग दडंग डंग डंग

सुपड्या भैया बालों की लटें उड़ाता हुआ मातंग बस्ती से हमारी कोठी की तरफ डफली बजाता हुआ निकल पड़ा है। पीछे-पीछे मातंगमाई अम्बू कहती है : *खंडू आया नैं क्या रे, मेरा बछड़ाऽ*

याद आया, सांखलिया सर का वर्णन—पिताजी *शान्त हो गए* होंगे। मृत्यु के लिए नास्तिक जैन लोगों की खास अवधारणा—*शान्त होना,* कितनी सही लागू होती है? *शान्त* इतना कि किसी भी प्रकार का एहसास न रहे। ये सारी आवाजें—जमीन की, हवा की, पक्षियों की, प्राणियों की, पेड़ों की, यहाँ तक कि अपने हृदय की भी—किसी भी आवाज का न होना!

पिताजी सैकड़ों उलट-फेर करते थे, हजारों बातें करते थे, अब वे शान्त हो गए हैं। घर जल्दी पहुँचना होगा, खंडेराव।

नौकरी के लिए इधर-उधर बाहर गए पंद्रह-बीस चाचाओं, चचेरे भाइयों को फसल का पैसा बिना भूले हर साल मनीआर्डर से पहुँचाया जाता, उसका हिसाब। रोज की मजदूरी का हिसाब। इसके अलावा पंढरपुर के विट्ठल मंदिर ट्रस्ट का हिसाब—एक पूरी भंडारी ही इन हिसाबों की बहियों से भरी पड़ी थी। हरित क्रांति से आयी यह नेतागीरी। एक ही पीढ़ी में कितने उलटफेर। स्वातंत्र्य। राजनीति। अपने-

अपने लोगों के लिए खपना। सत्ता का मोह छोड़कर पिताजी द्वारा अपनाई गई मुफ्त की मुखियागीरी। हमारे बचपन में अंग्रेजी राज में किसानों की क्या औकात थी? अब दर्जनों सोसाइटियों के संचालक मंडल, बैंकों के अध्यक्ष, विधायक-सांसद-नेतागीरी। पिताजी के बगैर कितने ही लोगों का पत्ता तक नहीं हिलता था। सौ लोगों का पेट पालनेवाले। सुबह होते ही मिलनेवालों का ताँता—मजदूर, दिहाड़ीदार, महीनादार, सालदार (सालाना मजदूर), किराएदार, पहरेदार, ट्रैक्टर ड्राइवर, पानी-इंजन के ड्राइवर, व्यापारी—क्या ऐसा जानलेवा सामाजिक कारोबार होगा मुझसे? कितनी भागादौड़ी? न जाने कितने ही लोगों की मदद किया करते थे वे। रिश्ता जोड़नेवालों से लेकर तोड़नेवालों तक—सभी पिताजी को अपने साथ चाहते थे, सहारे के लिए।

सार्वजनिक कामों के बारे में पिताजी का हर उपदेश *आदमी* कर्ता से शुरू होता था : खंडू, *आदमी* को हमेशा यह ध्यान रखना चाहिए कि जब वह एक का काम करने जाता है, तब उसे दूसरे का भी, यहाँ तक कि अपने दुश्मन का भी काम करना चाहिए। इस कारण कहीं भी कोई बातचीत करनी हो, टंटा-बखेड़ा, सौदा, खेत-घर खरीदना-बेचना, रिश्तेदारी-तलाक, भाइयों में बँटवारा—कोई भी समझौता हो, दोनों पक्षों के लोगों को पिताजी अपने साथ जरूरी लगते थे।

यह ध्यान में आते ही कि बैठक में यदि बात रुक गई है या कोई जिद पर अड़ गया है और अब सुलह संभव नहीं है, पिताजी अचानक उठते, गमछा झटककर कंधे पर डालते और बाहर सीढ़ियाँ उतरने लगते। इस बार भी ऐसा ही हुआ—पिताजी यह सारी जायदाद, संस्था, खेत-खलिहान, गोठ, घर-बार, सोना-चाँदी, धन-दौलत, स्कूल, मंदिर, मृदंग—सब कुछ अचानक झटककर सीढ़ियाँ उतरकर चले गए। सर के शब्दों में शान्त हो गए। मानो चाटी पर अचानक थमी उँगलियाँ, *धा धा तिरकिट धाऽ*

खंडू, यह दुनिया समुंदर जैसी गहरी है। बहुत गहराई में पैठनेवाला डूबता ही है। आदमी को चाहिए कि हमेशा उतने ही पानी में तैरे जितने में कि उसके पैर टिक सकें। दोनों पैरों को झोंककर तो आदमी को कभी नहीं कूदना चाहिए। कभी-कभी पैरों तले की जमीन ही गायब हो जाती है। जिंदगी-सा अहम और कुछ नहीं होता है—पिताजी हमेशा मुझे यही समझाते रहते।

ट्रक के इंजन की एकरस आवाज के कारण हल्की-सी झपकी आ रही थी और दरवाजे से पिछली साँकल टकराने की लयबद्ध आवाजें—अस्पष्ट, जैसे गलत लेकिन फिर भी लय को समा लेनेवाले मृदंग के जोरदार बोल। मैं बी.ए. की पढ़ाई कर रहा हूँ। पड़ोस के विट्ठल मंदिर से मँजीरा बजनियों को मँजीरें बाँटें जाने की आवाजें। वीणा, मृदंग तैयार किए जा रहे हैं। गले में मँजीरा पहने हुआ बजनिया बाद में आनेवाले अपने साथी के गले में अपना मँजीरा डालकर हरि हरि कहते हुए अपने लिए दूसरा मँजीरा उठाता है। *रूप पहाता लोचनी* भजन से कीर्तन का प्रारंभ, यानी ब्राह्मण कीर्तनिया महाराज आए होंगे। मृदंगिया विट्ठलराव भगवान की मूर्ति को दूर

से प्रणाम करते हैं। लोई थापते हैं। सब इकट्ठा हुए हैं। दिन भर खेत में झुक-झुककर काम करने से माँ की पीठ अकड़ गई है, वह खंभे से टिककर बैठी है। उससे चिपककर बिजा। बगल में दादी, उसके पास छबी और लाड़ली सुभी। अन्धी चाची छोटी शशी को धपकियों के साथ ताल देती है। पीछे दीवार से ऊँघती गूँगी चाची। बुआ से चिपककर उसकी दोनों लड़कियाँ बायड़ी और तायड़ी—दिन भर के काम की थकान से चूर और धूप से झुलसी सौ-एक स्त्रियों के बीच में ये सभी दिखाई देती हैं। धीरे-धीरे सभी बहनें अन्य बच्चों की तरह—जो गोद, जो जगह मिले, सिर रखकर सो जाती हैं। कीर्तनिया महाराज रेवा चाचा से पूछते हैं, आज कौन-सा अभंग सेवा में हाजिर करूँ बुवासाहब? ऐसे भाग्य कईं लाहाता होईन भजन ले लीजिए। ट्ठालविऽ ट्ठालविऽ ट्ठालविऽ ट्ठालवि। रूपा काँग्रेस डोलते-डोलते तालियाँ बजाते हुए कहते हैं—मृदंग विट्ठलराव का खास इलाका। इसके आगे नेतागीरी कुछ भी नहीं। *अवघे देखे जन ब्रह्मरूप* भजन पर मँजीरा बजानेवाले ऊँची छलाँगें लगा-लगाकर जयघोष करते हैं। मृदंग की जोरदार ताल। *बोला पुंडलिक वरदे हारि विट्ठल श्री ज्ञानदेव तुकाराम*। कीर्तन समाप्त हुआ। सभी वारकरी एक-दूसरे के पैर छूते हैं और अपने-अपने घर चले जाते हैं और यह पक्का करके ही सोते हैं कि कल किस खेत में कौन-सा हल ले जाना है। मंदिर सूना हो जाता है। अरे, पिताजी अकेले ही वहाँ मृदंग बजाते हुए खड़े हैं। *धागे नती नक धिन धी ना धी धी ना धुमकिट धुमकिट तकिट तकांकिट*। हमारे पहाड़ी खेत के पेड़-पेड़ पर मोर ट्याँहो-ट्याँहो चिल्लाते हैं और डरावनी आवाज में पंख फड़फड़ाते हुए अपनी जगह बदलते हैं। टायर की ऐसी ही भर्रर की आवाज से मैं जाग जाता हूँ, फिर सो जाता हूँ।

पहाड़ीवाला खेत हमारे सभी पूर्वजों का पसीना पी-पीकर ही इतना उपजाऊ और काला बना है। हमारा बचपन भी यहीं बीता है। कहा जाता है, कि उस समय अंग्रेज सरकार ने किसान और मवेशी सभी की एक जैसी मर्दुमशुमारी की थी। अंग्रेजी राज में केवल शहरी जातियों को ही लाभ मिला। पिताजी की गोल काली टोपी। उसकी पीछे की सिलाई के छोर पर एक-दो आलपिनें खुँसी रहती थीं। वे भी मेड इन इंग्लैंड। पैर में गड़ा काँटा निकालने के लिए, नाखून साफ करने के लिए, फफोला फोड़ने के लिए, कोंचने के लिए—एक दुर्लभ और कीमती हथियार। कितना बुद्धिमान है अंग्रेज आदमी, इतनी-सी बारीक नोक की आलपिन बनाता है। हमारे लुहार को तो साला बाँस के नोक की आरी भी ठीक से तेज करनी नहीं आती!

छोटी बहनों समेत घर के सभी खेत में, और कोई बागान में। कोई खलिहान के ढेर पर झाड़ू लगा रहा है तो कोई बैलों की दौंरी के बाद भूसेवाला अनाज टोकरियों में भर रहा है। भावड़ू सलीके से बैलों की दौंरी चलाता है। ओसाना। पिताजी तिपाये पर खड़े हैं। हवा का बहाव सुबह से रुका हुआ है। दौंगरे की बरखा हुई तो यह भूसे का अनाज ढँकेंगे कहाँ? साल भर की मेहनत पर पानी फिर जाएगा। पिताजी झुंझला रहे हैं। तिपाये के नीचे खड़ा छोटा-सा मैं ऊपर पिताजी की ओर गुस्से से

देखता हुआ टोकरियाँ भर-भरकर रख रहा हूँ। उस दिन स्कूल से मेरी नागा करवाने की वजह से सनकी जैसा बर्ताव कर रहा हूँ। शरीर पर उड़नेवाली भूसे की धूल से खुजली हो रही है। भावडू को तो पिताजी कितना हाँकते थे, लेकिन वह विशाल हृदय था। खुशमिजाज। ऋजु। किसी के बारे में मन में कभी मैल नहीं रखता। मैं ही ओछी मनोवृत्ति का हूँ। पिताजी से खुन्नस खाकर हाथ में टोकरी लिये खड़ा रहता। अचानक हवा की कोई लहर आती और पिताजी जल्दी से टोकरी खाली कर नीचे फेंकते। तब तक मैं दूसरी टोकरी उनके पैरों के पास भरकर रखता, वे उठाते। हवा रुकी हुई देखकर मैं सामने के सेंहुड़ पर गिरगिट की ओर टकटकी बाँधे देखता रहता हूँ। टोकरी भरकर रखने के लिए बिजली-सी फुर्ती चाहिए। मुझमें नहीं है। मेरे दौड़ते जाने तक दूसरी टोकरी भी खाली हो जाती है और तीसरी तो अभी भरी भी नहीं है। सोने जैसी हवा ज़ाया हो रही है, ए खंडियाऽऽ, सऽऽट् मुँह पर। आँसुओं के कारण मुझे ठीक से दिखाई भी नहीं देता कि टोकरी कहाँ रखनी है। अब मैं तेजी से टोकरियाँ देता हूँ, लेकिन दिमाग में स्कूल, गुरुत्वाकर्षण, आज कौन-सी कविता याद करके आने के लिए कहा था?

आए जदपि कष्टदशा अपार
न खोए धैर्य तदपि नरवर
यदि करें मशाल बलात् नीचे
ज्वाला फिर भी उछले ऊपर।

फिर से, ए खंडियाऽऽ ध्यान कहाँ है तेरा? सऽट—सऽट। फिसलकर भूसे में औंधा गिरता हूँ। मुँह में भूसा। हमारा सालदार सांडू और भावडू दौड़े आते हैं। मिट्टी में पड़ा अनाज इकट्ठा कर फटक रही धनाबाय महारन मुझे अपने पास खींच लेती है। पौनी के लिए आई खड़ी सोनूबाई चमारन, अम्बू मातंगमाई आपस में कहती हैं, कुर्मी की जात ऐसी ही राच्छस होती है मैया। कितना पीटेगा रे विठू बच्चे को? इतनी-सी जान दोपहर से यहाँ खड़ी है। हमारे बच्चे नहीं करेंगे भैया ये सब। मैं सुबक-सुबककर धनाबाय के आँचल में मुँह ढाँपे रोता हूँ।

हवा की प्रतीक्षा करो, वर्षा की प्रतीक्षा करो, धूप की भी। साल-भर ऐसा ही। यहीं अकरी के पीछे पटेला फेरो—पैर थरथराते हैं, लेकिन जल्दी करो, अँधेरा होने से पहले...बुरा धन्धा। बैल, भैंस चारा-पानी तो हमेशा दिमाग में, दिन में तीन बार। अध्ययन, पढ़ना-लिखना अलग सँभालो। हम पोखरे से एक के बाद एक डोलचे खींचते रहते हैं और मवेशी पीते रहते हैं। पानी पिलाते समय भैंस ने एक बार पैर कुचला, वह अब भी लाल-लाल हुआ जलता है। किससे कहें? कौन है घर पर? अँधेरा होने पर सब आएँगे, और फिर पकाने की और खाने की आपाधापी। उल्टा मुझ पर ही दोष—क्यों रे, तेली से खली की भेली लाया था न? भेली तोड़कर रखी है न? चारा डाला था या नहीं? जाओ, महारबाड़े में जाकर शान्ता मौसी से कहना कल दिहाड़ी से आना काम पर। आते समय दुकान से पाँच किलो नमक लेते आना

बैलों के लिए। बोरा ले जाओ साथ में। किसान के घर के बच्चे, यानी घड़ी के छोटे-छोटे पहिए। निरन्तर बड़े पहियों द्वारा घुमाए जानेवाले। क्या साली किस्मत है। हर रोज यही।

क्यों रे खंडू, राशनकार्ड पर दस्तखत ले आया? तहसीलदार साहब थे न कचहरी में? क्या कहा? तूने बस पूछा? उन्होंने मना किया तो तू उल्टे पाँव वापिस लौट आया? वाह रे वाह। ऐसे भी कहीं काम होते हैं? बार-बार पूछना चाहिए, मिन्नत करनी चाहिए, दस्तखत दीजिए न दादाजी, साहब, चार मील पैदल चलकर आया हूँ। इस तरह खाली हाथ लौट आना ठीक नहीं। कल फिर से जाओ। ध्यान रखो, उल्टे पैर लौटकर नहीं आना। वहीं पर गिड़गिड़ाकर बैठे रहना। दस्तखत हर हाल में लानी है। समझा?

उपनिवेशजनित लाचारी। भो भो पंचम जार्ज भडुआऽ

इस तरह अंग्रेजी गुलामी के संस्कारों में पली-बढ़ी हमारी पीढ़ी। हम भी क्या झंडे गाड़ेंगे? बस भार ढोते रहना। पहाड़ी खेत में ढलान की मेंड़ पर उगी ऊँची पवना घास। पिताजी पसीने से तरबतर, फिर भी कचर-कचर लगातार हँसिया चला रहे हैं। उनके पीछे-पीछे भावडू गुल्ले जमा कर रहा है। बहुत बड़ा गट्ठर हो गया है। पिताजी घास की ही रस्सी बनाते हैं और उससे घास के गट्ठर बाँधकर मेरे सिर पर रख देते हैं। बोझ से लड़खड़ाता मैं गिरने को होता हूँ। गर्दन में असहनीय दर्द। टूटने दो मेरी गर्दन, बुदबुदाता हुआ रुआँसा मैं सड़क पर लगभग दौड़ते हुए घर की ओर चल पड़ता हूँ। दूर क्षितिज में नीले आसमान की रेखा पर नज़रें जमाए सिर का बोझ सँभालता हूँ। वह आसमानी नीली रेखा वहाँ तक फैली काली सूखी जमीन के साथ मेल खाती कभी नजर नहीं आती। दोनों अलग-अलग थे।

खंडेराव, आज भी वैसा ही होगा।

गाँव के हम तीस-चालीस बच्चे नदी किनारे गुल्ली-डंडा खेल रहे थे। नदी में छलाँग लगानेवाले कौड़िल्ले की ओर पल-भर के लिए नजर क्या गई कि उधर सामने डंडे से तेज छूटी गुल्ली सन्न से टकराती हुई एक आँख को अन्दर तक सुन्न कर गई। किसी को पता न चले इसलिए चुपके से मैं घर आया। खेत से अभी तक कोई नहीं लौटा था। मैं धाबे पर गुदड़ी ओढ़कर सोया रहा। भयानक जलन। बुआ ने भोजन के लिए जगाया। क्यों रे खंडू, आँख कैसे फूल गई? लाल हो गई है। लगातार पानी बह रहा है। खेत से घर लौटे सभी के लिए यह बड़ा झंझट, यानी समय की बरबादी। चिकित्सा, वैद्य, किसी एक का घर पर रुकना, डॉक्टर जिले के गाँव में, सब-के-सब लूटनेवाले यानी फीस, आने-जाने का किराया, ऊपर से एक दिन वहाँ किसी के घर ठहरना, जाने के लिए सर्विस मोटर भी समय पर कहाँ होती है?—पिताजी सटासट पीटते हुए कहते हैं, गुल्ली-डंडा खेलने के लिए समय है, घर के काम के लिए नहीं। सऽट, सऽट। बुआ, दादी के बीच-बचाव से मैं बच जाता हूँ।

हनुमान मंदिर के चबूतरे पर गाँव के डींगमारे-शेखीबघारे कूटनीतिक लोगों की अकादमी हमेशा से लगती आई है। खेती के सिवा सब दुनिया से अनजान इन लोगों की आधी-अधूरी पंडिताई सलाह : अरे, जलगाँव जाएँगे तो आपका एक नोट तो जाएगा ही, साथ ही तुम्हारी आँख भी गई समझो। हमारे साढ़ूजी का ऐसा ही हुआ था। आँखें फोड़ते हैं भई वो। दादी कहती है, बेटा विट्ठल, अगर ऐसा है तो मत ले जा खंडू को। यहीं हमारा हरीभू बैद करेगा इलाज। अच्छा हुआ सलाह मिल गई। दूसरे दिन दादी के अलावा बाकी सब खेत में। हरीभू रोज सुबह आँखों में कदम्ब के छिलके का रस डालने के लिए कहता है। फिर फूली हुई आँख की पलकों की गन्दगी सहजन की मूली के काढ़े से रोज साफ करना और उस समय का मेरा रोना-चीखना। आठ दिन ऐसे ही बीते। फिर मुम्बई से मोटी जसोदी चाची आई। मेरी हालत देखकर माँ से बोली, क्यों री चन्द्रभागा, पगला गई हो क्या? सारे समय बस काम काम। बच्चे की आँख चली जाएगी न? फिर माँ की मिन्नत से दुबारा पिताजी की हनुमान मंदिर के चबूतरे पर निर्बुद्ध गँवार किसानों की अकादमी में चर्चा। काहे जहर की परीक्षा ले रहे हो, रहने दो न, एक आँख तो रहेगी। फिर दो दिन बाद डाकिया खबर लाता है कि जिला लोकल बोर्ड की ओर से जलगाँव में मुफ्त नेत्रशिविर होनेवाला है। बड़े-बड़े डॉक्टर आनेवाले हैं, मुम्बई से। मातियाबिंद भी मुफ्त में निकालेंगे।

मुफ्त की बात सुनकर दो दिन के लिए खेती के काम रोक पिताजी ने अनिच्छा से ही जलगाँव जाने की तैयारी की। बिलकुल तड़के रोने-धोने के साथ दादी का, बुआ का भगवान को साष्टांग प्रणाम, प्रसाद, सिर पर ममतामयी हाथ—सब कुछ होने के बाद पिताजी एक हाथ में बड़ा-सा थैला सँभालते हुए नुक्कड़ के मोटर अड्डे तक, डेढ़-दो मील गुस्से से मुझे खींचते ले जाते हैं। मोरगाँव पीछे छूटते ही पता नहीं कैसे उनमें अचानक बदलाव आ जाता है और वे माँ से ज्यादा वत्सल, मृदु और भावुक हो उठते हैं। आँख सेंकने के लिए साथ लिया हल्दीवाला कपड़ा गुम होने पर भी हमेशा की तरह पीटते नहीं। मुझे गमछा ओढ़ाते हैं। शहर के लोगों की तरह बातें करने लगते हैं। रेग्युलर, मैनर्स, स्टार्टिंग जैसे अंग्रेजी शब्दों का इस्तेमाल करते हैं। अपने अधिकार के लिए झगड़ा करते हैं। एक आने के आधे टिकट के लिए मोटरवाले से झगड़ा कर, मेरा या किसी भी आदमी की उम्र का, कदकाठी से सम्बन्ध न होने का सिद्धान्त रखते हैं। उन दिनों गाँव में, घर में, जेब में कहीं भी पैसा नजर नहीं आता था। होता ही नहीं था तो दिखेगा कैसे? मैंचेस्टर की ओर जर्मनी के बम हमलों के कारण कपास के व्यापारी ने साल भर से पैसे ही नहीं दिए थे। 'भारत छोड़ो' आन्दोलन में क्रांतिकारियों ने सावदा के पास गाड़ी उलट दी थी। इस कारण खानदेश का कोई भी अनाज दिल्ली की तरफ नहीं जा रहा था। जवार की दरें भी आधी। मूँगफली मिट्टी के मोल, क्योंकि दूसरे विश्वयुद्ध के चलते तेल के लिए जहाज ही नहीं मिल पाते। वह गांधी भी कुछ सूझने नहीं देता। सत्याग्रह ही करता है।

कहा जाता है कि सुभाषचन्द्र बोस खदेड़ेंगे अंग्रेजों को, लेकिन गांधी इसका भी विरोध करता है। हमारे मोरगाँव के महान नेता रूपा काँग्रेस भरी सभा में बोले, किसान भाइयो, गांधीजी पर भरोसा रखो। ऐसी यातनाएँ सहकर ही स्वतंत्रता का दिव्य सवेरा हो सकता है। आप दुख सहेंगे, तो आपकी अगली पीढ़ी को स्वतंत्रता का मूल्य मालूम होगा...ठीक है भाई, सहेंगे।

जलगाँव जाते समय दो जगह गाड़ियाँ बदलीं। गाड़ी में सवार हर आदमी को मेरी आँख दिखाते हुए पिताजी आजिजी से पूछते, भैया, ठीक तो हो जाएगी न आँख। खंडू हाथ हटा, भाईसाहब को देखने दे...राम राम, आप कुर्मी लोग भी कैसे जंगली हैं। ये क्या कर दिया? खैर, अच्छा है कि कम-से-कम आज तो आपने खेत का काम छोड़कर वक्त निकाला है। बगल में बैठा शिक्षित आदमी कहता है, साले गँवार कहीं के। जब तक ऐसे लोग हैं, भारत देश क्या खाक तरक्की करेगा? पिताजी धोती का छोर सँभालते हुए मेरा ढाढ़स बँधाते हैं, खंडू आराम से उतरो।

जलगाँव में उतरने पर चार घंटे से दबा कर रखी प्यास मुझे कुछ सूझने नहीं देती।...बाबूजी, पानी। पिताजी अनदेखा करते हैं। सड़क पर जो मिले उससे पूछते हैं, भैया, जिला लोकल बोर्ड का शिविर इधर कहाँ है? मुफ्त नेत्रशिविर? मैं फिर से गिड़गिड़ाता हूँ: बाबूजी, पानी।...पानी? यहाँ हमारा घर है क्या खंडू? ये क्या कर रहे हो? पहले वहाँ जाकर नम्बर नहीं लगाएँगे? आज ही नम्बर आए तो ठीक, वरना कहेंगे, कल आओ, दो दिन बाद देखेंगे। छी:, फिर हमें तुम्हारी मौसी के घर रुकना पड़ेगा। कंट्रोल के जमाने में शहर में यों किसी के घर कैसे रुकेंगे? ये देखो मिट्टी के तेल के लिए लाइन। लोग मक्का खा रहे हैं उबालकर। हमारे देहात में घर में ही कुठले भरे रहते हैं। यहाँ शहर में किसी पर दो दिन बोझ बनना क्या सही है?

सिर से नाक तक पूरा गमछा लपेटे हुए हाथ से एक आँख ढँके मैं अपने तलुवों को देखते हुए चल रहा हूँ। इधर से उधर, उधर से इधर, पता पूछते हुए, भैया, फकीरा हरि स्कूल कहाँ है?...बाबूजी, पानीऽऽऽ

रुको, वहाँऽ होटल दिख रहा है, चलो। होटलवाला मुफ्त में पानी देने को तैयार नहीं। पानी माँगने पर, चाय? पूछकर होटलवाला लड़का आगे निकल जाता। आखिर आधी-आधी प्याली मीठी अमृततुल्य चाय। उन दिनों घरों में चाय बनती ही नहीं थी, इसलिए आज रोजाना दस-बीस कप पी जानेवाले मेरे लिए उस समय संवेदना की यह नयी खोज थी। आसपास बैठे सफेदपोशों को बीवी-बच्चों के साथ चाय-बिस्कुट खाते और चूंई-चूंई करते बोतल तोड़कर हँसते-खेलते सोडा-लेमन पीते देखकर तय करता हूँ कि मैं भी शहरी ही बनूँगा। लेकिन अगर आँख ठीक नहीं हुई तो मुझे शहर में कौन आने देगा? देहात में एक आँख, दोनों आँखों के अन्धे कई लोग हैं। यहाँ तो ऐसा कोई भी दिखाई नहीं देता। बल्कि कइयों के चश्मे गहनों की तरह सुन्दर। यह सब मैं एक आँख से चोरी-चोरी देखता रहता हूँ। उधर पिताजी गुस्ताख होटलवाले से पूछते हैं, क्यों भाई, वो मुफ्त नेत्रशिविर कहाँ लगा है?

जवाब, चल उठ, गँवार कहीं का, बाहर ग्राहक खड़े हैं। पिताजी इस अपमान को ऊपर-ही-ऊपर सहते हुए मुझसे कहते हैं, जल्दी करो खंडू, कितनी देर हो गई, चलो।

सारा अपमान, गुस्सा पीकर उसे मैं अपने मन की बड़ी तिजोरी के एक चोरखाने में रख देता हूँ। आगे चलकर कई संगोष्ठियों, व्याख्यानों में इन्हीं चोरखानों को खोलकर उनमें बन्द अंगारों का मैं उपयोग कर पाया हूँ।

पिताजी आगे। हवा से उड़ती उनकी धोती, साफ धोकर भी पीली दिखनेवाली मेंचेस्टर के लट्ठे की बनी कमीज, वैसा ही मोटा-झोटा गमछा, तेल और धूल से सना नया देशी जूते का जोड़ा, पीछे से मैं नंगे पैर। पिताजी द्वारा पकड़ा हाथ छुड़वाकर नीचे जमीन पर फेंके गए सुंदर-सुंदर सिगरेट के पैकेट, माचिस की डिबिया, पत्रिकाओं की रंगीन स्त्रियों के कागज उठाने की कोशिश करता हूँ। झुकते ही झटका, कंधे पर पिताजी का खुरदरा हाथ। चलो जल्दी, देखो अभी पहुँचते हैं।

एक स्कूल के सामने मंडप तना है, सामने आँखें जाँच करानेवालों की भीड़। इतनी सारी बाधाएँ पार करके भी यदि उत्तर महाराष्ट्र के हजारों देहातों से इतने लोग आँखें जँचवाने के लिए आ सकते हैं, तो न आ सकनेवाले कितने होंगे ? छोटे बच्चों को गोदी में उठाए घूमती औरतें, उनके आगे देहाती चमार द्वारा बनाए मोटे भारी जूते खड़काते धूल उड़ाते देहाती लोग डॉक्टर को ढूँढ़ रहे हैं। कतार कैसे बनती है, किसे पता ? आधी खाकी चड्डी पहनी पुलिस लाठी दिखाकर सभी को एक के पीछे एक खड़ा करते हुए फालतू में घूम रही है। पिताजी एक पुलिसवाले से पूछते हैं, भैया, किस तम्बू में ऐसे घायलों को जाँचते हैं ? जवाब में पुलिस अपना डंडा पिताजी के सीने से लगाती है और ठेलते हुए उन्हें कतार में पीछे ले जाकर खड़ा कर देती है। हमेशा से पीछे हटने के आदी मेरे वारकरी पन्थी किसान पिताजी फिर भी उस पुलिसवाले को अच्छा-अच्छा कहते रहे। मैं भी उनका हाथ थामे पीछे-पीछे खिसकता हुआ सहमा खड़ा रहता हूँ। दूसरा पुलिसवाला, ऐ गँवार कहाँ घुसता है ? केय करे छे ? पिताजी ने डरते-डरते फिर मुझे गमछा हटाने को कहा, आँख दिखाओ खंडू। मैं एक आँख बन्द, दूसरी खोलकर दिखाता हूँ। इसके पीछे एक ही उद्‌देश्य था, पुलिस की सहानुभूति पाना। शायद वह प्रयास सफल हुआ था, क्योंकि उधर से एक खद्‌दरधारी स्वयंसेविका गुजराती लड़की लम्बे डग भरती हुई मेरे पास आकर बोली, अरे, ये तो मोतियाबिंद की कतार है, उधर चलो बेटा। पहली बार इन्सानियत का एहसास हुआ।

उधर कांग्रेस लोकल बोर्ड के लोग किसी से झगड़ रहे थे : पता ही नहीं चलता कि कौन-सी कतार किसके लिए है। यह जिम्मेदारी किसकी ? सौ लोग धूप में खड़े हैं। तम्बू जैसे-जैसे करीब आता जाता है, वैसे-वैसे पिताजी का मेरे प्रति प्यार खुलकर प्रकट होने लगता है। वे मुझे लेमनचूस की गोली खाने के लिए देते हैं। न जाने उन्होंने कब और कहाँ से खरीदी थी। कुछ देर बाद मेरे मुँह पर बँधे गमछे का

त्रिकोण यूँ ही ठीक करते हैं। एक बार भर्राए हुए गले से कहते हैं, भूख लगी होगी न खंडू? थोड़ी देर सब्र करो। डॉक्टरों से मिलना भी तो बहुत जरूरी है न? खाना तो क्या रोज ही खाते हैं। तुम्हारे जेलवाले चाचा, वो तो चार-चार दिनों तक खाना नहीं खाते थे। घर पर मत कहना, चाची रोएगी तुम्हारी।

हुना चाचा, तुम्हें मारा सो मारा, लेकिन आजादी भी तो नहीं मिली। ज़ाया हो गई तुम्हारी देशभक्ति, तुम्हारी भूख-हड़तालें। आजादी पाने के रास्ते अलग हो सकते हैं, यही तुम्हारी समझ में नहीं आया था। मैं बेचैन हुआ।

आखिरकार तम्बू में घुसे। एक स्वयंसेविका नाम, पता, आँख पर कब लगा, क्या लगा, सब लिख लेती है और तुरन्त अन्दर भेजती है। छोटी उम्र का एक डॉक्टर मुझे लिटाता है। मैं डरकर मना करता हूँ। यह सोचकर कि शायद यहाँ आँखें फोड़ते हैं, मैं चीखता हूँ। पिताजी अपनी पूरी ताकत से मुझे पकड़ते हुए लिटाते हैं। मैं लुहार की धौंकनी की तरह फुसफुसाता हूँ। पिताजी इतिहास बयान करते हैं। क्या? पन्द्रह दिन? फिर आपने क्या किया? बाप हैं न आप उसके? फिर? तुरन्त डॉक्टर के पास ले जाना चाहिए था। लगता है बच्चे की नजर कमजोर हो जाएगी। कम-से-कम अब तो सावधानी बरतिए। एक तैलिया कागज पर छुरी से लकीर भर मरहम मिल गया। रोज सोते समय लगाइए...डॉक्टर साहब, ठीक तो हो जाएगी न?...अब भगवान पर भरोसा रखिए। चलिए बाहर।

बगीचे में पानी के नल के पास हम बाप-बेटा बैठते हैं। सुबह तड़के उठकर माँ की बनाई बेसन की रोटी, हरी प्याज, बीती शाम बुआ द्वारा लाई अमियाँ, मेथी की ताजा फुनगियाँ, पेट-भर भोजन, निःशब्द। आखिरी रोटी बचती है। पिताजी रफ्तार धीमी करके मेरे आखिरी कौर की राह देखते हैं। फिर पूरा चीथड़ा साफ करके झटककर उठते हैं। लम्बे डग भरते हुए हम उस कंपाउंड में आ जाते हैं, जहाँ से सर्विस मोटरें चलती हैं। कोई आदमी पत्थर पर बैठा सुबह का मुफ्त मिला अखबार पढ़कर सुना रहा है। उसे घेरकर अपने-अपने गाँव लौटनेवाले बीस-पच्चीस देहाती सुन रहे हैं। कोई तहसीलदार की कचहरी में दिन-भर खड़े रहकर भी काम न होने से मायूस लौटा, कोई कलेक्टर ऑफिस के बाबू द्वारा अपमानित हुआ, कोई पाँचवीं बार दी गई कोर्ट की तारीख फिर आगे खिसक जाने से गुस्सा पीकर क्षुब्ध हुआ—सब थके-हारे यहीं आँखें फाड़े खड़े हैं। इस एहसास से अभिभूत कि इतिहास बदल रहा है और हम इस वक्त जिंदा हैं। इस खुशी में चर्चाएँ-समाचार सुनते खड़े हैं कि हमारे क्लेश समाप्त हो रहे हैं, कम-से-कम इस तरह के क्लेश समाप्त हो रहे हैं।

गांधी भी तो कह रहा है न कि गोरों को खदेड़े बिना अब हम पीछे नहीं हटेंगे...छोड़ो जी ये बातें। उधर सुभाषबाबू आजाद हिंद सेना लेकर आ रहे हैं—सीधा दिल्ली पर हमला। फिर पीछे से बड़ी जापानी सेना। उनकी तो एक ही तोप से बीस-बीस गोले बरसते हैं—एक के बाद एक—धड़ाम, धड़ाम। और जापानी हवाई जहाज? ऊपर से अचानक दस-दस, बारह-बारह के झुंड ऐऽसे आते रहते हैं, ऐऽसे

नीचे की ओर छलाँग लगाते हुए धाड़ धाड़ धाड़ बम बरसाते हैं, फिर ऐऽसे ऊपर गायब। फिर तुरन्त दूसरा झुंड।...वाह भई वाह। ऐसे करघा चलाकर और बुनकर की तरह तकली घुमाने से अंग्रेज थोड़े ही जाएगा? ..और नहीं तो क्या वो तुम्हारे सुभाषबाबू से डरेगा? अरे छोड़ो यारऽ, छह सालों से अंग्रेज लड़ रहे हैं दुनिया में बीस-पच्चीस जगहों पर। चौदह-पन्द्रह साल के बच्चों को भर्ती कर रहे हैं। लेकिन यदि हार गए न जापानी, तो अंग्रेज दुबारा डेढ़-सौ साल तक हमारे सीने पर भैनचोद।...अपने गांधीजी देखो, अहिंसा का ऐसा झापड़ लगाएँगे कि कुछ समझ भी नहीं पाएँगे अंग्रेज। अपने नन्दुरबार में एक चौदह साल का लड़का पुलिस के सामने वन्दे मातरम कहता हुआ तिरंगा लेकर आ गया था। गाँड फट गई थी, हाँ...किसकी?...किसकी यानी? दारोगा की, लेकिन फिर भी गोली दाग ही दी लड़के को।...मर गया बच्चा।...लेकिन भैया अमर तो हो गया न। बन्दूक तो क्या हिजड़ा भी चला लेगा, लेकिन ये सीने पर गोली खाना मर्द का ही काम है। लेकिन क्यों भाई, बन्दूक तो हमारे ही लोग चलाते हैं न?...सही है। हमारे खिरोदा के धनाजी नाना दारोगा थे। फेंक दिया पट्टा और ड्रेस गोरे साहब के मुँह पर, इस्तीफा देकर। अब बड़ा सत्याग्रह किया।...ऐसा? सभी से कहाँ ऐसा करते बनता है?

अब पिताजी से भी रहा नहीं जाता। वे बताते हैं, मेरे छोटे भाई को भी ऐसे ही मार डाला जी जेल में।

सभी लोग इस मटमैले किसान की ओर आश्चर्य से देखते हैं। कौन हैं आप? किस गाँव से? अरे वाह भई वाह, शहीद हुना कुंडलीक के सगे भाई हैं आप? क्या बात है, इसे कहते हैं मोरगाँव का पट्ठा। तुम्हारा एक भाई गया, ठीक है, लेकिन तुम्हारा यह बच्चा तो आजादी में जिएगा।

मैं आसमान में उड़ने लगता हूँ। कब मिलनेवाली है आजादी? क्या वादा किया है? ये हरामखोर अंग्रेज बनिए जब तक यहाँ से नहीं जाते, तब तक हमारे किसानों के दिन नहीं फिरेंगे।

सर्विस मोटर आती है। उसमें तीन गुना लोग जानवरों की तरह ठूँस दिए जाते हैं।...अगर कोई बेटिकट पाया गया, तो बीच रास्ते में उतार देंगे, तापी पर, हाँ। चलो मजीदभाई, भगाओ गाड़ी।

ये गाड़ी भी सिर्फ मुख्य सड़क तक ही है। यानी फिर तहसील के गाँव तक पैदल और फिर वहाँ प्रतीक्षा। रात में सर्विस मोटर कभी होती है, कभी नहीं। नहीं होगी तो जाएँगे पैदल, क्यों खंडू? यहाँ जलगाँव में रात बिताने की बजाय पैदल जाकर घर पर ही सोने में क्या बुराई है? सुबह पाँत लगा सकते हैं। मैं गर्दन हिलाता हूँ। गाँव का एक आदमी पिताजी से कहता है, अरे लेकिन जंगली जानवर—अगर वहाँ तुम्हें साँप ने काट लिया तो मर ही गए समझो। शहर में दवा-दारू होती है। उस रास्ते से गुजरते समय हर साल कम-से-कम चार-पाँच लोग तो मर ही जाते हैं साँप के काटने से।

आगे मेरे सोने के बाद से घर आने तक क्या हुआ, कुछ भी पता नहीं चला। पिताजी रात को मुख्य सड़क से मुझे कंधे पर उठाकर लाए थे। श्मशान की ओर ही जा रहे हैं।

अब भी नींद में वे मुझे उसी तरफ ले जा रहे हैं।

लगता है जैसे कोई लगातार पुकार रहा है और मेरे मस्तिष्क की पर्तों में छिपी नींद मुझे बार-बार सुला रही है। मैं ब्रह्मपुत्र का विस्तीर्ण पाट तैरकर उस पार जा रहा हूँ और सामने कामाक्षी का टीला लगातार दूर-दूर होता जा रहा है। या यह मांडवी का पाट है और मैं काबो की ओर लहरों पर तैरता जा रहा हूँ? मंडी को मोरगाँव में झेंडी के घर में अचानक हड़प्पा की रोजेटा शिला मिल गई है। और सांखलिया सर कुएँ की भाँति गहरे खुदे एक गड्ढे में झाँककर नीचे मुझसे, जहाँ मैं तल खोद रहा हूँ, पूछते हैं, खंडेराव, मटका...मटका। मैं खोदते हुए चिल्लाता हूँ, मटका है तो यहाँ कंकाल भी होना चाहिए, सर। ठहरिए।

दरअसल, कहना यह चाहिए था कि जहाँ कंकाल है, वहाँ मटका भी होना चाहिए। क्या प्रबन्ध में यह लिखें कि मस्तिष्क में मृत्यु का जबरदस्त एहसास होने पर ही मटके की खोज हुई होगी? संवेदनाओं के इतिहास में मटका एक महत्वपूर्ण चरण है। लगभग पचास हजार साल पुराना। जिस प्रकार इस कंकाल की खोपड़ी में संपूर्ण युग का, स्थल का, काल का सन्दर्भ खुदा रहता है, वैसे ही यह मटका, एक प्रतीक है। समाप्त हुई एक जिंदगी का सार। सार? हॉ हॉ। मटके में क्या सार होता है? वही तो, मटके का केवल आकार होता है, अन्दर कुछ भी नहीं। सारहीन आकार। यानी जिंदगी। इस कंकाल को ईमानदारी से भूमि पर समान्तर लेटकर समाप्त होना पड़ा। उसके पूर्व की जिन्दगी यानी केवल शून्य। जिन्दापन के मस्तिष्क का विराट, असीम शून्य क्या यही है? यह सब केवल आकार हैं। मात्र शून्य मटका। *फिरवला घट। फोडिला चरणी। महावाक्य ध्वनी। बोंब झाली। घट मठ जाले। आकाशाचे पोटी...*[12] हाँ खाइयो मत फरेबे हस्ती। हरचन्द कहें के है नहीं है। होना भी नहीं और न होना भी नहीं। तो फिर कैसे कहा जा सकता है कि जिंदगी कृतार्थ हुई। जिंदगी भर बिना कुछ किए—धन-दौलत, पद, बड़ाई, यश, कीर्ति बिना कुछ कमाए प्रत्येक जिंदगी कृतार्थ हो ही जाती है।

इस कंकाल के पास बीस किलो भारी, बड़ी-सी चकमाक पृथ्वी के जन्म से लेकर, चार-पाँच अरब सालों से यहाँ सिन्धु तट पर पड़ी हुई थी। यही है असल में होना। पंढरपुर के विट्ठल की मूर्ति डेढ़ हजार सालों से वहीं पर खड़ी है। वह विशाल

12. संत तुकाराम द्वारा वर्णित अपनी ही अंतिम संस्कार विधि : मृतक के चारों ओर घुमाकर घट को चरणों पर तोड़ दिया। फिर महावाक्य ध्वनि की पुकार हुई और घट आकाश के पेट में विलीन हो गया।

पीपल का पेड़ चार हजार सालों से सिन्धु पाट के ऊपरवाले टीले पर खड़ा है। प्रत्येक पीपल की आयु एक हजार साल भी मानकर चलें तो इस पीपल का चौथा पूर्वज सिन्धु संस्कृति में मौजूद होगा। यह कंकाल यों ही पड़ा है। भूर्भूव स्व: शब्द कितने युगों से इसके–उसके मुँह से जूठे होकर भी आज ज्यों–के–त्यों कायम हैं। जैसे सुन्दर प्राकृतिक स्थल का ऊबाऊपन देर से समझ में आता है, वैसे ही जिंदगी का यह खोखलापन भी। इन बड़ी–बड़ी सूर्यमालाओं की गति में किसी भी विश्व के किसी भी काले अंतरिक्ष में हमारा होना अनहोना बन जाता है।

मोरगाँव के धनजी बोवा का मटका...

उसी क्षण अली ने मुझे जगा दिया। अँधेरा होने से पहले की अजीब बेला। ड्राइवर लोग ट्रक को एक बड़ी नहर के किनारे खड़ा कर नीचे के एक ढाबे पर खाना खाने गए थे। अली को काफी देर तक लगातार सिगरेट पीकर अकेले समय काटना पड़ा था। इससे वह बहुत ही परेशान लग रहा था। सुबह से ही बेचारे पर मुझे वक्त पर बॉर्डर तक पहुँचाने का दबाव था। और मेरा इस कदर इतनी देर सो जाना अशोभनीय था। शर्म महसूस हुई।

मैंने कहा, एक मजेदार किस्सा याद आया, यारू, तुम्हें तो बताना ही चाहिए। अली मुझे सिगरेट देते हुए बोला, कैसा ?...हॉ हॉ हॉ, अरे दिल्ली की हमारी पुरातत्व परिषद के वार्षिक अधिवेशन में आरंभ में दिवंगत सभासदों को श्रद्धांजलि अर्पित करने के लिए तीन मिनट खड़े होने का प्रस्ताव—सचिव महोदय मृतकों की बड़ी लम्बी सूची पढ़ते हैं। और मुझे अपना ही नाम उसमें सुनाई दिया। सच्ची, मेरा पूरा नाम। गलत ही सही पर नाम तो छपा हुआ था। फिर उसमें संशोधन के लिए खड़े होकर समय बरबाद क्यों करें, इसलिए सभी के साथ मैं भी चुपचाप तीन मिनट खड़ा रहा। सोचा, क्या फर्क पड़ता है। हॉ हॉ हॉ।

अली भी दिल से हँस दिया, बाद में उन्हें यह गलती सुधारनी ही पड़ेगी।...गलती ? यानी मेरे जिंदा होने की ? या उनकी, मेरा नाम उस सूची में डालने की ? हॉ हॉ हॉ हॉ। अली का टेंशन कम होने से अच्छा लगा। हरियाली भरा पंजाब कभी का शुरू हो चुका था। घंटे–भर में लाहौर आ जाएगा। सुबह सरहद पार कर हिन्दुस्तान में—यानी आज के हिन्दुस्तान में। कल गाँव। फिर अगले दिन, अगले साल—घर की प्रापर्टी ? अपना पी–एच.डी. ?

यारू, भूतकाल हमें कल्पना से चितारना पड़ता है और भविष्य तो याद करना पड़ता है।

जोर से हँसकर अली ने कहा, मैं इसी विचार पर अमल करते हुए याद कर रहा था कि आनेवाले पाँच सालों में क्या–क्या करना है। हॉ हॉ। हमारा नया वाइस चान्सलर अभी–अभी अमेरिका से आया है, उसने विश्वविद्यालय के सभी विभागों

को आनेवाले पाँच सालों का कैलेंडर बनाने को कहा—परीक्षा कब लेनी है, रीजल्ट कब घोषित करने हैं, कौन-सा सेमिनार कब और कहाँ लेना है। हॉ हॉ हॉ और इसका अपना भूतकाल कल्पना से, यानी इसके पूर्वज असल में हैदराबाद, दक्खन की ओर कुतुबशाही घराने के। लेकिन यह अपने पूर्वज ईरानी नस्ल के लोगों को मानता है, माँ की ओर से।

यारू, हमने मोहेनजो-दड़ो में अपने पूर्वज कभी नहीं ढूँढ़े। पूर्वज यानी कहाँ तक पीछे जाना चाहिए? हमारे महाराष्ट्र में शिवाजी तक पीछे जाते हैं। ब्राह्मण पुजारी तो बिना किसी सम्बन्ध के भृगु और कौशिक, वशिष्ठ और परशुराम जैसे पराए आर्यों को पूर्वज मानते हैं। यानी उनसे पहले पूर्वज नहीं थे? यानी ओरांगउटांग और चिम्पैंजी और गोरिल्ला जैसे अपने असली पूर्वजों पर किसी को भी गर्व महसूस नहीं होता!

हमारा ट्रक एक बड़ी नहर के पुल से लाहौर में घुस गया। रात के नौ बज चुके थे। फिर भी सड़क पर भीड़, चौराहे-चौराहे पर गाड़ियों की कतारें, पुलिसवालों की सीटियाँ, सभी ओर भोंपू बजानेवाले और गालियाँ बकनेवाले ड्राइवर और अनुशासनहीनता। लग रहा था, कहीं हम दिल्ली में तो नहीं घुस रहे हैं। लाहौर के उस पार पाकिस्तान पुरातत्व के गेस्ट हाऊस में जाने के लिए घंटा-भर और लगेगा, इसलिए अली बेचैन हो गया था। उसे तुरन्त अपने भाई के पास मिलिटरी हेडक्वार्टर जाकर मिलिटरी जीप प्राप्त करनी थी। बॉर्डर पर दिखाने के लिए खास पास और चिट्ठी तैयार ही होगी। लेकिन हाल में चीन-पाकिस्तान में सीमा को लेकर समझौता हुआ था और उन्होंने कश्मीर को आपस में बाँट लिया था। इसलिए आजकल हिन्दुस्तान-पाकिस्तान के बीच युद्ध का माहौल था। इस वजह से अली के भाई ने अली को चुपके से सुझाया था कि मिलिटरी की गाड़ी से ही अन्दर तक सहजता से पहुँचा जा सकता है। हमारा ड्राइवर कोशिश कर ही रहा था। मेहराबी दरवाजे, भग्न तट, सफेद गुम्बदों वाली मस्जिदें, एक के बाद एक पंजाबी हवेलियों की गलियाँ। सड़क पर बड़े-बड़े कड़ाहों में उबलता दूधिया हलुवा। पकौड़े। लस्सी के बड़े-बड़े प्याले पीते, गप्पें लड़ाते और आवाजाही को देखते खड़े लोग, बहुत बड़ा प्लाइवुड का तख्ता अपनी पुरानी साइकिल के पैडल पर टिकाकर एक हाथ से हैंडल धकेलनेवाले सरदारजी, उधर ढीले कपड़े पहने कंधे पर लम्बे-लम्बे ॲल्युमिनियम के पाइप तेजी से ढोनेवाले बहुत-से आत्ममग्न मजदूर, सड़क पर कपड़ों की, बर्तनों की दूकानें। बेफिक्री से चलती भीड़। हर सड़क पर खुशनुमा जल्दबाजी। बीच में ही पोलियो के कारण एक पैर से उचक-उचककर चलनेवाला और खुश दिखता बूट पालिशवाला लड़का, साइकिल के पीछे कैरियर पर आरे को आड़ा बाँधकर हथियारों का लम्बा थैला हैंडल से लटकाए और एक हाथ से घनी भीड़ में बीड़ी पीता खामोशी से घर लौट रहा बढ़ई, खड़खड़ करती अपनी ठेलागाड़ी को यातायात के गुस्सैल पुलिसवाले

के सामने से दौड़ाता हुआ और उसकी ओर देखकर दाँत निपोरता जा रहा ठेलेवाला। ट्रक रुकते-रुकते आगे सरकता रहा।

अली की इच्छा थी कि खाने के समय तक हम लाहौर पहुँचें ताकि उसके घर जा सकें। हमारे घर—गरीबखाने पर कब आना होगा?...यारू, आऊँगा, आऊँगा। अरे मुझे तो ये मेरा अपना ही गाँव लगता है। अली बीच-बीच में हाथ हिलाकर कहता है, यहाँ माधोलाल हुसेन की दरगाह है। क्या है वहाँ? वो दोनों सूफियों की एक ही दरगाह है—एक हिन्दू, एक मुसलमान। गुरु नानक असल में सूफी परंपरा के ही हैं, लेकिन मुगलों की औपनिवेशिक साम्राज्यवादी नीति के कारण उन्होंने राजपूत हिन्दुओं का हाथ पकड़ा और सिक्ख, जो असल में मुसलमानों का ही अंश थे, उनके साथ जानी दुश्मनी। इसी कारण आगे चलकर इस उपमहाद्वीप में यह समस्या कभी हल नहीं हुई।...यारू, तुम्हारे विश्लेषण से मैं सहमत हूँ।...इधर यहाँ रणजीतसिंह की समाधि है, लाहौर सिक्खों की राजधानी थी। आज भी उर्दू के कारण पंजाबी-सिन्धी समेत सभी भाषाओं का सत्यानाश हो रहा है। पूरे पाकिस्तान में उर्दू का ही बोलबाला है। इस औपनिवेशिक मुगलिया उर्दू के कारण बलूची, पश्तू तो भाड़ में ही गईं। रास्ते में जमात-ए-इस्लामी के पोस्टर, पताका, झंडे और सभी ओर *हिन्दुस्तान मुर्दाबाद* की तख्तियाँ। अनारकली बाजार इधर।...हम उनको देखते हैं हसरत भरी नजर से...वहाँ से आगे माल बाजार। इसमें कम-से-कम अस्सी प्रतिशत प्रापर्टी तो सिक्खों और हिन्दुओं की थी। सभी लाला मालदार, अमीर व्यापारी थे। ये हिन्दू लोग उधर के पंजाबियों के जरिए पूरे हिन्दुस्तान के गरीब मुसलमानों का शोषण करते थे। इस वजह से कह सकते हैं कि यहाँ की गरीब मुसलमान जनता ने प्रतिशोध ले ही लिया बँटवारे के दौरान।

दोनों ड्राइवर भी अब खुलकर इन बातों में हिस्सा लेने लगे। शुरू में बँटवारे की मजाकिया बातें। बाद में राष्ट्रीय खिल्ली : वो गुरूदासपुर है न, उधर हमारे नानाजान की भौत इस्टेट थी। बँटवारा होगा, ये तो तय हो गया था। लेकिन ये गुरूदासपुर सीधा बॉर्डर पर आता था। ऊपर से आधे मुसलमान और आधे हिन्दू-सिक्ख। अब यह हिन्दुस्तान में जाएगा या पाकिस्तान में आएगा? उल्टी-सीधी खबरें आ रही थीं। एक दिन जैसे ही ऐलान हुआ कि गुरूदासपुर पाकिस्तान में आया, वैसे ही सारे सिक्ख और हिन्दू उधर हिन्दुस्तान की तरफ दौड़ने लगे। धूम, लूटमार। बाद में ऐसा चक्का घूमा कि उसका हिन्दुस्तान में जाना तय हुआ, माँ की च्यूत, फिर अपने लोग रातोंरात सारी प्रॉपर्टी छोड़कर इधर निकल आए। हॉ हॉ हॉ। खाली हो गया पूरा गुरूदासपुर, माँ की च्यूत। बस अछूत लोग दोनों समय वहाँ रह गए थे और दोनों ओर की लावारिस इस्टेट हथियाकर सब मालामाल हो गए। हॉ हॉ हॉ।

मुबारक गर्दन उठाकर पीछे से बोल रहा था, सिक्ख लोग बहुत गड़बड़ी मचाने लगे थे। तारासिंग तो बीच असेंब्ली में कृपाण निकालता और मुसलमानों को चिढ़ाता : पंजाब हमारा है, हो जाने दो अभी सामना, आओ सामने। उस समय हमारे दादा पटियाला में मुस्लिम लीग की सभा में दहाड़े थे, अरे ये हिन्दू सिक्खड़ा अपनी

इतनी-सी छुरी की धमकी देकर आजाद पाकिस्तान नहीं बनने दे रहा है, क्यों? एक बार इनको दिखाई देगी कि इस्लाम की तलवार कितनी लम्बी होती है। बीच सिक्खों की बस्ती में बोले थे वो।

अली ने मुबारक ड्राइवर को चुप कराकर विषय बदलवाया और ट्रक को किले पर बादशाही मस्जिद की ओर से लेने को कहा। ऊँचे टीले पर पुराने सुन्दर गुम्बदाकार महल में गेस्ट हाऊस। अली ने भड़भड़ाते हुए सीढ़ियाँ चढ़कर खानसामा को उठाया। शायद उसे समझाया कि हम आज रात में ही कमरा खाली कर देंगे। फिर मेरा बक्सा वहाँ के चपरासी के हाथ में देकर मुझे ऊपर जाकर जल्दी खाना खाने और आराम करने को भी कहा। वह ट्रक से ही गाँव में जाएगा और वहाँ से कैम्प में भाई के पास जाकर मिलिटरी की जीप ले आएगा, तभी सुबह चार-पाँच बजे के आसपास बाघा बॉर्डर पहुँचना संभव हो पाएगा। उसके घर जाना भी संभव नहीं हुआ। इसके लिए फिर से अफसोस जताकर वह ट्रक से नीचे निकल गया। साथ ही चिंता के सुर में तैयार रहने के लिए भी कह गया।

सुबह से दबा अकेलापन अब अचानक हावी हो उठा। ऊपर सौ-एक सीढ़ियाँ चढ़कर फिर दूसरी मंजिल पर। सीढ़ियों पर पाकिस्तान के दर्शनीय स्थलों के चित्रों को देखते हुए चपरासी द्वारा दिखाए गए दोनों ओर के प्रशस्त गैलरीवाले, लगभग बीस फीट ऊँची छत के कमरे में जैसे-तैसे प्रवेश किया और पानी पीते-पीते ही मुझ पर उदासी का दौरा पड़ गया। थकावट और कल रात से लगातार जागने के कारण लेटने की इच्छा हो रही थी। गेस्ट हाऊस के बगलवाले कमरे से द्रुत स्वर की कुछ-कुछ परिचित-सी सितार की धुन रेडियो पर बज रही थी। राग भूप। भीषण गर्मी। दोनों ओर की गैलरियों के बीच विस्तृत फैला लाहौर। दीवार पर *पाकिस्तान टूरिजम* का बड़ा-सा मानचित्र। लाहौर के आसपास फैले इलाके के मोटे अक्षरों में दर्शाए गए दर्शनीय स्थल। दाहिनी ओर मोटी तिरछी लाल रेखा—इंडिया। सीमा से उधर का हिस्सा पूरा कोरा। मैं बेचैन होकर भारतीय पंजाब के उस कोरे हिस्से को बार-बार देखता हूँ। लाहौर के पास ही *मरहट्टा माधोजी सिन्दिया दी छाँवणी* है। मैं और बेचैन होता हूँ। फिर जल रही अपनी आँखों को बन्द कर लेट जाता हूँ। उसी समय अचानक पूरे लाहौर शहर की बिजली चली गई। मामला क्या होगा? कहीं युद्ध के ब्लैक आउट की तैयारी तो नहीं? आज अखबार में सभी ओर कश्मीर—अमेरिकी सहायता—टैंक, युद्ध के ही समाचार। हिन्दुस्तान—रूस—परमाणु बम—पूर्व पाकिस्तान—अन्तर्राष्ट्रीय सीमारेखा का उल्लंघन। गन्दी बात। वहाँ अँधेरे में और गर्मी में और रुकना असंभव था, इसलिए मैं पीछे की गैलरी से अँधेरे में दूर तक फैले अतिप्राचीन शहर लाहौर को देखता रहा।

बाद में ध्यान गया कि गैलरी के ऊपर की गुम्बदाकार ऊँची मीनार पर जाने के लिए वहीं से सीढ़ियाँ हैं। ऊपर हवा की ठंडी लहरियाँ अनुभव हो रही थीं। गुम्बद के

खुले प्रशस्त गोल चबूतरे से पूरा गोलाकार आकाश लाखों सितारों की जगमगाहट से अद्‌भुत लग रहा था। भावडू की बताई तरकीब से चित्रा नक्षत्र की कन्या और सिंह राशियों को एक साथ पहचान पाया। पश्चिम की शर्मिष्ठा झुकी हुई और सप्तर्षि सिर पर। गुम्बद के कारण मुलायम होती हवा की ठंडी लहरियों के सौम्य स्पर्श से मैं वहीं पर लेट गया। फिर ऊपर आकाश के तारों को देखने की इच्छा हुई। क्यों खंडेराव, तुम कहाँ आकर फँस गए हो? कहाँ जा रहे हो? तुमने क्या तय किया था और अचानक ये क्या हुआ। कहाँ मोरगाँव। बॉर्डर पर कुछ बखेड़ा तो नहीं होगा? अमृतसर से भुसावल के लिए सीधी गाड़ी तो मिलेगी न? उसके बाद ठीक से सोच सकेंगे। ऊपर सुन्दर-सी बाँकी रेखा में गुम्बद का आकार और क्षितिज तक तारों से जगमगाता दिखता गोलाकार शून्य नीला आकाश। नीचे अँधेरा। आँखों में न समानेवाला विशाल शून्य। मस्तिष्क की पर्तों में छिपी नींद अब स्याही की भाँति फैलने लगी। ऊपर का गोलाकार शून्य धीरे-धीरे धनजी बोवा के मटके जैसा छोटा और छोटा होता हुआ सिर पर गच से बैठ गया। धनजी बोवा का मटका।

नौवीं-दसवीं कक्षा में पढ़ते समय हम तीन-चार मित्र तहसील के गाँव रात नौ से बारह का सिनेमा देखने चोरी-चोरी जाया करते थे। पैदल। लौटते समय अँधेरे में ऐसे ही तारों के आकाश के नीचे गाँव के बाहर संगमस्थल पर मरघट के पासवाले खेत के पास आने पर गर्दन नीचे झुकाए सीधा आगे देखते हुए नदी पार कर गाँव में आते। सारे गाँववालों ने कह रखा था, बच्चो, कभी जरा भी इधर-उधर देखोगे तो श्मशानजोगी का वो नंगा भूत दिखाई देता है, जो हमारे मन के मायाजाल से, देखनेवाले पर न जाने कैसे सवार होता है। जैसे, धनजी बोवा का मटका। घने अँधेरे में—बालू भाग, मधू भाग, रघु आया क्या रे ऽ, सभी के होने की तसल्ली करके हम सब पसीना-पसीना होकर नदी लाँघते।

धनजी अपनी जवानी में अत्यन्त गरीब मेहनतकश एक बारानी किसान था। उसकी लाड़ली जवान पत्नी और गौरैया-से दो बच्चे पैसों के अभाव में दवा-दारू के बिना तड़प-तड़प कर मर गए। तब विदीर्ण-हृदय धनजी की समझ में आया कि जिंदगी का सार पैसों में ही है। बाद में अकेला बचा धनजी पैसों के पीछे ऐसा पागल हुआ कि रात-दिन काम और काम, और मिले हुए पैसे जमा करके रखना। खुर्दे का कलदार, पाई-पाई से पैसा, पैसों से अधेला, अधेलों से आना, आनों से चवन्नी, चवन्नियों से अधेली और अधेलियों का कलदार बनाना। कलदार बनने पर उस रात दरवाजे-खिड़कियाँ बन्द कर वह पहले से जमा कलदार रुपए निकालता, उन्हें बार-बार बजाता और इन पैसों के नादब्रह्म में तल्लीन होकर सो जाता। लोग कहते हैं, शुरू के कई साल तो वह अपने पास के केवल दो ही रुपए बारी-बारी से रात-भर बजाता रहता था। निष्ठुर दुनिया में सन्तोष देनेवाला लक्ष्मी का नृत्य। छन-छन

कलदार चाँदी की आवाज यानी पूरे संसार पर हुकूमत कर पाने का आत्मविश्वास। यह भरोसा ही गरीब आदमी का मनबहलाव है। यही हरिनाम, यही स्वर्ग, यही पुण्य। अपनी जिंदगी का क्षण-क्षण कड़ी धूप, सर्द हवाओं से भिड़ाकर, बदन को पसीने में सराबोर कर कण-कण से पाए धन का समापन ऐसा मंत्रमुग्ध करनेवाला, खनखनाता, जगमगाता होता था कि उसे सुनकर, स्पर्श कर और देखकर वह सचमुच में सन्तुष्ट हो जाता। छन-छन का यह ध्वनि-संकेत संसार की सारी मदिरा-मदिराक्षियों, सुख-सुविधाओं को प्रदान करनेवाला और मरते जीवों को बचानेवाला होता है—यही उसकी जिंदगी का सूत्र बन गया था।

एक दिन धनजी देर रात खेत से घर लौट रहा था। आते समय उसे मरघट में जलती चिता के पास एक अघोरी नंगा श्मशानजोगी जटाएँ खोले बैठा दिखाई दिया, जिसकी भुजा में केवल डोरा बँधा था और जो एक मटके में छन-छन करके रुपए भर रहा था। धनजी के तजुर्बेकार कानों ने यह पहचान लिया कि यह रुपयों की ही छनकार है। बड़े कौतूहल से डग भरता हुआ धनजी उसकी ओर मुड़ा और हौले से चिता के पीछे दूर बबूल की झुरमुट की आड़ में चुपचाप दुबककर उकड़ूँ बैठा रहा। लेकिन न जाने जोगी यह कैसे जान गया, उसने तुरन्त चिता की राख से मटके का मुँह बन्द किया और पीछे—जहाँ धनजी छिपकर बैठा था उस ओर मुड़कर 'यह सँभाल' का संकेत कर मटका उसकी ओर लुढ़काया और अँधेरे में अदृश्य हो गया। मटका लुढ़कता हुआ सीधे धनजी के पैरों के पास आया। कहते हैं, यह श्मशान जोगी कुछ दिन पहले ही हमारे गाँव में मरा पाया गया था और हिन्दुओं ने उसके शव को अपने श्मशान में जलाने से मना कर दिया था। आगे आठ दिनों तक वह शव वहीं पड़ा रहा और बाद में अपने आप गायब हो गया। छनछनाता हुआ मटका और आनंदातिरेक—दोनों को दृढ़ता से सँभालते हुए होश खोया धनजी दौड़ता हुआ घर आया। हमेशा की तरह चूल्हा जलाया और दलिया पकाकर भोजन किया, दरवाजे-खिड़कियाँ बन्द कीं और यह मन बनाते हुए कि कई सालों से बड़ी मेहनत से जमा किए अपने रुपए इस मटके के रुपयों में मिलाकर बजाएँगे, उसने मटके की राख निकालकर अन्दर हाथ डाला। लेकिन आश्चर्य, रुपये हाथ नहीं आ रहे थे। मटके में हाथ घुमाया, इतना भारी छनछनानेवाला यह मटका अन्दर से ऐसा खोखला कैसे? उसका कुहनी तक हाथ अन्दर गया, बाद में पूरी भुजा भी अन्दर चली गई, कंधे तक हाथ गया फिर भी खोखला। इतना-सा, दो बित्ते भर का मटका लेकिन कंधे तक हाथ अन्दर डालकर भी उसका तल नहीं मिल रहा है? वह पसीना-पसीना हो गया। फिर उसने अपने जमा रुपयों में से एक सिक्का उसमें डाला। वह सिक्का टण-टण कर टकराता हुआ किसी गहरे कुएँ की भाँति काफी देर तक ऊपर गूँजता हुआ नीचे-ही-नीचे गिरता चला गया। जैसे सालोंसाल। बचे हुए बाकी सभी रुपए अन्दर डालकर उनकी मधुर प्रतिध्वनि सुनते हुए उसके ध्यान में आया कि इस मटके के भीतर का अन्तरिक्ष इस दुनिया का न होकर किसी और ही दुनिया का है। इस अद्भुत एहसास से उसे कँपकँपी छूट गई।

उसने मटके में सिर धँसाया और आँखें फाड़-फाड़कर अन्दर के अन्तरिक्ष में अनन्त काल तक विस्तृत सतह को देखने लगा। हमेशा के लिए। यही अन्त।

दूसरे दिन पड़ोसियों को शक हुआ और उन्होंने दरवाजा तोड़कर अन्दर देखा। उन्हें दिखाई दिया—मटके में मुँह फँसने से दम घुटने के कारण मरा पड़ा धनजी।

मटके के अन्दर उसकी विस्फारित आँखों ने क्या देखा होगा? अन्तरिक्ष? बिना रूप रंग स्वाद स्पर्श के इस आकाश की भाँति भ्रामक आकार का अनन्त अन्तरिक्ष? पैसे के जीने का साधन बनने से पूर्व के आदिम मानव के मस्तिष्क का शून्य? करोड़ों साल पहले महासागर की तलहटी में बार-बार उबलते और ठंडे होते अद्‌भुत वातावरण में रासायनिक बदलावों से तैयार हुए डीएनए आरएनए—प्राणिसृष्टि का आरंभ। जिंदगी की सतह।

खंडेराव, इस आकाश के शून्य में तुम भी तो ऐसे ही मुँह धँसाकर देख रहे हो। यह वही मटका है—चमकीले तारों से भरे असीम अन्तरिक्ष का। अभी सभी ओर अँधेरा है। नीचे से किसी के पुकारने की आवाजें आती हैं। ऊपर वृश्चिक के तारे काफी ऊपर तक आ गए हैं। शर्मिष्ठा गायब हो गई है और सप्तर्षि क्षितिज के पास औंधे हो गए हैं। भावडू और मैं खलिहान की रखवाली करने जाते थे। दो गुदड़ियाँ ओढ़कर भी ठंड में कँपकँपाते और ऊपर फैले आकाश के गुम्बद तले इसी तरह तारे देखते-देखते सो जाते। भावडू तारों की काफी जानकारी रखता था। बड़े उत्साह से वह मुझे दिखाता रहता। मेरे सो जाने पर भी उसका अपने आप से वार्तालाप जारी रहता।

अली, खानसामा और नौकर मुझे ढूँढ़ते हैं। अँधेरे में उनका टॉर्च नजर आता है। मैं उसी दिशा में सीढ़ियाँ उतरता हूँ। मेरे लिए लाकर रखी भोजन की थाली भी अँधेरे में ज्यों-की-त्यों पड़ी थी। मेरे दिखाई न देने पर अली बहुत ही घबरा गया था। शीघ्रता से निकलना जरूरी था। मिलिटरी पोशाक पहने ड्राइवर ने जूते ठोंककर सैल्यूट किया और जीप तूफानी रफ्तार से बाघा बार्डर की ओर निकल पड़ी। मैं अली को दिल से शुक्रिया कहने का अवसर तलाश रहा था, क्योंकि उसके भाई के कारण ही मेरा अमृतसर पहुँचना संभव हो रहा था। दिलवर के लिए भी पैगाम देना जरूरी था। लेकिन जीप की रफ्तार और आवाज में यह संभव नहीं हो रहा था।

उसी समय बॉर्डर की झकाझक चौकी में लाल-हरे दीए चमक उठे। सड़क के आसपास बहनेवाली नदी जैसी विशाल नहर में पीले दीए उभरे। हमारी जीप को सैल्यूट ठोकनेवाले सेना की वर्दी में त्रिकोणी हाथ। एक आड़े फाटक के पास जीप रुकी। हमारा ड्राइवर मुस्तैदी से अली के पासवाले दस्तावेज लेकर अन्दर गया। अब मैं अली से बात करने ही वाला था कि कान के पर्दे फाड़नेवाला जंगी हवाई जहाजों का बड़ा-सा बेड़ा एक के पीछे एक जाने लगा। सारा माहौल थर्रा उठा। इतने में ड्राइवर लौट आया और जीप स्टार्ट कर हमें अगली चौकी तक पहुँचा दिया। जीप का दरवाजा खुलते ही अली ने मेरा बक्सा उतार लिया। दोनों एक-दूसरे के सीने से लगे।

फिर हममें इतना ही संवाद हुआ : मैंने कहा, अली— । वह बोला, खंडेराव— । बस्स। खुदा हाफिज। खुदा हाफिज। जीप वैसे ही उल्टी तेजी से पीछे लौट गई। यही थी हमारी आखिरी मुलाकात। तीन महीनों तक एक भाई जैसे समविचारी सान्निध्य का समापन। हम भूतकाल के विशाल हिन्दुस्तान से भविष्यत्काल में एक-दूसरे पर भौंकनेवाले लड़ाईखोर राष्ट्रों के शत्रु नागरिक बन गए। कँटीले तार। पहरे के टावर। तेज रोशनी के पीछे स्टेनगन धारी यूनिफार्म। दोस्त, दोष हमारी ग्रहदशा में होता है।

भारतीय गणराज्य के सभी नागरिकों के लिए निवेदन

देवनागरी लिपि। सरदारजी, पगड़ियाँ, साफे, चाय की केतली और प्याले लिये घूमनेवाले छोटे-छोटे बच्चे, कानों के ऊपर पाँच-सात भाषाएँ, अशोक स्तंभ। तिरंगा, वेलकम, वेलकम—मजाकिया ढंग से कागजात जाँचनेवाला आतिथ्यशील कश्मीरी आदमी, सीमा के इस ओर भी वैसे ही दीए। वैसे ही वर्दीधारी सैनिक। वैसी ही पंजाबी गर्मी। वैसे ही दिखनेवाले लोग। राष्ट्रीय गाली भी वही, तेरी माँ की। मेरे साथ सौ-एक गुजराती मछुआरे भीड़ किए खड़े थे, जो मानवाधिकार आयोग की दस साल की मशक्कत के बाद कोर्ट द्वारा पाकिस्तानी जेलों से रिहा किए गए थे। इन सबके बदन पर पाकिस्तानी जेल की इतनी ढीली-ढाली पठानी पोशाकें थीं कि उनमें छोटी कद-काठी के काठियावाड़ी लोग ढूँढ़ने पड़ते थे। अभी तक उन्हें इस बात का यकीन नहीं हो रहा था कि वे अपनी युवावस्था में ही स्वदेश लौट रहे हैं। दोनों देशों के बीच किसी की समझ में न आनेवाली बारह समुद्री मीलों के विभाजन की स्वातंत्र्योत्तर सरहद लाँघकर ये उत्साही लोग मछलियों का शिकार करते-करते अन्दर चले गए और केवल लंगोट के साथ बरामद कर लिये गए। तेरह साल तक जेल में। जब पकड़े गए तब इनमें से कुछ तो पन्द्रह-सोलह साल के भी नहीं थे। जासूसी के इल्जाम में कैद किए गए। गन्दी बात। भारतीय जेलों में भी उस ओर के ऐसे ही मछुआरे कैद होंगे। गन्दी बात। आते समय एक उद्‌दंड जवान लड़का भारतीय सैनिकों को भी पाकिस्तानी समझकर गालियाँ देता हुआ धक्का-मुक्की कर रहा था। क्या यह जासूसी कर सकता है? जासूसी ऐसा भयानक मामला है कि इसे केवल सभ्य आदमी ही अंजाम दे सकता है। इस उम्मीद में कुछ पंजाबी कैदी शाम से खड़े थे कि गाँव के लोग लेने आएँगे। लेकिन कोई नहीं आया था। मेरा नाम अधिकृत सूची में नहीं था इसलिए पंजाबी अफसर ने मुझे बाहर रुकने के लिए कहा।

मेरा पासपोर्ट तो ठीक ही है। क्या ऐसी भी संभावना हो सकती है कि विदेश से हम खुद को अपने ही देश में गैरकानूनी तरीके से घुसाएँ? कोई इस तरह जबरदस्ती दूसरे देश का हो सकता है? हम जिस देश के नागरिक होते हैं, उसी में हमें क्यों नहीं आने देंगे? अपना वतन अपना देश तो होता ही है, लेकिन ये अपने देश पर थोपा गया एक राष्ट्र भी होता है, जो हमारे और हमारे देश के बीच झंडा फहराकर टाँग

अड़ाता है। मैं आँखें मूँदकर अगली यात्रा की योजना बनाता रहा। यहाँ तक तो आसानी से आना हो गया, लेकिन इसके आगे? कल रात इस समय मैं न जाने क्या-क्या मनसूबे बना रहा था, और आज ये क्या हुआ? पी-एच.डी. के साथ अगला सब कुछ संभव-असंभव पर निर्भर। अब घर की खेती कौन सँभालेगा?

अपने पूर्वजों से चले आ रहे सिलसिले के तहत लाहौर के हजरत मियाँ पीर दरगाह में मन्नत माँगकर लौटा एक पंजाबी हिन्दू व्यापारी कह रहा था कि अमृतसर के लिए हर घंटे यहीं बाहर से सरकारी बस छूटती है। अमृतसर—अम्बाला—दिल्ली—वहाँ से भुसावल जानेवाली शाम की कोई भी गाड़ी—कल सुबह इस समय तक ग्वालियर। दोपहर में भोपाल। शाम को खंडवा, कल रात भुसावल। दो दिन दो रातें। उसमें भी हमेशा की तरह आठ-आठ दस-दस घंटे देरी से चलनेवाली गाड़ियाँ।

रामा रे रामाऽ जी रे त्त जि र जी जी जी जी जीऽ

नागरिकता की खातिर तकलीफें सहते हुए आए बस में सवार श्रमजीवी वर्ग के लोगों में हम दो-तीन ही बूर्ज्वा थे। मैं तो फौजी अफसर की पहचान से आधे घंटे में आराम से सरहद लाँघनेवाला बुद्धिजीवी प्रोफेसर। उपमहाद्वीप के भ्रष्टाचार का आदर्श नमूना। इससे मायूस होकर मैं बस की आखिरी कतार के कोने में अपना बक्सा पैर के नीचे रखे बैठा था। एक ठेलेवाला सिक्ख स्टेनलेस स्टील की बटलोई और दस-बीस काँच के गिलास उँगलियों में फँसाए *क्येरी शरबत, क्येरी शरबत* चिल्लाता हुआ बस में चढ़ा। मेरे साथ चौकी से आए एक पंजाबी हिन्दू व्यापारी ने खुद तो शरबत लिया ही, साथ ही एक नोट पेशगी देकर बस में सवार सभी को एक-एक प्याला देने का आदेश दिया। पाकिस्तान से आने के कारण उसमें राष्ट्रीय भाईचारे की भावना का ज्वार उमड़ आया था।

अमृतसर रेलवे स्टेशन पर बस के आते ही अखबार बेचनेवाले सभी लड़कों ने भारत-पाकिस्तान युद्ध के समाचारों की जोर-जोर से चीख-पुकार मचाकर भीड़ बढ़ा दी। वरना उनके इतने अखबार नहीं बिकते। गन्दी बात।

फिलहाल तो अमृतसर-जालन्धर होकर दिल्ली का टिकट लीजिए और वहाँ दिल्ली में ही भुसावल की सीट मिल जाए तो देखिए, यहाँ नहीं। इंडियन रेल। हमेशा का यह डर भी था ही कि खड़े-खड़े भी जा सकेंगे या नहीं, इसीलिए मैंने टिकट खिड़की में बैठे सफेद दाढ़ीवाले से पूछा, क्या दूसरा भी कोई रास्ता है? वह शांति से बोला, दूसरा रास्ता? है न—बरथ पर सो जाने का। बस्स। टिकट चेकर आएगा, तो बेटा उसको पाँच रुपया दे देना। जाओ। आधे घंटे के बाद गड्डी एक पर आएगी।

बक्सा लेकर मैं स्टेशन के बाहर मस्का-रोटी के होटल में घुस गया। दीवार पर बीच में गुरू दसमेस और चारों ओर करीब पन्द्रह सन्तों के नाम। सुन्दर गुरुमुखी में छपे। उनमें एक नाम गुरू नामदेवजी। वाहे गुरू। द्वालवि द्वालवि द्वालवि द्वालवि। कीर्तन, मृदंग, धुमकिट तकतक। पिताजी की उत्कट याद। उस ग्लानि के समय में

इधर पंजाब में इस्लाम के अखाड़े में उतरकर आज तक के कैलेंडर पर अपना स्थान अबाध रखनेवाले नामदेवजी। काहेकू कीजे ध्यान जपना। जो मन नहि सुध अपना। धुमकिट तकतक ट्ठालवि ट्ठालवि। स्टेशन में आकर अँधेरे में ही गाड़ी के सामान की एक बर्थ पर थोड़ी देर पहले के सफेद दाढ़ीवाले को याद कर लेट गया। चलो शुरुआत तो हुई। फिर लेटे-लेटे लगा जैसे मैं परीक्षा के अंतिम प्रश्न का उत्तर जल्दबाजी में लिख रहा हूँ। समय समाप्त हो चुका है, प्रश्नपत्र अभी आधा भी हल नहीं हुआ है, सारे उत्तर पता होने के बावजूद। शायद किसी एक प्रश्न ने बहुत ज्यादा समय ले लिया। प्रत्येक सेकेंड युग जैसा बीत रहा है।

फिर गाड़ी के अन्दर दीये जल उठे। जालन्धर जानेवाले लोग एक-एक कर आ बैठे। मेरी ओर किसी ने ध्यान नहीं दिया। गाड़ी शुरू हुई। पुल के नीचे जगमगाती रोशनी से भरे चौक में ब्रांज से बना किसी का भव्य अश्वारूढ़ पुतला। एकदम ऊँचा। हाथ की तलवार भी ब्रांज से बनी। उसे ऊँचा ताने हुए हमेशा भीड़ भरे चौक की आवाजाही देखते-देखते कितना उकता जाता होगा बेचारा? *खंडू, ज्यादा होशियारी मत दिखाओ।* पिताजी का कठोर स्वर। मैं कभी भी, कहीं भी अपना मौलिक निरीक्षण बताने के लिए हरदम तैयार रहता। इस पर पिताजी का आदेश—ज्यादा होशियारी दिखाना बन्द करो, खंडू! उनकी धारणा थी कि हमारा व्यक्तित्व आम लोगों से अलग नहीं होना चाहिए। मेरे मुँह पर हमेशा यह मुसका बँधे होने के कारण मेरी हिम्मत पस्त होती। लगता, पिताजी की ही वजह से मैं पिछड़ रहा हूँ। धूप के दिनों में ठंडे पानी से नहाते वक्त चेहरे पर साबुन मलकर अचानक उठते समय सिर पर ठस्स से लगनेवाली नल की टोंटी। खंडेराव, यदि ऐसा अंकुश नहीं होता तो धृष्टता में तू कितना बहक गया होता? संयम की महिमा पिताजी ने ही तुझे समझाई थी। लेकिन अन्त तक तू उनकी महिमा को समझ नहीं पाया। निरीक्षण करना ठीक है, लेकिन उसे तुरन्त बताएँ क्यों? क्या यही होशियारी का तरीका है? हे तलवारधारी पुतले, इस खंडेराव को क्षमा कर दो।

इस डिब्बे में बिलकुल ही शोर नहीं था, फिर ध्यान में आया कि यहाँ के सारे पंखे चोरी हो गए हैं। चलो अब दिल्ली तक ऐसे ही बॉयलर में। आँखे मूँद लीं। गाड़ी की आवाज में अपने आप झपकी आने लगी।

मैं बाघा बॉर्डर के राजमार्ग के एक मोड़ पर आधे पाकिस्तान और आधे हिन्दुस्तान के बीच में फलांग-भर लम्बी चारपाई बिछाकर सोया हूँ। बिलकुल अन्तर्राष्ट्रीय सीमा पर। लोग कहते हैं, सोने दो जी बेचारे को, ऐसे ही थका होगा इतने हजारों वर्षों का इतिहास पढ़-पढ़कर। *सोने दो*—यह डिब्बे के कुछ आदमियों ने कहा, या मैंने ही खुद से कहा? ऐसे ही तपती थी गोठ की चारे की कोठी। गेहूँ के भूसे की मीठी गन्ध। बचपन में एक बार मैं इस कोठी में ऊपर के खपरैल से छनकर आती प्रकाश-किरणों में नाचनेवाले धूल के चाँदी जैसे करोड़ों कण देखते हुए फँस गया था। अन्दर कोई

दिखा नहीं, इसलिए सांडू बाहर से ताला लगाकर चला गया। अलग-अलग कोणों से आती प्रकाश किरण, बाकी सभी ओर अँधेरा। उस धुँधली अँधेरी और निर्जन कोठी में प्रकाश किरणों से प्रकाशित धूलिकण बड़ी तेजी से ऊपर-नीचे नाच रहे थे। एक अलग ही तान थी, पकड़ में न आनेवाली। निरन्तर बदलते हजारों आकारोंवाली। फिर कोने में रखे बबूल के जलावन के नीचे से गुच्छेदार दुमवाले और लाल-लाल ओंठ दिखाते फुर्तीले नेवला शावक एक-एक कर बाहर आए। मैं डर के मारे वैसे ही खड़ा। शावक भी मुझे खम्बा समझकर बेखौफ खेलते रहे। यह जलावन के नीचे की जगह सालोंसाल उन्हीं की रही। अभी भी है। वे शावक अभी भी दो पैरों पर खड़े होकर अपनी लाल-लाल आँखों से मेरी ओर टकटकी लगाकर देखेंगे।

शायद किसी ने जगाया। दिल्ली उतरने की तैयारी में खड़े लोग पीछे जाती मस्जिदों या दरगाहों के गुम्बदों को अपने-अपने ढंग से हाथ जोड़ रहे थे। हजरत निजामुद्दीन औलिया। दिल्ली। वहाँ स्टेशन की तूफानी भीड़ को चकमा देकर मुझे टिकटघर से भी पहले पाकिस्तान की सिन्धु का पेट में जमा पानी यमुना में पहुँचाने के लिए पेशाबघर ढूँढ़ना जरूरी था। स्टेशन के पीछे नई इमारत की ओर घूमते हुए ध्यान गया कि एक काफी ऊँचा, बड़ा-सा ऊन जैसे बालोंवाला बूढ़ा कुत्ता मेरे पीछे-पीछे आ रहा है। जल्दी-जल्दी मैं अपने जैसे अन्य हाजमन्द लोगों की तरह एक दीवार से सटकर कतार में खड़े लोगों के साथ सामने की दीवार पर लिखे अक्षरों को पाँच मिनट तक पढ़ते हुए मूतता रहा : *गधे के पूत यहाँ मत मूत*। आजकल बाप पर शायद ही कोई गाली होती हो। फिर सामने टिकट खिड़की की ओर जाते समय भी वही थोड़ी देर पहलेवाला अच्छी नस्ल का कुत्ता मेरा पीछा कर रहा था, थोड़ा फासला रखकर मुझे शोधकर्ता की नजर से निहार रहा था। मैं कतार में आगे सरकता गया और हिमाचल में पाए जानेवाले रेशमी बालों जैसी लटोंवाला वह कुत्ता कूड़ेदान के पास खामोश बैठा मेरी हर हरकत को निहारता रहा। मैं बैग को आगे ठेलता हुआ बीच-बीच में उसकी ओर नजर दौड़ाता, लेकिन इसको भी वह जीभ बाहर निकाले देख रहा था। टिकट खिड़की करीब आते ही दिल्ली की हमेशा की राजधानीय धोखाधड़ी से बचने के लिए सावधान हो गया। फिर भी खिड़की छोड़ते वक्त अन्दर बैठे हमारे भारतीय हिन्दू नागरिक ने मेरे उस डर को सच्चाई में तब्दील कर ही दिया और जाली की आड़ से बेफिक्री से केवल टिकट फेंककर *मेरे और बचे हुए बाकी पैसे दो? बाकी पैसे? ओऽ* की बार-बार की मिन्नत को अनदेखा करने का हुनर दिखाता हुआ कतार में खड़े दूसरे व्यक्ति से तन्मयता से बातें करने लगा।

शर्म आई। मैंने कतार के सभी लोगों को चेतावनीस्वरूप एक राष्ट्रीय गाली रसीद की और शर्मिंदा होकर बैग उठाते हुए कतार से बाहर निकल पड़ा। मैं टिकट को निहार रहा था और वह वयस्क प्यारा कुत्ता दुबारा मेरे पीछे-पीछे हो लिया। इतने

हजारों लोगों को छोड़ यह मेरे ही पीछे क्यों पड़ा है? क्या है इसका और मेरा आदिम रिश्ता? किसी अनजान जानवर का दूसरे अनजान मनुष्य से यह रिश्ता ऐसी खिन्न स्थिति में भी अनुभव करने में एक आध्यात्मिक आनन्द था। जैसे युधिष्ठिर के पीछे आखिर तक गया एक कुत्ता। क्या मुझ जैसे दिखनेवाले इसके मालिक ने इसे हाल ही में छोड़ दिया है? क्योंकि इसकी ऊन अभी भी बहुत साफ थी। लावारिस कूड़ेदान पर पलनेवाले कुत्तों ने अभी तक इसकी पीठ को काटा नहीं था। जख्म भी नहीं थे। या कहीं उसके घर में कोई हूबहू मुझ जैसा दिखनेवाला तो नहीं है? बावजूद इसके उसकी आँखों की करुण दृष्टि उसकी दुम की हरकतों से मेल नहीं खा रही थी। कहीं कुछ सन्देहास्पद जरूर था। एक बारगी अपनी गाड़ी तक पहुँचें तो वहीं स्टाल से इस सज्जन को ब्रेड देंगे, इसलिए मैं लम्बे डग भरता हुआ यार्ड से आगे चल पड़ा। इस हड़बड़ी में मेरे हाथ का टिकट नीचे गिर गया। उठाने के लिए जैसे ही मैं पीछे मुड़कर नीचे झुका, वह कुत्ता अचानक पलटकर भागता हुआ अदृश्य हो गया। इनसान ऐसे ही झुककर पत्थर मारते हैं। उसकी यह दृढ़ प्रतिक्रिया देखकर मैं शर्मिंदा हुआ।

गाड़ी लगते ही मैं लोगों से ठसाठस भरी भुसावल बोगी में सवार हुआ। दरवाजे में भी लोग खड़े थे। फिर भी मराठा आदमी की केवल संकट में जागनेवाली धींगामुश्ती की वृत्ति को खुलकर अपनाते हुए मैं काफी अन्दर तक घुसा और ऊपर की सामानवाली बर्थ पर अपना बक्सा रखने में जैसे-तैसे कामयाब हो गया, क्योंकि डिब्बे में अधिकतर मराठा लोग ही थे। साथ ही अखबार में जबलपुर की ओर हिन्दू-मुसलमानों में बड़ा दंगा होने की खबरें छपी थीं। उसके लिए ग्वालियर तक के चार डिब्बे मिलिटरी को अचानक देने पड़े थे। इस कारण सारी भीड़ इस डिब्बे की ओर मुड़ गई थी। अब आगामी छत्तीस घंटों का जागरण और मैं कल भी सोया नहीं था। रतजगे की आदत होने के बावजूद माथा टनटनाने लगा था। ऐसे में कुछ भी सुनाई देने लगता है और कौन क्या कहता है, कुछ भी समझ में नहीं आता। उधर के जैसी सोते-सोते जा सकनेवाली रेलगाड़ियाँ इस देश में कब शुरू होंगी? युद्ध की तैयारी में ही इन भिखमंगों का सारा पैसा खत्म हो जाता है। खंडेराव, अब डिब्बे में तो आ गए हो, बस अपना टनटनाता सिर सँभालो। शरीर परसो भुसावल स्टेशन अपने आप पहुँच जाएगा।

रामा रे रामाऽ   जी रे त्त जि र जी   जी जी जी जीऽ

...भगवान नहीं हैं ऐसा पढ़ा मैंने एक अखबार में।...अंग्रेजी पेपर में?...पाटील से कुबूल करवा लो। खाली-पीली इधर की टोपी उधर करता है वह।...सुधाकर क्या अभी भी ज्योति के पास ही है?...वैशाली कुछ और भी करती है?...आप क्षत्रिय हैं क्या? क्या विनोबा अभी जिंदा हैं?...तुम्हारी भाषा में वो ज्ञानपीठ मिला था वो—क्या उसका नाम—बहोत बड़ा रायटर है—मुझे भले यह मालूम न हो, तुम्हें तो पता होना चाहिए ना।

इतने में उधर से खंजड़ी पर तार सुर में *दिल के अरमाँ आँसुओं में बह गएऽ* गाना गाते हुए एक आदमी आता है। खंडेराव, इसे एक रुपया दे दो। वैसे भी डिब्बे में कौन ऐसा गाना सुनाएगा?...मतलब, आपको लड़का-लड़की कुछ हुआ ही नहीं? क्यों?...फ्रिज में चूहा घुस गया, बन्द कर दिया सालेकू। मर जाएगा और क्या?...या खराब करेगा सब चीजें?...तुम्हारे जोरू को कॅन्सल बीमारी हुआ है?

बाहर समाज में, परिवार में कहीं भी न मिल सकनेवाली बेनामी गोपनीयता और निजी अभिव्यक्ति, ईमानदार प्रश्न और ईमानदार उत्तर। दुख हल्का करना और कहीं न मिलनेवाला विश्वसनीय सहारा। एक-दूसरे के स्वायत्त अस्तित्व की रक्षा करनेवाला भ्रातृभाव। एक बोहरा स्त्री बड़ी-सी टोकरी जैसा पूरा काला बुर्का ओढ़े बैठी थी, जिससे डिब्बे के एकात्म भाव में कुछ विसंगति-सी आ गई थी। उसके पति ने भोजन का डिब्बा निकाला और उसने भी झट से चेहरे पर लटकनेवाला जाली का ढक्कन उलटा कर अपने सुन्दर नाक-नक्श से डिब्बे के भीतर का धार्मिक-सामाजिक वातावरण काफी सुहाना बना दिया। एक आदमी बोहरा से गुजराती में पूछता है, क्यों जी, तमारो अमदाबादे जामा मशीदमां तरक्की मदरसा चाले छे के? तमे जाणो छो?...हाँ जी, चलता है।...वहाँ कुरआन के सिवा और क्या-क्या पढ़ाते हैं? जवाब : ठेंगा।

एक-एक फेरीवाला अपना हुनर दिखाते हुए आगे बढ़ता है। चना बेचनेवाला पीछे से आ रहे चाटवाले से आधा डिब्बा आगे है, और चाटवाला अपने पीछे आ रहे उँगली-भर प्लास्टिक की नली को संतरे में घुमाकर बिना मेहनत के गिलास भर रस निकालकर दिखानेवाले के लिए जगह बनाता हुआ आगे बढ़ता है। एक तम्बाकू का व्यापारी बगल में बैठे एक खद्दरधारी को सत्य, अहिंसा पर दार्शनिक उपदेश दे रहा था, और वह खद्दरधारी आदमी उसे यह समझा रहा था कि नौ बाइ छह के पार्सल की बजाय ग्यारह बाइ तीन के पार्सल चार-सौ किलोमीटर तक रेल से भेजने पर सौ रुपए सस्ते कैसे पड़ते हैं। कुंभ मेले से लौट रहे मराठी लोग मराठी में हिंदी बोल रहे थे और यह बता रहे थे कि *सुमारे अकरा लोक गटांगळ्या खाके कैसे बुडून मरे,* और यूपी के मुम्बईवाले हिंदी में मराठी बोल रहे थे। वृन्दावन-मथुरा के बीच कहीं एक स्टेशन से सटे देरासर के सामने के मैदान में हजारों कबूतर दाना चुगते दिखाई दिए। उनके हजारों पोज़—छोटी-बड़ी पूँछें, अलग-अलग कोनों की चोंच, सीने के मेहराब, मजबूत गर्दन—उनकी हरकतें दिमाग में इतनी पक्की बैठ गईं कि बाद में घंटा-भर आँखों के सामने अन्य कुछ भी बिंबित नहीं हो रहा था।

मजाकिया तबीयत का एक आदमी बिना वजह अपने चेहरे को हँसमुख बनाकर सभी के साथ उबाऊ लगाव बढ़ा रहा था—शायद उसे पता नहीं था कि आम जिन्दगी का यह सद्‌गुण यात्रा में दुर्गुण बन जाता है—बहुत-से उद्‌गारसूचक चिह्न लगानेवाले ललित गद्य लेखक जैसा। सारंगी के बक्से को अपने बच्चे की तरह गोद में सँभालते हुए महफिल के लिए भोपाल जा रहे अपने बगलवाले उस्ताद से वह कहता है, इसको पीछे लगाके लेट जाइए।...क्यों?...नहीं तो गाड़ी लेट हो जाएंगी। हॉ हॉ हॉऽ।

सारंगीवाला दाढ़ी पर हाथ फेरते हुए बोला, मजाक की बात अलग। यह साज, बस यही मेरी दौलत बची है, समझे।

एक आदमी ने चाट खत्म करके पुड़िया के कागज को सीधा करके पढ़ा। उसमें बड़े अक्षरों में लिखा था—*कश्मीर सीमा पर गोलाबारी*। समाचार देखकर ऊपर से हाथ-भर गर्दन लम्बी करके पढ़नेवाले आदमी ने उससे वह कागज माँगा। चाट खानेवाला बोला, आज का नहीं है। माँगनेवाला बोला, चलेगा, क्या फरक पड़ता है?

मेरे पास खड़ा एक सरकारी कर्मचारी आगरा के पास कल होनेवाले यू.पी. विधानसभा के उपचुनाव के लिए मतगणना अधिकारी का असिस्टेंट बनकर जा रहा था। वहाँ कत्ल, मारपीट, आगजनी जैसी डरावनी घटनाएँ घटती रहती थीं। फिर भी यह आदमी पटसन की दो लम्बे फीतेवाली थैलियों में कपड़े ठूँसकर आराम से ड्यूटी पर जा रहा था। पहले उसने हथेली पर तम्बाकू रगड़ी और संसार के सबसे बड़े जनतंत्र का रक्षक बनकर पटसन की थैलियों के साथ वहाँ के स्टेशन पर निर्भयता से उतरा। जाते समय उसने बड़े प्यार से मुझे अपनी हथेली की चुटकी भर तम्बाकू देनी चाही। मैंने आदर से झुककर मना किया। इस पर वह बोला, अरे फिर क्या होगा भैया तुम्हारा इस दुनिया में? मैं जेब से सिगरेट दिखाता हुआ बोला, ये है ना भैया।

एक आदमी सांसद का अटेंडेंट बनकर सांसद के बगैर उनके पास पर सफर कर रहा था। टीसी ने उससे पूछकर बस इतना ही कहा, वाह भई वाह।

जमाई के घर गए थे? फिर लड़की-पोते खूस हुए होंगे।...और क्या-क्या किया?...मीटर की मरम्मत कर आया। अब कभी दस-बारह के ऊपर रीडिंग नहीं आएगा।...ऐसा? दिल्ली में इन दिनों एसी लगाए बगैर काम नहीं चलता। रिटायरमेंट से पहले मीटर की मरम्मत करना ही अपना जॉब था।...ऐसा टेलिफोन का भी कर सकते हैं क्या?...क्यों नहीं? सब कुछ फास्ट या स्लो हो सकता है। अक्षय टेलिफोन। कितना भी घुमाव, बिल मिनिमम। हॉ हॉ हॉ।...क्यों बेटी, बच्चा क्यों रो रहा है? क्या नाम है इसका?...मायकेल।...ऑ? मायकेल? ये तो खिसमसवाली बात हो गई।... अंकल जी, कुछ फरक नहीं पड़ता, सिर्फ दिल साफ होना चाहिए। और कुछ नहीं।

नारीमुक्ति से सम्बद्ध लगनेवाली एक शोख युवती नाविक दल से स्वेच्छावकाश ग्रहण करनेवाले अधिकारी से कह रही थी, नाटे वामन का एक पैर आकाश में—सैटेलाइट ट्रांसमीटर, दूसरा पृथ्वी पर—बस सभी ओर टीवी ही टीवी, और तीसरा पैर हमारे सिर पर—पाताल में दफन करेगा। हॉ हॉ हॉ।...वही तो कह रहा हूँ। हर काम की अलग व्यवस्था चाहिए। जब अपराध को खोजनेवाले अलग होते हैं, अपराधियों को सजा देनेवाले अलग होते है...तो फिर अपराध करनेवाले अलग नहीं होने चाहिए? या वो भी ये ही?

आप क्या करते हैं?...पी-एच.डी.।...किस विषय पर?...आर्कियॉलॉजी।... यानी?...पुरातत्व, जमीन खोदकर गड़े मुर्दे बाहर निकालना।...आगे क्या स्कोप होता है? यानी नौकरियाँ?...कहीं भी जंगल में या मंदिर में पहरेदार। या फिर म्यूज़ियम में

झाड़ू लगाना।...मजाक कर रहे हैं भैया आप।...अरे भाई, एक बार आपकी जिंदगी को ज्ञानप्राप्ति की दीमक लग गई न—जैसी रेशमी कपड़े को लगती है—फिर जिंदगी उसी में तबाह हो जाती है। लेकिन किसी-न-किसी को ज्ञान का छोर भी तो सँभालना चाहिए न?...सही है सर, सही कहा आपने, सॉरी।...अरे सॉरीफिरी किसलिए? इस उम्र में जायज सवाल किया है आपने। नौकरी महत्वपूर्ण होती है।...मैं आई.ए.एस. दे रहा था। हमारे सर कहते हैं, इम्तिहान में कौन-से सवाल पूछे जाएँगे, यह सबसे अहम होता है। उसके बाद ही जवाब को महत्व देना चाहिए।...यानी?...यानी असल पढ़ाई इस बात की करनी है कि कौन-से प्रश्न आ सकते हैं।...इसी कारण हमारे यहाँ की ज्ञान की परंपरा नष्ट हो गई, कहो अपने सर से।

इंटेरियर डिज़ाइनिंग क्या होता है? अच्छा। अच्छा। मुम्बई में दहिसर की तरफ एक फ्लैट लेना है मुझको, अन्दर से इंटेरियर चाहे जैसा हो, बाहर से खुलापन कितना है यही इम्पारटेंट होता है। हमने इस्टेट एजेंट को बोला है, अल्ला, भगवान—भेनचोद कुछ भी नहीं माँगता आसपास। कितना कोलाहल, लाउडस्पीकर आरतियाँ—साला नींद हराम कर देते हैं ये मस्जिदवाले मन्दिरवाले।

अरे भाई, तुम्हारे ध्यान में ही नहीं आ रहा तो मैं भी क्या करूँ?...आप ही हमें ठीक से समझा नहीं रहे हैं तो समझेंगे कैसे? ऑ?...देखिए, अगर कोई बात आठ आने ही मेरे पल्ले पड़ी है तो मैं तुम्हें सोलह आने कैसे समझाऊँगा? या यह चाहते हो कि उसमें अपनी ओर से झूठ जोड़कर समझाऊँ? किसी ने सोलह आने बात कही, इसका मतलब यह नहीं है भाई कि उसे वह पूरा समझ गया।...ठीक है बाबा। आप जो कहेंगे वही सोलह आने सच।

मेरा ये दाईं ओर का नथुना साला जब देखो तब बन्द हो जाता है। सायनस का मामला होगा। केवल बाईं ओर की साँस चलती रहती है। इससे होता ये है कि साइकिल चलाते वक्त हैंडल दाहिनी ओर मुड़ जाता है, अपने आप।...सँभालना भैया, तुम मोटरगाड़ी मत चलाना, एक्सीडेंट करोगे। ॲक्युपंक्चर करके देख लो।...किया है जी वो भी। तलुवे के बीच टेढ़े भाग के पास केंद्र होता है, वो तो घुटने की बीमारी में भी होता है, ऐसा दूसरा डॉक्टर कहता है। मेरे तो घुटनों में भी दर्द है।...चाहे ये हो चाहे वो, लेकिन कुछ तो ठीक होना माँगता।

अब आप ही कहते हैं कि जवाहरलाल नेहरू का वो विचार बहुत पिछड़ा हुआ है। लेकिन अगर किसी और ने यही विचार पहले रख दिया होता तो क्या नेहरू ने उससे आगे का कोई नया विचार नहीं ढूँढ़ा होता? प्रगत विचार पिछड़े विचार से पहले कैसे आ सकता है? पहले पिछड़ा विचार ही प्रगत बनकर आता है।...अच्छा, ये बात है।

अब देखिए, हम दाईं ओर जा रहे हैं, उसकी बाईं ओर भी मध्य प्रदेश है और दाईं ओर भी मध्य प्रदेश ही है। बीच में चम्बल का यह संकरा क्षेत्र केवल यू.पी. में पड़ता है।...यानी कहीं डकैतों की सुविधा के लिए तो ऐसा नहीं किया है?...हॉ हॉ

हॉं। बिलकुल सही। इधर डाका डालकर आराम से उधर सीमा पार भाग जाना। पुलिस अपनी-अपनी सीमा तक पीछा करने का नाटक करती रहेगी। प्रकृति, पर्यावरण भी डकैतों के पक्ष में—नदियाँ, नाले, कगार, झाड़-झंखाड़। उनकी डोंगियाँ छिपी रखी रहती हैं किनारों पर। पाँच मिनट में यू.पी. में। अब एम.पी. पुलिस के पास कहाँ से आएँगी डोंगियाँ? ये लोग तेज घोड़ों पर चलती रेलगाड़ी से सटकर आते हैं और डिब्बे से लटककर अन्दर घुसते ही लूटपाट। बाहर गोलीबारी की आवाज सुनते ही दुबारा घोड़ों पर। उनके घोड़े भी डिब्बे से सटकर ही दौड़ते रहते हैं। हमारा एक सहपाठी साथी डाकू बन गया है।...क्यों?...अब अपनी-अपनी पसन्द।...आपके इस धन्धे से तो अच्छा ही धन्धा चुना है उसने। हॉं हॉं हॉं। हू हू हू।

प्राइमरी स्कूल का एक टीचर अपनी दिवंगत माँ की अंतिम इच्छा पूरी करने की खातिर पन्द्रह-बीस़ दिनों से उनकी अस्थियाँ देश की सभी पवित्र नदियों में बहाते-बहाते अब नर्मदा की ओर निकल पड़ा था। अब उनकी पवित्र आत्मा को वाकई शांति मिल रही होगी, इस कृतकृत्य घमंड में वह अपनी वीरता का बखान कर रहा था। तभी एक आदमी ने पूछा, क्यों मास्टरजी, अभी तो स्कूल शुरू हो रहे हैं और आपने छुट्टी ले ली?

छुट्टी? अजी ये कॉलेज या विश्वविद्यालय थोड़े ही है शहर का? एक टीचरवाला सरकारी स्कूल है, वो भी दस-बारह आदिवासी पाड़ों से मिलकर बना हुआ, पालपुर में।...पालपुर? वो शेर लाकर छोड़ दिए थे, वो पालपुर?...हाँ वही। गिरनार की ओर उनकी संख्या ज्यादा बढ़ गई तो दस-बारह शेर छोड़ दिए थे इधर। उस साल कुनो नदी के किनारे के सात-आठ देहात उजाड़ दिए रातोंरात और यहाँ बसा दिए—प्रत्येक कुटुम्ब को छत्तीस हजार नकद। इसके अलावा छह बीघा बंजर जमीन भी मिल गई। तभी स्वास्थ्य केंद्र और मेरा स्कूल शुरू हुआ। उसके उद्घाटन के बाद मंत्री, कलेक्टर किसी ने मुँह तक नहीं दिखाया है। अब मुझे बताइए, छुट्टी किससे माँगें और कौन किसे दे?...अरे लेकिन उधर स्कूल शुरू और आप महीना भर इधर?...अजीऽ आकर तो देखो उधर मिस्टर। फटेगी आपकी। ये पालपुर यानी माधोसिंग, पुतलाबाई, मोहर डाकू—अरे, सुनकर ही फट गई आप की तो।...बाप रे।...ये तुम्हारा ग्वालियर या भोपाल थोड़े ही है? रेलवे स्टेशन से पाँच घंटे बस से—वो भी उसी दिन बस छूटी तो। जंगल का रास्ता, शेरों और भेड़ियों से भरा। तीन-सौ रुपए माँगते हैं मामूली-सा कहीं तबादला करवाने के लिए। यानी हमारी चार महीनों की तनख्वाह। फिर लाइट, नल, सिनेमा और बाजार की सुविधावाले मामूली तहसील के गाँव के लिए कितना लेते होंगे, उनका पी.ए. ही जाने।...अच्छा है न मास्टरजी, यहाँ काम भी तो कुछ नहीं होगा।...वाह भैया, अजी कितने काम गिनाएँ—स्कूल की जमीन की पुताई-सफाई तो छोड़ ही दो। मलेरिया के चार्ट भरो, *शीतला माता का रोगी दिखाओ और हजार रुपए पाओ* के बोर्ड बनाओ। पोलियो के लोग आते हैं, उनके लिए दौड़-धूप. मर्दुमशुमारी के स्तंभ, छब्बीस जनवरी का झंडावन्दन हर साल, पन्द्रह अगस्त की

प्रभात फेरी, भेनचोद वो भी हर साल। बुखार किसे आता है, रिपोर्ट करो। पूरी बस्ती में मैं ही अकेला हूँ जो पता ठीक से लिख सकता है। इसका पत्र लिख दो, उसका पत्र पढ़ दो। हर सोमवार को डाकिया आता है, फिर दिन भर यही। मुफ्त में पत्र लिखने का काम। लिखवानेवाली बुढ़िया फकत इतना कहती है, बेटे को बताओ कि मैं मर रही हूँ। फिर मैं इसका अनुवाद करके लिखता हूँ—दुष्ट, नौ महीनों तक कोख में बोझ ढोने का ये फल—लोग चिलम पीते रहते हैं मेरी झोपड़ी में हमेशा। मैं ऐसे ही मरता-खपता रहता हूँ। और पढ़ाना मतलब एक ही छप्पर के नीचे पहली से चौथी कक्षा। सब कुछ—मालवा, मध्य प्रदेश, भारत का भूगोल, इतिहास-प्रसिद्ध स्थल, जवाहरलाल नेहरू, गणित, अ आ इ ई। माखनलाल चतुर्वेदी की *चाह नहीं मैं सुरबाला की*। चन्द्रग्रहण, शिवाजी—न जाने क्या-क्या पढ़ाते हैं? सब कुछ, जो कुछ मैं जानता हूँ। और ऊपर से आप छुट्टी की बात करते हैं?

सही है पंडितजी, आप जैसों के कारण ही देश में शिक्षा की थोड़ी-बहुत उन्नति हो रही है। शहर के वो अंग्रेजी स्कूल और यूनिवर्सिटियाँ, मेडिकल इंजीनियरिंग से क्या फायदा हम गरीबों को।...उसमें भी हर साल *मध्य प्रदेश आदिवासी लोकमंच* की सरकारी नौटंकी। हर साल होती ही है जिले के गाँव में। माननीय निदेशकों की आज्ञा का पालन तो करना ही पड़ता है : आठ-दस साल के पंद्रह-बीस बच्चे ले आओ मुरैना, मंत्री के सामने नाच के लिए। बच्चों के माँ-बाप के पैर पकड़ने पड़ते हैं। शहर का नाम लेते ही उन्हें लगता है, कहीं लड़कियों को बेचने तो नहीं ले जा रहा ये मास्टर। फिर वहाँ बच्चों की सुविधाओं का ध्यान रखो। खुद रसोई बनानी पड़ती है। पैसा भी पर हेड सैंतीस रुपया और वो भी कभी समय पर नहीं—शिक्षा विभाग सचिव क्रीड़ा और संस्कृति विभाग की ओर उँगली करता है। और आगे वो अर्थ विभाग की ओर। ऐसा है।

क्यों मास्टरजी, आपने कहा कि आपके जंगल में शेर छोड़े गए थे, क्या वे अभी तक हैं या आ गई आफत उन पर भी?...सुनो तो है कि अभी हैं।...क्या किसी ने देखा भी है उन्हें?...कहते हैं, इधर के हिरन उनको पसन्द नहीं थे। गुजराती थे न वो, तो उनके लिए एक-दो बोटियाँ तोड़कर डाली गई थीं। बाद में खाने लगे। मैं भी तो जब वहाँ गया तब सहिजन की पत्तियों की सब्जी खाकर रोज उल्टी कर देता था। अब खाता हूँ।...अच्छा, उनका क्या हुआ जो करोड़ों रुपए खर्च हुए, पैंसठ-सत्तर करोड़?...तरक्की शेरों की हो या न हो, लेकिन वन विभाग के लोगों की तो हुई ही होगी।

जवान लड़कों की एक टोली दिल्ली से ही दरवाजे के पास खड़ी थी। अब खड़े-खड़े वे उकता गए थे। उनमें से एक ने जम्हाई लेते हुए डिब्बे में बैठे सभी की ओर नजर घुमाई और चिल्लाया, अरे उठो भी यार कोई। दूसरा बोला, एक बार तो नीचे उतरो यार। हॉ हॉ। मानो कसम खाके बैठे हैं, न उतरने की, हॉ हॉ हॉ। बैठा हुआ एक आदमी बोला, कहाँ से आ रहे हो?...आप कहाँ से आ रहे हैं?...प्रयागजी से।...तो हम दिल्लीजी से आ रहे हैं। हॉ हॉ हॉ। और मुम्बईजी को जा रहे हैं। हॉ हॉ हॉ।

दोनों ओर ऊँची चट्टानोंवाले दर्रों के बीच गोल-गोल मोड़ों से होकर गाड़ी के घाटी के माथे पर आते ही सामने से सीटियाँ, तेज रोशनीवाले टॉर्च, कोलाहल। अचानक ब्रेक लगने से गाड़ी रुक गई। डिब्बे का एक-एक आदमी खिड़की से बाहर चाँदनी में झाँककर देखने लगा कि हुआ क्या है। असल में सभी डर गए थे। क्यों जी, डाकुओं का इलाका तो चला गया न?...अरे भई, तुम्हारा क्लासमेट डाकू तो नहीं आया? हँसी।...अँधेरे में पहचानेगा या नहीं तुम्हें? *हँसी*। बाहर दूधिया चाँदनी। दरवाजे में खड़े उकताए लड़के शोर मचाते नीचे उतरे और इंजन तक पैदल जाकर लौट आए। मालूम हुआ कि आगे ढलान पर बड़ी-सी चट्टान गिरी है और आगे और दो गाड़ियाँ फँसी हुई हैं। चट्टान हटाने का काम दोपहर से जारी है।...कब खत्म होगा?...अब हम क्या बताएँ? अच्छा हुआ, सुबह निकलते तो यहाँ उतनी देर तक ज्यादा रुकना पड़ता। अब?

फिर एक-एक करके सभी लोग बाहर चाँदनी में चहलकदमी के लिए नीचे उतर गए। गाड़ी बहुत ऊँचे शिखर के ठीक कंधे पर ही रुकी थी। नीचे पूरी गोलाकार वन की शोभा, दर्रे, घाटियाँ। ...दूऽर पर जो पानी चमक रहा है न, वह है चम्बल। देखो कैसी साँप की तरह चल रही है। घास का मैदान। सृष्टि का ऐसा अनुपम सौंदर्य लगभग सभी को जिंदगी में पहली बार देखने को मिला था। क्यों कुलू और मनाली और कश्मीर की गप्पें हाँकते हैं लोग? ये देखो, ओ हो हो हो। हमारे देश में क्या नहीं है बोलो। पृथ्वी के इस अद्भुत प्राकृतिक दृश्य पर आकाशीय चन्द्रमंडल के अनन्त सितारों ने मायावी मोहिनी डाल रखी थी।...जवाब नहीं, थोड़ी देर पहले मुम्बई दहिसर में फ्लैट लेने की बात करनेवाला सज्जन ऊपर-नीचे दाएँ-बाएँ पूरी गर्दन घुमाकर दिल से बोल उठा, जवाब नहीं, क्या इंटेरियर बनाया है ऊपरवाले ने।

इंजन का भोंपू बजते ही सृष्टि-सौंदर्य से उकताए लोग फटाफट ऊपर चढ़ आए। सभी ने यह देखकर तसल्ली कर ली कि नाविक दल से स्वेच्छावकाश ग्रहण करनेवाला अधिकारी और नारीमुक्ति से सम्बन्धित शोख युवती लौटे हैं या नहीं। इंजन की फुसफुसाहट बढ़ गई। गाड़ी तेजी से ग्वालियर स्टेशन में घुसी। पूरा डिब्बा खाली हो गया। मिलिटरी के दो-दो लोगों ने लोहे के भारी बक्सों को मिलकर उठाया और गाड़ी खाली कर चले गए। पहले से हुई देरी के कारण एक के पीछे एक आती पहली दो-तीन गाड़ियाँ भुसावल तक के सभी स्टेशनों की भीड़ ले जा रही थीं, इस कारण हमारी गाड़ी शांति से खाली ही चल रही थी। सुबह की सुन्दर शीतल हवा में मैं बर्थ पर लेट गया। कुछ भी समझ में नहीं आ रहा था। डिब्बा भी पूरा खामोश। न जाने कितने घंटे सोया।

खंडेराव, सो-सोकर तुम्हारे दिमाग का पत्थर कब निकलेगा? जब से तार मिला है, सफर की धुन में ये पहाड़ लाँघने का मुख्य काम तू अलग ही रखे जा रहा

है। अरे अरे, जिंदगी का इतना कठिन गणित हल करने की तुम्हारी इच्छा ही नहीं हो रही है? गाँव पहुँचने पर देखेंगे, ऐसा भी कहीं होता है भैया। दो वह्राड़ी स्त्रियाँ अपनी मीठी वाणी में कुम्हारिन जैसी मराठी बोल रही थीं। इस कारण सुन्दर-से सपने मँडरा रहे थे : हमारे गाँव का भोजू कुम्हार हूबहू मोहेनजो-दड़ो जैसी मिट्टी की बैलगाड़ियाँ आँच में पकाकर आँगन में लाकर रख देता था। ये कई बड़े-बड़े मेहराबी कोष्ठक, उनके अन्दर के चौकोर कोष्ठक, फिर उनके अन्दर के कई गोल कोष्ठक, एक-दूसरे में फँसे आँकड़े—पहला मेहराबी कोष्ठक तो हल करो। असल में, बीच के ये जो गोल कोष्ठक हैं न, वे ही इस गणित की मुख्य कुंजी हैं। सोओ मत, उठो, सोचो।

फिर वो सींगों जैसे गोल कोष्ठक बड़े, और बड़े होते गए और हमारी उज्या गाय के बछड़े—मुत्या और मोत्या—के सींग आगे आए। बछड़ों को बचपन से ही उन्हें भिड़ाने का बड़ा चाव और सींग भी ऐसे गोल कि मानो कोष्ठक। एक-दूसरे पर फूत्कार कर दौड़ते आना और सिर से सिर भिड़ाकर ऐसी ठेलाठेली कि सींग एक-दूसरे में फँसे ही फँसे। भावड्या, तुम उस मुत्या को पकड़ो। खंडू, मोत्या को कसके पकड़ो। सँभलकर, सींग लगेगा आँखों में, हाँऽ खींचो। खलिहान में डंठलवाले अनाज के अटाले की आड़ से ठेलाठेली, भागादौड़ी। सींग भी खुल नहीं रहे हैं, इसलिए दोनों बछड़े जोश में आकर कुछ ज्यादा ही गुस्सा हो गए हैं। हमने उन्हें बगल में दबा रखा है। वरना बिना वजह सींग तुड़वाएँगे। सारे शरीर में थर्राहट महसूस हो रही है। सांडू को बुलाओ।

खंडेराव, अब इस संकट में तूने ऐसे ही अपने सींग फँसा लिये हैं। देखें क्या होता है, पीछे नहीं हटना। इतने सालों तक तू पिताजी को आँखें दिखाता रहा, बेवकूफ। असल में प्रॉब्लेम यही था। तू इन सब बौद्धिकों को—शिक्षा, विश्वविद्यालय, पी-एच.डी., किताबें, लेख, शोधकार्य, सांस्कृतिक झमेले—अपने सींगों की भाँति तोड़ डाल। और किसान बनकर खेती-बाड़ी, घर-बार, कोल्हू, स्कूल, नेतागीरी, देहात की राजनीति, लोकसेवा, *विट्ठल विट्ठल, श्री ज्ञानदेव तुकाराम* ये सब सँभाल पाएगा?

खंडेराव, कगार पर खड़े रहने के अवसर जिंदगी में ज्यादा नहीं आते। तू घर जाएगा, कगार से छलाँग लगाने का तेरी जिंदगी का यह पहला और शायद आखिरी अवसर होगा। अब तू ही घर का इकलौता वारिस है। छलाँग लगाने से पहले ठीक से देख ले। पैर जमा, वरना छलाँग लगाने से पहले ही तू ढह जाएगा। खंडू दोनों पैर उठाकर तो *आदमी* को कभी नहीं कूदना चाहिए। चित्त में जहाँ विचार उत्पन्न होते हैं, वहीं क्षोभ भी उत्पन्न होता है। इसीलिए अक्षोभकारी विचारों को आने दे। खंडेराव, ध्यान कर, समाधि लगा। गहरे चिंतन में इस तरह बार-बार घुसना यानी किसी अज्ञात का ऋण उतारने का मामला। ऐसी मग्नता की दशा में ही सच्ची संवेदनाएँ सामने आती हैं। पहले के और बाद के संध्यालोक में उनके घूँघट ढँके

अधूरे चेहरे भयानक दिखने दे। वे बुरे नहीं हैं। उनका पीहर नभोमंडल में कहीं ईथर के ऊपर कृष्ण द्रव्य में होता है। संवेदनाओंवाले हमारे सभी के मस्तिष्क में जागृतावस्था में कहीं कोई अज्ञान काम करता रहता है। चींटियाँ वल्मीक के बाहर कहाँ हमेशा दिखाई देती हैं? लेकिन भीतर उनका कितना बड़ा साम्राज्य छाया होता है? लेकिन क्या ये किसी को दिखाई देता है कि उन सभी की सीधी एकाग्र जिद्दी हरकतों के पीछे कहीं किसी अन्धी निष्ठा का अदृश्य नियंत्रण होता है? तेरी संवेदनाओं का यह विशाल वल्मीक भूमि में कितना गहरा है, यह जान लो। गुजरा हुआ वक्त हमें अक्सर भावुक बना देता है, क्यों? खंडेराव, यही है वह अन्दर का वल्मीक। ये ही हैं तेरी जागृतावस्था की तसवीरों के भयानक काले-सफेद निगेटिव। हमारी जागृतावस्था में टूटनेवाले जीने के इस सेंद्रियत्व की कसर हम नींद में निकाल लेते हैं। मानो प्लास्टर में दोनों पैर रखे हों। उन्हें सभी पहलुओं से जान लो। मोरगाँव के कौए, चिड़ियाँ, कबूतर, भारद्वाज, मैना, नेवले, कुत्ते, गऊएँ, भैंस, तोतों के झुंड, पहाड़ी खेत के मोरों के झुंड, सियार, बन्दर। मृत किंतु एहसास में जिंदा दादियाँ, दादा, चाचा, बहनें, भावडू और अब पिताजी भी।

मंद्र सप्तक से मध्य सप्तक में पैठनेवाले सुर। खंडू, देखो, दुर्भाग्य कैसा होता है। मनुष्य की एक ही जिन्दगी होती है। फिर? फिर यह केंद्र तो कम-से-कम बदल डालो। नया केंद्र, नई परिधि। मोरगाँव के केंद्र से तुम चाहे जितना दूर जाओ, केवल त्रिजीवा बढ़ेगी। इसीलिए निर्णय कर लो, यह विश्व ही मेरा घर है। मोरगाँव छोड़ दो। देश छोड़ दो।

एक विचार सिर उठा ही रहा था कि तभी दूसरा विचार उसे नीचे डुबोता हुआ ऊपर आता है : खंडेराव, यह घर-बार, भूमि, खेती-बाड़ी केवल इतनी ही तेरी विरासत नहीं है। बीते दस हजार सालों की कृषि संस्कृति से निरन्तर रिसती हुई तुझ तक आयी है यह विरासत। इसे छिपकली की पूँछ की तरह झटके से यूँ तोड़कर तू आगे नहीं बढ़ सकता। तोड़ना संभव भी नहीं। औद्योगिक, व्यापारिक महानगर के लोगों के उन्मूलित भूतखाने में पैठना ज्यादा कठिन नहीं है। लाखों लोग यही करते रहते हैं। लेकिन खंडेराव, तुम इतने मामूली नहीं हो। घर का आँगन और दरवाजे पर पीपल—यही तो तुम्हारी पहचान है। जहाँ ये चीजें नहीं हैं, ऐसा माहौल तुम्हें जँचेगा? धूप, वर्षा, चाँदनी, भूमि, घास, पशु-पक्षी, जानवर, पेड़, झंखाड़, लोकगीत, दन्तकथा, मुहावरे वगैरा से विहीन जगमगाता बाँझ परिवेश तुम्हें रुचेगा? भटको मत। अपने पैर सुरक्षित रखो। सभी रास्ते हमारे पैरों को निगलने की ही प्रतीक्षा में हैं—हवाई, समुद्री, रेल, राजमार्ग, सड़कें, यंत्रों के द्वारा शाम तक कहाँ से कहाँ ले जाकर उलीचनेवाले लन्दन, न्यूयॉर्क, चाँद पर भी। लेकिन तुम्हें बचाएगी तुम्हारी अपनी पगडंडी। वह तुम्हें छोड़कर कभी नहीं जाएगी, क्योंकि तू ही उसे बना रहा है। उसी को थाम। जैसे जहाज से छूटा पंछी फिर जहाज पर लौट आता है, जैसे तूफानी वर्षा में भी चींटी अपने पूर्वजों के वल्मीक की ओर शीघ्रता से दौड़ती हुई लौट आती है।

खंडू, निडर होकर जीने के इस कोलाहल का हिस्सा बन जा। जीना एक प्रक्रिया है, उसमें हिस्सा लेना ही सच होता है। यह अच्छा है या बुरा, बाद में तय होता है। अडंगा भारती भावडू को हनुमान जी के चबूतरे पर योगासन सिखाते हुए बार-बार कहते : ध्यान में भावनाओं को कठोर बनाकर उन्हें नष्ट करना चाहिए। मुक्त होना चाहिए। अक्षोभकारी विचार करना चाहिए। अक्षोभकारी यानी सन्तोषजनक नहीं। जैसे हुना चाचा ने अंग्रेजों के विरोध में आतंकवादी बनकर अपना ही घर ध्वस्त कर डाला, चाची की गृहस्थी को अन्धा बना दिया, यह क्षोभकारी। लेकिन उन्होंने जिस नैतिक भूमिका से यह बलिदान किया—वह अक्षोभकारी। इसके विपरीत हमारे सातवें पूर्वज नागोराव—परदादा के पिता के परदादा स्वराज्य की देशमुखी छोड़कर अंग्रेजों से जा मिले और खानदेश में होलकरों का शासन समाप्त होने के बाद कंपनी सरकार का हुक्म लागू हुआ। यह हरामखोरी क्षोभकारी। लेकिन यह धोखा हमारे पूर्वज नागोराव ने जिस नैतिक भूमिका से किया होगा, वह अक्षोभकारी। क्या है वह भूमिका? इससे भी ज्यादा अच्छी तरह से सोच ले कि पूरे गाँव की रक्षा की खातिर झेंडी की परदादी की माँ का अपनी सुकुमार लड़की के साथ पिंडारियों की छावनी में जाने के लिए तैयार होना, इसके लिए कितने बड़े नैतिक साहस की जरूरत पड़ी होगी?

तुन तुन तुन तुन ढमाक ढमाक। खंडू भाग, दौड़, भिकरा गोंधली वारूबाई का पवाड़ा गा रहा है। मढ़ी की ओर।

ढमाक ढमाक ढम ढम ढमाक
अजी आई वारूबाई, किया पक्का उसने विचार
आँखों से आँसुओं की धार ऽऽ हो जीऽजीऽजीऽजीऽ
और रो रहा है सारा मोरगाँव हो ऽऽ जी जी जी जी
तुन तुन तुन तुन तुन तुन तुन तुन

2

युगान्तर का संध्यालोक। इस दशा में कौन किसकी फिक्र करता है और कौन किसे बचा सकता है? ऐसे समय स्वयं को बचाने की विशाल प्रणालियाँ अपने आप तैयार हो जाती हैं, जिन्हें आनेवाले दौर में बदलना भी हमसे संभव नहीं होता।

मराठों ने पूरे देश में पिंडारी संस्कृति को बढ़ावा दिया। मध्य और उत्तर हिन्दुस्तान में शिंदे के पिंडारी, मालवा-खानदेश-नेमाड़ में होलकरों के पिंडारी और पुणे में पेशवाओं के। दूसरों को खा जाने के बाद इन्होंने एक-दूसरे को निगलना शुरू किया। लूटमार, आगजनी, अत्याचार, दंगे, हल्ला-गुल्ला, जोर-जबरदस्ती, आपस की लड़ाइयाँ। उस जमाने का एक महत्वपूर्ण गाँव था, मोरगाँव। हमारे इस छोटे- से गाँव की रचना देखें तो भी पता चल जाता है कि पुराने जमाने में इन लोगों को हमेशा हमलावरों का डर सताता रहा होगा या फिर ये लोग उसके इतने आदी हो गए होंगे कि शायद नहीं भी लगता होगा। आज भी गाँव का महाद्वार और उसका बुर्ज छोड़ दें तो चारों ओर चार हाथ चौड़ा ध्वस्त तट दिखाई देता है। इस टूटी दीवार के कारण ही बाद में अन्दर और बाहर के गाँव में एकता बढ़ती गई होगी। बहती दो नदियाँ— इंजाल और मोर के बीच ऊँचे टीले पर बसा होने के कारण हमारे गाँव में कहीं भी खड़े होकर देख लो, मनोहर दृश्य मानो प्रतीक्षा में ही रहता। उत्तर की ओर खड़ी सतपुड़ा की ऊँची शृंखलाएँ भी दिखने में सुरक्षा दीवार-सी लगती हैं। लेकिन ये दीवार पूरी तरह से खोखली थी, क्योंकि हमारे गाँव पर जो भी हमले हुए हैं, वे सब इसी तरफ से हुए हैं।

पिंडारियों ने मध्य प्रदेश और गुजरात में छापामारी कर रातोंरात इधर चंपत होने के लिए सतपुड़ा की तिरछी और धीमी ढलानोंवाले दर्रों से अपने रास्ते बनाए थे।

मोरगाँव पर पिंडारियों का ऐतिहासिक हमला होने से पूर्व लभाने लोगों का गाँव—हरिपुरा पूरी तरह जमींदोज हो चुका था। हरिपुरा का ध्वस्त परकोटा, अंदर से जले हुए घर, हाँड़ी में रसोई अधूरी छोड़कर भाग खड़ी हुई स्त्रियों की टूटी हुई हस्तीदन्ती चूड़ियाँ—सारे अवशेष आज भी हमारे गाँव से सटी सतपुड़ा की तलहटी में दिखाई देते हैं। अंदर भेड़ियों की बस्ती होने के डर से बचपन में हमें उधर घूमना सख्त मना था। फिर भी भावडू और मैं डरते-डरते दो-तीन बार अंदर तक हो आए थे। एक डर था, खाली घरों में छिपा बैठा कुछ निकल आएगा और दबोच लेगा और दूसरा, खेत में वापिस लौटने पर घरवालों द्वारा पिटाई।

हरिपुरा के लभाने पुराने जमाने से बैलगाड़ियों के काफिलों द्वारा उत्तर में सेना को रसद पहुँचानेवाले साहसी व्यापारियों के रूप में विख्यात थे। उनकी आठ-आठ

दस-दस बैलों द्वारा ढोई जानेवाली बड़ी-बड़ी गाड़ियाँ लढ़े कहलाई जाती थीं। वे गाड़ियों के पहियों पर हाल चढ़ाने हमारे गाँव के लुहारों के पास ही आते थे। ये लोग खानदेश का अनाज सस्ते में खरीदते और चार-चार पाँच-पाँच गुना महँगे दामों पर उत्तर में सेना की छावनियों में बेच आते। फिर इनके डेढ़-दो हजार बैलों के काफिले सारे खतरे पार कर लौट आते और हरिपुरा में सभी स्त्री-पुरुष मिलकर मौज-मस्ती में डूब जाते। नाच-गाना, शराब, हिरन-मोर के माँस की कड़ाहें, दिन-रात की मौज-मस्ती। वारकरी और महानुभाव संप्रदाय को माननेवाले हमारे गाँव के कुर्मियों की कल्पना से भी परे के कामस्वप्न इन्हें आते थे। कुल मिलाकर इन भौतिकवादी लोगों को टालने की और उनसे केवल काम से काम रखने की आदत मोरगाँव के लोगों में कई पीढ़ियों से थी। अतः हमारे गाँव ने इनसे केवल सीमा-पड़ोसी का ही सम्बन्ध बनाकर रखा था।

पुराने यादव काल से सतमाला के दक्षिण की ओर खानदेश में बहनेवाली ताप्ती नदी का उथला पाट फैला है। इन पाटों से होकर हमारी ओर के रास्ते सतपुड़ा से ऊपर उत्तर की ओर निकलते थे। राजस्थान से बैलों के सौदागर हेड़ी आज भी इन्हीं रास्तों से सतपुड़ा उतरकर और हरिपुरा-मोरगाँव-बुलड़ाणा-वह्राड़ होकर विदर्भ में आवाजाही करते हैं। इसके अलावा होलकर सेना के जो गुप्त रास्ते थे, उनमें से एक खरगोन से आनेवाला रास्ता हमारे मोरगाँव से होकर ही आगे चोपड़ा-मालेगाँव-चांदवड़ तक जाता था। टंट्या भील ने दस सालों तक जिस अनेर नदी के सहारे अंग्रेजी सेना को छकाया था, वह नदी पुराने जमाने से मालवा-नेमाड़ और खानदेश के बीच सीमारेखा बनकर बारहों महीने इधर से ही बहती है। सन 1859 में अपने प्रोमोशन की खातिर मेजर मीड ने और अपनी इज्जत की खातिर ईस्ट इंडिया कम्पनी ने यह घोषित किया था कि तातिया तोपे को शिवपुरी में पकड़ते ही फाँसी दे दी, परन्तु वास्तव में मेजर मीड ने तातिया तोपे के बदले तातिया नामक किसी दूसरे ही ब्राह्मण को फाँसी पर लटका दिया था।

लेकिन उसी समय खानदेशी जासूसों ने कम्पनी सरकार को खबर दी कि असली तातिया सुरक्षित है और उत्तर की ओर से सतपुड़ा उतरकर खानदेश के मोरगाँव में *गुसाईं वेश धारण कर चोरी से आ करके रह रहा है*। परन्तु *चोरी से आ करके रह रहा है*, का पुणे के ब्राह्मण बाबुओं ने गलत अनुवाद किया और इस कारण कम्पनी के सोल्जरों ने खानदेश की ओर आनेवाले रास्तों की जाँच नहीं की, और यह पता लगाने के लिए कि तातिया कहाँ *छिपकर रह रहा है*, हमारे गाँव के ब्राह्मणबाड़े पर कई बार छापे डाले। पुरानी पीढ़ी के लोग बताते हैं, कि जाते-जाते ये गोरे सोल्जर बुनकर मुहल्ले में घोड़े घुसाते और बुनकरों को घोड़ों की टापों तले कुचल देना, सूत के पुलिंदे जला देना, चरखों को तोड़ देना और दो-तीन युवा बुनकरों को पकड़कर ले जाना जैसे ऊधम मचाकर चले जाते। कम्पनी सरकार को यहाँ का कपड़ा उद्योग बंद कराने के आदेश विलायत से आते थे, क्योंकि हमारे गाँव के बुनकरों द्वारा बनाई

जानेवाली नौ गजी जनाना धोतियाँ मोटी और टिकाऊ होती थीं। खेती में काम करनेवाली स्त्रियों को ये एक जोड़ी धोती साल-भर से ज्यादा ही टिकती थी। फिर फटी धोती में पैबन्द जोड़कर चार-छह महीने, और आगे गुदड़ी, कथरी, बिछावन, सिर बाँधनी, फरुआ और आखिर में गाड़ी के पहिए के ओंगन के लिए चीथड़े—कुछ-न-कुछ उपयोग होता ही था। लेकिन अंग्रेजों के डर से कुछ बुनकर निजाम के राज्य में भाग गए, कुछ गायब हो गए और बाकी खेत-मजदूर बन गए। अब तो बुनकर मुहल्ला बस नाम के लिए ही रह गया है।

तातिया सन् 1857 जैसा विद्रोह दुबारा करेगा, यह डर अंग्रेजों को आगे 1885 तक—यानी कांग्रेस की स्थापना होने तक सताता रहा। यह सोचकर कि तातिया के दिखाई देते ही फिरंगी उसे फाँसी पर चढ़ा देंगे, खानदेश में 1947 तक कोई भी अपने बच्चे का नाम तात्या नहीं रखता था। पलायन के दौरान तातिया द्वारा इस्तेमाल किया गया पिंगलगाँव से हरिपुरा होकर मोरगाँव—ठेठ शिखर से नीचे दर्रे तक फिसलते आनेवाले शॉर्टकट का उपयोग आजकल चोर-डाकू ही करते हैं, क्योंकि इसके लिए बहुत दमदार पुट्ठों की जरूरत होती है। यह बात वहाँ से फिरालकर आई अंग्रेज सोल्जरों की पूरी टुकड़ी ने अस्पताल की एक रिपोर्ट में लिखी है। पहाड़ी के नीचेवाली जमीन का पूरा पट्टा हमारे सातवें पूर्वज नागोराव को पुरस्कार के तौर पर देने में अंग्रेजों की चालाकी नजर आती है। उनकी नई-नई शुरू हुईं रेल कम्पनियों की सुरक्षा के लिए इधर सतपुड़ा की जंगली असुरक्षा को मिटाकर खेती की सुरक्षा लाना जरूरी था।

उसकी मेजेस्टी की नौकरी करनेवाले एक फुर्तीले प्रगतिशील कलेक्टर ने उस समय के गवर्नर को सुझाव दिया था कि सभी के लिए सिरदर्द बना विशाल सतपुड़ा, इस देश की उन्नति में बड़ी बाधा है। अतः इसे समूल नष्ट कर देना चाहिए। तब अनुभवी लोगों ने कहा, बात तो ठीक है, प्रगतिशीलता भी सिद्ध करती है, परन्तु बचकानी लगती है, क्योंकि पृथ्वी की रचना सोच-समझकर नहीं की गई है। मौर्यकाल से आज तक इन कतारों को कोई तोड़ नहीं पाया है। वे पहले से ऐसी ही हैं। इनमें से छोटे-छोटे रास्ते बनाने के अलावा आज तक किसी से कुछ खास करते नहीं बना है।

इस पर प्रगतिशील प्रवृत्ति के लोगों ने खीजकर आरोप लगाया कि आप दकियानूसी लोग सुधारों को नहीं मानते। तब प्रतिपक्ष के लोगों ने गवर्नर को सलाह दी कि जो यथार्थ है, उसे मानने या न मानने का सवाल ही कहाँ पैदा होता है? पहाड़ों की यह ऊँची-नीची कतारें पहले से हैं और रहेंगी। किसी के मानने-न मानने या इन्हें नष्ट करने की केवल बातें करने से क्या फायदा? इनमें समानता ले आएँ तो हम हिन्दू लोगों को खुशी ही होगी, लेकिन तब तक इन्हें गालियाँ देते हुए चढ़ते रहना ही हम अकिंचन लोगों के हाथ में है। इस प्रकार इस बहस का समापन हुआ। सतपुड़ा आज भी वैसा ही है। अंग्रेज उसका उच्चारण *जातपुड़ा* करते थे। इस कारण गवर्नर

ने यह मामला मर्दुमशुमारी की फाइल में बंद कर दिया और रेल कम्पनियों के लिए फरमान जारी कर दिया कि वे इस जंगल को मनमाने ढंग से काटकर सड़कें बना सकते हैं।

मोरगाँव के जंगलों में मुर्गियों जैसे पाए जानेवाले मोरों का संहार इसी काल में अंग्रेज अधिकारियों ने अपनी रोज की पार्टियों के लिए किया। वरना बूढ़ी औरतें बताती हैं कि पहले मूँग की बड़ियाँ सुखाने के लिए आँगन में डालते ही मोरों के झुंड-के-झुंड आकर उन्हें साफ कर देते थे। असीरगढ़ से शिरपुर की ओर जानेवाला मुगल सेना का पुराना राजमार्ग, जहाँ से अंग्रेजों का खजाना उत्तर में ज़ाया करता था, अब मौजूद नहीं है, क्योंकि ठीक उसी पर अंग्रेजों ने ग्रेट इंडियन पेनिन्शुलर कम्पनी का रेलमार्ग बिछाया है। इससे खंडवा से सावदा के बीचवाला सतपुड़ा का घना जंगल, जिसे बाघबन कहते थे, पूरा नष्ट हो गया। यह बाघबन ताप्ती के दोनों तटों पर मोरगाँव से लेकर वाघूर नदी के ऊपर अजन्ता तक फैला हुआ था और उससे होकर कोई नहीं जा सकता था, क्योंकि वहाँ बाघ कुत्तों की तरह घूमते थे। बाघों की मौजूदगी के कारण सारी प्रकृति पर आनेवाले तनाव की यहाँ आदत-सी हो गई थी। सफर केवल दिन में किया जाता था। यहाँ की जगहों के नाम भी बाघों से सम्बन्धित हैं और खानदेश की पुरानी कहानियों में, गीतों में और दीवारों पर लगे चित्रों में यह बाघ बाबा रिश्तेदार जैसा ही लगता है :

दिनं दिनं दिवायी गायी म्हशी ओवायी
गायी म्हशी कोन्हाच्या लक्षुमनाच्या
लक्षुमन कोन्हाचा आईबापांचा
दे मले खोबरयाची वाटी वाघाच्या पाठीत घालिन काठी।[13]

इंग्लैंड के लोगों को यह सब जंगली लगता। इसी कारण होलकरों के बाद जैसे ही खानदेश अंग्रेजी राज से जुड़ा, अंग्रेजों ने 'शेर शूटिंग पिकनिक' नाम से बाघों को कुत्तों की तरह मार डालने का एक बड़ा अभियान चलाया। इसे उस समय के चार्ल्स डिकेन्स जैसे महान साहित्यकारों ने और अखबारों ने अपने साहित्य में बड़ा रोमांटिक दर्जा दिया था। इंग्लैंड के अखबारों ने बड़े गर्व से उसकी मेजेस्टी से शेरशाह का खिताब पाए एक अंग्रेज कलेक्टर द्वारा तीन महीनों में साठ बाघ मारने की वीरता को बॉम्बे गैजेटियर में दर्ज किया है। आगे चलकर हिन्दुस्तानी रेल कम्पनियों ने इंग्लैंड में पूँजी जमा करने के लिए बड़े पैमाने पर शे(य)र बेचने शुरू किए और जंगल काट-काटकर अपने फैलाव और बाघों के संहार को बढ़ावा दिया। इसी आधार पर इंग्लैंड में औद्योगिक क्रान्ति लानेवाली कम्पनियों के सम भागों को शे(य)र नाम मिला। इंग्लैंड का मध्यवर्ग इन हिन्दुस्तानी शे(य)रों के असीम फायदों के कारण

13. दिवाली के अवसर पर धनगर लोगों का एक झुंड घर-घर जाकर यह गीत गाता है। उसमें ये कहते हैं कि अपने मवेशियों पर वार कर मुझे नारियल की गरी दे दो तो मैं बाघ से आपके मवेशियों की रक्षा करूँगा।

संपन्न और सुख-सुविधाओं से लैस हुआ। हमारे अंग्रेजी के देशपांडे सर पढ़ाते समय कहते, ऐसा लिखा गया है कि अंग्रेजी के रोमैंटिक प्रकृति के प्रख्यात कवि विलियम वर्ड्सवर्थ ने जी.आई.पी. रेल के शेयर केवल इसलिए खरीदे थे कि हिन्दुस्तान में पेड़ों की कटाई हो सके।

बाघ समाप्त होने के पीछे असल बात यह है कि भीलों के विद्रोह से परेशान जनरल औटरम वगैरह के मतानुसार उत्तरी और दक्षिणी हिन्दुस्तान के बीचोंबीच सतपुड़ा के विस्तीर्ण घने सागौन का यह प्रदेश अंग्रेजों के अमूल्य साम्राज्य के चिरन्तन अस्तित्व के लिए खतरा था। इसलिए रेल के स्लीपरों के लिए सागौन के लाखों पेड़ वहीं-के-वहीं काटकर उपयोग में लाने के लिए अंग्रेजी कम्पनियों को ठेके दिए गए। इससे ये पहाड़ नंगे हो गए। ये सागौन उत्तर में हरदा तक और पूरब में अकोला तक रेल की पटरियों के नीचे काम आए।

सतपुड़ा के घने जंगल में छिपने की जगहें नष्ट हो जाने के कारण नादिरसिंह, चिलनाईक, हिरिया, सेवराम वगैरा वन्य जनजातियों द्वारा अपनी स्वाधीनता के लिए चलाए जानेवाले प्रखर सशस्त्र आंदोलन अपने आप बंद हो गए और आगे चलकर लड़ने के लिए कानूनी सत्याग्रह के अलावा अन्य कोई विकल्प हिन्दुओं के पास नहीं बचा। लेकिन वन-विध्वंस का असल असर इस संपूर्ण प्रदेश के बाघों की दहाड़ें बंद होने में सुनाई दिया।

बाघों के निर्वंश होने की इससे से भी असल कहानी जंगल में रेल इंजन के लिए कोयला तैयार करनेवाले ठेकेदार के मजदूरों ने हमें बताई थी। कोयले के लिए जंगल में आग लगाकर ये लोग हमारे गाँव में छिपकर बैठते और फिर हरिपुरा के लभाने लोगों के चार-चार बैलों के लढ़े जोतकर कोयला लदवाने पहाड़ों में जाते। बीच के वक्त में अहीर बुढ़िया की कहानियों-सी कहानियाँ सुनते रहते :

> हाँ, तो भगवान सभी की मनोकामना पूरे करें। क्योंकि खानदेश में उस समय अहीरों का राज्य था। पहाड़ों में बड़ी-बड़ी ग्वाल-बस्तियों में ये अहीर लोग बड़े-बड़े मवेशी पालते थे। अहिरानी में गाथा रचते और गाते थे। खुशी से नाचते-कूदते थे। न कोई ऊँचा था न कोई नीचा, और न ही कोई भेदाभेद था। एक ही जाति के ये लोग, ब्राह्मण भी नहीं थे और शूद्र भी नहीं थे। घने जंगल के भीतर छोटी-छोटी बस्तियों में रहते थे। न किसी से लड़ाई न किसी से झगड़ा। बताइए, झगड़ा करने जैसा जिंदगी में कुछ होता भी है? आँ? भगवान ने जब सभी को इतना कुछ दिया है तो झगड़ा करें ही क्यों? आँ?
>
> हाँ, तो ऐसी ही एक ग्वाल-बस्ती में किसी अहीर देश की कोई एक बूढ़ी औरत रहती थी। गाय-बैल चराती थी। दूध-घी काफी। मानुदेवी की कृपा से बुढ़ापे में उसके एक लड़की हुई। तब बाघ इनसानों से बाघ की तरह और इनसान भी बाघों से इनसानों की तरह बर्ताव करते थे। क्या कहा

मैंने ? बाघ इनसान के साथ इनसानों जैसा बर्ताव करते और इनसान बाघ के साथ बाघों जैसा बर्ताव करते, यही कहा न ? हाँ, तो इनसान को नाखून लगाने का बाघ का काम नहीं, और इनसान भी जंगल में आग लगाकर बाघों को भगाएगा नहीं, कानून ही था तब। बाघ भी जंगल का कानून मानते थे, और इनसान भी।

हाँ, तो भैया, एक बार हुआ यों, शाम का समय था, और अहीर बूढ़ी की इकलौती लाड़ली बच्ची कुछ अजीबोगरीब जिद पर अड़ गई। अब वो ठहरी बच्ची की जिद, भगवान से भी पूरी नहीं हो पाती, फिर इनसान की क्या औकात ? काम के भारी बोझ तले पहले से ही थकी-हारी उसकी माँ को पकाने की थी जल्दी, क्योंकि खेत में गए लोग अभी खाना खाने आ रहे थे। परेशान होकर उसने रोती बच्ची को दरवाजे के बाहर रख दिया और बोली, आ जा रे बाघ, आ जा, और खा ले इस रोतड़ू बच्ची को।

अब दुर्भाग्य, पता नहीं उस बच्ची का या उस बाघ का, लेकिन एक सीधा-सादा बेवकूफ-सा बाघ वाकई पिछले आँगन में खिरनी के पेड़ तले घास में बैठा अपने पंजे चाट रहा था। अब इनसान की भाषा कभी-कभी इनसान की भी समझ में नहीं आती, तो उस बेचारे बाघ को कैसे समझ आएगी ? बाघ को लगा, जब इतना बोल ही रहा है इनसान, तो इसकी बात मानने से कहाँ कानून टूटता है ? खाकर तो देखें खीरे जैसी लड़की कैसी लगती है। और भैया, अचानक झपट पड़ा बाघ और चल दिया लेकर लड़की को। राम, राम। लड़की अचानक चुप कैसे हो गई ? कहती हुई बुढ़िया ने पीछे मुड़कर देखा और जो आक्रोश किया भैया, अरे रे रे रे रे। और शाप दिया। तेरा सत्यानाश हो जाए, धौलिया, निर्वंश हो जाए तू। तो भैया, ये शाप दिया। तब से लेकर आज तक खानदेश में बाघ नाम की चीज बची ही नहीं देखो। कुल मिलाकर इनसान से दुश्मनी महँगी पड़ गई बाघ को। लेकिन फिर भी है तो वह बाघ, अंग्रेजों के आने तक टिका रहा।

मोरगाँव के उत्तर में पहाड़, पूर्व और पश्चिम में कम-से-कम आठ-दस महीने लगातार बहती दो नदियाँ, दक्षिण में इन नदियों का संगम और छोटे-बड़े दह। इस तरह प्राकृतिक सुरक्षा व्यवस्था तो थी ही, साथ ही बहमनी काल से चला आ रहा चार हाथ चौड़ा पथरीला परकोटा, जिसके एक द्वार पर बुर्ज जैसी मजबूत सुरक्षा भी थी। लेकिन गाँव को असल सुरक्षा गाँव में सभी प्रकार की जाति-जनजातियों के निवास-व्यूह से मिली हुई थी। महाद्वार के बाहर और तट के नीचेवाली नदियों की खाली जगहों में किसी को भी रहने की इजाजत नहीं थी। मोरगाँव देशमुखी जागीर के खजाने का मुख्य गाँव था और गाँव की सरहद में मुखियागीरी का देशमुखी पर

हावी होने का परंपरागत हक होने के कारण दोनों की एक–दूसरे पर धाक बनी रहती। किसी भी संदेहास्पद व्यक्ति को, चाहे वह मुखिया का हो या देशमुख का, बाहर भी पड़ाव डालने की इजाजत नहीं थी। गाँव में इधर–उधर गश्त लगाकर किसी को भी टोकने का पूरा अधिकार गाँव के महारों को था।

गाँव के पूरब की ओर बहनेवाली इंजाल नदी के पूर्वी तट पर महारबाड़ा, मातंगबाड़ा और चमारबाड़ा होता था। ये बाड़े मानो जिंदा खंदक ही थे। ये लोग बड़े ही खतरनाक। यदि कोई हमलावर, जासूस, चोर, पिंडारी इनमें से किसी के हाथ लग जाता तो उसके सारे कपड़े उतारकर और पीट–पीटकर उसे गाँव से बाहर भगा दिया जाता। इसलिए पूरे गाँव पर इन लोगों का विलक्षण अधिकार होता था। सभी की धारणा थी कि जरूरत पड़ने पर कुर्मी के घर की कोई भी चीज इन्हें मिलनी ही चाहिए। ये लोग दिन भर दुक्कड़ के ढूम और चाँप परखते रहते और फिर मोम लगाकर बार–बार बजाकर भी देखते। कुर्मियों की दृष्टि में ये निरर्थक काम थे। या शहनाई के पोर में पावी बिठाने के लिए उसे कुरेदते और फिर पावी की नोक को फूँक–फूँककर बार–बार दबाने–बिठाने के काम में तल्लीन रहते। या दुक्कड़ बजाने का आँकड़ा खोजने के लिए जंगल में जाते और तरवट खोद–खोदकर उसकी विशिष्ट आँकड़े जैसी मजबूत बाँकी मूली को दिन–भर पागल की तरह ढूँढ़ते रहते। कलाकारों के ये सभी उच्च कोटि के सूक्ष्म काम कुर्मियों की दृष्टि में केवल फिजूल के समझे जाते थे : बिना वजह रात–भर चाँदनी में बैठे सुर लगाते रहते हैं फोकनी के साले।

अब गाँव के पश्चिम में बहती मोर नदी के पश्चिमी तट पर संगम से लेकर सीधे आगे टीलों की ढलान तक मरघट के आसपास भी ऊँचा–नीचा बंजर रेतीला मैदान फैला है। वहाँ घुमन्तू जनजातियाँ मुखिया की इजाजत से पाल ठोंककर रह सकती थीं। कंजड़, सिकलीगर, बेलदार, बहेलिया, मदारी,. कलाबाज, सपेरा, बहुरूपिया, कुड़मुड़े जोशी, कोरकू, कभी–कभार बंदर या भालू का खेल दिखानेवाले मदारी, पिंगला वगैरा घुमन्तू लोग नदी के दूसरे तट पर रह सकते थे। लेकिन गाँववालों की जरूरत को देखते हुए जड़ी–बूटीवाले बैद, सुई–सूजा बेचनेवाले गोंड, चक्की खली ओखली बनानेवाले धाँगड़, टाकारी, पहाड़ी से निरगुंडी की टहनियाँ सिर पर ढोकर कुर्मियों के आँगन में ही कुठला, पाटियाँ, गाड़ियों के फलके बुननेवाले कैकाड़ी—जैसे लोगों का गाँव के बाहरी मैदानों में रहने का खासा अधिकार था। दरअसल, ग्रीष्म आरंभ होते ही इन घुमन्तू लोगों के आने से पहले ही गाँव में उनके लिए कामों के पहाड़ खड़े रहते। पुराने घर गिरा देना, नींव खोदना, दर खोदना, घर की नींव के लिए पत्थर तोड़कर ले आना, नींव बाँधना, दीवारें बनाना, रेती ढोना, गोल चक्की पर चूना रगड़ना, कुएँ खोदना, भैसों की गाड़ियों पर लकड़ियाँ ढोना—जैसे पाशविक काम इनके बिना कौन कर सकता था ? गाँव के भील भूखे मर जाते, लेकिन धनुष्य नवाना, बाणों पर सान चढ़ाना जैसे खानदानी काम छोड़कर कभी इन जंगली कामों के लिए राजी न होते। कोरकू भी बैठकर शिकार के लिए हू–ब–हू

तीतर जैसी आवाज निकालनेवाली सीटी तराशते रहते लेकिन ऐसे भारी-भरकम कामों में हाथ न डालते।

कुल मिलाकर गाँव के बाहरवाली यह सारी आबादी गाँव की अयाल ही थी। मामूली फसल, घास या जलावन की चोरियाँ छोड़ दें तो इनके कारण गाँव को किसी संकट या आफत का डर नहीं था, बल्कि इन घुमन्तू लोगों के जरिए मुखिया को दूसरे ही दिन मालूम हो जाता कि दस-बीस मील दूरी पर भड़गाँव के साहूकार का घर कैसे लूटा गया, और गाँव की सुरक्षा कड़ी कर दी जाती। संगमवाली पुरानी गुसाइयों की मढ़ी और हनुमानजी के मठ में ऊपरी दर्जेवाले सभ्य भरोसेमंद घुमन्तू लोग अधिकार से पड़ाव डालते—जोगी, संन्यासी, बैरागी, और सरकारी पत्र पड़ाव-दर-पड़ाव अगले गाँव पहुँचानेवाले हरकारे, रामोशी, शायर और रामलीला करनेवाले भैया लोग वगैरा। अलग-अलग जातियों के इन सभी लोगों के लिए मोट चलानेवाले गाँव के कुएँ पर पानी के चार कुंड भरकर रखते और पाँचवाँ घुटने जितना ऊँचा कुंड मवेशियों के लिए होता। विवेक से कहिए या डर से, अजनबी अपनी जाति के हिसाब से ईमानदारी से यह तय करते कि इनमें से किस कुंड से वे मेल खाते हैं, और वहीं जाकर कुंड में भीग-भीगकर पिलपिले हुए चमड़े के दोने से अधिकारपूर्वक पानी निकालकर पीते। इनमें से किसी के प्रति कहीं कुछ खून-खराबा, डाका, हमलों की संभावना अथवा ऐसा कुछ किए जाने का अंदेशा पक्का होने की जगहें यानी धातुकर्म करनेवाले कसेरे और लुहार की बड़ी-बड़ी भट्टियाँ। इनके घर तट के अंदर थे, लेकिन इन्होंने आने-जाने के लिए तट से सुरंग बनाकर अपनी भट्टियाँ बाहर पश्चिम में मोर नदी की ओर बनाई थीं। इधर सिपाहियों, लुटेरों की आवाजाही हमेशा रहती। आसपास कहीं भी लूटमार या लड़ाई होती, तो यह आवाजाही बढ़ जाती। कबाड़खाने के हथियार दिमाग में पुरानी लड़ाइयों की सनसनी पैदा कर भुजाओं में सुरसुराहट भर देते। लोग कहते, इसी ईमानदार बरछे से या इस भाग्यशाली तलवार से हम बच पाए थे। उन्हीं तलवारों को तेज करने, उन्हीं बरछों, छुरों वगैरा को सान चढ़ाने लुहार के पास लाया जाता। मुखिया को लुहार से यह तुरन्त पता चल जाता।

होलकर की मुख्य देशमुखी के अंतर्गत होने के कारण मोरगाँव में ऐसी मामूली चोरियों का तो क्या, पिंडारियों तक का डर नहीं था। लेकिन पेशवाओं के पिंडारी आने पर जरा सावधानी बरतनी पड़ती थी। उन्होंने आसपास के कई गाँवों पर हमले किए थे। फिर भी हमारे गाँव पर हमला करना जरा मुश्किल ही था।

गाँव के उत्तर में दोनों नदियों के बीच का फासला पहाड़ी तक फैल गया था। उपजाऊ जमीन के पट्टे, घास के मैदान, ढलान के पेड़, गाँव का हौज भरनेवाले मोटवालों को पानी उलीचने के बदले हर साल नीलामी से दिए जानेवाले खेत, विरल पेड़-पौधों के चरागाह वगैरा के कारण यहाँ सबसे ज्यादा आवाजाही रहती थी। आगे यह पट्टा सँकरा होते-होते गाँव की तरफ बंजर जमीन तक आकर समाप्त हो जाता। यहाँ चारे और दँवनी के खलिहान होने के कारण भी हमेशा भीड़ लगी रहती।

खलिहानों से सटा खुला मैदान, उसके इस ओर गोट-बस्ती, फिर गाँव के हौज, कुंड और कुएँ का बड़ा पसारा। इस गाँव के बाहरवाले मैदानों से सटकर थे फसल सुरक्षा के लिए स्थापित सहकारी *ठेंगा सोसाइटी* के चबूतरे। फसल के मौसम में हर घर से एक आदमी भेजा जाता और उन्हें पूरे गाँव के सगवारे में फसल पर नजर रखने की खातिर ठेंगा पटकते हुए घूमते रहना पड़ता। भावडू और मेरे लिए यह खुशी का दिन होता। इस आशा में कि कभी-न-कभी चोर पकड़ा जाएगा, हम जान की बाजी लगाकर खड़ी फसल में घुसकर देखते—लेकिन मिलता किसी का भटकैया बछड़ा।

मोरगाँव में कुम्हारों को बहुत पहले से सम्मानित पौनों में गिना जाता है। नदी के किनारे-किनारे की बड़ी-बड़ी पूरबमुखी कोठियाँ सामने बँधे गधों के कारण अलग ही मुखर दिखती हैं। आँगन में मटकियों के पहाड़, घड़े, गगरियाँ, मिट्टी की परातें, चीला, लोटे वगैरा अलग-अलग आकार के पच्चीसेक बर्तन सजे रहते। धीरे-धीरे ये सारी बातें इतिहास में दर्ज हो गईं। लेकिन जब तक हिन्दू लोग हैं, तब तक मटके के रूप में कम-से-कम एक बुनियादी मानवीय सर्जना की जाती रहेगी। ये कुम्हार कभी-कभार गाड़ी भरकर लाल मिट्टी के पके चित्र, गाड़ियाँ, छोटी लड़कियों की गुड़ियाँ, खिलौने बेचने आसपास के गाँव जाते थे। भातुकली[14] के टोकरा-भर खिलौने एक सेर जवार के बदले में। ये छोटे-छोटे चूल्हे, छोटी-छोटी पतीलियाँ यानी बचपन से ही लड़कियों को एक ठोस भूमिका की तालीम—भविष्य में चूल्हा फूँकनेवाली पूरी जिंदगी। इसके अलावा बच्चों को जनम देना और उनकी परवरिश जैसी भविष्य की ठोस भूमिका उनके सयानी होने तक अपने आप तैयार हो जाती। ठीक से कुछ समझ पाने से पहले ही यह सब स्त्रियों की गोद में आ पड़ता। इस कारण समाज का यह स्थिर पक्ष कभी ढह नहीं पाया।

बरखा बीत जाने पर नदियों के किनारे बहकर आई काली कछार की मिट्टी के द्वीप नजर आते हैं। इनमें कहार लोग पहले से खीरा, तरबूज, खरबूजा, फूट जैसी, ग्रीष्म में आनेवाले फलों की फसलें बोते आए हैं। मोरगाँव का मानना है कि इनके जैसे स्वादिष्ट फल और कहीं नहीं पाए जाते। बाकी दिनों में ये अहीर जाल बिछाकर मछलियाँ पकड़ते हैं। इनके घर भी नदी के तट पर ही होते हैं। गाँव के मेहनती किसान मोट के पानी से सब्जी-तरकारी उगाते थे—जो शायद ही कभी खेत के बाहर नजर आते। बीवी-बच्चों समेत सभी कुएँ पर, खेत में। इनमें से एक हर रोज बाजार में सब्जी बेचने जाता, दो-तीन लोग रात-भर रखवाली के लिए जाते और लोमड़ियों की आवाजें सुनाई देने पर, चाहे जो समय हो, नदी तक लाठियाँ पटकते हुए खेत के आसपास घूमते रहते। कई बार बहेलिए चोर एक तरफ लोमड़ी की आवाज निकालते और दूसरी तरफ से चोरी करके आराम से निकल जाते।

हमारी आँखों के सामने मोरगाँव में कितनी ही जातियाँ नए सिरे से बसीं और पक्की मोरगाँववाली बन गईं। इनमें तड़वी यानी सबसे पुराने मुसलमान भील।

14. मिट्टी से बने छोटे-छोटे खिलौना बर्तन।

मजहब से मुसलमान होने के बावजूद इनके सारे व्यवहार, त्योहार, उत्सव कुर्मियों जैसे ही थे। उनके बाद की दूसरी जाति के भील यानी कोतील। पहाड़ों के भील उनके बाद आए। सूअर के छोटे-छोटे तीन पिल्ले जेब में डालकर उत्तरी हिंदुस्तान से हमेशा के लिए यहाँ आकर बसे मेहतर आज पूरे नदी तट की हगनहटी की गंदगी साफ करनेवाले लगभग सौ सूअरों के मालिक हैं। तीसरी-चौथी पीढ़ी तक भी वे हिन्दी के अलावा दूसरी भाषा नहीं जानते हैं, बल्कि इनके कारण गाँव का हर आदमी हिन्दी के दस-बीस वाक्य सीख गया है। एकभाषिक लोग दूसरों को अपनी भाषा सिखाते हैं। इससे यह ध्यान में आता है कि जब कोई द्विभाषिक बनता है तब उसकी मूल भाषा धीरे-धीरे डूबने लगती है। ये मेहतर लोग गाँव के बाहर चरागाह के एक कोने में अपना चार-पाँच घरों का उपनिवेश सँभाले हुए हैं। जायके के कारण मिलिटरी में हमारे गाँव के सूअरों की बहुत माँग हुआ करती थी। इसलिए इनकी पैदावार बढ़ते ही गली के दोनों मुहानों पर ये मेहतर लम्बी लाठी में रस्सी का फंदा लगाकर खड़े होते और पकड़े गए नर सूअर को पीठ के बल गिराते, फिर उसे दबाकर उसकी दोनों टाँगों के बीच का फोता चीर देते और अंदर की गोलियों को एक बर्तन में डालकर उसे छोड़ देते। इस दौरान कान के परदे फाड़नेवाला आदिम शिकार का आक्रोश और क्रौर्य वहाँ जमा सभी लड़कों को मानववंशविज्ञान का एक पाठ पढ़ा जाता।

हमेशा चेहरा ढँकी, लम्बा घूँघट ओढ़नेवाली इन मेहतरों की गोरी-चिट्टी स्त्रियाँ देर रात तक ढोलक पर तालियाँ बजा-बजाकर गाने गाती रहतीं। अजीब पुरानी ब्रजभाषा, और उत्तर की तरह के सुर और ढंग, ढोलक के ताल—कुर्मियों में बहुत ही अजीब संवेदनाएँ जगाते। इसका मुख्य कारण यह नहीं कि ये स्त्रियाँ मेहतर हैं बल्कि उनकी मर्दाना पोशाक—सलवार पाजामे—पैर ऊपर तक खुले और लाल-लाल। पुरुषों की तरह हमेशा मुँह में पान, लाल पिचकारी उड़ाना और बीड़ी पीना। इस कारण ये लोग कभी मोरगाँव में समा नहीं पाए, लेकिन पराए भी नहीं रहे। गाँव के हर शादी-ब्याह में इनके घर को चूल्हा न्यौतना होता है।

छत्तीसगढ़ के तरफ की एक धोबन गाँव के मुखिया की बहन कहलाती हुई हमेशा के लिए यहीं की होकर रह गई थी। गाँव के छह जागीरदारों के घरों की धोतियाँ हर रोज धो देने के करार पर वह यहाँ बसी थी। इसके बदले उसे गाँव में कोठी बनवाने के लिए जगह मिल गई। आगे चलकर गाँव में कितने ही सेठ, महाजन, व्यापारी जैसे अमीर लोग बढ़ गए, लेकिन धोबन से धोतियाँ धुलवाना इन्हीं पुराने छह-सात गरीब जागीरदारों का अधिकार रहा। धोबन ने तो एक बार किसी साहूकार को फटकारा भी, अरे होंगे आप लोग पैसेवाले, तो क्या आपकी औकात इतनी बढ़ गई कि हम आपकी धोतियाँ साफ करें? गरीब जागीरदारों को इज्जत से जीने के लिए इतना सम्मान काफी होता था। इससे यह दिखाई देता है कि हिन्दुओं पर वर्ग सिद्धान्त लागू नहीं होता। इसके अतिरिक्त गाँव के बाहर अधिकारपूर्वक रहनेवाले पौनियों में धुनिया, मणियार वगैरा मुसलमानों के तीन-चार घर। उनकी

चूने से रँगी चार दीवारों की एक साधारण-सी मस्जिद भी थी। अभी-अभी सन अड़तालीस में भुसावल के निर्वासित शिविर से आए दो सिन्धी साँई कहलानेवाले कपड़ा व्यापारी तो आठ ही दिनों में मोरगाँववाले बन गए। वे शुद्ध खानदेशी में कहने लगे कि सिन्धी भाषा खानदेसी बोली की ही उपभाषा है। तुरन्त सबके ध्यान में आया कि उनका सिंधी शब्द 'आहे' खानदेसी ही है।

कुल मिलाकर बाहर से आए सभी लोग गाँव में अलग-अलग ढंग से समा गए। खून से, रोटी-बेटी के व्यवहार से फासला बनाकर, कभी विरोधी बनकर, रीति-रिवाज खाना-पीना अलग होने से दूर रहकर, उदासीन, तटस्थ, बेफिक्र, निष्ठुर, निरपेक्ष—सभी प्रकार के सम्बन्ध बरकरार रखकर भी एक समाज की तरह बनी रहनेवाली जाति-व्यवस्था। रंग-बिरंगे फूलों की तरह पंखुड़ियों पर जहाँ जगह मिली वहाँ अपना स्वतंत्र अस्तित्व सँभाले हुए एक दूसरे के पूरक बने अन्तर्समूह। पीढ़ी-दर-पीढ़ी ये लोग एक साथ शान से रहते आए हैं।

अपने भीतर समा लेने का हमेशा एक ही तरीका होता है : अपना गुजारा कीजिए और ढंग से रहिए, बस हो गया। यहाँ हमेशा मिलनेवाले लोग नमस्ते की तरह पूछते हैं, खाना हो गया भैया? सोने के लिए केवल मड़ैया माँगनेवाले अब मोरगाँव के सरपंच बन गए हैं। कोई किसी का मेहमान, जमाई, रिश्तेदार, बेसहारा, बेटी के गाँववाला, मायकेवाला, ससुरालवाला, ननिहालवाला, परननिहालवाला—सभी लोग मोरगाँव के इस फटे जीवट ओढ़ावन के नीचे सोते आए हैं। पाटीलजी, काम के लिए हाथ लाया हूँ—इतना कहना काफी होता था। हर कोई दूसरे का उल्लेख मामा, जीजा, चाचा, दादा, मौसी, बुआ, बहन, भैया संबोधन से जरूर करता। विक्रम मामा कौन? विक्रमसिंह मेहतर। खानूमामा को बुला लाओ। ओ झेंडी मौसी, दूर हटो, बैल सींग मारता है।

पैर रखने के लिए जगह पानेवाले फटीचर हों या सौ बीघा जमीन के मालिक, कुल मिलाकर गाँव के ये हजार किस्म के लोग एक दूसरे से प्यार और नफरत के साथ चींटियों की बाँबी की तरह एकता से रहते थे। लोगों की स्मृति जिस किसी युग तक पीछे जाती है, तब से ब्राह्मण, कुर्मी, बनिया, पौनी, घुमन्तू, परदेसी—सब आत्मीयता से एक जान बने हुए थे। किसी के घर शादी है, मानो सारे गाँव की ही लड़की है, चलो पानी भरने सभी लोग। गाड़ी-बैल दो। खंडू, भीलबस्ती में जाओ, आमरीमौसी पता है न—संगम के ऊपर—उससे कहना गोंद चाहिए टेसू का, जचगी है बिजा की। तू जा तो सही तड़वी बस्ती में, सुभान चाचा से कहना, दादाजी, जलावन के गट्ठर लगेंगे और कहना कोयले धव के ही चाहिए। स्कूल छूटने पर मातंगबाड़े से होते आना, अम्बूमाय से कहना, खदिर का कत्था ले आए। सतनजा होगा ही उसकी नजर में, कहना हरी मामा को बताना, वो लाकर देंगे। जंगल की चिरौंजी भी लाना मोट भरकर। फालसे भी मिलेंगे क्या? चौथ भर जवार ला दूँगा। कहना, जरा अंदर जाओ पहाड़ी में। जामुन तो लाएगा ही। लिसोढ़ा, तेंदु, घुँघुची की

पत्तियाँ, डिकामाली, भिलावे का फूल, खिरणी, उतकतारा की मूली, बाघनख—कुछ भी। सब कुछ पता होता है इन्हें। ये सब जंगल के पंछी। कुर्मी के खलिहान पर जीनेवाले। यह हजारों साल का एकतरफा एका हमारी आँखों के सामने टूट गया। आँवलों की मोट खुल गई। कैसे?

डुम्बा हो रे डुम्बा हो रे ऽ
तेरी किरपा से तेज दौड़ते
रात-बिरात लभाने घोड़े
डुम्बा हो रे डुम्बा हो रे ऽ

हमारे जागीरवाले खेत के आगे अंगिया घास और टेसू बन की तरफ से पहाड़ी की तलहटी की ओर जाते समय रास्ते में तीस हाथ लम्बा और चौड़ा पोखरा पड़ता है। काली चट्टान में खुदा सीढ़ियोंवाला यह पोखरा हरिपुरा के छोटे, पर संपन्न कारवां को बारहों महीने पानी पिलाता था। यह हरिपुरा गाँव डेढ़-सौ साल पहले पहाड़ी की गोद में जहाँ आबाद था, उस जगह को ढोरकी आदिवासी दूर से ही दिखा देते थे। एक तो वहाँ भेड़ियों का डर, लेकिन डरते-सहमते छिपते-छिपाते टेसू के पेड़ों से रास्ता बनाते हुए प्रत्यक्ष जाकर देखनेवालों को आगे सागौन पेड़ों के नीचे घुटने-घुटने भर सूखी पत्तियों में से बिना आवाज किए चलते जाना धीरे-धीरे मुश्किल हो जाता। फिर महुए के घने पेड़ों का जंगल, और पेड़ से नीचे लटकनेवाली पूँछें, चारों ओर से हुप-हुप का शोर और नीचे की सूखी पत्तियों पर निरन्तर गिरती तुरतुरों की आवाजें, और फिर रात भर महुए के फूल ज्यादा खाने से लाल पुट्ठोंवाले बंदरों के गिरने की, टहनियों के कड़-कड़ टूटने की भी आवाजें। कभी-कभी भागता हुआ कोई सियार, और सूखी पत्तियों से अलग ही रेंगनेवाले पीले रंग के नाग, भेड़ियों की लेंड़ी की तेज उग्र दुर्गंध—मोहेनजो-दड़ो जैसा आतंकित करनेवाला समय। दो पीढ़ी पहले के बूढ़ों द्वारा अपने प्रत्यक्षदर्शी दादा-दादियों से सुनी पिंडारियों द्वारा ध्वस्त किए इस गाँव की कथाएँ हमने सुनी हैं।

गणिका झेंडी की परपरदादी, यानी उसकी दादी की दादी का यह मूल गाँव। धनगरों[15] की बहियों में भी इस कारवाँ के लभाने लोगों का उल्लेख मिलता है—धमाचौकड़ी, शोरगुल, कोलाहल, मनमानी शराब पीना, मजाकिया ऊधम, किसी की समझ में न आनेवाली उत्तर की अजीबोगरीब बोली के गाने और स्वेच्छाचार; यानी कुर्मियों की दृष्टि से निर्लज्ज सामूहिक शृंगार क्रीड़ा। कुल मिलाकर ये लोग उत्पाती थे। इन उल्लेखों से प्रतीत होता है कि सीमावर्ती प्रदेशों तक और राजा-महाराजाओं की सेना से व्यापारिक सम्बन्ध होने के कारण ये लोग निर्भय हो गए थे और भौतिक जिंदगी को महत्व देते थे। मोरगाँव के धातुकर्म करनेवाले कसेरे से हमने इनकी दो-तीन पुरानी चीजें हासिल कीं—ताँबे की तार से गाँथे पीतल के

15. भेड़-बकरी पालनेवाले चरवाहा लोग।

घुँघरू जो मध्य एशिया के जिप्सी रूमानी लोगों की तरह ढालकर बनाए गए हैं, काँसे का एक प्याला जो कश्मीरी-ताजिकी धातुशिल्प जैसा लगता है और एक पूरा चिकनाया हुआ मोटा सिक्का—क्या पता ये कब का और कहाँ का होगा। देशों की सीमाओं से बेफिक्र लोग। दरअसल, असली हिन्दुस्तानी आर्य, लेकिन इन्हें यूरोप में पहले से गलत मिले नाम रूमानी जिप्सी के कारण इजिप्सीयन अनार्य समझा गया और हिटलर के नाजी जर्मनों ने लाखों रूमानी जिप्सियों की भी हत्या की, यहूदियों की ही तरह। लेकिन हिन्दुओं को तो यह पता भी नहीं। धनगरों की बहियों में हरिपुरा के इन लभानों के बचे-खुचे उल्लेख :

अरे लभानों की लुगाइयाँऽऽ जैसी नंगी तैरती मछरियाँऽऽ
खाया-पिया नाचा-गाया   बार-बार बदन पर लेटी होऽऽ
ढुम ढुम ढुमाक ढुम ढुम ढुमाक
अरे पाटील गाँड फटेगी मत फँसना लभानी के फंदे में याराऽऽ
अट जाएगी उसकी कंचुकी और फूटेगा तेरा फौव्वाराऽराऽराऽराऽ
ढुम ढुम ढुमाक...

बैसाख पूनम की खिसकती रात की सुबह। अनेर नदी को लाँघकर मोर नदी की उपनदियाँ हड़काई-खड़काई जहाँ मिलती हैं उसके ऊपरी बंजर टीले को रौंदते हुए तीस-चालीस घुड़सवार सतपुड़ा के अलग-अलग दर्रों से नीचे उतरे और उन्होंने हरिपुरा को घेर लिया। उस समय लभानों का पूरा गाँव रात भर नाच-गाकर और धमा-चौकड़ी मचाकर मदहोश सोया पड़ा था। कुत्तों के भौंकने की आवाजें आईं, लेकिन लगा भेड़िए आए होंगे, लभाने सुस्त पड़े रहे। तभी पहाड़ की तलहटी के नीचे की ढलान से खदिर-अंजन के झाड़-झंखाड़ों की आड़ लेकर सारे घुड़सवार ऊँची घास से दक्षिण की ओर खिसक आए और मोरगाँव की ओर का रास्ता बंद करते ही हमले के रणसिंगे की ऊँची चेतावनी गूँजी। पुराने लोग हड़बड़ाकर चिल्लाए, पिंडारी आ गए रे, पिंडारी!

हरिपुरा गाँव के इर्द-गिर्द पत्थरों का मोटा-सा परकोटा था। लेकिन कई सालों का सुरक्षित निवास, पहाड़ों के ऊपर होलकरों का शासन और नीचे मोरगाँव में भी होलकरों का ही दबदबा होने के कारण होलकरों से निष्ठा रखनेवाला लभानों का यह गिरोह कुछ विलासी हो गया था। गाँव के परकोटे के साथ-साथ अंदर-बाहर बल्ली, खदिर, टाकली, बेहकली, पाडली जैसे झाड़-झंखाड़ का जंगल बढ़ गया था। उसी में से रास्ता निकालकर ये बाहर मवेशी चराने जाते थे। मुख्य पथरीला महाद्वार और बुर्ज केवल नाम के लिए खड़े थे। ऊपर के पठार पर कोरकू लोग यह सारा हत्याकांड देख रहे थे, लेकिन डर के मारे किसी की भी नीचे उतरने की हिम्मत नहीं हुई। वे कहते थे, पिंडारियों ने पहले तो भेड़ों के झुंड-के-झुंड बाहर निकाले। डेढ़-

एक हजार गाय-बैलों को बड़े रस्सों से एक साथ बाँध दिया। फिर घर-घर को आग लगाते हुए जो भी सामने आया उसे भोंकते चले गए। आठ-दस होश में दिखे लभानों की गर्दनें अपनी पिंडारी शैली में मरोड़कर लाशें वहीं छोड़ दीं। जिनके घर परकोटे के पास थे, वे पगडंडियों से मोरगाँव की ओर भाग खड़े हुए। लेकिन उन्हें बाहर खड़े घुड़सवारों ने टापों तले कुचल दिया। काफी दिनों तक तट के बाहर और गाँव के रास्ते में जगह-जगह लाशें-ही-लाशें पड़ी थीं। पहाड़ी तक का पूरा आसमान गिद्धों से ढँक गया था। महाद्वार पर थोड़ी देर कुछ मुकाबला हुआ, वहाँ दो-तीन पिंडारी गंभीर जख्मी हुए थे। लभानों के बाँस के तीर एक-दो के सीने से पार हुए थे, उन्हें वैसे ही घोड़े पर लादकर ऊपर पीर के अड्डे पर हकीम के पास ले जाया गया।

आखिर में हीरा नायक ने लगातार तीन फायर करके सभी को बाहर निकलने का इशारा किया। उसका शरीर तो छोटा दुबला-पतला था, लेकिन उसमें से निकलनेवाली आवाज ऐसी तेज कि आखिर तक सुनाई दी। इससे भी यह समझ में आ गया कि नायक होने का अधिकारी वही है। ऊपर बाघ के छिपने की जाली में छिपे कोरकू लोगों को भी यह सुनाई दे रहा था। कुछ सांकेतिक हुक्म थे : *हुलसवार सरगस्त बंदे बर कदम। हुशारी मकामी मकतल। मुरदे बरखास्त।* चार-पाँच पिंडारी भी मारे गए थे। एक लंगड़ा पठान, एक नाटा-सा मछुआरा, एक लंगड़ा मदारी और दो कंजर—चारों नौसिखुआ थे। उनका अपने-अपने ढंग से अंतिम संस्कार किया गया। दुर्रे के खजांची ने लूट की बख्शीश उनके घर पहुँचाने की कसमें खाईं। फिर एक चिता पर दोनों को, और एक ही बड़ा गड्ढा खोदकर तीनों को, अलविदा।

एक-दो की लाशें नहीं मिलीं। होलकरी सेना के ढंग से—माथा जमीन से नवाकर काम आए सभी जातियों के सिपाहियों की बिदाई, इनको भी अलविदा।

गाँव के सारे मवेशी इकट्ठे आगे जाने दो। तब तक यहीं आठ-आठ बैलों के गाड़ों को एक के पीछे एक जोतकर उनमें रोते-बिलखते छोटे-छोटे बच्चों समेत औरतों-बच्चों के झुंड ठूँस-ठूँसकर भरे गए। चीखनेवाले दो बच्चे थे। *इनकी गर्दन मरोड़ो या इन्हें चुप कराओ।* रोती माँओं ने बच्चों को सीने से लगा दम घोंटकर उन्हें चुप कराया। गाड़ी चलानेवाला पिंडारी बोला, सब बच्चे एक गाड़े में अलग से भर दो। वैसे भी आधे से ज्यादा मरने ही वाले हैं। और यों भी बेचते समय बच्चोंवाली लौंडियों का दाम भी कम हो जाता है। गाड़े चल पड़े। आखिरी गाड़े में बर्तन वगैरा का सारा लूट का माल। हमेशा आगे दौड़ते घुड़सवार। हीरा नायक ने अपनी कड़कती आवाज में घुड़सवारों को आदेश दिया : दो टप्पे करके कारवाँ बह्राणपुर में सीधे गुलामों के बाजार ले जाओ। लौंडिया और बच्चा सौ रुपए में और केवल लौंडिया सवा सौ में। गोरे फिरंगियों की व्यापारी कोठियों में एक-एक खूबसूरत लौंडिया ढाई-सौ के ऊपर ही बिकेगी। हिसाब लालकिसन खत्री के पास चुकता कर होशियारी से हवा हो जाओ। इसके बाद का इरादा : शब-ए-बरात के बाद दशहरे से पहले। हुक्म का इन्तजार करो। खुफिया पैगाम भी गया है कि रेवा नदी के तट पर छपरा के

मेले में पूरा पच्चीस-तीस हजार का पिंडारी दुर्रा इकट्ठा होगा। भोंसला की सरहद में सभी ओर आज की ही तरह बरबादी और छापामारी के हुक्म आएँगे। खास तौर से नागपुर पर हमला करना है, क्योंकि भोंसला भी पेशवाओं के कदम पर कदम रखता हुआ अंग्रेजों का हिमायती होता जा रहा है। उसे सबक सिखाना जरूरी है। पेशवा, सिंधिया, भोंसला सभी नंगे वतन नंगे दीन, कमीने लोग हैं, होशियार रहना। इन लाल गाँडवाले विदेशी बंदरों से जो भी देसी राजा समझौता करेगा, वो पिंडारियों का दुश्मन होगा। केवल राजा यशवंतराव होलकर हमारे प्रभु।

गाड़ियों के बैलों-गायों-बछड़ों के रँभाने की और माँ-बच्चों की आवाजें टीलों के पीछे की घनी झाड़ियों में धीरे-धीरे गुम होती चली गईं। इन गाड़ियों में दम घुटने से बेहोश हुईं कुछ गृहिणियाँ उस दिन उनपदेव की गर्म झील में जाकर जी भरकर तैरने की तैयारी के लिए सुबह जल्दी उठकर रसोई में जुट गई थीं। उन्हें अब बैलगाड़ियों की घरघराहट में अपने घर में चूल्हों के आगे अधजले जलावन की बुझी हुई तीलियाँ दिखाई दे रही थीं। चूल्हों पर मटकियों में पक रहा कुछ अधूरा ही रह गया था, जिनमें अब लाल चींटियाँ लग गई थीं। भानचूल्हे[16] में पक रहा जंगली कंद वैसा ही अधपका रह गया था। काफी लोग घर के अंदर नींद में ही जल कर मर गए। कुठला-कोठियाँ तो दिन भर जलती रही थीं। वह अधजला अनाज कई सालों तक वैसे ही पड़ा रहा था। नीचे से सुलग उठे उड़द-मूँग के कुठलों पर ऊपर का अनाज गिरने से वे बुझ गए थे और यह अनाज आगे साल भर हिरन, भालू और पशु-पक्षी खाते रहे थे।

घड़ी-डेढ़-घड़ी घर-घर में बड़ा घमासान हुआ। लूटमार का शास्त्र ही विकसित करनेवाले पिंडारियों ने घर-घर से तलवारें, तीर, फरसे, बल्लम जमा किए। सोना, सिक्के, पुतलियाँ, मुंदरियाँ, सोने की चूड़ियाँ, कंगन, झुमके, बाजूबंद, गले की चेन, पाजेब—बोरे भर-भरकर घोड़ों पर लाद दिए गए। देश-भर में कारवाँ के रूप में घूमते समय इन लभानों को निराधार बच्चे सौंपे जाते। कहीं मेले में खोए, कभी रास्ते में मिले, किसी अनाथ विधवा द्वारा सँभालने या परवरिश की खातिर दिए छोटे-छोटे बच्चे। ऐसे पागुलताओं को उनके बदनसीब माँ-बाप बड़े प्यार से छोटे-छोटे गहने पहनाते—सोने की बिंदली, हंसुली, छड़ा, पैंजनी, कड़ी, झुमका, छोटी-छोटी करधनियाँ—इनके भरे बोरे खुद नायक के घोड़े के आगे। दोपहर तक सब कुछ सुनसान। धू-धूकर जलती आग, घर-घर पर छाया धुआँ, आवारा मवेशी, पिंजड़े में रह गए तोता-मैना। डरे-सहमे कुत्ते। शाम को सन्नाटा।

गाँव के बूढ़े याद करते हुए बताते कि आगे काफी दिनों तक मोरगाँव के लोफर लोग लाठियाँ-फरसे लेकर हरिपुरा होकर आते रहे। मानो लंकादहन ही, बस राम की जगह ये पिंडारी। घर-घर में टूट-फूट, रास्ते में आए मटके को ठोकर मारी, तो घर

16. मुख्य चूल्हे के अंदर बना दूसरा छोटा चूल्हा, जिसमें अंगार या गर्म राख पर कुछ छोटी-मोटी चीजें पकाई जाती हैं।

भर में बिखरे पड़े खप्पर, दीवारों में ठीकरे ढूँढ़कर रुपए निकाल लिए जाने से खाली पड़े ठीकरे। एक घर में बेंत की नोक सीने से आरपार होने से मरा पड़ा पिंडारी। किसी ने आँगन में सीढ़ियों पर मूँग फैलाकर रखे थे, वहाँ पैर फिसलकर लुटेरों की काफी हानि हुई दिखती थी। इस प्रकार इस सुखी-संपन्न बस्ती का अन्त हुआ। दूसरे दिन इस इलाके में हमारे गाँव के हलवाहे गए तो उन्हें जख्मी हालत में भाग आया लभाना घास में पड़ा हुआ दिखाई दिया। उन्होंने उसे पानी पिलाया और मरते समय के उसके शब्द सुने : हमने किसी का क्या बुरा किया था? किसी का क्या बिगाड़ा था? न किसी को खबर दी न किसी की जासूसी की। हम तो जिस सेना को चाहिए माल पहुँचाते थे—पेशवा हो, सिंधिया हो या टोपीवाला हो। अगर यही आपके होलकर सरकार को रास नहीं आया तो उसका सत्यानाश हो जाए।

हरिपुरा की जमीन हमारी ही तहसील में आती थी। मोरगाँव के सिपाही लोगों को काफी दिनों तक इस बात का मलाल रहा कि हम पड़ोसियों के काम नहीं आ सके। अब हमारे चरागाह वहाँ पहाड़ी तक फैल गए हैं। हरिपुरा में सभी ओर घास उग आई, पेड़ भी घर-घर बढ़ते-बढ़ते ऊँचे होते गए। वहाँ एक बड़ा-सा जंगल अपने आप ही बस गया। मोरगाँव के किसान इधर से गुजरते तो हाथ की लाठी से उस तरफ इशारा करते हुए ये सुनी हुई कहानियाँ सुनाते। धीरे-धीरे लोग उन्हें भी भूल गए।

इस नाच-गाना करनेवाली, किसी के मामले में टाँग न अड़ानेवाली, पूरे देश-भर में व्यापार करती घूमनेवाली बस्ती का यों अन्त हुआ। हमारे सातवें पूर्वज नागोराव इस समय मोरगाँव के बीस की उम्र के गुस्सैल युवा थे और वे एक बड़ा करतब कर बैठे : उन्होंने खानदेश में मराठाशाही समाप्त कर दी। मैं, उनका सातवाँ वंशज यदि ऐसा कहता हूँ, तो इसमें भी कुछ अनुचित नहीं है।

युग परिवर्तन की बेला का घना अँधेरा। उसकी समाप्ति का कोई चिह्न नजर नहीं आ रहा था। होलकर सरकार को पता चल चुका था कि मोरगाँव का जिलब्या देशमुख आजकल पेशवाओं की भाँति टोपीवाले से मेलजोल बढ़ा रहा है। हरिपुरा का बेचिराग होना मोरगाँव के लिए कड़ी चेतावनी थी कि होलकर के पिंडारियों का अगला हमला हम पर होगा। यह खबर पूरे होलकर राज्य में फैल चुकी थी कि पुणे का पेशवा अंग्रेजों के हाथों कठपुतली बन गया है। टोपीवालों की फौजें हमारी तहसील के गाँव तक छावनी डाले खड़ी थीं और आखिरी होलकर राजा जंगल-जंगल घूमकर कुओं के पानी में जहर मिलाता हुआ अंग्रेजी फौजों को बेहाल कर रहा था। रैयत दोनों ओर से मार खा-खाकर लहूलुहान हो गई थी। सरहदी खानदेश के सभी जागीरदार डर-सहम गए थे। कम्पनी सरकार की छावनी में जाएँ या होलकर से ही जुड़े रहें? होलकरों का बड़ा-सा फिसादी पिंडारी दुर्रा गाँव-गाँव आतंक जमाता घूम रहा था। वे कुछ भी सच्चा-झूठा बहाना बनाकर बखेड़ा खड़ा करके गाँव

को लूट लेते, दस-दस पंद्रह-पंद्रह प्रतिष्ठितों को महाद्वार पर फाँसी चढ़ाते और आग लगाकर निकल जाते। पिंडारियों का यह स्वर्णिम काल था।

हरिपुरा जब जल रहा था, उसी समय मोरगाँव के महाद्वार पर बत्तीस के आसपास की वारा और उसकी पंद्रह के आसपास की लड़की गजरा हिरनों से भी तेज रफ्तार से आ धमकीं। दरअसल, गाँव को हरिपुरा की पहली खबर कड़ी धूप में हाँफती आईं, डरी-सहमी, धड़कते सीने से खरगोश की भाँति धौंकनी सी साँस ले रहीं, लाल-लाल दिखतीं इन्हीं औरतों ने दी और सारे कुर्मी उस दिन अपना काम-धाम भूल बैठे। सारे पंच और पूरा गाँव इस चिंता में चौपाल पर जमा हो गया कि चार गज का चूड़ीदार घाघरा पहनीं, तंग कंचुकी में अपना सीना जैसे-तैसे ठूँसीं, सुन्दर और बेसहारा होने के कारण और भी सुन्दर लगनेवाली इन स्त्रियों का क्या करें? पता चला कि ये दोनों माँ-बेटी सुबह तड़के हरिपुरा के नालों से बैठती-फिसलती नदी में उतरीं, बिना पीछे देखे तैरते हुए नदी पार की और हवा की तेजी से सीधे हमारे गाँव में आ गिरीं।

दोपहर की भट्टी जैसी धूप में सारे गाँव की औरतें बच्चों को गोद में लिये यह देखने के लिए आईं कि स्वाति नक्षत्रों-सी सुन्दर कान्तिवाली ये दो लभानी ललनाएँ दिखती कैसी हैं। अठारहवीं शती की ये स्त्रियाँ जिन्होंने जिंदगी-भर पाँच कोस की परिधि के बाहर कदम नहीं रखा था, तसल्ली कर रही थीं कि अपने इलाके में ऐसी अप्सराओं-जैसी स्त्रियाँ भी रहती हैं। क्यों बहन, इनमें मैया कौन और बेटी कौन होगी? हाय हाय, जैसे कोई कबूतरी ही। दैया री, कैसा सुन्दर रंग है—मोरगाँव में चाँदी-सी गोरी, सोने-सी पीली, ताँबे-सी लाल, लोहे-सी साँवली—सभी प्रकार की स्त्रियाँ थीं। सुन्दर स्त्रियों की भी कमी नहीं थी। कसेरों की स्त्रियाँ तो चित्र की-सी थीं। लुहारनी तो नक्षत्र की भाँति चमकनेवाली और उनके सीने भी बचपन से हथौड़ा चला-चला कर ऐसे पुष्ट कि बाँहों में न समानेवाले। लेकिन ये लभानियाँ पुष्पलता की तरह—कैसा बड़ा-सा सीना, कंचुकी की बारीक-सी डोरी की पीठ पर साधारण-सी गाँठ, काले-काले बालों की कलाई जैसी मोटी चुटिया नीचे तक, फिर भी चेहरे पर लटें—और सबसे महत्त्वपूर्ण बात गाँव की स्त्रियाँ भूल गई थीं कि ये अप्सराएँ हमारे ही गाँव में रहने के लिए सहारा माँग रही हैं। और ये पेट कैसे पालेंगी, सब को पता था। एक गुप्त विद्या तो सभी स्त्रियों के पास होती है। अदाएँ ही ऐसी स्त्रियों का पेट पालने का साधन होती हैं। यही उनकी खेती है। इन स्त्रियों को न हम जैसा खेती में रगड़ना पड़ता है, न मेहनत करनी पड़ती है, और न ही कमर तुड़वानी पड़ती है। पतिव्रता स्त्रियों के चेहरों पर संकट के बादल मँडराने लगे।

इसी समय मुखिया, गाँव के पंच और कर्ता-धर्ता पुरुष आनन-फानन में सलाह-मशवरे के लिए उधर जिलब्या देशमुख की झुम्बरी कोठी पर इकठ्ठा हुए। वहाँ हमेशा की तरह इस बात पर दो गुट बन गए कि गाँव पर मोहिनी डालनेवाली इन दो लभानी ललनाओं को मोरगाँव में सहारा देना चाहिए या नहीं। एक गुट

मुखिया की बात को सही माननेवाला और दूसरा देशमुख की बात पर हामी भरनेवाला। इस बहाने उस समय मराठाशाही में हो रही टूट-फूट, सिंधियाशाही की अवनति, पेशवाओं का पतनकाल, भोंसला की दुरावस्था, सभी ओर हिन्दुओं का परहित में जीना, रक्तपात, कत्ल, लड़ाइयाँ, धोखा, बगावत, लूटमार, आगजनी के माहौल में भी मोरगाँव अपने एका के बल पर ही कैसे निश्चिंत है, वगैरा बातें होने लगीं। कहते हैं राजा यशवंतराव होलकर ने पंजाब जीत लिया। काबुल के अमीर से समझौता किया था।...अजी ये बातें पुरानी हो गईं। आजकल यशवंतराव जी बहुत भयानक संकट से जूझ रहे हैं। उनकी पठानी सेना को छह महीनों से तनख्वाह नहीं मिली है। बीस हजार नंगी तलवारें महाराज को घेरकर फकीरी माँग रही थीं। कम-से-कम ये पठान पेशवाओं जैसे देशद्रोही नहीं हैं। पेशवा तो अंग्रेजों के आगे अपनी धोती खोलकर झुक जाता है।...अंग्रेजों ने भोंसला से वह्राड़ का इलाका तो ले लिया, अब होलकर से अपना खानदेश जीतना बाकी है। देशमुख चाचा, मुद्दे की बात आप क्यों नहीं कहते ? बोलिए।

अचानक खामोशी। होलकर की सेना ही खानदेश को बेचिराग करेगी ? भयानक। हमारे सातवें पूर्वज यानी हमारे परदादा के परदादा के दादा नागोराव ने यह अनुमान बेहिचक प्रस्तुत किया कि हमारे इलाके के हरिपुरा को ध्वस्त करने की पिंडारियों की ये हरकत मोरगाँव के लिए कड़ी चेतावनी है। नागोराव देशमुख के घर के दोयम हकदार थे, क्योंकि देशमुख चाचा के तीनों वीर लड़के मराठों के होलकर-सिंधिया, होलकर-पेशवा जैसे अलग-अलग आपसी मुकाबलों में वीरगति पा गए थे, जिसका उन्हें गहरा सदमा पहुँचा था। अत: दौड़धूप करनेवाले ये नागोराव ही मोरगाँव की देशमुखी के अगले वारिस समझे जाते थे। इसके जवाब में नागोराव बस एक वाक्य जोड़ देते—अगर तब तक मराठाशाही बरकरार रही तो। नागोराव ऐसे सलाह-मशवरे में अग्रसर रहते। उन्होंने पंडितजी की पत्री के भविष्यानुमान को कि मोरगाँव पर परचक्र आनेवाला है, ज्यादा अहमियत न देकर⁄तिमा मुखिया को उनका अपना अनुमान पेश करने को विवश किया। मुखिया तजुर्बेकार, चार लड़ाइयों में लड़े, जिम्मेदार और मँजे हुए मर्द थे। असली डर गाँव में न फैले, इसलिए उन्होंने सबसे पहले इन दो स्त्रियों का निर्णय सर्वसम्मति से करने का आग्रह किया। वे बोले, दिन लोहे के हो गए हैं। कोई किसी का त्राता नहीं रह गया है। जनरल लेक की फिरंगी फौज ने गाँव के पचास लड़ाका जवानों को उत्तर हिन्दुस्तान में कैद करके रखा है। इस वजह से परकोटे के अंदर लड़नेवाला अब कोई नहीं बचा है। अगर यहाँ कल पिंडारियों ने दंगा-फसाद खड़ा किया तो उसकी तैयारी आज ही करनी चाहिए।

गाँव के लड़ाका उत्तर में फँसे थे फिर भी उनकी अगली पीढ़ी, जिसके अगुवा हमारे सातवें पूर्वज नागोराव थे, लड़ने के लिए उत्सुक थी। पिंडारी ठहरे कोई-न-कोई बहाना ढूँढ़कर आगजनी और लूटमार करनेवाले क्रूर शैतान। ये लड़के उनके बल के आगे कैसे टिक पाएँगे ? इसीलिए मुखिया इन मर्दों की बात को अनसुना कर

सीधे पूछ रहे थे कि पहले आप हमें ये बताइए कि गाँव में घुसी इन रंडियों का क्या करें? गाँव के कोरकू और इन दो लभानी राँड़ों से हमें पता चला है कि होलकर सरकार के एक हुक्केबाज ने गांजे के नशे में वारू की इंदौरवाली नचनिया बहन के पास यह खुफिया खबर बक दी कि किसी-न-किसी बेवफाई की वजह से इस ईद के तुरन्त बाद हरिपुरा पर फसादी पिंडारियों का छापा पड़ेगा। उस नचनिया ने एक भरोसेमंद आदमी के जरिए हरिपुरा की अपनी बहन को रातोंरात यह संदेश पहुँचाया। वारा और उसकी यह कोठेवाली इंदौरी बहन मांडो में एक साथ पली-बढ़ी हैं। एक बार भरी नौटंकी में हरिपुरा का गेंडाजी मुखिया लाठी चलाकर उसे अपने टांडे पर भगा ले आया और हमेशा के लिए रखैल बनाकर रख दिया। वारा ने भी कभी शादी की जिद नहीं की। वह रखैल बनकर हरिपुरा में सुख से रही। बीच-बीच में वह व्यापारी टांडों के साथ इंदौर जाती और बहन के जरिए पंजाब, अफगानिस्तान तक की सारी बिरादरी से मेल-जोल रखती। एक साल छोड़ ग्वालियर में तेजाजी के बड़े मेले में कुनबे के सभी लोग मिलते। भाई-बहन हमेशा घुमंतू तांडों के पालों में रहते। सभी एकत्र होते तो नाच-गाना, खाना-पीना और ऊधम मचाकर अपने जिंदा होने की खुशी में चार दिन मस्ती में बिताते और खुशी-खुशी एक-दूसरे से बिदा होकर दुबारा देश-भर में फैल जाते। वारूबाई ने हरिपुरा में पंद्रह साल रानी जैसे बिताए। हिरन की टाँग के अलावा रात में उसका दूसरा खाना नहीं था। मोर का मांस खा-खाकर और महुए की शराब पी-पीकर वह सचमुच मोरनी जैसी दिखती है। ऐसी स्त्रियाँ हमारे बहू-बेटियों से भरे, वारकरी-महानुभाव पंथ के गाँव में रह पाएँगी? कैसे रहेंगी?

थोड़ी देर तक कोई कुछ नहीं बोला। फिर असल मुद्दा बाहर आया कि ऐसी अप्सराओं जैसी रंडियों के आने से हमारी बूढ़ी हो चुकीं—झुनकी, भूरी रंडियों के मुँह का निवाला नहीं छिन जाएगा? अजी, ये लभानियाँ आम रंडियाँ नहीं हैं। देशमुख ने उम्रदराज लोगों से एक-एक कर पूछना शुरू किया। कहते हैं बहुत अमीर औरत थी वह।...हाँ, सही है। वे अपने घाघरों में काफी कुछ छिपाकर लाई हैं।...क्या कहा, गाँव को इन्हें पोसने की जरूरत नहीं है? लेकिन ऐसी इज्जतदार स्त्रियों को रंडियाँ कहना ठीक नहीं है। एक माँ ही केवल—वह भी रखैल है, यानी थी। हमारे गाँव में क्या कम रखैलें हैं?...लड़की तो कुँवारी ही दिखती है।...सही फरमाया आपने लालाजी।...यानी ये बेसहारा औरतें हमारी देहरी पर चलकर आईं हैं और हम उन्हें इस हालत में खदेड़ दें? हिन्दू धर्म में—स्त्री दाक्षिण्य...अजी, ये कुलीन थोड़े ही हैं कि ऐसे पुराणों के बड़े-बड़े शब्द...मतलब? क्या वे स्त्रियाँ नहीं हैं?...वाहऽ जीऽ वाहऽ, गणिका को तो बड़े-बड़े लोग भी रखते थे, क्यों कुलकर्णी महाराज? अगर हम इज्जतदार हैं तो वे भी इज्जत से रहेंगी। ताली एक हाथ से थोड़े ही बजती है? आदमी को सच बोलना चाहिए।...जागीरदार चाचा, आप भी कुछ बोलिए।

देखो भाइयो, गाँव की पीढ़ी-दर-पीढ़ी चली आईं हमारी तीनों-चारों रंडियाँ अब बूढ़ी हो गई हैं। क्या हर्ज है दो जवान आईं तो। हमारे देशमुख चाचा की इज्जत

में चार चाँद लगेंगे। क्यों रे गजा ? गाँव की शान भी बढ़नी चाहिए या नहीं ? मैं यही कहूँगा कि हमें इन्सानियत बरतनी चाहिए। काफी पैसा होता है इन लभानों के पास। रहने दो उन्हें, गाँव में पैसा भी आएगा। वैसे भी संभू और सिवा साहूकार बहुत कंजूस हो गए हैं। दस रुपए भी नहीं देते हैं ब्याज पर।...और खाना-पीना ?...वे अपना-अपना अलग रहेंगी। आपके चूल्हे में क्यों आएँगी मरने ?—सभी ओर से ऐसी बातें हो रही थीं। लेकिन मुखिया को पिंडारियों का डर भी सता रहा था और उसे बोलना उचित भी नहीं लग रहा था। गाँव का एका भी जरूरी था। इस बीच मुखिया का युवा भतीजा गजा वारू की जवान लड़की गजरा को देखते ही घायल हो उसका जनम-जनम का दास बन चुका था। हमारे सातवें पूर्वज नागोराव पर भी इस इष्टापत्ति की कुछ-कुछ धुन सवार थी। औरतों को गाँव में समा लो, मोरगाँव का रिवाज लोगों को जोड़ने का है, तोड़ने का नहीं—अठारह जातियों के लोग, भील, कोरकू, धाँगड़, मेहतर, सिक्ख, बनिया, मारवाड़ी, हलवाई—सभी दूध में चीनी की भाँति समा गए हैं। कभी टंटा हुआ है ? ये भी रहेंगी।

ऐसे में वारू ने होशियारी से मुखिया को भाई मानकर नारियल की गरी, बतासे, केले, राखी, करधनी वगैरा चीजें मँगाकर कोठी में आरती उतारने की थाली सजाकर रखने की खबर भेजी। मुखिया के बहन नहीं थी, सो वे पिघल गए। इस तरह वारा और गजरा मोरगाँव निवासिनी बन गईं। कुछ दिनों तक उन्हें देशमुख के तबेले में जगह दी गई। तब तक तिमा मुखिया ने अपनी मानी हुई बहन के लिए गली के छोर पर परती जगह साफ करवायी और वहाँ मातंगों द्वारा बाँस-गोबर-टट्टी का घर तुरन्त खड़ा करा दिया। महारनी से पुताई भी करवायी और बुआई से पहले माँ-बेटी अपने घर में रहने के लिए चली गईं। गाँव के चुगलखोर बोल उठे, नया खेल, नया डंडा।

हमारे गाँव का अमीर जमींदार श्रीरंगभट इनामदार, जो आखिरी पेशवा की ग्यारह ब्याहता स्त्रियों, काफी रखैलों, वेश्याओं, कई नाट्यशालाओं और विशेष सेवा में नियुक्त अगणित स्त्रियों से उत्पन्न पेशवा की असंख्य सन्तानों में से एक था और खुद को बड़े गर्व से पेशवा की जायज सन्तान कहलवाता था, उसी श्रीरंगभट ने वारू पर मोहित होकर छह ही महीनों में अपनी नदी तटवाले तबेले की विशाल जगह ठीक की और उसमें उसे रख लिया। कहनेवाले तो यह भी कहते हैं कि भट की नजर असल में गजरा पर थी, लेकिन फिलहाल उसकी माँ से संग। यह उसकी पुणेरी रणनीति का एक अंग था। परन्तु लभानी स्त्रियों की जन्मजात चतुराई की वजह से गजरा श्रीरंगभट से सुरक्षित रखी गई। आगे साल भर में ही नासिक के भटों से पाँच लाख रुपए फिरौती वसूलने को लेकर यशवंतराव और पेशवा में झगड़ा हुआ, जिसमें बीच-बचाव करने गया श्रीरंगभट व्यर्थ में मार डाला गया, और इधर वारू और गजरा बैठे-ठाले घर की मालकिन बन गईं। श्रीरंगभट की पुणे की संपत्ति और सदाशिव पेठ की कोठी को ज्यादा जायज कहलानेवाली उसकी दूसरी सन्तानों ने हथिया लिया।

इस बीच लभानी माँ-बेटी ने गणिकाओं की इज्जत रखते हुए गाँव के चुनिंदा जरूरतमंद नामचीन असामियों से दृढ़ सम्बन्ध स्थापित किए और पुरानी वेश्याओं के ईर्ष्याजनित रोष की पात्र बनीं।

दशहरे के दौरान मोरगाँव के काकाजी जिलब्या देशमुख को होलकर सरकार के दाहिने हाथ और पिंडारियों के मुख्य सरदार मीरखान का, हरकारे के जरिए अचानक हुक्म आया कि टोपीवाला फिरंगी खानदेश में धरणगाँव तक अपनी पलटन लेकर बढ़ता आ रहा है। आठ दिनों में अपनी अस्थायी सेना और घोड़े ताप्ति तट पर नशिराबाद की छावनी में दाखिल करें। लापरवाही बरतने पर खफामर्जी होगी।

काकाजी देशमुख ने गाँव के सिपाही साथियों से मशवरा कर तय किया कि मीरखान का हुक्म न माना जाए। वजह यह थी कि इस इलाके में मीरखान के दो पिंडारियों नाईक दादून और बंगश ने लूट-खसोट मचा रखी थी। हमारी झुंझारराव के जमाने से चली आ रहीं वफादार तलवारें मल्हारराव होलकर के तख्त को समर्पित हैं, ऐरे-गैरों को नहीं। पत्र रवाना हुआ, फिर भी सभी लोग आतंक में अपने-अपने कामों में जुटे। आजकल अंग्रेज सेना राजा यशवंतराव होलकर के पीछे हाथ धोकर पड़ी थी, जिससे दरबार में अराजकता की स्थिति पैदा हो गई थी। पिंडारी इसी का फायदा उठा रहे थे। साले पठान बनिए, अपने आप को मालिक समझ बैठे हैं!

आठ दिनों में भी मोरगाँव की कुमक न पहुँची देख दादून पिंडारी खौल उठा। भील, कोरकू वगैरा पहाड़ी लोक तिमा मुखिया को यह खुफिया सूचना देकर अदृश्य हो गए कि मोरगाँव के पहाड़ों के नीचे संदेहास्पद हलचलें दिखाई देने लगी हैं। एक-दो रावटियाँ भी सीढ़ियोंवाले कुओं के पास खड़ी हो गईं हैं। खबरें ये भी मिलीं कि बड़ी-सी पिंडारी सेना दो दिनों में इंदौर से इधर आनेवाली है। यह कोई मामूली छापा नहीं लगता था। मोरगाँव के लोगों ने पिंडारियों से मुकाबला करने की तैयारी शुरू की। मुखिया ने आसपास के गाँवों में हरकारे भेजे। काका देशमुख ने यावल, पारोला और चांदवड़ परगना के देशमुखों को मदद की याचना-भरे पत्र भेजे। हमारे सातवें पूर्वज नागोराव स्वयं पारोला जाकर वहाँ के एक ब्राह्मण देशमुख से गुप्त मशवरा कर आए। लेकिन यह ब्राह्मण देशमुख उल्टा इन्हें समझा रहा था कि अंग्रेजों की एकछत्र हुकूमत आनेवाली है, इसलिए हमारे इन वेश्यागामी मराठा राजाओं को अपने हाल पर छोड़ देना ही बेहतर है।

नागोराव का उनसे मशवरा मोरगाँव और मराठाशाही का इतिहास बदलने जैसा युग प्रवर्तक था। दिन पलट गए थे और पहले जैसा सहायता का आश्वासन इनमें से किसी से नहीं मिला। यावल का एक निंबालकर देशमुख तो पिंडारियों को ही भड़का रहा था। बड़ी पिंडारी सेना आई तो टिक पाना मुश्किल होगा, हरिपुरा जैसी हालत हो जाएगी। काका देशमुख और तिमा मुखिया ने गाँव में ही हलचलें तेज कर दी थीं।

नागोराव तो इस समय हमेशा घोड़े पर सवार रहते थे। हिम्मत-ए-मर्दां तो मदद-ए-खुदा, कहकर सभी का ढाढ़स बँधा रहे थे। खुद की भी रक्षा न कर पानेवाले लोग उस जमाने में बुलबुलों की तरह गायब हो जाते थे। तो क्या हम वाकई बुलबुले हैं?

पहाड़ी की तलहटी में रावटियाँ बढ़ती गईं और चींटियों की बाँबी ढहने जैसी भगदड़ मच गई। गरीब, मजदूर, मेहनतकश, फटेहाल घुमन्तू लोग जरा कम भयभीत हुए। उनका कहना था, हमारे पास है ही क्या, सिवा बीवी-बेटी के? जब घर-बार ही नहीं है तो उखड़ने का डर कैसा? लेकिन चल और अचल संपदावालों की नींद हराम हो गई। ढोरकों से खबर मिली कि खतरनाक पिंडारी दादून, बंगश और चीतू के दोनों-तीनों दुर्रे सीढ़ियोंवाली बावड़ी के पास खेत में इकट्ठा हुए हैं। मोरगाँव यकीनन लूटा जाएगा। आगजनी होगी। बीवी-बच्चियाँ गुलाम बनेंगी। लोगों ने गहने, रुपए वगैरा घर में, गोठ में गड्ढे खोदकर गाड़कर छिपा दिए। यह भी जाँचा गया कि दरवाजों के अरगल दीवार से ठीक से आते हैं या नहीं। उन्हें पत्थर में पक्का गाड़कर बार-बार कुंडी लगाकर देखा गया। किसानों का पसारा भी आड़ा और टेढ़ा-मेढ़ा, खलिहानों से लेकर गोठ, चारा, अनाज। घर में एक-एक कर जमा किए बर्तन, कुछ कपड़े, जरूरत के हिसाब से बनी बाड़। पिंडारियों के जलते चीथड़ों के गोले छप्पर पर गिरने लगे तो क्या-क्या बचाएँगे? जान बच गई तो भी बहुत है। किसी ने खत्ता उकेरकर उसमें बच्चों को बिठाने का अभ्यास कराया। ऊपर खाट पर जर्जर अंधी, लंगड़ी, बूढ़ी स्त्रियाँ चुपचाप पड़ी रहेंगी। मारा भी तो उठना नहीं। ये बूढ़े-बूढ़ियाँ भी बचपन में इसी तरह खत्ते में छिपे रहने के कारण पिंडारियों से बचे थे।

हरिपुरा के जलने के बाद मुखिया ने गाँव के महार-मातंगों द्वारा पूरे गाँव के परकोटे की मरम्मत करवाई थी। दो-तीन जगहों पर धँस गए तट बनवा लिये थे। नदियों के कारण गाँव को प्राकृतिक सुरक्षा थी। महाद्वार से घोड़े आसानी से अंदर लाना पिंडारियों के लिए संभव नहीं था। परकोटे पर जगह-जगह पत्थरों के बड़े-बड़े ढेर जमा कर रखे गए थे। पिंडारियों के सीढ़ियाँ लगाते ही उन पर ऊपर से पथराव करने का अभ्यास भी करवाया गया था। गाँव में दो ही तोड़े की बंदूकें थीं, उनकी सफाई चल रही थी। गाँव के जवाँमर्द लड़के धाबे पर दो पीढ़ियों से जंग खातीं तलवारें, ढालें, फरसे, बल्लम उतारकर उन पर सान चढ़ाने लगे थे। लुहार की गली में मेले-सी चहल-पहल थी। तेल पिलाकर गोफनों को तैयार किया जा रहा था। लड़के-लड़कियों ने मुट्ठी के आकार के पत्थर बीनकर रख दिए और अपने-अपने धाबे से चोरों को निशाना बनाने का अभ्यास शुरू हुआ।

मोरगाँव की फौजी परंपरा ठेठ पानीपत की लड़ाई से भी पूर्व से पायी जाती है। गाँव के छोटे-छोटे बच्चे भी *सीने में तलवार भोंक दी, अँतड़ियाँ बाहर निकालीं,* जैसे मुहावरों का प्रयोग करते थे। ऐसा माना जाता है कि मल्हारराव होलकर के जिलिबी

के सरदार और हमारे गाँव के इतिहास-प्रसिद्ध सिपाही झुंझारराव देशमुख पानीपत में लड़ते हुए शहीद हुए। हमारे गाँव में इतने लुहार और कसेरे हैं, इसका कारण यह है कि मातृभूमि के लिए जान की बाजी लगाकर लड़ने गए हमारे गाँव के शूरवीर बड़े-बड़े बोरे भरकर कबाड़ लूट लाते थे। इनमें लड़ाई के बाद के कोलाहल में लूटे गए सोने-चाँदी के जेवर, खंजर, बख्तर, तलवारें, भाले, टूटी तोपों के टुकड़े, ताँबे के पत्तर, नाल, तोप के पहिए, पीतल की गुंडी, जंजीर, टूटे बख्तर, लगाम की कड़ियाँ, पट्टे, कीलें—जैसी कीमती वस्तुएँ ऊंटों पर लादकर इन कारीगरों के पास गलाने के लिए वे आते। पच्चीस बार उसी लोहे को लाल-लाल तपाकर पीट-पीटकर बढ़िया तलवारें बनाने में हमारे गाँव के लुहार इतने नामचीन हुए कि आगे चलकर अंग्रेजों ने इन्हें ईनाम देने के बहाने बुलाया और उनकी टाँगें तोड़कर छोड़ दिया। घिसटते हुए मोरगाँव लौटने की उनकी भी अपनी कथाएँ हैं।

आजकल के निठल्ले अमीरों के लिए जैसा टूरिजम, वैसे ही उस जमाने में फौज का पेशा बहुत बढ़िया धंधा माना जाता था। इधर से उधर बस तलवार चमकाते हुए ही क्यों न घूमें, फिर भी रास्ते में बना-बनाया मुफ्त का खाना, आराम, तीर्थ, गंगा-यमुना स्नान, दिल्ली, आगरा, ग्वालियर, उज्जैन, पुणे—मुफ्त में परदेस देखने को मिलता। सालोंसाल आवारागर्दी से निबाह हो जाता। और हाँ, तमाशा, नचनियाँ—*धाकटी म्हणू नका कुचि तुम्ही ऐकाचि हिने कैकांची उतरली भांगऽऽ ओऽ होऽ होऽ*[17] और यहाँ गाँव में बस मंदिर के भजन ही कानों पर पड़ते। इसके अलावा लड़ाई में नकद तनख्वाह और लूट का सोना अलग। लाशों से भी बढ़िया तलवारें मिलती थीं। कोई जख्मी व्यक्ति भले पानी माँग रहा हो, उसे वैसा ही छोड़कर उसकी बढ़िया तलवार निकाल ली जाती। मोल करो तलवार का पड़ा रहन दो मैन—इति भावड्र। अरे, अगर तलवार बढ़िया है न छह फीट की, तो उसे पकड़नेवाला चाहे जैसा हो, तलवार ही सिपाही को लड़वाती है। सप सप सपा सप। बड़े-बड़े सेनापतियों के पास महँगी तलवारें और ढाल और बख्तर होते हैं, इसीलिए तो वो लड़ाई में बच जाते हैं। हमारे मामूली सिपाहियों की तलवारें भी कहीं तलवारें हैं? छुरियाँ हैं छुरियाँ।

इन लड़ाकों में मौत का ज्यादा खौफ नहीं होता था, क्योंकि सुलतानी संकट से भी भयानक अकाल, गर्दनतोड़ बुखार, शीतलामाता, महामारी जैसे आसमानी संकटों से गाँव के ज्यादातर लोग वैसे भी मरते। मुहिम में स्वास्थ्य अच्छा रहता। भूख भी बढ़िया लगती और छावनी में अच्छे वैद्य, हकीम और वह भी मुफ्त। साथ ही धर्म के लिए आहुति, मातृभूमि के लिए बलिदान, वफादारी के लिए बड़ी-बड़ी जागीरें। और कुछ नहीं तो रणभूमि में स्वर्गप्राप्ति तो कहीं गई नहीं।

पचास-साठ हट्टे-कट्टे गबरू जवान लड़के फौज में जाने का सपना सँजोए उस सुवर्ण अवसर की ताक में लगे रहते थे। *दो बोरे जवार में भाले की नोक बनाकर दोगे?* पहाड़ी से आठ-दस फीट का सीधा बेंत लाकर देगा? एक सेर घी दूँगा।

17. छोटी मत कहना जी इसकी कंचुकी, इसने कइयों का नशा उतार दिया है।

सरावन बढ़ई पक्का बिठा देता है भाला। मुड़ेगा पर टूटेगा नहीं। नया अँगोछा कमर में चाहिए। चमार से तमसा, पैताना फौरन तैयार मिलता। कुछ अमीर कुर्मियों के लड़के सौ रुपए में टट्टू, सामन्तों के लड़के चार सौ रुपयों का उम्दा घोड़ा तक खरीद लेते, क्योंकि इससे भी फौज में तनख्वाह चार–सौ रुपये तक चली जाती थी। सावदा के बाजार से नकद देकर खरीद लाते। गाँव के लुहार बीस–पच्चीस रुपयों में सानवाली तलवार दे देते। कटार, निमचा पहले से ही खरीदकर रखा होता था। भालाबदार, चोबदार, डफली, डंका, नगाड़ा, रणसिंगा बजानेवाले, खटिक, दर्जी, चमार, कहार, नाई, ब्राह्मण ज्योतिषि, भिश्ती, रसोइया—सभी जाति–जनजाति के आवारा लड़के फौज का कोई पुराना आदमी मिलते ही किससे मिलें, कैसे जाएँ—सारी जानकारी निकाल लेते। पाँच–सात भाइयों के घरों में ये मुस्टंडे लड़के खाने के दुश्मन ही माने जाते। घर के लोग भी इनसे बेजार रहते। ये लड़के हर निवाले के साथ अपने लिए साँड़ की उपाधि सुनकर अपमान के घूँट पीते और प्रतीक्षा में दिन बिताते कि कब घोड़े पर सवार होकर मुहिम पर जाएँगे और कब महाद्वार के बाहर सारे गाँववालों की सराहना–भरी आँखों के सामने उनकी आरती उतारी जाएगी। साल–भर बारानी खेती में रात–दिन मेहनत करके बीघे में बीस रुपए तक की बरकत नहीं होती थी। बोरा भर जवार बेचो—दो रुपए। और फौज में मामूली घुड़सवार बने तो भी रोजाना आठ–दस रुपए कहीं नहीं गए, और जिसके पास घोड़ा नहीं होता था, ऐसे बारगीर को भी रोजाना भत्ते के अलावा महीना ढाई–सौ रुपए मिल जाते।

पूरक धंधे के तौर पर तो सिपहगरी बढ़िया पेशा था। केवल लूट पर ही पेट चलता, तनख्वाह की पूरी बचत। हमारे गाँव के ऐसे पेट–पोसुआ घुड़सवार देशमुख का नाम लेकर फौज में टाट या कंबल का बना झुंझारराव का अस्थायी खेमा खड़ा कर शामिल होते। इनके साथ ही खानदेश के सभी प्रकार के अपराधी, चोर, गुंडे, डकैत, ऊधमी, खूनी, अलग–अलग परगनों से खून–खराबा करके लौटे तड़ीपार, जाति से बाहर खदेड़े गए अनाचारी, गाँव की जवान लड़कियों के पिताओं के लिए सिरदर्द बने साँड, कर्ज चुकाने में असमर्थ, कुर्की की खबर पाते ही गायब हुए कंगाल, वापिस लौटे और पकड़े गए तो काल कोठरी में सड़ेंगे या फाँसी चढ़ेंगे, उससे अच्छा यहाँ फौज में मुफ्त की रोटियाँ तोड़ने में और मस्ती में घोड़े दौड़ाने में क्या बुराई है, ऐसी वसुधैव कुटुम्बकम् की प्रवृत्ति वाले सभी सज्जन रणभूमि पर हाजिर हो जाते। फौज में ऐसे लोगों की भी जरूरत होती क्योंकि ऐसी फालतू की भीड़वाली फौज से भी शत्रु पक्ष पर मानसिक दबाव पड़ता। एक बार बह्राणपुर किले के घेरे की लड़ाई तीन महीने तक चली। तब किले के इर्द–गिर्द की छावनी में हमारे गाँव के सिपाहियों के साथ चार–पाँच रंडियाँ भी गई थीं और इन तीन महीनों में इतनी कमाई कर आई थीं कि अगले पाँच सालों तक उन्हें कुछ भी करने की जरूरत नहीं रही।

पिछाड़ी सँभालना, ऐन लड़ाई के घमासान के दौरान शत्रुपक्ष के अकेले–दुकेले भागनेवालों पर नजर रखकर उनका पीछा करना और उनके घोड़े, तलवारें, कपड़े

सब कुछ उतार लेना, ऐसे अहिंसक कार्य ये लोग बढ़िया तरीके से करते थे। तात्पर्य, बाल-बच्चों के साथ सुख-चैन से दो जून रोटी खाकर जीना जिनके लिए मुहाल हुआ हो, जो पास-पड़ोसवालों के साथ हमेशा सदाचार-भरे आचरण से परेशान हुए हों और ऊपरवाले की मर्जी के मुताबिक रहना जिनकी जान पर बना हो—ऐसे सभी लोग लड़ाई की राह तकते रहते।

इसके अलावा हमारे झुंझारराव का खेमा यह पता लगाने में अतिसंवेदनशील था कि शत्रुपक्ष की जीत हो रही है। इसी कारण हमारे सिपाही सबसे पहले भाग खड़े होने में हमेशा अव्वल आते। मराठाशाही के अंतिम काल की किसी भी लड़ाई की खबर सबसे पहले इसी कारण मोरगाँव पहुँचती थी। इसके अलावा, पेड़ से बाँधने पर भी पेड़ समेत भाग सकने का कमाल कर हमारी खानदेशी फौज ने नाना फड़णीस, मल्हारराव वगैरा योद्धाओं को पानीपत से ग्वालियर तक सुरक्षित भगवाया था और अगले साट साल तक मराठाशाही का दुबारा बोलबाला हुआ था। सिर सलामत तो पगड़ी पचास।

पिंडारियों की हलचलें अनिश्चित। उनका आपस में भी मेल नहीं होता था। कोई अंदाजा नहीं होता था कि कहाँ से कितने लुटेरे जमा होंगे। रातोंरात पाँच-दस हजार की छावनी खड़ी हो जाती।

शिकार के लिए पहाड़ियों में गए धीवरों के होशियार बच्चों ने खुफिया समाचार दिया कि पिंडारियों ने सीढ़ियोंवाली बावड़ी के पास तीस हंडे दूध इकट्ठा किया है। कल सुबह तक सभी ओर से पिंडारी फौजें जमा होनेवाली हैं। ताप्ति पर गोरी पलटनों ने होलकर के विरोध में मोर्चाबंदी की है, इससे पिंडारी तितर-बितर हो गए हैं। इंदौर की ओर से होलकर की गश्त इधर खिसक रही है। गाँव में सभी ओर भागदौड़। चिंता। डर।

दोपहर में टाप-टाप करता हुआ एक घोड़ा आया और मुखिया को कड़ा संदेश देकर लौट गया कि पाँच-सौ रोटियों का ताजा मलीदा बनाकर भेज दो, साथ में नायक की दीयाबत्ती के लिए दो दासियाँ भी शाम का दीया जलने से पहले तक पहुँच जानी चाहिए। लापरवाही गैरवाजिब होगी।

अब सारा गाँव सिहर उठा। पिंडारियों के लिए ऐसा कोई भी बहाना पर्याप्त होता है। साथ ही यह भी अनुमान नहीं हो रहा था कि कितने पिंडारी हमला करेंगे। आज का आधा दिन और एक रात बाकी है, असल में आधा दिन ही। और अभी से रोटियाँ बनाना शुरू किया जाए तो शाम तक मलीदा तैयार हो भी जाएगा, लेकिन दो औरतें? और वो भी निर्दयी पिंडारियों के पास भेजें? नहीं। और फिरौती की रकम भी अभी मुकर्रर नहीं हुई है। दंगा होगा। पुर्तगाली फिरंगियों से खरीदी अपनी खास तोड़ेवाली बंदूक की नली में लोहे की सलाख घोंप-घोंपकर उसे साफ करते हुए काका

देशमुख अचानक ग्लानि से गिर पड़े और होश खो बैठे। सारा गाँव देशमुख की कोठी के सामने चौपाल के इर्द-गिर्द इकट्ठा हुआ। घड़ी-भर के लिए पूरे गाँव का दिमाग सुन्न हो गया। कुछ तो अकल्पित होनेवाला है, कैसे मुकाबला करेंगे इसका? कुछ डरपोक पतियों ने तो अपनी पत्नियों को आटा पीसने बिठा भी दिया था। पर कइयों की गाँव-भक्ति बस पाखंड थी। यह उनकी छिपने की तैयारी से साबित हुआ।

ऐसे समय महार, मातंग, चमार, पारधी गाँव के भीतर के निवासी होते तो चिंता का कारण नहीं था। गाँव की सरहद के बाहर रहनेवाले ये लोग मानो हमारे सुरक्षा बुर्ज ही थे। तट से लगकर धीवर, बिना गाड़ी-बैलवाले गरीब कुर्मी, बाहरी गाँव से मेहनत-मजदूरी कर पेट पालने के लिए आए अकेली जान जवान लोग कम-से-कम खुद के लिए तो जी-जान से लड़ते। उनके घरों में भी पुराने मटकों के अलावा कुछ और नहीं होता, इसलिए पिंडारी अंदर छलाँग लगाकर गए भी, तो उनके सर कलम करने के लिए ये सनकी हमेशा तैयार रहते हैं। इनमें से कुछ वीरों ने जवानी में लड़ाइयाँ देखी थीं, लेकिन यह स्थिति लड़ाई से कई गुना भयानक थी। लड़ाई में कम-से-कम भाग तो सकते हैं, यहाँ तो महाद्वार भी बंद है। अंदर ही जल मरना किस्मत में बदा है। प्रमुख सरदेशमुखी के खजानेवाला यह खुशहाल और मजबूत गाँव, भरे-पूरे घर, दो पीढ़ियों तक किसी ने आँख उठाकर इधर नहीं देखा था। बहू-बेटियाँ, अनाज-संपदा, व्यापार-साहूकारी, सोने-चाँदी से भरे गाँव को इन दो कौड़ियों के पिंडारियों के हाथों लुटने दें? फिर हमारी जिंदगी किस काम की?

तुन तुन तुन तुन तुन तुन तुन तुन
ढमाक ढमाक   ढम ढम ढमाक
अरे वारूबाई निराधार बनी उदार किया विचार
चल दी बिटिया संग डोली में मंथर
बन गई गाँव के लिए नादार   जीऽ जीऽ जीऽ जीऽ

बचपन में भिकरया गोंधली[18] से सुने इस प्रदीर्घ पवाड़े के चार-पाँच अधूरे चरण ही अब उनके सुपुत्र और हमारे सहपाठी गोरधन गोंधली को याद हैं। इन उपलब्ध चरणों की काफी पंक्तियाँ अंग्रेजों के डर से विलुप्त हो गईं हैं। यदि सुननेवाला होशियार नहीं होगा तो यह उसके ध्यान में तुरन्त नहीं आएगा :

टोपीवाला हुआ उन्मत्त   गाड़ दी माँ उसकी भरतपुर में
पर पिंडारियों की वजह से हुए बेजार जीऽ जीऽ जीऽ जीऽ
कलवाले खिलौने जैसे गोरे सोल्जर
यंत्र की तरह आए हमला करने   जीऽ जीऽ जीऽ

ये है पवाड़ा, अपराधी सुर में आरंभ होनेवाला। लहू वेसकर गाँव-भर में डौंडी देते हुए डरा-डरा-सा दौड़ रहा है। संगम की ओर से धनगर बस्ती से होकर महानुभावों का मठ, बुनकर गली, बाद में गुसाईं की मढ़ी के सामने स्वामीनारायण

18. देवी के सामने नाच-गाकर कीर्तन करने वाला व्यक्ति।

मंदिर के चौक से धीवर बस्ती में, फिर हनुमान चबूतरे के आगे, फिर विट्ठल मंदिर के पीछे यानी हमारी कोठी के सामने और वहाँ से महाद्वार के अंदर होली के मैदान में जहाँ हाट लगता है, वह डौंडी देता दौड़ रहा है :

सुनोऽ, सुनोऽ, सुनोऽ। अभी के अभी सभी के सभी लोग चौपाल में जमा हो जाएँ ऽऽ। सारे गाँव में डौंडी देने के बाद आखिरी डौंडी हमेशा जिलब्या देशमुख चाचा की कोठी के सामने होती है। लेकिन आज लहू वेसकर नंगे बदन पसीना-पसीना हो खुँसी हुई धोती की काछ सँभालते हुए आया और अचानक धसक गया। आधा गाँव जमा हो गया था। क्या हुआ, क्या हुआ कहते-कहते उसकी विशाल काली देह ठंडी हो गई। उसे उठाने के लिए चार महार तक नहीं थे। कैसा अपसगुन? वस्तुतः उसके ढहने का कारण यह था कि सुबह से उसके पेट में कुछ भी नहीं गया था और ऊपर से यह दौड़धूप। हमेशा की तरह आज देशमुखाइन चाची द्वारा खाने की थाली, रोटी, छाछ की मटकी नहीं आई थी। कोठी के ऊपरवाली बैठक में स्वयं जिलब्या देशमुख छपरखाट पर सीना मलते और करवटें बदलते गाँव के पंचों से कह रहा था, कैसी कठिन घड़ी आई है जी हमारे ऊपर? पंच पूछते हैं, कौन-सी? जिलब्या कहता है, ये मेरी बीमारी की। पंच पूछते हैं, अजी यह घड़ी किस पर आयी? देशमुख कहता है, मुझ पर ही। पंच पूछते हैं, और पिंडारियों के हमले की? वो आयी गाँव पर। *कैसी कठिन घड़ी आयी है जीऽ जीऽ जीऽ जीऽ*।

यहाँ शायर ने एक के बाद एक मजाक किया दिखाई देता है।

जिलब्या देशमुख कहता है, मेरा लाड़ला भतीजा नागोराव इसका कुछ रास्ता जरूर निकालेगा। पंच बोले, आपकी बीमारी से? अरे नहीं भाई, इन पिंडारियों के हमले से। *बुलाओ जी बुलाओ, नागोराव को, गाँव के शेर को, जवाँ मर्द को जीऽ जीऽ जीऽ*

यहाँ पवाड़े का पहला चरण समाप्त होता है। फिर दूसरे चरण में पंचायत में जमा लोग एक-एक करके उस समय के नाम गिनाते हैं—अमुक साहूकार, तमुक गूंगा बनिया, अमुक सेठ, तमुक मुखिया, शंभू साहूकार—इनमें से चालीस-एक नाम तो बड़े अहम लोगों के होंगे। लेकिन अब उनके सातवें वंशज भी उन्हें पहचान नहीं पाएँगे। इन्हीं में एक नाम हमारे सातवें पूर्वज करामाती युवा पुरुष नागोराव का है। सभी चिंता में हैं। तिमा मुखिया को पिंडारियों का गाँव का सत्यानाश करने का इरादा साफ दिखाई देता है। इसी कारण गाँव का महाद्वार बंद है। लेकिन इससे कैसे रास्ता निकालें? दो औरतें कैसे भेजें? हमारा गाँव देशमुखी का और उनकी ये हिम्मत?...हाँ, फिरौती माँगो, देंगे।...वाह जी वाह, फिरौती भी क्यों देंगे? वो क्या आसमान के जने हैं?...देशमुख का गाँव है, तभी तो यह संकट आया है न जीऽ। दूसरे छोटे गाँव चैन से सोते हैं। उन्हें भला कोई क्यों सताएगा?

इज्जत का सवाल—देखो, शास्त्र में लिखा है कि *सर्वनाशे समुत्पन्ने अर्धं त्यजति पंडितः*...वाह भई वाह पंडित, अग्निहोत्री महाराज, क्या आप देंगे अपने घर की अर्धांगी?...चुप, ब्राह्मण से ऐसा नहीं कहते।...मतलब?...यानी हमारे गाँव में

औरतों की कमी है क्या? सभी औरतें चिंतित हुईं। फिर औरतों ने ही मुखिया की पत्नी से कहलवाया, गाँव में चार रंडियाँ हैं, दो लभानियाँ हैं।...लभानियाँ? मुखिया की बहन। वो भला कैसे जाएगी?...फिर क्या तू अपनी बहन को भेजेगा साले?...मजाक का समय नहीं है यह बनिया भाई। कल गाँव जलकर राख हो जाएगा, तब करना मजाक, मुँह में मिट्टी जाने पर, भेनचोद।

इस प्रकार गाँव के गबरू जवान और वृद्ध महाजन मंडली की तू-तू मैं-मैं से इस चरण का समापन होता है। पंच मंडल जिलब्या देशमुख की बैठक से निकलने से पहले हमारे सातवें पूर्वज नागोराव और मुखिया का भतीजा अज्या, पटवारी का नरसू जाड़िया, श्रीरंगभट का पहलवान भाई अमृतभट, और पच्चीस-तीस और नाम, जिनमें धनगर, धीवर, सुतार, देवलक, ग्वाला पहलवान के साथ पवाड़ा रचनेवाला युवा शायर स्वयं राघो गोंधली भी था—ये जवान लड़के गुस्से से कसमसाते उठ खड़े हुए। *अरे इन पिंडारियों का क्या भरोसा? जो अपने बाप को बाप नहीं समझते वो क्या चाचा को चाचा समझेंगे?* या तो बाहर से मदद बुलाइए या लड़ाई की तैयारी करके मर जाइए। *मराठाशाही का हो रहा है अस्त हुए सब सुस्त टोपीवाला करेगा हमें भी ध्वस्त हाँ जीऽ जीऽ जीऽ*

राघो था रोकता नागोराव को जानी दोस्त को जीऽ जीऽ ऐसे साफ-साफ उल्लेख है।

इतने में पंच मंडली जिलब्या देशमुख की बैठक से मायूस चेहरे ले चौपाल में आ बैठती है। बिरादरी को सम्बोधित करके कहते हैं, समय बस थोड़ा ही बचा है साथियो। गाँव की औरतों ने एकमत से देशमुखायन को बताया है कि गाँव में इतनी रखेलियाँ, रंडियाँ हैं, उन्हें क्यों नहीं भेजते? गाँव का सर्वनाश हो रहा है और वैसे भी ये यहाँ जो करती हैं, उधर पिंडारियों के दुर्रे में वही करने में क्या इनका सिंदूर आड़े आता है? गाँव की चारों पुरानी रंडियों ने देशमुखायन से साफ कह दिया है, *देशमुखायन जी, हमें अड़गोटा पहनाइए, मुश्कें कसिए, हम पिंडारियों के नीचे नहीं लेटेंगी जीऽ जीऽ जीऽ जीऽ। अब बचीं लभानियाँ, दोनों अभागनें, भेज दो उन्हें। कहे पंचपरमेश्वर ज्ञानी जीऽ जीऽ जीऽ जीऽ*

लेकिन हाँ महाराज, सुनिए, सब जवान पहलवान लड़के ताल ठोंककर विद्रोह करके मारुति के चबूतरे पर चले गए। हाँऽ जी जी जी

इसके अगले चरण में दुबारा युवा बागियों के नाम आते हैं। शायर कहता है, *अरे क्या फायदा इस स्वराज्य का? औरतों को क्या रस्सी से बँधे जानवर समझ रक्खा है? अरे सीता-सावित्री की कथाएँ सुनते-सुनते जनम बीत गया महाराज। और कहते हैं कैसे सामना करें पिंडारियों का? सामना नहीं करेंगे तो क्या गाँड देंगे? चूड़ियाँ पहनाओ जी इन मोरगाँव के पंचों को जीऽ जीऽ जीऽ जीऽ*

उधर मारुति के ऊँचे बरामदे के पीछेवाले बगुलों के बरगद के नीचे और अखाड़े के पीछे हमारे सातवें पूर्वज नागोराव गाँव के 15-20 गबरू जवानों को इकट्ठा करके सीना ठोंककर समझा रहे थे कि यदि हम ही अपनी रक्षा नहीं कर पाए

तो हमारी जान बचाने कोई क्यों आएगा ? मारुति चबूतरे के लम्बे-चौड़े परिसर में बरगद के बहुत विशाल दो पेड़ थे। पवाड़े में इसका वर्णन विस्तार से आया है : रोज शाम को एक पेड़ पर केवल कौए फड़फड़ाते हुए भीड़ करते और बगलवाले दूसरे पेड़ पर बगुले अपने श्वेत पंख फड़फड़ाते हुए इकट्ठा होते और गटर-गटर की आवाजें करते हुए सो जाते। रात में दोनों राज्य चैन से अपने-अपने घोसलों में बैठे रहते। कभी-कभी उनमें आपस में झगड़े भी होते। ये विचित्र पड़ोसी कम-से-कम छह महीने तो ऐसे ही रहते। फिर बगुले चले जाते और छह महीनों के बाद होली के आसपास फिर लौट आते। *जीऽ जीऽ जीऽ*

फिर ये सारे जवान लड़के मारुति का सिंदूर माथे से लगाकर कसम खाते हैं, *जान देंगे लेकिन गाँव को राख नहीं होने देंगे जीऽ जीऽ जीऽ जीऽ*

कुछ ने जोश में आकर यह कसम खाई कि *जान देंगे लेकिन गाँव की राख (रखैल) नहीं देंगे।* मारुति के पीछे रहनेवाली भटनी ने दौड़ते हुए जाकर वारू को फौरन बताया : गाँव की रखैल है तू। लेकिन छोरी, लड़कों में कितना प्यार है तेरे लिए। उधर पंचायत में पंचों की वैसी भड़ुआगीरी और इधर मारुति चबूतरे पर बच्चों का यों उत्साह। वारू गद्गद हो गई। बेटा गजरा, हम कौन, कहाँ की, किसकी कौन लगती हैं ? लेकिन हमारे लिए ये हीरे जैसे जवान लड़के जान देने की कसमें खाते हैं। मनौती माँग, भगवान के आगे मत्था टेक और कह, भगवान सातों जनम इसी गाँव में जनम देना। लेकिन बेटा, हमारे कारण गाँव टूट रहा है, ये अलगा-अलगी ठीक नहीं। अगर कल इन जवान लड़कों को पिंडारियों ने महाद्वार पर लटका दिया तो क्या मान रह जाएगा यहाँ हमारा ?

सुकोमल लुभावनी लड़की गजरा कहती है, क्या कहती हो माँ ? *सुनिए अगले चरण मेंऽ जीऽ जीऽ जीऽ*

लेकिन ठीक यहीं पर अगला चरण छूट गया है और शायर ने जान-बूझकर असल मुद्दे को छोड़कर राष्ट्रीयता की कुछ वाहियात बातें शुरू की हैं :

मराठों पर धुन देश की लड़ाई पेशा की कई सालों की जीऽ जीऽ जीऽ

ऐसी भरताड़ सभी शायरों को करनी पड़ती होगी या सुननेवालों को यह न लगे कि हमारे लोगों का नैतिक स्खलन हो रहा है, इसलिए उन्हें अपनी जगह पर बाँधे रखने के लिए आदर्शवाद की ऐसी धूल झोंकना जरूरी भी लगता होगा। लेकिन असल सूत्र टूट गया। नागोराव अपने चाचा देशमुख से अधिकार की मुद्रा और खंजर लेकर अपने शूर मित्रों के साथ उसी रात घोड़े पर सवार हो अंग्रेजों की छावनी में पहुँचा। कैसे ? इसका रंगारंग वर्णन अगले चरण में आया है।

रात कैसे बढ़ चली राह मिली कहता होकर पसीना-पसीना
कहे बावड़ी ठीक छलाँग लगाने को क्या करें पोखरा है सूना
छोड़ूँगा नहीं पिंडारियों को करूँगा नहीं माफ उनका गुनाह
उठा गरज वीर नागोराव टोपीवाले से करते सुलहनामा जीऽ जीऽ जीऽ

दरअसल इसी समय वारू को पिंडारियों के पास कैसे जाना पड़ा, गाँव की आबरू बचाने के लिए वह खुद कैसे तैयार हुई और गाँव को तबाही से कैसे बचाया, सारा वर्णन एक ही चरण में आया है। वारू और गजरा दोनों का धैर्य, उनका-सा बलिदान केवल वारू जैसी लभानी ही कर सकती है। और अपना शील सँभाले रहीं गाँव की औरतों के अपराधी मन? आगे कहीं बस एक जगह इसका उल्लेख आया है।

पोंछती आँसू माँ-बेटी एक-दूजी के री
कहतीं धरती माँ दे दो जगह अपनी कोख में।

सीता के जमाने से लेकर वारू तक यही एक विकल्प न्याय के रूप में हमारी स्त्रियों को उपलब्ध होता रहा है। न ऐसे समय भूचाल आता है, न गगन से धूमकेतु निकलते हैं, न उल्कापात होता है और न ही युगल-इंद्रधनु दिखाई देते हैं।

इसके बाद दूसरे दिन सुबह मुँहअँधेरे फ़िरंगी घुड़सवारों की एक टुकड़ी ने पहाड़ी की ओर से और दूसरी ने हरिपुरा की ओर से सीढ़ियोंवाली बावड़ी पर सीधा हमला बोल दिया। पीछे से मालकम साहब की पैदल सेना ने चारों ओर से पिंडारियों को घेर लिया। इस तरह सँड़सी में फँसे तीस हजार पिंडारियों को पकड़कर जगह-जगह कत्ल करनेवाला वेलस्ली अपनी टोपी ऊँची उठाकर बोला, इंग्लैंड के सुपुत्रो, यह समृद्ध खानदेश हमारे हाथ आया है। अब हमारे देश इंग्लैंड का दारिद्र्य खत्म ही हुआ समझो।

स्वतंत्रता का पवाड़ा गानेवाले शायर को ऐसी निराशाजनक बातों में रंग भरना भला कैसे आएगा? सो उसने वारू की रिहाई को एक पंक्ति में लपेटना शुरू किया :

साहब की किस्मत थी बड़ी   कहता हूँ खरी
तैयार लोंदा दिया मुँह में नागोराव ने जीऽ जीऽ जीऽ
इनाम दिए तीस खेतों का चरागाह वन
डफली पर गाए शायर राधो खुशी से धुन जीऽ जीऽ जीऽ

अरे अरे खंडेराव, अपने सातवें पूर्वज ने इसके लिए इतना किया? छी:ऽ छी:ऽ छी:ऽ छी:ऽ जीऽ जीऽ जीऽ छी:ऽ छी:ऽ छी:ऽ छी:ऽ

इसके बाद सात पीढ़ियों तक यानी हमारे बड़े होने तक और हमारे साथ की झेंडी-हरखू तक, इन लभानी स्त्रियों की कोठी, उनके द्वार पर नीम से बँधे झूले हमारी हर पीढ़ी, हर घर के हर पुरुष के मन में मानो झूलते रहे हैं। हमारे गाँव के इर्द-गिर्द का पुराना परकोटा एक बार किसी छोटे-से भूकम्प के कारण जगह-जगह धँस गया, फिर भी यह कोठी चित्र के बगीचे के कृत्रिम फौव्वारे की तरह पहले जैसी ही गाँव

की ओर रतिक्षोभकारी पीठ किए अलग बैठी है। हरी लहलहाती, नीचे की नदी जैसा प्रवाहमान अस्तित्व बरकरार रखती आई है। इन पराई, सुन्दर, आत्मनिर्भर स्त्रियों ने ब्राह्मण, महानुभाव, वारकरी, मुसलमानों, सभी की इस सनातनी लैंगिक व्यवस्था में व्यभिचार की कलकल करती पुरातन आदिमधारा को प्रस्थापित कर उसे जिलाए रखा है। कई सदियों से वय:संधिकाल में रहने की चाह रखनेवाली इस देसी लैंगिकता के पूर्ण विरोधी नैतिक ध्रुवों को इन स्त्रियों ने कैसे अचल रखा? हमारे गाँव की स्त्रियों का आधुनिक होने का सपना अभी कई पीढ़ियों तक साकार नहीं होगा। लेकिन ये स्त्रियाँ आधुनिकता से भी कितनी आगे थीं? देहात में अल्पसंख्यकों की दुर्बल निराधार पराई स्त्रियों के शोषण के उदाहरण स्वयं मोरगाँव में न जाने कितने हैं। बच्चा गिरानेवाली माधो की माँ, सुरैया के गाने सुनने के लिए श्यामजी सेठ के पास आनेवाली महानुभाव संन्यासिनी शेवंता, रजपूत हलवाई की दुलारी और मजदूर स्त्रियाँ, हरित क्रान्तिवाले किसानों के पास केले के बगीचों का पैसा आना शुरू होने पर बगीचे-बगीचे में रखवाली के लिए रखी गईं कोतील स्त्रियाँ—सारी जनजाति इन नवधनाढ्य कुर्मिगों ने कुतर डाली है।

लेकिन ये लभानियाँ सारी बातों में गाँव से कटी-कटी रहने के बावजूद गाँव में कैसे टिक पाईं? कैसे समा गईं? कई जातियों के, संप्रदायों के, सात-आठ भाषाएँ बोलनेवाले हमारे लोग उदासीन विविधता में खुशी से जीते आए हैं। सारे गाँव को परंपरागत रूप से अपराधबोधग्रस्त करके इन स्त्रियों ने वारू-गजरा से लेकर हरखू तक अपना स्वातंत्र्य अखंड रखा है। संभ्रम में डालनेवाली यह रतिशक्ति हमारी हर पीढ़ी को अपने पुरुष होने का स्वस्थ एहसास कराती रही है। इनकी सयानी होती सुन्दर लड़कियों की विदेशी मोहिनी जाति-पाँति की सभी दीवारें तोड़ती गई। ये सभी स्त्रियाँ सभी को पसंद आती रहीं। स्त्रियाँ भी इन्हीं को माध्यम बनाकर बातें करती हैं—क्यों जी परी, वो लभानी कैसे महीना-महीना कहीं भी और किसी के भी साथ चली जाती है? कैसे निभता होगा री मैया इनसे?...और नहीं तो क्या, वो हम जैसी थोड़े ही हैं आबरूवाली? किसी ने उँगली से छुआ नहीं कि आबरू लुट गई चिल्लानेवाली? पकड़ा तो पकड़ा, लेटा तो लेटा। घिसनेवाले का घिसेगा, अपनी पवाई तो कुछ घिसती नहीं?

गाँव के बदमाश लोग मजाक करते हैं, लेकिन इन लभानियों के दिल साफ होते हैं। मजाक, यानी गाँव में समा लेने का मुख्य साधन। शिरधर चाचा चबूतरे पर बैठा है। जोर से कहता है : क्यों झेंडी जी, कुछ चाय-पानी पीने के लिए बुलाती ही नहीं आप हमें? क्यों? झेंडी : आप तो बड़े लोग हैं भाई, आप हमारे यहाँ की चाय क्यों पिएँगे? आपको तो हलवाइन की चाय पसंद है। चबूतरे पर कहकहा। शिरधर का यह मामला सभी को थोड़ा-बहुत मालूम हो गया था। क्यों री झेंडी, कैसी जल्दी-जल्दी जा रही हो? जैसे कोई राह देख रहा है बाजार में तुम्हारी?...हमारी राह कौन देखेगा काका, राह देखनेवाला तो घर में ही बैठा है। उतना ही काफी है।

ऐसी ही चलता आया है। सभी के मन में छिपे काम–दबावों का ऊपर उछलकर गायब होना। स्त्रीसत्ताक स्त्री–स्वातंत्र्य, विवाहमुक्त पुरुष प्रतिबंधकत्व, आर्थिक स्वावलम्बन, देसी ग्राम–व्यवस्था, यौन आचरण और समाज–स्वास्थ्य।

अरे अरे खंडेराव, अब सोचकर क्या फायदा ? तुमसे ज्यादा साहसी वह मिलवाला शहरी लड़का निकला, जिसने हरखू से रजिस्टर मैरिज कर भी लिया। उड़ गई चिड़ियन रे खंडू अब देर भई क्यों सोवत है ? या रोवत है ?

मोरगाँव की सात पीढ़ियों से चली आ रही डेढ़–सौ सालों के बीच की कोई भी एक शाम। अँधेरा होने से जरा पहले। लभानी की कोठी के सामने स्थित गरीब श्रमजीवी किसानों के धुआँ उगलते अँधियारे घर। बाहर आँगन में दो गरीब किसान दिन–भर हल चलाकर थके–हारे—घरों में अपनी–अपनी स्त्रियों के हाथ की फाटफट रोटी थापने की आवाजें एक कान से सुनते हुए खामोशी से बैठे चिलम पी रहे हैं। एक–एक कश खींचने के बाद पहला दूसरे को चिलम सौंपता है। दोनों चिलम पीते–पीते एक आँख बारीक करके लभानी के घर की ओर दूरबीन जैसी नजर से देखते हैं। इसी समय बरामदे में बने गुसलखाने में बाँबी की मुलायम काली मिट्टी से घिस–घिस कर नहाती इन स्त्रियों की पीली–जर्द पुष्ट खुली रतिक्षोभक पीठ इन दोनों को यह संवाद करने पर विवश करती है :

पहला : *(आँख को बारीक करके सिर लभानियों की ओर झुकाते और इधर तालु की हलहलों से धुएँ के बड़े–बड़े लयबद्ध बादल बिखेरते हुए)* क्यों रे सुदामा, दोनों में कौन अच्छी लगती है तुझे ? गाय या बछड़ा ? हाँ ?

दूसरा : *(आँख को बारीक करके एक हाथ में चिलम मजबूती से कसकर और दूसरे हाथ की उँगलियों से उसके ऊपर की साफी को नजाकत से निकालता है। नंगी चिलम पर साफी का गीला छोर प्यार से लपेटते हुए नहानेवाली माँ–बेटी की ओर निशाना लगाकर और नाक से अखंड धुआँ आराम से छोड़ते हुए) हम जैसे न काँड़नेवालों के लिए दोनों कोंपलें एक–सी ही हैं। उठ, तेरे घर में आखिरी रोटी डाली गई है तवे पर। घर में जा और वही खा।*

पहला : *आखिर अपने ही घर के तवे की रोटी है वो, क्यों?*

दूसरा : *जो अपनी है, वही मीठी। चल जा।*

इन लभानी स्त्रियों के घरों में पुरुष ज्यादा टिकते ही नहीं थे। एक तो बीवी–बहनों के पैसों पर जुआ खेलना, शराब पीना, हमेशा ऐश करने के लिए उनको सताना और महीना–महीना मध्य प्रदेश में डाका डालना उनका पीढ़ी–दर–पीढ़ी चला आया शौक था। काम की बात सुनना उन्हें अपमानजनक लगता था। बीच में अंग्रेज सरकार ने इन्हें भी जरायमपेशा जातियों में शुमार कर दिया और इन मुस्टंडे डकैतों की पकड़–धकड़ शुरू हुई। कुछ को काले पानी में अंदमान का जेल बनाने हमेशा के लिए ले जाया गया। यह बात झेंडी की माँ की पीढ़ी तक की लभानी स्त्रियों के लिए इष्टापत्ति

ही साबित हुई। घर में सतानेवाले ये जवान लड़के अपने आप जेल जाते और औरतों को सांपत्तिक और शारीरिक स्वातंत्र्य अनायास ही प्राप्त हो जाता। लड़का होने पर इनकी कोठी में मायूसी का माहौल दिखाई देता। लड़की होने पर गाँव में हंडे-दो हंडे रबड़ी बाँटी जाती। कोठी में तो चाँदनी तक दीए जलाए जाते। ऐसा माना जाता था कि लड़की अपने भविष्य का प्रबंध अपने साथ ही करके आती है। साथ ही वह आय का जरिया भी बनती। मध्यवर्गीय हिन्दू लड़कियों जैसे जानलेवा संस्कार यहाँ नहीं होते। सिलाई-टाँका, झाड़ू-कटका, दूध, रसोई, बर्तन धुलाई और बाद में पढ़ाई की कैंची, शादी के बाजार में अपमान, दहेज, मारपीट—का स्पर्श भी कई पीढ़ियों से इन लड़कियों को नहीं हुआ। मुक्त स्वातंत्र्य। बचपन में इन लड़कियों को दूध से नहलाते। यह रिवाज हमारी पीढ़ी की हरखू तक टिका रहा। हरखू, इस परंपरा की आखिरी कड़ी।

मारुति के चबूतरे पर हमेशा डींगमारे और शेखीबघारे लोगों की अकादमी लगती थी। वहाँ बचपन से बैठते आ रहे बूढ़े लोग कहानियाँ सुनाते कि हमारे सातवें पूर्वज नागोराव वारू और गजरा, दोनों को पिंडारियों के दुर्रे से छुड़ाकर गाँव लाए थे। गाँव की औरतों ने दोनों को बहुत सम्मान से रखा। साल-भर उनके घर अनाज, साड़ी-चोली, दूध-घी मुफ्त पहुँचाते रहे। अकादमी के लोग ऐसा भी बकते थे कि वारू ने तो अपने प्राणदाता नागोराव के नाम से ही सिंदूर लगाने का संकल्प किया था। बात यह भी फैली थी कि वारू और गजरा, दोनों तलवारें नागोराव की एक ही म्यान में घुसना चाहती थीं। परन्तु उसी म्यान में जंग लगने से पक्की बैठी हमारी सातवीं पीढ़ी की परपरपरदादी यानी उनकी धर्मपत्नी बहिणाई, अत्यन्त सजग पतिव्रता थी, उसने ऐसा होने नहीं दिया।

खैर, अन्ततः वारू गाँव के ताम्बड़े चौधरी की रक्षिता बनी। उसी समय गजरा को भी मुखिया के गजा ने अपनी रखैल बना लिया। उसकी जिद की खातिर गजा ने नदी के तट तक दीवार बनाकर श्रीरंगभट के पुराने अस्तबल की कोठी के पीछे नया मसथानी महल नाम से कोठी बनवा दी। गजरा के दो लड़के और कई लड़कियाँ हुईं। ये सब बच्चे बाप के स्थान पर मुखिया गजा का ही नाम लगाते थे। बड़े होने पर ये दोनों लड़के बुंदलेखंड में बड़े डकैत के रूप में कुख्यात हुए और अंग्रेजों के साथ एक मुठभेड़ में मारे गए। गजरा की बड़ी लड़कियाँ मांडो की ओर अपनी माँ की परनानी गुच्छाबाई के घराने की दूर की मौसी के पास मेले में गई थीं। उन्हें वहाँ का नाच-गाना और ठाठ इतना भाया कि वे वहीं रहने लगीं। उनमें से एक अत्यन्त सुन्दर लड़की ने पंद्रहवें साल में ही नथनी तुड़ाने के संस्कार में एक जमींदार का दिल इस कदर जीता कि उसने एक अलग नौटंकी कम्पनी ही उसके नाम कर दी। इससे मोरगाँव की अगली पीढ़ियों की लड़कियों को, कभी भी वहाँ उत्तर में जाकर, मौसी की कम्पनी में गाना सीखने की सुविधा उपलब्ध हुई। लेकिन ये लड़कियाँ वहाँ की जगमगाती दुनिया को छोड़कर कभी मोरगाँव वापिस नहीं लौटीं।

गजरा की एक छोटी लड़की इरदंती, यानी हमारी हरखू की परदादी मोरगाँव छोड़कर कहीं नहीं गई। न जाने क्यों, उसे नीम–हकीमों का संग अच्छा लगने लगा। इस कारण श्रीरंगभट की कोठी जड़ी–बूटी बेचनेवालों के लिए सराय ही बन गई। लेकिन वह गाँव के लँगड़े मारवाड़ी उखासेठ के नाम से ही सिंदूर लगाती थी। उखासेठ के दो ब्याह हो चुके थे, फिर भी पहली ही रात में वह बीवी से डरकर केकड़ो केकड़ो चिल्लाता हुआ घर से बाहर निकल भागता। मारवाड़ से ब्याहकर लाई गई गरीब बेचारी दुल्हनों का मायके लौट जाना भी कठिन था। ऊपर से बदनामी। बात यह भी फैली थी कि एक बार पलंग ऊपर धाबे पर सजाया गया था, फिर भी यह केकड़ो केकड़ो चिल्लाता हुआ निकल भागा और ऊपरवाली मंजिल से नीचे कूद पड़ा और लँगड़ा हो गया। बदनामी होने लगी तो गाँव के चार बुजुर्ग लोगों ने उसके पिता को सलाह दी, अरे नथमल, ये तुम्हारा इकलौता लड़का है, इतनी जायदाद, और अभी तक पोता नहीं। घर में दो जवान बहुएँ घूँघट से तुम्हीं को गालियाँ दे रही होंगी। तू ऐसा कर, अपनी लभानी लड़की है न इरदंती ? क्या दिखती है। उसके पास इसे शुरुआती सबक सीखने भेज दे। फिर सेठ ने इरदंती की माँ को काफी पैसा देकर लड़के को पाठ पढ़ाने का आग्रह किया। इरदंती ने इस सत्रह साल के लड़के को स्नेह–प्यार से ऐसा सिखाया कि आगे चलकर इसके घर में बाल–बच्चे भी हुए। लेकिन घर में दो बीवियाँ होने के बावजूद यह लँगड़ा उखासेठ सत्तर की उम्र तक, बुढ़ापे में भी इरदंती से चिपककर यानी हमेशा उसकी गोद में ही सोता। मरा भी तो उसी के घर के झूले पर, उसकी बिल्ली को बाँहों में लिये।

तब इरदंती बढ़िया दाई थी। अँधेरी रात हो, तूफानी हवा–बारिश हो, नौकर के साथ अकेले रात–बिरात वह जिधर ले जाता उधर चली जाती। देहात में कौन औरत किसी के यहाँ अकेली जाएगी ? लेकिन इरदंती जाती थी। कोई बेचारी चौदह–पंद्रह साल की पहलौठी कच्ची उम्र की लड़की खटिया पर छटपटा रही होती, ऐसी बच्चियों के माथे पर ढाढ़स भरा हाथ रखकर धीरे–धीरे पैर, पिंडलियाँ, जाँघें मलते हुए हाथ डालकर शिशु को बाहर निकालना। कौन करेगा ? कभी कडुए नीम का रस मलकर जच्चा को मौत के मुँह से बचाना। इसी कारण गाँव में इरदंती का सती जैसा मान था। पड़ोसिनें तो बस इकट्ठी होतीं और मुँह में पल्लू ठूँसकर तरस खातीं। जचगी में कच्ची उम्र की लड़कियों की दुर्गत से मौत हो जाती। किसके पास था उन्हें आजाद करने का हुनर ? इस कारण गाँव के लोग लभानियों को काफी देते—सम्मान भी और अनाज–पैसा भी। लभानियों के घर में और कहीं नहीं होगा इतना सारा सोना–चाँदी, गेहूँ, चावल, घी, अनाज पड़ा होता। वो जो माँगती, गाड़ी भरकर आ जाता। इरदंती के कारण ही तू बच गया, ऐसा गाँव के बीस–पच्चीस लड़कों से कहा जाता। सभी बुढ़ापे तक उसे बड़े प्यार से मौसी कहते। किसी की हिम्मत नहीं थी लभानियों की ओर टेढ़ी नजर से देखने की। गाँव में बड़े–बड़े डाके पड़े, चोरियाँ हुईं, लेकिन लभानियों की कोठी हमेशा सुरक्षित।

इरदंती की दोनों लड़कियों ने नीम-हकीमों के साथ पहाड़ी छानकर दवाईवाली जंगली पेड़-पत्तियों का ज्ञान प्राप्त कर लिया। बड़ी लड़की खरखोती तो गुप्तरोग की हकीम के रूप में आसपास के इलाके में विख्यात थी। लोग कहते, अंग्रेजी फौजी अधिकारी भी इससे जिप्सी रेमिडी लेने मोरगाँव आते। यह खरखोती छह-छह महीने कहीं दौरे पर रहती।

छोटी आवंती यानी हमारी हरखू की दादी। यह गर्भपात की दवा में निष्णात बनी। एक बार झाबुआ के मेले में इसने एक सीधे-सादे दिखनेवाले कोलाम नीम-हकीम के तम्बू में अनिच्छा से गर्भवती हुई कई स्त्रियाँ को आते-जाते देखा। फिर उसने उसी नीम-हकीम के पास छह महीने रहकर और जंगल में घूमकर इन वनस्पतियों का ज्ञान प्राप्त कर लिया। फिर स्वयं गर्भवती होकर कच की तरह खुद को आजाद भी कर लिया। आगे चलकर केवल पत्ते देखकर और गंध सूँघकर आवंती उन पौधों को बराबर पहचानने लगी। उसने इन आदिवासी स्त्रियों से गर्भ न ठहरने की दवा भी प्राप्त कर ली। स्त्रियाँ इस चीथड़े को *द्रौपदी की चिंदी* इस सांकेतिक शब्द से पुकारती थीं। किसी बहुत चीकट पदार्थ में चिंदी भिगोकर उसे अंदर डालने के बाद ही अपने सांड़ को चढ़ने देना, समझी? तब तक छूने भी नहीं देना, हाँ। वो क्षण कब आता है, औरत भूल ही जाती है। यह मंत्र याद रखोगी तभी दूँगी चिंदी। दो बच्चों में अन्तर चाहनेवाली स्त्रियाँ, बहू-बेटियों के पालने के साथ अपना भी पालना न हिलने की कामना करनेवाली बारह-बारह बच्चों की शर्मसार माँएँ, पैंतीस की मजबूर स्त्रियाँ, किसी की गोद में पहले से दूधमुँहा है, किसी असावधान जवान विधवा, अविचारी अविवाहिता को किसी लुच्चे ने बहकाया—इस तरह सभी प्रकार की, सभी उम्र की, लेकिन मातृत्व के एक ही प्राकृतिक अभिशाप से सताई माताएँ हरखू की इस कोठी की ओर बड़ी आशा से दौड़ी चली आतीं।

ऐसे में जब आवंती की खंडवा की ओर रहनेवाली बड़ी बहन खरखोती मोरगाँव आती, तब गुप्त रोगों से तिलमिलाकर नींद हराम हुई स्त्रियों की उसके पास बढ़ोतरी होती। तब कहाँ थे ऐसे रोगों के डॉक्टर और वैद्य? पेनिसिलिन की भी खोज कहाँ हुई थी? जिले से छोटे-छोटे गाँवों में अब भी इसका कौन डॉक्टर मिलता है? और शहर के पुरुष वैद्य की कोठी पर कौन बेचारी गुप्तरोग से पीड़ित औरत चार कोस चलकर जाएगी और मुझे जाँचिए कहकर धोती खोलेगी? किसी कुँवारी से रहा नहीं गया, किसी परित्यक्ता के पैर डगमगा गए, किसी आश्रिता का मुँह बंद कर अपने ही घर में जबरदस्ती—ऐसी किस्मत की मारी स्त्रियों के प्रमेह के मवाद से भरे जख्मों पर पेशाब की एक बूँद भी पड़ जाती तो हजारों सुइयों की चुभन-सी वेदनाएँ—ऐसी बदनसीब स्त्रियों के अंदर फैलते जाते, अंदर-बाहर आग जैसे जलते, बड़े-बड़े हो जाते दाने गरमी के हैं, कौन और कैसे बताएगा? अकेली तड़पनेवाली ऐसी स्त्रियों को किसका सम्बल होता है? जंगल से मेढ़ासिंगी कौन लाकर देगा? किसके पास पहाड़ी में घूमकर खुड़े नाग की मूली ढूँढ़ने का समय होता है? मरने दो साली को पैर

पटक-पटककर। करते समय कैसे अच्छा लगा? दिन भर की ढोर-मेहनत से जाँघों में चिपकी बैठी मोटी-झोटी धोती हौले से अलग कर रक्तलोहित की छाल पीसकर उसका लेप लगाना। अपने घर में कलेजा चीरनेवाली छटपटाहट खरखोती के सिवा कौन चुपचाप जान पाएगा? ऊपर से इन बातों को गुप्त ही रखो। चाहे जो हो, लेकिन ऐसी चिंता करनेवाला कोई शख्स गाँव में ही है, जानकर कितना बड़ा सम्बल मिलता होगा? और वह भी एक स्त्री द्वारा दूसरी स्त्री की केवल मदद की खातिर। खरखोती बहन, अगले मौसम में पंसेरी भर तिल लाकर दूँगी। मेरे पास है ही क्या जो मुझ जैसी गरीब औरत तुम्हें देगी? तुम्हारी लड़की के लिए, नातिन के लिए भगवान से दुआएँ माँगूँगी। देहात की ऐसी कई गँवार स्त्रियों ने हरखू के लिए खूब दुआएँ दे रखी हैं।

गाँव की सभी स्त्रियाँ आवंती की शान का बखान करतीं कि उसने एक साथ दो-दो के संग घर बसाया है : एक था कपास का व्यापारी लम्बे मुँहवाला भोले और दूसरा चपटा महाजन साहूकार। इन दोनों की स्त्रियाँ गौरीपूजा में उसे बड़े सम्मान के साथ बुलाती थीं। आवंती की इकलौती लड़की झेंडी इन दोनों में से किसकी है, यह चेहरे की रचना से स्पष्ट नहीं हो रहा था। उस समय जननशास्त्र में दो पुरुषों के शुक्राणुओं का एक ही समय एक स्त्री-बीज के साथ संयोग हो सकता है या नहीं, इसके बारे में विश्वसनीय जानकारी उपलब्ध नहीं थी। इस कारण वह दोनों की संयुक्त सन्तान मानी जाती। आगे चलकर झेंडी ने घर की दवाई की परंपरा को अच्छी तरह से आत्मसात कर लिया था। मारुति चबूतरे के डींगमारे विशेषज्ञ बताते हैं कि उसने वाजीकरण विद्या में भी नाम रोशन किया था। प्रयोग की खातिर स्वयं पर वाजीकरण की दवा का असर करवानेवाले और असल में वाजीकरण करवानेवाले, दोनों श्रेणियों के साठ-सत्तर की उम्र के बूढ़े लोग उसके पास भीड़ लगाए रहते थे। इनकी साठ की उम्र पार कर गई पतिव्रता स्त्रियाँ झेंडी के नाम से हमेशा उँगलियाँ चटकाती रहती थीं। उसके इन प्रयोगों में जंगली सूअर के अंडकोश को मसाले के साथ उबालकर शोरबे में खाना भी शामिल था। यह प्रयोग हमारे सहपाठी रघु नायक ने आवंती पर नजर रखकर ढूँढ़ निकाला था। हमारे पौनी सांडू को इसकी ज्यादा जानकारी थी : झुंड की बीस-पच्चीस बंदरियों पर नियंत्रण रखनेवाला सरदार हुप्या हमेशा कौन-सी पत्तियाँ, धींगरा, मुसली, फल खाता है, नजर रखकर सतपुड़ा के एक रेंज फॉरेस्टर ने झेंडी को यह ज्ञान उसकी जवानी में ही मुहैया करा दिया था। ऐसे कई विशेषज्ञों को आकर्षित कर उसने खूब नाम कमाया।

इन्हीं में से एक विशेषज्ञ था पहले विश्वयुद्ध के दौरान जर्मनी से लौटा गरूड़नाकवाला कैप्टन टोके। यह एक गरीब कुर्मी के आठ-नौ बच्चों में से एक था। झेंडी इसी के नाम से माँग भरने लगी, क्योंकि इसके पास पूरे ब्रिटिश एम्पायर में कहीं भी सपरिवार मुफ्त में घूमने के लिए रेल का पास था। पहले विश्वयुद्ध के दौरान अंग्रेज सरकार ने सेना पें भर्ती होनेवाले हर सोल्जर को एक-एक बोरा कलदार रुपये देने का लालच देकर,उन्हें जंग में ठेठ जर्मनी में उतार दिया। वे सभी

वहीं मारे गए। उनकी पेंशन से हमारे गाँव के हाशिए पर बसे तीन-चार कंगाल घर अचानक मालामाल हो गए। कुछ ने जमीनें खरीदीं, कुछ ने महाजनी शुरू करके कुर्मियों से डेढ़ गुना ब्याज वसूल कर उनके खलिहान, परती जमीनें हड़प लीं और इस तरह गाँव के बाहर भी लक्ष्मी बसने लगी। पहले कुर्मीगिरी के बाहर का यह वृत्त परेशान रहता था। अब अंदर के कुर्मी व्याकुल होते हुए दूसरे विश्वयुद्ध के दौरान जमींदोज ही हो गए। उस समय भी मोरगाँव के आसपास के बीस-एक—महार, कुर्मी, कहार, हटकर, वंजारी, धीवर—लड़के सेना में भर्ती हुए। स्वतंत्रता सेनानियों के स्मारक के तौर पर मोरगाँव का एकवाक्यीय चरित्र खुदा हुआ है—*लड़ाका लोगों की खदान*। सारांश, इस गरुड़नाकवाले के रेल के पास पर झेंडी ने इधर-उधर की यात्राएँ कीं और वह बिलकुल आधुनिका बन गई।

इसके बाद स्वातंत्र्योत्तर काल में गाँव बदलते गए और रेडियो, समाचारपत्र, नाटक, टूरिंग टॉकीज की गाड़ियाँ, कांग्रेस के निचले दर्जे के नेता और महारों द्वारा बेगार त्यागने के कारण गाँव के चौराहे-चौराहे पर होनेवाले झगड़े—इनमें झेंडी और हरखू भी बदलने लगीं। झेंडी अन्य कुलीन स्त्रियों की भाँति ही रहती थी। पोथी-पुराण, हर रोज मंदिर जाना, मेल-जोल की खातिर कीर्तन-प्रवचन में जा बैठना, आषाढ़ महीने में सबके साथ पैदल पंढरपुर की वारी और वहाँ भी सभी के साथ रसोई बनाना, खाना—इससे वह मुख्यधारा में समा गई। सदू तेली के पास तो वह हर रात भोग के लिए थाली भरकर प्रसाद ले ही जाती और वहाँ थाली रखकर पोथी को प्रणाम करके बैठ जाती। रेशमी शालू में सबसे आगे उसके ऐश्वर्यमयी सौंदर्य की बैठक जमे बिना पोथी बाँचनेवाला श्रीगणेश ही नहीं करता था। हमारे गाँव में तो कबीरपूनो, रामनवमी, चक्रधर पालखी, स्वामीनारायण संप्रदाय के सिर मुंडाए गोरे-चिट्टे संन्यासी, जिन्हें उनके गोल सिरों के कारण नरगोल कहते थे, लेकिन वे मूलत: नरगोल गाँव के पीठ के होते—जैसे सभी उत्सव-मेले उल्लास के साथ मनाए जाते। सबकी लाड़ली होने के कारण इन सभी उत्सवों में झेंडी को पश्चाताप-दग्ध कान्होपात्रा[19] जैसा सम्मान का स्थान प्राप्त होता।

लेकिन उसमें अरुणोदय हुआ वारी में कहीं सन्त गाड़गेबाबा[20] के कीर्तन से। चार-पाँच लाख लोगों के जनसागर में वह भी एक बूँद बनीं बैठी थी तब। *गोपाला गोपालाऽ देवकीनंद गोपालाऽ सज्जनो, बनिए को दान, गुरु को नम्रता और गणिका के लिए सच एक जैसा ही है, हानिकारी...*

इसके बाद अंदरूनी अरुणोदय से वह इस कदर अभिभूत हो गई कि गाड़गेबाबा क्या कह रहे हैं इसकी ओर उसका ध्यान ही नहीं रहा। छी:, कौन हूँ मैं ? गणिका। इस अनन्त समाज में मेरा कुल, शील, नाम, जाति क्या है ? स्थान क्या है ? अब तक गाँव में विपन्नता थी, इसलिए नैतिकता थी। अब गाँव में पैसेवाले किसान बढ़ने लगे

19. महाराष्ट्र के वारकरी संप्रदाय की एक संत। वेश्यापुत्री विठ्ठल-भक्त, 15 वीं शती।
20. महाराष्ट्र के आधुनिक सामाजिक संत, निचले तबके के हिमायती, 20 वीं शती।

हैं। पहले एकाध प्रतिष्ठित धनवान ही हम जैसों का स्वामी बनता था। और परदादी के जमाने से तो नाच-गाना भी बंद हो गया है। बचा है तो बस यह शरीर सौंपने का घिनौना धंधा। अभी से हम पर चार-पाँच आदमी पैसे का जोर दिखाकर जबरदस्ती करते हैं, जो भारी पड़ता है। गाँव में रहना है तो यह सब सहना ही पड़ेगा। आगे इन भुक्खड़ लोगों के हाथों में पैसा बढ़ता जाएगा। फिर तो ये उन्मत्त धींगरे मेरी बेटी को रंडी ही बनाकर छोड़ेंगे। छी, मुझे भी कोई शरीर सुख है? मानसिक सुख है? बस पेट जलाने के धंधे। छी!

और उसने तय किया कि वह हरखू को इज्जतदार बनाएगी। अब से ये धंधे बंद। हरखू को पढ़ाएगी। किसी सरकारी डाक्युमेंट्री में उसने विजय लक्ष्मी पंडित को बिना आस्तीन की चोली पहनकर हवाई जहाज में बैठते हुए देखा था, मेरी हरखू भी ऐसा ही करेगी। *एक ही प्याला*[21] की नायिका सिन्धु जैसा बड़ा-साऽ मंगलसूत्र पहनेगी।

लेकिन यह कैसे हो? भूतकाल तो बदला नहीं जा सकता। लेकिन भविष्य? शादी ही लड़कियों का भविष्य बदलने की कुंजी है। इसे ठीक करना ही चाहिए। शहर के किसी बी.ए.बी.टी. मरातबवाले पढ़े-लिखे लड़के से ही शादी कराएगी— गरुड़नाकवाले सोल्जर से यह पक्का करवाया और सातवीं फाइनल के बाद उसने हरखू को जलगाँव में फकिरा हरि लड़कियों की बोर्डिंग स्कूल में मैट्रिक तक पढ़ाया। बाद में अध्यापक का डिप्लोमा।

इन पाँच-छह बरसों में हरखू बिलकुल बदल गई। सारा भूतकाल भूलकर बस पढ़ाई करती रही। आखिर तक उसका नीचे जमीन पर आँखें गड़ाए चलना। फिर एक स्कूल में उसकी नौकरी भी लग गई। उस समय झेंडी हम जैसे कॉलेज में पढ़नेवाले कुँआरे लड़कों को पकड़कर जान-बूझकर हरखू का गुणगान करती। अपनी ही भाषा में समझाती : देखो, अरे तुम्हारे ही लोगों के बीज से जन्मी है यह। स्कूल के दाखिले में, कागज पर भी तुम्हीं लोगों की जाति लगी है। अब अपने में से ही कुर्मी खानदान का, खेती-बाड़ीवाला, नौकरीवाला अच्छा दामाद मुझे ढूँढ़कर दो लाला। दहेज, सोना सब दूँगी। तब मैं, मधू, बालू, रघु नायक एक-दूसरे की ओर देखते। बाद में कहते, हम में से कौन हिम्मतवाला इस सुन्दरी को अपनी बीवी बना पाएगा? मैं सीना ठोककर कहता, ये खंडेराव करेगा। हमारी हरखू क्या लड़की है? हरखू यानी जैसे दूसरी मधुबाला। दोस्तों ने कहा, तुम? हॉ हॉ हॉ। खंडेराव, कहीं सुन भी लिया न तुम्हारे पिताजी ने, तो खूब ठुकाई करेंगे तेरी। तेरी माँ तो जान ही दे देगी। कहेगी, ऐसी-कैसी रे तेरी सास? लोग नंगे घूमते हैं उसके घर में? हॉ हॉ हॉ। मैं चिढ़कर गुस्से से कहता हूँ, बी.ए. होने दे, फिर देखना। हमारी इस बहस को रघु नायक ने गाँव भर में फैला दिया। तब से हरखू जैसे ही मुझे देखती, शर्म से अपना चेहरा छिपा लेती।

---

21. राम गणेश गडकरी द्वारा लिखा हुआ शराब के दुष्परिणामों पर आधारित लोकप्रिय मराठी नाटक।

सुशील, शान्त। उसने गाँव में कभी किसी की ओर गर्दन उठाकर नहीं देखा। गाँव के लोग कहने लगे, जिससे शादी करेगी उसकी वफादार बनकर रहेगी। कौन कहेगा कि ये झेंडी की लड़की है? हरखू के पूरे आचरण में दिखाई देता था कि उसे मोरगाँव की अपनी सात पुश्तों की परंपरा को तोड़कर अपनी अलग दुनिया बसानी है। युग के बदलने पर जमाना भी बदल जाता है। इतनी सुन्दर, सुशिक्षित, सबला, यौवन से उभरती लड़की को ऐसी अलग दुनिया कैसे मिलेगी?

तब मैं कहता, खंडेराव, ऐसी दुनिया तुम में है। सबूत? तुम्हें उसकी सात पुश्तों से लेकर सारी बातें नैतिक ही लगती हैं, यही है इसका सबूत। हिम्मत करो। लेकिन झेंडी की कोठी में कदम रखने के लिए बड़ा साहस चाहिए। और यह साहस मोरगाँव की हर पीढ़ी में कोई-न-कोई दिखाता आया है। अब इस लड़की के लिए अपनी पीढ़ी में भी किसी-न-किसी को यह साहस दिखाना ही होगा। खंडेराव, अगर सब कुछ ठीक रहा तब भी, क्या तुम दिखाओगे यह साहस? सुना है, उसकी कमर में एक अभिमंत्रित तावीज बँधा रहता है। वह कामभावोत्पादक है और इसी कारण वह जिसे देखती है, उसे आकर्षित कर लेती है। हे वारांगनाओ, नदी तट की इस कोठी के आँगन में हवा से हिलते सहिजन के पेड़ तले खटिया पर लेटे हुए हम सुनते रहेंगे तुम्हारी अनोखी भाषा के लभानी गाने, जिन्हें सुनते-सुनते हमारी सात पुश्तों का स्थल-काल ऊँघता रहता है।

मारा वाडानी पछ्वाड़े उंटणी झोलां खाय

बाड़े के पीछे ऊँटनी झपकियाँ ले रही है? फिर मैं घर के अंदर क्या कर रहा हूँ? कहाँ है मेरी सजी ऊँटनी? इन औरतों को गाय, भैंस दो तो भी ये मना करती हैं। मवेशियों के अगले और पिछले हिस्से के कितने झमेले होते हैं? कुर्मियों की औरतें ही उन्हें निबटा सकती हैं। इन छबीलियों के घर में पालतू नेवला होता है, बिल्लियाँ होती हैं। बँड़ेर के पिंजड़े में तोता-मैना यूँ ही ट्याँव-ट्याँव बोला करते हैं। पिंजड़े की मैना को पानी डालते समय दरवाजे पर बँधे अपने कुत्ते की डोरी तन गई। जल्दबाजी में दरवाजे से झाँकता यह चेहरा किसका है?

काहे कोयल शोर मचाए रे ऽ हो मोहे अपना कोई याद आए रे ऽ।

रेडियो सिलोन। डोंगर, चत्रुभुज, लोटू—हम सभी दोस्त कॉलेज के बाहर ठेले पर पुराने गाने सुन रहे हैं। बी.ए. के दरमियान घर पर खेती के कामों का जोर बढ़ने पर कवि की भाँति मैं कापी के आखिरी पन्ने पर ऐसे ही सूझे कुछ विचार, नाटक के संवाद, फिल्मी गानों की पंक्तियाँ लिखता रहता। एक बार दूर पहाड़ी की तलहटी में जागीर के खेत में दिवाली पर दीया जलाने का काम मुझे सौंपा गया। पैदल दूर का चक्कर होने के कारण मैं जल्दी ही चल पड़ा—मिट्टी का दीया, तेल, बाती, दियासलाई और वहाँ मेड़ पर बैठकर खाने के लिए माँ द्वारा प्यार से दी हलुए की

रोटी और सेव का नाश्ता लिए। हरखू दिवाली के लिए यकीनन आई होगी होस्टल से। देखें तो सही कि अब शहर में रहकर कैसी फैशनेबुल बनी है? मेरी जवानी क्या इसी देहात में कट जाएगी? फिर एक लम्बा-सा कुरता पहन, चोरी-चोरी मारुति के चबूतरे से सीधे धनजी बोवा के सूने, टूटे-फूटे भूतिया मकान से होकर जंगली बबूल के तले की पगडंडी से नदी में उतरता हूँ। कँटीली बबूलों का रास्ता भी कम सुन्दर नहीं होता। फिर श्रीरंगभट की कोठी की दीवार से टोह लेता, ठिठकता अंदर की आहट ले रहा था। और अचानक क्या देखता हूँ—बिलकुल मेरे सामने हिंडोले से ऊपर-ऊपर आकाश में उछलती प्रलम्ब केशकलापिनी हरखू। ऊँची। ऊँची ची ची ची।

दीवार के उस पार हरे नीम के पेड़ से ऊँची बँधी रस्सी को मुट्ठियों से कसते हुए एक-सा झूल रही वह झूला ला ला ला। अरे, कितने उभर आए हैं इसके बिंदु दु दु दु...अहाहा। और दीवार से ऊपर आते ही हर्षकाष्ठास्तिमित मैं खड़ा नीचे चे चे चे। उसके पीछे-पीछे जा अदृश्य होने पर फिर कब ऊपर आने की राह तकता और आ जाने पर मुँह बाए देखता उसकी लम्बी चंपाकली जैसी नाक में सजी चमकती रत्नजड़ित मोरनी का नजारा रा रा रा।

कभी किसी की ओर न देखने के लिए विख्यात यह त्रिलोकसुन्दरी हर बार मुझसे कैसी स्निग्धता से मुस्कुराती थी देखो खो खो खो। सखी, इतना ऊँचा क्यों उछलता है ये हिंडोला ला ला ला? इतना ऊपर चढ़ गया है कि शायद उसके रोके नहीं रुकता ता ता ता। वाह वाह। खंडेराव, कुछ और नहीं कर पाते, कम-से-कम गाना तो गाओ ओ ओ ओ। आनंदे दुदुंभि—

उस रात धाबे पर आले में देर तक दीए की शान्त लौ की रोशनी में अपनी कापी के आखिरी पन्ने पर अनायास जैसे सूझा, वैसे लिखता गया :

उस हिंडोले पर बिखरती उसकी मुस्कान
उस हिंडोले पर बिखरती उसकी मुस्कान का हिंडोला
उस हिंडोले पर बिखरती उसकी मुस्कान के हिंडोले में वह
उस हिंडोले पर बिखरती उसकी मुस्कान के हिंडोले में उसकी मुस्कान
उस हिंडोले पर बिखरती उसकी मुस्कान के हिंडोले में उसकी मुस्कान का यह खंडू
उस हिंडोले पर बिखरती उसकी मुस्कान के हिंडोले में उसकी मुस्कान के खंडू का आऽ

आँ? अचानक पिताजी नीचे से आते हुए कापी में झाँककर पूछते हैं, बारह बज गए हैं, क्या पढ़ा रहा है रे, हाँ? जागरण? व्याकरण पढ़ रहा है? क्यों?

खंडेराव, इसमें हरखू का नाम कहीं आया है क्या? वरना पिताजी अभी ठुकाई करेंगे तेरी।

डंग डंग डंग डंग डंग डंग डंग डंग
दडंग डंग डंग   डंग डंग डंग डंग
दडंग डंग डंग   डंग डंग डंग डंग
दडंग दडंग डंग   डंग   दडंग दडंग डंग डंग
दडंग दडंग डंग   डंग   दडंग दडंग डंग डंग

कौन मर गया री बहना? किसके यहाँ?—कहते हुए लोग एक-एक कर घर से बाहर आते हैं। गाँव के मंद दिन-क्रम में कुछ अनिष्ट घटित होने की सूचना को एक-एक कर उच्च स्वर में बढ़ाती डफली की तर्ज पर बालों की लटें उड़ाती सुपड़िया भैया की काली-कलूटी राक्षसी विशाल देह सामने से मेरी ओर बादल की तरह तैरती आती है। पहले लगा, एक बार अपने गाँव की चूलें ढह गई थीं, तब नदी की ओर बुर्ज की नींव से निकला मातंग नरबली कहीं ये ही तो नहीं? हड्डियों का खड़ा ढाँचा, यही है वह? लेकिन पास आने पर पहचाना—अरे यह तो अपना सुपड़िया भैया है। प्रसन्नता से मुस्कुराकर वही कहता है, कौन खंडू दादा? आ जाओ आ जाओ। बीते साल मैंने उसे पहनने के लिए दिया मेरा लाल कुर्ता, उसके बदन पर इतना तंग कसा हुआ था कि सीने पर बटन तनकर उठ खड़े हुए थे, और वैसी ही तंग नीली पैंट। इस तंग पोशाक में उसकी विशाल काया समा नहीं पाती है। मेरे दिए बढ़िया जूते बड़े चाव से घिसते हुए वह मातंग बाड़े की ओर चल दिया। नदी के उस तट पर मरीमाई[22] के मंदिर के पीछे उल्टे-सीधे फैले महार बाड़े से कटकर बसी चार-पाँच झोपड़ियों का यह मातंग बाड़ा। फिर मातंग बाड़े की ओर पीठ करके बसीं चमरौने की झोपड़ियाँ।

ओ अम्मा, बाहर आओ। तुम्हारा लाड़ला खंडू आया है। गढ़ी की भूरी मिट्टी से लिपी-पुती घास की झोपड़ी से हमारी बड़ी-सी अम्बूमाई बड़े उल्लास से बाहर कदम बढ़ाती है, लेकिन अपनी चिथड़ा हुई धोती और फटी चोली के कारण बाहर बढ़ा कदम झट से पीछे खींच लेती है। बदन पर सुजनी जैसा ओढ़कर फिर लजाते हुए मेरी ओर प्यार और कुतूहल से देखती रहती है। उसके सफेद बाल झोपड़ी के सामने लगे पटसन के ढेर जैसे ही प्रतीत हो रहे थे। आ जा मेरे बछड़े, हियाँ आ, बैठ इस पत्थर पर, सब कुछ ठीक तो है न भैया? भगवान तुम्हें सुखी रखे।

मेरा गला भर आता है। इस माहौल में कोई बदलाव नहीं है। झोपड़ी भी वैसी ही। आगे अरहर की टट्टी की आड़ में नहाने का अनगढ़ पत्थर, टूटा हुआ कमोरा, टूटे मुँहवाले घड़े, टोकरियाँ बुनने की पतली हरी टहनियाँ, अधूरी बनी हुई लकड़ी की कटोरी, पटसन की अधूरी डोरियाँ, रस्से। सामने कदम्ब के पेड़ तले जुआरी बरामदा। मैं कहाँ और मेरे साथ-साथ दूध पिया मेरा दूध-भाई सुपड़िया कहाँ? मेरी दुनिया कहाँ और यह वास्तविकता कहाँ? न जाने कितनी सदियों से ऐसे ही, खा रे पेट और जा भई दिन। ऐसा ही।

---

22. महाराष्ट्र की एक द्रविड़पूर्व ग्राम-देवी।

मुझे देखकर पीछे रहनेवाली चमार की दो-तीन औरतें इकट्ठा हो जाती हैं। घर पर ही हँसिए से, राँपी से कटे बालों की लटें उड़ाती आतीं नंगी लड़कियाँ, बच्चे धीरे-धीरे घेरा बनाकर खड़े हो जाते हैं। हमारे पिता की सदकेवाली चमार बहन गुणाबुआ *अरे नन्हे रे ऽ ऽ मेरा भतीजा है तू ऽ* कहती हुई लगाव दिखाती है। यहीं पर मेरे दुधमुँहे दिन बीते, इस कारण सारी औरतें मुझे नन्हा ही कहती हैं। सुपड़िया और मैं चार दिन के अंतराल से पैदा हुए। माँ पर पड़ोसन ने कुछ टोटका किया और उसका दूध सूख गया। उसकी जचगी के दौरान उसकी धोती की उँगली भर चिंदी कटी हुई पाई गई। अब ये खंड़िया क्या बचेगा? लेकिन इस खंडेराव की जिंदगी की रस्सी खास तौर से मातंग ने बुनी थी। तीन दिन बाद मातंग स्त्री अम्बू की जचगी हुई। फिर अम्बू मातंगिनी को संदेश भेजा गया। तीन दिनों से दूध न मिलने के कारण मैं ट्याँहाँ ट्याँहाँ करते हुए सूखता जा रहा था। मेरी दादी मुझे दोनों हाथों से दुलारती पैदल ही नदी लाँघकर मातंग बाड़े में ले आई। अम्बू मैया, तुम्हारी गोद में अपना पोता डाल रही हूँ। बच गया तो मेरा, नहीं तो तेरा। लो। फिर मैं और सुपड़िया दोनों दिन में रात में चार-चार, पाँच-पाँच बार दूध पीकर बड़े हुए। मेरे रोने की आवाज सुनते ही दादी मुझे झाले में डालकर मातंग बाड़े में ले आती। रास्ते में नारायण भट कहते, सुबह-सुबह नन्हे खंडू को मातंगिनी के दर्शन। लड़का बचेगा।

सुपड़िया के हिस्से का आधा दूध पीकर मैं बड़ा हुआ। लेकिन ये लोग इतने सीधे-सादे कि उल्टा कहते हैं कि खंडू के लिए भरपूर दूध झरे इसलिए अम्बी के लिए हर रोज ताजा गरम दलिया, दूध, कभी बोरा भरकर जवार, गेहूँ, उड़द, मूँग, दलहन, घड़ा भर घी इसकी झोपड़ी में गिरता रहता था। इसी कारण उस अकाल के साल में ये सभी मातंग बच पाए। अम्बी को तो जैसे सोने की मुर्गी ही हाथ लग गई, मैया। सुपडू का बाप वालजी, उसके तीन बच्चे और वालजी का छोटा भाई—सुपडू का चाचा तमाशागर कोंडू मातंग और उसकी तीन छोटी लड़कियाँ—सारे के सारे हलुवा, पूरी और चूरमा खा रहे थे। तभी तो लड़कियाँ टमाटर जैसी हो गईं लाल-लाल। अब तमाशा में छम छम करके नाचती हैं। घर भी खरीदा है जलगाँव में। उसका यह बगलवाला झोपड़ा सूना पड़ा है। इतना मगरूर हो गया है कोंडिया कि कभी आता भी नहीं देखने। उसकी लड़कियाँ भी ऐसा नाचती हैं, वाह वाह वाह वाह, छम छम छम छम। कहते हैं, पैसों की बारिश होती है स्टेज पर। और ये सुपड़िया देखो, कैसा बारह हरबोंगो जैसा लगता है। आपके ही घर में पलकर बड़ा हुआ है यह भैंसा।

फिर मुझे बचपन में इसी कदम्ब तले के जुआरी बरामदे में बार-बार सुनी बारह हरबोंगों की कहानी याद आती है। ऐसा दृश्य सामने आता है कि कोंडू चाचा की तीनों लड़कियाँ बाप द्वारा ढोलकी पर बार-बार गाए जा रहे गाने पर दस-दस, पंद्रह-पंद्रह बार नाचती हैं : *तू किस मुलुख की नारी ऽऽ री ऽ री री रीऽ री री रीऽ ढुम ढुम ढुम टक टक टक...हाँऽ तू तू किस मुलुख की नारी...*। पाँवों में घुँघरू बाँधे एक जैसी तीनों बहनें नाच सीख रही हैं। यहाँ कदम्ब के पेड़ तले ढोलकी पर कदमों से

ताल पकड़कर, पैबंद पर पैबंद लगे, ग्रहण के दान में पाए पुराने लहँगे पहनी, उसी का कसकर काछ बाँधा, गदबदी। जैसे भँवरियाँ। ये लड़कियाँ गाँव में ही धोंडी[23] खेलतीं। *धोंडी धोंडी पानी देऽ। बळीराजा उपकारी ऽ दाने घाली परोपरी ऽ ये वं धोडी जोरावरी ऽ* हम उनके बदन पर पानी फेंकते। कैसी लहलहाती दिखती थीं छोरियाँ—बड़ी कंबी, बीच की अम्बी और छोटी गाजर जैसे बालोंवाली झेली।

नहीं, खंडू दादा, अब उन्हीं के नाम बोर्ड पर पढ़ोगे—*फुलवन्ती के साथ कमला, अंबिका और झेली मोरगाँववाली का इंद्रसभा को भी मात देनेवाला मंत्रमुग्ध नृत्याविष्कार*—हॉ हॉ हॉ। नाक बहती थी इन लड़कियों की! लेकिन अब स्टेज पर ऐसा नाचती हैं कि सारा थिएटर गूँज उठता है!

अरे अरे सुपडू भैया, ऐसा क्यों कहते हो? अपने गाँव का नाम पूरे महाराष्ट्र में रोशन कर रही हैं। तुम्हारे गायकवाड खानदान का झंडा—

हाँ, वो तो ठीक है। लेकिन ये सब हुआ तुम्हारे सालदार सांडू के कारण। वरना इतनी आगे तक कैसे जातीं भला वो—

सालदार सांडू की बात निकलते ही मेरा गला अचानक भर आता है। साथ ही कोंडू चाचा की नचनिया लड़कियाँ। मैं सुपड़िया भाई को चाय लाने गाँव जाने को कहता हूँ। अम्बूमाई कहती है, घर पर ही करेंगे न नन्हे, अच्छी कड़क। होटल की क्या पीते हो? मैं चीनी-चाय की पत्ती के लिए सुपड़िया के हाथों में पैसे रखता हूँ। यह देखकर गुणाबुआ चमारन मेरे कानों में अपने पति के लिए ऊँट छाप बीड़ी का एक बंडल मँगवाने को कहती है। उधर एक हाथ से अपाहिज थोटिया चमार भी पीछे से आता दिखाई देता है। ये सुन्दर नाकवाली छोटे कद की चमारिन हमारे पिताजी को बड़े प्यार से भाई मानती थी। हर भैयादूज पर हमारे घर सदके के लिए आती थी। ऐसी चार-पाँच सामाजिक बहनों की थाली में पिताजी प्रेम से भैयादूज की सौगात में एक-एक रुपया डालते। हैसियत के हिसाब से यह रकम तय हुई थी। इस एक रुपए के लिए बेचारी चमारिन बुआ सुबह से चक्कर लगाती। आरती उतारने के लिए अधीर हो जाती। काँसे की टूटी थाली में मिट्टी का दीया, एक सस्ता-सा करगता. कभी बनिए से काम के बदले पाई और मटकी में सँभालकर रखी नारियल की आधी गरी। घर की कम-से-कम फटी इकलौती धोती पहनकर और फटी चोली छिपाते हुए सुबह-सुबह आकर आँगन से दबी आवाज में पूछती—मेरा भाई है क्या घर में? कहना, बहन आई है आरती उतारने। घर में बहुत सारे काम पड़े होते। नौकर भी अपनी मर्जी से उसे बाद में आने के लिए कहते। वह फिर आती, तब भी वही, क्यों इतनी सुबह आई हो? क्या जल्दी है री तुझे? जरा देर से आना।

सारा प्यार गाँव के पुराने सम्बन्धों का। शायद, एक रुपया सौगात मिलती है, इसलिए भी। फिर भी प्यार तो है ही न? एक कुर्मी को भाई बनाकर रखना अस्पृश्य

---

23. बरसात न आने पर मांग के बच्चे नंगे घूमते हैं और गाँववाले उन पर पानी फेंकते हैं। ऐसा करने से बारिश होती है, ऐसा लोकविश्वास है।

जाति की स्त्रियों के लिए कितना आवश्यक होता है? कितने ही बुरे प्रसंग आते। कुलीन आदमियों से नाता होना हमेशा अच्छा। चार पीढ़ियों तक उसे बनाए रखना चाहिए। खंडू, अब पिताजी के बाद हमें ही बरकरार रखना पड़ेगा। मैं बनाए रखूँगा। फिर चमार बहन हर भैयादूज पर आरती उतारेगी, मैं सौगात देता रहूँगा और इसके बदले में साल भर उनका शोषण। लेकिन प्रेम के नाम पर ये सब सहते रहना, गुलामी की विशिष्ट हिन्दू शैली है। गुणाबाई, जूते की मरम्मत कर दो अभी के अभी। थोट्या, मोट फटी है, केले के खेत में पानी देना है, चल जल्दी। सब कुछ छोड़-छाड़कर फौरन चमड़े की थैली में हस्ती, रापी, टोच्या, चमड़े की पट्टी का बंडल ठूँसकर थोटू चमार पैदल हमारे बगीचे के कुएँ पर हाजिर। बाकी समय भी जूतों की मरम्मत करना, सालदारों के लिए पक्के जूते बनाना, समय-असमय किसी की भी जूतों में कील, तल्ला लगा देना—जैसे पूरे भरोसे से कराए जानेवाले सारे छोटे-मोटे काम ऐसी मुँहबोली बहन के पवित्र रिश्ते से ही संभव थे। भयानक है खंडेराव, यह सब... *नन्हे रे ऽ मेरा भतीजा*।

अम्बूमाई, गुणाबुआ बाहर के तीन पत्थरों के चूल्हे पर पतीली रखकर चाय की तैयारी करती हैं। बच्चे अभी से कटोरी, थालियाँ लेकर चाय की प्रतीक्षा में बैठे हैं। इतने में गुणाबुआ का पति थोटिया चमार अपने इकलौते हाथ से बीड़ी सुलगाता हुआ मुझसे संवाद करता है। थोटिया बचपन से ही कोंडू मातंग का लंगोटिया यार और पड़ोसी भी। सालों से दशहरे के दिन भैंसा मारने में उसका साथी, भैंसे के चमड़े की पट्टी के लिए। एक दशहरे पर भैंसा मारते समय इसका एक हाथ टूट गया। इसके पास सालदार सांडू और झेली-फुली की तमाशा पार्टी की पूरी जानकारी रहती है।

अरे नन्हे, तुम्हारे लोगों ने उस कोरकू लड़की के लिए सांडू को जात से बाहर निकाल दिया। लेकिन उसने झेली के साथ अपनी टोली बना ली। पर तब तक झाड़ू-पोंछा करता रहा, कनात सीता रहा ये कोंडिया। कभी-कभी तो मेले की घुमंतू नौटंकी में खाने-भर के लिए ढोलकी पर लड़कियों को नचाता था। केवल शौक। लेकिन इसकी झेली को देखने पूरा मेला उमड़ने लगा। तुम्हारे सांडू ने इसे बराबर पहचान लिया और इसे साल-भर के लिए ठेके पर रख लिया—कपड़ा-लत्ता, साल-भर का ऊपरी खर्च, आना-जाना मुफ्त में ट्रक पर। फिर लड़कियाँ भी चमक उठीं। मुम्बई, दिल्ली में लोककला या फोककला का सरकारी मेला लगता था। यशवंतराव चव्हाण ने फेंटा पहनाया अपने कोंडिया फोकनीके की खोपड़ी पे। फिर क्या था, उतर आया वह अपनी जात पे। उसकी लड़कियों का शो देखने बड़े-बड़े सिनेमा डाइरेक्टर और मंत्री आते हैं, हाँ। क्या ठाठ है उनका—पेटी, तबला, स्टेज पर बड़े-बड़े पावरवाली अपने आप भक-भक करती रंगबिरंगी लाइटें, लाऊडस्पीकर, शालू और गजरे, बाप रे। इत्र छिड़कता है कोंडिया पहली लाइन में बैठे मेहमानों के सर पर, कोट-फेंटा पहनकर अकड़ता घूमता है। इधर था तो पानी पी-पीकर भूख

को मारता था, और अब ? सोडा डालकर शराब और मुर्गी के बिना खाना नहीं खाता ये भिखमंगा। पहले-पहले मुझे भी अच्छा खिलाता-पिलाता था। अब कहता है, थोटिया, यार आज बहुत काम है। फिर कभी मिलना। कभी कहता है, थोटिया, आज वो मोरारजी देसाई आनेवाले हैं, थिएटर पर। सारी बकवास। साला। मैंने कहा, कोंडिया, अरे यार मैं तेरे गाँववाला हूँ, तेरा पड़ोसी, मिलने आया हूँ, चाय तो पिला। तो कहता है, ये चार आना ले और पी ले डबल चाय। यानी हम क्या भिखमंगे हैं ? इतने गये-गुजरे हैं ? माँ का जना कोंडिया।

मैं उससे सांडू और फुली की बातें करता हूँ, लेकिन उसे तो कोंडू के उत्कर्ष पर ईर्ष्या व्यक्त करने में रुचि। अरे नन्हे, जब ये कोंडिया अपने खुद के भतीजे को, सुपड़िया को नहीं पहचानता, तो हम जैसों को क्या पहचानेगा ? ट्रक पर घूमता है इस गाँव से उस गाँव। और ये सुपड़िया, बैठा है यहीं मोरगाँव में गाँड खुजाता हुआ। साला। दिवाली पर भीख माँगता है, गिह्राण पर भीख माँगता है, कभी मेले में तो कभी मौत पर डफली पीटता है। अब मोटें चली गईं, रस्सियों का जमाना भी चला गया। अब तुम्हारे लोग डंकी से पानी उलीचते हैं तीस-तीस चालीस-चालीस फीट गहरा पंप डालकर, भेनचोद। टोकरी, कुठला भी खत्म हो गया। छींका तो दिखता ही नहीं है, साला। झाड़ू-खरहरा चलते हैं। हम चमारों का भी बहुत बुरा हाल है। एक रुपए में भी जूते का नया जोड़ा खरीदता नहीं कोई। चप्पलों की मरम्मत करो, जूते सियो, तब जाकर कहीं एक रोटी मिलती है। असाढ़ में भूख से मर गए हमारे सारे लोग। अभी-अभी महारों ने बेगार छोड़ दी है क्योंकि उनके किसी ढेंगोजी ने फतवा जारी किया। तब से रूखा-सूखा बासी नसीब होने लगा है भूख मिटाने को। ये कोंडिया की लड़कियाँ कंबी, अम्बी भी टोकरियाँ, सुपले और झाड़ू बेचती थीं, एक-एक रोटी पर। अब रेशम की साड़ी पहनती हैं और बदन पर सोना इतना कि समाता नहीं है। कुछ भी कहो यार, इधर मोरगाँव छूटा और उधर आदमी सुधरा। अब तो कोट और जरी की टोपी पहनता है कोंडिया, हू हू हू उसकी माँ का मसखरा हू हू हू।

सांडू का मजा देखा है आजकल आपने ? ठीक तो चल रहा है न उसका भी ?

अरे, उसकी वह पहाड़ी कोरकू मैना फुली, क्या नाचती है भाई, जैसे बिजली। और अपनी झेली—बस खड़ी रहती है, कमर पर हाथ, सीना यों आगे करती है और पैरों के घुँघरू से हौले-हौले ताल धरती है—आऽ हाऽ हाऽ बस सीटियाँ ही सीटियाँ। फिर भाँड़ कहता है, अरे अरे दोस्तो, अभी से ये हाल ? ये तो शुरूआत है। लोग पलकें तक नहीं झपकाते हैं आखिर तक। तल्लीन।

सांडू के तमाशे का दृश्य आँखों के आगे साकार करता हुआ मैं पीछे-पीछे चलता जाता हूँ। खेत से लौटते समय अँधेरा हो रहा है। बैलगाड़ी में लदी मूँगफली की ठंडी फलियों पर थककर लेटा हूँ। सांडू बैलों के गले की घंटियों के ताल पर हौले से लावनी गुनगुना रहा है : *होऽ नांगरतीमंधी घोसायलं दांडग्यानंऽऽ अनं*

आंब्यामंध कूकते कोयळ ऽऽ। इ रे हॉ ऽ झीबूऽ अरे अरे ढबू ऽ चॅक चॅक चॅक। खंडू, सो गया है क्या? हो ऽ झाडावरी कूकते कोयळ...[24]। नौ भाइयों में से एक, बचपन में इसके बाप ने हमारे दरवाजे पर लाकर छोड़ दिया। दूर के रिश्ते का लड़का। चारा-पानी, भैंस, अनाज सुखाना जैसे छोटे-मोटे काम करते हुए खेती का सब कुछ सीखते-सीखते बड़ा हुआ। धीरे-धीरे पिताजी का दाहिना हाथ बन सारी खेती सँभालने लगा। पूरी सफाई से। मालिक का हित देखनेवाला। दरअसल, इसी के कारण पिताजी निश्चिंत होकर सामाजिक कार्य में लग गए। इसको कोई लत नहीं थी, सिवा तमाशे के।

आसपास के पाँच कोस इलाके के सारे तमाशों की पूरी जानकारी इसके पास रहती। जहाँ कहीं मेला लगा होगा, चाहे जो हो, ये तमाशा देखने जाएगा ही। वहाँ हाथापाई करके सबसे आगे जाकर बैठेगा ही। सातवीं- आठवीं कक्षा में था, तब मैं भी चुपचाप आँगन से उठकर इसके साथ तमाशा देखने जाया करता। गर्मी के मौसम में नींद भी नहीं आती थी। ठंडी हवा में सांडू के साथ पैदल दो-तीन कोस जल्दी-जल्दी। मेले की आवाजें दूर से आने लगतीं। खंडू, सुन, लगता है लावनी शुरू हो गई। जल्दी कर यारा। दूर से रामा रे रामा, जी जी जी ऽ के सुर और इकतारे की ताल हमें पागल बना देते हैं। सुन,

सुनो कौंडिन्यपुर नगरी ऽऽऽ हो ऽऽऽ तुन तुन तुन तुन तुन तुन
अजी चंद्रकेतू, राजा वहाँ राज करी ऽ हो ऽऽऽ तुन तुन तुन तुन

जल्दी कर खंडू, कदम बढ़ा।

स्वयंवर रचाए उसकी कुमरी ऽ हो ऽऽऽ रामा रे रामा जी जी जी जीऽ

मुझे सँभालता हाथापाई करता सांडू सबसे आगे।

हर सावन में मवेशियों को पहाड़ी पर चराने ले जाते हैं। साथ में सालदार भी वहाँ जाकर रहते हैं। एक साल सांडू हमारे मवेशी लेकर गया और उधर कोरकू बस्ती की लड़की फुली के मायाजाल में फँस गया। वह भी पति को छोड़कर भागने के फिराक में थी। लड़ाई-झगड़ा करके सांडू फुली को ले आया। बड़ा बखेड़ा हुआ। सांडू को मोरगाँव छोड़ना पड़ा। साल-भर बाद झेली-फुली का तमाशा गूँजने लगा।

अम्बूमाई के यहाँ से लौटते वक्त मन हुआ, बहुत सालों से महारबाड़े की तरफ नहीं गया हूँ, चक्कर लगाना चाहिए। बीते साल बना नया सिद्धार्थ मंदिर भी देख आना चाहिए, इसलिए मैंने नदी किनारे की सड़क छोड़ शांतूमौसी के घर की राह पकड़ी। बचपन में हमेशा हुक्म होते ही कि शांतूमौसी को बुला—मुझे किताब और स्लेट अलग रख दौड़ते हुए यहाँ महारबाड़े में आना पड़ता। शांतू अपने काम में पक्की, होशियार थी। उसने हमारे घर के सभी लोगों का दिल जीत लिया था। संदेसा मिलते

24. जुते हुए खेत में मसल डाला धींगरे ने और आमों में कूक रही है कोयल।

ही, कहना अभी आती हूँ—कहकर शांतू फौरन घर के काम निपटाती : छोटी-सी कुटिया को सँवारने में समय ही कितना लगता! भानचूल्हे पर छोटे मटके में बचा-खुचा बासी खाना गर्म किया, इधर एक थाली में परोसा और उधर तीनों बच्चे तुरन्त चाट-पोंछकर थाली में ही हाथ धोते और एक-एक कर वही पानी गटगट पी जाते। न अन्न का एक कण ज़ाया होता, न पानी की एक बूँद। फिर थाली को कोने में पेड़ के तने से सटाकर रख देती। शांतू सो रहे अपने नन्हे बच्चे को झट से दूध पिलाकर लटें सँवारती अपनी बड़ी लड़की के हवाले कर देती और हाथ में एक चीथड़ा ले निकल पड़ती। निकलते समय पड़ोसनों से चिल्लाकर ऊँची महारी तान में कहती—*बच्चे की ओर ध्यान देना री ऽ जना ऽऽ*। बाद में घर ठीक करना, नदी पर जाकर कपड़े धोना, झाड़ू-पोंछा करना, बकरी को चराकर लाना—ये सब करते-करते लड़कियाँ दिन बितातीं। वात्सल्य केवल ऊपरी जातियों का ही शब्द महसूस हो, इस तरह झट बच्चों से अलग होकर और घर को पीछे छोड़कर शांतू हमारे घर, खलिहान और खेती में दिन-रात खपती रहती। शायद उसे बच्चों की याद भी नहीं आती। ठंड हो, धूप हो, बरसात हो, रात हो—हमेशा काम में तल्लीन। क्योंकि दिन ख़त्म होने पर बनी बनाई सब्जी रोटी, रात में देर से घर लौटते समय आटा, रोटी, बेसन की कढ़ी, जरूरत पड़ने पर अरहर के सूखे डंठल, जलावन, कभी बच्चों के लिए दही, दूध। शांते, बच्चे शाम से राह तक रहे होंगे, ये फलियाँ ले जाओ। अब जाओ मैया। कल फिर ऐसे ही आना जल्दी।

बचपन से ही जाने-पहचाने मोड़ों से गुजरते हुए मैं सहजबुद्धि से ठीक उसके घर के आगे उस पेड़ के नीचे आकर रुकता हूँ, जिससे उसकी झोपड़ी टिकी हुई है। झोपड़ी अब जमींदोज हो चुकी है और अब वहाँ बकरियाँ बँधी हैं। सामने के लिपे-पुते आँगन में अत्यन्त फैशनेबुल सफेद झक कपड़े पहने एक परिचित युवक अखबार पढ़ रहा है। जयभीम।...जयभीम।...किससे मिलना है?...शांताबाई, यहीं रहती है न?...मर गई वो, दो साल हो गए।...राम राम, और उसकी लड़कियाँ?...बड़ी की शादी हो गई, ले गई सबको, औरंगाबाद।...अच्छा, अच्छा। और वो सिद्धार्थ मंदिर कहाँ है?...वो रहा सामने। दीवार पर बड़े अक्षरों में लिखा पोस्टर टँगा था :

मुक्त किसने किसे किया?
दलित पैंथर—विधायक राजा ढाले—भव्य रैली 14 अप्रैल

सन् उन्नीस सौ छप्पन में दशहरे के दिन नागपुर में इकट्ठा हुए पंद्रह लाख लोगों में मोरगाँव के नेता लहू मेघे भी थे—नाटे-से, आधी धोती पहननेवाले, भूखों सोनेवाले लेकिन बाबासाहब आम्बेडकर के परम भक्त। वापस लौटकर उन्होंने प्रतिज्ञा की : जब तक महारबाड़े का एक-एक आदमी बौद्ध धर्म की दीक्षा नहीं लेता, मैं भोजन नहीं करूँगा। फिर चार सनातनी वारकरी घरों को छोड़ बाकी सभी महारों ने धर्मांतर

कर गाँव से बैर मोल लिया। गाँव के गंदे काम करना छोड़ दिया। गाँववालों से फासला और बढ़ गया। इन चार सनातनी महारों में से एक थे निवर्ती मामा। इनके पास इतनी पोथियाँ, गाथाएँ और अभंगों की पांडुलिपियाँ थीं, जितनी गाँव में किसी और के पास न थीं।

क्यों रे छोकरे, क्या करते हैं अब निवर्ती मामा?...बैठता है इधर-उधर।...तुम बौद्ध धर्म का कुछ पढ़ते हो?...बौद्ध धर्म में ऐसा कुछ नहीं होता। पुराण, ईश्वर, आत्मा, स्वर्ग, नरक जैसी अंधश्रद्धाएँ हम नहीं मानते।...बढ़िया। लेकिन बौद्ध धर्म में तो हिन्दू धर्म से भी ज्यादा साहित्य है।...अच्छा?...हाँ, पाली में।...यहाँ कौन जानता है पाली या फाली। शोषण करनेवाला, इन्सानियत से बर्ताव न करनेवाला हिन्दू धर्म छूट गया, बहुत हो गया यार।...वो तो ठीक है, राजनैतिक दृष्टि से भी सौ फीसदी सही है, लेकिन सांस्कृतिक दृष्टि से भी तो कुछ करना चाहिए न।...सबसे पहले आत्मप्रतिष्ठा, बाकी भी होगा, लेकिन आराम से।...सच है।

मानवाधिकारों की सारी परिभाषाएँ मोरगाँव के महारों के बच्चों तक पहुँच गईं। जयभीम।

दूसरा, जो बौद्ध नहीं हुआ, वह था मरीमाई का भगत। अखतीज के मेले में बारह गाड़ों को खींचनेवाला। हिन्दू धर्म त्यागकर परंपरा से प्राप्त इतनी महत्ता को छोड़ने के लिए वह तैयार नहीं था। शरीर में माता का संचार होने पर बारह भारी गाड़ों को खींचने की शक्ति उसमें आ जाती है और यह दंग करनेवाला करिश्मा देखने के लिए गाँव-गाँव से लोग आते हैं। गाँव के लोग इन गाड़ों पर पहले ही सवार हो जाते हैं। गाड़ों को रफ्तार से लाकर नदी की रेती में फँसा दिया जाता है। फिर लाठियों वगैरा से लैस गाड़ों पर सवार लोग रेत पर उतरकर किसी को सबक सिखाने की खातिर उसकी जमकर धुनाई करते हैं। साल भर से वे इस मौके की ताक में लगे रहते हैं। किसी औरत को छेड़नेवाला गाँव का कोई लोफर हो या खेत की मेंड का झगड़ा हो—अपने-अपने भाईबंद को जमा करके ऐसे आदमी की जमकर धुनाई की जाती। पिटनेवाला भी अगले साल अखतीज के मेले में अपने आदमी जमा करके यही करता।

अखतीज, इन सारी बातों की छूट देनेवाला एक प्राचीन अनाड़ी त्योहार। साल-भर जानवरों की तरह मेहनत करनेवालों के लिए ये तीन दिन धूमधाम से भरे। मेले में स्त्रियों का मुक्त संचार। घुमंतू नौटंकी, डफली, बारह गाड़े, शोरगुल। खाना-पीना, शराब, गोश्त, बस मौज ही मौज। अँधेरा होने पर पौराणिक पात्रों के मुखौटे, लोकनृत्य, नाच-गाना। रास्ते, मैदान भीड़ से भरे। फिर रात-भर तमाशा, लावनी—सुबह तक। एक और चीज गाँव के लोग परंपरागत निष्ठा से करते—मातंग बाड़े में सुपड़िया भाई के घर के सामनेवाले कदम्ब के पेड़ तले बरामदे में जुआ। शुरू में महार-मातंग के बच्चे कौड़ी, पैसा, आना लगाकर गंजीफा खेलते हैं। बाद में वयस्क लोग अपना दाँव लगाते हैं। आखिर में, जिनके पास कभी पैसा नहीं होता—गाँव के गरीब, मध्यम तबके के कुर्मी जुआड़ी भी पाँच सेर घी, एक ढेर भूसा या दस बोरे

अनाज पर दाँव लगाते। अनाज चाहे जितना माँगो, मगर पैसा नहीं—थोड़ी देर तक जुआ चलने के बाद गाँव के पैसेवाले सेठ, साहूकार, पक्के जुआड़ी जैसे लोग बड़े-बड़े दाँव लगाते। यह देखने भी अच्छी-खासी भीड़ जुटती।

हमारे बचपन में एक्या सुनार ने तो अपनी सारी जायदाद हारने के बाद आखिर में अपनी बीवी को ही दाँव पर लगा दिया था। खेतों पर, घरों पर दाँव लगानेवाले कुछ लोग गाँव में थे, लेकिन बीवी? यह सुनार चोरी के गहने गलाकर चोरों को आधे पैसे देता था। एक बार तो इसने चोरी के कलदार गलाकर श्रीकृष्ण की अत्यन्त सुन्दर मूर्ति बनाई थी। सतपुड़ा के एक पठार पर मिलनेवाली खूब भारी घुंगुचियाँ भील, पावरा वगैरा लोगों से खरीदकर वह दूर-दूर के सर्राफों को पहुँचाता। इससे तोला-भर सोने में तीन-एक घुंगुचियों का फर्क आ जाता।

इस तरह अनीति से अमीर बना था यह अमीर आदमी। बकरे की माँ आखिर कब तक खैर मनाती? उस अखतीज के दिन उसके सारे दाँव उल्टे ही पड़ते गए। गहने, नकद, दो खेत, घर सब कुछ हार गया। फिर इसने अपनी बीवी को दाँव पर लगा दिया। सुनकर सारे गाँव में खलबली मच गई! गाँव के नैतिकता से जीनेवाले लोगों में तो बैल, भैंस, गाय पर दाँव खेलनेवालों की भी इज्जत खत्म हो जाती है, इसने तो अपनी बीवी को ही दाँव पर लगा दिया और दाँव पर लगाते समय बोला भी—हमारे गाँव की सर्वश्रेष्ठ सुन्दरी, अद्वितीय, अनुपम, जिसकी सुन्दरता के आगे ब्राह्मण, कसेरा, मुखिया, देशमुख, सभी की स्त्रियाँ पानी भरती हैं, जो न नाटी है और न ऊँची, न बहुत काली है और न बहुत सफेद—उसे मैं दाँव पर लगाता हूँ। तब वहाँ जमा सभी लोग धिक्कार, धिक्कार चिल्ला उठे।

इस जुए में दाँव पर लगी इस त्रिभुवन सुन्दरी को जीतने के लिए गाँव की स्त्रियों को बहकाने में माहिर शिरपत पाटील कमर कस आगे आया। इस लुच्चे ने खेलनेवाले बूढ़े जुआड़ी से ड्योढ़ी कीमत देकर वह दाँव खरीद लिया और एक्या सुनार के सामने कुटिल मुस्कान के साथ पासे खेलने बैठ गया। कदम्ब के चबूतरे पर खामोशी छा गई। इस सुन्दरी पर शिरपत पाटील की नजर पंद्रह सालों से थी। उसने ध्यान से पासें फेंकना शुरू किया। लोगों ने एक्या सुनार को हाथ पकड़कर उठाना चाहा। पगले एक्या, अरे, कर्ज लेकर खेल। कर्ज चुकता कर सकते हैं, लेकिन बीवी? फिर भी वह कहता है, बीवी तेरी है या मेरी? देखो, अब अगर मैंने यह जुआ अधूरा छोड़ दिया तो मैं पागल हो जाऊँगा। हर पासा फेंकते समय हमारी जिंदगी नए मोड़ पर खड़ी होती है। घर-बार, पैसा, खेती, सोना—जो-जो कमाने में लोगों की जिंदगी गुजर जाती है, वो सब कुछ यहाँ एक हाथ की फेंक के फासले पर तैयार है। वह मिलेगा, इसी आशा पर तो हम जीते हैं। फिर पहले ही इस आशा को क्यों त्याग दें?

निःशब्द देख रहे सबने बताया कि कुछ ऐसा ही था उसकी नजरों में। बीते सौ सालों के इतिहास में इस मातंग बाड़े के कदम्ब के जुआड़ी चबूतरे पर हर अखतीज पर राजा से कंगाल बने कई लोगों को गाँववाले आज भी दिखा सकते हैं। जीतते ही

शिरपत चबूतरे से उतरकर चला गया। एकनाथ भी घर गया। उसके घर जाने से पहले ही उसकी बीवी को सब कुछ पता चल चुका था। अब मैं रखैल बन जाऊँगी या यहीं इनकी बीवी बनकर रहूँगी, लेकिन अधिकार शिरपत का होगा। बीवी कुछ नहीं बोली। दूसरे दिन मालूम हुआ कि गाँव के कुएँ में उसने अपनी जान दे दी। चौपाल का जागल्या[25] हमारे यहाँ घर की बड़ी बिलाई माँगने आया। पंचनामा हुआ। हमेशा की तरह गाँव के चौकीदार ने स्त्री का दाह-संस्कार होने के बाद पुलिस में इत्तला कर दी। यावल से दारोगा आया। गुप्त सौदा तय हुआ। सुनार कंगाल हो गया। सारे बाड़े में सच्चाई बयान करनेवाला एक भी माई का लाल नहीं मिला। मामला रफा-दफा।

यही विरासत सँभालते हुए हम बड़े होते गए। यह प्रजा नपुंसक कैसे बनी होगी? क्या अंग्रेजों से पहले भी ऐसा ही था? क्या अस्पृश्यता थी? इसे ढूँढ़ने में तुम्हारे कई महीने लाइब्रेरी में खर्च हुए। खंडेराव, ऐसे झमेलों के कारण ही तुम्हारी पी-एच.डी. आगे नहीं बढ़ पा रही है। बचपन में तुमने स्वयं अकाल में झुलसनेवाले यहाँ के लोग देखे हैं। इन लोगों में ऐसी दुर्भाग्यपूर्ण अनैतिकता कहाँ से आई होगी? बेचारी सिन्धु मौसी पेट पालने की खातिर कैसे बरबाद हो गई, कड़ी धूप में कैसे गिट्टियाँ तोड़ने जाती थी? याद कर। उसे झुलसानेवाली उस धूप में तू ही उसके लिए रोटी लेकर जाया करता था। याद कर।

अकाल के कारण भी मोहेनजो-दड़ो की समूची घाटी सूनी हो गई होगी—ईसापूर्व 2000 में यहाँ सब कुछ उजड़ गया। यहाँ तक पी-एच.डी. के लिए काम करना ठीक था। आगे फिर अकाल के उल्लेख। महाभारत में युधिष्ठिर को फटकारनेवाला आधा सोने का नेवला—किस सदी का होगा? ईसापूर्व पाँचवीं सदी तक सभी ओर अकाल पड़ते थे। छठी शती से दसवीं शती तक के बार-बार पड़नेवाले भयानक अकाल। लोग नदियों के तट पकड़कर ही जीते थे। इसी बीच, इधर-उधर बसे नगर, बस्तियाँ उजड़ गईं। इसी काल में कौड़ी को भी सिक्के का दर्जा प्राप्त हुआ। हम आज भी कहते हैं—मैं तुम्हारा कौड़ी का भी देनदार नहीं हूँ। ऐसे कंगाल समय में इसे मत छुओ, उसको पवित्र मानो, जैसे अनुत्पादक हिन्दूधर्मी सनातनी नियम पुख्ता होते गए। मुफ्तखोर बाँदे धंधे करनेवाली कुछ जातियाँ समाज की मूल समांतर आड़ी संरचना को खड़ी करने के लिए हाथ-पाँव मारने लगीं। मेहनतकश गँवार जातियों को अकाल की स्थिति में सिर्फ जिंदा रहने के अधिकार मिले। लँगोट और झोपड़ी बनाने के लिए आमदनी के टुटपूँजिया साधनों से भी वंचित जातियों को नीचे गुलामी में धकेलकर उन्हें पेट की खातिर खटवाया गया। अछूत जातियाँ ऐसे ही बनी होंगी। हिन्दू धर्म का कोई एक संस्थापक न होना, कोई एक धर्मग्रंथ न होना, एक आचारसंहिता न होना, यहाँ बहुत ही उपयोगी सिद्ध हुआ।

25. महार जाति के व्यक्ति की, गाँव की रखवाली के वंश-परंपरागत अधिकार की प्रतीक लाठी।

और आगे दुर्गामाता के अकाल, तुकाराम के जमाने के इंद्रायणी तट के अकाल और अंग्रेजी राज आने के बाद तो अकाल ही अकाल—हर साल पड़नेवाले अकाल—उनमें से आखिरी हमारे बचपन में तीन साल लगातार पड़ा अकाल हमने स्वयं भोगा है—याद कर। खंडेराव, सुन... *दे दो री अम्मा पानी ऽ तुम्हें पुण्य मिलेगा रे भैया ऽ पानी दे दो री बहना, भगवान तुम्हारा भला ऽ करे*।

पुण्य। भगवान। अकाल। *कहत कबीर सुनो भई साधो।* उधर पंजाब-सिन्ध में, और बंगाल में भी, हिन्दू मुसलमानों के साथ ऐसा ही बर्ताव करते थे। महार-मातंगों को तो हम लोग कुचलते ही थे। ऐसे हजार सालों के काई चढ़े पानी को मुक्त करनेवाले ही महात्मा बनते हैं। जोड़ने की चाहत रखनेवाले गांधी जैसे महात्मा भी यह फटा समाज कहाँ जोड़ पाए? देश को तोड़नेवाला जिन्ना ही गरीब मुसलमानों को आजाद करता है। उनमें भी अब सताए हुए बंगाली मुसलमानों को पाकिस्तान से आजाद करनेवाला कोई-न-कोई होगा। हिन्दू समाज को तोड़नेवाले बाबासाहेब ही अछूतों को आजाद करते हैं। जोड़नेवाले तो बस सब्र की बात किया करते हैं, परिवर्तन के सपने दिखाते हैं। तोड़नेवाले परिवर्तन करके दिखाते हैं। दीन-दलितों को, शूद्र-वंचितों को आत्मसम्मान देते हैं। खंडेराव, तुम इस पाखंडी एकता के पक्ष में कभी खड़े मत होना। हमेशा तोड़नेवालों के पक्ष में खड़े रहना।

मोहेनजो-दड़ो में उत्खनन से बने उन ढेरों पर मैं चूहा बनकर फिसलता हूँ।

जयभीम, खंडेराव जी।...जयभीम,...जयभीम।...पहचाना?...नहीं दोस्त।...मैं हरचंद। ...हरचंद? क्या?...आगे वह कुछ नहीं बोल रहा था। अर्थात् कहने लायक कुछ था भी नहीं।...आपके दरवाजे का महार।...अरे हरचंद तू, हमारी धनाबाई का बेटा? वाह भई वाह। कितना बदल गया रे तूऽऽ कोट, टोपी, घड़ी, वाह क्या बात है! अच्छा हुआ मुलाकात हो गई।

चलिए न, चाय पीते हैं, चीनी की। अम्मा को भी अच्छा लगेगा। आपको बहुत याद करती है हमेशा। चलिए।

यह आस्था—मुझे बहुत अच्छी, कुछ नई भी लगी—आत्मविश्वास से भरी। बचपन से ही आजिजी से लेकिन चंट बातें करनेवाले हमारे गाँव के महार—महारबाड़े की बातें मतलब, इस साल किसके घर जागल्या की लाठी आई? सेठजी, जेब में एकाध आना है? देंगे कोई फटा-पुराना कुर्ता? जवार देंगे तो अच्छा होगा। मुखिया जी, ऐसा न कहिए। माई-बाप गाँव क्या बच्चे को भूखों मरने देगा? मरीमाई की कसम है, झूठ बोलेगा, चोरी करेगा, उसकी माँ चुदेगी। ऐसे कैसे जी, पानी में रहते कहीं मछली से बैर होता है? ये आपने ठीक कही—इस तरह की दीनता भरी बातें करनेवाले ये चतुर लोग। अब कैसा निर्व्याज प्रेम जता रहे हैं। बिलकुल विलक्षण लगा।

चलिए, चलिए, नुक्कड़ का नया घर अपना ही है।

नया घर ? टाइल्स का फर्श। दरवाजे पर खड़ी फटफटिया—उसके पीछे बड़ा-सा मजबूत कैरियर। घर में सफाई। दीवारों पर रंग। दरवाजे पर बाबासाहेब की बड़ी-सी तसवीर। बरामदे में लोहे की खटिया। लोहे की कुर्सियाँ। क्या होगा इस परिवर्तन का रहस्य ? तुरंत पता चल गया—इशारों-इशारों में शराब की बोतलें माँगने वाले ग्राहक। महाराष्ट्र में शराब पर कड़ी पाबंदी। उधर मध्य प्रदेश बॉर्डर से माल लेकर हरचंद सतपुड़ा के भीलों की बस्ती में रख देता और रातोंरात फटफटिया से घर में ले आता। गाँव के किसान घृणा से कहते कि गाँव के काम छोड़ने के बाद नवबौद्ध ऐसे झाँटे उखाड़ने के कामों में लगे हैं। मैं कहता, गोबर उठाने से तो अच्छा ही है। फिर दामू सेठ चिढ़कर कहता है, अरे खंडिया, तुम्हें कुछ अकल भी है, किताबी कीड़ा कहीं का। माँ के जने, रात-भर दवात में नुन्नी डुबो-डुबोकर नोटस् निकालता बुकों के पन्ने पलटता रहता है। इधर किसान परेशान हो गया है कि मजदूर नहीं मिलते और गाँव में पियक्कड़ बढ़ते जा रहे हैं। क्या ये ठीक है ? खंडिया रे, पढ़-लिखकर तो तेरी मिट्टी पलीद हो गई। हमारे लोगों ने इनका क्या बिगाड़ा था, बताओ तो जरा ?

मुक्त किसने किसे किया ?

हरचंद के घर के सामने फिर वही पोस्टर। अब चकाचक रहनेवाले लेकिन उस समय हमारे दरवाजे पर, चौपाल पर, महाद्वार पर काम करनेवाले महार एक-एक कर स्मृतियों में उठ खड़े होने लगे हैं। उनमें से हर एक मानो गजब का रसायन था :

एक था बुला वेसकर। महाद्वार के नीचे की चौकी पर बैठता। उसका इस नाम से विख्यात होने का भी कारण था। चतुराई से यह देखकर कि आसपास कोई नहीं है, वह अचानक धोती उठाता और अपना शिश्न मुट्ठी में पकड़कर हम बच्चों को दिखाता। फिर धोती नीचे करके चेहरा ऐसा मासूम बना लेता जैसे कुछ हुआ ही न हो या उसने कुछ किया ही न हो। अब यह किससे और कैसे कहें ? तब इसका अर्थ भी हमारी समझ में नहीं आता था। अब आता है : वह सवर्ण हिन्दू-अछूत सम्बन्धों का दृष्टान्त था। मिन्नत करते-करते चढ़ बैठनेवाले जागल्या का दृष्टांत। अथवा जातीयता के संदर्भ में फ्रायड का सिद्धान्त जो कहेगा वह। *किंबहुना ज्ञानेश्वर: ऐसा शिवमुष्टिगुंडु लेकर खड़ा है॥* अस्पृश्यता एक हजार साल से है, उस समय से उसके दबाव इसी तरह ऊपर आते रहे हैं।

हजार साल पहले इनकी बस्तियाँ गाँव में महाद्वार के भीतर ही थीं। अब तक इनके देवता हमारे घर के पीछे थे, जिनकी ये सिंदूर मलकर पूजा कर जाते। अधिकांश महार भूमिहीन थे। भूमि है भी तो उपजाऊ नहीं। कुछ परिश्रम कर बंजर जमीन के टुकड़े पर निर्वाह करनेवाले। जब भगवान ने पेट दिया है तो उसे भरना कुर्मियों की ही जिम्मेदारी है। पुरानी कृषि-संस्था का यह भार आगे ईसा की

सातवीं–आठवीं शती के बाद भयानक तीव्र होता गया। लगातार बारह–बारह सालों तक अकाल। ऐसे में ग्राम–संस्था कैसे टिकी रही होगी? लगातार बारह सालों तक बरसात ही नहीं हुई। ऐसे निरन्तर अकालों के कारण इस उपमहाद्वीप में भूगर्भ के पानी का भंडार सूखता गया। शूद्र भी बढ़ते गए। दसवीं–ग्यारहवीं शती से अस्पृश्यता एक संस्था के रूप में कायम हुई। खंडेराव, बेगार कब से शुरू हुई?

पी–एच.डी. का काम छोड़कर इस पर क्यों शक्ति ज़ाया करते हो यार? चाहे जब शुरू हुई हो। धंधों के अनुसार ऊँची–नीची जातियाँ मोहेनजो–दड़ो काल से ही थीं। लेकिन क्या अस्पृश्यता भी किसी गुलामगीरी का आवश्यक अंग है? ग्रीक, रोमन, अमेरिकन? जरूरत आर्थिक या सामाजिक? किसान साल–भर मेहनत करें और ये लोग भुट्टे तोड़कर ले जाएँ? कुछ नैतिकता? शर्म?...हँ हँ हँ क्या नैतिकता की बातें लेकर बैठे हो? खाने दो। कितना खाएँगे? चोरी–छिपे ही तो खाते हैं न? और वैसे भी हैं तो हमारी ही एड़ी के नीचे? महार, मातंग, चमार—बेचारे सारा गाँव सँभालते हैं।...अरे, शहर में एक वॉचमैन भी काम पर रखना हो तो पता है कितनी तनख्वाह देनी पड़ती है? फिर, हमारे बाप–दादाओं ने जो चलाया है, उसे कम–से–कम बरकरार तो रखो? भले ही ये लोग चोरियाँ करें, फरेब करें, लेकिन घूम–फिरकर आखिरकार आएँगे तो कुर्मी के पास ही न?

एक बार गाँव में सब ओर बात फैल गई कि सोन्या महार ने कटिया में धनजी पाटील की बीवी को पकड़ लिया। छोटे–छोटे बच्चों के मुँह पर भी यही बात, यानी क्या किया रे उसने?...अरे अधर्म हुआ। बुलाओ चौपाल में उसे। अरे ये तो बस शुरुआत है। समय रहते रोकना चाहिए।...अरे भाई, लेकिन सूई की मर्जी के बिना डोर अंदर कैसे जाएगी?...और आपके लोग जो हमारी बीवियों को दबोचते हैं, उसका क्या? हमारी कितनी ही औरतों को गाभिन बना दिया तुम्हारे सेठ तोताराम ने? फिर?...होता है जी। अंगार के पास घी जाए तो गलेगा ही। लेकिन गाँव का एका नहीं टूटना चाहिए। खून–खराबा नहीं होने देना है। गाँव के कानून का पालन होना चाहिए।

अजी, हमारे प्राइमरी स्कूल में अट्रावल का एक महार टीचर काम पर हाजिर होनेवाला है। फौरन मारुति–चबूतरे की अकादमी में चर्चा। डींगमारे देशमुख कहता है, क्या पढ़ाएगा मुर्दा जानवर खानेवाला ये आदमी? इस पर शेखीबघारे पाटील कहता है, अर्जी देंगे, तबादला करवाएँगे। रूपा काँग्रेस क्या कहता है? रूपा काँग्रेस कहता है, पगला गए हो क्या? तुम बस उसकी जाति का नाम लो, फिर वह पुलिस से शिकायत कर तुम पर मुकदमा दायर करेगा।...चक्की पीसेंगे जेल में।...नहीं यार, उससे कहना तू बड़े बाप का।...खुद गांधी महात्मा कहते हैं, अस्पृश्यता पाप है। हरिजनों को आत्मसम्मान से जीने दो।...यानी खाने के हाथ में और धोने के हाथ में कोई फर्क नहीं?...अजी, सभी सन्त–महात्मा कह गए हैं न कि सभी जातियाँ समान हैं?...लेकिन पाँचों उँगलियाँ भी कहीं एक–जैसी होती हैं? कैसी ऊटपटांग बातें

करते हैं आप जैसे पढ़े-लिखे लोग भी ?...यानी ? आपके चक्रधरस्वामी चमार के घर पर भोजन नहीं करते थे ? किस काम का मठ में जाना और उनके आगे माथा रगड़ना ? कोई काम बुरा नहीं होता। खुद महात्मा गांधी पाखाना साफ करते थे।...क्या ?...छी:...छी: छी: छी: । वो भी दूसरों का ? छी: छी:, ये छोड़कर मैं दूसरी कोई भी समाजसेवा करूँगा यार।...कोई भी काम ऊँचा या नीचा नहीं होता। साले ये ब्राह्मण लोग ही दरगाँव में ऐसे जातिभेद के झमेले खड़े करते हैं।...प्रमाण ?...जातिभेद को तोड़नेवाला हमारा इतना बड़ा वारकरी संप्रदाय इन ब्राह्मणों ने ही खराब किया है। फिर वारकरी संप्रदाय के माध्यम से ब्राह्मण धर्म ही लादा है हम पर पेशवाई से अब तक। स्वराज्य को तो डुबा ही दिया, अब अंग्रेजी सीखकर चले हैं एक-एक करके नौकरी करने शहर। ब्राह्मण शहरी होने लगे हैं।...अजी बम्मन ऐसे हो गए हैं, लेकिन आप लोग कौन सयाने हैं ?

खंडेराव, तुम्हें एक शोधालेख लिखना था कि मिलिटरी की तरह ब्राह्मण देहातों के कोने-कोने में जाकर रहे। इसी कारण हिन्दू धर्म देहातों में दृढ़ हुआ। बौद्धधर्म शहरी ही था, और शहर में ही रह गया। इसी कारण समाप्त हुआ। पी-एच.डी. होने पर यह पूरा करो। लेकिन देहातों के उत्सवप्रेमी महार लोगों को शहरी बौद्धधर्म कैसे समेट पाएगा ? इसे तो इतिहास ही तय करेगा।

अब तो होटल में भी चाय पी सकते हैं ये लोग।...ये तो कुछ भी नहीं जी, लेकिन आज जो विश्वास, निष्ठा, ईमान गुण माने जाते हैं, क्या ये आगे चलकर दोष माने जाएँगे ? कैसा उल्टा जमाना आया है।...जाने दो, जो होगा, सो देखते रहेंगे। अच्छे कानून बनाए है भैया आपकी कांग्रेस सरकार ने—हमारे किसानों की घर-गृहस्थी को जलाकर उस पर अपनी गाँड सेंकना, दूर शहर में बैठकर। धत् तुम्हारी माँ-बहन की।

जुहार माईबाप जुहार, विट्ठलरावजी हैं घर में ? मैं बोमट्या महार हूँ, जी।

घर पर मेहमान आ जाए तो भीख माँगकर, उधार माँगकर या घर में जो है उसे बेचकर, गिरवी रखकर और फिर कुर्मी के घर से अनाज, दलहन, पैसा—जो मिले, उसे माँगकर, उस दिन को उत्सव की तरह मनाना। बाकी दिन फाकाकशी हो तो भी कोई बात नहीं। असल में, बाकी दिन फाकाकशी ही होती है, इसीलिए यह दिन सबकी खुशी का, फिजूलखर्ची का होता। केवल मौज-मस्ती। कर्ज, उधार, चुकाएँगे बाद में। ये लोग कहीं असल चार्वाकपंथी तो नहीं ? कुर्मी का जीवन इनसे बिलकुल उल्टा—जो है उसी में किसी तरह कतरब्योंत कर गुजारा करना। यह बोमटू महार हमारे यहाँ आ कभी चार सेर गेहूँ माँगता है, कभी पैसा। कहता है, कल-परसों लौटा देगा। पिताजी को सब पता है कि यह सरासर झूठ है। फिर भी दोनों पक्षों के बीच यह नाटक पीढ़ियों से खेला जा रहा है।

मालिक, छोरा बीमार है। पेट में अनाज का एक दाना तक नहीं गया दो दिनों से। कुछ देंगे तो छोरा बचेगा।

अरे बोमटू? एक रुपिया भी नहीं है मेरे पास।

बीते साल ऐन बुआई के दिन सुबह इसने कहा, मैं काम पर नहीं आऊँगा। कुर्मी का यह बड़ा अपमान होता है। काम तो उसी दिन होना चाहिए। मजदूर का ऐन समय पर आने से इन्कार, यानी कुर्मी की मौत ही समझो। इसी कारण जचगी की हालत में माँ को खेत में जाना पड़ा था।

कुछ बोलिए, मरने देंगे छोरे को?

पैसा तो है नहीं यार। पिताजी बोमटू की पिछली अनेक चालाकियों को भूले नहीं हैं। फिर भी बार-बार : दे दीजिए मालिक, आपका नाम जपूँगा।

अरे बोमटिया, होते तो क्या मैं नहीं देता, पगले? जा, कहीं और देख।

कहीं और? वाह जी वाह महाराज, ऐसा भी कहीं होता है? माँ बच्चे को दूध नहीं पिलाएगी तो क्या बच्चा कहीं और जाकर थन माँगेगा?

बोमटू नहीं जाता। वैसे ही खड़ा रहता है। पिताजी खूँटे पर रखा अँगोछा कंधे पर डालकर चप्पलें ढूँढ़ने लगते हैं। इधर वह एक चप्पल को सीने से लगा आजिजी जारी रखता है। पिताजी अब उसे सबक सिखाने के लिए मंदिर की ओर नंगे पैर निकल पड़ते हैं। वह भी वैसे ही हाथ सीने से लगाए उनके पीछे-पीछे। देखें कौन हारता है? अब यह नाटक प्रहसन के स्तर पर जा पहुँचता है। पिताजी प्रवचन के बीच में दरवाजे से बाहर की ओर देखते हैं। बोमटू बैठा ही है सीढ़ियों पर। इनकी एकाग्रता अब ईश्वर की बजाय बोमटू पर केंद्रित होती है। अब क्या करेंगे? आखिरकार प्रवचन समाप्त होने पर : धत् तेरी माँ की, ये ले और मुँह काला कर। बेशर्मी से चार-छह गालियाँ सुनता हुआ बोमटू नोट लहराता हुआ परचून की दुकान की तरफ तेजी से चल पड़ता है।

दूसरा ऐसा ही कामचोर धर्मा मामा। भारी झड़ी लगी है। महीने-भर से बारिश लगातार हो रही है। नदी में बाढ़ आने से गाँव का संपर्क महारबाड़े से पूरी तरह टूट चुका है। नमक, मिर्च, तीखा, तेल, जवार—महारबाड़े में कुछ भी नहीं होगा। बरसात और भी तेज होने के आसार। रात एक पहर से ऊपर बीत चुकी है। आँगन के बाहर फाटक से ऊँची महारी तान: जुहार जी ऽ इठु महाराज, ओ सीताबाई ऽऽ, मौसी ऽऽ।...कौन है?...जी, मैं हूँ धर्मा, आपका महार जी।...क्यों रे धर्मा, क्या बात है?...आसमान ही टूट पड़ा भगवन् हम पर।...क्यों, क्या हुआ?...हमारा बुढ़ऊ मर गया जी।...ऐसे कैसे अचानक मर गया?...तड़के ही चल बसा। आने की कोशिश कर रहा था लेकिन नदी में बाढ़। अब जरा-सी उतर गई तो तब पहाड़ी में बाघ दर्रे तक पैदल गया और नदी लाँघकर आया।...किसलिए इतनी दौड़धूप? ऐसा क्या रखा है यहाँ?...ऐसा मत कहिए माईबाप। हमारा बाप आपकी जूठन पर ही पलकर

बड़ा हुआ।...अरे वाह भई वाह धर्मा, तुम लोगों को पालने का क्या ठेका ले रक्खा है मेरे बेटे ने ?...दादी, इस तरह मत दुत्कारिए। जनम देनेवाले को आग तो देनी ही पड़ेगी न ?...तो क्या जलावन केवल यहीं पर है ? गाँव के बाकी सारे कुर्मी क्या मर गए ?...माँजी, बछड़ा अपनी ही गैया की ओर जाएगा या कहीं ओर ?...लेकिन चाहते क्या हो ?...एक नई धोती दीजिएगा, दो-एक रुपए भी देंगी गुलाल-अगरबत्ती के लिए तो अच्छा होगा, मालिक। सूखी लकड़ियाँ आपकी ही कोठी में मिलेंगी इस समय। उपले भी चाहिए झाला भरके। बस, और हाँ, अपने घर का लालटेन भी दीजिएगा। सुबह तड़के लौटा दूँगा।

पानी जोर से बरस रहा है। धर्मा का कंबल भीग रहा है। सुबह आने को कहने पर भी वह ज्यों-का-त्यों खड़ा है। अब इसका बाप मर गया तो हमारा क्या-क्या देते बनता है ? धर्मा को सच्ची-झूठी रुलाई छूटती है। घर के सारे लोग पिघल जाते हैं। सांडू दिन भर की थकान से चूर गोठ में सोया हुआ है। उसे जगाना। मुफ्तखोर कहीं के, मादरचोद। इनका दाह-संस्कार भी कुर्मी ही करेगा ? क्यों रे धर्मा ?...जाने दे सांडू, निकाल दे लकड़ियाँ, बरसात रुकने पर ले जाएगा सर पर रखकर।...भगवान आपका भला करे मालिक।

कभी पाँच-सात तमाशागर भोर में सर्दी से कँपकँपाते जुहार माईबाप कहते हुए आँगन पकड़कर बैठे रहते हैं। दीनता भरे अधिकार से कहते हैं, कपड़े सिलाने पड़ेंगे मालिक।

सभी के बाल कमर तक लम्बे बढ़े हुए—वगनाट्य[26] में कोई तारामती बनता है तो कोई रंभा, मेनका, विश्वामित्र। नाचने में तो ताप्ति के इस पार के पूरे इलाके में नामचीन। गाँव की इज्जत का सवाल। हर एक के लिए कपड़ा, ऊपर से सिलाई का खर्च अलग।...देखिए न मालिक, दशहरा गया, दिवाली गई, अब ये उतरन भी जा रही है। देखिए, ऐसे ही फटे कपड़े पहनकर सारे त्योहार मनाए हैं। पिताजी से पैसे पाने के बाद ही ये लोग आँगन छोड़ते हैं।

साल-भर इसी तरह कुछ-न-कुछ लगा रहता। जलावन, कपड़े, फटी धोती, जवार, आटा, रोटी, त्योहार के लिए दलहन, गेहूँ, घी। छाछ-दूध तो जब चाहे। शादी-ब्याह हो तो दिन में चालीसों चक्कर हमारे घर के—सब कुछ दो। इतना सब कुछ होने के बाद भी काम के समय—नहीं होगा मालिक। जिधर ज्यादा दिहाड़ी मिलेगी उधर जाऊँगा। दादी पिताजी को समझाती है, ठीक है भाई, कारु के बिना कुर्मी यानी बैल के बिना गाड़ी। नारू को तोड़ा जा सकता है, कारु को नहीं। हजारों सालों से गाँव का कारोबार ऐसे ही चला आ रहा है।

फिर अचानक महारी तुरही का कर्कश तार-स्वर छुरी की तरह कुर्मीगीरी के गले पर चल गया, मजबूत महारी दुक्कड़ पर डंका चिल्ला उठा : कुर्मी के दरवाजे

---

26. तमाशा (नौटंकी) में खेले जानेवाला नाट्य।

पर जाना बंद, गोबर-गोमूत उठाना बंद। मरे हुए जानवरों को खींचना बंद। कुर्मी के बिना कैसे पेट पालेंगे ये? लेकिन पल गए। आधे पेट तो गाँव छोड़कर शहर में जा बसे और पढ़-लिखकर कुर्मियों से भी ऊपर पहुँच गए।

मामूली तमाशागर मकडू महार। चार फटेहाल लड़कों को जमा करके मरीआई के पीछे के रेगिस्तान में ढोलकी पर लावनी गाया करता। काम-धंधा कोई नहीं। फाकाकशी में मुम्बई पहुँचा और शंकर-जयकिशन के आर्केस्ट्रा में महारी ढोलकी पर द्रुतताल बजाने में फेमस हो गया। *लपक झपक तू आ रे बदरवा* गाने में मकडू की ढोलकी के टुकड़े कितने विलक्षण। सुननेवाले कहते हैं वाह, वाह, क्या बात है। क्राफर्ड मार्केट में रात को छोटे-मोटे दुकानदारों के मनोरंजन के लिए महारी तमाशे की फड़कती ढोलकी बजानेवाला यह मोरगाँव का कुली मजदूर इतना विख्यात हुआ कि एक बार अचानक एक असिस्टेंट डाइरेक्टर उसे टैक्सी में डालकर स्टूडियो ले गया। वहाँ मकडू घंटा-भर अलग-अलग द्रुतताल बजाता रहा। लेकिन अचानक न जाने उस पर क्या सवार हुआ—असल में उसकी ढोलकी की रेकॉर्डिंग के समय मन्ना डे के पार्श्वगीत झगड़ झगड़ कर पानी लाऽ तूऽऽ की तान सुनकर ही मकडू झनझना गया। तेरे घड़े में पानी नहीं है...अकाल में बचपन में मोरगाँव के पनघट पर मटकी भर पानी के लिए कड़ी धूप में पागल की तरह इस बच्चे को चीखना पड़ता था : ओ माई ऽ, पानी दो ऽ। यह सब दबाए हुए अस्पृश्यता से अभिशप्त और अकाल से त्रस्त बचपन मकडू की उँगलियों से वहाँ आवेग के साथ उछल पड़ा। दुर्भाग्य से फिल्म के एडिटर ने केवल पंद्रह-पंद्रह सेकेंड के दो बढ़िया टुकड़े ही गाने में डाले।

मकडू भी यह नहीं जान पाया कि अगले घंटे भर की रेकार्डिंग का आगे क्या हुआ। अब तो उस रेकॉर्ड पर मकडू का नाम भी नहीं है। लेकिन मोरगाँव की महारी ढोलकी तो अमर हुई। *झटपट तू बरसाऽ बदरवा झटपट तू बरसाऽऽ*

ए अम्मा उठ, देख तो, तेरा खंडिया कितना बड़ा हो गया है।

हरचंद के तीनों बड़े बेटे फैजपुर के दलित मित्र दादासाहेब धनाजी नाना हाइस्कूल के बोर्डिंग हाऊस में पढ़ते हैं। वहाँ का खाना अच्छा नहीं होता, इसलिए हरचंद की बीवी जाई भाभी बीच-बीच में पापड़, मूँगफली के दाने, अचार, चटनी लेकर वहाँ जाती। अब भी वह उधर ही गई थी। धनामाई घर में ही, हमेशा के लिए खटिया पकड़ कर लेटी हुई थी। छठी कक्षा में पढ़नेवाली हरचंद की लड़की चेहरे पर पाउडर मलकर चाय के लिए दूध लाने जाती है। मैं धनामाई के पास थोड़ी देर बैठने की खातिर बेताबी से अंदर घुसता हूँ। लेकिन यह ध्यान में न आने से कि बीच का दरवाजा ठिंगना है, मेरा माथा दन्न से टकरा जाता है। मैं दर्द से सिर को थामता हूँ। ऊपर बाबासाहेब की तसवीर लहराती रहती है। धनामाई को ठीक से दिखाई नहीं देता,

इसलिए वह मेरे जनम से पहले की मेरी दादी की यादें ताजा करती है। उसके उदार हृदय में लहराती पुराने स्नेह की खुशी चेहरे पर उफनती नजर आती है। लेकिन मैं उस सारे कडुए दौर को याद करके बेचैन हो जाता हूँ। माथे की टनटनाहट भी जारी है।

धनाबय के पति संभू को जंगल में बाघ ने मार डाला, तब हरचंद महज छह महीने का था। उस मौसम में हमारी जागीर की खेती की तरफ, दर्रे से उतरकर आए एक बाघ ने कोहराम मचा रखा था। दिन-दहाड़े आदमी को उठा ले जाता। शिकारियों को बुलाया। मुखिया ने बाघ को मारनेवाले को दस रुपए का नकद ईनाम घोषित किया। फिर क्या था, गाँव के सभी उतावले युवक फरसा, तलवारें लेकर नदी के किनारे-किनारे शोर मचाते हुए पहाड़ी की तरफ निकल पड़े। हमारा संभू साहसी भी था और बेफिक्र भी। ऊपर से पूरे दस रुपए ईनाम। इस जोश में लेंडियाँ देखता-देखता टोह लगाता सीधा बाघ की गुफा तक अकेला चला गया और बाघ ने एक ही पंजे से उसकी खोपड़ी तोड़ डाली। तब से सोलह-सत्रह साल की विधवा धनाबय नन्हे हरचंद को हमारे गोठ के बाहर झोली में डाल दस मवेशियों का गोबर-मूत उठाने का काम अकेली करती आई थी, दिन में तीन बार। दादी हमेशा संभू को याद कर उससे बतियाती। माँ उनकी नकल उतारती हुई बताती कि उनके ये संवाद बड़े हृदयस्पर्शी होते थे : बेटी धना, तेरे पति को गए अब पंद्रह साल बीत गए होंगे, हैं न? सच्चा हिम्मतवाला आदमी था वो। गाँव के लिए ही तो जान गई उसकी? लेकिन गाँव ने तुम्हें क्या दिया? रो मत, चुप हो जा। जाने दे। घूरे के भी दिन फिरते हैं। फिर धनाबाई दिन-रात दिल में दबाए रखे आवेगों को बाहर निकालती। अब हरचंद के बड़ा होने पर शादी कर देना उसकी। फिर घर पर आराम से बैठकर खाना। धनाबाई रोटी, तरकारी की मटकी, छाछ की डलिया सिर पर सँभालती, आँचल से आँखें पोंछती चली जाती। दादी का उसे बड़ा मानसिक आधार था। रो मत बहना, रो मत, गुजर जाएँगे ये दिन भी। लेकिन वे गोबर-मूत के दिन बीतने का नाम ही नहीं लेते थे।

हरचंद बड़ा हो गया, लेकिन वह माँ की कोई मदद नहीं करता था। स्वभाव से उद्‌दंड भी था। उसकी शादी भी हो गई, फिर भी उसकी माँ और बीवी ही सारे काम करतीं। उस समय हर रोज की रोटी के अलावा पौनी के तौर पर मिलनेवाला एक बोरा जवार, आधा बोरा दलहन बहुत ज्यादा नहीं था। वह सोचता, इसके लिए सर्दी-गर्मी-बरसात में मेरी माँ, सभी महारिनें, हमारे लोग बदन पर चू रहे गोबर की टोकरी सिर पर उठाए जनम-जनम से मालिकों की गंदगी नदी लाँघकर घूरे तक ढो रहे हैं—उस पर खूबसूरत बीवी, जाई, बेचारी सुबह-तड़के सर्दी में उठकर गोबर भरने आती है। उसके लिए नई धोती तक नहीं खरीद सकता। ऊपर से वह पेट से। उस पर भी साले ये कुर्मी महारों को देने के लिए पतली और छोटी-छोटी रोटियाँ बनाते हैं। कुल मिलाकर हरचंद का माथा ठनकता रहता था। उस समय सुनाई देनेवाले राजनैतिक विचार भी जैसे, चरखा, विधवा-विवाह, खादी, शराब पर पाबंदी, विदेशी माल का बहिष्कार, सत्याग्रह, हिन्दू-मुसलमान भाई-भाई—शहरी, यानी महार-मातंगों की

दृष्टि से बेकार, विचित्र, पराए होते। भीमराव आंबेडकर नाम तो कभी पेपर में भी नहीं आता। फिर भी युग बदल रहा था। शायद हरचंद में भी क्रान्ति की लहरें उठने लगी थीं। इसी कारण धनाबय और जाई गोबर की टोकरियाँ ढोने का कठिन काम खुद सँभालतीं और वह गुस्सैल मुद्रा में मवेशियों के नीचे का गोबर फावड़े से जमा करके ढेर बनाता। फिर माँ, बीवी की हर खेप के बाद खाली हुई टोकरियों में बारी-बारी गोबर से भरना, भरी हुई टोकरियाँ उठाने में मदद करना और ठीक से बीवी के सिर पर रखना। उस समय बीवी का डरा-सहमा चेहरा और माथे से चूनेवाला गोबर-मूत देखकर हरचंद खीजता रहता था। बीवी के सिर पर घास की गेंडुरी जरा-सी तिरछी हुई या बदन पर गोबर गिरा तो फटाक से उसके मुँह पर गोबर से सना थप्पड़ जड़ देता। जाई चीखती और अपने आप सँभल माथे पर चूनेवाले गोबर से निपटकर टोकरी लिए रोती हुई घूरे पर चली जाती।

रोज सुबह गोठ में चलनेवाला शोरगुल, रोना-पीटना, औरतों की रोज की यातनाएँ—ये सब धीरे-धीरे कोठी के लोगों के लिए असहनीय होने लगा। सालदार भी परेशान हुए। चिन्धु बुआ तो आँगन में खड़ी होकर जोर-जोर से हरचंद को डाँटती। समझाने पर भी हरचंद में कोई बदलाव नहीं आ रहा था। एक-दो बार तो हरचंद ने लात मारकर बीवी को गोबर के साथ गिरा भी दिया था। बड़ा कोलाहल मचा। धनाबय ने लड़के के नाम पर रोना शुरू किया। पास-पड़ोस के लोग कोठी में जमा हुए। ऊपर से माँ-बेटे में और पति-पत्नी में खास महारी ढंग का गाली-गलौज हो रहा था। बात बहुत बढ़ जाने पर एक बार पिताजी ने गुस्से से हरचंद के हाथ से फावड़ा छीन लिया और कहा, कल से तुम लोगों की यहाँ कोई जरूरत नहीं है। हम कोई दूसरा महार रख लेंगे। चलते बनो। बहू-बेटियोंवाले घर में सुबह-सुबह न तुम्हारी गंदी गालियाँ सुननी पड़ेंगी और न तुम्हारी शक्लें देखनी पड़ेंगी। धने, आज की अपनी आखिरी रोटी लेकर निकल जा। इस साल खलिहान में पौनी के लिए भी मत आना, समझी। बहुत हुआ।

दोपहर में धनाबय रोटी के लिए आई और दहाड़ मारकर रोते-रोते सात पीढ़ियों से इस घर का गोबर उठाने, अकाल में भी इसी घर से पेट भरकर खाना पाने के इतिहास की दुहाई दे-देकर चिरौरी करती रही कि हमें अपने से अलग मत कीजिएगा। बहू पेट से है। माईबाप, लड़का नादान है, उससे भूल-चूक हुई, दो लात लगाइए, लेकिन अपने दरवाजे पर पले-बढ़े इस जानवर को यों न मारिये। बहू भी पेट सँभालती हुई दादी के पैरों पर आ गिरी। लेकिन क्रुद्ध युवा हरचंद एक बार भी नहीं फटका। इस बीच पिताजी ने दूसरे हट्टे-कट्टे सोमा महार को हमेशा के लिए दरवाजे पर रख लिया।

दूसरे दिन सुबह-तड़के अपने एक जैसे तीन बच्चे और बीवी को लेकर सोमा बड़ी उम्मीद से हमारे गोठ में हाजिर हुआ और रोटी की आस में सभी गोबर उठाने लगे। बड़ी-बड़ी मूछोंवाला, पृथ्वीराज चौहान जैसा दिखनेवाला यह सोमा चावड़ी से

उसकी हक की जागल्या की लाठी मुखिया द्वारा छीन लिये जाने के कारण दो महीनों से भूखों मर रहा था। कारण, जब उसके पास लाठी थी तभी विट्ठल मंदिर में बड़ी चोरी हुई थी। रामनवमी के उत्सव के चंदे का सारा रुपया, एक निपुत्रिक साहूकार के यहाँ लड़का होने पर उसके द्वारा रामनवमी पर चढ़ाया गया सोने का झूला, भगवान का सोने का हार और मुकुट, चाँदी की चँवर वगैरह काफी मूल्यवान वस्तुएँ किसी ने भरी दोपहरी में मंदिर की तिजोरी खोलकर उड़ा ली थीं। सोमा जागल्या पर यह मामला इसलिए पड़ा कि उस दोपहर सज्जनों की भाँति मंदिर में घुसे और तिजोरी खोलकर लाखों का माल उड़ानेवाले ये दो चोर कुछ महीने पहले रात में आलंदी के ज्ञानेश्वर महाराज के भक्त बनकर मंदिर में आकर सोए थे। तभी वे तिजोरी के ताले के ठप्पे बनाकर ले गए थे। गाँव में किसी भी नए आदमी के आने-जाने की खबर सोमा जागल्या को मुखिया को देनी चाहिए थी या नहीं ? यह काम किसका ? सोमा ने मेरे पिता वगैरा पंचों के सामने हाथ जोड़कर रोते-बिलखते सफाई दी कि मैं तो रात-भर गश्त लगाता रहता हूँ और पुजारी नारायण भट ने मुझे कड़ी चेतावनी दी थी कि विट्ठल मंदिर की सीढ़ियाँ भी छूना मुझ जैसे महार के लिए मना है। फिर छुआछूत के डर से भला मैं कैसे पूछताछ करता ?

इस पर बचपन में ही रटा हुआ मनुस्मृति का एक संस्कृत श्लोक बुदबुदाकर नारायण भट ने उलटा बहाना बनाया। उसने कहा कि ये आलंदी के चोर महाद्वार से होकर ही मंदिर में आए होंगे न ? फिर इसकी खबर सोम्या ने क्यों नहीं दी ? सोम्या का इसमें कोई हाथ नहीं होगा, यह मैं फिलहाल नहीं कह सकता, परन्तु दंडोपूपन्याय से यदि चोर इसी से सम्बन्धित अंत्यज जाति के निकले तो नैऋत्य से चालीस शुद्ध ब्राह्मणों द्वारा मंदिर की शुद्धि करके मूर्ति की पुनर्स्थापना करनी पड़ेगी। इसी से डरकर पुराने वारकरी पंचों को ब्राह्मण पुजारी की हाँ-में-हाँ मिलानी पड़ी। यों गरीबों के हिमायती कहलाए जानेवाले हमारे पिताजी भी ग्रान्थिक रोब और धार्मिक मसला होने के कारण बेचारे नेक सोमा के मामले में कुछ नहीं कर पाए। लेकिन उस पर अन्याय करने की ग्लानि उनके मन को खाए जा रही थी।

असल बात बाद में सामने आई। कहते हैं, उस समय राष्ट्रभक्ति से अभिभूत हमारे हुना चाचा और उनके रूपा कांग्रेस वगैरा समाज सुधार का व्रत लेनेवाले नेता मित्रों ने फैजपुर कांग्रेस अधिवेशन में ही जरायमपेशा जनजातियों को लेकर अंग्रेज सरकार की नीतियों के निषेध का प्रस्ताव किया था। इन्होंने पारधी, बेलदार, ठेलारी, कैकाड़ी, बनजारा, भामटा, सपेरा वगैरह घुमन्तू जातियों के लोगों को संगठित करना आरंभ कर दिया था। हिन्दू धर्म का यों अपसारी होना ठीक नहीं। इन सभी को ससम्मान मंदिरों में प्रवेश देना चाहिए, ऐसे महान विचारों से प्रेरित होकर नदी के उस पार पाल ठोंककर रह रहे सपेरों को भगवान के दर्शन कराने के लिए ये स्वयं उन्हें विट्ठल मंदिर में ले आते थे। इन्हीं टोलियों में से किसी ने यह अनुचित काम किया होगा। कांग्रेस के इस खास अधिवेशन में इन चोरों ने लुई फिशर जैसे अनेकों के

कोट, टोपियाँ, कुर्ते शिविर से गायब किए थे। केवल अकेले महात्मा गांधी इन कपड़ों की चोरियों से सुरक्षित रहे।

खैर, तो यह बड़ी-बड़ी मूँछोंवाला तगड़ा सोमा बीवी-बच्चों समेत गोबर उठा रहा था कि तभी धनाबय का हरचंद अपनी बीवी के साथ मालिकाना अंदाज में दनदनाता हुआ गोठ में घुसा। कुछ ही पलों में गोठ रणांगण में तब्दील हो गया। सुबह-सुबह गोठ में चीख-पुकार, गाली-गलौज, उसमें हड़बड़ाए मवेशियों का सींग तानकर लात मारना, गायों का रँभाना, बछड़ों की रस्सी तोड़ने की भागादौड़ी—भारी दंगे जैसा माहौल बन गया। गुस्सैल जवान हरचंद हट्टे-कट्टे सोमा के हाथों से फावड़ा छीनना चाह रहा था और सोमा ने गोबर के फावड़े को राजदंड की तरह मुट्ठियों में कसकर पकड़ा हुआ था। दोनों का एक-दूसरे को धकेलना, पीटना जारी था। ऊँची आवाज में गालियाँ भी—अबे भड़ुवे, देखता हूँ कौन रंडी का जना गोबर उठाता है...झाँटू—भड़ुवी के...आसान समझा है क्या दरवाजे का महार बदल देना ?...मादरचोद, काट डालूँगा, हाँ...भोसड़ी के...तेरी माँ-बहन को चोदूँ...सात पीढ़ियों से, नागोराव के जमाने से इनके दरवाजे के महार थे हमारे बाप-दादा—वगैरह चल रहा था। सोमा हरचंद को आराम से उठाकर फेंक देता, लेकिन उनके बीच सात-आठ महीने का बड़ा-सा पेट लिए लाल-लाल जाई आँचल खोंसे झाड़ू को तलवार की भाँति पकड़े खड़ी थी, इस कारण सोमा झिझक रहा था। सात पीढ़ियों के अधिकार—पौनी—की परंपरा का जाई के पेट के मार्फत अगली पीढ़ी के प्रतीक का संकेत मिलने के कारण सोमा दिग्मूढ़ हो गया था।

इधर सोमा की बीवी और धनाबय में बुनियादी गालियों की निर्णायक शक्ति-परीक्षा हो रही थी : घरघुसनी...छिनाल...वाह री चुदक्कड़ रांड...मेरा बेटा तेरी गाँड खाए...क्या बच्चा जना है तिरछी फोदरी की रांड ने...तेरे भोसड़ी में चूहा जाए। सोमा के छोटे-छोटे बच्चे कभी माँ के पास तो कभी बाप के पास मँडराते, उन्हें हाथों से पकड़कर खींचते छटपटाते हुए रुआँसे होकर कह रहे थे—अरे बाबा, जाने दे न...ओ अम्मा, चलो न अपने-अपने घरऽ। खास बात यह थी कि इस हाथापाई से सिटपिटाए पिताजी घर से बाहर निकलने का नाम नहीं ले रहे थे। वे घबराए हुए नजर आए। उन्हें न जाने किस बात का डर लग रहा था ? हरचंद सोमा का गला पकड़कर कह रहा था, चल बे, मैं मरने को तैयार हूँ, मादरचोद। झाँटू, खोपड़ी टूटी तो टूटी। वैसे भी कहाँ महारबाड़े में मुफ्त में खाने को मिलता है या हलुवा-पूड़ी मिलती है ?...अबे मादरचोद, तेरी माँ का भोसड़ा, तेरी तो ऽ टाँग पकड़कर चीर दूँगा साले।...अबे हट, सात पीढ़ियों से हक है, ऐसे ही थोड़े छोड़ दूँगा यूँ ही ?

आखिर हमारी दादी और चिन्धु बुआ ने बीच-बचाव किया। पहले धनाबय और सोमा की बीवी, दोनों को शांत किया। फिर दादी सोमा को खींचते हुए गोठ के दरवाजे के पास ले आई। मालिक से धोखा खाए सोमा को भी इज्जत बचाकर मुक्त होने का उपाय मिल गया। चिन्धु बुआ गुस्से से हरचंद पर चिल्लाई, देख, मेरे भाई के घर में खून-खराबा मत कर। जो करना है, बाहर मैदान में जाकर कर। दादी ने खलिहान का

कुछ काम निकालकर सोमा को चार सेर जवार देने का वादा किया। सोमा हमारे घर में घृणा से नजर भोंककर बुदबुदाता हुआ चला गया—कुर्मी साले गाँडू ही होते हैं।

इसके भी काफी देर बाद पिताजी की टोपी दिखाई दी। भीड़ भी छँट गई थी। दादी ने धनाबय से हरचंद के बाप के जमाने की बातें निकालकर समझदारी से यह स्वीकार किया कि गोबर पर उसी का अधिकार है। धने, तू तो मेरी बेटी जैसी है। उस साल असाढ़ में जब डाके पड़ते थे, तब मेरा संभू यहीं ड्योढ़ी में बैठकर रात-भर लाठी पटकता रहता था...उधर गुस्सैल युवा हरचंद और जाई ने सारा गोबर ढोया और हमारे शर्मसार हुए पिताजी को जलती हुई नजरों से गोबर का चोंथ समझकर दनदनाता हुआ चला गया। दोपहर में धनाबय हमेशा की तरह रोटी, तरकारी, छाछ लेकर गई।

इधर दादी पिताजी को समझा रही थी : आसान नहीं होता है इठु दरवाजे का कारू बदलना। और बेटा, महार से दुश्मनी तो कभी मोल नहीं लेनी चाहिए। देखा न, परसो उस कान्हा पाटील के खलिहान में कैसे आग लग गई? चारा गया, रस्सी से बँधे मवेशी बेचारे झुलसकर तड़प-तड़पकर मर गए। कितना नुकसान हुआ। ऐसा ही होता है। गाँव के मामले में किसी का नाम ले सकते हैं क्या? कुर्मी का तो कितना ही पसारा पड़ा होता है। सात जगह पर बगीचे, खलिहान, खेत, मवेशी, दूध देती गाय-भैंसें, चारे की गंजी—किसी मौसम में खड़ी फसल काट ली, केलों का कच्चा घौद काट लिया—हजारों का नुकसान होता है। भैंस को, बैल को जहर दे दिया—क्या करोगे? जैसा है, स्नेह-प्यार से चलने देना चाहिए।

उस रात भावडू को और मुझे भी नींद नहीं आई। कितनी पीढ़ियों तक ऐसा ही चलने देंगे? यदि वे हमारे पिता को या माँ को गालियाँ देना शुरू कर देते तो? पिताजी से ही हाथापाई करने लगते? खंडू, सच बता, किसान-कुर्मियों को मेहनत करके भी कहीं सुरक्षा है? आत्मप्रतिष्ठा है? पौनियों को भी कहाँ आत्मप्रतिष्ठा है? तोड़ नहीं सकते इसलिए परस्पर बनी रहनेवाली—यह कौन-सी शर्मनाक गुलामी है?

लेकिन यह टूट गया। ग्राम-व्यवस्था की एक हजार सालों से घुटी हुई साँस खुल गई। हम कॉलेज के फर्स्ट इयर में थे, तभी एक दिन लाइब्रेरी में सभी अखबारों की हेडलाइनें एक जैसी : महारों ने बेगार छोड़ दी। हिन्दू धर्म भी छोड़ दिया। जयभीम, जयभीम, खंडू।

हरचंद से बिदा लेकर मैं चल पड़ता हूँ, सामने फिर पोस्टर :

मुक्त किसने किसे किया?

नदी लाँघते समय दूर से महाद्वार पर खड़ा भड़खम्बा[27] दिखाई देता है। भीषण विकराल *सहस्त्रशीर्षा पुरुषः* भूमि पर वह दस अंगुल ऊपर खड़ा है। इसका मुँह ब्राह्मण बन गया, भुजाओं को क्षत्रिय बना दिया, जो वैश्य हैं वे इसकी जंघा। अरे,

27. गाँव के महाद्वार पर सिंदूर मलकर खड़ा किया हुआ खंभा।

लेकिन अब इस उत्तुंग पुरुष के पैर कहीं टूट तो नहीं गए? ये तो महाद्वार का ढेगूमेगू[28] बन गया। पुरुष सूक्त के ब्राह्मणों के मुँह भी भाग गए शहर में। और भुजाएँ? उन्हें तो चंद्रगुप्त मौर्य ने कभी का तोड़ डाला था। यानी इन देहातों में बच गए केवल जंघा तोड़नेवाले वैश्य? खंडेराव, सभी छोड़कर जा रहे हैं देहातों को। इस दिवाली में रेनी की धनगर बस्ती में जाकर होने दे डफली पर यह हेला :

ओ ऽ हे रे हो ऽ कि अन् जो हेला रे हो ऽ
कहते हैं सूख जाता है पानी और बना रहता है रक्त और सभी हुए मुक्त,
क्या केवल किसानों ने ही ले रखा है ठेके पर तुम्हारा ये पुरुष सूक्त
अन् जो हेला रे हो ऽऽ

असाढ़ी के तीन साल एक-से बीते। पहले साल की फसल अतिवृष्टि से बरबाद हुई। साल-भर जो बचा-खुचा था वही पकाया गया। महार, मातंग, भील, पावरा, कोरकू लोगों ने जंगल के पेड़-पत्ते नोचकर अपने पेट पाले। अगले साल भी बादल बस ऊपर से खिसकते दिख रहे थे। धोंडया नचाकर, मेढ़की घुमाकर भी कोई फायदा नहीं हुआ। दिवाली में एक दीया तक नहीं जला। जब कुर्मियों के घर ही खाली हो गए तो खेत-मजदूर और पौनियों के पेट कैसे पलते? मवेशी-जानवर मरने लगे। बाजार में उनका भी कोई खरीदार नहीं। किसान अपने अनबिके मवेशियों को वहीं छोड़कर चेहरे छिपाते ग्लानि से घर लौट आते। इस कारण बाजारवाले गाँव के आसपास लाशें ही लाशें और ऊपर मँडराते गिद्ध। छोटे-छोटे किसान इमली की पत्तियाँ खाकर, उसकी मूलियाँ चबाकर जीवित रहे। सतपुड़ा पहाड़ी की बस्तियों से हड्डियों का ढाँचा बने आदिवासी नीचे उतर आए। सुबह से ही गाँव में नए-नए भिखारियों की कतारें लगतीं। धीरे-धीरे गाँव के कुएँ का पानी भी सूख गया। नदी खोदकर और झरने खोलकर गरीब लोग गँदला पानी पीते थे, वह भी सूख गया। अब रात में डाके पड़ने लगे। लोग हाथ में बरछा, बरमा, लोहे की छड़ें, सब्बलें लिए बारी-बारी से सोने लगे। घर के अनाज के कुठले गुदड़ियों से ढँकने पड़ते। बड़े किसानों का खत्तों पर गुजारा होने लगा। एक ने दोपहर में खत्ता खोला। खबर होते ही गाँव के बाहरी लोगों के झुंड-के-झुंड अनाज पर टूट पड़े। वह किसान माथा पीटता बस देखता रह गया।

उसी ग्रीष्म में सिन्धु मौसी अपनी सत्रह-अठारह साल की लड़की सुधी को लेकर हमारे पास रहने के लिए आई और माँ के गले से लिपटकर इस कदर रोई कि दोनों के शरीर थरथरा उठे। भंडारे में उसकी दुर्दशा की कहानी सुनकर घर के सभी लोगों के दिल कराह उठे। माँ बोली, माँ-बहन ऐसे समय सहारे के लिए नहीं होतीं तो

---

28. बिना पैरोंवाली द्रविड़पूर्व काल की ग्राम-देवी।

किसलिए होती हैं? घर में बीस लोग भोजन करते हैं। तुम दोनों मन में कोई बात मत लाना। यहीं रहना। मौसी और सुधी खूब काम करतीं और जो रूखी-सूखी मिले चुपचाप खाकर पिछले दरवाज़े के पास बरामदे में सो जातीं। आगे चलकर एक बार हमारी दादी कभी धनाबय से बातों-ही-बातों में बोली थी—चिड़ियों ने खाया खेत और मेहमानों ने खाया घर। बाद में दादी माँ को लाख सफाई देती रही कि मैंने यूँ ही कहा था, तुम्हारी बहन को लेकर नहीं। कोई कहावत यूँ ही जबान पर नहीं आ सकती क्या भूल से? लेकिन...भूल से कैसे आएगी? जो दिल में वही जबान पर।

माँ और दादी में जोरदार झगड़ा हुआ। झगड़े का उत्स हमेशा की तरह पंद्रह साल पहले शादी के बाद माँ को ससुराल में सहनी पड़ी यंत्रणाओं में था। तब उसे नदी से पानी की खेपें ढोनी पड़ती थीं। यहाँ तक कि जचगी के पंद्रह दिनों में भी—सिर पर, कमर पर हंडा, कलसे लेकर नटनी की तरह रस्सी पर चलना। और दादी पानी से भरी बाल्टियाँ चौक में खाली करके माँ को जान-बूझकर लगातार खेपों के लिए दौड़ाती—बेलगाम घोड़ी।...किसको बेलगाम घोड़ी कहती हो, लौंडी, तेरे ही मन में गाँठ थी, बड़ा घमंड था न तुझे अपने मायके पर? आई बड़ी रावेर के बहादुर पाटील की छोरी। अब क्या रहा उसका?...क्या रहा मतलब? कपास के धंधे में खोट आई—मेरे बाप ने सारी जायदाद बेच डाली—लेकिन किसी का एक धेला उधार बाकी नहीं रखा। देखिए, धूप-छाँव सारे संसार में लगे रहते हैं। वो मिशनरी लोग महारोगियों की सेवा करते हैं, महार-मातंग के अनाथ बच्चों को पालते हैं, और एक सगी बहन पेट भरने आई तो इस कटखनी को भारी पड़ गई—हा हा हा हे भगवान ऽ—

फिर आक्रोश, रोना-धोना। दादी ने सासूपने के नए-नए तुरूप के पत्ते निकालकर माँ की बोलती बंद करानेवाली शिकायतें शुरू कीं। लेकिन जीत बहूगीरी की ही हुई। हमारा झमेलिया ननिहाल बहादुर पाटील के जमाने से ही अनेक करामातों के लिए मशहूर था। हमारी माँ की दादी नबाबाई हाथ में तलवार लिए गाड़े पर सवार होकर खेत जाती, क्योंकि उनके जागीर की जमीन दरअसल उन्हें होलकर सरकार द्वारा दी गई थी, लेकिन पेशवाओं ने उनसे बिना पूछे वही जमीन एक ब्राह्मण ठेकेदार को जागीर में दे दी। इसलिए उस पर अधिकार उसका होता जो उसमें बुआई करे। बुआई में यह तलवारवाली परनानी नबाबाई काछ कसकर तलवार चमकाती खेत के बीचोंबीच जब खड़ी होती, तभी सगवारे में हलें बेखौफ होकर चलतीं। इस वजह से उस इलाके के धानके आदिवासी लोग अभी भी नानी के दबदबे की बातें करते हैं। उनकी एक कहानी में ब्राह्मण ठेकेदार और हमारी परनानी के बीच खेती का युद्ध खास मजाकिया अश्लील शैली में वर्णित है :

घोड़ा गयेलो पड़ी   दरते घोड़ी उड़ी हो...
चढ़ी गयो पाटलीन   उलटा न पालटा गड़ी हो...
गभराया इजारदार   भाग पड़ी गयो हो
खूब लड़ी खड़ीखड़ी...होऽ राझी ऽ

खंडेराव, एक बारगी पी-एच.डी. पूरी हो जाए तो इन लोकगीतों को ठीक से संपादित करके प्रकाशित करना है। कब? सास-बहू के प्रत्येक उद्‌गार से ऐसी ही एक ऐतिहासिक कहानी, हर गाली से एक अनुभव अंकित होता जाता था।

सास-ससुर के सामने गर्दन उठाने तक की हिम्मत नहीं होती थी हमारी। ऐसी झगड़ालू बहू को तो कभी का घर से खदेड़ दिया होता। ससुराल का रिवाज निभाना ही पड़ता है। हमने नहीं भरा था पानी, वाह री पटरानी? मेरी सास तो साफ किए अनाज में मुट्ठी-भर कंकड़ मिला देती थी और पड़ोसनों को दिखाकर कहती थी, देखो बहना, देखो, कैसे अनाज साफ करती है? मैंने तो कभी ऐसा नहीं किया? आई बड़ी लाड़ली दुलारी? बुआई में एक बैल गिर गया तो मैंने अपने कंधे पर जुआ धरकर बुआई पूरी की। तभी तो इतना राजपाट बन पाया है तुम्हारे लिए। मुँहझौंसी। अपनी ही मर्जी चलाती रहती है। क्यों, हमारा इस घर में कुछ भी नहीं? बहुत चालाक बनती है। अगर पहले से ही तेरी लल्लो-चप्पो करती न, तो तू नखरैल सिर पर बैठ जाती, मुँहजोर।

जब तक घर में कोई पुरुष नहीं लौटता, तब तक यही चलता रहता। पड़ोस की गूँगी चाची हाथों के इशारों से झगड़ा सुलझाने की कोशिश करती। अंधी चाची दोनों के बीच बैठकर—बस हुआ न बहना, बर्तन से बर्तन टकराता ही है। अब चुप भी हो जाइए न मामी। घर-घर यही चलता है—वगैरह कहती रहती। ऐसे समय चिन्धु बुआ की दशा इधर आग और उधर खाई की-सी होती और इससे उबरने के लिए वह कोई-न-कोई काम निकालती रहती—दाल चुनना, फलियाँ तोड़ना, बाद में छिलके फटकाना, चटनी पीसना वगैरह, और चुपचाप करती रहती। लड़कियाँ घर के पिछवाड़े चुपचाप कुछ फुसर-फुसुर करती रहतीं। सारा उबाल निकल जाने के बाद झगड़ा अपने आप शान्त हो जाता। दिल को हल्का करने के लिए साल में कम-से-कम एक बार शायद दोनों को यह जरूरी लगता था। वैसे भी इतनी खेती, घर, मवेशी और कुनबे की आपाधापी में दिल के दबावों की सेंद्रिय शैली में सविस्तार अभिव्यक्ति के लिए अवसर मिलना मुश्किल ही था। इतना प्रदीर्घ झगड़ने के बाद शायद दूसरी बार झगड़ने के लिए आवश्यक ऊर्जा ही नहीं बचती या शायद सास-बहू के मन में एक दूसरे के प्रति मैल का विरेचन हो जाता, भाषा का जोश भी ठंडा पड़ जाता।

गाँव छोड़कर जाना माँ-बेटी दोनों के लिए मुश्किल था। झगड़े के बाद मौसी ने बिना बोले गोठ के पीछे चाराघर में खेती के औजारों का कमरा खाली कराकर लीप-पोतकर साफ किया। अंधी चाची से चार बर्तन लिये और सुधी और मौसी उसी दिन वहाँ रहने चली गईं। लेकिन हम सब उसी के पास खेलने जाने लगे। बिजा, छबा, बायड़ी और तायड़ी, सब सुधी के साथ खेलने के लिए वहाँ जातीं। भावडू के साथ मैं मौसी के छोटे-मोटे काम करने, उससे कहानियाँ सुनने जाता।

उसी समय सरकार ने अकाल के कारण सभी ओर उभरी भुखमरी से लोगों को बचाने के लिए उन्हें काम देकर मरनेवालों का अनुपात कम करने का निश्चय

किया। हमारे गाँव में शिरपुर से रावेर तक पक्की सड़क बनाने का काम शुरू हुआ। दस हजार मजदूर आए। मुफ्त में कौन मुँह में निवाला डालेगा—कहते हुए मौसी ने ऐन गर्मी में गिट्टी तोड़ने का काम ले लिया। गाँव के बड़े-बड़े किसानों की स्त्रियाँ भी काम पर जाने लगी थीं। लोग कहते, अगर इस साल भी बरखा नहीं हुई तो सभी को वहीं धूप में मरना पड़ेगा। सुधी की शादी के लिए घर से लाए रुपए-गहने मौसी ने माँ के पास छिपाकर रखे थे। अब रोज का खर्च मजदूरी पर ही चलाना है। गोठ का जलावन मुफ्त ही था। अब दादी को भी ग्लानि महसूस होने लगी थी, इसलिए वह हर रोज मौसी के कमरे में थोड़ी-बहुत दाल, सब्जी खुद पहुँचा आती। मौसी कहती, सुधी का पत्थर सीने पर नहीं होता तो मैं जान भी दे देती। आप कुछ भी करके इसकी शादी करा दीजिए, मैं फौरन आपके गाँव से निकल जाऊँगी। दादी कहती, सिन्धु बेटा, भगवान पर भरोसा रखो।

मौसी का बीमार पति भंडारा की ओर तपेदिक के किसी मिशनरी खैराती अस्पताल में अपने आखिरी दिन गिन रहा था। शादी के बाद से वह वहीं कोयले की खदान में बाबूगिरी करता था। इस जैसी-तैसी नौकरी से चिपके रहने के कारण उसने अपने गाँव सावदा में घर, खेती की ओर ध्यान ही नहीं दिया। चार-चार पाँच-पाँच साल तक उसका घर भी जाना नहीं होता था। छुट्टी ही नहीं मिलती थी। शुरू में मौसी छोटी-सी सुधी को लेकर सावदा जाकर अकेली रहती। लेकिन देवरानियाँ, वकील देवर और अत्यन्त क्रोधिष्ट ससुर—सभी के मन में इधर आराम से नौकरी करनेवाले और तनख्वाह का एक पैसा भी घर में न देनेवाले बड़े लड़के के प्रति मानसिक द्वेष था और हर बार उसका पक्ष लेकर झगड़नेवाली सिन्धु मौसी के प्रति तो और भी ज्यादा। दरअसल, मौसी पति का पक्ष नहीं लेती थी। किसी से कहना नहीं—इन्हें टी.बी. हुआ है, वरना सुधी की शादी में परेशानी होगी, सारी तनख्वाह इनकी दवा-दारू में निकल जाती है, हमने एक पैसा भी कभी फिजूल खर्च नहीं किया और न ही मैंने सालों से नई साड़ी खरीदी है—जी-तोड़कर समझाई ये बातें भी घरवालों को छल-कपट ही लगतीं।

विश्वयुद्ध के दौरान कपास के व्यापार में इंग्लैंड की कम्पनी का दिवाला निकल गया और रावेर का हमारा सामन्ती ननिहाल अचानक कंगाल हो गया। बचपन में महाजनी चोंचलों की आदी घमंडी बाप की इन लड़कियों की शादी ऐसे ही अनपढ़ घरों में हुई। असल में स्वाभिमानी, इसीलिए अब झगड़ालू, इस तरह इन सभी बहनों की बदनामी हर एक के ससुरालवालों ने पहले ही कर रखी थी। आगे इस घुटन के बिलकुल असह्य होने पर सिन्धु मौसी ने ससुराल जाना ही बंद कर दिया। दिल को कड़ा कर अंतिम दशा में पति को टी.बी. अस्पताल में भर्ती कर आई।

मायके जाना बेकार था। क्योंकि : जिस साल कपास के धंधे में खोट आई थी उसी साल नानाजी को जलगाँव के व्यापारी का उधार चुकता होने तक अपने

इकलौते बेटे, हमारे वासुदेव मामा को उस व्यापारी के पास जमानत के तौर पर रखना पड़ा था। नानाजी को सब कुछ बेच-बाचकर पैसा इकट्ठा करने में तीन महीने लग गए। तब तक वासुदेव मामा व्यापारी के गोदाम में एक टाट, एक लोटा और एक गुदड़ी—इतनी-सी सामग्री पर दिन-रात एक जगह बैठे-बैठे गुजारता। इतनी-सी थाली में दो वक्त जरा-सी खिचड़ी, कभी छोटी-सी रोटी, बस इतना ही मिलता। भूख, भूख और भूख। केवल पानी पीकर बैठे रहना। फिर वह गोदाम के अनाज के बोरे कुरेदकर कच्चा अनाज खाता—गेहूँ, बाजरा, चावल। फिर बीच में ही उसकी पेचिश शुरू हो जाती, लेकिन दिन-भर कुछ नहीं खाने पर अपने आप बंद भी हो जाती। लगातार तीन महीने। इस कारण जब नानाजी पैसे भरकर आतुरतापूर्वक उसे लेने पहुँचे तो वह बिना एक शब्द बोले उनके पीछे-पीछे चला आया। गूँगे जानवर जैसा। तब से वह घर में किसी से एक शब्द भी नहीं बोलता था। हिंस्र पशु की तरह बस देखता रहता, नानाजी के मरने पर भी।

सारांश, अपनी विवाह योग्य लड़की को लेकर जाने का मौसी के पास एक ही ठिकाना था—मोरगाँव की अपनी मालदार किसान बहन, चंद्रभागा, हमारी माँ। उसी साल भंडारा की ओर भी भीषण अकाल पड़ा। कोयले की खदानवाला वह रद्दी गाँव बाहर से आए पराई जाति के लोगों को भी असुरक्षित लगने लगा। उसी में सुधी, सत्रह साल की उभरती लड़की। उसे घर पर अकेली छोड़ अकाल के काम पर जाना संभव नहीं था। उसके इर्द-गिर्द मँड़रानेवाले मुस्टंडे मौसी से डरते नहीं थे। अकाल और पति की बीमारी के कारण पहले ही सारी आशाएँ सूख गई थीं। सुधी का स्कूल भी मैट्रिक के बाद समाप्त हो गया था। शादी के बाद कतर-ब्योंत कर एक-एक कर इकट्ठा किया अपना सारा सामान कौड़ियों के दाम बेचकर और जैसे-तैसे गहने बचाकर वह मोरगाँव आई। मौसी, दोष हमारी ग्रह दशा में होता है री।

उस समय पिताजी और चाचाजी सीना ठोंककर बोले, सुधी अच्छी लड़की है। साल-भर में हम उसका यहीं मंडप डलवा देंगे। बस यह असाढ़ी का साल बीत जाए। लेकिन असाढ़ी खत्म नहीं हो रही थी। असाढ़ी के दो साल गुजरने पर अब सभी यह मानकर चल रहे थे कि इस तीसरे साल बरखा होकर ही रहेगी। भगवान सबको मार थोड़े ही डालेंगे? उनके मन में भी कुछ दया होगी या नहीं? फिर मृगशिरा तक बरसात नहीं हुई। अब तो पानी के लिए भी भीख माँगना शुरू हुआ। अब इससे अधिक क्या होना है? और बचा ही क्या है होने के लिए?

इस अकाल में आठ-नौ साल की एक झबरीले बालोंवाली डेबरी लड़की हमेशा के लिए दिल पर अंकित हो गई। काली-सी। सफेद आँखें, सफेद दाँत। बाल—सीधे तने हुए और कभी तेल, कंघी न लगने से अस्त-व्यस्त फैले हुए, डाकिनी जैसे घने, हमेशा चेहरा ढँकनेवाले, नजरों को बाँधकर रखनेवाले। किसी से मिली हुई फटी-पुरानी, ढीली, दोनों कंधों पर खुली चोली। चोली के नीचे बड़े नगाड़े-सा

विशाल पेट। नीचे किसी का दिया हुआ मटमैला फटा घागरा, उसी को खींचकर काछ कसा हुआ। नीचे जमीन तक नाखूनों के सफेद खरोंच लगे काले-से खुले पैर। यह डेबरी, ठेठ जमीन से उग आई स्वयंभू पथरीली मूर्ति जैसी लगती थी। जब भी मैं थाली लेकर बरामदे में खाने के लिए बैठता, वह आँगन में खड़ी दिखाई देती। अभी भी जब मैं खाना खाता हूँ, वह आँगन और वह डेबरी—सभी का चित्र ज्यों-का-त्यों उतार सकता हूँ।

दे दो बहन, रोटी दे दो री मैया। पानी दे दो री मैया।

एक ही सुर में, जैसे किसी अज्ञात फासले से लाउडस्पीकर सूचना दे रहा हो। मैं रोटी का एक टुकड़ा उसे देकर फिर खाने को बैठता हूँ, फिर भी वह माँगती ही रहती है। मैं परेशान होकर पीठ फेर लेता हूँ या अंदर जाकर चूल्हे के सामने बैठ जाता हूँ। फिर भी वे सफेद आँखें आँगन से घर के भीतर घूरती रहती हैं। मैं गुस्से से चीखता हूँ, चल निकल जा आगे। फिर भी उसकी कानों को छेदती-सी आवाज। हर रोज, दिन भर। घर जाकर भी उसकी झोपड़ी में क्या होगा? मैं खाना खत्म करके पढ़ाई के लिए बैठता हूँ, गोलियाँ खेलता हूँ, तब भी वह आँगन में ज्यों-की-त्यों खड़ी। अडिग झबरी। मुझ जैसा कोई ऐसे सलोने घर में रहता है, खाता है, पीता है, खेलता है, किताबें पढ़ता है, सुन्दर-सुन्दर कपड़े पहनता है—इसे लगातार देखते रहना कहीं उसे अच्छा तो नहीं लगता होगा? क्योंकि इस जनम में तो उसे ऐसा कुछ मिलने से रहा। कम-से-कम देख तो सकते हैं? खंडेराव, तू जिंदगी-भर प्रिय डेबरी को भूलना मत। चाहे जहाँ रहो, जो भी हो, लेकिन खाना खाते समय एक बार ही सही अपनी डेबरी को जरूर याद कर लेना।

अपने हिस्से की रोटी का एक टुकड़ा यदि किसी भूखे को देते हैं, तो पुण्य मिलता है। पुण्य क्या है? कुछ भी नहीं। एक नैतिक कृति। बिना किसी लाभ के स्वयं अपना ही नुकसान करा लेने की बुद्धि। करनी है तो करनी है। ये ही चीजें शाश्वत हैं। एक बार माँ ने भागवत की या कोई और कहानी सुनाते समय कहा था, खंडू, भगवान इसी तरह किसी-न-किसी रूप में आकर हमारी परीक्षा लेते हैं। यानी यह डेबरी कहीं भगवान तो नहीं? घर में माँ भिखारियों के लिए एक रोटी ज्यादा बनाकर चंगेरी में सबसे नीचे रखती थी। सब भिखारियों को उसका एक-एक निवाला मिलना भी मुश्किल होता। ऊपर से ऐसा भयानक अनादि रूप लेकर आनेवाली ये डेबरी माता। आखिरी बचा टुकड़ा उसे देकर मैं चंगेरी उल्टी करके रख देता। फिर माँ : अरे, कम-से-कम एक टुकड़ा तो चंगेरी में रखना चाहिए न खंडू। लक्ष्मी मैया आएगी तो उसे भूखे ही लौट जाना पड़ेगा, शाप देगी। दूसरी और कौन-सी लक्ष्मी हो सकती है?

आँगन में इन अलग-अलग वेशधारी रूपों की कतार लगती रहती। भैया, तुम्हें भगवान ने दिया है, तभी तो आए हैं तुम्हारे द्वार? दे दो न भैया, एक निवाला तो दे दो। भगवान ने ही हमारी ऐसी दशा बनाई है। दे दो भैया, पुण्य मिलेगा।

दूर से रूखी तारसप्तक आवाज में केवल डुग्गी पर रेणुका माता का गाना गाती हुई काली, दुबली-पतली तीन प्रौढ़ स्त्रियाँ रेंगती हुईं इधर आ रही हैं :

तब जाकर पूछे माँ से कि बताएँ पिताजी हैं कहाँ ऽ ऽ
इसलिए ऽ ऽ हो हा ऽ जी ऽ ऽ टम् टम् टम् टम्
राम के डर से माँ ने पकड़ी जंगल की राह ऽ ऽ
जंगल की राह ऽ ऽ हो हा ऽ जी ऽ ऽ टम् टम् टम् टम्

शक के कारण परशुराम ने पिता की आज्ञा से माँ का सिर किस प्रकार झटके से उड़ा दिया, इस घटना से गाने का समापन करती हुईं वे हमारे आँगन में आती हैं। पीछे दोहरानेवाली दोनों औरतें पहली के अंतिम शब्द का टेक की तरह इस्तेमाल करती हैं और सुर को नीचे लाकर छोड़ देती हैं। इससे गानेवाली मुख्य औरत को हर पंक्ति से पहले थूक निगलकर गला तर करने का अवसर मिलता है। क्योंकि अगली हर पंक्ति उसे पूरी ऊर्जा से तारस्वर में गानी होती है :

हो गई आदिमाता रेणुका प्रसन्न हमें ऽ

इसके आगे पीछे गानेवालियाँ :

प्रसन्न ऽ ऽ हो हा ऽ जी ऽ ऽ टम् टम् टम् टम्

गानेवाली मुख्य स्त्री पर यह निर्भर है कि पीछे की गानेवालियों का धृपद कितनी देर खिंचवाना है और कब उसे अपने तारस्वर से डुबो देना है। ऐसा लगता कि ये पुनरावर्तन अनन्त समय तक ऐसे ही चलते रहेंगे, लेकिन तभी कुतिया के भौंकने की आवाजें और भारी कोलाहल। पीछे-पीछे सुई, सूजा, भिलावे ऽ ऽ हड़ गोंदना—तुलसी वृंदावन, मोर गोंद लो...बस एक टुकड़ा रोटी दे दे मैया, गुदड़ी सिला दूँगी। अकाल में भी भरी हुई और पुष्ट दिखनेवाली गोंड स्त्री को देखकर कोई स्त्री माँ के कानों में कहती है—मामीजी, चोर होती हैं ऐसी औरतें। लेकिन तीक्ष्ण कानोंवाली गोंड स्त्री तुरन्त कहती है, चोर नहीं हैं हम बहन। पहले राज्य थे हम गोंड लोगों के। कभी राजकन्या रह चुकी गोंडवन की सुन्दरी ही इस बहाने हमारे द्वार पर अवतरित हुई है। बाड़े की औरतें इकट्ठा होती हैं। चाची अपने बच्चे के लिए करगता में गूँफने की लोली[29] पूछती है।...मुआ जब देखो वहीं सहलाता रहता है। कोई गोंडनी से पूछती है, क्यों री, सुना है, तुम्हारे यहाँ दूल्हनवाले ही दूल्हे के घर पर बारात लेकर जाते हैं उल्टा? सारी स्त्रियाँ हँसती हैं। गोंडनी खामोशी से अपमान को निगलती हुई कहती है, रिवाज है बाप-दादाओं के जमाने से। अपना-अपना रिवाज होता है।...इस बच्ची की आँखों के नीचे गोंद दोगी? पलकें लम्बी दिखनी चाहिए।...एक टुकड़ा रोटी। इन दोनों लड़कियों के माथे पर कुंकुम का टीका लगाने लायक निशान, बिलकुल बीच में गोंद दो। एक टुकड़ा।

---

29. छोटे बच्चों की अपनी नूनी से खेलने की आदत छुड़ाने के लिए करगते से बाँधी जानेवाली लंबी मणि जैसी वस्तु।

यह सब होने के बाद गोंडनी आग्रह करके माँ से गुदड़ी का पूरन, पुरानी धोती माँगती है।...इसी की एक कथरी बना दूँगी मैया, आपके घर में लल्ला आए। मात्र एक टुकड़ा रोटी के लिए, जैसे तन्तुवाद्य छेड़ रही हो, गोंड स्त्री का काला हाथ गुदड़ी के सृजन में तल्लीन हो जाता है। उसे समय का एहसास नहीं रहता। प्रतियोगिता में दौड़ती लड़कियों की भाँति सुइयाँ आगे-पीछे कतार में, मोड़ पर तेजी से आगे खिसकती जाती हैं। समाप्त हुआ धागा झट से कलियों-जैसे सफेद दाँतों से काटती है और उसकी सुन्दर काली उँगलियाँ तुरंत धागे में गाँठ लगाने में जुट जाती हैं। गँड़तरे के लिए तीन रंगों के साबूत टुकड़े हँसिए से तिकोन, चौकोन के आकार में काटकर शुरू में ही ठीक से लपेटकर रखने के बाद बाकी बचा हुआ पूरन गुदड़ी के हिसाब से काटा जाता। धीरे-धीरे सुन्दर मुलायम दो कलाकृतियाँ तैयार होती हैं। गुदड़ी और तीन रंगों की कथरी। आँखों को चौंधियानेवाला जोड़ा। एक-सा डोरा घुमाए चक्रव्यूह और आवर्तनों में अंदर गायब होता डोरा। बीच में ही वह कलावती राजकन्या शरीर-मन केंद्रित अपने सृजन को रोककर भोली और उदास आँखों से माँ से पूछती है, इस साल भी असाढ़ी ही बनी रहेगी माई? छत्तीसगढ़ की ओर से दो बीस आदमी निकले थे। मरते-मरते आधे बचे हैं रास्ते में...

जब भी पनघट पर जाएँ, दोनों तरफ से मटकियाँ, जर्मन के बर्तन लिए आते ये ही लोग। किस-किस को और कितना पानी दें? पानी दे दो माई, पुण्य मिलेगा बिटिया, कम-से-कम एक घूँट तो पिला दो बहन, तुम्हारे घर में पलना झूले बेटी। बच्चों को पीठ से, सीने से लगाए पानी देनेवालियों की ओर दौड़ता हुजूम। इन्सानियत की कड़ी परीक्षा लेनेवाले दिन। अकाल के कारण लोग कहाँ-से-कहाँ निकल जाते हैं—कन्नड़, तेलुगू, कच्छी, हिन्दी, मारवाड़ी। इस अकाल के कारण ही तो कहीं हमारी राष्ट्रीय एकता नहीं बनी? या फिर पराए कठोर अंग्रेजी राज के कारण? पानी पीने का अपना आखिरी बर्तन भी दुकानदार के पास गिरवी रखकर जो मिले वह अनाज ले लेना। दुकानदार मना करता है फिर भी वह तेलुगू स्त्री बर्तन लिए घंटा-भर से वहीं खड़ी है—शायद उसकी दुनिया का अन्त भी यहीं होता है। जीवन का अन्त यानी दुनिया का अन्त। अब दूसरी ओर जाकर भी क्या फायदा? खंडेराव, तू भी इस तरह खड़ा होना सीख ले। देर रात तक गली में घूमनेवाली स्त्रियाँ—माई, जितना तुम दोगी उतना ही हम माँगेंगे। तुमने जो दिया वही लेंगे। किस मानसिक दशा से उपजती है ऐसी भाषा? दिया भूतकाल, लेंगे भविष्यत्काल। बड़े घर की माई, किस्मतवाली माई, दे दो री बहन। पास-पड़ोस में रहनेवाले भाई-भाई भी एक दूसरे से अनाज उधार माँगना भूल गए। उधार के अनाज का लेन-देन भी जब कोई नहीं कर रहा है, तो इन भिखमंगों के पेट में कौन डालता और क्या डालता?

इस भौगोलिक स्थिति के कारण सम्बन्धित प्रदेश के लोगों की स्वभावगत विशेषताएँ संसार के बाकी लोगों से अलग हो जाती होंगी। इस साल अकाल की मार

से बचे हमारे सभी लोग कतरब्योंत की एक संस्कृति पक्की करते आए हैं। गर्व करने लायक, किंतु कुछ बातें शर्मनाक भी। इसी कारण यूरोपीय-अमेरिकी लोगों को हम परिवेशवाद की प्रकृति से एकरूपता सिखा पाए, उनकी फिजूलखर्च वृत्ति को तुच्छ मान पाए। हमारे यहाँ खाने का प्रत्येक पदार्थ समानता से बाँट लेने का रिवाज है या नहीं? तरबूज की एक-एक फाँक ही हिस्से में क्यों न आए, लेकिन घर के सभी को स्वाद तो मिलता है। और रसोईघर की सब्जियों के तिनके, छिलके, हरा कचरा, रसोई का पानी, जूठन, बर्तन धोया पानी सब कुछ एक बाल्टी में इकट्ठा करके हम गाय-भैंस को देते हैं। एक तिल सात लोगों ने खाया था, खंडू—दादी कहती थी।

और यूरोपीय संवेदना के वर्चस्व के कारण आई बीमार सफाई—साबुन, पाउडर, बनाव-सिंगार? पहले एक बाल्टी पानी में सारे गंदे कपड़े खँगालकर फिर साफ पानी की दूसरी बाल्टी में उनको धोना—साबुन की जरूरत ही क्या है? इस बगुले जैसे सफेद रंग की धोती के बजाय गांधी-विनोबा की खद्दर की धोतियों के पीले-से रंग साफ नहीं थे क्या? हाथ धोने के लिए राख में क्या बुराई है? बालों के लिए काली मिट्टी? सीकाकाई? और रसोई में औरतों की ऊर्जा-बचत? बिजा, एक साथ सारी लकड़ियाँ मत ठूँसना चूल्हे में। एक-एक करके लगाती रहना। आगे रोटी बनने तक पीछे के भानचूल्हे पर दाल चढ़ा देना। उधर चूल्हा गर्म रहता है, वहाँ दूध रख देना। छब्बू, रसोई बनने पर फौरन लकड़ियों पर पानी डाल देना, कोयला तो मिले। दूध अंगार पर गर्म होता रहेगा, मलाई अच्छी छूटती है। लाड़ली, राख जमा करके रखना। बर्तन मलने के लिए अच्छी राख निकालकर रखना। बाकी डाल दो कूड़े के ढेर पर। बच्चो, गिलास को बिना मुँह लगाए पानी पिया करो, ऊपर से, धोने के लिए उतने ही कम बर्तन निकलेंगे। भावडू, नहाने के लिए इतना गर्म पानी? बावड़ी का ताजा पानी लेकर देखो जरा एक बार—कितना बढ़िया गर्म होता है।

सादगी को यूरोपीय लोग दरिद्रता समझते हैं। लेकिन उन्हें समझाने से पहले हमें, हमारे यहाँ जो वाकई दरिद्रता है, उसे भी ठीक करना होगा। यानी? कैसे खंडेराव? देखो, त्योहार, उत्सव में भी कमखर्ची—गणेश चतुर्थी को गालियाँ देना। दिवाली में घर की वस्तुओं का ही जलपान, दीया, तेल, बाती। होली के दिन एक पुड़िया रंग—कम खर्च में खूब मौज। भावडू की कमीज खंडू को आती है, पहनो कुछ दिन, दशहरे को नई खरीदेंगे। लहँगा तो सीधा बिजा से फटते-फटते छबी, सुभी, शशी और आगे गिह्लाण में अम्बूमाय के पास। या भावडू के फटे हुए बनियान खेत के गिरधर रखिया के लिए बचाकर रखना। आकाशदीप और एक रुपए में? क्यों खर्च करता है खंडू? सुपड़िया के पास से बाँस की तिलियाँ काट लाओ और दो आने का रंगीन कागज, यावल में तो एक आने में ही मिलेगा। ऐसा कितना समय लग जाएगा? चले जाना गपशप करते अपने दोस्त रघु के साथ, दोपहर तक घर वापस। मैं कागज के फूल काटकर दुम लगा दूँगा। गेहूँ के आटे की गोंद। शाम को आकाशदीप टाँग देंगे छज्जे पर। कितने मेहमान आएँगे नीलू चाचा? पड़ोस से गद्दे,

चद्दरें ले आएँगे। लोटे, गिलास, थालियाँ जमा कर लेंगे। बस। और दो-चार मेहमान ज्यादा आ गए तो ? तो हम सब दरी पर सो जाएँगे। एक ही रात का तो सवाल है। अब खंडू, और सावधानी से देखो : क्या हुआ ? हाथ कैसे फूल गया ? कुछ लगा था क्या ? खून जमा हुआ होगा। कहाँ डॉक्टर के पास जाएँगे किराया खर्च करके ? हमारा शिवराम नाई खून निकाल देगा। आँखें पीली पड़ गईं ? पसीने से भी पीला रंग कपड़ों में लग रहा है। अरे भिकलाल सुनार से दाग लगा आओ गर्दन पर।

बढ़िया। लेकिन ये ही आदतें बाकी लोगों का शोषण करती हैं, उसका क्या ? जामून ले लो जामून, ताजगी भरे पहाड़ों के जामून।...क्या भाव दिए ?...एक पैसे में पाव सेर।...एक पैसे में पाव सेर ? मुफ्त ही तो मिलते हैं पहाड़ों में।...पेड़ पर चढ़ना पड़ता है काका। धूप में आना-जाना, पैरों में काँटे...पैसे का आधा सेर दे।...बाल-बच्चे हैं भैया, पेट है।...देना हो तो दो पैसे में तीन पाव सेर दे ? नहीं तो चलता बन यहाँ से। ...नहीं खाया तो मर नहीं जाएँगे ?

क्यों नामू सेठ, आराम से बैठे हो ?...लकड़ी के गट्ठर खरीदने हैं। जलावन खत्म हो गया है।...हाँ, गट्ठर लेना, लेकिन जरा देर से। अँधेरा घिर आने पर इन भीलनियों को लौटने की जल्दबाजी पड़ जाती है। पैसे मिलने पर जवार के लिए इन्हें घर-घर घूमना पड़ता है। फिर चक्की बंद होने से पहले जवार पीसकर पैदल ही अपनी बस्ती में पहुँचना होता है। एक तो सुबह तड़के लकड़ी तोड़ने के लिए पहाड़ में जाते हैं, घर जल्दी तो जाना ही पड़ता है। ठहर जा थोड़ी देर। दाम गिराकर रुपए से कम में ही माँगियो गट्ठर। उसका तो बाप भी देगा। जल्दबाजी मत करना। राम राम, एकाध आने के लिए इन स्त्रियों को इतनी देर, फिर घर जाने में देरी, पकाने में और भी देरी। फिर पहाड़ों की उनकी झोपड़ियों में कहाँ से होगी दिया-बत्ती ? देना ही पड़ता है।

खंडेराव, दरिद्रता और सादगी के बारे में यूरोपीय लोगों की समझ बढ़ाने से पहले हमें अपनी समझ बढ़ानी चाहिए। जरूरत और कमी के बीच का इनसानी फर्क।

चैत्र की सफेद चाँदनी में यावल की सड़क से हम मोरगाँव के पंद्रह-बीस लड़के पीठ पर बड़े-बड़े थैले लादे टोलियाँ बनाकर जा रहे हैं। कंट्रोल का अनाज प्रति व्यक्ति एक पसेरी, मॉरिशस से मँगाई गई कच्ची चीनी प्रति व्यक्ति तीन छटाँक और चार-पाँच गज थोक मारकीन हर घर को मिलने लगा था। जिन्हें मालूम पड़ा उन्होंने पटवारी को चार-चार आना रिश्वत खिलाकर अपना अनाज का कार्ड बनवा भी लिया। नीलू चाचा, भावडू और उनके बीचोंबीच मैं एक दिन पहले ही रात में यह सब लाने निकल पड़ते हैं। दरअसल, भुखमरी के दिनों में गरीब लोगों को अनाज पहले मिलना चाहिए। लेकिन लालच से कौन बचा है ? उसमें भी पता नहीं सभी तक कार्ड कब पहुँचेंगे। और तब तक क्या इतना अनाज बचा रहेगा कि तहसील के साठ

देहातों के लोगों को पूरा पड़े? कैसी भुखमरी मची है? इंग्लैंड में चलेगा ऐसा? कम-से-कम हमारे चरवाहे को, सालदार को देने के लिए तो यह कंट्रोल का अनाज काम आएगा? रात में ही नम्बर लगाएँ तो दूसरे दिन दोपहर के बाद कतार दुकान तक खिसकेगी।

उम्र में मुझसे बड़े, हाइस्कूल में पढ़नेवाले चार-पाँच लड़कों के साथ चलते हुए उनकी काव्यशास्त्रविनोद की चर्चा सुनना मेरी जिंदगी का सुनहरा मौका होता है। इससे अपने बड़े होने का एहसास होता है। गाँव के बाहर संगम पर मरघट के निकट धनजी बोवा के खेत के पास मेरी पीठ से ठंडी-ठंडी झुनझुनी निकलती है। मैं एक हाथ से नीलू चाचा की कलाई कसकर थामे और दूसरे हाथ से जोशी भट के गजा का हाथ भी कसकर पकड़ते हुए नीचे कदमों की ओर देखता चलता हूँ। शायद वे दोनों भी डरे हुए थे। कलेजा थामकर आगे निकल आने पर नीलू चाचा गजा से पूछता है, तू कुछ कह रहा था न गजा? पंजाब से लौटे महन्त महानुभाव नागराजबाबा बता रहे थे कि उधर गेहूँ के खलिहान में खिरमन-के-खिरमन जानवर चरे जा रहे हैं। भावडू कहता है, लेकिन उन्हें इधर लाएगा कौन? सरकार क्या करती है? घर में रोटी नहीं बनी है दो महीनों से। हम जैसों का यह हाल है तो सोचो गरीब बेचारे क्या करते होंगे?

सशस्त्र क्रान्ति, नीलू भाई। इन हरामी अंग्रेजों को खदेड़े बगैर हमारे देश में अच्छे दिन भला कैसे आएँगे? आप सावरकर के लोग मुसलमानों के विरोध की बातें करते हैं, दंगे-कत्लेआम की बातें करते हैं, लेकिन हमारा खून चूसनेवाले अंग्रेजों के खिलाफ एक शब्द नहीं बोलते? वाह भई वाह! अंग्रेज लोगों ने अपने सोल्जरों के लिए अनाज के भंडार भर-भरकर रखे हैं। जनता साली मरती है तो मरे।...गजा, अरे ये अंग्रेज हमें बहुत पहले आजादी देनेवाले थे। लेकिन इसी मुस्लिम लीग के कारण बात बिगड़ गई। वो साले मुसलमानों के लिए अलग राष्ट्र माँग रहे हैं। अगर अंग्रेज इतने ही बुरे होते तो कंट्रोल का अनाज सस्ते में क्यों बाँटते गाँव-गाँव?

भावडू के साथ हाइस्कूल मैट्रिक में पढ़नेवाला और वर्नाक्युलर की फाइनल परीक्षा में सारे देश में अव्वल कहा जानेवाला स्कॉलर लड़का वसंत नास्तिक कम्युनिस्ट था। उसके बोलना शुरू करते ही बाकी सभी डरी-सहमी एकाग्रता से उसे सुनने लगते। वह कहता है, यदि लोगों की भुखमरी ज्यादा बढ़ी तो मार डालेंगे वे अंग्रेजों को। रूस जैसी क्रान्ति होगी। इसीलिए इन्हें यों थोड़ा-थोड़ा देना पड़ता है। यह ऐसी व्यवस्था है कि आप चुपचाप खटते रहो, और इसके फल इंग्लैंड में लोगों के बगीचों में लगेंगे। जब तक पराधीनता है, तब तक समृद्धि, सुधार का नाम भी मत लो।

इनमें से काफी शब्द मेरे लिए नए थे। लेकिन बचपन से भावडू के साथ इसी तरह बड़े लड़कों में रहने के कारण मेरे मस्तिष्क की जानकारी में इजाफा हुआ था। फिर मैं उस स्कॉलर लड़के से पूछता हूँ, वसन दादा, हमारे पहले ही पाठ में दिया है कि अंग्रेजों ने तो हमारे पिछड़े देश में काफी सुधार किए हैं—सतीप्रथा, छापाखाने—

खंडू, ये सारी किताबें अंग्रेजों के वफादार हमारे ही किराए के टट्टू भडुए लोगों ने लिखी हैं। यह तो दिखाई दे रहा है न कि अंग्रेज जहाज भर-भरकर लूट का माल ले जाते हैं? अगर वे इतना करना भी छोड़ दें तो भी काफी सुधार होगा। तुम्हारा हुना चाचा, बेचारा षड्यंत्र में पकड़ा क्या गया, मार ही डाला इन हरामखोरों ने उसे। कर ही क्या सकते हैं हम? हमारे लिए पीने के पानी तक का प्रबंध भी किया है इन अंग्रेजों ने? कानून किसकी समझ में आता है? शिक्षा भी ऐसी मिलती है जो लुटेरों को ही अच्छा कहने का सबक पढ़ाती है। बड़ा होने पर तू खूब पढ़ना।

लेकिन हम लोग लड़ते क्यों नहीं? चुपचाप क्यों बैठे हैं?

ऐसा है खंडू, पहले तुम अच्छे-से खूब पढ़ो। पैसा है तुम्हारे घर में। एम.ए. करो, पी-एच.डी. करो—फिर तुम्हारी समझ में आएगा कि गुलामी धीरे-धीरे खून में बस जाती है। लोगों का बिना सिर उठाए जीना, सत्ता पर आसीन लोगों से बिना सवाल किए और बिना नजरें मिलाए हर बार उनकी हाँ-में-हाँ मिलाना, जिस वर्ग के हाथ में सत्ता की बागडोर है, उसके कहे अनुसार ही चलने की आदत हो जाती है। अंग्रेजी राज से लेकर कई पीढ़ियों से हमारे देश के ऊपरी वर्ग का यह आनुवांशिक गुण बन बैठा है। इस देश के सभी बौद्धिक पेशे—अखबार, शिक्षा, अनुसंधान सब ऐसे ही हैं। पराधीनता की विवशता उसूल के लिए भी यथासंभव झगड़ा टालने में व्यक्त होती रहती है। हमारी पाटीलपुरी में शिरपत पाटील उस बदचलन यशोदी के घर दिन-दहाड़े कभी भी आकर दरवाजा भिड़ा लेता है। कोई इस पर खुलकर क्यों नहीं बोलता?

पैसा। कोई सच्चाई की खातिर लड़ा, किसी ने अच्छे कामों की खातिर हिंसा की, लेकिन उसे अपराध से जोड़ दिया गया। जैसे यदि कुत्ता काट खाए तो क्या हम भी कुत्ते को काटें? सारे अन्याय समर्थ लोग करते गए, इस कारण पीड़ित बस कहते रह गए कि सेर को सवासेर मिलता ही है। जैसे दुनिया दुष्टों को अपने आप सजा देनेवाला नाटक ही है। भास्कर सेठ ने उस बेचारे गंग्या की बेटी का खेत में बलात्कार किया—किससे न्याय की गुहार लगाएँ? कहाँ है हमारा न्यायालय? अंग्रेजी में काम चलता है वहाँ, दस-दस साल, और वकील पूरी तरह से निचोड़कर रख देता है। फिर हमारे निःसत्व लोग कहते हैं, जाने दो, ईश्वर दुष्ट को सजा जरूर देंगे। हाय भी धीरे-धीरे सूखकर नष्ट हो जाती है। किसी का बच्चा विकलांग पैदा हुआ, लड़की विधवा हुई, लड़का फेल हुआ तो कहेंगे—देखो, ईश्वर सब देखते हैं। ऐसे ही भाग्यवादी बन गए हैं हम। अरे जब ईश्वर होता ही नहीं, तो वह करेगा क्या?

भावडू कहता है, क्यों वसन भाई, बाकी चाहे जो हो, लेकिन नीति-नियमों की, न्याय-व्यवस्था की एक उच्चतम संस्था के तौर पर हम लोगों को ही उच्चतम न्यायालय समझते हैं या नहीं? जनमत...लोग हँसते हैं उस पर, शिरपत पाटील की कहाँ इज्जत करते हैं लोग? लोग निंदा करेंगे न। लोग क्या कहेंगे?...ये भी तो है।

भावडू का यह मुद्दा सही था। आत्मनिष्ठ निकषों की अपेक्षा लोगों के मानदंड अधिक अभिजात, अधिक व्यापक होते हैं। लेकिन उन्हें भी झूठ साबित करने के सिद्धान्त अंग्रेजी राज में तैयार हुए। बड़े-बड़े फ्रॉड समाचारपत्रों ने भी कभी इसे प्रकट नहीं होने दिया। लेकिन लोग सच्चाई जानते थे।

स्कॉलर वसंत भावडू के प्वाइंट का जवाब दे रहा था। अंग्रेजी साम्राज्य के मुख्य आधार कौन हैं? इत्मीनान से शहरों में रहनेवाले और अंग्रेजी सीखकर उन्नत हुए लोग। तुम जिनके बारे में कहते हो वे 'लोग' बेचारे भुखमरी से मरते हैं, गरीबी से परेशान हैं और कुछ हम जैसे गँवार इस तरह अकाल में एड़ियाँ रगड़ते हुए एक रात पहले ही कंट्रोल का मक्का पाने हेतु नम्बर लगाने के लिए हाथ-पाँव मारते—

ठहरो ऽ

सामने से दो पुलिसवाले लाठियाँ पटकते हुए आए और हम सभी को सड़क पर खड़ा करके बोले, ऐ छोकरो, कौन हो तुम?...मोरगाँव के हैं हवालदार साहब।...इतनी रात गए कहाँ जा रहे हो?...सुना है कंट्रोल का अनाज और कपड़ा आया है। घर में अनाज बिलकुल नहीं है, जीजाजी।...इतनी रात गए? मादरचोदो, गुनाह है रात बारह बजे के बाद घूमना। म्युनिसिपालटी की हद शुरू हुई है उस लाईट के खंभे से।...नम्बर लगाना है हवालदार साहब। सुबह आने में देर हुई तो कुछ भी नहीं मिलेगा।...छोकरो, अब तो तुम्हें पुलिस थाने ले जाना ही पड़ेगा।...नहीं नहीं साहब, चाहे तो वापिस लौट जाते हैं हम, लेकिन ऐसा मत कीजिए। एक गरीब लड़का तो रोने भी लगा। उसे पारधी लड़कों ने बताया था कि पुलिसवाले थाने पर ले जाकर गाँड में डंडा घुसेड़ते हैं। हमारे आदर्श स्कॉलर वसंत भी दिङ्मूढ़ हुए खड़े थे।

तभी पीछे से चले आ रहे लोगों में लक्कन मारवाड़ी का ताँगेवाला गुलब्या दिखाई दिया और हम सभी की आशाएँ पल्लवित हुईं। गुलब्या पल-भर में सारा माजरा समझ गया और दोनों पुलिसवालों को सड़क के किनारे अँधेरे में ले जाकर कुछ दारोगा साहब, गुलाबराव—जैसे शब्दों की खुसुर-फुसुर की। फिर गुलाबराव तेजी से आकर हमारे बीच खड़ा हो फुसफुसाया, चार-चार आने निकालो बे जल्दी, नहीं तो बैठोगे चौकी में और होगी ठुकाई। उसने दोनों मुट्ठियों में रेजगारी जमा की और दोनों पुलिसवालों की दोनों आधी चड्डियों में ठूँस दी। वापिस आकर हमसे बोला, चलो, बढ़ो आगे, उसकी माँ की, काहे का कानून बे?

हम भेड़ों के झुंड की तरह **कंट्रोल का अनाज** तख्तीवाली एक दुकान के सामने आए। यहाँ लोग पहले से ही कतार लगाए हुए थे। गप्पें चल रही थीं। हम उदास होकर उनके पीछे कतार में जा बैठे। मुझे भावडू और स्कॉलर वसंत की ओर देखकर बहुत बुरा लग रहा था। चार-चार आने जाने का नहीं बल्कि इन महान विचारकों का कितना अपमान? बेचारों के अथाह ज्ञान की क्या कद्र की पुलिसवालों ने? बचपन से यही संस्कार। वाकई, खंडेराव, गुलामी आनुवांशिक होते-होते धँसती जाती है। बड़ा होने पर तू इस आनुवंशिकता को बदलवाने का कोर्स लाना। लेकिन

ऐसा कोर्स भी इंग्लैंड-अमेरिका में ही होगा। धत्। कतार में सारे लोग हँस रहे थे, गपशप कर रहे थे, चर्चा, हँसी-मजाक कर रहे थे। बीड़ी जलाकर सभी ओर घूम रहे थे। हास्य विनोद निंदा—रात बड़ी मजे में कटी।

सुबह के ग्यारह बज गए, फिर भी दुकान का दरवाजा बंद। रेवेन्यू डिपार्टमेंट से कोई बाबू आएँगे तब ताला खुलेगा। उनके आए बगैर ताले की सील नहीं खोली जा सकती थी। यह सील यानी लाख लगा एक कपड़ा चिपकाया हुआ था। बाबू साहब कब आएँगे ?...आ रहे हैं। चाय पीने गए हैं लोकल बोर्ड के अध्यक्ष के पास।...ये लोकल बोर्ड क्या होता है भाई ?...शायद लोगों से यानी हमीं से सम्बन्धित होगा।...आ गए, आ गए, बाबूसाहब आ गए। तहसीलदार साहब भी आ गए। कतार बनाओ, कतार बनाओ।...ये बदबू कैसी है ? दूकान से ही बदबू आ रही है।...कच्ची चीनी से ऐसी ही बदबू आती है।...साला फिर हमारे गुड़ में क्या बुराई थी ?...आप बड़े लोग ही तो गुड़ के हलुवे को बुरा-भला कहते थे। गुड़ की चाय पीना ओछे लोगों का लक्षण समझते थे। अब यह केमिकल से सफेद बनी चीनी और नमक—खाओ।...देखो, चूहे कूद रहे हैं, निकल भागे देखो दुकान से।...और ये चूहे भी क्या इंग्लैंड से भेजे गए हैं ? *हँसी*।...चलो, कतार में ठीक से खड़े रहो।

हर कोई पीला कार्ड हाथ में लिए खड़ा है। खंडू, तुम मेरे नम्बर पर खड़े रहना। मैं पहले मारकीन के लिए नम्बर लगाता हूँ। कपड़ा ज्यादा जरूरी है। विट्ठल दादा को पंढरपुर के मेले में लाखों लोगों के सामने मृदंग बजाने के लिए खड़े रहना पड़ता है। यहीं रुकना।...अरे भावडू, वो कौन बीच कतार में घुस रहे हैं ? उनसे कहो कल रात से नम्बर लगाकर बैठे हैं, भाई। पागल हैं क्या हम ? देहात से पैदल चलकर आए हैं।

ऐ साले खेड़े के येड़े, किसने बोला रात में आओ करके ? आँ ? ग्यारह बजे का टेम है।...अरे वाह भई वाह, ये क्या बात हुई भला ?...अबे हट पीछे।...अब क्या करें भावडू ?...चल हट, बाजू हो जाव, तेरी माँ की तेरी। तेरे बाप की दुकान है ? हड्डी तोड़ देंगे।...जाने दे रे भावडू, वो तो हिन्दी बोल रहे हैं, कोई झगड़ा मत करना भाई। नहीं भैया।...चुप बैठो, क्या हुआ ये भडुवे हिन्दी बोल रहे हैं तो ? मोरगाँव की एक झापड़ पड़ेगी तो अक्ल ठिकाने आ जाएगी सालों की।

भावडू में और कतार में घुसकर उसके आगे खड़े मरियल-से दिखते दो मवालियों में हाथापाई शुरू होती है। उधर नीलू चाचा भी कतार छोड़कर दौड़ा आता है और हिन्दी बोलनेवाले एक दुबले-से आदमी को गटर तक धकेलते हुए ले जाता है। फिर बाबूसाहब सबको शान्त रहने को कहते हैं। नीलू चाचा को अपनी वीरता के कारण कपड़ा तुरन्त मिल जाता है और वह मेरी जगह खड़ा होकर बीच-बीच में पीछे घूमकर देखता है कि खदेड़े हुए दोनों कहाँ गए। थोड़ी देर में सात-आठ हट्टे-कट्टे लड़के लाठियाँ लेकर आते दिखाई देते हैं। नीलू चाचा वहाँ

उपस्थित मोरगाँव के सभी लोगों से एकता का आह्वान कर उन्हें संकट में डाल देता है। मैं भी डर जाता हूँ। लेकिन तभी एक पुलिसवाला आता दिखाई देता है और मवाली लड़के डरकर गायब हो जाते हैं। कतार शान्ति से आगे खिसकती रहती है। शाम तक हम सभी के नम्बर आ जाते हैं। बीच में एक बार भावडू घर से लाई नमकीन रोटी सभी में बाँट देता है और मुझे मूँगफली भी। बीच में थोड़ी-बहुत हाथापाई होती है। फिर मक्का खत्म हुआ, लाल दाल खत्म हुई, कपड़ा खत्म, फिर कच्ची चीनी भी समाप्त। दुकान फौरन बंद हो जाती है। सरकारी गोदाम से माल लाना पड़ेगा—अब वो बंद हो गया होगा। देर से आए मोरगाँव के लोग रात-भर वहीं रुकने की बात करते हैं।

नीलू चाचा, भावडू और मैं सफल प्रत्याशियों की तरह अनाज के थैले कंधों पर डालते हैं और गाँव के बाहर होटल में मिसल, एक-एक कप चाय पीकर गाँव की ओर चल पड़ते हैं। वसंत स्कॉलर, भावडू और नीलू चाचा विश्व राजनीति, जापान-इंग्लैंड-जर्मनी वगैरा की बातें करते हैं।...देखिए कैसे कंट्रोल के दिन आए हैं, हमारे लोगों को ऐसी खराब मारकीन की धोती का जोड़ा लेना पड़ रहा है। कैसा रेशमी कपड़ा बुनते थे हमारे लोग? अजन्ता में देखा न तुमने, महीन पारदर्शी कपड़े पहने स्त्रियाँ। और अब?...अरे, लेकिन तब भी वह कपड़ा हम जैसे गरीब किसानों की किस्मत में कहाँ होगा? सामन्त, राजाओं को ही मिलता था वह।...अरे लेकिन इन दो सौ सालों में हमारे देश के बुनकर नहीं बना सकते थे ऐसे कपड़ों की मिलें? यूरोपीय लोगों के पास ही दिमाग है और हम लोगों के पास नहीं? अरे हमारा हुना दादा यही तो कहता था, गाँव-गाँव कत्लेआम करो, फिर देखो कैसे इनकी जीएएनडी फटती है और ये दुम दबाकर भाग खड़े होते हैं जहाजों से।

मैं बीच में ही पूछता हूँ, क्यों नीलू चाचा, हमारा देश आजाद कब होगा?...और सौ सालों तक तो बिलकुल नहीं। ऐसी सोने की खदान आसानी से थोड़े ही छोड़ेंगे ये विलायती सूअर? भावडू कहता है, महात्मा गांधी...देखो भावडिया, नाम भी मत लेना उस बुड्ढे का। चरखा चलाकर भी कहीं ऐसी राक्षसी मिलें बंद होंगी? हमारे लोगों को बुद्धू बनानेवाला कोई-न-कोई चाहिए। अहिंसा-अहिंसा करता रहता है वह। इधर मुसलमान हमारी स्त्रियों को भगा ले जा रहे हैं। मुम्बई में कैसा दंगा किया इन मुसल्लों ने। हरामखोर अंग्रेजों ने हथियारबंदी का कानून क्या बनाया, हम लोग इतने-से खंजर से भी डरने लगे। वरना हमारे घरों में नागोराव के जमाने की कैसी बड़ी-बड़ी तलवारें थीं। कुएँ में झोंकनी पड़ीं। हमारे गाँव में खुद तातिया तोपे रहते थे। वसंता, तू मान या ना मान, लेकिन हाथ में तलवार आते ही शरीर में वीरता अपने आप आ जाती है। हाथों में हल पकड़ेगा तो बैल ही बनेगा। क्योंकि हर वस्तु का अपना सहचारी भाव होता है। इसीलिए खंडू, तू एटम बम बनाना सीख। कैसे मसल दिए जापानी लोग—दो धमाकों में, हिरोसाकी और नागासीमा खतम। अरे, ये एटम बम बनानेवाले सभी वैज्ञानिक जर्मन थे।

जर्मन और हम एक ही हैं। हम आर्य ही तो हैं। अब हिन्दू संगठन ही महत्वपूर्ण राष्ट्रीय कर्तव्य है। मैंने कसम खाई है। बस यही एक लक्ष्य। अपने गाँव में राष्ट्रीय स्वयंसेवक संघ की शाखा खोलनी है। रावलपिंडी से लेकर सारे देश में एक लाख शाखाओं का जाल बुनना है। गुरूजी का अखंड भ्रमण इसीलिए जारी है। मैं पुणे से यह सब सीखकर आता हूँ। त्रिशत कोटि कलकल कंठनिनाद करवाने। इस देश में सारे हिन्दू ही थे। मुसलमान था एक भी ? अब सात कोटि बने हैं और जल्दी ही चार गुना होनेवाले हैं—चार-चार बीवियाँ। सभी का शुद्धीकरण करके उन्हें हिन्दू बनाना चाहिए। खंडू, हर रोज शाखा में उपस्थित रहना, समझे ? अपनी कक्षा के लड़कों को भी ले आना। खड्ग, मल्ल, धनुर्विद्या सिखानी है हरेक को।

बातें करते-करते हम गाँव के पासवाली चढ़ाई चढ़कर ऊपर आते हैं, तभी नीचे संगम का पानी दूर से चाँदी जैसा चमकता दिखाई देता है, और बरगद के नीचे अँधेरे में मटकेवाले धनजी बोवा के डर से हम सब सहसा राष्ट्रीयता के परे अद्भुत की सीमा में आ जाते हैं। संदेह से अपने ही कदमों की आहट ले पीठ पर लदा बोझ सँभालते हुए उतरने लगते हैं। ऐसे में दाहिनी ओर मरघट में एक चिता जलती दिखाई देती है। कौन हो सकता है ? भावडू कहता है, हम तीनों में से तो कोई नहीं। हम खुलकर हँसते हैं। इससे धनजीबोवा के भूत का दिल पर पड़ा दबाव ढीला हो जाता है। भावडू फिर विनोद करता है, देखो, अकाल में भी भुखमरों को कमी नहीं। हा हा हा। लेकिन भावडू तुरन्त गंभीर होकर कहता है, हमारा भी तो यहाँ कभी-न-कभी नम्बर आएगा। पहले या बाद में, क्या फर्क पड़ता है ?

वाकई भावडू, क्या फर्क पड़ता है ? हमारे बीच तूने ही कितने पहले नम्बर लगा लिया। फिर भी तू मुझमें हमेशा मौजूद होता है, संकट की घड़ी में हमेशा कहता रहता है : खंडेराव, क्या फर्क पड़ता है ?

उस साल गाँव में, आसपास की रिश्तेदारी में बहुत सारे लोग मरे—बाल-बच्चे, जवान, बूढ़े। युद्ध की इतनी बातें होती हैं, लेकिन अकाल में उससे कई गुना लोग मारे जाते हैं। लेकिन इस आग से बचे लोग जिंदगी-भर के लिए आध्यात्मिक हो जाते हैं, दार्शनिक मुद्रा में बतियाने लगते हैं।

सिन्धु मौसी अकाल में सूखकर काँटा होती जा रही थी। बहुत बदल गई थी। दूर तक पैदल चलकर जाना, सड़क पर जहाँ मिले वहाँ बराशी भरने का काम करना, फिर उतना ही पैदल वापस। उसके पैरों में बहुत दर्द होता। गिट्टी तोड़ते-तोड़ते आँखें बंद करने का हुनर सीखने तक वह अपनी आँखों को चोटिल करती रही। घर आने पर रोटी खाकर लेटी रहती। एक-दो बार धूप भी लग गई थी। उसके लौटने पर भावडू या मैं गुड़, नीबू-पानी लेकर दौड़ते जाते। मौसी के पैर दबाना हमारा पसंदीदा काम हो गया था। इसके बदले मौसी कहानियाँ सुनाती। बचपन से उनके

घर में लगातार पुराण, कथाएँ होती रहती थीं। लेकिन माँ के मुकाबले मौसी की कहानी सुनाने की कला विलक्षण थी। दीवार पकड़कर धीरे–धीरे उसके हड़ियल पैरों को अपने नन्हे पैरों से दबाते–दबाते खिसकते चले जाना। पैर दबाने के बाद उसकी बेचैनी कुछ कम हो जाती। फिर उसकी तंद्रा लग जाती और उसकी भाषा का अविरल प्रवाह शुरू हो जाता। बचपन के ठाठ–बाट की यादें, फिर अचानक उलटफेर, शादी, पति की बीमारी, मेहनत, दुर्दशा, इस तरह दूसरे के घर पड़े रहने की मजबूरी, धूप, चलते रहना, धूल, इकलौती लड़की का धुँधला भविष्य—उसके लिए यह सब असहनीय हो जाता। कब आएगी पटरी पर सुधी की जिंदगी? अभी तक कहीं सगाई क्यों नहीं हो रही है? अकाल भी खत्म नहीं हो रहा है। दहेज कम तो नहीं पड़ेगा? पति के अच्छा होने पर क्या उन्हें नौकरी पर लिया जाएगा? लेना ही पड़ेगा। चालीस सालों से वे कोयला कम्पनी के लिए तिल–तिल खटते रहे हैं। कोयले की धूल के कारण ही तो उन्हें टी.बी. हुआ। रखना ही पड़ेगा। फिर वह माँ के पास अपना मन हल्का करती :

चंद्रा, ये अच्छे तो हो जाएँगे न?...होंगे सिन्धु, जरूर होंगे। तपेदिक के अनेक मरीज अच्छे–खासे होकर घर लौट आते हैं।...बहुत कतरब्योंत करके गृहस्थी चलाई है री मैंने। कुछ ज्यादा ही हुआ। आदत भी तो नहीं थी हम बहनों को, कितना करतब्योंत करती, कहाँ तक करती? अब शर्म आती है, लेकिन सगी बहन से मन की बातें न कहें तो और किससे कहें, बता? अब उनके अच्छा होते ही ऐसा खर्च करूँगी, ऐसा पैसा बहाऊँगी कि लोग कहेंगे कि ये पगला तो नहीं गई है? दोगुना दूध लूँगी। सारे बर्तन स्टील के खरीदूँगी। ऐसी सर्दी में जर्मन की पतीली में पानी गर्म करती थी मैं। अब ताँबे का बम्बा लेने की सोच रही हूँ। एक दिन समय निकालकर चलेगी तू मेरे साथ खरीदारी के लिए? काम तो रोज का ही है तुम्हारा और हाँ, एक स्वेटर भी लेंगे उनके लिए—लम्बी आस्तीनोंवाला। सुधी की गाड़ी पटरी पर आ ही जाएगी इस साल। क्या करना है मुझे पैसा जमा करके भी? जान साँसत में आने पर ही समझदारी सूझती है री चंद्राऽऽ...

लेकिन उसका पति नहीं बच पाया। भावडू और चिन्धु बुआ मौसी के साथ गए और उसका दाह संस्कार कर आए। मौसी का यह धागा भी टूट गया। अब केवल सुधी के ब्याह की चिंता रह गई।

शरीर को झुलसानेवाली बैसाख की धूप। सड़क पर काम करनेवालों के लू से मरने के समाचार। एक बार माँ ने मुझे काम सौंपा : चीथड़े में बँधी रोटी, सूखी मूँगफली के दानों की चटनी और बड़ा–सा प्याज हाथ में देकर बोली, खंडू, मौसी आज भूखी ही काम पर गई है। खाली पेट कैसे काम करेगी रे वह? सुख में पली जान, पर देखो कैसे दिन आए हैं? जाओ तो बेटा, मौसी को ढूँढ़ना और जब तक वह इतना खाए नहीं तब तक उठना नहीं उसके पास से। जाओ जल्दी।

पगडंडियों से छलाँग लगाता धनजीबोवा के घर और नदी से होकर सड़क पर। धूल, ट्रक, रोलर, शोरगुल। ढूँढ़ते-ढूँढ़ते मैं भूभुर उड़ाता जाता हूँ। असली अकाल गाँव में या घर में, मालूम ही नहीं पड़ता। यहाँ जिधर देखो उधर स्त्रियाँ ही स्त्रियाँ, जो सिर पर पल्लू ओढ़े चेहरा छिपाए धूप की आग सहती हुई गिट्टी ढो रही हैं। जिनके पास हथौड़े थे, वे बड़े पत्थरों के छोटे-छोटे टुकड़े कर रही हैं। किसी का पति पास ही धूप में धोती ओढ़कर पैर पेट से सटाए लेटा पड़ा है। एक इमली के पेड़ की छाँव में दस-बारह नन्हे शिशु तिपायों पर धोती की झोली में अचेत सोए हैं। कुछ झोलियों पर धूप आ-जा रही है। जरा आगे काम कर रही बच्चों की माँओं के स्तनों की चूचियों में एक बैद स्त्री अफीम लगा रही है। लगाना जरा और, ऐसे लगाना कि शाम तक उठना नहीं चाहिए।...बहुत हो गई न बहना, क्या मार डालोगी बच्चे को?

खंडेराव, यहीं तुम्हारे ध्यान में आया कि चींटी-चींटी बनता हुआ तू स्वयं वल्मीक ही हो गया है। याद कर। गर्मी अड़तालीस डिग्री से ज्यादा बढ़ जाने के समाचार, और ये सात हजार कुटुम्ब मील-मील भर के फासले पर भरी दोपहरी में ताड़-ताड़ पत्थर तोड़ रहे हैं। जमादार चीख रहे हैं। ट्रकें घूँ घूँ शोर मचाती हुई दौड़ रही हैं। भूभुर भूभुर। काम पर नजर रख रहा सड़क बाबू अँगोछा ओढ़े ट्रक की छाँव में उकड़ूँ बैठा डायरी पर चार खड़ी लाइनों को छेदनेवाली पाँचवीं लाइन बनाकर घमेलों के खेपों की गिनती कर रहा है। बरास का भारी कड़गर भरने के बाद उसे ढोकर बीस कदमों पर रखनेवाले दुबले-पलते छोटी कदकाठी के पावरे, कोरकू मजदूर हाँफते हुए ढहे जा रहे हैं। अबे ओ छोटे, खड़ा क्या है? उठा। किसका अँगूठा टूट गया रे? उसकी माँ का, फूहड़ ही है साला। चिंदी बाँध, ट्रक का ऑईल डाल उस पर, तेरी माँ का। ठीक हो जाएगा।

मौसी कहती है, ये ठेकेदार दो रुपयों पर अँगूठा लेकर डेढ़ रुपया ही हाथ में टिकाते हैं। इसकी शिकायत करो तो काम ही नहीं मिलता। इधर से उधर सड़क पर भटकाते रहते हैं। क्या बुरा है ये डेढ़ रुपया भी? ये जो दूर-दूर से, मध्य प्रदेश से आदिवासी आए हैं, ऐसे भूखों मरते हैं कि आठ आनों में भी काम के लिए तैयार हो जाते हैं। ऊपर से मजदूरी भी देर से—अँधेरा होते-होते, बाजार बंद होने से जरा पहले। जान-बूझकर देर करेंगे। फिर हरेक को जल्दी। जमादार अँगूठा स्याही में डुबाता है और कागज पर कहीं टिकाकर कहता है—चलो। अफीम से गहरी नींद में सोए नन्हों को कंधे पर उठाए माएँ जल्दी से गाँव की ओर। जवार खत्म होगा बहना बाजार का, चलो जल्दी।...अंजा, आज भी तुम्हारा हाथ दबाया जमादार ने?...जाने दो, अपने दिन ही खराब हैं—चलो, जोंधरी खरीदनी है, पिसवानी है, चूल्हा जलाना है, रोटियाँ बनानी हैं—चलो। लड़की जलावन खींच लाई होगी तो अच्छा होगा। चलो जल्दी-जल्दी।

मैं मील-भर की धूप में मौसी को ढूँढ़ता रहा, लेकिन वह कहीं नजर नहीं आई। बाद में छोटी-छोटी बबूल की छाँव में अपने मुँह को लू से बचाने की खातिर मुड़ा

हाथ सिर पर ढाँपे इधर-उधर लेटी औरतों को देखते हुए आया। भूखे पेट मौसी से इतनी देर तक यह काम संभव ही नहीं है। लेटी हुई स्त्रियों के पैर दिखाई दे रहे हैं। मैं हजारों में भी मौसी के पैरों को पहचान सकता हूँ। पैरों पर चलनेवाली हमारी प्राचीन संस्कृति में अभी भी पैरों की कितनी महिमा है—ईंट पर खड़े विट्ठल, पादुकाएँ, चरणकमल, चरणरज, पाँव धोना, पल्लू से पाँव साफ करना, पाँव पड़ना, कदम घर में पड़ने दीजिए, चरणामृत, पाँवड़ा, पौरा, और पाँव दबाना। पल्लूवाली, ओढ़नीवाली, घाघरेवाली, हाथ भर हस्तीदन्ती चूड़ियोंवाली आदिवासी स्त्रियों के जत्थे पार कर मैं एक कँटीले झंखाड़ के नीचे बैंगनी रंग की नौ गज धोतीवाली स्त्री के लम्बे-लम्बे हड़ियल पैरों के पास झुककर आवाज लगाता हूँ, *मौसीऽऽ*।

बिलकुल सही, मौसी स्वयं ही उठ बैठती है। छाँव में खिला हुआ अंखुवा है तू राजा बेटाऽ, क्यों आया रेऽऽ इतनी कड़ी धूप में ? मैं जल्दी से रोटी निकालकर उसे खाने का आग्रह करता हूँ। सूखे पल्लू से चेहरा पोंछकर मौसी एक हाथ में रोटी को पकड़कर दूसरे हाथ से तोड़ती है और सूखी चटनी और प्याज जल्दी-जल्दी निगलने लगती है।...पानी ?...मौसी, यहाँ पानी नहीं होता ? अरे अरे, काश, मैं पानी ले आता। मौसी ऊपर सूरज की ओर देखकर मुझे तुरन्त जाने के लिए कहती है। मैं तड़पकर कहता हूँ, मौसी, रोज इतनी कड़ी धूप में क्यों आती हो तुम काम पर ? किसी दिन घर भी रहा करो न ? मौसी मेरी तरफ देखती रह गई। फिर *घर* बुदबुदाकर गहरी ठंडी साँस छोड़ती हुई बोली, घर ही तो टूट गया रे खंडू, तेरी इस मौसी का। वरना बैठी रहती घर में। उस सूनी जगह की बजाय ये खेती की गर्मी ही अब अच्छी लगती है बेटा। जाओ, जाओ बेटा। जरा दूर से मैं पीछे मुड़कर देखता हूँ। सिर पर भूभुर-धूल ओढ़े औरतें, भूतनियों जैसी। तिपायों में गहरी नींद में सोए नन्हे बच्चे। खाड़-खाड़ गिट्टी तोड़ने का एकरस ताल। इनमें मौसी कहाँ है ?

खंडेराव, तू अभी तक उसी सड़क पर वैसे ही, उसी तरह पीछे देखता हुआ खड़ा है।

बाद का साल अचानक दयालु बनकर आता है। प्रकृति ही इतनी दयालु हो सकती है। खूब बारिश, दोनों नदियाँ लाल-लाल पानी से लबालब। खूब फसल। मौसम में जंगली हरा मेवा खाने की खूब मौज। किसी-किसी को *खाना-खाना* चिल्लाते हुए मरे, घर के किसी आदमी की अचानक याद हो आती और निवाला हलक से नीचे उतरना मुश्किल हो जाता। यूँ ही सूने झूले में हरकत होने का या खाली खटिया के करकराने का आभास होता। फिर देनेवालों के हाथ उदार हो जाते। अब उल्टा किसानों को महारबाड़े में घूमकर मजदूरों की मिन्नत करनी पड़ती। अरे भई बोमटू, आ जा न बुआई के लिए, एक दिन ही सही, आ जा। क्यों रे भई भीमा, तूने तो आने का वादा किया था, और अभी ऐन समय पर मना कर रहे हो ? तुम्हारे बगैर कैसे

निभेगा भई हमारा ? अरे भाई, ऐन कपास की फसल पर दगा मत देना। चाहे तो तुम्हें चार-चार आना ज्यादा देता हूँ, ठीक है ? सुबह-तड़के काम पर हाजिर हो जाना भाइयो। देखो, जरूर आना, वरना यह कुर्मी मर ही गया समझो।

इस सारे झंझट की थकान से चूर पैर पसारकर सोते हुए कुर्मी अपने मन में बिना कोई ईर्ष्या-द्वेष रखे कहता है, ठीक है यारो, कभी नाव गाड़ी पर तो कभी गाड़ी नाव पर, लगा ही रहता है। दीर्घ जम्हाई : ऑ ऑ ऑ ऽ विट्ठल विट्ठल विट्ठल, भगवन, बस एक तू ही है।

गौरैया दीदी, गौरैया दीदी, क्या करती हो ?

पकाती हूँ, खिलाती हूँ, पिलाती हूँ, सुलाती हूँ, बर्तन माँजती हूँ, कपड़े धोती हूँ...

जंतरी देखकर अवधूत पंडित ने कहा कि सुधी का ब्याह इसी साल करना जरूरी है। मानो ग्रहों ने भी सिन्धु मौसी के दिल की यह बेचैनी अचूक पहचानी। लेकिन अवधूत पंडित का ऐसे दुर्लभ योग का दावा किसी को नहीं जँचा कि लड़की के घर में स्वयं लक्ष्मी पानी भरेगी। साधारण-सा, निर्व्यसन, पाँच-दस बीघेवाला किसान लड़का मिल जाए तो भी सभी तुरन्त मंडप सजाने के लिए तैयार थे। घर-बार और बाप-बिरादरी से वंचित निराधार लड़की के लिए यह भी काफी सौभाग्य की बात होती। गरीबी के कारण उसका तेज कुंठित हो गया था, लेकिन गौर से देखनेवालों पर उसकी मोहिनी चल जाती। लड़कियों की किस्मत उन्हें कहाँ-से-कहाँ ले जाती है। कितने ही बड़े-बड़े तालेवरों के घरों में गरीब घर की लड़कियों का निभ जाना देखा है हमने। सुधी को देखते ही कोई जमींदार कहता, वाह, यही लड़की हमारी कोठी की शान बनेगी। करेंगे रिश्ता ? फिर दहेज, सोना, मान-मनौती, लगातार पाँच दिनों तक चलनेवाला ब्याह—बातें शुरू होतीं। फिर मध्यस्थ कहते, दुल्हनवाले हैं, कुछ तो देना ही पड़ेगा न ? यह भी नहीं लगना चाहिए कि दुल्हन यूँ ही उठाकर ले आए हैं। फिर सिन्धु मौसी गूँगी हो जाती, बस सुनती रहती। जाति के लाभ लेकिन गरीबी का दोष।

चिन्धु बुआ ने जी-जान से मौसी को समझाया, अरी बहना, इन बड़े-बड़े जमींदारों के घरों में लड़की को ब्याहना, यानी कसाई के दरवाजे पर गाय को बाँधना है। इनसे तो गरीब मजदूर अच्छे। जहाँ पैसा ज्यादा वहाँ इन्सानियत कम। इन पुरानी हवेलियों में रहनेवाले लोग तो बस मुर्दा होते हैं। सोच-समझकर हामी भरना। ऐसे बड़े-बड़े घरों में लड़कियों को जंग लग जाता है। बीस साल पहले चिन्धु बुआ का ब्याह धरणगाँव के ऐसे ही एक जागीरदार की शानो-शौकत पर लट्टू होकर बड़े ठाठ से किया गया था। और बेचारी अब इस तरह दो लड़कियों को लेकर हमेशा के लिए मायके में बोझ बनकर रहने को अभिशप्त है। ससुराल में सहनी पड़ी यंत्रणाओं के बारे में इतने सालों तक उसने किसी से कुछ नहीं कहा था। इतने सालों बाद वह हाय पहली बार उसके मुँह से सभी को सुनने को मिली। उसकी बड़ी लड़की बायड़ी सुधा

की ही उम्र की है। दोनों का जन्म एक ही साल में हुआ था—बस दशहरा और दिवाली का ही अन्तर। लेकिन चिन्धु बुआ ने पिताजी के सामने एक ही शर्त रखी थी—मेरी बायड़ी का ब्याह भले पाँच सालों तक न हो, कोई बात नहीं, लेकिन लड़का शहर का ही ढूँढ़िए। चाहे छोटी-मोटी नौकरी करनेवाला हो, पट्टेवाला सिपाही हो या पुलिसवाला हो, यहाँ तक कि ड्राइवर हो तो भी कोई हर्ज नहीं, लेकिन देहात का जमींदार नहीं चाहिए। चिन्धु बुआ बुद्धि में तेज तो थी ही, निश्चय में भी अडिग थी। दोनों लड़कियाँ भी अपनी माँ की बात माननेवाली। लड़कियाँ शहर में सुख से जीवन बिताएँ, यही एक सपना उसने जिंदगी-भर सँजोए रखा था। जैसे घेंघा अपने पेट में चुभनेवाले पत्थर के टुकड़े के इर्द-गिर्द अपने ही पेट का रस थापकर उसका ठोस मोती तैयार करता है, जिस पर एक भोली भावुक छटा होती है। अरी सिन्धु, क्या करेगी उनकी खेती और माटी को लेकर, देहात की इन संगदिल हवेलियों की बजाय शहर का किराए का एक कमरा भी औरत के लिए ज्यादा सुखदायी होता है।

चिन्धु बुआ का यह सपना अपनी बरबाद हुई जवानी की आँच में पका हुआ था। और देहात के सभी को यह सही भी लगता था। छोटी-छोटी लड़कियाँ भी कहतीं, क्या वाकई वहाँ घर-घर में नल से पानी आता है? तो फिर हम भी शहर का ही पति करेंगे सखी। इसका मुख्य कारण थी हमारे पड़ोस की चाची—जिसे सभी औरतें बड़े प्यार से *मोटी जसोदी* कहकर पुकारती थीं। हर गर्मी में मोटी जसोदी मुम्बई से आती और केवल मुम्बई शहर की जादुई दुनिया के बारे में ही बतियाती रहती, क्योंकि कुछ सालों से पूरी तरह बहरी हो जाने के कारण वह अपने अलावा किसी और की बातें न सुनने की आदी हो गई थी।

शहर यानी अविश्वसनीय अजीबोगरीब दुनिया—घर के अंदर ही पानी, गुसलखाना और पाखाना भी। बाल्टी में चम्मच-भर साबुन का पाउडर डाल दो, बदबद नल शुरू कर दो और पाँच मिनट में सारे कपड़े झक सफेद। रसोई भी खड़े-खड़े, धुआँ भी नहीं और बर्तनों पर कालिख भी नहीं। सब कुछ अचंभित करनेवाला। घर में हमेशा पलंग और उस पर बिछा गद्दा—जब चाहे सो जाओ। साथ में लाइट, पंखे हमेशा चलते रहनेवाले और सड़कें भी साफ। सड़कों पर बिजली की जगमगाहट। साथ में ऊँची एड़ीवाली चप्पलें, रोज शाम को हाथ में पर्स, उसमें पैसे, अधखुले सीने और अधखुली पीठ की कुर्ती पहनकर हवा खाने बाहर। यूँ ही। दिन के मुकाबले रात में ही वहाँ असली दिन होता है। धन्य हैं वे शहरवासी। शहर में भीतर ही भीतर घूमने के लिए ट्राम, रेलगाड़ियाँ, और तो और नाटक और सिनेमा भी दिन-रात। रानी का बगीचा। पुलिसवाले चाचा का तो इतना रोब कि सिगरेट मुँह में रखकर वे फुटपाथ पर कुछ-कुछ बेचनेवाले लोगों के सामने खड़े होते है और कहते हैं 'करंट देव' और वह आदमी माचिस की डिबिया में एक नोट डालकर दे देता है। बाकी समय भी कुछ खास काम नहीं रहता। खाकी वर्दी पहनना और बीच-बीच में उन्हीं में से सौ रुपए ऊपरवाले साहब को दे आना। पुलिसवाले चाचा गाँव के युवा

लड़कों को भी ऐसी नौकरी देने का भरोसा दिलाते थे। लेकिन मोरगाँव के लोग इस शर्त के कारण अपने बच्चों को मुम्बई नहीं भेजते थे कि वहाँ पाँच सौ रुपए की रिश्वत पहले देनी पड़ती है। किसी के भी पास एकसाथ इतने सारे रुपए कभी होते ही नहीं थे। जल्दी ही पुलिसवाले चाचा मुम्बई में अपना नया मकान बनानेवाले थे।

मकान बनवाने का और मोटी जसोदी का दोनों कानों से बहरे हो जाने का कारण एक ही था। हुआ यूँ कि दो-एक साल पहले बंदरगाह की गोदी में खड़े माल ढोनेवाले एक जहाज पर बहुत बड़े-बड़े विस्फोट हुए और जहाज से सोने की ईंटें आसमान में उछल गईं। ठीक उसी समय गोदी के पीछेवाले अपने पीले गेट क्वार्टर्स में मोटी जसोदी दोपहर के भोजन के बाद लेटी कान में बहुत अंदर तक हेयरपिन डाले तल्लीनता से कान साफ कर रही थी। उस समय इन भयानक विस्फोटों से वह पिन शायद उसके कान में ही कहीं खो गई। उसी वक्त गोदी में सुरक्षा की ड्यूटी पर तैनात कर्तव्यदक्ष चाचाजी भंगार के कचरे की एक ईंट अखबार में लपेटे जल्दी-जल्दी क्वार्टर्स में घुसे और चाची के हाथ में वह अखबार थमाकर उसके उसी कान में कुछ गोपनीय बात कहकर निकल गए। लेकिन वह गोपनीय बात उसे सुनाई नहीं दी। इस कारण सोने की दूसरी ईंट जिसे चाचाजी क्वॉर्टर्स के पीछेवाले कूड़ेदान में छिपा आए थे, झाड़ूवाली की किस्मत में थी। वरना, मोटी जसोदी तभी डबल लखपति बन जाती।

ब्याह से पहले घास के गट्ठर ढोनेवाली ये जसोदी आखिरी गली के गरीब किसान की सीधी-सादी लड़की थी। लेकिन अब वह मुम्बई की हाउसिंग सोसाइटी में रहती है। सोने के नए-नए गहने, सुन्दर-सुन्दर वायली की साड़ियाँ पहनती है। इसी उदाहरण के बाद शायद मोरगाँव में शहर जानेवालों की लहर-सी शुरू हो गई होगी। इसके अलावा वह लड़कियों को ऐसी स्नो पाउडर की डिबिया लाकर देती कि लड़कियाँ गोरी दिखने लगतीं। और बाल-बच्चों से परेशान गँवार औरतों को माहवारी के बाद कितने दिनों तक सोना शेफ रहता है, जैसी कुछ-कुछ मॉडर्न सलाह भी निःस्वार्थ भाव से देती। सभी लड़कियों ने फिर युगधर्म समझकर शहर का ही पति करने का निश्चय किया। परिणामतः मोरगाँव के सभी ब्याह के उम्रवाले युवा शहर की ओर चल पड़े। फिर एक बार मोहेनजो-दड़ो के बसने का आरंभ।

बार-बार गिर पड़नेवाली, आधार के बिना खड़ी रहने में असमर्थ पीली लकड़ी की गुड़िया ठकी।

सुधा के ब्याह से लेकर हमारे बाड़े में हर साल या एक साल छोड़ कम-से-कम एक लड़की का ब्याह होता आया है। सुधी के ब्याह के अगले साल उसकी माँ की जिद पर बायड़ी का ब्याह मुम्बई के एक सब-इन्स्पेक्टर से हुआ। इसके अगले साल नीलू चाचा की इकलौती छोटी बहन सुमी का। बाद के साल में बुआ

की छोटी लड़की तायड़ी और हमारी बड़ी बहन बिजा—दोनों का एक ही मुहूर्त पर और एक ही पंडाल में। बाद में भावडू का हुआ और सोना भाभी—केवल एक नई स्त्री घर में आई। इसके बाद छबी का, बीच में दो साल खाली बीत जाने पर लाड़ली का, और बीते साल छोटी शशि का। इस तरह सारी कोठी लड़कियों से खाली होती चली गई।

पितृसत्ता में सारी गौरैयाँ उड़ जाती हैं। बचा रहता है अकेला कौआ भाई खंडेराव। सारी प्रापर्टी का अकेला मालिक। अनायास बन बैठा मालिक। भावडू का यदि बेटा होता तो मैं मुक्त हो जाता। लेकिन वहाँ भी है नन्हीं-सी गौरैया।—बीस साल बाद तुम्हें ही उसका ब्याह कराना पड़ेगा, खंडेराव। अब तू ही कर्ता-धर्ता बननेवाला है। अब यह जिम्मेदारी तुम्हारी है।

सोना को घर का कामकाज निबटाने में हमेशा की तरह देर हो जाती है और छोटी बच्ची गौरैया पिनपिनाती हुई उसके पीछे-पीछे घूमती रहती है। फिर सोना उसे उठाकर बाहर आँगन में ले आती है। लहँगा पहने हुई सारी लड़कियाँ उसकी ओर दौड़ती आती हैं। उनमें से एक लड़की गौरैया को पीठ पर लादकर एक-एक खटिया के पास ले जाकर कहती है, *बोरा ले लो ऽ री चीनी का*।...कैसे दिया ? एक रुपिया में।...एक रुपिया ?...नहीं चाहिए जी इतना महँगा। फिर अगली खटिया पर भी ऐसा ही। इस तरह यह बोरा बाहर आँगन में घूमकर आता है और खिलखिलाकर हँसते-हँसते धीरे-धीरे ऊँघने लगता है। *अँगाई मँगाई ये ग ये तू गाई*...लोरी के सुरों में गिरफ्तार होकर गौरैया नींद की नीली-जामुनी दुनिया में रेंगती हुई चली जाती है। उधर माँ ऐसी ही किसी लड़की को थपथपाकर सुला रही है। *घोगर आई री ऽऽ घोगर आई, सो जा, सो जा*। आकाश की चाँदनी नींद में भी लकालक जगमगाती रहती है। उधर जरा बड़े बच्चे अभी तक सोने का नाम नहीं ले रहे हैं।

चैत्र की आटे जैसी चाँदनी। खाना-पीना निबटाकर सारी लड़कियाँ अपने आँगन में ऊधम मचा रही हैं। एक-एक खटिया डाली जा रही है। मुलायम गुदड़ियों पर लोटते हुए बच्चे कह रहे हैं :

गौरैया दीदी, गौरैया दीदी, क्या करती हो?
चूल्हा जला रही हूँ कौआ भाई।
गौरैया दीदी, गौरैया दीदी, क्या करती हो?
रोटी बना रही हूँ कौआ भाई।
गौरैया दीदी, गौरैया दीदी, क्या करती हो?
सब्जी बना रही हूँ कौआ भाई।

गौरैया दीदियो, कितने ये व्यंजन ? आपका काम कब खत्म होगा ? गौरैया दीदी, गौरैया दीदी, क्या करती हो ? बच्चे को नहलाती हूँ ? धत्, बच्चे का हगना-मूतना और न जाने क्या-क्या, ऊपर से कितनी देर ? बच्चे को पिलाती हूँ, सुलाती हूँ, दीठ लगाती हूँ। गौरैया दीदी, गौरैया दीदी, क्या करती हो ? बर्तन माँजती हूँ। फिर

एक-एक बर्तन। बाप रे, इतने बर्तन माँजने हैं? रोज? फिर क्या करती हो? तो कपड़े धोना। इतने कपड़े? रोज? गौरैया दीदी, आज क्या तो पानी भर रही हो? अब क्या पानी का छिड़काव करती हो? और रंगोली कौन बनाएगा? धीरे-धीरे मैं ही ऐसा कहने लगता हूँ। गौरैया दीदी, अब क्या बिस्तर बिछा रही हो? गौरैया दीदी, गौरैया दीदी यह सब तुम कैसे सहती हो—बस यही एक सवाल तुम्हारा यह कौआ भाई पूछता है। *एक उँगली कटप...हड़ीहप हड़ीहप।* लाड़ली क्या कर रही हो? *पकड़ री लाड़ली खंडू का कान, च्याऊ म्याऊ च्याऊ म्याऊ, कु र्र्र्र...एक हाथ की किकली, मामा देगा साड़ी...झिम्मे।* एक-एक कदम से जमीन थरथराती है। लड़कियों के इस ऊधम से बूढ़ी स्त्रियाँ परेशान हो जाती हैं। सारा आँगन सिर पर उठा रखा है छिनारों ने। लड़कियो, बस करो अब। कोई गाना गाओ।

देखो, उधर दादी कहानी सुना रही है सोनसाकी की, जाओ। यह कहानी दादी की दादी ने बचपन में अपनी दादी से सुनी हुई होती है और वह सारी लड़कियों की पसंदीदा भी होती है। दादी, क्या सोनसाकी आखिर में बिल्ली बन जाती है? सुन...एक थी सोनसाकी...बिल्लियों का राज—लकालक चाँदनी। एक-एक लड़की खेल छोड़ती जाती है। धीरे-धीरे बड़ी होती जाती हैं। बीते बीस सालों में एक-एक की बिदाई इसी आँगन से होती रही है। बाजा बजता है। मंगलाष्टकों के शार्दूलविक्रीड़ित गाए जाते हैं। सारी लड़कियाँ सातों बहनों का झुंड बनकर उदासी भरी टिटँव टिटँव करती हुई इतने सालों के उजाड़ जंगल पर छा जाती हैं। आँगन सारे पशु-पक्षियों से—बाघ, भेड़िया, गौरैया, कौआ वगैरा से अश्मयुग की चाँदनी का अरण्य बन जाता है। उस उम्र का वही प्राचीन अरण्यकाल सभी को अपना-सा लगता।

उधर चाँदनी की तरह सफेद बालोंवाली अंधी चाची की लम्बी कहानी शुरू हो जाती है : लड़कियो, दूध काला होता है क्या? रस टेढ़ा होता है क्या? नहीं ना, तो जंगल में एक भाई और बहन रहते थे। यह सोचकर कि इस कहानी में हम ही हैं, एक-एक बच्चा सोने लगता है। बड़े कदवाली लड़कियों की हलचलें भी धीमी होने लगती हैं। धीरे-धीरे एक-एक को फूल की तरह उठाकर बिस्तर पर डाला जाता है। आँगन के पीपल की मर्मर ध्वनि उनके अवचेतन के आदिकाल पर कब्जा कर लेती है। हमारे सामने बीते इन बीस-पच्चीस सालों का वहाँ नामोनिशान तक नहीं मिलता। *नखुल्या बाई नखुल्या, चंदनाच्या टिकुल्या।*

चूँकि सिंहस्थ में मुहूर्त नहीं होते हैं, इसलिए उसके दबाव के चलते रुके हुए सभी लड़के-लड़कियों के ब्याह फटाफट तय होते गए। लेकिन सुधी का कहीं तय नहीं हो रहा था। किसान के लिए ब्याह का मुख्य लाभ यानी हाथों का दो से चार होना, यानी घर का, खेती के कामों का भार दो हाथों से कम हो जाना। इस कारण ऐसे समय कुर्मी ब्याह के लिए उतावले हो जाते।

हर साल शादी–ब्याह के मौसम में हमारे आँगन में रोज शाम को गंभीर गोष्ठियाँ चलतीं। ऐसे कामों में हमेशा से आगे रहनेवाले हमारे गाँव के चार सफल कलाबाज, अनुभवी चिंतक तो धोती से हाथ पोंछते डकार भरते हुए आते और विट्ठलराव आ गए मंदिर से? पूछते हुए खटिया पर बैठ जाते और पिताजी की राह देखते हुए गाँव के राजनीतिक सामाजिक प्रश्नों पर अखबारों के संपादकों की भाँति अपनी विचार–संपदा प्रस्तुत करते। कई बार गाँव में ब्याह के रिश्तों की जानकारी लेने दूसरे गाँव से अतिथि भी आते। पिताजी की ख्याति ऐसी हो गई थी कि वे युधिष्ठिर की भाँति कभी झूठ नहीं बोलते। मतलब, कभी किसी की बुराई नहीं करते। इस कारण गाँव का कोई भी व्यवहार उनके अनुमोदन के बिना संपन्न नहीं होता। अत: पिताजी भी केवल अपना अनुमोदन ही देते।

रोज रात को कोठी के पीछेवाले मंदिर से अचानक दहाड़ने जैसी और गाँव–भर के खलिहानों तक सुनाई पड़नेवाली सामूहिक सुरों की याचना : *कहे तुका अब उदार बनेंऽऽ रखे मुझे सन्तों के चरणों मेंऽऽ*। पीछे–पीछे पिताजी का सतत मृदंग बादन। *धिन्–धिन्–धा तिन् त्रक धिन् धागि त्रक।* फिर भिनसारे से लेकर खेती के काम से थके–हारे ऊँघ रहे किसानों की सोने की तैयारी। फिर पिताजी से मिलने आए लोग एक–एक कर तुरन्त हमारे आँगन में जमा होते हैं। बीच की एक खटिया पिताजी के लिए खाली छोड़कर बैठे रहते हैं। फिर पिताजी गाँव के रेवा महाराज वगैरा चार–पाँच झाँझियों के साथ मंदिर में कल होनेवाले कार्यक्रमों पर चर्चा करते हुए घर आते। घर पर राम–राम, हरि–हरि, जान–पहचान, मामूली ऊहापोह के बाद प्यार से एक–दूसरे से सदिया, गणपत्या, रामिया, विठू जैसे सम्बोधनों से गोष्ठी का उद्घाटन हो जाता।

बीच में ही सदिया मुझसे कहता, खंडू, जरा पोस्टकार्ड लाना तो भैया। सभी को यह पता होता है कि डाकिया केवल हमारे ही घर कार्ड डालता है। उधर पिताजी का गोष्ठी का बीजभाषण तल्लीनता से सुनते हुए और इधर पोस्टकार्ड के कोने से दाँतों में फँसा खाना साफ करते हुए सदिया पिताजी को रोककर कहता है, यह मुझे ठीक नहीं लगता विठुनाना। वो दुंडा महाराज भले ही श्रेयस और प्रेयस के कीर्तन मीठी वाणी में गाने में प्रवीण होंगे, लेकिन उन्होंने परसों ही मुक्ताबाई[30] की वारी में ऐलान किया कि मेरे प्राण भले ही चले जाएँ, लेकिन पंढरपुर के मंदिर में हरिजनों को प्रवेश नहीं करने देंगे। अब आप ही बताइए, क्या ये हमारे भागवत धर्म के अनुकूल है? ये कैसे वैष्णव हैं?

इस पर खुश हो मैं सदू चाचा को पीने के लिए ठंडा पानी लाकर देता हूँ। दरअसल आँगन की ये रोज की गोष्ठियाँ हमारे घर के लड़के–लड़कियों, स्त्रियों, बच्चों सभी को बड़ा–सा सांस्कृतिक शिविर प्रतीत होतीं। हुना चाचा से लेकर अब तक हमारा घर इस युगदर्शी वाद–विवाद का केंद्र बना रहा है। पिताजी तो जैसे इन

30. तेरहवीं शती की संत कवयित्री और संत ज्ञानेश्वर की बहन मुक्ताबाई के नाम से निकलनेवाली वारी।

सभी गोष्ठियों के अध्यक्षीय संचालक ही बन गए। उनकी समझदारी की सलाह मुख्यतः भावडू के लिए होती। कल–परसों तक यानी मैंने एम.ए. पूरा करके पी–एच.डी. शुरू की, तब भी पिताजी मेरी उपेक्षा करते थे। कुछ भी पूछने पर कहते *तुम जरा चुप रहोगे खंडू?* अब लगता है, मेरे असाध्य बकवादी स्वभाव की वही एक रामबाण दवा थी। भावडू को अपनी गद्दी पर बिठाने की उनकी मंशा पहले से ही साफ थी। लेकिन हुआ उल्टा। बेचारा भावडू उनकी आज्ञा में रहकर धोखा खा गया, और अब वह झंझटवाली अध्यक्षता मेरी ओर चली आएगी। धत्।

कुल मिलाकर पिताजी की व्यावहारिक नेतागीरी पर भावडू को ही नहीं, गाँव के, पड़ोसी गाँव के लोगों और महत्वपूर्ण नेताओं को भी भरोसा था। पता नहीं क्यों, लेकिन मुझे उनके विचार बोसीदा लगते। या कहीं ऐसा तो नहीं कि मैं ही धृष्टता से पेश आता था? खंडेराव, दरअसल तू ही क्षुद्र मनोवृत्ति का आदमी है, भूलना नहीं।

सदिया के सवाल पर पिताजी उदात्त जवाब देते हैं, मतलब यह भी नहीं और वह भी नहीं, या ये भी सही और वो भी सही : सदिया, किसी को उसके ब्राह्मण होने के कारण निंदनीय समझना गलत है। ब्राह्मण से भी सुभाषित ग्रहण करने चाहिए। कीर्तनिया दुंडा महाराज ने उपनिषद का सार कितनी सरलता से बताया? हरि हरि। श्रेयस और प्रेयस—हम जैसे गृहस्थी के कीचड़ में धँसे कुर्मियों के लिए दोनों बातें एक जैसी हैं। लेकिन कैसा बढ़िया फर्क बताया महाराज ने विश्लेषण से? वाह! देहात के गँवार लोगों को ऐसा पुराना शास्त्र कौन समझाता है? कौन इतना समय बरबाद करेगा? बचपन से लेकर आदमी के अपने कुछ संस्कार होते हैं। लगता होगा उन्हें कि छुआछूत नष्ट नहीं होगी—लग सकता है न किसी को, सो उसका द्वेष करें यह ठीक नहीं। सदिया, राजनीति अलग। हमारा वारकरी धर्म राजनीति के परे—

मैं बीच में ही बोल उठता हूँ, भेदाभेद धर्म अमंगल ऐसा—

तुम जरा चुप रहो खंडू। आदमी को कम ही बोलना चाहिए। अब हमारे लोगों के हाथ से बनी रसोई इस दुंडा महाराज को नहीं जँचती। उनके साथ हमेशा उनका ब्राह्मण रसोइया होता है। इसमें क्या बुरा है? अच्छा ही तो है। हम सामग्री देकर मुक्त हो जाएँ, ढोने दो बोझ उनको।

मुझसे यह पाखंड सहा नहीं जाता। यह देखकर कि मैं गुस्से में कुछ पूछ बैठूँगा, भावडू मेरी आवाज को डुबो देनेवाली अपनी आवाज में पिताजी से सुधी की सगाई के बारे में पूछता है।

भावडू, बेटा, अब इसके आगे इन सभी लड़कियों के ब्याह के रिश्ते ढूँढ़ने के लिए हमें ही भटकना पड़ेगा। सुधी का होने पर बुआ की बायड़ी का। फिर तो हमारे घर में नम्बर ही नम्बर लगे हैं। भगवान कोई भी हो, पैसों के देहरे तो लगते ही हैं, भाई। एक तो देहात में पैसा है नहीं? पैसा जहाँ समझदार का सेवक बनता है, वहीं मूर्ख का मालिक भी बनता है। अब हम कुर्मियों के बच्चे पढ़–लिख रहे हैं, लेकिन सरस्वती और लक्ष्मी में कभी मेल हुआ है? मान लो, सुधी का ब्याह आज के

देखुआ बामणोद के अमीर लड़के से तय हो गया, और वह सारा खर्च उठाने को भी तैयार है। लेकिन जो देता है वो सीनाजोरी भी तो करता है। चाहे जितना छिपाए, लेकिन देनेवाला दबाता ही है। लड़की को परेशानी होगी। इसीलिए शादी-ब्याह का रिश्ता बराबरी के आदमियों से ही जोड़ना चाहिए। इसके विपरीत, समधी जितना गरीब, उतना ही वह दबकर रहेगा, ध्यान रखना।

अच्छा, मतलब आप ऐसे दामाद ढूँढ़ेंगे जो—

तू चुप बैठ न खंडिया। मैं देखता हूँ न आजकल, हमारा भास्कर सेठ किसानों को अंधाधुंध कर्ज देता है। लेकिन देखो, इन काश्तकारों से हक से कैसे वसूलता भी है। फलियाँ दे, होला दे, चारा लाकर डाल, कल से हफ्ते-भर के लिए बीवी—

बीच में ही गणपतिया आज की ताजा खबर की भाँति फुसफुसाता है और जिस गंगिया की बेटी का भास्कर सेठ ने बलात्कार किया था, उसी को अब काम पर रखकर रोज बहकाने के बारे में बताता है। फिर रामा अपने कूल्हे के साथ खटिया को पैरों से खिसकाता हुआ दूर से वहाँ ले आता है और उनके मुँह के पास कान लगाकर सुनता है। यहाँ भी पिताजी युधिष्ठिरगीरी कर चार अंगुल ऊपरवाले स्तर से अपना दासबोध जारी रखते हैं : देख भावड्या, मैं तो बस एक उदाहरण दे रहा था कि ऋणको कैसे धनको का गुलाम बन जाता है। हम पराए लोग इसमें अच्छा-बुरा कैसे तय करेंगे?

रेवा महाराज कहता है कि इन अमीर लोगों का बड़प्पन बाकी लोगों के संकटों पर निर्भर होता है। इस अकाल में किसान खस्ताहाल हो गए, लेकिन लाभ उठाया साले बनिया, साहूकार, मारवाड़ी, व्यापारियों ने। पिताजी कहते हैं, खेती का यही तो भविष्य है। जो करेगा सो मरेगा। ये व्यापारी मौसम के बाद दाम गिरा देंगे। बाजार में अनाज के ढेर लगेंगे। घर में तो दो बोरे रखने के लिए जगह नहीं होती कुर्मी के। खलिहान से ही सारा अनाज बेचना पड़ता है। एक बार माल हाथों में आ गया तो ये व्यापारी उसके दाम दोगुने कर देते हैं—

मैं बीच में ही बोल पड़ता हूँ, इसका मतलब व्यापारी के पास दिमाग होता है, किसानों के पास नहीं।

रेवा, एक बात बता, चलो मान लेते हैं कि मेहनत करनेवाला आदमी निर्बुद्ध है। तो क्या बुद्धिवालों को उसे धोखा देने का अधिकार मिल जाता है? फिर तो अंग्रेजों ने हम पर जो राज किया, उसे जायज ही कहना पड़ेगा। हमने महार-मातंगों को गुलाम बनाया, उसे भी सही मानना पड़ेगा। ऐसा नहीं होता है। गरीबी बुरी नहीं होती है, पिछड़ापन भी बुरा नहीं होता है। बुरा होता है गरीबों का दलन-शोषण।

रामा कहता है, आप कुछ भी कहिए विट्ठल भाई, ये साहूकार और बनिए बहुत शेखी बघारते हैं। शंभू बनिए की लड़की के ब्याह में कैसी आतशबाजी, आसमान में पटाखे—हम लोग दलिद्दर ही हैं। हम किसानों को गंदे कुर्मी कहते हैं वो।

अरे रामा, किसी का डौल चाहे जितना हो, लेकिन यदि उसकी शान देखनेवाले ही नहीं होंगे तो क्या फायदा उसका? हमारे लोग नाई की मर्जी से हफ्ते में या

पखवाड़े में एक दिन जैसे-तैसे दाढ़ी बना लेते हैं। इसी कारण बंदर जैसे दिखते हैं पंद्रह-पंद्रह दिनों तक। ये सेठ-साहूकार घर पर रोज लेझर से चकाचक दाढ़ी बनाते हैं। अब कोई देखनेवाला है, तभी तो?

गणपतिया कहता है, उनके महँगे कपड़े, बीवियों की साड़ियाँ, इस्त्री करके लाता है एक नौकर हर हफ्ते। यानी कितने जोड़ी होंगे एक-एक के पास?

भावडू कहता है, अरे भैया, केवल रहन-सहन से कोई ऊँचे दर्जे का नहीं बनता। गाँव में गरीब लोगों के संकट में ये ही लोग काम आते हैं।

यही तो मैं कह रहा हूँ। देनेवाला बहका भी सकता है। इसीलिए किसी से कुछ लेना नहीं चाहिए।

इसके बाद बातें चल पड़ती हैं। खेती के कौन-से काम कब निबटने चाहिए। गाँव में किसने खेत जोता। कटिया की जड़ें कब चुनेंगे। कोपी के झंखाड़ तोड़ने के लिए चार आदमी देखेंगे—वह पुरशा कैसा रहेगा?...धत्, ऐसा कामचोर आदमी नहीं चाहिए...। घाट[31] से आयी टोली कैसी है?...काम के लिए तो अच्छी है लेकिन दो जून रोटी देनी पड़ती है माँ के जनों को। महँगा पड़ता है वो। औरतों को दिन-भर बस पकाते ही रहना पड़ता है।...मेंड ठीक करनी चाहिए। नालियाँ खोदने पर मेंड को मिट्टी अपने आप मिल जाती है। हिवरा के झंखाड़ उखाड़ना नहीं, अच्छे लगते है मेंड पर।...साधु तेली कौन-सी कथा रखनेवाला है इस साल?...हमारी बहन के कुनबे में उसका चाचा ससुर मर गया, बारहवें के लिए जाना चाहिए।...कुठलों में लगा मिट्टी का ढक्कन अभी मत तोड़ना, समय पर तोड़ेंगे। चाहो तो खाने के लिए आधा बोरा जवार हमारे पास से ले जाओ। बरसात के मुहाने पर खत्ता खोलना चाहिए, अच्छा दाम मिलता है।...एकनाथ बढ़ई आया क्या? हल की डंडी बदलवानी है।...कुआँ खोदकर फँस गया गोपू मामा। एक बूँद पानी नहीं। सालदार बस बैठे रहते हैं। काम ही नहीं कुछ, तो वो भी क्या करेंगे?...इस साल बरखा ठीक-ठाक रहेगी, देखना। पपीहा अभी से दिखाई दे रहा है जंगल में।...बैलों की नई जोड़ी कितने में खरीदी तोताराम ने? उनके मुकाबले हमारी उज्या गाय के बछड़े मुत्या और मोत्या अच्छे हैं। मुफ्त की बैलजोड़ी। चारा तो घर का ही है, ऊपर से गोबर भी रोज।

उधर की गली में भी यही चर्चा। खटिया के इर्द-गिर्द बैठे लोग। अँधेरे में फूल जैसी घूमती चिलम। गाँव-गाँव की देखी-सुनी बातें। थोड़ी-थोड़ी देर बाद एक-एक उठकर बरामदे में रखी अखतीज की गगरी से ठंठा पानी पीकर पिताजी से कल का कोई काम, मंदिर का खेत जोतना, हेंगा चलाना वगैरह पूछकर चला जाता है। अकेला रामा रुकता है। यह पिताजी का अत्यन्त भरोसे का आदमी। रिश्ते में दूर का ममेरा भाई। यह सुधी के लिए एक रिश्ता लेकर आया था। यह रिश्ता उसी के भाँजे का था, जो पुणे की ओर रेल में कोई नौकरी करता है। उसने सुधी से अजीब सवाल पूछे थे, लेकिन रामा की मध्यस्थता के चलते हमें कुछ आशा थी। रामा बात को

31. पश्चिम घाट या सह्याद्रि के पूर्व में स्थित महाराष्ट्र का प्रदेश।

घुमा-फिराकर अपने भांजे की अस्वीकृति पहुँचाता है कि लड़की पसंद है लेकिन वहाँ शहर में नहीं चलेगी।

पिताजी एक ही बुनियादी उदात्त तत्व से आरंभ और समापन करके अपने क्रोध को सात्विक बनाने का प्रयास करते हैं : रामभाऊ, किस्मत का खेल कभी किसी की समझ में नहीं आता। अच्छा किया जो तूने साफ-साफ बता दिया। वे भी मुक्त और हम भी। दिन भी तो बहुत कम बचे हैं। लेकिन एक बात कहूँगा, तुम्हारा भाँजा चाहे कलेक्टर हो या मैनेजर, लेकिन है तो किसान! यानी खेती से ऊपर तक पहुँचा है न? अरे गरीबी, अमीरी आती-जाती रहती है। लेकिन अपनी जाति का खून तो अपना ही रहता है? शहर में रहनेवाले लड़के क्या जानें कि हमारी किसान बिरादरी की लड़कियों की दुनिया क्या होती है? रसोई, खेती-बाड़ी, मवेशी, दूध, गर्भिणी भैंस को क्या खिलाना चाहिए, दूध देनेवाली गाय को कैसा चारा चाहिए, कीड़ा न लगे इसलिए किस फसल में कौन-सा बीज डालना चाहिए, किस फसल के बाद कौन-सी फसल बदलकर लेनी चाहिए जिससे कि भूमि की उर्वरता बरकरार रहे—बचपन से यही शिक्षा हमारी लड़कियों को दी जाती है। ये असली खाने-पीने की बातें छोड़कर तुम्हारा भाँजा लक्षिया अखबार के फिजूल के सवाल पूछ रहा था हमारी सुधा से। मालती पांडे का भावगीत गाने के लिए कहता है? उसकी माँ का, कहना साले हमारी झेंडी जैसी किसी वेश्या की लड़की से शादी कर ले। फिजूल नखरा किस काम का? प्राकृतिक सुन्दरता भी कोई चीज होती है या नहीं? खैर, तू भी क्या करेगा और मैं भी क्या करूँगा? आखिरकार किस्मत हमें कहीं जाने नहीं देती, यही सच है। ठीक है, जा अब। कल तू और रेवा मिलकर कीर्तन के प्रसाद का प्रबंध करना।

अन्त में, भगवन्, भगवन्, विट्ठलऽ विट्ठलऽ करते हुए पिताजी खटिया पर ही लेट जाते हैं। हमेशा की तरह आज भी उन्होंने घर की रोटियाँ तोड़कर बेमतलब के बाहरी काम ही किए होते हैं। उन कामों की थकान से चूर वे मिनट-भर में ही खर्राटे भरने लगते हैं। सुबह मुँह-अँधेरे तुरन्त उन्हें सुधी के रिश्ते के लिए निकलना है। माँ का तकाजा जारी है कि चाहे जो हो, लेकिन इस साल मौसी के सीने से यह पत्थर हटाना ही होगा। माँ को अपनी बेटी की तरह बहन की बेटी की चिंता भी जतानी पड़ती है। असल में चिंता तो है ही, लेकिन उसे प्रकट करने के रास्ते भी वह ढूँढ़ती रहती है। सिंहस्थ पंद्रह दिनों पर आया है। आखिरकार आसार नजर आने लगते हैं कि गाँव के लंगड़े अवसू से ही रिश्ता होगा। इस अवसू के चार भाई हैं, खेती भी ठीक-ठाक है, लेकिन काम कमर तोड़नेवाला। आखिर किस्मत कहीं जाने नहीं देती, यही सच है।

वही हुआ। सुधी का अपनी सुन्दरता से भी विश्वास उड़ने लगा। जैसे ही कोई देखुआ आ जाता, वह पूरी तरह से सकपका जाती। बार-बार गिर पड़नेवाली, किसी के आधार के बिना खड़ी रहने में बेबस पीली लकड़ी की गुड़िया ठकी। हर बार उसका ऐसा उतरा हुआ चेहरा देखकर मौसी ने आखिरकार ऐलान कर दिया कि

शहरवालों से हमारा मेल नहीं हो सकता। हम गरीब निराधार लोग, हमें किसी की बातों में आकर बिना सोचे-समझे रिश्ता नहीं करना चाहिए। फिर माँ और पिताजी से उसने साफ-साफ कह दिया—कोई भी गरीब, निर्व्यसन, मेहनती, गरीब किसान का लड़का ही ठीक रहेगा।

ऐसे अवसर पर आँगन की गोष्ठी में पिताजी भावडू को लक्ष्य करके हमेशा नीतिबोध सुनाते : देखो, गरीब लोग सभी ओर एक जैसे होते हैं। उनके सुख-दुख भी एक जैसे होते हैं—खाने-पीने के, रोग-बीमारी के साधारण-से दुख। पिताजी का जिंदगी-भर का दर्शन था कि गरीबी में इन्सानियत ज्यादा होती है। उन्होंने चारों बहनों के रिश्ते गरीब घरों में ही किए और भावडू की सगाई के समय भी बड़े-बड़े अमीर घरों की लड़कियों के रिश्तों को ठुकराकर गरीब घर की सुन्दर-सी सोना को बहू बनाकर घर में लाए।

देखा जाए तो इनसान—अमीर हो या गरीब, यहाँ से वहाँ तक एक ही जैसा होता है। फिर भी फर्क क्यों होता है? पिताजी कहीं गलती तो नहीं कर रहे हैं? मैं पिताजी के प्रति ईर्ष्यावश हमेशा की तरह यही सोचकर थक जाता हूँ, पर हाथ कुछ भी नहीं लगता। पिताजी का कहना सही होता है। वाकई गाँववाले, गाँव के बाहरवाले, मातंग टोले के, महार टोले के सारे गरीब एक ही जैसे रहते हैं। कपड़े भी एक ही ढंग के, हँसते भी हैं तो एक ही जैसी आजिजी से। सब कमोबेश एक जैसे। जैसे, संसार-भर के सारे गरीबों का एक बड़ा ग्रुप फोटो, जिसमें दाएँ, बाएँ बिलकुल आखिर तक, एक कूल्हे पर जाँघ मोड़कर पासवाले से चिपके बैठे हैं और इस चिंता में कैमरे की तरफ देख रहे हैं कि कहीं हम फ्रेम से कट न हो जाएँ। या बिलकुल अंतिम पंक्ति में खड़े होनेवालों के भी ऊपर बेंच पर स्टूल रखकर उस पर खड़े। हमारी ओर कोई सच्ची आस्था से देख रहा है, इस पर भी उन्हें यकीन नहीं होता। यदि हम इन्हीं को हाथ के इशारे से बुलाते हैं, तब भी ये यह सोचकर पीछे मुड़कर देखते हैं कि अपने पीछेवाले को बुलाया होगा। और ये गरीब लोग यह भी तुरंत जान जाते हैं कि हमारी ओर देखकर इन ऊपरी दर्जे के लोगों को तरस आता है।

पिताजी भावडू को अपनी गीता सुनाते ही रहते हैं : देखो, जिंदगी वैसे भी कठिन, बहुत कठिन होती है। चिलचिलाती धूप में पेट भरने के लिए कुछ पाना इन गरीब मेहनतकशों की रगों में बचपन से ही इस कदर घुला रहता है कि इनके जैसी जीने की असल खुशी किसी को नहीं मिलती। हमारे संत तुकाराम कहते हैं न *मन को कीजिए प्रसन्न*। यही है वो। घर मतलब होता क्या है? बताओ। चूल्हा, बच्चे, बीवी, माँ-बाप, पड़ोस, सुरक्षित दीवारें, प्यार का स्पर्श, नींद—या इससे ऊँचा या बड़ा, महान, सजीला कुछ होता है? चींटी बनकर शक्कर खाएँ। निजवस्तु से साक्षात्कार करें। यही तो समझना है भावड्या कि यह निजवस्तु क्या है। किसी गरीब किसान को देखो। दरवाजे पर खड़े कुत्ते को, गोठ के बैल को, भैंस को वह अपना ही समझता है। उनको रोटी का टुकड़ा, चारा, पानी पहले देता है फिर खाने बैठता है।

और तो और, हमारे जागीर के खेत की मेंड पर नीम का इतना बड़ा दरख्त देखते हैं न हम? वह छोटा-सा उँगली भर का पौधा था, तब से दादी ने उसे अपने हिस्से का घूँट-घूँट पानी पिलाकर उसे सींचा और जिलाया है।

मैं हमारे घर के पीछे रहनेवाली सरूचाची का घर नजरों के सामने लाता हूँ। एक ही भैंस। उसकी सेवा करके दूध, दही, मक्खन, छाछ, रोज का मथना। रोज गडुवा भर मक्खन जमा कर-करके महीने भर का जमा घी चार कोस बाजार में ले जाकर धूप में खड़े रहकर बेचना। घी से मिले दो रुपए का नोट सबकी सहमति से यह तय होने के बाद ही तुड़वाया जाता है कि किस-किस पर खर्च करना है। इसमें पाँच साल की बच्ची की रिबन का एक पैसा भी शामिल होता है।

घर-घर में चूल्हे सुलगते हैं। अँधेरा होते ही खेत से थककर देर से लौटनेवाले छोटे किसानों के घर, जरूरत के हिसाब से बने—छोटे-छोटे, खप्परों से धुआँ उगलते, खपरैल, मिट्टी के बने, एकमंजिला, कभी-कभी दुमंजिला, साधारण-से, धाबे के, रसोई के धुएँ से सराबोर। गाँव के निन्यान्नबे प्रतिशत किसान ऐसे ही दो-चार बीघा भूमि के मालिक। अपने छोटे-से खेत को हिस्सा कहते थे। बाप-दादाओं के जमाने से भाइयों-भाइयों में बँटवारा होते-होते अपने हिस्से आया धरती माता का ये छोटा-सा टुकड़ा। साल-भर की मेहनत के बाद दो जून रोटी का भरोसा। इसी के बल पर ग्राम-व्यवस्था की कई पीढ़ियाँ इन घरों में गहरी नींद सो पाईं। इस टुकड़े के विश्वास के बल पर ही ये गरीब मेहनतकश अपने बौनेपन के जरिए ऊपरी तबके के धनवानों के विरुद्ध सफलता से लड़ते आए हैं। धनगर, आदिवासी, घुमन्तू, महार, मातंग, चमार ग्राम व्यवस्था से कटे रह गए। इसी कारण वे कंगाली में जीते हैं।

गाँव के भीतर रहनेवाले इन गरीब, अल्प-भूमिधारी किसानों ने कतरब्योंत को ही अपनी आय का हिस्सा बना लिया है। पड़ोस का चूल्हा जल रहा है? जाओ, खप्पर भर अंगार ले आओ। अपने हिस्से के खेत की मेंड पर ही बेल से लगी तरकारी पकाना। सभी को जोर से भूख लगी हुई। इधर एक रोटी की लोई भिगोने तक उधर तवे पर दूसरी पककर और तीसरी अंगार पर भुनकर तैयार होनी चाहिए। यह चक्र रुके बिना भानचूल्हे पर लौकी, तुरई पककर तैयार होनी चाहिए। खाएँगे कब, ढँकना-रखना करके बर्तन माँजकर सोएँगे कब? सुबह तड़के शुक्र के उगते ही उठना पड़ता है। सभी फटाफट तैयार होकर कलेवा करते हैं और अँधेरे में ही गाड़ियाँ खेती के रास्ते पर। रोज यही। बस यही इच्छा कि कहीं बेगार न करनी पड़े, मजदूरी न करनी पड़े। किसान बने रहे पर काश्तकार न बनना पड़े। पूरा दिन घर पर बैठे रहना पड़ता है। ये दिन भी आसान नहीं होते। लड़कियों की अँगियाँ फटी हैं, लड़कों की चड्डियाँ, बहन के लिए धोती लेनी चाहिए, भाई की दवा-दारू, नाते-रिश्तेदारों के यहाँ शादी-ब्याह के लिए किराया-जेबखर्च वगैरा।

इस तरह खा-पीकर सन्तुष्ट गरीब कुर्मी के लिए वारकरी संप्रदाय मोक्ष का ही राजमार्ग है। एक पैसा खर्च नहीं : रोज तड़के नहाकर पवित्र हृदय से भगवान के

सामने हाथ जोड़ना। घर-बाहर बहुत ज्यादा परेशानी बढ़ गई, तो मत्था टेकना। बस ऐसी ही मोटी-सी याचना, भगवन, सुखी रखना। मँझीरा बजा-बजाकर याद किए बीस-पच्चीस अभंग खुशी से गाना। *कैसे चुकाऊँ मैं इन सन्तों के उपकार।* कैसा आसान मार्ग बताया है भवसागर पार करने का। वारी के लिए भी घर से ही दशमियाँ[32], चटनियाँ बाँधकर पैदल। सब कुछ किफायती। रोज की कड़ी मेहनत तो टलती है वारी में। भक्ति दे मुक्ति। *बोलो पुंडलीक वरदे हारिविट्ठल श्रीज्ञानदेव तुकाऽऽराम।*

इन गरीब लोगों का केंद्र यानी घर। हर एक की अपनी एक बीवी, एक गाड़ी और दो बैलों की जोड़ी। रोज एक-दूसरे पर निर्भर रहने की ऐसी आदत हो गई है कि लीक से बाहर का कभी कुछ दिमाग में आता ही नहीं। संबंध भी ऐसे प्राणों से प्यारे कि प्रेम जैसे शब्द अजीब लगें। कहो तो गँवार और कहो तो रामायण, महाभारत सब कुछ जबानी याद। अखबार, कागज का इस्तेमाल बस चूल्हा जलाने तक। राजनीति, कोर्ट-कचहरी, पुलिस का स्पर्श भी नहीं। अपने से बड़े आदमी से कभी सवाल नहीं करना। उसने गलती की भी तो यह नहीं जताना कि वह हमारी समझ आई है। कलह-क्लेश को टालना। जीने के आर्थिक स्रोत कई पीढ़ियों से कुंठित हैं, और कई पीढ़ियों तक अभी वे ऐसे ही बने रहेंगे। लोग कहते हैं, आजादी के बाद किसानों के दिन फिरनेवाले हैं। राज चाहे किसी का आए, क्या फर्क पड़ता है यार ? बरखा, धरती तो वही रहेगी ? उसी में बरकत होगी। सुबह-सुबह वासुदेव[33] सात पीढ़ियों तक के बाप-दादाओं के नाम ले-लेकर गाता है :

छन छन छन छन
दान पाया जी ऽ दान पाया
करके कमाई पेट भरे अपना हराम का धन कभी छुओ नहींऽ ऽ
छन छन छन छन
चरणों में आकर करें भलाई, बुराई पल्ले कभी बाँधो नहीं ऽ ऽ

जिंदगी-भर नैतिकता का बोझ ढोते रहने के कारण ही कहीं ये लोग संसार में हँसी के पात्र तो नहीं हो गए हैं ? इंग्लैंड, फ्रांस, स्पेन, पुर्तगाल के किसान भी ऐसे होते तो क्या संसार-भर में यूँ फैल पाते ? न्यूजीलैंड तक ?

इन अल्प भूमिवाले गरीब किसानों से थोड़े-से ऊँचे आर्थिक स्तर पर जीनेवाले, गाँव में अपने आप को प्रतिष्ठित समझनेवाले और दस-बीस बीघा खेती के मालिक बस दस-पंद्रह थे। कुल किसानों में ये एक फीसदी होंगे। इनकी हालत तो और भी बुरी, मतलब ज्यादा बोझ ढोनेवाले बैलों जैसी। खा-पीकर सुखी, परन्तु सारी जिंदगी परेशानी। चिंता ज्यादा क्योंकि भूमि ज्यादा। सुधी के लिए रिश्तों पर विचार हो रहा

32. पानी की बजाय दूध और फल का रस डालकर बनाई गई रोटी।
33. मोरपंख की लंबी टोपी पहनकर सुबह-सुबह पुरखों के नाम ले-लेकर भिक्षा माँगने वाले व्यक्ति।

था तब समझ में आया कि किसान की स्त्री की दुर्दशा भूमि के अनुपात में बढ़ती जाती है। सारे गाँव का, पौनियों का, मजदूरों का, गाय-बैल-भैंसों का पेट पालनेवाले ये बड़े किसान खेती के जरिए चोर-उचक्के, बंदर, हिरन, पंछी, कीड़ा-चींटी और चूहों के साथ सभी जानवरों के भी पालनहार थे।

मेहनत से खेती जोतने की दीवानगी, मतलब इनकी स्त्रियों के लिए साल-भर दिन-रात काम ही काम। भोर में सास द्वारा निकालकर रखे पिसान की आवाज से दिन का प्रारंभ। इधर पति नहीं छोड़ता और उधर नीचे सुबह के कामों की कतार—जाँता, मथानी, मूसल, झाड़ू, राख, गोबर पोतना, चूल्हा, ओखली, कलेवा की रोटी, खेत पर ले जाने का दोपहर का खाना, नहाना, धोना, बर्तन, गाय-भैंस, जलावन, अधूरी नींद से आई सुस्ती, सँभलते हुए पानी भरना, दूध गर्म करना, जमाना, बच्चों का पिनपिनाना, सुबह से एक के बाद एक भीख माँगने के लिए आनेवाले—वासुदेव, गोंधली, नंदीबैलवाले, भडंगवाले, तिरमल, बैरागी, नाथ, मलंग, गोसाईं, संन्यासी, लँगड़े-लूले, दोपहर में भविष्य बताने आनेवाले जोशी, पंचांग बतानेवाले ब्राह्मण, साधु-संन्यासी वगैरा। बड़े कुर्मी की गृहस्थी मतलब इन सबका अपना घर। फिर शाम को पौनी, भिखारी, भैंस के लिए सानी, गाय का दाना-पानी, फिर पच्चीस लोगों के लिए खाना पकाना। खाना चाहे जितना सादा—पतीली-भर तरकारी और चँगेरी-भर रोटियाँ ही क्यों न हों, फिर भी शरीर को दिन-भर प्रकृति के साथ लोहा लेने की ऊर्जा देनेवाला और सालदारों समेत सभी के लिए भरपेट होना ही चाहिए। चँगेरी से आखिरी रोटी भी जब खानेवाले उठा लेते हैं, तब दुबारा चूल्हे पर तवा डालकर रोटियाँ बनाने उठना ही पड़ता है। बाद में बर्तन माँजना, चीजों की ढँकाई होते-होते शरीर जवाब दे जाता है। दिन-भर ये औरतें मानो भरतनाट्यम की अलग-अलग मुद्राएँ करती रहती हैं। उँगलियाँ, अँगूठे, गर्दन, कंधा, हाथ, कलाई, जंघा, पैर, कमर—कितनी मुद्राएँ? हवा में, जमीन से झुककर, उठकर, बैठकर चूल्हे के आगे भी लोटना, बेलना, थापना, पकाना, चलाना, फटकना, चुनना...इस आदिम नारी-नृत्य के ताल पर ही तो सारी कृषि संस्कृति दस हजार सालों से डोलती आ रही है। घर-घर में, खलिहानों में, खेतों में यह समूहनृत्य मदहोश होकर किए जाते हैं।

इसके अलावा आनेवाले मेहमान, ग्रीष्म के हजारों काम—पापड़, बिबड़े, खारोलियाँ, सेवइयाँ, बड़ियाँ, अचार। शादी-ब्याह, गौरी-पूजन, कानोड़[34], तीज, नागपंचमी, लक्ष्मी, बार-बार आनेवाले त्यौहार, उत्सव, दिवाली-दशहरा, सौर ऊर्जा के इस्तेमाल से तरकारी को सुखाकर बनाया गया अमचूर। माँ भावडू से कहती, अब मुझसे यह सब पहले की तरह नहीं होता है, बेटा। जल्दी से शादी कर ले और मुझे आराम करने दे। यानी केवल ब्याह की परम मंगल विधि से कितने सस्ते में उम्र-भर के लिए एक नौकरानी घर लाई जा सकती है? सोना भाभी जैसी? कुलवधू, मुफ्त की मजदूरी का आमरण स्रोत। सुबह से रात तक यानी जमीन से पीठ टेकने तक

---

34. एक आदिवासी देवी।

काम ही काम। जिंदगी-भर। किसान स्त्रियों के लिए तो घर में और खेती में भी काम ही काम—धूप में, बारिश में, सर्दी में हमेशा। वह भी जचगी, बच्चों को दूध पिलाना जैसे निजी कामों के अलावा। निजी?

खंडेराव, यदि तूने खेती करना ठान लिया है, तो पति मत बनना और ब्याह करना ठान लिया है, तो किसान मत बनना। दोनों में से एक ही करना। *बोलो कुंडलीक वरदा हारिविट्ठल...*

मोरगाँव में कौन-कौन लोग आगे निकल गए? कौन-कौन उन्नत हुए? किस-किस की तरक्की हुई? केवल उनकी जिन्होंने खेती के वार्षिक दुष्चक्र से छुटकारा पा लिया—दस-बारह ब्राह्मणों के घर, बनिए, मारवाड़ी, साहूकार, व्यापारी—जिस तरह डूबनेवाले जहाज को चूहे छोड़ जाते हैं, उसी तरह ये सब एक-एक कर गाँव छोड़ गए। साइकिल पंचर की मामूली दुकान लगानेवाला घमा बनिया मोटरगाड़ियों का बड़ा डीलर बन गया। सकलेचा मारवाड़ी के सभी लोग बड़े उद्योजक बन गए। ब्राह्मणों में सदू भट के पिताजी के अलावा बाकी सभी अंग्रेजी पढ़-लिखकर आजादी से पहले ही बड़ी-बड़ी सरकारी नौकरियों में बाबू, कोई अखबारों में, कोई वकील, अध्यापक हो गए। अपने बचपन में हम कभी कुछ खाने-पीने की, खरीदने की या काम न करने की जिद करते, तो माँ-बाप कहते, किसान के घर पैदा ही क्यों हुआ? नौकरीवाले के घर में पैदा होना था न? अपनी गलती समझ में आने पर बच्चे चुपचाप मवेशियों को पानी पिलाते, चारा डालते, खलिहान में, खेत में, धूप में, बरसात में रुलाई छूटने तक काम करते रहते। ज्ञान का सम्बन्ध टूट जाता। पढ़ाई छोड़ने का विचार पुख्ता होता जाता।

मोरगाँव से बाहर गए लोगों में हमारा सहपाठी सुकलाल सकलेचा करोड़पति हो गया। हमारे दादाजी कुंडलीक बोवा तिरपन साल पहले काशी गए थे, सोने की बिल्ली अर्पित करने। वहाँ से लौटते समय इसके दादाजी को भी अपने साथ ले आए रसोइया बनाकर। तीन पीढ़ियों से चली आ रही घनिष्ठता। इस कारण हर महावीर जयन्ती के अवसर पर हमारे घर टोकरी भरकर मिठाइयाँ आती हैं। शुरू में रिकभचंद तहसील के होलसेल मारवाड़ी दूकानदार से टोकरी-भर किराना माल उधार लाता। सारा माल बेचने पर पहले उधार चुकाता और मुनाफे के दो आनों का ज्यादा माल नकद खरीदकर मोरगाँव लाकर बेचता। अगली पीढ़ी के उसके पाँच लड़कों ने एक बड़े ट्रक से रोज गाँव में—किराना, घासलेट, पेन्सिल, कापियाँ, खाद—सब कुछ जलगाँव से खरीदकर लाना शुरू किया। अब इन सबके बच्चे, दामाद मिलकर खानदेश में लाखों रुपयों का लेन-देन करते हैं। इसका एक ही रहस्य है, इनमें से कोई भी खेती में नहीं आया। *खेती का धन्धा और हाथ गन्दा* सकलेचा परिवार का सिद्धांत वाक्य ही है।

दरअसल, इनमें से हर एक के पास खेती की काफी जमीन है, लेकिन वह निवेश के लिए खरीदकर रखी हुई। आगे चलकर मकान के प्लॉट बनाकर लाखों रुपयों में बेचने के लिए। हमारे बचपन में सुकलाल भी जलगाँव से बीस रुपये के पटाखे लाकर मोरगाँव में बेचता और बीस के चालीस बनाता। भले ही अब वह लखपति हो गया है, लेकिन गाँव आने पर पहले की तरह ही आधी चड्डी और बनियान पहनकर दूकान पर बैठता है। वह दुकान पर हो तो सदू भट, रघु नायक, हम मोरगाँव के उसके सहपाठी वहाँ जा बैठते हैं। *आठ आबासं मनं बहुत अच्छो लग्या,* कहता हुआ सुकलाल एक-एक इलाइची हाथ पर रखता है और पहले जैसी ही सादगी-भरी बातें करता है। मैं पी-एच.डी. कर रहा हूँ, इस बात की उसे हार्दिक खुशी है। अच्छा है खंडू, कम-से-कम तुम तो सरस्वती के पीछे पड़े हो। सदू भट कहता है, और तुम लक्ष्मी के। मैं कहता हूँ, अरे सदू, तुम्हें पता भी है, लक्ष्मी असल में जैनों की ही देवी है। हिन्दुओं ने उसे बाद में, यानी पुराणों के काल में अपनाया।...ये हुई न बात। लेकिन खंडेराव, सरस्वती के भक्तों को ही यह ज्ञान मिलता है।...हाँ, लेकिन केवल ज्ञान ही।...चो त्रो ठीक है, लेकिन उसकी कीमत कितनी? बोलते-बोलते चालीस करोड़ का व्यापार सौ करोड़ तक ले जाने का इन सब भाइयों का मनसूबा जब उसने बताया, तब मैं दो सौ रुपए तनख्वाह पर प्राध्यापक की नौकरी ढूँढ़ रहा था। सुकलाल के पिता अभी-अभी गुजरे थे। तब मैंने उसे अपनी तीसरी-चौथी कक्षा के समय का उसके पिताजी से संबंधित एक प्रसंग सुनाया :

सुकलाल, तू इसी दुकान में यहीं ऐसे ही बैठा था। एक शराबी गालियाँ बकता हुआ आया और दुकान के सामने गाली-गलौज करने लगा। तुम्हारे पिता शान्ति से उसे समझा रहे थे कि भैया, यदि खजूर से घासलेट की बू आ रही है तो वापिस ले आओ, मैं तुम्हें दूसरी देता हूँ। लेकिन वह गालियाँ ही बके जा रहा था : साले मड्डू, खाली लोटा लेकर आए और हमें लूटकर अब माड़ियाँ बना रहे हो, हरामखोर। सुकलाल, तू गुस्से से आगबबूला होकर आगे जाना चाह रहा था, लेकिन तुम्हारे पिता तुम्हें *चुप बैठ* कहकर पीछे खींचते थे। थोड़ी देर बाद शराबी गालियाँ बकते हुए चला गया। तूने पिताजी से कहा, ये क्या नानाजी, आप भी सुन लेते हैं, ? कितनी गालियाँ दीं? तुम्हारे पिता बोले, कुछ-न-कुछ देकर ही गया। लेकर तो नहीं गया न? चुप बैठ।

सुकलाल इस स्मृति से गद्‌गद् हो उठा। बोला, खंडू, क्या मेमरी है यार तुम्हारी? मारवाड़ी में : *कुछ देकं ही गया नं? लेकं तो कुछ नहीं गया नं? खुशी राख्यो।* खुश रहना अहम है।

एक बार मारवाड़ियों की हवेली में चौबीस जैन मुनियों का बड़ा प्रवचन-सत्र संपन्न हुआ। मुझे भी बुलाया था। मुनियों को सुनने के लिए आसपास के देहातों से काफी तारणपंथी जैन आए थे। इनमें एक भी मारवाड़ी किसान नहीं था, सब के सब व्यापारी थे। मूर्तिपूजा नहीं, बस आगम ग्रंथ मानो। जातिभेद नहीं मानना। श्राद्ध वगैरा

ढकोसले हैं। कोई परमात्मा नहीं होता। सृष्टि का पालनहार कोई नहीं होता। अहिंसा, सत्य, अपरिग्रह। है भी, नहीं भी, है भी और नहीं भी, और यह भी अकथनीय। अनेकान्तवाद। बाप रे। यहाँ, मोरगाँव की एक दुकान के सामने हिन्दू धर्म के बिलकुल विपरीत, अस्वीकार का यह जगमगाता दर्शन आर्यपूर्वकाल से ही बना हुआ है। बाद में कभी झमेला नहीं, दंगा नहीं। अपना-अपना व्यापार-धंधा बढ़ाते रहना, दुकानें बढ़ाते रहना। बेशुमार पैसा लेकिन कभी घमंड नहीं।

अर्थात् मोरगाँव के दरिद्र कुर्मियों में इनकी संपन्नता के बारे में, इनकी घरेलू मोटी स्त्रियों के बारे में मत्सर ही था। उनकी तीन मंजिला शानदार हवेली के बारे में भी कुतूहल था। सुकलाल के पाँचों चाचाओं का गाँव में प्रचलित किस्सा मैंने कोठी की लड़कियों से ही सुना था : इन पाँचों भाइयों के ब्याह हो गए थे और पाँचों की राजस्थान से लाई गईं घाघरा-चोली पहननेवाली पाँचों औरतें एक जैसी दिखती थीं। पाँचों भाइयों के बाल-बच्चे भी काफी थे। ये सारे बच्चे एक ही जैसे दिखते थे। पाँचों भाइयों के लिए ऊपर माड़ी पर सीढ़ियों के बाईं ओर सोने के पाँच अलग-अलग कमरे कतार से बनाए गए थे। रात का भोजन होने पर हेपा के भाई नीचे दूकान में माल की गिनती, पैसों की गिनती, तेल के दागों से भरे रोजनामचे का हिसाब, उधार वगैरा को सुन्दर जिल्दवाले और चार पन्ने मोड़कर रखे बही-खाते में उतारते हुए देर रात तक बैठते थे। हिसाब लगने पर एक-एक भाई खड़ी सीढ़ियाँ चढ़कर तीसरी मंजिल पर अपने-अपने कमरे में सोने के लिए चला जाता। औरतें दरवाजे खुले छोड़ उकताकर सो चुकी होतीं। एक बार सबसे छोटा नथूमल गलती से बीच के किसी एक कमरे में घुसकर दरवाजा बंद करके सो गया। उसके बाद आए एक-एक ऐसे ही नींद में गलत कमरे में सोते गए। सारा माजरा सुबह सभी की समझ में आया। लेकिन तब तक समय बीत चुका था। इस कारण कामों से परेशान गाँव के किसानों की औरतें इन मारवाड़ियों के बच्चों से पूछतीं—अरे, इधर आ तो जरा। किसका है तू? फिर वह लड़का अपने बाप का नाम बताता और वे सभी पेट में बल पड़ने तक हँसती रहतीं। धन मत्सर।

3

तांगे से गुजरते हुए सामने से महाराजा सयाजीराव विश्वविद्यालय का विशाल गुंबद नाचता-हिचकोले खाता हुआ करीब चला आ रहा था। म्यूजियम के कोर्स संबंधी कागजात मिलाते-मिलाते महाराजा **फत्तेसिंह म्यूजियम** का बोर्ड दिखाई पड़ते ही मैं तांगे से छलाँग लगाकर भड़भड़ाता हुआ सीढ़ियाँ चढ़कर ऊपर आता हूँ। पड़ोस के ओरिएंटल इंस्टीट्यूट में **गेस्ट मास्टर** का बोर्ड लगे कमरे में घुसता हूँ। भीतर टेबल पर तिकोनी तख्ती पर जिस गेस्ट मास्टर धनजीभाई चौधरी का नाम पढ़ता हूँ, वही व्यक्ति टेबल के आसपास खड़े लोगों पर चिल्लाता हुआ दिखाई देता है—*शुं काम छे? नक्की थया? केटलाक पण नत्थी।* गेरी अर्जी पर भी नजर दौड़ाता हुआ वह झल्लाता है : पर्मानेंट अड्रेस अहीं लिखवानु छे...तमे पी-एच.डी. करीने शुं उकाणो छो साहेब? मैं आजिजी से कहता हूँ, माफ कीजिए, जल्दबाजी में निकलना पड़ा। कल ही आपके विश्वविद्यालय से पत्र मिला और हमारे सांखलिया सर ने मुझे तुरंत बड़ौदा रवाना होने को कहा। माफ कीजिए।

मैं पर्मानेंट एड्रेस लिखता हूँ। गाँव का नाम मोरगाँव लिख ही रहा था कि गेस्ट मास्टर धनजीभाई मेरी अर्जी पर लिखे पिताजी के नाम पर उँगली से टकोर लगाता हुआ कहता है, अरे आप मोरगाँव के यानी विट्ठलराव कुंडलिक जी के सुपुत्र हैं? तब तो आप हमारे नानाजी के गाँववाले हुए—नरूबोवा, नारायण हरि की छोटी बेटी यानी हमारी माँ।...हाँ हाँ उनकी दोनों लड़कियाँ ही थीं।...नानाजी मर गए तब से हमारा आना-जाना कम होता गया मोरगाँव। आपके कुंडलिक बुवा यानी हमारी माँ के सगे चचेरे भाई।...मतलब हम एक दूसरे के क्या लगते हैं?...हँ हँ हँ। खैर छोड़ो। बचपन में आपकी कोठी की चाँदनी से कैसा गिर पड़ा था मैं, खेलते-खेलते, देखो ये निशान।

माथे पर लगी चोट का निशान दिखाते हुए और आसपास के बाबुओं को गुजराती में आदेश देते हुए धनजीभाई ने मुझसे कहा, चलिए, अब घर ही चलते हैं। बैंगन का भर्ता और रोटी बनी है आज। पहले अपना कमरा कब्जे में ले लो। उद्घाटन की तैयारी के लिए मैं कल सुबह जल्द ही आनेवाला हूँ। दाखिला वगैरह की सारी फाइलें मेरा स्टेनो जयंतीभाई आपको समय पर दे देगा। चलो, हमारी माँ को बहुत खुशी होती है अपने किसी मायकेवाले के आने पर—सालों से मोरगाँव की कुछ खबर न थी। ठीक छह बजे होस्टल के सामने आ जाइए।

होस्टल के कमरे में ताला लगाकर मैं नीचे आया। धनजीभाई नीचे स्कूटर पर प्रतीक्षा में खड़े थे। उनकी पिछली सीट पर बैठने लगा तो वे मुझे *आराम से आराम से* कहते

हुए स्कूटर स्टार्ट करने लगे। सांखलिया सर ने कहा था कि बड़ौदा के ओरिएंटल इंस्टिट्यूट का यह कोर्स बहुत अहम है। महीने-भर में यहाँ सब कुछ बढ़िया ढंग से समझा देते हैं, लेकिन एडमिशन, होस्टल मिलना बहुत मुश्किल होता है। सर की सूचनाओं के बोझ तले रात-भर और दिन-भर सफर पूरा कर हाँफते-हाँफते ही मैं बड़ौदा में घुसा था। इसलिए धनजीभाई के स्कूटर पर बैठते ही मुझे इत्मीनान की झपकियाँ आने लगीं और उधर उनका अपने घराने के इतिहास कथन के साथ सड़कें लाँघना भी जारी था : उनके पिताजी बड़ौदा सरकार में *गार्डन चौधरी* पद पर नियुक्त हुए थे। धनजीभाई बता रहे थे कि वे सुपरिंटेंडेंट प्रोटोकॉल उर्फ गेस्ट मास्टर पद तक कैसे पहुँचे, और मैं उनकी हाँ-में-हाँ मिलाता हुआ आँखें मूँद रहा था। इधर की हमारी ही जाति की गुजराती लड़की से...वाह बढ़िया...ब्याह कैसे हुआ...हम खानदेसी लेवा पाटीदार खालिस यानी कितने खालिस...इधर के ही रेवा यानी नर्मदा, उसके तटवाले पाटीदार। खिलजी के हमले के दौरान बारह गाड़ों पर सवार होकर उधर भाग गए—बढ़िया—अच्छा, इसीलिए उधर अभी तक मेले में बारह गाड़े खींचे जाते हैं। देखो, यह है भगौड़े पुरखों की विरासत—यादें, और वह भी भाग खड़े होने की।

बड़ौदा दादी के नाम से संबोधित की जानेवाली धनजी भाई की बूढ़ी माँ यानी हमारे नीलू चाचा की चचेरी बुआ। आँगन में औरतों की पुरानी गपशप में इसका नाम बार-बार आता। विशेषत: चिन्धु बुआ को बचपन से प्यार करनेवाली और उसकी खासमखास। ऐसा भी कहा जाता था कि चिन्धु बुआ ससुराल से मरते-मरते रिहा हुई, वह बड़ौदा दादी की ही बदौलत। अब असल बात वो दोनों ही जानें।

धनजीभाई की खानदेसी मराठी अब फीकी हो चली थी, फिर भी वे बड़े चाव से बोल रहे थे : खंडेराव, मैंने तुम्हारी बरही का भोजन किया है—माँ के साथ, जब मैं मामा के घर था। मेरा ससुराल ? वहीं—अहमदाबाद में, लेकिन अब ससरो अमेरिका में बस गया है। कहते हैं, वहाँ इलेक्शन में सिनेटरों के लिए बड़े-बड़े वक्तृत्वपूर्ण भाषण देता है। बड़ा वक्ता है हमारा ससरो...सिसरो[35] ही कहिए...हॉ हॉ हॉ—इस शाब्दिक परिहास पर हँसते हुए धनजीभाई मुदित होकर बोले, मोटेल हैं उनके।...यानी आपका सिसरो मोटा भी होगा भरा-पूरा।...हॉ हॉ हॉ—धनजीभाई को यह शब्दक्रीड़ा फ़िर पसन्द आई। हमारे लड़कों को ग्रेज्युएट होने पर उधर ही बोस्टन भेजने की सोच रहे हैं। ये रहा अपना घर। सरदार माने हैं न, उनकी हवेली के पीछे की सारी माड़ी, दस रुपए किराया। पिताजी के जमाने से। हमने कहा किराया बढ़ाओ, तो मना करते हैं सरदार माने। माने दिलदार।

असल में इस कोर्स के तुरंत बाद मुझे लोथल में सांखलिया सर के उत्खनन कैम्प में हाजिर होना था और वहाँ से काफी जरूरी कागजात उसी रात देखकर पोस्ट करने थे। लेंकिन घर में घुसते ही बड़ौदा दादी ने शरीर पर वात्सल्य का जो हाथ फेरा कि उसके बाद रात-भर उसकी कहानियाँ सुनते-सुनते खंडेराव कोच में ही सो गया और यह सुबह

35. जूलिएट-सीजर के जमाने का एक बड़ा रोमन वक्ता।

जागने पर ही उसकी समझ में आया। सफर में लगातार खड़े रहने से कसमसाया शरीर, दो दिनों का जागना, बैंगन का भर्ता और रोटी, दोगुना खाना, आदि इसके कई कारण थे।

यह देखकर कि कई सालों बाद मायके का आदमी आया और वह भी रात-भर के पड़ाव के लिए, वृद्धा का कई सालों से कुंठित आवेग छलक उठा। उसे याद आ रहे थे हमारे कबीले के सारे लोग, जो मेरे ऊँघते मगज में अपने मुँड़ासे, साफे, शिखाएँ, मूँछें, कनौतियाँ, तुलसी मालाएँ दिखाते हुए तैरते हुए आ-जा रहे थे। इनमें से अधिकांश को मैंने बचपन में बहुत पहले देखा था। इनके अलावा हमारे खेत, खेत के पेड़, नदी के दह—बाप रे, भूतकाल भी इनसानों में कैसा लबालब बहता रहता है। कहीं वर्तमान इस भूतकाल की अपार नदी में तैरनेवाला झाग तो नहीं होता है? तीन-तीन पीढ़ियों के दादा-दादियाँ, चाचा-चाचियाँ, चचेरे भाई-बहन। ये सूची मुझ तक आती थी। अपनी झपकियाँ छिपाने के लिए मैं खंभे के अँधेरे में मुँह ढँककर नींद में ही हूँ हूँ कर रहा था।

उधर गेस्ट मास्टर जम्हाइयाँ ले रहे थे। उनकी पत्नी ताराबेन, आ रमणने थोडु सुवर्डावने आऊ छुं कहकर बच्चे को थपथपाती हुई सीधे अंदर सोने के लिए चली गईं। फिर दादी द्वारा जागीरवाले खेत की बात छेड़ते ही गेस्ट मास्टर अपने दूसरे बच्चे को सुलाने के लिए अंदर ले जाते हुए बोले, *आ मारी मा मनथी गामडामां रहे छे।*[36]

...हम सारी बहनें—मैं, चिन्धी कहीं भी मीठा आम खातीं तो उसकी गुठली पल्ले से बाँधकर चुपचाप घर ले आतीं और कूड़े के ढेर में बो देतीं और मृगशिरा में उसके अँखुआ फूटने पर अपने जागीर के खेत में ढलान पर लगा देतीं। क्यों रे, अब तो हमारे वो आम काफी बड़े हो गए होंगे न? वो लँगड़ा आम और वो टीपिया आम। उनकी अमियाँ कैसे हम सब तोड़कर खाती थीं? चिन्धी तो ऊपर तक चढ़ती और अधपके आम नीचे फेंकती। हम लपककर खा लेतीं। अभी भी अमियाँ खाती हूँ तो उन्हीं अमियों का स्वाद याद हो आता है। उनका सानी कोई आम नहीं। गुढ़ी पाड़वे[37] पर अभी भी हमारा सारा कुनबा जमा होता है न? हमारे बापू का और तोताराम के बाप का केवल एक-एक आना हिस्सा है उस जागीर में, तुम्हारे अकेले बड़े घर का आठ आना हिस्सा, बाकी किसी का चार आना, दो आना। भाई होता, तो मिलते हमें भी आम। हम दोनों बहनों ने तोताराम को ही अपना हिस्सा दे दिया है। तोताराम की बीवी अब ठीक से तो रहती है, न? पता नहीं ब्याह के बाद क्या धुन सवार हुई थी उस पर, कहती थी कि ये पति नहीं चाहिए, मैं नहीं आऊँगी। वाह री वाह।

नींद में मुझे हमारा जागीरवाला खेत दिखाई देता है। हम छोटे-छोटे बच्चे मानो अमियों के ढेर से फिसल रहे हैं। हमारे पच्चीस-छब्बीस घरों के सौ-एक लोग बोरे,

---

36. ये मेरी माँ मन-ही-मन देहात में ही रहती है।
37. चैत्र शुक्ल प्रतिपदा पर महाराष्ट्र में मनाया जाने वाला नववर्ष के शुभारंभ् का त्योहार। इसका आरंभ शालिवाहन द्वारा किया गया था।

थैलियाँ लेकर अमराई के बगीचे में इकट्ठा हो रहे हैं। सामने दादी वर्णन कर रही थी। बड़े आम के नीचे उसके पिता नारूबोवा—झक सफेद धोती, सफेद बाल, सफेद छपरी मूँछें, एक जैसे फीते से बँधा कुर्ता, तुलसी की माला, उबटन, अबीर, तिलक, बाजुओं और माथे पर गोपीचंदन की उँगलियाँ, सौ की उम्र में भी तेज बुद्धि और जल्लाद जबान। कोई कहता है, रखवाली के लिए हम और आम लेने के लिए ये सारे मुफ्तखोर ? इस पर दूर-दूर के शहरों से अपना हिस्सा लेने आये रिश्तेदारों में से कोई कहता है, बुलाएँगे तो हम भी आया करेंगे। उसकी ओर देखकर नारूबोवा व्यंग्य से कहते, कुबड़ा कहे मैं काम करता हूँ, पर मेरी कमर पकड़ने के लिए चार आदमी तो आओ। इस पर सारे हँस पड़ते हैं। सभी लोग प्यार से झगड़ते रहते हैं— क्यों भाई, गाड़ी, बैल, सालदार, मजदूर अकेले विट्ठलराव को ही देखना पड़ता है।...अरे बड़े घर का काम ही है ये।...वाह, अमियों को बेलनी में लपककर टहनियों से बँधे झोलों में डालना, उस ढेर को बड़े ढेर में मिलाना, कर पाएँगे ये काम आप शहरी लोग ?...हाँ हाँ, क्यों नहीं, सिखाइए हमें।

नारूबोवा के गुजर जाने पर अब पिताजी उनकी जगह पर बैठने लगे थे।

जागीरवाले खेत के आम का बँटवारा असल में बस एक बहाना होता है। दूर-दूर से तकलीफों-भरा सफर तय कर अपना वंशवृक्ष, एक वेणू का बन अनुभव करना, यही इसकी असल फलश्रुति थी। नागोराव के जमाने से हर गुढ़ी-पाड़वा के दिन इसी तरह जोती हुई साफ काली पृष्ठभूमि पर पिरामिड जैसे हरी अमियों के लहलहाते ढेर, इनमें से अपने-अपने हिस्से में आनेवाली अमियों पर परंपरा से हक जतानेवाले लगातार बदलते वंशज, दुनिया में चाहे जितने उलटफेर हों, अंततोगत्वा एक ही जड़ से हम इतने लोग फैल रहे हैं। इस अमराई में पीढ़ी-दर-पीढ़ी हम सुरक्षित हैं। घर-घर के ऐतिहासिक प्रसंगों की ओसाई होती है : हमारी विजू के लिए अच्छा लड़का ढूँढ़ना आप पर छोड़ता हूँ, ठीक है।...हमारे बड़े लड़के का सेहरा सजाना है इस साल—अच्छी-सी लड़की देखकर रखना। इनमें से पुराने लोगों की बातों में जिंदा, विलुप्ति की कगार पर पहुँचे शब्द, पुराने मुहावरे, अजीबोगरीब बर्तन, नाप-तौल के, फासलों के ऐतिहासिक अर्थ—अरे, बित्ते भर का बिच्छू बालिश्त भर की दूरी पर था बच्चे के। हाथ-भर कपड़ा और तीन गज धोती—लंबा है, एक गज और ज्यादा लगेगा। पाई, टका, अधन्नी, दुअन्नी, चवन्नी। खंडी[38] भर कपास, दो पल्ले फलियाँ, चार मन में एक धड़ी जवार कम हुई है। चौथा भर मूँग, अधसेर तेल, अधपाव घी। पतीली की राब, बटलोई भर दूध, तसला...।

उस दिन घर-घर तराजुओं का लेन-देन, अचार के तीन-चार प्रकार, कच्चे आम की चटनी, मुरब्बा, रायता। लड़कियों के लिए कच्ची अमियों के टुकड़े, गुठलियों के अंदर के बीज पका-सुखाकर चुभलाने के लिए।

---

38. बीस मन का नाप।

अब दादी पूछती है, चोपड़ा के मांगटे भाट[39] आए थे आजकल में कभी? मैं कहता हूँ, हाँ आए थे। बीते दस सालों में जन्मे सभी लड़के-लड़कियों के नाम लिखकर ले गए। किस-किसका ब्याह हुआ, ये भी लिख लिया। दो गाड़ियाँ भरकर बहियाँ लाए थे। ब्रह्मदेव के तेरह पुत्रों में से एक प्रह्लाद—उसका विरोचन, इस प्रकार कृतयुग से लेकर हमारे पुरखे लहू बोवा तक के सारे नाम पढ़कर सुनाए। फिर हमारे नागोराव तक—नागोराव के चार लड़के—उनमें से हरि यानी हमारे परदादा का दादा—निवर्ती, हरि का भाई। वह बड़ौदा दादी के परदादा का पिता—ऐसे कई भाई। उनमें प्रत्येक के पंद्रह-बीस बच्चे—ऐसा करते-करते कुंडलिक दादा—उनकी दो बीवियाँ—कुंडलिक का बड़ा भाई—उसकी बीवी यानी गूँगी चाची—कुंडलिक दादा का मँझला भाई मनसाराम—उसका इकलौता लड़का निलिया, अरे तुम्हारा नीलू चाचा—कट्टर ब्रह्मचारी बन गया देखो वो। वारकरी सम्प्रदाय में बहुत बड़ा कीर्तनिया माना जाता है। सारे वारकरी कहते हैं, पंढरपुर जाएँ तो कीर्तनिया नीलोबा महाराज मोरगाँववाले का कीर्तन एक बार ही सही, जरूर सुनना चाहिए। मैं गर्व से कहती हूँ, वो मेरा ही भतीजा है। लेकिन एक बात बता, गृहस्थी के साथ क्या परमार्थ नहीं किया जा सकता था? संत तुकाराम जी ने नहीं किया था ऐसा? तो? मैं कहती हूँ, अरे निलिया, तू इतना बड़ा सन्त बन गया है, लेकिन तेरा घर तो सूना हो गया न? आसोदा की मेरे देवर के साढ़ू की सुन्दर-सी लड़की दी थी उसे। एकदम सजीली। लड़की में तो कोई दोष नहीं था। निलिया को ही विरक्ति की बाधा हुई, अरे लेकिन लड़की की जिंदगी का तो सत्यानास हो गया न? उससे कहना, बड़ौदा की बुआ ने तुम्हें कीर्तन के लिए बुलाया है। महारानी चिमणाबाई से अच्छा पुरस्कार दिलाऊँगी उसे। कितना गर्व होगा मुझे कि मेरा भतीजा इतना बड़ा कीर्तनिया बन गया है और मेरे कहने से यहाँ आया है? जरूर कहना हाँ बेटा उसे। उसके बाद उसकी जायदाद भी अब तुम्हारी ही हो गई न। खंडू, कैसा किस्मतवाला लड़का निकला रे तू। वाह भई वाह, इसे कहते हैं किस्मत, अकेला लड़का लाखों का धनी।

...और गूँगी चाची? घर कैसा साफ-सुथरा रखती है रे वो? ताजा गोबर से दीवारें लीप कर कैसे सुन्दर चित्र बनाती है? सफेद बड़े-बड़े। पति के गुजरने के बाद उसे तुम्हारे ही घर का आसरा है। इशारे से कैसे सही-सही बताती है कोई भी बात। जवार के डंठल काटने के लिए कटिया में घुसी। इधर अरहर के नीचे टोकरे में लड़के को रख दिया। काम की हड़बड़ी। डंठल काटते-काटते बीच-बीच में उसे लगा भी कि उधर बच्चा रो रहा है। लेकिन उसका काम जारी। क्यारी खत्म करके जैसे ही बच्चे को दूध पिलाने आई, देखा तो टोकरा खाली। सारा सगवारा बेचारी के विलाप से काँप रहा था। बच्चे का कपड़ा ढोरके की ढलान पर मिला। भेड़िया ले गया रे सोने जैसे लड़के को। दरवाजा बन्द हो गया बेचारी के घर का। अब तो मरते दम तक

39. वंश-वृक्षों की जानकारी रखने का काम करने वाले भाट।

बाँझ ही रहेगी बेचारी। कुत्ते-बिल्ली तक से कैसा प्यार उसे? यह देखने पर कि चाराघर की मादा नेवला पेट से है, कोने में हमेशा पानी का बर्तन भरकर रखती थी। खंडू, जख्म को चाहे जितने प्यार से सहला-सहलाकर दबाओ, पर जिंदगी-भर का ऐसा जख्म भरता थोड़े ही है? उसका बुढ़ापा अच्छे से सँवारना हाँ बेटा, उसकी सारी जायदाद तुम्हीं को मिली है।

मैं नींद में गर्दन हिलाता हूँ।

...और क्यों रे खंडू, हमारे देवराम भाई की पाँचों लड़कियाँ ब्याहकर चली गईं न? कैसी सलोनी थीं रे सभी—आँगन में सितारों की तरह दिखतीं। कभी आती भी हैं मायके? उनका भी घर बन्द हो गया होगा हमारे घर जैसा, अब क्यों आएँगी बेचारीं? बहुत जी करता है कि चार दिन जाएँ मायके शादी-ब्याह में। लेकिन रुकें भी तो किसके यहाँ? मैं तो तुम्हारे ही घर रुकती हूँ। ऐसा ही होता है खंडू लड़की जात का। कहते हैं न कि निपुत्रिक का घर कुत्ते-बिल्ली के मुँह का निवाला बनता है। हमारे जमाने में तो कदम-कदम पर वंश खंडित होने का डर लगा रहता—पिंडारी, ठग, चोरी-डाका, बीमारियाँ, बाघ, साँप। इसीलिए जल्दी-जल्दी ब्याह होते थे। चाहे इकलौता हो, पर बेटा होना ही चाहिए। बेटियों का क्या भरोसा, चली जाती हैं अपने-अपने घर। बेटा गड़ा रहता है खूँटे की तरह, एक ही जगह। मेरी दादी की तरह—अरे तुम्हारी दादी की माँ पारबताबय, उसकी सोलह जचगियाँ हुईं। ग्यारह बच्चे मर गए, लेकिन पाँच तो बच गए न? हमारा वंश तो टिका रहा न? अब तू अकेला ही बचा है इतनी टूट-फूट के बाद? वो निलिया ऐसा निकला। बेचारा हुनिया—तेरा चाचा, कैसा गुर्देवाला लड़का था? बम फोड़ता था गोरे साहब की खोपड़ी पर, कितनी हिम्मत लगती होगी? दिखता भी ऐसे था मानो अभिमन्यू। और तेरा भाई भावडू—बेचारा वो भी चला गया। अब तू इकलौता रह गया रे खंडू, शादी कर ले बेटा जल्दी-से, फिर मैं आखिरी बार आऊँगी मोरगाँव। अपना घर देखूँगी, चिन्धी से बातें करूँगी, फिर हम नदी पर जाएँगी, जागीरवाले खेत की अमराई में जाएँगी—उसे कहना कि मैं खंडू की शादी में आनेवाली हूँ। खंडू, अब तुम पर ही सारा दारोमदार है। तुम्हारे बाप का नाम कितना बड़ा था? और तुम्हारी बहनें क्या करती हैं? बड़ीवाली बिजा, वो छबी, और जिसे लाड़ली कहते थे वो—सुभी ही नाम है ना उसका? देखो, ये होता है बुढ़ापा—नाम ही भूल जाते हैं। एक बात सच कहूँ खंडू, बहनें जितनी ज्यादा, भाई उतने ही अमीर बनते हैं। घर-बार, खेती तो ससुराल नहीं ले जा सकतीं? क्या ले जाती हैं हम अपने साथ—सोना। फसल आती है तो हर साल तुम्हारे घर में सोना ही सोना है। इसीलिए विट्ठल ने लड़कियों को भरपूर दहेज दिया, बहुत अच्छा किया खंडू।

...अब तुम्हारी चिन्धु बुआ वापस आ गई न? बेचारी—लेकिन कभी तुम्हारे घर-बार पर हक जताया उसने? दरअसल वह जायदाद उसके बाप की भी है—तुम में से आधी। लेकिन केवल साड़ी-चोली की भूखी है। ठीक तो है न वह? और उसकी

दोनों बेटियाँ? चिन्धी की बड़ी बेटी की शादी में आई थी मैं। दूसरी की भी शादी हो गई? धरणगाँव के देशमुख की, बड़े घर की लड़कियाँ—लेकिन किस्मत देखो। चलो ठीक ही हुआ। बचा ही क्या था उस गढ़ी में आखिर? हमारे ही रिश्तेदार हैं वो धरणगाँव के देशमुख। चिन्धी और हम सारी बहनें अपने घर के पीछेवाले दह में लहँगा खोंसकर ऊपर से ऐसी धमाधम छलाँग लगातीं, जैसे नागकन्या। अरे खंडू, चिन्धी, तुम्हारी बुआ तो बहुत ज्यादा उद्दंड थी। सीता चाची कभी उसे एक शब्द से भी नहीं टोकती थी। सगी माँ भी लड़की जात को धाक में रखती है, लेकिन तुम्हारी दादी को इस बात की बहुत फिक्र थी कि कहीं कोई यह न कह दे कि वो उससे सौतेली माँ जैसा बर्ताव करती है। चिन्धी को उसने बड़े वात्सल्य से बड़ा किया है। इसी कारण चिन्धी उद्दंड हुई। हमारी माँ भी जब से गई तब से सीता चाची ही मानो हमारी माँ बन गई थी। तुम्हारी दादी लाखों में एक थी। ऐसी औरत कहीं नहीं मिलेगी खंडू। मैं आई थी तुम्हारे घर उसके गुजर जाने की खबर मिलने पर। धनजी से कहा, बेटा मुझे अभी के अभी गाड़ी में बिठला दे। लोग कहते, सगी माँ के लिए कोई इतना नहीं रोता, जितना इस बुढ़िया की भतीजियाँ रो रही हैं। बहुत दुख हुआ खंडू, तुम्हारी दादी गुजरी तब। लेकिन तू नहीं था उस समय घर पर, है न?

मेरी मैट्रिक की परीक्षा थी। मुझे खबर ही नहीं भेजी थी पिताजी ने। पंद्रह दिन पहले से ही परीक्षा सेंटर पर चला गया था।

एक बात कहूँ खंडेराव, सीता चाची के कारण ही तुम्हारी खेती इतनी फली-फूली थी। उसे सब कुछ पता होता—किस खेत में किस ओर की भूमि औसत है और किस ओर की बढ़िया, पानी कहाँ जमा होता है, कहाँ मेंड टूटती है, कहाँ क्या बोना चाहिए, किस फसल के बाद कौन-सी फसल अदल-बदलकर लेनी चाहिए। अरहर में जवार का पौधा लगाने पर अरहर में कीड़ा नहीं लगता, टमाटर में झंडू लगाने पर टमाटर में कीड़ा नहीं लगता। इनसान को अनाज चाहिए, वैसे ही जानवरों को चारा, गाय-बछड़ों को घास, भैंस को अनाज—सब कुछ बोना चाहिए।

वाकई, घर में दादी खेती का विश्वकोश ही थी। बचपन में मुझे भी दादी मेंड पर दो-एक गज का खेत बुआई के लिए देती। मायके के चार बीघा खेत में वह एक बात सीख गई थी—इनसान पर किसी के आगे हाथ फैलाने की नौबत नहीं आनी चाहिए। सब कुछ अपने इतने से टुकड़े पर उगाना। सारे बीजों का संग्रह करके रखना। बीज गोमूत्र में, भिंडी छाछ में भिगो-सुखाकर हल्दी के चीथड़े में परछत्ती के बाँस में कसकर बाँधकर रख देना। होले के कई प्रकार, डँगरी के प्रकार, ककड़ी, खीरा, गोरख ककड़ी, फूट। उधर बरसात में नमी और गर्मी की स्थिति आई और इधर बुआई का सारा सामान तैयार। बुआई मानो दादी के लिए आपातस्थिति। बुआई में एक दिन की भी देर हुई तो फसल में कितना फर्क आता है? सुबह-सुबह ही धावा बोल देने की भाँति अकरी-तिफनी लेकर और कमर से बीज बाँधकर घर के सभी लोग, बाल-बच्चों समेत खेत पर हाजिर।

...अरे खंडू, तुम्हारी सीता दादी को भरी बरसात में रातोंरात पाट लगाकर[40] लाया गया था। ब्याह के दूसरे ही दिन बोली कि बुआई के लिए खेत में आती हूँ। बचपन में सीता चाची ने हम दोनों बहनों को मरी हुई माँ की कभी याद तक नहीं आने दी, कहते-कहते बड़ौदा दादी का गला भर आया। मैंने भी उसे दादी को लेकर अपनी दो-तीन यादें बताईं : महीने में एक बार दादी भावडू को और मुझे चौकी पर नंगा बिठाकर सारे बदन को बर्तन मलने जैसा लाल-लाल होने तक जली हुई ईंट से घिस रही है। मैं जोर-जोर से रोता-चिल्लाता कोठी में शोर मचाता हूँ। दादी कहती जाती है—देख, कैसे मैल छूट रहा है, घिसने दे। सगी माँ हो, बहन हो, उनकी हमसे कुछ न कुछ अपेक्षाएँ होती हैं, लेकिन दादी ? केवल वात्सल्य। करुणा। अपनापन। गर्माहट-भरी गोद। हौले-हौले से फूँक। वह आस्था किसी और से मिलना असम्भव।

...खंडेराव, तुम्हारी दादी जबान की बहुत मीठी। दरवाजे पर महारन हो, चमारन हो, वही अपनापन। बहन, खाना हो गया ? क्या खाया ? ये कौन है ? अच्छा, तुम्हारा नाती ? क्यों रे राघू, बैठ। उसके सिर पर हाथ फेरकर—जुग जुग जिए तुम्हारा नाती। द्वार पर चने, दलहन बेचने आनेवाली कहारनों से भी सीतामाय प्यार से कहती, तुम्हें कितना दर-दर भटकना पड़ता है मैया ? तुम्हारे बच्चे बड़ी आस लगाए तुम्हारी राह तक रहे होंगे घर पर। राँड़पन कैसे बिताया होगा मैया तूने ? कैसी लाल परी जैसी दिखती थी तू जब तेरा पति मरा था। मानो जैसे पद्मिनी। जाने दे बहन, दिन बैठे थोड़े ही रहते हैं ? घूरे के दिन भी फिरते हैं।

ये सुख के दिन भी कहीं बैठे रहते हैं ? बल्कि बुढ़ापे के आखिरी दिन सभी के भयानक तरीके से बीतते हैं। साल-भर तक दादी खटिया पर पड़ी रही। घर में किसी को उसका यह खटिया-पसारा सुहाता नहीं था। सारा घर खेती के पसारे से अँटा। तरह-तरह का अनाज, बोरे, कोठियाँ, कुठले, मटके। खेती का माल वक्त-बेवक्त किसान के घर का कब्जा ले लेता है। खटिया-भर की जगह भी फिजूलखर्ची हो जाती है। पट्टियों पर इधर से उधर चूहे ऊधम मचाते हैं। एक बार ऊपर पट्टी पर किसी ने ताला रखा था, जो दादी के सिर पर गिर गया। आखिरी दिनों में न भरनेवाला घाव हुआ। इनसान का अंत इस प्रकार दुखद हो! *मणी पद्मे हुम।* दुःख की किस-किस ने खोज की, इसका पता लगा। वरना हम भी दुख से ही मरेंगे। और खुशी से मरनेवालों की खोज ? जरूरत नहीं। दुःख ही श्रेष्ठ है। दुःख के कारण ही इनसान वत्सल बनता है। मसलन, दादी।

...खंडेराव, तुम्हारी दादी ने कितना कुछ सहा, सुनकर भी तुम्हें यकीन नहीं होगा।

मृगशिरा की झड़ी लगी हुई थी। बुआई की धूम मची थी। नदियों में बाढ़। चिन्धी का जनम ऐसी ही अँधेरी रात में हुआ। चार दिन की ही थी कि तभी उसकी माँ—

40. किसी विधवा, परित्यक्ता अथवा पति को छोड़ आई स्त्री का पुनर्विवाह।

रुखमा चाची को फनफनाता बुखार चढ़ा। जचगी में तब बहुत सारी औरतें मर जाया करती थीं, रे खंडू। कोई बच जाती तो वो उसका दूसरा जनम ही समझो। कहते हैं कि पहली हमउम्र दोनों लड़कियों के चेचक में चल बसने के कारण रुखमा चाची की जीने की चाहत ही खत्म हो गई थी। उसी में एक बीमार रोतडू बच्चा भी पैदा हुआ और साल-भर में यह चिन्धी। ऐन बुआई में औरत को यों खटिया पकड़ती देखकर कुंडलिक चाचा, तेरा दादा फूट पड़ा रे बेचारी पर। उन दिनों किसानों के दिन बहुत जंगली थे रेऽ। मेहनत, दिन-रात केवल मेहनत। पति खेत से भीगकर आता, न चूल्हे पर पानी न रसोई। रोतडू बच्चा। रखमा चाची कराहती हुई खटिया से ही बोली, मुझे न जाने कैसा लग रहा है जी—लेकिन तुम्हारा दादा ठहरा पक्का कुर्मी। बस काम से गाँठ। बुआई में सब कुछ जगह पर चाहिए—बीज की पोटली, उड़द, मूँग, अरहर, तिल, कोंचनी के बीज—सब कुछ तैयार चाहिए। इतना काम करके घर लौटने पर रोटियों से भरी चँगेरी चाहिए। पत्नी की बीमारी, मतलब किसान का एक हाथ टूट जाना।

ऐसे समय तो जो हाथ लगे उससे पीटते थे बीवी को। वह क्रुद्ध होकर बोला, एक बुआई ही मिली तुझे खटिया पकड़ने को, पनौती कहीं की...। बेचारी रुखमा चाची पति के मन में कुछ करुणा उत्पन्न हो इसलिए बोली, और अगर कहीं मैं मर-खप ही गई तो क्या करोगे? तो तुम्हारा दादा उल्टा उसी पर बरस पड़ा, तू? तू कैसे मरेगी रीऽ पनौती राँड़, फालतू में झूठ-मूठ कराहती रहती है, नौटंकी साली। मरना है तो जा मर न एकबारगी। मैं तो आजाद हो जाऊँगा? पनौती कहीं की।

बेचारी रुखमा दादी चिन्धी को गोद में लिये चुपचाप लेटी रही। अपने आप से बस इतना ही बुदबुदाई, जाके पाँव न फटे बिवाई, सो क्या जाने पीर पराई?

और वाकई सुबह मुँह अँधेरे नन्ही चिन्धी लगातार रोए जा रही है, जाकर देखा तो बीवी मरी पड़ी हुई। वह रोतडू बच्चा भी हमारे घर में बुखार से तप रहा था। इतनी-सी जान चिन्धी अपने छोटे-छोटे होंठों से माँ की चूचियाँ ढूँढ़ती हुई ट्याँहाँ ट्याँहाँ करती हुई सन्ताप से लाल होकर और जोर-जोर से रोए जा रही है। नन्ही-सी जान—माँ की गरमाहट से वंचित, और क्या करेगी? बाहर बारिश। बादलों की गरज। बीजों के ढेर पड़े हुए। बुआई के सामान का कोहराम मचा हुआ। कहते हैं, भरी बरसात में पत्नी की चिता को जैसे-तैसे आग देकर लौटा और नहाकर बैठते-बैठते इतना ही बोला तेरा दादा, उखाड़ दी न लदे हुए गाड़े की सिटकनी इसने...!

लेकिन न रोया और न आँखों से एक आँसू निकला। बाप के बदले यह चिन्धी ही अकेली जोर-जोर से रोए जा रही थी। लच्छे से दूध भी नहीं पी रही थी। निलिया की माँ परेशान होकर कहती—माँ चली गई बिटिया अब तेरी, अब तो जो मिलता है वह पी ले, नहीं तो तू भी मरेगी अभागन। बुआई में सभी किसानों की औरतों के

पीछे काम लगे रहते हैं। किसके पास समय होता है चोंचले पूरे करने का? उधर बीमार लड़का पड़ा हुआ है, और यह बच्ची चिन्धी भी कुछ सूझने नहीं दे रही। रसोई-खानपान भी बूढ़ी धुरपताबाई कहाँ तक सँभालती? बुआई तो होनी ही चाहिए। खेत की सड़क पर जो गाड़ीवान कुंडलिक चाचा को पहले मस्ती में बैल दौड़ाते देख चुके थे, वे ही उस पर दया की दृष्टि डालकर आगे निकल जाते और अफसोस जताकर कहते, भाई कुंडलिक, तेरे गाड़े का एक पहिया ही टूट ही गया रे। अब कैसे निबाह होगा बप्पा—इतना पसारा, खेत...। दादा के साथ दिहाड़ी पर काम के लिए आए मजदूर कहते, भगवान भी कैसा नाकारा है मादरचोद, अच्छे आदमी की ही टाँग तोड़ देता है, धत्। खेत के पड़ोसी किसान कहते, अरे भाई, बिना बुआई किए कुर्मी थोड़े ही रह पाएगा? हम तो कुछ भी करके पेट पाल लेंगे, लेकिन ये बैल, मवेशी, लेहना-पौनी?

बारहवें दिन आसपास के समझदार लोगों ने खुलकर सलाह दी, भटजी महाराज, अब कुंडलिक के दूसरे ब्याह का मुहूरत निकालिए। पाट के ब्याह के लिए मुहूरत की जरूरत नहीं होती। लेकिन दादाजी अंदर-ही-अंदर कहीं ग्लानि से आहत थे। ध्यान नहीं लगता था काम में। एक बार ऐसे ही अकरी के बाद फेरे हुए पटेले को देखते उदास खड़े थे। मेंड के उस ओर गोड़ाई करते हुए तेजी से हल दौड़ानेवाला खुशमिजाज पड़ोसी सयाजीराव लावनी गुनगुनाता हुआ चिल्लाया, अरे कुंडलिक, पगले, ये तो पहले से ही ऐसा चलता आया है। सुन :

अरे खुशकिस्मत की बीवी मरती है
और बदकिस्मत का बैल होऽऽ रामा रे जी जी जी जीऽ
इरे, हॉ ऽ पवल्या हॉ ऽ–

कहते-कहते उसने हल को मोड़ा।

इधर घर में वृद्धा से कुछ भी ठीक से करते नहीं बन रहा था। वह भी दो बच्चों को सँभालते-सँभालते गिर पड़ी और हाथ टूट गया। थनटूट होने से चिन्धी के सीने की छोटी-छोटी हड्डियों का कंकाल धौंकनी जैसा ऊपर-नीचे होता। ऊपर से उसका क्रुद्ध होकर ट्याँहां-ट्याँहां लगातार जारी। उसे चिन्दी के लच्छे से दूध पिलानेवाली औरतों ने ही उसका नामकरण किया—चिन्धी। फिर वह रोतडू बच्चा भी एक रात मर गया। उसे भरी बरसात में श्मशान में गाड़कर लौटे सभी चाचा—मनसाराम, ज्ञानदेव, हमारे बाबा, चाचा, चचेरे भाई सभी कुंडलिक चाचा को बीच घेरे में लेकर बोले, देख कुंडलिके, समस्या से दूर भागना समस्या का समाधान नहीं है। उसका मुकाबला करना ही उसका हल है। बीवी गई, जाने दो। वो लड़का भी मर गया, भूल जा उसे। लेकिन ये नन्ही-सी बच्ची, तू इसे भी मारने पर तुला है? कुंडलिके, हमारी बात मान। इतनी हाय मत ले। जनम-जनम तक लगा रहता है यह पाप। अरे किस्मत है, एक बार गाँड दिखाती है, तो दूसरी बार सोने का कलसा भी देती है। बुआई तो जैसे-तैसे पूरी हुई, लेकिन अब कितने काम आ पड़ेंगे सर पर?

पगले, कल तुम्हारा दूसरा ब्याह करना है। निवर्ती चाचा ने अपनी ससुराल डोंगरखेड़ा में एक लड़की देख रखी है, सीती। हमारी लक्ष्मीबाई की वहाँ एक मौसेरी जेठानी है न, उसकी सगी भतीजी। गरीब है, ठीक है। दूर, परदेस में है, क्या फर्क पड़ता है? कहाँ हमें बार-बार जाना है? लड़की बड़ी गुणवान है, सारी कसर पूरी हो जाएगी। उसका पहला ब्याह नाभिपूजा से ही तय हुआ था—उस जमाने में कोई-कोई ऐसे ही आपस में तय किया करते थे। बच्चा गर्भ में होता तभी ये कहते, लड़की हुई तो हम उसे अपनी बहू बनाएँगे। लेकिन सीता के इस पहले घर में मांस, शराब, मारपीट—बेचारी सीता, चौदह साल की बच्ची, कितना सहती? लौट आई मायके। अब कहती है, बाप के घर में भाई-भावजों के बीच बेशरम बनकर मुझे नहीं रहना है। किसी के भी साथ गृहस्थी बसा लूँगी! अरे कुंडा, चल, तैयार हो जा। अरे, हम जैसे पचास बीघेवाले के घर में कौन ऐसी लड़की देगा? अब घड़ी ही ऐसी मुश्किल आयी है—चल। देख, गाँठ खोलनेवाली भी किस्मत होती है और लगानेवाली भी वही होती है। अब झड़ी लग गई है। हम सभी भाईबन्द अभी खाली बैठे हैं। फिर, बरखा खुलने के बाद असाढ़ तक काम पीछे पड़ जाएँगे भैया। कल सुबह निवर्ती चाचा—रंभा भावज जल्दी चले जाएँगे। सारी बातें तय करेंगे, परसो तड़के हम चार-छह लोग गाड़ी से जाएँगे, दिन भी अच्छा है, गुरुवार, रातोंरात बियाह करके लड़की दूसरे दिन अपने घर मोरगाँव में। बेटा कुंडलिक, शादी और बुआई समय पर हो तो अच्छा होता है।

सभी के मन का खटका दूर हुआ। मानो सीने से भारी बोझ उतरा हो। निवर्ती चाचा सीता के बारे में सीना ठोंक कर बोले, लड़की गुणवान है, गृहस्थी अच्छी चलाएगी, प्यार से रहेगी। नारूबोवा बोले, पाट के पानी और पाट की बीवी में बहते पानी की तरह कभी कोई खराबी नहीं होती। रोटी बनाना आया, बहुत हुआ। उठो, तैयारी शुरू करो।

फिर निवर्ती चाचा और रंभा चाची दोनों बरसात रुकने पर सुबह तड़के डोंगरखेड़ा के लिए रवाना हुए। उधर रिश्ते-में-रिश्ता। जो अपना वह अपना और पराया मानो घड़ियाल के घर का। बेटी राज करेगी आपकी, पचास बीघा खेती, बैलों की दो जोड़ियाँ। अजी लड़की जात, अभी बूढ़ी हो जाती है। बाल-बच्चे हुए नहीं कि सब पीछे छूट जाएगा। गाय, बछड़े, दो भैंस दुधारू—घर में दूध की नदियाँ बहती हैं, लेकिन मथनेवाली कोई नहीं। अकेला, मेहनतकश, कंठीधारी, हर रोज भगवान को पूजनेवाला लड़का—चार बड़े-बड़े भाई परलोक सिधार गए। घर में एक दूधमुँही बच्ची सँभालनी पड़ेगी हाँ, सौतेली—पता नहीं वह भी जीती है या मरती है, चिन्धी से पिलाते हैं उसे। बोलिए, हम तो हामी भरके ही आए हैं। ना कहेंगे, तो अभी लौट जाएँगे।

सीती के गरीब माँ-बाप हाथ जोड़कर विनम्रता से बोले, निवर्तीमामा, आपका शब्द सो हमारा शब्द, हम और कुछ नहीं बोलेंगे। हमें तो ऐसा लग रहा है कि हमें

घर बैठे भगवान मिल गए। बियाह की तैयारी शुरू भी हो गई है। चालीस लोगों के लिए असली घी की रसोई बन रही है।

यदि ऐसा है तो बुलाइए लड़की को। उससे भी एक शब्द से पूछ लेंगे।

उसका बाप बोला, कोई जरूरत नहीं।

मोरगाँववाले बोले, नहीं-नहीं, रिवाज है, बुलाइए लड़की को।

क्यों री सीते, एक निवाला कडुवा था, थूक दिया। अब यह दूसरा निगलेगी?

हाँ, चाहे जैसा हो।

देख लड़की, यह जनम भर का अड़गोटा होता है। अच्छी तरह से सोच ले। सुख से गृहस्थी चलाएगी?

हाँ।

ऐसे कैसे हामी भरती हो? क्या जानती हो तुम? वो दुहाजू है, चार बच्चों का बाप, पता है?

मैं औरत जात, जिस खूँटे से बाँधी जाऊँगी, वहीं खड़ी रहूँगी।

लड़की बातें तो अच्छी करती है। अब लड़की ये बता, पहले का नन्हा दूधमुँहा बच्चा सँभालेगी?

बच्ची बच गई तो मुझे ही पुण्य मिलेगा।

यह जवाब सभी को पसन्द आया। उस दिन बरखा भी रुक गई। बाढ़ का पानी उतरा। मोरगाँव से दो गाड़ियाँ भरकर लोग अगली शाम पहुँच गए। गाँव के मजबूत बैल जोतकर लाए थे। रात में ब्याह करके भोजन निबटाया और दहेज में भेंट मिली थाली, कटोरी और गगरी लेकर सतपुड़ा के ढलान से बाजी लगाते हुए जो गाड़ियाँ दौड़ाईं कि सुबह मोरगाँव पहुँच भी गए। कुंडलिक चाचा के अँगोछे की सीता चाची के पल्लू से बँधी गाँठ धुरपदा दादी ने खोली और सीता चाची गृहस्थी में जुट गई। वो भी कैसे? घर में आटा तक नहीं था, तुरंत वह अनाज पीसने बैठ गई। खेत में जानेवालों के लिए फटाफट कलेवे की रोटियाँ बनाईं। साथ में देने के लिए बेसन की कढ़ी और चँगेरी-भर रोटियाँ बाँधकर रख दीं। पानी भर लिया। हलवाहे के चलते ही सिर पर बड़ा पल्लू ओढ़कर गाड़े पर पति के पास रोटियों की पोटली रख दी। फिर दोनों बैलों को लोई खिलाई, गोठ झाड़कर साफ किया, आँगन में गोबर-मिट्टी के पानी का छिड़काव किया, गाय को प्रणाम कर स्नान किया और वृद्धा के पास की रोती-बिलखती चिन्धी को सीने से लगाकर बड़े प्यार से उसे लच्छे से दूध पिलाया। बच्ची पहली बार उसके सीने से चिपककर आराम से सोई।

सारी पड़ोसनें यह देखने जमा हुईं और कहने लगीं, बच्ची को तो माँ मिल गई, बाकी किसी का चाहे जो हो।

मरेगी या बचेगी, इसलिए चिन्धी से सभी को बहुत प्यार।

उस साल कुंडलिक चाचा की आमदनी भी दोगुनी हुई। गाय-भैंस दोगुना दूध देने लगीं। सीताबाई का शगुन। आगे चलकर कुएँ खोदे। उनमें भी पानी लग गया। मोट बहने लगीं। बच्चे, नातिन, परपोते हुए। विट्ठलराव जैसा लड़का बड़ा करतबी निकला। और अब खंडेराव।

उद्दंड। ब्याह के बाद ससुराल जाने तक चिन्धी को पुकारने का यही नाम था। सयानी भी वह ग्यारहवें साल में ही हुई। सगाई तो बचपने में ही हो गई थी। धरणगाँव के ऊँटमारे देशमुख बड़े प्रतिष्ठित थे। अंग्रेज सरकार ने उन्हें दिल्ली दरबार में बुलाकर रायबहादुर का खिताब दिया था, लेकिन लोग उन्हें ऊँटमारे खिताब से ही पहचानते थे। मोरगाँववालों को इस बात पर खूब नाज कि इतनी बड़े असामी हमारे सम्बन्धी बननेवाले हैं। चिन्धी का ब्याह पक्का करने के लिए हमारी ओर से सात गाड़ियाँ भरकर लोग गए थे। देशमुख की गढ़ी देखने का चाव जो ठहरा। गढ़ी के अंदर का शिकारखाना, झूमर, हथियार देखने की अभिलाषा। यह गढ़ी हजार साल पुराने राष्ट्रकुटों के जमाने की थी। उसी में आगे चलकर निजाम मुर्तजा—चाँदबीबी के मलिक अंबर के जमाने में बनाया गया बुर्ज, जो दूर से ऊँचे मजबूत सरदार जैसा दिखता, गाँव के गरीब लोगों के मामूली घरों से फासला बनाए बैठा। मानो, कह रहा हो कि इनसे मैं विशिष्ट हूँ।

अभी कुछ दिन पहले तक यह सुनते ही कि देशमुख ने गढ़ी पर बुलाया है, सारे इलाके के लोग डर से सफेद पड़ जाते थे। यह गढ़ी इतनी ऊँची थी कि चढ़ते-चढ़ते ही बेचारों की साँस फूल जाती। बड़े दरवाजे की दुआरी से घुसने पर शरीर को टेढ़ा-मेढ़ा कर सँभलते हुए सीढ़ियाँ चढ़कर जाना पड़ता। फिर इन साँस फूले लोगों को ऊँची सीढ़ियाँ चढ़ते ऊपर आते देख, ऊपर से हिकारत से देखनेवाला, मसनद से टिककर बैठा छप्पर मूँछोंवाला बूढ़ा देशमुख सुपारी कतरते दीवान से सलाह-मशविरा करता कि आनेवाले इस मच्छर को हंटर के नीचे कैसे लें। सीढ़ियाँ चढ़ते समय किसी के चेहरे पर सन्ताप या स्वाभिमान की जरा-सी भी छटा नजर आती तो उसकी चर्या को देखकर ही यह तय किया जाता कि उसे कितनी देर बिठाए रखना है, किसे पानी देना है, किसे सुपारी देनी है या किसे बैठक के पास या दरवाजे पर ही बिठाना है।

दीवानजी, मलकापुर के उस नत्था पाटील की ओर से इस साल की घुघरी आ गई?...आ गई सरकार।...अच्छा, धनगर का महादिया क्या कह रहा था?...कुछ बोला नहीं, सरकार। बस, यही कह रहा था कि मिलना है।...काम नहीं बता रहा है, यानी रुपया चाहिए होगा कर्ज पर, नहीं?...लगता तो है, पर हाथ में तो कुछ भी नहीं था।...बिठाकर रखिए उसे दिन-भर। देखता हूँ कहाँ तक उसकी हेकड़ी टिकती है।...सरकार, जरा रुकिए, मैंने एक आदमी उसकी ससुराल भेजा है टोह लेने के लिए। अभी मालूम हो जाएगा। खेत लिखकर देनें को राजी हो, तभी कर्ज देना ठीक

है सरकार।...दीवानजी, हमें खेती नहीं बढ़ानी है, लड़कों का ध्यान नहीं है खेती की ओर। और सुना है 'जमींदारी उन्मूलन कानून' या 'काश्तकार कानून' आ रहा है।...सरकार, 'काश्तकार कानून' आए या न आए, लेकिन हमारी मेंड के पास जोशी वकील जैसा पड़ोसी नहीं आना चाहिए। मछुआरा पहलवान भी जमीन का वो टुकड़ा खरीदने की बात कह रहा है। वो तो हमारी बगल में बिलकुल नहीं चाहिए। घपलेबाज है।...सही कहते हैं आप दीवानजी। चार-पाँच हजार धनगर को दे देना अच्छा, लेकिन ये झगड़ालू कलमुँहे नहीं चाहिए हमारे निकट।...और वो कोलते-नरवेलकर आया था।...उसे तो अंदर बिलकुल मत लेना। वो सत्यशोधक समाज[41] का झमेला नहीं चाहिए हमें। साला, क्या वो शेतकरन्याचा आसूड[42] या फिसूड़ पढ़ने लगाया मुझे। धत्, बारह आने देकर फिजूल का सरदर्द।

गढ़ी में देशमुख की बैठक की ओर जानेवाली सीढ़ियाँ जहाँ से मुड़ती हैं, वहीं तहखाने के अंदर जाता सुरंग का रास्ता ऊपर चढ़नेवाले को सहमा देता है। नीचे काल-कोठरी की दीवार में आदमकद ऊँचाई पर ठोंकी गई लोहे की कड़ियों में हाथ बाँधकर रैयत को छड़ी से पीटने और बेहोश हो जाने पर घर ले जाकर पटक देने—से लेकर इस कागज पर अँगूठा लगा और चुपचाप चलता बन, की चेतावनी जैसी कई सजाएँ गाँव के लोगों को मालूम थीं। गाँव-गाँव में हजार बीघा फैली जमीन इसी प्रकार मार-पीट से, कर्ज देकर या डरा-धमकाकर ये ऊँटमारे देशमुख सात-आठ पीढ़ियों से हथियाते आए थे।

गाँव में सभी घर मेहनतकश किसानों के—इकमंजिला, कभी-कभार अटारी, धाबा। अंदर-ही-अंदर लगभग सारी जरूरतें पूरी करनेवाले, मनचाहे ढंग से बनाए हुए। अंदर-बाहर बहुत कम फर्क रखनेवाले, नम्र, झुके हुए। बाहर का आँगन भी सभी की जरूरतों को पूरी करनेवाला, पीछे गोठ, बरामदा, उसी में चूल्हा, रसोई, जलावन के गट्ठर, वहीं खाना, खटिया, कपड़े। किवाड़ हमेशा खुले, बाहर कुत्ता। जीने की शैली और बनाई हुई जगह दोनों में पूर्णत: अनन्य भाव। मेहनत से जीने की सुसंवादी बहुद्देशीय जगह। इस तरह घर के भीतरवाले प्रत्येक आकार को मिला अपनापन। हर कोने का अपना प्रतीकात्मक अर्थ। असल में ये आकार ही उनके जीने की शैली का हिस्सा बने हैं। जहाँ-तहाँ फसल, औजार, बोरे, कुठले और बीच में सोने लायक जगह। कई पीढ़ियाँ बीत गईं, फिर भी जगह एक ही।

ऐसे घरों में रहनेवाले गरीब लोगों के लिए ऊँटमारे देशमुखों की यह छोटी-बड़ी, ऊँची-नीची, अंदर-बाहर, बीच में ही या विचित्र आकृतियों से बनी गढ़ी डरावनी यमपुरी ही थी। गाँव का हर घर इस गढ़ी से अजीबोगरीब यादों के माध्यम जुड़ा होता—किसी का भाई-भाई का मसला गढ़ी से लौटने के बाद एक भाई को

41. महात्मा फुले द्वारा सामाजिक सुधारों के कार्यक्रमों के लिए स्थापित क्रांतिकारी आंदोलन (1852)
42. किसानों के शोषण पर आधारित महात्मा ज्योतिबा फुले द्वारा लिखित ग्रंथ, *किसान का कोड़ा*।

गायब करके ही हल हुआ। किसी कुँवारी लड़की का बलात्कार करनेवाले को हाथ-पाँव बाँधकर कुएँ में झोंकने से मिला क्रूर न्याय। किसी की पीठ पर पचास कोड़े, किसी की टाँग टूटी हुई, किसी को असली चोर का पता बताने के बदले मिला मेले में डफली बजाने का अधिकार। और तो और, ऐसे इस खानदान को गाँव का भूषण समझनेवाले फटेहाल लोग भी गाँव में पर्याप्त थे। मान लो, हिमालय से नीलगाय की पूरी सफेद झक दुम काटकर चँवर डुलाते ऊँचे गालोंवाले तिब्बती लोग गाँव-गाँव घूमते हुए आए और उन्होंने तुच्छतापूर्वक पूछा कि यहाँ कोई बड़ा आदमी रहता है? यानी उनके पास के ये चँवर, शिलाजीत, हिरन की नाभि की कस्तूरी, जैसी महँगी चीजें खरीदनेवाला इस भुक्खड़ गाँव में कोई होगा? ऐसे समय सारे गाँव की शान का रखवाला अकेला देशमुख ही होता। उस गढ़ी की ओर उँगली दिखाते समय इन फटेहाल लोगों का सीना भी चौड़ा हो जाता।

कुछ लोग कहते, ऊँटमारे देशमुखों की क्या पूछते हो बाबा? उनके घर में देसी घी भी यों परोसते हैं कि पत्तल से नीचे बहता रहता है। मतलब, हम मर-मरकर काम करें और इनकी इस तरह की फिजूलखर्ची? या बरगद के चबूतरेवाली गपशप—रायबहादुर देशमुख के तो सारे दाँत टूट गए थे न? अब तो पूरी बत्तीसी दिखाई देती है।...तो? मुंबई से बनवाई है नई।...बाप रे, हमारा बूढ़ा एक दाँत निकालवाने गया था, तो डॉक्टर एक नकली दाँत लगाने का पचास रुपया बोला।...क्या, पचास? एक दाँत के? पर इतने रुपयों का हमारा चोपटा भी है?...फिर, ऊँटमारे देशमुख का लगा हिसाब—पचास गुना बत्तीस।

ऊँटमारे क्यों कहते हैं जी इस देशमुख को?

कोई पियक्कड़ बड़बड़ाता—अजी, मेहनत से कहीं किसी को कुछ मिला है? इनका एक पुरखा दिवट्या देशमुख था। उस जमाने में ऊँट के कबीलों का हमारे धरणगाँव से सिन्ध तक सीधा रास्ता था। इसी वजह से अंग्रेजों ने यहाँ कोठी बनाई थी। एक बार रात में कुछ रोहिले व्यापारी ऊँटों पर माल लादकर उत्तर की ओर से आए और अधिकारपूर्वक दिवट्या देशमुख की इस गढ़ी में रात-भर के लिए रुक गए। दिवट्या का लड़का था गँजेड़ी देशमुख। उसकी बीवी जो अभी-अभी ब्याहकर आई थी, उसे रोहिले उठाकर ले गए। सुना है, ये लड़की नीचे के कुर्मियों में से थी, इसलिए परदा नहीं रखती थी। उसकी सुन्दरता पर रोहिले हो गए लट्टू। रोहिलों ने इधर गँजेड़ी को गाँजा पीने बिठा दिया और इधर रात-भर लड़की को बारी-बारी से रगड़ते रहे और उसे बेहोशी में ही बड़े दरवाजे पर छोड़ तड़के सभी ऊँट के साथ भाग गए। गँजेड़ी तो होश में भी नहीं था। रोहिलों की जाने दो, इनकी इज्जत का सवाल था। फिर दिवट्या के लोगों ने लड़की को गढ़ी के पीछे ही गाड़ दिया और खबर फैला दी कि संक्रांति पर्व पर देशमुख की सभी औरतें नर्मदा के ओंकारेश्वर मेले में गई थीं, वहाँ दिवट्या की इस बहू को मगरमच्छ खींचकर ले गया। लेकिन ओंकारेश्वर के उस मेले में गए लोगों ने बताया कि देशमुख की औरतों में गँजेड़ी की बीवी थी

ही नहीं। लड़की के माँ–बाप बेचारे गरीब कुर्मी, छटपटाए और किस्मत को दोष देते हुए खामोश बैठ गए। गँजेड़ी की दूसरी सगाई भी हुई।

बाद में एक बार गँजेड़ी का लड़का बेवड़ा देशमुख भी ऐसे ही संकट में फँसा था। एक रात देखा तो गढ़ी के सामने माल लदे ऊँट लिये दो व्यापारी खड़े हैं। वे रात–भर के लिए गढ़ी में आसरा माँग रहे थे, क्योंकि कुछ डकैत असीरगढ़ से उनका पीछा करते आ रहे थे। बेवड़े देशमुख को यह झंझट नहीं चाहिए था, लेकिन ये लोग कह रहे थे कि हम भरपूर बिदाई देंगे, पर सराय में नहीं रुकेंगे। फिर बेवड़े ने अपने साईस को बुलाकर गढ़ी के पीछेवाली अनाज की कोठी खोल दी। रातोंरात इन सोए व्यापारियों को मारकर गाड़ भी दिया। ऊँटों पर लदी बोरियाँ खाली कर ऊँटों को छोड़ दिया। लेकिन वे ठहरे गूँगे जीव, बेचारे गढ़ी के आसपास ही घूमते रहते। गाँव के ढोर–चमार उन्हें बाजार में बेचने ले गए, लेकिन खरीदे कौन? मर गए बेचारे, गढ़ी के पीछे गिद्धों ने नोच डाले। यह तो सारे गाँव ने देखा है। कहते हैं, ऊँटों पर लदी बोरियों में सोने की मुहरें थीं। ऐसे लखपति बने हैं ये ऊँटमारे। और क्या बोलें?

और क्या बोलें? ऐसा ऊँटमारे देशमुख की हर निजी बात के बारे में कहने का रिवाज था। एक बार तार विभाग के लोग खंभे गाड़ने के लिए गड्ढे खोदते हुए गढ़ी के पीछे बंजर टीले तक आए, लेकिन वहाँ जहाँ भी खोदें, हड्डियाँ ही हड्डियाँ। वे गाँववालों से पूछते, क्यों जी, ये कोई श्मशान है? गाँववाले कहते, और क्या बोलें? एक को तो पूरा कंकाल ही मिल गया, गले का हार और हरी चूड़ियों के साथ। कौन थी वह? अभी के खिताब्या देशमुख ने गड्ढा तुरंत बन्द करा दिया और टेलिग्राफ विभाग को खंभे की पूरी लाईन ही गढ़ी के बाहर से ले जाने के लिए बाध्य किया।

अजी, कहते हैं एक बार, मतलब खिताब्या के बाप के जमाने में, उनकी गढ़ी में चोर घुस आए थे। धनतेरस की रात थी। भगवान के सामने रखे गहने चुराने के लिए घात लगाकर बैठे इन चार चोरों को बड़ी देशमुखाइन ने देख लिया। फिर क्या था, रात–भर बाहर चोर घात लगाए बैठे रहे और अंदर ये डिब्बा पकड़े बैठी रही गहनों का––हू हू हूऽ साला। देशमुख के लड़कों ने चारों चोरों को पकड़ा और सुना है, सभी को गढ़ी के अंदर ही एक खत्ते में जिंदा गाड़ दिया। अपना दबदबा बरकरार रखने के लिए—गाँव के फटीचर लोगों की बीच चौक में पिटाई करना, खराब माल बेचनेवाले दुकानदार को जोश में आकर भरे बाजार में लातें लगाना—भिखारी की औलाद, तेरी क्या औकात है, कहकर कामचोर पहरेदार को जूतों से पीटना—जैसे करतब ये ऊँटमारे देशमुख के लड़के जवानी में हमेशा किया करते थे। एक बार भरी चौपाल में दारोगा के भी मुँह पर थप्पड़ जड़ दिया था खिताब्या के एक मुस्टंडे लड़के ने।

लेकिन सारे सत्ताधीशों का एक प्रमुख लक्षण होता है दूसरे पर निर्भर रहना। मतलब इनका वैभव देखने के लिए भी आदमी चाहिए। एक बार खिताब्या देशमुख ने गाँव की अंग्रेज कोठी से कलाई की घड़ी खरीदी। उसे पहनकर निकलते ही जो कोई गाँववाला 'कितने बजे होंगे रायसाहब?' कौतुक से पूछता, उस पर उसकी दयादृष्टि बनी रहती।

कहा जाता था कि ऊँटमारे देशमुख की हवेली में केवल सुन्दर लड़कियाँ ही आ सकती हैं। लेकिन वे सब गढ़ी में भी लंबे-लंबे घूँघट ओढ़कर ही घूमतीं। अनेक सम्पन्न कुर्मी कहते, ऊँटमारे के घर में लड़की न देना ही अच्छा, क्योंकि वह भीतर जाते हुए तो दिखाई देती है, और बाद में दिखाई देती है उसकी लाश।

चिन्धु बुआ की सगाई से लौटे मोरगाँव के गँवार लोग आठ दिनों तक रायबहादुर के ऐश्वर्य का गुणगान करते रहे थे। लेकिन दूल्हे के बारे में किसी को कोई जानकारी नहीं थी। हमने किस तरह देशमुख के शिकारखाने में असली दिखते बाघ, भेड़िए, बारहसींगा वगैरा भूसा भरे जानवर देखे, उस शेर को तो दशहरे के दिन खुद रायसाहब ने घास में मार गिराया था। पहले इस शेर ने दस लोगों को खाया था, एक गोरे कलेक्टर साहब के ऊपर हमला कर रहा था कि सरकार आगे आए और घोड़ा दबाया—और धुडूम, शेर जमीन पर ही लुढ़क गया। लंडन के एक अखबार में छपी खबर काटकर वहाँ चिपकायी हुई थी कि इस गोरे कलेक्टर ने सतपुड़ा के खतरनाक चालीस बाघ मारे थे—उसे भी सरकार ने बीच में घुसकर बचाया। ये देखो गोली, गर्दन पर उसी का सुराख।...क्या निशाना रहा होगा यार? वाह वाह। एक आदमी यह बता रहा है तभी दूसरा कहता है, सोने की कड़ीवाली प्याली से उसने कैसे कोको नामक चाय पी, तीसरा आदमी बोला कि उसने खुशबूवाले जल से स्नान किया। हरेक को मुँह पोंछने के लिए इस्त्रीवाला रूमाल मिला, उसमें भी इत्र की खुशबू। न जाने किस चीज की बनी थी, लेकिन पूरी जिंदगी में पहले कभी नहीं पी थी, ऐसी शरबत—वो भी काँच के नक्काशीदार उभारवाले प्यालों में, जिसमें से आर-पार सभी के मुँह फूले हुए नजर आते थे। साथ ही दीवार पर राजा रविवर्मा द्वारा बनाया श्रीकृष्ण का हूबहू चित्र। उसके नीचे छपा था—श्रीकृष्ण मुरली बजा रहे हैं और गोपियाँ उन्हें घेरकर नाच रही हैं। इस तरह दीवारों पर तसवीरें ही तसवीरें। इसके अलावा रायबहादुर के पास कपाट भरकर फोनो की तश्तरियाँ। उनमें से एक चलाकर भी दिखाई। उस पर चिपका एक सफेद कुत्ता लगातार घूम रहा था। उसकी रफ्तार 78 की थी—घंटे की या मिनट की कौन जाने। 78 फीट या मील? उसमें से वो औरत या आदमी लगातार मनुहार करता जा रहा था : *असुनी खास मालक घरचा-म्हणती चोर त्याऽला परवशता फास दैवे ज्यांच्या गळा लागला*[43]—आवाज बार-बार भोंपू की ओर ऐसे बढ़ती, मानो गाड़ी खड़खड़ाती दौड़ती जा रही है।

इसके अलावा बैठक के कोने में आदमकद ऊँचाईवाली घड़ी, उसमें हर घंटे, यानी बारह पर एक काँटा आते ही घंटा तो बजता ही था, साथ ही एक असली जैसा लगता बन्दर बाहर आकर दाँत दिखाता और वापिस अंदर चला जाता। कई मजेदार बातें, साला। मजा ही मजा, उसकी माँ का। इसके अलावा लंडन के गोरे दर्जी से तीन

43. मराठी का एक लोकप्रिय नाट्यगीत, जिसका भाव यह है कि पराधीनता की फाँस जिसके गले में पड़ती है, वह आदमी घर का असली मालिक होकर भी चोर समझा जाता है।

हफ्तों में खास दरबार के लिए सिलाकर मँगवाई खिताबिया पोशाक—उसके कंधे पर झिलमिल, कमखाबी कलाबत्तू का काम, लटकनेवाले रेशमी फुँदने, कलाबत्तू की झालर और सोने का पानी लगाई हूबहू एकजैसी बीसेक गुंडियाँ, लटकनेवाले चाँदी के तमगे। और ऊपर रायबहादुर की सोने की फ्रेमवाली तसवीर। ऐसा लगता कि वह पोशाक पहनकर कहीं वे स्वयं ही तो ऊपर तसवीर में नहीं लटके हैं ? उनकी बड़ी-बड़ी गुलगुच्छेदार मूँछें, यूँ लंबा अंगरखा, खानदेसी रेशम का साफा, उस पर मोतियों की माला, नीचे चढ़ौवां, कमर में तलवार—उनका यह रूप देखकर स्वयं इंग्लैंड की रानी भी रायबहादुर साहब पर फिदा हो गई थी। यह सब देखना भी सबकी किस्मत में कहाँ होता है ? चिन्धी के कारण ही गढ़ी में सम्मान के साथ कदम रख पाए हम, हाँऽ।

रायबहादुर जैसी ही बड़ी तसवीर अगले कमरे में दीवार पर टँगी हुई थी। उसे देखकर निवर्ती मामा बोले, ये बालगंधर्व[44] हैं, नहीं ? सरकार के दीवान बोले, अजी, वो मालकिन साहेबा हैं, आपकी समधन।

बाद में सुनहरे फूल लगी चौकी पर चाँदी की थाली, चाँदी की कटोरियाँ, जैसे सुना था वैसे ही पत्तल के बाहर बहने तक असली घी परोसनेवाले परोसैए, पेट फटने तक रबड़ी पीने का आग्रह करनेवाली बालगंधर्वबाई। फिर पान-सुपारी का बीड़ा। खास घुँघरुवाले सरौते, पंखा झलने के लिए रंगीन डंडे के इर्द-गिर्द कुईं-कुईं आवाज करते घूमनेवाले मखमल के पंखे, चाँदी के पानदान में एक दूसरे में घुसनेवाले चूना, कत्था वगैरा के गोल नक्काशीवाले पीतल के डिब्बे। हर खिड़की में दीवार भर खस के पर्दे। उन पर जरा-जरा देर बाद पानी उँडेलनेवाला शाही कपड़े पहने हुए नौकर। नक्काशीदार छाजन, पलंग पर पंछियों के परों से बने तकिए। इस तरह दोपहर का आराम होने के बाद अंतिम खेल: तिजोरी के रत्न देखना। चर्चा : रायबहादुर साहब ने एक लाल ऐसा देखा था, जिसकी कीमत हमारी पृथ्वी जितनी थी। बाप रे, कैसा दिखता होगा वह लाल ? हीरे, मोती, पन्ना, पुखराज, गोमेद—एक-एक रत्न दीवानजी के हाथों में जगमगाकर सावधानी से वापस रखा जा रहा था। घुटने पर प्याज तोड़कर उसे हथेली पर ही मिर्च-रोटी के साथ खानेवाले और कड़ी धूप में खेत में हल चलाकर धोती से पसीना पोंछनेवाले ये किसान जिंदगी में पहली बार रत्न नामक शब्द का अर्थ समझ रहे थे।

बिदा होते-होते आखिर में वधू पक्ष के मुख्य नीलू चाचा के पिता मनसाराम बोवा के हाथों में अक्षत, पैठणी[45], चोली और गहनों का एक सन्दूक देकर समधनजी मटकते हुए बोलीं, भाईसाहब, गहने बनवाने डाल रहे हैं सुनार के पास। गहनों से झुक जाएगी तुम्हारी लड़की।

नीलू चाचा के पिता तड़ाक से जवाब देते हुए बोले, बहनजी, हमारी चिन्धु बाई अच्छी तगड़ी है, हाँ। उसे झुकाने लायक गहने तैयार रखिए।

---

44. मराठी नाटकों में स्त्री पात्र का किरदार निभानेवाला विख्यात नट, नारायणराव राजहंस।
45. शादी में पहनी जानेवाली रेशम की साड़ी, जिसकी कारीगरी के लिए महाराष्ट्र का पैठण शहर मशहूर था।

मनसाराम की चतुराई को कुनबे के सभी लोगों ने खूब सराहा कि रिश्तेदारी जैसी नाज़ुक बातों में ऐसे हाजिरजबावी आदमी ही काम आते हैं। धरणगाँववाली देशमुख समधन पर तो तू सवार हो गया यार। और वो भी हम लड़कीवाले हैं फिर भी। वाह भई वाह।

और दूल्हा? वह तो शादी में ही दिखाई दिया। उद्धत, घमंडी, लाल आँखोंवाला। बर्ताव ऐसा कर रहा था मानो शादी उस पर जबरदस्ती थोपी जा रही हो।

देशमुखों की ओर से पचास-साठ आदमी शादी से सप्ताह-भर पहले ही आकर बैठ गए। आतिशबाजी कहाँ करेंगे, पंडाल कहाँ डालेंगे, मुंबई के ठेकेदार कहाँ रहेंगे, उनके भोजन का प्रबन्ध, बाद में शादी के दिन तो बैण्डवालों के चार-चार दल, दूर-दूर के रियासती मित्र, और तो और एक-दो अंग्रेज मेम भी *हौव ट्रॅडिशनल हिंदू मैरेज टेकस् प्लेस* देखने के लिए आनेवाली थीं। इस कारण गाँव के बाहर गाँववालों की हगनहटी, गाँव की सड़कें दवाइयाँ छिड़क-छिड़ककर साफ की जानेवाली थीं। फिर ट्रकें भरकर गद्दे, मसनदें, बिछावन, झूमर सब न-भूतो-न-भविष्यति सजावट के लिए आए। शादी के बाद की आतिशबाजी के लिए नदी तट के मैदान पर ऐसी जगह चुनी गई कि ऊपर की रंगबिरंगी आतिशबाजी का अक्स दह में दिखाई दे। कान के परदे फाड़नेवाले बाण, सारे आसमान में जगमगाती चिंगारियाँ। यह नजारा देखने के लिए आसपास के पंद्रह-बीस देहातों से लोग पैदल आए थे।

खंडेराव, इस तरह तुम्हारी चिन्धु बुआ ऊँटमारे देशमुख की गढ़ी में दाखिल हुई। भारी पैठणी और गहनों का डेढ़-सौ तोले से ज्यादा का भार आराम से ढोती, दहलीज के माप[46] को कुछ ज्यादा ही झटके से उड़ाती हुई वह अंदर गायब हो गई। गाँव के लोगों ने भी दूल्हा-दुल्हन की बारात में उसे जी-भरकर देख लिया। देशमुख की गढ़ी में एक बार लड़की अंदर गई तो क्या पता, दुबारा दिखाई दे, न दे। अभी देख लो।

दरअसल, मेहनतकश समाज में कैसा खानदान और कैसा उच्च वर्ग? लेकिन सत्ता के केंद्र से अपने आप को जोड़े रखने, और नीचे शोषितों का एक वर्ग तैयार करने की प्रवृत्ति से ऊँटमारे देशमुख जैसे लोग पैदा होते हैं। लेकिन हिंदू लोगों में एक पेंच होता है : प्राकृतिक जरूरत के लिए ही सही, दूसरे के घर से लड़की लानी ही पड़ती है। अपने साथ वह उधर के जैविक गुणधर्म लेकर आती है और आधा परिवर्तन अपने आप हो जाता है। धरणगाँव के देशमुख की लड़कियाँ भी बाहर देनी ही पड़ीं, तब भी इसी प्रकार हाथी के दाँत, दिखावा। मेहमान के आने पर घर की कंगाली को जल्दी-जल्दी छिपा देना और दिखावा करनेवाली चीजों को सामने ले आना। घर में हुक्म देना, माँसाहेब, जलगाँव से मेहमान आए हैं। फिर एक आदमी

46. ससुराल में गृह-प्रवेश के समय वधू को दहलीज पर रखा अनाज का पात्र अपने पैरों से उड़ाना होता है। यह विधि उर्वरता की प्रतीक है।

दो बर्तन लेकर घी लाने निकल पड़ता। दो ? हाँ, एक बर्तन घी लाने के लिए, और दूसरा गिरवी रखने के लिए। इस स्थिति के चलते देशमुख की गढ़ी की लड़कियों को घर पर ही बिठाए रखना सम्मानजनक समझा जाने लगा।

चिन्धु बुआ की एक ननद बुलड़ाणा की ओर ऐसे ही एक देशमुख के घर में ब्याही गई थी। वहाँ स्त्रियों के लिए कड़ा परदा और काम न करनेवाले पुरुषों के लिए ठाठ–बाट। मानो ये दो ही बातें खानदानी ऐश्वर्य की निशानियाँ थीं। फिर गृहस्थी चले तो कैसे ? गाँव की मेहनतकश स्त्रियों की भाँति ये स्त्रियाँ मजदूरी पर भी नहीं जा सकती थीं। घर की जमीन गिरवी पड़ी थी। खेत में जानेवाली गाँव की स्त्रियाँ देशमुख की हवेली पर जल्दी से तसला–तसला भर पिसान छोड़ जातीं। घर पर बैठकर पीसते रहने के लिए उनके पास इतना समय कहाँ होता है ? ये परदोंवाली स्त्रियाँ घर में रात–दिन रोते–कराहते दूसरों का पिसान पीसती रहतीं। एक–एक पैसा पसेरी। उसी में घर खर्च चलाना। घर की शान बनाए रखना। लगातार जाँता चलाने से दर्द करती खानदानी कमर और हाथ। ओवियाँ गाते–गाते : **मेरा सोने–सा मायका री...**

इस स्थिति के चलते बड़ी ननद वच्छी चालीस की हो गई फिर भी कहीं बराबरी का रिश्ता नहीं मिला। अब होगा, तब होगा करते–करते नव–यौवना छोटी ननद काशी भी शादी की उम्र लाँघकर सनकी होने लगी। जरा मंदबुद्धि भी हुई। उस समय धरणगाँव में लड़के–लड़कियों का स्कूल एक ही होने के कारण केवल बेशरम और निचले दर्जे के लोग ही लड़कियों को ऐसी शील भ्रष्ट करनेवाली जगहों पर भेजते थे। सो अपनी चारों भावजों पर दिन–रात नजर रखना यही काशी का रोज का काम रह गया। वह दुराग्रही भी होने लगी। वह जो कहे, वही होना चाहिए। उसकी जिद पूरी न होती तो उसे मिरगी का दौरा पड़ता और वह बाहर दौड़ने लगती। इसलिए सब उसकी जिद पूरी करते।

ये दो चुगलखोर बड़ी उम्र की ननदें और बीच–बीच में नाक घुसेड़नेवाली और चबर–चबर करनेवाली दो सासें—यानी रायबहादुर की दो झगड़ालू स्त्रियाँ, जो बहुओं के साथ तात्कालिक समझौता कर घर में लगातार द्वेष की आग जलाए रखतीं, और अपने–अपने मायके की इज्जत रूपी दहेज की डोंगियों पर सवार होकर ऊटपटाँग बर्ताव करनेवाली तीन जेठानियाँ। एक ने तो अपने पति के कान फूँके थे कि उसके बाप के पास चुपचाप पैसे भेजते रहेंगे और उधर एक जिनिंग प्रेस शुरू करेंगे। दूसरी हमेशा मायके चली जाती। तीसरी जेठानी पति से यह कहकर अकेली सोती थी कि जब तक वो लड़कियाँ नचाना नहीं छोड़ता, तब तक मैं हाथ भी नहीं लगाने दूँगी। इस कारण उसका पति हनमंता ऐयाशी के लिए और भी ज्यादा आजाद हो गया था। इसके अलावा ढोंगी ससुर हमेशा बग्घी पर सवार होकर गरीब काश्तकारों से वसूली करने गाँव–गाँव जाता और नाटक देखने के लिए हमेशा नासिक, सांगली और पुणे घूमता रहता।

और एक उजड्ड पति—जो अपनी जिंदगी की डोरी इस उद्दंड छोकरी से बाँधे जाने के कारण पहले से ही नाराज था। उसके हिसाब से, पत्नी मतलब—प्रेम विवाह

की, मतलब पराई जाति की, शहर की, नाटक-सिनेमा की तरह स्नो-पाउडर लगानेवाली, पाँच गज की बिना काछवाली गोल साड़ी पहननेवाली और रिबन की दो चोटियाँ पीछे खुली छोड़नेवाली—कुछ ऐसी होनी चाहिए। लेकिन बचपन में ही यह हट्टी-कट्टी, टोकरे जैसा जूड़ा बनानेवाली, नौ गज काछ की बीवी जल्दी-जल्दी में उसके गले मढ़ दी गई। इससे वह बेकाबू हो गया था। दरअसल वह जुआरी होता जा रहा था और हणमंत के संग जलगाँव के हैदरी थिएटर की नाचनेवाली लड़कियों के पीछे घूमा करता था और एक दिन दाँव में हजार रुपए हार जाने के कारण उसके कपड़े तक उतारकर उसे घर भेजा गया था—लेकिन ये बातें वह भूल चुका था : उसी दिन खिताब्या देशमुख इस उलफतिया लड़के के ब्याह की तैयारी में जुट गया था।

कुल मिलाकर घर में इज्जत, आबरू, प्रतिष्ठा, साख, शोहरत वगैरा शब्द सुन-सुनकर चिन्धु बुआ बेशर्म होती जा रही थी। बड़ा-सा हाथ-भर का घूँघट चेहरे पर डाले घर में भी हमेशा नजरें जमीन पर गड़ाकर विचरने के कारण धीरे-धीरे उसमें फूहड़पन आने लगा था। पहले से ही उसे दिन-भर अँधियारे घर में बैठे रहने से अरुचि। गाय-बछड़ों के संग मगन होना, जंगल में विहार करना, इस चाची से लेकर उस बहन तक हा हा ही ही करते हुए घूमते रहना, कड़ी धूप में घास काटना, सरसराती हवा में इमलियाँ तोड़ना—ये सब बन्द हुआ और अब कुछ और ही बातें गले पड़ीं।

गढ़ी के पीछेवाले बुर्ज के नीचे की अँधियारी कोठरी में उसकी नब्बे साल की ददिया सास हमेशा लेटी रहती थी। यह कोठरी ही उसकी पनाहगाह बन गई थी। उसने उसे नहलाना, उसके बाल धोना, बाल बनाना, गुदड़ियाँ धोकर सुखाना, हर रोज बिस्तर बदलना, उसके दाँत नहीं थे इसलिए उसे दलिया, मीठी बड़ियाँ, गुड़ का हलुवा जैसे पसन्दीदा पकवान बनाकर खिलाना शुरू किया। चिन्धु बुआ की दोनों सौतन सासों से यह सहा नहीं जा रहा था। दोनों का कहना था कि इस बुढ़िया ने जवानी में उन दोनों को खूब सताया है। लेकिन यह सुनकर चिन्धु बुआ उल्टा जोर-जोर से हँसती। इस ददिया सास ने बुआ को इस घर के तीन पीढ़ियों से चले आ रहे कई रहस्य बताए। उसे ये अघोरी बातें भी मालूम हुईं कि ये देशमुख लोग बहुओं को, बीवियों को जिंदा गाड़ते हैं। इससे चिन्धु बुआ और भी अधिक मजबूत हुई। घर का नियम था कि दूध की पतीली को खुरचकर चाटना नहीं है, लेकिन वह जान-बूझकर पतीली चाटने लगी। सिर का लंबा घूँघट छोटा करने लगी। लेकिन घर में उसकी किसी को भी रास न आनेवाली बात थी—घर की नौकरानी जिवली से बराबरी का बर्ताव करना। उसने जिवली की बच्ची को मीठा परोसना, बालों गें लगाने के लिए तेल और साबुन देना शुरू किया। जिवली बुआ से कहती, तुम मेरी बहन जैसी हो। इस घर में जिवली को ऐसा आत्मीय प्यार इससे पहले कभी नहीं मिला था।

शादी के बाद चिन्धु बुआ को पहली दिवाली पर भी मायके नहीं भेजा गया। दादी को तभी खटका हो गया था कि उसका कुछ ठीक नहीं चल रहा है। उसके पाँव भारी होने की स्थिति में भी सन्देश भेजा गया कि मोरगाँववाले साड़ी-चोली लेकर

आने का कष्ट न उठाएँ। एक बार खुद विट्ठलराव गाड़ी लेकर उसे मायके ले जाने के लिए गए, लेकिन उन्हें भी वापिस भेज दिया गया। लेकिन यह सोचकर सभी चुप बैठे रहे कि शायद इनामदार, जागीरदार लोगों को हम जैसे गँवारों के देहाती घरों में जचगी नहीं करवानी होगी।

बुआ की पहली लड़की हुई और तीनों जेठानियों ने ईर्ष्या-भरी खुशी जाहिर की। वे जिवली के सामने हाथ नचाकर बोलीं भी कि जब दूसरी भी लड़की होगी और इसकी छाती पर सौतन आकर बैठेगी तब इसकी मस्ती उतरेगी। सासुओं ने तो अपने मायके की सुन्दर-सुन्दर लड़कियों को आगे करके उसके पति को खुलेआम दूसरी शादी की सलाह देना शुरू भी कर दिया था, बुआ के सामने भी। बुआ की नींद उड़ गई।

लड़की क्या हुई, पैरों तले काँटों भरी राह आ गई। सन्तान होना सामाजिक घटना थी, जैविक नहीं। यदि अगली बार इस मशीन ने लड़का नहीं जना तो इस मशीन को फेंक देंगे। जिवली ने सुझाया, बाईजी, पहाड़ पर शेख अन्वर सल्ला पीर बाबा रहता है। बिना चोली पहने उसके चक्कर लगाने से यकीनन लड़का होता है। हम दोनों रातोंरात चुपचाप हो आएँगी। बीच की देवरानी को भी वह इसी तरह चुपचाप ले गई थी, इसीलिए उसे जुड़वाँ लड़के हुए थे।

चिन्धु बुआ ने मुँह कड़ुवा बनाकर त्वेष से कहा, लड़की ही होने दे। मैं भी देखती हूँ कैसे दूसरा ब्याह करता है ये जुआड़ी।

साल-भर बाद चिन्धु बुआ के दूसरी भी लड़की ही हुई। एक गोद में बायड़ी को सुलाकर और दूसरी गोद में नन्ही तायड़ी को दूध पिलाते-पिलाते चिन्धु बुआ ने वे रातें बिताईं। आनेवाला संकट अब सीधा सामने खड़ा था। दो-दो लड़कियों की माँ होने के कारण घर में उसका दर्जा भी नीचे लुढ़क चुका था—दो-दो दहेज, दो-दो सौ तोला सोना, दो-दो दामाद ढूँढ़ना, दो-दो ब्याह के मंडप, मान-सम्मान, जचगी—आगे लड़कियों के भी लड़कियाँ ही हुईं तो उनके ससुरालवालों द्वारा हमारी लड़कियों पर तोहमत। मैंने इस घर में दो जोखिमों को जनम दिया है।

गढ़ी की सारी बातों का प्रबन्धक यानी बूढ़ा दीवानजी। आम तौर पर यह आदमी तीसरी पीढ़ी से लेकर सारी घटनाओं का साक्षी, बचपन से ही इस गढ़ी में पला-बढ़ा, मितभाषी और धूर्त होता। आम तौर पर इसके पीछे बाल-बच्चों का झमेला नहीं होता और यह देशमुख के दूर के गरीब रिश्तेदारों में से एक होता—अपना व्यक्तित्व मालिक की भलाई के लिए मिटा देनेवाला, दुबला-पतला और सभी का पसन्दीदा। इसकी निष्ठा होती थी मुख्य देशमुख से। रायबहादुर देशमुख सुबह जब बबूल की तीली से दातौन करते, उस समय उन्हें कल दिन-भर की गतिविधियों की पूरी जानकारी देना और आखिर में वे जो कहेंगे, वही करना, दीवानजी की जिंदगी-भर की स्वामिनिष्ठ आदत थी।

...बड़ी मालकिन साहिबा ने जिवली से मामूली मारपीट की। रामभाऊ ने बीस हजार रुपए कपास बेचने के एवज में जमा करने के लिए दिए हैं। मँझले मालिक ठीक से हिसाब नहीं देते। शेंदुर्णी के खेत में अस्सी मन फलियों की फसल हुई, और बताते हैं चालीस मन। उनकी जेब में दस हजार रुपए और हो सकते हैं। उन्होंने वे कल ही हनमंता को दिए होंगे, क्योंकि आज हनमंता तुरंत मुंबई जा रहे हैं। छोटे मालिक का जुआ कुछ ज्यादा बढ़ गया है। छोटी मालकिन साहिबा खुले दिलवाली हैं।...कैसे ?...मँझले दोनों देवरों का कुछ चल रहा था, तो कहतीं हैं, देवर हैं या बन्दर ?...हॉ हॉ हॉ। ऐसा बोलीं ? हॉ हॉ हॉ।...यह सुनकर मँझली मालकिन साहिबा को बहुत गुस्सा आया, मोरगाँववाली पर। उनके मायके के बारे में अपमानजनक बातें कीं।...फिर गलत है ? फिर ?...फिर भी छोटी मालकिन साहिबा ने झगड़ा टाल दिया। बड़ी माँ जी की सेवा मन लगाकर करती हैं, रोज पैरों में, पीठ पर अमृतांजन मलती हैं, लेकिन—संस्कार अच्छे हैं। दोनों लड़कियों की देखभाल भी ठीक से करती हैं, लेकिन—बढ़िया बढ़िया। लेकिन सरकार, पीछे आपसे एक बात मैंने एक-दो बार अर्ज की थी—दूसरा ब्याह करने की बात करते हैं छोटे मालिक।...देखिए दीवानजी, ये छोटे-छोटे बच्चे नहीं रहे अब, जो हमारी सुनेंगे। उस तमाशागर हनमंता के मुकाबले इसका दूसरा ब्याह करना ठीक ही कहना पड़ेगा। आज की पीढ़ी ही बेमुरव्वत जन्मी है। कुछ कहने जाएँगे तो उल्टा मुझसे ही कहेंगे, आपने नहीं की थी दो-दो शादियाँ ? दीवानजी, एक बात उसे अच्छी तरह से समझा दीजिए—जो करना है सोच-समझकर करो। आई बात समझ में ? गढ़ी में शोर-शराबा, झगड़ा, मार-पीट नहीं होनी चाहिए। वह हमें शोभा नहीं देता। आ गई बात समझ में ? पहले आसान था—तीली तोड़ दी और आजाद। आजकल कानून बदल चुके हैं।

बुआ के पति के जुए के दाँव अब देर रात तक चलने लगे। चाँदी की मूठवाली छड़ी पटकते लड़खड़ाते हुए उसके घर आने पर प्रत्येक व्यंजन गर्म करके भोजन की थाली ऊपर ले जाने का पहले से रिवाज था। एक रात दोनों लड़कियों को हौले-हौले थपथपाकर वह बिस्तर से उठी और चूल्हा जलाकर एक-एक पदार्थ गर्म कर परोसी हुई थाली लेकर अँधियारी सीढ़ियों से ऊपर चली गई। हमेशा की तरह उसने थाली रखी और मुँह घुमाकर निकली ही थी कि हिकारत से उसकी ओर देखता हुआ पति बोला, ठहर।

वह आश्चर्य से खड़ी हो गई। ऐसे ही रोब में एक बार ठहर कहने के कारण तायड़ी गर्भ में आई थी, उसकी इच्छा के विरुद्ध। अब फिर से ? इतनी जल्दी ?

इस कागज पर अँगूठा लगा, यहाँऽ।

मोरगाँव की उसकी चाची का इसी तरह अँगूठा लेकर उसे पता चलने से पहले ही दूसरी चाची को घर ले आया गया था, और यह सब उसके मन में ताजा था। वह कोई बेवकूफ स्त्री नहीं थी। ओठों को तिरछा कर वह अँधेरी सीढ़ियों से सीधे नीचे आ गई। रात-भर बच्चियों को थपथपाती रही। कागज पर अँगूठा, दूसरी शादी, सौतन आएगी।

पहले से ही ननद–सास द्वारा घिरी, देवर–ससुर द्वारा उपेक्षित मुझ जैसी बिन माँ–बाप की स्त्री के लिए फिर न मायका, न ससुराल। और मेरी इन गौरैयों की जिंदगी का भी सत्यानास हो जाएगा। फिर जीना किसके लिए है? किसलिए? जिवली द्वारा चुपचाप मोरगाँव सन्देश भेजें? मायका तो प्यार ही करेगा, लेकिन मायके जाएँ भी तो क्या मुँह लेकर? और वह भी दो लड़कियों का बोझ लिए? लोग क्या कहेंगे? कहेंगे मुझे पति ने छोड़ दिया है। और वैसे भी मैंने पहले ही सौतेली माँ की खूब जान खाई है। अब उस घर में भाई–भावज, भतीजे–भतीजियाँ...या दूसरी शादी करें? इन दो लड़कियों को नए बाप के घर ले जाएँ? फिर वही? शीः। धत्। आखिर यह मेरा भी घर है। फिर क्यों निकल भागें? आखिर इन लड़कियों को मैंने ही जन्म दिया है। धीरज से काम लो। यदि यहाँ से भाग गई तो इन्हें बहाना ही मिल जाएगा दूसरी शादी के लिए। सौतन लाकर बिठा देंगे। इन्हें न शर्म न हया। नहीं जाऊँगी।

बाद में हर रोज यही होता रहा। पति बाद में मारपीट करेगा। ददिया सास ने इनकी कितनी ही ऐसी अघोरी बातें बताई हैं। हाथ–पाँव बाँधकर, मुँह में चीथड़ों का गोला ठूँसकर और अँगूठे को स्याही लगाकर कागज पर ले लेगा। इस गढ़ी में कौन है हमारा रखवाला? गजब की सावधानी से अब वह सीढ़ियों से ही पति के पास थाली खिसकाकर धड़धड़ाती नीचे उतर आती। फिर भी उसने एक बार उसका हाथ पकड़कर झटके से खींचा और कागज आगे किया। थरथर काँपते हुए उसने कागज को टर्र से फाड़कर मुँह पर फेंक दिया और बोली, बीवी को सब्जी–तरकारी समझ रखा है तूने? मार डालेगा तब भी तलाक के कागज पर अँगूठा नहीं लगाऊँगी, समझा।

अच्छा? मरने की बहुत जल्दी है तुझे?

फिर अपने पंजे से उसका गला दबाते हुए वह फुसफुसाया, पता भी नहीं चलने दूँगा तुझे राँड़, समझी? चल हऽट साली फोदरी—झनझनाकर वह धड़धड़ाती हुई नीचे उतर आई। करुणा से उसने देखा, खटिया पर सोई दोनों बच्चियों के लंगोट कहीं भीगे तो नहीं हैं, उसका दिल भर आया। नींद हराम हो गई।

तुलजापुर के भगत धुडुमधुडुम नाचते हुए तारस्वर में कौन–सा भारुड़ गाते थे...अचानक कान में गूँजने लगे:

रोट चढ़ाऊँगी तुझे भवानी माँ
माँगती हूँ मनौती, पति को मार दे
रोट चढ़ाऊँगी तुझे, भवानी माँऽ

भोर के अँधेरे में दोनों हाथ माथे से लगाए चिन्धु बुआ पाखाने के लिए बैठी थी। अचानक बगल के खादिर के झंखाड़ से चुड़ैल जैसी काली छाया उकड़ूँ, घुटने पेट

से लगाए बैठी-बैठी खिसकती उसकी ओर आई। बुआ के रोंगटे खड़े हो गए। कौन है री ये—चुड़ैल या डायन? बिलकुल कान से सटकर काँपती आवाज में वह छाया बोली, बाईजी, मैं यहाँ आपकी ही राह देख रही थी बैठी। आपके पास आज का आखिरी दिन है। आप अपनी नन्ही बच्चियों की चिन्ता मत कीजिए, मैं हूँ। जब तक मैं इस घर में हूँ, तब तक उनकी पूरी देखभाल करूँगी। कान में ऐसा कुछ फुसफुसाकर जिवली बैठे-बैठे वैसी ही खिसककर बगल के झंखाड़ की आड़ में रखा लोटा उठाकर अँधेरे में ही अदृश्य हो गई।

सुनते ही बुआ की कँपकँपी बढ़ती चली गई। गढ़ी के पीछेवाले परिचित चढ़ाव पर उसके दाँत बजने लगे। घुमरी आने से दो बार वह पेड़ तले बैठ भी गई। चोली से दूध टपकने लगा। दूर से नन्ही तायड़ी का गढ़ी से गूँजता ट्याँहाँ ट्याँहाँ स्वर सुनाई दिया, तो वह ताप्ति तट के बुर्ज तले गूलर के पेड़ को पकड़कर उड़ खड़ी हुई। घुमरी कम होने पर गिरना नदी की ओर शुक्र के नीचे उजियाले आकाश के निहायत सुर्ख हुए छोर को हकबकाकर देखते-देखते वह चेत गई। जल्दी-जल्दी आई और मोरी पर मुँह-हाथ धोकर जचगी के अँधियारे कमरे में दाखिल होते हुए अपने आप से ही बोलने लगी—चुप, चुप हो जाओ, बेटा, चुप हो जाओ। कल भोर में तुम्हें कौन पिलाएगा? पियो, पियो। फिर तायड़ी के चुरुचुरु पीने के सुख में आँखें मूँदकर खुशी के आँसुओं की झड़ी लगने दी। घर में तो कुछ भी सन्देहास्पद दिखाई नहीं दे रहा था। इसीलिए यह सच होगा। जच्चाघर में ही वह दिन-रात लेटी रहती है, शायद उसे पता भी न चला हो। पति को दिखाए बाएँ अँगूठे की काली स्याही नींद में भी अँगूठा चूसनेवाली बायड़ी के काले झँडूले पर घिस-घिस कर उसने साफ की। इस भेड़िए के कारण ही वह बेचारी को तीन महीने-भी अपना दूध ठीक से नहीं पिला पाई थी।

मेरी प्यारी बच्चियों को मानो यहाँ कोई चाहता ही नहीं, सब दुत्कारना ही चाहते हैं। अभी भी मोरगाँव भाग सकते हैं। यों भी हम तीनों ये लड़ाई हार ही रही हैं। मेरा मायका कैसा, सोने-जैसा। खुले दिलवाला भाई। सौतेली होकर भी माँ ने कितना प्यार दिया है मुझे। ऐसे लोगों पर दुबारा अपना, अपनी बेटियों की जिंदगी का बोझ डालूँ? मुझे शादी का मतलब भी पता था? मैं मुंडी संन्यासिनी न बनूँ इसीलिए जब से सयानी हुई तभी से ये गढ़ी का पति गले में बँधा पड़ा है। शायद इसी कारण भगवान ने मेरी गृहस्थी का सत्यानाश कर डाला। इससे तो तिरोनी दीदी का जीना अच्छा—इस गृहस्थी का कुछ मतलब भी है? रोटियाँ थापना और पालना झुलाना—बस। तिरोनी दीदी जब गई तब केवल एक पोटली साथ में थी—आखिर तक वही ढोना। गढ़ी में इस तरह मर-मरकर जीने से तो मुझे मठों में भजन गाना अच्छा लगता, गाँव-गाँव घूमना अच्छा लगता। लेकिन इन दो पोट्टियों की भी तो मैं कुछ देनदार लगती हूँ न? पीते-पीते सोई हुई गदराई तायड़ी को हौले से अलग कर उसने पल्लू से उसके ओंठ पोंछे, धीरे से उसे बायड़ी की

बगल में डाल दिया और खुद खटिया पर बैठी हाथ मलती रही। क्या करें? इस तरह मिट्टी में मिल जाना ठीक नहीं, कुछ तो करना चाहिए। दोनों बच्चियों की नींद न टूटे इसलिए सावधानी बरतते हुए वह कुछ सोचती हुई अँधियारी सीढ़ियाँ चढ़कर ऊपर आई।

सीढ़ियों के ऊपर सामने ही ढाल-तलवारें थीं। शादी के बाद से ही ढाल-तलवारों को साफ करके उनमें तेल लगाना, उसी का काम था। यहाँ खाली बैठे रहने की बजाय कुछ-न-कुछ करते रहना उसे अच्छा लगता। देशमुखों को अपने इस खजाने पर बड़ा नाज था। धीरे-धीरे उसके हाथ में वह भारी तलवार आ गई। तेज नहीं थी लेकिन नोक ऐसी कि आसानी से पेट चीर दे। मान लो आज रात फिर उसने स्याही आगे की, अँगूठा माँगा तो मेरा गला दबाने से पहले ही इस तलवार को खींचकर उसके पेट में घुसेड़ देना बहुत मुश्किल नहीं है। मार ही डालूँगी उसे। इस तरह पल-पल का खाका तैयार करके उसने हिसाब लगाया। फिर नीचे उतरी। ताक में विराजे भगवान खंडोबा के सामने हाथ जोड़कर और आँखें मींचकर वह बोली, भगवन, जिंदगी में दुबारा तुमसे और कुछ नहीं माँगूँगी। यही आखिरी। बस, पति को मारने की शक्ति दे। उसकी अपनी, उसकी बच्चियों, सभी स्त्रियों, सभी मादाओं, सभी योनियों की शक्ति उसमें संचरित हुई और वह धमाधम ऊपर से नीचे उतरकर चूल्हे के पास चली आई।

जिवलेऽ, अभी तक नहीं आई ये? बनावटी गुस्से से तनकर हमेशा की तरह उसने बच्चे के कपड़े, चीथड़े धोने के लिए मोरी में रख दिए। हमेशा की तरह शतावर को पीसकर गुड़ में मिलाया और वह गोला सभी के सामने सीधे हलक में डाल दिया। लेकिन निगलने के लिए ठसके के साथ उभरनेवाली सिसकी को दबाकर पचाने के लिए जच्चाघर का अँधेरा जरूरी था। इसलिए उसने अंदर बच्चियों की खटिया पर झुककर गालों से टपकनेवाले आँसू चोली की बाँह से पोंछे। पियक्कड़ पति उमराव जैसी पोशाक पहने बग्गी सजा रहा था। लोगों को दिखाने के लिए फुँदने, घुँघरू लगाकर हमेशा की तरह तहसील के गाँव जा रहा था। आज फिर यह वकील से तलाक का कागज स्टैंप पर लिखवाकर लाएगा। और—

बूढ़ी ददिया सास ने ऊँटमारे देशमुख की गढ़ी में मारकर दफन की गईं औरतों की कहानियाँ स्थूल पुराण के अंदाज में उसे बताई थीं। कैसे-कैसे मारते हैं ये अपनी पत्नियों को—जिंदा गाड़ना, फाँसी देना, सीढ़ियों से धकेल देना, सूखी बावड़ी में फेंकना। लेकिन मैं इनमें से एक भी नहीं होने दूँगी। फिर क्या जहर देगा? गला घोंटेगा? ये जेठ, सासुएँ, ननदें भी उसी का साथ देंगी या बाद में पता चलने पर इशारों-इशारों में एक दूसरे को चुप कराएँगी। अभी जब किसी को मेरी परवाह नहीं है, तो मरने के बाद किसे होगी? मान लो मैं सीढ़ियों पर मरी पड़ी हूँ। मायके के लोग गढ़ी के अंदर भी नहीं आ पा रहे हैं, वे उधर से ही मुझे देख रहे हैं। बायड़ी चुप ही नहीं हो रही है और तायड़ी चूचियाँ चूस रही है।

उपला भी आखिर कितनी देर तक अंगारे को पकड़े रहेगा? सुलग उठना ही चाहिए, बाद में भले ही बन जाए राख का ढेर।

आज दिन-भर में क्या-क्या करना है, इसका मिनट-मिनट का खाका वह तैयार करती रही। हमेशा की तरह सारा खाना-पीना, बच्चियों को नहलाना, ददिया सास के काम—सब कुछ रोज की भाँति बिलकुल वैसे ही और समय पर करना और बीच-बीच में उसमें क्या-क्या भरते जाना है, यह भी उसका पक्का होता जा रहा था। हे खंडोबा, मेरी सौगंध है तुम्हें, कहीं ऐसा न हो कि मेरी रोती-बिलखती बच्चियों को पीट-पीटकर अकेले सुलाया जा रहा हो।

दोपहर में जब कोई ऊपर नहीं आता, उसने दीवार की तेज तलवार खींचकर ढीली करके रख दी। लेकिन यह उसके खाके में ठीक से बैठा नहीं। यह याद आते ही कि उसकी कोमल बाँह को वह साँड़ किस तरह दबोचता है, उसका सारा खाका ध्वस्त हो गया। इस मुस्टंडे द्वारा लादी गई लगातार दो जचगियाँ और इस अँधियारी गढ़ी के कारण मैं पूरी तरह से क्षीण हो गई हूँ। स्वभावगत उद्दंडता समाप्त हो गई है। अब और क्या? सिल्ली से उसका सिर कुचल डालें? हाथ के कंगन निराशा से घुमाते-घुमाते उसे सामनेवाले बुर्ज की सीढ़ियाँ अँधेरे से ऊपर जाती हुई दिखाई दीं। एक और रास्ता। तिलमिलाकर हाथों से ही सीढ़ियों में लगे मकड़ी के जाले साफ करते और ऊपर कोनों में लटके चमगादड़ों की फड़फड़ाहट सुनते वह चारों पैरों का जोर लगाकर बाहरी तट की दीवार की सीढ़ियाँ चढ़कर सीधी ऊपर आ गई। गाँव के बाहरवाले मंदिर के ऊँचे दीपस्तंभ ने उसका ध्यान खींच लिया। माता के मंदिर के पीछेवाली दीवार के नीचे उन बैद लोगों के पाल अभी तक हैं? सहसा उसका सीना तूफान की तरह धड़धड़ाने लगा। मानो अचानक सहारा मिल जाने से वह तूफान साँय-साँय करता उड़ गया हो। दुबारा बुर्ज से अँधेरे में छलाँग लगाती हुई वह नीचे की मंजिल पर आ गई।

...तायड़ी जब सवा महीने की हुई थी, उस दिन देशमुखों के रिवाज के मुताबिक मेले के दिन बच्ची को माता के कदमों में डालने के लिए साड़ी-चोली लेकर चावल उछालती दोनों सासुएँ, दोनों ननदें और जिवली नन्ही को दोनों हाथों में लेकर मातंग के एकसुर टमटाक टमटाक डुग्गी के पीछे बन-ठन कर जा रही थीं। मंदिर का पूरा गैदानी इलाका आदमियों से भरा हुआ था। बड़ी ननद हमेशा की तरह निचले तबके के लड़कों की ओर देखकर और जोश में आकर कुछ उल्टी-सीधी हरकतें न करे इसलिए उसके इर्द-गिर्द घेरा बनाकर देशमुखों का कारवाँ गहनों से दमकता और रेशम के शालु लहराता मंदिर की चालीस सीढ़ियाँ चढ़ने लगा। ऊपर दीपस्तंभ के

पास बहिरोबा[47] के सामने अचानक किसी स्त्री में माता का संचार हुआ और उसने कोहराम मचाकर सारी भीड़ को तितर-बितर कर दिया। पागल ननद रोती-चिल्लाती पीछे घर की ओर दौड़ पड़ी। नन्ही को सासूजी को सौंपकर जिवली भी उसे ढूँढ़ने सीढ़ियाँ उतरकर भीड़ में दौड़ पड़ी।

पता नहीं अब कितनी देर लगेगी, सोचकर बुआ नन्ही की सुरक्षा के लिए उसे पूरा ढँककर जल्दी-जल्दी सीढ़ियाँ उतरकर दीवार के किनारे-किनारे लगे पालों के सामने से अकेली चलने लगी। आगे पालों में माड़िया बैद स्त्रियाँ जड़ी-बूटी दिखाकर ले लो, ले लो कहती हुई खरीदने के लिए चिरौरी कर रही थीं। एक पाल के सामने रूपहले बालों का बड़ा-सा जूड़ा बाँधे काली-कलूटी भीम जैसी मजबूत जंघावाली माड़िया बैद स्त्री बुआ को कुछ ऐसे निहार रही थी कि न जाने क्यों, बुआ के कदम आगे बढ़ ही नहीं रहे थे। फिर अचानक किसी राक्षसी की तरह उठकर बैद स्त्री उसके कानों में फुसफुसाई, लाड़ो, पति को मारने की दवा है, दूँ?

बुआ का चेहरा तड़ाक से सफेद पड़ गया था। बाप रे, कितनी चालाक होती हैं ये औरतें। हमेशा घूमने-फिरनेवाले ये लोग, फिर भी इन्हें कैसे पता चलता है कि किस स्त्री के मन में पति को मारने का गिद्ध मँड़रा रहा है? बैद स्त्री कह रही थी, लाडो, सबसे आसान काम, पत्नी का पति को मारना। पति के सिवा और कौन इतनी बेफिक्री से उसके इतने करीब आता है?—यह कहने के बाद उसके द्वारा दिखाई लेटने की अश्लील हरकत बुआ को घिनौनी लगी। तायड़ी को कंधे से कसकर पकड़े वह गर्र से मुड़ गई थी। लेकिन वह औरत हमेशा के लिए उसके मन में बैठ गई थी। वह ठीक ही बोली थी।

अभी तक वे पाल हैं।

जंगली जानवर की तरह बुर्ज से नीचे उतरते समय ऐसे गहरे-गहरे अँधेरे में नीचे पाताल तक जाने की हिम्मत बटोरकर सँभलती हुई वह सीधे रसोईघर में आ गई, और ऊँची आवाज में पगली ननद से बोली, काशीबाई, तायड़ी को माता के कदमों में डालने की मनौती माँगी थी न हमने? चलिए, दोपहर में जाकर आएँगे। मैं आपकी पाँच लड़ियोंवाली चुटिया बनाती हूँ। तेल-कंघी ले आइए।

देशमुख की लड़कियों को यों भी घर से बाहर निकलने की अनुमति नहीं थी। इस कारण कहीं बाहर जाने की बात पर ऐसा उत्साह कि रोक पाना मुश्किल। पगली काशी बड़ा शोर मचाती हुई जाने को तैयार हुई। सास केवल इतना ही फर्मान जारी कर पाई कि अकेली-दुकेली नहीं जाना। अपने सालदार गबा को साथ लिए जाना और कोई जरूरत नहीं कंघी-चोटी का नखरा करने की, माता के दर्शन करने जा रही हो या नौटंकी में नाचने?

---

47. ग्राम-देवता भैरव।

अंदर बायड़ी को खिलाते हुए बुआ ने राहत की साँस ली। गबा सालदार बूढ़ा है और घुटने खराब हो जाने की वजह से वह कहीं भी बैठ जाता है। उसे बहुत दूर का दिखाई भी नहीं देता। फिर उसने तायड़ी को पिलाते-पिलाते बायड़ी को थपथपाकर सुला दिया। तायड़ी की आँखों में और गालों पर काजल का टीका लगाकर और कथारी में लपेटकर कंधे पर उठा लिया। जिवली की फटी-मटमैली ओढ़नी की तह बनाकर काँख में छिपा लिया और वे बड़े दरवाजे के बाहर सड़क पर तेजी से चलने लगीं। देशमुख की स्त्रियों को महीनों गढ़ी के बाहर का गाँव देखने को नहीं मिलता था। इसी कारण नन्ही तायड़ी के साथ-साथ सभी खुश थे। तैयारी के लिए समय न मिल पाने की वजह से दोनों सास और बड़ी ननद अंदर से नाराज थीं।

गबा को मंदिर की सीढ़ियाँ पहले चढ़ाने की खातिर बुआ ने उसे ऊपर मंदिर के पीछे रहनेवाले पुजारी को सन्देश देने भेजा कि मंदिर का गर्भगृह खोल दें। फिर तायड़ी को पगली काशी को सौंपकर ऊपर गर्भगृह के पास रुकने के लिए कहते हुए बुआ सहजता से बोली—मैं पूजा की थाली लेकर अभी आती हूँ, वहीं बैठी रहिए। ऊपर चढ़नेवाली काशी की पीठ की तरफ देखती हुई वह तेजी से मंदिर के पिछवाड़ेवाले पालों की ओर चल दी। वही बैद स्त्री मिल जाए तो अपनी किस्मत। वरना दूसरों से भी सीधे पूछने का साहस उसने सँजो रखा था। पल्लू से पूरा चेहरा ढँककर, जिवली की फटी ओढ़नी ओढ़े बुआ एक-एक पाल निहारने लगी। यह अच्छा था कि देशमुख की स्त्रियाँ हमेशा घूँघट में रहने के कारण गाँव में किसी से परिचित नहीं होती थीं। सिर पर रूपहले बालों का बड़ा-सा जूड़ा, फूले हुए गाल, काली-कलूटी भीम जैसी मजबूत कदकाठी की बैद स्त्री उसी पाल में थी। बुआ अब पहले अपने आप से हँसी और फिर उस स्त्री से। ऐसी अधिकांश स्त्रियों को गुप्तरोग की दवाइयाँ लगती ही हैं, लेकिन ओढ़नीवाली ने जब सीधे-सीधे पति को मारने की दवा बोल दी तब बैद स्त्री की आँखें खुली की खुली रह गईं। फिर उसने बड़ी होशियारी से उसे पाल के अंदर खींच लिया। बुआ द्वारा दी गई सोने की एक चमचमाती पीली गिन्नी उत्सुकता से देखकर कमर में खोंस ली। बुआ बोली, बस?...बहुत हुआ लाडो, भगवान तुम्हें सुखी रखे।

गाँठ लगे बड़े बोरे में छिपाकर रखी एक गठरी से माड़िया स्त्री ने एक पोटली बाहर निकाली। भालू जैसे गजब के मजबूत नाखूनों के सिवा ये गाँठें खोलना किसी और के लिए असम्भव था। गाँठों के भी अलग-अलग प्रकार और आखिरी गाँठ तो इतनी पक्की कि पहले उसे दाँतों से ही ढीला करना पड़ा। उस स्त्री के दाँत भी कैसे सुन्दर, सफेद झक और एकसार नुकीले। फिर वह छोटी-छोटी पोटलियाँ देखने लगी। उनमें से एक खोलकर सेमल की पक्की गुठली निकाली। उसे दोनों अँगूठों से दबाकर खोलकर दिखाया। कान में बुदबुदाई: शेर की मूँछें—गरमागरम रबड़ी, पकौड़े, पेड़ा, सूरन की तरकारी में गरम-गरम घोल देना। आठ दिनों में लोट-लोट कर खतम।

ज्यादा दे।

अरी, दो पतियों का काम तमाम करेगी येऽ।

फिर सावधानी से बाहर झाँककर बुआ के हाथों में गुठली थमाते हुए वह बोली, अब निकल यहाँ से। समझो मैंने तुम्हें कुछ दिया ही नहीं, समझी?

आँचल में नारियल, हाथों में पूजा का सामान सँभाले, छलाँग लगाती, बार-बार पसीने से तर होता चेहरा, माथे का सिन्दूर बचाकर जरी के पल्लू से पसीना पोंछती हुई बुआ सीढ़ियाँ चढ़कर ऊपर आई। पुजारी अभी तक नहीं आया था। बाहर पंडाल में गबा खंभे से टिककर घुटने मलता हुआ आँखें मींचे पड़ा था। दीवार पर चितारे गए लड़ाई के दृश्य को देखते हुए पगली ननद का मुँह खुला का खुला रह गया था। दीवार पर बीच में बड़े-से दाँत बाहर निकाले काली-सी भयानक उग्र दिखनेवाली देवी माँ। नौ गजी साड़ी काछी हुई। एक हाथ में नंगी तलवार, दूसरे में फरसा, तीसरे में भाला इस तरह आठ-नौ हाथों में कुछ न कुछ लिये एक पैर आगे और दूसरा पीछे, इस अंदाज में सामनेवाली राक्षसों की फौज का मुकाबला करती खड़ी है। लेकिन काशी राक्षसों की ओर ही ज्यादा देख रही थी—एक भयानक राक्षस की आगे फूली हुई गठीली सुनहरी नक्काशीदार जाँघों के नीचे की जबरदस्त गोल टाँगें, भुजा की तरह गोल पिंडलियाँ। एक पैर समकोण में ऊपर उठाए ढाल आगे करता हुआ तलवार ताने अकेला ही सबसे आगे बढ़ रहा है। उसके पीछे गदा ताने वैसा ही एक दाढ़ी-मूँछोंवाला भयानक राक्षस। दूर से भालू-मुँहवाला एक घुड़सवार लंबा-सा भाला ऊपर उठाए तेजी से इधर ही दौड़ता आ रहा है, मानो उसके बिना असली युद्ध आरंभ ही नहीं होगा। बाकी भी ऐसे ही कपाट-से चौड़े सीनेवाले, कोई हाथी पर, कोई पैदल ही देवी माँ को घेरे उसे लाल-लाल जिह्वाओं से डरा रहे हैं।

पगली काशी के पास सोई तायड़ी को प्यार से सीने से लगाए बुआ काफी देर तक सलाखों के पीछेवाली देवी माँ के सामने खड़ी रही। पुजारी के आने पर उसने यथोचित पूजा की। तायड़ी को देवी माँ के कदमों में रखा। बाहर आने पर वह फिर पगली ननद को अहमियत देती हुई बोली, रबड़ी बनाएँ क्या आज रात ननदजी? आपने तायड़ी को माँ के कदमों में रखा, आपको रबड़ी बहुत पसन्द है न? जरूर बनाऊँगी मैं आपके लिए।

घर लौटने पर काशी ने लड़बौरेपन से हुक्म दिए, दोनों भैंसों को जल्दी से ढूँढ़कर दूध ले आओ गबा। आज मुझे रबड़ी खानी है।

रात में रबड़ी कुछ ज्यादा ही गाढ़ी बनी। सास की पिनपिनाहट सहते हुए बुआ पकौड़े बना रही थी, पति को पसन्द है न, इसलिए।

खामोशी छा गई। अँधेरा। गढ़ी में कहीं कोई हरकत नहीं। बुआ के कान आहट पाने में लगे थे : झींगुरों के स्वरों में पति की गाड़ी की खड़खड़ाहट और घोड़ों की टापों की आवाजें। सो रही दोनों लड़कियों को बीच-बीच में यूँ सहलाते हुए लगातार

वह कान खड़े किए थी। दूर से बग्गी के टपटप की आहट मिली और वह मुट्ठियाँ भींचकर उठ खड़ी हुई। बाहरवाले बड़े दरवाजे की आवाज आने तक उसने पति की थाली को दुबारा ठीक से सजाया। रबड़ी की कटोरी गरम करके उतार ली। काछ में धोती की तह में लपेटी हुई गुठली खोली। उसके अंदर से सुई जैसे चुभनेवाले, उँगली से चिपकनेवाले बाघ की मूँछों के सख्त बाल बैद स्त्री के बताए तरीके से गरम रबड़ी में घोलकर मिला दिए। फिर रबड़ी की कटोरी पर पति के पसन्दीदा मूँग के पापड़ का ढक्कन रख दिया। सीढ़ियाँ चढ़कर उसने थाली और खूँटी पर टँगा लालटेन स्टूल पर रख दिए और भीतरी दरवाजे से नीचे उतरकर कान लगाकर खड़ी हो गई। यह उद्भूत प्रसंग पहले के या बाद के किसी भी प्रसंग से असंगत घट रहा था। मानो समय के भी परे का समय। भयानक खामोशी। इसके बाद उसे जो जो सुनाई दिया, वह आगे जनम-भर उसे ज्यों-का-त्यों सुनाई देता रहा :

कदमों की लड़खड़ाहट, बीच में ही बकवास करती रुक-रुककर सीढ़ियों से ऊपर-ऊपर चढ़ती जा रही खड़खड़ाहट की गूँज। जंगले पर रोज के मुकाबले जोर से पटकी छड़ी की मूठ। सीढ़ियों पर कदमों की दुलकी चाल। ऊपर की छत पर फतक-फतक खिसकनेवाले बेसब्र कदम। आज पहले से ही थाली ऊपर आई देख थोड़ी-सी खामोशी। फिर हाथ धोने से पहले ही पापड़ के टूटने की आवाज। जेब की दस-बारह वस्तुएँ एक-एक करके तश्तरी में डालने की हल्की-भारी आवाजें। हमेशा के मुकाबले कड़ी आवाज में लगी पुकार, बायड़ेऽऽ। कुछ, शायद स्टैम्प-पेपर निकालकर तह खोलने की फड़फड़ाती आवाज। बीच में ही कटोरी की रबड़ी चाटने की चटचट। तुरंत फुर्र-फुर्र लालची घूँट। चुभन। फिर कर्कश कठोर पुकार। ठसका। फिर पकौड़ियों का बड़ा निवाला। फिर रबड़ी का बड़ा घूँट और खाली कटोरी दन्ऽ से थाली में फेंकना, कटोरी दनदनाती हुई नीचे। कौए से चिपका खाँसकर निकालने का प्रयास। गाली—लुढ़कती गई कटोरी को, तालू में चिपके कचरे को या फिर अभी तक ऊपर न आई बीवी को—तेरी माँ की तेरीऽ। लगातार हिचकियाँ। सूखी उल्टियाँ। कराहने, सीना मलने की आवाजें। बार-बार खाँसकर थूकने की खराश। बाद में मोरी की ओर लड़खड़ाती बड़ी-सी देह के धड़ाम से गिरने का स्वर।

उस रात जमा भीड़ के अँधेरे में किसी को भी बुआ का रोज के मुकाबले कुछ ज्यादा ही खींचे खानदानी घूँघट की आड़ में छिपा कठोर चेहरा दिखाई नहीं दिया। इस कारण उस चेहरे पर छपा निष्ठा की यातना से मुक्त स्त्रीत्व किसी को नजर नहीं आया। प्रतिशोध की पराकाष्ठा के बाद बचा खालिस स्वत्व भी दिखाई नहीं दिया।

एक और तत्व जो किसी को दिखाई नहीं दिया, उस चेहरे की गहरी टीस—वह नहीं बता पाई कि यह सब मैंने ही किया है।

ऐसी बातें यथार्थ की इतनी गहरी सतह पर होती हैं कि ऊपरी तौर पर वे यथार्थ का विपर्यास ही लगती हैं। इसी कारण वे यथार्थ को ध्वस्त कर देती हैं। बुआ को कभी इस पर यकीन नहीं हो पाया था कि यह उसने ही किया है। अपने उज्ज्वल पुरुषद्वेष की पवित्रता किंचित भी कम न हो, इसलिए उसने इस बारे में एक शब्द भी कभी किसी से कहा नहीं। पातिव्रत के बुर्के के नीचे का खालिस नारीतत्व।

खंडेराव, पुरुष की तरह अमानुष होना स्त्री के लिए कितना आसान होता है? लेकिन वही उसके लिए सबसे मुश्किल बना हुआ है।

पंढरपुर में पुंडलिक मंदिर के बाहर असाढ़ की भीड़ में धरणगाँव की एक कहारन स्त्री बुआ का जरूरी सन्देश देने के लिए मोरगाँव की सीताबाई को ढूँढ़ रही थी। दिखाई देते ही सामने खड़ी हो गई और उसकी भुजाएँ पकड़कर बोली, तुम हमारे ऊँटमारे देशमुख की समधन ही हो न? अच्छा हुआ मिल गई। शादी करवाई इसका मतलब लड़की को बेच ही दिया आप लोगों ने? नातिनों पर तो कुछ तरस खाइए। आपकी लड़की हड्डियों का ढाँचा बनकर रह गई है। चूड़ियाँ नीचे फिसल रही हैं, उसके हाथों से। कैसी-कैसी यातनाएँ दे रहे हैं उसे वो लोग? सौतन लानेवाले थे। पक्की भी हुई थी दूसरी ससुराल। अँगूठा माँग रहा था, वरना मार ही डालनेवाला था वो। गढ़ी के नीचे बड़ा गड्ढा खोदकर रखा था—तुम्हारी बेटी को दफनाने के लिए। हमारे दोधू ग्वाले की भैंस उसमें गिर गई और उसको ऊपर निकालने में सारा भांडा फूट गया। नौकरानी का पति ही निकला गड्ढा खोदनेवाला। उसे पकड़कर चौपाल में लाया गया, तो बोला, देशमुख ने कहा, मैंने खोदा, उसे पकड़ो। पाटील ने जब चार थप्पड़ लगाए तब जाकर सच कहा। अँगूठा नहीं देती उस रात तो गड्ढा ही था मैया तेरी बेटी की किस्मत में। सारा गाँव थू-थू करता है तेरे समधी के नाम पर। कैसे निर्दय हैं आप खानदेसी लोग? लड़की क्या दी, मतलब पराई हो गई? हमारे कहार लोग नहीं चलने देंगे मैया ऐसा। घुस जाओ गढ़ी में और छुड़ा लाओ अपनी लड़की को। नहीं तो मार डालेंगे वो ऊँटमारे उसे, जायदाद के लिए।

यहाँ तक ठीक था। लेकिन आखिर में वह कहार स्त्री पाँचों उँगलियाँ वारकर बोली, इसीलिए कहते हैं मैया कि सगी माँ थोड़े ही है जो कलेजा फटेगा...

सुनकर सन्न होकर रह गई दादी। उस चंद्रभागा नदी पर लगी भीड़ में गुमसुम खंभा बनकर रह गई। इतनी-सी थी तब से सगी बेटी की तरह पाल-पोसकर बड़ा किया, ये बातें सुनने के लिए? धत्, जल्दी-जल्दी में विट्ठल जी के सामने मत्था टेका। विट्ठल जी से आँखें मिलाईं तो लगा मानो भगवान भी गुस्से से देख रहे हों। हर साल तो इस तरह नहीं देखते। उसी शाम वह दौंड से रेलगाड़ी में खड़े-खड़े सफर

करती हुई घर लौट आई। सारे काम छोड़कर विट्ठलराव को गाड़ी जोतने के लिए कहा। चार अच्छे मजबूत मध्यस्थों को साथ लिया और धरणगाँव से दोनों बच्चियाँ लेकर चिन्धु बुआ हमेशा के लिए मोरगाँव आई।

लौटने पर बोली, चिन्धे, विट्ठल जी से मिलने न जाती, तो तुझे मार ही डाला होता उन्होंने बेटा। विट्ठल विट्ठल।

चिन्धु बुआ के लौट आने से हमारे घर में काम करनेवाले हाथ बढ़ गए। खेती उन्नत हुई। चिन्धु बुआ का अधिकार था ही। जायदाद भी आधी हमारी और आधी उसकी थी। पिताजी उससे यह कहते भी थे। उसकी बेटियों को सभी अतिथि कहकर पुकारते थे। पिताजी पालने में रोती तायड़ी से कहते, अतिथि जी, रो मत। तेरी गढ़ी चली गई, जाने दे। तुझे बढ़िया गढ़ी दिलाऊँगा और बड़ी अतिथि को भी बढ़िया घर। पहले तुम बड़ी तो हो जाओ। बाकी सब मेरी जिम्मेदारी है।

बायड़ी और तायड़ी हमारे ही घर में पलकर बड़ी हुईं। मैं तो अपने आप को लड़की समझकर ही उनके साथ खेला करता था, नाचता-गाता था—*आम्ही दोघी बहिणी जोडीच्या, हातात पाटल्या तोडीच्या...तळ्यात मळ्यात...*नीबू पानी...टोकरी भर फूल न तू चुन पाए न मैं चुन पाऊँ—चल बुझा खंडू इस पहेली को? ऊपर देख...। फिर दादी बायड़ी से पहेली बुझाती : बायड़े, पंडाल डालेगी या चबूतरा? फिर कोई कहता है, क्या पता इनमें से कौन पंडाल डालेगी और कौन मर जाएगी? बुआ कहती, अच्छा होगा मर जाएगी तो, शादी का खर्च तो बचेगा मेरे भाई का। बाप ने तो कौड़ी भी नहीं दी। दादी कहती, न देने दे। भगवान इनके मामा को खूब दे रहे हैं। ममेरे भाई भावड्या, खंडू बड़े तालेवर बनेंगे। सँभालेंगे अपनी फुफेरी बहनों को जिंदगी-भर।

इस तरह रिश्तों को, भावनाओं को हमेशा मजबूती प्रदान करती स्थिर दुनिया। अपरिवर्तनीय। बायड़े, पहेली बूझूँ? बता, फूल अच्छा या फल? ठीक से सोचकर बताना।

लड़कियों के बड़ी होने तक उधर धरणगाँव के देशमुख भी तबाह हो गए। शरद पाटील की लाल निशान पार्टी के आदिवासी काश्तकारों ने जमीनें हथिया लीं। बीच के धूर्त लड़के ने सारी नकदी उड़ा ली। खिताब्या देशमुख की तो एक बार अपनी ही जागीर में पैर रखने पर कम्यूनिस्टों की पिटाई। उसके गुजर जाने के बाद जायदाद का बँटवारा हुआ। बायड़ी-तायड़ी के नाम कहीं अजंता की ओर काश्तकारों के कब्जेवाली चालीस बीघा जमीन आ गई। गढ़ी का चौथा हिस्सा भी आ गया। वह जायदाद अभी तक वैसी की वैसी पड़ी होगी। लेकिन कभी-कभी दौरा पड़ने से बुआ का दिमाग बौरा जाता कि अपनी लखपति बेटियाँ यों पाहुनी बनकर ननिहाल में पलीं, इनका अपना खुद का कुछ भी नहीं।

एक दिन घर में पूजा के लिए दूध का अनछुआ रखा गया था। उस दिन सभी को भैंस का दूध खाना या पीना मना था। घर का सारा दूध, दही, घी, मक्खन भालदेव के सामने रखना था। गलती से बायड़ी ने मक्खन में उँगली डुबोकर चाट ली। माँ को यह पता चला तो उसने उसे डाँटा। बायड़ी ने यह अपनी माँ को बताया, और बुआ ने धम्म धम्म करके उसे पीटना शुरू किया। सारी पड़ोसनें बीच-बचाव करने आईं, फिर भी बायड़ी पर लाठियाँ बरस ही रही थीं। ये लड़कियाँ ऐसे ही पीटने लायक हैं मैया, जनम से लेकर—खुद की भर्त्सना भी जारी थी। आखिर में लाठी फेंककर उसने बायड़ी को सीने से लगा लिया और माँ-बेटी दोनों एक दूसरे से लिपटकर जी भरकर रोईं। बायड़ी माँ से लिपटकर सिसक-सिसककर रोती हुई बोली, माँ, तुम मुझे जितना चाहे पीट लो, लेकिन बाद में इसी तरह गले से भी लगाया करो। लगाओगी न? बुआ भी वैसे ही रोते-रोते बोली, हाँ, लगाऊँगी बेटा, लगाऊँगी।

इस तरह की किसी के पल्ले न पड़नेवाली घटनाएँ तीनों माँ-बेटियों में घटती रहती थीं। बुआ ने अपनी लड़कियों को बहुत कड़ी शिक्षा दे रखी थी। मामा की लड़कियों की तरह जिद नहीं करना। खाने-पीने को लेकर लाड़-चाव नहीं दिखाना। जो सामने आए वही खा लेना। चीजों को अपनी-अपनी जगह पर रखना। अपनी-अपनी थालियाँ धोकर रखना। अपने-अपने कपड़े भिगोकर रखना। बड़ी होने पर तो वे अपने-अपने कपड़े धोकर सूखने के लिए भी डाल देतीं। पढ़ाई जब-की-तब पूरी। पहाड़े याद। बचे हुए समय में मामी को, माँ को झाड़ू-बुहारी में, घर के कामों में, लीपा-पोती में, बर्तन-कपड़े धोने में, रसोई में, अनाज चुनने में मदद करना। सामनेवाले को जँचे ऐसा ही काम करना। काम प्यारा होता है या आदमी?

बायड़ी का बचपन से प्यारा खेल—एक छोटी-सी सुजनी थी, उसमें पूरा शरीर ढँक जाए, इस तरह सोना। ढाई-एक साल की रही होगी वह, तब से उसका यह कार्यक्रम घंटा-घंटा भर चलता। बार-बार हाथ-पैर मोड़कर सिकुड़कर इतनी-सी सुजनी में सोकर दिखाना।

उसका एक और प्यारा खेल—एक चौकोर चीथड़े की अनेक तहें करना। यह इतनी-सी लड़की चीथड़े के चारों कोने मिलाकर तह पर हाथ फेरती, फिर कोने मिलाकर तहें करती जाती और माचिस की डिबिया जितनी तह बनाकर माँ को, दादी को, मामी को ले जाकर दिखाती। अपनी पीठ थपथपाए जाने पर खुशी से सभी की ओर देखना। कभी तिरछी तहें, कभी कोनों को एकजैसा मोड़कर तो कभी इस तरह कि तीन-चार कोने एक दूसरे से आ मिलें। घंटा-घंटा भर। एक रूमाल से तहों की सैकड़ों सम्भावनाएँ उसने स्वयं ही ढूँढ़ निकाली थीं।

आगे चलकर, यह अपने आप ही उनकी समझ में आ गया कि हम अपने खुद के घर में नहीं, मामा के यानी कि दूसरों के घर में रहते हैं। लड़कियाँ उम्र के अनुसार जैसे ही कुछ धृष्टता करने लगतीं, बुआ का डाँट भरा स्वर सुनाई देता—बायड़े

अपनी-अपनी खेल। तायड़े, अपनी-अपनी खा। यह मेरी चारों बहनों की समझ में कभी नहीं आया कि यह अपनी-अपनी क्या है। इसी कारण उन्हें बचपन से ही धृष्टता की आदत-सी पड़ गई थी। घर के श्रृंगारदान में एक ही आईना था। तायड़ी उसके सामने केवल चोटी बनाने तक ही बैठती और बायड़ी तो बिना आईने में देखे ही बाल बनाना सीख गई थी। इसके विपरीत बिजा, छबा आधे-आधे घंटे तक आईने के सामने बैठकर चोटी बनाती रहतीं।

बायड़ी की एक और आदत थी। उसे यह कहने पर कि अपना-अपना सो जाओ, वह दीवार की ओर मुँह किए पैर मोड़कर आँखें मींचे पड़ी रहती। या सिर लपेटने के चीथड़े से पूरा मुँह ढँककर मान लेती कि वह अदृश्य हो गई। सारे जग से अपने आप को छिपाने का उसका अमोघ साधन था—आँखें मींचकर चेहरे पर चीथड़ा ओढ़ना।

बायड़ी और तायड़ी घर का कोई भी काम झट से कर डालतीं। रविवार के दिन मेरी किताबों पर जमा धूल साफ करने, उन्हें सँवारकर रखने का काम वे ही करतीं। सगी बहनों से भी ज्यादा ये फुफेरी बहनें मुझे भाती थीं। वे बड़ी हो गईं तब भी ऐसा ही लगता कि वे हमारा घर छोड़कर जाएँ। बुआ की यह जिद हमेशा बनी रही कि दोनों के लिए देहात के रिश्तों का विचार भी नहीं करना है।

मौसी की सुधी की शादी आखिरकार गाँव के अत्यंत मेहनती लड़के, अवसू लंगड़े से हुई। इस अवसू का गाँव के सिवान पर बंजर जमीन का एक टुकड़ा था। उसमें खाने के लिए पर्याप्त जवार-बाजरा होता था। यह खेत सीमोल्लंघन[48] का खेत कहलाया जाता था, क्योंकि हर साल दशहरे पर लोग यहाँ सोना[49] लूटने आया करते। यहाँ शमी और कचनार के पेड़ों के बीच पुराना मेस्को माता का मंदिर था। पहले इस माता के सामने भैंसा मारने की पुरानी प्रथा थी। उस दौरान माता के आगे भैंसे को मारनेवालों का खेत भर में हंगामा चलता और सारी फसल बरबाद हो जाती।

अंग्रेज सरकार ने यह प्रथा बन्द कर दी। अब घोड़ों पर सवार हो पाटील, देशमुख, पीछे पटवारी, जोशी और बाकी बीसेक पौनी-लेहनदार सम्मानित व्यक्ति रेशम के फेंटे, नए कपड़े पहनकर महाद्वार से निकलते। आगे दौड़ते जा रहे मातंग की डुग्गी की ताल पर डेढ़-दो सौ लोगों का हुजूम अवसू के खेत की ओर चल पड़ता। शमी के नीचे नाई द्वारा शस्त्रों की पूजा होती। फिर पान-सुपारी का समारोह होने पर

---

48. दशहरे के दिन मनाया जाने वाला मराठों का ऐतिहासिक पर्व। गाँव की सीमा को लाँघकर कचनार की पत्तियों को सोना समझकर लूटना।
49. दशहरे के दिन महाराष्ट्र में कचनार की पत्तियों को सोने के रूप में लूटकर शुभकामना-स्वरूप एक-दूसरे को दिया जाता है।

भाल पर लाल तिलक लगाकर एक-एक प्रतिष्ठित उठता और लूट के तौर पर पाँच डंठल उखाड़ता, कचनार के पत्ते नोचता, शमी के नीचे की मुट्ठी-भर मिट्टी हाथ में लेकर आरती उतरवाने के लिए अँधेरा होने से पहले घर लौट जाता। आलतू-फालतू लोग भी उनके पीछे लूट के तौर पर जवार-बाजरे के डंठल उखाड़ते। इस सोने पर पुराने जमाने से लेकर पड़ोस के उंदीरखेड़ा गाँव के लोगों का भी हक था। कुल मिलाकर इसमें अवसू के खेत का आधा हिस्सा बरबाद हो जाता। अँधेरा होने तक अवसू वहाँ बैठकर रखवाली करता और घर पर उसकी राह देख रही सुधी के हाथ की पूरनपोली खप्पर पर डालते समय टूट जाती और उसका कलेजा मुँह को आ जाता। ऐसे अँधेरे में पति को कहीं साँप ने काट लिया तो? इधर अवसू अपनी किस्मत को कोसता हुआ सोचता, पाँच भाइयों में से मेरे हिस्से में ही यह खेत क्यों आया? और बेचारी पत्नी की किस्मत में लंबा-सँकरा-सा घर।

एक घर में टट्टी की चार दीवारें डालकर पाँच भाइयों के लिए बने जैसे-तैसे पाँच हिस्से। अंदर अँधेरे में कहीं दूर चूहे की तरह खड़खड़ करती, घर को सँवारती सुधी। कष्टप्रद गृहस्थी। जगह ऐसी कि मुश्किल से एक खटिया बिछे। बीच-बीच में टट्टी की दीवार पर कुछ-कुछ लटकाया हुआ, लटका हुआ, टँगा हुआ। खंभे में बड़ी-सी कील ठुकी, उस पर लटकीं थैलियाँ। सुधी को ऐसे घर में रहने की आदत नहीं थी। एक बार रसोई बनाते हुए कुछ लेने के लिए उठी और सिर में कील धँस गई। घाव, खून। उसमें हल्दी भरकर उसने सारे काम निबटाए। घाव पर पट्टी बाँधकर खेत में भी मदद के लिए जाती। अवसू तो कहता भी कि हमारा जनम ही ऐसा। क्या गरीबी में खटना ही हमारी औकात है?

ऐसा नहीं है कि यह आदमी संकटों से कतराता था। वह लंगड़ा क्यों हुआ? दरअसल यह बेखौफ गबरू जवान शादी से पहले घर के सभी लोगों में वीर समझा जाता था। कोई भी खतरे का प्रसंग मतलब अवसू का काम। पहाड़ी से सूअर के झुंड आते हैं और मूँगफली में दाना उभरने से पहले ही दाँतों से फसल कुरेदकर साफ कर जाते हैं, इसलिए यह रात में अकेला रखवाली के लिए जाता। एक रात पड़ोस के खेत में कपास की फसल पर दस-बारह चोर आए, लेकिन चुपचाप पड़े रहने की बजाय यह लाठी लेकर उधर दौड़ पड़ा। चोर किसी नशे में थे। उन्होंने इसे लाठियों से खूब पीटा और मेंड पर लाकर फेंक दिया। यदि सुबह लकड़ी के गट्ठर ढोनेवाले ने गाँव में बताया नहीं होता तो यह मर ही जाता। सारा बदन हरा-नीला हो गया, एक पैर की हड्डी टूटी। कमरटूटी के पत्तों का रस पीकर और हलदा के पत्तों का लेप ल·ा-लगाकर दो महीने बाद ये चल-फिर पाया। लेकिन एक पैर वैसे ही लँगड़ा रह गया। डॉक्टर के पास जाना खर्च की दृष्टि से आसान नहीं था। किसानों में ऐसा रिवाज भी नहीं था। डॉक्टर मतलब जेब पर कैंची। लंगड़ा रहने में क्या बुराई है?

शादी से पहले घर के लोगों को अवसू पर गर्व था। लेकिन जायदाद का बँटवारा हुआ और चारों भाइयों के मतलबी रूप सामने आए। स्वार्थ किससे छूटा

है? यह बिना बरकतवाला सीमोल्लंघन का खेत अवसू के हिस्से में आया। यही अपनी किस्मत समझकर वह रोज जी-तोड़ मेहनत करता रहता।

सुधी भी घर की कोई बात बाहर कभी नहीं बताती। यहाँ तक कि हमारे घर भी नहीं। उसने कभी किसी के सामने झोली नहीं फैलाई। सिन्धु मौसी की जीविका भी मेहनत-मजदूरी पर ही चल रही थी। माँ-बेटी एक दूसरी को स्वाभिमान से जीना सिखाती रहीं : सुधे, घूरे के दिन भी फिरते हैं? हमारी कलाइयाँ बस साबूत रहें। हर मृगशिरा में नए बादल बरसेंगे। नई बरसातें होंगी। बुआई होगी। खेत मुस्कुरा उठेंगे। नई फसल खिल उठेगी। गोद भरेगी, घर भरेगा, लड़कों की मेहनत से नए खेत खरीदेंगे। खूब बड़ा घर बनाएँगे—अपना छोटा-सा अँधियारा घर तैश में पोतते हुए सुधी ऐसा ही कुछ सोच रही थी कि राम, राम, एक बिल्लस भर साँप ने उसे उखाड़ फेंका :

आँगन में अचानक कोहराम सुनाई दिया। घास काटनेवाले दस-बारह ग्वाले साँप के काटे से बेहोश अवसू की लेटी देह को खींचते हुए बरामदे में ले आए। एक पैर में हमेशा की तरह डोरी से बँधा टूटा जूता, सीने पर सुधी द्वारा बुना मोटी ऊन का स्वेटर, मुँह से झाग।

सारे गाँव को अफसोस हुआ। किस्मत, और क्या? लड़की ही अभागी, दो ही साल में सुधी सिन्दूर पोंछ लौट आई। लोग अपनी बेटी की तरह दया प्रकट करते बोले, बेटा, मामा के घर जाओ। ननिहाल के बेर-बबूल भी प्यार करते हैं। कोई बोला, बाप का घर वही अपना घर। उस लालची ससुराल के मुकाबले वहाँ रहने में क्या बुराई है?

आखिरकार माँ ने ब्राह्मणों को बुलाया। दर्भासनों पर बैठकर नीति, रूढ़ि और रिवाज पर भोजन समय तक ऊहापोह हुआ।

केवलाघो भवति केवलादी-ऋग्वेद। पुत्रहीना स्त्री पर निऋति सवार होती है-शतपथ ब्राह्मण। पतिहीन स्त्रियाँ हमेशा कंपायमान होती हैं-पराशर। स्त्रियों की उत्पत्ति प्रजोत्पादन हेतु हुई है-मनु, मेधातिथि। पुनर्भू को मायके के दूर के रिश्तेदारों के पास ज्यादा दिनों तक नहीं रहना चाहिए-विज्ञानेश्वर, नारद, आदिपर्व। इसके बाद पंचांग देखते हुए उन दोनों के भविष्य का अनुमान उँगलियों पर लगाना शुरू हुआ। यजुर्वेदी संहिता की जीत हुई, क्योंकि यजुर्वेदियों का कंठस्थीकरण जबरदस्त था। फिर सदू के पिता अवधूत भटजी स्मृतियों का भूतकाल छोड़ पूर्ण वर्तमानकालीन अपनी देह पर गोमूत्र सींचते हुए खड़े होकर कहते बने : पूर्व में मित्रता—दोनों के लिए दुर्जन संसर्ग, दक्षिण मुदिता—स्त्रियों को अन्यगेहवास, पश्चिम में करुणा—कन्या को व्यभिचार सन्दूषण, उत्तर में उपेक्षा—स्त्रीरक्षा के लिए उचित। इसलिए शास्त्राज्ञा है कि उत्तर दिशा का अवलंब करें। चाहे जैसा हो, सहो, उसी में प्रतिष्ठा है, बहन।

खींचातानी खत्म नहीं हो रही थी। चालीस की सिन्धु मौसी और बीसी की सुधी दोनों विधवा माँ–बेटी गर्दन झुकाए अपने घर में रहने चली गईं।

किसान की बीवी होने के कारण सुधी की यह खींचातानी बुआ देख ही रही थी। देहात मतलब खेती, और खेती मतलब जाड़ा, धूप, धूल और सख्त मेहनत। भैया विट्ठल, चाहे जितना दहेज देना पड़े, मेरे लिए दामाद शहर का ही ढूँढ़ना। मैं मरते दम तक तेरे दर पर मजदूरी करके सब चुका दूँगी।

तुम भी न चिन्धुदीदी, कैसी बातें करती हो ? मेरा–तुम्हारा क्यों करती हो ? तुम कोई पराई हो ? इस घर में आकर तुमने जो मेहनत की है, वही दहेज से ज्यादा की होगी।

चिन्धु बुआ संतुष्ट हो जाती। दूसरे घरों में भाई ऐसी ससुराल से लौटी बहनों को जायदाद के लिए मार डालते थे। लेकिन अब किसानों में भी विशाल हृदयवाली संस्कृति आ रही थी। हरित क्रांति का शुरुआती दौर। कुछ किसानों के हाथों में खूब पैसा—देश के इतिहास में पहली बार ऐसा हो रहा था। नगरीकरण का उन्माद। इस कारण लड़कियों के अमीर बाप शहरी नौकरीवाले दामाद के लिए चाहे जितना रोकड़ा, सोना, बर्तन, स्कूटर, रेडियो, फ्लैट—तैयार रखने लगे। बड़े–बड़े दहेज देकर बड़ी–बड़ी तनख्वाह के शहरी दामाद खरीदने की होड़ाहोड़ी शुरू हुई। सट्टे की भाँति दहेज के आँकड़े फूटते थे। बी.ए., बी.एस्सी., बीस बाई बीस। बी.ए., बी.एड.—तीस बाई तीस। एम.ए., एम.एस्सी.—पचास बाई पचास। डेढ़–दो सौ रुपए महीना तनख्वाह पानेवाले इन दूल्हे राजाओं को पचास हजार रुपए और पचास तोला सोना। लगने लगा कि शिक्षा की सफलता इसी में है। उसमें भी ये सभी वारकरी पंथी। संत तुकाराम के अभंग नाच–नाचकर गानेवाले।

चिन्धु बुआ को धरणगाँव की ओर से जायदाद का चौथा हिस्सा मिलने की सम्भावना थी—लेकिन कोर्ट–कचहरी, वकील के चक्कर कौन लगाए ? भले आदमी को कभी कोर्ट की सीढ़ियाँ नहीं चढ़नी चाहिए, पिताजी ने इसका कड़ाई से पालन किया था। यह सब करने के लिए निठल्ला आदमी चाहिए। जितना सम्भव होगा, हम ज्यादा से ज्यादा दहेज देंगे, लेकिन ससुराल के सारे रिश्ते तोड़ डालो—पिताजी ने बुआ को सलाह दी। उसे भी लगता कि गढ़ी आँखों के सामने आते ही उसका माथा घूम जाता है। आगे देखेंगे। लड़कियों के दस्तखत के बिना वह जायदाद कोई बेच नहीं पाएगा। पड़ी रहने दो।

राकेश नामक एक पुलिस सब–इन्स्पेक्टर बायड़ी को देखकर गया और उसे वह भा गई। बुआ ने भी मुंबई का यह रिश्ता पक्का करने का तकाजा किया। दादर स्टेशन से दस मिनट पैदल जाने पर भोईवाड़ा पुलिस स्टेशन के पीछे मुझे एक क्वार्टर मिल रहा है। इन्स्पेक्टर की ऊपरवाली पोस्ट भी एक लाख रुपए भरकर पाने की कोशिश जारी है—उसका यह पैंतरा सभी को सम्मोहित कर गया। इतना बड़ा

करतबी दामाद। इसके अलावा तनख्वाह से कई गुना पैसा अपने आप घर में आता है। विट्ठल, हामी भर दे। मुंबई के पंडित मामा से जानकारी ली और जल्दबाजी में शादी पक्की हो गई। इस सब-इन्स्पेक्टर राकेश की बाकी खोजबीन करने की जहमत किसी ने नहीं उठाई। जल्दी से कीजिए, वरना रिश्ता हाथों से निकल जाएगा।

बायड़ी कम-से-कम पाँच साल मुझसे बड़ी थी। उसकी शादी हुई और मुझमें अचानक लड़कियों के प्रति भीतर से अलग ही प्यार उमड़ने लगा। दरअसल लोभ। उस समय मेरी हाइस्कूल जाने की शुरुआत ही हुई थी। बिदाई से पहले जरीवाला रेशमी शालू, गजरा, बड़ा-सा जूड़ा, गहने सँभालती हरएक के पैरों पर माथा टेकती वह चली आ रही थी। न जाने क्यों, मैं उसकी सुन्दरता की ओर बिना पलकें झपकाए देखता ही रह गया। तभी अचानक मुझे एहसास हुआ कि मैं अलग हूँ और लड़कियाँ अलग होती हैं। हमें किसी को सौंपा नहीं जाता और न ही हमें अपना सब कुछ यहीं छोड़कर केवल एक बक्सा उठा दूसरी ओर कहीं जाना पड़ता है। हम पुरुष, पितृस्थानीय, पितृसत्ताक।

आखिर में उसने अंधी चाची के कदमों पर माथा टेका। अंधी चाची उसके शरीर, गहने, बाल, चेहरे पर हाथ फेरती हुई बोली, मेरी इतने दिनों की लाठी जा रही है री मैया। जाओ, सुखी रहो। इतनी-सी थी तू जब आई थी, तब से देख रही हूँ, कभी किसी से एक शब्द भी ओछेपन से बात नहीं की। कभी कोई छिछोरापन नहीं। यहाँ सब कुछ था बेटा, बस पिता का साया नहीं था। अब तो उसकी जरूरत भी नहीं है।

—सुनते ही यह लड़की, जिसे सत्रह साल पहले के पियक्कड़ बाप की शक्ल तक याद नहीं, उसे फूट-फूटकर रुलाई छूट गई। सत्रह साल बाप के बिना बिता चुकी, इस स्त्री के जनम का कारण। अब पति पर्याय है।

हिचकिचाकर आँखें पोंछती हुई आगे बढ़ते हुए वह मेरे पास आई, मेरी आँखों के आँसू भी अपनी उँगलियों से पोंछकर मेरा गुलचा मारते हुए बोली, खंडू, आते रहना।

आँखें भरी होने की वजह से मुझे बारात ठीक से दिखाई नहीं दे रही थी। फिर मैं पंडाल में आकर अकेला बैठ गया। सारा पंडाल निर्मनुष्य। गद्दे, मसनदें, तकिए, फूल, गुलाल फैला हुआ। मैं एक मसनद से पीठ लगाए शून्य बनकर बैठा रहा। बायड़े, यह खंडेराव मसनद से टिका अब भी वैसे ही बैठा हुआ है।

आगे कई सालों के बाद चिन्धु बुआ की गढ़ी एक महामार्ग के नक्शे के बीच में आने के कारण खोद डाली गई। दो साल पहले पिताजी ने मुझे उसके हिस्से के रुपए लाने के लिए उसके साथ भेजा। क्योंकि धरणगाँव में शुक्ल नामक मेरे क्लासमेट का घर है। मैंने बुआ से पूछा, गढ़ी कैसे गिराई गई, देखना है? वह बोली, नहीं। मेरे लिए वह कभी की जमींदोज हो चुकी है। धरणगाँव की ब्राह्मण गली में शुक्ल के घर हम रुके थे। उसी समय शुक्ल के मामाजी, धरणगाँव के ठोमरे नामक बूढ़े बातूनी रिटायर्ड

पुलिस इन्स्पेक्टर भी उनके घर रुके थे। गढ़ी के देशमुख से हमारा रिश्ता देखकर आश्चर्य व्यक्त करते हुए उन्होंने एक घटना बताई :

बात उन दिनों की, यानी 1934 के आसपास की होगी। मैं एरंडोल में ड्यूटी पर था। एक बड़े डाके की जाँच कर रहा था। वहाँ एक माड़िया बैद स्त्री को शक की बिना पर पकड़ा गया था। उसके पास असली सोने की गिन्नी मिली थी। कहाँ से मिली ये गिन्नी? सच बतला। आखिर बताया उसने: देखिए, सच कहती हूँ। धरणगाँव में एक औरत मुझसे अपने पति का पेटदर्द बन्द होने की दुर्लभ दवा ले गई थी, उसने यह गिन्नी मुझे दी। सुनार के पास तुड़वाने गई और आपके सिपाही मुझे पकड़कर यहाँ लाए। उस डाके के केस से बेचारी का कोई सम्बन्ध नहीं था।

बुआ तंद्रा में वहीं बैठी सुन रही थी। अचानक काँपती आवाज में बोली, दारोगा साहब, फिर क्या किया आपने? उस बैद स्त्री को मारा-पीटा तो नहीं न?

अस्तुरी जनम देकर प्रभु गलत किया
दिन-रात बैल भाड़े का जोत दिया।

गर्मियों के लम्बे दिन। दोपहर का ठहरा हुआ समय। आँगन में दादी खटिया बिछाकर पल्लू से हवा करते हुए पापड़ वगैरा सुखावन की रखवाली कर रही है। देहात की स्त्रियों का यही फुरसत का एकमात्र समय और अधिकार से बैठने की एकमात्र जगह। गपशप, विनोद, रहस्यमयी अश्लील बातें। डॉ. मंडी ने बड़ी-बड़ी चार रीलों में यह सारा कुछ टेपरिकार्डर पर रेकार्ड करके रखा है। इसके अलावा अपनी डायरी में मोरगाँव की औरतों की मजेदार बातें भी दर्ज की हैं। **मारकिस द सादु** हेडिंग के अंतर्गत साधु तेली की दो पत्नियों के बहाने यह दर्ज किया है कि ग्रामीण अर्थव्यवस्था में दो पत्नियाँ कैसे लाभदायी होती हैं और पूरे समाज की लैंगिक नैतिकता को कैसे स्वस्थ रखती हैं। **प्रिजनर्स ऑफ झेंडी** के अंतर्गत लभानों का सारा इतिहास। डायरी के **मोरगाँव वीमेन : मोर दैन वीमेन** अंश में मंडी के अंकित निरीक्षण तो आधुनिकतावादियों, स्त्रीवादियों और फ्रायड सम्प्रदायवालों को भी मुश्किल में डालनेवाले साबित हुए हैं। पाश्चात्य विचारक जैसे सोचते हैं, वैसे स्त्री की क्या एक ही वैश्विक कोटि है? स्त्री की अवधारणा समाजशास्त्रीय है या जीवशास्त्रीय? जन्म से स्त्री पुरुष से अलग होती भी है या नहीं? तीसरी दुनिया से सम्बन्धित हिंदू स्त्रियों की दलील को यूरोपीय स्त्रीवादियों ने कभी जानने-समझने की कोशिश की है? पूँजीवाद, उपनिवेशवाद, राष्ट्रीयता के माध्यम से स्त्रियों का अधिकाधिक शोषण यूरोपीय समुदायों ने ही किया है—क्या इसके खिलाफ यूरोपीय स्त्रीवादी स्त्रियाँ कभी खड़ी हुई हैं?

उच्च रहन-सहन के लिए यूरोपीय स्त्रियों को भी एशियाई-अफ्रीकी देशों पर वर्चस्व स्थापित करना है। ये स्त्रीवादी स्त्रियाँ जैसा समझती हैं, वैसे पूरे संसार की सारी स्त्रियों का स्त्री जाति के रूप में प्रश्न एक ही ढर्रे का नहीं है। अनेक प्रकार के

परस्परविरोधी प्रश्न हैं। अमेरिकन-यूरोपीय स्त्री अलग, हिंदू स्त्री अलग। *मोरगाँव वीमेन : मोर दैन वीमेन।*

काया गोरी गोरी   किसने कर दी नीली
कच्ची-कोमल कमली   पति ने मुरझा डाली

कौन है यह कच्ची कमली ?

मंडी की डायरी में दर्ज गँवार स्त्रियों के विविध प्रकार और प्रत्येक प्रकार के अनुसार स्त्रीत्व के प्रश्न भी अलग-अलग।

बेटी, बहू, देवरानी, माँ, दादी, परदादी, सास, ददिया सास, बुआ, ननद, भौजाई, जचगी के लिए मायके आई हुई स्त्री, ससुराल छोड़कर मायके लौटी चिन्धु बुआ सरीखी स्त्री, लाकर छोड़ दी गई स्त्री, केवल लड़कों की माँ, केवल लड़कियों की माँ, सौतेले बच्चों के साथ रहनेवाली पाटवाली (पुनर्विवाहित) स्त्री, बाँझ स्त्री, जवानी में विधवा हुई बूढ़ी स्त्री, विधवा माँ, सन्तानहीन विधवा, सौतन, सौतेली माँ, एक ही सही लेकिन गाँव में अत्यावश्यक कोई कुलटा, रखैल, दासी। एक विशाल स्त्री-विश्व।

छोटी लड़कियों को लैंगिक शिक्षा प्राप्त होती है, इनके फुरसती समय के आपसी गपशप और अभिव्यक्ति स्वातंत्र्य से—किसकी माहवारी छूट गई, किसका बच्चा गिर गया, किसे कौन-सा महीना लग गया, किसके पति ने उसे कैसे और कहाँ काटा, किसका पति ऊब गया है, फिर वह किससे बतिया रहा था, कौन सधवा से गांधर्व विवाह करता है—ये सारी गप्पें, बातें, विनोद, ताने, मौखिक अखबार।

तेज धूप। एक कौआ दोपहर ढलने की प्रतीक्षा में खामोशी से गर्दन मोड़े कहीं स्थिर दृष्टि लगाए हमारे गोठ के छप्पर के बाहर निकले बँडेर पर बैठा काँव-काँव कर रहा है। बरामदे से लेकर रसोई तक चिड़ियों की चूँ चूँ और उछलकूद लगातार जारी है। स्त्रियों ने सुबह से एड़ी-चोटी का जोर लगाकर बनाए पापड़, सेवई, बड़ियाँ सुखाने के लिए धूप में डाले हैं। इस सुखावन पर नजर रखने के लिए एक बूढ़ी दादी बैठी है। वह अपनी टूटी लाठी जमीन पर लगातार थर्र-थर्र पटकती है।

कहारबस्ती से खामोशी को चीरती बनी रांड की तेज आवाज : अरे तू क्या मेरी टाँगें चीरेगा ? सामने तो आ तू बारा लौड़े के, फिर देख तेरे को कैसी चोदती हूँ, हिजड़ा कहीं का। मुझे छिनाल कहता है ? अरे हाँ, हूँ मैं रंडी, सारा गाँव जानता है। लेकिन तू कौन-सा महात्मा गांधी के लौड़े का सच्चाई का पुतला है, मुझे भी देखना है। तेरी बहन को चोदूँ। हाँ तुझे भी, और जो तेरी तरफदारी करेगा, उसकी भी मैंने सबके सामने जूती से पूजा न की, तो देखना। मुँह की गाँड करता है, अब काहे बैठा है मुँह छुपाकर घर में।

जरा देर बाद खटिया की धूप झुकने पर माँ को दादी छाँव आने की सूचना देती है और थकी-हारी स्त्रियों की देह हरकत में आती है। सारी बहनों का कोलाहल। माँ द्वारा बड़ी पतीली में बनाई चाय प्याली से तश्तरी में उँड़ेलती हुई दादी आँगन के अपने केंद्रीय अधिकार को बरकरार रखती है। जैसे-जैसे तश्तरी की चाय ठंडी होती

है वैसे-वैसे उससे मुँह लगाते हुए दादी जो सामने दिखाई दे जाए, उसी से बातें करने लगती है। धीरे-धीरे आँगन औरतों से भर जाता है। सभी के सुबह बनाए चार कमोरे पापड़ लगभग सूख गए हैं, उन्हें समेटने के लिए इतने हाथ तो चाहिए ही। कोई नटखट ननद कहती है, क्यों री नर्मदा, नवोढ़ी उठी नहीं अभी तक? कहना अब तो आ जा बाहर। रात का दिन तो करती ही हो, अब क्या दिन को भी रात बना दोगी? सब स्त्रियाँ हँसकर पड़ोस के बन्द दरवाजे पर नजर डालती हैं। थोड़ी देर बाद दरवाजा अधखुला होता है और अभी-अभी ब्याहकर आई नवोढ़ा पति से अपने आप को छुड़ाती हुई बाहर आती है। वह समझ जाती है कि सब उसके चेहरे की थकान और लज्जा देखने के लिए उत्सुक हैं। बीच में ही उसके चेहरे पर घमंड की छटा कौंध जाती है। फिर वह आज्ञाकारी की भाँति बुजुर्गों के पास आ बैठती है। एक जेठानी पूछती है, हाय, हाय, शर्मिंदा हो गई जी मेरी बहन। दूसरी कहती है, इसके घर पापड़ बनेंगे तब हम भी ऐसे ही टाल-मटोल करेंगी।

हर ओर तश्तरियों की फुरफुर। चाय से निबटते ही सभी स्त्रियाँ शेरनी की तरह काम पर टूट पड़ती हैं। घंटे-भर में पापड़, सेवई के ढेर उठाकर माँ धाबे पर ले जाती है। धीरे-धीरे सारी पड़ोसनें दूधमुँहें बच्चों को सीने से लगाए आँगन में आ जुटती हैं। क्या पकाया? क्या खाया? बच्चा कितने महीने का हुआ? और पेट में है वह? कहो न मेरे भाई से, कहना, बस हो गया। कुँवारी लड़कियों की खी-खी। एक अनामिक उक्ति : पति को घर से बाहर थोड़े ही खदेड़ सकते हैं? सामने गली में एक बुढ़िया हमेशा की तरह बेहद गुस्से में हमारी कोठी में खेल रही अपनी नातिन को गालियाँ देकर अपनी अधूरी इच्छाओं को वाणी देती है : कहाँ गई थी नटनी? चुदाने? चल उठ, राँड़, घर के काम कौन करेगा? तेरा यार? छिनाल, धीवरनी, आँगन में पड़े बर्तन माँज पहले। और घर में ही पड़ी रह, वरना किसी दिन जाएगी किसी का हाथ पकड़कर, कुलटा। वह छोटी-सी बच्ची लहँगे का काछ खोंसकर ढेर सारे बर्तन माँजने बैठ जाती है। काम खत्म होने पर हमारी कोठी में आकर करंजुवा खेलना, उसका एकमात्र सपना होता है।

ये कित्ते बरस का होगा री, इम्बे?...दो साल का होगा।...धत्, ये छोटा ही डेढ़ साल का है। भाई-बहनों में से एक की भी उम्र पता हो तो भी काफी होता है। यह तकनीक लड़कियों को माहवारी आने से पहले ही मालूम हो जाती है। दो साल में भी गोद न भरना, मतलब स्त्री में ही कोई खोट है। इस सर्वश्रुत सिद्धांत को झूठ साबित करने के लिए कभी धीरज से, कभी मायके के सहारे दूसरी शादी कर बच्चा जनकर ही वह अपना स्त्रीत्व साबित कर पातीं।

खेत में मामूली-से काम करनेवाला डिगा नामक एक लड़कानुमा देवर या साला दौड़ता हुआ आता है और *हलवाहों के लिए रोटियाँ, चटनी जल्दी से बाँधकर दीजिए भाभीजी,* कहता हुआ आँगन में तकाजा करता है। उसकी हँसी-मजाक के रिश्ते की भावज चूल्हे के पास रोटियाँ सेंकती हुई कहती है : गधे, कूड़ा उलीचने गया था क्या

इतनी देर ? हो गया है, बाँध रही हूँ न ?...बाँधिए, लेकिन भाभीजी, बहुत पक्की गाँठ न लगाइए। हमारा भाई कई बार जी-तोड़ कोशिश करता है लेकिन आपकी गाँठ खुलती ही नहीं। *ठहाका।*...जा मुए, वहाँ तेरा भाई भूखा होगा।

सोलह-सत्रह सालों का यह नटखट लड़का रोटी की गड्डी चँगेरी में रचकर दौड़ता हुआ उल्टे पैर लौटता है और उधर से लाठी टेकती आती कुबड़ी बूढ़ी अहिलाबाई से जा टकराता है। वह लाठी टेककर उसे पकड़कर कहती है, किसका लौंडा है री ये ? उस साली शेवंती का ही न ?

अहिलाबाई के मुँह से अब न जाने क्या-क्या मुक्ताफल निकलेंगे, इसलिए सारी जवान लड़कियाँ उसके हर उच्चार की ओर कान खड़े करती हैं। अहिलाबाई की भाषा मतलब ठहाके मारकर हँसने का सुनहरा अवसर। शेवंती, तेरी माँ क्या करती है रे ? दो सालों का भी नहीं था तू जब बेवा हुई वो। तुझे शादी के लिए कह रही है, लेकिन तू सुनता नहीं। इकलौता बेटा है न तू, आँ ? डिगा चंटाई से कहता है, कोई लड़की ही नहीं दे रहा है बुआ मुझ गरीब को। अहिलाबाई बोली, अरे सोलह-सत्रह साल बड़ी मेहनत से पाल-पोसकर बड़ा किया है उसने। ऐसे नहीं छोड़ेगी तेरी माँ तुझे। शादी होने पर भी तुम दोनों के बीच में लेट जाएगी वह बुढ़िया।

लड़कियों की हँसी रुकने का नाम नहीं लेती। मानो एकपात्रीय हँसी के हंगामे की बारात ही आई गई हो। कोई निर्मल-हृदय की स्त्री बोली, हो गई गटर उलीचने की शुरुआत इस कलमुँही की। अहिलाबाई के घर चारधाम यात्रा से लौटने के बहाने गंगापूजन हो रहा है। हमारी ओर की सभी स्त्रियों को वह सुबह पूरन-पोली बनाने के लिए आने का चूल्हा-न्योत देने आई है। मजेदार बातें शुरू हुईं। उधर मनमाड़ की ओर प्याज सस्ता मिलता है इसलिए चारों देवर खूब तड़के गये, ठंड में ही हा हा हू हू करते, और जाकर देखा तो बाजार में एक भी प्याज नहीं। फिर क्या, लौट आए चारों फोता हिलाते। लड़कियाँ हँसी रोककर फिर सुनती हैं, जरूर आना हाँ तुम सब, साथ में लोहे के चूल्हे, परात, तवे, फुँकनी भी लेकर आना, नहीं तो आएँगी खाली फोदा लेकर।

यह देखकर कि काफी स्त्रियाँ जमा हो गई हैं, माँ मूँगफलियों का बड़ा-सा ढेर आँगन के बीचोंबीच लगाकर सब को काम में जोत देती है। शाम तक आराम से बोरा भर फलियाँ टूट जाएँगी।

मजदूरी पर पेट पालनेवाली एक स्त्री बच्चे को खींचकर धौल जमाती हुई माँ से कहती है, एक चम्मच-भर नारियल तेल देना तो मालकिन जी जरा। इसके बालों में लगाना है। मारवाड़ी तो अब एक पैसे का भी उधार नहीं देता है।

फलियाँ तोड़ने एक-एक करके काफी स्त्रियाँ जमा हो जाती हैं। तेल लगी रोटी का टुकड़ा अपने बच्चों के लिए अधिकारपूर्वक माँगकर फलियाँ तोड़ देती हैं। उनके बच्चे हमेशा सीने से लगे चूचियाँ चूसते रहते हैं। बच्चों के लिए दूसरा खेल नहीं, खाने के लिए मिठाई नहीं, फिर वे भी क्या करें ? पिन पिन तो नहीं करते। एक गरीब औरत

दरवाजे पर आकर पूछती है—कुछ काम मिलेगा मामीजी ? कानबाई के त्योहार[50] के लिए रोट बनाने की सोच रही हूँ, लेकिन घर में तो दाल, गुड़ कुछ भी नहीं। पीछे-पीछे उसका पल्लू पकड़े पिनपिनाता बच्चा। दादी पूछती है, श्याम्या क्यों रोता है री मथुरा ? कहता है भूख लगी है। आ जा, चंद्रभागा देगी रोटी का टुकड़ा, ले जा। रहने दे, लड़का जात है। उधर से गूँगी चाची इशारा करती है कि उसके घर में सींके पर कढ़ी का मटका है। अपने हाथ से निकाल लो। उधर कोई नई नवेली दूल्हन पूछती है, पूरन-पोली में जितनी दाल उतना ही गुड़ डालें न दादी ? हाँ ठीक है, लेकिन एक मापक दाल कम करे तो और भी अच्छा। चुटकी-भर नमक आखिर में डाल देना। उस रंभी के हाथ से दाल गलती ही नहीं, मैया। किसी ने कोई टोटका तो नहीं कर दिया ? चार स्त्रियाँ सन्देह से टकटकी लगाए दूर एक बन्द घर की ओर देखती हैं। बच्चे को लगातार पिलानेवाली औरत अचानक गुस्से से—बाजीराव का लौंडा पीता भी है और ऊपर से गुर्राता भी है—कहती हुई पीनेवाले बच्चे को झट से आँचल से बाहर निकालती है। वह भी चिढ़कर उसे चोली की गाँठ नहीं लगाने देता। सूख गया री तेरा बच्चा।...माँ ही सूख गई है तो बच्चा कैसे नहीं सूखेगा, बताइए।...क्या कहूँ बड़ी माँ, एक निवाला खाने का दिल नहीं करता, लेकिन इस करजदार के दूध के लिए मुँह बिचकाते हुए तेल के साथ आधी रोटी निगलनी ही पड़ती है। घर में कौड़ी तक नहीं होती कभी कि घूँट भर दूध लाने की सोचें। फिर सारी औरतें उसके पति पर ताव खाती हैं। सहानुभूति पाकर उसकी आँखों से बीच-बीच में आँसू रिसते हैं। दिन को रात से और रात को दिन से जोड़े रहती हूँ, मामी। दादी कहती है, रोओ मत। यह तेरा लड़का बड़ा होकर तुम्हारे सारे दुख मिटा देगा, बहन। चुप। गृहस्थी ऐसी ही होती है मैया। यूँ ही नहीं कहते—*अरे घर-संसार, गूँगे बैल की मार।* समझदारी से भरे इन चार शब्दों के लिए ही वह माँ के पास अकसर आ बैठती है। घर जाने तक यह राहत उसके लिए पर्याप्त होती है।

टच् टच्। फलियाँ तोड़ने की क्रिया ने रफ्तार पकड़ ली है। बीच-बीच में चहकनेवाले बच्चे, उनकी भागा-दौड़ी का कोलाहल सुनाई पड़ता है। इस परिवेश में स्त्रियाँ का सुर को लंऽबा खींचती हैं, मैं क्या कह रही थीऽऽ।

उधर किसी ने अभी-अभी सुनी हुई कोई कहानी शुरू कर दी है—बोरखेड़ा में सास और देवर ने उसका मुँह बन्द करके उसे बोरे में ठूँस दिया।...हे राम।...और लौट आए तापी के दह में धकेलकर।...हे भगवान।...दोनों चुपचाप घर में घुसते हैं और देखते हैं तो, आँ ? वो तो घर की खटिया पर ही बैठी है। कहती भी है, आइए सासुजी, मैं आपकी ही राह देख रही हूँ। यह सुनते ही सास आँगन में ही गिर पड़ी धम्म से—मर ही गई भूत के डर से। सारी लड़कियों के बदन में सिहरन-सी दौड़ जाती है। क्या वाकई भूत बन गई थी वो ?...धत्, काहे का भूत री, अँधेरे में दह से ऊपर निकली और आई दौड़ती इनसे पहले। सास को लगा, डूब गई। हँसी के ठहाके, अलग-अलग, दुबली-पतली, नकनकाती, बारीक, ऊँचे सुरों की हँसी।

---

50. ग्रामीण मातृ-देवता का त्योहार।

इसी समय एक जवान स्त्री मुँह छिपाती हुई सामने से गुजर जाती है। कौन थी री वो ?...वो राही।...दिहाड़ी से गई थी पोपट सेठ के खेत में। अँधेरा हुआ तब भी नहीं लौटी थी उस दिन। देर से आई, तो पति ने बैल को कोंचने की आरी ही तोड़ी उसके बदन पर। कहते हैं, रोज ही देर से आती थी वो।...फिर सही किया। औरत जात के लिए पति भगवान होता है। गाय और बीवी—शाम को खूँटे से बँधी होनी चाहिए। लेकिन मोटी जसोदी इन सभी से अलग विचार रखती है : अगर कोई पति गटर में मुँह डालता हो, तो क्यों पीटेगा वो बीवी को इस तरह आरे से ? पति नहीं करते हैं क्या ऐसा ? तो, या फिर क्या औरत की जान जान नहीं होती ? वाह जी वाह। कुँआरी जवान लड़कियों को यह नारीवादी विचार भा जाता है। लेकिन वे चुप रहती हैं। दूसरा किस्सा : अरी वो मैडम है न स्कूल की, वो तो उस चौधरी सर के साथ आठ दिन अध्ययन यात्रा पर गई थी पगलैट...। कहते हैं वहाँ वे दोनों एक ही कमरे में सोते थे...। पैसे बचाने होंगे। हँसी। मैडम का मामला अलग है, वो पढ़ी-लिखी है, एम.ए. बी.एड. है। और सबसे अहम बात उसकी नौकरी है। हमारी भाँजी का ही देखो न—भरा हुआ लोटा उल्टा कर दिया[51] और मायके लाकर छोड़ दिया उसे। हो गई न जिंदगी बरबाद ? पति बहुत गुस्सैल। खेत के बैलों की तरह बीवी को पीटता था घर में। उधर तापी पार ऐसे ही जंगली लोग हैं मैया। उधर तो लड़की देनी ही नहीं चाहिए।

एक कुँआरी लड़की कहती है, तो अच्छा ही हुआ न, क्यों कहती हो जिंदगी बरबाद हो गई ? ऐसे राच्छस के साथ गृहस्थी चलाने की बजाय मजूरी करके पेट पालने में क्या बुराई है ? इसके साथ सभी औरतें पलटकर उससे कहती हैं, ऐसा नहीं कहते, बहना। पति, पति होता है। घर, घर होता है। इस चुड़ैल की तरह अकेले रहने में क्या सुख है ?

ऐसी ही एक दोपहरी नीलू चाचा अपनी इकलौती प्यारी बहन को भूरी बन्द गाड़ी में ससुराल से जचगी के लिए ले आता है। बैलों के गले के घुँघरू, झूलें, तोड़े छुमछुम करती सजी-सँवरी गाड़ी के रुकते ही—सुमन आई री, सुमन आ गई मैया—कोलाहल होता है। दादी का गला भर आता है और उसे एक गाना याद आता है : गाड़ी घुँघरुओंवालीऽ आएगी री मेरे मायके कीऽ। सभी स्त्रियों को अपने-अपने पीहर के दिन याद आते हैं। अधिकांश के मायके अब खत्म हो चुके हैं। माँ मर गई, बाप भी चला गया, भाई बड़े हो गए, भावजें आईं। अब तो वे भाइयों की लड़कियों के मायके बन गए। पेट का बड़ा-सा नगाड़ा, गहने, रेशम की साड़ी सँभालती लड़कीनुमा हड़ियल-सी सुमी उतरती है। सारी औरतें उसके आसपास इकट्ठी होती हैं। उसकी माँ यशोदा दादी बेटी के आने की खुशी में उसकी पसन्दीदा गेहूँ की खीर बनाने के लिए ओखली में धम-धम गेहूँ कूट रही है। गाड़ी का कोलाहल सुनकर मूसल वैसा ही खड़ा छोड़ हल्दी-कुमकुम और आरती की थाली सजाती हुई जल्दी-जल्दी बरामदे से आँगन में उतरती है। माँ-बेटी एक दूसरी के गले लगकर आँसू बहाती हैं। इधर से बुआ कहती

51. तलाक देने का एक तरीका।

है, साल-भर पहले सुमा बेटी ससुराल बिदा हुई, तब कैसी हट्टी-कट्टी थी? सूख गई री बेटा तू। दादी कहती है, सास ने खा लिया री तेरा मांस। सास का नाम सुनते ही सुमी असहज हो जाती है। लेकिन फिर इस विचार से खुश दिखने लगती है कि अब कम-से-कम छह महीने वैसी यातनाएँ नहीं होंगी, और माँ के गले लग जाती है।

पिछली गली से कहारन, धनगरनी, ब्राह्मणी, तेलनी वगैरा स्त्रियाँ यह वैश्विक प्रसंग देखने काँछें सँभालती हुई दौड़ी आती हैं। कहारन चाची कहती है, हमारी लड़की से तो यही कहा गया होता है कि जहाँ कहीं भी ब्याहा जाए वहीं अपनी रोजी-रोटी होती है। कलाई मजबूत हो तो और क्या चाहिए? काम करे और खाए। दूसरी तेलनी कहती है, लेकिन लड़कियों को इतनी दूर ब्याहें ही क्यों? हमारी लड़कियाँ तो ऐसी ब्याही हैं कि छोटी की गगरी तापी में बह जाए तो नीचे के गाँव में बड़ी लड़की पकड़ती है। क्या करना है खेती-बाड़ी और रुपये-पैसे का? आदमी क्या उसे अपने साथ ले जाता है? ये बातें सुनते-सुनते सुमी सीढ़ियों पर ही सुस्ताने के लिए टिककर बैठ जाती है। इस एहसास से आँखें मींच लेती है कि आखिरकार वह सुख के आँगन में विश्राम कर रही है और दुबारा बचपन में प्रवेश कर ससुराल भूल जाती है।

तभी पड़ोस की धनगरनी ठगूमौसी के पाँच-छह नाती-नातिनों द्वारा हमेशा की तरह घर में ऊधम मचाकर एक दूसरे पर बर्तनबाजी करने की खबर आती है। इन नातिनों से वह बाज आ चुकी थी, क्योंकि जरा देर भी वे कहीं कूल्हा टेककर सुख-दुख की बातें नहीं करने देते। हमारे आँगन से ही रोआंसी हुई ठगूमौसी चीखती है, बेटी तो गई बेफिक्र होकर, और मेरे पीछे लगा दी ये बानरसेनाऽऽ। फिर दूसरी औरतें उसकी मरी हुई जवान बेटी की यादें ताजा कर उसे दिलासा देती हैं, जाने भी दो, बिन माँ के बच्चे हैं। उधर बच्चों ने अब एक दूसरे पर प्याज फेंक कर मारने का जबरदस्त क्षेपणास्त्र युद्ध छेड़ दिया है। रोना-धोना शुरू हो गया है। इस घमासान में एक नाती सीढ़ियों से नीचे लुढ़क गया, दूसरा बताने आया। अब बुढ़िया विवश होकर कड़कड़ाते घुटनों पर खड़ी हो घर की ओर निकल पड़ती है।

एक औरत कहती है, अब इस उम्र में नई गृहस्थी चलाने जैसा ही है ठगी का। दूसरी कहती है, क्या करेगी बेचारी, किस्मत ही ऐसी है। पता नहीं कब बड़े होंगे इसके नाती? नानी का हाथ अपने छोटे-छोटे नातिनों पर उठता नहीं, इसीलए ढीठ हो गए हैं। दिन-भर इतराना, ऊधम। उधर से ऊँचे सुरों में चिरकती आवाज सुनाई देती है, अरे चुप बैठ न मेरे बैरी, चंडालो, माँ को तो खा गए, अब नानी को भी खा जाने पर तुले हो क्याऽ दुश्मनोऽ।

मायके आई लड़की की खबर लगते ही *चूड़ियाँ ले लो री चूड़ियाँऽऽ* की पुकार लगाती हुई सलवार-कुरता पहनी बूढ़ी मनियारन खाला आती है। हाथ लगाना तो काशी, कहकर सिर की बड़ी-सी टोकरी को हौले-से नीचे धरती पर रखती है। काम से खुरदरी हुई कलाइयों को मलती-दबाती, बतियाती एक-एक के हाथ में उनकी मनपसन्द चूड़ियाँ पहनाती है। दरवाजे की महारन भी इसी समय गलती से आ

टपकती है और अपना अधिकार जताने के अंदाज में हाथ आगे बढ़ाती है। बेटी के आने से चाची उदारहृदय हो गई है। खाला, लड़कियों को जैसी चाहिए, वैसी पहनाना। बुलाओ री अपनी सभी औरतों को।

इस खुशनुमा कोलाहल के बीच मैं अपनी प्रिय रेनी के सुन्दर हाथ ढूँढ़ता रहता हूँ। अब वह कैसी सुन्दर स्त्री बन गई होगी? रेनी का वह हल्के-हल्के लहराते भूरे बालों के बीच का बड़ी-बड़ी आँखोंवाला चेहरा कुएँ की ऊपरी कगार से घूम रहा है। मैं कुएँ की काई लगी दीवार के खूँटे को पकड़े पुकार रहा हूँ, चीख रहा हूँ। डुबकी खाता हुआ पैर मारता तैर रहा हूँ। मुझ पर कुएँ से जलपर्णी निकाल लाने का दाँव आया था। मैंने साहस दिखाते हुए रस्सी से कुएँ में उतरकर उसे जीता भी था। लेकिन हमारे दुष्ट साथियों ने ऊपर से वह रस्सी ही खींच ली और मुझे नीचे कुएँ में ही अकेले चिल्लाते छोड़कर भाग गए। मैं भी खेल में खुन्नस खाता था, लेकिन इस तरह नहीं। चीख-चीखकर गला बैठ जाने से पानी में भी पसीना पसीना हो गया। ऐसे में ढल आई शाम को देखकर तो मैंने जीने की आस ही छोड़ दी थी। फिर भी मरता क्या न करता, सोचकर आखिरी कोशिश की और जोर से आवाज लगाई : तो ऊपर भेड़ों की आवाजें कुएँ की ओर आती हुई सुनाई दीं। बाद में रेनी का घबराया हुआ चेहरा! जीवनदात्री रेनी। फिर रेनी की छोड़ी हुई रस्सी को पकड़कर मैं तिरता रहा। भेड़ें ऊपर बें बें करती रहीं। रेनी कितनी रफ्तार से दौड़ती गई होगी? वह घर से हमारे सालदारों, स्त्री-पुरुषों को दौड़ाते हुए ले आई। रेनी के कारण खंडू बच गया, इसलिए माँ ने उसे दिवाली में नाक की मोरनी ईनाम दी। तब से धनगर टोले से हमारा स्नेह बढ़ गया। आना-जाना, खाने का लेन-देन शुरू हुआ। हर साल गर्मी के मौसम में रेनी की भेड़ें हमारे खेत में हक से बैठने लगीं।

और, रस्सी खींच लेनेवाले हमारे खेल के साथी? उन्हें इस क्रूरता के लिए अपने पिता के हाथों जबरदस्त मरम्मत के कारण बिस्तर पकड़ना पड़ा। इस उदाहरण के तौर पर कि बच्चों में भी खेल की आपसी दुश्मनी कितनी जानलेवा हो सकती है, मुझे कुएँ में छोड़ आने की बात आसपास के देहातों में फैल गई। पहले दिन पानपत्ती[52] के खेल में मैंने भी उनसे जरा दुष्टता से बर्ताव किया था। यह पता होने के बावजूद कि गाँव के सगवारे में एक ही गोरख इमली है, और उसमें जंगली मधुमक्खियों के छत्ते हैं, मैंने क्रूरता से इन बच्चों को गोरख इमली के पत्ते लाने को मजबूर किया था। फिर जब मुझ पर दाँव आया तब वे क्यों दया दिखाते? उन्होंने अपना बदला चुका लिया—बोले, गाँव के सगवारे में केवल तुम्हारे ही कुएँ में जलपर्णी की पत्तियाँ उगती हैं। उसे ले आना खंडिया। मैं भी अपने क्षत्रिय दर्प के कारण पीछे नहीं हटा

52. इस खेल में दाँव हारने वाले को ऐसे पेड़-पौधे की पत्तियाँ लाने को कह दिया जाता है, जो आसानी से प्राप्त नहीं होतीं।

और न ही दाँव बदलकर माँगा। रस्सी लेकर चल दिया। इतने-से स्कूली बच्चों पर ऐसी कट्टर आत्मघाती हवा कैसे सवार होती है?

फिर लोगों ने पानपत्ती के खेल पर पाबन्दी ही लगा दी। मेरे बदन पर धांगो ओझा ने तीन बार मोरपंख का झाड़ू फेरा और कमर में अभिमंत्रित डोरी बाँध दी। अमावस्या तक घर से बाहर निकलने पर सख्त पाबन्दी लगा दी। क्योंकि सुना है, हमारे उस कुएँ में डायनों की बड़ी पाताल बस्ती है। पुराने जमाने में इस कोटर से इनसानों के पूरे कंकाल पाए गए थे।

मान लो, प्रिय रेनी उस समय भेड़ें चराती उधर आती ही नहीं। सुन्न। कैसा सिटपटाया था खंडेराव उस कुएँ में? यक्षिणियों के उस कुएँ में यक्ष भी होगा—वही, युधिष्ठिर से जवाब तलब करनेवाला। घना अँधेरा। अचानक कुएँ के झंखाड़, घास, काई अरण्य के तालाब की भाँति घने हो गए। मैं हाथ--पैर मारता हुआ चारों ओर तैरता रहता हूँ, लेकिन कुएँ से ऊपर चढ़ नहीं पाता। मेरा देखा हुआ, जाना हुआ सारा संसार, स्कूल में पढ़ा हुआ भूगोल, बचपन, हमारे सारे बाप-दादा—दादी, दादा, परदादा, ननिहाल, परननिहाल—सब कुछ एक निराकार कुआँ ही बन गए। और उसमें जान बचाने की खातिर छटपटाता हुआ खंडेराव। नीचे यक्षिणियों का वह कोटर...

...इतने में उस विश्वरूप कुएँ के एक घने जामुनी वृक्ष के कोटर से 8000 शक्ति के लाऊडस्पीकर जैसी गूँजती आवाज आती है :

खंडेराव खंडेराव खंडेराव खंडेराव खंडेराव खंडेराव, अब तू अपने घर का प्रमुख धर्मराज युधिष्ठिर बनेगा। यदि तू मेरे तीन प्रश्नों के समर्पक उत्तर देता है तो तू बचेगा। वरना, वो देखो तुम्हारे मृत पिता, वो तुम्हारा भाई, वो दादी...दी दी दी दी दी दी। मैं कुएँ के पाताल पानी पर सिर ताने खड़ा होकर उत्तर देता हूँ, हे यक्षराज, आप सारे चराचरों में श्रेष्ठ हैं और त्रेतायुग से लेकर प्रश्न पूछते आए हैं। फिर कलियुग में दुबारा क्यों?...क्या मतलब? कलियुग के मरनेवालों में बचने की इच्छा नहीं होती?...हे यक्षराज, मुझे क्षमा कीजिए। हम नराधमों में तो बचने की इच्छा होती ही है।

तो फिर तैयार हो जाओ :

यक्षप्रश्न एक : अनन्य मूल्यवान सौगात कौन-सी है?

(मैं अपने आप से : यह कोटर का यक्ष मनमाने भौतिक सवाल पूछ रहा है। देखता हूँ मुझे कैसे फाँसता है।)

उत्तर : वही जो धुनियाँ की सकीना ने दी थी।

इस उत्तर पर यक्ष ने कोई चूँ-चरा नहीं की, और मैं भी अभी तक मरा नहीं हूँ। इसे कैसे पता होगी मौलिक सकीना और उसकी वह मूल्यवान सौगात?

...एक बार दादी और मैं गर्मियों में लगाई बेलियों को पानी देकर खेत से पैदल लौट रहे थे। थककर बरगद के तले प्याऊ के पास बैठ गए। उधर से कड़ी धूप में चटचट जलते नंगे पैरों से आगे बढ़ती, धूल उड़ाती एक स्त्री आती दिखाई दी।

दादी आँखों पर अपना हाथ उल्टा रखती हुई कहती है, कौन है री तू बहना? लगता है धुनियाँ की सकीना है। आ जा री सकीने।...कैसे पहचाना वो चाची तूने मेरेकु? कहती हुई सकीना प्यार से बरगद के तने से पीठ लगाकर और मैला पाजामा ऊपर खींचकर बैठ गई। साँस फूल जाने से शब्द टूट-टूटकर निकल रहे थे।...कैसे आना हुआ सकीने इतनी धूप में?...मालूम नै चाची तेरे को? मेरे बड़े भाई की बलदार की शादी है न परसो के दिन? कल सुभे तो हलदी लगनेवाली है ना। मैं इकलौती बहेन बोले तो आनाच होना की नै?...बराबर है, सकीने। फिर सौगात क्या लाई भाई के लिए?...सौगात? सौगात क्या लाऊँगी चाची? सकीना अचानक ठिठकती है, हम धुनियाँ के ऐसे दिन आए हैं कि चूहे को भी घर में कुछ नहीं मिलता है। घर में सात-आठ हट्टे-कट्टे जवान छोरे, वो भी क्या करेंगे। कोई नोकरी नै, धंदा चलता नै। कोई कबूतर पालता है, कोई गद्दे बनाने का कमानचा लिए फिरता है, हातेलीपेच पेट है देखो। दो सास, चार जेठ, तीन देवर, जेठान्या, देवरान्या, ननदा, तलाकशुदा एक, सबके बच्चे—घर में तीस लोगाँ सोते। सबकी मर्जी सँभालती रहती मै—महीना हो गया तब मेरेकु मायके आने दिया मरद ने। हमारे में औरतां कहती हैं न—

बेटी का जनम तूने काहे को दिया अल्ला,
भानचूले में सदा जलता कोयल्ला।

सभी औरतों का यही हाल है मैया, हमारी हो या तुम्हारी।

कित्ता बराबर बोली मौसी तू। तुम्हारी हो या हमारी हो, औरतां किधर बी एकच्चे।

दादी उसके सिर की ओढ़नी पर प्यार से हाथ फेरती हुई बोल उठती है : ठीक है, ठीक है। सगी बहन हो, सौगात लानी ही चाहिए, ऐसा भी कुछ नहीं, सकीने। मैंने तो यूँ ही कहा।

देख चाची, इन हाताँ में रसोई का हुनर है। चार पकवानाँ ऐसे बनाऊँगी के सब मेहमानाँ लोगाँ पूछेंगे, अरे ये दाल किसने बनाई? और ये भात किसने पकाया? हाँऽ वोच सौगात लाई हूँ।

हाँ तो यक्षराज, अब पूछिए अगला प्रश्न।

यक्ष ने एक बार चूँ और एक बार चरा किया, खंडेराव, अब दूसरा प्रश्न : *एकमेवाद्वितीय* अवधारणा का रहस्य *खोलकर* दिखाइए।

अथवा

एकमेवाद्वितीय शब्द का ऊहापोह करके साधक-बाधक विवेचन और विश्लेषण कीजिए।

अथवा

किसी एक *एकमेवाद्वितीय* शब्द का ससन्दर्भ सोदाहरण स्पष्टीकरण देकर उस पर प्रकाश डालिए।

उत्तर : एक + मेवा + द्वितीय = जंगली + मेवा + अद्वितीय

इसी तरह मैं परीक्षा के पेपर लिख रहा था, तब मेरी दादी गुजर गई। हमारी दादी अनेक एकमेवाद्वितीय बातें अपने साथ ले गई। उदाहरणार्थ, गीत, जो मैं लिखकर भी नहीं रख पाया। प्राकृत अपभ्रंश शब्द। दादी की अपनी दादी द्वारा सुनी कहानियाँ—राजाओं की। अब दो रानियाँ भी गईं, इस कारण आजकल एक ही पत्नी में प्रिय और अप्रिय दोनों को बारी-बारी से ढूँढ़ना पड़ता है। द्विभार्या प्रतिबन्ध कानून के कारण सौतेली माँ, सौतेले भाई-बहन समाप्त हो गए। उस पीढ़ी के सात-आठ चाचा, सात-आठ मामा, मौसियाँ, बुआएँ धीरे-धीरे दिनासुरों की तरह समाप्त हो चलीं। दो-दो माँएँ, दो-दो चाचियाँ, मामियाँ, फुफेरी बहनें, मौसेरी बहनें, सबके पति, बीवियाँ, बच्चे, चाचा, चाचियाँ, भतीजे, भतीजियाँ—कितनी शाखाएँ गाड़ दी गईं। इसके बाद ये शब्द शब्दकोश में ही मिलेंगे। और तो और, अब तो भाई तक एक भी नहीं होगा। बहन तक एक भी नहीं होगी, ऐसी बाँझ गृहस्थी आई है।

मनुस्मृति में साफ-साफ लिखा है : *न स्त्री स्वातंत्र्यमर्हति।* पहले ही पितृस्थानीय पितृसत्ताक के कारण शादी के वक्त ही स्त्री का मायका हमेशा के लिए नष्ट होता है। यह बात और है कि कल्पना में उसे जिंदा रखा जाता है, खैर...। परननिहाल में सारा गाँव हमें दादी के कारण ही पहचानता था। कितनी बड़ी दुनिया अब हमारे लिए हमेशा-हमेशा के लिए खत्म हो गई। दादी को मायके जाने के लिए कोई भी कारण काफी होता—बीमारी, बरहीं, शादी, मौत, बारहवीं। देहू, आलंदी, मुक्ताबाई, पंढरपुर, पैठण[53] वगैरा की यात्राएँ भी आधिकारिक सामूहिक छुट्टी की तरह चलती रहतीं। लेकिन स्वयं का बहाना यानी मुझे और भावडू को साथ लिए डोंगरखेड़ा जाना। विट्ठल, कल मैं अपने पोतों के साथ जा रही हूँ। भाई बूढ़ा है, फिर दिखाई दे न दे, एक बार देख आती हूँ, पैदल ही।

पहाड़ी रास्ता नजदीक होने के कारण गाड़ी-बैल, गाड़ी हाँकनेवाले का भी झंझट नहीं। याद आता है, सुबह-तड़के हम नींद में ही सड़क पर हैं। दादी भावडू को तारे दिखाती उसे बुलवाती रहती है। थक जाने पर मैं उसके कंधे पर सो जाता हूँ। थोड़ी देर बाद भावडू भी पीठ पर। फिर भावडू से बाजी लगाकर दौड़ते हुए हम सतपुड़ा के कंधे पर चढ़ते हैं। इस शार्टकट से हम सड़क की सात-आठ कोस की दूरी बचा लेते हैं। बीच में मीठी रोटी, पापड़ खाकर हम एक भीलबस्ती से होकर अच्छी सड़क पर आते हैं। पहाड़ी का जंगली मेवा—करौंद, चारोलियाँ, जामुन, घास के मीठे रोट, आम, खट्टे-मीठे इमली के फूल, कच्ची इमलियाँ, भिलवाँ के फूल, पके हुए कैथे वगैरह। रास्ते के बाद रास्ते, नदियाँ, ढलान, जंगल, पहाड़, बस्तियाँ गुजर रही हैं। दादी का हाथ बीच-बीच में चेहरे पर फिरता है। कहीं हम रास्ता तो नहीं भटक गए न दादी ?...अरे खंडू, मैं नींद में भी मायके जा सकती हूँ।

53. ये सभी संतों के गाँव हैं। तीर्थक्षेत्र तथा वारी के लिए प्रसिद्ध। देहू संत तुकाराम का गाँव, आलंदी संत ज्ञानेश्वर का गाँव, संत मुक्ताबाई के नाम से वारी निकलती है, पंढरपुर सभी संतों के आराध्य विट्ठल का तीर्थक्षेत्र और पैठण संत एकनाथ का गाँव।

चलो। अभी आता है दादाजी का गाँव। वो देखो सूखी नदी पीछे निकल गई। चलो जल्दी-जल्दी। शाम तक तो मेरे पोते डोंगरखेड़ा में होंगे। आगे घने पेड़ लगेंगे। बन्दरों की तरफ ध्यान नहीं देना, खंडू। कुछ नहीं करेंगे वे। हाँ, आ जा, मेरा हाथ पकड़। ये देखो सीकाकाई के पेड़। ये नीचे बाँस के बन। वो उस पहाड़ी पर सागौन की कतारें दिखती हैं न ? हमारे दादाजी के सगवारे से सटकर ही हैं। आ ही गए हम। लगाओ एक दौड़। अब अगले मोड़ पर गाँव दिखना ही चाहिए। वरना—

वरना फिर अगला मोड़। हम थक जाते हैं।

पीछे से कोई गाड़ीवाला बैलों को हाँकता हुआ आता है। कहाँ जा रही हो मौसी ?...डोंगरखेड़ा।...बैठो। बैठो रे बच्चो। किसके यहाँ ?...हेमा पाटील।...आँ, हेमा पाटील, वो मेरा बहनोई है। तुम कौन हो ?...अरे मैं सीता, उसकी बहन।...हाँ, मोरगाँव की दादी है तू ? तू तो मेरे पिता कौतिकबोवा की बुआ—अच्छा हुआ मिल गई। देखो न, घर का आदमी है फिर भी पहचाना नहीं जाता। धीरे-धीरे गाड़ी डोंगरखेड़ा में घुसती है। हेमा बोवाऽ हो, देखो, मेहमान लाया हूँ गाड़ी भरके।...कौन हैं रे ?...अरे सीतादादी। अंदर से : कौन बुआ ? वो क्यों आएगी इस पहाड़ी के गरीब भाई से मिलने ?...ये देखो, तुम्हारी बुआ अपने दो पोतों को लेकर आई है।

घर में धूमधाम। तभी मैं सोचूँ कि बँडेर पर कौआ क्यों चीख रहा है ? जवान बहुओं की रसोई में भागादौड़ी। पास-पड़ोस के बूढ़े, वयस्क, जवान एक-एक करके आकर पूछताछ करते जाते हैं। दादी की जिंदगी के ये सुवर्णक्षण। बचपन का टूटा हुआ सब कुछ जुड़नेवाला। हम गपागप कुछ खाकर सो जाते हैं। उधर मिलनेवाले एक-एक कर आते ही रहते हैं। कौन-कौन गुजर गया ? रोना-धोना। रंभी कैसी है ? रंभी तो गई, दो साल हुए। बाद में जन्मे सभी के लड़कों के, लड़कियों के नाम, किसके लड़का हुआ ? किसकी शादी हुई ? दादी एक-एक बच्चे को गोद में लेकर प्यार करती है। दूसरे दिन से गाँव में किसी के घर भोजन, किसी के घर खाना। मानो सारे गाँव के मेहमान। सीताबुआ के पोते हैं। आम लाओ, बच्चो, पका हुआ बेलफल खाओगे ? कुम्हड़ा काटो, तरबूज, खरबूज, रामफल, सीताफल—खाओ बच्चो। हम गरीब रिश्तेदारों के घर का तुम्हें क्या जँचेगा ?

भावडू कहता है, खंडू, किसी को अच्छा लगे इसलिए जरा-सा ही सही, खाना चाहिए।...अरे लेकिन ये देख न, जरा-सा जरा-सा करते-करते मेरा पेट कैसा फूल गया है।...फूलने दे, एक फूट खाएँगे तो सारा हजम हो जाएगा।...दिवाली में आते रहना नातिनो। खाने के लिए खूब जंगली मेवा रहता है। अब क्या रखा है गर्मी में ?...बाप रे, यही कितना है ? फलियाँ, डँगरी, महुए के फूलों के लड्डू—जिसके खाने पर बस नींद ही नींद। पहाड़ी के अलग-अलग फलों के अलग-अलग व्यंजन—हिवरा, कत्था, पलाश, डिकेमली पेड़ों की गोंद के लड्डू। जौ के लड्डू। सुबह-शाम ऐसे गरम-गरम पदार्थ जो हमने कभी चखे भी नहीं थे—चीला, गुझिया, माँडे और बहुत कुछ। हर रोज पेट फूलने तक खाना। सारे डोंगरगाँव में केवल

पटवारी के घर पर चाय बनती है। हमारी रोज की चाय पीने की आदत छूट जाती है। दिन-भर गाँव के बच्चों के साथ ऊधम। लगातार आम खाने से पीले पड़े हुए मुँह। ऐसे ही मुँहों को बड़े प्यार से चूमनेवाली बूढ़ी स्त्रियाँ। कल जाएँगे-कल जाएँगे कहते-कहते परननिहाल में पूरा महीना बीत जाता है। भावडू का स्कूल भी कभी का शुरू हो चुका है।

आखिरकार लौटने का दिन उगता है। हमें चूमकर प्यार करनेवाले खत्म होने का नाम नहीं लेते। गाड़ी पर सवार होने तक पीठ पर हाथ फेरे जाते हैं। कुबड़ी बुढ़ियाँ, खटिया पर हमें बुलानेवाले बूढ़े। पता नहीं दुबारा देख पाएँगे या नहीं, हमारे आखिरी दिन—कहकर आँसू पोंछते हैं। इधर जंगल में मुफ्त मिलते हड़, बहेड़ा, सीकाकाई, भिलावाँ की गठरियाँ हमारे साथ दी जाती हैं। हमें एक भील बस्ती तक पहुँचाकर गाड़ी वापस लौट जाती है। आगे बड़ी गठरी में सिर धँसाए दादी दौड़ती हुई रास्ता उतर रही है। बीच में मैं छोटा-सा महुए के फूलों का हल्का-सा भार लिये बड़े कष्ट से चल रहा हूँ। पीछे से सिर पर गठरी सँभालता हुआ भावडू।

...प्रतिशोध से ग्रस्त यक्ष इससे पहले कि गलत उत्तरवाला तीसरा प्रश्न पूछे, मैं पहले ही उत्तर देकर उसी को यक्षोत्तर का प्रश्न ढूँढ़ने के लिए विवश करूँगा, इस उद्देश्य से मैंने आरंभ कर दिया...

अगहन की कड़ाके की सर्दी। झँडूला उतारने मुंजोबा के मंदिर ले जाए जा रहे दस-बारह नन्हे सिर। उन्हें बिस्तर से ही उठाकर बैलगाड़ी में ठूँस दिया गया था। पौ फटने से पहले मोरगाँव से हमारे कुनबे की निकली बीसेक बैलगाड़ियाँ ऊँघते-ऊँघते ही मोर नदी के उगम के पास पहुँचीं। वहाँ हमारे कुलदेवता मुंजोबा को पहाड़ी पर पहले से ही स्थापित कर दिया गया है। गाड़ियों में छोटे-छोटे मुंजे, उनके भाई-बहन, माँ-बाप पंगत का खाने-पीने का सारा सामान लेकर शुक्र उग आने के साथ ही निकल पड़े। हम सभी छोटे-छोटे लड़के-लड़कियों का सिर, कान, गर्दन धोती के कपड़े से कसकर बाँधकर सुरक्षित किया गया था। सामने हमारे झीबू और ढबू के एकजैसे सींगों की मेहराबों के बीच से मुझे आगे की चढ़ती जा रही लीक दिखाई देती है। दोनों ओर के खेतों के बाड़, बाड़ों के अंदर की बेलि की खुशबू की महक, पेड़ पीछे-पीछे जाते दिख रहे हैं। ऊँचे उड़नेवाले चंडोल हवा में ही तिरते-गिरते नजर आते हैं।

हमारी गाड़ी पीछे ही है जिसमें हमारे नौसिखुवा बैल मुत्या और मोत्या जुते हुए हैं। इनमें मुत्या बदमाशी करता है और पीछे की सारी गाड़ियों की कतार ठप हो जाती है। पुचकारकर, खुजलाकर, कभी लगाम के धप्पे लगाकर उसे चलते रहना सिखाया जाता है। हमारी पुरानी रिटायर्ड बैलों की जोड़ी भल्या और बशा कतार के आखिर में मुंजोबा के मलीदे के लड्डू, पूजा, नारियल, लोई, दाल, बैंगन, मिर्च-

मसाले, गुड़, हंडे, पतीले के सामान वगैरा से भरी बड़ी-सी गाड़ी निष्ठा और जीवट से खींचते-खींचते मुंजोबा की पहाड़ी चढ़ती है। यह रास्ता उन्हें पूरा याद होगा, क्योंकि हर साल अगहन में कुनबे द्वारा मुंजोबा की सभी पूजाओं के लिए बीते बीस सालों से वे यह पहाड़ चढ़ते आए हैं। रास्ते के दोनों ओर कगार से चढ़नेवाले पुराने लोग मुंजोबा की महिमा का बखान करते हैं। मुंजोबा को झँडूला न चढ़ाने के कारण आगे चलकर कैसे किसी का लड़का मर गया, कैसे कोई पागल हुआ, कौन हादसे में मारा गया—जैसे प्रत्यक्ष उदाहरणों द्वारा अपने लड़कों का झँडूला उतारने के लिए दूर-दूर से यहाँ आनेवालों को दिलासा प्राप्त होता है।

टीले के माथे पर मंदिर की पथरीली सीढ़ियों के पास सारी गाड़ियाँ कतार से रुकती हैं। बैल चरने फैल जाते हैं। रसोई बनाने की तैयारी शुरू होती है। एक बड़े पीपल के तले सारी औरतों और बच्चों के कोलाहल से इस एकांतवासी भगवान का सगवारा गूँज उठता है। एक वयस्क आदमी सचैल स्नान करके आता है और पुजारी बन जाता है। सभी को तिलक लगाया जाता है। तब तक मंदिर को अंदर-बाहर से धोकर साफ किया जाता है। भीतर से चमगादड़ के बच्चे लगातार चक्कर काटते रहते हैं। तब तक नीचे के उगम के पास दह में *मुंजोबा महाराज की जय* कहकर छलाँग लगा सचैल स्नान करने की धूम ऊपर तक सुनाई देती है। मुंजोबा के आगे खारुवा बिछाया जाता है। अगरबत्ती, लोई के दीयों की बातियाँ कतार से एक-एक करके सुलगती जाती हैं। बाहर पताका, झंडे लगाते ही माहौल तुरंत उत्सवपूर्ण हो जाता है। फिर मुलायम धूप में लम्बी-लम्बी लटों से भैंगी आँखों से देखनेवाले कोमल निष्पाप बच्चे नाई के उस्तरे की ओर देख बलि दिए जानेवाले मेमनों की तरह चीखने-चिल्लाने का बड़ा शोर मचाते हैं। एक-एक को भेड़ जैसा पकड़कर नाई के सामने बिठा दिया जाता है। मुलायम बालों के ढेर मुंजोबा की सीढ़ियों पर लग जाते हैं। अगहन की कड़ाके की सर्दी में झँडूला उतारकर सफाचट गंजे हुए बच्चे अपने चुनचुनाते सिर पर हाथ फेरते हैं और समाजीकरण का यह कठोर यथार्थ कच्ची उम्र में ही बच्चों की समझ में आ जाता है कि यहाँ इन प्रस्थापितों ने उनका व्यक्ति-स्वातंत्र्य जबरदस्ती मूँड़ डाला है। हाथ-पैर झाड़नेवाले इन बच्चों को दह पर नहलाने ले जाया जाता है। ठंडे पानी में डुबोकर भिगोया जाता है। चीखने-चिल्लानेवाले बच्चों के माँ-बाप, सभी बुज़ुर्ग सन्तुष्ट हो जाते हैं। अब ये हमारी टोली के विधिवत् सदस्य बन गए हैं। अब कोई चिन्ता नहीं।

भोजन की पंगत में अभी समय है। तब तक बड़े बच्चे पहाड़ी में उधर की कतारवाली बन्दरों की टोली के पीछे दौड़ते जाते हैं। जेब भर-भरकर आँवले, बेर, इमलियाँ ले आते हैं।

भोजन के बाद हर आदमी मंदिर में जाकर सिन्दूर मले मुंजोबा के आगे माथा टेक आता है और बाहर बिछे बोरे पर आ बैठता है। अन्य समय छोटे-छोटे कारणों

से एक-दूसरे से झगड़नेवाले इन सारे भाईबन्दों में घराने के एका से, एक खून के एहसास से, परंपरा की पवित्रता से शुद्ध भाव फैल जाता है।

अंत में दादी पर प्रसाद उठाने की बारी आती है। क्योंकि दादी को ही यह उपसंहार अच्छी तरह से करना आता है। बार-बार माथा टेककर धीर-गंभीर वाणी में वह कहती है :

मुंजा, राजा, अब बैठो बेटा अकेले इस जंगल में।
अब हमें जाने दो।
तुम हमारे, हम तुम्हारे इसीलिए तो सारी गृहस्थी छोड़कर दूर-दूर से
हम दौड़े आते हैं, राजा?
तुम बस हमारे बच्चों के बालों के भूखे होते हो,
तुम और कुछ भी नहीं माँगते हो।
सीधे-सादे हमारे भगवान, हम जैसे ही
न तुम्हें मशाल-मलसा चाहिए, न बेल-भंडार, ना हाथी-घोड़ा ना
सोना-चाँदी—
कुछ नहीं माँगते
ये सारे निष्पाप लड़के, कौन कहाँ था?
हमारी गोद में कैसे आए?
दरवाजे पर पालने हिले, खटिया गिर गई, झोले टँग गए
भगवन, दुनिया में क्या नहीं मिलता?—सोना-चाँदी, ढोर-डंगर,
खेतीबाड़ी, सब कुछ मिलता है।
लेकिन घुटनों के बल घर भर में रेंगनेवाले बच्चे ही सच्ची कमाई हैं रे मुंजा
हमारे ही कुनबे में हमारे सामने, कितनों के दरवाजे बन्द हो गए?
हमारे इन वेणु के अँखुवों को बढ़ाओ, इनका बन बनाओ, आगे-पीछे
छाया दो।
और क्या?
इन्हें सुख की सीढ़ी पर चढ़ाए रखना, सेर का सवा सेर बना देना
भूत-प्रेत से दूर रखना, जादूटोना का निवारण करना, बेड़ा पार करना।
और क्या? मेरा क्या है, अगले अगहन में तुम्हारी दहलीज दिखाई दे न दे—
अभी से ध्रुवतारा दिखाई नहीं देता...

कहते-कहते गद्‌गद् हो दादी का सन्तुलन डगमगा गया। तीन-चार स्त्रियों ने उसे बाँह से पकड़कर हमारी गाड़ी में बिठा दिया। एक के पीछे एक सारी गाड़ियाँ लीक से घसर-घसर नीचे की ओर दौड़ने लगीं।

अगले अगहन में फिर मुंजोबा का वह पहाड़ चढ़ते समय हमारी दादी उसमें नहीं थी।

और अब? यह एकमात्र खंडेराव वेणु बचा है वहाँ जाने के लिए। इस एकमात्र वंश से बन फैल पाएगा? हे यक्ष, क्या यह जानने के प्रसाद की मुझे आकांक्षा करनी

चाहिए? यह उत्तर ही प्रश्न। यानी उत्तरप्रश्न। अथवा पूर्वोत्तर। यह प्रश्नोत्तर उत्तरोत्तर अभूतपूर्व यक्षप्रश्न तैयार करें।

यक्ष का उत्तर : खंडेराव, जय हो तुम्हारे माता-पिता की, जिन्होंने ऐसे वाक्चपल को जनम दिया। तेरे इस यक्षोत्तर को मैं प्रश्न नहीं दे सकता, क्योंकि अब मैं इस यक्षयोनि से मुक्त हो गया हूँ। मैं पूर्वजन्म का सनातनी कट्टर धर्माभिमानी ब्राह्मण था और नासिक के कालाराम मंदिर के सगवारे में एक हिंदू होटल चलाता था। भीमराव नामक किसी अस्पृश्य हिंदू गृहस्थ ने तीसेक सालों में तीन बार इस पवित्र मंदिर में सामूहिक रूप से घुसने का अश्लाघ्य प्रयास किया। लेकिन मंदिराधिकारी के केवल इशारे पर मैंने लाठी चलाकर उस पाखंडी के प्रयासों को सफल नहीं होने दिया। परंतु दुर्भाग्य से इसका परिणाम विपरीत ही हुआ और लाखों हिंदूजन अपने पवित्र सनातन हिंदू धर्म को त्यागकर नास्तिक बौद्धधर्म को स्वीकार कर गए। फलस्वरूप स्वर्ग, देवता, वेद वगैरा को न माननेवाले बौद्धधर्म की सारे जंबुद्वीप के गाँव-गाँव में वृद्धि होती जा रही है। बौद्ध भिक्खुओं ने तो इस बौद्धधर्मवृद्धि का सारा श्रेय मुझे यानी नासिक क्षेत्र के सनातन ब्राह्मण को दिया। काश उसे मंदिर में प्रवेश करने दिया होता तो ऐसी प्रचंड बौद्धवृद्धि नहीं होती। इस तरह हिंदूधर्म हानि और बौद्धधर्म लाभ का दोहरा अपराध मुझ पर पंजीकृत कर हिंदू देवताओं की भरी सभा में श्रीविष्णु ने मुझे शाप दिया कि हे हिंदूधर्म क्षयकारी द्विजश्रेष्ठ, तू इससे आगे इस कुएँ के कोटर में यक्ष रूप में जनम बिताएगा और प्रश्न पूछकर हारनेवालों का नरमांस भक्षण कर उदरनिर्वाह करेगा। मैंने पश्चातापदग्ध होकर सभी देवी-देवताओं के पैरों पर माथा रगड़कर क्षमा माँगी और कहा, हे अपने आप को हिंदू कहलवानेवाले देवी-देवताओं, यह कृत्य मैंने आपके ही धर्म की रक्षा की खातिर किया है। इस पर विचार करते हुए मुझे कुछ उःशाप तो दीजिए। इस अवसर पर मुझे आशा थी कि बौद्धधर्मी देवी-देवताओं द्वारा मेरी रक्षा होगी। परंतु उस धर्म में देव, स्वर्ग होते ही नहीं हैं, तो भला वे वहाँ कहाँ से आते? अस्तु, इस तरह मोहभंग और उपेक्षाभंग करनेवाले पक्ष-विपक्ष की बहस के बाद देवताओं ने मुझे उःशाप फेंक मारा कि जब कभी हिंदू लोग तुझे उत्तर पहले देकर प्रश्न ढूँढ़ने को बाध्य करेंगे, उसी क्षण तू दुबारा पहले जैसा अभूतपूर्व सनातनी ब्राह्मण बनेगा।

उसी क्षण उस यक्ष का क्षय हुआ।

हमारी इस कोठी के पहले का मिट्टी का पुराना मकान हमारे सातवें पुरखे नागोराव से भी पहले कई पीढ़ियों से टिका हुआ था। इसका कारण नदी की तरफ से पूरी पथरीली दीवार का संरक्षण और गज-भर की मोटी दीवारें। इन दीवारों में सेंध लगाकर उनमें बिल्लियों के बड़े-बड़े परिवार भी सुरक्षित रहते आए। इसका कुल मिलाकर ढाँचा यों बना सकते हैं—सामने मकान, आँगन और पिछली ओर

कोठियाँ, अनाज भंडार के कुठले, बोरे वगैरह के अँधियारे कमरे, खेती के औजार और मामूली सामान। बाहर के छप्पर में बैल, गाय, भैंस का बड़ा-सा गोठ, दोनों ओर चारा।

अमावस्या का अँधियारा प्रभात। घना अँधेरा और कड़ाके की सर्दी। हमारे दादा कुंडलिक अपनी पहली पत्नी और बच्चों की अकाल मृत्यु के कारण हमेशा की भाँति ढोर-मेहनत करनेवाले किसान पेशे के लिए अशोभनीय जन्म-मृत्यु के भ्रांत चिन्तन में गड़े थे। गाड़ी जोतने से पहले जू को सामने से पकड़कर उल्टा बाहर की तरफ धकेल रहे थे। एक-एक पहिये को जोर लगाकर पीछे धकेलते हुए उन्हें राख जैसे रंग की वह बिल्ली दिखाई नहीं दी, जो रात में बने अलाव की गर्म राख में चारों पैरों में अपनी गर्दन ठूँसकर गहरी नींद में सोई थी। गाड़े का भारी-भरकम पहिया बिलकुल उसके पेट से गया और उसकी प्राणांतक चीख ने सारी गली को जगा दिया। उसके मरने पर उसके पिल्लों ने कोलाहल मचाकर कुंडलिक बोवा के घर में कुछ अशुभ घटित होने की अथवा सम्भावना की सूचना सारे गाँव को दी।

कुंडलिक बोवा अंधश्रद्धा को कभी अपने आसपास भी फटकने न देनेवाले अभिजात वारकरी गृहस्थ थे। उनकी आँखों के सामने उनके आठ-नौ भाई-बहन मर गए, लेकिन हर बार वे कहते, देह तो है ही मृत्यु का निवाला। गाँव के मेले में भगत की शिखा से रस्सी बाँधकर बारह गाड़े खींचे जाते थे। कुंडलिक बोवा ने कभी अपना गाड़ा मेले में नहीं खिंचवाने दिया। क्योंकि एक तो शराबी लोग उसका नुकसान कर देते, इसके अलावा मरीमाई के मंदिर के पास जब सारे गाड़े रुकते थे, तब सभी को वहाँ से अपना-अपना गाड़ा स्वयं खींचकर घर ले आना पड़ता। भगत ने एक बार हमारे दरवाजे पर हंगामा भी किया। बोला, गाड़ा दे नहीं तो मरीमाई कुपित होगी तुम पर। लेकिन दादाजी बोले, पेट भरने के फालतू धंधे हैं, साले तेरे। झाँटे की मरीमाई आती है तुझमें और तू क्या चोटी से बारह गाड़े खींचेगा? उसके तुरंत बाद दादाजी के एक भाई को खेत में हल चलाते-चलाते धूप लग गई और मुँह से झाग निकलकर वह मर गया। लोग बोले, देखो, मरीमाई को गालियाँ देने से ऐसा ही होता है। दादाजी बोले, उसकी माँ की मरीमाई, उससे कहना मुझे मार चूतिए—तो ये निडर कुंडलिक दादा उस दिन खेत से आए और मंदिर में विट्ठलजी के सामने थोड़ी देर ध्यान लगाकर खड़े रहे। आँखें खोलीं तो गर्भगृह में नारायण भट दीवट की सफाई करते हुए कह रहे हैं, कुंडलिके, बिल्ली मारकर बहुत भयंकर कृत्य किया है तूने। सँभाल। मेरी बात मान। काशी में सोने की बिल्ली चढ़ाकर आ। यों भी तेरा वंशवृक्ष पहले से ही सूख रहा है, मार्जारहत्या से निर्वंश होता है।

दादाजी अपने आठ-नौ भाई-बहनों को अपनी आँखों से मरते हुए देख ही चुके थे। पहली पत्नी की दोनों लड़कियों के लिए अपने हाथों से गड्ढा खोद चुके

थे। पत्नी की दर्दनाक मौत भी उन्हें अपराधबोध के कारण ठीक से सोने नहीं देती थी। बाद में उनके वंश का दीया, इकलौता बेटा भी चल बसा। बस एक लड़की चिन्धी बची हुई है, जिसे यह नई पाटवाली पत्नी सीता जैसे-तैसे पाल रही थी। क्या जिंदगानी है मेरी भी? विरक्ति बार-बार उन्हें गिरफ्त में लेने का प्रयास कर रही थी। इसलिए नारायण भट जैसे गुरुतुल्य ब्राह्मण की यह सलाह अस्वीकार नहीं की जा सकी, क्योंकि अब दूसरी बीवी के पैर भारी थे और इस बिल्ली के कारण फिर कुछ बुरा-भला हुआ तो, और वे यह नहीं चाहते थे।

निर्वंश होना कितना भयानक होता है? खास तौर पर किसान के लिए? हमारे बाद ये घर-बार, ढोर-डंगर, गाय-भैंस-बछड़े, मेहनत से बच्चों की तरह पाल-पोसकर बड़े किए पेड़-पौधे, इतना सारा खेती का पसारा कौन सँभालेगा? इससे तो अच्छा है कि काशी हो आएँ।

नई दादी से वे बहुत ज्यादा नहीं बोलते थे। वह बेचारी भी घर में अभी तक पराए जैसी सहमी-सहमी ही रह रही थी। पहली गृहस्थी उजड़ जाने के बाद अब सुख से अपनी गृहस्थी सँभालने की चाह रखनेवाली सीता दादी ने उन्हें भरपूर लड्डू, मुरमुरे, चटनियाँ, आटे बाँध दिए। घर आने तक, महीना-भर के सफर के लिए पूरे पड़ेंगे इतने चाँदी के रुपए और उसके लिए तीन उँगली चौड़ा कमर से बाँधने का थैला भी सिलकर दिया, जिसे नहाते वक्त भी उतारने की जरूरत नहीं होती और तरकीब से उसे ढीला कर बस एक ही रुपया निकाला जा सकता था। हमारे भोला सुनार द्वारा बनवाई सोने की बिल्ली भी कुर्ते में सिलकर रख दी और दादाजी सभी से बिदा लेकर काशी चले गए। आठ महीने हुए, फिर भी उनके लौट आने के कोई लक्षण दिखाई नहीं दे रहे थे। दादी फिर चिन्ता में दिन बिताने लगी। कोई यह अफवाह भी गाँव लाया कि हमारा कुंडलिक उधर ही किसी सिक्ख स्त्री से शादी कर सिक्ख बन गया है।

दादाजी उधर काशी में सकुशल पहुँच गए थे। पंडों की भीड़ में उन्होंने एक सज्जन ब्राह्मण उपाध्याय को चुनकर विश्वेश्वर की साढ़ी पर सोने की बिल्ली को अर्पित भी कर दिया था। लेकिन बाहर आने के साथ ही पंडों ने हो हल्ला मचाया और यह कहकर उन्हें डरा दिया कि सौ पंडों के महाभोजन के लिए आवश्यक सामग्री खरीदने के लिए वे द्रव्य दें, क्योंकि उस दिन लागू हुए प्रदोष काल में बिड़ाल हत्या प्रकोप का प्रक्षालन हो ही नहीं सकता। इससे सन्तप्त होकर ढोर-मेहनत करनेवाले हमारे दादाजी ने किसान पेशे के विपरीत हिंदू धर्म की अवनति सम्बन्धी क्रांतिकारी चिन्तन शुरू कर दिया। ऐसी ही मनोदशा में गंगा तट पर एक धर्मशाला की छत से नीचे अथाह प्रवाह की ओर अस्थिर चित्त से देख रहे थे। तब गंगा के लबालब, धीरे-धीरे लहरानेवाले जलाशय के सम्मोहन से उनकी सारी चित्त-बाधाएँ एकत्रित हुईं और उनकी आँखें अपने आप झपकने लगीं। इस विचार में रचे थे कि अब घर जाने की

बजाय क्यों न यहीं अपनी काया को विसर्जित कर दें, कि तभी उन्हें नीचे से अत्यंत स्नेह-भरी वाणी सुनाई दी, क्यों बेटा? क्या कर रहे हो? नीचे आओ, जलपान करेंगे।

जहाँ कोई किसी का नहीं होता, ऐसे स्थान पर ये प्रासादिक उद्‌गार सुनकर वे फूट-फूटकर रोने लगे। नीचे दस-बारह शिष्यों के बीच एक जटाधारी साधु महाराज बैठे थे। दो शिष्य उन्हें नीचे उतारकर ले गए। क्यों बेटा? कौन देस? कौन जात? दादाजी ने अपनी और अपने हाथों मारी गई बिल्ली की पूरी कथा बता दी। साधु बोले, यह दूध और फल खा लो, फिर हमारा शिष्य तुम्हें ले जाएगा—नदी के पार उन झाड़ियों में। वहाँ क्या दिखाई देता है, आकर मुझे बताना। चिन्ता मत करो।

दुर्गापूजा का दूसरा दिन था—एक पेड़ के नीचे देवी को बलि चढ़ाए भैंसों के सड़े-गले माँस की भयानक दुर्गंध, खून का कीचड़, बकरियों की कटी हुई गर्दनें—खुली रह गईं आँखें। आगे कुछ दूरी पर अंग्रेजी सेना को माँस की आपूर्ति करनेवाला गाय, बैल, भैंसे, बकरियाँ, सूअर का बूचड़खाना भी वैसा ही—कटे हुए सिरों के ढेर, कटी हुई दुमें, उधेड़े गए धड़, छुन-छुन करते दौड़नेवाले गिद्ध, कौए और कुत्तों के बीच की झड़पें—अपनी वारकरी नाक बन्द कर दादाजी शिष्य के साथ नाव में उल्टियाँ करते-करते धर्मशाला में वापस लौट आए। देखा बेटा, कैसी हत्या? कैसा पाप? सृष्टि का अर्थ ही है सृजन। यहाँ बस निर्माण होता है, यहाँ से कुछ भी कहीं भी नहीं जाता। कैसा बिल्ली का मरना और कैसी हत्या? न कोई मरता है, न कोई मारता है। जाओ, घर जाकर चित्त को शांत करो। अपना हित देखो। बढ़िया खेती करो। स्वहित तत्पर की वृत्ति से ही सृष्टि में परोपकार सम्भव होता है। वह परोपकार बाँझ होता है, जिसमें स्वार्थ न हो। उसी को त्याग कहते हैं। सृष्टि का यह नियम मान लो कि पेड़, लताएँ केवल अपने लिए खिलते हैं, उनके सुन्दर फूल, उनके रंग, खुशबू हमारी शोभा के लिए नहीं होते। उनके फल भी दूसरों के लिए नहीं होते। यह मधुमक्खियों का छत्ता देखो। चरम स्वार्थ से ही वे यह मधु जमा कर पाई हैं, नहीं? ये घास देखो, वो चींटियाँ देखो—केवल प्रतिद्वंद्विता से जो प्राप्त होगा उसे पचाकर ही सृष्टि के सारे तत्व जीते हैं। जो कुछ अपने लिए हो, करते रहो। चल पड़ो अब।

हरहर बं बं भोलेनाथ
भं भमाका भं भं भं भं

साधुओं का दल आनंद मनाता हुआ वहाँ से सुबह तड़के उत्तर की ओर निकल गया। फिर दादाजी भी इस उत्साह में कि मानो नई हिंदू दृष्टि मिली हो, भागीरथी के किनारे-किनारे हरिद्वार लाँघकर यात्रियों के एक दल के साथ घूमते-घूमते नीचे मथुरा जा पहुँचे। इससे पहले एक-दो बार ही उन्होंने मोरगाँव की सीमा के बाहर कदम रखा था। लेकिन अब बं बं स्वहित तत्पर सृष्टि का नियम मान और कमर का थैला ढीला करते-करते वे आराम से राजस्थान की और फिर चारोतर की बड़ी-बड़ी

कोठियाँ देखते-देखते इस सोच के साथ घर लौट आए कि क्यों न मैं भी मोरगाँव में ऐसी कोठी बनाऊँ? शुभ समाचार के तौर पर उस समय पिताजी का भी जन्म हो चुका था, अत: कुंडलिक बोवा बड़ी कोठी बनवाए बिना कैसे रह सकते थे? मार्ग के पुष्कर पड़ाव में उन्होंने रिकभचंद सकलेचा नामक एक गरीब मारवाड़ी रसोइये को भी अपने साथ ले लिया था, जिसके गाँव में दो-तीन सालों से पीने तक के लिए पानी नहीं मिलता था। उसने दादाजी को उधर जैसी तिमंजिला हवेली बनाने के लिए सिटकनी से लेकर आनेवाले पूरे खर्च का तखमीना देने हेतु हमेशा के लिए हमारे गाँव में पड़ाव डाल दिया। बाद में दादाजी की आज्ञानुसार वह बुढ़ापे से पहले एक बार राजस्थान जाकर शादी कर आया। इसी कारण आगे चलकर मोरगाँव के विश्वप्रसिद्ध मारवाड़ी उद्योजक पैदा हुए। उसकी निगरानी में दादाजी ने ऐसी विशाल कोठी बनवाई, जिसमें लगभग दस-बारह परपोते रह सकें और दिवाली में उसकी दीवारों पर लगे दीयों का प्रतिबिंब नदी में दिखाई दे।

दरअसल आज की तारीख में केवल खंडेराव, उनका एकमात्र पोता इस कोठी में रहने के लिए बचा है। विट्ठल विट्ठल जय हरि विट्ठल। ठोबा रुख्नमाऽईऽऽ

गंगापूजन होते ही हमारे पुराने घर की दीवारें उखाड़कर गाँव के सारे मजदूरों को नींव खोदने में लगा दिया गया। अकाल के कारण एक पसेरी जवार पर पति-पत्नी दोनों काम के लिए आते। कुंडलिक बोवा की विरक्त यायावरी के दौरान दादी ने होशियारी से सारे खेतों में जवार के खत्ते भरकर रखे थे। पूरे साल-भर पाँच-दस गाँवों के बढ़ई सागौन के खंभे, दरवाजे, खिड़कियाँ बनाते रहे। घर में पैसा नहीं था, पर अनाज पर काम चलता गया। पुरानी छह पीढ़ियों से नेटा पोंछ-पोंछकर काले पड़े मजबूत खंभे भी तराशकर बरामदे के पथरीले खाँचों में लगाए गए। घर की औरतें भी काम पर थीं। घर की नींव खोदते समय कुएँ में पुराने जंग लगे हथियार तो मिले ही, एक बड़ी टोकरी से भी बड़ा एक कछुआ भी मिला। पूजन कर इस कूर्मावतार को नदी में छोड़ दिया गया। लोग बोले, कुंडलिक का वंश कूर्मावतार की भाँति प्रलय तक चिरंतन रहेगा।

हम चाहे जितना नया बनने का प्रयास करें, फिर भी पुराना बिलकुल मिटा नहीं पाते। वह गायब नहीं होता। हमारी कोठी की दीवारें नई ईंटों की बन गईं, लेकिन पुराने ढंग के चोरखाने, भंडारियाँ, एक ताक में हाथ-भर तक अंदर खुदा पैसे रखने का खुफिया ठीकरा, दीवार में लगाई गई गगरियाँ, दरवाजे की आड़ में अँधियारी दीवारों में छोटी सीढ़ियाँ। एक आदमी के छिपकर बैठने लायक आला भी बना है जिससे चोर की पीठ से बरछी को आर-पार घुसाया जा सके ऐसा। चोर कहीं खाँचे से पूरा दरवाजा ही उखाड़ न दे, इसलिए लोहे की भारी साँकलों से दहलीज के पास बँधे अरगल भी हैं। खुफिया दीवारें हैं। अर्थात इस सुरक्षा इंतजाम का उपयोग केवल

चूहों ने कर लिया है। दिन-भर कड़ी धूप में मेहनत कर घर लौटनेवालों की आँखों को सकून पहुँचानेवाले अँधियारे कमरे का खुलापन भी है—सब पुराना।

मैं किसी को धाबे की चाँदनी से पूरी दिखनेवाली हमारी कोठी दिखा रहा हूँ। यह पूरा गाँव, दोनों नदियों के पाट और संगम के उस पार के पेड़, क्षितिज तक फैले काले-काले खेत और पहाड़ की तलहटी की हमारी अमराई दिखाता हूँ। कोठी के आसपास आदमकद ऊँचाईवाली पथरीली दीवार, ऊँचे बरामदे में गड़गड़ाकर आँगन में खुलनेवाला सागौन से बना बड़े-बड़े खंभों का दरवाजा, दरवाजे के बाहर दोनों ओर गाँव के निठल्लों और बच्चों के खेलने के लिए बड़े-बड़े पथरीले बरामदे। कोठी की एक ओर ढलान के नीचे नदी का पाट। तट पर बड़े-बड़े पेड़, उन पर मैना, पिंगल, कौए वगैरा का कोलाहल। बाहरी दीवार से लगा चिड़िया, तीतर, बैल-गाय-भैंसों का गोठ, पीछे घूरा। सालदारों के छप्पर। इधर से लगातार ढोर-डंगरों की बदबू, आवाजें और गूँगा पड़ोस—प्यास लगने पर भैंसों का रसोईघर के पीछे कूचे की ओर देखकर रँभाना, बैलों का घंटियाँ बजाते हुए पैर पटकना, भोजन होने पर सब्जी-तरकारी, जूठन का कचरा नाँद में गिरने की आहट लेना। बरसात के पहले माँ गोठ के पासवाले कूचे में नाँद का, खेती का जलावन ठीक से रचाकर रख देती—कड़िया, अरहर-कपास-गन्ने की खुत्थियाँ, ठूँठ, तिल के सूखे डंठल, लकड़ी की खपच्चियाँ, वगैरा।

अपनी-अपनी जरूरतों के मुताबिक मकान के शून्य का आकार बनता जाता। मकान का उपयोग करनेवाले सभी इसमें अपना योगदान देते।

कोठी के प्रत्येक कमरे से बरामदे पर और बरामदे से नीचे आँगन में उतरनेवाली तीन जगहों पर लम्बी-लम्बी सीढ़ियाँ। यह आँगन जितना हमारा उतना ही पास-पड़ोस की स्त्रियों का, गाँव के भाँति-भाँति के लोगों का, नाते-रिश्तेदार और खेलने आए बच्चों का भी था। चाँदनी में खटिया डालकर खेल, गाने, कहानियाँ। अपना-अपना निजी सुभीता सुरक्षित रखकर भी आँगन में सामूहिक कार्यक्रम—शादी-ब्याह, बिदाई और कथावाचन सम्पन्न कराए जाते। और तो और, अपनी-अपनी आवश्यकता के अनुरूप फैलनेवाली जगहें भी, जैसे सन् बयालीस में हुना चाचा के भूमिगत होने के वक्त गुप्त बैठकें आयोजित की जाती थीं। सामने दुधारू गाय-भैंस का घासफूस का आधा छप्पर। कोने में बावड़ी, उसके पीछे चारे का आड़ा घर। घर पर पीछे से झुका नीम का विशाल वृक्ष। धूप के मौसम में घनी शीतल छाया तले बछड़ों के पास खटिया डाले बैठी गूँगी चाची, अंधी चाची—अपने जीने की धीमी लय सँभालतीं। अंदर-बाहर सभी ओर ऐसी खाली जगहें भी कि घुटनों के बल दौड़ते छोटे-छोटे बच्चों से लेकर बूढ़ों तक सभी को अपनी अलग दुनिया बसाना आसानी से सम्भव हो। चुनना, फटकना, कूटना, बीनना, सीना सारे के सारे काम चलते-बतियाते होने चाहिए।

हमारे और गूँगी चाची के रसोईघरों के चूल्हों से निकलनेवाले धुएँ के बादलों को ऊपर जाने के लिए पीछे की तरफ कोने में झरोखा भी, जिसके लिए ऊपर की

मंजिल पर गज–भर खुली अटारी रखनी पड़ी। हुना चाचा के चले जाने के बाद गूँगी चाची के हिस्से की लगभग सारी जगह हम ही इस्तेमाल करते आए हैं। दो–तीन कमरे उसके लिए काफी होते हैं। ऊपर के झरोखे की इस अटारी पर दिन–भर छोटे–छोटे पदार्थ सुखाने लायक धूप आ जाती है। सूखने पर तुरंत उन्हें अंदर कमोरे में, मटकों में भरा जा सकता है—छोटे–छोटे बच्चों की मिठाइयाँ, पापड़, फलियाँ, सुखाए गए, भुने हुए, पकाए गए हमारे पसन्दीदा पदार्थ—शकरकंद, जंगली कंद, अमियाँ, इमली, बेर वगैरह। मंजिल ऊपरी हो या निचली, हरेक ने हर कोने में अपने लिए आवश्यक जगह पाई होती है।

रसोईघर के चूल्हे के ऊपर बँड़ेर में खोंसा गया सन् की तीलियों का पूला—बरसात में जलावन भीग जाने पर चूल्हा जलाने के लिए फौरन उपलब्ध। और इसी के लिए उस समय दुर्लभ लेकिन आग सुलगाने में उपयुक्त कागजों के गट्ठर। अंदर के कमरों में भी मथना, दुधार के कपाट, छोटे–बड़े मटके, मर्तबान, दूसरी ओर लड़कियों के खेल, पीसी हुई रँगोली के डिब्बे, खटिया, ओढ़न–बिछावन की घड़ौंचियाँ, पलना, खिड़की के पास गौरी पूजन की लक्ष्मी की बन्द पेटियों में लड़कियों का कंघी–चोटी का सामान, शृंगारदान, नन्हे बच्चों के कपड़े। पिछली दीवार से सटे पानी से भरे कमोरे होने के कारण दोनों कोनों के बीच की मोरियों में कुछ भी धोकर फौरन वहीं के वहीं बाँस पर सुखाने के लिए डालकर छुट्टी। इन मोरियों का परनाला पीछे की जमीन में एक बन्द हौज में हमेशा के लिए हजम। इस कारण उस जमाने में मच्छर हमें स्कूली किताबों में ही देखने को मिलते। आगे चलकर आधुनिक समझकर सेप्टिक पाखाने बनने लगे और मच्छरों का आरंभ हुआ। मॉडर्न शब्द का अर्थ भावड़ू ने मुझे बताया था : कुरूप। और खंडू, अल्ट्रामॉडर्न जैसा कुरूप तो कुछ भी नहीं होता।

ऊपरी मंजिल के आखिर में बहुत बड़े–से कमरे में भावड़ू और मैं एक साथ पढ़ाई करते। वहाँ भी पेटियाँ, कुठले होते। भावड़ू टेबल और कुर्सी की तरह उनका उपयोग करता। इधर की सीढ़ियों से लगा पिताजी की बैठक का बहुत बड़ा–सा कमरा। आवाजाही। वहाँ हमेशा एक बड़ी–सी दरी बिछी रहती। गद्दे, तकिये, लोगों द्वारा फेंके गए बीड़ी के टुकड़े। पान–सुपारी की तश्तरी।

आले से लेकर दीवार में लगे रिफों पर कतार से तसवीरें—बीच में सन्त तुकाराम गरुड़राज पर सवार होकर सदेह स्वर्ग जा रहे हैं। इसके इर्द–गिर्द घर के सभी की तसवीरे—बहनों की जैसे–जैसे शादियाँ होती गईं वैसे–वैसे उनकी टाई–कोट पहने पति के साथ खिंची तसवीर यहाँ लग जाती। हर तसवीर के पीछे पिताजी महत्वपूर्ण कागजात को गेंडुलियाँ बनाकर खोंसकर रखते। विट्ठल मंदिर ट्रस्ट के हिसाब के कागजात, सहकारी कोल्हू के गुड़–भेलियों के चलन, निर्माणाधीन चीनी मिल के दस्तावेज। चार–चार जगह मुड़े, तेल–पसीने से भीगे अस्त–व्यस्त कागज—लाखों का लेन–देन, लेकिन यूँ ही। खतौनी की कई नकलें। अध्यक्ष, अमुक बोर्ड।

उपाध्यक्ष, फलाँ समिति। संचालक, अमुक अमुक संघ, तमुक तमुक मंडल, फलाँ फलाँ सोसाइटी। इन सभी लोगों की बीड़ियों के टुकड़ों की बैठकें भी वहीं। एक बार शिक्षा विभाग से पत्र आया कि स्कूल के अध्यापकों पर कार्रवाई कीजिए और वह कागज हवा से उड़कर गोठ के घूरे पर जा गिरा। पिताजी बोले, वही उसकी सही जगह है। ये क्या कम है कि इतनी-सी तनख्वाह में अध्यापक बेचारे दिन-भर पढ़ाते हैं? विद्यादान का ऐसा कार्य इतनी-सी तनख्वाह में कौन करेगा?

खंडेराव, क्या तू हमेशा इसी कोठी में रहेगा?

जैसे ही यह विचार आता है, तेजी से उभरा हुआ घर का यह ढाँचा चरमराने लगता है। सारी चीजें अपनी ही जगह पर डगमगाती नजर आ रही हैं। अँधियारे कमरे में गंगोत्री से लाए गए पानी के सीलबन्द लोटे!...वहीं पर टँगे तुलसी के सूखे पौधे!...इतने कि घर के सभी मरनेवालों के लिए पर्याप्त होंगे। भगवान के सामने दीवट फड़फड़ा रहा है। देवी माँ मायमाझी का टाँक[54] जो छप्पन पीढ़ियों पहले कभी कुलदेवता रही होगी, छलाँगें लगाता है। कर्नाटक में कहीं नीलू चाचा ने अपने विलक्षण कीर्तन से सभी श्रद्धालुओं को गद्गद् कर दिया था। उससे अभिभूत होकर वहाँ के भक्तों ने नीलू चाचा को अपने हाथों से तराशी काले कुरंड से बनी विट्ठल की कमर जितनी ऊँची मूर्ति भेंट दी, जिसे नीलू चाचा ने हमारे देहरे में स्थापित किया है। मूर्ति ने कमर पर रखे अपने हाथ नीचे सीधे कर लिए हैं। नीचे दोनों ओर रसोईघर से निकलनेवाले धुएँ के बादल निचली सभी मंजिलों पर फैल रहे हैं। सात पीढ़ियों से यहाँ घर की रसोई बना-बनाकर मर-मरके जीनेवाली स्त्रियाँ फुँकनी फूँक रही हैं, जिनमें से बाँसुरी की भाँति मंद्र करुण स्वर आ रहे हैं। पिछवाड़े के और आँगन के सारे मवेशी पिछले पैरों पर खड़े होकर खंडेराव कहाँ गया, पूछ रहे हैं। कोठी के बाहर के खत्ते जमीन से ऊपर केवल शून्य-से खड़े रह गए हैं। *धा धा तिरकिट धा* आखिरी बोल। मृदंग की गुल्लियाँ ठोंक-पीटकर ढीली हो जाने से पुड़ियों की बद्द-बद्द की आवाजें। देखते-ही-देखते यह सब इतिहास में शामिल हो रहा है। मेरे साथ जमीन में धँस रहा है। खंडेराव, तेरा बचपन अश्मयुग में जमा हो भी गया। सुबह भिनसारे वासुदेव मोरपंख की टोपी पहने आँगन में झाँझ बजा रहा है और दान में दिए सूप के अनाज को आड़ा पकड़कर अपने इर्द-गिर्द गरगर घूमता है। यह दिखाकर कि सूप के जवार का दान गिर नहीं रहा है, अनाज झोली में डालकर कहता है, *दान पाया जीऽ दान पाया, विट्ठल बोवा के नाम सेऽ दान पाया।*

खंडेराव, एक सपने में दूसरा सपना आ रहा है। क्या हमारी निद्रा भी द्विस्तरीय है? या एक ही निद्रा केंद्र से ये दोनों एक के बाद एक उत्पन्न हो रहे हैं? सुप्तावस्था

54. धातु की चद्दर पर बना देवता या पुरखों का ठप्पा।

भी कहीं एककेंद्रीय होती है? निद्रावस्था में जागनेवाला मैं, मेरी जागृतावस्था में सोनेवाला तू। किसकी नींद में? किसकी जागृतावस्था में? ये प्रश्न असंगत हो रहे हैं, क्योंकि देखो, उधर बेंदूर के लिए सजाया गया हमारा बैल झीबू, माथे पर लगी पन्नी-चँवरों से मुझे देखने के लिए लगातार अपनी गर्दन इधर घुमा रहा है। हाथ-भर घूँघट चेहरे पर ओढ़े घाघरा उड़ाती मिट्टी के ढेर से मेरी ओर आनेवाली कोई बलूची स्त्री हर्षोन्माद से मुझसे कह रही है, तसबीर, साब तसबीर। उसका सीना रेलगाड़ी जैसा सुनाई दे रहा है। खोदते समय ऐसी महत्वपूर्ण चीज मिल जाने पर मैं इन मजदूर स्त्रियों को पाकिस्तानी चवन्नी बक्शीश देता हूँ—अपनी तनख्वाह से। पर अब जेब टटोलकर देखता हूँ तो पाकिस्तानी चवन्नी नहीं है। अरे अरे। फिर भी वह गठीली स्त्री घूँघट के नीचे से मेरी जेब पर नजर गड़ाए ढेर पर वैसे ही खड़ी है। मोरगाँव का सारा घर खोदकर सारी वस्तुओं को ठीक से सजाने का काम जारी है। ये तसवीरें पिताजी ने मजबूत जाली से बैठक की दीवार पर रिफों में क्रम से टाँग रखी थीं—उनके पीछे खोंसे कागजात, हिसाब, रसीदें धड़ाधड़ मुझ पर गिरते हैं।

सबसे पहले दादी की बिलकुल पीली पड़ी पुरानी तसवीर और उसके बगल में खड़े हैं छोटे-से पिताजी, कृत्रिम पोज़ में धोती, आधी आस्तीन की कुर्ती, टोपी पहने। मैं फोटो की धूल ब्रश से धीरे-धीरे साफ करता हूँ। फोटो के पीछे एक प्रासाद, बगल में पुष्करिणी और एक मोर। बाजार के लोगों की भीड़ कैमरे की तरफ विस्मय से देख रही है कि फोटो खींचते कैसे हैं? इससे भौंचक पिताजी धोती का पल्ला उँगली से लपेट रहे हैं। उम्र पाँच-छह साल। उम्र की तुलना में कदकाठी काफी दुबली। वैद्यराज मार्कंडेय देशपांडे जी ने उसी दिन साफ-साफ बताया था कि जानलेवा बीमारी से वे पूरी तरह ठीक हो गए हैं। इससे उनकी बड़ी-बड़ी आँखों में जीने का तेज छलक उठा था। दादी नीचे कैमरे की ओर सन्तुष्ट भाव से देख रही है और उसके चेहरे पर मुक्ति का भाव है कि अब हर शुक्रवार को तहसील के गाँव नहीं आना पड़ेगा। अब इकलौता खंडू बचेगा, इसलिए फोटोग्राफर को डेढ़ रुपया देने की मानसिकता भी उसके चेहरे पर है। कितनी मेहनत से बचा लिया है बच्चे को? अपने अंतिम दिनों में उसे अपने कर्तृत्व का यह प्रसंग बार-बार सुनाना पड़ता।

बात तब की बात है जब पिलोखा की महामारी फैली थी। घर छोड़कर सभी को खेत में रहना पड़ा रे खंडू, दो महीने। धड़ाधड़ लोग मरने लगे। घर सूने होने लगे। एक-एक के दरवाजे बन्द हो गए। कोई रोनेवाला तक नहीं बचा। गाँठ आई कहते-कहते लोग बिस्तर पकड़ते और दूसरे दिन मुर्दा ही पाए जाते। कोई पानी पिलानेवाला तक नहीं था। आधे गाँव के दरवाजे इसी तरह बन्द हो गए। बड़े चाचा के घर में दस लोग चल बसे, बाल-बच्चों समेत। चारों देवर गुजर गए। निलिया के दो भाई मर गए। तीनों ननदें चली गईं—मुक्ति, बहिणा, सखू चली गईं। मानो किसी ने झपट्टा

मारकर अचानक उठा लिया हो। डौंडी सुनते ही घर को ज्यों-का-त्यों खुला छोड़ विठू को गोद में और चिन्धी की उँगली थामे हम जंगल में रहने गए। पत्थर के चूल्हे सुलगाए। सारा गाँव साथ ही था। रात-भर खुले में सोते, गाने गाते, नाचते। इस तरह एक साल का नन्हा विठू बच गया। गाँव में वापिस लौट आए, आधा गाँव खाली हो चुका था। आँधी-तूफान में जैसे सूखी पत्तियाँ उड़ जाती हैं, वैसे ही जानें उड़ गई थीं। मैंने गाँव के महाद्वार से मनौती माँगी थी गाँव छोड़ते वक्त : भगवन, सुख से लौट आने दो। खुशी से सारे गाँव को महाद्वार पंगत दी, महार-मातंगों को भी।

बाद में दो साल असाढ़ी के। विठू सूखकर काँटा हो गया। तेरे दादाजी से ऐसा कुछ कहती तो उनका दिल ठिकाने पर नहीं रहता। इसलिए मैं कुछ बताती ही नहीं थी। गाँव में ही लालू वैद्य का काढ़ा पी-पीकर बच्चे का मेदा कडुआ पड़ गया। न कुछ खाता था, न पीता था। सोचा, अपना इकलौता अँखुवा है, इसे बचाना ही होगा। गोमा वैद्य ने कच्ची मेथी खिलाई। उल्टे पैदा हुए घमा से पीठ पर लात लगवाई—बच्चा बस रोए जा रहा था। पीर फकीर से धुनी दिलवाई। धांगो भगत से कान फुँकवाए। भविष्य बतलानेवाले के पास गए। उपाय बतानेवालों की कमी नहीं थी। मैं अकेली जान चींटी-सी इधर से उधर विठू को साथ लिये दौड़ती रहती। छोटी माता आई, दीवार पर उपले थापो। गो-चेचक हुई, घर पर गोबर के गोले मारो। कंठरोहिणी हुई, टका पैसे का दाग लगाओ। आँखें आईं, जस्ते का फूल आँखों में भरो। टोटके, प्रसाद, भभूत, ताबीज, गंडा—राम राम राम। जान जैसे हलक में आ गई थी।

ऐसे ही एक सुबह विठू को मंदिर ले गई। आँचल से आँखें पोंछती हुई भगवान के सामने चुपचाप रो रही थी। शायद नारायणभट को दया आई। बोले, सीताबाई, इन गँवार भगतों और फकीरों के चक्कर में अपने सोने जैसे इकलौते बेटे की क्यों दुर्गत कर रही हो तुम? इससे लड़के की बीमारी और बढ़ेगी। केवल हड्डियाँ रह गई हैं, वे तो बची रहने दो? मेरी बात मानो, यावल के हमारे मार्कंडेय देशपांडे वैद्य को दिखाओ। कम-से-कम निदान तो करवा लो। मुझे तो यह राजयक्ष्मा ही लगता है। तुम्हारे विठू का भविष्य कुछ ठीक नहीं लग रहा है। बहन, सुनो, आज ही जाओ। आज अंगारक चतुर्थी है। भगवान गणेश तुम्हारे साथ हैं।

सहसा दादी में हथिनी की शक्ति आ गई। वह घर आई, जल्दी-जल्दी से रोटियाँ थापीं, एक रोटी को पेट में धकेल दिया। बाकी रोटियाँ खेत में गए लोगों के लिए चँगेरी में ढँककर परछत्ती पर रख दीं। छाछ, दही को सींके पर रख दिया। विठू एक निवाला भी खाने को तैयार नहीं था। लेकिन दूर तक पैदल ही जाना था। उससे लल्लो-चप्पो करके चार कौर निगलवाए। सब कुछ सँवारकर रख दिया। छोटे-से विठू को धराऊ धोती पहनाई, फेंटा बाँधा, घर का जमा सारा रवादार घी एक पुराने मटके में डाला और माँ-बेटा यावल के रास्ते पर चल पड़े। इतना बड़ा तहसील का गाँव, वहाँ कौन इस देहात की पगली को पूछेगा? न कभी गाँव छोड़कर बाहर गई न कभी खेत की मेंड के अलावा कुछ और देखा। लेकिन हिम्मत से काम लिया।

रास्ते में गाँव के, आसपास के गाँवों के परिचित लोग मिलते। क्या? कहाँ? उस मारखंडे वैद्य के पास जा रही हो तुम सीतामाई? कितने रुपए साथ लिए हैं तुमने? बड़े-बड़े साहूकारों को भी वह ब्राह्मण घर में नहीं आने देता। अंग्रेज कलेक्टर को एक बार दवा देकर ठीक किया था उसने। दूर-दूर से अमीरों की गाड़ियाँ आती हैं नाड़ी परीक्षण कराने के लिए उस खंडिया वैद्य की कोठी पर। एक बोला, उसके बरामदे पर लिखा है : *राजा की तरह कलेवा करो और भिखारी की तरह भोजन।* हम कुर्मियों का ठीक इसके उल्टा है। खैर, तुम जाओ तो सही। सुन तो लो, क्या कहता है। करना हो तो भगवान सब ठीक करेंगे। तुम्हारे घर का यह अकेला ही अँखुवा बचा है। तुम्हारे देवर, ननदें, भतीजे सब गए ऊपर—इस अकेले बहादुर के लिए कैसे बड़े-बड़े खेत छोड़ गए हैं। धीरज रखो। पिताजी अपने बारे में ऐसी चर्चा को बहुत गंभीरता से सुनते। इसी कारण उन पर बड़प्पन या घमंड जिंदगी-भर कभी हावी नहीं हुआ।

खंडू को कभी पीठ पर, कभी गोद में, कभी कंधे पर, तो कभी घसीटते हुए भूभुंर उड़ाते चलते रहे। थके-हारे दुबले विठू को मीठी बातों से मनाती, खींचती माँ-बेटा दोनों तीन कोस पैदल यावल पहुँच गए। ब्राह्मण के घर पर ढंग से जाना चाहिए, सो गाँव के बाहर नदी पर दोनों ने हाथ-पैर-मुँह धोए, कपड़े ठीक किए, चुन्नट ठीक की। ब्राह्मण गली पूछते-पूछते देशपांडे वैद्य की पथरीली दीवार के पास पहुँचे और आदमकद ऊँचे दरवाजे के सामने जानवर की भाँति खड़े हो गए। किसी का सहारा नहीं था। खुले दरवाजे से दीख पड़नेवाली रंगोली, पथरीले तुलसी-चौरे की यह साफ-सुथरी दुनिया कहाँ और हम किसानों की गोबर-मूत की दलदल से सनी दुनिया कहाँ? पति नया घर बनवा रहा है, लेकिन गाय, बैल, भैंसें—किसान का घर भी कभी ऐसा बनेगा?

भगवान का नाम लेकर दरवाजे से झाँकती हुई दादी मिन्नत-भरे मीठे स्वर में बोली, महाराऽऽज। उसी समय आँगन के उस छोर से स्त्रियों का कड़ाके का झगड़ा सुनाई दे रहा था : आग लगे तेरी श्रावणी में, क्या मैं दस रोटियाँ खाती हूँ? एक रोटी ही रखती...

भीतर से तार स्वर में : जो आपकी मर्जी, मालकिन साहिबा, आप जितना कहेंगी उतनी रखा करूँगी, दस कहेंगी तो दसों भी रक्खूँगी।

देखो, देखो कैसी बक-बक करती है। जबान कैंची की तरह चलती है कसाइन की...क्या बकती हो, आठ साल की थी मैं जब शादी के बाद इस घर में आई, तब से उस राँड के इशारे पर गृहस्थी चलाई है। और अब ये चुड़ैल बाद में आई और सिर पर बैठ गई? मुझे निहारो और फूल-पत्ती चढ़ाओ...

इतने में आँगन में लाल मुकटा पहने बैठी वृद्धा बाहरी दरवाजे की ओर नजर डालते हुए बोली, कौन है वहाँ? देखो री, मुँह चलाना बन्द करो और देखो...लभानियो, कुछ तो शर्म करो। क्या सौतन से झगड़े की किकली में एक दूसरी की धोती खोल दोगी?

फिर थोड़ी देर बाद पहले झगड़नेवाली वयस्क स्त्री ने दरवाजे में आकर पूछा, कौन है?

दादी तेजी से सिर पर बड़ा पल्लू लिए घी का मटका सामने रखते हुए दयनीय स्वर में बोली, वैद्य महाराज हैं क्या?

वयस्क ब्राह्मणी तुनककर बोली, नहीं, आज यजमान नहीं मिलेंगे। और उसने पीठ फेर ली।

दादी पिताजी को सामने कर उन्हें उस स्त्री के पैर छूने को कह रही थी, लेकिन सुबह से पैदल चलने के कारण पैर टीस रहे थे। माँ-बेटे अब क्या करें? डर से स्याह पड़ गए कि खाली हाथ वापिस लौटना पड़ेगा। लेकिन तभी सौतनों की किकली ही दादी के काम आई। कोठी के पिछवाड़े से सोलह-सत्रह उम्र की उभारवाली युवती बढ़िया साड़ी, धारवाड़ी चोली, गहनों से लदी, हाथों में फूलों की चँगेरी और हवा में पल्लू लहराती मटकती हुई आगे आई। इन गँवार माँ-बेटों पर तरस खाती और घर में दबदबा साबित करती हुई ऊँचे सुरों में बोली, क्यों नहीं मिलेंगे? बेचारी गरीब औरत, बच्चे को लाई है, और उन्हें लौट जाने के लिए कहना? इस घर का, हमारे यजमान का नाम कितना बड़ा? आ जा बहन, अंदर आ जाओ लड़के..

तभी दादी के इशारे पर पिताजी ने युवा स्त्री के पैरों पर माथा नवाया और पास खड़ी विधवा वृद्धा के सामने भी। वृद्धा बोली, दूर से, दूर से, छू लेगा क्या लड़के। उधर वयस्क सौतन तमतमाती हुई भीतर चली गई।

अब दादी की देहाती मिठास-भरी वाणी को मानो चुनौती ही मिली। युवा सौतन के रूप की रह-रहकर तारीफ करते हुए उसने अपनी हकीकत बयान की : रानी साहेबा, तीन कोस धूप में पैदल लाई हूँ बीमार बच्चे को। वैद्य महाराज से आप ही कहिए। आप की नहीं तो और किसकी सुनेंगे भला वे? ये मेरी इकलौती ही बेल है, इसे सूखने मत दीजिए, मैया। मैं गरीब घर की लड़की, घर अच्छा मिला है—लेकिन ये दुख है। पुण्य होगा। आप जैसी पद्मिनी के दर्शन से मेरी जान में जान आई। मैं आपके सारे काम करूँगी, पीसना, कूटना...

पिताजी की चमकीली आँखें और सूखकर पतली हुई गर्दन देख वैद्यराज की युवा पत्नी का मातृधर्मीय मन द्रवित हो चुका था, दादी ने अपने मीठे बोलों से उसे पूरा अपना बना लिया।

कुछ देर बाद जनेऊ को कान से नीचे उतारते हुए वैद्यराज आए। देह ऐसी विशाल कि झगड़नेवाली दोनों पत्नियों को एक हाथ से उठा सकें। काफी बड़ी गोल शिखा, तिलक, आरे की नक्काशीदार धोती, केशरी कोर का अँगोछा। बरामदे में आते ही नई युवा पत्नी के मनुहार भरे सुरों का उचित परिणाम हुआ। वैद्यराज बोले, ऊपर आइए।

फिर दादी की आँखों के नाटकीय कारुण्य के पीछे छिपा असली कारुण्य, मुरझा गए दुबले-पतले बच्चे को वैद्यराज के कदमों में साष्टांग प्रणाम कराने की

हड़बड़ी, खुद भी वैद्यराज के पैरों के पास जमीन पर काफी देर माथा टेकना और असल चीज, यानी मिन्नत भरी मीठी वाणी में वैद्य महाराज को भगवान का दर्जा देकर हकीकत सुनाना। अंत में : भगवन्, हम ठहरे अनपढ़ गँवार किसान, हमारे हाथों का आपको क्या जँचेगा? लेकिन यदि जँचे तो यह मेरा स्वयं का कढ़ाया गगरी भरकर घर का घी लाई हूँ। महाराज, घर में आज पैसा छोड़ बाकी सब कुछ है—वह भी दूँगी मौसम में। अभी उड़द, तिल आप जो चाहें बोरे के बोरे ला दूँगी। महाराज, बस मेरा यह इकलौता अँखुवा आपकी कृपा से फूल जाए। *सिसकी।*

फिर वैद्य ने कहा, आइए विट्ठलपंत, जिह्वा दिखाइए। हाथ दीजिए—नाड़ी देखें आपकी—उन्होंने मन लगाकर डेढ़ घड़ी तक पिताजी का नाड़ी परीक्षण किया। नाम? पालने का नाम वि से ही शुरू न—वृषभ राशि। सनीचरी। लेकिन अब समाप्ति पर है। अंत में दया दिखाते और ठंडी साँस भरते हुए बोले, तपेदिक है। अच्छा हुआ देर ही सही, पर ले आई हो बहन, वरना जान पर बन आती। सीताबाई, चिन्ता मत कीजिए। प्रयास को ही ईश्वर मानिए। हर शुक्रवार को इसी समय आकर दवा लेती जाना। जैसे बताऊँगा वैसे देती जाना। और कड़ुवे चिराइता का काढ़ा दिन में दो बार। सब कुछ खाने दो। खूब खेलने दो, अन्य सारी दवाइयाँ बन्द करो।

भगवन्, अच्छा तो हो जाएगा न?

बहन, केवल प्रयास करना हम अकिंचन इनसानों के हाथों में होता है। बाकी सब कुछ ऊपरवाले पर निर्भर है।

ब्राह्मण का कहा खाली नहीं जाएगा महाराज। आती रहूँगी। मुझे तो भगवान ही मिल गए—कहकर दादी ने पल्लू से आँखें पोंछीं। फिर घर में झाँककर युवा सौतन से बोली, घी खाकर देखिएगा बहनजी। और लाना है तो बताइएगा। जो कुछ चाहिए, बेहिचक बताइएगा।

मेरा विठू लल्ला कितना गुणवान। हम जैसों से कड़ुवे चिराइते का एक घूँट निगला नहीं जाएगा, लेकिन बेचारा मेरा सोना बेटा प्याला भर-भरकर पी जाता। ले लल्ला, अभी ठीक हो जाएगा। हर शुक्रवार तीन कोस पैदल जाना और तीन कौस वैसे ही लौट आना। इससे भी जोर की भूख लगती होगी। असल में, इसी कारण पिताजी चार महीनों में ठीक हो गए होंगे। दादी ने भी देशपांडे वैद्य के घर पर जो दीख पड़े वो सारे काम किए, कभी मारखंडे वैद्य के आँगन की भट्टी पर बड़े-बड़े कड़ाहों में रसायन उबालना, कभी ओखली में औषधियों की मूलियाँ कूटने का हाथतोड़ काम करना, तो कभी उनकी गाय का सूखा दूध दुबारा फूटने के लिए पहाड़ी से औषधियोंवाली घास की गड्डियाँ सिर पर ढोना। हमेशा अनाज की बोरियाँ साथ ले जाकर सब से प्यार-भरे सम्बन्ध बनाए। किसी के भी दिल में बस जाने की कला दादी में खूब थी। एक बार तो वैद्यराज बोले, नाड़ी में बिलकुल सुधार है। सीताबाई, मुझे थालनेर के लोटू साहूकार के लिए हेमगर्भऔषधि नियमित रूप से बनानी पड़ेगी। ये दवा केवल राजा-महाराजाओं के ही बस की है, लेकिन विट्ठलपंत के लिए भी

गौरैया का कौर माजून बनाता जाऊँगा। लेकिन एक दिन छोड़ आकर चाटते जाना। फिर खूब भोजन करना, हाँ। फिर देखिए स्वास्थ्य में कैसा सुधार आता है।

इस तरह विट्ठलपंत तंदुरुस्त हुआ। आखिर एक दिन विठू की पीठ को जोर-जोर से थपथपाकर बिदा देते हुए वैद्यराज बोले, अब आने की आवश्यकता नहीं। साष्टांग प्रणाम करने पर दादी ने पल्लू से आँखें पोंछते हुए कहा, आपको कुछ दक्षिणा देने की इच्छा है। असल में अँगूठी ही बनवानी है, लेकिन ये अकाल—जवार, कपास घर में सब पड़ा है। नकद खरीदने को कोई तैयार ही नहीं, महाराज।

सीताबाई, परमात्मा की कृपा से यह ब्राह्मण सब कुछ पा गया है। कुछ भी देने की आवश्यकता नहीं। हाँ, अपनी सन्तुष्टि के लिए और आपका इतना आग्रह है इसलिए, और यदि तब तक आप भी रहीं और मैं भी जिंदा रहा तो, ऐसा कीजिए कि आपके इस विट्ठलपंत के विवाह में मुझे एक अँगूठी पहना दीजिए—

वैद्यराज मार्कण्डेय देशपांडे की कोठी उनकी जोरदार हँसी के ठहाकों से गूँज उठी। सोने की दर दस रुपए तोला और उस समय आदमी की औसतन आयु पच्चीस साल—इस पर जोरदार हँसी के ठहाके के सिवा और कोई मजाक हो ही नहीं सकता था। लेकिन उसे न समझ पाने के कारण गद्गद् होकर दादी बोली, आपका कहा सच हो, वैद्य महाराज। हमारी बेल फले-फूले। लड़के की ही नहीं, मेरे पोतों की शादी में भी आपके घर सोने की अँगूठी आएगी। बस जिंदगी रहे। मैं कसम खाती हूँ।

पिताजी की बैठक की दीवार पर जेल की मजबूत मोटी खड़ी सलाखों के पीछे यह दुबली-सी तसवीर किसकी है?

हुना चाचा। फाँसी पर चढ़ाने से पहले धनसिंह रजपूत फोटोग्राफर ने देशभक्ति के लिए अपनी जान जोखिम में डालकर चोरी से खींची थी ये तसवीर। फिल्म लदा कैमरा सब्जी में छिपाकर पहले चुपचाप उसे जेल के बावर्चीखाने में पहुँचाया। फिर अंग्रेज सुपरिंटेंडेंट से मिलने के बहाने प्रवेश। झट से बावर्चीखाने की ओर। वहाँ कुम्हड़े से कैमरा निकालकर मेहतर के साथ दीवार फाँदते हुए सीधे हुना चाचा के पिंजड़े के सामने।

बटन दबाते ही दो सलाखों के बीच से अधिकतम जितना चेहरा लिया जा सकता था, उतना लिया गया। पीछे जेल की दीवार के काले-से पत्थर और चूने के बने बड़े-बड़े काले-सफेद चौकोन, पलथी के नीचे कुरेदी हुई जमीन। कैदी की मारकीन से बनी सरकारी पोशाक को साम्राज्यवादी होने के कारण मना किया, इसलिए खद्दर की आधी ही धोती—जंघा से ऊपर सीने तक एक ही टुकड़े में दुबला शरीर लपेटने में असमर्थ। निरंतर अन्न-सत्याग्रह से बिलकुल जर्जर हुआ पसलियों का ढाँचा। उतरे हुए कंधे। अंदर धँसा पेट। सर्दी लग रही थी इसलिए हाथों का गुणाकार का बना चिह्न, हथेलियाँ बगल में दबाई हुईं। कैमरे की फ्रेम में, इस छोर

से उस छोर तक की मोटी-मोटी सलाखों के मुकाबले कितने कमजोर हाथ? यह देखने के लिए आँखों का फोकस हुआ कि अचानक बाहर क्या क्लिक हुआ? परंतु उससे पहले ही कैमरे का फोकस पड़ जाने से गूँगे हिंस्र श्वापद की भाँति सीधे समांतर कान। गहरी धँसी अबोध निस्तेज आँखें। सिर पर छोटे-छोटे कटे बन्दर जैसे खड़े बाल। अस्तित्व का अंत निश्चित हो जाने से स्तंभित हुई भारी पलकें। शून्य में देखनेवाली उन पुतलियों ने मानो जान लिया कि इसके बाद संसार में पीछे अगर कुछ बचेगा तो सिल्वर ब्रोमाइड की यह पतली-सी कड़ी। बाकी सब जो कुछ हुआ, किसके लिए? देश के लिए, देश के लिए। इंकलाब जिंदाबाद। देश के लिए, देश के लिए। धुडूम धड़ाड़। किसके लिए, देश के लिए। समापन—गर्दन में फंदा, ऑऽक् ऑऽक्—*बॉडी रिश्तेदारों को सौंपना।*

फोटो पर फोटोग्राफर की मोड़ी लिपि में लिखी तारीख है—दिसंबर 1, 1942. हुना चाचा की शादी को एक साल से ऊपर हुआ था। अन्य सभी की—भावडू की, सभी बहनों की जोड़े में खिंची तसवीरें हैं। लेकिन उनकी भाँति शादी के बाद पत्नी के साथ जलगाँव जाकर एक साथ फोटो खिंचवाने के तामझाम के लिए समय कहाँ था चाचा के पास? दरअसल, उन दिनों किसान के युवा लड़कों के लिए इस तरह फोटो खिंचवाना यानी एक दिन के हनीमून जैसा शहर में घूमने का दुर्लभ बहाना होता था। वह भी नहीं हुआ। अंधी चाची उस समय सोलह साल की रही होगी। उम्र के उन्नीसवें साल में फाँसी पर झूल गए स्वतंत्रता सेनानी का भाई होने के नाते पिताजी को बाद में काफी सम्मान मिलता रहा। लेकिन राजनीति, देशभक्ति को लेकर उनमें बहुत अधिक घृणा भी इसी कारण बस गई थी। यदि इसे पटरियाँ उखाड़ना, टेलिफोन की तारें काटना, यावल की नदी में घात लगाकर बैठना और आनेवाली डाक जला देना, रात-रात-भर कड़ी नजर रखना वगैरा धंधे ही करने थे, तो इसने शादी की ही क्यों? गाँव के रूपा काँग्रस जैसे धींगरे जवान लड़कों को इकट्ठा करके चाचा चौपाल तक प्रभात फेरी निकालते। बाद में जाँच के लिए पुलिस आती और गवाह, पाटील वगैरह को जवाब देते-देते नानी याद आ जाती। झूठा-सच्चा बयान, कभी चेतावनी, कभी जुर्माना चलता रहा। सुभाष बाबू के तमगे बाँटना, तिरंगा प्यारा, जे. पी., कुर्बानी, इंकलाब जिंदाबाद, क्विट इंडिया—वगैरह शब्द हुना चाचा के कारण ही मोरगाँव के बच्चे-बच्चे की जबान पर चढ़ गए थे। मंडी की लिखी मोरगाँव डायरी में दर्ज है—हुना कहीं हूण लोगों से आया नाम तो नहीं—विध्वंसक, क्रूर, आतंकी।

चाचा जब हाइस्कूल की कक्षा दसवीं में पढ़ रहे थे, तब एक बार अचानक मोरगाँव में पुलिस आई और उन्हें उठाकर यावल पुलिस थानें ले गई। इतना पीटा कि तलुवों से खून छलछला आया, लेकिन चाचा ने जबान नहीं खोली। ब्रिटिश साम्राज्य विरोधी वारदात—युद्ध-सामग्री ढोनेवाली मालगाड़ी पटरी से उतार देना—को अंजाम देने के लिए हाइस्कूल की प्रयोगशाला से पोटाश चुराकर देसी बम बनानेवालों तक

पहुँचाने का उस पर इल्जाम था। रेल मजदूर की यूनिफॉर्म में मोरनदी के पुल को खोदते हुए उसे ओ हारा नामक रेल इंजन ड्राइवर ने पकड़ा था। लेकिन चाचा की खुशकिस्मती कि रेल मजदूर की किसी धोबी से चुराई यूनिफॉर्म की नीली कमीज इतनी ढीली थी कि नदी से ऊपर चढ़ते समय ओ हारा के साथ हुई खींचातानी में हुना चाचा को उसमें से भाग निकलने में ज्यादा समय नहीं लगा। तब तक पुलिस ने विध्वंसक कृत्यों में भूमिगतों की मदद करनेवाले उद्दंड छात्र के रूप में हुना चाचा की जानकारी इकट्ठा कर ली थी और एक दिन मोरगाँव के इस खतरनाक उत्पाती लड़के को छापा मारकर ले गए। जब उसे स्पेशल मॅजिस्ट्रेट के सामने खड़ा किया तब इस लड़के के प्रति प्यार कहिए, दया कहिए या आयरिश देशभक्त की अंग्रेजों के खिलाफ सहानुभूति कहिए—ओ हारा ने सामने थरथर काँप रहे इस सलोने हिंदू लड़के को देखकर सरासर झूठी गवाही दी कि मैंने इससे पहले इसे कभी नहीं देखा, और चाचा बच निकले।

पंद्रह दिनों तक पुलिस के डंडे और फोते पर लातें सहकर चाचा और भी कट्टर क्रांतिकारी बन गये। कहने लगे कि पहले ये बताइए, ये भडुवे अंग्रेज यहाँ आए ही क्यों? स्कूल में भी *अंग्रेजों द्वारा किए गए सुधार* भाषण–प्रतियोगिता में वे क्रोध से लाल होकर बोले, लुटेरे अंग्रेज एक रुपया इंग्लैंड ले जाते हैं तो बदले में कौड़ी के भी सुधार नहीं करते। लेकिन इसकी सजा मिली उनके हेडमास्टर को, उनका कोंकण के रत्नागिरी में तबादला किया गया था। स्कूल ने कहा कि माफी माँगकर और घर से माँ–बाप का लिखित एफीडेविट लाए बिना स्कूल मत आना। अब तो वे ज्यादा दिनों तक गायब रहने लगे। अनजान लोगों से खुफिया सन्देश घर आने लगे।

पिताजी को इस देशभक्ति से सुलग उठे भाई की चिन्ता होने लगी। घर में मन लगे इसलिए उसका ब्याह भी तय किया गया। दादी के बड़े भाई पंडित मामा बचपन से ही दोनों भाइयों के बहुत प्यारे मामा थे। ये पंडित मामा सप्रयोजन अपनी गाड़ी लेकर आए थे। मुंबई में बहुत बड़े सॉलीसिटर के रूप में उनका नाम बढ़ने लगा था। कांग्रेस के अनेक देशभक्तों को वे जेल से छुड़ाकर लाए थे। दादी का अपने भाई के नाम आँसू भरा सन्देसा था कि हाथों से निकले जा रहे दबंग भांजे के कान पकड़कर उसे चार बातें सुनाए, क्योंकि मोरगाँव जैसे अनपढ़ देहात में एक भी आदमी हुना चाचा को बहस में नहीं हरा सकता था। बल्कि बहस, उपदेश करनेवाले को ही उसकी उग्र भूमिका सही माननी पड़ती थी। उससे सहमत होने पर भी आखिर में, *लेकिन*—कहकर वे निराश होकर चले जाते।

गोधूलि मुहूर्त। दूल्हे राजा, दूल्हे की माँ, करवलियाँ[55] वगैरा मुख्य बाराती पंडित चाचा की गाड़ी में बैठकर शान से दुल्हन के गाँव चांगदेव चल दिए। रास्ते में पंडित मामा ने अपने लाड़ले भाँजे को पुचकारते हुए वकीलाना चालाकी से उसके सामने एक–एक प्वॉइंट रखना शुरू किया।

55. विवाह के समय वर के पीछे कलश लिये खड़ी रहनेवाली दूल्हे की बहनें।

हुनिया, अरे बचपन में कैसा तेज था तू? लगता था बड़ा बैरिस्टर बनेगा। इतनी जायदाद है। लाखों में एक तुम्हारी कुशाग्र बुद्धि। विलायत जाता। अभी भी वक्त है। अच्छी-सी पढ़ाई कर। अरे हमारे देश को उच्चशिक्षा विभूषित स्नातकों की कितनी जरूरत है? हम लोग पिछड़े ही थे, पिछड़े ही हैं और तुम जैसों ने अगर ठान नहीं लिया, तो गँवार ही बने रहेंगे। ब्राह्मणों को देखो—एक तिलक जेल जाते हैं, लेकिन पुणे के शिक्षा विभाग में तिलक नाम के सौ बाबू अव्वल अंग्रेजी सीखकर ईमानदारी से अंग्रेजों की नौकरियाँ करते हैं। यूनियन जैक के सामने जार्ज पंचम की प्रार्थना सुर में गाते हैं। ब्राह्मण अपने आपको विद्रोही स्वतंत्रता सेनानी कहलाते हैं, लेकिन पुणे के डिफेन्स अकाउंट में सारे ब्राह्मण ही हैं, ब्रिटिश राज्य के आधारस्तंभ। देखना इनकी अगली पीढ़ी कैसे सारे महाराष्ट्र को अपनी मुट्ठी में करती है और स्वयं इंग्लैंड-अमेरिका की निवासी बनती है। शादी के बाद अब मैं जो कहता हूँ, उस पर सोच। सरकार जल्द ही एक स्पेशल आर्डिनेंस लाकर बयालीस का सारा विद्रोह रौंदनेवाली है। अरे, संसार में सभी ओर साम्राज्यवाद का ढाँचा ही चरमरानेवाला है। देखेगा तू, छोटे-छोटे देश भी आजाद होनेवाले हैं अपने आप। इंग्लैंड का प्राइम मिनिस्टर स्वयं ही यह कह रहा है। अरे तुझ जैसे को सी. वी. रामन बनना चाहिए, टैगोर बनना चाहिए। युवाओं को चाहिए कि केवल अपना व्यक्तिगत विकास करें। दूसरों के बारे में ज्यादा सोचना ठीक नहीं। क्योंकि जहाँ अपने बारे में भी ठीक से नहीं सोच सकते, वहाँ दूसरों के बारे में सोचना तो मूर्खता ही हुई न? स्वार्थ साधनेवाले से ही परमार्थ हो सकता है। अपना हित ही सबसे श्रेष्ठ कर्तव्य होता है। जिंदगी यूँ बरबाद करने के लिए नहीं होती। अपने मामा की ये बात मान। क्यों?

दूल्हे राजा क्रोध से बोला, आप मेरे मामा हैं इसलिए इतनी बातें सुन लीं। कोई और होता तो नहीं सुनता। ब्याह से लौटते समय दूल्हे राजा ने अपना सनकीपन दिखा ही दिया और *मामाजी की गाड़ी से नहीं जाना है,* कहकर दूल्हा-दुल्हन धक्के खाते बैलगाड़ी से मोरगाँव आए। यही थी अंधी चाची के वैवाहिक जीवन की प्रतीकात्मक शुरुआत।

सैनिकों और बारूद से लैस मुंबई-पेशावर मेल तड़के चार बजे भुसावल से आगे बोदवड़ के करीब का ताप्ति नदी का पुल रात में पार कर रही थी। उसी समय पुल के नीचे रखे देसी बारूद का विस्फोट हुआ। सैनिकों से भरे चार डिब्बे नदी में जा गिरे। आसपास के देहाती लोग बता रहे थे कि गाड़ी के अलग-अलग डिब्बों में घंटा भर बड़े-बड़े विस्फोट होते रहे थे। सरकार ने इसे अपनी प्रतिष्ठा का मुद्दा बनाकर इसके बारे में जानकारी देनेवाले को दस हजार रुपयों का नकद ईनाम घोषित किया। पंद्रह दिन बीते, फिर भी दो आना दिहाड़ी पर मजूरी करनेवाले खानदेसी लोगों में से कोई भी जानकारी देने के लिए आगे नहीं आया। खानदेस के कलेक्टर मॅन्सफील्ड के रिश्तेदार उसी गाड़ी में थे। नदी में मिट्टी के तेल का फटा हुआ एक बड़ा-सा कनस्तर

मिला, और यह साबित हुआ कि वह न्हावी गाँव के महानुभाव संप्रदाय के मठ का है। पता चला कि उस मठ में हुना चाचा अपने साथियों—बनिया, दर्जी और जोशी मास्टर के साथ कभी भगवान की पूजा करने आए थे।

एक बार फिर रातोंरात पुलिस हुना चाचा को बेड़ियाँ पहनाकर ले गई। सारा गाँव सिहर उठा। लड़का अब नहीं छूटेगा। पंडित मामा का बताया हुआ आर्डिनेंस लागू हो गया था। मॅन्सफील्ड ने आठ दिनों में हुना चाचा को विध्वंसक गुट का सूत्रधार साबित करके फाँसी की सजा सुना दी। बाकियों को उम्रकैद। घर में जब यह पता चला, तो रोना-धोना, सांत्वना देनेवाले, देश, देश करनेवाले—एक कोलाहल ही मच गया। फाँसी की जो तारीख तय हुई थी उससे एक दिन पहले ही सुबह हुना चाचा को फाँसी पर चढ़ा दिया गया। जब शव घर पर लाया गया तब दादी ने सुरों में रो-रोकर किसी को उसके बचपन की यह घटना जैसे याद थी, वैसे बताई : लरका बचपन से ऐसा ही उद्दंड। स्कूल में जाता था—पाँचवीं-छठी में होगा—एक बार मुझसे बोला, माँ, तू कहेगी वो सारे के सारे काम करुँगा। भैंस धोऊँगा, भैंस पिलाऊँगा, चारा काटूँगा, पिताजी की रोटी खेत में पहुँचा आऊँगा। इसके बदले में तू मुझे बस एक काम करने दे। पूछा, कौन-सा रे लल्ला? चौपाल में वो लाल मूँछोंवाला अंग्रेज दारोगा आएगा न, मुझे उसके सामने जाने दे। इस पत्थर से उसकी आँख ही फोड़ डालूँगा। *लल्लेऽ, तेरा निशाना चूक गया रेऽ निशाना चूक गया बेटा तेरा ऽऽ। हा हा हाऽऽऽ*

चाची भी उन आठ-पंद्रह दिनों में लगातार रो-रोकर अंधी हो गई। किसी से कुछ बोलती भी नहीं थी। कई रात उसकी आँखें बिलकुल खुली रहीं। फिर उसके ध्यान में आया कि उसे पास की थाली भी दिखाई नहीं दे रही है। यह भी कभी उसने किसी को नहीं बताया। सभी करीबी-दूर के रिश्तेदार उसे सांत्वना देने आते रहे।

बड़े-बड़े नेता आए। भूमिगत क्रांतिकारी भी यहाँ सांत्वना देने आएँगे, इसलिए खुफिया पुलिस चौबीसों घंटे कोठी के बाहर कलईगरों के भेस में बैठी रहती। इस कारण पिताजी को भी नहीं सूझा कि अंधी चाची को डॉक्टर के पास ले जाएँ। जब मालूम हुआ कि आँखें चली गईं, तब खानदेस में जहाँ-तहाँ 'भारत छोड़ो' आंदोलन की धूम मची थी। साने गुरुजी का सत्याग्रह, अमलनेर में कम्यूनिस्टों की मिल-मजदूरों के जरिए आगजनी, चोपड़ा और भुसावल में हिंदू-मुसलमान दंगे, सड़कें-गाड़ियाँ ठप। शहर में कहीं भी डॉक्टर के पास जाना सम्भव नहीं था। इसके अलावा सीआईडी पुलिस ने दूर-दूर के भूमिगत साथियों द्वारा हुना चाचा को भेजे गए गुप्त सन्देश, तार, खतों का एक बोरा घर लाकर दिया और पिताजी को सूचित किया कि आपकी जान को भी खतरा है।

सती हो जाने की तुलना में यह कितना अच्छा या कितना बुरा है कि सत्रह-अठारह साल की युवा लड़की विधवा होकर पूरी जिंदगी बिताए? मायका दरिद्री। ऊपर से अंधी हो जाने के कारण किसान समाज में दूसरी शादी की सम्भावना भी नहीं। एक भी भाई ने अपनी अंधी बहन को सँभालने की बात नहीं की और न ही उसे

घर चलने के लिए कहा। बल्कि सभी बोले, हम जैसे गरीब किसानों के घर में इसे क्या सुख मिलेगा? यहाँ उसका अपना घर है, लाखों की जायदाद है। यहीं रहो आराम से। अच्छा दीदी, हम चलते हैं। अंधी बहन ने भी दिल पर लगी ठेस को चेहरे पर उजागर नहीं होने दिया। बल्कि वह भाइयों से बोली, मेरी चिन्ता क्यों करते हो? यहाँ मुझे सब कुछ है। देश के लिए प्राण न्यौछावर करनेवाले की पत्नी हूँ मैं। शहीद देशभक्त की पत्नी।

पंद्रह अगस्त। छब्बीस जनवरी। शहीद दिवस। महावीर चक्र, देशभक्ति का गौरव कीजिए। मृत्यु से कुछ खोखले प्रयोजन चिपकाकर पूर्व जीवन को महत्व देने की विसंगति। आखिरकार मृत्यु यानी मृत्यु ही। मृत्यु यानी शीतल प्रभात। मुँह पर काला कपड़ा।

और बाद में पत्नी की भी अँधियारी जिंदगी। बिजे, मेरे सर में दर्द है, जरा-सा अमृतांजन ला दोगी? बायड़े, मेरे लिए चोली की आस्तीनें सीकर दोगी? कौन है रे वहाँ? भावडू, खंडू, इधर तो आना, सुई में धागा पिरोना तो जरा, मेरा राजा बेटा। सुमे, ए लाडो, जरा कमोरा भरके रखना री, मेरा। सोना, मेरी सयानी बहू, जरा नाखून काट दोगी मेरे? जेठजी, ये धुले कपड़े सुखाने की रस्सी टूट गई है। बाँध देंगे? मेरा हाथ पहुँच जाए उतनी ही ऊँची बाँधना। खंडू, माँ आ गई क्या? आने पर मुझे बताना। औरत की बात औरत से ही कही जा सकती है। सांडू, इस साल मेरे हिस्से के खेत में क्या बोएँगे? कुछ भी बोना भाई, मुझे खाने को मिलता है, काफी है। खंडू के बच्चे मुझे दुआएँ देंगे।

लगता था सारे परिवार की शांति को ध्वस्त कर देनेवाली अपनी बिलकुल खुली आँखों से वह सब कुछ देखती रहती है। हमारी इस अंधी चाची को अब तक तो हमने कभी किसी चीज की कमी नहीं होने दी है। इसके बाद?

खंडेराव, अब तुम्हें अकेले को ही उसकी सारी जायदाद मिलनेवाली है। मान लो, देशभक्त की पत्नी की जायदाद नहीं होती, तो? फिर भी पालना-पोसना तो पड़ता ही है न। संयुक्त हिंदू परिवार के मुखिया खंडेराव, अब तुम्हें ही आखिर तक उसका निबाह करना है। *पुंडलिक वरदे हारिविट्ठल श्री ज्ञानदेव तुकाराम।*

धीरे-धीरे याद आया कि अब घर पर चारों बहनें और चारों बहनोई आकर बैठ गए होंगे। मेरी नींद उड़ गई। यह यथार्थ डरावने सपने से भी ज्यादा डरावना है। ये सभी और माँ मिलकर सोना भाभी को परेशान करते दिखाई देते हैं। मुझसे यह कभी ज्यादा देर तक बर्दाश्त नहीं होता और बेचैन होकर जैसे ही मैं उसका पक्ष लेता हूँ, तो माँ-बेटियों का उसके प्रति सामूहिक द्वेष जोश से उभर आता है।...सोना, सुनाई नहीं देता? वकीलसाहब की हिचकी लगी है कब से। पानी ला दो उन्हें पीने के लिए।...कहाँ गई ये? अरी उस बिजा की बच्ची रो रही है, अभी तक दूध गर्म नहीं

किया ?...भाभी मेरी स्वाति का लंगोट सूखा या नहीं, देखना तो जरा।...कहाँ गई ये बेवकूफ ? सोना, चाय रखी नहीं अभी तक ?...मवेशियों का सानी-पानी तैयार चाहिए। खेत से लोग अभी आएँगे।...क्यों री, छबी का लरका पापड़ माँग रहा है, दे नहीं सकती ?

खंडू क्रोध से चीखता है, माँ, क्या चार-चार हाथ लगे हैं उसके ? छबे, तू उठ न जरा—

बस। आधा-एक घंटा मुझ पर चारों-पाँचों ओर से तोपों की बौछार। गोले गिरते रहते हैं : आया बड़ा उसकी तरफदारी करनेवाला।...क्यों रे बहनों को ऐसी जली-कटी सुनाते हैं ?...उनका भी अधिकार है इस घर पर।...शरम नहीं आती तुझे ? बेचारा उसका पति, हमें कभी पलटकर जवाब नहीं दिया उसने।...इतनी तरफदारी करता है उसकी—तो शादी कर ले न उससे, गँवार लोगों में करते हैं शादी बेवा भाभी से।...वकीली करेगा उसकी—

मैं उठकर सीढ़ियों से ऊपर अटारी पर निकल जाता हूँ या दिन-भर अपने जिगरी दोस्त, सहपाठी रघु नायक के घर पर समय काटता हूँ। नहीं देखनी हैं दिल को छलनी करनेवाली इनकी सूरतें। मैं तो इस तरह इनमें से निकल जाता हूँ, लेकिन बेचारी सोना भाभी को तो हमेशा उन्हीं में विचरना पड़ता है। सब कुछ सुनते-सहते, दिन-भर। किसान के घर के काम कभी खत्म नहीं होते। फिर भी वह एक काम से उकता जाने पर बदलाव के लिए दूसरा काम ले बैठती है। घर का काम खत्म होने पर गोठ में, गोठ का होने पर सिलाई। छुट्टियों में चारों बहनों का लड़के-लड़कियों का लेहँड़ा आने पर उनके लिए कथरी, झोलियाँ, लंगोट, अँगिया, चड्डियाँ सीना। बिना चूड़ियोंवाले उसके हाथ तेजी से टाँकते ही रहते हैं। भावडू के जाने पर तो वह कितना क्षुब्ध दिखती थी ? बाप रे। बेचारी अभी भी जमीन पर ही नजरें गड़ाकर चलती है। कितने दिन सहेगी यह घुटन ? खंडेराव, हम कोई ब्राह्मण नहीं हैं, जो ऐसे विधवा-विवाह के शास्त्र या स्मृतियों को मानें। ऐसी कठोर बातों को आचरण में लाने के कारण ही ब्राह्मण दो-एक हजार सालों तक हिंदुओं के अगुवा बने रहे। ऐसी असंस्कृत बातें हम क्यों मानें ? भाभी, दोष हमारी ग्रहदशा में होता है।

खंडेराव, अब तुम किसी सपने में नहीं हो। सोच लो, आगे तो इस घर के मुखिया तुम ही बनोगे ? कुछ तो करो। पचीसी की उम्र की यह इतनी सुन्दर सर्वगुणसम्पन्न स्त्री अपनी पूरी जिंदगी घर में इसी तरह मर-मरके जिएगी ? अंधी चाची के समय के हालात और थे। पिताजी पुराने खयालोंवाले थे। और अंधी चाची की ऐसी व्यक्ति स्वतंत्रतावादी चार ननदें और ऊपर से एक माहिर सास भी नहीं थी। इनमें अमीर घर की लड़कियाँ होने का घमंड है। ससुराल में दहेज के बल पर ऐंठ और पति मुट्ठी में। हम इन्हें इनकी गलती बताने की कोशिश करें तो कहती हैं, आजकल माँ-बाप की जायदाद में लड़की का भी लड़के जितना हिस्सा होता है, पूछो वकीलसाहब से।

—यह बिजा का पति। सबसे बड़ा बहनोई, मतलबी, एल.एल.बी.। भावड्र के शब्दों में लबार, लुच्चा, बदमाश वकील, जो अपने आपको कानूनी विशेषज्ञ समझता है। एक बार कहूँगा इससे, ले जाओ सर पर उठाकर अपनी बीवी के हिस्से के खेत और घर। जायदाद में इनके हिस्से कौन तय करेगा? कोई खरीदेगा तभी तो रुपयों का बँटवारा होगा? और यह सम्भव नहीं। यानी इनकी केवल सीनाजोरी चलती रहेगी। अंधी चाची का आधा हिस्सा उसे दे दिया, और तिरोनी बुआ का भी हिस्सा निकल गया तो कितनी बची रहेगी जायदाद? ऊपर से सोना भाभी का हिस्सा भी निकल गया तो पता नहीं इनकी प्रापर्टी इन्हें दिए गए दहेज और सोने जितनी भी बची रहेगी या नहीं? खंडेराव, अब तू ही घर का मुखिया है। बहनों को इस कदर नाराज करना ठीक नहीं।

असल मुद्दा है, सोना भाभी को आजाद करने का। वह होनहार है, ज्यादा नहीं पर मैट्रिक तक पढ़ी-लिखी है। उसे कहीं पढ़ने भेजेंगे। टीचिंग सर्टिफिकेट, शिशुशाला अध्यापिका, नर्सिंग। छोटी गौरैया को गोरगाँव में ही रहने देंगे। तुम तो रहोगे ही उसकी देखभाल पर नजर रखने के लिए। खंडेराव, क्रिया, क्रिया करना सीख लो। पच्चीस साल केवल फालतू विचार करने में बीत गए। क्रिया करो। दरअसल, सोना का ब्याह किसी अच्छे दुहाजू से कराया जा सकता है...विज्ञापन देखता है न तू...चाहिए सुन्दर, स्वस्थ वधू...तलाकशुदा स्वीकार्य है। मान लो, उसने किसी दुहाजू से शादी कर ली, तो क्या हमारी गौरैया भी चली जाएगी उसके साथ? स्त्रियाँ अपने बच्चों के लिए दूसरा ब्याह नहीं करती हैं। क्या यह ठीक है? पितृसत्ताक विचारधारा।

जरा देर बाद सीढ़ियों से कान लगाकर सुना। नीचे अभी भी पाँचों माँ-बेटियों के तोपखाने बीच-बीच में गोले दाग रहे थे। माँ तीस-एक साल पहले की मानसिक पुनर्निर्मिति में डूबी हुई है। सास उसे जली-कटी सुनाती थी, वैसे ही उसका भी अपनी बहू पर जहर उलीचना जारी है। धराऊ गहनों की भाँति पुरानी बढ़िया गालियाँ उत्स्फूर्त ऊपर आती हैं। सन्दर्भ : दादी ने मरते-मरते सुनार को बुलवा लिया और अपने कानों के पीले जर्द झुमके सोना को दिए : ये मेरी सास ने मुझे पहनाए थे, अब तू पहनना। इसके साथ ही माँ आगबबूला हो गई थी। लेकिन गुस्सा पीकर खामोश रह गई। अरी तेरी सास ने तुझे दिए थे, वैसे मेरी सास को मुझको नहीं देने चाहिए थे? दिल में दबी यह शिकायत फिर उभर आई थी।

मोरी पर सोना बर्तन मल रही थी। माथे पर झूल आई लट राख-भरे हाथ से ऊपर सरकाते हुए सोना कहती है, ले लीजिए आपको चाहिए तो। मुझे नहीं चाहिए गहने। कहाँ घूमना है मुझे?...देखो, देखो, कैसे छिपकर तीर चलाती है। मतलब मुझे घूमना है इस उम्र में? क्या बोली? मैं तुझसे लूँगी वो झुमके? मैं पसन्दीदा बहू थोड़ी ही थी अपनी सास की? तू ही पहनकर खड़ी रह उस खिड़की में, नटनी—सोना कभी खिड़की में खड़ी रही होगी थोड़ी देर दिल बहलाव के लिए।

माँ को लगता, युवा विधवा स्त्री को मर्यादा भंग करके यूँ खड़ा नहीं रहना चाहिए। भावडू था तब भी वह घर की ऐसी यंत्रणाओं से परेशान होकर वहीं खड़ी होती थी। खिड़की से पीछे मवेशियों के गोठ की ओर देखना उसे अच्छा लगता। भावडू बेचारा गरीब आदमी, अपनी प्रिय पत्नी का पक्ष लेकर उसने कभी माँ को चुप नहीं कराया।

सात-आठ साल पहले का प्रसंग : संयुक्त हिंदू परिवार के मुखिया पिताजी की तजुर्बेकार सलाह, औरतों के झगड़े में हमें कभी एक शब्द से भी दखल नहीं देना चाहिए। उनका क्या, वो तो चलता ही रहेगा जिंदगी-भर। फिर भी एक बार गलती की भावडू ने। वह इतना ही बोला, माँ करने दे न उसे जो कर रही है।

बस। माँ का दबा हुआ मानसिक ज्वार फूट पड़ा : वाह रे वाह, जोरू के गुलाम। घर का रिवाज इसे सिखाना नहीं चाहिए? मैंने इतना बीस लोगों का गाड़ा खींचा, तभी तो तुम्हें ये दिन देखना नसीब हुए। पराए धन पर लक्ष्मीनारायण। तुम्हारे घर में, खेत-खलिहानों में लौंडी जैसी खपी हूँ मैं। कहते हैं न भौंरा घूमे जाली के पास और मरद घूमे जोरू के पास। अब माँ का दूध मीठा नहीं लगता और बीवी का मूत मीठा लगता है। बीवी के रूप का जादू चल गया इस पर। फिर जोर से सुर निकालकर रोना। औरतें इसी तरह सिर पर बैठती हैं। बहनें भी उसके साथ बैठकर झूठे आँसू बहाने लगीं। सिसकियाँ।...माँ, अब यह तेरा नहीं रहा, देखना।

भावडू हक्का-बक्का घर से बाहर निकल गया था।

सोना चूल्हा जलाती है। आखिरकार खाना तो उसी को बनाना पड़ेगा। भला वह कैसे चूक सकता है? धुएँ में उसका सुन्दर चेहरा गुम़ हो जाता है। मानो बिना चेहरे की बहू रसोई बना रही है। चूल्हा जलने के साथ ही उसका लाल-पीला चेहरा दमक उठता है। माथे पर आनेवाले बाल कलाइयों से पीछे सरकाती हुई वह परात-भर आटा जोर-जोर से गूँधती है। यह देखने के लिए कि तवा गर्म हुआ या नहीं, अपनी पंखुड़ियों जैसी उँगलियों से चार बूँदें तवे पर छिड़कती है। वे बूँदें चुर्र-चुर्र करती हुईं तवे पर मोती जैसी नाचती रहती हैं।

हमारी माँ का स्वभाव भी अपनी दादी मतलब तलवारवाली नबाबाई की तरह व्यक्ति-स्वतंत्रतावादी। उसने हमारी चारों बहनों की रग-रग में यही स्वार्थ-परायण व्यक्ति-स्वातंत्र्य बसाया है। फलत: अपनी-अपनी ससुराल में झगड़ा कर अलग परिवार बना डालने में इन्होंने अपने ब्याह के आरंभिक दिन आपातकाल की तरह खर्च किए, ताकि स्वतंत्र यानी अपना अकेली का ही सिक्का चल सके। माँ का सबक : अलग होने की बातें शुरू में ही हो सकते हैं। लड़कियो, अभी से कहो, मेरे मायके के गहने, पैसे मेरे पास चाहिए। बैंक में अपना खाता खोलो। बैंक होते

किसलिए हैं ? सास-ससुर, ननद-देवर को कभी अपना नहीं मानना चाहिए। माँ का प्रवचन : अपनी गलती को गलती से भी कभी पति के सामने स्वीकार नहीं करना चाहिए। पत्थर अचानक नहीं टूटता। उसे धीरे-धीरे थोड़ा-थोड़ा माँ-बाप से तोड़ते रहना चाहिए। पति से हरदम कहते रहना कि घर में किसी को ऐसा-ऐसा कहते सुना। व्यक्ति-स्वातंत्र्यामृत।

हमारी बिजा के झगड़ालू स्वभाव के कारण उसके लिए उचित यानी शहरी उच्चशिक्षा-विभूषित नौकरीवाला रिश्ता नहीं मिल रहा था। तसवीर में भी वह मरखनी भैंस की तरह दिखती है। बाकी तीनों दिखने में तो ठीक हैं। संयोग से दरिद्र वकीलसाहब दहेज की मोटी-सी रकम लेकर शादी के लिए रजामंद हुए। उन्होंने शादी से पहले भी खूब सोना, नकद रुपया माँगा। फिर शादी में दहेज के सभी प्रकार के बर्तनों, थाली-कटोरी-चम्मचों से अपना किराए का घर पूरा भर लिया। बाद में धीरे-धीरे मोटरसाइकिल, रेडियो वगैरह भी। उनके सौभाग्य से उस समय पिताजी के हाथों में गन्ना, केला जैसी नकदी फसलों का काफी रुपया हर मौसम में आता था। देहातों में बैंक नहीं थे। डाकखाने में रखकर भी पैसा घर में समाता नहीं था। वकीलसाहब के कारण हमारे घर की अगली तीनों शादियों में दहेज की दरें अपने आप ऊँचाई तक पहुँच गईं।

दूसरी बहन छबी के पति गार्डसाहब भी इसी कल्याणकारी दहेज के कारण शादी के लिए राजी हुए। और आखिरी सिंचाईसाहब तो शशि से शादी में ही बोले, तुम्हारे पिताजी से कुछ माँगना ही नहीं पड़ता, लेकिन आजकल महँगाई की दरें दोगुनी हो गई हैं। सब कुछ उस अनुपात में बढ़ाने के लिए कहना। केवल लाड़ली का दिल्लीवाला आर्किटेक्ट पति बिना कुछ माँगे ब्याह कर गया। लेकिन उसके पिता और भाइयों ने बीच में ही पिताजी से खूब रुपए ऐंठकर अपने हाथ साफ कर लिये। पिताजी के पास होते भी थे काफी।

ये दिल्लीवाले आर्किटेक्ट साहब कहते : हरित क्रांति के फलस्वरूप आगे चलकर कुएँ सूख जाएँगे। सूखे की खेती का युग शुरू होगा, तब इन लोगों की समझ में आएगा कि गोठ के बीस मवेशियों की अपेक्षा अस्सी पैसे लीटर पेट्रोल पर दौड़नेवाला दरवाजे का स्कूटर अधिक मूल्यवान है। शहर का दस बाई दस का एक कमरा यहाँ की बीस एकड़ की खेती के मुकाबले अधिक फायदेमंद है। सुख की बात तो है ही—बदबूदार गोबरखाद में रोज हाथ गंदे करने की बजाय दोगुनी फसल देनेवाला यूरिया फॉस्फेट खाद अच्छा—दुकान से आधा ट्रक भेजने को बोल दो, पैसे दो, घूरा खोदने का झंझट नहीं।

सरकारी ऋण के तहत अनुसूचित जाति-जनजातियों के लोगों में मुफ्त में भैंसें बाँटने का अभियान भी उन्हीं दिनों शुरू हुआ और गाँव-गाँव नई डेयरियाँ खुल गईं। घर पर गाय-भैंस पालना किसानों को मुश्किल होने लगा। कुल मिलाकर, धनवान किसानों के घरों में लड़की देनेवाले सोना भाभी के पिता जैसे लोग हमेशा के लिए

ठगे गए। ऐसे में सोना का दुर्भाग्य कि उसकी चूड़ी बढ़ी। वह भी हरित क्रांति की ही बलि—कुएँ में तीन-सौ फीट पर पंप लगाने भावडू का नीचे उतरना और ऊपर रस्सी से बँधी मोटर सिर पर गिरना। राम कृष्ण हरि।

इन सारी बहनों का बिना नागा सम्पन्न होनेवाला वार्षिक कार्यक्रम यानी प्रत्येक गर्मी और दिवाली की छुट्टियाँ शुरू होते ही बड़े-बड़े खाली बक्से लेकर बाल-बच्चों समेत मोरगाँव आ धमकना और वापिस जाते समय ये बक्से हमारे घर के खाद्य-पदार्थों और दलहन जैसे महँगे अनाजों से भरकर ले जाना। उनके लिए सभी प्रकार के पापड़, सेवइयाँ वगैरा बनाने की भागदौड़ यहाँ के सभी करेंगे, क्योंकि सोना भाभी, बुआ, भावडू जैसे यहाँ के देहाती किसानों के लिए कैसी छुट्टी ? बल्कि आनेवालों की सेवा, यह ज्यादा काम। सारी बहनों का लेहँड़ा हमारी कोठी को हिल स्टेशन और होटल समझता है। पूरे तीन-तीन महीने गर्मी का पड़ाव। दामाद का आतिथ्य।

लेकिन आर्किटेक्ट बहनोई सुभी को पहुँचाने मात्र के लिए ही दिल्ली से आता है और फिर लेने के लिए भी इसी तरह एक-दो दिन। अपनी हर रोज शराब पीने की लत के कारण अपने वारकरी ससुर के घर में एक-दो दिन गुजारना भी इसे बहुत भारी पड़ता है। वहाँ जाते ही सुभी की समझ में आ गया था कि करोड़ों का लेन-देन करनेवाले दिल्ली के पंजाबी कॉन्ट्रॅक्टरों ने ही उसे ऐसी आलीशान आदतें लगाई हैं। साल-भर उसने इसकी शराब छुड़ाने की भरसक कोशिश क़ी। इसी बीच पुत्री सुप्रिया का जनम हुआ। बाद में हद से आगे बढ़ गए गृहस्थी के टंटे दुनिया से छिपाने के बावजूद लोगों के ध्यान में आने ही लगे। लाड़ली सुभी पर वारकरी संस्कार और वहाँ रात-बेरात शराब-गोश्त-चिकन। कॉन्ट्रॅक्टर, सुपरवाइजर, सरकार के दलाल आकर करोड़ों का सौदा करते। आर्किटेक्ट बहनोई का कहना भी सही है कि अंग्रेजी शराब के बिना टेंडर के ये खुफिया सौदे पूरे हो ही नहीं सकते। लेकिन लाड़ली घर पर अकेली होती और कोई कॉन्ट्रॅक्टर रात नौ-दस बजे अकेला ही घर आकर कहता, आर्किटेक्ट साहब आए नहीं अभी तक ? पी. ए. को गाड़ी में बिठाकर तो निकले थे। खैर आते ही होंगे। तब तक जरा कल की ब्लैक नाईट पड़ी होगी ? लाएँगी ? प्याला और पानी भी लाइए। जरा-जरा देर बाद रसोई में झाँककर कहता, कुछ चबाने को है ? सुभाजी, माचिस दे दीजिए। रात-बेरात लोग आते-जाते रहेंगे। सिगरेट के धुएँ से घर भर जाता। गोश्त-चिकन पकाना, शोरगुल, गाली-गलौज, घर में रात-भर उनकी वाहियात बातें, छी: । लाड़ली से यह बहुत दिनों तक नहीं सहा गया।

फिर हमारी माँ की व्यक्ति-स्वतंत्रतावादी सीख काम आई। रात नौ के बाद आनेवालों के लिए दरवाजा बंद। घर के भीतर टेंडर के काले पैसों का बँटवारा नहीं, खुफिया सौदे नहीं। ये पियक्कड़ लोग आपस में ऐसा झगड़ते हैं कि किसी

दिन खूनखराबा भी कर डालेंगे। डर लगता है। घर की पार्टियाँ बन्द। ऊँची शराब की बोतलें पति के सामने उसने पाखाने में उँडेल दीं। महँगे प्याले कूड़ेदान में फेंक दिए। आर्किटेक्ट बहनोई कहता है, इस गँवार बीवी की वजह से धंधा चौपट हो गया। अब किसी फर्म में मामूली तनख्वाह पर नौकरी करनी पड़ेगी, वरना करोड़ों रुपए हाथ आ जाते। दिल्ली में धंधे की नस हाथ लगी और यह मनहूस बीवी पनौती लाई।

पिताजी बोले, लाड़ली, हम देहाती किसानों को क्या पता था कि आर्किटेक्ट का धंधा क्या होता है और फार्किटेक्ट की नौकरी क्या होती है? गलती हुई बेटा। पर तुम भी तो बड़ा शहर ही चाहती थी, मैं भी क्या करता? अब तो ऐसी ही जिंदगी गुजारनी पड़ेगी बेटा। अपनी बेटी के लिए भगवान का नाम लेकर कुत्ते-बिल्ली जैसी गृहस्थी सहनी होगी। कुछ और नहीं पर लाखों की प्रापर्टी तो है? इस उम्र में दस हजार स्क्वेयर फीट का प्लॉट है तुम्हारे नाम पर—सस्ते में पाया मंत्री के पी.ए. से। चलो ठीक है। खींचो ऐसे ही।

लाड़ली कहती है, मेरी सुप्रिया बड़ी हो रही है और घर में ये माहौल? इनकी आदतें बढ़ती ही जाएँगी। आजकल तो बड़े-बड़े होटलों में रात-रात-भर इनकी पार्टियाँ चलती हैं। सुबह गाड़ी को गेट से टकराता, गिरता-पड़ता लड़खड़ाता हुआ घर लौटता है। जेब के नोट गिरे होते हैं पार्किंग में। सीढ़ियों पर खड़ा होता है झूमता हुआ। मेरी तो दरवाजा खोलने की इच्छा भी नहीं होती। पड़ोसी भी बीच-बचाव करके थक गए हैं। गाली-गलौज। ऐसा पति? छी:।

कानूनी सलाह की बात पर मुंबई के पंडित मामा कहते हैं, इस स्थिति में तलाक ही एकमात्र विकल्प होता है। लेकिन, इस उम्र में तलाक कैसे लें? लड़कियों की मानसिकता पर इसका क्या असर पड़ेगा?...असल में इन लड़कियों के लिए ही मैं वहाँ रुकी हूँ। दिल्ली में शिक्षा बहुत ही बढ़िया है। लड़कियाँ हर रोज स्कूल जाने के लिए मचलती रहती हैं।

खंडू भैया, सच बताना, क्या मैंने कोई गलती की? जब सुख ही नहीं है, तो किस काम का है ये पैसा? इसकी बजाय जिंदगी-भर किराए के घर में रहने में क्या बुराई है?

लाड़ली, बात तो सही है, लेकिन अपनी गृहस्थी तुम्हीं को सँभालनी है। उसमें मैं क्या बताऊँगा? अब तू ही अपना सोच ले।

इन तीनों बहनोइयों में भी बहुत ज्यादा साम्य नहीं है। मोरगाँव के हिल स्टेशन पर आकर महीना-महीना रहना और पेट फूलने तक खाना यदि छोड़ दें तो ध्यान से देखनेवाले को एक और साम्य इनके चेहरों में दिख सकता है—खूब दहेज लेना और ससुराल से जो भी मुफ्त मिले, हड़प लेना। पत्नियों द्वारा सुझाए नए-नए पकवान

बनवाकर पेट फूलने तक भोजन करना और पड़े रहना। उधर बेचारी सोना खट रही है। माँ हमें गाँव में खदेड़कर जिसके पास जो भी मिले, इनके लिए मँगवाती रहती है—कहार बाड़े से ककड़ियाँ, खरबूज, तरबूज, कहीं से जामुन, आम। बीच में ही वकीलसाहब जम्हाई लेते हुए कहते हैं, कजियास्तान, हजम नहीं हुआ सुबह का अभी तक। बिजा को वे प्यार से कजियास्तान सम्बोधित करते हैं। छोटे बहनोई उसे अकड़सासूजी कहते हैं।...पहले शरबत पिएँगे भाभी, नीबू हैं न ? यह सख्त आदेश होता है।...पूरन-पोली का सामान कल पीसेंगे, गार्डसाहब का माँडे खाने का जी हो रहा है। सोना, परसो तड़के चार बजे गेहूँ भिगोकर पगने दो और दोपहर में पीस-छानकर रख दो। लोइयाँ पगने देंगे तो रात में मांडे बना पाएँगे।...भाभी, अभी पकौड़े ही बना दो गरम-गरम, या अरवी की बड़ियाँ बनाने के लिए कहूँ जी ?...सिंचाई साहब को हमारे घर की भाप पर पकाई गईं उड़द की बड़ियाँ बहुत पसन्द हैं, दाल पीसकर रखो भाभी, आज ही। बीच-बीच में पापड़, मूँगफली के दाने, बच्चों के लिए कहते-कहते टोकरी-भर सारे पंद्रह-बीस लोगों के लिए। भाभी उँगलियाँ फूँकते-फूँकते भुनती रहती है।

फिर शशि को ताश खेलने की सूझती है और मुझे आदेश देती है, ताश निकालना तो जरा खंडू। जोर-जोर से शोर-शराबे के साथ शाम तक रमी के दाँव। बीच-बीच में वकील साहब के शाब्दिक परिहास और उस पर ठहाके। हँसी-दिल्लगी भी। छबी और गार्डसाहब दोनों दाँव जीतने पर जोर से चीखेंगे—जीत गए। भाभी, चाय बनाओ। कभी चारों बहनें और तीनों बहनोई टाइम पास के लिए फिल्मी गानों की अंताक्षरी खेलते हैं और सुन्दर-सुन्दर गानों की तर्जें बिगाड़ते रहते हैं। बीच-बीच में हँसी के फुहारे। सारे बहनोइयों को यह दौर साल का बेस्ट पीरियड लगता है।

बीच में ही माँ आदेश देती है, कैरी का शरबत बना री सोना। इसके अलावा ये सभी बाल-बच्चों के लेहँड़े समेत एकसाथ खाने के लिए बैठेंगे। वकील साहब के परिहास सुनते-सुनते हा हा ही ही में एक-एक, डेढ़-डेढ़ घंटा भोजन जारी। कुछ कम पड़ने पर लगातार परोसनेवाली सोना भाभी की धाँधली। छोकरों का लाड़-प्यार, मनुहार कर सभी का भोजन होने तक और थाली से उठने तक सोना को नींद आने लगती है। किसी को परोसने में उससे जरा-सी चूक हुई नहीं कि इधर माँ का मुँह खुल जाता।

वकील साहब को पंद्रह-बीस सदस्योंवाले गरीब संयुक्त परिवार के कीचड़ से बाहर निकालने के लिए और उनके लिए सर्वथा असम्भव बेजोड़ व्यक्ति-स्वतंत्रतावादी तरकीबें लड़ाने के लिए वे बिजा को ही अपनी गृहदेवता मानते रहे हैं। दरअसल, ये घर के सबसे बड़े सुपुत्र—घर में छोटे-छोटे भाई-बहन। यह भविष्यदर्शी विचार दिमाग में आते ही कि उन्हें भी पढ़ा-लिखाकर अपने पैरों पर खड़ा करने और ननदों की शादियाँ होने तक तो मेरा बुढ़ापा भी खत्म हो जाएगा, बिजा ने अपनी परम गुरु

माँसाहेब से प्राप्त व्यक्ति-स्वतंत्रता की सारी तरकीबों पर अमल किया। लेकिन उसके गरीब सास-ससुर बेचारे इतने सीधे निकले कि इसकी सारी तानाशाही चुपचाप सहते रहे। देवर भी अपनी अमीर मायकेवाली भाभी की हर बात मानते रहे। एक शब्द से भी कोई लड़ने को तैयार नहीं। उल्टा वे बिजा का पक्ष लेते। इससे उसकी मुश्किलें और भी बढ़ीं। माँ की व्यक्ति-स्वतंत्रतावादी कड़ी सीख भी इन सीधे-सादे लोगों के कारण सफल नहीं हो रही थी और परिवार से अलग होने का बिजा का सपना मृग-मरीचिका सदृश्य दूर-दूर जा रहा था। लेकिन दुष्ट प्रवृत्तियाँ सुष्ट प्रवृत्तियों की अपेक्षा हमेशा अधिक प्रयोगशील होती हैं। फिर माँसाहेब द्वारा पढ़ाई गई एक थाली-तोड़ तरकीब के कारण वकीलसाहब अचानक अपने भाइयों पर क्रोधित हो उठे और झूठे आँसू बहानेवाली अपनी व्यक्ति-स्वतंत्रतावादी पत्नी के साथ बाहर हो लिये। दुबारा आप लोगों के मुँह भी नहीं देखूँगा और आप भी कभी मेरे पास न आना, कहकर बदन पर पहने वस्त्रों के साथ दोनों ने घर त्याग दिया। मतलब आज तक उन सभी ने इनके लिए जो कष्ट उठाए, वे क्षण-भर में व्यर्थ हो गए।

इसके बाद आगे की सारी करामात वकीलसाहब की। उन्होंने अपने एक सज्जन मित्र को अपनी रामकहानी सुनाई। यह मित्र अमीर और संवेदनशील भी था। दया कहिए या मदद, इसने घर से खदेड़े इस दम्पति को उनकी दूसरी व्यवस्था होने तक अपना नया बना मकान मुफ्त में रहने को दिया। नागपुर से मेरा तबादला यहाँ होने तक आराम से रहो। लेकिन वकीलसाहब उदारतापूर्वक आश्रय देनेवाले अपने इस मित्र के बैंक खाते में, उसके मना करने के बावजूद हर महीने पच्चीस रुपए घर का किराया समझकर भरते रहे। क्योंकि इन्हें किराएदार कानून की बहुत अच्छी तरह से जानकारी थी। आगे तीन सालों बाद दोस्त का तबादला यहाँ होने पर इन्होंने घर छोड़ने से साफ इन्कार कर दिया। दोस्त की नाक में दम कर दिया। उन्हीं के शाब्दिक परिहास में कहें तो, *टॉर्चर इन द नोज, हॉ हॉ हॉ,* और ऐसा ही जोर का ठहाका मारकर वे यह कहानी सुनाते हैं। बिजा भी कहकहा लगाती है। फिर मुझे नजरंदाज कर विषय बन्द करने की खातिर वे बिजा से कहते हैं, कजियास्तान, भूख लगी है। खाने के लिए व्हॉट व्हॉट है? फ्रेश फ्रेश—

लेकिन मैं बिना हँसे उनके पीछे पड़ते हुए पूछता हूँ, लेकिन वकीलसाहब, क्या ये धोखा नहीं है? उपकार का बदला—

खंडेराव, घर के मालिक के पास कार है, वह तो उपकार करेगा ही। ह ह ह। अजी, हमारे चार अपत्यों—आपदाएँ ही समझिए ये चार कन्याएँ मतलब—ह ह ह ह—हाँ तो इन चार आपदाओं की शिक्षा का, शादी का खर्च कैसे चलाएँगे? आप देंगे आधा खर्च छोरियों का मामा होने के नाते? जाने दो, बहन के हिस्से की प्रॉपर्टी देंगे तब देंगे, लेकिन अभी प्रॉपर टी तो दीजिए हमें ह ह ह ह—हॉट हॉट लाइए—

सारे बहनोई और बहनें ताश के पत्ते पेट से पकड़कर जोर-जोर से हँसते हैं।

देखिए वकीलसाहब, इनसान को अपनी गरज कम करके जीना आना—

अजी, गांधीजी कहते हैं गरज कम करो, लेकिन वो कोई कवि कहता है न कि *गरजो जयजयकार*—हा हा हा। इस पर बाकी बहनोई और बहनें भी हँसती हैं। लेकिन मैं उनके शाब्दिक परिहास की परवाह किए बिना कहता हूँ, लेकिन कभी-न-कभी जो आपको मित्र का यह घर छोड़ना ही पड़ेगा? या हथिया सकते हैं कानूनन?

खंडेराव, फिलहाल पच्चीस रुपए महीने में ऐश से रह सकते हैं न? आजकल चेक लौट आते हैं, मैं सँभालकर रख देता हूँ अलमारी में। किराया देता हूँ, लेकिन मालिक ही मना करता है—नया मुकदमा दायर करेंगे। आजकल जलगाँव में किराया आसमान छू रहा है। शहर के बीचोंबीच ऐसा मकान हजार रुपए किराए में भी नहीं मिलेगा। वैसे भी कोर्ट में हर रोज जाना ही पड़ता है। एक मुकदमा दायर किया, पाँच साल-आराम। फिलहाल तो इसे अपना ही घर समझता हूँ। बाद का बाद में देखेंगे। कब्जा देने के लिए अभी से वह वन लैक देने को तैयार है। मैंने उससे कहा, टू लैक दे। हा हा:...। यू लैक वन लैक हा हा हाऽ। नया घर बन जाएगा दो लाख में।

लेकिन आपके मित्र ने तो आपको मुफ्त में—

खंडेराव, आप ठहरे हिस्ट्री के एक्सपोर्ट, हा हा हाऽ। कभी-न-कभी पी-एच.डी. के लिए विदेश में एक्सपर्ट बनकर एक्सपोर्ट होंगे हा हा हाऽ, लॉ आपकी समझ में कैसे आएगा? फिलहाल तो महीना पच्चीस रुपए भर दिए, घर ओ.के.। हॉ हॉ हॉ, भर दिए घर ओ.के. हॉ हॉ हॉ।

लेकिन अपने घर जैसा फीलिंग भी तो आना चाहिए न। घर मतलब—

खंडेराव, आपके विचार बिलकुल बेकार हैं, बिलकुल यूस फूऽऽल हैं, हॉ हॉ हॉऽ। आपके पिताजी कहाँ हैं—हमारे ससुरजी? व्हेयर आर दे? मैं उन्हें समझाता हूँ कि खंडेराव से व्यापारिक खेती बिलकुल नहीं हो सकेगी। इनके लिए किताबी दुनिया ही ठीक रहेगी।

ऐसे ये हमारे बड़े बहनोई। इनके बेतुके शाब्दिक मजाकों पर सभी रह-रहकर खी खी करके हँसते-हँसते अपना समय काटते रहते हैं। एक बार ये सब वकीलसाहब के किसी फालतू मजाक पर हँस रहे थे कि अचानक मैं ही उन पर जोर-जोर से हँसने लगा। उनसे भी ज्यादा जोर से। बड़ा कोलाहल मच गया। इस तरह मैं शायद ही कभी हँसा हूँ।

दूसरे बहनोई रेल के गार्डसाहब वकीलसाहब के मुकाबले जरा ठीक, आप भला और अपना काम भला माननेवाले। बिजा को माँ द्वारा प्रदत्त संयुक्त परिवार से अलग होने का व्यक्ति-स्वांतंत्र्यखोर ज्ञान छबी को श्रवण से अनायास काफी प्राप्त हुआ था। लेकिन ये गार्डसाहब शादी के बाद से ही रेल के तबादलों के कारण माँ-बाप, भाई-बहनों के चंगल से बचते रहे। बस एक बार छबी ने अपनी माँ की सीख

का अच्छा उपयोग कर दिखाया : उसकी एक अत्यंत होनहार ननद कॉलेज में पढ़ने की खातिर देहात से इसके घर वर्धा में आने की तैयारी में थी। लेकिन छबी ने एडमिशन के लिए कोशिश करने के बहाने उसे अमुक सर्टिफिकेट भेजना, तमुक प्रमाणपत्र लाना, ऐसे खूब छकाया और आखिरकार अचानक उसे गलत सूचना दी कि वर्धा में एडमिशन नहीं होगा, क्योंकि यहाँ अलग विश्वविद्यालय होने की वजह से माइग्रेशन नहीं हो सकता। बेचारी ननद को भावज की खुदगर्जी के कारण उच्च शिक्षा से वंचित रहना पड़ा। क्योंकि जवान लड़की को होस्टल में रखना पुराने खयालोंवाले किसान माँ-बाप को ठीक नहीं लगा। फिर उसने डाक द्वारा टीचर का डिप्लोमा किया और अब स्कूल टीचर बन गई है। उसका चाहे जो हो, लेकिन छबी की चार साल के लिए ननद को सँभालने की बला तो टल गई। व्यक्ति-स्वातंत्र्य की जीत हुई।

गार्डसाहब अपने घर के सारे प्राब्लेम छबी को सौंपते हैं। तनख्वाह कम होने के कारण घर में किसी भी चीज की कमी महसूस होते ही रेल के मुफ्त पास पर ये छबी को बच्चों समेत मोरगाँव लाकर छोड़ देते हैं। लौटते समय छबी अनाज, दलहन, मिर्च, मसाले वगैरह घर का सारा सामान अपनी बोरे जैसी भयानक बड़ी रेल-पार्सल की थैलियों में भरकर अपने गाँव लौट जाती है। हमारे पिताजी ने उसे अकोला में एक प्लॉट खरीदकर दिया है और उसी पर चार कमरों का एक घर भी अलग से बनवा दिया है। गार्डसाहब ने ड्यूटी से लौटते वक्त रेल का अधिकाधिक सामान उड़ाकर इस घर में ठूँसने में कमाल कर दिया है—पंखे, पर्दे, मोमजामा, इलेक्ट्रिक फिटिंग, वायर, नल, बेसिन, स्क्रू, फोम के गद्दे, म. रे. अक्षर छपे आईने, ऑईल पेंट के डिब्बे—सब कुछ। और तो और, घर के बाहर बैठनेवालों के लिए एक पूरा कोच भी रेल के ऑथराइज्ड कुलियों के जरिए लाकर डाल दिया है। बाहर बरामदे के दरवाजे में रेल के डिब्बे को अंदर से लॉक करने का भयानक बड़ा लैच भी लगा है। इसके बारे में पूछने पर उनका जवाब होता है कि रेल में और ससुराल में जो चीजें नहीं हैं; केवल और केवल वही चीजें खरीदने का हम रेलवालों का रिवाज है। रेल मिनिस्टर से लेकर सभी ऐसा करते हैं, इसी वजह से रेल का बजट अलग होता है। ड्यूटी के वक्त रोज वे भोजन का पीतल से बना बड़ा-सा डिब्बा ले जाते हैं और लौटते समय यार्ड के पथरीले कोयले के ढेर से तीन-चार डिब्बे कोयला भरकर ले आते हैं। साल-भर पानी गर्म करने के लिए, रसोई की सिगड़ी के लिए उनके अवकाश ग्रहण करने तक अक्षय जलावन।

अब सबसे छोटे बहनोई सिंचाईसाहब। ये पहले से ही अत्यंत बुद्धिमान, बी. ई. की परीक्षा में अव्वल आए, ध्येयवादी और गरीब किसान परिवार से उभरे हुए होनहार युवक माने जाते थे। पिताजी ने अपने वारकरी मित्र का यह होनहार लड़का दामाद

रूप में चुनकर सुभी के समय हुई आर्किटेक्चरल गलती नहीं दोहराई। सिंचाई साहब कविताएँ भी लिखते थे और उनकी ग्रामीण दीर्घ कविता *अलिप्त* को अखिल भारतीय ग्रामीण साहित्य सम्मेलन के प्रथम अधिवेशन में अव्वल दर्जे का पुरस्कार भी प्राप्त हुआ था। इसका सर्टिफिकेट—*सामाजिक दायित्व को समझनेवाले सतही ग्रामीण साहित्य का भविष्य* को फ्रेम बनाकर इन्होंने बैठक में सजाया है। वे जब जूनियर इंजीनियर होकर सिंचाई विभाग में दाखिल हुए थे तब हेडक्वार्टर के साहब ने उन्हें एक सूची सौंपी और—फलाँ फलाँ किसानों को चौबीसों घंटे पानी उपलब्ध कराने की स्थायी वितरण व्यवस्था करने को कहा। क्यों ? उनके इस प्रश्न के उत्तर में बॉस ने बस—नया है, आशय की भाव-भंगिमा बनाकर तुरंत उन्हें बाँध पर जाने का निर्देश दिया। लेकिन बहनोईजी ने जी.आर. के तहत हेक्टेयरगत कोष्ठक के अनुसार और समयसारिणी के मुताबिक पानी देना शुरू किया। उसी दिन उन्हें दस-बारह सन्तप्त गन्ना मालिकों के फोन आए। सिंचाई साहब ने उन उत्कोचदाता जमींदारों को बड़ा फुर्तीला जवाब दिया कि ये सरकार जनता की है, मैं सरकारी नौकर हूँ, नियम के अनुसार ही पानी दिया जाएगा।

बाद में शादी के उपरांत हमारी शशि ही बाँध के क्वार्टर में हाजिर हुई। उसी दिन एक मजदूर *सिंचाईसाहब को विधायकसाहब की ओर से सविनय भेंट : शादी की सौगात*—लिखित पैगाम के साथ डिबिया में सोने की मोटी अँगूठी दे गया। उसी दिन सिंचाईसाहब की टेबल के दराज के अंदर कोरे लिफाफे में नोटों की भारी पुड़िया मिली। साहब सन्तप्त होकर चिल्लाए, फेंक दो इसे कूड़े में। लेकिन फेंकता कौन ? दफ्तर के सभी कर्मचारी उनके प्रति कनखियोंवाली अनदेखी बरतकर शांति से अपना-अपना काम किए जा रहे थे।

आज शशि के घर में फ्रीज में अंजुली भर अँगूठियाँ हैं। वे जहाँ-जहाँ भी तबादले पर गए हैं, वहाँ के बड़े-बड़े गाँवों में उनके नाम से प्लॉट धूल खा रहे हैं। जलगाँव, नाशिक और श्रीरामपुर शहरों में एक-एक फ्लैट अलग-अलग नामों से उन्हीं के नाम पर है। एक फ्लैट तो घुटने के बल रेंगनेवाले सुपुत्र मकरंद के नाम पर भी है। इसके अलावा पिताजी द्वारा शशि को तथाकथित खरीदकर-दिलवाई बीस एकड़ तरी की खेती उसके नाम पर है। यह किसी चीनी मिल के अधिकार क्षेत्र की जमीन कहाँ है, किसी को नहीं पता। लेकिन खतौनी के ढाँचे के अनुसार चीनी के हिसाब समेत सहकारी बैंक का चैक चीनी मिल सदस्य किसान के नाते घर बैठे उसके नाम पर आता रहता है। इनका तबादला भी वहीं होता है, जहाँ ये चाहते हैं।

एक बार वे मुझे समझा रहे थे : खंडेराव, नौकरी पूरी सुरक्षित हो तभी करनी चाहिए।...मसलन, कौन-सी ?...सरकारी की। उसमें भी सबसे अधिक बुनियादी विभाग हो तो किसी बात का डर नहीं होता।...अच्छा, मतलब मसलन कौन-सा ?...सहकार विभाग, सिंचाई विभाग या पुलिस विभाग।...न्याय विभाग ?...बढ़िया। क्योंकि, समाज की बुनियाद कभी नहीं ढहती।

साला सिंचाईसाहब, समाज की नींव में रहकर उसी को खोदकर ऐश करता है। ऊपर से खुद अलिप्त रहकर। उनके छात्रकाल की पुरस्कृत कविता *अलिप्त* की यह पंक्ति :

हे कवि, गरीब किसान के माथे की चिन्ता का पसीना पोंछनेवाला
पेपर नैपकिन बनकर तू अलिप्त बन।

औरतों की गपशप में माँ बड़े गर्व से कहती रहती है, मेरी छोटी बेटी के घर में पैसा समाता नहीं है। पिताजी भी यह सब सुन रहे होते हैं। मतलब सुन लेते हैं। ऐसे निचली सतह के गरीब किसानों के लड़के इस बात का सबूत ही हैं कि वारकरी हिंदू धर्म की नींव कितनी भुरभुरी हो गई है। पढ़-लिखकर ऊपर पहुँचे और किसानों का ही पैसा खाने लगे। किसान के हल का फाल ही उसका काल बन गया। बीज बेशर्म निकला रेऽ मौसम बरबाद हो गया ऽऽ।

हर साल गोदावरी के बाँध की दरार बन्द करना, गिरना का बाँध साफ करना, नहर का तलछ्ट उलीचना, नांदूर-मध्यमेश्वर के बँध को खतरा—नीचे के चालीस गाँव डूबने का डर—जनता में घबराहट—अड़तालीस लाख रुपए व्यय के लिए मंजूरी दें—चार बुलडोजर, चालीस डंपर, सौ ट्रक। फिर निविदा मंजूर करना, इतने मजदूर, इतने बढ़ई, सीमेंट, पत्थर—जैसे कागजों पर झट से हस्ताक्षर करके उन्हें मंजूर भी करवाना। दरअसल, न कहीं तलछट उलीचा जाता है न कहीं दरार पड़ी होती है। ऊपर मंत्रियों, उनके पी. ए. तक को पैसे पहुँचाने की एक तत्पर प्रणाली सिंचाई विभाग में है। इतना ही नहीं, अपनी डिवीजन के सभी जूनियर इंजीनियर, बाबू, प्यून, डंपरवाले, ट्रकवाले सबको घरबैठे पैसों का वितरण अत्यंत सुनियोजित ढंग से होता रहता है। अकाउंट्स के लोग सहकारी बैंकों से तारीखें, वाऊचर पाने में निष्णात। इसके अलावा अपने अधीनस्थ लोगों को साल-भर में जो चाहे वो आराम से प्रदान करने का प्रबन्ध—छुट्टी, देर से आना, दफ्तर नहीं आए तो टूर पर जाना दिखाकर उल्टे यात्रा-व्यय मंजूर, घर में शादी हो तो ड्राइवर समेत सरकारी जीपें, सहकार विभाग के वरिष्ठ अधिकारियों के लिए बाँध के रेस्ट हाऊस पर चाँदनी रात में पार्टियाँ—सिंचाईसाहब सब कुछ बड़ी खूबी से मैनेज करते रहते हैं। अलिप्त रामराज्य। सारी प्रजा सुखी।

खंडेराव, साला हम हिंदू लोगों का वंश ही कहीं भ्रष्टाचारी तो नहीं?

बच्चो, खामोश बैठो तो जरा घंटी बजने तक।

शिशुशाला में बाँस की दीवार से सटे और एक दूसरे की ओर टकटकी लगाए बैठे हम तीस-चालीस नन्हे-मुन्ने बच्चे। हाथ मोड़कर ओठों पर उँगली रखे कितनी देर बैठे रहेंगे? सबसे पहले रघु नायक ने हंगामा शुरू किया और टेबल पर टाँगें

पसारकर सोए उबाले गुरुजी को परेशान करने के अपराध में उसे कान पकड़कर उठक-बैठक लगाने की सजा हुई। कुम्हारबाड़े के टीले पर, जहाँ से नदी का पूरा गोलाकार घाट दिखाई देता है, वहाँ पहली और दूसरी कक्षाओं के बीचोंबीच पुती हुई जमीन पर एक काल्पनिक सरहद बनाकर हमारी शिशु कक्षा को बिठाया जाता है। तीनों कक्षाओं के लिए एक ही अध्यापक। दूसरे विश्वयुद्ध से उपजी महँगाई के कारण ज्यादा अध्यापक नियुक्त करना सरकार के लिए महँगा पड़ रहा था। इसके अलावा क्विट इंडिया आंदोलन के कारण बोरिया-बिस्तर समेटने की सम्भावना के चलते अंग्रेजों ने-प्राइमरी स्कूल का विभाग लोकल बोर्ड को सौंप दिया था। सातवीं वर्नाक्यूलर फाइनल पास उबाले गुरुजी शिशुकक्षा को एक-दो-तीन, पहली कक्षा के बच्चों को बे एकं बे के पहाड़े और दूसरी कक्षा के बच्चों को ग्यारह एकं ग्यारह के पहाड़े एक साथ जोर-जोर से रटने के लिए कहते। गुरुजी को भी शायद इतना ही आता हो। विद्या का यह शोर सुनकर आने-जानेवाले निरक्षर लोग बड़े कुतूहल से दरवाजे-खिड़कियों में खड़े झाँकते रहते। थोड़ी देर में शोर की लय से उबाले गुरुजी टेबल पर टाँगे पसारकर सो जाते। हाथ की छड़ ज्यों-की-त्यों। फिर ऊपरी कक्षा के लगातार फेल होनेवाले उद्दंड बच्चे पहाड़े रटना छोड़ नारों की तरह चिल्लाते : गुरुजी पढ़ाइए, गुरुजी पढ़ाइए। फिर गुरुजी उस ओर की आँख जरा-सी खोलकर देखते और कहते, कौन कहता है रे पढ़ाइए करके आँ? जरा इधर सामने तो आ। फिर पढ़ाता हूँ तुझे।

इन चालीस उत्साही सहपाठियों में हम तीन-चार ही मैट्रिक तक टिके। इसके आगे बस दो ही—बालू धनगर बी.एस्सी. में अव्वल आकर भाभा परमाणुशक्ति केंद्र में बड़ा वैज्ञानिक बन गया और मैं भी पी-एच.डी. तक तो पहुँच ही गया हूँ। हम दोनों की पढ़ने-लिखनेवाली यह पहली ही पीढ़ी। सरस्वती ने बाकियों को कैसे और कहाँ लताड़ फेंका, इसे वे भी नहीं जान पाए। बड़ी-सी थैलियों में उँगलियाँ फँसाए और उन्हें पीठ से लटकाए उत्साह से फुदकते हुए टीला चढ़नेवाले हमारे बाकी सभी साथी कहाँ गए? दूसरी- तीसरी कक्षा में दो-एक मर गए, सात-आठ फेल हुए, इस कारण स्कूल से निकाले गए। चौथी तक पच्चीसेक बचे थे। सातवीं फाइनल में तो इनमें से आधे भी नहीं पहुँचे थे। कुछ को भाई-बहनों की देखभाल के लिए घर पर बिठा दिया गया। महार का धनजिया तो रोज ही रेंकता हुआ माँ-बाप को यंत्रणाएँ दे रहा था कि बिना स्लेट के गुरुजी स्कूल में आने नहीं देते, इसलिए मुझे आज ही स्लेट ला दो, वरना मैं स्कूल नहीं जाऊँगा। सो उसे स्कूल से निकाला गया। गोंधले के गोरधने को तीन-चार आदमी पकड़कर स्कूल में लाते और गुरुजी के सामने पटककर कहते, मास्टर, आपको सँभालने को दिया है। भाग जाएगा। अच्छी तरह से ठुकाई कीजिए इसकी, मारिए-पीटिए कुछ भी कीजिए, लेकिन स्कूल से बाहर मत आने दीजिए।

उखा महार के जुड़वाँ लड़के चंगू-मंगू अचानक महामारी में चल बसे। नजीर वजीर तड़वी ने हमारे मरखने मास्टर के हाथ से छड़ी छीनी और उस छड़ी से उन्हीं

को मारकर जो भागा, दुबारा स्कूल की सीढ़ी तक नहीं चढ़ा। धनसिंग भामटा मोटी चमड़ी का था, चाहे जितना मारिए, कभी रोता ही नहीं था। सातवीं के बाद वह पुलिस में भर्ती हुआ। बुनकर के मिट्ठू के हाथ-पैरों की अंटी में, काँछों में, जाँघों में हमेशा खारिश के फफोले आते रहते, इस कारण चलते समय वह नृत्य करता हुआ, हौले-हौले कदम बढ़ाता हुआ, हवा में तैरने जैसे हाथ फैलाता हुआ आता। उसके पास कोई नहीं बैठता था। एक बार मास्टरजी ने उससे कहा, स्कूल के इन्स्पेक्शन के लिए साहब आनेवाले हैं, तू इधर फटकना भी मत। इसके बाद वह इधर कभी नहीं फटका। इसी तरह गाँव से बाहर रहनेवाले तीन-चार बच्चों से मास्टर ने कहा कि नहाए बिना आना नहीं। आगे वे कभी कक्षा में दिखाई नहीं दिए। फतरिया, कुड़िया, कचरिया, टोपलिया, गोबरफोड़िया—जैसे नामधारी ये सारे सहपाठी एक-एक कर पीछे छूटते गए।

स्कूल छूटने पर कई बार हम इन दोस्तों के घर चले जाते। वहाँ तटांगिया के घर बकरियाँ, गारशिया के घर पिंजड़े की पहाड़ी मैना, धनजिया के घर घास काटते समय मिला मोर का चूजा, जांधू के पाले हुए कबूतर—बहुत अच्छे लगते। पेंसिल का एक टुकड़ा धनजिया को देने पर वह मोर की नीली-नीली पीठ पर हाथ फेरने देता। पेंसिल के दो टुकड़े देने पर नका फौजदार कबूतर को हाथ में लेने देता। तिमा भला के पास कौड़ियाँ, केसो हेला के पास पथरीली गोटियाँ मिलतीं। ये गोटियाँ उसके माँ-बाप को कूड़े का खाद फैलाते समय मिली थीं। मुट्ठी-भर मूँगफली, दो मुट्ठी मूँगफली के दाने, पापड़ देने के अनुबन्ध पर हमें एक गोटी मिलती। प्रत्यक्ष में लेन-देन काफी बाद में होता, लेकिन दोस्ती बहुत गाढ़ी थी। रघु नायक तो टूटी स्लेट का लम्बा टुकड़ा हाथ में पकड़े ही स्कूल आता। उसे जैसे-तैसे उँगलियों में पकड़ने लायक दूधिया पेंसिल का टुकड़ा देना मेरी जिम्मेदारी होती। क्योंकि पेंसिल नहीं होती तो मास्टर उसे जानवर की तरह पीटते और मुझसे यह देखा नहीं जाता।

मौज-मस्ती में एक दूसरे के कंधे पर हाथ डालकर चलनेवाले हम एक हाथ से अपने बस्ते, थैलियाँ सँभालते और दूसरे हाथ से एक दूसरे से छेड़-छाड़ भी करते। किसी का कान बह रहा है, उसे अपने आसपास की मक्खियाँ लगातार उड़ानी पड़ती हैं। किसी को किसी ओझा के अघोरी उपाय के कारण कहीं पर कुछ चुभोया गया है। किसी के पैर में गहरा धँसा काँटा उखाड़ते समय आधा अंदर ही रह जाने के कारण नाई ने उसकी एड़ी का आधा हिस्सा ही काट डाला है, जिसके कारण वह लँगड़ाता हुआ स्कूल की तरफ दौड़ा जा रहा है। किसी की—या शायद मेरी ही—आँख में गेहूँ की किरिच गई थी। बुआ ने जबान से उसे निकाला, फिर भी आँख लाल बनी हुई है। मुझे आँखों की पलकों से ऐसा दिखता है कि स्कूल लगातार दूर-दूर होता जा रहा है। मेरे दो-तीन सहपाठी साथियों को छोड़, बाकी सभी को स्कूल ने चकमा ही दिया है। स्कूल से एक-एक कर सबकी छुट्टी हुई और सारे घर बैठ गए।

फिर भी हम सब आपस में हाथा–पाई, धींगाधींगी करते ही थे। एक था चमार का लड़का, उघड़िया। हम गाँव के अंदर रहनेवाले नहाकर, साफ–सुथरे कपड़े पहनकर आते तो वह अपने काले–नीले लम्बे नाखूनों से हर एक का मुँह नोंच डालता। ग्रामीण जाति–वर्ग–व्यवस्था के प्रति उपजी यह उसकी सहज प्रतिक्रिया थी। एक बार मेरा ऐसा नुचा हुआ मुँह देखकर दादी मुझे खींचती हुई नदी के उस पार ले गई। हमें देखकर वह झोपड़ी में छिप गया। लेकिन इतनी–सी झोपड़ी में कहाँ छिपता ? उसके बाप ने उसे चमड़ा काटने की लकड़ी से इस कदर पीटना शुरू किया कि मैं ही रोने लगा। दादी भी उसका हाथ पकड़कर बोली, बस रे भैया, बस कर। अरे बच्चे हैं, झगड़ेंगे ही। उघड़िया ने भी उसी साल स्कूल छोड़ दिया।

सारे लड़के सुबह–सुबह एक–एक करके सेंहुड़ के झंखाड़ों से गली में और बाद में महाद्वार से गाँव में फुदकते आते दिखाई देते। अधिकांश के कुर्ते हाथापाई के कारण काछों तक फटे हुए, बहती नाक पोंछ–पोंछकर आगे का हिस्सा मैला, अधिकांश की चड्डियाँ फटी हुईं और अंदर से झाँक रहे डाक बाबू सभी को दिखाई देते। नीचे पतली टाँगें। बाल बनानेवाले, साफ कपड़े पहननेवाले अमीरों के पाँच–सात बच्चों को छोड़ दें, तो सभी के बाल छोटे–छोटे कटे हुए, गाँव के बाहरवाले छोकरों के सिर तो पूरे मूँड़े हुए या घर पर ही हँसिए से कटे हुए होते और तेल से अनजान। शिवराम नाई महारबाड़े और मातंगबाड़े के छोकरों के बाल नहीं काटता था। छह–सात महीनों में एक ही बार मिलकर कोई नदी के दह के किनारे एक–एक को कतार में बिठाता और मिनट–भर में खरखर करके उन्हें मूँड़ डालता। उस समय गाँव के बाहरवाले छोकरों को पकड़कर दह तक लाने में बड़ा हंगामा होता—कोलाहल, रोना–पीटना, भागादौड़ी। इन छोकरों के कुर्ते भी ऐसे—गाँववालों द्वारा फेंके गए, भीख में मिले, फटे हुए, बड़े–बड़े, घुटनों से भी नीचे तक लटकनेवाले, लबादे जैसे। नीचे चड्डी न भी पहनी हो तो भी कोई बात नहीं। शायद इसी कारण ये सब चौथी कक्षा के बाद शिक्षा के इलाके से हमेशा के लिए तड़ीपार हो गए।

लिखो, क से कमल

अधिकांश स्लेटें पथरीली, चौखट से टूटकर गिरी हुई होतीं और साल–भर नई स्लेट मिलने की कोई सम्भावना नहीं होती। शहर की दुकानों में भी बिना मौसम के स्लेटें नहीं मिलतीं। इसलिए मैं स्लेट का खास ध्यान रखता था। बढ़ई द्वारा चौखट के चारों कोने छेदकर तार से मजबूती से बँधी मेरी स्लेट एक बार मैं जोर लगाकर कुर्ते से पोंछ रहा था कि बीचोंबीच खड़ी चिरकर दो टुकड़ों में बँट गई। फिर कोई भी शब्द लिखते समय आधे अक्षर इधर और आधे अक्षर दरारवाली रेखा के उस पार। चौखट हिलती तो अक्षर टूटते। बीच में चीरा आने से शब्द और अर्थ में दरार दिखने लगी।

क॥मल न॥मन ना॥हर शि॥शु ग्या॥रा बा॥रा

घिचपिची में पूरा शब्द एक ओर लिखना भारी पड़ता। आगे चलकर वैसी ही आदत बन गई। यह खोज कि किसी भी शब्द के दो हिस्से होते ही हैं, विभाजन होता ही है और वह टूटता ही है, मनोस्लेट पर इतना गहरा अंकित हो गया कि आगे कागज, नरकट, टाँक, फाउंटेन पेन, पेंसिल, बॉलपेन आए परंतु साबुत शब्द लिखने की आदत लगाना बहुत भारी पड़ा।

क से कमल—की लिपि किसने खोजी होगी ? आगे चौबीसवें साल मैसूर की सड़क पर लिपि विशेषज्ञ मित्र शेषाद्रि के साथ पहली बार कमल देखे—दूर तक...क क क क—क जैसे लगातार कीचड़ पर खड़े कमल। आत्मबोध।

शेषाद्रि ने तब खरोष्ट्री लिपि पर काफी अनुसन्धान किया था। बोला, ऐसा नहीं है। लिपि पहले दिमाग में खुदवाते हैं, फिर प्रकृति में वैसी वस्तुएँ ढूँढ़ते हैं। संसार की सबसे लंबी नदी, सबसे ऊँचा पर्वत, ब्रह्माण्ड, तुकाराम, टुंड्रा का प्रदेश—ये सब देखना किसी के भी बाप से सम्भव न होता। इसीलिए लिपि द्वारा पहले से इसे रटने की, जान लेने की जरूरत नहीं पड़ती। इसी कारण मानव जाति का ज्ञान बढ़ा। इसी कारण निरक्षर लोगों की अपेक्षा हम जैसे साक्षर लोग ज्ञानार्जन में कुशल सिद्ध होते हैं। केवल चिह्न मतलब ज्ञान। करना क्या है प्रत्यक्ष प्रकृति या फिकृति का ? ऐसा ज्ञान मुट्ठी में आने के कारण ही तो यूरोपीय लोगों ने हिंदुओं को गुलाम बनाया।

अरे, लेकिन चिह्नों की ये मिथ्या झाँकियाँ, केवल ज्ञान का युग, आगे चलकर यह सब ढह नहीं जाएगा ?

स्कूल से छूटने के बाद दिन-भर आवारागर्दी। बच्चों को दिन-भर घर पर रखकर माँ-बाप चले जाते। कोई मजदूरी के लिए, कोई अपने ही खेत पर। फिर बच्चे पूरा दिन कैसे गुजारें ? बच्चे वक्त गुजारने की हजारों तरकीबें ढूँढ़ निकालते हैं। अरे, गोट-बस्ती में गोपाल लोगों का बड़ा-सा भैंसा आया है। भैंस पड़िया रहे हैं, सुनते ही सारे बच्चों की भीड़ दौड़ते-दौड़ते वहीं। अनायास ही यौन शिक्षा की काफी ऊपरी सीढ़ी तक पहुँच जाते। राम कुम्हार मटके कैसे बनाता है, उसका पहिया देखो। कोंडू मातंग केवल निर्गुंडी की हरी पतली छड़ी से बड़ा-सा कुठला कैसे बुनता है, थोटू चमार चमड़ा कैसे काटता है, पोपट सुनार गहने को गलाकर साँचे में डाल उन्हें अलग आकार कैसे देता है ? लुहार की भट्टी में गलनेवाला लोहे का रस हँसिये का आकार कैसे लेता है ? लकड़ी के लट्ठे से सरावन बढ़ई कुर्सी कैसे गढ़ता है ? उसके दिमाग में कुर्सी का आकार पहले से ही बना रहता है। इसे पहली बार किसने खोजा होगा ?

अकेलेपन को सुसह्य बनाना और वह भी अकेले। घर में खिलौने जैसी महँगी चीजें नदारद। फिर बच्चों को बिना खर्च के खेल ढूँढ़ने पड़ते हैं। घर में तंग करनेवाली चिड़िया को टोकरी के नीचे फाँसने की विभिन्न रणनीतियाँ। टोकरी कितनी तिरछी रखें ? उसके लिए तीली कितनी ऊँची लगाएँ ? इतनी डोरी पूरी पड़ेगी ? गाँठें लगा-लगाकर दरवाजे के पीछे से खींची जाएगी ? जवार के दाने

टोकरी के नीचे डालकर घंटा-घंटा भर टोकरी की ओर देखते रहना। देखते-देखते दोपहर खत्म हो जाती है। या फिर सूर्य को आईने में पकड़कर पेड़ पर बैठे तोते की आँखों पर तेज रोशनी फेंकना—ग्लानि से वह नीचे गिरेगा और फिर हम उसे पालेंगे। खेल की बजाय खेलना महत्वपूर्ण होता। सारे के सारे खेल बिना खर्च के। हम ऐसे बिना खर्चवाले खेलों की अनेकों तरकीबें ढूँढ़ निकालते। डंठल या पेड़ की कोमल पत्तियों की सीटियाँ बनाना, दो चिकने पत्ते एक दूसरे से टकराकर फट फट की आवाजें निकालनेवाला खिलौना बनाना, सेमल की गुठलियों को उँगलियों में पहनकर मदहोश करनेवाली टोय टोय की आवाजें निकालना। आम की गुठली के बीच में तीली भोंककर दूसरी गुठली का एक कोना काटना और अंदर का बीज निकालकर तीलीवाली डोरी लिपटी गुठली को उसमें गरगर घुमाना। चिकने खप्पर के टुकड़े को घिस-घिस कर छोटी-सी गोल चकत्ती बनाना और दो छेद बनाकर उसमें डोरी पिरोकर घुमाना, या डंठल की पूरी बैलगाड़ी बनाना।

बचपन के चिंआँ, कौड़ियाँ, गोलियाँ जैसे जनाना खेलों का युग खत्म होते ही जंगली खेलों का युग शुरू हो जाता। गुढीपाड़वा पर बाघ बाघ खेलना—जिस पर दाँव आएगा, उसके गले में रस्सी डालकर उसे घेरे में दहाड़ते हुए घुमाते रहना। घेरे में प्रत्येक के लिए रखी नीम की एक-एक छोटी टहनी बाघ को चकमा देकर फुर्ती से निकालते रहना और आखिरी टहनी निकालते ही उसके मुँह पर टहनी से ताड़-ताड़ मारते हुए पेड़ तक ले जाना। बाघ का चेहरा निंबोरियों से लाल-हरा फूल जाता। इसका बदला वह बादवाले से इसी तरह चुकाता। ऐसे खेलों में कोई लड़खड़ाता है, टकराता है, लेकिन उम्र का जंगलीपन कैसे शांत हो? हाथ-पैरों पर फुन्सियाँ, फोड़े, भदे, बदन पर कहीं-न-कहीं फोड़ा, कहीं-न-कहीं निशान होता ही। दिन-भर खेलते-खेलते बार-बार उसी पैर की दूसरी उँगली में ठेस लगकर उसका नासूर बन जाता। उसका नाखून अब भी तिरछा ही बढ़ता है। यह तो सुना भी नहीं था कि छोटे बच्चों के लिए भी जूते-चप्पलें होती हैं। दौड़ते समय लड़खड़ाकर ठेस लगती, तिलमिलाकर नीचे बैठते। बहनेवाले खून पर मिट्टी डालना और खेल शुरू। बीच में प्यास लगे या भूख, दौड़े-दौड़े घर आना, पर दिमाग में खेल जारी। परछत्ती की टोकरी ढूँढ़कर पापड़, फलियाँ, चँगेरी में रोटी बची हो तो सींके का दही या जो भी मिले, खाकर धाड़-धाड़ दरवाजा भिड़ाकर फिर गाँव के बाहर खेल में हाजिर।

लपकडंडा। मैं दिन-भर अकेला घर सँभालते-सँभालते दरवाजे पर बैठकर ऊब जाता हूँ। लपकडंडा। मैं भावडू का पीछा नहीं छोड़ता। देखो, तुम्हारी आँखों पर गुल्ली लगी थी न? घर जाओ।...नहीं, मैं भी खेलूँगा।...खंडू, तू छोटा है। बड़ों में मत खेल।...नहीं, मैं खेलूँगा।...सँभालकर हाँ। मैं सरसराता हुआ ऊपर चढ़कर दूसरी डाली पर छलाँग लगाने लगा, लेकिन वह डाली तो हाथ आई ही नहीं। क्योंकि उसी समय नीचे से कोई और उससे लटका और वह नीचे झुक गई। टाँगे ऊपर और सिर नीचे नुकीले पत्थर पर। सिर में बड़ा-सा घाव हो गया। भावडू

दौड़ता हुआ घर गया। घर के सारे लोग दौड़ते हुए बरगद के नीचे आए। बदन पर खून ही खून। माँ मुझे चुप करा रही है, फिर भी मैं रोते-रोते माँ से कहता हूँ, माँ, भगवान का नाम लो। माँ रोने लगती है और कहती है, हाँ बेटा, लेती हूँ। तू चुप हो जा। घर के आँगन में औरतों के घेरे में खंडेराव पड़ा हुआ है। हल्दी के लेप से घाव से बहता खून रोका गया है।

पिताजी खेत से दौड़े चले आ रहे हैं। बैलगाड़ी जोतकर तीन कोस हिंगोना गाँव के हड्डियों के वैद्य के पास। वह जंगल से कमरटूटी की पत्तियाँ लाता है। पीसकर घाव पर लेप लगाना, एक लेप सूखने पर दूसरा लगाना, लगातार दो दिन। वैद्य कहता है, कहना मुश्किल है, लेकिन यदि बच गया तो लड़के के दिमाग में कुछ तो ऐब पक्का रह जाएगा। मैं रात में उठकर माँ के चेहरे के पास मुँह ले जाने की कोशिश करता हूँ। माँ जग जाती है। क्या देख रहा है खंडू।...माँ, क्या मैं जिंदा हूँ?...हाँ बेटा। अब सो जा। कुछ नहीं हुआ है तुझे।

और वो दिमाग का ऐब?

आसमान लालिमा की जगमगाहट से लबालब। अँधेरे में डूबती जा रही लाल क्षितिज की कोर। कोई भटका हुआ सफेद बादल लाल-नीला होते-होते स्याह होता जा रहा है। कौओं, बगुलों के झुंड-के-झुंड को अपने पेट में समेटती हुई कालिमा उतर रही है। फिर भी राह तकते रहना। माँ किसी भी वक्त खेत से लौटनेवाली है। देहात के बच्चों को बचपन से ही सिखाया जाता है—जिंदगी में टिके रहना है तो राह तकना, लगातार राह तकते रहना—बारिश की, बारिश के थमने की, जमीनी नमी की भाप बनने की, बुआई की, फसल कटाई लायक बनने की, अनाज घर लाने की, व्यापारी द्वारा उसे खरीदे जाने की, फिर व्यापारी द्वारा फसल से घर खाली किए जाने की, उससे-सरकार से आनेवाले अपने मेहनत के पैसों की, बाजार की, मोटरगाड़ियों की—ऐसा करते-करते बुढ़ापे में मर जाने की। धत्, अँधेरा राह को भी ढँक देता है। तब तक हम धीरज रखते हैं।

दिन-भर बहनों को सँभालते-सँभालते मैं उकता जाता हूँ। मैं उनसे बोल आता हूँ कि यदि मुझे देर हो जाए तो अंधी चाची के पास बैठना। या फिर गूँगी चाची के पास जाना। वह हमेशा कहती है—दादी ने खेती सँभाली, तुम्हारी माँ के कारण वह बढ़ रही है। लेकिन देखो न, ऐन मौसम में काम के लिए मजदूर नहीं मिलते, इसलिए घर के सारे लोग खेत में, भावडू भी।

दूर से हमारे झीबू-ढबू बैलों के घुँघरुओं की परिचित ध्वनि सुनाई पड़ती है। ऐसा दृश्य हो कि गठरी में सिर इस तरह धँसा हुआ कि केवल पैरों तले की राह ही दिखती हो, तो वह माँ ही होती है। खेती से लौटते समय उसकी हमेशा यही मनोदशा होती है कि खेती से क्या लाएँ और क्या छोड़ें। इससे सभी को देर हो जाती है।

मवेशियों, बछड़ों के लिए अलग-अलग चारा, भावडू की, मेरी पसन्दीदा और इन्हीं दिनों उगनेवाली पत्तियों की सब्जियाँ, बहनों के लिए फलियाँ, बड़ी ककड़ी, फूट, होला। उसके सिर का छोटा-सा भार लेकर मैं उसके आगे-आगे दौड़ता जाता हूँ। घर का दिन-भर का प्रतिवेदन उसे पेश करता हूँ।

माँ के घर पहुँचते ही हम सभी चारों तरफ से उससे लिपट जाते हैं। शशि सबसे पहले। हम गठरी में जंगली मेवा ढूँढ़ते हैं। तब तक माँ बिजा से पता कर लेती है कि दिन-भर किस-किसने क्या-क्या गुल खिलाए? किसने किसको पीटा? गलती करनेवालों को कड़ी चेतावनी। लाड़ली, खंडू ने तुझे सींके का दही निकालकर दिया था? काम में कोताही माँ को बिलकुल पसंद नहीं। इसलिए हम कोई ऐसा काम नहीं करते जो माँ को पसन्द न हो। भावडू भैया अभी तक खलिहान से लौटा क्यों नहीं रे? बेचारा भावडू भैया, बहुत ही सादा है। कोई भी काम हो, मना नहीं करता। खंडू, कल से तू तेली के पास से खली की भेली लाकर रखना हाँ बेटा। उतनी ही भैया की मदद। तू उसके लिए करेगा तो वह भी तेरे लिए करेगा। और खंडू, भैंस को पानी पिलाया था न?...हाँ माँ। बहुत ही पी रही थी। मैं भी गुस्से से डोलचियाँ उलीच-उलीचकर उसे पिलाता रहा। और जब वह पी रही थी, मैं भी जान-बूझकर गुस्से से कह रहा था, पी साली, पी, कितना पीती है। फिर तो वह मेरी ओर देखकर और भी ज्यादा पीने लगी।...जाने दे खंडू, तुम्हें पुण्य मिलेगा। चलो बच्चो, खाना बनाएँगे। बाकी लोग अभी आएँगे, उठो, उठो—

एक छोटी-सी ढिबरी बरामदे में और अंदर भगवान के सामने रखा मीठे तेल का मंथर दीवट—दो उजालों में शाम की रसोई बनाना, परोसना, भोजन करना, बर्तन, जूठन और बिस्तर निबट जाता है। पढ़ाई के लिए ढिबरी की आतुरता से राह देखता हुआ मैं आँगन में खटिया पर बैठकर पैर हिलाता हुआ पिताजी की, सालदारों की बातें सुनता हूँ।

चौथी कक्षा के हमारे ध्येयवादी भंगाले गुरुजी—उन्होंने क्लास के चार-पाँच छात्र चुने, जिन्हें अभी-अभी शुरू हुई सरकारी छात्रवृत्ति की परीक्षा देनी थी। मैं भी उनमें से एक था। उनका मत था कि ग्रामीण विद्यार्थी अधिक बुद्धिमान होते हैं। लेकिन उन्होंने हमारे अभिभावकों के सामने शर्त रखी कि परीक्षा होने तक इन बच्चों से घर के, खेती के कोई काम नहीं करवाएँगे। किसानों के लिए इससे भयानक शर्त और क्या हो सकती है? कुछ लोगों ने तो इसका सीधा अर्थ यह निकाला कि शिक्षा और शारीरिक परिश्रम में छत्तीस का आँकड़ा होता है। फिर भी गाँव से चार शिक्षाप्रेमी अभिभावक तैयार हुए। सरकार की ओर से प्रतिमाह तीन रुपए छात्रवृत्ति का प्रलोभन जो था। भंगाले गुरुजी का विश्वासपात्र बनने और ग्रामीण छात्रों के बौद्धिक तेज का सारे जिले को परिचय देने के लिए मैंने भी कमर कस ली। फिर भी घर के और खेत

के काम पीछा नहीं छोड़ रहे थे। धनगर का बालू, चौपाल के आगे रहनेवाला मधू और घर के पीछेवाला गोपू पवार—तीनों के घर खेती नहीं थी, केवल घरेलू काम होते थे। शुरू में हम चारों यह नियम कड़ाई से पालने लगे कि गुरुजी द्वारा दी गई पढ़ाई रोज की रोज पूरी होनी चाहिए। लेकिन मुझे दिन में समय कम पड़ने लगा। फिर रात में ढिबरी के सहारे पढ़ाई। नींद में भी।

शाम का समय। बरामदे में सभी ढिबरी के टिमटिमाते उजाले में भोजन कर रहे हैं। पंक्ति के अंतिम छोर पर बैठे सालदार सांडू और नथू की थालियों पर तो पूरा अँधेरा है। दिन-भर खलिहान के कामों के कारण पढ़ाई न हो पाने से मैं खीज उठता हूँ। अधीरता से प्रतीक्षा करता हूँ कि कब सभी सोएँ और कब मैं ढिबरी समेत ऊपर अपनी पढ़ाई की जगह पर जाऊँ। एकांत में मन लगाकर गोपू की पुस्तक की कविता पढ़नी है—*कब होंगे सुधार इस दुर्भाग्यशाली देश में?* और दूसरी चिन्ता, भंगाले गुरुजी द्वारा दी गई सारी पढ़ाई कब पूरी हो पाएगी। दूसरी ढिबरी, लालटेन क्यों नहीं खरीदते? मिट्टी का तेल महँगा है। मिलता ही नहीं। भावडू को खाने के बाद तुरंत नींद घेर लेती है। वैसे भी मैट्रिक के बाद उसका खेती सँभालना तय हो गया था। इसलिए पास होने लायक पढ़ाई दिन में ही पूरी कर वह जल्दी सो जाता। पिताजी कहते—दिन-भर सूरज का इतना उजाला होता है, तभी पढ़ना-लिखना क्यों नहीं करता रे? दिन में आँगन की खटिया पर जरा देर गणित हल करने बैठा ही था कि जोड़ के हासिल को हाथ में पकड़कर रस्सी तोड़कर भागे भैंस के पाड़े को बाँधने जाना पड़ता है। उसे खूँटे से बाँधते-बाँधते हाथ का हासिल भी वहीं छूट जाता है। *श्रावणमासी हर्ष मानसी* कविता याद करते-करते अचानक अंध्री चाची कोने से चिल्लाती जाती है, खंडू, भैंस को पानी पिलाया क्या? उठ, पहले बावड़ी पर जा—उठा या नहीं अभी तक? *श्रावणमासीऽ हर्ष मानसीऽ हिरवळ दाटेऽ* छंद पर चरखी खींचते-खींचते डोलचा ऊपर आने तक हर बार आखिरी चरण रह जाता है।...मुहम्मद गजनवी—सोरटी सोमनाथ—शंकर तेली से खली की भेली लाने में देर हुई...। अकबर हिरन का शिकार कर रहा था तभी कोठी के बाहर शोर सुनाई देता है—अरे खंड़िया दौड़, पकड़, तुम्हारे बछड़े मुत्या के पैरों की खूँटी खुल गई है। नदी में उतर रहा है, दौड़, नहीं तो किसी की फसल में घुस जाएगा। फिर पसीना-पसीना हो बछड़े को पकड़कर वापिस बाँधना। पानीपत के युद्ध के कारण...। उधर बहनों का रोना-पीटना जारी। उन्हें खिलाना...। परेशानी। परेशानी।

ऐसे ही दिन गुजरते रहते हैं और अभी तक मेरी समझ में यह नहीं आता कि पृथ्वी के अपने ही इर्द-गिर्द घूमने से दिन और रात कैसे होते हैं। रूपा कांग्रेस की दी हुई पुस्तक पढ़नी है—अंग्रेजों ने हमें लूटा, इसी कारण किसानों के ऐसे दिन आए हैं। लेकिन कैसे और कब? सूर्य का उजाला ही अधिक अच्छा, लेकिन उस समय लगातार काम काम। रात में ढिबरी की बाती को बड़ा कर पढ़ते-पढ़ते ही समझ में आ जाता कि ग्रहण क्यों और कैसे होते हैं और अचानक दिमाग में उजाला फैलने

जैसा कुछ होकर नींद आ आती है। रात-भर ढिबरी जलती रही। सभी ऐसे डाँट रहे थे मानो एक बड़ा अपराध किया हो।

फिर भी रात में ढिबरी कब मिलेगी, इसकी राह देखता रहता हूँ। बरामदे में सालदार, दादी, पिताजी खेती के कामों के मन्सूबों में समय बिताते बैठे हैं। *घरि एकच चिमणी मिणमिणती, बसु नको उचल चल झटपट ती*[56] ... । पिताजी क्रोधित होते हैं। रात में पढ़-पढ़कर पता नहीं क्या झंडे गाड़नेवाला है?

पंद्रह अगस्त उन्नीस सौ सैंतालीस। बड़ा समारोह। चौपाल के आगे पताकाएँ, गाँव-भर में तिरंगे झंडे। अंधी चाची का सम्मान। उसने सम्मान के लिए मना कर दिया है, इसलिए एक जुलूस हमारे घर तक आया—सबसे आगे प्रमुख अतिथि, सन् बयालीस के आंदोलन के एक नेता। हमारे हुना चाचा की तसवीर देखी और रूमाल आँखों से लगाया। किसके लिए—देश के लिए। अंधी चाची को ढेर सारी फूलमालाएँ। उसे कुछ दिखाई नहीं दे रहा था, अतः पैरों पर झुके देशभक्त के सिर की गांधी टोपी उसके हाथ के झटके से दूर जा गिरती है। चौपाल के व्याख्यान काफी लम्बे हुए। हर किसी ने मोरगाँव के अतुलनीय त्याग का गुणगान किया। सर्वोदयी सुधारों के लिए हुना चाचा के मोरगाँव को चुना गया। लाखों रुपयों की योजनाएँ आईं। इस अपने सर्वस्व का बलिदान कर अमर बने क्रांतिकारी का मोरगाँव, जिस पर चिरकाल तक स्वतंत्र भारत को गर्व रहेगा।

पंद्रह अगस्त के उसी दिन एक विचित्र प्रसंग घटित हुआ। मोरगाँव की ग्राम पंचायत में सतपुड़ा की चार-पाँच आदिवासी बस्तियाँ भी समाहित हैं। उनमें हरिपुरा वीरान है, उसे छोड़ बाकी सभी बस्तियों पर भील, पावरा, कोरकू, तड़वी आदिवासी रहते हैं। सरकारी आदेश था कि वहाँ के लोग भी पंद्रह अगस्त मनाएँ। इसलिए जब पटवारी, पाटील, कुलकर्णी वहाँ गए, तब वहाँ उनका अलग-अलग तरीके से स्वागत हुआ। एक पाड़े में जब इनकी जीप पहुँची, तो वहाँ के सारे लोग इन्हें डकैत समझकर भाग गए। सभी घर बन्द थे। दूसरी तरफ पहाड़ चढ़कर ये लोग एक कोरकू की बस्ती में जा रहे थे कि ऊपर से उन पर जोरदार पथराव हुआ। उन्हें लगा, हमने पेड़ तोड़े इसलिए ये सरकारी लोग हमसे जुर्माना वसूलने आए हैं।

एक दुर्गम भील बस्ती में ये लोग गए तो वहाँ का नाईक और बस्ती के गुस्साए लोगों ने मोरगाँव के पाटील से ही अपनी भीली भाषा में उल्टे-सीधे सवाल-जवाब शुरू किए : कैसा देश? कैसी आजादी? अगस्त ये किसका नाम है? महीने का नाम? महीना तो आषाढ़ चल रहा है? कौन गुलाम था? हम तो पहले से ही आजाद हैं। किसकी हिम्मत है यहाँ आने की? हाँ, और आप यहाँ किसकी इजाजत से आए हैं? कहीं से तीर आएगा और तुम्हारे सीने से आर-पार हो जाएगा, फिर मैं जिम्मेदार

---

56. कविता की पंक्तियाँ : भावार्थ—घर में एक ही ढिबरी झिलमिलाती, बैठ मत, उठा ले उसे झटके से।

नहीं। चले जाओऽ। जन्म और मृत्यु की पर्ची का क्या करना है हमें? क्या उसके बिना आदमी का जनम नहीं होता? क्या फरक पड़ेगा तुम जैसों के साथ तिरंगा कपड़ा खंभे से लटकाकर? आजादी? मतलब फिर से हमारे लोगों को फँसाने का कोई षड्यंत्र मालूम होता है। चलो, निकलो यहाँ सेऽ।

मतलब ये लोग पराधीन नहीं थे? हम ही पराधीन थे और आज आजाद हो गए? देश के आजाद या पराधीन हो जाने पर उसका एक-एक नागरिक आजाद या पराधीन हो जाता है। लेकिन यह कैसे संभव था कि कुछ लोग पराधीनता में भी आजाद थे? खैर, लेकिन यह कैसे हुआ कि वही लोग अब आजादी के कारण पराधीन हो गए हैं? खंडेराव, आजादी में आजादी असली।

छात्रवृत्ति परीक्षा की तैयारी करनेवाले हम चारों का लालटेन क्लब स्कूल में खूब प्रसिद्ध हुआ। पिताजी को अब बैठकों के लिए मुंबई तक के शहरों में जाना पड़ता था। वे एक बड़ा-सा प्रभाकर लालटेन—पहला स्वदेशी लालटेन ले आए। हमारे धाबे पर छात्रवृत्ति परीक्षावाले गोपू अणू पवार, मधू रेवा महाजन, बालू कडू धनगर और मैं, हम सब कुठले और बोरों के बीच पार्टिशन में जगह बनाकर रोज रात में पढ़ाई करने लगे। उनके घर पर जगह नहीं थी और न लालटेन। अतः भोजन के बाद सभी हमारे घर इकट्ठा होते। भंगाले गुरुजी द्वारा दी गई पढ़ाई पूरी होने पर देर रात तक बहस, चर्चा, मस्ती चलती रहती। फिर नीचे से कोई चिल्लाता, अरे बच्चो, पढ़ाई कर रहे हो या मजाक? रात है या दिन? मिट्टी का तेल कितना महँगा है? हाँ?

हम दुबारा किताबों में गर्दनें धँसाकर पढ़ाई में जुट जाते। बालू और मधू चोर कदमों से आँगन की सीढ़ियाँ उतरकर अपने-अपने घर सोने चले जाते। गोपू पीछे की गली में अपने मामा के घर में रहता था। मामा का नाई का धंधा ठीक से नहीं चल रहा था, इसलिए वे बैलगाड़ी पर काम करते। लेकिन उनके घर में जगह कम होने से गोपू हमारी बैठक में ही सोता और तड़के मंदिर में पलीते की आरती होते ही उठकर चला जाता। वह गणित में बहुत तेज था, लेकिन उसकी मामी उसे तरह-तरह के कामों में उलझाकर पढ़ाई करने ही नहीं देती थी। पढ़ाई के लिए बचपन से ही वह मामा के पास रहता था। मामी दुष्ट थी, फिर भी वह कहता—मामा के कारण ही मैं यहाँ तक पढ़ पाया हूँ। हमारे पहाड़ी गाँव में न जाने कब स्कूल खुलेगा और न जाने कब किताबें पहुँचेंगी? गोपू ने पाँच साल मामा के घर की सीढ़ियों से टिककर जैसे-तैसे पढ़ाई की। स्कूल से लौटते ही मामी का तकाजा शुरू—गोबर उठा, गोठ साफ कर, घर में झाड़ू लगाया क्या? पानी भरा क्या? अपने मामा का खाना खेत में पहुँचाता आ। सुबह तड़के सर्दी में छाछ की मटकी लेकर हमारे घर आता तो माँ मेरे साथ उसकी तुलना करके उस पर तरस खाती। हमारा खंडू देर से उठता है, लेकिन देखो, ये उसके बराबर का बच्चा, आ भी गया छाछ लेने। ऐसे ही बच्चे आगे बढ़ते

हैं। उसका कुर्ता, चड्डी बहुत ज्यादा फटी हुई दिखने लगती तो माँ उसे मेरा पुराना कुर्ता, चड्डी बक्शीश में देती। वह कहता, मामी से पूछकर कल ले जाऊँगा। फिर दूसरे दिन ले जाता।

लालटेन क्लब का दूसरा सदस्य मधू। घर में इसकी पढ़ाई होती ही नहीं थी। वजह थी बार-बार फेल होनेवाले इसके हमउम्र तीन भाई—दामू, हेमू और ढेमिया। ये दिन-भर लड़ते-झगड़ते, बक-बक करते, एक दूसरे से छेड़खानी करके समय बिताते। एक बहन भी थी ब्याहने लायक, उसके पास भी और कोई काम नहीं होने के कारण दिन-भर इन भाई-बहनों में एक दूसरे का मजाक उड़ाना, झगड़ना, जली-कटी सुनाना चलता रहता। मधू के घर में कई सालों से यही हो रहा था। उसका एक बड़ा भाई मुंबई में एक मारवाड़ी की दुकान में एक आने में चालीस पुड़ियाँ बाँधने का काम करता था—हर महीने उससे आनेवाला दस रुपए का मनीआर्डर, यही इस घर की नकद आमदनी थी। बाकी बचा एक खेत, जो जैसे-तैसे खाने के लिए जवार मुहैया कराता था।

हर महीने दो तारीख से ही गुरुजी कक्षा में रोज पुकार लगाते—*फीस किस-किसकी बाकी रह गई है? खड़े हो जाओ।* इनमें एक मधू भी अपना फटा कुर्ता एक हाथ से गर्दन के पास पकड़कर खड़ा हो जाता। फिर कुछ दिनों बाद रोज ही—*फीस किसने जमा नहीं की है* का पुकारा होता और मधू शर्म से गर्दन झुकाए फटा कुर्ता सँभाले फिर खड़ा हो जाता। बाद में गुरुजी केवल अकेले मधू को ही खड़ा करके पूछते, फीस लाया क्या रे दरिद्दर? मुझे हेडमास्टर को हिसाब देना पड़ता है न, भिखमंगे? शर्म से लाल होकर मधू गर्दन झुकाए खंभे जैसा खड़ा रहता। बैठ नीचे, कल लेकर ही आना समझा? लेकिन यह सुनाई न देने के कारण वह वैसे ही खड़ा रहता। कानों से लगातार बहते खून के कारण उसे सुनाई ही नहीं देता था। फिर हम उसे नीचे बिठाते। जब मनीआर्डर आता तभी वह फीस भरकर गर्दन ऊपर उठा पाता।

इसके पिता रेवा महाजन एक जमाने में इस इलाके के सबसे बड़े साहूकार थे। इस वजह से इसे फीस में रियायत भी नहीं मिलती थी। एक बार डकैतों का पीछा करते-करते वे घोड़े से गिरकर मर गए। कर्जदारों में से किसी ने भी कर्ज का रुपया नहीं लौटाया। खेत, गहने गिरवी रखे गए। पहले बड़प्पन में बीता अपना बचपन याद करते हुए बड़े भाई वर्तमान की तुलना करते :

बग्गियाँ, नौकर-चाकर, महाराज, परसैया—बाबूजी के जमाने में क्या ठाठ था हमारे घर का? सारे गाँव में सबसे पहले हमारे ही घर में चाय आई थी। इस गाँव के धोतीप्रसाद गँवारों को तो मालूम भी नहीं था कि चाय होती क्या है। चाय के वक्त घर पर आनेवाले डींगमारों-शेखीबघारों को भी चाय मिलती। गाँव में जर्मनी, जापान, आजाद हिंद सेना के युद्ध की तसवीरोंवाले अखबार केवल हमारे बाबूजी के पास आते थे। समाचार जानने के लिए गाँव के बड़े-बड़े अमीर लोग भी आते। गाँव में केवल हमारे बाबूजी ही फर्राटे से अंग्रेजी पढ़ पाते थे। शास्त्रीय संगीत भी उन्हीं की

समझ में आता। बड़े भाई को भी रागिनियाँ सिखाने के लिए एक रेडियोस्टार गवैया मास्टर जलगाँव से खास बग्गी से बुलाया जाता था। एक हाथ से घुमाने का फोनो भी था। अभी तक घर में हारमोनियम और तबला औंधे करके रखे हैं। घर में चीनी के हलुवे के बगैर पंगत नहीं होती थी। उस जमाने में गाँव के बड़े-बड़े लोग भी गुड़ से बना हलुवा खाते थे। और अब?

बैठे-बैठे पाजामे फट जाने से सारे भाइयों का घर से बाहर निकलना तक मुश्किल हो गया था। बीते जमाने की विध्वंसक स्मृतियों के दबाव के कारण कोई मैट्रिक तक पास नहीं हो पाया। *मेरे भाई हमेशा लेटे हुए दिखाई देते हैं, खड़े शायद ही कभी।* और यदि कोई इनसे यह कह दे कि अरे, शुरू में किसी के पास छोटा-मोटा काम मिल जाए तो करना चाहिए, बाद में मेहनती आदमी अपने आप आगे बढ़ता है, तो ये सारे भाई ऐसी सलाह देनेवालों पर टूट पड़ते हैं : हाथी की जिंदगी क्या हल खींचने के लिए होती है? शेर के बच्चे भूखों मरेंगे तो क्या घास खाएँगे? जिनका मुँह देखने की इच्छा नहीं, उनकी गाँड धोने को कह रहे हो?—ये है इनका बात करने का ढंग। एक जैसा स्वभाव। सभी के बाल, दाढ़ियाँ बढ़ी हुईं। कोई भी समय पर नहाता तक नहीं। दामिया तो चार दिनों से पाखाने के लिए भी घर से बाहर नहीं निकला है। हेमिया पूरे महीने-भर से नहीं नहाया है। दोनों के बदन से बदबू आती है। नौकरी नहीं मिलती, इसलिए निराश हैं। न किसी के खेत में जाते हैं न किसी से मिलते हैं। हरदम लेट-लेटे हँसी-मजाक। सभी की इकट्ठी एक ही चप्पल है, शायद इस वजह से भी वे घर से बाहर नहीं निकलते होंगे। *और ऊपर से ये मुझे ही बुद्धू कहते हैं। बेकारी के कारण पूरे बरबाद हो गए हैं ये मेरे भाई।*

और ये साले दोनों बड़े मिलकर छोटे ढेमिया का कलेजा छलनी-छलनी कर देते हैं। वह बेचारा दिन-भर खटिया पर औंधा पड़ा ऊपर बँड़ेर की ओर देखता रहता है। बहुत बुरा लगता है। अब कल की ही बात, हमेशा की तरह झगड़ा। ढेमिया खीजकर अपने बचाव के लिए कह रहा था कि आज तक मैंने एक बार भी ऐसा कुछ किया है, जिससे घर पर तोहमत लगे? गाँव के मेरे जैसे कितने ही लड़के लड़कियों को घुमाते हैं? रंडियों के पास भी जाते हैं—मैंने कभी किया है कुछ ऐसा?

इस पर दामिया मुँह बनाकर कहता है, तू क्या जाएगा बे रंडी के पासऽ, चेहरे पर से मक्खी तक तो उड़ती नहीं। हॅं हॅं हॅं। हेमिया कहता है, कौन लड़की तेरे साथ भागेगी ऐंऽ, पगलैट। हॉ हॉ हॉ—फिर दोनों उस पर हँसते रहते हैं, पेट पकड़-पकड़ कर।

दिन-भर ऐसे बखेड़े चलते रहते हैं हमारे घर में। और सुशा दीदी को भी वे जली-कटी सुनाते हैं : हमें कहती हो कि हम नाकारा हैं, लेकिन तेरे से कौन शादी करेगा रीऽ। आईना देख एक बार। फिर वह भी चिढ़कर इन्हें खूब लताड़ती है—न होने दो मेरी शादी मनहूसो, लेकिन तुम्हें कौन बीवियाँ देगा, नाकारो। बूढ़े हो गए हैं, बिजूके—

जब घर में ऐसा चल रहा हो तो पढ़ाई में मन कैसे लगेगा ? पता नहीं खंडू, कब इस नरक से बाहर निकलूँगा।

जब मैं अकेला होता, तभी वह मुझसे ये बातें कहता। गोपू या बालू पास हो तो किताब में सिर धँसाए खामोश।

छात्रवृत्ति परीक्षा में बुद्धिमत्ता परीक्षण का एक पेपर उसी साल नया शुरू होनेवाला था। वह कैसा होता है, स्वयं भंगाले गुरुजी भी नहीं जानते थे। शहर के अध्यापकों से पत्राचार करके भी कोई फायदा नहीं हुआ। कोई भी पत्र का उत्तर नहीं दे रहा था। इस पेपर की तैयारी के लिए हमसे क्या पढ़ाई करवाई जाए, गुरुजी की समझ में नहीं आ रहा था। हमारे देहात के छात्र ऐसी परीक्षा में नहीं टिक पाएँगे जी। क्यों इस झमेले में पड़ते हो, भंगाले गुरुजी ? सब ऐसा ही कह रहे थे। कोशिश करके भी जब कहीं से इस विषय का नमूना प्रश्नपत्र उपलब्ध नहीं हुआ, तो उन्होंने अपने ढंग से वह पेपर हमें पढ़ाया। वे कहते, खंडेराव, यदि हमारे पास बुद्धि है न, तो बुद्धिमत्ता का परीक्षण चाहे जैसे हो, क्या फर्क पड़ता है ?

पूरे खानदेश के लिए एक ही परीक्षा केंद्र था जलगाँव में। अत: हम सुबह तड़के हमारे झीबू-ढबू की गाड़ी से जल्दी निकल पड़े। आगे दो जगहों पर गाड़ियाँ बदलते हुए परीक्षा केंद्र पर बिलकुल समय पर पहुँच गए। एक रात रुकना था। मेरा लोहे का बक्सा आजानुबाहू, भारी और उसे पकड़ने की कड़ी इतनी बारीक कि लगता कि कहीं उँगलियाँ न टूट जाएँ। बालू के नए बक्से की कुंडी टूट ही गई थी। इस कारण हमेशा उसे हाथ की पहली उँगली से बक्से का ऊपरी ढक्कन जोर से दबाए रखना पड़ता। वरना अंदर के सामान को बाहर आने से रोकना उसके लिए असम्भव था। समय न बचने के कारण हाथ-मुँह भी नहीं धो पाए। सभी ने गुरुजी के पीछे-पीछे जाकर वहाँ के गोदाम में सीमेंट से भरे बोरों पर पेशाब किया। गुरुजी बोले, मैं यहाँ रुक नहीं सकता हूँ। तुम अपने अंगुली-भंजक और अंगुली-निर्देशक बक्से मेरे पास रख दो। हमें रात के निवास का प्रबन्ध भी तो करना है। एक-एक घंटे के तीन पेपर हैं—बीच में आधा-आधा घंटा छुट्टी है। खूब पानी पियो। भूख मत लगने देना। मैं चार बजे सेव-चिउड़ा जो भी मिले, लेता आऊँगा, खा लेना। खंडेराव, अच्छी टक्कर देनी है हमें। दुनिया देखेगी, देहातों में भी बुद्धिमान बच्चे होते हैं। जयहिंद।

परीक्षा शुरू हो चुकी थी। हॉल में हमारे नंबर कहीं नहीं मिल रहे थे। एक तो बेंच पर बैठकर पेपर सँभालते हुए लिखना ही पहली बार देख रहे थे। एक गोरा-सा रूखा आदमी हॉल भर में गूँजनेवाली हमारी देसी चप्पलों के नालों की टाक-टाक की आवाजें सुनकर बोला, साले गँवार, अबे चारों जने एक साथ नंबर क्यों ढूँढ़ रहे हो बे ? ए बी सी डी के हिसाब से देखो। पर यहाँ किसे आती थी अंग्रेजी ? आखिरकार

धकेलते हुए ही उसने मुझे एक कतार में बेंच पर बिठा दिया। पहला ही प्रश्नपत्र हाथ-भर लंबा, बुद्धिमत्ता परीक्षण का। उस पर लिखने का साहस नहीं हो रहा था, क्योंकि मैंने इतना बढ़िया सफेद झक कागज इससे पहले कभी देखा ही नहीं था। एक सुपरवाइजर चहलकदमी कर रहा था, लेकिन कुछ पूछने जाओ तो ओठों पर उँगली रखकर, शूः कोई नहीं बोलेगा—कहकर आगे बढ़ जाता था।

अगली तरफ स्नो-पाउडर की खुशबूवाली, चटकीली साफ-सुधरी, तरोताजा चेहरोंवाली, रंग-बिरंगे रिबन लहराती दो चुटियोंवाली तेज-तर्रार शहर की लड़कियों को देखकर मुझे परीक्षा देने का होश ही न रहा। पीछे की एक लड़की के सीधे-सीधे बिखरे बोरा भर तीखे बाल लगातार चारों तरफ उड़ रहे थे। इन लड़कियों-जैसे साफ सफेद कॉलरवाले फ्रॉक हमारी देहाती बहनों पर कितना फबेंगे? मेरे पीछे की लड़की ने उठकर पेन से टकटक करते हुए रोब से सुपरवाइजर को हुक्म दिया—पानी, और लिखने भी लग गई। बगलवाली कतार की लड़की भी गुस्से में आकर सुपरवाइजर को तड़ाक से बोली, डिस्टर्ब मत कीजिए। बाप रे, हमारी बहनें दिखाएँगी ऐसी हिम्मत? हमारी बायड़ी तो देहाती होकर भी शहराती चेहरे की लगती है। और सिन्धु मौसी की सुधा? वे क्यों नहीं बैठ पाईं ऐसी छात्रवृत्ति की परीक्षा में? उनके मटमैले, पीले पड़े लहँगे, फीके रंगों की चोलियाँ। दादी अपनी कंघी में आए बालों को सहेजकर अपने पैर पर उसकी डोरी बनाती है, जिससे सारी बहनों की मोटी-सी चोटी मजबूती से बाँधी जाती है।...धत्, अब हमारे देश को आजादी मिली है। सबसे पहले यह शहर और देहात के बीच का भेद मिटाना चाहिए।

ठण। ठण। ठण। पेपर जमा करते-करते सुपरवाइजर आया। दोनों ओर से मेरा प्रश्नपत्र कोरा देखकर बोला, इनकी तो, क्यों बेवजह शौक बघारते हैं ये गँवार साले—

इसके बाद अगले दोनों पेपर मैंने अपने क्षुब्ध दिमाग को शांत रखकर लिखने का प्रयास किया। फेल होना तय था, इस कारण लिखने की इच्छा ही नहीं हो रही थी। अपने आप से ही खीज हुई कि पहले पेपर में घंटा-भर इधर-उधर देखकर क्यों मैं ढीला पड़ गया? गँवार, अनपढ़। लिखता तो पचास प्रतिशत अंक आराम से मिल जाते।

चार बजे हम बाहर आए। भंगाले गुरुजी सेव-चिउड़े की पुड़ियाँ हाथों में लिये खड़े थे। प्यार से बोले, खा लो बच्चो, अच्छा लिखा न? तीनों में से गोपू रात-भर जागने के कारण दोनों पेपरों में सो गया था। मधू बोला, बुद्धिमत्ता परीक्षण में तो प्रश्न एक भी नहीं था? सारे के सारे बस उत्तर ही उत्तर थे। तीसरा बालू कुछ भी ठीक से नहीं बोला। और मुझमें तो गुरुजी से यह कहने का भी साहस नहीं था कि गुरुजी, मैं बेवकूफ की भाँति शहर की लड़कियों की ओर देखता हुआ सोच में डूबा रहा, और समय समाप्त हो गया। शहर के बच्चों को हम क्या टक्कर देंगे? इसके लिए स्वयं शहरी बनना चाहिए।

छात्रवृत्ति परीक्षा का परिणाम शून्य आने के कारण स्कूल में हम लालटेन क्लबवाले सभी मजाक के पात्र बन गए। इसके अलावा लालटेन क्लब के हम चारों को ऐसा भ्रम हो गया था कि शायद हम बुद्धिमान हैं। ध्येयवादी बेचारे भंगाले गुरुजी का अन्य अध्यापकों ने खूब मजाक उड़ाया। साल-भर लड़कों को पढ़ाई के लिए साँड़ जैसा खुला छोड़नेवाले उनके निराश अभिभावक बोले, फालतू समय बरबाद किया जी उस पगले मास्टर ने। लेकिन पिताजी बोले, उसने कुछ तो मेहनत की? दिमाग में कुछ-न-कुछ तो गया ही होगा न? उसे धोती का एक नया जोड़ा खरीदकर देंगे।

लेकिन इसके बाद देहाती होकर भी मैं देहातों का कट्टर दुश्मन बन गया। मानो बैल की जाति के ही लोग। देहात के बारे में कुछ भी सुनने पर मैं आलोचना करने लगा। लगने लगा, यह गँवार कृषि-संस्कृति पूरी-की-पूरी नष्ट होनी चाहिए।

सा*वधान। दक्ष। दक्षिणवृत। वामवृत। ताल से कदम।*

सीधे पेशावर, लाहोर से लेकर रामेश्वर तक अखंड भारत के मानचित्र पर कुल दस हजार शाखाओं के भगवा ध्वज फड़क रहे हैं। इन्हीं में से एक पश्चिमांचल की हमारे मौर्यग्राम में शुरू हुई नई शाखा। शाखा प्रमुख नीलू चाचा। उसके गले में भगवा रूमाल। ऊपर चोंचनुमा काली टोपी, खाकी चड्डी, आकर्षक चमकीला बक्कल लगा चमड़े का काला चौड़ा पट्टा। नीलू चाचा की कड़ी निगरानी में हम करीब पंद्रह स्वयंसेवक कवायद कर रहे हैं। मैदान के कोने की झोपड़ियों में रहनेवाले धांगड़ों के, महारों के बच्चे आश्चर्य से देख रहे हैं। *ताल से ताल। थाड़ थाड़ थाड़ थाड़।* पैरों की आवाजें। *दक्ष* कहकर हाथ ऊपर उठाते ही खामोशी। सभी खंभे जैसे स्थिर। मानो जादू। नजर भी नहीं हिलनी चाहिए—ऐसा अमानुषी अनुशासन ग्रामीण जीवन में पहले कभी किसी ने नहीं देखा था। शाखा खुली तब मौर्यग्राम के हम पहले आठ स्वयंसेवक भगवा ध्वज को साक्षी मानकर मातृभूमि के लिए बलिदान की शपथ *मम दीक्षा हिंदूरक्षा* लेकर शाखा में प्रविष्ट हुए। हमारा सांकेतिक नाम था—*अष्टविनायक।* कान में सांकेतिक भाषा में *अष्टविनायक* कहने पर तुरंत हम आठों स्वयंसेवकों को गुप्त सन्देश आते और शाखा प्रमुख के विश्वासपात्र हम आठों पंद्रह-बीस मिनट में गुप्त संकेत स्थल पर इकट्ठा होते। आज प्रांत प्रचारक बालासाहेब लिमये मध्याह्न के समय आएँगे। एक घटिका विश्राम। बाद में वे हमारी मातृभूमि पर आए संकट के बारे में हमें सन्देश देंगे। उसके पश्चात् बौद्धिक खुराक होगी। अष्टविनायक संकेत स्थल पर अपने-अपने मित्रों को लेकर आएँगे।

हम सब बड़ी निष्ठा से शाखा में काम कर रहे थे। धीरे-धीरे मौर्यग्राम शाखा में नियमित पच्चीस और अनियमित चालीस स्वयंसेवक आने लगे। बौद्धिक बहस की बजाय हमें उस उम्र में भाते थे शाखा के विभिन्न मैदानी खेल : धक्कमधक्का,

मस्ती, एका, शिवाजी कहता है..., आग्रा से मुक्ति, लाठी को गरगर घुमाना। आगे चलकर कुछ स्वयंसेवक तो लाठी घुमाने में ऐसे माहिर हो गए कि चाहे जितनी पत्थरबाजी कीजिए—एक भी पत्थर अंदर नहीं आ पाता। दुश्मन जब हमला करने आता है, तब रेती में लोटकर दुश्मन के पैर खींचना भी हमें अच्छा लगता। यों भी छोटे-छोटे बच्चों को ऐसे खेल कोई खेलने नहीं देता था। इस कारण भी संख्या बढ़ी। धीरे-धीरे हमारी शाखा को दो गुटों में विभाजित कर दिया गया।

गर्मी के दिनों में रोज शाम को हम नदी पार कर महारबाड़े के बाद पड़नेवाली हगनहटी से भी आगे खलबाड़ी के खाली मैदान में आते। इस मैदान को स्वयंसेवकों ने कुदाल और फावड़े से खुद साफ किया था। दक्षिणी सीमा पर ध्वजदंड गाड़ने के लिए नली जैसा गोलाकर बित्ता-भर गहरा गड्ढा भी सब्बल से खोदकर रखा था। प्रयोजन यह था कि शाखा प्रमुख नीलू चाचा काँख में भगवा ध्वज लिये जैसे ही नदी को पार करते दिखाई देंगे, हम यह ध्वजदंड गाड़कर तुरंत *नमस्ते सदावत्सले* की प्रार्थना शुरू करेंगे। लेकिन दुर्भाग्य से हमें रोज नया गड्ढा खोदना पड़ता था, क्योंकि झुग्गी-बस्ती का कोई असंस्कृत छोकरा निशाना लगाकर हर रोज उसी में हग देता था। कुछ दिन तो ध्वज का दंड विष्ठा में ही गाड़कर हम उस ध्वज को प्रणाम करते रहे, और रात के अँधेरे में शाखा खत्म होने पर ये समझ आने में समय लगता। यह लांछनास्पद तिरस्कृत्य आर्य-संस्कृति-विध्वंस का चस्का लगे झुग्गी-बस्ती के किसी म्लेच्छ यवन का अथवा धर्मनिरपेक्ष समाजवादी सेवादल के सैनिक का हो सकता है—शाखा प्रमुख के इस सन्देह के कारण अष्टविनायकों में से एक-दो ने वहाँ सुबह-सुबह गश्त भी लगाई, लेकिन कोई लाभ नहीं हुआ। किसी के ध्यान में न आए, इसलिए यह ध्वजदंड का गड्ढा हम मिट्टी डालकर ढँक देते, लेकिन बन्दरपना करनेवाला कोई शाखाद्वेष्टा उसे ढूँढ़ निकालता और उसे खोदकर होशियारी से फिर वही लांछनास्पद तिरस्कृत्य करके उसे पहले जैसा मिट्टी से ढँक देता। एक बार आपटे नामक एक पूर्णकालिक प्रचारक मौर्यग्राम शाखा में बौद्धिक मार्गदर्शन करने के लिए आए थे, तब भी ऐसा ही हुआ। उन्होंने इस अनिष्टकारी को चकमा देने के लिए हर रोज अलग-अलग दिशाओं में ध्वजदंड गाड़ने की तरकीब हमें बताई और हमारी यह कठिन समस्या हल हुई। लेकिन फिर भी यह सहचारी भाव कि विशाल राष्ट्रीयता के ध्वज तले पंचम वर्णियों की विष्ठा होती है, हम सभी स्वयंसेवकों के चित्त-विचलन पर असर करता रहा।

नीलू चाचा जब से यावल के हाइस्कूल में जाने लगा, तभी से उसके गोगटे नामक हेडमास्टर उसके धींगरेपने की प्रशंसा करने लगे थे। धीरे-धीरे कक्षा के ब्राह्मण छात्रों के जरिए उन्होंने इसे अपने घर और फिर शाखा में बुलाना शुरू किया। घर के सभी लोग इससे बड़े स्नेह से पेश आते और फिर सीधे रसोई तक इसका संचार होने लगा। नीलू चाचा को समझाया गया कि संघ जातिभेद को नहीं

मानता, समस्त हिंदू एक हैं और यह हम मानते हैं। स्वयं प्राचार्य जी को इस चिंता में देखकर कि यावल गाँव में आज आधी बस्ती मुसलमानों की है और वे कुरानोक्त चार-चार बीवियाँ करके अपनी संख्या चौगुनी करने में कार्यरत हैं—पहले से परोपकारी और धींगरापन पाले हुए नीलू चाचा ने वहाँ की शाखा में मातृभूमि की रक्षा के लिए तत्पर होने की शपथ ली। जल्द ही उसे मौर्यग्राम में एक शाखा खोलने की जिम्मेदारी सौंपी गई। नीलू चाचा को यह भी सुझाया गया कि तुम मैट्रिक होने की चिन्ता मत करो, वो सब हम देख लेंगे। बहुत-से ब्राह्मण सर उसे शाबाशी के लहजे में यह भी समझाते रहे कि भारतवर्ष पर इतने सारे संकट आ रहे हैं और ऐसे में तुम जैसे स्वार्थत्यागी युवक की फर्स्ट क्लास और उच्च शिक्षा की चिंता करने के लिए तुम्हारे सारे गुरुजन और समस्त संघ परिवार कटिबद्ध है।

नीलू चाचा सबसे साहसी स्वयंसेवक साबित हुआ। बाद में खास पुणे से दशहरे की कवायद के लिए पधारे भूरी आँखोंवाले मोड़क नामक एक मंडल कार्यवाह ने तीसरे दर्जे का रेल टिकट देकर उन्हें दलप्रमुख का प्रशिक्षण लेने के लिए पुणे में आमंत्रित किया। आते समय केवल दो खाकी चड्डियाँ, दो सफेद कुरते, तीन लंगोट और दो रूमाल—इतना ही सामान साथ लेकर मोतीबाग में उपस्थित रहने के लिए कहा गया। नीलू चाचा तो अब आसमान में उड़ने लगा। पुणे में उसके रहने का प्रबन्ध दांडेकर नामक एक पी.डब्ल्यू.डी. इंजीनियर के बंगले में किया गया था। वहाँ भी उसे पुत्रवत् स्नेह दिया गया। तेज दौड़ते घोड़े से जमीन पर रखे रूमाल को बरछी की नोक से उठाना, ढाल-तलवार-बनेठी चलाना, औंधा लेटकर कुहनी से खिसकना, रस्सी पर चढ़ना, निशाना लगाकर सोडा-वाटर की बोतलें फेंकना, खून का डर भगाना, नक्शा बाँचना—ये युद्ध कलाएँ भी सिखाई गईं। इसके अलावा हर रोज अलग-अलग हिंदुत्ववादी विचारकों के दुर्लभ बौद्धिक मार्गदर्शन—अखंड आसेतुहिमाचल हिंदुस्थान, पितृभू, मातृभू और पुण्यभू, पवित्र आर्यभूमि, म्लेच्छ विनाश, हिंदू संघटन, आग से ही आग बुझती है, गांधी और जिन्ना, चित्तौड़ की पद्मिनी, हिंदूराष्ट्र, कुरआन और जेहाद, गांधी का नपुंसक अहिंसावादी आत्मघाती दर्शन—जैसे सैद्धांतिक और प्रात्यक्षिक प्रश्नों का बार-बार अभ्यास हो ही रहा था। ईसा की दसवीं शती से पहले कश्मीर में एक भी मुसलमान नहीं था, सभी हिंदू थे! आज 85 प्रतिशत मुसलमान कैसे हुए? *धर्मो रक्षति रक्षितः।*

सुना है, एक बौद्धिक सत्र के बाद सभी स्वयंसेवक पुणे के प्रसिद्ध पर्वती टीले पर घूमने गए। तब विषय निकला कि पंजाब के हिंदुओं ने मुसलमानों से अच्छा बदला लिया—सभी का सीना चौड़ा हो जाता है—परंतु बंगाल से लाखों की संख्या में हिंदू भाग आए। पंजाब में आर्य समाज ने हिंदू से मुसलमान बने भ्रष्ट हिंदुओं का शुद्धीकरण करके हजारों की संख्या में उन्हें दुबारा हिंदू बनाया। ऐसा बंगाल में टैगोर वगैरह नेताओं ने क्यों नहीं किया? हमारे यहाँ भी तो—

खानदेसी आदमी डरपोक होता है और पुणेरी आदमी तलवार लेकर अटक तक जाता है?

इस पर नीलू चाचा बोला, यानी कैसे? अभी साबित करके दिखाओ। हमेशा जेब में रहनेवाला चाकू तुरंत निकालकर वह जोश से बोला, जो अपनी कलाई से अभी खून की धारा निकालेगा, वही सच्चा हिंदू। ये देखो मेरा खानदेसी खून—

तभी काफी देर से इनकी तरफ देख रहे एक पहलवान ने *धत् तुम्हारी माँ की, मवाली कहीं के* कहकर एकेक की कनपटी पर थप्पड़ जड़ दी और सभी को वहाँ से खदेड़ दिया। लेकिन तब से नीलू चाचा संघ परिवार में क्षात्रतेज के लिए विख्यात हो गया।

ऐसे कई पराक्रम करके अलग नोकवाली काली टोपी पहनकर नीलू चाचा पुणे से नए-नए कार्यक्रम लेकर लौट आया। नए-नए वीरताप्रदर्शक खेल खेलने के लिए हम शाखा पर भीड़ करते थे। जल्द ही पुणे से ढाल और तलवारों का बक्सा आया। रात की बौद्धिक खुराक यानी कहाँ अचूक तलवार घोंपने से सीधे हृदय को बेधती है। इसके आगे हिंदू मार नहीं खाएँगे। हिंदू एक थे, एक हैं और एक रहेंगे। गाँधी, नेहरू ये काहे के हिंदू? बौद्ध धर्म के कारण ही यह देश कापुरुष बना है। यह देश एक था, एक है और एक रहेगा। इसके अलावा नए पुणेरी मुहावरे : *गोमा गणेश पीतल का दरवाजा। सिर की अहिंसा। हमारी जूती से।* भोजन में *पक्षपात* हिंदू नहीं सहेंगे। इसके अलावा पुणे का पुराना वैभव : सवाई माधवराव की शादी में पंद्रह लाख पत्तलें उठीं। नाना फड़णीस[57] अत्यंत बुद्धिमान—उनके किस्से।

उसी दरमियान हर रेलगाड़ी से पंजाबी-सिन्धी निर्वासितों के रेले के रेले भुसावल रेलवे स्टेशन पर उतरने लगे। भुसावल में ताप्ति के किनारे चालीस हजार निर्वासितों की छावनी बस गई। मोरगाँव के लोग इस तरह गाड़ियाँ जोतकर आते, मानो सिनेमा देखने आए हों और इन निर्वासितों की दुर्दशा देखकर अफसोस जताते हुए अनाज, कपड़ा देकर वापिस लौट आते। मुसलमानों ने ही यह किया, यह सन्देश हर एक के दिल में पक्का होता जा रहा था। एक पंजाबी युवक हाथ में छुरा लेकर बोला, ले आओ सामने साले मुसलमानों को। बताओ कहाँ हैं, जहाँ होंगे वहाँ जाकर एक-एक को काट डालूँगा। अजी मेरे गाँव की छोटी-छोटी हिंदू लड़कियों को पकड़कर ले गए वो—मेरी इन...इन आँखों के सामने। हंटर से पीट-पीटकर मुसलमान गुंडे उन्हें नाचना सिखा रहे थे। भरे बाजार में अश्लील गाने गाने को कह रहे थे। सारी भीड़ देख रही थी। मैं भी उसी भीड़ में खड़ा था...और वह फूट-फूटकर रोने लगा। दूसरा बोला, काटी गईं गर्दनों के ढेर के नीचे मैं दफन हो गया था, इसलिए बच गया। रेलगाड़ी रोककर मुसलमान गुंडे डिब्बे में घुस आते—और एक-एक की गर्दन छाँटकर निकल जाते।...एक भी मुसलमान इस देश में नहीं रखना है। हमने अपने बीवी-बच्चों को जानवरों की

57. मराठों के इतिहास का एक पेशवाकालीन प्रसिद्ध कूटनीतिज्ञ।

तरह ट्रकों में लादकर आठ दिन पहले भेज दिया था—अब वो कहाँ होंगे, भगवान ही जाने। अजमेर के पास ऐसे लावारिस हिंदू औरतों-बच्चों की एक बड़ी छावनी सरकार ने खोली है।

मोरगाँव के सीधे-सादे लोग भी यह सुनकर थर-थर काँपने लगते। किसने किया ये? पाकिस्तानियों ने। मुसलमानों ने। राष्ट्रद्रोही। किसलिए? इनसान ऐसा भी कर सकता है? पाकिस्तान मुर्दाबाद। फिर भी भारत की तिजोरी से करोड़ों रुपए उन्हें देने की बात करता है महात्मा गांधी? उठाकर फेंक दो बुड्ढे को बाजू में। पाकिस्तान मुर्दाबाद। सशस्त्र आक्रमण। गाँव-गाँव में विस्फोटक हालात।

अंग्रेज आदमी कितनी भयानक, क्रूर फिल्म बना सकता है? अपना देश सुरक्षित रखकर? संसार के इतिहास की एक क्रूर वेस्टर्न फिल्म।

कुल मिलाकर माहौल इतना गँदला हो गया था कि हमें शाखा में निश्चित दिशा पाने का समाधान महत्वपूर्ण लग रहा था। सभी ओर दंगे हो रहे थे और हमारे मन पर यह पक्का अंकित हो गया था कि इसके लिए मुसलमान ही जिम्मेदार हैं। हम बच्चे भी अपनी बानरसेना बनाकर शौर्य क्यों न दिखाएँ? अष्टविनायकों में से एक ने योजना तैयार की : खानदेश में पहली बार इस्लाम को लानेवाले सन्त शेख बहुदुल्ली की दरगाह पास के ही देहात कवढल में है। उस दरगाह को पंद्रह-बीस स्वयंसेवकों द्वारा रातोंरात ध्वस्त करके हिंदुओं की पहली हार के स्मारक को नेस्तनाबूत किया जा सकता है। इतिहास ऐसे ही तो बदला जाता है। इसके लिए हमारी कोठी की चाँदनी पर गुप्त बैठकें होने लगीं। गणित के सवाल हल करने के बहाने हम क्या चर्चा करते? तो मुसलमान लोग अपनी औरतों को सलवार ही क्यों पहनाते हैं? क्योंकि उसमें कसना होता है, उसकी गाँठ पक्की लगाने पर हिंदू आसानी से बलात्कार नहीं कर सकते। और हमारी औरतों की साड़ियाँ कैसी? ऊपर करो और—शुरू। इसलिए भी मुसलमानों को हिंदू लड़कियाँ भ्रष्ट करना आसान पड़ता है। हमारी स्त्रियों को भी सलवार कमीज, पंजाबी ड्रेस पहनने चाहिए।...यानी फिर से मुसलमानी पद्धति की ही जय।...बाहर बाजार में कहीं भी मुसलमानों से सन्तरा-मुसंबी खरीदना नहीं हाँ। हिंदू लोग मर जाएँ इसलिए वे जहरीले इंजेक्शन लगाकर रखते हैं। कहते हैं, चोपड़ा में एक आदमी ऐसे ही मर गया। इसीलिए तो वो साले सस्ता बेचते हैं।

दो-तीन दिनों बाद मैं शिरपुर की सड़क से गुजर रहा था। सामने से धुनिया का इब्रिया साइकिल की डंडी पर डबलसीट बैठा चला आ रहा था। मुझे देखते ही बचपन की तरह चिल्लाया, ओऽ रेऽ खंडियाऽ।...कहाँ गया था रे इब्रू?

पीछे सीट पर टोकरी दिखाई नहीं देती क्या रेऽ। कहाँ जाऊँगा यार केला बेचने के अलावा? ले, एक खा ले। उसने झट से टोकरी खोलकर मुझे दो केले दिए। मैंने कहा, नहीं चाहिए।...क्यूं रे? तुझे बहुत पसन्द हैं न ये नन्हे-नन्हे केले? ले...नहीं...ले रे...नहीं...

मुझे लग रहा था उसका एक पैसा ज़ाया हो जाएगा। साइकिलवाले ने उसे फिर से बिठाया और पशोपेश में हाथ हिलाता हुआ वह चला गया। बाद में मेरा कलेजा तेजी से धड़कने लगा। ले लेने चाहिए थे केले। हर साल इब्रिया से मलिदा खाना, उनके पीर के सामने ऊधम। उर्स की कव्वालियाँ, मुहर्रम में बाघ बनकर दूल्हा खेलना। इब्रिया के अब्बा हमारे पिताजी के भरोसेमंद—हर साल मकई का खेत हिस्सेदारी में उन्हीं को देते। भुट्टे बेचकर आधे-आधे पैसे ईमानदारी से देनेवाले। लेकिन मकई की रखवाली कई बार हम दो छोकरों पर ही आती। थोटिया चमार से बनवाई दो छोटी-छोटी गोफनों के जरिए मचिया से हम हुर्रर्र-हुर्रर्र करके फसल में पत्थर मारते और सौ-एक चिड़ियाँ उड़ जातीं। खेत के मजदूर हमें छोटे-छोटे पहलवान बनाकर कुश्ती का खेल खिलाते : इतने-इतने से बच्चे हम लेकिन कैसे तैश से गिली मिट्टी में लोट-पोट होकर एक दूसरे को चित करते। उसके बाद नीचे दह पर हम दौड़ते जाते। उस समय उसकी कतरी हुई नूनी—ऐसी क्यों रे?...हमारे में ऐसा ही करते हैं। इब्रिया का इतना कहना उस समय काफी होता था...अब?

चाँदनी की गुप्त बैठकों में विनायक अग्निहोत्री सदू को समझा रहा था—जल्दी-जल्दी बलात्कार के लिए ये सुन्नत करवाते हैं। नाम भी कैसे रखते हैं हबीबुल्ला? शायद इसी कारण हमारी स्त्रियों को इनसे डर लगता होगा। इनका अल्ला अल्ला यानी हम हिंदुओं पर हल्ला हल्ला नहीं लगता तुम्हें?...और फिर अल्लाउद्दीन खिलजी का पद्मिनी पर डाका। रामदेवराव यादव की सुन्दर लड़की जिताऊ को भी खिलजी ऐसे ही लूटकर ले गया। और इनकी अपनी बीवियों के लिए परदा? वाह रे वाह। ये हमारा हिंदुओं का देश है। समझा देना उनको, इसके आगे यह नहीं सहा जाएगा।

मकर संक्रांति पर्व पर प्रांत-प्रचारक के स्वागत के लिए हम मैट्रिक तक के सभी स्वयंसेवकों ने मिलकर राष्ट्र गौरव पर आधारित एक कविता रची। लेकिन उसकी पहली पंक्ति सुनते ही प्रांत-प्रचारक क्षुब्ध हो उठे। बोले, बन्द करो यह मातृभूमि की भर्त्सना। हर शब्द से मातृभूमि की पवित्रता अभिव्यक्त होनी चाहिए।

इस सदावत्सल हिंदूभूमि को युग-युग से स्पर्श करनेवाला अरब सागर

गलती समझ में आने पर लज्जित होकर हम नक्शे पर ढूँढ़ने लगे कि हिंद महासागर किस म्लेच्छ भूमि को स्पर्श करता है। पाकिस्तान काफी ऊपर, अरबस्तान तो कहीं और ही, और नीचे के सिलोन, बर्मा वगैरा तो बौद्ध। फिर भावडू के मित्रों ने द्वीपों-द्वीपों से बना एक नख-शिखांत मुसलमान देश आखिरकार ढूँढ़ निकाला—मालदीव। नीलू चाचा दिलासा देते हुए बोला, भले ही द्वीप हो, लेकिन द्वीप मुसलमान तो है? देखिए तो जुड़ता है क्या :

उन म्लेच्छ मालेभूमियों को निरंतर जलाता हमारा वीर्यवान हिंदू महासमुद्र
इस हिंदू भूमि पर चिरंतन बिराजे ब्राह्मण क्षत्रिय वैश्य और शूद्र

तभी मंडल कार्यवाह का गुप्त सन्देश—पुणे के गोडसे नामक सज्जन यावल से जल्द ही हमारी शाखा में पधार रहे हैं। स्थल–काल के बारे में बाद में सूचित किया जाएगा। कोटि–कोटि हिंदुओं से विश्वासघात करनेवाला गांधी क्या जीने योग्य है? विषय पर वे गुप्त मार्गदर्शन करेंगे।

30 जनवरी, 1948 को पहली बार गांधी हत्या की खबर रेडियो पर आई। उस रात मोरगाँव के सारे मुसलमान डर के मारे छिपे बैठे थे। सब लोग तो यही मानकर चल रहे थे कि यह खूनी मुसलमान ही हो सकता है, लेकिन खास बात यह कि मुसलमानों को भी ऐसा ही लग रहा था। केवल रूपा कांग्रेस क्रोधित लड़कों की भीड़ को शांत करते हुए कह रहे थे कि इस देश में ऐसा दानवी कृत्य केवल ब्राह्मण ही कर सकता है। वही सच हुआ। रात को दिल्ली से इधर–उधर किए गए ट्रंक कॉल से यह समाचार मोरगाँव पहुँचा कि खूनी व्यक्ति गोडसे था और सुबह तो ठेंगू जोशीबोवा को दिल्ली से लड़के का तार ही आ गया—सावधानी बरतिए। पोस्टमैन ने पहले चौपाल में सबको दिखाया और बाद में ब्राह्मण बाड़े में जोशीबोवा को दिया। एक कानाफूसी यह भी थी कि अष्टविनायकों में से सबसे बड़े राजाभाऊ अग्निहोत्री ने रात को ब्राह्मणबाड़े में शक्कर बाँटी। हनुमान के चबूतरे पर किसी ने दीवार के उस पार ब्राह्मण गली में किसी को अत्यधिक हर्ष से अपनी स्त्री को यह चिल्लाकर कहते हुए सुना था—अजी पूरनपोली बनाइएऽ।

सुबह सभी ओर गोडसे का नाम फैलते ही ब्राह्मणबाड़े में गहरा सन्नाटा छा गया। विनायक अग्निहोत्री सुबह से ही कहीं गायब हो गया था। और नीलू चाचा डर के मारे हमारे बरामदे में मूँगफली के कुठले में छिपकर बैठ गया। खींचो सालों को बाहर, गाँव–भर में चिल्लानेवाले बदमाश लड़के चौपाल के सामने दो गधे, तारकोल और गुलाल लेकर रुके हुए थे। बिठाओ इन्हें गधे पर। ऐसे समारोह का आयोजन लड़कों को शायद ही कभी करने को मिलता है। मुझ पर भी मार पड़ने की सम्भावना होने के कारण मुझे कोठी से बाहर कदम न रखने की सख्त हिदायत दी गई थी। इसके अलावा और तीन काम मैंने सच्चे स्वयंसेवक की निष्ठा से और कड़ी निगाह से किए—कुठले से कान लगाकर नीलू चाचा की एकाक्षरी सूचनाएँ सुनना, बाहर के समाचार विस्तार से लेकिन बड़ी होशियारी से कुठले के अंदर लगे उसके कानों में धीमी आवाज में पहुँचाना और कोठी में किसी के आते ही अपनी जान बचाने के लिए धाबे पर छिपकर बैठना। अचानक बाहर के दरवाजे से सन्देहास्पद आवाजें आईं, और सीढ़ियों की ओर नीलू चाचा के लिए मेरे कान खड़े हो गए : कहाँ छिपा है वो शाखा प्रमुख? ऐसे ही छिपना सिखाया है क्या उसे शाखा में? कहते हैं न राँड़ का बेटा साँड़। जब से बाप मरा है, विधवा बूढ़ी माँ अकेली खेती सँभाल रही है और ये साँड़ ऐसे धंधे करने के लिए खुल्ला। गधे पर बिठाए बिना ये सबक सीखनेवाला

नहीं। बच्चो, ढूँढ़ो उसे, कहाँ छिपकर बैठा है वो निलिया। मैंने कुठले पर तीन बार लात मारकर इशारा किया और ऊपर गुल। अगला सब चाचा को सुनाई दे ही रहा होगा। बहनों को भी पहले ही समझाया जा चुका था कि क्या करना है। भावडू से भी कहा गया था कि ऐसे बदमाशों को चाराघर में ढूँढ़ने के लिए ले जाना। वहाँ के जलावन में, चारे में या औजारों के पीछे नीलू चाचा और मेरे छिपे होने का घंटे-भर के लिए उन्हें यकीन हो जाता। फिर अंधी चाची सब पर गुस्सा करके उन्हें बाहर खदेड़ देती। आगे दो-तीन दिनों तक यह नाटक चलता रहा।

सौभाग्य से इन दिनों पिताजी का सरकारी गलियारों में अच्छा दबदबा स्थापित हो रहा था। इसलिए गाँव की शाखा के सभी स्वयंसेवक छूट गए। एक दारोगा आया था, जो सबसे माफीनामा लिखवाकर ले गया। उसमें मुखिया ने लिख दिया कि सभी लड़के छोटे यानी दस से पंद्रह की आयुवाले हैं और खेलने के अलावा इनका प्रस्तुत मामले से कोई सम्बन्ध नहीं है। गवाह के रूप में उस पर पिताजी समेत अन्य चार महाजनों के हस्ताक्षर लिये गए थे। दारोगा कहकर गया, विट्ठलराव, ये अपनी ही जात के बच्चे हैं, इसलिए छोड़ रहा हूँ, वरना थाने ले जाकर इनकी खूब मरम्मत करता। अपने भाई को भी समझा दीजिए, भट बड़े मतलबी होते हैं—अब इसके आगे जिंदगी-भर भटों की दुम को भी नहीं छूना।

चौपाल में जमा सभी अभिभावक भी शिकायत कर रहे थे कि दारोगाजी सही कहते हैं। कुर्मी के घर-बार, खलिहान, गोठ में शाम के वक्त कितने ही काम पड़े होते हैं। भिनसारे से लेकर हम खेत में जाते हैं और घर के, गाँव के बाकी सारे काम भी उसी समय। और ये लड़के ढोर-डंगर, चारा-पानी, गाय-भैंस का दूहना, सारे काम छोड़ उन भटों के पीछे पड़े थे, धत्। करते भी क्या थे वो, भगवे झंडे के सामने कवायद! अरे, जरा देर मोट चलाएँ तो ज्यादा वर्जिश होगी। शाम को भटों के घरों में क्या काम होता है पूजापाठ के सिवा? ये निकम्मेपन के धंधे किसान के बच्चों को नहीं चाहिए।

आगे काफी दिनों तक सातारा-सांगली इलाकों से बड़े-बड़े हिंदुत्ववादी ब्राह्मण सेठ-साहूकारों की कोठियाँ जला देने के समाचार आते रहे। रूपा कांग्रेस गाँव के लड़कों से बोले, हम कट्टर गांधीवादी बनेंगे। गाँव में आगजनी, मारपीट बिलकुल नहीं होनी चाहिए। अहिंसा परमो धर्मः। आप लोग ऐसा कुछ नहीं करेंगे। वरना इन सुस्त ब्राह्मणों को ये उजाड़ देहात छोड़कर चले जाने का अच्छा बहाना मिल जाएगा। इनकी दृष्टि से यहाँ है क्या, मिट्टी और धूल के सिवा? हमारे गाँव में भी देखना, ये सब चालाकी से शहर भाग जाएँगे। पत्री देखने के लिए भी ब्राह्मण बाहर से लाने पड़ेंगे।

नीलू चाचा के घर से *एक सच्चा हिंदू* उपनाम से *मेरे कुठले के दिन* शीर्षक टिप्पणियाँ पुलिस को मिलीं। उससे यह दिखाई दिया कि इन कुठलों के दिनों का नीलू चाचा पर कैसा गहरा असर हुआ है। विट्ठल दादा जैसे युधिष्ठिर को मेरे लिए

अकिंचन दारोगा के सामने झूठ बोलना पड़ा, कसम खाकर मेरी उम्र कम बतानी पड़ी, वरना गधे पर मेरी बारात निकल ही जाती। इसके अलावा रात में बार-बार अग्निहोत्री के घर जाकर भी उसने इस बात की भनक तक नहीं लगने दी कि वह भाग निकलनेवाला है। छिपने के लिए पुणे, मुंबई, दिल्ली तक में उसके अनेक रिश्तेदार हैं। शहर में छिपने के लिए हमें एक भी घर कहीं नहीं मिलेगा। इतना बड़ा धोखा? इसके आगे राजनीति को दूर से ही सलाम। कुल मिलाकर चाचा के उतावले भूतकाल का देखते-देखते निराश वर्तमानकाल में परिवर्तन इसी डायरी में नजर आता है। आरंभ में ही लिखा था : *ऐसा कोई काम कि जिससे मुझे छिपकर बैठना पड़े, इसके आगे नहीं करूँगा, नहीं करूँगा, नहीं करूँगा।*

नीलू चाचा बाद में पूरी तरह से बदल गया। उसका देशभक्ति का फफोला फूट गया। रोज तड़के उठकर मंदिर जाना। भगवान की पलीते से आरती उतारना। पसीना-पसीना होने तक वहाँ का नगाड़ा पीटना। पीछे के पेड़ तले हजार डंड-बैठक लगाना। तत्पश्चात् नदी में नहाकर वहीं धोती, कुरता, अंगोछा बहते पानी में धो डालना। गगरी जैसा बड़ा लोटा-भर पानी तुलसी को चढ़ाना। दोपहर तक घर पर ही बैठ अभंग याद करना। दोपहर में विट्ठलदादा के सिखाए मृदंग के बोलों का अभ्यास करना। गाँव में सभी की हर सम्भव सहायता करना। रात में बूढ़े भजनिकों से भजनों की पुरानी तर्जें सीखना। यानी खेती के अलावा बाकी सारे काम इसके पसन्दीदा। उसकी बलोपासना का उचित उपयोग होता हो, वहाँ नीलू चाचा सबसे आगे। मसलन, किसी के साथ उसकी स्त्री को उठाने जाना हो, फसल के मौसम में किसी के खेत में चोर घुस आए हों, खलिहान पर अनाज लूटने के लिए पारधियों की टोली आई हो, भैंस सूखे कुएँ में गिरी हो, किसी के घर पर पत्थर बरसे हों यानी डकैत आनेवाले हों, तो रात-भर रखवाली के लिए—काम कोई भी हो, नीलू चाचा हमेशा तैयार और तत्पर। परोपकार ही उसकी जिंदगी का सूत्र बन गया। इसके अलावा नीलू चाचा के अभिभावकत्व में गाँव के बूढ़ों की पैठण, मुक्ताबाई, आलंदी, देहू, पंढरपुर की पैदल यात्राएँ भी साल-भर चलती रहतीं। इसके अलावा सांडू के साथ मेला और तमाशा भी। इन सबकी नींव यानी *मेरे कुठले के दिन।* उस डायरी में दर्ज आखिरी बात थी:

पेड़ के नीचे किसी शायर की गाई फटकार यहाँ कुठले में भी सुनाई दे रही है :

बेटा ऐसी बात बोलना कि कोई न बोले झूठ
और ऐसी जगह बैठना कि कोई न कहे ऊठऽ हो हो हो जी ऽ

इन दिनों मारुति के चबूतरे पर लगभग रोज ही अकादमी लगती थी। डींगमारे और शेखीबघारे विशेषज्ञों की उपस्थिति में अभी-अभी आजाद हुए भारत के यक्षप्रश्नों पर सर्वांगीण विचार-विमर्श की बहस आधी रात तक जोर-शोर से चलती थी :

देखो, जो हुआ अच्छा ही हुआ। हमारे ज्ञानदेव महाराज कहते हैं न, *दुरिताचे तिमिर जावो।* ये ठीक नहीं है कि बँटवारा हुआ इसलिए मुसलमानों से द्वेष करें। ये हिंदुत्ववादी ही कह रहे थे कि बँटवारा करो। वो सावरकर—अंग्रेजों द्वारा अंदमान से खुला छोड़ देने के बाद अंग्रेजों के खिलाफ एक शब्द भी नहीं बोलता है, देखा। अंग्रेजों ने लिखवाकर ही लिया उससे कि बोलेगा तो दुबारा काले पानी भेज देंगे। सुना है उससे कुबूल करवाया गया था कि केवल मुसलमानों के खिलाफ ही लिक्खूँगा। इनका देशकार्य यानी द्वेषकार्य...वाहऽ। हमारे वारकरी सम्प्रदाय में है कोई भारत माता या फारत माता? *यह विश्व ही मेरा घर है।*...सन्त सोपान काका ने भी कहा था, सारा विश्व आत्मज्ञान के प्रकाश से प्रकाशमान हो।...हमारे महानुभाव सन्तों ने तो कहा है कि आपके हाथों चींटी भी राँड़ न बने।...अहिंसा का इतना बड़ा खजाना छोड़ ये लड़के हिंसा की ओर क्यों मुड़े होंगे?...अरे इन्हें खेलने को मिलता था भाई। इस उम्र के बच्चों को कुछ और भी चाहिए होता है—नाचना, गाना, खेलना, मुकाबला, रटना—लेकिन यही हमारे किसान लोगों की समझ में नहीं आता है। क्या करेंगे इन बैलों का और मवेशियों का, क्यों भाई? इसलिए ये बच्चे करते थे मातृभू पितृभू भू भू भूऽ

डींगमारे देशमुख कहता है, मुंबई में हिंदू-मुसलमानों में बड़ा दंगा हुआ। सोडा-वाटर की बोतलों की बौछार शुरू हुई और हम भाग निकले। रास्ते में हमसे पूछा जाता, हिंदू या मुसलमान? हिंदू कहने पर वो लोग बोले, गायत्री मंत्र कहो। मैंने कहा, भइया, किसान को काहे का गायत्री मंत्र या फायत्री मंत्र आता है? हाँ गाय का गोबर-मूत निकालना आता है। ये छिदे हुए कान देखो। तब छूटे।...और कहीं कान छिदाना रह जाता हमारे जैसा तो?...आँ, तो...करगता देखते हैं और फौरन छोड़ते हैं।...कहते हैं कश्मीर में पाकिस्तानी सेना घुस गई है।...फिर ये नेहरू क्या करता है?...अरे नेहरू में क्या दम है जी? वल्लभभाई पटेल, फौलादी पुरुष—तुम्हारी ही जात का है। नेहरू से बिना पूछे भेज दी सेना, और बाद में बताया। वरना, इतने में तो कश्मीर पूरा निकल गया होता। फिर भी आधा चला ही गया इस नेहरू के कारण।...फिर अब?...क्या नेहरू भी। सुना है, अपने सभी रिश्तेदारों को नौकरियाँ देनेवाला है।...फिर, कितना बड़ा त्याग किया है नेहरू खानदान ने?...उसने त्याग किया तो हम उसका कितना चुकाएँ भाई?

हमारे गाँव में त्याग करनेवाले क्या कम थे? विट्ठल जीजा का भाई हुना...लेकिन ये बँटवारा वे भी नहीं रोक सके? आँ! लेकिन हुआ ही कैसे? होने ही नहीं देना चाहिए था।

शेखीबघारे पाटील बोला, गांधी ऐसे ही बैठे थे पेड़ के नीचे चबूतरे पर, दिल्ली में। जिन्ना उधर से गुजरा। गांधीजी बोले, अरे ओ जिन्ना, जरा इधर तो आओ यार। तू काहे अलग-से चूल्हा सजा रहा है भाई? बिना वजह डूबने का कारण। मेरी बात मान, तू ही मुखिया बन हिंदुस्तान का। अंग्रेजों को खदेड़ दिया न, बस हुआ। अरे

भाई-भाई की दुश्मनी बहुत बुरी होती है। ठीक है, बर्तन से बर्तन टकराता है। लेकिन वो जिन्ना कुछ मानने को तैयार ही नहीं रे भाई। बोला, अलग ही होना है। गांधी फिर बोले, अरे जिन्ना भाई, मैं तेरे हाथ जोड़ता हूँ। तू बड़े बाप का, हम छोटे बाप के। अब तो खुश? मैं नेहरू और पटेल को समझा दूँगा। फिर भी वो अड़ियल जिन्ना क्यों मानता? बँधे कुत्ते का ज्यादा शोर। वो उल्टा बोला, अरे गांधी बुड्ढे, छोड़ो भी यार ये बातें। क्या चाटना है खाली-पीली अहिंसा और सत्य को लेकर। उधर मौलाना आजाद बैठे थे, वो भी बोले, काहे कुत्ते के मुँह में लाठी ठूँस रहे हो बापू? मरने दो न साले मुसलमानों को, अलग चाहिए तो। ऐसे में नेहरू भी उतावली मचा रहा था। प्रधानमंत्री बनने का शौक जो था। अरे, शौक तो ठीक है, लेकिन जल्दबाजी? मुसल्लों की लल्लो-चप्पो भी कितनी करेंगे? तो ऐसे हुआ बँटवारा। आठ दिनों में नक्शे पर मनमाने ढंग से लकीरें खिंच गईं—इधर के मुसलमान मर गए, उधर के हिंदू फँस गए। अंग्रेज साला दूर से देखता हुआ हँस रहा था। बोला, तुम्हारी माँ की, बहुत हो-हल्ला मचा रहे थे न 'चले जाव, चले जाव'। तुम्हारी माँ की। मरो, सालो आपस में लड़कर। देखा, भोसड़ी का अंग्रेज—किया किसने और मार पड़ी किसको?

लेकिन मुसलमान पहले से ही कट्टर।...ऐसे कैसे कहते हो? अरे इतना फैल गया है, कुछ तो जान होगी ही न उस धर्म में?...काहे की जान जी? तलवार लगाते ही जान हगने लगती है।...नीचे का सारा तबका उन्होंने पास खींच लिया। हमारा हिंदू धर्म नीचेवालों के लिए क्या झाँट करता है? अभी-अभी हमारे अमलनेर के साने गुरुजी मरते-मरते बचे। गांधी को भी अनसुना कर बैठ गए अनशन पर पंढरपुर में, अस्पृश्यों को मंदिर में प्रवेश दो करके। लेकिन मुसलमान धर्म तो हिजड़ों को भी अपने में समा लेता है।...नहीं चाहिए रे भाई हिंदू धर्म में हिजड़े, वो मुसलमानों में ही ठीक हैं।...हैदराबाद का निजाम अली टेढ़ी चाल चल रहा है, देखो उसको पटेल कैसे सीधा करता है। ईंट का जवाब पत्थर से ही देना चाहिए।...लेकिन एक ने गाय मार डाली इसलिए...अजी, उन्होंने पहले ही बछड़ा मारकर रखा है। अब मारने के लिए आपके पास बचा ही क्या है, सिवा गाय के? आँ?

लेकिन यार ये अच्छा हुआ। इस गोडसे के कारण ब्राह्मण राष्ट्रीय राजनीति में कभी ऊपर नहीं आएँगे। बीत गए वो गोखले और तिलक के दिन।...कैसी ओछी बात करते हो यार तुम भी। अरे उनके कारण ही तो देश में मराठी आदमी की शान बरकरार रहती आई है। तुम्हारे वो मराठा नेता—दिल्ली में कुत्ता तक नहीं पूछेगा उन्हें। उनकी राजनीति महाराष्ट्र तक।...लेकिन गोडसे ने वाकई गंदा काम किया। क्या कर रहे थे ये संघवाले, देश इतना सुलग उठा था इतने सालों से तो? संघ के लिए संघ। अनुशासन के लिए अनुशासन—कोई सामाजिक दायित्वबोध ही नहीं भटों में। और नहीं तो कम-से-कम रास्ते साफ करते, अस्पृश्यता, अंग्रेजी का दंभ—किस काम का केवल भंभं राष्ट्रवाद? और आखिर में गोडसे ने पाखाना करके सारे किए-कराए पर पानी फेर दिया—

इस पर डींगमारे बोला, कोई पाखाना नहीं किया है गोडसे ने। हमारे नीलू भाई की डायरी हमने एक बार चोरी से देखी थी—पहले ही पन्ने पर अपने खून से रँगा भगवा झंडा! बाद के एक पन्ने पर एक के नीचे एक लिखा था :

1757

1857

1957

इसका मतलब क्या है?...इसका मतलब तुम जैसों को बताने से क्या फायदा? 1757 यानी पलासी की लड़ाई, 1857 तातिया का विद्रोह, और अब ठीक सौ साल बाद—रक्तरंजित आसेतुहिमाचल अखंड हिंदुस्तान। एक-एक अंग्रेज काटा जानेवाला था। राजधानी पुणे तय हो गई थी। राष्ट्रीय ध्वज भगवा। राष्ट्रगीत—नमस्ते सदावत्सले... स्वतंत्रते भगवते एक साथ। संविधान वगैरह का झंझट और खर्च किसलिए? मनुस्मृति है ही। फिर बँटवारे का सवाल ही नहीं उठता। पाकिस्तान नहीं बनता तो कितनी बड़ी परेशानी से बच जाते? लेकिन नियति को यही मंजूर नहीं था। इसीलिए दस साल पहले ही ये टुंडी आजादी प्राप्त करके गांधी बाबा ने सारी चाल मटियामेट कर डाली। फिर बचा ही क्या था उसे मारने के सिवा?

अरे उल्टा बता रहा है ये डींगमारे। गोडसे ने गांधी को मारा, उसे अमर करने के लिए। और दूसरा, अहिंसा वगैरह झमेले बन्द करने के लिए—अब देखो उसके ही कांग्रेसवाले चेले एटमबम भी बनाएँगे।

महात्मा गांधी जिन्ना से कह रहा था कि मेरे बदन के भले टुकड़े-टुकड़े हो जाएँ, लेकिन मैं बँटवारा नहीं होने दूँगा। तब जिन्ना बोला था, अरे तुम्हारे बदन के टुकड़े तो तुम्हारे ही बम्मन लोग करेंगे। बिलकुल सही भविष्य बताया था उसने।...अरे मैं क्या बोल रहा हूँ और तू क्या सुन रहा है? हमारे देश के मतलब भारत के मुसलमानों को यदि आप पाकिस्तानी कहेंगे, तो भला वे कैसे सहेंगे? और हम में ही ऐसी दरार पड़ेगी, तो पाकिस्तानियों को मौका नहीं मिलेगा? गाँव-गाँव मुसलमान फैले हैं। उनसे बैर लेना?...अरे लेकिन वो ही खुद को हिंदुओं से अलग समझते हैं, तो फिर? दाएँ से बाएँ की तरफ लिखते हैं वो उल्टा।...अरे, हम भी तो इक्कीस, बाईस कहते हैं, लेकिन लिखते हैं दो के बाद एक। हम उन्हें अलग समझते हैं, यह ठीक नहीं। हम मेजोरिटी में हैं, हम ही यह कर सकते हैं।...यानी कैसे? देखो, शिवाजी, संभाजी मुसलमानों के साथ कितना घुल-मिलकर रहते थे? दाढ़ी-पहनावा भी मुसलमानों जैसा। यदि तुमने मुसलमानों को ठेलकर दीवारों में दबाने का प्रयास किया तो क्या वे पलटेंगे नहीं? यह हम जैसे प्राचीन समाज को शोभा नहीं देगा। उचित भी नहीं होगा।...सुभाषचंद्र बोस अभी भी जिंदा हैं। मुसलमानों जैसी ही दाढ़ी बढ़ाई है उन्होंने, बिलकुल मुसलमान ही लगते हैं। यावल के बाजार में एक बार किसी को दिखाई दिए थे। अंग्रेज लोग मुकादमा चलाएँगे, इसी वजह से छिपकर बैठे हैं।

इतनी देर चुप्पी साधे बैठा एक डींगमारे सबको मात देने के इरादे से रहस्योद्घाटन का हल्का-सा सुर लगाते हुए बोला, सच बताएँ तो आप लोग यकीन नहीं करेंगे। इन कांग्रेसवालों ने ही खतम किया है गांधी को। दगा—

मतलब? वो राममनोहर लोहिया बोलते हैं, वैसे आलंकारिक बोल रहे हैं क्या आप? गांधीजी से ऊब गए थे नेहरू, पटेल?

अजी, नेहरू, पटेल इन लोगों के हाथों में सत्ता की बागडोर आते ही खुफिया जाँच कराई गई कि इस देश में अंग्रेजों का शासन इतने सालों तक किसके कारण बढ़ा? हिंदुस्तान में अंग्रेजों का सबसे नजदीकी आदमी कौन है? तो सभी ओर से एक ही रिपोर्ट आई : हिंदुस्तान में अंग्रेजों का सबसे पसन्दीदा आदमी गांधी ही है। अब क्या करें? ईसा मसीह का अंत किसने किया? नंद का अंत करनेवाला चंद्रगुप्त मौर्य और मौर्य का खात्मा करनेवाला शुंग, पेशवा नारायणराव का खून करनेवाला उसका ही चाचा राघोबा? गोडसे तैयार ही था—अनायास बम्मन के हाथों गाय को मार डाला जी। यही तो है रामराज्य। *बोलो सियावर रामचंद्र की जय।*

उत्तिष्ठ। उपविश। आरम।

4

खंडेराव, तुम्हारा सब कुछ निराशाजनक चल रहा है। यादें भी उत्साहरहित। ग्लानि किल शरीरविनाशिनी, मूर्च्छा से जग जाओ। जिंदगी के मौज-मस्ती भरे पलों को याद करो—भेड़ों की अपने-अपने मेमनों को पुकारने की आवाजें, दूध के लिए अपनी माँ के थनों को झिंझोड़नेवाले मेमने—रेनी के घर के पीछे भेड़ों का बाड़ा—टीले के तले ढाकबन की चरनी, जिसमें तरह-तरह के पक्षियों, वनस्पतियों के परिवार बसते हैं। इस एहसास की हमारी वह उम्र कि कहीं दूर नीले आसमान से सटे क्षितिज पर कुछ बढ़िया होगा। हमें अभिव्यक्ति के लिए गुंजाइश कहाँ मिलेगी, इसकी बेचैन खोज शुरू हुई। घर के बिलकुल नजदीक यौन शिक्षा की धारा कल-कल बहती जान पड़ती है। अश्लील कही जानेवाली लेकिन एक सहपाठी के घर में छिपाकर रखी हुई, पुरानी, पीले पड़े पन्नोंवाली संभोगासनों की पुस्तक स्कूल में लाई जाती है। पाटील सर कक्षा में गणित हल करने के लिए कहते हैं और हमारी, बारी-बारी से सहपाठी की बगल में जा बैठनेवालों की भयचकित नजरें चोरी-चोरी कुछ अजीब ही चित्र देख रही हैं। आहट पाते ही पाटील सर, जो अभी कुँवारे हैं, धीरे से हमारे जमघट के पीछे घात लगाकर आ खड़े होते हैं और दूसरी ओर देखने का बहाना करते हुई होशियारी से उस पुस्तक को धर दबोचते हैं और पन्ने पलटते हुए पुस्तक को अपनी बगल में दबाकर दिन-दहाड़े निकल जाते हैं। पुस्तक में छपे एक ही मानचित्र को देखकर सहमे हुए हम बच्चों को सृष्टि के भयानक अजूबों में से एक का दूर से अनुभव होता है। हमारे एक सर लैंगिक शब्द का उच्चारण लहेंगिक करते हैं। स्कूल के रास्ते में बरगद के नीचे अनेक भैंसें लगातार पड़ियाई जाती हैं। इस घटना से संबंधित होता है दूध, जो हम पीते हैं। भादो के महीने में कुत्तों का ऊधम। पोथी-पुराणों की सठिया गए ऋषियों की वीर्योत्सर्ग की कहानियाँ। महाभारत में नियोग से संबंधित स्त्री-पुरुषों की अजीबोगरीब जोड़ियाँ। लावनियाँ, लोकनाट्य तमाशा के वगनाट्य[58]—बीवी, कितने बजे री? अब करीब-करीब सोने का समय हो गया है। सिनेमा में तो अथ से लेकर इति तक, सब यही।

हमारा बदन कुछ कहने के लिए कसमसाता रहता है, लेकिन क्या? इसे वह कभी बता नहीं सकता या फिर अनंत काल तक वह कुछ-न-कुछ कहता रहता है, जैसे नदियों की लबालब बहती पीली-सी धाँधलीबाज पहली बाढ़। इन बातों का संगीत की भाँति अनुवाद करना हमारे लिए कभी संभव नहीं होता। जैसे खदिर के फूलों की मंद-मधुर नशीली सुगंध।

58. तमाशा के उत्तरार्ध में खेला जानेवाला नाटक।

नागपंचमी। गाँव-भर में पेड़ों पर ऊँचे बँधे झूले। धनगर टोले में तो पीपल की ऊपरी टहनियों से बँधी रस्सियाँ। ऊँचे आसमान में ऊपर-ऊपर जाती, ओझल होती लड़कियाँ।

डालियों पर बँधे जीऽ लड़कियों के हिंडोले...

इन भेड़ों के मेमने अपनी-अपनी माँओं को कैसे पहचान पाते हैं री रेना?

हाऽहा, यह खुद देखे बिना समझ में नहीं आएगा खंडू। किसी त्यौहार के दिन आ जाना हमारे घर पर। सुबह या शाम, कब आएगा? जरूर आना, आएगा? तुम्हें भेड़ का पेवस पसंद है न? वो भी दूँगी मैं तुम्हें, तुम आओ तो सही। बालू का अहाता खत्म होते ही हमारा घर आता है।

कँटीले बबूलों का रास्ता भी कम सुन्दर नहीं होता। कोई देख न ले इसलिए मैं नदी के किनारे-किनारे चलता हुआ बबूलों के बीच से धनगर टोले का टीला चढ़कर ऊपर आता हूँ। नदी की ओर से शोर मचाती हुईं भेड़ें पहले ही भेड़बाड़े में घुस गई हैं। उनके पीछे-पीछे धूल पर नक्काशीदार खुरों के असंख्य निशान लगे रास्ते से मैं चलता जाता हूँ। मेमनों की माँओं और दूध के लिए अपने माँ के थनों को झिंझोड़नेवाले मेमनों की ब्याँऽ ब्याँऽ की आसमान को सिर पर उठा लेनेवाली आवाजें। दूसरी भेड़ के मेमने के थन से चिपकते ही टाँगें झाड़कर पलटनेवाली भेड़ें। रेनी बड़ी फुर्ती से ऐसे सिटपिटाए मेमनों की पिछली टाँगों को दोनों हाथों से खींचकर उन्हें दूसरे झुंड में डालती रहती है। कभी किसी घामड़ भेड़ का मेमना उसे और वह अपने मेमने को ढूँढ़ती ही रहती है। धीरे-धीरे पूरे रेवड़ की दूध पीने की बहुआयामी चुरु-चुरु की आवाजें माहौल में भर जाती हैं। उनकी गर्म, दुधैल तेज गंध सूँघते हुए रेनी और मैं बाँस के फाटकों को एक-एक कर बंद करते हुए बौर से सफेद गठीले ठिंगने नीम के पेड़ तले आते हैं।

यही या बाद की कोई ऐसी ही शाम। हमारे खेत में लगे जालों में कैद भेड़ें चरने के लिए छूटती हैं, तो बेकाबू मेढ़े मादाओं को अगले पैरों के नीचे दबोचते हैं, और टीले के नीचे ढाक बन में, पता नहीं क्यों, मैं रेनी के लिए तोड़ कर लाई गर्म कच्ची अमियों को गेंद की तरह मसलते हुए रेनी को घास में ढूँढ़ निकालता हूँ और उसके बदन से चिपका चिचड़ा निकालने लगता हूँ। गन्ना खाते-खाते उसकी गर्दन की और पीठ की लाली से मैं बेचैन होता हूँ और टीले से हरे रसीले पानों का झक सफेद उच्चशीर्ष सालई का पेड़ सांझ के उजियारे में हम पर नजर रखता है। पता नहीं तभी या उसके बाद, उसके घर के पीछे भेड़ बाड़े में निबोरियों से लदे गठीले नीम के पेड़ तले वह एक लकड़ी पर बैठी पल्लू से पसीना पोंछती है और सीना आगे कर दोनों हाथों से अपनी पीठ को टटोलती हुई पूछती है, कुछ काट रहा है, चींटी है क्या? देखना तो जरा...। अरे अरे खंडू, क्या कर रहा है? कोई ऐसा करता है क्या मुए? धत्।

बाद में यथावसर हमारी घनिष्ठता बढ़ती जाती है। बालू के पास ही पढ़ाई के लिए ज्यादा रुकने लगता हूँ। खंडेराव बालू पर अपने हृदय का राज उगल देता है : बालू, मुझे इसी से ब्याह करना है। वह भी सीने पर हाथ रखकर वचन देता हुआ

कहता है, खंडू मुझसे जो भी बन पड़ेगा, ये तुम्हारा दोस्त सब कुछ कर दिखाएगा। वैसे भी उसकी सहेलियाँ उसे खंडोबा की मुरळी[59] कहकर ही चिढ़ाती हैं।

बाद में एक बार बालू के यहाँ धनगरी ओवी[60] सुनने के लिए हम दोस्त जमा होते हैं। खंडेराव का सारा ध्यान रेनी की तरफ लगा है। घर के पिछवाड़े गूलर के पेड़ तले दीया रखने के लिए वह पल्लू की आड़ में लौ को सँभालती सीढ़ियों से धीमे-धीमे उतरती चली आ रही है। भरी-पूरी। पैरों में किलो-भर चाँदी की लकालक करती भारी पाजेब, हाथों में चाँदी के भारी तोड़े, कुहनी पर कसे बाजूबंद, चाँदी से दमकती श्यामल आकृति, रस-भरी पिंडलियाँ, उसकी छोटी-सी नाक को सुशोभित करती बड़ी-सी नथ, बड़ा-सा कुंकुम का टीका, अड़हुल के फूलों का रस लगे मुलायम बाल—फिर घनचक्कर बना खंडेराव कहता है, अरे बालू, इतनी-सी छोरी पर नौ-गजी धोती कितनी फबती है, नहीं?

बालू कहता है, अरे खंडिया, क्या मोहिनी डाल रखी है इस छोरी ने तुझ पर? और इसे तू इतनी-सी छोरी क्या कहता है? अरे सोलह साल की औरत हो गई है वो। मैंने पिताजी से पूछा, तेरे बारे में। वे बोले, आड़े-खड़े की समझ नहीं और ऐसी उम्र में ब्याह की बातें करता है वो? शादी हो रही है उसकी। वो देखो उसका दूल्हा, वह ढोल पीटता हुआ नाच रहा है न, वो...। आँ? इतना बड़ा आदमी?...फिर? खंडिया तुझसे जरा-सा भी उठाया जाएगा ये इतना बड़ा ढोल, छोटे?

वाकई, रेनी बड़ी दिखने लगती है। सजीली भी। सीढ़ियाँ उतरते समय घनेअँधेरे में पल्लू के नीचे से ऊपर रिसनेवाले शांत उजाले से दमक उठा उसका चेहरा नाक में चमकती नथनी के कारण अद्‌भुत हो जाता है। मानो बादलों में दौड़नेवाला चंद्रमा। कपड़ों में न समानेवाला उसका मजबूत बदन उकसाता रहता है। लहराती हुई वह हमारे सामने से आती-जाती रहती है। आँगन में अनाज के चौक भरती रहती है—उड़द, जोंधरी, मेथी, बाजरा, मूँग, अरहर, चावल जैसे धरती से उगे धानों के नजरों को बाँध देनेवाले रंगीन चौक मुझे अभिमंत्रित कर डालते हैं। ओवियाँ रात-भर चलती रहती हैं।

अरे कोस-कोस पर बोली बदले
बरस-बरस में बाला रे ऽ

बड़े-बड़े ढोल। बाँसुरियाँ। मजबूत पैरों में घुँघरू। धरती को थर्राता जोरदार नाच। चिलम की साफी गीली कर फिर बिठाई जाने तक केवल ढोल के धींगड़े पर सारे धनगर होऽ होऽ करते हुए डरावने-से नाचते रहते हैं।

रेनी ने स्वयंवर रचाया है। इन धींगरों के घमासान में क्या मैं टिक पाऊँगा? इसलिए मैं पहले ही उसे भरे पंडाल से घोड़े पर उठा लेता हूँ और घोड़ा तेजी से हमारे टीले के ढाकबन की ओर दौड़ता चला जाता है। रेनी पीछे से मुझे कसकर पकड़े बैठी है।

---

59. महाराष्ट्र में कुलदेवता खंडोबा के नाम से समर्पित नर्तकी स्त्री जो खंडोबा की पत्नी कहलाती है।
60. धनगर जाति के लोगों के काव्य का छंद।

तिराहे पर घोड़ा अचानक हिनहिनाकर पिछले पैरों पर खड़ा हो जाता है। सामने क्षितिज तक फैली भेड़ें ही भेड़ें। काली-सफेद बेंऽ बेंऽ करती चली आ रही हैं। उनकी मुलायम ऊनी पीठों पर घास के बीज कसकर चिपके हुए हैं। बदन थर्राकर और झाड़कर वे हम दोनों के बीच में बीजों का बढ़ा-सा ढेर लगा देती हैं और ढलान के दह पर पानी पीने के लिए दौड़ती हुई अपनी बहुआयामी आवाजों से सारे माहौल को भर देती हैं। फिर हमारा घोड़ा हमें लेकर ढलान के किनारे से उस पार के बबूल बन में ऊँचा उड़ता हुआ हिनहिनाकर दौड़ता है। वहाँ के तीतर झाड़-झंखाड़ों से घूं घूं करना बंद कर देते हैं। कोटर-कोटर से टोक टोक कर कुरेदनेवाले कठफोड़वा स्तब्ध हो गर्दन घुमाकर देखते हैं। डाल-डाल पर कोयलों का आक्रोश थम जाता है। उच्चशीर्ष सालई के पेड़ पर लगातार चढ़ा-उतरी करनेवाली गिलहरियाँ अपनी-अपनी गुच्छेदार दुमों पर बैठी हाथों को सीने पर मोड़ बगलों में दबा लेती हैं। खरगोश की माँद के पास कान खड़े कर घात लगाए बैठा आशावादी उदबिलाव हमें देखकर कान नीचे कर लेता है। सातभाई का कुँई कुँई करनेवाला झुंड बगल की भूरी घास से ऊँचा उड़ता है और हमारे सिर के भर्र-भर्र तीन चक्कर काटता हुआ अगली ऐसी ही चरनी में छिप जाता है।

चलते-चलते हमारे पैरों में काँटे चुभ जाते हैं और वे अंदर ही फँसे रह जाते हैं, इसलिए हम हाथों के बल चलते नीचे दह पर आते हैं। नदी के अस्थिर जल में चंचल सुरंगी मछलियों के झुंड-के-झुंड आते हैं और हमारे अक्स भेदकर हमारे पैरों के तलुवे चूसते हैं। फिर अचानक थर्राते हुए उल्टा पीछे खिसककर भर्र से नदी के कल-कल करते प्रवाह में अदृश्य हो जाते हैं।

किस नियंता के डर से सारा सगवारा विस्मृति को बेधता है? ये दिन किस तरह बादल की भाँति बरसकर हममें समा जाते हैं? यह सब कुछ हमारे अंदर-ही-अंदर रचा हुआ है। हम उन भेड़ों की आसमान गुँजा देनेवाली जीवन सम्मुख आवाजों में सुरक्षित हैं। यही हैं वे गाथासप्तशती के सजातीय लोक समुदायों के दिन। सातवाहन हाल की चुनी हुई सात-सौ गाथाओं के अलावा बाकी बची और अनचुनी गाथाओं का क्या? खंडेराव, सात-सौ एकवीं गाथा यहीं कहीं है, ढूँढ़ निकालो।

प्रिया की पीठ में डसनेवाली चींटी ढूँढ़ते वक्त
मुट्ठी में हुई जलन कुँवारा जिंदगी-भर बुझाता रहा।

ओ हेला रे होऽ कि अन् जो हेला रे होऽ

अखतीज की रात। खीर-पूरन-पोली का भोजन संपन्न होने पर गाँव के सारे कुर्मी धनगर टोले के ढलान की ओर इकट्ठे होते हैं। सांडू का हाथ थामे भावडू और मैं उत्साह में दौड़े जा रहे हैं। इतने में धनगर टोले की ओर से गला साफ कर अपनी आवाज को परखते हुए नौसिखुआ लड़के शुरुआत कर कुर्मियों का दमखम आजमाते

हैं। रेनी का एक ऊँचा-तगड़ा भाई, पूरा खुला सीना, लटकता अँगोछा, सिर पर रूमाल, हाथ में ऊँची मोटी लाठी लिये धनगरों के बच्चों को प्रोत्साहित करता है। कुर्मियों के बच्चे जब से स्कूल जाने लगे हैं, तब से फीकी किताबी कविताएँ रटते रहते हैं। इस कारण सांडू जैसे नए-नए तेज हेले कुर्मियों की ओर से ज्यादातर नहीं कहे जाते। इसलिए आजकल हर अखतीज पर कुर्मी ही हारते हैं। धनगर लोग दिन-भर भेड़ों के पीछे जंगल-जंगल घूमते हैं, उसी दौरान उन्हें नई-नई कल्पनाएँ सूझती हैं। उनकी भाषा में ताजगी भरा फैलाव होता है। हमारे दादाजी के जमाने तक कुर्मी-धनगरों के बीच रात-भर हेलों की बाजी चलती रहती थी। बाद में सभी मिलकर भीलों के टोले में जाकर महुए की शराब पीते, कंठीधारी वारकरी भी—कंठी उतारकर जी-भरके पीते।

ओऽ हेला रे होऽ कि अन् जो हेला रे होऽ
अकासी टँगे हिंडोला और उसमें लगे रे रेसम की डोर
सीता जैसे बैठनेवाले या रावण जैसे चोर।

कुछ दिन पहले घर में ही बैठी रहनेवाली सीताराम पाटील की बीवी को एक गुसाईं भगा ले गया था। यह हेला धनगरों के लड़कों ने कुर्मियों के मर्म पर चोट करने के लिए कह डाला था, इसलिए सांडू की ओर सभी बड़ी आशा से देख रहे थे। सांडू शान से धनगर टोले की ओर हाथ तानते हुए कहता है :

ओऽ हेला रे होऽ कि अन् जो हेला रे होऽ
त्योहार सालाना अखतीज का और खुले रखे हैं लंबे बाल

वाह भई वाऽ सांडू

और अपनी दबाए भरतार पर नीचे कोई और ही नार।

धनगरों की स्त्रियाँ अपने लंबे-लंबे बालों के कारण अखतीज की रात में अपने पति से भी पहचानी नहीं जाती हैं। धीरे-धीरे हेले चढ़ते जाते हैं। एक ही गाँव में रहना है, बिना किसी की खुलकर बदनामी किए, बिना किसी का नाम लिए, छिपकर मजाक उड़ाने का यह हुनर आजकल के पढ़े-लिखे लड़कों में नहीं है। हेले ओछे स्तर पर उतर आएँ तो दोनों दलों के महाजन यह द्वंद्व खत्म करके शराब पीने बैठते हैं।

अरे अवन्या काटे या पवन्या और पवन्या की बाँधेंगे रे मोट
घरवाली माँगे बच्चा और ऊपरवाली गिरा दे रे पेट।

श्यामजी सेठ की घरवाली के बच्चा नहीं है। लेकिन उसने ऊपरवाली यानी टीले की महानुभाव संन्यासिनी स्त्री को गर्भवती बनाकर उसका गर्भ गिरा दिया था, जिसकी निशानी गाँव के बाहर घूरे पर मिली थी। फिर यह फौजदारी मामला गाँव में काफी चर्चित हुआ था। श्यामजी सेठ ठहरा गाँव का गुंडा आदमी, लेकिन हेला रात की इतनी भीड़ में किसने कहा, यह उसे कैसे पता चलेगा? लेकिन हेला था बहुत ही बढ़िया। दूसरे दिन खेत-खलिहानों में भी कुर्मी इसे बड़े चाव से गुनगुनाते हुए दिखाई दे रहे थे। वाह भई वाह, कवि।

गाथासप्तशती में शामिल न हो पाई सात-सौ एकवीं ऐसी कई गाथाएँ मोरगाँव में मिलती हैं। खंडेराव हाल सातवाहन राजा द्वारा इस अनाम कवि को पुरस्कृत करता है। एक से एक बढ़िया गाथाएँ रचनेवाले ताप्ति और नर्मदा नदियों के बीच के किस सौभाग्यशाली कवि को इस साल का महाराष्ट्र गौरव पुरस्कार प्राप्त होनेवाला है?

दण्डधर उस अनाम कवि को ससम्मान लाने जाते हैं। सिंहासन से अपना भाषण शुरू करने से पूर्व महाराज राजकवि को इस साल की पुरस्कारप्राप्त गाथा प्रस्तुत करने की आज्ञा देते हैं। तुरही-नगाड़े गूँज उठते हैं। बोलिए, राजकवि, स्वातंत्र्योत्तर महाराष्ट्र के लिए सटीक हेला बोलिए :

ओऽ हेला रे होऽ कि अन् जो हेला रे होऽ
अरे मालिक मारवाड़ी, ब्राह्मण संपादक मानो पाली हुई रखैलें हैं जीऽऽ
और पत्रकारिता आजादी की, उसकी माँ की, हो गए झमेले जी ऽऽ

साधु, साधु। प्रजातंत्र की नींव में रहकर उसे ही कुरेदनेवाले ये पंचम स्तंभीय—कवि ने इन्हें उचित ही फटकारा है। जय हो।

सरस्वतीकंठाभरण महाराष्ट्र कविजन रसिक वृंद! जो मराठी को विश्वभाषा की योग्यता प्रदान करेंगी, ऐसी सात-सौ गाथाओं का संचयन करने के लिए हर साल आप इस हाल सातवाहन राजा को उपकृत करते आए हैं। जाइए, नए-नए अज्ञात कवि ढूँढ़ लाइए। इतिहास के नीचे का इतिहास ये ही मौखिक रूप में अंकित करके रखते हैं। भरपेट भोजन है? नहीं। कहीं टुकड़ा-भर रोटी मिलने पर वहीं-के-वहीं खाकर और गटगट पानी पीकर खंजड़ी पर थाप लगानेवाले, डफ और इकतारे पर टंट्या भील का पवाड़ा, पावरा लोगों की शूर काजल रानी की शान इकतारे पर गानेवाले, कड़कते दुक्कड़ के साथ एक हाथ में घुँघरू, फड़कती आवाज, फेंटे का शमला आगे लहराते, बिना चप्पल, घुटने तक की आधी धोती, आधी बाँह की आस्तीनवाली मटमैली कुर्ती, नाचने के लिए पेड़ की छाँव भी काफी, ऐसे ये फटेहाल लोग परंपरा से यह विद्या बच्चों को सिखाते आए हैं। प्रारंभ भी कैसे :

बैठो सरसोती मेरी जबान पर
करो देह का मेरी उद्धार

देह का उद्धार यानी यही—दो जून रोटी की चिंता। समाज की बिलकुल तली में बसनेवाली नैतिकता को फटे कपड़ों के साथ महाराष्ट्र-भर के गाँव-गाँव के समुदायों के सामने पेश करते ये घूमते रहते हैं। सारे मिथकों की, वेद-पुराणों की, महाकाव्यों की सारी-की-सारी बातें इनकी जबान पर हैं।

अरे पुत्तर के लिए किया यज्ञ राजा दशरथ ने
अरे रामा रामा जी रे हो रामा रामाऽऽ

शंकर-पार्वती के संवाद, असंख्य देवी-देवता, सारे अवतार, उनकी जिंदगी की घटनाएँ, अध्यात्म के कूट प्रश्न, वारकरी, नाथ, महानुभाव, ब्राह्मण—सभी के पाठों

को बेध देने वाला सारतत्व। बौद्ध पाखंडियों ने हमारी समृद्ध पुराणकथाओं को उखाड़ने की मुहिम चलाई थी। बौद्ध संप्रदाय शहरी लोगों का—ग्रामीण जनता का उससे क्या लेना-देना?

स्वयं नृपश्रेष्ठ हाल महाराज ने हर साल की भाँति उबाऊ भाषण दिया और सारे प्रजाननों ने विनम्र झपकियाँ लेते-लेते और निर्भीक उबासियाँ दबाते हुए उसे सुन लिया। सबकी जिज्ञासा चरम तक पहुँच गई कि इस विद्रोही गाथा का रचयिता कौन है? रचयित्री तो नहीं होगी? गोदात्ररी तट का है या ताप्ति तट का? ऐसी विचित्र गाथा चुनी ही कैसे गई? भले ही चुनी गई हो, लेकिन क्या सप्तशती में शामिल हो पाएगी? ऐसे तर्क-वितर्क चलते हैं। एक खानदेसी कवि सभा में प्रवेश करता है। इतने में सिंहासन से घोषणा होती है : खानदेशस्थ कविराज...दो गाँव आचंद्रार्क वंशपरंपरा से प्रदान...।

धन्य धन्य। मुक्तछंदमुक्त मराठी के एक-से-एक बढ़िया कवि सैकड़ों की तादाद में तैयार हों। हे खानदेशस्थ कवि, तुमने मराठी को धन्य किया। धन्य धन्य।

परंतु आगे अजीब प्रसंग घटित होता है। पुरस्कारप्राप्त खानदेशी विद्रोही कवि अपने दोनों हाथ ऊपर उठाकर कहता है, नहीं नहीं महाराज, ये ऐसी देहाती आफत मुझे नहीं चाहिए। इन खुराफाती देहातों को लेकर मैं क्या करूँगा? मेरा अपना गाँव, मोरगाँव भी जब मुझसे सहा नहीं जाता है, तो दो गाँव और लेकर मैं क्या करूँगा? मेरे वंशजों के पीछे ये झंझट बिलकुल मत लगाइए। इससे हमारे खानदान की उन्नति खंडित होगी। और ऐसी लगातार सूखा-प्रवण भूमि तो बिलकुल नहीं चाहिए। इसकी अपेक्षा कोई सरकारी स्थायी नौकरी, पहरेदार की या दंडधारी की हो, तो भी कोई हर्ज नहीं। अथवा शहर में कोई उद्योग या शहर में एक फ्लैट या नकद सुवर्णमुद्रा दीजिए।

–धन्य धन्य, कविराज, धन्य धन्य

सभा के कोने-कोने से ऐसा जयघोष सुनाई पड़ता है। गलती से धान्य धान्य सुनाई पड़ते ही सातवाहनों का सव्यसाची वयोवृद्ध प्रधान अँगोछा सँभालता हुआ हड़बड़ाकर राजा के कानों में कहता है, चुक्कसि, चुक्कसि। समारोह में हस्तक्षेप कर वह राजा से कहता है, महाराज, कविराज के लिए धान्य कहाँ से लाएँगे? गोदाम खाली पड़े हैं। और सुवर्ण मुद्राएँ? सरकारी नौकरी? और, शहर हैं कहाँ? कहना, जो संभव है ऐसा कुछ माँगिए। देहात, भूमि चाहे जितने पड़े हैं, वे ही दीजिए महाराज। जय सातवाहन। जय महाराष्ट्र।

शोरगुल। कोलाहल। दृश्य टूट जाता है।

भावडूऽ, ओऽ भावडू, सो रहा है क्या? कल सवेरे जल्दी निकलना है हमें। फिर फुसफुसाता हुआ नीलू चाचा भावडू से कहता है, तातू की बीवी को मैके से उठाना है। गाड़ी-बैल ठीक से तैयार रखना। बूढ़े झीबू-ढबू को मत लेना।

तोताराम हमारा चचेरा भाई। भावडू का हमउम्र। स्वभाव से गरीब लेकिन होनहार लड़का। मैट्रिक अच्छे नंबरों से पास हुआ। अकेला लड़का था। बहादरपुर की एक होशियार लड़की का रिश्ता आया और लड़कीवालों की ही हेकड़ी की वजह से उसका ब्याह तुरंत संपन्न कराया गया। बूढ़े माँ–बाप की भी हेकड़ी—घर में बहू आती देखने दे, जो पढ़ना है वो बाद में पढ़ते रहना—के कारण तोताराम बुरी तरह फँस गया। पढ़ने की इच्छा होने और पुणे के फर्ग्युसन कॉलेज की सायन्स फैकल्टी में दाखिला मिलने के बावजूद छह महीनों में ही उसे कॉलेज छोड़कर खेती की देखभाल के लिए घर वापिस लौट जाना पड़ा था, क्योंकि लकवे जैसी किसी बीमारी के कारण उसके पिता ने अचानक बिस्तर पकड़ लिया था।

हमारा दामाद डॉक्टर बनेगा, लड़की भी इस साल अच्छे नंबरों से मैट्रिक पास कर डॉक्टर का ही कोर्स लेगी, फिर दोनों को एफआरसीएस करने इंग्लैंड भेजेंगे, ऐसे आधुनिक सपने देखनेवाले बहादरपुर के हरितक्रांतिप्रमत्त नगरगंडग्रस्त किसान ससुर को, हा हन्त हन्त, नियति ने निराश कर डाला था। उससे बिना सलाह–मशविरे के तोताराम का यह इकतरफा निर्णय उसे बिलकुल नहीं सुहाया। उसने संदेसा भेजकर लड़की को ससुराल भेजने से ही मना कर दिया कि अपनी फर्स्ट क्लासवाली लड़की उसने खेत में खुत्थी उखाड़ने के लिए नहीं ब्याही थी। घर में बीमार ससुर की देखभाल के लिए एक औरत चाहिए थी। ऐसे में बूढ़ी चाची के लिए रसोई बनाना, झाड़ू–कटका, बर्तन–भाँड़े, सालदारों की रोटियाँ—वगैरा करना असंभव होता गया। देहात में तो रसोई बनाने के लिए कोई औरत भी नहीं मिलती। अब क्या करें ? फिर चार तजुर्बेकार लोगों ने रात–भर कुछ सलाह–मशविरा किया और नीलू चाचा को संदेसा आया—कल चार–पाँच धींगरे मिलकर बहादरपुर जाओ और तोताराम की बीवी को उठाकर ले आओ।

अब तक नीलू चाचा बीवी उठा लाने की कला में पारंगत हो चुका था। शुभस्य शीघ्रम और पूरी गोपनीयता, घोड़े जैसे फुर्तीले बैल—वगैरा साधनों की पूर्ति हो गई। भावडू जैसा बढ़िया गाड़ी हाँकनेवाला साथ था ही। उसी में हमारे जवान बैलों—मोत्या और मुत्या को भावडू ने ऐसा तैयार किया था कि उनकी विशिष्ट जगह पर नीचे पैर लगाकर वह केवल हुर्रर करता और बैल हवा से बातें करते हुए गाड़ी को लेकर दौड़ पड़ते। बहादरपुरवालों को कुछ पता चलने से पहले गाड़ी ताप्ति पार कर इस ओर आ जाएगी।

तोताराम ने शुरू में प्यार–मुहब्बत से अपना काम साधने का प्रयास किया। बाद में एक बार उसने बीवी को लाने के लिए बाकायदा चार तजुर्बेकार बुजुर्गों को भी भेजा। लेकिन ताप्ति पार के उन गँवार लोगों ने उनका बहुत अपमान किया। तोताराम तो क्या, चाबीवाली गुड़िया। उसके साथ हमारी फुर्तीली लड़की कैसे गृहस्थी निभाएगी ? जो तलाक–फलाक लेना है वो ले लेंगे, लेकिन वह मदारी का बंदर—उसके साथ हमारी लड़की गृहस्थी नहीं चलाएगी।

मदारी का बंदर? चाबीवाली गुड़िया? ऐसे गुणवान और निर्व्यसन लड़के को ऐसे दूषण? किसान हुआ तो क्या हुआ? है तो पति ही—किसान हो तब भी पति और डॉक्टर हो तब भी पति। और पहले कहाँ तय हुआ था कि किसान पति नहीं चाहिए। ज़िंदगी को नाप-तौलकर भला कहीं जिया जा सकता है? शादी के लिए कैसी जल्दी मचा रहे थे? क्यों? चलो नीलू दादा, ले आएँगे खींचकर साली को। कुछ भी हो, है तो हमारी बीवी। वो खुद तो कुछ नहीं बोली है न? फिर? अपना माल हम उठा लाएँगे।

स्त्री को मायके से उठाने की तीन-चार पद्धतियाँ थीं। लड़की की आने की इच्छा हो तो इसकी टोह लेकर उसे अमुक अमुक समय गाँव के बाहर किसी मंदिर के पास, मेले में या नदी पर अकेली आने का संदेश देना। तोताराम की बीवी की इच्छा मालूम होने का कोई उपाय नहीं था। दूसरी पद्धति हाथापाई करके उसके पति द्वारा उठाकर उसे गाड़ी में डालना। बहादरपुर के लोग भी हट्टे-कट्टे मुस्टंडे किसान थे, इसके कारण तीस-चालीस धींगरे गाड़ियाँ भरकर ले जाएँ, तब भी युद्ध में अपनी ही जीत होगी, कहना कठिन था। इसके अलावा कामों की आपाधापी के इन दिनों में चार आदमी भी अपने हाथ-पैर तुड़वाने के लिए राजी नहीं थे। हगनहटी पद्धति भी खतरे से भरी होती है—हगनहटी में सुबह मुँह अँधेरे घात लगाकर बैठना और ठीक यही अपनी बीवी है, पहचानकर उसे उठाकर लाना। लेकिन इनमें सबसे आसान पद्धति यानी लड़की पर नजर रखकर अचानक उठाकर ले आना। इसके लिए तोताराम की बहादरपुरवाली मौसी के जरिए लड़की की पूरी जानकारी निकाली गई। मालूम हुआ कि यह लड़की कपड़े धोने के लिए या खाना लेकर हर गुरुवार को ढलानवाले खेत में जाती है।

स्त्री को उठाते समय उसका पति वहाँ साक्षात् उपस्थित होना चाहिए, लेकिन वह कुछ हाथापाई के काम नहीं कर सकता। इसके लिए लड़की के साथ जो बेशर्म शारीरिक धींगामुश्ती करनी पड़ती है, वह देवर के नाते रिवाज के अनुसार क्षम्य होती है, और अनुभव यही कहता है कि उसे निभाने के लिए कुँवारे देवर तैयार ही नहीं बेसब्र भी रहते हैं। सुना है कि नीलू चाचा से पहले स्त्री उठाने के इस हुनर में हमारे गाँव का खुशालराव पहलवान बहुत नामचीन हो गया था। बाकी समय सच्चरित्र दिखाई देनेवाला यह सज्जन लड़की उठाने की हाथापाई में उसकी दोनों टाँगों के बीच में हाथ डालकर अँगूठे और उँगली की चिमटी में उसकी अंतर्योनि को मजबूती से दबाते हुए उसे उठाकर गाड़ी में डालता था। लड़की मुँह बाए तिलमिलाकर गाड़ी में बैठती और ससुराल न आने की डींगों की यह सजा आगे जिंदगी-भर उसे बहुत कठोर लगती। खैर।

आधी रात में भावड्डू, नीलू चाचा और दो कुँवारे देवर—एक जलगाँव के कॉलेज में बी.ए. मराठी पढ़नेवाला और दूसरा फटिंग—चारों हमारी परदे वाली बैलगाड़ी से रवाना हो गए। झुरमुटा हटने के बाद बहादरपुर के ढलान पर जंगल में गाड़ी रोकी और बैलों को चरने के लिए खोल दिया। चैत की धूप। कहीं-कहीं खेत में चल रहे हल दिखाई दे रहे थे। जुते हुए काले-काले खेत। महुए के पेड़ों का बढ़िया बौर। ऊपर मधुमक्खियों का बिलबिलाता चमकीला छत्ता। सभी ओर मधुमक्खियों

की भागदौड़। रानीमक्खी से संयोग करते समय टपटप नीचे गिरती नरों की काली कतार। इस गुंजार के उस ओर एक बन से दूसरे में और दूसरे से तीसरे में जगहें बदलनेवाली कोमल गुलाबी पत्तों से सरसराती कोकिल-कूजन की मंथर शृंखला।

खेत की ओर जानेवाले रास्ते को घेरे हुए एक टीले पर हरे झंखाड़ों के बीच छोटा देवर फटिंग एक-डेढ़ मील दूर के गाँव पर नजर रखे हुए है। बाकी गाड़ी में ऊँघ रहे हैं। तोताराम की धड़कन तेज हो गई है। वह ब्याह के शुभमंगल सावधाऽन[61] की मुद्रा में पहिए के पास घात लगाए रास्ते पर नजर रखे हुए है। यदि वह नहीं आई तो? लेकिन नीलू चाचा की फौलादी भुजा के लट्ठ की ओर देखकर उसका आत्मविश्वास लौट आता है।

इतने में फटिंग नीचे झुकता-फिसलता टीले से उतरता दिखाई देता है। तोताराम गाड़ी में ऊँघनेवालों को जगाता है। फटिंग दो उँगलियों का इशारा करते-करते ढलान से उतरकर कहता है—दोनों लड़कियाँ ही हैं। एक उसकी छोटी बहन लगती है। चलो, भावड्या, बिना आवाज किए बैल लेकर आना और जोतकर हमारे पीछे-पीछे तैयार रहना। समझ गया न—लड़की को गाड़ी में डालते ही गाड़ी को बिलकुल उल्टी दिशा में घुमाकर हमें ढलान से ही मुख्य सड़क तक जाना है। तीनों जने टीले के नीचे से फिसलते, गोलाकार घूमते दुबारा उसी तरफ आते हैं। लड़की सिर पर चँगेरी लिये बल खाती चल रही है। पीछे-पीछे उसकी छोटी बहन रास्ते के तरवट से खेलती आ रही है। तोता, वो देखो, अब जैसे ही चढ़ाई चढ़ने लगे, तो तू पहले आराम से सामने जा। मैं उधर से आ ही रहा हूँ। घबराना नहीं, वो तेरी बीवी है। हाथ पकड़ लेना—

चढ़ाई पर धड़कता सीना, सिर पर चँगेरी और पीछे की नटखट बहन को सँभालती हुई वह जा रही थी कि उसे सामने से अचानक एक पुरुष आता दिखाई देता है। जल्दी में वह अपना खिसका हुआ पल्लू ठीक कर लेती है, और तभी *कहीं ये तोताराम तो नहीं,* सोचकर उसे निहारकर देखती है। इतने में पीछे से नीलू चाचा के दिखाई देते ही सारा माजरा उसकी समझ में आ जाता है और वह पसीना-पसीना हो जाती है। उसकी बहन भी थम जाती है। तब तक दूसरा देवर भी दौड़कर जाता है। उसके सिर की चँगेरी धप से नीचे औंधी गिरती है। नीलू चाचा आँखें तरेरती हुई छोटी बहन को गुलचा मारते हुए कहता है, क्यों बेबी, चलेगी मोरगाँव? दहेज में मिली दासी बढ़िया रहेगी, चल। वह घबराकर लाल-लाल हो जाती है और बाड़ से उस ओर घुसकर बाबूजी, बाबूजी, दीदी को ले जा रहे हैंऽऽ चिल्लाती हुई गाँव की तरफ दौड़ पड़ती है। पहले से तयशुदा कार्यक्रम के अनुसार तोताराम वीरता दिखाने के प्रयोजन से उसका हाथ पकड़कर उसे ऐसे बाँहों में भरता है, मानो वह अपनी बाँहें उसकी गर्दन में डाल देगी। लेकिन वह उसकी आँखों पर कुहनी का जोरदार प्रहार कर छूट जाती है। फिर एक और प्रहार उसके सीने पर होता है और वह पीछे खिसक जाता है। इतने में नीलू चाचा अपने मजबूत हाथों से उसकी कमर पकड़ लेता है। बहुत ऊपर-नीचे पूँछ

61. महाराष्ट्र में हिंदू पद्धति के विवाह में कहे जाने वाले मंगलाष्टकों का टेक।

हिला रही है साँपसुई, क्यों ?—फटिंग उसके पैर दबाकर रखता है। जलगाँव में बी.ए. मराठी पढ़नेवाला देवर उसके हाथ बाँधने की कोशिश में था कि वह उसे काट लेती है और वह 'हे माँ' कहकर पीछे ढह जाता है। इस गड़बड़ी में उसकी चोली फट जाती है और वह घुटनों में अपना सीना ढँक लेती है। नीलू चाचा उसी हालत में उसे कंधे पर उठा लेता है। भावडू पर सभी *गाड़ी जल्दी ला* करके चिल्लाते हैं। लेकिन हमारा बैल मुत्या यह लगने से कि यहाँ कुछ गलत हो रहा है, क्रुद्ध हो गया है और फूं फूं कर गर्दन घुमाता है और आगे नहीं बढ़ता। यह देखकर मोत्या उसकी ओर क्रोध से देखकर गर्दन हिलाता है। भावडू का सारथ्य कौशल ऐन समय पर उसे दगा दे जाता है। आखिरकार नीलू चाचा को लड़की का बोझ वहाँ तक ढोना पड़ता है। टाँगे झाड़नेवाली को अंदर ठूँसकर सभी जल्दी-जल्दी ऊपर चढ़ते हैं। गाड़ी भर्र से दौड़ जाती है।

वह सिसकती रहती है। नीलू चाचा, भावडू उसे सयानेपन की चार बातें समझाते हैं : देखो भाभी, हम तुम्हारे अपने ही लोग हैं। तुम अपने ही घर जा रही हो। वो माँ-बाप का घर क्या तुम्हारा घर है? रोने से कोई फायदा नहीं। हालात से समझौता करना सीखो। जलगाँव में मराठी बी.ए. पढ़नेवाला देवर कहता है, आप दिखती तो कोमल हैं, लेकिन क्या पावर होती है साली इन छोकरियों में ? फटिंग देवर अश्लील बातें करता है, देखो भाभी, ताला एक तरफ और चाबी दूसरी तरफ, ये क्या ठीक है ? अरे हमारा गिरधर रखिया—धड़गाँव से अपनी बीवी को रास्ते-भर लाठी से पीटता-पीटता, आगे-आगे ठेलता, पैदल घर तक लाया था। अब वह चार बच्चों की माँ है।

ताप्ति पार करने पर बैल धीमी गति से चल रहे हैं। अब सभी उसे—भाभी, पानी पियोगी ? भाभी, चाय पियोगी ? पूछ रहे हैं। लेकिन भाभी रूठकर कुप्पा हो गई है और चाय की प्याली फेंके जा रही है। दुबारा घुटनों में गर्दन छिपाए सारा मायका दिमाग से निकाल फेंकने की कोशिश कर रही है—पास-पड़ोस के लोग, माँ-बाप, रास्ते में औंधी पड़ी रोटियों की चँगेरी, खेत में हल चला रहे पिताजी, दौड़कर जानेवाली छोटी बहन—सब कुछ याद कर अब वह सन्न हो गई थी। अब तक उसकी समझ में आ गया था कि अपना स्वतंत्र अस्तित्व समाप्त हो गया है। अब मोरगाँव ही अपना वृत्त है।

दरवाजे पर गाड़ी खड़ी करके भावडू ने चाची को जोर से आवाज लगाई और कहा, लो सँभालो अपनी लक्ष्मी। फिर औरतों-बच्चों की भीड़। सास कुंकुम लगाकर प्यार से उसे अंदर ले गई। कुनबे की औरतें इकट्ठी हुईं। बूढ़े लोग आ-आकर सयानेपन की चार बातें समझा गए। सभी बोले, कोर्ट-कचहरी करके क्या मिलता है ? दोनों ओर का पैसा और गृहस्थी बरबाद हो जाती है। इस तरह उठा ले आए, बहुत अच्छा हुआ। बेटी, अब सुख से चलाना अपनी गृहस्थी। अंत भला तो सब भला। फिर सास ने उसे घर भर में घुमाया और बोली, ये सब तेरा ही तो है, लो अब सँभालो इसे। मतलब, घर के सारे काम अब तेरे, सँभालो। उठा कर लानेवाले देवरों की ओर, खास तौर से नीलू चाचा की ओर कोठी के सभी लोग गर्व से देख रहे थे।

इसी दरमियान नीलू चाचा का ब्याह भी आसोदा में रिश्ते की ही एक लड़की प्रभावती से तय हो गया। लेकिन हमारे अवधूत भटजी ने कहा कि शनि की महादशा में राहू की अंतर्दशा चल रही है, इसलिए राहू में परिवर्तन होने तक मुहूरत नहीं है। इसलिए तय हुआ कि अभी केवल सगाई करेंगे और अगले गर्मी के मौसम में ब्याह करेंगे। उस उम्र में हम जान गए थे कि ब्याह ही मनुष्य का ध्येय, कर्तव्य, सार्थकता, कृतार्थता सब कुछ है। शायद इसी एकमात्र लक्ष्य के लिए सब जी रहे हैं। जरूर यह कुछ–न–कुछ खास चक्कर है।

अचानक नीलू चाचा की लाड़ली बहन सुमी खूब उत्पात् मचाने के बाद चली गई।

यशोदा दादी की बेटी सुमन की जचगी हो रही है—सारे गाँव की औरतें यही समाचार एक–दूसरी को दे रही थीं। दरअसल, सुमी के नौ महीने पूरे हुए कुछ दिन बीत चुके थे। देर हो गई थी। फिर अचानक गर्भाशय टूटने जैसी पीड़ा होने लगी। पहलौठी, बेचारी की बड़ी दुर्गत हो रही थी। पास–पड़ोस की औरतें अपने–अपने तजुर्बे के घरेलू उपाय बताकर और पीठ पर हाथ फेरकर चली जातीं। सुमन, दीवार से पैर सटाकर पेट से जोर लगा। आसान होता है। विट्ठल विट्ठल कहो। जचगी को हर साल आराम से सहती आ रही स्त्रियों को भी अंदर से जचगी से डर लगता है। ऐसे में सुमन जैसी कोमल बच्ची का इस तरह लोट–पोट होना, सारी स्त्रियों के चेहरे के तनाव को साफ बयान कर रहा था। उसकी चीखें बूचड़ की भेड़ की भाँति घर की दीवारें बेधकर दूर तक सुनाई दे रही थीं। कोठी के सारे लोग रात–भर से जाग रहे थे।

गाँव में, गाँव के बाहर जितने भी देवी–देवता, पिशाच्च देवता थे—म्हसोबा, मेसको, मरीमाय, भीलों के टोले के, मुसलमानों के—सभी के आगे मत्था टेक आए। नीलू चाचा ने हाथ में नंगी तलवार लेकर बहन की खटिया के इर्द–गिर्द सात चक्कर लगाए। भीलों की नकटी देवी की पूजा की गई। गाँव के बाहर वीराने में बन्नात बोवा गुसाईं का मंदिर झाड़–पोंछकर साफ किया गया। हनुमान जी के मंदिर में जलाने के लिए मन–भर तेल दिया। महादेव से मन्नत माँगी गई कि लड़की की जचगी सकुशल हुई तो रोज एक–सौ आठ बेलपत्र चढ़ाएँगे। साथ में उसके नंदी को भी गेंदे की माला। नीलू चाचा खुद जाकर कवढल के बहुदुल्ला की दर्गाह से मनौती माँग आया। ये लोग खूब कपड़े, बर्तन–भांडे दान देकर पहलौठी गोद के पुत्रजन्म का जश्न मनाएँगे, इसलिए घुमंतू स्त्रियाँ भी गईं—बस, यही एक शुभ सगुन था।

आती–जाती स्त्रियाँ रात–भर जागती हुईं हमारे दरवाजे के सामने आँगन में अफसोस जताती बैठी रहीं : क्यों करता है भगवान ऐसा। जो भी देना है, सुख से दे देना चाहिए, या फिर न दे।...और नहीं तो क्या री बहना। ये क्या माँगने गई थी उससे ? बेचारीऽ। ...सोलह साल की बच्ची, मैं कहती हूँ, जरा बड़ी तो होने देता न भगवान उसे ?

ऐसे समय अमीर–गरीब सभी जातियों की स्त्रियाँ समझ जाती हैं कि हमारी जिंदगी को अलग–अलग घेरों से बाँधे रखनेवाली डोरी की आखिरकार एक ही गाँठ होती है—जचगी। इतना सारा प्यार करनेवाले माँ–बाप क्यों अपनी लड़की को घर से बाहर निकाल देते हैं? क्यों कहते हैं कि ससुराल दुष्ट है बेटा, ठीक है, एक बार बच्चे हो गए तो सब पीछे छूट जाएगा। हँसने–खेलने की उम्र क्यों इतनी जल्दी खत्म हो जाती है? जब हम ससुराल के लिए निकलती हैं, तब क्यों हमारे कदम जल्दी से बाहर नहीं निकलते? बूढ़े क्यों आशीर्वाद देते हैं : दूधो नहाओ पूतो फलो। तभी स्त्री आजाद होती है।

यह सारा समूहगान अचानक बंद हो जाता है जब अंदर बेटी की यातनाएँ न देख पाने के कारण पल्लू से सिर थामे यशोदा दादी आँगन में आती है और फूट–फूटकर रोने लगती है। सारी औरतें उसे चुप कराती हैं। मेरी बच्ची पंछी के पंख उखाड़ने जैसी फड़फड़ा रही है री मैया। अरी कुछ तो कहो न बहना, मेरी बेटी मर रही है। किसी ने कहा, झेंडी को, हरखू की माँ को बुलाकर पूछिए। झेंडी आई, सुमी के पेट पर हाथ फेरकर उसने अंदर की टोह ली, कान लगाकर सुना। फिर बोली, यशोदे, घड़ी ही कुछ ऐसी आई है कि हम कुछ भी बकें, सही ही लगता है। मुझे लगता है, एड़ी लगानी पड़ेगी। कम–से–कम लड़की तो बचेगी। गर्भ भी बचा तो अपना, वरना भगवान का। भील को बुलाओ बहन।

सबके चेहरे डर से सफेद पड़ गए। बाप रे! अब यही एक अघोरी इलाज बच गया था। आखिरी।

सुमी के ससुराल संदेश भेजा गया। घर पर मौत के गिद्ध मँड़राने लगे। नीलू चाचा का दिमाग भी संवेदनहीन होकर सुन्न हो चुका था। अगर यह न करें तो क्या बहन को मरने दें? सूतिकागृह कहाँ होते हैं? मैं पहले ही क्यों नहीं बहन को गाड़ी से उधर ले गया? अभी? शहर में सूतिकागृह तक पहुँचने में छह घंटे लगते हैं। छी:। इतनी भीड़ में उसकी बात सुनने को कोई भी राजी नहीं था। एक गैर–जिम्मेदाराना बातें करनेवाला बाँगडू भाई, इससे ज्यादा उसकी वहाँ अहमियत नहीं थी। फिर इस तरह पेट में बच्चा फँसी स्त्री को एड़ी देकर आजाद कराने में माहिर सुकन्या भील को तुरंत अपने साथ ले आने को भावडू से कहा गया। नीलू चाचा का दिमाग सुन्न होने लगा तो वह सीधा धाबे पर चला गया। पूर्णतया अंतर्मुख हो गया। बच्चा धकेलने के लिए लाड़ली बहन की हर साँस आगे चलकर उसके कदमों को कहीं और उठा ले जानेवाली झंझा साबित हुई।

इधर आँगन में अपने इर्द–गिर्द जुटे औरतों–बच्चों को झेंडी इसी तरह के थर्रानेवाले अपने अनुभव सुना रही थी।

एक कोने में कोई बचपन में सुनी जिवती की कथा सुना रहा था : किसी अँधियारे स्थल–काल का गाँव। ऐसे अवसर पर उसमें सभी ओर से अक्षांश–रेखांश मिल जाते हैं और वह हम जैसे सुननेवालों के एहसासों में जीवंत हो उठता है। हाँ तो

बच्चो, सुनो, फल पहले या बीज ? क्योंकि जिवती सन्तुष्ट होकर सभी का मनोरथ पूरा करे। तो उस गाँव पर जिवती कुपित हुई। बोली, अरे निर्लज्जो, तुम खुलेआम पेट गिराते हो ? रबड़ के ढक्कन का इस्तेमाल करते हो ? गर्भ जाँचते हो और लड़की को मारकर घूरे पर फेंक देते हो ? मतलब, मेरी ही जान के पीछे पड़ गए हो न तुम ? जिस सर्जक जिवती के कारण तुम लोगों का सारा पसारा बना हुआ है, उसी की यानी मेरी ही सर्जरी ? पुरुष तो पुरुष, स्त्रियाँ भी कहती हैं कि मुझे ये गर्भ नहीं चाहिए ? ऐयाशी का चस्का लग गया है न। जब तू गर्भ में थी, तब तेरे माँ–बाप भी ऐसा ही करते तो ? अब कान खोलकर सुन लो, इस गाँव में आज से कोई बच्चा पैदा नहीं होगा।

हाय हाय, मतलब सभी घरों की खटिया कबाड़ में गई। झूले सूने हो गए। धीरे–धीरे गड़ोलने भी भंगार में डाल दिए गए। पुराने खिलौने टूट गए। कोई भी नए नहीं बनवा रहा है। बचपन ही चला गया मैया उस गाँव का। पोते–पोतियों से खाली घरों में दादा–दादियाँ घुटनों के बल रेंगने लगे। क्या बताएँ, जैसे–जैसे उम्र बढ़ने लगी, वैसे–वैसे सभी तुतलाने लगे। बूढ़े–बूढ़ियाँ चंदा मामा के गाने गाने लगे—आरती, श्लोक, गुहार, स्तोत्र सब भूल गए। अकेले–अकेले गेंद से खेलने लगे। कुछ ने अपने बिस्तर के ऊपर चँदोवे टाँग दिए। गाँव की सभी बूढ़ियाँ पचास की उम्र पार कर गईं। जिवती का कोप चिरंतन बन गया। अब गाँव उजड़ जाएगा। क्या करें ?

फिर सभी ने जिवती की गुहार लगाई। फीके पड़े सिंदूर की जिवती कँटीले बबूल के टीले पर पड़ी हुई थी। लोग बोले, माँ, तुम्हारे लिए नया घर बनवा देते हैं। साड़ी–चोली, हरी चूड़ियाँ चढ़ाते हैं। गुड़ और नारियल का भोग लगाते हैं। नया कह्रा[62] देते हैं, लेकिन गाँव में झूला झूलने दो। बताओ मैया, क्या–क्या नियम पालें ?

फिर जिवती प्रसन्न हुई। बताती हूँ कौन–से नियम पालने हैं। सोलह सूतों की डोरी हाथ में बाँधना। करेले के मँड़वे के नीचे से मत जाना...

इतने में भावडू के साथ एड़ी लगानेवाला ठिंगने कद का फुर्तीला सुकन्या भील आया और जिवती की कथा अधूरी छोड़ सभी स्त्रियाँ नीलू चाचा के घर की ओर देखने लगीं। घर के भीतर पहले से ही स्त्रियों की भीड़ थी। सब को बाहर निकाला गया। जमीन पर गुदड़ी बिछाकर सुमी को उस पर औंधा, पेट ऊपर करके लिटाया गया। चार मजबूत स्त्रियाँ उसके हाथ–पैर कस कर पकड़े रहने की खातिर बिठाई गईं। ऊपर एक धरन बाँधी गई, जिसे पकड़कर एड़ी के लिए जोर लगाया जा सके। सुमी के पेट पर अंजुरी–भर मक्खन मला गया। फिर दोनों हाथों से धरन का सहारा लेकर सुकन्या अपने दाएँ पैर की एड़ी सुमी के पेट पर फेरता रहा। सुमी की चीख–चिल्लाहट को अनदेखा कर उसके पेट पर अपनी एड़ी का जोर बढ़ाते–बढ़ाते वह पेट के गोले को नीचे–नीचे खिसकाता लाया। फिर डुंगरे देवता का कोई मंत्र बुदबुदाकर धरन पकड़कर पेट पर ऐसे झटके के साथ एड़ी घुमाई कि सुमी की गगनभेदी चीख निकल गई और साथ ही पेट का गर्भ टर्र से जंघाओं में उतर आया। सभी ने कलेजा

62. मंगल अवसर पर प्रयुक्त किया जानेवाला मिट्टी का घड़ा।

थाम लिया। साँस रोके रखो बेटा, बस हो ही गया—अब ये आखिरी—कहते-कहते तड़पती सुमी को पकड़कर रखनेवाली औरतें भी आखिर में कुछ समझ नहीं पाईं कि क्या हुआ। सँभालो, कहता हुआ सुकन्या भील चला गया। आँगन में औरतों-बच्चों की इतनी भीड़ कि उसे जाने के लिए रास्ता तक नहीं मिल रहा था।

बच्चा मरा हुआ पैदा हुआ। लड़का था, अच्छा बड़ा, घना झँडूला बढ़ आया था और तालू भी पूरी भरी हुई थी। और जच्चा ? दो बार माँ माँ—बुदबुदाकर वह बेहोश हो गई। थोड़ी देर बाद देखा तो वह भी चल बसी थी। बड़ा कोलाहल मचा। सारा गाँव अफसोस में डूब गया।

तेरहवीं तक नीलू चाचा के यहाँ इधर-उधर की चर्चाएँ चलती रहीं, जिससे धीरे-धीरे उसमें जड़ता आने लगी। आजादी मिले इतने साल बीत गए, लेकिन इस गाँव में कोई साधारण-सी नर्स या डॉक्टर तक नहीं। सूतिकागृह तो बहुत दूर की बात है। हे ईश्वर, क्या बोली होगी बच्ची की आतमा ? हरि हरि। दो दिन तक क्या-क्या नहीं सहा बेचारी ने ? सहनशील तो बचपन से ही थी सुगन। बीच-बीच में शोक के उबाल से यशोदा दादी का रोना—हम पर कैसे बोझ बन गई थी री बेटी। ऽऽ हा हा हा हाऽ कच्ची उमर में ब्याह की जल्दी की। बाप भी नहीं। नील्या अकेला भाई ऐसा साँड़। घर में उसका ध्यान ही कहाँ ? उठकर मंदिर जाना और मृदंग पीटना। किसे पता था, ऐसी कच्ची उम्र में तुम्हारे हिस्से जचगी आएगी ? मेरी बेटी कैसी मछली जैसी तड़प-तड़पकर मर गई री मैया। हाऽहाऽ हाऽहा। तुम्हें कैसे धकेल दिया ससुराल री बेटाऽ हाऽहाऽहाऽहाऽ। उसके प्राण कैसे ससुराल जाने को मना कर रहे थे रीऽ बेटाऽ हाऽहाऽहाऽ।

जैसे-जैसे पड़ोसनें उसे समझातीं वैसे-वैसे उसके भीतर से बेटी की बचपन की यादें कविता की तरह अपने आप बाहर निकलने लगतीं। बुआ, दादी, माँ कह रही थीं, क्या कर सकते थे हम यशोदे। बच्चा तो पेट में ही मर गया था, तो वैसे भी क्या बचती वो ? बता ? बेटी के लिए बहुत किया री तूने बहुत किया। कोई भी माँ नहीं करेगी, इतना किया तूने बेटी के लिए। अब चुप हो जाओ बहना, चुप हो जाओ। रोओ मत। इतनी-सी थी सुमी, तब से कामों में माँ की मदद करती। नहीं तो ये विट्ठल की छोरियाँ, करती हैं कोई काम ? अभी भी, सुमी मायके आती तब भी हमेशा काम-ही-काम होता। नीलू भैया के कपड़े कैसे उजले सफेद धो देती थी।

आधुनिक विचारों के लड़के कहते, ये सब गँवार माँ-बाप की वजह से होता है। कोई भी बिना शादी का न रहे, क्या ये हमारे हिंदू लोगों का पागलपन नहीं है ? पत्नी, अपने आप घर में आनेवाली मुफ्त की चीज बन गई है, जिसके लिए इन पुरुषों को कुछ भी नहीं करना पड़ता। वही सस्ता दिलबहलाव, वही बेगार की नौकरानी। मुफ्त ही कहिए न—केवल कपड़े और खाना दो और सब कुछ उसी से करवाते रहो। ऋतुमति होते ही रिश्ते ढूँढ़ना। आपकी कितनी लड़कियाँ हैं ? राम राम। लड़की ब्याहनी है जी। देखिए कोई रिश्ता।—ऐसे ये लोग। अंग्रेजी राज में भी किसानों का अज्ञान ज्यों-का-त्यों बना रहा। इसमें सबसे ज्यादा पिसे हम किसान लोग। शादी

होने पर खानेवाला एक पेट कम होता है। करेंगे ससुराल में जो करना है वो। लड़की का ब्याह कब करेंगे? बाद में दो छोटी लड़कियाँ हैं ही ब्याह के लिए। जल्दी करो, जो मिले वो रिश्ता अच्छा ही समझो। वरना उम्र बढ़ने पर बूढ़ी दिखने लगती हैं लड़कियाँ। लड़का बापकर्मी होता है, लड़की आपकर्मी। यानी अपनी किस्मत अपने ही हाथों में।

कोई कहता, लड़की को जरा पढ़ाना है। ये भी कोई गृहस्थी चलाने की उम्र है? तो कहते हैं, शादी में इतनी देर? क्या बुढ़ापे में करोगे उसका ब्याह? नाती का मुँह देखकर तो जाओ वैकुंठ। हमारी बुढ़िया ने पोते का पोता देखा है, फिर भी अभी तक जिंदा है।

मतलब? बचपन में ब्याह करवाएँगे तो पोते का परपोता भी देखेगी वो?

लड़की के ब्याह की चिंता से नींद नहीं आती। इससे तो अच्छा ही है न वो? अरे पढ़कर भी क्या करेगी भाई? आखिरकार शादी तो करनी ही है? कच्ची उम्र में रिश्ता भी अच्छा मिल जाता है। लड़की जात देखते-देखते बड़ी हो जाती है। फालतू नखरे करती है आपकी लड़की—ये नहीं और वो नहीं। लड़की डाक-टिकट जैसी होती है, एक बार चिपका दिया न लिफाफे पर, तो जिसका पता लिखा होगा चुपचाप उसे अंदर का सारा मजमून पहुँचा देना।

लेकिन कुल मिलाकर लड़कियाँ ही ठीक रहती हैं। सोलह-सत्रह साल बस खर्च आता है। लेकिन ये भैंसे तो जिंदगी-भर सीने पर मूँग दलते रहते हैं।...अरे यूरोप में तो चालीस के बाद भी रति सुख लिया जाता है और हमारे यहाँ, अपनी ही बीवी का हाथ पकड़ने पर पाबंदी।

बारह दिन लगातार इस तरह बौद्धिक शोर सुनते-सुनते अपने आत्मपरीक्षणात्मक चिंतन के लिए समय न दे पाया नीलू चाचा क्षुब्ध होकर अपना गुस्सा भीतर ही भीतर दबाता रहा। फिर हर रोज देर रात तक पिंजड़े के जानवर की तरह धाबे पर अकेला चहलकदमी करने लगा। चलते-चलते अचानक बीच में रुककर आकाश की ओर देखकर प्रणाम करता और जोर से कहता :

अपराधी हूँ बड़ा
मारिए कृपा का डंडा
राम कृष्ण हरि   राम कृष्ण हरि

नींद उड़ी हुई। लाड़ली बहन की इस कदर मौत से भ्रांतचित्त हुआ नीलू चाचा इस अपराध के लिए स्वयं को जिम्मेदार मानकर पश्चातापदग्ध होने का प्रयास कर रहा था, लेकिन सांत्वना के लिए आनेवाले गँवार रिश्तेदारों के उपदेशों को चुपचाप सुनने की विवशता के कारण उसकी स्थिति घुटन के चरम की ओर जा रही थी। रोज रात भावडू और मैं हमारे धाबे पर उससे वार्तालाप करते। किसी की पत्नी को उठा ले आनेवाले इस मर्द को कुल-मिलाकर जननलक्ष्यी स्त्रीहन्त्री विवाह-व्यवस्था से

भयंकर घिन उत्पन्न हो गई थी। भावड़ू बोला, इस तरह शादी न करने का निर्णय मत लो। तुम पुरुष हो, तुम्हारी बात और है, लेकिन बेचारी उस आसोदा की लड़की की कितनी बदनामी होगी ? लोग तरह-तरह की अफवाएँ फैलाएँगे। भावड़ू उसे समझा रहा था कि जब ब्याह तय हो ही गया है, तो उसे तोड़ मत, लेकिन उसने अपना निर्णय एक चिट्ठी पर लिखा और ये जिम्मेदारी भी भावड़ू को ही सौंपी—ये चिट्ठी आज ही मेरे होनेवाले ससुर को पहुँचा देना।

नीलू चाचा अत्यंत आहत सुर में कह रहा था, भावड़ू, बस तू ही है, जो मेरा हाल समझ सकता है। मेरे हाथों से न तो हुना भाई जैसी उज्ज्वल देशसेवा हो पाई और न ही मैं रूपा कांग्रेस की तरह महारोगियों की सेवा कर पाया। मेरे कारण जो-जो घटित हुआ, उसे मैं भुगतूँगा। पूरी तरह पश्चातापदग्ध होकर ही जिऊँगा। मेरी गृहस्थी की तृष्णा तो अब समाप्त ही हो गई है।

इस पर भावड़ू की और उसकी जरा-सी कहासुनी भी हो गई। देखो नीलू चाचा, हम जैसों को चाहिए कि समाज का कायापलट करें, देहातों में सुधार करें, जचगी की सुविधा के लिए सुसज्जित अस्पताल खड़े करें। उधर कोई जिंदगी-भर खपकर किसी असाध्य बीमारी का टीका ढूँढ़ निकालता है और हर साल पचास लाख बच्चों को पोलियो की चपेट से बचा लेता है। जेन्नर के बाद संसार का हर बच्चा चेचक के जबड़े से बच गया है।

नहीं, नहीं, यह हमारी परंपरा नहीं है। मुझे ऐसा कोई उपाय ढूँढ़ना चाहिए, जिससे मेरे प्राणों की बेचैनी शांत हो। सारा संसार एक माया है। मुझे नहीं लगता कि मनुष्य की कोशिशों से यह दुनिया सुन्दर बनेगी। मुक्ति का मार्ग—अमृतानुभव—

फिर यहाँ हमने जन्म लिया ही क्यों ? क्या संन्यास पलायनवाद नहीं है ?

हाँ, हाँ, लिया है हमने जनम यहाँ, लेकिन फिर भी यह नकारने की आजादी लेकर ही जन्मे हैं न ? संत तुकाराम जी के बाद मराठी लोगों की आत्मशक्ति प्रखर करनेवाला कोई नहीं हुआ। अपने ही भीतर आसरा ढूँढ़नेवाला हुआ है कोई ? बाकी सभी एहसास संकीर्ण हैं। तू बस मेरे गले का यह फंदा निकालने में मेरी मदद कर। फौरन निकल। खंडू को भी ले जाना साथ में। राम कृष्ण हरि।

भावड़ू मुझे डबल सीट लेकर साइकिल से चल दिया। आसोदा पहुँचते-पहुँचते दोपहर हो चुकी थी। गाँव में सन्नाटा। सभी लोग खेत में गए थे। हमने गाँव की बावड़ी पर हाथ-मुँह धोया। खंडू, कैसा सदमा लगेगा रे इस लड़की को ? घर की सबसे बड़ी लड़की और अपनी शादी की खुशी में मगन होगी और हम—छी:—

वो चौधरी कहाँ रहते हैं जी ? उनकी लड़की है प्रभावती—उसका ब्याह तय हुआ है मोरगाँव में—वो—

पूछते-पूछते हम धाबे के एक छोटे-से घर के करीब आए। अंदर से सिलाई मशीन की तर्रर चर्रर की आवाजें जोरों से सुनाई दे रही थीं। जो हमारी चाची

बननेवाली थी—छरहरे बदन की हँसमुख लड़की बोली—आइए। घर में अकेली ही थी। माँ-बाप, भाई-बहन सभी खेत में गए थे। गरीब किसान का लंबा-सा सँकरा घर। दोनों दीवारों से सटे बोरे, कुठले, खेती का सामान। बीच में उस पार जाने लायक जगह। पीछे टट्टी से ही बना गुसलखाना। खुशमिजाज मीठी मुस्कान बिखेरनेवाली यह लड़की हमारी कोठी में आती तो कितना अच्छा होता, लेकिन इसीलिए तो हम यहाँ आए थे कि ऐसा न हो। मशीन के इर्द-गिर्द डोरा, कैंची, टेप सलीके से लपेटते हुए मीठी मुस्कान से उसने बताया कि ग्रामपंचायत द्वारा आयोजित कपड़े सिलाने का मुफ्त कोर्स उसने अभी-अभी खत्म किया है। फिर पानी देते-देते शरमाती हुई बोली, कैसे आना हुआ? उनका सब कुशलमंगल तो है न?

हम कुछ समझ नहीं पा रहे थे कि क्या बोलें, इसलिए भावडू ने भयकंपित होकर जेब की चिट्ठी उसे दे दी। आपके लिए शर्बत बनाती हूँ, कहकर वह चिट्ठी खोलकर पढ़ने लगी। हम दोनों भाई घबरा उठे और एक दूसरे की ओर देखकर नीचे जमीन में ठंडी निगाहें गाड़े बैठे रहे। समझ नहीं पा रहे थे कि अपनी निगाहों को ऊपर कैसे उठाएँ। बीच में ही वह थर्राई, फिर उसकी हल्की-सी गिरगिरी जैसी काया चिट्ठी पढ़ते-पढ़ते अचानक पथरीली मूर्ति की तरह भारी होती गई। एक बार पढ़ने पर दुबारा पढ़ते समय चिट्ठी हाथ से छूट गई। वह उसके पैरों के पास वैसी ही पड़ी हुई थी। फिर हम भी भावुक हो उठे।

काफी देर तक हम तीनों बिना कुछ बोले एक दूसरे से नजरें चुराते हुए पागलों की तरह बैठे रहे। भावडू इतना बड़ा, लेकिन यह भाषा उसे भी अवगत नहीं थी कि ऐसे अवसर पर कैसे बिदा ले।

शायद सारी परिस्थिति को समझने लायक होशियार वह थी। अचानक पराए हो गए हम दोनों के प्रति उसकी आवाज अपनी मर्जी के खिलाफ कठोर हो गई। लंबी चोटी का गुच्छेदार फुँदना लगातार अपनी हथेली पर मसलती हुई वह गँवार छोकरी मानो अपने आप से ही कहे जा रही थी, मतलब? माफी? क्यों? कैसे? किसलिए? किसके लिए? और कौन, किसे और क्यों माफ करेगा? फिर हारती हुई आवाज में वह बोली, शादी को खेल समझ रखा है आप लोगों ने? माफ करने, न करने से जिसके पैरों पर कुल्हाड़ी गिरी है, उसकी भरपाई होगी? आजन्म ब्रह्मचारी रहना है और इसके लिए हमारी इजाजत?

शुरू में बदली का मुट्ठी-भर पुंज नमूदार होता है और देखते-ही-देखते उसका विशाल बादल बन जाता है, इस तरह उसके प्रश्न बढ़ते गए। आवाज भी आरे की तरह नुकीली होती गई। हम घबराकर उठ खड़े हुए और खड़खड़ाते हुए बाहर आए। अब कौन थी वो हमारी? कुछ अमानुष बर्बर कारनामे को अंजाम देकर लौटने जैसे हम सड़क पर आए। हवा भी उल्टी बह रही थी। भावडू बड़ी मेहनत से पैडल मारता हुआ बुदबुदा रहा था, इतना बड़ा प्रहार, लेकिन कैसे हिम्मत से सहा रे साली ने? मान गए इसे। दरअसल, इस तरह शादी टूट गई न एक बार, तो लड़कियों को बहुत

परेशानी होती है। बदनामी होती है बिना वजह।...बाबूजी को आने दीजिए, बाबूजी बताएँगे वगैरह कुछ नहीं। खुद ही फैसला करके मुक्त हुई। ऐसी औरतें प्रधानमंत्री बननी चाहिए हमारे देश की—नहीं तो वो जवाहरलाल नेहरू? साला पता नहीं कितनी बार प्रधानमंत्री बनेगा?

मैंने रूखी आवाज में कहा, क्यों रे भैया, नीलू चाचा ने जैसे अनेकों की बीवियों को उठाकर गृहस्थी में लगा दिया है, वैसे कल अगर आसोदा के चार धींगरे हमारी कोठी में आए और नीलू चाचा को उठाकर ले गए बीवी के पास गृहस्थी के लिए तो?

इस पर भावडू घनचक्कर-सा खी खी करता हुआ हँसता रहा—बिलकुल मोरगाँव तक।

भावडू की गिरी हुई आवाज में सारी हकीकत सुनते समय नीलू चाचा अत्यंत व्यथित हो उठा। फिर भगवान के दर्शन करके आता हूँ, कहकर जो गायब हुआ, रातोंरात कहाँ चला गया, बाद में किसी को पता नहीं चला। उसकी माँ, बेचारी की हिम्मत पस्त हो गई।

आगे चलकर कई सालों बाद कार्तिकी एकादशी के पर्व पर पंढरपुर में चंद्रभागा नदी की रेती में वह प्रकट हुआ। जमीन से हौले से पंख मारकर ऊँचे आकाश में धीमी लय में तैरनेवाली जय जय राम कृष्ण हरिऽऽ की तानें सुनाई दीं। भगवान के दर्शन करके चंद्रभागा नदी के किनारे बने खानदेश बाड़े की ओर मुड़ते वक्त ये आवाजें कानों पर आते ही अंधी चाची के कान खड़े हो गए और वह अचानक रुक गई। हाथ थामे ले जा रही रिमा कहारन से उसने पूछा, किसकी आवाज है री ये रिमे? जानी-पहचानी लगती है। देखना तो जरा, कौन है?

पिताजी ने पंढरपुर के खानदेश बाड़े में एक कमरा खरीदकर इन दोनों का वहीं रहने-खाने का स्थायी प्रबंध कर दिया था। गरीब रिमा को भी किसी का सहारा नहीं था। अंधी को धींगरी मिल गई और दोनों ने मिलकर हिंदू धर्म का खूब कल्याण किया—सारे तीर्थ, चारों धाम, आठ गणपती, दर्जन-भर ज्योतिर्लिंग। अब हमेशा पंढरपुर में निवास।

तल्लीन होकर डोलनेवाला लाखों भक्तों का समुदाय। आकाश में चंद्र। पताकाएँ। मृदंग। झाँझ। पूछ न रिमे, कीर्तन कौन कर रहा रे भाई?

सारे पापों का मैं हूँ अंबार।

चाची, कीर्तनिया महाराज तो हमारा नीलू ही दिखे है। फेंटा, गमछा, उबटन, तिलक, चंदन, कंठी, फूल—इनके अंदर नीलू ही है।...देखा रिमे, कैसे बराबर पहचान लिया मैंने? नाम पूछ न किसी से...नीलोबा महाराज मोरगाँववाले आजन्म बाल-ब्रह्मचारी। बैठ जाओ बहन, बहुत भीड़ लगती है। भक्तगण दूर-दूर से नीलोबा जी की तर्जें सुनने के लिए आते हैं। उनके गुरु दिगंबर महाराज का हाल ही में स्वर्गवास हुआ है, उनकी गद्दी मिली है नीलोबा महाराज को, बैठ जाइए।

अंधी चाची रिमी को लेकर बैठ गई। मोरगाँव के मंदिर में सुनी, ऊपरी सप्तक में जाती वही आवाज :

कहे तुका मैं ही पापों का अंबार
दें जगह भगवन चरणों में ऽऽ

लाखों लोगों पर मोहिनी डालनेवाला भीतर से गूँजता परमार्थ का शब्द। भक्ति में तड़पता सुर। रिमे, हमारी इतनी पीढ़ियाँ ज़ाया हो गईं री, हमारे घर में एक ही सही लेकिन तुकाराम महाराज पैदा हुआ।

विट्ठल विट्ठल जय हरि विट्ठल, बोलो पुंडलिक वरदे...

ढोल *पवार खंडू रघु चारी*
सकल ताड़ना के अधिकारी

—कहते हुए लगातार तीन साल तक हमें खड़ा करके हेडमास्टर पैरों पर छड़ियाँ मार रहे हैं। पीछे दीवार पर संसार का बड़ा-सा मानचित्र है। पाँचवीं से सातवीं तक हर रोज यही।...क्यों बे, मोरगाँव के बंदरो। क्या इसीलिए तुम्हारे माँ-बाप तुम्हें इतनी तीन मील दूर स्कूल में भेजते हैं? क्यों? हर रोज देर क्यों हो जाती है? सुबह जल्दी उठ नहीं सकते? माँएँ गाभिन हैं क्या तुम तीनों की? जल्दी से तैयारी करने को कहो कल से। फिर हमारे कानों को लाल-लाल होने तक मसलने के बाद ही वे हमें क्लास में जाने देते। हमारे पास-पड़ोसी देहातों के शिक्षित लोगों ने लड़कों की दृष्टि से सुविधाजनक यह सातवीं कक्षा तक का स्कूल खोला है। इस स्कूल में कड़े अनुशासनवाले हेडमास्टर और बढ़िया पढ़ानेवाले अध्यापक ज्यादा तनख्वाह देकर नियुक्त किए जाते हैं। एक दृष्टि से यह सही था। किसानों के घरों में पढ़ाई के लिए जगह नहीं होती, इसलिए शाम तक गृहपाठ, गणित के प्रश्न हल करवाने की समय-सारिणी अलग से थी। लाइब्रेरी की किताबें वहीं पर बैठकर पढ़ने के लिए दी जातीं।

सारी पढ़ाई दिमाग में पक्की हो जाती थी, क्योंकि सब कुछ मराठी में ही था, और इनमें भी कोई मराठी शब्द समझ में नहीं आए, तो वे खानदेसी में भी पढ़ाए जाते। सो एक बार पढ़ने पर वे दिमाग का हिस्सा बन जाते। मसलन, भूगोल पढ़ानेवाले मास्टरजी मानचित्र के जरिए समझाकर कहते—घनी आबादीवाले प्रदेश ये रहे। हिंदुस्तान की बुआई तो बहुत ही ज्यादा घनी, इसीलिए तो हम लोगों को कुछ सूझ नहीं रहा है। विरल आबादीवाले प्रदेश वो यूरोप में, रूस में उत्तरी ध्रुव तक। सर्दी इतनी कड़ाके की कि उनकी नूनी उठती ही नहीं, फिर आबादी कम नहीं रहेगी तो और क्या होगा? हँसने की बात नहीं? आबादी ज्यादा बढ़ जाने पर आदमी की कीमत कम हो जाती है। लड़ाइयों में पुरुष ही मारे जाते थे। फिर इतनी स्त्रियों के लिए पति कहाँ से आते? इसलिए बहुभार्या पद्धति का लफड़ा।

हम बच्चों की अभी-अभी मसें भींजनी शुरू हुई थीं। इसलिए खी-खी करके हँसानेवाली ऐसी बातें हमें बहुत अच्छी लगती थीं। यौन शिक्षा। हम पाँचों सहपाठी—गोपू, बालू, मधू, रघु और मैं—सभी साथ-साथ निकल पड़ते। मुँह से रास्ते में खाए बेरों की मधुर गंध आ रही है। हाथ-पैरों पर बेर के काँटों के निशान और दौड़ते हुए स्कूल में प्रविष्ट होते ही क्लास के सामने कठोर अनुशासनवाले कोलते हेडमास्टर हाथ में छड़ी थामे सन्नद्ध। पीठ पर मोरगाँव के थैली विशेषज्ञ नेमा दर्जी द्वारा सिलवाई लंबे फीतोंवाली खाकी थैली—चड्डी के ही कपड़े से बनी—ज़िसमें किताबों की दो खड़ी कतारों के बीच में कम्पास, फुटा, चीथड़े में बँधी रोटी, और बीच में साफ-साफ दिखता लहसुन की चटनी के तेल का गोल धब्बा। स्कूल छूटने पर ज्ञान से लबालब भरे दिमाग को धींगामुश्ती से हल्का करना, गाँव की राह पर आते ही कैथे के पेड़ का चक्कर लगाकर जो मिले वो खाते-नोचते घर की ओर खिसकना—सर्दियों में होला, फलियाँ, ककड़ी, बेर, इमली, गर्मियों में अमियाँ। कभी राब की मधुर गंध सूँघते हुए कोल्हू को आग देनेवालों, गुड़ बनानेवालों की मामूली-सी मदद करके हाँड़ी-भर गन्ने का रस भरपेट पीकर देर से घर पहुँचना। स्कूल में पढ़ाई चल रही थी—घरवालों के लिए इतना बहाना पर्याप्त होता। फिर भी यह पता होता था कि घर पर थोड़े-बहुत काम करने ही पड़ेंगे। भोजन के बाद पढ़ाई के बहाने देर रात तक हाहा हीही के साथ गपशप की आजादी। स्कूल न जानेवालों से अलग दर्जा यहीं से शुरू होता है। चौथी कक्षा से ही स्कूल से झड़ गए सहपाठी घास के गट्ठर सिर पर ढोते, बैलगाड़ी हाँकते-हाँकते हमारी ओर देखकर कहते, हमारी किस्मत में ही नहीं था स्कूल, क्या करें? तब से किस्मत हमें यहाँ तक ले आई है।

बहुत बड़ी खोज करने के अंदाज में बालू हमें बताता है : अरे पूरा रविवार दरवाजे की आड़ में बन रहे साली ततैया का घर देखने में बीत गया। खाना भी नहीं हुआ। होमवर्क भी रह गया। इतना-सा पोर भर का घर बनाने के लिए इतनी-सी जान को आधा दिन तो लगता ही है। लेकिन क्या मगज होता है साले कीड़े-मकोड़े का भी। अरे चक्रव्यूह कुछ भी नहीं इसके सामने। सोचा, बार-बार खिड़की से बाहर जाती है गूँ गूँ करते—देखें कहाँ जाती है? कुल पाँच-सौ से ज्यादा ही चक्कर। गिने मैंने। कुछ खाती-पीती भी नहीं होगी दिन-भर। घर के पीछे मोरी के परनाले से मुलायम गारा ढूँढ़कर उस पर अपने बालों जैसे नन्हे-नन्हे छह पैरों और मुँह से मिट्टी को रौंद-रौंदकर आखिरकार चने जितना मिट्टी का लोंदा बनाती है। फिर पैरों से उठाकर गूँ गूँ करती हुई हवाई जहाज की तरह तैरने लगती है। फिर हवा में पंख मारकर जो आकाश में उड़ती है कि सीधे मेरी पढ़ाई की खिड़की से दरवाजे के पीछे। वहाँ भीतर काफी गरगर घूमकर हर बार इस तरह उठाकर लाए मिट्टी के लोंदे को चिपकाकर अच्छे-से पोर भर वृत्ताकार बिंदु को दबा-दबाकर मजबूत करती है। धीरे-धीरे नींव मजबूत होने पर बीच में नया लोंदा थापती है। फिर अपने छोटे-से शरीर के बुलडोजर से मिट्टी आगे-पीछे करके एक बालाई किले जैसा छोटा-सा

गोलाकार वृत्त, सभी ओर से बिलकुल बंद। शायद उसमें वह अंडे देती होगी, पर यह मुझे दिखाई नहीं दिया। फिर उसने नए लोंदे से उसे ऊपर से बंद भी कर दिया। इस वृत्त के इर्द-गिर्द उससे जरा ऊँचा आधा वृत्त थाप दिया। फिर उसके इर्द-गिर्द उल्टी दिशा में खुलनेवाला दूसरा आधा वृत्त—जरा और ऊँचा। बाद में हर बार खिड़की से बाहर जाकर वैसा ही एक-एक लोंदा लाकर इन तीनों दीवारों के इर्द-गिर्द किले के तट जैसा पूरा वृत्त—इस तरह चार दीवारों के ऊपर से उन्हें पूरी ढँकनेवाली छत जैसी मिट्टी बिखेरकर जल्दी-जल्दी से उसने अपना नन्हा किला सीलबंद किया। पट्ठी बाद में कभी आई ही नहीं। खत्म हो गया उसका अपने पिल्ले के प्रति दायित्व। सूर्यास्त से पहले ऐसा पक्का सीलबंद घर बनाकर उसमें अंडे देकर छिप जाना, यानी कितना अचूक गणित होगा? साला मैं तो चकरा गया, खंडू। उड़ते-उड़ते जाकर हर छोटे से लोंदे को रौंदकर, गूँधकर उठाकर ढोते रहना—दिन-भर के उन लोंदों की संख्या, हर लोंदे का वजन, अपने वजन से भारी लोंदा लेकर वह हवा में ऊपर उठा ही कैसे सकती है? मतलब गुरुत्वाकर्षण को कम करने का कोई-न-कोई आइडिया जरूर होगा उसके पास। पर यह कैसे तोलें कि उसका वजन कितना और उस लोंदे का वजन कितना? हमारे घर में तो ऊन तौलने का दो पलड़ों का डंडीवाला बड़ा तराजू है।

गृहकार्य पूरा न करनेवालों को कतार में खड़ा कर पैरों पर छड़ी से मारनेवाले कोलते हेडमास्टर बालू का कान मसलते हुए बोले, पढ़ाई कर, पगले, वरना जनम भर पुश्तैनी भेड़ें ही चराता फिरेगा। और खंडेराव तू, तुम्हें तो मामूली निबंध तक ठीक से लिखना नहीं आता? क्यों? विषय छोड़कर कुछ-का-कुछ लिखता रहता है? ये देखो, देखो ठीक से। विषय क्या है? *गर्मी की छुट्टियाँ।* है न? और बीच में दो पन्ने भरकर ये गणित? क्या संबंध इसका विषय से? पृथ्वी के द्वीप हर साल 1.10 इंच ऊपर खिसक रहे हैं, तो विषुवत् रेखा से उत्तर में 21 अक्षांश पर बसे हमारे खानदेश को उत्तरी ध्रुव तक पहुँचने में कितने साल लगेंगे, किसलिए ये मूर्खता भरे आँकड़े? इनका *गर्मियों की छुट्टियाँ* निबंध से है कोई संबंध? *सट सट।* वैसे बाप-दादाओं की कमाई हुई काफी जायदाद, खेत हैं तुम्हारे पास—आगे चलकर हलवाहा ही बनेगा, *सट सट।* अब तुम लोग यावल के इतने बड़े नामचीन हाइस्कूल में जाओगे, वहाँ के टीचर हमारी ही खिल्ली उड़ाएँगे—नीचे कुछ भी पढ़ाया नहीं गया है कहकर। निबंध भाषा का होता है, भाषा में कचरा बहुत होता है। प्रत्येक शब्द को, वाक्य को ओसाकर, पछोड़कर, चुनकर, छानकर लेना पड़ता है। *सट सट।* रहेगा याद? *सट सट।*

बाद में हाइस्कूल। मोरगाँव के हम पच्चीस-तीस छात्र रोज पैदल आने-जाने लगे। यावल का यह हाइस्कूल राष्ट्रीय विचारों वाले देशभक्त समाजवादियों ने आजादी से पच्चीस साल पहले विपरीत स्थितियों में और विशिष्ट ध्येय से प्रेरित होकर चलाया था। इस कारण अध्यापकों की अंग्रेजी गुलामी में लगी आदतें छूट नहीं रही थीं।

मसलन, पाखाने में तामलोट का न होना या एक तासिका में केवल एक ही खड़िया का इस्तेमाल करना। कुछ बातें यकीनन अच्छी भी थीं। मसलन, बीच की छुट्टी में बिस्कुट, चिउड़ा ऐसा कुछ भी न खाकर वहीं मिलनेवाले आधे आने के बीस टमाटर, गाजर ही खाना। इसके अलावा दिलचस्पी से पढ़ाना छोड़कर अध्यापकों का किसी प्रदर्शन में हिस्सा लेकर खुद को गिरफ्तार करवा लेना अथवा नि:स्वार्थ समाजकार्य में समर्पित होना या जन–जागरण के लिए दो–चार महीने नंदुरबार की ओर आदिवासियों के पाड़ों में चले जाना, यह चलता रहता। ऐसे काम करते–करते कैद हुए समाजसेवी अध्यापकों की तासिकाएँ समाजसेवा न करनेवाले अन्य अध्यापकों को हमेशा ज्यादा लेनी पड़तीं : गणित के सर इतिहास पढ़ाते और भूगोल के सर संस्कृत और अंग्रेजी। जिसे जितना व्याकरण आता, उतना वह पढ़ाता। मराठी की ऐसी तासिका यानी उस समय के विख्यात लेखकों के उपनाम बताकर उनके असली नामों को पहचानना—केशवकुमार मतलब—केशवसुत ही केशवकुमार है ? कुसुमाग्रज किसका कौन ? चित्रकला के एक जोशीले सर ने दीवार पर ही गुरुद्वारा, मंदिर, मस्जिद, चर्च ऐसे अलग–अलग आकारोंवाले मेहराब, गुंबज और शिखर चितारकर नीचे लिखा था—*सभी धर्म समान हैं।*

मुख्य दरवाजे पर हर रोज नया सुविचार लिखने की प्रदीर्घ परंपरा तीस सालों से जारी थी। हमेशा खादी पहननेवाले भावसार सर ने अपनी सर्जनशील अभिव्यक्ति के रूप में उसे बरकरार रखा था। उम्र के बीसवें साल से स्कूल में पाँच रुपए वेतन पर ज्ञानदान के इस पवित्र यज्ञकर्म का उन्होंने शुभारंभ किया था। रोज रात–भर सोच–सोचकर उनके बाल सफेद हो गए, फिर भी नित्य नया सुविचार बनाने का व्रत उन्होंने नहीं त्यागा। दरअसल, उन्हें पैगंबर ही बनना चाहिए था। मुख्य प्रवेशद्वार के पास लगे बोर्ड पर तीन रंगों की खड़िया—लाल, नीली और सफेद को हाथ की उँगलियों में सिगरेट की भाँति पकड़कर वे स्वयं अपना सुविचार लिखते। स्कूल में समय से पहले पहुँचे विद्यार्थी इस मामले को सर्जन–क्रिया समझकर आश्चर्य से देखते खड़े रहते :

*मित्रता से **मत्सर** घटाइए।*
***यश** में नम्रता मिलाइए।*
प्रेम का गुणाकार कीजिए।
***क्रोध** का भागाकार कीजिए।*

इनमें मित्रता, नम्रता, प्रेम वगैरा शब्द सात्विक होने के कारण नीली खड़िया से लिखे जाते तो तामस शब्द लाल और बाकी सभी शब्द रजोगुणी सफेद खड़िया से लिखे जाते। *यश* भी लाल खड़िया से लिखा होता, उस कारण उसके बारे में हमारा मत बुरा बनता। भावसार सर कभी छुट्टी पर जाते तो यह जिम्मेदारी मराठी पढ़ानेवाली झांबरे मैडम पर आ जाती। उनके लॉकर में हमेशा मराठी के विख्यात उपन्यासकार वि.स. खांडेकर का कोई उपन्यास रखा रहता। उसमें से *दु:ख का पहाड़ पार किए*

बिना सुख का सूरज दिखाई नहीं देता!! जैसे कभी-कभी दो-दो विस्मयादिबोधक चिह्नों से समाप्त होनेवाले बने-बनाए वाक्य अपठनीय लिखावट में और एक ही सफेद खड़िया से बोर्ड पर लिखे जाते। इस कारण यह हमें कल्पना से ही ढूँढ़ना पड़ता कि उनमें से पहाड़ शब्द सात्विक है या सूर्य। भावसार सर कभी दु:ख नीली खड़िया से और सुख लाल खड़िया से लिखते। लेकिन यह समझ पाने के लिए अभी हम छोटे थे कि कोई भी तथ्य हमेशा लाल या हमेशा नीला नहीं होता और एक जैसा सफेद तो बिलकुल नहीं होता।

इस राष्ट्रीय अर्थात् अल्प वेतन देनेवाले स्कूल में ग्रंथपाल का काम एक चपरासी को सौंपा गया था। इसलिए स्कूल छूटने पर घंटा-भर रुककर भी अच्छी किताबें नहीं मिलती थीं, क्योंकि सौ-डेढ़ सौ बच्चे परचून के सामान की तरह अर्नालकर, फड़के, अत्रे वगैरा कुछ भी नाम बताते और चपरासी परेशान हो जाते। फिर वे अंदर जाकर आराम से बीड़ी पीते और खिड़की पर आकर कह देते कि किताब जगह पर नहीं है। शाम को अँधेरा होने पर तीन मील पैदल चलकर जानेवाले हम जैसे छात्रों के लिए पढ़ने का पागलपन एक अभिशाप ही सिद्ध हुआ। फिर हमने ऐसी तरकीब ढूँढ़ निकाली कि चपरासी हम मोरगाँव के पोट्टों को मान गए। खिड़की के पास खड़ा होकर रघु नायक कहता, किताब।...कौन-सी ?...कोई भी, जो होगी वो।...आँ ? फिर आगे मैं भी ऐसा ही कहता। पीछे मधू, बालू भी वैसे ही। फिर मजबूरी में पाँच किताबें एक साथ बाहर आतीं। ये सारी किताबें हम सभी आपस में घुमाकर पढ़ते और फिर दूसरी ले लेते। इस तरह मैट्रिक तक के चार सालों में हमने रामायण, महाभारत, अरेबियन नाईट्स, साने गुरुजी, अर्नालकर वगैरा तो पढ़े ही, इतिहास, भूगोल, यात्रा-वर्णन, *समाजस्वास्थ्य*[63] पत्रिका के अंक, *विश्वव्यापी हिंदू संस्कृति*[64] जैसी किताबें भी पढ़ीं। जो कुछ ग्रंथालय में था, लगभग सारा का सारा पढ़ डाला। एक बार रघु ने मेरे लिए चार किताबें चुराई भी थीं। लेकिन हेडमास्टर ने उसे डाँटने की बजाय उल्टे शाबासी दी। बोले—बढ़िया। पढ़ते रहो।

रोज तड़के मोरगाँव के हम लगभग चालीस बच्चे जल्दी-जल्दी धूल उड़ाते सड़क पर दौड़ते हुए आते दिखाई देते, क्योंकि स्कूल में रोज की प्रार्थना *ओऽम सहनावतु, सहनौ भुनक्तु* ठीक सात बजे शुरू होती। निचली कक्षाएँ चिल्ला-चिल्लाकर तार स्वर में, तो ऊपरी कक्षाएँ गंभीर मंद्र स्वरों में। आखिर में *ओऽम शान्तिः शान्तिः शान्तिः।* इस समय तक जो नहीं पहुँचे थे, उन्हें ग्राउंड के तीन चक्कर दौड़ते हुए लगाने पड़ते। फिर हम यह दूरदर्शी विचार करते कि यहाँ चार चक्कर लगाने से तो घर से ही दौड़ते हुए निकलना अच्छा। इस कारण देर से उठनेवाला लड़का तो बस्ता पीठ पर डाले दौड़ता हुआ ही घर से बाहर निकलता। संगम के पासवाला टीला चढ़ने

---

63. र. धो. कर्वे द्वारा संपादित परिवार नियोजन के संबंध में जन-जागरण के लिए समर्पित क्रांतिकारी पत्रिका।
64. हिंदू संस्कृति की मूलगामिता सिद्ध करने वाला एक अतिशयोक्तिपूर्ण ग्रंथ।

पर आगे-पीछे सभी दौड़ते दिखाई देते। सबके साथ आ जाने पर मस्ती, गप्पें। हम सहपाठियों की रफ्तार छह बजे की इन्दौर बस पर निर्भर होती कि वह रास्ते में कहाँ मिलती है। काफी दिनों तक हम आपसी बातचीत छंदबद्ध कविता की भाँति बोलते। *अच्छा हुआ निद्रा आज खुल गई शीघ्र। कैसे? प्रात: देखा एक स्वप्न* कि लाइब्रेरी की किताब पढ़ रहा हूँ। उसके सारे इकार और उकार दीर्घ हैं। अच्छा लग रहा था पढ़ते समय। *आए तभी मराठी के सर और बोले मेरा कर्ण मसलकर, शीघ्र-में इ छोटा-हो गया, ई बड़ा ई- ईश्वर। खुल गई निद्रा मेरी शालक तत्क्षण। जगाए सपने में कोई, तो टूटे क्यों नींद भला? मराठी है साले अपनी अच्छी।* अ आ इ ई क ख ग घ में कोई शास्त्रीय अनुशासन तो है। अंग्रेजी में तो ए के बाद बी, और आगे सी ? क्या है रे संबंध एक दूसरे से ? अब मेरा नाम अंग्रेजी में रघु है या राघू? किसी भी शब्द के लिए कोई भी अक्षर इस्तेमाल करते हैं साले। मतलब गँवार ही है न अंग्रेज आखिरकार ? वी और फिर डब्ल्यु, एक्स और फिर जेड किसलिए सारे डबल-डबल।

भिसे सर बोले, तुम्हें तो आठवीं से अंग्रेजी पढ़नी पड़ती है। इसके बाद तो पाँचवीं से ही अंग्रेजी सिर पर चढ़ बैठनेवाली है। हॉ हॉ। पर चाहे जो हो, अंग्रेजी भाषा बहुत उन्नत है। A quick brown fox jumps over the lazy dog—कर सकते हैं ऐसा मराठी में कि एक ही वाक्य में पूरी वर्णमाला आ सके ? मैंने कहा, सर, इसमें क्या है उन्नत या फिन्नत। कोशिश करें तो बना सकते हैं ऐसा मराठी में भी। सर ने मुँह बिचकाया और कहा, करके दिखाओ। और मैं बैठ गया रात-दिन—इतनी रद्दी बन गई। कल ही जाकर दिखाया सर को :

आंबेफळ येथील औषधांचा तज्ज्ञ जेठाभाई हा खादाड छाप इसम अक्षरश: उंटाएवढे ओझे घेऊन गाणे ऐकेल.

सर ने पीठ थपथपाई, बोले, लेकिन इतने से क्या होगा ? मराठी में ऐसा बहुत-कुछ करना पड़ेगा।...तो क्या हुआ ? करेंगे। लेकिन सर कहते हैं, पहले खूब पढ़ाई करो। खूब अंक मिलने चाहिए। अगली पढ़ाई के लिए मैट्रिक के अंक अहम होते हैं। परीक्षा के अंकों पर ही अगला सब कुछ निर्भर होता है।

परीक्षा खत्म होने पर छुट्टियों में हमने खानदेश के आसपास के सभी मंदिर, गुफाएँ, किले, संगम, उगमस्थल और वाघली जैसे प्राचीन विश्वविद्यालय आदि स्थान धड़ल्ले से देखना शुरू किये। अजंता में हमें हमारा हमउम्र एक अंग्रेज लड़का और लड़की मिले। उन्होंने अजंता के लिए पचास-साठ हजार रुपए खर्च किए थे। रघु बोला, हिंदुस्तान में जनम लेने के कारण हमारे इतने पैसे बच गए। सभी के पर्चे अच्छे गए थे। सभी मोरगाँव छोड़कर दूसरे गाँव पढ़ाई के लिए जाने की बातें कर रहे थे। इसलिए हम किराए की साइकिलें लेते और घर से चटनी, बेसन की कढ़ी और रोटी साथ लेकर गर्मियों की कड़ी धूप में दूर-दूर तक छलाँगें लगाते। तीन महीने तक खूब घूमे। चाँदनी रात में साइकिल पर गणितज्ञ भास्कराचार्य के पाटण और वहाँ से पीतलघाटी की सबसे प्राचीन गुफा तक चढ़कर जाना और फिर सो जाना।

शाम को नीचे उतरकर साइकिलें दौड़ाते हुए वाघली में पड़ाव। इस तरह मस्ती में कट रही थी कि अचानक रघु नायक बोला, सतपुड़ा के हिल स्टेशन पर मैं नहीं आऊँगा। क्यों भाई? वह शरमाकर बोला, मेरी शादी तय हो रही है। पिताजी कहते हैं, तुम्हारे दोस्त कहाँ और हम कहाँ। अब अपना काम-धंधा देख। पढ़ाई के लिए पैसा चाहिए। मैं पढ़ता रहूँ और घर के लोग मेरी किताब-कापियों के लिए भूखे सोएँ, ठीक नहीं है। मेरे लिए यही बहुत है कि पिताजी ने समझदार बनने लायक पढ़ा दिया। आप लोग जाइए।

इतने सालों तक हमारे बीच 'आप और हम' और 'मैं और वह' का भेद कोई नहीं मानता था। लेकिन अब सेंध लग गई थी। कुछ जातियों के वृत्त हमारी जिंदगी को पहले से ही पक्का कर डालते हैं, पर इससे क्या फर्क पड़ता है? रघु नायक आगे भी मेरे लिए वैसा ही करीबी बना रहा, जैसे पहले था। सत्रह साल का रोज का याराना—अब कैसे टूटेगा?

एक बार वह कविता में ही बोला, सुनिए,

होता ही है किसी की किस्मत में बस रोना ॥टेक॥
निकलते हैं रास्ते दो कभी तीन या चार, हैं ना
आप राजमार्ग से दुनिया-भर, रघु का यहाँ जन्मभूमि पर ही मरना ॥टेक॥

जब रघु नायक ने यह कविता सुनाई, आँखों से आँसू निकल आए।

रघु नायक के पिता अपना तीन बीघे का बारानी खेत जोतकर और बाकी समय गाड़ी पर मजदूरी करके चार सदस्यों का पेट पाल रहे थे। उनकी एकमात्र इच्छा थी कि उनका बड़ा लड़का रघु कम-से-कम मैट्रिक हो जाए। जरायमपेशा जाति से होने के कारण पुलिस में इन लोगों की कौड़ी की भी कीमत नहीं होती थी। एक बार इन्हें कोर्ट से कोई नोटिस आया। बाद में इन्हें पकड़कर कोर्ट में खड़ा कर दिया गया। वकील अंग्रेजी में कुछ सवाल पूछ रहा था और पुलिस द्वारा धमकाए जाने के कारण ये हर सवाल पर कुबूल कुबूल—कहते रहे। न्यायाधीश ने आखिर में अंग्रेजी में क्या फैसला दिया, इनकी कुछ समझ में नहीं आया। बाद में पुलिस भी इनसे अच्छी तरह पेश आई। बाद में पता चला कि इस फैसले के तहत इनका नदी तटवाला बड़ा खेत चंदू साहूकार के कब्जे में चला गया। इसके चाचा बोले, साहूकार की गर्दन ही उड़ा दूँगा कुल्हाड़ी से। लेकिन रघु के पिता अब वारकरी हो गए थे। सो मंदिर में उन्हें दया, क्षमा, शांति—जैसी उपदेश-भरी सलाह मिली। एक तो आप लोग जरायमपेशा जाति के। इतनी पीढ़ियों से यही सब आप लोगों में चल रहा था, फिर इस खून-खराबे में पीढ़ियों की बरबादी? इसी वजह से लोग ऊपर नहीं आते। जाने दो, साहूकार को अपना पाप भुगतना ही पड़ेगा, इस जनम में नहीं तो अगले जनम में बिलकुल पक्का। तू अपने रघु को अच्छा पढ़ा-लिखा। सद्‌गुणी, सच्चरित्र बना। खेत गया, जाने दे।

तब से उन्होंने अपने जीवन का मकसद ही बना लिया कि कम-से-कम रघु को तो पढ़ना-लिखना आना ही चाहिए। रघु ने भी हम लालटेन क्लब के छात्रवृत्ति फेल लड़कों का साथ कभी नहीं छोड़ा। इस कारण वह मैट्रिक तक पास होता गया। सातवीं के बाद हम सब के साथ उसने भी हाईस्कूल में दाखिला लिया। अहीर टोले के नुक्कड़ पर खप्पर का ठिंगना-सा घर। आँगन के इर्द-गिर्द जंगली घास की बाड़, मिट्टी की बड़ी-बड़ी पुरानी दीवारें। दरवाजे की चौखट पर अखबार से काटकर आड़े-तिरछे चिपकाए हुए अक्षर—र घू ना य क। दरवाजा कमचियों से बना, एक पल्ले का, जो रस्सी से एक खूँटी से बाँधने पर ही बंद होता और बाकी समय अपने आप खुला ही रहता। एक खंभे से टँगी ढोलक और इकतारा। ऊपर स्वाँग के दाढ़ी-मूँछोंवाले मुखौटे टँगे हुए, जिनमें रावण के दस मुँह भी शामिल थे। अंदर दाएँ कोने में चूल्हा, चूल्हे के ऊपर ही धाबे पर जाने के लिए मोटे बाँस की सीढ़ी। इसी सीढ़ी पर बैठकर हम रघु की माँ द्वारा ताजा बनाया भूसी का दलिया खाते। बाद में ऊपर धाबे पर कंबल बिछाकर रघु का 50 पत्तों का ताश खेलते। इसमें जो दो पत्ते कम थे, वे सब को हमेशा ध्यान में रखने पड़ते। दो पत्ते—चौखट की रंडी और इस्पिक का इक्का गड्डी में नहीं होने के कारण हमारी स्मरणशक्ति और आत्मविश्वास दोनों बढ़ते गए। क्योंकि ये अदृश्य पत्ते किसके पास हैं, किसने इनका इस्तेमाल किया है, सब अच्छी तरह से याद रखना पड़ता। लेकिन जल्द ही पता चल गया कि पचास पत्तों के ताश का यह आत्मविश्वास एक सीमा से आगे जिंदगी में टिक नहीं पाता। ऐसे में हमारे देहात का माहौल *गाथा सप्तशती* की तरह लैंगिकता से इस कदर कसमसाया हुआ होता कि सयाने कुंवारे लड़के-लड़कियाँ शादी के लिए उतावले न हों तो ही आश्चर्य, ठीक उसी प्रकार, जैसे जुगनुओं के कूल्हे जिस तरह अपनी प्राकृतिक काम-भावना को नेत्राकर्षक जगमगाहट द्वारा प्रकट करने लगते हैं।

मैट्रिक का रिजल्ट आने से पहले ही रघु का—उसी की शब्दावली में, धड़ाम् से ब्याह हो गया और दस महीनों में ही धड़ाम् से बच्चा भी हुआ। वह रोता तो रघु अपने आप से कहता,

होता लड़के की भी किस्मत में पिता सम रोना ही
हुए हैं कई, हैं कई, होंगे भी कई पर पिता सम यही। हा हा हा।

दोनों ओर टीन के अर्द्धवृत्ताकार गेरुआ छतों के एक जैसे लम्बे-लम्बे गोदाम। उनके लोहे से बने और हमेशा बंद महाकाय दरवाजे और हाथ-भर लम्बी कड़ी-सिटकनी से लटके भारी-भरकम अलीगढ़ी ताले। चार साल इनके बीच से साइकिल दौड़ाते हुए आखिरकार मैं आता हूँ। इस डरावने सपने के अंत में दूसरे विश्वयुद्ध से पहले की मैनचेस्टर की मिलों की कपास की गाँठें दबानेवाली जिन के सामने आकर

खड़ा हो जाता हूँ। वहाँ ऊँचे टावर के नीचे *भूत की कोठी* नाम से कुख्यात गेस्ट हाउस के सामने रुकता हूँ। इस टावर की घड़ी में हमेशा पौने तीन ही बजे होते हैं। पाँच मील साइकिल हाँकते-हाँकते पैरों की ऐंठन रोज लौट आती है। फेफड़े दोगुनी हवा फेंकते हैं। सामने कॉलेज की इमारत हिचकोले खाती रहती है। दाएँ हाथ के पीपल के नुक्कड़ से समकोण में हैंडल मोड़ते ही चार फीट ऊँची दीवार पर उतना ही ऊँचा लकड़ी के रिफों का लम्बा बरामदा। इस बंगले में हमारा ग्रंथालय है। दानवीर रायबहादुर थोरगव्हाणे जी से साठ हजार दुर्लभ ग्रंथों का संग्रह 'एमपीसाहब' ने प्राप्त किया था। ज्ञान से प्रेम की खातिर दान देनेवाले रावबहादुर जी का बड़ा-सा तैलचित्र ग्रंथालय के दरवाजे पर टाँगा गया—ऊँची शीशम की कुर्सी, हाथ में हैट, सूट-बूट, चाँदी की मूठवाली लाठी, सोने के बटन, उनमें से एक बटन से जुड़ी जेब की घड़ी की जंजीर। बगल में टेबल पर किताबों का ढेर। रोबीला चेहरा।

'एमपीसाहब' का रहन-सहन इससे बिलकुल विपरीत—सादा। यानी हरदम सिर पर गांधी टोपी, नेहरू शर्ट, तिलक अँगोछा और यशवंतराव चव्हाण धोती। कई सालों तक कड़ी धूप में बारानी काम करने की वजह से हमेशा झुलसा चेहरा और कई बार सत्याग्रहों के कारण कारावास। इसलिए वे रोबदार दिखने का प्रयास भी नहीं करते। मराठी कक्षा चौथी तक पढ़े-लिखे इसके बावजूद विनोबा, गांधीजी, नेहरू, लोहिया, शंकरराव देव वगैरा बड़े-बड़े नेताओं के साथ जेल में रहने के कारण प्रखर राष्ट्रवादी, अहिंसक और बुद्धिवादी। हमारे पिताजी के प्रेरणास्त्रोत। उनकी ऐनक के बड़े-बड़े शीशे मानो अपने निर्धारित आदर्शों के अलावा और कुछ भी न देखने की वृत्ति दर्शाते।

'एमपीसाहब' अपनी अशिक्षित, देहाती छवि का लाभ उठाने में माहिर थे। हमें संस्कृत पढ़ानेवाली जोशी मैडम वर्णाश्रम धर्म की कट्टर समर्थक थीं, उनके बारे में वे कहते : लोकसभा में जनसंघ के दो सांसद हमारे साथ चिड़ियों जैसे बैठे होते हैं। फिर भी हमारी विदूषिका मैडम कहती हैं कि कभी-न-कभी हमारी हिंदुत्ववादी सरकार सत्ता में आएगी। हॉ हॉ हॉ।...अंग्रेजी के प्राध्यापक देहाती बच्चों की अंग्रेजी सुधारने के लिए मेहनत नहीं करते, उल्टे झूठी शिकायत करते हैं कि, *वी वर्क हार्ड...या हार्डली जी?* एक के बारे में वे बस इतना ही कहते कि वह *अंग्रेजी में जबान हिलाता है।* अर्थशास्त्र के एक प्राध्यापक का अमेरिका द्वारा भारत की सहायता विषय पर व्याख्यान सुनने के बाद 'एमपीसाहब' बोले, अंग्रेजी में क्या चूँ चूँ कर रहा था वो? *हंड्रेड थाऊजंड, मिलियन डॉलर और इतने मेट्रिक टन*—कितने होते हैं रुपयों में? जब इसकी समझ में यह नहीं आता कि बच्चों को इसमें कुछ समझ में आता भी है या नहीं, तो फिर मूल अवधारणा को भी ये कहाँ तक समझ पाया होगा?

तो ये 'एमपीसाहब' मोरगाँव में हमारे घर आए और मेरे हाथ से ठंडे पानी का लोटा ऊपर से ही अपने मुँह में खाली कर बोले, हमारे ही कॉलेज में आना जून से। अनुमति मिल गई है। पढ़-लिखकर संस्था का, अपने इलाके का नाम रोशन करनेवाला

बड़ा आदमी बनना। मतलब, ऐसा कहा जाना चाहिए कि फलाँ फलाँ खंडेराव नाम का इनसान *यहाँ हुआ करता था,* क्यों।

मुझे हुआ करता था बनने के लिए क्या करना चाहिए? मतलब चार साल केवल *बड़ा आदमी बनने के लिए* ही पढ़ना है?

इसके बाद मोरगाँव में दो–तीन महीने से चल रही हमारी अगली शिक्षा की बहस थम गई। ग्रामीण जनता को उच्च शिक्षा का अमृत चखाने के सुप्रयोजन से प्रेरित नेताओं ने अपनी *सतपुड़ा शिक्षा संस्था* के फैजपुर ग्रामीण महाविद्यालय के लिए यह प्रस्ताव ही पास कर लिया कि आसपास के इलाके के प्रत्येक घर से एक लड़का महाविद्यालय में भेजा ही जाना चाहिए। हमारे पिताजी भी इस संस्था के प्रवर्तक और बाद में कोषाध्यक्ष थे। इस कारण भावड़ू ने भी मेरा साहस बँधाया : खंड्डू, मेरे समय के हालात अलग थे। अब मैं अकेला खेती सँभालूँगा। फिलहाल तू इस ग्रामीण कॉलेज में अपना एक साल पूरा कर ले, फिर अगले साल कुछ–न–कुछ तरकीब सोचकर मुंबई में तबादला करवा लेंगे। यों भी पहले साल कॉलेज में कुछ पढ़ाते–वढ़ाते तो हैं नहीं। परीक्षा भी नहीं होती है। तुम जैसे पढ़ाकू छात्र को क्या फर्क पड़ेगा, कहीं भी दाखिला लिया जाए?

वाकई, कुछ भी तो नहीं बिगड़ा। जो होता है वह अच्छे के लिए ही होता है। मान लो, आप किसी अन्य सड़क से चले जाते हैं, तो अलग पेड़, अलग मोड़ आते है, और, और भी बहुत कुछ। और हमेशा मेरे सपने में आनेवाली ये जगमगाती फाल्गुनी चाँदनी रात। चाँदी जैसी सड़क पर साइकिल ठेलता हुआ मैं अकेला मोरगाँव आ रहा हूँ। भूत जैसा। कभी बरसात में भीगते, कभी अँधियारी रात में बीच के नाले में घोड़े की तरह साइकिल घुसाकर उस पार उतरना। लाइब्रेरी के चपरासी ने मेरे सिर के ऊपर का बल्ब ही बुझा दिया। इस कारण चार्वाक की बातों को किताब में वैसे ही मोड़कर मैं अकेला कॉलेज के गोदामों से सड़क की ओर साइकिल दौड़ाता आ रहा हूँ।

मान लो, उसी समय कॉलेज में सायन्स फैकल्टी शुरू हो जाती और मैं सायन्स की ओर गया होता, अथवा दो साल बाद शुरू हुआ मनोविज्ञान विषय मैंने ले लिया होता, या मान लो, इतिहास के भावे सर इधर आते ही नहीं, तो क्या फर्क पड़ता? इसका कभी कोई जवाब नहीं होता है। सपने में हम कुछ भयानक गुत्थी सुलझाना चाहते हैं, लेकिन वह और भी ज्यादा उलझती जाती है और हम सपने के किनारे डुबकियाँ लगाते रहते हैं। सुषुप्ति के दह पैर खींचते रहते हैं। चार सालों के बीच से यही चाँदनी राह हमें आड़ी–तिरछी आगे ले जा रही है। *गाँठ खुल नहीं रही, रामा गुत्थी सुलझ नहीं रही।* बरगद की घनी अँधियारी छाँव से पुनः विलोभनीय चाँदनी में।

उस साल हम सात–आठ छात्र अच्छे अंक प्राप्त कर मैट्रिक पास हुए और इस एहसास से सारे मोरगाँव में हड़कंप मच गया कि अब हम बदलनेवाले हैं। इन बच्चों को उच्च शिक्षा के लिए तो भेजना ही चाहिए, लेकिन कहाँ? किसे पता? इस

कारण गाँव के डींगमारे-शेखीबघारे लोगों को मारूती चबूतरे की अकादमी में चर्चा का काफी अवसर मिला। भावडू की तरह मुझे भी खेती में जोतने का पिताजी का षड्यंत्र विफल करने के लिए मैंने कमर कस ली। खेती के बारे में मेरा मत अच्छा नहीं था। इसके अलावा मैं भावडू जैसा सीधा-सादा, गरीब भी नहीं हूँ। पिताजी हम दोनों की पीठ पर हाथ फेरकर कहते : ये हमारी झीबू-ढबू की जोड़ी है। लेकिन बी.ए. पास होने पर मैंने तलवार ही खींच ली कि मुझे आगे पढ़ना है, वरना मैं घर छोड़कर भाग जाऊँगा। पिताजी को मेरी वजह से नींद नहीं आ रही थी, जिसके लिए अब बुरा लगता है। लेकिन ये चार साल किसी भयानक सपने की भाँति गुजर ही गए। पिताजी द्वारा कहे गए खेती के काम रोज ना-नुकुर कर जैसे-तैसे निबटाना और यथासंभव अध्ययन, पठन और रात में जागना। जहाँ तक संभव हो घर को छोड़ कॉलेज में, भावे सर के बरामदे में उनकी किताबें पढ़ते रहना। शाम को लाइब्रेरी बंद होने तक सपने की तरह कॉलेज के गोदामों के बीच से साइकिल पर। टावर पर पौने तीन बजे हुए...।

एक बार अकादमी में डींगमारे देशमुख बोल रहा था, बच्चों को पढ़ने के लिए कहीं भी भेजो, पर मुंबई-पुणे नहीं। वेश्या का लावण्य बहुत खतरनाक। वहाँ हमारे बच्चे बरबाद हो जाते हैं।

लेकिन उधर तो बच्चे पेपर बेचकर भी पढ़ते हैं। और सुना है, मुन्सीपालिटी की लाइटों के नीचे ज्यादा अच्छी पढ़ाई होती है। यहाँ देहात के ढिबरी और लालटेन से ठीक से दिखाई भी नहीं देता? कौन बढ़ेगा आगे देहात से?

फिर भी मुंबई-पुणे में जाकर बरबाद हुए हमारे इलाके के कई लड़कों के नाम-पते समेत कई उदाहरण डींगमारे के पास थे। इस पर शेखीबघारे पाटील का कहना था कि शहर में पढ़-लिखकर ये बच्चे अस्तित्ववादी हो जाते हैं।...मतलब?...मतलब क्या पता? लेकिन सुना है, जब 'न इधर के रहे न उधर के' वाली स्थिति हो जाती है, तो अस्तित्ववाद होता है। ऐसे पढ़े-लिखे बच्चे, विशेषतः अपने माँ-बाप से कहते हैं, बैठे-ठाले खाने को दो। ..क्यों? तो वे कहते हैं कि आपने ही हमें पैदा किया है न? क्या पैदा करने के लिए आपने हमारी इजाजत ली थी?

मुझ जैसा तो कहेगा, माँ के जनो, साले अस्तित्ववादियो, तुम्हारी गाँड पर लात लगाने के लिए पैदा किया है। हाँ। हमारा छोकरा भी आजकल उस पाटील के छोकरों के साथ गोटबस्तीवाले लोटू के ठेले पर रेडियो सिलोन का *बिनाका* सुनता है, रात के नौ-दस बजे तक। और उनकी गप्पें भी कैसी, तो नूरजहाँ और मुबारक बेगम, सुरैया, बर्मन और सी. रामचंद्र—पता नहीं कहाँ के बौड़म लोग हैं ये। और काम को तो हाथ भी नहीं लगाता। माँ का जना।

सुना है, उधर सेवाग्राम ने बिना धुएँ के चूल्हे बनाए हैं।...अच्छा? इधर कब आएँगे?...कब आएँगे मतलब? उनमें पैर थोड़े ही लगे हैं कि आपके घर आएँगे

अपने आप चलकर? जाकर ले आओ। चूल्हा फूँकते-फूँकते हमारी स्त्री की आँखें चली गईं, उसकी माँ की। दिखाई नहीं देता उसे।...रामभाऊ, भौजाई को भले ही दिखाई न दे, तुम्हें तो दिखाई देता है न, काफी है। खी खी खीऽ।

वर्धा में नई तालीम शुरू हो गई है, गांधीजी की। विनोबा बोले कि आजकल हाथ और दिमाग में तलाक ही हो गया है।...हॅं हॅं, वो कुछ सही नहीं। कम्बल बुनो और तकली पर पूनी पकड़कर बैठो। हमारे धनगर ज्यादा बेहतर सिखाएँगे ये बातें। उसमें क्या सीखना है, धतूरा?...खिरोदा में छह महीनों का प्राइमरी टीचर का कोर्स शुरू हुआ है, नौकरी की सौ फीसदी गारंटी। रामचंद्र मास्टर कहते हैं, प्राइमरी टीचर ही ज्यादा समाजसेवा करता है। राष्ट्र को उसी की जरूरत है। इन गरीब महार-मातंगों को, भील-पावरा लोगों को कौन पढ़ाएगा? शिक्षा शहरी मुफ्तखोर बनने के लिए थोड़े ही है?...ये देखिए, हमारे बुद्धिमान युवकों को मुंबई जाएँ, इंग्लैंड जाएँ, बड़ी-बड़ी उपाधियाँ प्राप्त करें, यह समझाने की बजाय ये मास्टर देहात में प्राइमरी टीचर बनकर बारहखड़ी पढ़ाने को कहता है, बेवकूफ।...अरे लेकिन राष्ट्र को जरूरत किस चीज की है?...क्या राष्ट्र राष्ट्र लगा रखा है जी? होता कहाँ है ये राष्ट्र, लाइए तो एक बार सामने? यूँ ही कल्पनाएँ हैं।...मतलब? भारत राष्ट्र नहीं है?...उसका होना क्या और न होना क्या, इससे हमें क्या फर्क पड़ता है?

पूर्व सहपाठी रघु नायक उस समय एक दर्जी के पास टेलरिंग का काम सीख रहा था। बोला, देहात में रहना मतलब कैसा—इस सिलाई मशीन के जैसा। चाहे जितने जोर से पैर चलाओ, सुई जहाँ-की-तहाँ, ऊपर नीचे—और खास बात ये कि हम भी जहाँ-के-तहाँ—हॉ हॉ, दे ताली।

इसी दरमियान पंडित मामा मुंबई का चक्कर लगा गए। उन्होंने पिताजी और मेरे बीच की अनबन देखकर सलाह दी कि खंडेराव अभी-अभी स्कूल से बाहर निकला चूजा है। खेती के लिए एक लड़का भावडू पर्याप्त है। इसे पढ़ने दीजिए, क्योंकि शिक्षा से इनसान के दिमाग में उजाला होता है। अब सरकार ने हरित क्रांति का नारा दिया है। पंचवर्षीय योजनाओं से खेती में काफी फर्क आएगा। खेती तो पढ़ाई पूरी हो जाने के बाद भी की जा सकती है। अब नए बीज आएँगे, एक टमाटर के पौधे में डेढ़-सौ टमाटर लगेंगे। आगे चलकर बढ़िया खेती और गौण नौकरी की स्थिति बन जाएगी। इसके बाद एक-डेढ़ बीघावाले किसान तो भिखारी ही होनेवाले हैं। आप जैसे सौ-डेढ़ सौ बीघेवाले किसान देश में एक प्रतिशत हैं। उनके बहुत अच्छे दिन आएँगे। इसे एग्रीकल्चर कॉलेज में पढ़ाइए।

लेकिन मुझे इस पर बिलकुल यकीन नहीं हो रहा था, और डेढ़-सौ टमाटरवाले एग्रीकल्चर कॉलेज में तो मुझे बिलकुल भी रुचि नहीं थी।

तब उन्होंने बायड़ी के पति राकेश के कारनामे सुनाए, जो मुंबई में पुलिस अफसर है : आजकल ईमानदारी से कोई भी नौकरी नहीं की जा सकती। उसे देखिए—इन्स्पेक्टर की पोस्ट पाने के लिए उसने पचास हजार रुपए मुख्यमंत्री को

दिए हैं, चुपचाप। अब ये पैसे वो कैसे वसूल रहा है, देखो। एक औरत फ्लैट में चकलाघर चला रही थी। पास-पड़ोस के लोगों ने शिकायत की, लेकिन हमारे इस सज्जन इन्स्पेक्टर राकेश ने उस औरत से पैसे लेकर पड़ोसियों को ही धमकाया। दूध की थैलियों में गंदे पानी की मिलावट करनेवाले आंध्र के झुग्गीवालों को पकड़ने के लिए इसे भेजा, तो इसने उन लोगों से पैसे खाकर रिपोर्ट दी कि वहाँ कोई नहीं मिला। ऐसे उल्टे-सीधे धंधे नहीं चाहिए बाबा हमें। खंडेराव, ये दुनिया बहुत भयानक है। धर्म, नीति, इन्सानियत भी नहीं रही अब। सौभाग्य से तुम्हारे घर में सब कुछ है, सोच-समझकर कदम बढ़ाना। शहर की नौकरी मतलब खजूर के पेड़ की छाँव। अभी से रास्ते बदलते हैं। मेरी बात मान, अच्छे-से खेती कर। शहर में बच्चे बहुत बर्बर होते जा रहे हैं—शराब, गाँजा, चरस, मारकाट, कत्ल—छी:।

लेकिन जाते-जाते वे बोले : इनसान को जो अपने हित का लगे, वही करना चाहिए। पिता के लिए, समाज के लिए कुछ करने की सोचना, आखिरकार गलत हो जाता है। गांधीजी की तरह अंदर की आवाज सुनकर ही, जो करना है सो करना।

इससे मेरा उत्साह बढ़ा। *अंधी निष्ठा से एकाग्र होकर और ततैया बनकर सीधी राह से जिदपूर्वक मधु जमा करते रहना*—मामा, एडवोकेट मुंबई हाइकोर्ट। मेरी बही के आखिरी पन्ने पर उक्ति जैसा यह वाक्य लिखा हुआ है। और कुछ दिनों बाद लिखा एक और वाक्य उसके नीचे है : *जिस तरह माँ-बाप बच्चों के लिए एक सवाल होते हैं, वैसे ही अध्यापक भी छात्रों के लिए एक सवाल होते हैं।*—खंडेराव। एफ.वाय.बी.ए., सतपुड़ा शिक्षण संस्था का क., वि. और वा. महाविद्यालय।

ग्रिफिथ नामक एक अंग्रेज सज्जन की *दि मैनचेस्टर जिनिंग ऑण्ड प्रेसिंग वर्क्स* नाम से फैजपुर गाँव के बाहर रेल तक फैली कपास की एक बड़ी जिन थी। ये अकेले रहनेवाले सज्जन रेशम-सी बालोंवाली अपनी वेल्श कॉली जाति की प्यारी-सी कुतिया की गर्दन को तीन बार थपथपाकर हमेशा की तरह मुंबई गए; परंतु हमेशा की तरह तीसरे दिन वापस नहीं लौटे। तब से यह कुतिया दो महीनों तक खाना-पीना छोड़ बंगले के दरवाजे में ही मालिक की राह देखती बैठी रही। किसी को अंदर भी घुसने नहीं देती थी। आखिरकार उसने भी वहीं दरवाजे पर दम तोड़ दिया। गाँव के लोग कहते हैं, ऐसे कुत्तों के कारण ही साहब ने सारी दुनिया में अंग्रेजी साम्राज्य फैलाया है। उधर ग्रिफिथ साहब को मुंबई से तत्काल उधर-के-उधर लंदन जाना पड़ा था, क्योंकि उधर जर्मन हमले के कारण उनके *बैंक ऑफ मैनचेस्टर* के डूब जाने की खबरें आई थीं। बाद में रास्ते में ही वह हार्ट अटैक से मर गया और समुद्र में ही उसका क़ाफिन डुबोया गया। तब से मैनचेस्टर कपड़ा मिल को कपास की गाँठें मुहैया करनेवाली उसकी ये जिन भी बंद थी।

'एमपीसाहब' ने दिल्ली में काफी मशक्कत करके यह लावारिस जगह संस्था के नाम करवा ली। फिर जल्दी से कॉलेज की मंजूरी, प्राचार्य की नियुक्ति, प्राध्यापकों के लिए विज्ञापन, पुराने गोदामों की मरम्मत करवाकर उनमें क्लास, ऑफिस, होस्टल, ग्रंथालय, प्राध्यापकों के लिए क्वार्टर्स वगैरा का काम छह महीनों में निबटाकर जवाहरलाल नेहरू के हाथों कॉलेज का उद्घाटन भी करवा लिया। इन सारे बेजोड़ कारनामों के करण 'एमपीसाहब' की चुनाव में आजीवन चुनकर आते रहने की सुविधाजनक धाक कायम हुई। आगे हजार-एक छात्रों को फीस में माफी के साथ बिना खर्च खाने-पीने का प्रबंध हुआ। होस्टेल की स्थायी समिति को यह अधिकार दिया गया कि वे संस्था की कार्यकारिणी के सदस्य बनाए गए बड़े किसानों के खलिहानों से पाँच-दस बोरे अनाज उठा लाएँ। धीरे-धीरे आसपास के देहाती लड़के-लड़कियों की समझ में आ गया कि घर पर बैठने की बजाय कॉलेज में ज्यादा मनोरंजन होता है। इस कारण कॉलेज में छात्रों की संख्या का कभी अभाव नहीं रहा। लड़कियों के लिए चारों ओर से दस फीट ऊँचे तट के दो पक्के होस्टेल बनाए गए। सारे इलाके में लोगों की चहल-पहल बढ़ गई। सारे देहातों से यहाँ तक बसों का प्रबंध किया गया। किताबों की, बहियों की दुकानें, ठेले, होटल अपने आप आ गए। खूब रौनक बढ़ी। पहले केवल पुणे-मुंबई के लोगों के नामों के सामने बी.ए., एम.ए. दिखता था। अब यहाँ से बोरे भर-भरकर बी.ए., एम.ए. पैदा होने लगे।

एक बार संस्था को स्थायी संलग्नता देने के लिए विश्वविद्यालय की जाँच कमिटी आई। उन्होंने डरते-डरते एक-दो मुद्दे उपस्थित किए। पहला, प्ले-ग्राऊंड नहीं है। 'एमपीसाहब' बोले, मतलब खेलने की जगह ही न? हम जहाँ खड़े हैं वहाँ से लेकर उन टीलों तक प्ले-ग्राऊंड नहीं है तो और क्या है? रही बात खेल के गेंद, सीटियाँ और बाकी भंगार सामान की, तो अभी मँगवा देते हैं। दूसरा सवाल उठा, फिजिक्स डिपार्टमेंट के पास ऊँचे टावर के नीचे **गेस्ट हाऊस** की तख्ती लगी तीस फीट ऊँची, लंबी-चौड़ी दरारोंवाली कोठी को लेकर। इसे *भूत की कोठी* कहा जाता था। यहाँ पर्मनेंट रहनेवाला भूत-प्रेत बीच-बीच में उधर गाँव में जाकर अचानक किसी को बाधित कर देता। इस कारण कभी-कभी कर्कश आवाज में डफ बजाता, घुँघरुओं की लाठी घुमाता हूँ हूँ कर भुभुआता, सिर धुनता एक भगत, उसके पीछे भूतबाधा से पीड़ित व्यक्ति और दस-बारह औरतें भूत उतारने यहाँ आया करते। इस कोलाहल के कारण फिजिक्स की तासिकाएँ और प्रैक्टिकल बंद करने पड़ते। फिजिक्स के पीछे की यह खंडहर कोठी कई सालों से पुरानी मशीनरी समेत हमेशा के लिए बंद थी।

ग्रिफिथ के जमाने में, गाड़ी-भर धुनी हुई कपास मशीन के एक पिंजड़े जैसे लोहे के चौकोर साँचे में दबा-दबाकर ठूँसी जाती। ठूँसनेवाले फुर्तीले आदमी के बाहर निकल आने पर ऊपर की सीढ़ियों पर बैठा दूसरा आदमी लंबी रस्सी खींचता,

और उधर कहीं इंजन-घर में घंटी बज उठती। उधर से कर्मचारी द्वारा हैंडल दबाते ही हवा के दबाव से यह महाकाय दानवी पिंजड़ा फुस्सऽऽ की आवाज के साथ छहों ओर से बंद हो जाता और चार बाई चार फीट की पत्थर जैसी भारी सख्त गाँठ इस खानदेशी जिन की मुहर के साथ बाहर निकलती। फिर ऐसी हजार गाँठें नजदीकी रेलवे स्टेशन से मुंबई की हार्बर लाइन से गोदी में भेजी जातीं और वहाँ से जहाज द्वारा इंग्लैंड की ओर रवाना हो जातीं।

एक बार धुनी हुई कपास ठूँस-ठूँसकर भरनेवाले आदमी के बाहर निकलने से पहले ही लोहे का साँचा बंद होकर चार बाई चार फीट का बन गया और खून से सनी कपास की गाँठ बाहर निकली। तभी से ये कोठी बंद कर दी गई। बाद में ये गाँठें ले जानेवाले जहाज को जापानी हवाई जहाजों ने डुबो दिया। कंपनी भी बंद हो गई। लोगों को याद है कि भूत बने उस गरीब फुर्तीले आदमी की शोकाकुल स्त्री ने उस समय हाथ-पैर झाड़ते हुए जिन के मालिक को तीन शाप दिए थे। पहला शाप—तू पैर झाड़-झाड़कर मरेगा, एकदम सच हुआ। इस जिन का मालिक ग्रिफिथ दिवालिया होकर लंदन की ओर जाते समय रास्ते में ही मर गया। दूसरा शाप—आग लगे उस लंदन में, ये भी हिटलर के हवाई जहाजों ने सच कर दिखाया। तीसरा शाप था, उसकी बीवी भी मेरी तरह बेसहारा होकर दूसरे के घर में मर जाए।

संस्था के ध्यान में यह बात आई कि प्राध्यापकों के विज्ञापन देकर भी कोई खास फायदा नहीं होता है, बल्कि विश्वविद्यालय के नियम के तहत खराब लोग ही भर्ती करने पड़ते हैं। पहली बात, रिश्तेदारों को खबर लग जाती है, और वे सभी ओर से सुरंग लगाकर गले आ पड़ते हैं और हमारी हिंदू जाति-जनजाति की गाँव-परिवार की रिश्तेदारी के झंझटों के कारण उन्हें दुत्कारना दूभर हो जाता है। मसलन, हिंदी का एक तोतला लेक्चरर इसी तरह विश्वविद्यालय के नियमानुसार घुस गया था। सभी को यह मान्य था कि कम-से-कम लेक्चरर तो तोतला न हो, फिर भी उसे भर्ती किया गया था, क्योंकि साक्षात्कार के समय होशियारी से वह तोतले वर्णों को टालकर बोल रहा था, इसके अलावा उसने अपने 'एमपीसाहब' के करीबी रिश्तेदार होने और उसे ही लेना तय होने की अफवाएँ फैलाकर अन्य सभी उम्मीदवारों को साक्षात्कार में आने से परावृत्त कर दिया था। इसकी क्लासें मतलब हँसी के फौव्वारे ही समझी जातीं। *साले (सारे) जहाँ से अच्छा*...खी खी...*लाजाधि लाज (राजाधिराज)*...खी खी...खी खी खी...*नग्न (लग्न) होने पर वे अपने माँ-बाप को भूल गए*...खी खी खी।

कुछ प्राध्यापक ऐसे भी थे जिनके कुछ-न-कुछ निजी पूरक धंधे थे और जो अब मुख्य बन बैठे थे। खेती तो सभी की थी। एक की दलाली की दूकान थी, दूसरे की आटे की चक्की थी और तीसरे की तो कॉलेज के पास ही कपड़े की दुकान थी। पर्मानेंट होते ही ये सभी बड़ी-बड़ी पार्टियाँ देते और बाद में क्लास में बस किताब हाथ में पकड़कर खड़े रहते। इसके अलावा तृतीय श्रेणी के चपरासी, सफाईकर्मी,

प्यून वगैरह तो अधिकांशतः पदाधिकारियों के दामाद या भाँजे ही होते। इस कारण वे प्राध्यापक ही नहीं, बल्कि प्राचार्य से भी स्वातंत्र्य, समता और बंधुता जैसे तत्वों के अनुसार बर्ताव करते। चुनाव के मौसम में प्राध्यापकों के साथ ये सब अपने-अपने रिश्तेदार नेता का प्रचार करने के लिए गाँव-गाँव घूमते। क्लास न लेना नियम ही बन गया था। आगे चलकर विरोधी पार्टी के अखबारों ने इन प्राध्यापकों पर फोटो समेत लेख लिखे। 'एमपीसाहब' समेत इन सभी की बड़ी बदनामी हुई। तब कुछ संस्था हितैषी निःस्वार्थ वरिष्ठ प्राध्यापकों ने विवेक की खातिर 'एमपीसाहब' को एक निवेदन प्रस्तुत किया कि ऐसी गतिविधियाँ बंद हों।

'एमपीसाहब' ने प्राचार्य के साथ-साथ इन सभी निःस्वार्थ प्राध्यापकों को भी अपने घर बुलाया और हर प्रश्न पर गंभीरता से चर्चा की। फिर कहा कि विश्वविद्यालय के नियमानुसार विज्ञापन तो देना ही पड़ेगा? बुरा मत मानिए, लेकिन साफ-साफ बताइए, क्या हमारे इलाके में या पूरे महाराष्ट्र में भी अपने विषय में सोलह आने विद्वत्ता धारण करनेवाला कोई इनसान है? चौदह आने? कम-से-कम बारह आने? आठ आने स्कॉलर होंगे भी, लेकिन वे बड़े-बड़े शहरों की नामचीन संस्थाओं में ही जाना चाहते हैं, चाहे वेतन वहाँ कम ही क्यों न हो। ये मास एज्युकेशन नहीं तो और क्या है? अच्छी बौद्धिक उन्नति बुद्धिमान लोगों के कारण साध्य होती है या सामाजिक परिस्थिति और बौद्धिक प्रयोगशीलता की अनुकूलता से? क्या हमारे ग्रामीण कृषिप्रधान समाज में बौद्धिक उन्नति का अवसर है? नई-नई कल्पनाओं को अवसर प्रदान करने के लिए क्या इन गाँव-देहात के वर्तमान ढाँचे को कमजोर करना आवश्यक नहीं है? इसके लिए क्या यहीं के इनसानों को तैयार करना जरूरी नहीं है? मान लो यदि हमने आइंस्टाइन को यहाँ फिजिक्स पढ़ाने के लिए नियुक्त किया, तो कुछ फर्क पड़ेगा? और वो आएगा यहाँ पढ़ाने?

वरिष्ठ प्राध्यापक कोई जवाब नहीं दे पाए। लेकिन एक प्राध्यापक बोले, हम कम-से-कम चार आना स्कॉलर प्राध्यापक तो ले ही सकते हैं? 'एमपीसाहब' को यह सुझाव ठीक लगा, क्योंकि सौभाग्य से उसी दिन एक प्राध्यापक ने प्राचार्य को छुट्टी की अर्जी दी थी। उसमें उसने गलत स्पेलिंग में लिखा था कि शादी के लिए 'मार्शल' लीव दें। इससे अच्छा आदमी हमें आराम से मिल सकता है, वगैरा की चर्चा के बाद 'एमपीसाहब' ने अपनी सहमति जताई कि ऐसे प्राध्यापक आदमी कहीं मिल जाएँ, जो हमारी संस्था के लिए भूषण बन सकें, तो उन्हें निमंत्रित कर विधिवत् अधिक वेतनवृद्धि देकर अवश्य नियुक्त किया जाए।

इस तरह की निमंत्रित नियुक्तियों में से एक थे हमारे पसंदीदा इतिहास के सर डॉ. शशि भावे। वे साल-भर से सस्पेंडावस्था में अत्यंत अपमान और विपन्नावस्था में पुणे की अलग-अलग संस्थाओं के साथ अकेले संघर्ष कर रहे थे। 'एमपीसाहब' ने

उनसे प्रत्यक्ष मिलकर उन्हें दो वेतनवृद्धियाँ और मुफ्त में निवास देने का वादा कर नियुक्त कर लिया। पुणे में बड़े इतिहास अनुसंधाता के रूप में विख्यात, विवाहित होकर भी ब्रह्मचारी रहनेवाले, एक के बाद एक मन्नथ बाधाओं के कारण अलग-अलग संस्थाओं की छात्राओं के साथ अनुचित व्यवहार करते पाए जाने के कारण वे तीन बार आधे वेतन पर निलंबित हुए थे। तीसरा ब्याह करने के लिए बाकायदा मुसलमान बने ये कवि प्राध्यापक केवल इस बात के लिए भी हमारी जिज्ञासा का विषय थे। पुणे की सड़ी-गली हिंदू नैतिकता में दम घुटने के बाद कठिन परिस्थितियों में सहारा देनेवाली हमारी *सतपुड़ा शिक्षण संस्था* का ऋण उन्होंने आजीवन माना। कॉलेज में साफ और मुँहतोड़ आलोचना-संस्कृति को उन्होंने ही बढ़ावा दिया। मुख्य बात, हम छात्रों के लिए उन्होंने दिन-रात मेहनत की। प्राचीन इतिहास के बारे में उन्होंने हम में दीवानगी भर दी। उन्होंने हमें यह देखने की दृष्टि प्रदान की कि प्रत्येक बात के पीछे इतिहास होता ही है। अपने स्वागत समारोह में वे बोले, इतिहास में आगे जाना मतलब पीछे जाना, इतिहास के भी पीछे, इतिहासपूर्व काल के भी पीछे, प्रागैतिहास के भी पीछे पुरातत्व तक इतिहास की पहुँच होती है।

'एमपीसाहब' अपनी नीतिपरायणता के लिए विख्यात थे। भावे सर के विरोधियों ने कई तिकड़में लड़ाईं ताकि उन्हें पर्मानेंट न किया जाए। संयोग से इसी समय कॉलेज से किसी ने 'एमपीसाहब' को पुणे की ओर प्रकाशित पीले अखबार का एक अंक पढ़ने को दिया। जिसमें *चस्का-ए-शादी* शीर्षक के नीचे भावे सर का पुराना सुन्दर फोटो छपा था और *प्रेम अध्याय संख्या 3: क्रमश:* जैसे उपशीर्षकों के नीचे पूरा पन्ना भरकर रस-भरा विवरण दिया गया था कि :

> खराब कवियों को यकीनन काम-स्फूर्ति देनेवाली स्त्रियाँ ही इस फिल्मी हीरो जैसे दिखनेवाले विद्वान प्राध्यापक की गगनभेदी विशेषता हैं। देखिए इनकी उसी दरमियान प्रकाशित 'चंट' शीर्षक अश्लील कविता। नमूने के तौर पर उसकी यह एक ही पंक्ति पढ़ें : *आलिंगन दे लिंग न दे री न दे न दे दे री गलचुंबन।* इस तरह अक्षर छल करनेवाले ये प्राध्यापक स्वयं पर रीझी हुई कोमल-हृदया एक छात्रा के ठेठ घर जाकर बोले, प्रिये, यदि कल संध्या तक तूने मुझसे विवाह करने का निश्चय न किया, तो परसो सुबह तक यह तुम्हारा दास खुदकुशी कर चुका होगा।
>
> अपने पसंदीदा सर यों कुर्बान हो जाएँ—यह उसे कृतघ्नता लगी होगी कहिए, या तब तक उसे अपने ऊपर जान कुर्बान करनेवाला कोई पुरुष नहीं मिला होगा इसलिए कहिए, समाचारपत्र की सूचना के अनुसार उस सुबह ये दोनों एक लॉज में आनंद मनाते हुए घटनास्थल पर पुलिस द्वारा बरामद हुए। यह शादी इन्होंने कैसे की? पूर्व विवाहित दो पत्नियाँ होने के बावजूद ये तीसरी कर पाने के लिए क्या इन्होंने खतना करवा ली थी? या कारावास टालने के लिए... ? पढ़िए अगला अंक: **(प्रेम) अध्याय—4**

यह पढ़कर 'एमपीसाहब' बोले, संस्था का हित महत्वपूर्ण है। स्वयं विश्वामित्र को भी जिस बात से बचना संभव नहीं हुआ, उससे हमारे भावे सर कैसे बचेंगे? अखबार भरने के लिए कुछ-न-कुछ मसाला तो चाहिए न।

कई सालों से *आधुनिक मराठी कविता में प्रेम* विषय पर पी-एच.डी. करनेवाले मराठी के प्रा. बलीराम कुलकर्णी को भावे सर बता रहे थे, कि प्रेम में गिरफ्तार होना बहुत आसान है। मराठी के सर बोले, यही तो है आधुनिक मराठी कविता की पहली स्थिति। उदाहरणार्थ, केशवसुत, तांबे, कविराज चंद्रशेखर :

मम प्रणयभानु प्रखर उसी पल हुआ
मनोघन झर झर झरने लगा।

अथवा

काले-काले विशाल केश बलखाते उसके नितंब पर।

इसके बाद अपने प्रेम में दूसरे को गिरफ्तार करना, बहुत मुश्किल। मराठी कविता की यह दूसरी स्थिति। उदाहरणार्थ, मर्ढ़ेकर:

आँखों के अनार का
बताओ पकड़ें कैसे पारा?

लेकिन तीसरी स्थिति इससे भी कठिन, यानी कोई हमसे प्रेम करना चाहे तो उसे परावृत्त करना। अरुण कोल्हटकर देखिए :

मेरी आँखों के छली झंखाड़ों से
नरमांसभक्षक
आँसुओं ने लगाई छलाँगें
और तुम्हारे इर्द-गिर्द डाला घेरा।

तब खंडेराव सोचने लगा, फिलहाल अपनी स्थिति कौन-सी है? हृदय तो ईमानदार ही होता है, धोखा दे जाती है बुद्धि। उम्र के अनुसार दुनिया की ओर देखने का दर्शकबिंदु ऊँचा होता जाता है। रतिमनोरथत्कंठावर्धक स्कूल की :

वह दहवाली हरखू के गाने के दह की हरखू...

बाद में चित्तक्षोभी टेसुओं के बन की :

सरीखे हुए पराए हुए गम में गुम हो गए।

भावे सर ने हमारे चुलबुले स्वभाव के कारण हमारे पीछे कुछ-न-कुछ काम लगा दिए थे। इस ऐतिहासिक बखर ग्रंथ में आए, पर मराठी न लगनेवाले शब्द अलग से छाँटकर लिखो। उसे तुम्हारे नाम से हम आगे *इतिहास पत्रिका* में छापेंगे। खंडेराव, तुम्हारे घर के पीछेवाली बावड़ी में मिले पुराने हथियार हम इतिहास विभाग में लाकर रखेंगे। मैं कल किराए की जीप लेकर आता हूँ। तुम रसायन विज्ञान विभाग के पाटील सर से पता लगाकर रखो कि किन धातुओं को किस तरह पानी में जंग लग जाती है। नोट्स निकालकर रखना, आगे चलकर काम आएँगे। अपने पूर्वजों

की जानकारी गाँव के बूढ़े लोगों से प्राप्त करना। हम एक लेख बनाएँगे। तुम्हारे गाँव में पुराने ऐतिहासिक पत्र, सनदें पड़ी होंगी। जमा करते रहो : कागज का साधारण-सा टुकड़ा, पत्थर की झिल्ली बड़ी-बड़ी बातें बयान करते हैं। अपने गाँव में इस्तेमाल किए जानेवाले मुहावरों, कहावतों वगैरा का मूल ढूँढ़ निकालो। थोड़ी देर पहले तूने किसी से कहा न कि *केसोबुवाजैसा* मत बैठ। कौन है यह केशवबुवा—ढूँढ़ निकालो। *इंद्रायनी* जैसी फों करके मत बैठना—ये तो ग्रेट ही है। इस तरह पैर फैलाकर बैठनेवाली ये स्त्री कौन थी, कब हुई थी ?

इसके अलावा हर रविवार या छुट्टी के दिन हम तीन-चार छात्र सर के साथ उनके खर्च से घूमते रहते। खानदेश की पुराने ऐतिहासिक जगहें देखना, अजंता पठार के पुराने गाँव छानना, मंदिर के शिलालेख ढूँढ़ना, पुरानी पोथियाँ, बर्तन, सिक्के, रद्दी-कबाड़ से ढूँढ़कर लाना। कुछ गाँवों की गोटबस्ती में पड़ी दो-तीन लावारिस शिल्पाकृतियाँ, मैथुनशिल्प भी हमने अपने विभाग के बरामदे में बड़े गर्व के साथ लाकर रखे। इसमें नीचे मैथुन करते दिखाए गए गधे का एक शिलालेख आगे चलकर विवादास्पद हुआ। कॉलेज द्वारा हमारे विभाग को दिए गए एक गोदाम जैसे म्यूजियम में इन सारी वस्तुओं को तीन-तीन रजिस्टरों में दर्ज करना पड़ता था। ये दर्ज करने की पद्धति भी इसी कारण हमें मालूम हुई। बी.ए. होने के तुरंत बाद इसी कारण हमारे सहपाठी और मैं टूरिज्म में बतौर गाइड भर्ती हुए। इन चार सालों में हमारे द्वारा देखे गए स्थल मतलब खेती के ऊबाऊ काम टालने का सुनहरा अवसर। घरवालों ने धीरे-धीरे हमारा खयाल छोड़ दिया। उनकी दृष्टि में बनी हमारी यह प्रतिमा कि बच्चे बरबाद हो गए, हमारे काम आई। लेकिन इन कामों से पीछा भी नहीं छूट रहा था। चारों साल खेती के काम और ज्ञानार्जन—की रस्सी पर चलने जैसे करतब करते-करते ही यह खंडेराव बी.ए. हुआ।

भावे सर का छोटा-सा चार-साढ़े चार हजार स्क्वेयर फीट का गोदाम, जिसे भीतर से घर जैसा बनाकर उन्हें निवास के लिए दिया गया था, हमारे लिए धीरे-धीरे गुरुकुल जैसा बन गया। चत्रुभुज दुर्योधन तो वहीं बरामदे में सो जाता। सर के छोटे-मोटे काम, झाड़ू-कटका वगैरह कर खुशी से रहता। गोदाम के चारों ओर लकड़ी से बने रिफों के बरामदे—उनमें इस छोर से उस छोर तक और नीचे से लेकर छत तक दीवार पर लकड़ियों की तख्तियाँ ठोंककर किताबें वगैरा रखने की सुविधा भी चतुर बढ़ई ने करवा दी थी, क्योंकि जितने दिन उसका काम बढ़ता, उतने दिन उसकी मजदूरी बढ़ती। वैसे भी बेचारों को गाँव में काम नहीं मिलता था। ट्रक भरकर लाई गई भावे सर की किताबें, कई प्रकार के कोश, डिक्शनरियाँ, जर्नलों के गट्ठर, दस्तावेज, जाने कहाँ-कहाँ से प्राप्त किए मोड़ी लिपि की पुरानी पांडुलिपियों के लाल चीथड़ों के आवरण—गोदाम भर गया।

ज्ञान का यह स्वरूप देखकर हम किसानों के बच्चों को लगता—साल-भर ढोर-मेहनत करते-करते कीचड़ में पैर गंदे करने, सर्दी-गर्मी में खटने, बैल-भैंस-

गाड़ी–हल वगैरा झंझट पालकर फिर बरसात की राह देखते–देखते जिंदगी गुजार देने की अपेक्षा क्यों न हम भी ऐसा ही क्षेत्र चुनें? खंडेराव, ठीक से सोच लो।

कोई सर से पूछता, क्यों जी, ये लाल कपड़े में बँधा पड़ा अनुसंधान कब पूरा करेंगे? सर कहते, ये तो वैसी बात हुई जैसे...मोरोपंत की आर्या छंद की पहली पंक्ति आसानी से रची जाती है। दूसरी पंक्ति यमक मिलने तक वैसी ही अधूरी रह जाती है—इस कारण पहली पंक्ति भी जुगनू की भाँति गुह्यांग चमकाती पड़ी रहती है। मिलेगा कभी–न–कभी हमारी जिंदगी का यमक। फिलहाल तो मुक्तछंद से ही काम चलाएँगे।

यह अवसर भी महीने–भर बाद तुरंत आया : कक्षा की एक लड़की अंग्रेजी की पढ़ाई करनेवाले लड़के के साथ बैठकर हमेशा कुछ–न–कुछ अनुवाद करती रहती थी। धीरे–धीरे उनकी मित्रता का अनुवाद प्यार में हो गया और वह उस लड़के के साथ भाग गई। उसके घरवालों से किसी ने कह दिया कि रजिस्टर–मैरिज की सारी जानकारी उसे भावे सर ने दी थी। चार–पाँच लोगों के साथ उसके काका जब क्रुद्ध नजरों से कॉलेज में आकर सर को ढूँढ़ने लगे, तब उन्हें हमारे विभाग में गधे की आकृतिवाला वह प्राचीन शिलालेख दिखाई दिया, जिसमें खुदा था—*इस दानपत्र में जो परिवर्तन करेगा, उसकी माँ को गधा चोदेगा।* यह कैसी उच्च शिक्षा है, चिल्लाते हुए वे सर को ढूँढ़ते हुए उनके घर पहुँचे। घर में फेंकने के लिए था ही क्या? आखिरकार बरामदे की पोथियों को उन्होंने इधर–उधर फेंका। सर के घर लौटने पर हमने अफसोस जताया। एक ने बताया कि आर्या पूरी हुई :

हंस मुक्ता ले गया किया हो–हल्ला फिर काकाओं ने
भावे संग्रहित मोड़ी ग्रंथ बरबाद कर डाले लोगों ने।

सारे आँगन में फैली पोथियों को जमा कर उन्हें ठीक से लगाते समय मैं बोला, सर, क्या आपका इतने परिश्रम से जुटाया अनुसंधान अब बरबाद हो जाएगा?

बरबाद? देखो खंडेराव, जिंदगी में कोई भी चीज कभी बरबाद नहीं होती—अलबत्ता जिंदगी जरूर बरबाद हो जाती है। बहरहाल, मस्तमौला खुशहाल भावे सर के लकड़ी के तख्तवाले इस गुरुकुल में हम सभी छात्रों को कभी भी आकर पढ़ाई करने की अनुमति थी। कविताओं से उन्हें बेहद लगाव था। वे हमें भी हमेशा कविता–संग्रह पढ़ने के लिए देते थे। नई–नई पत्र–पत्रिकाएँ भी उन्हीं के पास आती थीं। वरना हमारे कॉलेज की लाइब्रेरी में प्रगतिशील विचारों को समर्पित—सर्वव्यापी क्रांति की प्रचारक—जातिसंस्था नष्ट करने में कटिबद्ध—मुखपृष्ठ पर मशाल को ऊँचा उठाए और एक घुटना जरा–सा झुकाए खड़ा क्रांतिदर्शी युवक–दूत—जैसी उबाऊ पत्रिकाएँ ही आती थीं। वहाँ बैठनेवाले पाठक लगातार जम्हाइयाँ दे–देकर पन्ने पलटते दिखाई देते। छिछले मुखपृष्ठों की अथवा स्त्रियों की नंगी तसवीरों के विज्ञापनों से भरी पत्रिकाओं को चंदा न देने का ब्रह्मचर्यरत 'एमपीसाहब' का सख्त आदेश था।

लेकिन एक रविवार को रेक्टर ने होस्टल में रहनेवाले लड़के-लड़कियों के कमरों की तलाशी ली। छापे में डेढ़ मन रद्दी निकली, जिसमें फिल्मी हीरो-हीरोइनों के चित्र, चकलाघर की अश्लील तसवीरें, यौन पीत किताबें—वगैरा स्खलनशील साहित्य पाया गया। उसे बरामद करके 'एमपीसाहब' को सूचित किया गया। इस सदमे से 'एमपीसाहब' बुरी तरह बीमार पड़ गए। *हंस मुक्ता ले गया* की घटनाएँ अपनी इसी संस्था में बढ़नेवाली हैं, जैसे काक संदेश भी 'एमपीसाहब' को लगातार बढ़ते क्रम में मिलने लगे। फालतू आदर्शवाद की सनक में मैंने कहीं यह स्वयंवर का पंडाल तो नहीं सजा रखा है? बुखार में इस तरह बर्राते हुए वे अनिद्रा से तड़पने लगे। तब भावे सर वगैरा चार-पाँच समझदार प्राध्यापक उनके घर गए और अप्रत्यक्ष चर्चा करवाई : उम्र चंचल होती है। प्रकृति के आगे किसका बस चलता है? उधर यूरोप में छोटी उम्र में ही बच्चों को यौन-शिक्षा दी जाती है।...यानी कैसे?...मतलब बायोलजी की—इसी उम्र में लड़कों के अंडकोश में बीज तैयार होते हैं और लड़कियों के गर्भाशय में अंडा, जिसके कारण लड़के-लड़कियों में कामोत्तेजना आ जाती है। अमेरिका में तो स्कूली लड़कियाँ खुलेआम गर्भपात करवाती हैं। हमारी खानदेसी में भी तो कहावत है न कि बेर पकने पर छोरे जमा होंगे ही। अजी ऐसा भी अनुसंधान जारी है कि बड़ी-बड़ी कलाओं का सृजन, सिंफनियाँ, कविताएँ सब कुछ इन बीजांडों के संयोग की प्रेरणा से ही होते हैं। ये छद्मवेशधारी बीजांड चकमा दे-देकर हमें मथते रहते हैं।

इस पश्चिमी पांडित्य पर 'एमपीसाहब' अत्यंत क्रुद्ध हुए। उन्होंने गले की कंठी उतारकर रखी और विनम्रता से सारे प्राध्यापकों को घर से बाहर खदेड़ दिया। धुलिया जेल की स्मृतियाँ याद कर उन्होंने सभी प्राध्यापकों की भर्त्सना भी की कि विनोबा जी ने गीता पर प्रवचन देते समय इस वृत्ति को *स्रोतगामी* कहा था। दरअसल, वारकरी संप्रदाय में दीक्षित 'एमपीसाहब' सत्याग्रही भी थे। यानी हेकड़ी वृत्ति का चरम। इस सद्गुण के कारण ही महात्मा गांधी ने स्वयं इन्हें डांडी सत्याग्रह के दल में सबसे आगे रखा था। रिपोर्ट है कि इनके सिर पर अंग्रेज दारोगा की लाठी टूट गई, लेकिन ये अपनी जगह से टस-से-मस नहीं हुए, वहीं कमर पर हाथ रख क्षुब्ध खड़े देखते रहे।

'एमपीसाहब' ने तुरंत कॉलेज के सभी छात्रों की सभा बुलाई और लंबा-चौड़ा ऊबाऊ तथा बेचैनी भरा भाषण दिया : सिर पर कफन बाँधे हँसते-हँसते फाँसी पर झूल जानेवाली हमारी पीढ़ी के आदर्श युवक कहाँ और फिल्मी नायक-नायिकाओं के चित्र जेब में लेकर घूमनेवाले आप लोग कहाँ?

पीछे फुसफुसाहट...एकबारगी फाँसी पर झूलना हमसे हो जाएगा, लेकिन हँसते-हँसते? रक्त के छिड़काव से यह भूमि सींचकर...बाप रे..

कॉलेज में तुरंत ब्रह्मचर्य की विशेष कक्षाएँ शुरू हुईं। सभी के लिए अनिवार्य। योगासन, प्राकृतिक उपचार, महात्मा गांधी का साहित्य, कॉलेज में नियमित व्यायाम।

होस्टेल के लड़के-लड़कियों का सर्दियों में भी केवल ठंडे पानी से स्नान। बीमार पड़नेवाले छात्रों के लिए गांधी आश्रम के प्राकृतिक चिकित्सा विशेषज्ञों का कॉलेज में ही स्थायी निवास। इसके अलावा साल-भर शाम के सात बजे से लेकर सुबह सात बजे तक होस्टेल में बाहर से ताला। पहरेदार। इस कारण कॉलेज की ख्याति दूर-दूर तक फैल गई। सभी ओर के जागृत अभिभावक बेलबाला जैसी उद्दंड लड़कियों को हमारे कड़ी निगरानीवाले होस्टल में भर्ती करने लगे। आगे चलकर 'एमपीसाहब' को पद्मश्री खिताब प्राप्त हुआ, लेकिन उसी दरमियान संयुक्त महाराष्ट्र का आंदोलन शुरू होने के कारण वे राजनीति से बाहर फेंक दिए गए, क्योंकि उनका मत था कि संयुक्त महाराष्ट्र में जातीयता बढ़ेगी और अल्पसंख्य समुदायों के और भी ज्यादा बुरे दिन आएँगे। फिर तो वे कमर कसकर अपना पूरा समय संस्था में लड़के-लड़कियों के ब्रह्मचर्य की ओर लगाने के लिए आजाद हो गए। लेकिन यह भी स्वीकार करना होगा कि उन तीन सालों के योगासनों से हमारा स्वास्थ्य मजबूत हुआ और आगे जिंदगी-भर हमें ब्रह्मचर्य का लाभ हुआ। ब्रह्मचर्य ही जीवन और वीर्यनाश ही मृत्यु।

प्रश्नपत्र चाहे जितना मुश्किल हो, फिर भी पास होने का विश्वास दिलानेवाली भभूत की पुड़िया जेब में रखने के बावजूद हमारे सहपाठी लोटू नाई को इंटर की परीक्षा में फेल हो जाने का शत-प्रतिशत यकीन हो गया। फिर वह कॉलेज की पढ़ाई ही छोड़ देता है। मैट्रिक में ही गोटबस्ती पर पान का ठेला लगाकर उसने अपना हजामत का पुश्तैनी धंधा नहीं करने का विद्रोह सफल कर दिखाया था। अब वह मुख्य सड़क पर पेट्रोल पंप के सामने एक ढाबेनुमा होटल शुरू कर रहा है। दशहरे के दिन मुहूर्त, सारे सहपाठी इकट्ठा हुए हैं। रघु नायक एक साधारण-सा नाम— *फायू स्टार होटल* सुझाता है। अच्छा लगेगा ये नाम? बहुत अच्छा, बढ़िया। *लोटू 'ज फायू स्टार होटल* की तख्ती बनवाने के लिए डाल दी जाती है लेकिन प्रत्यक्ष में वह *लोटस फायू स्टार* बन गई। दिन में, रात में देर तक गपशप के लिए एक ऐतिहासिक जगह बन गई।

कॉलेज की सड़क पर ही चीनी मिल की कालोनी के पीछे सहपाठी डोंगर रहता था। खड़िया से लकड़ी के दरवाजे पर लिखा **डोंगर इब्रिया मण्यार** दिखाई देते ही मेरा दूर से उसे पुकारना चार साल तक चलता रहा। चूल्हे के आगे जलावन की जगह उकडूँ बैठकर खाना खानेवाला डोंगर मेरी पुकार सुनने पर थाली हाथ में लिए हुए ही दरवाजे में आ जाता। छोटा-सा मिट्टी का बना एक कमरे का मकान। बैठने की जगह सीढ़ी पर। मुझे बिठाकर वह जल्दी-जल्दी तैयार होता और हम फौरन निकल पड़ते। अपने पिता के साथ वह हमेशा चूड़ियाँ बेचने के लिए आसपास के दस-बारह देहातों में बारी-बारी घूमा करते। डोंगर मुझसे कहता, मैं पढ़ रहा हूँ क्योंकि अल्लाह

की मेहर से तेरे जैसा दोस्त मेरी मदद करता है, कोई बात समझ में नहीं आई तो पढ़ाता भी है। लेकिन कई पीढ़ियों से चला आ रहा ये चूड़ियों का धंधा मुझे छोड़ना है। कई पीढ़ियों से *चूड़ियाँ ले लो चूड़ियाँऽ* जैसे फालतू धंधे करते रहने के कारण ही हम जहाँ-के-तहाँ हैं। इसी कारण आसानी से अंग्रेजों के गुलाम बन गए। मैं कहता, अरे डोंगर, खेती का भूत भी ऐसा ही है। तुम्हारे जैसा मैं भी रोज बेचैन होता हूँ। चलो, गन्ने का रस पीकर सर के घर पर ही ट्यूटोरियल लिखेंगे बैठकर।

हम चल पड़ते हैं कि तभी फीकी पड़ी सलवार कमीज पहनी हड़ियल-सी डोंगर की अम्मा हमें जबरदस्ती पानी पिलाती है। घर में देने लायक कुछ और होता ही नहीं, इसलिए उसकी इच्छा होती कि मैं कम-से-कम पानी तो पिऊँ। बचा हुआ पानी दरवाजे के जूही के पौधे पर फेंक हम खिसक जाते हैं। आगे पेट्रोल पंप पर हमारे फेल हुए सहपाठी लोटू के लोटस फायू स्टार ठेला होटल में हमारा हमेशा की तरह परस्पर दुःख की सहभागिता का संवाद चलता। गन्ने का ताजा रस निकालने के लिए बैल को कोल्हू से जोतने तक पुराना सहपाठी लोटू खास हमारे लिए ऊँची आवाज में बैटरी का रेडियो लगाता है और हमें इस दुनिया के उस पार के सपनों की दुनिया में ले जाता है। *साथी न कोई मंजिल...दिया है न कोई महफिल।* खंडिया, क्या इकतारा बजाया है रे *बंबई का बाबू* में?...यावल में लगी है। चलें क्या? लोटू मजाक में कहता है, नो, हमारी वो रातें गुजर गईं। नो नो। इस तरह नौ-दो-ग्यारह होकर रात में सिनेमा देखने के लिए मैं कॉलैज का बेरोजगार छात्र थोड़े ही हूँ?

चल डोंगर, हम दोनों चुपचाप पहला शो देखकर नौ के आस-पास लौट आएँगे। मुझे देर होने पर घरवाले थाली परोसकर सो जाते हैं। दोनों के लिए काफी होता है खाना। खाएँगे, फिर तू मेरी साइकिल लेकर अपने घर जा, नहीं तो सो जा हमारे यहाँ।...लेकिन यार पैसे? मेरे पास तो अठन्नी भी नहीं है। चार दिनां से पैसे ही नहीं मिल रहे हैं। भौत कड़का पड्या है घर में।...मैं देता हूँ, चल।...तू हमेशाच मेरे पे खर्चा करता है यार खंडू, मुझे भौत शरम लगती।...दे देना यार। अगले जून के बाद बी. ए. होने पर नौकरी तो मिलनी ही है तुझे।

और जो नहीं मिली तो?...मिलेगी मिलेगी।...अल्ला कसम, अगर नहीं मिली न, तो मैं चोर बनूँगा, डाकू बनूँगा, लेकिन ये दर-दर भटककर चूड़ियाँ पहनाने का फकीरी धंधा नहीं करूँगा खंडू।...कैसा बढ़िया गाना लगा है रे डोंगर रेडियो पर। पॉप है या जैज? जैज लगता है।...क्या फरक है उनमें?

फर्क? कुछ भी हो, सुनने में तो अच्छा लगता है? सुन...पहले निचली खरज आवाज में एक शुरू करता है—अपने आप से गुनगुनाने जैसा। फिर दस-बारह कोरस गानेवाले वही पंक्ति मोटी बारीक आवाज में धीरे-धीरे वाल्यूम बढ़ाकर खरज से शुरू करते हैं। ये देखो, अभी वह मुख्य गानेवाला तान को एकदम ऊपर तीसरी पट्टी में ही ले गया।...अब सीधे नीचे उतार रह्या देख वो तान नीचे।...कोरसवालों ने वो तान वहाँ से कंधे पर लिए जैसी उठाई और फिर नीचे

लाकर छोड़ दी।...सुन, पीछे मोटे-मोटे ऑर्गनां, बासां, फुलुटां, ड्रमां, ट्रम्पेटां।...इस हृदय चीरनेवाली चीख से मानो हम अणु जैज बनते जाते हैं।...अब देख भला खंडू, ह्यांपेच गाना खतम होते-होते शायद फिर से वो ऐसीच चीख मारेगा।...देखते हैं, जैज का कुछ भी पक्का नहीं होता। कहना मुश्किल है—लेकिन सुनेंगे। हे भगवान, कैसी भयानक ताकत लगती होगी ऐसी चीखनुमा तान लेने में, मिनट भर तक? कौन करता होगा यार ऐसी रचना?...सारे वाद्य अलग-अलग तानां लेनेवाले ही हैं, कोरस के लोगां तो वा।...डोंगर इस तरह कुछ सृजनात्मक अदाकारी हमारे खानदेश के चालीस लाख लोगों में से किसी एक से भी हो पाएगी?

खानदेश ही नहीं, पूरे महाराष्ट्र-भर में भी कोई नहीं मिलेगा। मौलिकता में कुछ और ही बात होती है यार।...और अपने भारा तांबे[65] का *मधुघट?* लता मंगेशकर ने *ढळ्ला रे ढळ्ला दिन सखया* ऐसा ही खींचा है ना?...वो तो बढ़िया ही है, लेकिन केवल बढ़िया होने से क्या होता है? मृत्यु की कँपकपी जगानेवाला यह ग्रेट गाना—यार, उसकी आवाज तो और भी ऊपर दरकने की कगार तक पहुँचकर लहर जैसी टूटनी चाहिए थी, संध्या-छाया जैसी। लेकिन शायद ये उससे नहीं हुआ होगा या शायद संगीत डायरेक्टर वसंत प्रभु ही ठीक से नहीं कर पाया होगा, या फिर भारा तांबे ने ही आखिर में *सखया* शब्द लाकर रख दिया और— *सखया* के बाद मौत की तरह स्तंभित कर देनेवाली स्पर्श की सारी तीव्रता कम होती गई।...मैं समझता हूँ, अगर *ढळ्ला* अंत में रखते तो बात बन जाती, नहीं?...मतलब ये इफेक्ट आने के लिए कम-से-कम एक जगह बन गई होती। लेकिन ये सभी ठहरे मराठी लोग। प्रबंध ही ऐसा किया गया हो कि मराठी गाना इतना ही ऊँचा जाए, तो उसमें हम क्या कर सकते हैं? है कि नहीं?

फिर भी अपने ह्यांकी देसी चीज सो देसी चीज, और वो व्हांकी चीज कित्ती भी ओरिजिनल हो, सो कायकू ओरिजिनल? हमारे इन पुश्तैनी धंधों ने हमारी जातियाँ भी कयामत तक पक्की कर डाली हैं।...इस तरह का ओरिजिनल गाना हम बना सकें-न बना सकें, कम-से-कम रेडियो पर सुन तो सकते हैं? लगा तो जरा ऐसी ऊँची तान ऊपर तक।...अल्ला कसम, नहीं होगा। मयताब बेचारा तो लकड़ी के गट्ठर बेचने जाता है आजकल बाजार में। बोला उसको, फेल होगा बे, कुछ पढ़ाई कर। साले, जिंदगी-भर ऐसे ही लकड़ियाँ तोड़ना, फॉरेस्ट अफसर को पैसा खिलाकर गट्ठर ढोना, बेचना, वहीं से जवार, नमक, मिर्च खरीदकर पीसने दौड़ना, वहाँ से घर।...जिंदगी-भर क्या गट्ठर ही ढोता रहेगा मयताब? उधर सारे पहाड़ गंजे हो गए हैं तीसरी-चौथी ढलान तक। अब आनेवाले पाँच सालों में एक भी सागौन का पेड़ नहीं दिखेगा सतपुड़ा में।...पुराने जमाने में बाघ, भालू थे, डर होता था। अब तो एक भी जानवर दीख नहीं पड़ता, सिवा पैसे खानेवाले फॉरेस्ट रेंजर के।...काटो बेझिझक झाड़ां को, मैं तो जल्द-से-जल्द निकल जाऊँगा इन्शा अल्ला यहाँ से। रेल में अर्जी देनेवाला हूँ। हमारा मामू कुली है भुसावल स्टेशन पर। हम चूड़ियाँ थोक में मँगाते हैं

65. मराठी के प्रसिद्ध कवि और ग्वालियर संस्थान के राजकवि।

न, वहाँ यू.पी. में शेख शहाबुद्दीन नामक अफसर को मामू ने मेरे बारे में बताकर रखा है। इन्शा अल्ला, अगले साल मैं नहीं हूँगा यहाँ, खंडू।...अच्छा होगा बेटा, तुझे रेलगाड़ी पर गार्ड का झंडा हिलाते देखकर चूड़ियाँ पहनाते-पहनाते मरे हुए तेरे सारे पुरखों का उद्धार होगा, हॉ हॉ हॉ।

फिर *लोटस फायू स्टार* होटल से सहपाठी लोटू द्वारा प्यार से मुफ्त में मिली सिगरेट फूँकते हुए बाहर। खुश्की की राह से फिल्म। गपशप, हँसते-खेलते तीन मील के रास्ते में मेरी साइकिल पर डबल सीट। बीच सड़क पर गिरकर भी हँसते-हँसते फिर साइकिल पर। फिल्म देखने पर उसके प्रत्येक सीन पर बहस करते-करते वापस।

एक बार चाँदनी रात में इसी तरह चोरी-चोरी *मुगल-ए-आजम* देखकर लौट रहे थे कि संगम के पासवाले बरगद के नीचे रघु नायक भूत जैसा खड़ा। बोला, कुछ भी कर, पर कल मुझे पचास रुपए उधार दे। तुम्हें इतनी देर तक घर में न पाकर मैं समझ गया कि ये चोरी-चोरी फिल्म देखने गया होगा।

साल-भर दर्जी के पास टेलरिंग सीखने से लेकर पुलिस की भर्ती तक रघु नायक ने अनेक नौकरियों के लिए प्रयास किए। ऊपर मंत्री तक रिश्वत देनी पड़ती है, कहकर एक रिश्तेदार ने रघु के पिताजी से बार-बार पैसे ऐंठे। किराए के लिए भी घर में पैसे नहीं थे, इसीलिए मुझसे पचास रुपए उधार माँग रहा रघु पूछ रहा था—*अवसर की सीढ़ी मिले बिना सफलता की मंजिल तक पहुँचा नहीं जा सकता* सुविचार में लाल रंग तीन शब्द *अवसर की सीढ़ी* में लगाएँ या केवल *सीढ़ी* में?—रेलगाड़ी से मुंबई आने-जाने का किराया बीस रुपए, अन्य खर्च दस रुपए। उसमें से बीसेक रुपए उसने बचा लिये। टोपी, कुर्ता भी दो दिनों के लिए मेरा ही उधार ले गया।

...सुबह ठेठ दादर स्टेशन। वहीं पर पाखाना निबट लिया। कपड़े बदलकर दो बार चाय और डबलरोटी खाई और पुलिस ग्राऊंड में आए भर्ती होनेवालों की कतार में समय पर हाजिर। दौड़ने से लेकर रस्सी पर चढ़ने तक सारे टेस्ट बढ़िया देकर शाम को फिर स्टेशन पर। मुंबई में अपना कोई नहीं है, वरना घूमने का इरादा था, खंडू। पराए गाँव में स्टेशन पर उतरते ही यह एहसास भी कितना आत्मविश्वास देता है कि यहाँ कोई हमारा अपना है?...हजार-दो-हजार सालों तक समाज के हाशिए पर मँड़रानेवाले कितने ही लोगों को हमारी निर्दय ग्राम-व्यवस्था को छोड़ कहीं और जगह भी न हो? अग्निहोत्री का व्यंकटेश घर से भाग गया और बाद में पता चला कि वह काशी की पाठशाला में पढ़ रहा है। सदू के चचेरे भाई मधुकरी माँगकर पढ़ते-पढ़ते ऊँचे-ऊँचे पदों पर पहुँच गए। यह सुप्त सुरक्षा भी सभी के हिस्से में कहाँ आती है? केवल आदमी और उसकी क्षमता संसार में पर्याप्त नहीं होती है?

रघु को पुलिस की नौकरी भी नहीं मिली। दोस्त, दोष हमारी ग्रहदशा में ही होता है।

फिर एक रात संगम पर हम दोनों ने रात-भर मनसूबे रचकर रघु नायक की भावी जिंदगी का रास्ता ट्रक से जोड़ दिया। तय हुआ कि मुंबई पुलिस के इंटरव्यू के लिए उधार लिए गए पचास रुपए वापिस न कर उन्हें वह ड्राइविंग लाइसेंस के लिए इस्तेमाल करेगा और बाद में ड्राइवर की नौकरी लगने पर कभी चुका देगा।

महीने-भर बाद मैं कॉलेज जाने की तैयारी में था कि तभी टैंक-सी आवाज करता हुआ पुराना, फटेहाल टायरों का बड़ा-सा मर्सडी ट्रक हमारी कोठी के सामने आकर रुका। पों पों की आवाजें। बच्चों का ऊधम। गले में अँगोछा डाले रघु नायक ड्राइवर की सीट पर गर्व से पहिया पकड़े बैठा है। चल दोस्त, चढ़ ऊपर, तुझे घुमाकर लाता हूँ। कल से सुकलाल की दुकान पर मेरी रोज की एक खेप पक्की हो गई है। अजंता से ही जाना है। तुम्हारे भावे सर को जब उधर जाना हो तब बताना। अब अपने हाथ में ये पहिया है और सड़कें तो दुनिया-भर में यूँ ही फैली हैं। अब मैं किसी के रोके नहीं रुकूँगा। खत्म हो गई साली गृहस्थी की चिंता। वरना गाड़ी पर मजदूर ही बना रहता। ये सब तेरे कारण हुआ दोस्त।...मेरे कारण?...हाँ खंडू, तेरे पचास रुपयों के कारण। कुछ भी कहो, उस रात तेरी सलाह ने जिंदगी को नया मोड़ दे दिया—ये देखो, ऐसा—

कहते हुए उसने यू टर्न लिया। एक ढाबे पर हमने चाय पी। वह बोला, सपने देखने की उम्र कभी की निकल चुकी थी। बाद में सपनों के भी सपने देखने के दिन आए। वे भी खत्म हुए। अब पैरों तले एक्सीलेटर के दिन आए हैं। नौकरियाँ भी कौन-सी मिलती हैं हम जैसों को? महार बाड़े के हमारे साथी पता भी है मुंबई में क्या करते हैं? अर्जुनिया जे. जे. अस्पताल में तुम्हारे कुनबे के डॉक्टर रमेश की सिफारिश से लग गया है। अंग्रेजी में बताता है *असिस्टेंट वार्डबॉय,* पर काम?—लाशें फाड़ना। ऐसी बड़ी-सी छेनी लाश के माथे पर पकड़कर हथौड़ा चलाना। शीः। सोमा देवनार कसाईखाने में चमड़ा ढोने का काम करता है। गाय का गोश्त मुफ्त में मिलता है—देहात छोड़कर ये नवबौद्ध क्या शेर मारने गए शहर में?—क्या फर्क आया, बताओ?

शुरू-शुरू में ऐसा ही होता है रघिया। उनकी अगली पीढ़ी को देखोगे मुंबई में—बड़े-बड़े पदों पर बैठे दिखाई देंगे। यहाँ मोरगाँव में क्या रखा है, झाँटा?

किसी का कुछ भी हो, खंडू, अब मैं किसी के रोके रुकनेवाला नहीं हूँ। थोड़े दिन ठहर—भले पुराना हो, लेकिन पहले खुद का ही ट्रक खरीदूँगा। फिर कर्ज पर नया बेन्ज।

मुझे प्यार से कॉलेज के सामने उतारा और स्टाइल में हाथ देकर भयानक आवाज करता हुआ वह चला गया। सड़क पर धूल का बड़ा-सा बादल।

एक बार भावे सर के साथ हम चार-पाँच छात्रों को अजंता में उतारकर रघु शाम को हमें वापिस लेने के लिए ट्रक लेकर आया। सवार होने पर घाट से नीचे उतरते समय सामने से सड़क के लिए टीले तोड़नेवाले बड़े-बड़े बुलडोजर आए। पीछे

उल्टा रेंगते-रेंगते जाने के सिवा और कोई चारा नहीं था। फिर पूरा उल्टा पीछे-पीछे जाते-जाते ट्रक सीधा अजंता गुफा की तलहटी में। अँधेरे में इस तरह आधे घंटे तक पीछे-पीछे, ऊपर-ऊपर जाना—अरे अरे अरे, नीचे खाई में गिरा देगा बाबा—

भावे सर से मिलने उनके अनेक विद्वान मित्र, गुरु, गाइड, दादा गुरु—चचेरे गाइड—अनेक लोग आते। इस बहाने कॉलेज में साल-भर विद्वत्तापूर्ण व्याख्यान सुनने को मिलते। ऑक्सस नदी से सप्तसिन्धु—ठेठ घग्गर नदी तक फैले लोग। उनके परदादागुरु ने इसापूर्व तीन हजार सालों तक के भूतकाल का विश्लेषण किया। सर के एक सहपाठी ने बताया कि उनके गुरु के परदादागुरु तो केंब्रिज में व्याख्यान ही देते कि आर्य लोगों का मूल स्थान अफगानिस्तान से सप्तसिन्धु है और इधर से ही आर्यभाषा पूरे यूरोप भर में फैली है। हम सभी छात्रों ने इसी विचार को सही मानकर चलने की आदत लगाने का निश्चय किया। बाद में सर के चचेरे गुरु ने सप्रमाण इसका खंडन किया। फिर भी लगता रहा, क्यों न आर्यों को हम इधर का ही मानकर चलें?

पढ़ते-पढ़ते अचानक नीचे से मेरे नाम की पुकार सुनाई पड़ती है : खंडू, अरे खंडिया, बैलों को पानी क्यों नहीं पिलाया? बेचारे कितने प्यासे हैं। इतनी देर से पागल की तरह तू क्या देख रहा है चाँदनी में? सूर्यास्त? क्यों? सूर्यास्त क्या देख रहा है बाँगडू? रोज ही तो होता है। इतनी देर तक देखने जैसा क्या है उसमें? इसकी बजाय सूर्योदय देखना सीख। इस बहाने जल्दी तो उठेगा, बेवकूफ। जरा बाहर घूमना चाहिए, खेती में क्या हो रहा है, देखना चाहिए। **माँ-बाप** की, भाई की काम में उतनी ही मदद हो जाती है। आ जा नीचे।

एक अतिथि प्राध्यापक बहुत अच्छा बोले थे : इस भूमि से कमल की भाँति अपने आप एक-एक पंथ खिलता गया। बाद में गँवार अंग्रेजों ने उन्हें गलती से धर्म का नाम देकर अलग-अलग कर दिया। बाद में अतिथि प्राध्यापक ने यह भी समझा दिया था कि यहाँ के सारे धर्म इंद्रधनुष्य की भाँति कैसे एक-दूसरे में गुँथे हुए हैं।

प्रायोगिक परीक्षण के लिए हमें नई फसल सोयाबीन बुआई के लिए मिली है। कल कृषिमंत्री, राज्यपाल सभी हमारे खेत में आ रहे हैं। तू और भावडू, दोनों मिलकर फूलों के हार, गुच्छ, पान-सुपारी सँभालना। खंडू, फोटो के समय हमेशा की तरह गायब नहीं हो जाना। बल्कि सबसे आगे खड़े रहना, समझा।...धत् तेरी राज्यपाल और कृषिमंत्री। खेती का धंधा ही दरअसल सामाजिक है। नौकर, मजदूर, बैल, मंत्री—यहाँ चिंतन के लिए एकांत की कोई जगह नहीं है। भावडू यह सब मन लगाकर करता है। यह कैसे हो सकता है कि मैं भी उसके जैसा ही बनूँ? क्या उसकी चप्पल मुझे आती है? *बहुतों के मतों से हुए न हम सहमत। क्या परवाह मुझे इन लोगों की?*—सन्त तुकाराम।

मेरा भाषण सबसे बुरा हुआ। मानो हृदय ही फट गया था। बोलते समय भी मेरे कानों में वे दर्द-भरी चीखें गूँज उठतीं और दिमाग कोरा हो जाता : घर से निकला

और स्वामीनारायण मंदिर के कोने पर इंगले के बाड़े में स्त्रियों का कोलाहल। उनकी बहू मायके से छह महीने के शिशु को लेकर अभी-अभी आई थी। साथ में मायके के देसी घी के लड्डू। दूर से खुशबू आती। उस पुराने घर के चूहे खटिया के ठीक नीचे रखे लड्डुओं के डिब्बे पर आ गए। खटिया पर बहू बच्चे को गोद में लिये गहरी नींद में सोई थी। यों भी इंगले गरीब किसान। अपने हिस्से के ढाई बीघा खेत में जैसे-तैसे खाने के लिए अनाज उगाते हैं। रात में ढिबरी तक नहीं जलाकर रखते। घर में बच्चा है तो रखनी चाहिए थी न। किसी की समझ में नहीं आया कि रात में कब क्या हुआ। सुबह स्त्री ने उठकर देखा, तो बच्चे की नाक और ओंठ कुतरकर खाए हुए। बच्चे के बदन पर सोने की हँसुली, बिंदली, करगता, छड़ा सब ज्यों-का-त्यों था। दुख का ज्वार उतरने पर सास और ननद का बहू के प्रति गुस्सा और द्वेष उभर आया। बहू के चारों तरफ हाथ नाचने लगे : कैसी औरत है? इसे औरत कहें या भैंस? सुस्त। लापरवाह। ये कैसी नींद? लड़कौरी के कान हिरनी जैसे होने चाहिए। जननेवाली को इतना भी होश न हो? खटिया पर बच्चे को चूहे खा रहे हैं और ये—इसका क्या गया? अँखुवा तो हमारे ही घर का नुच गया न। कैसा सुन्दर सलोना बच्चा—जैसे मोती।...लेकिन क्यों री बहन, चूहे ने इतना काटा तो क्या बच्चा रोया नहीं होगा?...अजी चूहा साँसों से बेहोशी की दवा फूँकता है। बड़े-बड़े आदमियों पर उसका असर होता है। हमारे बूढ़े का भी सीधे पैर का पूरा अँगूठा कैसे खा डाला था? अघोरी जात चूहे की।...हम महार-मातंग लोग अच्छे हैं आप कुर्मियों से—घर में कुत्ता-बिल्ली होती है। रखवाली होती है। सारा बाड़ा अफसोस जता रहा था। बेचारी लड़कीनुमा माँ बच्चे के मुँह पर पल्लू डाले सुन्न बैठी हुई थी।

आस-पास के जमा लोग कहते हैं, चूहे बहुत ही बढ़ गए हैं, यार। जोशी महाराज संक्रांति का पंचांग बताते हुए बोले थे कि इस साल संक्रांति चूहे पर बैठकर आ रही है। छोड़ो भी ये पुराणों की बानगियाँ—बीते साल वह भैंसे पर बैठकर आई थी, तो क्या भैंसे ज्यादा हो गए थे? ग्रामपंचायत चुनाव में हारे हुए पैनल के लोग बोले, चूहे मारने का बजट तो दिखाते हैं स्वास्थ्य समिति के लोग—लेकिन ये पैसे खानेवाले क्या मारेंगे चूहों को? पिंजड़े खरीदते भी हैं कभी? हैं न तीन-चार पिंजड़े सरपंचजी के खलिहान में, कोठी पर, धत् तेरी। विरोधी पैनल का समर्थक कहता है, जहरीली गोलियाँ डालते हैं आपके वारकरी संप्रदाय के लोग और ऊपर से अहिंसा-अहिंसा करते हैं। अरे वो मारवाड़ी बूढ़ा हर बार बीच में आ जाता है और कहता है—जैन धर्म के खिलाफ है, हर जान एक जैसी है।...एक चूहे के जोड़े से छह महीनों में तीन हजार चूहे बनते हैं।...क्या? सच कह रहे हो?

ये नीचे की तरफ का इंगले के बड़े जीजा का घर दस साल से बंद पड़ा है। बच्चे दिल्ली-चंडीगढ़ की तरफ। पूरे घर को सुरंग बना दिया है चूहों ने। और ऊपरी तरफ के वो धसक रहे दो घर—साल में कभी-कभार आता है वो मुंबई का

साब—वाह वाह, कैसी नदी, कैसे पहाड़, कैसी हवा—कहता रहता है। जन्मभूमि जन्मभूमि करता है। इस ओर हम मूतते थे और उस ओर हम हगते थे—ऐसा ही कुछ बड़बड़ाता रहता है। और चला जाता है।...बेचते क्यों नहीं जी ये लोग? घर में आवाजाही रहेगी तो चूहे नहीं पनपेंगे न। या फिर किराए से दे देना चाहिए कम-से-कम?...जज्बात।...झाँटा जज्बात! ये पढ़े-लिखे शहरी लोग, हरामखोर माँ के जने! मैंने कहा, बेच डालो भाई अपना घर, तो ये चूतिए कहते हैं, चाचा, ऐसे कैसे घर बेचने के लिए कहते हो जी? हमारी जड़ें हैं यहाँ चालीस पीढ़ियों से। अपनी माँ को बेचने जैसा होगा ये। धत् तेरी।...बात ये नहीं है जनाभाऊ, मान लो, हो गए राजी बेचने के लिए, कितना पैसा मिलेगा उन्हें हम भुक्खड़ लोगों से? अजी दस और बीस हजार रुपए तो उनका एक दिन का भत्ता होता है। इतना तो उनका एक तरफ का किराया होता है हवाई जहाज का। उनके ये घर सूने ही रहेंगे चूहों के लिए। आप ही अपने नन्हे बच्चों को सँभालिए।

इस शब्द का स्पेलिंग हमेशा गलत होता है। याद रहे : गधे से लगाइए गधा, उससे लगाइए मैं, मैं के ऊपर होता है देश—assassination।

खंडू भाग, दौड़ जल्दी से खलिहान में। जोर से बवंडर आ रहा है। बवंडर में चारे के मुट्ठे उड़े जा रहे हैं। खंडेराव, खंडेराव। दौड़ न छोकरे, फेंक अपनी किताबें वहीं। दौड़ बाप्पाऽऽ।

'कमाओ और पढ़ो' योजना में पेड़ों के लिए गड्ढे खोदने का काम पूरा कर सहपाठी मयताब तड़वी थक जाता था। प्राचार्य ने सागौन का बड़ा बन बनाने का निश्चय किया था। बाद में सागौन के पौधों को पानी देने का काम भी उसने अपने जिम्मे ले लिया। दूर कुएँ से डोलचियाँ भरकर कड़ी धूप में सागौन के हर पौधे तक पानी ले जाना। इस कड़ी मेहनत के कारण क्लास में लेक्चर शुरू होते ही उसे नींद घेर लेती। उसके घर पर भी हमेशा कुछ-न-कुछ उल्टा-सीधा लगा ही रहता। उसके अब्बा कभी पहाड़ी में बाँस का बन खोद रहे थे कि अंदर छिपी बैठी साही ने काँटें फेंक मारे। सारा चेहरा फूल गया। पत्तियाँ नोचते-नोचते उसकी माँ अंजना की नाभि की गाँठ खिसक गई। वह कहता, क्या जिंदगानी है साली हम लोगों की भी। तुम कुर्मी लोगां क्या नसीबवाले—खेत है, घर है। *अच्छा हुआ भगवन कुर्मी बनाया। वरना बेगारी करके पढ़ना पड़ता॥* —सन्त तुकाराम।

खंडू, मोत्या को मवेशी अस्पताल में ले जाकर दिखा लाओ। मुत्या को भी ले जाना साथ में, वरना वह अकेला बीच रास्ते से वापिस लौटने की कोशिश करेगा। सर्दी है, झूल ओढ़ाकर ले जाना। गोठ में गोबर-मूत का कीचड़। सालदार अपने गाँव चला गया था। पता नहीं वापिस आएगा भी या नहीं। ऊपर से पेशगी माँगता रहता है, बदमाश। अभी छह महीने बाकी हैं। गोबर-मूत खुद ही फावड़े से साफ कर लेना। काम में कैसी शर्म? पहले महार-मातंग होते थे, अब कुर्मी के दिन फिर गए हैं। मक्खियों का भिनभिनाना, गोबत-मूत सब सहो।

पृथ्वी पर शुरुआती इनसानी बस्तियाँ समुद्र तट पर ही क्यों बनीं? पढ़ते रहो—अपने आप समझ में आ जाएगा। पृथ्वी की उत्पत्ति। ब्रह्मांड में हजारों मील की रफ्तार से निरंतर कहीं-न-कहीं दौड़ती रहनेवाली आकाशगंगाएँ। पृथ्वी का भविष्य—पूरी राख या गैस बन जाना। पृथ्वी के उदर में निरंतर खिसकती धधकती पर्वत शृंखला, पहले जब हिंदुस्तान, दक्षिण अफ्रीका और अर्जेन्टीना साथ-साथ जुड़े हुए थे, तब महासागर के भीतर मचे हड़कंप, समुद्र के नीचे जीन्स कैसे तैयार हुए? रेगिस्तान कर्करेखा पर ही क्यों बनते हैं? पढ़ते रहो।

बैलों की भूसी में नमक का पानी मिला देना। नाँद में भूसी ज्यादा जमा हो जाए तो बैलों को अच्छा नहीं लगता। नाँद की पुरानी भूसी पहले साफ करना फिर नई भूसी डालना।

सर कहते हैं, अरे तुम्हारे साल-संवत वगैरह सब अनूक होते हैं। इतिहास में बस वही नहीं बदलता, बाकी सब बदल सकता है। चलो अच्छा हुआ, तुम्हारी समझ में आ गया। समुद्रमंथन। देवताओं का ही नाम असुर कैसे और कब हुआ? संस्कृत जरूरी ही है। घर पर ही तैयारी करनी पड़ती है। तुम्हारे लिए पुरानी संस्कृतियों का अध्ययन बहुत ही जरूरी है। तूने संस्कृत विषय भी रखा है, अच्छा किया।

खंडू, मँझले कमरे के कुठले में उतरना तो जरा बेटा, दो पसेरी गेहूँ निकालकर देना कालू चाचा को। जवार है उसके घर, काम करना ही पड़ता है। उठो तो जल्दी से। लिखना बंद कर जरा देर के लिए।

प्रतिक्रियावादी बोसीदा लोग भी अच्छा विचार-प्रवर्तक बोल जाते हैं। सामाजिक न्याय होता ही नहीं है। बस न्याय होता है। सामाजिक विशेषण लगाने से न्याय का विपरीत अर्थ बनता है। वदतोव्याघात। रिजर्वेशन के बारे में बोला। गलत था लेकिन सही था।

हल के कूँड़ की कतार देखते हुए चले जाना। भावडू ने जोतते हुए आगे बड़ा घेरा बना दिया है—सीख रहा है अभी। तू तो किसी काम का नहीं रहा। मजदूरों के भरोसे खेती करने के दिन नहीं रहे भैया अब।

विनोदी निबंध प्रतियोगिता—मोरगाँव के साप्ताहिक बाजार में घास के होलसेल व्यापारी—एक के पास दाँतों में पकड़ने के लिए घास, दूसरे के पास दावानल को ढँकने के लिए। उस ओर की कतार में एक के पास गट्ठर—बूढ़े भूखे सिंह को भूखों मरने से बचाने के लिए। आखिरी समझकर ऊँट की पीठ पर डालने के लिए घास का एक ही तिनका बेचने उधर एक व्यापारी बैठा है। लेकिन सबसे परोपकारी दुकानदार डूबनेवाले की राह देख रहा है। हमारे कॉलेज को विश्वविद्यालयीन विनोदी निबंध प्रतियोगिता जीतने की ढाल मिलती है। सालदार मकडू कहता है, केवल ढाल, और तलवार नहीं? कम-से-कम प्याले?

अरे खंडू उठ, दिन कितना उग आया है? सारे लोग उठते हैं और ये सुस्त पड़ा रहता है और जब लोग सो जाते हैं तब इसकी लालटेन जलती है।

मुंबई से लोन सर्विस के तहत चार-पाँच किताबें ग्रंथपाल के जरिए बड़ी मेहनत से मँगवाकर पढ़ी थीं। दो पैरों पर खड़ा होना सीखने पर आदिमानव को श्वासोच्छ्वास समकोण में करना पड़ा। इस कारण हवा का प्रवाह अचूक रोककर भाषा की ध्वनियाँ जिह्वा से उच्चरित होने लगीं। अभी भी आदमी यदि चतुष्पाद बन जाए तो क्या भाषा नष्ट हो जाएगी? मस्तिष्क फिर से छोटा होना संभव नहीं है। भाषा हमेशा के लिए चिपक ही गई समझो। ऐसा कब हुआ होगा, पुस्तक में नहीं है। ग्रंथपाल बोले, एम.ए. के लिए यूनिवर्सिटी में दाखिला लोगे तो भाषाविज्ञान विषय लेना। लेकिन पहले बी.ए. तो पास करो। मन में ठान लिया—एम.ए. तो मैं करूँगा ही।

खंडू, साँड़ की तरह घूमता क्या रहता है? अरे इन दिनों खाने तक की फुरसत नहीं होती हमें। अरे भैया काम प्यारा होता है या आदमी? थोड़ी-बहुत मदद तो करनी चाहिए न। किसान के बच्चों को नौकरीपेशा माँ-बाप के बच्चों जैसा लापरवाह बनकर कैसे चलेगा? खेत जा और केले की फसल को यूरिया की खुराक देने में मदद कर। एक मुट्ठी यूरिया तो आधी मुट्ठी पोटॅश तने के पास डालना। तभी पानी का इंजन शुरू करना। एक-एक क्यारी लबालब भर देना, हाँ, वरना फसल जल जाएगी।

अतिथि वैज्ञानिक बोले, चौथी मिति तुकाराम जैसों को स्पर्श करती थी। तीन मितियाँ तो हम सभी को अनुभव होती हैं। पशु-पक्षियों को तो दो भी ठीक से समझ में नहीं आतीं, इसीलिए कुत्ते तेज गाड़ी के पीछे दौड़ते चले जाते हैं। सर बोले, हमारी लाइब्रेरी में आइंस्टाइन पर लिखी एक किताब है, पढ़ना उसे।

बाहर भेजने के लिए केले की ढुलाई कल से ही शुरू हुई। खंडू, तू स्टेशन पर जाकर स्टेशन मास्टर को खाने का ये डिब्बा दे आ। अपने कॉलेज के दौरान ही ये काम करना है—उसकी बीवी गाँव गई है। पूछना उससे, खाने में कम-ज्यादा क्या चाहिए।

सहपाठी डोंगर नए जूते पहनकर ठाक-ठाक आवाज करता हुआ क्लास में आया। बोला, कितना खूबसूरत दिख रहा हूँगा न मैं आज? वाकई। फिर वही बोला, खंडू, अच्छा दिखकर भी क्या फायदा अगर नौकरी ही नहीं मिली तो? चल छोड़, रात को हम कौटिल्य के अर्थशास्त्र का सवाल रट डालेंगे। सोच, उस जमाने में इतना विशाल साम्राज्य कैसे चलता होगा? वो बोला, मैं केवल नौकरी मिलेगी या नहीं, यही सोच रहा हूँ। बाकी कुछ भी सोचने के लिए मत कहो।

अब खानदेसी केलों के लिए वातानुकूलित जहाज मिलनेवाले हैं दिसंबर से। फिर देखो हमारे कूल केले कैसे रूस में एक्सपोर्ट होते हैं। तुम्हारे पिताजी के कारण हमारे मोरगाँव की फ्रूट सेल सोसाइटी के केले पहले भरे जाएँगे। उसके बाद दूसरे गाँवों के। फिर। हमारा घौद भी कैसा बड़ा होता है। एक ही केले में रूसी आदमी लंबा हो जाएगा। चाँद पर भी ले जाएँगे वो हमारे खानदेसी केले।

सेमिनार से पहले हम सभी ने स्त्रीवाद के खिलाफ अच्छी-खासी तैयारी कर ली थी। फर्राटे से बोलनेवाली प्रतिद्वंद्वी एक ही थी—

होस्टेल की उभारवाले सीने की बेलबाला नामक तेज स्त्रीवादी लड़की। अपने बाएँ हाथ के एक-डेढ़ इंच बढ़े नाखून हमेशा दिखाती रहती। फौजी अफसर की ये लड़की पढ़ाई छोड़ बाकी सारी हरकतें करती थी, इसलिए उसे सुधारने के मकसद से हमारे इस माहौल के होस्टल में भर्ती किया गया था। लेकिन इस लड़की का हम देहाती लड़कों में बहुत ही बोलबाला हुआ। दरअसल, हाथ यानी अगले पैर। हम शरीरबाह्य हथियार सँभालते हुए चाहे जितने सुसंस्कृत हो गए हों और बेलबाला जैसे सुन्दर नाम धारण करते हों, फिर भी पंद्रह-पंद्रह दिनों में नाखून काटने ही पड़ते हैं। प्राकृतिक जंगलीपन का यह प्रमाण करोड़ों सालों से हम पूँछ की तरह नष्ट नहीं कर पाए। स्त्रीवाद की चर्चा ठीक है, लेकिन सारे मानवीय समूहों में पुरुष की तुलना में स्त्री की ऊँचाई कम क्यों रह गई? (तालियाँ) सहपाठी त्रिभुवन उससे पूछता है, आपकी ऊँचाई कितनी है, बेलबाला? हड़बड़ाकर बोली, चार फीटू ग्यारह ऊंचा...हँसी।...बोलबाला।

हेऽ हॅक हॅक हेऽऽ अपने बाघदड़ीवाले घास के मैदान में नारियल लेकर जाना तो खंडिया। वहाँ के कुएँ में पानी लग गया है—डबल बोर करना पड़ा। अब एक और आइल इंजन लेना है। एक लाख केले के पेड़ लगेंगे इस खेत में। और कुछ दिन तुम्हें इंजन चलाने जाना पड़ेगा। बस केवल हैंडल घुमाना है, और पानी अपने आप शुरू। फिर वहीं पर सो जाना। बीच-बीच में ऑयल की लेवल जाँचते रहना, बस। चौबीसों घंटे पानी उलीचते रहना चाहिए। इस घास के मैदान में दूर से सुनाई देनेवाली चरवाहों की आवाजें अब खत्म हुईं—*हेऽ हॅक हॅक हेऽऽ*

होस्टेल में बेलबाला की पड़ोसन और हमेशा फर्स्ट क्लास फर्स्ट आनेवाली पुणे की हमारी सहपाठिनी अपर्णा को पुणे के जोग क्लासेस में पढ़नेवाली एक लड़की का पत्र आया कि इस साल कठोपनिषद के नचिकेता और यम के संवाद पर बीस अंकों का प्रश्न यकीनन आएगा। बेलबाला ने इस पत्र को वहाँ से उड़ाया और हमें लाकर दिया। संस्कृत विषय लेनेवाले हम सभी हड़बड़ा गए, क्योंकि श्रुति का यही हिस्सा हमारी संस्कृत की जोशी मैडम ने अमेरिका जाने की हड़बड़ी में ठीक से नहीं पढ़ाया था। ऊपर से संस्कृत की पढ़ाई अंग्रेजी में, धत्। यम नचिकेता से कहता है कि श्रेयस और प्रेयस को हम अलग-अलग कर पाए, जबकि वे परस्पर बहुत घुले-मिले होते हैं। लेकिन *मरनेवाला कहता है मर गया और मारनेवाला कहता है मैंने मारा-दोनों की समझ में नहीं आता है कि न कोई मरता है और न कोई मारता है*—यह कैसे? कुछ अजीब ही है।

मैडम ने कहा था, अंग्रेजी अनुवाद पढ़िए। ठीक से समझ में आने लायक मराठी अनुवाद नहीं मिला। सभी प्राध्यापक बोले, अंग्रेजी की आदत लगा लो। दुनिया में अंग्रेजी के बिना चारा नहीं है। अंग्रेजी अनुवाद का एक लाभ यह है कि उसमें यह जानने का कोई रास्ता नहीं होता कि अनुवाद मूल संस्कृत के अनुसार है या नहीं। केवल अंग्रेजी समझ पाए, काफी है। मराठी के कारण ऐसे सवाल उठ खड़े होते हैं। इस संस्कृत समास का अर्थ, इस शब्द का यह—ऐसा। इसीलिए कहता हूँ, मराठी अनुवाद के झंझट

में मत पड़ो। फिर कोई बोला, अरे हमारे पंढरीबोवा के पास क्यों नहीं जाते? बड़े ज्ञानी सज्जन हैं। विरक्ति के कारण युवावस्था में ही काशी भाग गए थे। जाइए।

हम सब उनके घर पर गए। अभी-अभी खेत से लौटे पंढरीबोवा बैलों का गोबर साफ कर रहे थे। सानी-पानी होने के बाद मुँह-हाथ धोकर अँगोछे से मुँह पोंछते हुए आ गए। तब तक हम उनके आँगन में खटिया पर ही बैठे रहे। प्रसन्न मुद्रा से दूसरी खटिया लगाकर वे बैठ गए। हम अपना प्रश्न बता रहे थे, तब तक चूल्हे के धुएँ की ओर से उनकी पत्नी दो बार उनका नाम लेकर चिल्लाकर गई। मानो संत तुकाराम की झगड़ालू पत्नी जिजाबाई हो। फिर बोले, बच्चो, पहले ज्ञानेश्वरी ठीक से जान लो। गीता का विश्वरूप दर्शन वगैरा एक बार समझ में आ गया न, तो फिर सारी सृष्टि का रहस्य अपने आप पता चल जाता है। सब कुछ निरर्थक है। हमारी जिंदगी अधिक-से-अधिक सौ-एक साल की है। जहाँ करोड़ों की संख्याएँ भी कुछ नहीं, उस विशाल और अनंत ब्रह्मांड में हम क्या करते हैं, कैसे जीते हैं और कैसे नष्ट होते हैं, यह होना भी न होने जैसा ही नहीं है? वही तो। अंत में पंढरीबोवा के सर्वांग पर अष्टसात्विक भाव प्रतिबिंबित हो रहे थे।

राम रामऽ खंडेराव जी भाँजेऽ, सुना है, तुम्हारे पिता ऑल इंडिया फारमर फोरम में पूरे मुंबई राज्य के उपाध्यक्ष चुनकर आए हैं। पता है, गुजराती किसान और हमारे लोगों के बीच बहुत चप्पलबाजी हुई? अब द्विभाषिक राज्य है तो ऐसा होगा ही न भैया। वाह भई वाह। अब तुम्हारे बाप का ठेठ दिल्ली तक सफर। सीधे जवाहरलाल नेहरू के घर में खाना, वाह भई वाह।

जब शब्द का अर्थ होता है, तो अर्थ का क्या अर्थ होता है? खंडेराव, यह हमारा विषय नहीं था। तुम फिलॉसफी के डिसूझा सर के पास जाओ—अभी नहीं। दोपहर में भरपेट मछलियाँ खाकर दो घंटे की नींद होती है उनकी। चार के बाद ही उठेंगे। जब से प्राध्यापक बने हैं, तब से यही उनकी दिनचर्या है। हजरत हैं तो आरामपसंद, लेकिन विद्वान भी हैं। 'एमपीसाहब' के अनुसार बारह आने से ऊपर की विद्वत्ता धारण करनेवाले। सहपाठी चत्रुभुज और मैं बड़े उत्साह से नियत समय पर उनके घर पहुँचे। प्रचंड देह और विशाल तोंद पर हाथ फेरते बोले, आइए। अच्छा लगा कि आपको फिलॉसफी में इंट्रेस्ट है। अर्थ भाषा में अर्थात मनुष्य मगज की पेशियों में जन्मजात ही होता है। बाहर की सृष्टि के निरीक्षण के साथ वह व्यापक होता जाता है। फिर अपने आप से ही हँसते हुए डिसूझा बोले, एक आसान उदाहरण—अब ये मेरा बनियान देखो। नया-नया पेट पर कस जाता है। लेकिन बार-बार पहनकर, देखो कैसा लबादे जैसा दिखता है। मेरी तोंद ही इसका आकार बन गया है, नहीं? भाषा के अर्थ का भी ऐसा ही होता है।

जेहन में मूल शब्द *पक्षी* होता है। आप सृष्टि में जितने अलग-अलग पक्षी देखोगे—चिड़िया, मोर, हंस—आपकी कल्पना उसके अनुसार फैलती जाएगी।

बिलकुल जँच गया। अभी भी दिमाग में पक्का है—डिसूझा सर का बनियान।

अरे पनामा रोग आ गया है हमारे केले की फसल पर। फौव्वारा मारने के लिए मजदूर मिल नहीं रहे हैं। बहुत जहरीली दवा होगी ये, हमारा सालदार सोपान मामा बीमार हो गया दिन-भर उसमें साँस लेने से। तू मामा को अस्पताल ले जा। काम में शेर है, बेचारा। आते वक्त उसे मुसंबी, अँगूर खरीदकर देना, समझा?

सहपाठी चत्रुभुज बीच-बीच में घर आकर पूछताछ करता है कि कल सर ने क्या पढ़ाया, और यह भी बताता जाता है कि कल उसने क्या किया, ज़िसके कारण वह कॉलेज नहीं आ पाया था। बहरहाल, बी.ए. पूरा होने पर छोटी-मोटी ही सही, नौकरी मिलनी ही चाहिए, खंडू। पिताजी प्राइवेट पावर हाऊस में नौकरी करते थे, और सुना है अब सरकारी बिजली आ रही है। सो पावर हाऊस बंद हो रहे हैं। अब तो मेरा बी.ए. केवल तुम्हारे कारण संभव है।

आजकल उस कसेरे के पास क्यों जाता है रे खंडू? कबाड़ के पुराने बर्तनों में क्या ढूँढ़ता है? बेवजह घर में अड़चन? ऐसे घुंघरु घर में नहीं लाने चाहिए—भूत-प्रेत के होते हैं ये। काहे की प्राचीन संस्कृति और काहे की डोम लोगों की संस्कृति, चोर कहीं के? कहीं से चुराकर रातोरात बेच देते हैं कसेरे को।...प्राचीन इतिहास यानी यही तो है—चोरियाँ करना। हॅ हॅ हॅ।

भावडू अपनी ससुराल जा बैठा और काफी दिनों तक केले के खेतों की देखभाल मेरे गले आ पड़ी। फिर भी मैं बीच-बीच में साइकिल दौड़ाता हुआ कॉलेज के एक-दो लेक्चर अटैंड कर ही आता। खेत में सहपाठी डोंगर मण्यार और मैं—दोनों ने मिलकर दारियस के हमले से लेकर मुहम्मद गजनवी तक के सारे सन्-संवत् एक-दूसरे को याद करवाए। इसके बाद खूब भोजन करके कुएँ पर घोड़े बेचकर सो जाना। नीचे इंजन की धगधग। गहरे कुएँ से पंप की धीमी सूं सूं की आवाजें। लिलार में गिरती स्वच्छ मीठे पानी की जंघा जैसी मोटी धारा। केले की क्यारियाँ लबालब भर गई हैं। ठंडक भरा माहौल। इमली के नीचे टाट बिछाकर मैं एकाग्र हो सो जाता हूँ। इंजन ड्राइवर झिपरू मुझसे कहता है—देखो देखो, हमारे खेत में मोर आए हैं, उठो।

उस समय मैंने एक लेख तैयार किया था : अल्लाउद्दीन खिलजी ने रामदेवराय की लड़की जिताऊ से बाकायदा शादी की। उससे जो लड़का पैदा हुआ, उमरखान, उसे उसने अपने बाद का सम्राट बनाया। इसके विपरीत बाजीराव के मस्तानी से पैदा हुए समशेरबहादुर को पुणे के मराठा हिंदुओं ने क्या दिया? शादी के लिए लड़की तक नहीं दी। बेचारे को उधर मुसलमान लड़की ढूँढ़नी पड़ी। फिर भी ये बाजीराव के सपूत पानीपत में मराठों की ओर से लड़ते-लड़ते घायल होकर कुर्बान हो गए। अन्य मराठों की तरह भाग खड़े नहीं हुए। यह लेख चार जगहों से वापस लौट आया। आखिरकार कॉलेज की मैगजीन में छपाना पड़ा।

मृगशिरा की वर्षा। मकडू हमारे हाथी जैसे झीबू और ढबू बैलों को आराम से हाँक रहा है। माँ और भाभी अकरी के पीछे-पीछे हाथ-भर फासला बनाकर चलतीं

हुई मुट्ठी-मुट्ठी बीज चोंगे में छोड़ती जा रही हैं। उनके पीछे भावडू रस्सी को तानकर रखे हुए फाल चला रहा है। दोनों स्त्रियाँ अपने आँचल में फिर अंजुरी-भर बीज तैयार रखती हैं। बीच-बीच में होनेवाली बूँदा-बाँदी से दोनों की साड़ियाँ भीग गई हैं। माँ पुरानी यादें दोहराती है कि पहले दादी के साथ वह इसी खेत में, इन्हीं बैलों के पीछे इसी तरह भीगते-भीगते बुआई करती थी। रिक्त हुए आँचल मेंड़ पर रखे बीजों से जल्दी-जल्दी से भर लाने की भागादौड़ी। अकरी के काफी पीछे मैं पटेला फेरता हुआ दौड़ रहा हूँ। पपीहा सिर के पास से तू तूऽऽर्तू तू तूऽऽर्तू चिल्लाता हुआ उड़ता जाता है। बुआई के कूँड़ की लकीर से पैर बचाकर ऊपर किनारे-किनारे कदम बढ़ा रहा हूँ। अपनी रफ्तार को कम भी नहीं कर सकता, क्योंकि पानी बरसने से पहले सभी का काम खत्म होना ही चाहिए। अँधेरा होने से पहले सारे खेत की बुआई पूरी होकर पटेला फिर जाना चाहिए, ताकि पंछियों, सूअरों का डर ना रहे। मेरी जाँघों की हड्डियों में ऐसा जानलेवा दर्द उठता है कि मानो अभी टूट जाएँगी। पैरों में काली गीली मिट्टी का लोंदा चिपक जाता है और झटकते समय घुटने में मोच आ जाती है। फिर भी मैं मेंड़ तक पहुँच जाता हूँ और मकडू के आगे धुरे पर जा बैठता हूँ।

गाड़ी घर पर पहुँचते ही एक-एक कर सभी गर्म पानी से स्नान कर बरामदे में भोजन के लिए आ बैठते हैं। शशि बहुत होशियार है। आँगन के चूल्हे पर हंडा-भर पानी पहले से ही गर्म करके रखती है। रोटियाँ तैयार हैं। थाली में ताजी रोटी और चटनी। फिर भी माँ, भाभी चूल्हे की भभकती आग पर जल्दी-से बेसन की कढ़ी बनाती हैं। आधे घंटे में भोजन से निबटकर कल दूसरे खेत की बुआई के बीज तैयार करना और रखना-ढँकना खत्म कर सारा घर खर्राटे भरते हुए नींद की गिरफ्त में। मैं लालटेन का मिट्टी का तेल खत्म होने तक कॉलेज मैगजीन में छपनेवाले लेख में संशोधन करते हुए जागता रहता हूँ और आखिरकार वहीं सो जाता हूँ। सुबह उठकर देखता हूँ तो नीचे सभी लोग मेरे नाम से चीख-पुकार मचा रहे थे। मुझे तड़के पाँच बजे उठकर सोसाइटी से बीज का बोरा साइकिल पर लादकर खेत में ले जाकर रखना था। सात बजे के बाद वहाँ मैं लड़खड़ाता हुआ पहुँचा। सारे मजदूर आराम से बैठे मेरी राह तक रहे थे। इतनी देर में आधे खेत की बुआई हो जाती। छह बजे उठना भी ऐश? यानी इन लोगों को भूत की जाति का ही कहना चाहिए।

ये रोटी और सब्जी ले जाकर देना तो खंडू उस पेड़ के नीचे, गणपत नाना कलेवा कर रहा है वहाँ। बेचारे की स्त्री मर गई है। जैसे-तैसे रूखी-सूखी रोटी चबा रहा होगा। जब हम मोट की खेती करते थे, उस समय वह हमारा साझेदार हुआ करता था। हमारे अच्छे दिन आए हैं तो क्या दूसरे को भूल जाएँ? जा। बुआई के कूँड़ से मत जाना, किनारे-किनारे से चले जाना।

मेरे घर के पिछवाड़े
ऊँटनी झपकी लेय री।

एक समय पर एक ही काम करें तो सफलता की संभावना बढ़ जाती है। सत्रह झंझट नहीं पालने चाहिए। कुछ याद भी नहीं करना चाहिए। यादों को भूल जाए तो आदमी जीत ही जाता है।

अरे खंडू, डोलचा गिर गया बावड़ी में, उतरना तो जरा। मवेशी प्यासे हैं। गूँगे जानवरों की हाय लगेगी। रख वो किताब बगल में। पैंट भी उतार देना, नीचे फिसलते-फिसलते उतरते वक्त कूल्हे पर फटेगी। गूँगी चाची की दोनों भैंसें दिन-भर चिल्लाती रहती हैं। उनसे मुकाबले के लिए इधर से हमारी भैंस। पढ़ाई होने ही नहीं देतीं।

संसार को भारतीय संस्कृति की क्या देन है, आज तक? शून्य। यानी गणित का शून्य जोड़कर भी शून्य। शतरंज का खेल—आखिर में शून्य। समाधि, निर्वाण, निवृत्ति, संन्यास, कर्मसिद्धांत, अपरिग्रह, माया—वगैरा ऐसी ही खोजें हुईं कि प्रत्येक के अंत में शून्य ही आएगा। शूद्र मर-मरके जीते रहे, उनके बलबूते पर ये अन्वेषण। टेक्नोलाजी तो कुछ भी नहीं—क्योंकि इससे श्रमजीवियों के श्रम कम होते हैं न। डुबो दो तुम्हारा ये सारा इतिहास। नया युग शुरू करो।

अरे कपास में कीड़ा लग गया तो, पूरी ढोंढी कुतर डालेगा, उससे पहले दवाई का फौव्वारा मारना चाहिए, भावडू।

शुरू में लग रहा था कि अंतर्राष्ट्रीय ख्यातिप्राप्त हिंदूशास्त्रज्ञ देवदत्त सही बता रहे हैं कि सोच-विचार में ही बदलाव आना चाहिए। आजकल फ्रायड, मार्क्स तो हर ग्रेजुएट को छौंक की तरह जरूरी होते ही हैं। लेकिन सोच-विचार की पद्धति में ही बदलाव आना चाहिए। लेकिन वे यह भी बोले कि जैन और बौद्ध संप्रदाय धर्मचौर्य करनेवाले संप्रदाय हैं। पूँजीवादी हैं। कई बड़े-बड़े निरीच्छ श्रमणक दार्शनिक मोहेनजो-दड़ो काल से आर्यावर्त में जन-जागृति कर रहे थे। उनके विचार महावीर और गौतम बुद्ध ने सीख लिए और उन्हें ठेंगा दिखा दिया। उनके बारे में साधारण-सी कृतज्ञता भी प्रकट नहीं की। कुख्यात चार्वाक को छोड़ दें, तो बेचारों के नाम भी किसी को मालूम नहीं हैं। मख्खली गोसाल, पुरण कस्सप, आलार कोलाम, पकुध कात्यायन, अजित केशकंबली, संजय बेलट्ठीपुत्र—और भी कई—उद्दक रामपुत्र, निगंठा नातपुत्त, वगैरा विलक्षण विचारक निचले दर्जे यानी निम्न जातियों के, शूद्र तबके के, आदिवासी, गरीब कुनबों के रंक लोग लगते हैं। महावीर-बुद्ध की तरह उच्चवर्णीय क्षत्रिय राजपुत्र यकीनन नहीं थे। धनवान, श्रेष्ठी, व्यापारी, राजा-महाराजा वगैरा का आश्रय इन कंगालों को कहाँ से मिलता? केवल विचारों में सोफिस्टिकेशन रखनेवाले ये श्रमणक हर कहीं नंगे घूमते थे।...श्रोताओं के बीच से आवाजें—उनका जो हश्र हुआ, उसके लिए इतना कारण काफी नहीं है? (हँसी) आप क्यों कपड़े पहनकर भाषण दे रहे हैं? बुद्ध को भी लोग भूल गए थे, तो फिर इन्हें—बालों का कंबल पहननेवाले आपके नंगे कम्युनिस्टों को कौन याद रखेगा?

अरे खंडू, देखकर आना तो जरा कि कहीं हमारे जलगाँव के प्लॉट पर झोपड़ियाँ तो नहीं बस गईं? उधर से सूखे के मारे बहुत-सारे लोग आए हैं। जरूरत पड़ी तो

दारोगा बोरोले की मदद लेना। रातोंरात झोपड़ियाँ तोड़कर सामान के साथ लोगों को गाँव के बाहर निकाल देना। वो करेगा सब बराबर। तू उसके पास जाकर बस कम्प्लेंट दे आ। तेरी पढ़ाई भी तुझे कुछ सूझने नहीं दे रही है, वरना प्लॉट के चारों तरफ बाड़ लगाना था। कम-से-कम इस छुट्टी में चार-पाँच दिन का समय निकालेगा?

गुढ़ीपाड़वा के दिन घोड़वाहन शकों ने दौड़ लगाते-लगाते यहाँ के मूल निवासी मराठों को हरा दिया। यदि ऐसा है तो यहाँ के गुलाम बने हम मूल निवासी शकपूर्व मराठा लोग इन घोड़वाहन शकों की विजय हर साल क्यों मनाते हैं? इतिहास अनुसंधाता अतिथि बोले, कहीं हम शक तो नहीं? हमारे देश में कोई किसी का शत्रु नहीं रह गया है। न कोई आर्य रह गया है, न कोई शक। हूण भी नहीं। सब गड्ड-मड्ड हो गए हैं।

अरे खंडू, दोपहर में खेतों में पानी देने के लिए जाना थोड़ी देर—भावडू के लड़की हुई है। घर में लड़कियों की क्या कमी थी? हम सब उसे देखने जा रहे हैं। घर पर कोई नहीं होगा। दो दिन तू चाची के घर में ही भोजन करना।

चार धर्मों की लगातार धार्मिक छुट्टियाँ थीं। इसलिए उस दिन मैं लाइब्रेरी से थैली भरकर महाराष्ट्र के ओरिजिनल विचारकों की किताबें लाया था—फुले, राजवाड़े, राजाराम शास्त्री, विट्ठल रामजी, सावरकर, केतकर, विनोबा, साने गुरुजी, आंबेडकर, और भी एक-दो। घर में कोई नहीं था। दरवाजे के ऊपर रखी चाबी निकालकर ताला खोला और किताबें ठीक से सजा दीं। हाथ-पैर धोकर चेहरे पर ठंडा पानी मारा। वहीं कपड़े सुखाने की डंडी पर सूख रहे कपड़ों में से माँ की खुरखुरी धोती ढूँढ़कर उससे मुँह पोंछा। चँगेरी में रखी रोटी थाली में मसलकर उसका बारीक चूरा बना दिया। सींके पर रखी मटकियाँ उतारते समय हाथ से छूटकर हमेशा एकाध टूट जाती। इसलिए एक-एक कर निकालीं। पहले कढ़ी की, फिर दही की और आखिर में मक्खन की। पेट फूलने तक भरपेट भोजन। माँ का सबक—कुछ भी फेंकना नहीं। रोटी का कौर भर टुकड़ा भी फेंकना नहीं। मिट्टी का एक-एक कण, एक-एक पत्ता उगाने में धरती मैया को कितनी मेहनत करनी पड़ती है? और हम उसे फेंक दें? यह उन्मत्त होना है। बाकी समय भी यह चाट-पोंछकर खाना नैतिक दृष्टि से अच्छा। इस तरह भोजन करने का दूसरा चरण था दोपहर में ठेंगा सोसाइटी के चबूतरे पर पैर पसारकर सोना। फसल सुरक्षा ठेंगा सोसाइटी में हर घर से एक आदमी भेजना पड़ता था। वद्य द्वादशी के दिन हमारी बारी।

भावडू पंढरपुर गया था, इस कारण मेरी बारी। बिना बोले ठेंगा उठाकर गाँव के बाहर सोसाइटी के चबूतरे पर आया। कतार में सजे ठेंगों में सबसे सुन्दर ठेंगा मेरा ही था—मोटा, भारी। फसल चुरानेवाले के सिर पर एक ही पड़ जाए तो वह वहीं टें बोल दे। इस आशा में कि कभी-न-कभी हमें यह मौका मिलेगा, भावडू और मैं बड़ी खुशी से ठेंगे की बारी निभाते रहते। उस दिन यह मौका खुद चलकर आया। नीम की ठंडी छाँव में दो-तीन जने पैर पसारकर सोए हुए थे। बाकी बचे सात-आठ जने वहाँ

हमेशा से रखा गंजीफा–चौसर खेल रहे थे। सहसा नदी के पार कटिया में चोर घुस आने का हो–हल्ला सुनाई दिया। हम लड़के अपना–अपना ठेंगा उठाकर चीते की फूर्ति से नदी पार उस खेत में घुस गए। जवार की बढ़िया फसल और बीच में फसल काटने की जोरदार खसखस। ठंडलों के टूटने की आवाजें। सिखाई गई युद्धनीति के अनुसार हमने खेत को चारों तरफ से घेर लिया और सावधानी से अंदर की तरफ बढ़ने लगे। अचानक बंदरों का गिरोह हम पर टूट पड़ा। घमासान युद्ध। मैंने तो एक को ऐसी जगह ठेंगा दे मारा जहाँ नहीं मारना चाहिए। बंदरों के सरदार ने एक को काट लिया। हल्दी लगाकर वह ठीक हो गया। मुख्य ठेंगेवाले तुलसी चाचा बोले, बदरों को मारना नहीं है, बंदरो। बस हकाल देना है...। यानी वे फिर दूसरों के खेत में घुसेंगे, फिर क्या फायदा हुआ? तुलसी चाचा बोले, मैंने तो इतना ही बताया कि क्या करना चाहिए। हनुमानजी के वंशज हैं ये। आप लोग पढ़–लिखकर सुधरने की बजाय बिगड़ते क्यों जा रहे हैं रे? राम कृष्ण हरि।

खंडू, सोया नहीं अभी तक? कल जरा जल्दी उठना पड़ेगा भैया। तड़के पाँच बजे तुम्हें वहाँ हाजिर रहना है। भावडू और सोपान मामा दवाई मिलाकर देंगे, तुम्हें बस मजदूरों पर नजर रखनी है। चालीस के आसपास मजदूर होंगे। कपास में लालिया रोग पड़ गया तो हमारी साल–भर की मेहनत पर पानी फिर जाएगा। कल एक दिन तू कॉलेज नहीं जाएगा तो तुम्हारा साल बरबाद होनेवाला नहीं।

उसी रात गिरधर रखिया दौड़ता हुआ आया। चोर आए हैं मालिक, कपास पर, चलिए, दौड़िए। मैं और भावडू अँधेरे में साइकिल पर डबल सीट, लाठियाँ लेकर सबसे आगे। पीछे से दो सालदार, पिताजी, पड़ोसी, गणपत, उसी समय रोटी माँगने के लिए आया थोटिया चमार भी अपने इकलौते हाथ में लाठी ऊँची ताने—बीस–पच्चीस लोग एक कोस तक दौड़ते हुए आए। आकाश में वद्य चतुर्थी का सबसे बड़ा चंद्रमा। ऊपर तारे–ही–तारे। शीतल हवा। सफेद चाँदनी। दूर टीले की तलहटी तक सीने जितने ऊँचे कपास के ढोंढे भी तारों के जमघट जैसे दिख रहे थे। लेकिन आखिर में एक कोना काला–सा। वहाँ की कपास चुनकर चोर अभी–अभी नाले से निकल गए थे। पेड़ स्तब्ध। टीले शांत। नाले के उस पार से आती सियारों की हुआँ। भावडू साँस फेंकते हुए जोश में बोला, देखो सुराग दिख रहा है, खंडू, चल तो नीचे। एक बार मिल गया न चोर, वहीं–के–वहीं लंबा कर देंगे उसे।

पीछे से पिताजी की आवाज—आगे नहीं जाना बच्चो, पीछे हटो। ले जाने दो गाड़ी–भर कपास। भगवान हमें इससे दोगुना दे देंगे। सगवारे में चोर को पकड़ना आसान होता है? कोई कहता है, किसान को न सुरक्षा, न मुआवजा। राम–भरोसे धंधा है ये। पिताजी भावडू से उद्‌बोधक बात कहते हैं : कल शाम को अचानक मजदूरी बढ़ाने के लिए अड़कर बैठे गए थे। लेकिन बेटा, तूने मेरी बात नहीं मानी। मुझे रोककर तू बोला, कहाँ जाएँगे? हमारे इतने सारे काम—आठ दिनों तक लगातार काम होता है। बात तो ठीक थी। उन्हें सबक सिखाएँगे बोला, लेकिन अब देखा न,

कितना महँगा पड़ गया। ऐसे समय चार-आठ आने ज्यादा चले भी जाएँ तो भी कोई बात नहीं। कहना, ले लो बापजी। आगे से ध्यान में रखना। फिर पिताजी ने सबके लिए गाँव से चाय मँगवाई। हलवाई से गरम-गरम जलेबियाँ मँगवाई। बाद में हँसते-खेलते सभी गाँव की ओर लौट गए।

गिरधर के साथ भावडू और मैं दोनों रुक गए। चाँदनी में लाठियाँ पटकते कपास के ढोंढों में घूमते रहे। वह देखो ययाति। भावडू एक-एक नक्षत्र दिखाता जाता है। उनके नीचे वो वृषभ राशि की कृत्तिका और रोहिणियाँ। ऊपर देखते-देखते ऐसी हृदयंगम नींद सवार हो जाती है, मानो हम वहीं आकाशगंगा में घूम रहे हैं। ऐसा ही आसमान। ऊपर शीतल चंद्रमा।

भयानक फिल्म थी। चार दिन मदहोशी में ही बीत गए। क्या थी वो फिल्म? सहारा रेगिस्तान के कबीलेवालों की शहनाई या तुरही, बिलकुल हमारी महारी तुरही की तरह। हूबहू। देसी चीजें वैश्विक हों तो, डोंगर के शब्दों में बिसमिल्ला बिसमिल्ला।

अरे रोकना उस खंडिया को। खंडिया, अरे गाय के लिए ये कौर ले जाना तो जरा। रास्ते में दिखाई दें तो खिला देना। भूलना नहीं। रस्सी खोलते ही हमारी उजी गाय सीढ़ियों के पास रँभाने लगती है और अपना कौर खाए बिना गोटबस्ती की ओर पैर नहीं बढ़ाती। आज मुझ पर गुस्सा तो नहीं हुई? बिना कौर खाए ही चली गई।

सौराष्ट्र द्वारका तट से मिस्र कितना समुद्री मील दूर है? मैंने गणित से ढूँढ़ निकाला था कि दोऊ से वहाँ तक पहुँचने में उस जमाने में तीस दिन लगते होंगे।

क्या साली ये देहात की गँवार औरतें, सारी दोपहर आँगन में जमा होकर चूँ चूँ शोर मचाती रहती हैं। अल्-बिरूनी का एक अध्याय पूरा करना मुश्किल हो गया। उनसे कुछ कहे तो अश्लील ताने मारती हैं।

खंडू, सो रहा है क्या? उठ, हमारा खंडवा भेजा हुआ ट्रक पलट गया। तुम्हें भावडू के साथ जाना होगा। सारे केले बरबाद हो जाएँगे। दूसरा ट्रक लेकर जाना। जो आए सो दाम लेकर केले बेच डालना। उन रुपयों से बरहरानपुर की मंडी से सूँडी कीड़ों पर छिड़कने के लिए फौव्वारे के कनस्तर खरीद लाना और बाकी ट्रक भरकर सल्फेट। ट्रक को खाली मत ले आना।

इथियोपिया के नीचे केनिया की तुस्काना झील से इतनी दूर तक आदिमानव कैसे चला आया होगा? कहीं ऐसा तो नहीं कि बानर सदृश्य लोग और भी जगहों पर अपने आप पैदा हुए हों? यह सिलैबस में नहीं था। सर कहते, फिजूल में समय मत गँवाओ। परीक्षा पर ध्यान दो।

खंडू, सालदारों के साथ हमें भी वहाँ होना चाहिए। जाओ, कपास की गाड़ियों को तौल-काँटे पर ठीक से खड़ी करके गिनना। फिर गोवर्धन भाई के गोदाम में गाड़ियाँ खाली करके हुंडी ले लेना।

सोवियत प्रकाशन की किताबें इतनी सस्ती मिल रही थीं कि इस बात के लिए भी हम अमेरिका के दुश्मन बन गए थे। वाकई, इतने बड़े-बड़े लेखक अंग्रेजी में हैं ही नहीं। महीने-दो-महीने में हम दो-तीन मित्र केवल किताबों के लिए जलगाँव जाते और थैलियाँ भर-भरकर ले आते। चित्रकला के इतिहास की एक पुस्तक में पहली बार विश्वप्रसिद्ध चित्रकारों के चित्र देख पाए। वरना, इधर इस पहाड़ी कोने में कौन जान पाता पिकासो और डाली को। एक चित्र देखकर तो पूरा झनझना गया-एक पन्ना भरकर, चौखट से भी बाहर फैला बड़ा पेड़। चित्र का शीर्षक *ट्री ऑफ लाइफ।* उसकी हर डाल पर कोई-न-कोई सजीव प्राणी, प्रत्येक प्रजाति। और यह देखकर मुझे आश्चर्य हुआ कि आधी से ज्यादा टहनियों पर बैक्टेरिया, वाइरस, विषाणु, मनुष्य जाति के लिए हानिकारी जहरीले जंतु—अच्छे-से चमकीले, सुन्दर। कुछ वनस्पतियाँ भी ऐसी ही संहारक। बिच्छू, साँप, बाघ, शेर जैसे कुछ तो पहचाने जानेवाले, लेकिन ऐसे भी कईं जो मालूम ही नहीं हैं। यदि हम सब एक ही जीवन-वृक्ष की पैदाइश हैं, और यदि *हम* यानी ये सब संहारक जीव मिलकर *हम* हैं, तो सभी के साथ-साथ रहना सीखना चाहिए। यानी, दुष्ट आदमी की बात तो छोड़ ही दीजिए, पल भर में पेट में घुसकर हमें नष्ट करनेवाले अदृश्य, सूक्ष्म जंतुओं के साथ रहना भी जीवन का एक अंग मानना पड़ेगा। खंडेराव, हर बात को सह सकने की क्षमता को बढ़ाओ। सहनशीलता को बढ़ाओ। हरि ओम।

खंडू, अरहर का पछोरना हो जाए तो सारा भूसा झालों में भरकर खलिहान में ले जाओ। बछड़ों के आगे डाल दो। और ये जूठन की टोकरी भैंस को खिला दो।

बी.ए. की आखिरी टर्म। घर के बढ़ते जा रहे कामों को टालने के लिए मैं देर तक कॉलेज में रहता। केवल भोजन के लिए ही घर पर आता फिर *लोटू 'ज फायू स्टार* होटल में गैस लैम्प के उजाले में पढ़ाई। यह सोचकर कि अब घर के सभी सो गए होंगे, मैं चुपचाप बाहरी सीढ़ियों से ऊपर। रात की पढ़ाई खत्म करके ही सोना। गाँव में हरित क्रांति के सपने शुरू हो चुके थे। किसानों ने नकदी फसलें बोकर कुएँ उलीचने के लिए कमर कस ली थी। वे पागलों की तरह कुओं की और गहरी खुदाई करने लगे। सगवारे में इंजन रात-दिन धकपकाते रहते। गाँव में मजदूरी की दरें बढ़ती गईं। गाँव के बाहरवाला गाँव चौगुना बढ़ गया। आदिवासी लोग दूर-दराज से मोरगाँव आने लगे और यहाँ के बाशिंदे बनते गए। उनके लिए अलग-से श्मशान बनवाना पड़ा। मोरगाँव की झुग्गियों में रहनेवाले बाशिंदों की लड़कियों की ब्याह के लिए अनावश्यक माँग बढ़ गई, क्योंकि ब्याह होते ही यहीं नदी तट पर चार खंभे गाड़कर छोटी-सी मड़ैया डालते ही रोजगार पक्का। अन्य बारानी गाँवों में चार-पाँच रुपए दिहाड़ी तो यहाँ दस रुपए, और वह भी उसी रात नकद। भट्टी की शराब, एक रुपए में एक प्याला, यानी रात में थकान मिटाने का प्रबंध। बैलों की खेती पुरानी

पड़ने लगी। ट्रैक्टर, चक्की, दौंरी की मशीनें आती गईं। पुराने धाबे के घर विलुप्त हुए, हवेलियाँ बनाना शुरू हुआ। इसके लिए और मजदूरों की जरूरत पड़ने लगी। फिर घोषणा हुई कि जल्द ही गुजरात से बिजली आनेवाली है। बारहमासी, मेहनती, बारानी, फटी-पुरानी, गोबरखाद की, मर-मरके की जानेवाली टुक्का-टुक्की खेती कालबाह्य होती गई। किसानों की संपन्नता बढ़ी। गणू गोंधली का टूटा-फूटा घर ही बस पहले की तरह गाता रहा :

अरे जाल बुना बुनकर मकड़ी ने   सुख भोगने को, जीऽ जीऽ
सुख भोगने को   और अंदर ही फँसकर मर गई जीऽऽ
अरे रामा रे जी रं   जी रं रामा जी रं जी रं होऽऽ

फिर भी रोज शाम को भैंस के पड़वे को पिलाने का काम मेरे हिस्से में आया। इतना हट्टा-कट्टा भैंसा, वह अपने प्रकृति-प्रदत्त हक से मुझे लगातार माँ के थन की ओर खींचकर ले जाता। भैंसे को सिर्फ छाछ पिला-पिलाकर आखिरकार मार डालना, कृषि-संस्कृति का अलिखित अहिंसक कानून है। भैंस के ब्याने से पहले तीन दिन तक अपने पड़वे के लिए जद्दोजहद करनेवाली माँ को अरगल लगाकर उसका सारा कच्चा दूध पेवस के लिए निचोड़ लेना। पड़वे को बगल में पड़े रहने देना। भैंस उसे बस चाटती रहेगी। फिर चिंदी से पनीला छाछ पिला-पिलाकर उसे मार डालना। फिर थोटिया चमार से उसकी खाल उतारकर उसमें भूसी भरना और बिजूका माँ के सामने खड़ा कर देना, ताकि भैंस उसकी ओर देखती-देखती पेन्हाती रहे। ऐसे क्रूर तरीकों से कुर्मी संस्कृति बीते दस हजार सालों से मानवीय समाज को अहिंसा का मृगजल पिलाती आई है। और सभी लोग कहते हैं, भैंसे बचते ही नहीं हैं, जी। गैरजरूरी भैंसे। उनके हक का थन उनके मुँह से न लगने देने की खातिर बनाई गई व्यवस्था। राम कृष्ण हरि।

उसी समय मुंबई से पंडित मामा हमारे यहाँ आए थे। वे बोले, अरे हमारे घर के पीछे आरे कालोनी में तो जनमते ही सैकड़ों पड़वों को, बछड़ों को एक गड्ढे में दफनाकर छुट्टी पा ली जाती है। ये आधी जिंदा कोमल जानें हर रोज ट्रक से ढोकर ले जाने का ठेका भी हजारों रुपए में होता है। सारा मुंबई शहर उन्हीं के हक का दूध पीता है। अरे पगले, भले ही तूने किसान न बनना तय किया हो, लेकिन चाहे जहाँ रहो, दूध तो तुम्हें यही पीना पड़ेगा।

—यही मॉडेल स्त्रीवाद की तरफ से भी मानवीय समाज का आदर्श क्यों न हो? क्या इतने पुरुषों की जरूरत है?

पृथ्वी का पानी सूखकर ध्रुव की ओर बर्फ के पहाड़ बन रहे हैं। इस तरह पानी के भंडार सूखते जाने से धीरे-धीरे इनसान और जानवरों का एक साथ आना शुरू हुआ है। तभी एक भयानक लगनेवाला और सुसंस्कृत बनना चाहनेवाला करीब तीन हजार साल पूर्व की पीढ़ियों का बानर सदृश मेरा पूर्वज दिखाई देता है। वह नदी के तट पर पटेर में छिपकर बैठा है। भैंसों के विकराल झुंड तालाब पर आते हैं।

महिषासुर। उनका निरीक्षण करते-करते दस-बीस पीढ़ियों में इस खंडेराव के वे पूर्वज भैंसों को पालतू बनाते हैं। महिषासुरों को मार डालने की तकनीक ही विकसित कर लेते हैं—केवल पड़ियों को जिंदा रखना, भैंसे को मार डालना। दूध अपने लिए।

साला मनुष्य, कितने विरोधाभास : दूसरी तरफ ढोर-डंगरों की ये मासूम दुनिया कैसे घुल-मिल जाती है। बुढ़ा जाने तक हमारे लिए चुपचाप बोझ ढोनेवाले बधियाए बैल। उन्हें मरते दम तक पालना। बूढ़ी भैंसें, ठाँठ गाएँ, नन्ही-बड़ी पड़ियाओं, बछड़ों को घर के सदस्यों की तरह पालना। घर का बचा-खुचा, बासी, खुरचन, कीड़ा लगा हुआ, जूठन, बड़ियाँ-पापड़ का पानी, केले के पत्ते सब दरवाजे पर बँधे मवेशियों को। ज़ाया कुछ भी नहीं होता। जीने के लिए हमेशा कतर-ब्योंत। कई पीढ़ियों से जानवरों से रिश्ते—दादी के जमाने में एक भूरी भैंस थी, उसकी यह नातिन। यह उजी गाय दादाजी द्वारा लाई गई सफेद देवणी गाय की परनातिन। मुत्या-मोत्या तक के बैल, बछड़े अपने परदादा से लेकर अपने बदन पर सफेद-लाल धब्बों को घराने की शैली की तरह शान से दिखाते आए हैं। केवल पेट की खातिर हमसे जुड़े बेचारे गूँगे जीव। छाँटी हुई सब्जी का बचा-खुचा कचरा देवणी गाय को डालते ही उधर से काबरी गाय क्रुद्ध होकर फूं फूं करती हुई इस वर्णभेद के खिलाफ विरोध दर्ज करेगी और रंभी भैंस सींग हिलाकर इस जातिभेद का विरोध करेगी और अपनी दँवनी में डाला गया चारा चुपचाप खाती रहेगी। पाड़वा के दिन भैंसों, गायों की आरती उतारकर उन्हें कुंकुम लगाना। *इड़ा-पीड़ा टले, बली का राज्य आए।* लड़कियों का खेलने के लिए गोबर से बना गाय गोठ बनाना, उनमें गोबर की ग्वालिनों को बिठाना, वहाँ रसोई पकाना—ये सारा वैभव मवेशियों के लिए, बली के राज्य के लिए। यूटोपिया :

कोप झडेंऽ झंखाड़ झड़ेंऽ
गाय-भैंस से गोठ भरे
चिचड़ी झडेंऽ कुकुरौंछी झडेंऽ
सोने-चाँदी से हवेली भरेऽऽ

हर साल दशहरे के दौरान गिरधर कोतील हमारे घर से भाले, बरछी, जाले, पटसन की रस्सियाँ वगैरा लेकर पहाड़ी खेतों में शिकार पर जाता है। मालिक, हरणखुरी भील बस्ती से पाँच लोगों को शिकार पर बुलाया है। सौ रुपए दीजिए नमक-मिर्च चायपानी के लिए। रोज दस-बीस हिरन मारकर ही आएँगे। बहुत परेशान कर रखा है सालों ने। बहुत ज्यादा पैदाइश होती है इस जाति की। ऐसा सबक सिखाएँगे कि दुबारा आने का नाम नहीं लेंगे।

असल में चीते, बाघ, हाथी, गैंडे, अजगर, साँप वगैरह सारे जानवरों को नष्ट करने का पाप इसी कृषि-संस्कृति के माथे पर है। जंगलों को काटकर खेत बनाए

गए और इन बड़े-बड़े जानवरों को नष्ट कर दिया गया। बाघ-चीतों से बचने के लिए गतिमान ऊर्जा का वरदान पाए लम्बे-लम्बे पैरोंवाले, वजन में हल्के ये हिरन बढ़ते ही जा रहे हैं। अब पहाड़ी से हिरन, साँभर, जंगली सूअरों के झुंड-के-झुंड आते हैं और बोया हुआ सब कुछ साफ कर देते हैं।

किसानों को भी इसी समय इन भीलों की जरूरत पड़ती है। बाकी समय ये भील भले ही मर जाएँ, किसी को कोई परवाह नहीं होती। एक बार भीलों की बस्ती से शादी की बारात नाचते-गाते आ रही थी—औरतें, बच्चे, बूढ़ों के साथ जवान लड़के-लड़कियाँ शराब पीते हुए और गाने गाते हुए नदी तट से अपनी मस्ती में जल्लोष करते जा रहे थे। और गाँव के कृतक सुसंस्कृत किसान स्त्री-पुरुष अपने-अपने घरों, धाबों से जोर-जोर से हँसकर जीने का उत्सव मनानेवाली भीलों की इन क्रीड़ाओं को तुच्छ, जंगली समझ रहे थे। ये लड़कियाँ अपना पति तो कम-से-कम खुद चुनती हैं, हमारी तरह दहेज देकर गृहस्थी नहीं चलातीं—मैंने कह क्या दिया कि घर के सारे लोग मुझ पर टूट पड़े। जा खंडू, तू भी इसी तरह डफली पर नाचता-गाता, गुलाल उड़ाता जा और उठाकर ले आ एक लड़की। सभी हँस दिए। खेती के कारण इन लोगों का सारा सौंदर्यबोध नष्ट हो गया है। नाचना-गाना तो बचा ही नहीं। स्वार्थ छोड़ दें, तो ग्रामीण कृषि संस्कृति में कुछ भी बाकी नहीं बचा है। खंडेराव, सारी सीठी।

पत्रिका में छपा किसी का व्याख्यान पढ़ा था—शारीरिक श्रम से मुक्ति पाने का एक प्रमुख साधन है, शिक्षा। मेहनत से अनाज उगानेवाले के मुकाबले शिक्षित, नौकरीपेशा, वकील, अध्यापक ज्यादा बेहतर अन्न खाते हैं। मेहनत से कपास पैदा करनेवाले की अपेक्षा फैशनेबुल धंधे करनेवाले नागर सफेदपोश लोग ज्यादा बढ़िया कपड़े पहनते हैं। परंतु इससे श्रमिकों के साधारण रहन-सहन में भी सुधार नहीं होगा और जीने की सौंदर्य-दृष्टि भी प्राप्त नहीं होगी। भावडू कहता, श्रम से मुक्ति यानी सांस्कृतिक विकास। खेती मतलब छिलना, कोंछना, पटकना, ठूँसना, कटना, ठेस लगना, दबाना, मोड़ना, मरोड़ना, लचकना, किसी-न-किसी के द्वारा काटे जाना, डसे जाना—बैलों के सींगों को देखते और गले के घुँघरुओं की आवाज सुनते हुए बेअक्ल मगज से पहियों के हाल के नीचे की लीक को पकड़े रहना।

काली धरती और सफेदपोशी का यह झगड़ा पिछले छह हजार सालों से चला आ रहा है। इनके विट्ठल भी पंढरीनाथ यानी सफेद संस्कृति के ही देवता हैं। लेकिन उनके भक्त काली माता यानी धरती माता की आराधना करते हैं। सूसा महानगर जमीन के नीचे चला गया, न्यूयॉर्क कब जाएगा? इससे पहले की शिकार संस्कृति ठीक थी। इसलिए जब गिरधर शिकार पर निकला तो मैंने भी उसके साथ हो लेने की ठान ली और घर पर केवल भावडू को चुपचाप बताकर चल दिया। दिवाली की छुट्टियाँ भी थीं। शाम को पूरी तैयारी से गिरधर की झुग्गी की तरफ चला गया। अँधेरा होने से पहले पहाड़ी में हरणखुरी पहुँचना जरूरी था। खेत की ओर मुड़ते ही गिरधर के कुत्तों का भौंकना सुनाई दिया। मेरे आवाज लगाते ही गिरधर ने उन्हें चुप

कराया होगा। मेरे एक हाथ में कत्ता, दूसरे हाथ में लम्बी बरछी की लाठी, मुस्के, रस्सी और पैरों में जूते देखकर गिरधर ने कहा, अच्छा किया। फिर बोला, हम लोगों के पैर के तलुवे जूते के तले से भी मोटे होते हैं। हिरनों के पीछे चीते की फुर्ती से दौड़ना पड़ता है। हमारे बदन से हवा भी रगड़ खाए तो उधर हिरनों को सुनाई दे जाता है। हम निकल रहे थे कि बीमार बच्चे को गोद में लिये बैठी उसकी घरवाली उससे कुछ कोंबड़नखी[66] की पत्तियाँ लाने के लिए कहती है।...बच्चे को बुखार है क्या?...हाँ।...फिर?...चार दिनों से ऐसा ही तप रहा है। बचेगा नहीं। चलो। जब गाँव में ही डॉक्टर नहीं है, तो यहाँ जंगल में क्या दवा मिलेगी? और हिरन भी तो इसी फसल के मौसम में आते हैं। किसानों को उनका खातमा भी अभी करना होता है। बच्चों का क्या है, वो तो चलता ही रहेगा। मुख्य बात, शिकार के प्रति उसका पुश्तैनी लगाव। इसके अलावा शिकार से लौटने पर झाला भरकर हिरन का भुना हुआ माँस आएगा, बीवी उसकी राह देखती रहती है।...क्यों रे, सुना है तेरे दो बच्चे महामारी में चल बसे?...हाँ। गर्भपात, कृत्रिम गर्भस्खलन, सन्ततिनिरोध और इस चित्तवृत्ति निरोध में क्या अंतर है? रास्ते में हरणखुरी तक प्रबोधन के लिए मैं उसे किसी पत्रिका में पढ़ी सन्ततिनिरोध की अलग-अलग पद्धतियाँ समझाता रहा और वह पेट में बल पड़ने तक हँसता रहा—हू हू हू हूऽ।

शिकार से हम हमेशा की तरह हफ्ते-भर में नहीं लौटे, बारह-तेरह दिन लग गए। मेरे अनाड़ीपन के कारण हिरनों को आहट मिलती और वे जंगल-भर में गूँजनेवाली *बूऽक* आवाज निकालकर भाग जाते। साँस रोके रखना तक मुझे सीखना पड़ा। गिरधर के साथी शिकारी भील मेरी तरफ ऐसे देखते, मानो, कहाँ से इसे फालतू ही शिकार पर ले आए। गँवार देहाती आदमी जिस तरह शहरी लोगों की ओर देखता है, मैं भी वैसे ही देखता। लेकिन मैं मालिक का बेटा, इसलिए वे विवश थे। सिर पर धूप, चाँदनी, सियारों की हुआँ, नीलगायों के झुंड की आवाजें, भूरी घास में ऊपर-नीचे होते तेजी से दौड़ते सींग-ही-सींग। जंगली भैंसों का रेंकना, बंदरों का चीखना। अद्‌भुत, भयानक और शांत वगैरा रसों का एक-दूसरे से संबंध जोड़ता हुआ मैं घर लौट रहा था तभी—खंडेराव आया, खंडेराव आया, आया—गाँव से यह कोलाहल सुनाई दिया। लेकिन जंगल का यह सुन्दर चित्र आज तक दुबारा नहीं रचा जा सका।

कहाँ है रे वो बेवकूफ, मूरख। बिना कहे चला गया और इतने दिन? क्या कोई अपने बाप को फाँसी चढ़ाता है? सारे गाँव में कोलाहल। भागादौड़ी। पिताजी पुलिस चौकी में।

दरअसल बात यह थी कि यह आहट पाते ही कि खेत में रखिया गिरधर नहीं है, चोर हमारे दोनों कुओं से जापानी पम्प चुराकर ले गए। डाका। पुलिस चौकी दूर

66. बुखार के लिए एक औषधीय वनस्पति।

तहसील के गाँव में। ऊपर से पुलिस में शिकायत देकर जाँच के लिए उन्हें यहाँ गाँव में बुलाना, यानी घर पर रोज शराब–माँस, और ऊपर से रिश्वत भी। यह सोचकर कि हम जैसे वारकरी घर को ये झंझट नहीं चाहिए, भावडू ने भी पुलिस में शिकायत दर्ज नहीं की। फिर वह नए पम्प खरीद लाया और पानी शुरू हुआ। हम अभी शिकार से नहीं लौटे थे, इसलिए पिताजी ने एक दूसरे गबरू जवान भील को खेत पर रखवाली के लिए रख लिया।

एक रात, हमारे इस नए रखिया को एक चोर संदेहास्पद स्थिति में कुएँ में ही झाँकता हुआ नजर आया। लेकिन बाद में इस विषय के विशेषज्ञ कहने लगे कि बगल की ढलान की देसी भट्टी पर शराब पीकर मस्त हुआ यह पियक्कड़ केवल पानी पीने के लिए कुएँ पर आया होगा। हमारे उत्साही जवान आदिवासी रखिया ने उसे पीछे से पकड़ लिया। यह पियक्कड़ *पी ले पी ले हरिनाम का प्यालाऽ* कहकर जोर से चिल्लाए जा रहा था। रखिया उसे पकड़कर खींचते हुए ले गया और नीचे इंजनघर में तहखाने जैसी जैसे–तैसे खड़े रह पाने की जगह में ठूँस दिया और दरवाजा बंद कर उत्साह से गाँव में दौड़ता हुआ आया। *पी ले पी ले हरिनाम का प्यालाऽ*— के सुर दूर तक सुनता हुआ गाँव पहुँचकर बड़ी शान से अपनी बहादुरी सुनाने लगा। पिताजी, सालदार मकडू, भावडू, पुलिस में सूचना देनेवाला चौकीदार और चौपाल में चिलम पीते हुए बैठे बीसेक लोग, जिनमें भणंग टिकाराम वेसकर जैसे विघ्नसन्तोषी भी थे, खेत की तरफ दौड़ पड़े। सप्तर्षि अभी तक पलटा नहीं था और पौ फटने में भी अभी समय था। लोगों ने लाठियाँ तानकर कोठी खोली और अंदर से चोर की लाश धम्म से चौकीदार पर ही गिरी।

...राम राम, ये तो मर गया साला।...कैसे मरा होगा?...अरे ढलान की भट्टी का माल बरामद करो। खाली नौसादर पिलाता है साला भीमिया।...अरे इस कोठी में तो हवा आने के लिए जगह ही नहीं है, दम घुटेगा नहीं तो और क्या होगा आदमी का?..पानी पीने आया होगा रेऽ बेचाराऽ, और गरीब को चोर समझकर ठूँस दियाऽ। भणंग टिकाराम वगैरा विघ्नसन्तोषी लोग अब पिताजी से पैसे ऐंठने के अंदाज में कहने लगे, क्यों चौकीदार साहब, इसे कत्ल कहा जाए या खुदकुशी? इस तरह दया का पलड़ा चोर की तरफ झुकता देख यह नया कर्तव्यदक्ष भील रखिया, जो मोरगाँव में ही अपना ईमानदार वजूद सिद्ध कर पिताजी के पास स्थायी मजदूर बनने का सपना देख रहा था, सपने को वहीं अँधेरे में फेंककर नौ–दो–ग्यारह हो गया। यह युवा भील बाद में जिंदगी–भर पुलिस के डर से कभी सतपुड़ा के जंगल से बाहर नहीं आ सका। कौन था, कहाँ से आया था, पहाड़ की किसी बस्ती का था या फिर उस् ओर नेमाड़ की भील बस्ती का? सभी ने यह कहकर पल्ला झाड़ लिया कि हम उसे नहीं पहचानते हैं। अब? कातिल ही गायब? गिरधर होता तो ये वाकया नहीं होता। मृत पियक्कड़ की शिनाख्त दिन निकलने पर हो गई। यह आदमी गाँव के बाहर से मजदूरी करने आए सोमा महार का दामाद था। सोमा एक शिकायतखोर मजदूर के

रूप में पहले से ही कुख्यात।...पम्प तीन दिन पहले चोरी हुए थे, जिसकी शिकायत आपको पुलिस में तुरंत देनी चाहिए थी, विट्ठल महाजन। अब दारोगा के आने पर यह छिपाव आपको बहुत भारी पड़ेगा।

इसी समय हम घर पहुँचे। पहाड़ उतरकर आने से बदन के अंजर-पंजर ढीले हो चुके थे। जंगली परिवेश से दिमाग निराकार हो रहा। पिताजी आग-बबूला हो रहे थे। अब लगता है, गलती मेरी थी। पिताजी सही था, लेकिन उस समय खंडेराव मन-ही-मन यही सोच रहा था कि ऐसे आदमी की छत्रछाया में मैं जी नहीं सकता। अलग रास्ता ढूँढ़ निकालूँगा। खंडेराव, क्या अब तुम्हें अपनी क्षुद्रता पर विश्वास होता है? उसी समय तूने पिताजी को राक्षस समझकर मोरगाँव को त्यागने का निर्णय लिया और बी.ए. होने के साथ ही पिताजी को बिना बताए अचानक घर से निकल गया। पिताजी तुम्हारा गुस्सा मुझ पर ही उतारते रहे : तू हमें गार डालने पर ही तुला है। तुम्हारे ही कारण हम पर यह आफत आयी है। गाँव में हम अजातशत्रु हैं, लेकिन किसी का क्या भरोसा? *पी ले पी ले हरिनाम का प्याला*ऽ

इसी बीच मुंबई का भट नामक एक पत्रकार मोरगाँव में चक्कर लगा गया। उसके बाद हमेशा की तरह हनुमान के चबूतरे पर दैनिक अकादमी चल रही थी। इसमें अमूमन किसान की वर्तमान स्थिति का संपूर्ण विश्लेषण होता था। एक बैठक में शेखीबघारे देशमुख ने कहा, ऐसी खबरें आ रही हैं कि इस साल की गर्मी बीते सौ साल का कीर्तिमान तोड़ेगी। उधर तो इतनी भयानक गर्मी है कि लोगों के चश्मे पिघलकर शीशे जमीन पर गिर रहे हैं। फिर दूसरा शेखीबघारे कहता है, मुंबई के इस अखबार की खबर सुना न। सबकी गर्दनें अखबार में ठूँसी जाती हैं :

हरिजन की लाश किसान के खेत में
रहस्यमय मृत्यु या कत्ल?

खबर पढ़कर सुनाई जाती है। आगे चलकर इस खबर को जातीय, वर्गीय, व्यावसायिक राजनीति से जोड़ा जाता है या यों कहें कि उन्हें उस पर लादा जाता है। अखबार को लेकर पहले से ही डरे-सहमे हमारे देहात के लोग यह सोचकर अचानक बिगड़ जाते हैं कि दुनिया की नजरें हम पर टिकी हुई हैं। लेकिन कुछ किसान इस एहसास से सजग भी हो जाते हैं कि चलो, पहली बार ही सही, इसी बहाने विशाल सामाजिक अखबार हमारे क्षुद्र जीवन को स्पर्श तो कर रहे हैं।

शुरू में डींगमारे देशमुख कहता है, आजकल कानून भी किसान के खिलाफ बन रहे हैं। कानून ही ऐसे बनाए गए हैं कि किसान न कुछ बोए, न फसल ही ले पाए। अजी, कल ऐसा भी कानून बनेगा कि महार-मातंग लोग कुर्मियों की गाँड मारें। सफेदपोश लोग शहरों में बैठकर ऐसे ही खेती के खिलाफ धंधे करेंगे। हमारे इलाके के कुर्मी ही साले गाँडू हैं। दूसरी तरफ के लोग नहीं सहेंगे ये।...मतलब?...अरे

ये हरिजन बस इतना ही पुलिस चौकी पर जाकर बोल दें न कि अमुक आदमी ने हमें हमारी जाति का नाम लेकर गालियाँ दीं, तब भी पुलिस को शिकायत दर्ज करनी ही पड़ती है और आपको पकड़कर ले जाना ही पड़ता है जेल में। क्यों पाहुने जी, क्या आपके यहाँ मुगलई में ऐसा ही चलता है?

मोरगाँव में मेहमान बनकर आया मराठवाड़ा[67] का एक बचकाना बूढ़ा हँसते हुए बोला, हमारे यहाँ? एक दफे चोर मिल जाए न, तो पीट-पीटकर वहीं गाड़ देते हैं साले मादरचोद को। कानून और पुलिस, हॅ हॅऽ, अब देखो, हमारे चार लड़के हैं, तगड़े, एक-एक ऐसा है कि दस पर भारी पड़े। बचपन से ही खेत में पलकर बड़े हुए, बीवी-बच्चे भी जल्दी ही हुए। हमारे कुओं में पानी भी खूब लबालब। सब्जियाँ, खीरा, गन्ना—खूब दबाकर सब्जी-तरकारी उगाते हैं साथ में। कुत्ते हैं चौकन्ने। मेंड़ पर जरा-सी भी खसखस सुनाई दी, तो एक-एक लड़का दौड़ता है मेंड़ पर लाठी लेकर। दीवार पर ही गँड़ासे, तलवारें टँगी रहती हैं। कोई चोर दिखाई दे, तो समझो हो गया उसका राम नाम सत्य। फिर साल-दो-साल हमारे खेत में कदम रखने की हिम्मत नहीं होती किसी की। काहे की पुलिस और काहे का कानून जी—

हम मेहनती लोग ऐसे झंझट क्यों पालें? ऐसा भी कहीं होता है? क्या कानून केवल किसानों के लिए है? चोरों के लिए नहीं?

परसों हमारे गाँव के छोटे-छोटे बच्चे लाठी-लाठी खेल रहे थे—मतलब हरेक के हाथ में लाठी। ठीक उसी समय हमारे अटाले से अनाज चुराकर खलिहान की ओर से चोर दौड़ते हुए आए। पकड़ो, पकड़ो का शोर हुआ और बच्चों ने देखते-ही-देखते चोरों को लंबा कर दिया। हॉ हॉ हॉ। नहीं-नहीं करते-करते पानी माँगने लगे। कुर्मी की मेहनत का क्या कोई मोल नहीं? अजी, पानी को प्यास लगती है और रोटी को भूख, फिर भी किसान सोचता है, इतनी पाँत पूरी करेंगे, इतना गट्ठर बाँधेंगे। फिर? अजी गर्मी में भी दो पल खाली नहीं बैठ सकते। खाद डालो, खलिहान ठीक करो, मवेशियों का गोठ बनाओ, बाड़ लगाओ, टट्टी थापो, छप्पर छवाओ, खत्ता खोदो, पोतो, बीज चुनकर फटककर रखो, बुआई की तैयारी करो, हल-अकरी का पसारा—बहनचोद बढ़ई दस चक्कर मरवाता है। लुहार कहता है, समय नहीं है। जोतना, हेंगा चलाना, कटिया की जड़ें चुनना, कुंदा खोदना, ग्वार उखाड़ना, मेंड बनाना—धूप तो और भी तेज होती जाती है। किससे कहें भई?

एक-दो बूढ़े बोले, चाहे जो हो। हम तो बली के वंशज हैं। इस तरह किसी को मारना ठीक नहीं। कुर्मी को चाहिए कि चोर को केवल टोके। चोरी करते हुए रँगे हाथ पकड़ा जाए तो भी चोर को मारना नहीं चाहिए। गरीब लोग होते हैं। भूख ने पेट में उछल-कूद मचाई, चुराया और खा लिया। चोरी-चकारी तो लगी ही रहती है। हमारा वारकरी धर्म—पंछी, चूहे, सूअर, हिरन, गीदड़, चिड़िया फसल खाते हैं या नहीं? ये धरती माँ का कर्ज होता है बच्चो, सभी का हिस्सा होता है उसमें—

67. महाराष्ट्र का एक अंचल-विशेष, जो पहले हैदराबाद के निजाम के राज्य का हिस्सा था।

अगर ऐसा है दादाजी, तो खेती को खैराती धंधा घोषित कीजिए न। इंग्लैंड-अमेरिका का किसान भी क्या इसी तरह खेती करता है? या केवल हिंदू किसान ही संसार-भर का देनदार है? उसका अपना कोई हक नहीं?

अजी कैसी बातें कहते हो जी? क्या कुर्मी का जनम केवल फसल उगाने के लिए ही हुआ है? हमारे खलिहान में कोठरी का छप्पर खोलकर तैयार चने के बोरे लेकर भाग गए चोर बीते साल। हम बाहर खटिया डालकर सोए थे। क्या रखवाली करेंगे?

अजी, सिर पर चढ़ा रखा है सरकार ने इन लोगों को। अंधाधुंध कर्ज दिया इन्हें भैंस पालने के लिए। लेकिन चारा?—इधर हमारी फसलें हैं न खेतों में खड़ी। इन्हीं के लिए तो बुआई करते हैं हम—रात-बेरात भरी फसल में भैंस को घुसा देते हैं—क्या हम फसल में खटिया डालकर सोएँ? क्या ये लिखेंगे अखबारवाले—क्या रात-भर उन्हें यूँ खेत के अनाज की रखवाली करनी पड़ती है? उनके दफ्तर के सामने चौकीदार होता है। क्या वे लोग चोरों को नहीं पीटते? वहाँ सामाजिक न्याय लागू नहीं होता? माँ के जने। पुलिस, बंदूक, मशीनगन होती हैं उनकी रखवाली के लिए। और हम एक रखिया रखते हैं तो हरिजनों पर अत्याचार? क्या ये न्याय है? वाह भई वाह। मतलब ये शहरों में आराम से नौकरियाँ करेंगे और इधर बारह महीने कड़ी मेहनत में फसल उगानेवालों को ही धमकियाँ? यहाँ मामूली पुलिस कंपलेन करना चाहे तो भी है कहाँ पुलिस की चौकी? रात का अपराध क्या वे सुबह दर्ज करेंगे? हँसते हैं वे भी।

बिलकुल सच है, मादरचोद संपादक श्रम की प्रतिष्ठा को खाक जानता है। किसान को हर चीज की रखवाली खुद करनी पड़ती है, मादरजात। अनाज, धान तो छोड़ ही दो, खेत की बाड़, यहाँ तक कि मिट्टी की भी रखवाली करनी पड़ती है, दिन-रात। हमारा पसारा ऐसा खुले में। मादरचोद चोर कब और कहाँ नहीं होते? है कहीं किसान के लिए गोदाम या भंडार, मुआवजा या बीमा? शहर में तो मोटर-गाड़ियों तक का भी बीमा होता है। किसान के यहाँ काम के लिए आदमी पूरे नहीं पड़ते, तो चोरों का और मजदूरों का कौन देखे—

उसमें भी बुआई और रोपाई की आपाधापी—घर के बूढ़े-जवान, बाल-बच्चे, औरतें सभी बावलों की तरह भागादौड़ी करते रहते हैं। अजी, कभी-कभी सारा पेट बाहर आने को होता है। उस पर बरसात का सनकीपन, दौंगड़ा, अतिवृष्टि, फसल ही बह जाती है और गला सूखने तक चिल्लाना तो है ही, धत् तेरी—चिड़ियाँ, खेत में खड़ी फसल से अनाज चुगनेवाली जंगली चिड़ियाँ, सातभाई, तोता, जंगली सूअर, हिरन, आवारा पशु, भैंसे, साँड़, गधे, बकरियाँ और उचक्के—अरे ओ कुर्मी, एक ही तो भुट्टा लिया है, किस्मत चुरा ली क्या तेरी, खाने दे न भुक्खड़ऽ, पेट के लिए ही खा रहा हूँ—ऊपर से ऐसी बातें।

अजी, किसान की सबसे बड़ी बैरी ये खेती है। वही उसका पूरा फोता निचोड़ डालती है। दूसरा बैरी है व्यापारी—जैसे ही फसल खलिहान में आई, वो साला दाम

गिरा देगा मादरचोद, तीसरी बैरी है सरकार—पटवारी, मामलेदार, बैंकवाले, जोनल अफसर—एक खरीद-बिक्री में सौ-दो-सौ रुपए काट लेते हैं। जिस तरह अमरबेल जिंदा पेड़ को खा जाती है, वैसे ही ये किसान को खाते हैं।

अरे पिछले जनम में जरूर कुछ पाप किया होगा, तभी तो इस जनम में हम किसान बने हैं। वो शिवलीलामृत भी बदलना पड़ेगा भाई—*एक बार शिवशंभू पार्वती के साथ एकांत में क्रीड़ा कर रहे थे और एक गंधर्व गलती से उनके कमरे में घुस आया। उसे शाप दिया शंभू ने–जा, तू महाराष्ट्र में किसान बनेगा।* हॉ हॉ हॉ।

अरे इसकी बजाय चिरागवाले राक्षस की कहानी सुना न—रगड़ने पर वो खड़ा होकर बोलेगा, काम दो, नहीं तो खाऊँगा तुम्हें।...उससे कहना ये ले खेती कर—साला, कभी काम खत्म नहीं होगा।

सच कहूँ तो इन मजदूरों की मस्ती बहुत बढ़ गई है। काम ही नहीं करते हैं साले। पहले व्हलर लोग ढोलक, नगाड़े लेकर भलरी[68] गाते-नाचते-सींग बजाते खेत में कटाई के लिए आते थे। अब ? अब तो चिरौरी करनी पड़ती है, साला। एक दिन पहले शाम को बोमट्या मेरे घर दस-बारह आदमी लेकर आया, बोला, देवराम जीजा, विट्ठल भाई तो सवा तीन रुपए मजदूरी दे रहा है। हम ठहरे गरीब लोग, जिधर चार पैसे ज्यादा मिलेंगे, उधर जाएँगे। फिर मेरा तो वही हाल हुआ न कि वक्त पड़े बाँका और क्या। हाँ भाई, हाँ भाई करते-करते दाढ़ी छू-छूकर सवा तीन रुपए दिहाड़ी के लिए राजी हुआ। मंदिर में विट्ठल भाई से पूछा तो वो बोला, हैं, मैंने कब सवा तीन रुपए दिहाड़ी कबूली ? मैं तो ढाई ही देता हूँ। तड़के बोमट्या से बोला, वाह भाई बोमटू, अच्छा फाँस लिया तूने साले बदमाश। मजदूर भी पक्के दो नंबरवाले हो गए हैं साथियो। किसान भूखों भी मरने लगे तब भी ये कहते रहेंगे : मालिक, नहीं होगा। और बढ़ाइए मजूरी। मजदूर मतलब जवार पर पड़नेवाला गोसाई रोग।

मुंबई मंत्रालय में बड़े पद से अवकाश ग्रहण कर जज्बात की खातिर इधर अपने बचपन के गाँव रहने आए यमाजी चौधरी बाबूसाहब इतनी देर से खामोश बैठे सुन रहे थे। इन्हें जब कुत्ते ने काट लिया था, तब पैंतीस किलोमीटर दूर जिला सिविल अस्पताल तक में इन्हें रेबीज की दवा नहीं मिली थी, फिर भी वे बच गए थे। पर इन देहातों से उनका काफी मोहभंग हो गया था। इसके अलावा यहाँ गाँव में नौकर-चाकर नहीं मिलते, बर्तन माँजने के लिए, रसोई बनाने के लिए दाई नहीं मिलती—यहाँ ऐसे कामों को अप्रतिष्ठा का लक्षण माना जाता है। शुद्ध हवा छोड़कर यहाँ कुछ नहीं है। इस केले-गन्ने की खेती के कारण पानी भी सूखता जा रहा है। इस पर यकीन करनेवाले बाबूसाहेब मंत्रालय के फाइलाना अंदाज में बोले, देवराम जीजा, खेती अगर आज भी बेच दी न आपने, और यह रकम बैंक खाते में जमा कर दी न, तब भी एक लाख रुपए पर हर साल पंद्रह हजार रुपए ब्याज खा सकते हैं आप, घर

---

68. सामूहिक रूप में मेहनत का कोई काम करते समय बोलने का शब्द, गीत, पुकार आदि।

बैठे—बिना कुछ किए। मैं यही तो करता हूँ। आराम से बारह ज्योतिर्लिंग, अष्टविनायक[69], चारों धाम—सारी यात्राएँ हो गईं। खेती करता रहता तो साल में चार दिन भी गाँव से बाहर नहीं निकल पाता। बैल और सालदार, उनका सानी–पानी और अनाज, खेत और खलिहान, सुखाओ और जमा करो साला, रोज कुछ–न–कुछ जारी। हिसाब लगाओ तो जरा और देखो, मजदूरी को घटाकर खेती से कितनी आमदनी होती है? घाटा ही दिखाई देगा।

उसमें घर की औरतों की चौबीसों घंटों की मेहनत और बच्चों के काम भी जोड़ दो तो घाटा ही घाटा, जीजा केवल घाटा। बाबूसाहेब मंत्रालय में इतने बड़े–बड़े मंत्रियों की फाइलें बदलवाकर निर्णय बदलवाते थे, उनकी बात सही है। धूप हो, बरखा हो, जाड़ा हो, सभी दौड़ते रहते हैं, साला। हमारे भोले मास्टर का छोटा लड़का बस आवारागर्दी करता घूमता है जलगाँव में। स्टेशन के सामने अखबार बेचता है, जुआ खेलता है, सिनेमा के टिकटों का ब्लैक करता है, लेकिन खेती का नाम नहीं लेता। क्यों? कहता है, बड़ा भाई खेती कर रहा है, उसकी हालत देखो न। भाई–भावज भिनभिना जाते हैं काम से।

तो यह कहो न कि मजदूर की स्त्री ज्यादा सुख से रहती है। किसान की स्त्री के लिए चौबीसों घंटे घर–बार, खेत–सगवारा, आने–जानेवाले मेहमान, फिर दूध–दही–मवेशी, बाल–बच्चे—तरस जाती है धरती से पीठ टेकने के लिए। दोपहर में एक मिनट भर आराम नहीं मिलता। इसीलिए लड़कियों के बाप आजकल किसान से नहीं ब्याह रहे हैं अपनी लड़कियों को—कहते हैं, इसकी बजाय पान के ठेलेवाला अच्छा। स्त्री को कुछ और न सही, सुख तो मिलता है। अरे वह बहरा पाटील, उसका लड़का चपरासी क्या बन गया बैंक में, लड्डू बाँट रहा था उस रोज। मैंने पूछा, क्यों रे बहरे, कहीं सोने का कलसा मिल गया क्या? बोला, अरे कलसे की क्या बात करते हो भाऊ, नौकरी मिल गई है, नौकरी—सोने की मुर्गी। हर महीने सोने का अंडा देती है। आगे उसके मरने पर उसकी बीवी को मरते दम तक पेंशन। चिंता नहीं। सत्तर–अस्सी साल तक घर में हर महीने पैसा आएगा। सही है न बाबूसाहब?

बिलकुल सही। *तुका म्हणे मुक्ति परिणली नोकरी। आता दिवस चारी खेळीमेळी॥*[70]

एक बात और कहता हूँ, सुनिए। दूसरे धंधों में हर नए साल की शुरुआत नई बही, नए पन्ने से होती है। मास्टर, प्राध्यापक, बैंक के अफसर तो मार्च महीना आते ही स्लेट पोंछ डालते हैं। यहाँ किसान के ढोर–डंगर, चारा, खेत, पौनी—कुछ भी पोंछा नहीं जा सकता। एक साल भी खेती डूब जाती है न, तो उससे उबरने के लिए अगले दस साल भी कम पड़ते हैं। खराब अनाज घर में खाओ, अच्छा अनाज बेच दो, फिर भी बकाया रह जाता है। मौज–मस्ती की बात तो छोड़ ही दो, लड़के–

69. भगवान गणेश जी के महाराष्ट्र में स्थित आठ तीर्थस्थान।
70. संत तुकाराम की पंक्ति की पैरोडी—नौकरी करने से मुक्ति मिल गई, जिंदगी आराम से बीतेगी।

लड़कियों को पढ़ाने तक के लिए कभी पैसा नहीं बचता है। ऊपर से—जल्दी से शादी कर डालो—लेंहड़ा। इसीलिए कहता हूँ, ये कुर्मीगीरी की दीवार गिरा दो और बाहरी खुली दुनिया में निकल भागो।

बात तब की है, जब सीनियर बी.ए. में पढ़ रहा था। बनिए की दुकान से लाई हींग की पुड़िया का कागज आदतन पढ़ रहा था। उस फटे कागज की अधिकांश पंक्तियाँ धुँधली हो गई थीं। लेकिन एक पंक्ति बड़ी मुश्किल से पढ़ी और मैं चौंक गया :

राम राम, मुझ जैसे को भी पछतावा हो?

फिर मैंने उस परचून की दुकान में जाकर उसके पास की सारी रद्दी खोद डाली कि इस कविता का कवि कौन है? कहाँ रहता है? हमारे मोरगाँव का यह बनिया आस-पास के तीन-चार देहातों से रद्दी खरीदता था। दो-चार घरों में ही पढ़ने-लिखनेवाले लोग थे। अमीर लोग तो रद्दी बेचते नहीं थे। यानी जरूर यह कवि गरीब घर का होगा। आखिर में उस रद्दी में एक और कागज मिला। लिखावट भी वही, कागज भी वैसा ही और स्याही भी वही। उस पर एक पूरी कविता थी :

यूँ ही उसने खोलकर भंडार दिखाया
हीरे-मोतियों का तेज बिखरा पाया

किसका भंडार होगा यह? आसपास के दो-एक गाँवों में ही हीरे-मोती के अमीर साहूकार हैं। दो दिन साइकिल दौड़ाते हुए मैंने उन गाँवों को ढूँढ़ निकाला। वहाँ के दुकानदारों को मैंने अपने पास का अजीबोगरीब आयताकृति कागज दिखाया और पूछा, क्या आपके पास इस आकार की बहुत मोटी बही आजकल रद्दी में आई है? यों भी लिख सकनेवाले लोग चुनिंदा। पिताजी की पहचान के कारण दुकानदार आत्मीयता से ढूँढ़ने की कोशिश करते। फिर कहते, इन हलवाहों के उजड्ड गाँवों में कहाँ से कवि पैदा होगा, खंडेराव। कवि उधर मुंबई-पुणे में। और आखिर में यह भी पूछते—तुम कुछ पढ़ाई-लिखाई करते हो या नहीं? लेकिन आखिरकार इंजालपुर गाँव में एक दुकानदार ने बताया कि इसी आकार की बड़ी लेकिन फटी हुई बही चूल्हा सिलगाने के लिए अभी-अभी बीवी ले गई है। तुरंत एक बच्चे को मेरे साथ भेजा। देहाती घर, गोठ और खेत के जलावन के कारण उठते धुएँ के बादलों से काली पड़ी रसोई। वहाँ चूल्हे के ऊपर ताक में जलावन के लिए खोंसकर रखी वह अनमोल बही मैंने ली और जल्दी में साइकिल दौड़ाता हुआ घर आया। मानो बड़ा खजाना मिल गया हो। कविताएँ ठीक ही थीं। बीच-बीच में ऐसे टुकड़े मिले :

यह सगवारा था मेरा–
मानो कलेजे का टुकड़ा

मैं भावे सर के बरामदे की किताबों में देखा करता था कि इस छंद की कविताएँ उन्नीस सौ तीस के आसपास मराठी में काफी लिखी जाती थीं। डैश ज्यादा, तीन बिंदु हैं ही नहीं, यानी सन् 1940 से पहले ही शायद :

ताल करताल की गूँज आती है कानों में
खड़ा चोखा[71] अकेला महाद्वार पर

यानी लगभग पंद्रह–सोलह साल पहले यह कवि यहीं किसी देहात में रहता था। उसका खेत था और उसके गाँव में विट्ठल मंदिर होगा। बाहर से कीर्तन सुनते समय महार भक्तों की अनुभूति उसे खालिस लगी होगी।

एक कविता पढ़कर समझ गया कि कवि का कुछ ठीक नहीं चल रहा था :

नहीं है बर्ताव दुनिया का काबिल–ए–दिल
*उसका जवाब एक ही–**तु बा** उन पर हँसता चल।*

इसका मतलब ? **तु** दरअसल **तू** होना चाहिए था। या कहीं यह **तु. बा.** आद्याक्षरों से बना कवि का नाम तो नहीं है ?

एक टुकड़ा और मिल गया। यह उस समय की कविता होगी, जब इस कवि को अपना गाँव त्यागना पड़ा था :

अब अपने एक हाथ से दूसरे हाथ की उँगली थामे निकल चलें
था ही क्या तुझमें कि छोड़ते वक्त तुझे आँखों से मेरी पानी झरे
अफसोस निराशा पराजय अपयश कविताओं का गट्ठर–और रेहननामा

इसके नीचे के कागज का कोना ही जलावन के लिए फाड़ा गया था। लेकिन अब निश्चित सुराग मिल चुका था। एक परिचित की मदद से वहीं के बत्तीराम साहूकार के पास पहुँचा।

उसका दीवानजी भंडारी की सन् 1938 की खाताबही देखकर कहता है : यह कवि है तु. बा. बेंडाले, इंजालपुर का निवासी। इसके सात भाई थे। इस पगले सज्जन ने बी.एड. की उच्च शिक्षा के लिए अपने हिस्से का घर और खेत हमारे पास गिरवी रखे थे। दस साल बीते, लेकिन लगातार फेल होने के कारण परीक्षा भी पास नहीं कर पाया। हमारे पास का डेढ़–सौ रुपए का कर्ज पाँच–सौ पर पहुँच गया, फिर भी चुकाने की आशा नहीं थी। तब की अंग्रेज सरकार की क्या पूछते हो ? आदर्श राजधर्म पालन। वैसे शासक इस देश को नसीब हुए, हमारी किस्मत। उस दौर में साहूकार का शब्द यानी ब्रह्मवाक्य। दूसरे ही दिन कुर्की का आदेश दरवाजे पर लगा दिया। खंडेराव, अजी ये आदमी कविताएँ करता था, उसका और क्या हश्र होना था ? वो *रामजोशी*[72] फिल्म देखी है न आपने ? लावनी के कारण ही तो घर छोड़ना पड़ा था उसे ? अच्छा, फिर मिलेंगे।

उसके खेत के पड़ोसी किसानों ने बताया कि ये कवि एक बार खेत में धूप लगने के कारण मौत के मुँह में पहुँच गया था।...मतलब यह कवि प्यार की खातिर

71. महाराष्ट्र के एक सम्माननीय विट्ठल भक्त, जो महार जाति से संबद्ध थे।
72. मराठी के पेशवाशाही के जमाने के लावनी लिखनेवाले एक बड़े शायर।

दुखी मन से अपने गिरवी पड़े 'कलेजे के टुकड़े' में जाया करता था, गर्मियों की दोपहरी में?...हाँ, वह रोज वहाँ आम के पेड़ तले बैठकर हाथ से इशारे करता हुआ पागल की तरह कुछ बर्राता—यही कविता या फविता फिजूल में रचता होगा, और क्या? अजी उसके पास कागज खरीदने तक के लिए पैसे नहीं होते थे।

भावे सर को बहुत ही पसंद आया, मेरा अनुसंधान भी और कविताएँ भी। मैंने कहा, सर, यह ढूँढ़ निकाले बिना मुझे चैन नहीं आएगा कि आगे इस कवि का क्या हुआ। सर ने कहा, इसी को पुरातत्व कहते हैं, खंडेराव, कोई भी कचरा खोदकर संबंध जोड़ना। लेकिन खंडेराव, अब तुम जरा परीक्षा पर ध्यान दो। हमारी शिक्षा-पद्धति में परीक्षा का स्कोर—बेटा, परेशानी हो सकती है। एम.ए. में तुम्हें अपनी दिलचस्पी का बौद्धिक क्षेत्र मिलेगा—पुरातत्व, प्राचीन इतिहास या ऐसा ही कोई विषय लेना। और हाँ, मेरे एक बड़े अन्वेषक मित्र अगले महीने दिल्ली से इधर आ रहे हैं, आभीर अवशेषों की जानकारी जुटाने के लिए। पिछले साल हम गए थे न, वही तुम्हारे गाँव के पास की जगह उन्हें दिखाना। उनके साथ दो-तीन दिन रहना। तुम्हारी बी.ए. की परीक्षा भी तब तक खत्म हो जाएगी। अब बस पढ़ाई—

सर इस तु.बा. बेंडाले कवि की एक पंक्ति का अर्थ क्या हो सकता है?

काव्य के कावे में फँस गया 77 के द्वंद्व में

काफी दिनों तक इस पंक्ति का अर्थ समझने की कोशिश करता रहा। काव्य और कावा—तो समझ में आ गया, लेकिन इस तु. बा. कवि ने यहाँ सतत्तर को अक्षरों में लिखने की बजाय अंकों में क्यों लिखा होगा? लेकिन जल्द ही बेलबाला के कारण इसका भी अर्थ लग गया।

अंग्रेजी के देशपांडे सर ने हर साल की तरह इस साल भी गैदरिंग में खेलने के लिए अंग्रेजी से अनूदित एक विश्वप्रसिद्ध नाटक *लवलासी* का चयन कर नोटिस लगा दिया। इस नाटक का मूल अंग्रेजी नाम *लव मैरिज* था, जिसमें अलग-अलग जाति-धर्मों के, अत्यंत गरीब और अत्यंत अमीर, और फिर भी तन-मन से एक दूसरे के प्यार में पागल करीब सात-आठ दीवाने युग्मों की बाधा-दौड़ जैसी प्रेमकथाएँ रची गई थीं। देशपांडे सर ने अंग्रेजी के अनेक भाषिक प्रयोगों से अनूदित कहकर इसका प्रचार किया था। 'एमपीसाहब' के हिसाब से देशपांडे सर आठ आने विद्वान थे, फिर भी मराठी के कुलकर्णी सर ने देशपांडे सर का पर्दाफाश किया। जबकि 'एमपीसाहब' के हिसाब से मराठी का प्राध्यापक औसतन चार आना विद्वत्तावाला ही होता है।

तात्पर्य, *लवलासी* नाटक का विषय देखते ही और नोटिस पढ़ते ही पूरे कॉलेज से पचास-साठ नायक-नायिकाएँ अपने चयन की उत्स्फूर्त अपेक्षा से जमा हुए। इनमें सबसे साहसी इसलिए सफल, यानी अंत में जिनकी शादी हो ही जाती है, और लिंगभेद के अलावा किसी भी अन्य भेद को न माननेवाले—प्रगतिशील, आधुनिक,

जातिनिरपेक्ष, समतावादी, प्रेम-विवाहेच्छु, शहरी नायक-नायिका के जोड़े के लिए मेरा और बेलबाला, दोनों का चुनाव हुआ। तुरंत सारी दोस्त मंडली द्वारा जरा-सी आँख मारकर अभिनंदन की बौछार : खंडिया, साला जोर में है, हाँ। बेलबाला। लेकिन बेलबाला को तो यह तरीका और भी ज्यादा पसंद आया। बोली, खंडेराव, ये लोग हमें आँख क्यों मारते हैं? ईर्ष्यालु कहीं के।

नाटक का रिहर्सल भी रात में। देशपांडे सर ने स्टेज पर कुछ ज्यादा ही प्रगतिशील प्रेम-प्रसंग दर्शाए थे। डायलॉग भी ऐसे शृंगारिक कि रिहर्सल देखने के लिए भी हॉल पूरा भर जाता। 'एमपीसाहब' प्रणीत ब्रह्मचर्य परिवेश की धज्जियाँ उड़ गईं। लेकिन नैतिक मुद्दा यह है कि मान लो, नाटक में प्रियतम के किरदार में होने के कारण मुझे प्रियतमा के किरदार पर अपना तहेदिल प्यार सदेह दिखाना पड़ता है। यद्यपि लड़की प्यार के काबिल नहीं होती है, फिर भी स्टेज पर किरदार के रूप में प्यार के काबिल होती ही है। झूठा प्यार तो अच्छे अभिनय के लिए भी अपात्र सिद्ध होता है। इसके अलावा रिहर्सल के दौरान वह बुदबुदाती रहती कि इस नाटक की तरह इधर के इधर ही रजिस्टर मैरेज वगैरा मारकर मैं माँ-बाप को अच्छा सबक सिखाऊँगी। मतलब इसके लिए उसे एक नर बलि की जरूरत थी। यानी नाटक, एक कला के रूप में साध्य भी और साधन भी। इसके अलावा पहले यह अनुभव और शादी के बाद पुनर्नुभव।

यह छोकरी बड़ी चंट निकली। नाटक में अभिनीत प्यार के प्रसंग असली लगें इसलिए सारी बातों का वह मुझसे सख्ती से पालन करवाने लगी। यही नहीं, उन्हें वह निजी भी मानने लगी और झूठे प्रसंग भी असली लगने लगे। और वाकई, उन्हें झूठ कहें भी तो कैसे? स्टेज पर तो वे सच ही होते हैं। मैं देहाती आदमी, यथार्थनिष्ठ अभिनय करता। लेकिन होस्टल में रहनेवाले सभी छात्रों का यही होता है। घर से यानी यथार्थ व्यवस्था से कट जाने के कारण हमारी तरह भैंस को पानी पिलाना, बैलों को चारा डालना, मजदूरों पर ध्यान देना वगैरा इनकी परेशानियाँ नहीं होतीं। इनसानों से अलग रहना ठीक नहीं। इसी कारण तो बच्चे ज्यादा आजाद, खुले, रोमांचक और धीरे-धीरे इस बेलबाला की तरह एब्सर्ड होने लगते हैं। एक तरह से मेरा ठीक था, हमेशा सीने पर घर, मवेशी, खेत वगैरा सवार रहते। लेकिन नाटकीय किरदारों के कारण असली आवेग छलाँगें मारने लगते। चाहे जितना निश्चय करें, फिर भी नाटक के बाहर उन्हें कपड़ों की तरह उतारकर कैसे रखें? स्टेज पर और अन्यत्र भी उन्हें नियंत्रण में रखना मुश्किल हो जाता। इसके अलावा मैंने एक बार उससे यह बात कहकर गलती की कि असली सुन्दरी को अभिनय की जरूरत ही क्या है? इस वजह से अपनी सहेलियों में वह खुद ही अफवाएँ फैलाने लगी कि बी.ए. की परीक्षा मारते ही दूसरे दिन हम नाटक की तरह रजिस्टर मैरेज मारनेवाले हैं। मारना उसका तकियाकलाम ही था—खाना मारकर आती हूँ, शाम को सिनेमा मारूँगी, फर्स्ट क्लास मारूँगी। यही एक क्रियापद उसके काम का था।

सौभाग्य से जल्द ही इस नाटक पर पर्दा गिर गया और ड्रेस रिहर्सल से भी उसे वंचित कर दिया गया। इस प्रतिशोध-नाट्य का आगाज बहुत पहले हो चुका था। एक बार देशपांडे सर ने छात्रों के सामने मराठी के कुलकर्णी सर का मजाक उड़ाया था कि उन्हें मराठी भी ठीक से नहीं आती। इतने सालों से दबाकर रखा उस अपमान का स्प्रिंग अब जोश से उछला। एम.ए. के बाद बंद हुई पढ़ाई के लिए रतजगा करने के अपने हुनर पर अमल करते हुए कुलकर्णी सर ने एक लिखित निवेदन तैयार किया और उसे सीधे 'एमपीसाहब' के सामने प्रस्तुत कर दिया। निवेदन इस प्रकार था,

मेरे हृदय में आप जैसे त्याग की प्रतिमूर्ति के प्रति चरम निष्ठा एवं पूज्यभाव क्रमशः बसता एवं निवास करता है। मैं उद्विग्न करनेवाला झमेलिया नहीं हूँ और यदि कोई मुझ पर यह आक्षेप लगाता है तो इस बारे में मैं आपको एक शब्द भी नहीं लिखूँगा। अपितु यह उचित होगा कि इस साहस के लिए मुझे आपसे क्षमा माँगनी है और आपको मुझे वह देनी है। अब मूल बिंदु की ओर आगमन की अनुमति दें। हमारी संस्था के हितप्रीत्यर्थ, लौकिक-प्रतिष्ठा हेतु, विकास रक्षण के लिए एवं शील संवर्धन की खातिर क्रमशः प्रयास में, जूझने में, घिसने में, संघर्ष में और लड़ने में रत रहनेवाला मैं हमारी प्राचीन सात्विक खानदेसी परंपरा का सैनिक हूँ और उचित कार्रवाई (= व्युत्पत्ति : कारवाई) के लिए तनिक अप्रिय सत्य आप तक पहुँचाने का कष्ट दे रहा हूँ। एक दृष्टि से मेरी बात रहने दीजिए, परंतु इस पर भी विशुद्ध विचार होना आवश्यक है कि स्नेहसम्मेलन में खेले जानेवाला नाटक देखने हेतु गाँव के और दूर-दराज के देहातों से हजारों द्विदृक्षु दादा-दादियाँ, भूतपूर्व-वर्तमान माता-पिता बैलगाड़ियाँ जोतकर आया करते हैं, जो निषेध कर आपकी निंदा करेंगे। अब आपसे प्रार्थना है कि मुझे मुख्य विषय की ओर आने दें। विषय यह है कि, ब्रह्मचर्याश्रमी युवक-युवतियों को मदमत्त बनानेवाले मशारनिल्हे नाटककार की जाँच वस्तुतः होनी चाहिए, क्योंकि प्रस्तुत नाटक का अंग्रेजी से अनूदित, मूल अंग्रेजी में लोकप्रिय वगैरा बोलबाला किया जा रहा है।

सत्यं ब्रूयात प्रियं ब्रूयात् न ब्रूयात् ब्रॅण्डीविस्कीरम्।

वगैरा बचकाने श्लेष वाक्य अंग्रेजी से कैसे अनूदित हो सकते हैं? उपहासात्मक अनुवाद की ऐसी साहित्य विधा अभी तक तो सुनने में नहीं आई है। अतः इस मामले की तनिक जाँच होनी चाहिए क्योंकि देशपांडे ने जिस मूल तथाकथित अंग्रेजी नाटक लव मैरिज के मजमून से लवलासी नाटक अनूदित किया है, जैसाकि ऐसा कहा जा रहा है, असल में वह लव मैरिज नाटक अंग्रेजी में है ही नहीं। होना संभव भी नहीं है, क्योंकि लव मैरिज जैसी कहावत अंग्रेजी में है ही नहीं। लव योग मैरिज का शाब्दिक अनुवादः लव + लासी, यानी प्रेम की बाधा, क्या इसी तरह प्रस्तुत नाटक का अर्थ लिया जाए? यह धूल झोंककर कि प्रस्तुत नाटक अंग्रेजी से लाया गया है- इस संस्था में

स्नेहसम्मेलन की रात को मानो विशेष मदनोत्सव ही मनाया जानेवाला है, यह विनम्र सेवक आपका ध्यान इस ओर भी आकर्षित करना चाहता है, क्योंकि प्रस्तुत नाटक में प्रस्तुत किए जानेवाले शृंगार रस की झाँकीवाले और छात्रों को ढीठ बनानेवाले अश्लील एवं मसालेदार संवाद कंठस्थ कराए जाने के कारण हमारे ब्रह्मचर्यप्रवण छात्रगणों का भ्रांत चित्त भड़कने लगा है। मैं विश्वास से कह सकता हूँ कि सभी छात्राएँ चरमावस्था तक चिंतित हुई हैं, और साथ ही नखशिखांत स्त्रीवादी बनती जा रही हैं। छात्रावास की प्रत्येक लड़की को एक-एक लड़का चाहने लगा है और उनकी निजी बैठकों की बोली में उन्हें चाहू महाराज के संबोधन से संबोधित किया जाता है, जो हमने प्रत्यक्ष सुना है। लवलासी नाटक के कुछ बखूबी गुप्त अर्थोंवाले संवाद, जिनके भीतर छिपा अश्लील अर्थ उसके प्रत्येक अक्षर की जाँच किए बिना हम जैसों के समझ में आना बिलकुल असंभव है, उन्हें मैंने खोलकर देखने का भगीरथ प्रयास किया है। पहले ही प्रवेश के कुछ उदाहरण बानगी के तौर पर देता हूँ :

बी.ए. फाइनल का छात्र खंडेराव स्टेज पर प्रवेश करता है। नाटक में उसकी नायिका भी बी.ए. फाइनल की ही बेलबाला लड़की है। वह कहती है, आओ ना गड़े।[73] इस पर खंडेराव उत्तर देता है, रुको ना गड़े...। एक भार्या सुन्दरी वा दरी वा-दरी दिखाती हुई...उभयान्वयी अवयव...स्टर्लिंग पति, डार्लिंग प्रियतम...सेक्स पीयर रोमियो कर्तव्यच्युत जूलिएट...ऐसा लगता है जैसे गल गए हो...फकत्...मुझे अपना फकीर होने दे...तुम पर आया मेरा प्रेम...क्या, आया?...मुँह में दूँगा...कथन...नेस्तनाबूत...भगवती...पयोधर...साम्राज्यवादी सीना हम अपने नमक के सत्याग्रह से मसल देंगे-वगैरा रत्युत्पादक डायलॉग अंग्रेजी के देशपांडे अनुभवहीन लड़के-लड़कियों से प्रत्यक्ष कृति के साथ याद करवाते हैं। दिक्कत किसी भी बात की नहीं। हमारी विनम्र प्रार्थना है कि इस संस्था में यदि आपने शील और नैतिकता का क्रमशः रक्षण और संवर्धन का दायित्व उठाया है, तो उसका निर्वाह करें और प्रस्तुत लवलासी नाटक को बंद करवाएँ, अन्यथा गलत परिपाटी शुरू हो जाएगी।

आपका विनित
प्रा. बलीराम कुलकर्णी
मराठी प्राध्यापक (एम.ए. फर्स्ट क्लास सेकंड,
न.चिं. केलकर सुवर्णपदक विजेता)

इस पत्र की कापियाँ बाद में सभी विभागाध्यक्षों में बाँटी गईं। इसके मजमून का, विशेषतः जिस नमक सत्याग्रह का, जिसमें 'एमपीसाहब' बिना अपने प्राणों की परवाह किए युवावस्था में कूद पड़े थे, उसके चिह्नों का यों अवहेलनात्मक उल्लेख

73. मराठी में 'आओ ना गड़े' का अर्थ 'आओ न प्रिय/प्रिये' है। परंतु जल्दी में 'ना गड़े' शब्दों को एकसाथ 'नागड़े' पढ़ने से अर्थ होगा 'आओ नंगे/नंगी।'

का ऐसा व्यापक परिणाम हुआ कि 'एमपीसाहब' फिर एक बार अचानक बहुत बीमार हो गए।

परंतु गौण परिणाम ही ज्यादा हुए। वे इस प्रकार :

एक : यह सिद्ध हुआ कि *मराठी के प्राध्यापकों को मराठी के अलावा और कुछ नहीं आता,* यह न केवल एक अंधविश्वास है बल्कि मराठी के प्राध्यापकों को किसी भी बात का ज्ञान तनिक ज्यादा ही होता है। दो : देशपांडे सर मूल पुस्तक दिखा नहीं सके। इस कारण मराठी अनुवाद संस्कृति की विश्वसनीयता पर ही प्रश्नचिह्न लग गया। तीन : आठ दिनों पर आ पहुँचे स्नेह सम्मेलन के लिए अलग से *स्त्रीपात्रविहीन विवेकानंद नाटक* शीर्षक से लंबे-लंबे व्याख्यान सदृश संवादों का सात अंकोंवाला विशाल नाटक देशपांडे सर से जबरदस्ती निर्देशित करवाया गया। इस पुस्तक को उसी वर्ष महाराष्ट्र राज्य वार्षिक पुरस्कार प्राप्त हुआ था। पाँच : इस कारण देशपांडे सर का नाटककार बनने का बचपन से सँजोया रमणीय सपना डरावने सपने में तब्दील हुआ। सात : आकर्षक शीर्षक *स्त्रीपात्रविहीन* के कारण कहिए या नाटक के चार-चार पन्नोंवाले व्याख्यान सदृश संवादों के कंठस्थीकरण के कारण कहिए, ऐन समय पर कोई भी जीजीविषु युवा छात्र नाटक में काम करने के लिए आगे नहीं आया। इस कारण पुराने *लवलासी* नाटक के पुरुष पात्रों को ही इस नाटक में भर्ती कराया गया और हम लड़कों ने अपनी जबान पर चढ़े वही पुराने संवाद स्टेज पर धड़ल्ले से बोलकर रात काट दी। नाटक का यों नाटक हुआ। उदाहरणार्थ, शिकागो की धर्मपरिषद में स्वामीजी (सहपाठी चत्रुभुज) हाथ सीने पर बाँधकर बोले : *ब्रदर्स एण्ड सिस्टर्स, वैवाहिक जिंदगी में सुख कम होता होगा, लेकिन ब्रह्मचर्य में तो जरा भी नहीं होता है।* (— *लवलासी* नाटक का वाक्य।) सीटियाँ। तालियाँ। बेलबाला तो खड़ी होकर...

साइकिल के पीछे करियर पर यूरिया का भारी बोरा लादकर मैं गाड़ी के टेढ़े-मेढ़े रास्ते से बाघदड़ी के खेत में पहुँचा। कुएँ पर नौसिखुवा इंजीनियर नौकर झिपरू था। इंजन शुरू करके ऊपरवाले कुंड के पानी में यूरिया को घोलना और उसे छोटे पाइप से बगीचे में घुमाना वगैरा रद्दी काम मुझे सौंपा गया था। घंटे-भर में पानी शुरू कर मुझे फिर कॉलेज जाना था। दोपहर में पुरातत्व के एक विद्वान अधिकारी का भाषण था— *खानदेश में अहिरों के अवशेष।* हमारे जागीरवाले पहाड़ में हम दो-तीन बार एक विशाल बाड़े के अवशेष देखकर आए थे। यह बाड़ा अहीर ग्वाल लोगों का होने के संदर्भ में लोकगीतों के सबूत इकट्ठा करने के लिए सर ने कहा था।

दिमाग में सब चल रहा था और उससे पहले यूरिया का यह झमेला। जल्दी। यह सोचकर कि ऊपर कुएँ पर जाकर नौकर को बुलाने तक यूरिया अच्छी तरह से घुल जाएगा, पहले से ही बोझ बना यूरिया का वह बोरा कुंड के पानी में खाली कर दिया। सूंऽ की आवाज के साथ भाप निकली। पानी अचानक गर्म हुआ। फिर दौड़ते-दौड़ते

झिपरूऽ ओ झिपरूऽ पुकारता हुआ कुएँ पर आया। देखा तो वहाँ सन्नाटा। इंजन बंद। पानी बंद। झिपरू नीचे पम्प के साथ कुछ ठोका-पीटी कर रहा था। पम्प में हवा भर गई थी। झंझट। फिर मैंने भी कपड़े उतारे, इमली के पेड़ से टाँग दिए और तहखाने से नीचे कुएँ में उतर गया। न जाने कितनी देर वहाँ नट-बोल्ट घुमाता रहा। इतने में *हौ हौ हौ थिर्रर हौ हौ* दूर से चरवाहे की आवाजें। हम नीचे पम्प की मरम्मत में मग्न। फिर कुछ देर बाद ऊपर बड़ा कोलाहल। शोरगुल। भेड़ों का किकियाना—अरे ओ भेड़ोंवालेऽ, अबे भेड़ें मर गईं तेरी साले, बदनसीबऽऽ भाग भाग, मर गया रे तेरा सारा रेवड़।

हम जैसे-तैसे ऊपर आए। देखा, कुंड के आस-पास मरी हुई भेड़ों की लाशें-ही-लाशें। मानो खेत में घास के गुल्ले पड़े हों। गूँगे जीव, कड़ी धूप के कारण प्यासे। पेट भरकर यूरिया का पानी पी गए और तड़प-तड़पकर मर गए। फिर भी पीछे से नई-नई भेड़ें एक दूसरे को ठेलती आगे आ ही रही थीं। भाग भाग झिपरू, खदेड़ दे भेड़ों को।...ऐसा कैसे हो गया रे खंडू भैया ?...अरे मैंने ही कुंड में यूरिया मिलाया था। सोचा तब तक पानी में घुल जाएगा। अब मुझे क्या पता कि पम्प का पानी बंद है ? गलती हो गई साली, अब क्या करें ?...क्या करें ? अब देखो वो धनगर कैसे लाठियाँ लेकर आते हैं हमारी खोपड़ियाँ तोड़ने। गाड़ देंगे हमें वो जमीन में। इससे पहले कि वे आएँ, भाग चलो साला यहाँ से। मैं तो पहले ही इन धनगरों से लड़-झगड़कर बदनाम हो चुका हूँ, मादरचोद। ये हमारा खेत है, पनघट थोड़े ही है ? या कोई भेड़ों को पानी पिलाने की जगह है ? फिर भी साले हमेशा इधर ही पानी पिलाते हैं। बेझिझक खेत रौंदते हैं।...वो तो ठीक है झिपरू ? पर अब क्या करें ?...हमारी क्या गलती है, बता ? लेकिन बिना वजह ये पाप आया हमारे सिर। बुरा हुआ। अब हम भाग चलेंगे यहाँ से। मुझे साइकिल से बीच के रास्ते में उतार दे। मैं जाता हूँ अपने घर, और तुम भी निकल जाओ कॉलेज। रात तक मुँह नहीं दिखाएँगे किसी को। कहेंगे, हमें कुछ पता ही नहीं। लेकिन वाकई बुरा हुआ।

उस दिन हजाम टोला और धनगर टोले के बीच मारपीट। पिताजी ने बीच-बचाव किया और बोले, हर भेड़ के पीछे चालीस रुपए मुआवजा देता हूँ। झिपरू ने मेरा नाम नहीं आने दिया। रात में चोर की भाँति घर में घुसा और देखा तो पिताजी भगवान के सामने हाथ जोड़े खड़े थे। उनकी गालों से आँसू बह रहे थे। आँखें खोलने पर वे मेरी ओर देखकर माथा पीटते हुए घंटा-भर आग बरसाते रहे। हे भगवान, कैसा कपूत पैदा हुआ है। अब इसे कभी कोई काम नहीं कहूँगा। मानो मेरा एक ही बेटा है। झमेलिए, उस झिपरू की वजह से बच गए हम, वरना पुलिस तुझे पकड़कर ले जाती। उलफतिया। बेअक्ल, जहाँ-तहाँ हग देता है। लापरवाह बेवकूफ।

रात में भावडू मुझसे कह रहा था, बहुत बड़े संकट से बच गए हम खंडू। तेरे दिमाग में कुछ और ही चलता रहता है, इसी से ऐसा होता है। लेकिन तुम्हारा कोई कसूर नहीं है। दूसरे के जानवरों की रखवाली हम कैसे करेंगे ? कहा मैंने एक्या धनगर से कि कानून की बात करेगा तो एक रुपिया भी नहीं मिलेगा। एक गाँव में

रहना है। प्यार-मोहब्बत से समझौता कर दिया पंचों ने। अब तू अपनी परीक्षा के अलावा दूसरी तरफ बिलकुल ध्यान मत देना। मैं देख लूँगा सारा।

बी.ए. की परीक्षा से गाँव लौटते वक्त लगातार लग रहा था कि जल्द ही यह सारा परिवेश मेरे लिए पराया हो जाएगा। मेरी जिंदगी से एक नई शाखा फूटेगी। फिर मैं गाँव, तट की गिरी हुई दीवार, बुर्ज, नदी, खेती वगैरा सभी से बहुत ज्यादा प्यार करने लगा। सुबह उठने के साथ ही खेत के कुएँ पर स्नान वगैरा निबटाकर मजदूरों के साथ कलेवा करता और फिर दोपहर में बदन जलने लगने तक वहीं रुकता। घर लौटने की इच्छा ही नहीं होती।

शाम का समय। गंगाबय का खेत तकरीबन पूरा जोता जा चुका था। गंगाबय यानी हमारे दादाजी की निःसन्तान मरी हुई चाची। बेचारी के सारे बच्चे महामारी में चल बसे। एक ही बच्ची बची थी, वह भी शादी के बाद दूर वह्राड़[74] में चली गई और उधर ही मर गई। गंगाबय इस आशा पर जीती रही कि कभी-न-कभी सन्तान होगी। सुना है, पेट पर चिंदियाँ बाँधकर वह गर्भवती होने का ढोंग भी रचाती थी। फिर परदादा का भाई भी मर गया। बुढ़िया को अंत तक परदादा ने प्यार से सँभाला। मतलब बुढ़ापे का हगना-मूतना साफ करना, कभी नहलाना, बाल सँवारना, दो वक्त खाना और घर में रहने देना। इसके बदले उसके हिस्से का यह सोने जैसा दस बीघे का खेत हमें मिला। उसके नाम के बहाने उस खेत को सभी *गंगाबय का खेत* कहते। इस तरह उसका केवल नाम बचा था, बाकी किसी को कुछ भी नहीं पता। ये बातें भी दादी से सुनीं।

गंगाबय के खेत में इधर जोश से हल चल रहे थे और भावडू और मैं ढलती धूप में मेंड़ पर उग आए कँटीले झंखाड़ तोड़ रहे थे। अचानक सालदार मकडू को किसी चीज की आहट मिली और उसने हल को रोक दिया। क्षितिज पर अजीबोगरीब आकृतियाँ बिंबित होकर बड़ी होती जा रही थीं। धावा बोलती चतुरंग सेना की तरह ठेलारियों[75] का बड़ा-सा टाँडा टीला उतरते हुए दिखाई दिया। आगे बंजर जमीन को सूँघते हुए आत्मविश्वास से आगे आनेवाले फुर्तीले, तीक्ष्ण कानोंवाले कुत्ते, घोड़े, पीछे भैंसें, गाएँ, बैल और गधे। गबरू-जवान लड़के दौड़ रहे थे। सजीली जवान लड़कियों के हाथों में ऊँचे-ऊँचे बाँस, सिर पर छोटी-बड़ी गठरियाँ। छोटे-छोटे बच्चों के हाथों में जंगल से तोड़ी हुई बाँस की छड़ियाँ। बैलों की पीठ पर उल्टी बँधी खाटें, उनमें बड़े-बड़े झाले, गायों पर ढेर-के-ढेर झूल जैसी गुदड़ियाँ, कथरियाँ। गधों पर दोनों ओर जमीन तक लटक रहे बड़े-बड़े भारी बोरे। भगवान के घोड़े[76] पर बस छोटी-सी टोकरी, बाकी हर घोड़े पर बूढ़े-बुढ़िया, उनके सामने धूप से

---

74. महाराष्ट्र का एक प्रदेश विशेष, विदर्भ, जिसका केंद्र नागपुर है।
75. एक घुमंतू जनजाति।
76. आराध्य की प्रतिमा रखा हुआ घोड़ा।

बचाव के लिए शिरस्त्राण की भाँति कपड़ों में लिपटे छोटे-छोटे बच्चे, शान से जल्दी-जल्दी चलनेवाली कच्ची उम्र की भरी हुई माँओं की गोद में सोनेवाले, कंधे पर ऊँघनेवाले, पीठ पर गहरी नींद में सोए नन्हे बच्चे, हरेक के सिर पर छोटे-मोटी गठरी। उँगली पकड़कर चल रहे मिट्टी के ढेलों जैसे भड़कीले काले रंग के नंग-धड़ंग बच्चे। ये सारी सेना हमारी मेंड लाँघकर हमारी ही ओर रुख करती आती दिखाई दी और मकडू हाथ में बैलों को कोंचने की आरी सँभालता हुआ धोती की काछ खोंसते हुए उधर दौड़ा और चिल्लाया :

कौन है रे, ऐऽऽ रुको, रुको बे तुम्हारी बहन को चोदूँ, अए रंडियो, कहाँ जा रही हो? हाँ? किसका टाँड़ा है ये? कहाँ चल दिए? हाँ? क्यों री ए धींगरी, रुक।

दिन-भर धूप की भट्टी में बैलों के पीछे दौड़ते मजदूर झल्ला गए। हमारा दूसरा हल भी रुक गया। मैं, भावडू और बाकी सभी टाँडे की ओर चल दिए। सामने चिलचिलाती धूप से परेशान मरियल-से कुत्ते लाहा लाहा करते हुए मुँह से लंबी जबान बाहर निकाल रहे थे। वे कान को ऊँचा कर माहौल को सूँघते एक बार आगे गए, और फिर पीछे देखते-देखते कूँड़ की पाँतों पर खड़े हो गए। उनके पीछे घोड़े। गधे तो मानो ढहने की कगार पर वहीं खड़े-खड़े मूत रहे थे। धूप की मार सहते बड़ी आशा से पहाड़ उतरकर धरती माता की गोद में आए ये सारे जीव सिटपिटा गए।

तेज नजरोंवाली दो-तीन हट्टी-कट्टी जवान औरतें पल्लू सँवारते हुए घुटने तक की धोती का काछ खोंसकर सामने आईं। गठीला बदन, मजबूत हाथों में हस्तीदंती चूड़ियाँ, एक के गले में अनगढ़ गुरिया, दूसरी की गुरिया में हरे-लाल मणि, तीसरी की गर्दन में गला भरकर राँगा के गहने। दो की उँगलियों में लोहे की मुंदरियाँ। उनमें से तेज आँखोंवाली स्त्री दुलार भरे सुर में कहती है, जी सरकार, यंका नायक ठेलारी का पाल है हमारा। एक साल छोड़कर मोरगाँव में पाल लगाते हैं हम मालिक। मोरगाँव इधर ही है न?

तेरी माँ की छिनाल, हमसे ही पूछती है मोरगाँव कहाँ है? हाँ? दिखाऊँ तुझे मोरगाँव? रंडियो, इधर से तुम घुसी ही कैसे? निकलो यहाँ से, लौट जाओ पीछे। ये रास्ता क्या तुम्हारे बाप की जागीर है? दिखाई नहीं देता हम खेत जोत रहे हैं? निकलो उधर से, नदी के किनारे-किनारे।

हमने कब कहा मालिक कि हमारी जागीर है? दर्रे-पहाड़ों में भटकती घुमंतू जाति है हमारी, इन कुत्तों जैसी। नदी से बहुत लंबा चक्कर पड़ेगा सेठ। जानवर भी पानी में उतरने से डरते हैं। जाने दीजिए हमें। रात भी होने को है, हमारे मरद लोग आगे निकल गए हैं, मोरगाँव के पाटील से इजाजत लेनी पड़ती है हमें, पड़ाव डालने के लिए। उजाला रहते ही जाना अच्छा होता है मालिक। हगनहटी में पाल डालने पड़ेंगे। चारा, आटा माँगना, पत्थर, जलावन ढूँढ़कर रोटियाँ बनाना—बहुत रात हो जाएगी सेठ। पहाड़ उतरकर आए हैं, बहुत परेशान हैं सभी, जानवर भी और बच्चे भी। बस आज के लिए जाने दो, भैया। दुबारा इधर से कभी नहीं आएँगे।

भावड़ू उसकी मिन्नतों को देखकर तड़प उठता है। जाने दे मकड़ू, अब आ ही गए हैं इधर गलती से तो। फिर पीछे लौटकर ढलान से इतना बड़ा टीला लाँघना—बाल-बच्चे, जानवर, देखो तो कैसे थक गए हैं बेचारे—इससे अच्छा—

तुम चुप रहो भावड़ू, पिघल गया क्या इसकी छाती देखकर। अरे पक्की वाचाल होती हैं ये औरतें। जोत के कूँड़ तोड़ डालेंगे, ये देख तो कितने सारे जानवर हैं? क्या कुर्मी पागल है जो हल चलाता है सुबह सवेरे से लेकर—ये हाथ-पैर टूटने को होते हैं। माँ के जने, बहुत हरामी जात है इनकी—खुला दिखा नहीं कि डाला हाथ। वो सब कुछ नहीं, चलो निकलो पीछे से, छिनालो, या दिखाऊँ तुम्हें?

कुत्ते, जानवर, इनसान सब स्तब्ध। अब एक दूसरी हट्टी-कट्टी सुन्दर स्त्री आगे आती हुई कहती है, जीजाजी खेत अभी-अभी ही तो जोता है। अगर उसमें फसल होती तो क्या हम यों घुसते उसमें, बताइए।

तीसरी भी कहती है, भैया, बोझ तो देखो न जरा कितना है। बस एक बार जाने दो। हम तो इनसान हैं, लेकिन इन जानवरों की ओर भी तो देखिए न। सवेरे से प्यासे हैं। अब आपके गाँव के नीचेवाले दह पर ही पानी पिएँगे ये, मालिक।

इतनी देर से सालदार सोपान मामा की एक आँख लगातार औरतों पर थी। हथेली पर तंबाकू-चूने को रगड़ते-रगड़ते भी उसकी लंपट नजर उसी ओर तनी है। फिर बनी-बनाई चुटकी-भर तंबाकू हमारे मजदूरों की हथेली पर रखते हुए वह उस स्त्री से कहता है, क्यों री ए चुदक्कड़ राँड़, यों सीना दिखाकर दबा रही हो क्या हमें? हम क्या तेरे यार हैं? हाँ?

तभीं तंबाकू चढ़ाया सुकदेव मामा कहता है, चूहे खाती हैं सालियाँ, फिर भी देखो मटके जैसे सीने—सब हँसते हैं। पर भावड़ू इन जंगल-जंगल घूमती, फटे-पुराने कपड़े पहनकर भी टूटे-फूटे मणियों से अपने रूप को सजाती औरतों से बड़ा प्रभावित हुआ था। देखा खंडू, इस स्थिति में भी ये कितने आत्मसम्मान से बर्ताव करती हैं। जानवरों के पक्ष में बोलती हैं। इस जंगल में भी अपने रूप को कैसे सँवारती हैं?

अचानक उस औरत ने तनिक झुककर नाभि के नीचे खोंसा आँचल खींच लिया और झुककर हमारे सामने फैला दिया। इसी के साथ उसकी लुभावनी सुडौल शीशम-सी पीठ पर कसकर बँधी गाँठ मुखर हो उठी। मजबूत भुजाएँ। गहरे काले मजबूत कंधों से गर्दन के नीचे तक उतरती जबरदस्त नसों की रेखाओं से हमारे मजदूर, नौकर, सालदार सभी की नजरें सिटपिटा गईं। ऐसा भव्य सीना देखकर कि जो केवल घुमंतू औरतों का हो सकता है, सभी चकित हुए। अनावृत्त पेट।

भैया, आँचल पसारती हूँ।

आँचल फैलाने का दृश्यार्थ शरीर-समर्पण का लैंगिक संकेत। स्त्रियों की पुरुषों से समझौते की देह-भाषा। समर्पण का खुला विकल्प। भावड़ू गुस्से से लाल हो जाता है। अरे अरे, आत्मसम्मान के रोब के बाद ऐसी निःसत्व हरकत? उन स्त्रियों के बच्चे, बच्चियाँ सब देख ही रहे थे। भावड़ू के भीतर का मालिक जाग उठता है :

जाओ री बहनो, भागो जल्दी से। मकडू रे, अँधेरा होने से पहले हमें भी निकलना है। चलो, क्यों समय गँवा रहे हो यहाँ? जाने दो इन्हें। दुबारा इधर से आना नहीं मौसी, हाँ, भागो।

खेतवाले भैया, भगवान तुम्हें खूब बरकत देगा बेटा, कहते हुए आँचल पसारी हुई स्त्री उठती है। औरतें-बच्चे कदम बढ़ाते हैं। कुत्ते भी तुरंत सूँ-सूँ करते हुए कूँड़ से राह ढूँढ़ते दौड़ जाते हैं। फिर जवान लड़के-लड़कियाँ कूँड़ से छलाँगें लगा-लगाकर चले जाते हैं। पीछे से घोड़े, गधे, गाएँ, बैल जोते हुए कूँड़ों को सपाट करते हुए सारा पट्टा रौंदकर निकल जाते हैं। माँओं द्वारा कंधों से पकड़कर खींचते हुए ले जाए जा रहे बच्चे ढेलों से पैर छिल जाने के कारण रोते-चीखते पलथी मारकर बैठ जाते हैं। काफी देर तक यह कोलाहल जारी रहता है। जोते हुए खेत के पेट से इस लेंहड़े का अभी-अभी बनाया काफी लंबा सपाट रास्ता साफ दिखाई देता है। मकडू भिनभिनाता हुआ कहता है, इतने पट्टे में फसल कमजोर हो जाएगी, देखना। फिर बोला, जोतकर क्या फायदा हुआ, बोलो? लेकिन भावडू बिना उसे कोई जवाब दिए मुझसे कह रहा था, खंडू, इन घुमंतू लोगों का कहीं कोई अधिकार नहीं है। पाँव जमाने के लिए भूमि तो है ही नहीं, पर रास्ता भी न हो? अपनी प्रथाएँ, रीति-रिवाज, भाषा, आचार—किसी बात पर गर्व न हो, अपने जीने का कोई कारण न हो, और यदि है तो उसका एहसास भी न होने देना, और हुआ भी तो उसे मिटा देना—क्या ये ठीक है?

घर पर पिताजी भी भावडू पर नाराज हुए। कोई भी धंधा दूसरों का हित देखकर नहीं चलता, बेटा। काफी देर तक पिताजी की गीता। भावडू बेचारा गर्दन झुकाए सब सुनता रहा। खेती के लिए भावडू भी लायक नहीं था। मेरी बात समझी जा सकती थी क्योंकि मैं तो हमेशा से दिल-ही-दिल में कहता था कि कृषि-संस्कृति यानी स्वार्थी-संस्कृति, जो वन-संस्कृति, घुमंतू संस्कृति के पेट को अपने पैरों से रौंदकर लहलहा उठी है। अब इसके पेट को भी औद्योगिक नगरीय संस्कृति अपने पैरों से रौंदनेवाली है। दरअसल, किसी बेचारी गंगाबय का खेत—तीन पीढ़ियों के बाद किसी अन्य के कब्जे में चला जाता है और नौकर और मजदूर मालिक के हित के लिए झगड़ते हैं। पूँजीवाद का क्रूर अंश। *कहे तुका इनका। संग नहीं भला। ढूँढ़ते विट्ठल को। जाएँ अब॥ विट्ठल विट्ठल जय हरि विट्ठल। बोलोऽ पुंडलिक वरदे हारि विट्ठल, शिरिद्न्यानदेऊ तुकाऽऽराऽम। मृदंग, तालियाँ। ट्ठालवि ट्ठालवि ट्ठालवि*—सुनते-सुनते धाबे की चाँदनी में आँखें खुली रह गईं। सोते-सोते उष:काल। दिन उग आया, लेकिन भविष्य का कल कहाँ है? आज ही कल है।

उस साल का ग्रीष्म भी जानलेवा था। पारा अड़तालीस से भी ऊपर पहुँच गया। रोहिणियाँ भी चली गईं लेकिन आसमान में बादल का बच्चा भी कहीं नजर नहीं आ रहा था। पहाड़ी में बड़ा दावानल लगा था, जो रात में हमारे धाबे से दिखाई देता। मृगशिरा में हल को धूप में ही रोककर माथे पर हाथ उल्टा रखते हुए आसमान की ओर देख रहा

किसान मेरी जिंदगी का डरावना स्वप्न बन गया है। उस साल नदियाँ सूख गईं। सगवारे का पानी दो रस्सी और नीचे चला गया। बड़े-बड़े पेड़ सूख गए। एक बार खेत में टुण-टुण करते खेल रहे मेरे पसंदीदा खरगोशों के परिवारों के लिए मैं घर से पुरानी टूटी मटकियाँ ले गया। बाल्टी-बाल्टी कुएँ का पानी उनमें भरकर खरगोशों खुफिया माँदों के पास रख रहा था। बीच में कुएँ से देखा तो उधर दूर से अपने लेंहड़े को पानी पिलाने आई एक लोमड़ी दिखाई दी। लगा, मर गए बेचारे खरगोश। पंढरीबोवा का समझाया कठोपनिषद—विश्वरूपदर्शन। कोई मरता नहीं है। कोई मारता नहीं है।

खेत में चोंच खोले प्यास के मारे मरे पड़े चिड़ियों के परिवार। धूप में पानी के भ्रम में पंछियों के झुंड पंख पसारकर नीचे उतरते और वहीं पंख फैलाकर निश्चेष्ट गिरकर मर जाते। गाँव में *रोटी दो री मैया ऽ* कहते-कहते घूमनेवाले बाहर की बस्तियों के नंग-धड़ंग बच्चे। मृगशिरा गुजर गया, आर्द्रा गई, बोएँगे कब, खाएँगे क्या। खलिहानों में चोरियाँ। ऐसी क्षुब्ध मनोदशा में बी.ए. के रिजल्ट की प्रतीक्षा में एक-एक दिन गुजारना। चढ़ान के निष्ठुर दिन। इक्कीस सालों से खेती का माल लादकर गाड़ी को खलिहान ले जानेवाले खंडेराव को यह मालूम है कि चढ़ान के बाद ढलान होती ही है, फिर भी घुटन बढ़ती गई।

भावे सर के गुरुबंधु पुरातत्व विभाग के डॉ. चौधरी सुबह-सवेरे जीप लेकर अजंता के सरकारी डाक बंगले से हमारे घर आए। वे दिल्ली के गैजेट के लिए अहिरानी बोली के पूरे उत्तर महाराष्ट्र, डांग और मध्य प्रदेश इलाकों से अहीरों के अवशेषों की जानकारी जुटा रहे थे। हमारे गाँव में भी काफी अहीर धनगर ग्वाले थे। अपने स्कूली सहपाठी धनगर के एक्या से मैंने अपने पसंदीदा लोकगीत लिखकर रखे थे। उनमें इस्तेमाल हुए लेकिन अभी मराठी से बिलकुल लुप्त हो चुके अनेक अपभ्रंश-प्राकृत शब्द और मुहावरे चौधरी जी को भी मालूम नहीं थे। मैंने धाबे के एक कोने में कबाड़ की दुकानों से जुटाई वस्तुएँ ढँककर रखी थीं—बर्तन, सिक्के, गाय-बैलों के पीतल या कौड़ियों से बने पुराने आभूषण वगैरा। उनको ये चीजें उपयोगी प्रतीत हुईं।

मेरे पास एक महानुभाव संन्यासी से उपहार में मिली सुन्दरी लिपि की पोथी थी। यह पोथी बाढ़ के पानी में पूरी भींग जाने से अपठनीय हो गई थी। इस संन्यासी को मूँगफली के भुने हुए गरम-गरम दाने बहुत पसंद थे और मैं उसे ऐसे दाने घर से लाकर दिया करता था। दीक्षा लेने से पहले उसकी माँ भी उसे इसी तरह दाने भूनकर देती थी। यह उसे याद आया करता। फिर वह अपनी यात्रा के लिए उत्तर में चला गया और जाते-जाते यह दुर्लभ वस्तु मुझे दे गया। चौधरी सर बोले, यह पोथी भूर्जपत्र पर लिखी होने के कारण बहुत पुरानी होगी और महत्वपूर्ण भी। उन्होंने यह भी सुझाया कि सरकारी अभिलेखागार में ऐसी चीजें सुरक्षित रहेंगी। कुल मिलाकर, मेरे पास की जानकारी पाकर वे प्रसन्न हुए।

फिर हम ग्वाल बाड़े होकर आए। वहाँ भी उन्होंने काफी तसवीरें खींचीं। फिर मैं घर आया। कोठी के बूढ़े बैल झीबू-ढबू का सानी-पानी किया। गाड़ी जोती। माँ द्वारा चीथड़े में बाँधी रोटियों की गठरी और पानी के लिए मटका, लोटा गाड़ी में रख दिया। चौधरी जी और उनका ड्राइवर दोनों ग्वालबाड़े से लेकर बाघदड़ी के खेत की ओर गपशप करते जा रहे थे। दो दिन पहाड़ी में जोर की बारिश होने के कारण जंगल अपना रंग बदल रहा था। पानी पर कीट-पतंगे तैर रहे थे। बाघदड़ी की ढलान से बाढ़ का पीला जर्द पानी बह रहा था। वो दोनों बोले, तू तो गाड़ी हाँकने में बहुत कुशल है खंडेराव। मैं बोला, बैल कुशल होते हैं। किसान और बैल दोनों में बैल ही ज्यादा सयाने होते हैं।...मसलन ?...मैं और ये।

हमने अपने बाघदड़ी के खेत में चिरौंजी के पेड़ तले गाड़ी खोल दी। ड्राइवर को उन्होंने ऊपर के झरने से पानी लाने और हथियार, कैमरे, टेप वगैरा सामान ऊपर ले जाने के लिए कह दिया। बैलों की लगाम ढीली बाँधकर उन्हें पानशेरी में चरने के लिए छोड़ दिया। चौधरी साहब को दूर से हरिपुरा की उजाड़ बस्ती दिखाकर हम पहाड़ चढ़ने लगे।

चलते-चलते ऊपरी दह से एक छोटा-सा झरना नीचे रिसता देख चौधरी जी बोले, यह झरना कृत्रिम नहीं लगता तुम्हें ? मवेशियों के लिए बना ? संभव है। नीचे चट्टान में खुदे बड़े तालाब में यह पानी जाता है और तालाब भर जाने पर नीचे की ओर गड्ढे में आता है। खंडेराव, पंद्रह-सौ साल पहले लोगों को मवेशियों की, खेती की, पानी की फिक्र ज्यादा थी। झरने के गड्ढे के नीचे की तरफ का यह भग्न मंदिर यकीनन प्राचीन चबूतरे पर ही नए सिरे से बनाया गया होगा। यह मानुदेवी भीलों की, आदिवासियों की देवता है। तब तो यह जगह और भी अधिक प्राचीन होगी, लेकिन मंदिर बाद का बनाया गया है। हेमाड़पंतीय शैली की अष्टकोणी छत गिर गई है, देखो। यादवों से भी पहले चालुक्य काल के चबूतरे पर अनगढ़ पथरीले खंभों से यह दुबारा बनवाया गया होगा। आभीरों का इस मंदिर से कोई संबंध दिखाई नहीं देता। दरअसल, आभीर लोग खेती और दूध के लिए मवेशी पालनेवाले बहुत सीधे-सादे देहाती थे। आगे सातवाहनों के बाद का आभीरों का काल तो बहुत ही अराजकता से भरा था। पास की अजंता की गुफाएँ इस काल में कैसे बनीं, एक आश्चर्य ही है। आभीरों के तो बहुत ही कम अवशेष बचे हैं।

मैंने कहा, क्या फर्क पड़ता है ?

चौधरी जी चिढ़कर बोले, आप जैसे नई पीढ़ी के छात्र यह अनुसंधान ठीक से करें, तो निश्चित फर्क पड़ेगा। अवशेषों के बिना इतिहासपूर्व काल का कुछ भी ज्ञान नहीं होता है। और यह तो तुम जैसों को ही करना पड़ेगा। इस उम्र में केवल बैठे मत रहो, खंडेराव, पढ़ते रहो, अरे भाई कुछ लिखते रहो।

—उनका इस तरह कुछ-का-कुछ शुरू हो जाने पर मैं अपना आपा खो बैठा। गुस्से के उबाल से मेरे भीतर की ग्लानि कुछ ज्यादा ही तल्खी से व्यक्त हुई होगी :

चौधरीसाहब, दुखड़ा कहाँ तक रोएँ? इधर देहात में किसानों की संस्कृति में ज्ञान की कौन-सी बातें संभव हैं? जो हाल आभीरों का हुआ वही आज की कृषि-संस्कृति का होगा। इधर ज्ञान का कोई भविष्य नहीं है। दिन-भर गोठ में भैंसें पुकारती रहती हैं, मवेशियों के सानी-पानी में ही आधा दिन गुजर जाता है। पढ़ना बिलकुल भी नहीं होता, चिंतन-मनन तो और भी कठिन। लिखना तो असंभव। खेती दिन-ब-दिन व्यावसायिक होती जा रही है। कॅश क्रॉप। मुझे तो सारी बातों से घृणा हो गई है। मेरा तो साफ मानना है कि आज के किसानों की अपेक्षा जंगल के गँवार लोग कुछ-न-कुछ संस्कृति सँभाले हुए हैं। ज्ञान और कलाएँ तो इस कृषि-संस्कृति में दुश्मन ही लगती हैं। पानी उलीचना, ट्यूबवेलें लगाना और ये देखिए पथरीली और बंजर जमीन का पट्टा, इस तरह पहाड़ों को नोचकर नंगा बनाना—क्या ये आपको संस्कृति के लक्षण लगते हैं? ज्ञान की पहले से चली आ रही आस्था भी यहाँ सँभाली नहीं जा सकती। यहाँ हमारे दादी-दादाओं के भी पूर्व की उत्स्फूर्त आदिमता भी नष्ट हो गई है और आधुनिकता की विचारशीलता भी जड़ें नहीं पकड़ रही है। हम क्या करें?

मुझे जो कहना था, मैंने अपने टूटे-फूटे शब्दों में उन तक पहुँचा दिया।

वे बहुत ही बेचैन हुए। फिर अपनी उम्र का मजबूत तजुर्बेकार पंजा मेरी गर्दन पर रखते हुए बोले, अरे अरे खंडेराव, कैसा सप सप वार करता चला जा रहा है? कुल मिलाकर आप मराठा लोग तलवार चलाने में माहिर हैं ही। लेकिन भाई, ऐसा सोचने से भी काम नहीं चलेगा। एक बात गाँठ बाँध लो, हर श्रमिक सोसाइटी सामूहिक ही होती है। एग्रेरियन कृषि सोसाइटी तो कुछ ज्यादा ही। दरअसल, खेती में स्वार्थ का ही अर्थशास्त्र होता है। बौद्धिक सोसाइटी में तुम्हारा वांछित व्यक्तिवाद चलता है, फिर यह कृषि-बिनाकृषि समाज रचना से—नागर और ग्रामीण समाज रचना से—भी संबंधित है। शहर में रहकर खेती करना संभव ही नहीं है। लेकिन देहात में दोनों प्रकार की समाज रचना संभव है। बुद्ध के जमाने में भी हमारे बुद्धिवादियों से यह संभव नहीं हुआ था। देहात में भी बौद्धिक जीवन संभव है। ज्ञान के लिए मिनिमम संपन्नता चाहिए, लेकिन अंग्रेजों ने हमारी खेती और खेती से संबंधित सभी तत्वों का—देहात, किसान, मजदूर किसान—सभी का इस कदर शोषण किया है कि कम-से-कम और एक सदी तक देहातों का और ज्ञान का संगम होना असंभव है। इसीलिए खंडेराव हमें यह जान लेना चाहिए। खेती में भी सुधार हो रहे हैं। बाँध बनवाए जा रहे हैं। जंगल संवर्धन भी हो रहा है। भूजल स्तर बढ़नेवाला है—

क्या ग्रामीण किसान, मजदूर का स्तर ऊँचा होगा? यहाँ शहरी प्रजा के पोषण के लिए आवश्यक बाह्य स्तरीय परिवर्तन ही होंगे। यहाँ के केवल स्थानीय लोगों के लिए कुछ होने की संभावना है? केवल पैसिव उत्पादन?

मैं तुम्हारी बातों से सहमत हूँ। इसका एक ही उपाय है कि तुम जैसे इतिहासप्रेमी छात्रों को खूब पढ़ना चाहिए। निराश मत हो। अवसर अपने आप दौड़े चले आते हैं।

अब सेंट्रल गवर्मेंट महीना-भर के लिए टूरिजम गाइड ट्रेनिंग का प्रोग्राम शुरू कर रही है। यहाँ भी छुट्टियों में तुम बोर ही हो गए हो, आवेदन करो। औरंगाबाद जाओ।

कब, कहाँ और क्या होता है, यहाँ किसी को कुछ पता नहीं चलता सर। आवेदन का फार्म आने में ही आठ दिन निकल जाते हैं।

तम्हारा आवेदन पत्र मैं ले जाता हूँ। शाम को याद से लाकर देना।

मैं अपनी आगामी गतिविधियों की काफी बचकानी योजनाएँ चौधरी जी को बता रहा था। तब तक हम झरने के ऊपरी दह पर आ गए। आगे पठार। एक ध्वस्त हुई लंबी-चौड़ी दीवार की टूटी-सी रेखा, दो मील तक फैली। अब चौधरी जी ने कैमरा निकाला। ड्राइवर ने टेप, मीटर निकाले। पंद्रह फीट लंबी और साढ़े छह फीट चौड़ी मिट्टी की पक्की दीवार से भुनी हुई दो ईंटें निकालकर बोरे में ठीक से लपेट लीं। यहाँ तो कहीं लड़ाकू बुर्ज जैसा ऊँचा कुछ भी दिखाई नहीं देता। यकीनन यह आभीरों का गोठ होगा। थैंक्यू खंडेराव, ये है इतिहास का असल सबूत। दीवार के अंदर भी घुटने तक सूखी घास। शांतिप्रिय आभीरों के मवेशी रात में इस बाड़े में बंद होते होंगे। बाघ सैकड़ों की संख्या में ऊपर पहाड़ी पर गश्त लगाते होंगे, चरवाहा इस बाड़े के इर्द-गिर्द रखवाली करता होगा। चौथी-पाँचवीं सदी होगी। इस बन का नाम भी बाघदर्रा है, इससे सब कुछ साफ हो जाता है। यहीं कहीं से उत्तर-दक्षिण मध्य प्रदेश से उत्तर की ओर जानेवाला पुराना राजमार्ग भी होगा। तुम्हारे बताए हरिपुरा के लभाने व्यापारियों के मार्ग ढूँढ़ने के लिए फिर पिंडारियों का रेकार्ड आधार बनेगा। अगली बार मैं हमारे वन विभाग से और भूमि अभिलेखागार से विवरण लेकर आऊँगा। अरे बहुत अहम अनुसंधान साबित होगा यह। सिन्ध राजस्थान से लेकर पूरे आभीरों के प्रदेश में पंद्रह सौ-सोलह सौ साल तक यही पद्धति थी—नदी के पटेरों से मशाल बनाना।

दिवाली की रात में घर-घर से इस विशाल आकार की मशालों में तेल डलवाते हुए इस बाड़े से उस बाड़े में हमारे गाँव के ग्वाल ढोरके ऊँचे सुर में गाते हुए जाते हैं :

अगुआ पहले कहता है— *धन्ना धन्ना हे दिवायी।* फिर बाकी वैसे ही कहते हुए आगे खिसकते हैं :

धन्ना धन्ना हे दिवायी
गायी म्हशी घे वोवायी
नं गायी म्हशी घे वोवायी

झरने की कल-कल आवाज में दह के किनारे भोजन के लिए हमने रोटियों की पोटली खोली। लहसून की चटनी, बड़ियाँ, प्याज, अचार, पापड़—वा खंडेराव, बहुत ही पौष्टिक भोजन होता है आपके यहाँ तो।

चलने से, पहाड़ चढ़कर थक जाने से पौष्टिक लगता है वह।

दिन-भर से घुन्ने जैसा विचरता चौधरी जी का ड्राइवर खाना खत्म कर बाघ की दहाड़ जैसी भयानक डकार देकर उठा और रोटी बाँधने का चीथड़ा हवा में

झटकाकर लहराता हुआ ताल देकर नाचते हुए बोला, वाह भई, हमारे मालवा में यही गाना ऐसा गाते हैं :

धन्नापुरचा धनगर गवयी रे धन्नापुरचा धनगर गवयी
गायी म्हशींनी भरले वाडे रे गायी म्हशींनी भरले वाडे
कपिल्या गायीचे होंडे गोह्रे रे कपिल्या गायीचे होंडे गोह्रे

खंडेराव, अपने पास संग्रहीत लोकगीतों पर एक-दो लेख बनाकर मुझे दे दो। हाँ-ना कुछ नहीं चलेगा। चाहिए मतलब चाहिए। देखो, हमें क्या बनना है और हम क्या हैं—दोनों में हमेशा कम-ज्यादा संघर्ष होता ही रहता है। तुम जैसों के लिए हमारा देश यानी कितना बड़ा क्षेत्र है काम के लिए? हमें करीब-करीब सब कुछ नए सिरे से पुनर्गठित करके प्रस्तुत करना होगा। ये देखो, सतपुड़ा के इस कोने में कितना विराट इतिहास महसूस हो रहा है? किसी और देश में है ऐसा? तुम्हारा बी.ए. का रिजल्ट आने पर भावे सर से पूछना कि एम.ए. कहाँ करना ठीक होगा। पुणे के डेक्कन कॉलेज में जाओ, बड़ौदा में भी अच्छा डिपार्टमेंट है। औरंगाबाद में भी हमारे बहुत ही मेधावी प्रोफेसर मित्र पवार विभागाध्यक्ष हैं। वहाँ भी ठीक रहेगा, लेकिन कुछ-न-कुछ करो। हम आखिरकार अपने सामर्थ्य पर ही तैरते हैं, प्रवाह नाममात्र के लिए ही होता है।

फेल होते-होते बच गया तू खंडिया, चत्रुभुज बोला, मुझ जैसे रसोई, बर्तन-कपड़े धोनेवाले और झाड़ू-कटका करनेवाले को तुझसे ज्यादा अंक मिले हैं, भड़ुवे। डोंगर भी तेरे जैसा ही जैसे-तैसे निकल पाया। सर ने ये चिट्ठी भेजी है—खंडेराव, सफलता अलग और कृतार्थता अलग। धीरज सँजोकर आगे एम.ए. में कसर निकाल लेना। घर पर बैठे मत रहना। आवेदन करना—

इसी समय औरंगाबाद के टूरिजम डिपार्टमेंट से पत्र आया कि प्रशिक्षण के लिए तुरंत उपस्थित हो जाएँ। खाना-पीना मुफ्त, पाँच सितारा होटल में—महीना-भर। सौभाग्य से उसी समय घर में बुआई का हो-हल्ला, चीनी मिल के शुभारंभ की पिताजी की भागादौड़ी, घर में बिजा की जचगी, उसकी दोनों लड़कियाँ चेचक के कारण बीमार, भावडू की गौरैया की भी छोटी माता के कारण पिनपिन, छबी की दूसरी जचगी भी मायके में ही, उसके दोनों बच्चों को सँभालना—घर में सोना भाभी को बस परेशानी-ही-परेशानी। मेरे लिए यह सब असह्य हो गया था। घर में केवल भावडू को बताया और अपने जिगरी दोस्त रघु नायक के ट्रक पर सवार हो आधी रात को मोरगाँव छोड़ दिया।

5

डुंबा हो रे डुंबा हो रे
तेरी कृपा से तेज दौड़ते रात-बिरात गाड़ियाँ और घोड़े
डुंबा हो रे डुंबा हो रे

जेठ खत्म हुआ, असाढ़ लगनेवाला है, फिर भी इस साल अभी तक ये पठार का टांडा उठा ही नहीं ? खंडू, सुन, सुन, पूरी रात बीत गई फिर भी साले नाच रहे हैं, माँ के जने।—लगता है, जिगरी सहपाठी रघु नायक अजंता के घाट में ट्रक उल्टा पीछे-पीछे हाँक रहा है और तेजी से अपने हाथ का पहिया घुमाता हुआ कहता है, क्षणलब्धनिद्रः ? सो मत न भडुवे, कुछ गाना गा। वो गिरी हुई मस्जिद देखो।... *उम्रे दराज माँग के लाए थे चार दिन*...वा खंडिया, कैसी खरजवाली मोटी आवाज है रे तेरी ? भडुवे, जिंदगी एक ही होती है हमारी, और वो भी चार दिन की। इसीलिए खंडिया, तेरा निर्णय पसंद आया यार मुझे भी। इसीलिए तो आज मैंने मालिक का हुक्म टालकर तेरे लिए ये औरंगाबाद की खेप ली है। आगे अपना खुद का ट्रक आ गया न एक बार, तू चाहे जब बुला खंडू, तेरे लिए यह रघु नायक आधी रात में भी हाजिर होगा। हाँऽ। भडुवे, तेरे कारण ही तो मेरे हाथों में ये स्टेरिंग आया है। वरना मेरे हाथों में हमेशा होते रस्से—पाँच रुपया दिहाड़ी पर पहाड़ में बैलगाड़ी, आठ महीने तंगहाली।...जाने दे रघिया, साले, साल-भर ही तो बैल हाँके हैं, उसमें भी जान निकल गई थी तेरी, और जिंदगी-भर पहाड़ी से लकड़ियाँ ढो रहे हमारे स्कूल सहपाठी केसो, जांधू और गारशिया ?... लेकिन खंडिया, *ईप्सित प्राप्ति के लिए*—ये शब्द जान-बूझकर इस्तेमाल कर रहा हूँ, क्योंकि इससे नींद उड़ जाती है—हाँ, तो तू अब ईप्सित प्राप्ति के लिए ही यों घर छोड़कर भाग रहा है न ? साला जिद्दी आदमी है तू भेनचोद। तेरा भाई भावडू सच्चा, भला आदमी। बाप बोला खेती कर, करता है। और एक तू ? कहता है बाप का मुँह भी नहीं देखूँगा। लेकिन मुझे तो रोज दिन-भर अपने ही बाप का थोबड़ा देखना पड़ता है। और मेरे बच्चे को उसके बाप का। हॉ। हॉ। जनमते ही मिले जिरहबख्तर की तरह तेरे बदन से चिपकी तेरी खेती और इतनी बड़ी इस्टेट—क्या तू छोड़ देगा ?...रघिया, कल तक लगता था कि बाप-दादाओं की उस प्रापर्टी में मेरी पूरी जिंदगी ठोक-ठोककर पक्की बिठा दी है, सोनू सुनार के साँचे जैसी। लेकिन हो गई छुट्टी साली। सो गया क्या रे भडुवे, मनुस्मृति में ?

दोनों आँखों में पानी आने तक खी-खी हँसते रहे। कक्षा दस में *मनुस्मृति* का अर्थ *मन की स्मृति को याद करना* बतानेवाले बालू को कोरान्ने सर ने क्रुद्ध होकर दीवार के पास खड़ा किया था। लंबा-आड़ा हाथ काफी पीछे तक तानकर जो थप्पड़

लगाई—फाऽट, दीवार पर ही। अरे मर गया रे माँ ऽ ससुरा, रंडी की औलाद—हाथ टूट गया रे मेरा—कहकर तिलमिलाते हुए सर नीचे ही बैठ गए। बालू चूहे जैसा झट से उनके हाथों से बचकर नीचे झुक गया और सर का हाथ दीवार पर। अगले छह महीनों तक कोरान्ने अपना वह दाहिना हाथ झोली में लटकाए वाम हस्तेन संस्कृत पढ़ा रहा था। हॉ हॉ। कुल मिलाकर बालू उसकी *मनुस्मृति* में हमेशा के लिए चिना गया था। हॉ हॉऽ। चलो इतना हँसने से अब हम प्राकृतिक शौचालय में अपनी मशकें फौरन खाली करने के पात्र बन गए हैं। सुबह भी हो रही है। वो देखो, नीचे दर्रे में तेरे औरंगाबाद के दीए। तू अपना सारा काम निबटाकर उधर पम्प पर ही आ जा। मैं मार्केट में फोन लगाकर देखता हूँ, लौटते समय लादने के लिए कुछ माल मिल जाए तो—डीजल के पैसे निकल आए तो भी (अँगूठा तर्जनी पर मलते हुए) *प्रभाते मनीराम का स्मरण कीजिए।*...कीजिए, कीजिए—कहकर रघु ने ट्रक को पम्प के आगे रोका। मुझे एक पीला हाथी सिगरेट भी सुलगाकर दिया। जाइए।

सामने टीले के माथे पर प्राचीन गुफा जैसा कुछ था। चढ़कर वहाँ गया। दीवार में खुदी चार-पाँच हाथ ऊँची खड़ी मूर्ति के सामने किसी ने दीया, अगरबत्ती जलाई थी। इतने सवेरे? टूटी-फूटी मूर्ति का एक हाथ आशीर्वाद देने के लिए खड़ा। सोचा, नए गाँव में नई जिंदगी की शुरुआत कर रहा हूँ, पैर छूने चाहिए। लेकिन घुटनों के नीचे उस सुन्दर देवता के पैर ही नहीं थे। पैर छूने से मना करनेवाले ये बिना पैरोंवाले देवता कौन हैं?

ट्रक भरकर पुणे तक का बीट मिल जाने से प्रसन्न रघु नायक उत्साह में दिल्ली दरवाजे से औरंगाबाद में घुस गया। धुएँ के बादल उगलता भयानक शोर मचाता अपना अशोभनीय मटमैला ट्रक पाँच सितारा होटल में घुसाकर उसने मेरा संदूक नीचे उतार दिया। फिर जज्बाती होकर बोला, उन तंगहाली के दिनों में तू ही एक मेरा दोस्त था। अब अच्छे दिन आएँगे और तू मोरगाँव में नहीं होगा। लेकिन यार, अब मैं इधर की ही बीट लेता रहूँगा। मैं अचानक आ गया तब भी मेरे लिए समय निकालने का जिम्मा तेरा। गरीबी में दोस्त ढूँढ़ने पड़ते हैं, अमीरी में दोस्त तुम्हें ढूँढ़ निकालते हैं...

उद्धरण देना छोड़ो। वह दुर्गुण होता है।

जिस तरह दो पड़ोसी कुत्तों में झगड़ा होता है—हिंदुस्तान-पाकिस्तान के बीच भी ऐसा ही कुछ होने के कारण इस मौसम में औरंगाबाद आनेवाले टूरिस्टों के टाँडे अचानक रद्द हो गए थे। इसी कारण पर्यटन विभाग ने इस पाँच सितारा होटल में ऐन वक्त रियायती दरों पर हमारा गाइड सर्टिफिकेट कोर्स रखा था। सभी तरफ ऐतिहासिक स्थलों के पोस्टर, प्रतिकृतियाँ, मूर्तियाँ, मटके सजाकर रखे हुए थे। देश के बड़े-बड़े विशेषज्ञ हमें चित्रकला, स्थापत्य कला, प्राचीन इतिहास, परिवेशविज्ञान,

युद्धविज्ञान, हिंदूलॉजी, म्यूज़िओलजी जैसे विषयों पर व्याख्यान देनेवाले थे। इस होटल के मुलायम परोंवाले गद्दों पर और तकियों पर लेटते ही शरीर की सारी पेशियाँ फैल जातीं और नींद चक्कर काटने लगती। साथ ही यह सुखद एहसास भी होता कि अब मैं उस खेती से, उस देहात से बहुत दूर आ गया हूँ।

...तीन राहें जहाँ फूटती हैं, वहीं बबूल वन के कठफोड़वा अपने सिर की टक-टक से पेड़ को कुरेदना शुरू करते हैं। मानो, मदहोशी में तेजी से पीछे-पीछे-पीछे जानेवाले ट्रक पर सवार हम पीछे इतिहास में जा रहे हैं। मैंने आज से इस दौलताबाद को हिंदुस्तान की राजधानी बना दिया है। पैर टूटा भगवान। ध्वस्त हरिपुर। मानो मैं बचपन में फिर एक बार मेले में खो गया हूँ। सिर में बड़ा घाव लग गया है। दूर से मोट की कुईं कुईं आवाजें आ रही हैं। साँडू के कंधे पर बैठकर नदी पार करते हुए धीरे-धीरे वह कीचड़ में धँसता जा रहा है, पूरा धँस गया क्या? खेत जाते समय मोड़ पर जामुन के नीचे सफेद झक गिग्या कुत्ता दुम हिलाता खड़ा है। गिरधर की बीवी तापी झाड़ियों की आड़ से बताती है—तुम उधर घर से जैसे ही निकलते हो, इधर इसे पता चल जाता है और दौड़ता हुआ आकर यह रास्ते में राह देखता खड़ा रहता है। जब तक मैं खेत में होता हूँ, गिग्या लगातार मेरे आगे-पीछे घूमता है। अचानक महार बाड़े से ढोलक की ताल पर इकतारे का नाद सुनाई पड़ता है। फिर दुक्कड़ और ठेके का ताल जुड़ने पर तार स्वर में महारी शहनाई। फिर डरावना सपना—कौन-सा, याद नहीं। देहात में कोई मरते-मरते अपने बहुत प्यारे भाई को या बहन को, या दूर गए अपने बेटे या बेटी को लगातार याद कर रहा है। मरनेवाले के प्राण देह की दहलीज में फँसे हुए हैं। पैगाम गया है। आएगा आएगा। आ ही रहा होगा। आया क्या? कौन? अरे यह तो मैं ही हूँ खंडेराव, लड़खड़ाता हुआ गाँव आया हूँ। मेरे लिए प्राणों को रोक रखनेवाले वे कौन हैं? यानी हमारा रिश्ता केवल शरीर-शरीर तक ही सीमित नहीं होता है? तो क्या वह प्राणों का भी होता है? पसीना-पसीना हो मैं जाग जाता हूँ। अब मैं दूरस्थ बन जाऊँगा फिर भी वह हमेशा के लिए मेरी सुप्तावस्था में एक केंद्र बन गया है? जहाँ-जहाँ हम जाएँगे क्या वह सब इस एक केंद्रबिंदु की परिधि में ही होगा? भविष्य की सारी घटनाओं का यह पूर्वाभास? निद्रा के भीतर के अंतरिक्ष को याद कर बिंदु, रेखा, वृत्त इतना ही बचता है...

टूरिज्म डाइरेक्टर कुंभार साहब लगातार बेल बजा रहे हैं। दरवाजा खोलते ही कहते हैं, दस्तखत कीजिए। और आप विट्ठल विट्ठल करते हुए लगातार तालियाँ बजा रहे थे। रोज सुबह बिस्तर में ही भजन करते हैं आप? चलिए, यूनेस्को के जर्मन साहब उद्घाटन का भाषण देनेवाले हैं। ब्रेकफास्ट निपटाइए। चलिए सेमिनार हॉल में। सारे प्रशिक्षार्थी पहले ही चले गए।

सुखद एहसास कि अब मैं मोरगाँव में नहीं हूँ। होटल के बाहर कड़ी धूप और उसके विपरीत भीतर एसी की शीतलता। धुनी से काली की हुई काँच की दीवारें। भीतर

जामुनी गलतकियों से बनी आरामदेह कुर्सियाँ। इस प्राचीन देश से संसार-भर के टूरिस्टों को परिचित करानेवाले *टूरिस्ट गाइड कोर्स* के हम प्रशिक्षार्थी मराठवाड़ा के ऐतिहासिक स्थलों के बारे में मौलिक व्याख्यान सुनते हुए ऊँघते हैं। ढँके हुए दीयों के श्वेताद्‌भुत प्रकाश में विशेषज्ञों के भाषण सुनते हुए झपकियों के रूप में उन्हें अपराधी उत्तर देते हैं। मानचित्र पर मराठवाड़ा के रोमन कालीन व्यापारी मार्ग को देखते हुए मैं अपने आप से बुदबुदाता हूँ, हमारे मोरगाँव के मुकाबले यहाँ कितना शांत, शीतल, सुखदायी ?

दोपहर में भरपेट भोजन की मदहोशी। फिर भी हम अपनी गर्दनें सँभालते हुए विशेषज्ञों के विद्वत्तापूर्ण भाषण अदब से सुनते रहे। फिर विश्वविद्यालय के पुरातत्व विभाग के पवार सर मराठवाड़ा का मानचित्र टाँगकर गाँव-गाँव फैले हुए अवशेष दिखाते हैं और चर्चा शुरू करते हैं। मैं अपने गाँव के पास की अहीरों की ग्वाल-बस्ती के बारे में बताता हूँ। पवार सर और अन्य दो-तीन शिलालेख-विशेषज्ञ मुझसे कई प्रश्न पूछते हैं। मैं यह भी बताता हूँ कि मोरगाँव आकर जानकारी ले गए पुरातत्व विभाग के अफसर के. के. चौधरी क्या बोले थे। पवार सर और चौधरी जी की पढ़ाई बड़ौदा में एक साथ हुई थी। इस कारण पवार सर खुश होकर मुझे अपने घर आने के लिए कहते हैं। मैं एक-दो बार गया तो उन्होंने बहुत महत्वपूर्ण मार्गदर्शन किया। एक बार उन्होंने दौलताबाद किले के भीतर खुदा हुआ बड़ा सुरंगवाला रास्ता दिखाया।

हमारे इस कोर्स में मुझे दो समशीतोष्ण मित्र मिले। एक थे, नांदेड़ के *पत्रकार अनंतराव।* यह इसी नाम के बने बहुत बढ़िया लेटरहेड पर विदेशी टूरिस्टों को एक ही तयशुदा पत्र लिखता कि हमारे गोदा तट पर स्थित जांभूल द्वीप के प्राचीन बाड़े में दुर्लभ भूर्जपत्र पर खुदी भृगुसंहिता अभी तक सुरक्षित रखी हुई है, जिसके आधार पर हम निन्यानबे प्रतिशत अचूक भविष्य-कथन कर सकते हैं। यह ध्यान में आते ही कि इसी एक सद्‌हेतु से प्रेरित होकर बेरोजगार पत्रकार अनंतराव होटल का लगातार चक्कर लगाता है, सहृदय डाइरेक्टर कुंभार साहब ने अपना भविष्य उससे पूछा और बदले में पत्रकार अनंतराव को गाइड के कोर्स में भर्ती कर लिया। आजकल वे इस मत के कट्‌टर पुरस्कर्ता बनते जा रहे थे कि मराठवाड़ा के युवकों को दिन-भर बस अड्‌डे पर बैठकर तंबाकू मलते डींगें हाँकने की बजाय कुछ जुगाड़ करके पेट पालने की कोशिश करनी चाहिए। इसका कारण भी भृगुसंहिता में ही मिला। पत्रकार अनंतराव उनकी कुंडली खोलकर दो-तीन घंटे हिसाब करके बोला, आपका असल ग्रेड है—सब-असिस्टेंट जॉयंट डाइरेक्टर, मराठवाड़ा विभाग। लेकिन डाइरेक्टर के प्रोमोशन से वंचित दशा में आपको तब तक यहीं रहना पड़ेगा, जब तक दक्षिणात्य बॉस ऊपर दिल्ली में बैठा है। आश्चर्यचकित होकर सब-असिस्टेंट जॉयंट डाइरेक्टर धीरे-धीरे कड़ुवा मुँह बनाते गए और बोले, पहले वो लाता मार्था सात साल और अब यह गणपथी नोटेशन मेरी फाईल पर चिरक जाता है, साला। इसके लिए कोई

उपाय ?...उपाय ? फिर दो घंटे हिसाब लगाकर पत्रकार अनंतराव बोला, आनेवाले शनि–मंगल के मेल के बाद मानव संसाधन विभाग को मराठवाड़ा का मंत्री सँभालेगा, वही आपको सबसे ऊपरवाली जगह देगा। सौ प्रतिशत कामयाबी।

इस तरह दो साल और प्रतीक्षा करते हुए सब–असिस्टेंट जॉयंट डाइरेक्टर कुंभार साहब खुशी से पत्रकार अनंतराव को विदेशी टूरिस्टों से मिलवाने लगे, साथ ही इस कोर्स में दाखिला।

दूसरा समशीतोष्ण मित्र वानखेड़े, हमेशा सूट–बूट–टाई पहने रहता। आंबेडकर कॉलेज का यह छात्र होटल के पीछे के जलतरण तालाब पर बतौर जीवरक्षक नियुक्त किया गया था। इससे मुलाकात होने पर कुंभार साहब हमेशा इसकी टाँग खींचते, क्यों दलित कवि ? कहाँ तिरनी[77] के तालाब पर चल दिए ? हो आइए ड्यूटी करके। वानखेड़े का बचपन गाँव की नदी में मछलियाँ पकड़ते हुए ही बीता था। इस कारण यहाँ उसका एक अच्छे तैराक के रूप में बोलबाला हुआ। एक छोटा बच्चा होटल के तालाब में डूब गया और कोर्ट द्वारा तुरंत इसकी नियुक्ति हुई। शाम का भोजन और आने–जाने का रिक्शा का किराया—इसे हर रोज मिलता। इसके अलावा गर्मी के मौसम में स्कूली छात्र–छात्राओं को तैरना सिखाने के एवज में चार आना फीस भी रोज। और तालाब के नीचे की फिल्टर की नालियों में हर रोज मिलनेवाले विदेशी टूरिस्टों के सिक्के, कभी–कभार कान की सोने की रिंग भी। तात्पर्य, ऐसे दैनिक वेतन पर दलित कवि वानखेड़े बीते चार सालों से यहाँ नियमित नौकरी करते हुए अच्छे अंकों से अंग्रेजी बी.ए. पास हुआ। दिन–भर बिना कुछ खाए यहाँ तक पैदल आने के कारण यहाँ वह भरपेट भोजन करता और दुबारा तीन मील बेगमपुरा में अपने कमरे तक पैदल जाकर उसे पचा लेता और साथ ही आने–जाने के रिक्शा के पैसे भी बचा लेता। आगे चलकर कुंभार साहब की चालाक नजर से एक बात छूट नहीं पाई : वानखेड़े ने अपने कमरे के आसपास नहरे–अंबरी के पड़ोस में रहनेवाली पाठक नामक एक पिंगलकेशा गरीब ब्राह्मण लड़की को न केवल अपने पैसों से तैरने का पास बनवाकर दिया, बल्कि खास दिलचस्पी से उसे तैराकी के अलग–अलग गुर भी मुफ्त में सिखाए। इससे उस लड़की ने तैराकी की राष्ट्रीय प्रतियोगिता में दूसरा नंबर पाया और स्कूल के सम्मान समारोह में खुलकर बताया कि इस गरीब किंतु दिल से अमीर युवा गुरु के सुदृढ़ बंधनों में आजन्म रहना ही पसंद करूँगी। सुनकर पत्रकार अनंतराव कहते बना—गुरु की शिष्या गुरू से फल गई। इस तरह एक पंथ में कई काज करनेवाला यह वानखेड़े भी हमारे कोर्स का साथी था।

इसी दरमियान पवार सर अपने रिसर्च प्रोजेक्ट के पुरातात्त्विक सर्वे के लिए दिल्ली गए। मैंने अपने जुटाए लोकगीत, अहीरों की जानकारी ठीक से लिखकर मोरगाँव होकर गए चौधरी जी को देने के लिए उनके हाथों भेज दी। तब चौधरी जी ने पवार सर को कई खास काम सौंपे। इनमें से एक था—एम.ए. के लिए खंडेराव

77. घागरा या धोती का नाभि के नीचे लटकने वाला भाग

का विश्वविद्यालय में दाखिला करा देना। पवार सर लौटते ही मुझे उनकी चिट्ठी सौंपते हैं। मैं बुदबुदाता हूँ, घर से एम.ए. की फीस के लिए पैसे? होस्टेल? किताबें? पवार सर ने कहा, कुछ-न-कुछ जुगाड़ कर ही लेंगे। फीस में रियायत तो कहीं नहीं गई? और कुछ नहीं तो हमारे दौलताबाद प्रोजेक्ट में पार्ट टाइम रिसर्च असिस्टेंट की टेम्परारी पोस्ट पर ही आ जाओ। वह काम तुम्हारा पसंदीदा भी है। फिलहाल शनिवार-रविवार आते रहना। आगे का बाद में देखेंगे।

वैसे भी शौक की खातिर मैं एलोरा जाया ही करता था। अब काम के लिए जाना होगा। ऐतिहासिक दंतकथा और एलोरा-खुल्ताबाद इलाकों की आख्यायिकाओं के अनुसार, *लीलाचरित्र* के चक्रधर स्वामी की इसालुवा की गुफाओं[78] में खुदे सूत्र : *बहन, यह समूची पहाड़ी खोखली है :* के अनुसार और इतिहास की हकीकतों के अनुसार: देवगिरी के किले से एलोरा की गुफा तक इतना बड़ा सुरंगवाला खुफिया रास्ता हो सकता है कि एक आदमी आर-पार चलता चला जाए। आगे सन् 1327 में दौलताबाद को राजधानी बनाने पर मुहम्मद तुगलक ने बगल के एक टीले पर बारूदखाना बनाकर इस पुरानी सुरंग के बीच से ही एक और सुरंग बनाई थी।

एक बार मैं और एक मजदूर बड़ा-सा टॉर्च लेकर किले के नीचे तट में सुरंग के छोर की खोज करते हुए चल पड़े। सुबह का वक्त था। अचानक एक उदबिलाव दौड़ते हुए माँद से बाहर निकला और फिर भीतर घुस गया। मैं जल्दी-जल्दी निशान लगाता हुआ उसका पीछा करने लगा और टॉर्च से सामने देखते-देखते ही अचानक आदमकद गहरे गड्ढे में जा गिरा। मेरे पीछेवाला मजदूर डर के मारे पीछे-के-पीछे नौ-दो-ग्यारह हो गया। काफी अंदर दूरी पर उजाले का छोटा-सा एक बिंदु दिखाई दे रहा था। सुरंग मिल गई। लेकिन यहाँ कितनी देर तक खड़े रहेंगे? पीछे भी नहीं जा सकते। कँपकँपी। मैं पीछे टॉर्च दिखाता हुआ बाकी लोगों की प्रतीक्षा में शाम तक खड़ा रहा। खंडेराव, जिस तरह उस अँधेरे में तू बिना डरे, बिना भागे पाँव जमाए खड़ा था, हर काम में इसी प्रकार खड़े रहना। यहाँ का उदबिलाव जिस तरह टेढ़ी-मेढ़ी, ऊपर-नीचे फेरेदार, उल्टी-सीधी माँद खोदकर यहीं कहीं सुरक्षित स्थान पर छिपा बैठा है ताकि किसी को पता न चले, तू भी वर्तमान काल में इसी तरह बैठे रहना। वह कान, आँखें, नाक, मूँछें पल-पल चौकन्नी रखकर इस प्रतीक्षा में माँद के बाहर निकल आया था कि प्रतिकूल स्थिति को कब अनुकूल बनाया जाए, तू भी ऐसे ही करना। इस अनंत विश्व में अपनी जिंदगी की बंद हुई सुरंग को खोदते रहना। संकोच नहीं करना, खोदते रहना। वह चाँदनी, वह उजाले का छोर कभी-न-कभी तेरे भी हिस्से में आएगा, वही अंत। वही यश। पूर्णविराम।

पूरा दिन इसी तरह खड़े रहने से रोंगटे खड़े हुए और मृत्यु के बारे में सोच रहे खंडेराव को खोजने आए सभी चिंतातुर लोग ऊपर कहीं सुनाई दिए। कैसा था वह

78. एलोरा की एक गुफा।

क्षण। दिन-भर की खोज के बाद सभी यह सोच रहे थे कि खंडेराव अब खत्म हो गया कि तभी उन्हें तेरे टॉर्च की तेज रोशनी दिखाई दी। इस खुशी में पवार सर ने दौलताबाद में सभी को पार्टी दी।

गाइड का कोर्स खत्म होने को आया, तो पवार सर ने मुझे अपने लेक्चर से पहले बुला लिया। बोले, तुम्हारे रहने का प्रबंध हो रहा है। मेरा मित्र के. बी. देशपांडे अमेरिका में है, जो और दो-एक साल तो आने से रहा। सो तुम दो-चार पार्टनर ढूँढ़ो। अच्छे ही ढूँढ़ना और उसके बंगले को साफ कर रहने के लिए चले जाना। डिपार्टमेंट में तुम्हारे लिए मैंने एक सर्टिफिकेट बनाकर रखा है, उसे अर्जी के साथ जोड़कर फिलहाल दाखिला ले लो। पुरातत्व को प्रोत्साहन देने के लिए सेंट्रल गवर्नमेंट इस साल काफी फेलोशिप घोषित कर रही है। तुम्हें जरूर मिलेगी। अब तुम गाँव लौटने के बारे में बिलकुल भी मत सोचना। अपनी खेती को दे दो छुट्टी। चौधरी से मुझे तुम्हारी गाँव की सारी हकीकत मालूम हो गई है।

उस दिन दोपहर में एसी की शीतलता और खामोश पंखे के नीचे मुलायम गलतकियों की आरामदेह कुर्सियों में *जै जै* का अखंड जयघोष चारों ओर से सुनाई देता है। *जय जय।* झपकी, तरोताजा, फिर झपकी, फिर तरोताजा। इस तरह सुषुप्ति के किनारे हिचकोले खाती डोंगी से खंडेराव गोदावरी तट के विज्ञानेश्वर मंदिर से टकराता है। तीसरी सदी के चालुक्यकालीन वाकाटकों के अवशेषों पर पवार सर के भाषण के दौरान आँखों पर एक गहरी झपकी गोदावरी के दह जैसी चिपकना चाह रही है। जयघोष जारी है। वाकाटक के अत्यंत बलिष्ठ महाराज के हाथों खंडेराव को बड़े समारोह में पुरस्कृत किया जा रहा है। स्वयं राजाधिराज हरिषेण महाराज अजंता गुफा की अपनी राजसभा में खंडेराव को वस्त्रालंकार पहना रहे हैं। वे कहते हैं :

> *साले, खंडेराव, माँ के जने, तुम कवि लोग बहुत सकलगुणालंकृति सुशितिपटु हो। ऐसी मुलायम शांत शीतल सुखदायी फुरसत उस खेती के धंधे में कहाँ होती है? तूने घरबार, खेती त्याग दी, बढ़िया करा। पसंद नहीं होगी तो माँ की चूत छोड़ दो वो माटी। यहीं पर रहो, साला। बी.ए. में इतिहास पढ़ा, वहीं खेती से कट गया तू। हमने इतना सारा इतिहास रचा, खेत में खपते रहते तो होता ये सब? और राज की एक और बात बताता हूँ, हमने ये जो इतना किया वो सब समझाने के लिए अगर तुम्हारे जैसे चूतिए लोग नहीं होंगे तो हमारा होना भी न होने जैसा ही है न। आजकल कोई किसी को पूछ नहीं रहा है। डेढ़ हजार सालों में हमारे लोगों ने काफी तरक्की की होगी, नै? जै जै जय होऽ।*

आखिरी सत्र में गाइड प्रशिक्षण के समापन के लिए दिल्ली से विशेष आमंत्रित टूरिज्म विभाग में मिस् गाइड नाम से विख्यात श्रीमतीजी, जिनके चेहरे पर लंबे-लंबे बाल लटक रहे थे, हमें कुछ व्यावहारिक बातें सिखाने के लिए आई थीं। उनसे हुए

प्रश्नोत्तर : टूरिस्टों को असल इतिहास बताना ठीक होगा?...यह आपका काम नहीं है। हम आपको किसी तीर्थक्षेत्र पर या किसी किले पर टूरिस्टों के साथ किसलिए भेजते हैं? केवल मुँह छुवाई के लिए।

...मुँह छुवाई? पीछे बचकाने गाइड शिविरार्थियों में कहकहा।...गहराई में मत जाना। फिर कहकहा। पैठण। वारकरी संप्रदाय का एक ही मिनट में परिचय—किस तरह जाति-भेद मिटाए, वगैरा। मुसलमानों को तो छोड़ ही दो, अपने-अपने गाँव के महार-मातंगों को भी इन वारकरी लोगों ने कभी नहीं अपनाया। समा लेना तो और भी दूर की बात। विट्ठल के चरणों में सभी एक जैसे? पंढरपुर में आषाढ़ महीने की एकादशी में सवर्णों की चौबीस पालकियाँ जाने के बाद आखिरकार अजामेल मातंग की पालकी। नीलू चाचा वहाँ मंदिर में नाचकर क्या आध्यात्मिक सुख पाता है? एकादशी के दिन मिर्च, शकरकंद, अमरूद, पपीता, मूँगफली, खजूर, आलू, साबूदाना जैसे म्लेच्छ यावनी पदार्थ कैसे खाए जाते हैं? ये तो अभी-अभी समुद्री जहाजों से आयात किए पदार्थ हैं।...वारकरी पंथ की सतही जानकारी देना। चलिए, अब पुरस्कार : सर्वोत्कृष्ट मिस्टर गाइड—खंडेराव विट्ठल। तालियाँ। कल से रोज सुबह छह बजे टूरिजम दफ्तर में आना। टूरिस्टों के साथ पूरे दिन की ट्रिप अजंता। आधे दिन की ट्रिप दौलताबाद—खुल्ताबाद—एलोरा या पैठण—औरंगाबाद गुफा—बीवी का मकबरा। अंग्रेजी-हिंदी दोनों भाषाओं का बारी-बारी से इस्तेमाल। टूरिस्टों की ओर से टिप, चाय-पानी लेना मना है। कानों में कुंभार सर की फुटनोट—जहाँ अपनी गाड़ी पार्क करेंगे, वहाँ के होटलवाले मुफ्त में देंगे ही।

गंभीर सूचना : हर स्थान पर बोलते समय सावधानी बरतें ताकि किसी की धार्मिक भावनाओं को ठेस न पहुँचे। वरना रजिस्ट्रेशन कैंसिल।

आगे दो साल तक यही उद्यम। खर्च निकल रहा था। एम.ए. का अध्ययन भी केवल किताबी नहीं हुआ। एम. ए. के दोनों सालों में विदेश के बड़े-बड़े विद्वान अतिथियों के साथ अजंता, एलोरा जाने के लिए मुझे चपरासी के हाथों कुंभार साहब का विशेष पत्र आता। इसके अलावा सरकार द्वारा नए पर्यटन स्थलों का सर्वे भी साल-भर चलाया गया। उस समिति में विशेषज्ञों के साथ मुझे भी बुलाया जाता। मराठवाड़ा में सन्तों के जन्मस्थल, समाधियाँ वगैरा काफी हैं और ऐसे तीर्थस्थलों की तो गिनती भी नहीं कि जमीन पर, पानी में और हवा में—किसे, किसने और कहाँ दीक्षा दी। कहाँ किसे विरक्ति आई और कहाँ आत्मज्ञान प्रकट हुआ। संबद्ध इलाके के छोटे-बड़े सभी को इसकी सारी जानकारी होती है, पर कहीं संयुक्त डायरेक्टरी नहीं है। मेले, उर्स, देवी माँ के रथ, ज्योतिर्लिंग, शनि के साथ-साथ अन्य ग्रहों के पीड़ानिवारक स्थल, नागबलि[79], श्राद्धों के नदी तट, पाताल के घाट, संगम, टीले, झरने, मठ, गुफा, देरासर, मंदिर, ऋषि, बौद्ध भिक्खू,

79. हिंदुओं के सोलह संस्कारों में से एक, जिसमें संतान की कामना से नागहत्या का प्रायश्चित किया जाता है।

संन्यासी, नाथ, मलंग, सूफी, जैन मुनि, सिक्ख गुरू, लिंगायत, मस्जिदें, मीनारें, कब्रें, किले, महल, बुर्ज, तट—मराठवाड़ा का भूगोल और इतिहास एक ही। खंडेराव कृतार्थ हुआ। एम.ए. की परीक्षा, विश्वविद्यालय, ये तो भूतकाल की तंद्रा से यूँ ही मामूली वर्तमान काल में लौटने जैसा हुआ। नए-नए पुराने स्थल मिलते ही गए। खत्म ही नहीं हो रहे थे।

गाइड का कोर्स समाप्त हुआ और होटल छोड़ने का समय आया। फिर भी विश्वविद्यालय में जाकर एम.ए. के लिए दाखिला लेना, होस्टेल पाना जैसे कामों में न तो गति आ रही थी और न समय मिल रहा था। पवार सर भी हमेशा विश्वविद्यालय सुधार के अभियान पर कहीं बाहर व्याख्यान के लिए गए होते। बीते साल इंग्लैंड से तक्षशिला विश्वविद्यालय पर पी-एच.डी. पूरा कर लौटने के बाद उन्हें इस लगन ने घेर लिया कि हमारे विश्वविद्यालयों में भी सुधार होने चाहिए। परंतु बाद में वे इस निष्कर्ष पर पहुँच गए कि यहाँ सुधार के लिए कुछ भी प्रयास करना समय की बरबादी करना है। पर तब तक हमारे एम.ए. के दो साल समाप्त हो रहे थे। दरअसल, पवार सर अपनी पढ़ाई-लिखाई में दिलचस्पी रखनेवाले सज्जन थे। लेकिन इंग्लैंड से लौटते ही सामाजिक सुधारों के इस बंध्यामैथुन में लग गए। उनका कहना था कि राजनेताओं के प्यादों के कुलपति बनने के कारण विश्वविद्यालयों में सुस्ती आ गई है। कुलपति नियुक्ति की समिति पर मुख्यमंत्री का प्रतिनिधि नहीं चाहिए, क्योंकि इसी कारण मुख्यमंत्री द्वारा सुझाया गया नाम पैनल में अपने आप आ जाता है, और राज्यपाल भी वही नाम उठाते हैं। राज्यपाल भी सत्ताधारी पार्टी का, महाराष्ट्र से अपरिचित आदमी होता है। ये सब बदलना चाहिए। विश्वविद्यालय केवल ज्ञानक्षेत्र के लोगों के ही होने चाहिए। परीक्षा पद्धति, विश्वविद्यालय कानून, नियम, अधिनियम, अध्यापन पद्धतियाँ, पाठ्यक्रमों का निर्धारण—सबमें आमूलाग्र बदलाव आना चाहिए, वरना इस अर्द्धसदी में विश्वविद्यालय ढह जाएँगे। इस तरह की सनक में पवार सर ने आंदोलन शुरू किया। पूरा समय वे प्राध्यापक महासंघ का काम करने लगे।

उनके दुर्भाग्य से ठीक उसी साल पुराने कुलपति का कार्यकाल पूरा हुआ और मराठवाड़ा के प्रत्येक साक्षर व्यक्ति को लगने लगा कि नए कुलपति पद पर अपनी ही नियुक्ति हो। समानता की प्रजातांत्रिक आकांक्षाओं में उबाल आया। कुलपति नियुक्ति समिति में मुख्यमंत्री के प्रतिनिधि के तौर पर अवकाशप्राप्त शिक्षा निदेशक को नियुक्त किया गया। पेंशन बढ़कर मिले, इसलिए उन्हें दो महीनों के लिए निदेशक बनाया गया था। इसके लिए वे मुख्यमंत्री के आमरण ऋणी हो चुके थे और इस प्रतीक्षा में थे कि मुख्यमंत्री की ओर से कुलपति का नाम कब आता है। आखिरकार मराठवाड़ा हाइकोर्ट बेंच से अभी-अभी अवकाश ग्रहण करनेवाले मराठवाड़ा के ब्राह्मण जज का नाम ऊपर से आया। JUDGE के स्पेलिंग के कारण

टाइपिस्ट ने अफवाह फैला दी कि श्री जुड़गे कुलनाम के कोई हजरत कुलपति बननेवाले हैं। आगे चलकर कुलपति का यही नाम जुड़गे प्रचलित हुआ।

इस सारी राजनीति के विरोध में *मराठवाड़ा जनहित समिति* तैयार की गई। इस समिति ने विश्वविद्यालय बचाओ का अभियान शुरू किया। जुड़गे महोदय केवल आठ–नौ महीने के लिए ही जज बनाए गए थे—स्पेशल पावर्स—दया की खातिर। इससे पूर्व यह जुड़गे कई सालों तक बतौर आपराधिक वकील मुंबई हाइकोर्ट में मुकदमे लड़ता था। एक बार उसने वर्तमान मुख्यमंत्री को, जो पहले एक मामूली विधायक थे, एक कत्ल के इल्जाम से सही–सलामत बचाया था। इसलिए अब मुख्यमंत्री बनते ही उन्होंने जुड़गे महोदय के प्रति कृतज्ञता की पूर्ति की। जुड़गे महोदय के अत्यंत सिद्धांतशून्य, भ्रष्ट होने के सबूत भी जनहित समिति ने जुटाए और पवार सर वगैरा मिलकर राज्यपाल के पास मुंबई भी हो आए। महाराष्ट्र राज्य के विस्तार से विशाल होने के कारण राजधानी तक की यात्रा का फासला जितना अधिक, कोर्ट के निर्णय के बदलने की संभावना उतनी ही कम। गढ़चिरोली, चंद्रपुर, सावंतवाड़ी जैसे दूर–दराज रहनेवाले लोग तो मुंबई जाकर न्याय की गुहार लगाने के लिए इसी कारण टाल–मटोल करते हैं। मराठवाड़ा के लोगों को कम–से–कम कुछ घंटों में पहुँचना संभव होता है। उसमें भी राजभवन यानी मुंबई का आखिरी छोर। जितने घंटे मुंबई तक पहुँचने में लगते हैं, उतने ही आगे राज्यपाल तक पहुँचने में। इस तरह दिन–रात चलनेवाले समाज सुधार के झमेलों के कारण पवार सर से मिलना मुश्किल ही था। लेकिन वानखेड़े विश्वविद्यालय के पीछे ही मकबरे के पास रहता था। एक दिन सवेरे उसके साथ ही विश्वविद्यालय के रीडर्स क्वार्टर्स पहुँच गया।

पवार सर विश्वविद्यालय की स्वायत्तता को लेकर एक प्राध्यापक से आक्रोशपूर्वक झगड़ रहे थे। मुझे देखते ही चर्चा रोककर कपाट से चाबियों का गुच्छा निकाला और मेरे हाथ में देते हुए बोले, आज ही के. बी. देशपांडे का बंगला देख लो, अपना सामान वहाँ डाल दो। बंगला अच्छा है। कई सालों से बंद है। ऊपर गेट पर भूतपूर्व...की तख्ती है, इसीलिए बेगमपुरा के लोग उसे भूत बंगला कहते हैं। दो–चार दोस्त मिलकर रहो। किसे साथ में रखना है, तुम्हीं तय करो। हर महीने देशपांडे सर के बैंक खाते में मिनिमम सौ रुपए डालते रहना। सस्ता है, लेकिन इस बहाने जगह इस्तेमाल में रहेगी। तुम्हारे रहने की परेशानी तो दूर हुई। और दाखिला ले लिया ? आज ही ले लेना।

बाद में सामने बैठे विचारक–से दिखनेवाले प्राध्यापक मित्र से परिचय करवाते हुए बोले, आप हैं हमारे प्रोफेसर मित्र प्रथमेश दवे सर, बड़े सिद्धहस्त लेखक हैं।

प्रथमेश दवे ? मतलब हमारे सदू की बुआ, पार्वती, मोरगाँव के अग्निहोत्री भट की बेटी, उसके पति ? ये हमारी तिरोनी बुआ की बचपन की सहेली। मैट्रिक के बाद पुणे के फर्ग्युसन कालेज के होस्टेल में बी.ए. की पढ़ाई के लिए अकेली गई।

साइकिल भी चलाती थी और तब महाराष्ट्र की स्त्रियों की यह गतिशील प्रगति देखकर उसे तन्मयता से पढ़ानेवाले उसी कॉलेज के प्रगतिशील रॉयिस्ट प्राध्यापक प्रथमेश से उसने प्रेम-विवाह कर पूरे महाराष्ट्र को हिला दिया था। यह पार्वती अग्निहोत्री मतलब हमारे सहपाठी सदू की बुआ। मैंने हिचकिचाते हुए दवे सर को अपना नाम और गाँव बताया और पहचान दिखाई। अरे, तू तो मेरी ससुरालवाला है। घर पर आओ न एक बार, मैं मोना से कहता हूँ। उधर सुनेरी महल के पीछे प्रोफेसर क्वॉर्टर्स में आना। मैंने शर्म और संकोच से हामी भरी। कृतार्थ हुआ कि हमारे मोरगाँव के ब्राह्मण इतने उन्नत थे कि प्रेम विवाह के लिए अपनी लड़कियों को पुणे में पढ़ाई के लिए भेजते थे। और दूसरी तरफ हमारे लोग?—तिरोनी बुआ...मैं दिन-भर बेचैन रहा। ऐसे में लौटते वक्त विश्वविद्यालय की सड़क पर सामने भूत जैसा गोरख इमली का पेड़ दीख पड़ते ही मेरी संवेदनाएँ अचानक कुंठित हो गईं। मैं पेड़ की तरफ स्तंभित हो देखता ही रह गया, लगा कि कहीं-न-कहीं या सपने में इस आकार से मेरा संबंध है। फिर मैं उस पेड़ के नीचे बैठा रहा।

चलो मछिंदर गोरख आया कहकर उठा और वानखेड़े की कोठरी पर आया। छोटा-सा कमरा। छत तक किताबें रची हुईं। जमीन पर केवल चटाई बिछी। चाय के लिए उसे स्टोव जलाने को कहा। उसकी एक अच्छी-सी दीर्घ कविता सुबह ही पढ़ने में आई थी, मैं अभिभूत हो गया। अंग्रेजी विषय लेकर बी.ए. में फर्स्ट क्लास फर्स्ट आने से विश्वविद्यालय में दाखिला होते ही उसकी बरकत-ही-बरकत—पाँच-सात बड़े-बड़े पुरस्कार और हर महीने एक स्कॉलरशिप। हमने देर रात तक गप्पें लड़ाईं—कविताएँ, गाँव की बातें, जाने क्या क्या। सुबह चार बजे मैं जाग गया। वह बोला, अरे यार, पवार सर के उस बंगले में मुझे भी पार्टनर बना लेगा? ये मेरा कमरा यानी मेरे गाँव के रिश्तेदारों के लिए सराय बन गया है, हक का। इनमें से मैं ही पहली बार गलती से शहर में आया हूँ। हर आठ-दस दिन बाद कोई बहन, बहनोई, मामा, चाचा, फूफा, बुआ, भाई, माँ और बाप भी आते ही रहते हैं। डॉक्टर, दवाइयाँ, सरकारी अस्पताल—देहात में उधर क्या मिलेगा? बुखार से तपता बच्चा लेकर बेचारी बहन सुबह-सुबह दरवाजे पर। ऐसे में क्या शेक्सपीयर और क्या टी. एस. इलियट? साला। आने के बाद जाने का नाम भी नहीं लेते हैं। अपने ही टिफिन से उनको खिलाना पड़ता है। नीचे खुली जमीन पर ही सो जाते हैं। अच्छा लगता है उन्हें इधर शहर में। जाते भी तब हैं, जब मैं अपने स्कॉलरशिप के पैसों से उनका एस.टी. बस का टिकट कटाकर गाड़ी में बिठा देता हूँ। पैसे ही नहीं होते हैं किसी के पास। रहम आता है। लेकिन मुझे भी स्कॉलरशिप कहाँ बहुत ज्यादा मिलती है? किताब खरीदो तो खाने का नागा करना पड़ता है। साल-भर यही चलता रहता है। किस तरह मैंने बी.ए. की पढ़ाई की है, मैं ही जानता हूँ। यार खंडेराव, तुझे बता रहा हूँ, जब मैं पास हो गया, उस समय माँ रो पड़ी थी फूट-फूटकर। बम्मनों, कुर्मियों के लड़कों की माँएँ हँसती हैं और हमारी माँ रोई थी।

अब एम.ए. की पढ़ाई अच्छे-से कर। और हाँ, किसी को हमारे इस भूत बंगले का पता मत देना। एम.ए. में भी फर्स्ट क्लास पाने पर अमेरिका की फेलोशिप मिलती है।

वानखेड़े की कोठरी में चाय पीकर और कमरे में रखे सारे पैसे साथ लेकर हम दोनों विश्वविद्यालय आ गए। वानखेड़े ने पहले ही अंग्रेजी में दाखिला ले लिया था। पत्रकार अनंतराव भी जर्नलिज्म के लिए हाथ-पैर मार रहा था। नए कुलसचिव के गड़बड़िया होने के कारण अंदर से चुपचाप दाखिला लेनेवालों की भी आवाजाही दीख रही थी। मेरी अर्जी देखकर भीतर बैठा क्लर्क पड़ोस में बैठे दूसरे क्लर्क से बोला, साला, पवार सर ने आर्कियॉलजी के लिए इकट्ठा कर ही लिए देखो आठ-दस लड़के। कतार का दूसरा लड़का बोला, बहुत पालिटिक्स है इधर आर्ट्स में। कोई प्राध्यापक टेढ़ी चाल चलने लगे तो उसके विषय में छात्रों को आने ही नहीं देते ये कुलसचिव भगत के प्राध्यापक। मजाक उड़ाते हैं उनका।

दाखिले के काम से निबटकर हम दोनों पवार सर के दोस्त का वह विख्यात भूत बंगला ढूँढ़ने निकल पड़े। वानखेड़े बीते चार सालों से इधर ही रहता था। सो उसे यहाँ के घरों की अच्छी जानकारी थी। यह *गाइड* बंगला विद्याविहार कॉलेज के मा. रा. जोशी सर का। गाइड लिख-लिखकर बनाया गया—कैसी ईमानदारी? यह *खुशहाल* बंगला—फिजिक्स के भट सर का, जिन्होंने इसे तिल-तिल खटकर जैसे-तैसे इसी साल पूरा किया।...अरे फिर तो इसका नाम *बेहाल* अथवा *मेटाफिजिक्स* ज्यादा उचित रहता, क्यों? एक बंगले के सारे अक्षर झड़कर केवल *वा!* बचा रह गया था। आखिरकार मकबरे के पीछे और दफन भूमि की सड़क से ऊपर गुफा की ओर पैदल चलते-चलते *डॉ. के. बी. देशपांडे, भूतपूर्व कुलसचिव, एम.ए. (उस्मानिया), डिप.टी.एच. (लंदन)* की संगमरमर की तख्ती दिखाई दी। बंगले के सामने का बगीचा जंगल ही बन चुका था। इस सुन्दर बंगले के सम्मुख खड़े हुए ही मैंने कहा, कुछ तो...इस तरह का विचित्र आभास मुझे हो रहा है कि यहीं हम पहले रहते थे। तुझे? वानखेड़े बोला—मुझे तो यह आभास हो रहा है कि आज रात से ही रोज हम यहीं सोनेवाले हैं। मेरी खोली का मालिक, साला, जब देखो तब किराया बढ़ाने की बात करता है : हर महीने सौ रुपए की किताबें खरीदने के लिए पैसे होते हैं तेरे पास और पाँच रुपए किराया बढ़ाने की बात करता हूँ तो मना करता है? महार जब से पढ़ने लगे हैं, तब से किताबें महँगी हो गईं हैं। और कहता है—घमंडी महार कागज से गाँड पोंछे। अब संडास में पानी ही नहीं होगा तो क्या कागज का भी इस्तेमाल न करें? गाली-गलौज करता है, सामान बाहर फेंकने की धमकी देता है। फिर मैं भी धमकाता हूँ—पुलिस चौकी में शिकायत करूँगा कि ये जाति का नाम

लेकर गालियाँ देता है। फिर तिलमिलाता हुआ गुस्से से बस देखता रहता है। नहीं चाहिए मुझे ऐसी नजरों से देखनेवाला मालिक। इतने एकांत में बंगला और इतने सस्ते में? दो पार्टनर और ले लेंगे—हमारा पत्रकार अनंतराव जर्नलिज्म के लिए जुगाड़ कर रहा है। उसे भी यह नजदीक पड़ेगा। और मेरे एक पुराने क्लासमेट का एम.एस्सी. में दाखिला हुआ है। वह फॉरेस्ट अफसर की परीक्षा भी दे रहा है। उसे होस्टल भी मिल रहा है, लेकिन होस्टलवालों के लिए वहाँ की रद्दी मेस कंपलसरी होती है। ऊपर से नागा भी नहीं गिनते हैं हिसाब में। कहता है, महँगा पड़ता होस्टेल। तुझे भी तो एक बार मिला था न ये मछिंदर मानकापे...हाँ—नवकवि मानकापे। अच्छा रहेगा मानकापे। उस्मानाबाद की तरफ का है। आज ही पूछता हूँ दोनों को। जरूर आएँगे दोनों भडुवे।

नीचे के बरामदे में एक बड़ी-सी काली कुतिया अपने पिल्लों को दूध पिलाती हुई लेटी रहती थी। गेट के आगे खुले मैदान में नीम के पेड़ तले कुम्हार के गधे कतार में उल्टे-सीधे बैठे होते। बीच-बीच में उनका सामूहिक अभिव्यक्ति स्वातंत्र्य का कार्यक्रम बिना सेंसर के जारी रहता। बंगले के पीछे की ओर भी पीपल के तने से सटकर कोई आदमी बैठा दिखाई देता। यह नजारा अत्यंत मुग्ध करता : पेड़ के नीचे बैठा आदमी। वहीं ओट में बकरियों के झुंड। यह चित्र कई सालों से ऐसा ही होने के कारण उसमें बदलाव हमसे संभव नहीं हुआ। लेकिन हमने अपने-अपने कार्यक्रम बना डाले। अध्ययन, पठन, चर्चा, तंबाकू, बीड़ी, सिगरेट, टूरिस्ट डिपार्टमेंट पर चक्कर लगाकर महीने-भर का खर्च चलाने के लिए अजंता, एलोरा, घृष्णेश्वर, कभी पीतलघाटी जैसी गाइड की ट्रिपें पक्की करना। आठ दिन, पंद्रह दिन और दो महीने, इस तरह सर ने तीन उत्खनन के कैम्प भी नोटिस बोर्ड पर लगा दिए थे। मतलब इतने दिनों के भोजन की समस्या सुलझनेवाली थी। साथ में रोजाना भत्ता और यात्रा-व्यय अलग से।

भावी पत्रकार संपादक अनंतराव जोशी, भावी दलित कवि बी.सी. वानखेड़े और भावी वन अधिकारी तथा नवकवि मछिंदर मानकापे, और मैं—हम चारों ने परमोत्साह से के. बी. देशपांडे भूत बंगले का क़ायापलट कर डाला। बंगले को झाड़-पोंछा कर साफ किया और पायदान और इधर-उधर बिखरा पड़ा सारा सामान नीचे बैठक के कमरे में बंद कर दिया। ऊपर सीढ़ियों से सटा हुआ काफी बड़ा कमरा मैंने अपने लिए ले लिया। सामने बहुत बड़ी अटारी थी। पीछे समकोण में तीन कमरे थे। दाहिनी ओर का बड़े-बड़े परछत्तोंवाला लंबा-सा कमरा वानखेड़े ने गाड़ी भरकर लाई अपनी किताबों के लिए ले लिया और बाईं ओर का चौकोन आकारवाला कमरा अनंतराव को पसंद आया। अनंतराव के पास केवल पाँच-छह किताबें थीं, जिन्हें वह खिड़की में रखता था। मछिंदर ने इन दोनों के बीच का

कमरा इसलिए ले लिया क्योंकि वहाँ से सुन्दर टीले, पेड़-पौधे वगैरह दिखते हैं। ऐसे प्राकृतिक दृश्यों के कारण कवियों को यकीनन रद्दी कविताएँ सूझती हैं, और अगले दो सालों में उसने यह साबित भी कर दिखाया। इन तीनों कमरों के पीछे सँकरी कूचेनुमा जगह थी, जिसे हमने रसोई बना दिया। बाथरूम, संडास नीचे बगीचे में थे और नल, बर्तन माँजने की मोरी, हौज भी नीचे बगीचे में ही।

सबसे पहले हमने सारे कमरे खुद झाड़-पोंछकर और धोकर साफ किए। फिर एस. टी. बस स्टैंड दफ्तर के गोदाम से पार्सलों के पिटारों की लकड़ी की पट्टियाँ किलो के हिसाब से खरीद लाए और उन्हें ठेले पर लादकर बेगमपुरा के परिचित बढ़ई के पास बनवाने के लिए डाल दिया। दो-तीन दिन में हरेक को एक टेबल, एक कुर्सी और किताबों के लिए एक बड़ा-सा रैक मिल गया। इसके अलावा बची हुई लकड़ियों से मुझे एक छोटा रैक ज्यादा मिला। बाल्टियाँ, तामलोट, कपड़े सुखाने के लिए रस्सियाँ, झाड़ू, चार दरियाँ। सुना है, इधर मराठवाड़ा में बड़े-बड़े डाके भी पड़ते हैं। मान लो, चोर आए तो बचाव हेतु हथियार के तौर पर चारों के लिए मजबूत लाठियाँ। बिजली गई तो मिट्टी के तेल से लैस लालटेन। क्या पता, कभी कामवासना बेकाबू हो गई तो, पवनपुत्र हनुमान जी की क्रुद्ध मुद्रा में तसवीर—वगैरा विविधता में एकता दर्शानेवाली वस्तुएँ बाजार से खरीद लाए। फिर हमने यह नियम ही बना डाला कि हर रविवार को हम चारों आधी चड्डियाँ पहनकर—छह हजार स्क्वेयर फीट के बंगले का आँगन साफ करना, पेड़ों में पानी देना, गधों को भगा देना, बकरियों के लिए भीतर वरांडे में आए बकरों को खदेड़ना जैसे सामूहिक हित के काम किया करेंगे और बाकी समय दिल लगाकर बस पढ़ाई।

पत्रकार अनंतराव, बी.ए. (मराठी) फर्स्ट क्लास की अकेली तख्ती खुद अनंतराव ने बंगले के गेट पर लटका दी थी। उसका अनुमान था कि अन्यायपीड़ित लोगों को दूर-दराज से खबरें देने के लिए उसके पास आना पड़ेगा। लेकिन उसका यह अनुमान कुछ ज्यादा ही सच साबित हुआ और डाकिया, कोर्ट के संवाददाता, भाँति-भाँति के उद्योगों में कार्यरत जनसंपर्क अधिकारी, धमकाने के लिए खबरें देनेवाले सच्चे-झूठे नेता—हमारे बंगले पर सभी की आवाजाही बढ़ गई। इसके अतिरिक्त भविष्य जानने के लिए आनेवाले लोगों को भी वह इधर ही बुलाने लगा। इनमें बीच-बीच में डाइरेक्टर कुंभार साहब भी आते। कई बार देर रात तक मिलनेवालों का ताँता लगा रहने के कारण अनंतराव से हर रोज रात के बारह बजे से पहले *दैनिक मराठवाड़ा समाचार* के दो स्तंभों का लेखन पूरा नहीं हो पाता था। फिर सामूहिक दयाबुद्धि की खातिर मछिंदर, वानखेड़े हम सभी उसके द्वारा लिखा काट-काटकर बगल के हाशिए में पंक्तियाँ बढ़ाने में सहायता करते : *अकाल की स्थिति है।* यहाँ एक पंक्ति तो बढ़ा— *यह यथार्थ नकार नहीं सकते।* फिर दो-तीन पंक्तियों के बाद : यहाँ दो वाक्य और बढ़ा— *यह न केवल*

यथार्थ से दूर होगा, बल्कि उसका घोर विपर्यास भी होगा। हाँ। बढ़ गए दो-तीन सेंटीमीटर। फिर यहाँ डालना—*अपवाद तो आखिर अपवाद ही है, अपवाद नियम कैसे बन सकता है?* और बढ़ाओ—*सामान्यतः जिसका दिमाग सही-सलामत है, ऐसा कोई भी नेता यह स्वीकार किए बिना नहीं रह सकता।* वाह भई वाह। और एक-दो सेंटीमीटर बढ़ाओ, तब तक मैं यूँ गया और कपड़े पहनकर यूँ आया। यहाँ काकपद डालिए, ऊपर लिखो : *ऐसा क्यों हो?* फिर इस कोने में डालो : *आजादी पा हमें इतने-इतने साल बीत गए फिर भी*...इतने-इतने ज्यों-का-त्यों मत लिख बे भडुवे, कितने हुए वह आँकड़ा लिख। कितने हुए? गिन...। यहाँ ऊपर-नीचे *वाकई* शब्द डाल दे, जहाँ जगह मिले वहाँ। *वाकई भ्रष्टाचार करनेन देना*...अबे करने न देना तोड़कर लिख साले। आखिर में डाल—*इसमें कोई संदेह नहीं।*

तभी अनंतराव साइकिल की चाबी घुमाता हुआ कापी देखकर बोल उठता—वाह कॉलम तो उबल पड़ेगा आज। चाय पिलाता हूँ उधर, आओ *नाझ* पर। मैं दस-पंद्रह मिनट में कापी देकर आता हूँ। मिलते हैं वहीं।

बहुत बड़ा संपादक बनकर मराठी समाचार जगत के सप्तर्षियों में से एक बनने का सपना सँजोनेवाला पत्रकार अनंतराव का पत्रकारिता का सफर अन्य संपादकों की भाँति कठिनाइयों से ही शुरू हुआ। शुरू में रिपोर्टर बना, तब उसने अपने लेटरहेड पर खुद ही सूझी एक पंक्ति लाल स्याही से छपवाई थी : *एक ही सितारा सामने और पैरों तले अँधेरा।* इसके साथ एक घुटना समकोण में ऊपर उठाए और एक हाथ में मशाल ऊँची ताने युवक का बना-बनाया समाजवादी ब्लॉक बगल में छापा। उसी समय एक महान विचारक उससे बोले, देखो अनंत, आजकल मराठों का राज आ रहा है। संयुक्त महाराष्ट्र असल में हम लोगों के ही कारण बना है, लेकिन श्रेय ले गए मराठा लोग। तुम्हें इस पत्रकारिता में ऊपर तक—बिलकुल राष्ट्रीय स्तर तक पहुँचना हो, तो गुर्राने की आदत डाल लेनी चाहिए।

एक दूसरे मार्क्सिस्ट विचारक वहीं उपस्थित थे, वे बोले, बिलकुल सही। और समय पड़ने पर दुम दबाने की भी—हॉ हॉ—तभी तुम बिड़ला, गोयंका, जैन वगैरा के अखबारों में संपादक बनोगे।

नांदेड़ के पास गोदावरी तट के देहात में पला-बढ़ा यह अनंतराव दरअसल डॉक्टर बननेवाला था। यह बोधवाक्य कि पश्चिम महाराष्ट्र की तुलना में पिछड़े हुए मराठवाड़ा के मेहनत से पढ़नेवाले मेधावी छात्र को भी इंटर सायन्स की परीक्षा में आधे ही नंबर मिलते हैं, अनंतराव को इतना जँच गया कि अपनी अंकतालिका में फिजिक्स के सामने छपे 58 अंकों को इसने हूबहू 88 बना दिया। लेकिन शिक्षा विभाग ने मुंबई में मेडिकल दाखिले की सूची जारी की, और उसमें इसके नाम के सामने छाप दिया, *तीन साल तक परीक्षा के लिए डिबार।* इस कारण मायूस होकर एक जिलास्तरीय अखबार में रिपोर्टरगीरी करते-करते यह मराठवाड़ा यूनिवर्सिटी

में प्राइवेट तरीके से बी.ए. (फर्स्ट क्लास) हुआ। इधर महान समाजवादी नेता शेषराव जोशी ने पत्रकारिता के क्षेत्र में अनंत के सर्जनशील काम की सिफारिश कर उसे मुंबई के एक सबसे ज्यादा बिकनेवाले अखबार में काम पर लगा दिया। लेकिन वहाँ भी अनंतराव द्वारा लिखे मजमून में सर्जनशील प्रयोग और गलतियों को अलग करना धीरे-धीरे असंभव होने लगा। आगे चलकर उसके द्वारा लिखे गए मजमून में संदेहास्पद लगनेवाले शब्दों के आगे लाल निशान लगाकर उसे ज्यों-का-त्यों ऊपर भेजकर छुट्टी पानेवाला पुराने ढर्रे का संपादक भी सर्जनशील माना जाने लगा। मसलन, शराबबंदी के काल में एक अंग्रेजी किताब की समीक्षा :

> तर्कतीर्थ[80] दूसरे पेग (च्व्हम ?) के बाद मुद्दे पर आते हैं...नेहरू ने भाभा के लिए *अणुकूल* वातावरण तैयार किया...मधुकरराव चौधरी जी की शैक्षिक नीति *अभिनिंदनीय*...श्रीमती बंदारनायके को तगड़े *सहयोगी* की *(सहयोग की)* जरूरत...बालगंधर्व के जमाने की संगीत से मजबूर (मशहूर ?) रंगभूमि...सुधारों के *अधुवर्य* (अध्वर्यू) आगरकर—

इस तरह सर्जनात्मकता के स्तर को हास्य के उस पार ले जानेवाले पत्रकार अनंतराव को मराठवाड़ा का बेझिझक अशुद्ध लिखनेवाला पत्रकार कहकर मुंबई के इस अखबार से उठाकर फेंक दिया गया। इसके बाद मराठी शुद्ध लेखन के नियमों को घोलकर पी गया अनंतराव *मराठवाड़ा समाचार* अखबार में पुष्पित भाषा में नियमित स्तंभ भरनेवाला बनकर पेट पालने लायक कमाई करने लगा। यह अखबार ब्राह्मण एकता परिषद का था, इस कारण इस स्तंभ में विशेषत: निचली जातियों के लिए नौकरियों में आरक्षण के विरोध में चर्चाएँ करवायी जातीं। इसके अलावा जाति के आधार पर विश्वविद्यालयों में घुसे पर्याप्त ज्ञान से विहीन प्राध्यापकों के विरोध में अलग-अलग नामों से छात्रों की प्रतिक्रियाएँ छापना अथवा मराठों और महारों में झगड़ा लगवाकर उसके बारे में कलात्मक भाषा में लिखना—जैसी जिम्मेदारियाँ अकेला अनंतराव दायित्वपूर्ण ढंग से सँभालता। मसलन :

> *कहा जाता है कि डॉ. आंबेडकर ने म. शिंदे[81] के बारे में कृतघ्नता दिखाई? लो. तिलक के गुजर जाने पर छ. शाहू महाराज ने सूतक माना, क्या यह दंतकथा है?*
>
> *न्या. रानड़े, आ. विनोबा, स्वा. सावरकर, घ. आंबेडकर और क. भाऊराव पाटील[82]–में से एक का नाम विश्वविद्यालय के लिए निश्चित : मराठा बनाम अन्य, विवाद सुलग उठेंगे!*

---

80. तर्कतीर्थ लक्ष्मणशास्त्री जोशी, महाराष्ट्र के मेधावी विद्वान।
81. महर्षि विट्ठल रामजी शिंदे, उन्नीसवीं सदी में दलित समाज के उद्धार हेतु काम करने वाले समाज सुधारक।
82. कर्मवीर भाऊराव पाटील, महाराष्ट्र में सभी के लिए शिक्षा के द्वार खोलने हेतु रैयत शिक्षण संस्था की स्थापना करने वाले जैन शिक्षा महर्षि।

इस तरह मौलिक अनुसंधान कर स्तंभ भरने की निर्दय आपदा पत्रकार अनंतराव पर हर रोज मँड़राती रहती, लेकिन शाम को वह उसके शरीर पर प्रत्यक्ष ढहती हुई नजर आती। इस समय अस्वस्थ होकर वह पहले कमरे से बाहर अटारी में और बाद में अंदर चहलकदमी करता हुआ दिखाई देता। कमरे में—परीक्षण के लिए मुफ्त में आई किताबें, टेबल पर रखी और हमेशा देख-देखकर खराब हो रही *मराठी शुद्ध लेखन के नियम* पुस्तिका और एक बहुत बढ़िया स्पेशल कागज पर छपवाए गए लेटरहेड, जिनके ऊपरी कवर पर लाल स्याही में छपा :

धीर्धरो धीर्धरो तकवा। हड़बड़ना गड़बड़ना नहीं॥ —स्वामी रामदास[83]

एक बार पार्टनर कवि मछिंदर ने उससे पूछा, तकवा बोले तो क्या रे भाई?

पहले ही लेखन की कुलीगीरी करते-करते परेशान अनंतराव चिढ़कर बोला, अर्थ डिक्शनरी में होगा, देख ले।

पंडाल में रह गई रामदास स्वामी की पत्नी के दुख पर कैसी बढ़िया कविता बनेगी, नहीं? वानखेड़े बोला, बढ़िया? इधर कच्ची उम्र की लड़की को जनम-भर के लिए राँड़ बनाकर मार डाला—और तुझे उस पर कविता लिखनी है? इससे अच्छा कविता में यह लिख कि यह ध्वस्त स्त्री हाथ में चप्पल लिये इसे ढूँढ़ती हुई उसके शिवथर मठ की ओर जा रही है—या इसकी बजाय ऐसा क्यों नहीं करता, उसने मन के श्लोक लिखे तू लिख डाल—*जन के श्लोक :*

मन की भले लाज रखे नहीं तू।
जन की तो रख अरे भगौड़े नंगे थू॥

तू भडुवे सिद्धार्थ गौतम पर ही क्यों नहीं लिखता? वो तो एक बच्चा जनकर भाग गया था बीवी को छोड़।

बहुत लिखा गया है इस अध्याय पर—टैगोर से लेकर सभी ने लिखा है, पगले। यहाँ मराठी कवियों को तो रामदास की इस बेचारी का नाम भी पता नहीं है।

वो बात छोड़, लेकिन जिस तरह लंगोट पहनकर पुरुष संन्यासी खुले में घूमते थे, क्या वैसा संन्यासिनियों को भी संभव था? क्यों खंडेराव?

कम-से-कम तेरहवीं सदी तक मुक्ता, आऊसा, अक्क महादेवी ऐसी काफी थीं।

यानी काफी प्रगत थे वहाँ तक तो हम—

फिर अपना स्तंभ अभी तक आधा भी नहीं हुआ, इससे परेशान अनंतराव हमें अटारी में छोड़कर अपने कमरे में घुस जाता। दरवाजा बंद कर लिखता रहता। कागज फाड़ने की टर्र-टर्र की आवाजें भी बार-बार सुनाई देतीं। बीच में ही वह *झुझुडुम झुझुडुम* जैसी विचित्र आवाजें भी निकालता। उसकी यह दैनिक दुर्दशा देखकर मछिंदर कहता, अरे अरे पार्थ, इसकी अपेक्षा एक ठेलागाड़ी पर कुलीगीरी

83. महाराष्ट्र के सत्रहवीं शती के वर्णाश्रम धर्मवादी रामभक्त कवि।

करके पेट पालने में क्या बुराई है? फिर अनंतराव लाल-लाल होकर और लुंगी लपेटकर फिर से स्तंभ को धकेलता :

दुःखद निधन

श्रीधर वामन पंद्रह सालों की असाध्य बीमारी से जूझते-जूझते आज उम्र के इक्यासीवें वर्ष में आखिरकार मृत्यु को प्राप्त हुए। सुबह-सुबह ही यह समाचार सुना

यहाँ फोटो डालिए

और पल-भर के लिए स्तंभित हो गया। क्या किसी ने कल्पना भी की थी कि वे असमय कालरूपी परदे के पीछे चले जाएँगे? जैसे कि उन्होंने अपनी इस विकलांगिता की दशा में भी लिखी एक कविता में कहा है, *हे मृत्यु, तू ही शर्मिंदा होगी* सच ही हुआ। श्रीधरपंत अमर हो गए और मृत्यु बस उनका कलेवर ले गई। *इदं च नास्ति परं न लभ्यते* जैसी उनकी स्थिति हो गई थी। वे चले गए, अभी तक इस पर यकीन नहीं होता। लेकिन यह यथार्थ हमारे सामने खड़ा है। आज सुबह मराठी साहित्य की ऐसी हानि हुई है, जिसकी भरपाई कभी नहीं हो सकती। लोकप्रियता की उन्हें परवाह नहीं थी, घृणा ही थी, इसी कारण वे इतने उपेक्षित रहे। सरस्वती का यह पुत्र सैंतालिस उपन्यास, दस दीर्घ-कविता-संग्रह और अगणित असंकलित कहानी-साहित्य वगैरा की महान विरासत हमारे लिए छोड़ गया है। हर साहित्य सम्मेलन में वे अध्यक्ष को भी डाँटते और अपनी दीर्घ कविता को पूरा पढ़कर ही समाप्त करते। अब साहित्य सम्मेलन उनके बिना कैसे संपन्न होंगे? उस्मानिया विश्वविद्यालय से उन्हें मराठी के लिए सुवर्ण पदक नहीं मिला हो, ऐसा कभी नहीं हुआ। वे मंत्रमुग्ध होकर पढ़ाते थे। ऐसा भी कभी नहीं हुआ कि साहित्य जगत का अत्यंत दुर्लभ और प्रतिष्ठित माना जानेवाला महाराष्ट्र राज्य पुरस्कार उन्हें हर साल न मिला हो। *(कपो. स्तंभ अधूरा रह जाए तो श्रीधर पंत की किसी भी एक कविता की जितनी समाएँ उतनी पंक्तियाँ यहाँ डाल दें-अनंतराव)*

कहते हैं न बुराई से अच्छाई जन्म लेती है, वैसे ही हुआ और इस तरह स्तंभ लिख-लिखकर मराठी के अजीबोगरीब शुद्ध लेखन पर धीरे-धीरे उसका अभूतपूर्व कब्जा हो गया। मराठी अखबार जगत् का सप्तर्षि बनने के लिए शुद्ध लेखन के अलावा और चाहिए भी क्या?

हाँ, और एक ही चीज चाहिए थी—जर्नलिज्म का डिप्लोमा। लेकिन इसी में अनंतराव को दाखिला नहीं मिल पाया। नवनियुक्त कुलसचिव ने नए-नए उत्साह में

मराठवाड़ा को क्वालिटी चाहिए, इक्वालिटी नहीं—का नारा दिया और जर्नलिज्म के लिए केवल चालीस ही एडमिशन दिए। आवेदन आए थे, चार सौ। वहाँ प्रतीक्षा सूची में अपना नाम देखकर अनंतराव का ब्रह्मतेज भड़क उठा, और उसने अपने अख़बार से हर रोज विश्वविद्यालय पर पत्थर फेंकने शुरू किए। मछिंदर की भाषा में अब वह सच्चा *समाचार पत्थर स्वातंत्र्य धंधा विशारद बना।* हर रोज ऐसे समाचार छपकर आने लगे :

कोनशिला अनावरण समारोह

कुलसचिव बार-बार यह उल्लेख कर रहे थे कि साठ लाख रुपए खर्च करके बनाई जानेवाली यह इमारत सामाजिक *शस्त्रों* के विकास के लिए होगी, उसी समय जर्नलिज्म विभाग के प्रमुख डॉ. सांब सदाशिव ने 'शास्त्रों' का विकास की गलती मंच पर ही दिखा देने से श्रोताओं में कहकहे लगे। इससे कुलसचिव, जो पहले एक कॉलेज को भ्रष्टाचार में डुबोकर यहाँ दाखिल हुए थे, उनका गुस्सा अनावर (बेकाबू) हुआ। इसीलिए इस घटना को *अनावरण समारोह* कहा गया।

स्त्रीदाक्षिण्य

मराठवाड़ा का केवल नाम धारण करनेवाले इस पूरे विश्वविद्यालय में जर्नलिज्म विभाग के साथ-साथ सभी विभागों के आधे प्रोफेसर दाक्षिणात्य हैं। वे अपने-अपने राज्यों से रीडर, लेक्चरर तो लाते ही हैं, उधर के छात्रों को एडमिशन देकर स्थानीय छात्रों पर अन्याय भी करते हैं। मद्रास विश्वविद्यालय में पहले मामूली प्यून रह चुके दाक्षिणात्य सज्जन प्रा. चलपती राव जो पहले बैंगलुरू में लेक्चरर और कोल्हापुर में रीडर थे, अब यहाँ मराठवाड़ा में गत चालीस सालों से रिपोर्टर रह चुके विद्वान अभ्यर्थी को हटाकर बतौर प्रोफेसर नियुक्त किए गए हैं। *करोड़-करोड़ की छलाँगें। उत्तर की ओर॥* दाक्षिणात्यों का यह वर्णन स्वामी रामदास ने बहुत पहले सटीक कर रखा है। दक्षिण से ही स्त्रीदाक्षिण्य शब्द आया होगा, यह भी इस जर्नलिज्म के प्राध्यापक की कुल चाल-ढाल से दिखाई देता है। परंतु इस संबंध में इसी स्तंभ में आगे फुरसत से लिखा जाएगा।

इस तरह अनंतराव ने आलोचना की कड़ी बौछार जारी रखी और जर्नलिज्म विभाग में एडमिशन पा ही ली। हमने गुलमंडी में इमरती की चार-चार प्लेटें खाकर 'अखबारासुर की विजय' वाले उसके एडमिशन का जश्न मनाया।

फिर साल-भर में विश्वविद्यालय का जर्नलिज्म डिप्लोमा प्राप्त करने के बाद अपना खुद का अखबार निकालने की योजना पत्रकार अनंतराव के साहसी दिमाग में मँड़राने लगी। चार पन्नोंवाला सनसनीखेज अखबार। क्रांतिकारी। इसके लिए कुल लागत? विज्ञापन ही एकमात्र आमदनी का जरिया। बड़े-बड़े राष्ट्रीय अखबारों को इतने विज्ञापन मिलते हैं कि उनका अखबार मुफ्त में छपता है। हम भी वही रास्ता अपनाएँगे। संपादन के लिए चार आदमी। उनका आंशिक वेतन? फिर हम सबने एक दिन देर रात तक बैठकर पत्रकार अनंतराव के लिए बहुत ही किफायती मास्टर प्लान बना दिया :

साल-भर में 361 दिनों के लिए मजमून, खबरें, स्तंभ और विज्ञापन का तालमेल। किराए का एक कमरा और एक टेलिप्रिंटर। इसके लिए बैंक द्वारा कर्ज? को-ऑपरेटिव बैंक मैनेजर को रिश्वत लेते हुए पकड़वाने की धमकी—फिर उससे एकमुश्त कर्ज मिलेगा ही।

पहले पन्ने पर राष्ट्रीय, अंतर्राष्ट्रीय खबरें?

आगे घटित होनेवाली सारी खबरें तैयार ही रहती हैं, टेलीप्रिंटर में। अंग्रेजी से अनुवाद करके बस जहाँ जगह मिले वहाँ पन्नों में चिपका दो। एक पार्टटाइम छात्रा को रखेंगे। करीब छह सौ चौरस इंच की जगह पर चार-पाँच बड़े-बड़े विज्ञापनों का स्पेस छोड़कर बाकी बची ये टेलिप्रिंटर की खबरें। ये हो गया एक पन्ना। बाकी तीन पन्नों का?

साल में कम-से-कम दस दिन *कश्मीर सीमा पर गोलाबारी* की खबर,...मरे... घायल यह तैयार ही रखो। बस आँकड़े प्रत्यक्ष उस दिन-भरते रहना। बीच में जब कोई खबर नहीं होगी, तब *मंत्रिमंडल का विस्तार होगा?* इस तरह पहले प्रश्नचिह्न। फिर आगे साधारणतया दो महीनों बाद प्रश्नचिह्न के स्थान पर 'नहीं' डालना, एक-दो बार...विरोधी पक्षनेता...*की स्पष्टोक्ति*—की खबर, तो एक-दो बार *सरकार के विचाराधीन* की बड़ी खबर।...*मृत...जख्मी, बस...मोड़ पर गहरी खाई में गिरी। जीप-ट्रक और एस.टी. की भिड़ंत।* एक बार मार्च से पहले बजट को लेकर अफवाह—*पेट्रोल और महँगा होगा? डीजल के दामों में बेशुमार इजाफा।* एक बार *रेजगारी की कमी से जनता बेजार।* और हर मार्च में असेंबली में, लोकसभा में बजट प्रस्तुत होने पर *सरकार ने जनता को ठेंगा दिखाया*—इस तरह का शाश्वत शीर्षक।

पत्रकार अनंतराव बोला, बस-बस, और शादी का विज्ञापन *वधू-वर शुभं भवतु* का आधा-एक पन्ना, छब्बीस जनवरी, पंद्रह अगस्त, तिलक, आंबेडकर अथवा शाहू महाराज की जन्मतिथियों का पर्मानेंट मजमून तो तैयार ही रहता है। इसके अलावा हर साल के साहित्य सम्मेलनों की बात करें तो रोजाना दो-चार पन्ने कहीं नहीं गए। विश्वविद्यालय से दो-चार कालम रोज ही मिलेंगे। बहुत, बहुत, बहुत मजमून है यार। अखबार निकलेगा। रजिस्ट्रेशन के काम में जुट जाता हूँ। कागज के लिए भी आवेदन दे देता हूँ। अगले साल आपकी एम.ए. की परीक्षा खत्म होते ही मुहूरत। तब तक मुझे भी डिप्लोमा मिल ही जाएगा और एम.पी.एस.सी. पास करके तू भी फॉरेस्ट अफसर बन चुका होगा। चलिए वानखेड़े जी, टाय-कोट पहनिए। उठिए पार्थो, हमारे अखबार का शुभारंभ *नाझ* में मनाएँगे। अरे लेकिन अखबार का नाम क्या रखा है? बताऊँ? *कल की रद्दी।* बढ़िया नाम—*कल की रद्दी आज ही पढ़िए*—बच्चे चिल्ला-चिल्लाकर बेचेंगे।

इन दो सालों के दौर में हमारी रात की बैठकें इस्माइल *मामू* के *नाझ* में होती थीं। वहाँ तीन-सौ साठ दिन चौबीसों घंटे आवाजाही, सुबह चार बजे भी। रेडियो सिलोन, बाद में ग्रामोफोन रिकार्ड, गन्ने का रस, चाय, पकौड़ियाँ, पराँठे, कीमा-रोटी, आमलेट, बिर्यानी, देसी मुर्गी का चिकन, जाग-जागकर खाते-पीते भंकस करनेवाले हम जैसे

छात्र, सिल्क मिल के रातपाली से लौटे मजदूर, ताँगेवाले, कुली, घर में खाने का इंतजाम या संभावना से वंचित गरीब, फटेहाल, अकेले-दुकेले, अधिकांशतः सारे मुसलमान आते-जाते रहते। गल्ले पर बैठा मालिक सभी पर नजर रखते हुए हर मिनट में ऊँची आवाज में आर्डर देता रहता : लंबी दाढ़ीः एक चाय। चाहे जितना खाओ, बिल अमूमन पाँच रुपए से ज्यादा नहीं होता। शुरू में हम यहाँ बाहरी शख्स थे, लेकिन बाद में इस्माइल मामू के कुटुंबी ही हो गए। वह हमें तब से मानने लगा, जब उसके ग्यारह सौतेले भाइयों ने हैदराबाद में पार्टनरशिप में बियर बार खोला।

तीन मंजिला बियर बार—सतही मंजिल चलते-फिरते मामूली ग्राहकों के लिए, मँझली मंजिल आराम से बैठकर पीनेवालों के लिए और अटारी पर खास पार्टियाँ, जनाना दोस्त-सहेलियाँ—फैमिली। दृश्य ऐसा कि एकसाथ हजारेक लोग बोतलें पी रहे हों। इस्माइल ने हमें खास बुलाकर बहुत आग्रह किया कि इस बियर बार के लिए बहुत बढ़िया कोई नाम सुझाइए—न ज्यादा हिंदू हो, न ज्यादा मुसलमान, न ज्यादा पुराना और न ज्यादा नया, जबरदस्त नाम। वह हमसे ऐसा नाम चाहता था जो हिंदू-मुसलमान, गरीब, मध्य, ऊपरी—सभी को पसंद आए। क्योंकि उसके हिसाब से हम विश्वविद्यालय के अंग्रेजी, मराठी, फारसी, उर्दू सब कुछ पढ़नेवाले विद्वान फनकार थे। इसमें फनकार यही एक शब्द, और वह भी अंग्रेजी अर्थ में हम पर लागू होता था। उनके अंतर्ज्ञानी बड़े मौलवी साहब नुरुल्ला सैयद ने सख्ती से बताया था कि भविष्य में करोड़ों रुपयों का कारोबार करनेवाले इस होटल का नाम ईद की दूसरी ही रात में रखना है। क्योंकि उसी नाम से हजरत लाडले मशायद आलंद शरीफ को चादर चढ़ाकर और खुतबे के दिन ही उर्स में पाँच हजार फकीरों को मेहेर बाँटकर अल्लाह से खास दुआएँ माँगने के लिए पाँच भाई गल्फ से रवाना हो रहे थे। एक सौतेला भाई उधर ट्रंक की प्रतीक्षा में बैठा था। वक्त की पाबंदी का ध्यान रखना जरूरी था। हम रात-भर एक-एक नाम सुझा रहे थे और इस्माइल मामू आँखें मींचे बगल की कुर्सी पर बैठा था : ये ठीक नहीं—ये इतना बुरा नहीं—ये बड़े भाई को पसंद नहीं पड़ेगा—और बोलो—कहता हुआ निर्णय दे रहा था। *ठंडा बियर हाऊस* से लेकर चालीसेक नाम उर्दू, फारसी, संस्कृत, अंग्रेजी के नामंजूर होने पर *हौस-ए-बियर हौस-ए-थंडर?* वाह वाह, क्या नाम है—हौस भी, ठंडा भी और मय की बर्क भी—ओ हो हो हो—*हौस-ए-ठंडर।* तुरंत उसने भाइयों को फोन लगाया। येच नाम हुना भैया।

बाद में मालूम हुआ कि आबिद सर्कल पर: *हौसे ठंडर* हाऊसफुल चल रहा है। वाह, खंडूभाय, आप लोगां हैद्राबाद जाएँगे, उधर आपको मुफत में बियर पीना पड़ेगा। वाकई।

बड़ी मूँछ : चार चाय

हर रविवार को *नाझ* में अनंतराव हमसे पहले ही आकर बैठ जाता है और वहाँ की सारी कल की रद्दी पढ़कर हजम करते हुए चाय पीता रहता है। उसे किसी भी अखबार में अपनी नामराशि का भविष्य अनुकूल नहीं लगता। किसी-न-किसी अखबार में साप्ताहिक भविष्य उत्तेजक होगा, इसलिए अनंतराव बेलगाँव का *तरुण भारत* तक खरीद

लेता है। खोलते हुए एक खबर पढ़कर सुनाता है : *बेलगाँव में मराठी में पते लिखे हुए पत्र एक गटर में फेंके पाए गए।* कट्टर कन्नड़ भाषाभिमानी डाकबाबू वीरभद्रप्पा शापेटी और कन्नड़ डाकिया लिंगण्णा महिषी, दोनों ने साजिश रचकर यह महाराष्ट्र-द्वेषी कृत्य किया होगा, या अलग-अलग भी किया होगा।... *सुट्टाले करवियले*...चामुंडराय और गंगराज ऐसे ही नाम होंगे उनके, चामुंडराये करवियले। गंगराजे सुट्टाले करवियले। हॉ हॉ।

अरे, बताओ तो बेलगाँव के कन्नड़ अखबार में खबर कैसे आएगी? कन्नड़ में पते लिखे पत्र मराठी डाकिया ने गटर में डाले—ऐसी। हॉ हॉ।

फिर तो अंग्रेजी में ही पता लिखना अच्छा। इसी वजह से अंग्रेजी टिकी हुई है हमारे देश में। वानखेड़े कहता है, साला, अंग्रेजी का स्पेलिंग और मराठी का लिंग—कोई नियम ही नहीं। हमारे एक मास्टरजी स्कूल में बिलकुल स्पेलिंग जैसा ही उच्चार करके पढ़ाते थे—फाथर, आलम्स, क्नॉट, किटचेन—इस तरह स्पेलिंग जैसा हूबहू उच्चारण अंग्रेजी में बहुत कम संभव है। साला अंग्रेजी पढ़नी है तो जब-देखो-तब डिक्शनरी में नुन्नी डुबोकर बैठना पड़ता है। ऊपर से अंग्रेजी शब्दों के उच्चार भी सीखो? कोई जरूरत नहीं है। इस खंडेराव का देखो, वानखेड़े से *वॉर एण्ड पीस* लेकर पढ़ते-पढ़ते महीना हो गया, बार-बार डिक्शनरी खोलता ही रहता है। मैंने तो *भिकार ऑफ वेकफिल्ड* किताब पढ़कर तय किया कि इससे आगे अंग्रेजी पढ़ना ही नहीं। अपने फॉरेस्टर की ही किताबें बस पढ़नी हैं। हम मराठी मीडियमवाले सीरियस किताबें क्यों पढ़ें? थ्रिलर थ्रिलर पढ़नी चाहिए बिटवीन बिटवीन।

लेकिन इसकी बजाय हिंदी के प्रेमचंद, हजारीप्रसाद द्विवेदी क्यों न पढ़ें? लेकिन हम इतनी सारी भाषाएँ किसलिए सीखें? साला बचपन से ही भाषाएँ सीखते आए हैं। कॉमर्स में, सायन्स में—नहीं चाहिए भाषा विषय।...पार्थ, बिना भाषा के चलनेवाला धंधा एक ही है—और वह भी औरतों के लिए, वहाँ कुछ भी नहीं बोलना पड़ता।...हमारा मोटू लेक्चरर कोदंडरामन अंग्रेजी के खरेक्ट उच्चार सीखने के लिए इंग्लैंड गया था लेकिन साला बस तोंदेज बढ़ाकर आ गया। ऊटपटांग उच्चार करने लगा है, माँ का जना। एक तो पहले से ही तोतला था, जिससे *आर* वगैरह के उच्चार वह बराबर कर पाया, लेकिन *व्हाईट मैन* को *वाईट* (बुरा) मैन कहना सीख आया।...अंग्रेजी की ही बहुत चौड़ी करने में लगे हो यार तुम पार्थो, हमारी मराठी कैसी है? मराठी लिंग-व्यवस्था मैंने भी सीखी है स्कूल में। भील और गोंड बच्चे कैसे पहचानेंगे कि टेबल पुलिंग है, कुर्सी स्त्रीलिंग है और डेस्क नपुंसक लिंग है?

...मतलब लैंगिक यंत्रणा देनेवाली भासा ही कहो न मरहाटी। हर शब्द के साथ संबंधित लिंग का अलग-अलग चिह्न दिखाकर ही सिखाया जाए मह्राटी—यह अँगूठा पुल्लिंग, यह करांगुली स्त्रीलिंग, और ये उँगली नपुंसकलिंग[84], ऐसा करके दिखाएँ तभी प्रत्येक संज्ञा का लिंग समझ में आएगा। मरहाटी का व्याक्रन केवल बम्मनों का रचा लगता है—वर्ण, भेद, कर्म, शब्दों की जातियाँ और शुद्ध बोलना और शुद्ध लिखना...

84. मराठी भाषा में त्रिलिंगी व्यवस्था है। इसमें बोट (उँगली) को नपुंसकलिंगी शब्द माना गया है।

कुछ भी हो, हमारे हिंदू लोगों को कम-से-कम व्याकरण का पता तो था। यूरोप में क्या था? वह भी रोमन साम्राज्य समाप्त होने के बाद आठ सौ साल लगातार डार्क एजिस—कई कृष्ण युग?

उनके कृष्ण युग अच्छे, क्योंकि वे खत्म तो हुए। हमारे श्रीकृष्ण युग उससे भी बुरे, जारी ही हैं, साला।

हमारे मराठी के प्रोफेसर को प्रमोशन कैसे मिला? क्योंकि उसने एक दुर्लभ *राधामाधवविलासडंपु* नामक पुरानी पोथी ढूँढ़कर छाप दी। क्या होगा उस पोथी में श्रीकृष्ण की शोहदा-गीरी के अलावा? जनमानस में मधुरा भक्ति के नाम से व्यभिचार का सोदाहरण स्पष्टीकरण, गोपी-राधा के साथ। तो यह कहो न कि उधर खांडववन जल रहा था और इधर श्रीकृष्ण सोदाहरण मुरली बजा रहा था। हॉ हॉ। असल में सोदा-हरण नाम से कृष्ण पर आधारित एक महाकाव्य ही लिखा जाना चाहिए।

गल्ले पर बैठे इस्माइल मामू को मैं हाथ ऊँचा कर चार उँगलियों का इशारा करता हूँ और वह अंदर झुककर आर्डर देता है : मुस्तफा, जल्दी, *बड़ी मूँछ-चार चाय।*

थोड़ी देर बाद एक के ऊपर एक चार कप-तश्तरियों के गड्ड को नचाता हुआ काला-कलूटा डरावना हब्शी मुस्तफा हमारे टेबल के सामने खड़ा होता है। इस्माइल मामू की ओर से नया आर्डर सुनाई देने तक मुस्तफा हमेशा की तरह बड़े चाव से हमारी काव्यशास्त्रविनोद की चर्चा सुनते हुए मुस्कुराता खड़ा रहता है। हैदराबाद रियासत पर भारतीय सेना का कब्जा हुआ, उस समय चौदह-पंद्रह की उम्र का यह लड़का मामूली चोरों की किसी टोली में सेंधमारी का काम किया करता था। रजाकारों के साथ पाकिस्तान भाग जाने की फिराक में यहाँ औरंगाबाद की पुलिस ने उसे रँगे हाथ पकड़ लिया। तब पुलिस की कोठरी से कोर्ट ले जाते समय हर अपराधी के मुँह पर एक बड़ी टोपी डाली जाती थी। मुस्तफा के मुँह पर डाली गई टोपी से इतनी भयानक घुर्रट बदबू आ रही थी, कि उसे एक-के-बाद एक लगातार खट्टी डकारें आने लगीं।...जब-जब मैं साफ हवा के वास्ते ये टोपी जरा-सी उठाने को बेड़ियोंवाला हाथ ऊपर करूँ, तब-तब पुलिस मेरे हाथ उठानेच मत देऊँ, दबाकेच रखूँ। हजार सालों से धोई नहीं थी यार, मुझे लगा वो टोपी में मैं दमच तोड़ दूँगा। इस घटना के बाद मुस्तफा ने उस पुलिसिया टोपी की बू का इस कदर खौफ खाया कि तोबा तोबा, फिर जिंदगी-भर वह एक भी अपराध नहीं कर पाया।

एक बार हमने इसके मुँह से एक शेर सुना और हक्का-बक्का रह गए। सालोंसाल इस होटल के भटियारखाने की फटी चटाई पर सोनेवाला यह हब्शी आदमी। एक बार हमने मुस्तफा से यों ही दोस्ती में पूछा कि वह अपने घर हैदराबाद कभी गया था? इसके साथ ही वह तिलमिलाकर आसमान की ओर हाथ उठाकर कमाल का संजीदा होकर बोला :

मुझको दयारे-गैर में मारा वतन से दूर,
रख ली मेरे खुदा ने मेरी बेकसी की शर्म।

साला मुस्तफा, और इसकी जबान पर ऐसी विश्व-स्तर की कविता? और वह हमें इस तरह बखूबी सुनाता भी है? मुस्तफा, क्या बक्शीश दें तुम्हें? लुंगी? टोपी?...कुछ नहीं साब, अच्छी सुपुर्दगी-खाक की दुआ माँगें। और कुछ नहीं। और खाली पड़ी कप-तश्तरियों का गड्ड उठाकर वह चला गया।

इसी दरमियान हम सभी की उर्दू शायरी कंठस्थ करने की चिरस्मरणीय कोशिश शुरू हुई थी। हम पर यह इष्टापत्ति इसलिए आई क्योंकि पत्रकार अनंतराव के पिताजी कुछ काम की खातिर नांदेड़ से अचानक औरंगाबाद आए और सुबह-सुबह स्टेशन से सीधे हमारे बंगले पर ही आ धमके। हम सभी के कमरों में अलग-अलग प्रकार के तंबाकू, चूना, जर्दा, चुरूट, सिगार, सिगरेट, बीड़ियाँ, केले के पत्ते का चिलम, पाइप और वानखेड़े के पास तो चोर बाजार से खरीदा हुआ हुक्का भी मिला। कान में जनेऊ लटकाकर तंबाकू की पुड़ियों के साथ ये सारी चीजें उन्होंने एक बोरे में भर दीं और खुद जाकर कहीं फेंक आए। बोले, तंबाकू का हश्र क्या होता है पता है न? मैं अठत्तर की उम्र का ब्राह्मण आप सभी से अभी-के-अभी यहाँ प्रतिज्ञा करवाए बिना जल भी प्राशन नहीं करूँगा—बोलो, इसी क्षण से हम तंबाकू को हाथ भी नहीं लगाएँगे, और घर में भी तंबाकू नहीं लाएँगे।

बेचारा अनंतराव फूट-फूटकर रोता हुआ उनके कदमों में गिर गया। आप सभी मेरे बच्चे ही हो, सभी प्रतिज्ञा करो। फिर उन्होंने मध्याह्न तक कोई अनुष्ठान किया और आशीर्वाद देकर चले गए। लेकिन तंबाकू?

अगले दिन रात को *नाझ* में चाय पीकर तंबाकू की तलब सहते-सहते हम मकबरे के नीचे से पनचक्की की ओर जाती मुख्य सड़क से गुजर रहे थे। चौक में फूलों और बेलियों से सजा साफ और जगमगाता पान का ठेला। सात पीढ़ियों से हैदराबाद रियासत में मशहूर बशर नवाज अजगर अली मर्दाना मगरबी के बत्तीस प्रकार के पान के इस ठेले से मधुर आवाज में मनुहार भरी पंक्तियाँ सुनते ही मछिंदर रुक गया। साला, कौन है रे?

कौन जीता है तेरे जुल्फ के सर होने तक

यहाँ रात-भर रेडियो या टेप पर उर्दू गजलें, कव्वालियाँ, नात, मुशायरे चलते रहते हैं। रिक्शावाले, कुली, ताँगेवाले या सिर्फ पान खाने आए निठल्ले पत्थर पर बैठकर मुफ्त में शायरी सुनते हैं। खुद मालिक बशर नवाज़ एक जमाने के बड़े नामचीन शायर रह चुके हैं। हैदराबाद सरकार ने एक बड़े समारोह में उनको सम्मानित किया था। उसकी पुरानी मोटी फ्रेम का एक फोटो ऊपर छत से टँगा है और नीचे बंडल, पैकेट, बीड़ियाँ, तंबाकू की पुड़ियाँ, पीसे हुए तरह-तरह के पान मसालों की पेटियाँ, केशर, चूना वगैरा के अलग-अलग बर्तन, जाफरानी डिब्बे, किमाम की डिबियाँ और दुकान के पीछे से किसी के घर से लाया गया बिजली का तार—जिसके एक स्त्री-पिन में एक-में-एक ऐसे आठ-दस कनेक्शन—बशर नवाज़ के हाथ के फासले पर, ऊपर ट्यूब लाइटें, रंगीन बल्ब, तेज रोशनीवाले दीए, टेप,

रेडियो, सिगरेट सुलगाने का करंट—वगैरा बीसेक बटन। सामने फूलों की लंबी-छोटी मालाएँ और नीचे जमीन पर भी सामनेवाली गटर तक कम-ज्यादा लंबाईवाली लाल भड़कीली पिचकारियाँ। तंबाकू खानेवालों की जन्नत।

चित्र जैसे साफ गठीले बशर नवाज़ पूछते हैं, कुछ फरमाया आपने भाईसाब?

हाथ ऊपर उठाकर बेगम अख़्तर की तार स्वर में खींची हफ़ीज़ की ग़ज़ल की आवाज को धीमी करते हुए उसने मुझसे पूछा। तंबाकू की तलब को साढ़े-चौबीस घंटों से रोके हुए हम चारों एक-दूसरे की ओर देखते पीछे खिसक ही रहे थे कि वानखेड़े और अनंतराव ने लाजवाब तोड़ निकाला : पान में तंबाकू डालकर खाने में कोई हर्ज नहीं। दूसरा बहाना : कमरे में तो हम तंबाकू रखेंगे ही नहीं, लेकिन यहाँ बशर के ठेले पर आकर खा-पी या कश तो लगा ही सकते हैं। इसके अलावा यह भी दिलासा था कि यहाँ दिन में ज्यादा-से-ज्यादा एक-दो बार ही आना संभव होगा। परीक्षा के दिनों में संगीत के कारण दिमाग भी तरोताजा बना रहेगा। ले लो, तंबाकू ले लो।

इस तरह बशर नवाज़ के ठेले पर हमारा आने-जाने का सिलसिला शुरू हुआ। धीरे-धीरे वह भी हमारे कुटुंब का एक हिस्सा बन गया कोई भी मैसेज रखना हो, रैली के कारण लेक्चर नहीं होंगे वगैरा मूल्यवान सूचनाएँ, उत्खनन के लिए कैम्प में या बतौर गाइड टूरिस्टों के साथ कहीं जाना पड़े तो लौटने के बाद कब और कहाँ मिलेंगे वगैरा संदेश, स्टेशन जाने के लिए चाहे जितनी रात को रिक्शा बुलाना—सब कुछ यहीं से होने लगा। बशर के ठेले के सामने रात-भर शराब के नशे में धुत होकर रिक्शा में सोया गुलजार तो रात की ट्रिप के लिए हरदम तैयार—सवेरे का पहला गिराक जितना किराया देंगा—चाहे जितना हो—उन सारे पैसों का स्टेशन के सामने कीमा-पाव-चाय का नाश्ता। रात का आखिरी गिराक—*मसजिद् के जेरे साया खराबात चाहिए।* पीना और सो जाना। बाकी दिन-भर में चाहे जितना मिले—घरपेच देता हूँ—जवार, गेहूँ, आखिर बीबी-बच्चों का भी पेट रहताच है ना? यही था गुलजार का सालोंसाल का बजट। मेहनतकश जिंदगी का राज। *नहीं बहार को फुरसत, न हो, बहार तो है।*

धीरे-धीरे हमारे कमरों में हिंद पॉकेट बुक्स के एक-एक रुपए के ग़ालिब, मीर, इक़बाल, मोमिन जैसे बड़े-बड़े मेहमान आकर जम गए। वानखेड़े कहता, बड़ी-बड़ी फीस देकर हमने उधर के थर्ड क्लास कवि मिल्टन, टेनिसन और ब्राऊनिंग सीखे और देखो न, हमारे ये ग्रेट कवि पानवाले ने मुफ्त में सिखाए। बशर ने तो कमर ही कसी थी। अस्सलाम वालेकुम होने के बाद वह हर रोज हमें उर्दू का एक शेर पेश करता, उसके प्रत्येक शब्द का मतलब समझाता और फिर वही शेर हमसे कहलवाता, और इसके बाद ही पान में लौंग चुभाता हुआ अदब से झुककर गिलौरीदान हमें सौंपता। कहीं कुछ समझ में न आए तो घर की किताब में हम वही शेर ढूँढ़ते, या फिर दूसरे दिन जाते ही अर्थ पूछ लेते।

मैंने चाहा था के अन्दोहे वफा से छुटूँ
वो सितमगर मेरे मरने पे भी राज़ी न हुआ

निष्ठा से जीना कितना भयानक होता है देखा। अन्दोहे वफ़ा मतलब निष्ठा का दर्द। यह दर्द सहनेवाली पतिव्रता या भक्त को लगता है कि इससे तो मर जाना अच्छा है। लेकिन दर्द देनेवाला उसे मरने भी नहीं देता, क्योंकि इस तरह सताने के लिए उसे ऐसा निष्ठावान और कहाँ मिलेगा? निष्ठा से कुछ करते रहना यानी मुक्ति नहीं है, पार्थ। कभी बेगम अख्तर की गायी ग़ज़ल सुनते समय बना बशर का मत : यही घजल मुलिका पुखराज ने बहौत अच्छी फरमाई है।...यार मछिंदर, अरे कवि बनो तो ऐसे, जैसे ग़ालिब। नूरजहाँ, मलिका पुखराज, सैगल, सुरैया से लेकर मुहम्मद रफ़ी, बेगम अख्तर। आज तक कितने लोगों ने उसकी कविता को गाया होगा? तौबा, तौबा। असल में यही है अपनी भाषा के लिए प्यार।

एक बार मैं लोथल उत्खनन कैम्प में महीना-भर के लिए बड़ौदा से सौराष्ट्र चल पड़ा।...किधर जा रहे हो जी? अरे अरे, फिर हमारी शायरी का क्या होगा खंडेराव साहब।...बशर साब, *हमें क्या बुरा था मिलना, अगर बार-बार होता।*...वाह भै खंडेराव, अब लग गया ग़ालिब ठिकाने पे। ठीक से वापस आ जाओ, आते ही फिर दिलो-दिमाग से शुरू करेंगे।

लौट आने के साथ ही मुबारक हो, मुबारक हो, खंडेराव साहब, कुछ नए शेर मिले हैं। आपको पेश करने को जी तरस रहा था।...चलो सुनाओ।...ये रामपुर दीवान में भी नहीं हैं, सुनिए :

है कहाँ तमन्ना का दूसरा कदम या रब
हमने दस्ते-इमकाँ को एक नक्शे-पा पाया

सारी संभावनाओं के जंगल में एक ही पैर का निशान है। इनसान की तमन्नाओं का दूसरा कदम है कहाँ? यानी है ही नहीं। क्या शेर निकाला है यार बशर तूने।...और एक सुनिए : *किब्ल-ओ-अबरू-ए-बुत यक रह-ए-ख़्वाबीद-ए-शौक* यानी, मुसलमानों का काबा हो या हिंदुओं का मूर्तिघर—समझे न, *रह-ए-ख़्वाबीद* मतलब जैसे नींद में चलनेवाले लोग। लेकिन रह-ए-ख्वाबीद-ए-शौक मतलब शौक से नींद में चलना। मजहब चाहे जो हो—इस तरह शौक से नींद में चलना ही है। अधरम और धरम में कोई फर्क नहीं। अब अगला मिसरा देखिए—हिरदे ही बात है देखो—

काबा-ओ-बुतकदा यक महमिल-ए-ख़्वाब-ए-संगी

मुसलमान का काबा हो या हिंदुओं का मंदिर हो—एक महमिल यानी कुछ ढँकने के लिए हम झूल वगैरा परदे रखते हैं न, वही—दोनों मजहब एक भयानक डरावने सपने को ढँकनेवाले परदे ही हैं।

उन्नीसवीं शती में ऐसे लोग हमारे यहाँ थे। यही पढ़ाया जाता यार, तो हमारा सब कुछ कितना बदल गया होता। *गोल्डन ट्रेज़री* सीखना ही हमारी किस्मत में बदा था उसकी माँ का—हमारा प्रबोधन का दौर मतलब फिर अंग्रेजी विद्या सीखो। कैसे थर्ड क्लास कवि पढ़े हमारे लोगों ने? काहे का प्रबोधन साला झाँटे का।

परबोधन का मतलब?—बशर नवाज़ पूछते हैं।

—दूसरे का बोधन यानी परबोधन। हॉ हॉ...

और कोई प्रतापी हुआ तो परताप : दूसरों को ताप।...और प्रवास यानी परवास। ...प्रतिध्वनि सुनो परतीध्वनि—अरे उर्दू उच्चार ही सही अर्थ दर्शाते हैं।

—परयत्न से रेत के कण रगड़े तो तेल भी निकल सकता है, दूसरे के ही यत्न से—यह तो बहुत ही सही है। *प्रदेस यदि परदेस तो परदेस हमारा देस*—वा वा, वगैरा बकवास करते हुए हँसते मौज उड़ाते हम बंगले पर लौटते। फिर सुबह तक पढ़ाई।

इसी दरमियान विश्वविद्यालय में कुलसचिव पद पर आपराधिक प्रवृत्ति के एक भ्रष्ट प्राचार्य की नियुक्ति की जाने के कारण छात्र-संगठनों ने बेमियादी हड़ताल घोषित की। इस वजह से क्लास में जाने का सवाल ही पैदा नहीं होता था। एक बार दूवे सर ने अपने लेक्चर का नोटिस लगाया, पर किसी को यकीन ही नहीं हुआ। दरवाजा खोलने के लिए प्यून तक नहीं आया था, छात्र तो दूर ही रहे, यानी अपने-अपने घर।

वानखेड़े एक खुफिया खबर लाया था कि हमारे विश्वविद्यालय के नाम परिवर्तन को लेकर देशव्यापी हंगामा शुरू होनेवाला है। पत्रकार अनंतराव और कवि मछिंदर मानकापे दोनों का मानना था कि हम मराठवाड़ा के लोग यह कदापि नहीं होने देंगे। आज तक हमेशा हम ही मार खाते आए हैं, लेकिन इसके आगे यह नहीं होगा। पुणे विश्वविद्यालय का नाम बदलवाइए या आंबेडकर जी के नाम से दूसरा नया विश्वविद्यालय खोलिए। इन समाचारों से बेचैन होकर भावडू ने मोरगाँव से दो-तीन पत्र भेजे थे कि अपना कुशल-क्षेम बताना। माँ और पिताजी भी परेशान हैं। और पिताजी कहते हैं कि अगर तुम्हारा एम.ए. वगैरा ठीक नहीं चल रहा है तो सीधे घर लौट जाओ। हमारे घर में काफी कुछ है, बढ़िया खेती।

फिर जैसे कि मैंने भावडू से वादा किया था, उसके अनुसार मैंने विस्तार से पत्र लिखना शुरू किया। कई दिन, कई महीने बीते, फिर भी वह खत्म ही नहीं हो रहा था। हर रोज थोड़ा-थोड़ा, उसकी पसंद का मजमून चुनकर लिखता रहा। कई पन्नों का यह पत्र कब पूरा हुआ, इसे जानने का कोई रास्ता नहीं है।

के. बी. देशपांडे बंगला
पहली मंजिल, मकबरे के पीछे
बेगमपुरा, औरंगाबाद।

प्रिय भावडू,

साष्टांग प्रणाम।

तुम्हारे पत्रों का उत्तर देने में देरी हुई। क्योंकि एम.ए. आर्कियालजी में दाखिला होने के बाद रहने की जगह के लिए दौड़धूप में व्यस्त था। हम चारों ने मिलकर ऊपर लिखे पते पर हमारे सर के दोस्त का बंगला सस्ते में किराए पर ले रखा है। होस्टेल जैसा ही है लेकिन जरा अलग। दुबारा रुपए मत भेजना। पैसों की मुझे बिलकुल

जरूरत नहीं है, क्योंकि छुट्टी के दिन बड़े-बड़े विदेशी पर्यटकों के साथ बतौर गाइड मुझे ही बुलाया जाता है। पिताजी से कहना कि पुरातत्व मतलब केवल गड़े मुर्दे खोदने का विषय नहीं है। यह अंतर्राष्ट्रीय दर्जे का विषय है और इसमें मंदिरों का, धार्मिक वस्तुओं का भी अध्ययन होता है। हमारे देश में चार-पाँच जगहों पर ही यह पढ़ाया जाता है। सर ने बताया है कि मुझे एक छात्रवृत्ति भी मिलनेवाली है। दरअसल यह मेरा भी अत्यंत पसंदीदा विषय है और मुझे विश्वास है कि मैं इसी में उन्नति कर पाऊँगा। तू भी तो मुझे हमेशा छेड़ता रहता था न कि यह खंडेराव वर्तमान के भूतकाल में जीनेवाला आदमी है। खैर।

बीते तीन-चार दिनों से विश्वविद्यालय में हंगामा होने के कारण आगे पत्र लिखने में अंतराल आया। खैर। क्लास अभी शुरू नहीं हुई है और जल्दी शुरू होने की उम्मीद भी नहीं है।

बीच में फिर आठ दिनों का अंतराल आया। (अब मैं बार-बार यह नहीं लिखूँगा, क्योंकि लगता है अंतराल आता ही जाएगा) क्योंकि विश्वविद्यालय में नए कुलपति के आने के साथ ही हर रोज हड़तालें, हंगामे, रैलियाँ हो रही थीं। ऐसे में इस राजनीति में नाम परिवर्तन का मोड़ आया। औरंगाबाद की आंबेडकर शिक्षा संस्था के एक प्राचार्य को लगता था कि बतौर कुलपति उसकी नियुक्ति होनी चाहिए। वह साठ से ऊपर पहुँच रहा है, लेकिन एक बार भी उसका नाम कुलपति की प्राथमिक सूची तक नहीं पहुँचा था। इस भ्रष्ट जुड़गे की अपेक्षा मैं ज्यादा विद्वान हूँ और सूट-टाई पहनने पर तो हूबहू बाबासाहेब आंबेडकर की तरह लगता हूँ। इस पिछड़े मराठवाड़ा में बाबासाहेब ने बड़ी मेहनत से हमारी शिक्षा संस्थाएँ शुरू करके शैक्षिक क्रांति की है। इससे पहले क्या था यहाँ? महाराष्ट्र में मराठा अपने राजनैतिक वर्चस्व के कारण हमेशा बेशुमार मराठों को और औसत ब्राह्मणों—इस नवनियुक्त जुड़गे जैसों को—कुलपति पद पर नियुक्त करेंगे। कम-से-कम एक बार ही सही, महार क्यों नहीं? हजारों सालों से हम पर अत्याचार होते आए हैं, इसके आगे हम नहीं सह सकते, वगैरह। इसके अलावा बाबासाहेब ने स्वतंत्र भारत को संविधान दिया। उनके उचित स्मारक के लिए इस विश्वविद्यालय का नाम आंबेडकर विश्वविद्यालय कीजिए। इस तरह इस आंबेडकर शिक्षा संस्था ने बड़ा आंदोलन शुरू किया। मराठवाड़ा नाम के प्रति गर्व दिखाकर ब्राह्मणों ने जी-जान से इसका विरोध किया। दोनों दलों के प्राध्यापक नेताओं ने छात्रों को भड़का दिया और उन्होंने स्कूल-कॉलेज के क्लास बंद करवा दिए। हाथापाई शुरू हुई। गाँव-गाँव से आए अधिकांश छात्र अपने-अपने घर लौट गए।

मुंबई-पुणे के उच्चवर्णीय प्रगतिशील विचारकों ने यह सोचकर कि ऐसे पोंगापंथी सुधार पुणे में या मुंबई जैसे अपने शहरों में होने की बजाय दूसरे पिछड़े इलाकों में हों तो अच्छा ही है, सभी ओर ऐसा अभियान शुरू किया। मराठवाड़ा विश्वविद्यालय का ही नाम बदलना चाहिए। समाजवादी संगठनों में शामिल विवाह योग्य इंटरकास्ट प्रेम-विवाही छोरों-छोरियों के लिए तो यह जेल जाने का सुनहरा अवसर है। हमारे

पार्टनर पत्रकार अनंतराव और वानखेड़े दोनों इस आंदोलन में एक-दूसरे के विरुद्ध दिशा में सक्रिय हैं, इस कारण हमारे कमरे में भी ये विवाद दिन-रात गरमाते रहते हैं, लेकिन हम मिल-जुलकर रहते हैं। विवाहोत्सुक अनेक युवक-युवतियाँ इस क्रांतिकारी समर में हिस्सा लेकर जेल गए हैं। स्वातंत्र्योत्तर काल में अपने ध्येयवाद की चमक दिखाने के लिए युवाओं को जो अवसर नहीं मिल रहा था, इस बहाने उपलब्ध हुआ है। विश्वविद्यालय रणभूमि में तब्दील हो गया है। देश-भर में इस आंदोलन की प्रतिध्वनियाँ सुनाई पड़ रही हैं। यह देखकर कि इस बाँझ आंदोलन के कारण छात्रों का कीमती समय ज़ाया हो रहा है, हमारे सर ने दायमाबाद उत्खनन के प्रोजेक्ट को, जो दरअसल दिवाली की छुट्टियों में लेना तय हुआ था, पहले ले लिया और हम सभी छात्रों ने प्रवरा तट के शिविर में पुरातत्व के प्राथमिक सबक ले लिये। मैंने एक पूरा मटका खोदकर उसके सारे खप्पर ठीक से जोड़कर मिला दिए, जिसे हमारे म्यूजियम में रखा जानेवाला है। यह मेरा पहला ही महत्वपूर्ण अनुसंधान है। मेरी अंतरात्मा मुझसे कहती है कि मैं इसी विषय के प्रति समर्पित हो जाऊँ।

दादा, मैं अभी नींद से अचानक जग गया, तो मुझे हमारे डुमा बछड़े का रँभाना हूबहू सुनाई दे रहा था। वाकई। इधर शुरू-शुरू में मुझे अपने घर से कट जाने जैसा लग रहा था। हमारे ढलान पर कतार से लगे आम के पेड़ बड़े हो गए क्या? पहाड़, नदी, पक्षी—काफी याद आ रहे थे। गोठ में मेरे कदम रखते ही हमारी गाएँ, बछड़े, भैंस, बैल किस-तरह हड़बड़ाकर उठ खड़े होते थे चारे के लिए? ताजा दूध, मक्खन, छाछ, ताजा हरी सब्जियाँ, छोरियों के गाने, आँगन के खेल, कोठी की सारी आवाजें, सवेरे-सवेरे घर के पिछवाड़े सुनाई देनेवाली पलीते की आरती और शाम के भजन। पशु-पक्षियों से भरा मोरगाँव का परिवेश। रात में सन्नाटा छा जाने पर सुनाई देनेवाली नदी के प्रवाह की कलकल करती आवाजें। खेत में पानी देते समय चारों ओर टरटराकर फूल जननेवाले केले के पेड़। धूप में सूखने के लिए डाली गईं मूँग की फलियों के टूटने की एक जैसी तड़तड़ की आवाजें।

यहाँ की कोलतार की सड़कें मेरे पैरों को ज्यादा नहीं सुहातीं। लेकिन मैं लगातार अपने आप को किसी-न-किसी काम में उलझाए रखता हूँ। इसी कारण इस नोस्तालजिया से बाहर निकल पाता हूँ। यहाँ हमेशा बकवास करनेवाले पार्टनर, मित्र, सर, चर्चा, लाइब्रेरी, पढ़ाई, उत्खनन के लिए महीना-भर जंगल में नदी तट पर कैम्प में जानवरों जैसी मेहनत चलती रहती है। एक जर्मन ऑर्कियालजिस्ट बोला—अरे, ये अकेला तीन लोगों का काम करता है। वह मुझे चॉकलेट देता। इससे मेरी अंतर्मुख होने की लत छूट गई। फिर भी यहाँ मैं असहज़ हो जाने पर ऊपर अटारी में आता हूँ। सामने का मकबरे का गुंबद मेरी नजरों को मुलायम बना देता है। पीछे पहाड़ियों तक फैला काली-काली चट्टानों का ऊबड़-खाबड़ गलीचा, उत्तर में आकाश के तले टीलों की मृदु ऊँची-नीची रेखा, दूर पर शंकु जैसा देवगिरी, दाहिनी ओर खुल्ताबाद-एलोरा के पहाड़, उसके पीछे गोदावरी की घाटी, पैठण। सातवाहनों से लेकर मलिक

अंबर तक सभी को दीवाना बनाता रहा यह भूगोल। हमारे बंगले के पास ही मलिक अंबर की बहुत बड़ी नहर है, उसके ऊपर बड़ी-सी ऊँची मीनार, तट की बड़ी दीवार और बड़ा दरवाजा है। यहाँ बसेरा कर गए मुहम्मद तुगलक जैसे पागल लोग चारों तरफ से मुझे अपने हाथों के इशारों से कहते हैं, खंडेराव, ध्यान रखना कि अगर तेरे पास सपना नहीं होगा, तो तू भी नहीं होगा। प्रत्येक तमन्ना का गला घोंट दे। प्रत्येक अपेक्षा को ठोकर मारकर उसे तड़ीपार कर दे। सारी व्यवस्थाएँ बरखास्त कर। फिर जो बचता है, वह उस मटके जैसा सपना होगा, जिसे जमीन से खोदते हुए हम उसके इर्द-गिर्द की मिट्टी को धीरे-धीरे अलग करते हैं और साबुत मटका हौले से निकाल लेते हैं। इसका मतलब समझाया नहीं जा सकता, क्योंकि वह किसी जमाने के बिलकुल नष्ट हुए स्थल का टुकड़े-टुकड़े हुआ खप्पर का अस्थिकलश होता है। इसी एक स्थल में दफन उस ओर के किसी जमाने में अविकल रहे सपने के खप्पर।

केले का ट्रक लेकर कभी तू पुणे वगैरह जाएगा, तब मेरे पास रुककर जाना। तुम्हें दिन-भर लेटकर किताबें पढ़ना बहुत पसंद है न, यहाँ तुम्हें जो चाहिए वह किताब मैं लाकर दूँगा। वहाँ खेती के कारण तुम्हें किताब हाथ में पकड़ने तक की फुरसत नहीं मिलती। अब इस मौसम के खेत के काम खत्म होते ही चले आना। खेत के काम में बहुत ज्यादा हाथ-पाँव मारने की जरूरत नहीं। भाभी को बहुत ज्यादा काम करना पड़ता है, लेकिन कोई चारा नहीं है। छोटी गौरैया अब घुटनों के बल रेंगने लगी होगी न? जब मैं घर पर था, तब झूले में आँखें मींचकर और मुट्ठियाँ भींचकर हमेशा सोयी दिखाई देती। उसका ठीक से खयाल रखना। हमारे घर में लड़का-लड़की में बहुत भेदभाव किया जाता है। इसके आगे यह गँवईपन हम पुरुष नहीं चलने देंगे। दरअसल, तुम ही मुझे बचपन से यह सिखाते रहे हो, लेकिन हमारे घर का माहौल इतना गँवार और पुराना है कि तुम्हें भी इसके आगे घुटने टेकने पड़ते होंगे। खैर। मैं तो उस नरक से निकल आया हूँ, लेकिन मुझे तुम पर तरस आता है। तुम अपने गरीब स्वभाव में थोड़ा-बहुत बदलाव लाने की कोशिश करो। माँ चार दिन चिल्लाएगी, फिर चुप हो जाएगी। उस अकेली के कारण ही सारा घर उल्टा-सीधा घूमता रहता है। सभी कहते हैं कि उस बेचारी ने बहुत कुछ झेला है। घर में, खेत में रात-दिन खपी है। यह सच है कि उसी के कारण हमारा घर इतना उन्नत हुआ है। लेकिन भावड्, क्या इसे उन्नति कहेंगे? कुठले-खत्ते-संदूक-तिजोरियाँ भरना, क्या यही उन्नति है? इसकी तुलना में पड़ोस की सरूबाई टट्टी से बने छोटे-से घर में छह लोगों को कैसे प्यार से सँभालती है? एक कैथा भी घर लाए तो एक-एक कौर सभी को प्यार से खिलाती है।

भावड्, कभी-कभी तो मेरा दिमाग भी जम जाता है। लाल चींटियों के काटने जैसा सनसनाता हुआ जल उठता है। इतने अरब-अरब, खरब-खरब, निखर्व वर्षों के अंतरिक्ष में अदृश्य जीवाणुओं जैसी हमारी जिंदगी भी दिखाई नहीं देती। फिर हम इतनी-सी जिंदगी में अमानुषी काम किसलिए करते रहते हैं?

पंडित मामा की मुंबई से भेजी डायरी में तुमने हमारे घर की नागोराव के जमाने से चली आ रहीं ऐतिहासिक बातें लिखकर रखी हैं—उस समय तुम हाईस्कूल की दसवीं-ग्यारहवीं में पढ़ते थे। हम ऊपर कमोरों के बीच जगह बनाकर और उसके बीच में ढिबरी रखकर पढ़ाई करते थे। वह डायरी ठीक से सँभालकर रखना। मुझे उसकी जरूरत पड़ेगी। इसके अलावा शिलेदार देशमुख का बालाजी—तुम्हारा मित्र—उनके पास मोड़ी लिपि में लिखे पत्र हैं, खराब हो रहे हैं, उन्हें माँग लेना और हमारे घर की ऊपरवाली भंडारी में ठीक से रख देना। हमारे गाँव के लोग कहते थे कि झुंझारराव पानीपत से अब्दाली की छावनी से नाखून उखाड़ने का यातना-यंत्र उड़ा लाए थे। हमारे म्यूजियम में रखने के लिए यंत्र देने के लिए राजी हो तो उसे पूछकर रखना।

दादा, कभी-कभी बीच में ही मुझे ऐसा सपना आता है कि हमारा पूरा घर रस्सी की एक गुत्थी बन बैठा है, बिलकुल आँगन तक। और तुमने उसे ठीक से सुलझाकर सहेजने का काम मुझे सौंपा है। मैं रुआँसा होकर रस्सियों को अलग-अलग करता जाता हूँ। बार-बार वही करते-करते मैं पसीना-पसीना हो रहा हूँ और मैं अकेला कितनी ही देर से लगातार वही कर रहा हूँ।

अभी भी ऐसा ही कुछ सपना देखने के कारण मैं जाग गया हूँ, और तुरंत तुम्हें लिखने के लिए बैठा हूँ।

ट्रकवाले सहपाठी रघु नायक को भी उपर्युक्त पता देना। इसी दरमियान कभी वह इधर आए तो उसके हाथों चटनी, रोटी, पापड़ वगैरा खाने का सामान भेज देना। हम चारों मिलकर खाते हैं। कवि मछिंदर भी जब घर जाता है, तो लौटते समय नमकीन, कच्चे आम की चटनी जैसे मराठवाड़ा के पदार्थ ले आता है।

इन दिनों हमने के. बी. देशपांडे के बंगले में खाना बनाने के अनेक प्रयोग करके देख लिये हैं। दो-दो का मिलकर बारी-बारी से रसोई बनाना, बाकी बचे दोनों का चक्की से आटा पिसाकर लाना। अपने खुद के और साझा रसोई के बर्तन माँजना। सब्जी-तरकारी, परचून, तेल जैसी वस्तुएँ बारी-बारी से ले आना। लेकिन यह व्यवस्था जल्दी ही ध्वस्त हो गई, क्योंकि हर कोई अपनी बारी भूल जाता और ऐन समय पर सभी को इस्माइल मामू के *नाझ* होटल में आम्लेट-पराँठा खाने के लिए जाना पड़ता।

फिर एक बड़ा झमेला हुआ। नाम परिवर्तन के दौरान हुई आगजनी के कारण औरंगाबाद भाग आई मीराबाई नामक एक गरीब औरत, तीन बच्चियों की माँ, काम ढूँढ़ रही थी। वानखेड़े उसे रसोई बनाने के लिए बंगले पर ले आया। उन चारों ने बगीचे के साथ हमारे सारे बंगले की सफाई कर उसे चकाचक बना डाला। हमारी एक वक्त की रसोई, सभी कमरों की सफाई, बर्तन माँजना जैसे काम वे बहुत जी-जान से करतीं। शुरू के कुछ दिन सीढ़ियों के नीचे ओरी में चारों माँ-बेटी गूँगे जानवरों की तरह पड़ी रहतीं। बाद में वानखेड़े ने आंबेडकर नगर में उन्हें किराए पर एक झुग्गी भी दिलाई। लेकिन बाद में झुग्गी के मालिक ने उसकी बड़ी लड़की को

शादी का झाँसा देकर गर्भवती तो बनाया ही, साथ ही वह उसकी कच्ची उम्र की मँझली लड़की पर भी हक जताने लगा। हमारे बंगले पर ही ये झमेले होने लगे। हमें डर लगने लगा कि कहीं पड़ोसियों को यह न लगे कि इसमें हमारा भी हाथ है। इसके अलावा अनंतराव ने यह शुरू किया कि इस औरत के हाथों से बना खाना मैं नहीं खाऊँगा, जाति का सवाल नहीं, लेकिन हायजिन वगैरा, इसलिए बेचारी मीराबाई को बंगले से बाहर निकाल दिया। और आखिरकार यह तय हुआ कि हर कोई अपना-अपना देखेगा।

इस बीच मछिंदर और पत्रकार अनंतराव एक बार विनोबा जी के साथ आठ दिन तेलंगाना भूदान यात्रा में गाँव-गाँव पैदल घूमकर आए थे। उन पर विनोबा के दर्शन का ऐसा जबरदस्त प्रभाव पड़ा कि सर्वोदय के अलावा उन दोनों को कुछ सूझ ही नहीं रहा था। हमारे बगल में ही कुम्हार की भट्टियाँ हैं। उन्होंने घर के सारे स्टील के, धातु के बर्तन बेच दिए और मिट्टी के बर्तनों से घर भर दिया—रसोईघर की बटलोई, चीला, मटके, छोटे-मोटे कुल्हड़, घड़े, सकोरे वगैरा। और वाकई कुल्हड़ का दही कैसा बढ़िया लगता है ? और कढ़ी ? इसलिए नहीं कि देश के करोड़ों गरीब लोग मिट्टी के ही बर्तन इस्तेमाल करते हैं, बल्कि इसलिए भी कि मिट्टी से बना कुछ तो घर में होना चाहिए। इससे हम सब लाखों साल पहले के आदिमानव से जुड़ गए। प्राकृतिक चिकित्सा स्वास्थ्य वगैरा बातें गौण हो गईं। फिर रोज हमारा *गीताई*[85] रटना शुरू हुआ। चकित करनेवाला गजब का अनुवाद :

आत्मा ही हमारा बंधु
आत्मा ही रिपु हमारा।

भावड्, हमारे देश में अनुवाद की अपेक्षा पैराफ्रेज—पुनर्वचन—ही पहले से चलता चला आ रहा है। खैर छोड़ो, लेकिन इस रसोई के कारण और इन मटकों के कारण और *गीताई* के कारण भी कवि मछिंदर सभी विषयों में फेल हो गया और फिर इन सभी बातों से खौफ खा गया। उसे फॉरेस्ट्री की परीक्षा देनी थी। इसलिए उसने दोनों जून टिफिन लगा लिया और रसोई बंद। हम भी सब बाहर ही खाने लगे हैं।

कई सालों से भूत बंगले की तरह बंद रहा हमारा यह बंगला अब विभिन्न प्रकार के रहन-सहन के प्रयोगों, हँसी-मजाक, चर्चा, बहस और चिल्लपों के कारण रात-भर गूँजने लगा। इस कारण बेगमपुरा के पेट-पोसुआ मेहनतकश लोगों को उसका *भूत बंगला* नाम और भी ज्यादा सार्थक लगने लगा।

कल हमने देवगिरी का डेढ़ हजार साल पहले का मानचित्र तैयार किया। चालुक्यों को सुन्दर परिवेश का बहुत अच्छा ज्ञान था। लेकिन बाद के लोगों ने चाँद मीनार

---

85. आचार्य विनोबा भावे द्वारा समश्लोकी शैली में किया गया *गीता* का मराठी अनुवाद, मराठी की सबसे ज्यादा लोकप्रिय पुस्तक।

नामक एक मीनार बेवकूफ की तरह सामने खड़ी करके सारे किले की शान मिट्टी में मिला दी। मैंने वहाँ सपना देखा कि मैं जमीन में उल्टी गहरी मीनार बना रहा हूँ—मतलब कुआँ ही बना रहा हूँ। कुएँ काम तो आते हैं। उनको खोदना आसान नहीं होता। हवा में यूँ ही कुतुबमीनार जैसी मीनारें बाँधकर क्या फायदा?

बहरहाल, पढ़ाई मैंने बराबर जारी रखी है। शुरू में हर रोज लाइब्रेरी में जाकर पढ़ाई की किताबों की सूची तैयार की। सुबह के लेक्चर खत्म होने पर खाना खाने के बाद लाइब्रेरी बंद होने तक इत्मीनान से अध्ययन। पढ़कर नोट्स बनाना। पुराने उत्खनन की रिपोर्ट पढ़ना। प्राचीन महानगरों पर लिखीं किताबें ढूँढ़कर उनका जायजा लेना। उत्खनन की अलग-अलग पद्धतियाँ। मानचित्र, भूगोल, भूगर्भ विज्ञान—जो मिले वह। हमारे ढवलीकर सर और पवार सर द्वारा सुझाए गए संदर्भ ग्रंथ पढ़ना भी जारी था। धीरे-धीरे सर ने वास्तुशास्त्र से भी मेरा परिचय करवाया और पुरानी वास्तुएँ देखते ही दीवारें, नींव, शिखर, दीवारों के स्तंभ, स्तंभों के प्रकार, उनकी चित्रकारी, शीर्षपट्ट, स्तंभपाद, स्तंभमध्य, स्तंभशीर्ष का विश्लेषण, ग्रीक, रोमन, दक्षिण भारतीय पद्धति, किस काल में कौन-सी शैली रूढ़ थी, आगे भी वह कैसे और कहाँ-कहाँ बनी रहती है, वगैरा। के. के. चौधरी बता रहे थे कि ज्ञान खुद ही प्राप्त करना पड़ता है। अध्यापक तो आपको दिशा दिखाते हैं, पद्धतियों से परिचित कराते हैं, बस। बाकी सब कुछ आप खुद करना। फिलहाल शरीर की प्रत्येक हड्डी की जानकारी ले रहा हूँ। इस कारण पूरा घर नोट्स से भर गया है। संयोग से टूरिजम डिपार्टमेंट द्वारा मुझे गाइड के मानदेय जितने पैसे देकर नई-नई जगहों पर अनुसंधान सर्वे कमिटी के साथ बतौर सहायक ससम्मान भेजते हैं।

मराठवाड़ा के किसी भी देहात में जाता हूँ तो नदी पर, कहीं पुराने मंदिर की सीढ़ी के रूप में खंभे मिलते हैं। एक खेत में बहुत ही पुराने मंदिर के अवशेष मिले। सड़क पर पड़े पथरीले शिल्प भी मिले। टूटी मूर्तियाँ भी घर खोदते समय नींव की मिट्टी में मिलतीं। पवार सर ने टुटपुँजिया ग्रांट पर हमारे विभाग में एक म्यूज़ियम खड़ा किया था। ये सारे अवशेष हमने इस साल-भर में जमा किए थे। ये दोनों साल ठसाठस काम और असीम उत्साह में बीतेंगे। अन्य कहीं भी मेरा इतना अध्ययन नहीं हो पाता।

नाम परिवर्तन के झमेले में पहले साल हमारी कक्षाएँ जैसे-तैसे तीन महीने नियमित चलीं। दूसरे साल में केवल दो महीने, एम.ए. की परीक्षा शुरू होने से पहले। जुड़गे कुलपति ने एक साक्षात्कार में सोदाहरण बताया कि दरअसल हिंदुस्तान के किसी भी विश्वविद्यालय में तीन महीनों से ज्यादा कक्षाएँ होती ही नहीं हैं। स्वयं बनारस हिंदू विश्वविद्यालय में पूरे साल-भर में केवल एक महीना कक्षाएँ हुईं। अलीगढ़ विश्वविद्यालय तो अठारह दिन ही खुला था। मुंबई विश्वविद्यालय गर्मियों,

सर्दियों और क्रिसमस की छुट्टियों को जोड़कर अधिकृत रूप से साढ़े-चार महीने बंद रहता है, और वहाँ के रिजल्ट लगकर एडमिशन प्रक्रिया पूरी होने तक अगली परीक्षाएँ शुरू होती हैं, वगैरा। ये हैं हमारे कुलपति। कुल मिलाकर बेशर्मी में यहाँ कोई हार नहीं मानता।

हमारे विश्वविद्यालय का यह इलाका *विद्यानगरी* नाम से विख्यात है। इस विश्वविद्यालय के लिए सरकार ने जब छह सौ एकड़ भूमि कब्जे में ली थी, तब भूमि-मालिकों को मामूली-सी रकम देकर विश्वविद्यालय की दो विशाल इमारतें बनाना शुरू किया : पहली प्रशासनिक इमारत और दूसरी लाइब्रेरी। मुगलों के जमाने की छावनी की यह भूमि ध्वस्त इमारतों, मुगल बेगमों के गुसलखानों, और चरागाह के रूप में पहाड़ी तक यूँ ही फैली थी। बकरियाँ चरा रहे बच्चे अपना दिन बरगद के नीचे खेलते हुए बिताते। बरगद के बड़े-बड़े पेड़, नीम के गुच्छे, बबूलों के बन, पीछे पहाड़ी की तलहटी में बड़ा-सा तालाब, जिनमें सर्दियों के मौसम में हिमालय से आए पंछी भीड़ करते और तीन महीनों बाद चले जाते। चरागाह में गाय-बैल रँभाते रहते।

सभी कहते हैं कि जब हमने यहाँ एम.ए. करना शुरू हुआ, तब तक यह इलाका बहुत रमणीय था। लेकिन धीरे-धीरे जैसे-जैसे विश्वविद्यालय की बड़ी-बड़ी इमारतें खड़ी हुईं, वैसे-वैसे यह इलाका शैक्षिक-फूहड़ बनता गया। हजार-एक छात्र होस्टल में रहते हैं। विश्वविद्यालय के इर्द-गिर्द घरों में किराए से रहनेवाले हम जैसे छात्र भी उतने ही। गाँव से लगातार बसें, मोटर साइकिलें, गाड़ियों वगैरा का हंगामा भी बढ़ता गया। बीच में ही नीम के पेड़ तले मराठवाड़ा के छात्रों की सबसे ज्यादा जरूरी चीजें, यानी पान-तंबाकू, बीड़ियाँ और सिगरेट के ठेले बेशुमार बढ़ते गए। धीरे-धीरे वहाँ छात्रों की अत्यावश्यक सेवा के नाम पर होटल के ठेले खड़े हो गए, विश्वविद्यालय के पेड़ काटकर भट्टी के लिए जलावन मुफ्त पाने की सुविधा जो थी। फलतः चटपटे पकौड़े, आमलेट-पाव, आलूबड़ा, चाय वगैरा गेट के पास खूब मिलने लगे। कैंटीन काफी दूर अंदर था और वहाँ प्राध्यापकों की आवाजाही होने के कारण लेक्चर बंक कर बीड़ी पीते-पीते बकवास करने की सुविधा नहीं थी। एक वाचमैन ने अपने दो बेरोजगार बेटों के लिए मिट्टी की दीवारें डालकर हेयर कटिंग सैलून खोला और होस्टल के लड़कों को केवल बाल काटने के लिए दो मील दूर जाने की परेशानी से बचा लिया। ऊपर से सस्ते में। इस दुकान के उद्घाटन में सत्यनारायण की कथा भी रखी गई थी। बाद में इसी तरह रातोंरात कच्ची ईंटों से बने घर, दुकानें खड़े होते गए और कहा जाने लगा कि ये अतिक्रमण छात्रों की आवश्यकता की पूर्ति के लिए हो रहे हैं। थीसिस टाइपिंग, बाइडिंग, पहचान-पत्र के लिए फोटो स्टूडियो, स्टेशनरी, रद्दी की दो दुकानें—जिनमें आगे चलकर परीक्षा विभाग के एक पियक्कड़ प्यून द्वारा उत्तर पुस्तिकाओं के बिना जाँचे गट्ठर भी रद्दी में बेचे पाए गए। उनके रिजल्ट कैसे बने, यह जाँच समितियों का विषय बना।

एक दूसरे प्यून ने पूरक धंधे के तौर पर खेल के मैदान में साइकिल की दुकान खोली, तो दूसरे ने स्कूटर का गैराज। धीरे-धीरे एक धोबी की लॉंड्री, एक बॉम्बे सूट स्पेशलिस्ट टेलर, सट्टे का बीट लेनेवाली एक झुग्गी, सभी विषयों की परीक्षाओं में यकीनन सफलता दिलानेवाले मेरठ-उत्तर प्रदेश की गाइड बेचनेवाली तूफानी भीड़ की दुकान *थी इंटरनेशनल क्लासिक्स*—वगैरा सभी ने महाराष्ट्र बिजली बोर्ड के अधिकारियों को रिश्वत खिलाकर उनसे बिजली के पक्के कनेक्शन प्राप्त किए। बाकी लोग तो बिजली के तारों में आँकड़े फँसाकर ही बिजली का इस्तेमाल कर रहे थे। और एक आवश्यकता की पूर्ति हुई—विद्यानगरी के कंपाउंड से सटकर बड़ी-सी जलधरीवाला एक पुराना शिवालय था, हैदराबाद से आई चार-पाँच युवा वेश्याओं ने उसी से सटकर सीमेंट के पक्के कमरे बना लिए और उनमें धंधा भी शुरू कर दिया। मुझे यह प्रतीकात्मक ही लगा। यहाँ के अधिकांश उद्यम अनुसूचित जाति-जनजातियों के, विश्वविद्यालय के चतुर्थ श्रेणी कर्मचारियों के खोले हुए थे, जिनका टुटपूँजिया वेतन उन्हीं को पूरा नहीं पड़ता था। ये उद्यम छात्रों के लिए खोले जाने के कारण चिरकाल टिकनेवाले थे।

पत्रकार अनंतराव को यहाँ घर के पास ही विश्वविद्यालय में काफी मसाला मिलने लगा और उसके स्तंभ का महत्व बढ़ गया।

पार्टनर वानखेड़े की कविताएँ इस विश्वविद्यालयीन जीवन के अंगार से यानी यथार्थ से स्फुरित हुईं। उसकी एक कविता में कहा गया है कि विश्वविद्यालय के बाहरवाले मेरे इस विश्वविद्यालय में ही असल जिंदगी है। सारांश, विद्या का प्रस्थापित विश्वविद्यालय आंदोलन से ग्रसित हुआ और *मेरा विश्वविद्यालय* उन्नत होता गया। किसी भूतपूर्व उत्साही रजिस्ट्रार ने इन सबके खिलाफ अदालत में अतिक्रमण के मुकदमे दायर किए। लेकिन उन पर आवश्यकता से अधिक हुआ वकीलों का खर्च सिनेट ने पहले ही साल नामंजूर कर दिया। कुछ अतिक्रमणकारियों के खिलाफ भी फैसला आया, लेकिन उन्होंने तुरंत अपने वकीलों के जरिए ऊपरी अदालत से न केवल उसे स्थगित करवाया, बल्कि ऊपर एक मंजिल और चढ़ा ली। ऐसे में नाम परिवर्तन आंदोलन सुलगते ही विश्वविद्यालय में रिजर्वेशन के जरिए बतौर टेम्परररी लेक्चरर नियुक्त हुए लेकिन कई बार इंटरव्यू देकर भी पर्मनेंट न हो पाए एक नवबौद्ध प्राध्यापक ने 14 अप्रैल को विश्वविद्यालय के नुक्कड़ की बड़ी-सी अहम जगह हथियाकर रातोंरात दो कमरे बना डाले और सामने आँगन में चबूतरे पर बाबासाहेब आंबेडकर जी का पुतला भी पक्का बिठा दिया। उसी रात लाउडस्पीकर पर सुप्रसिद्ध दलित कवि संग्राम ठोसे के क्रांतिकारी संग्राम गीतों का आयोजन हुआ। विख्यात अमर संग्राम गीत *मारेंगे सवर्णों के चूतड़ पर लातेंऽ बुद्ध के चरणों में हम मस्तक नवातेऽ* पूरे बेगमपुरा में सुनाई दिया और स्थिति विस्फोटक बनी। पत्रकार अनंतराव ने फोटो के साथ ये सब *मराठवाड़ा समाचार* में छापा और नाम परिवर्तन के विरोध में लेख लिखा। वानखेड़े ने इसके विरोध में पत्र लिखा,

लेकिन संपादक ने उसे संपादित कर इस तरह छापा कि विपरीत अर्थ निकले। दुर्भाग्य से गैरकानूनी ढंग से खुलेआम अतिक्रमण होते रहे लेकिन जातिभेद से ग्रसित अपराधी हिंदू सवर्णों में इन फटेहाल अतिक्रमणकारी जनजातियों से मुकाबला करने का साहस नहीं था।

इन सारे सवालों पर सीनेट की सालाना मीटिंग में फैसले लिए गए। सीनेट का एक सदस्य पत्रकार अनंतराव को हर घंटे-डेढ़ घंटे में खबर दे रहा था कि अंदर क्या हो रहा है। अलग-अलग नामों से, लेकिन भीतर से ब्राह्मण बनाम मराठा, मराठा बनाम महार, मराठवाड़ा बनाम बाहरी पश्चिम महाराष्ट्र या विदर्भ—संगठनों ने अपने-अपने मोर्चे पहले से ही खोल रखे थे। उनमें भी *छत्रपति छावा* संगठन के लोगों को खबर लगी थी कि *विश्व नवबौद्ध कर्मचारी संगठन* ऐन समय पर नाम-परिवर्तन का प्रस्ताव करने जा रहा है और स्वयं मुख्यमंत्री ने कुलपति को फोन कर दबाव बनाया है कि हर हाल में यह प्रस्ताव पास होना चाहिए, जिससे हमारी प्रगतिशील सरकार के हाथ मजबूत होंगे।

बैठक की शुरुआत में सेक्युलर फोरम नामक संगठन के कार्यकर्ताओं ने प्रस्ताव किया कि विश्वविद्यालय के सारे अतिक्रमण बुलडोजर चलवाकर तुरंत जमींदोज किए जाएँ और इसके लिए व्यय का बजट मंजूर किया जाए।

विश्वविद्यालय कानून के अनुसार भारतीय प्रजातंत्र के नक्शे-कदम सीनेट पर भी चतुर्थ श्रेणी कर्मचारी यूनियन के अध्यक्ष, अल्पसंख्यक समुदाय के प्रतिनिधि वगैरा की आवश्यकता होती है। इन सभी के भाषणों के कारण उस साल की सीनेट की बैठक काफी चर्चा में रही। शुरू में ही कुलपति ने प्रजातंत्र की सीमाएँ समझाईं। उन्होंने यह भी कहा कि केवल दो दिन के लिए इस प्रजातंत्र को निलंबित कीजिए, मैं इस सारे इलाके को साफ और सुन्दर बनाता हूँ। न नौ मन तेल होगा न राधा नाचेगी।

इस पर विश्वविद्यालय कर्मचारी संगठन के सचिव अपना निषेध दर्ज करते हुए बोले, सम्माननीय सदस्य गण, अतिक्रमण पर चर्चा करने से पूर्व निम्नलिखित तथ्यों पर चर्चा करें :

1. विश्वविद्यालय के चार मुख्य अधिकारियों के लड़कों को मेडिकल-इंजीनियरिंग कालेजों में दाखिला कैसे दिया गया, उनके अंकों में अंतर क्यों पाया जाता है? इसकी जाँच कर रेकॉर्ड बदलवाने के संदर्भ में अपराध दर्ज करें, वरना कर्मचारी हड़ताल करेंगे।
2. डेढ़ लाख नए पेड़ लगाए गए, जैसी खबरें हर साल अखबारों में छपती रही हैं। ये पेड़ कहाँ हैं? जो थोड़े-बहुत बचे हैं, वे क्यों सूख रहे हैं, जाँच की जाए। आदरणीय कुलसचिव के खेत में विश्वविद्यालय के पानी के टैंकर आज भी ड्राइवर समेत कार्यरत हैं, इसके प्रत्यक्षदर्शी गवाह हैं।

3. हिंदी विभागाध्यक्ष प्रोफेसर भगत, जिन्होंने अपना खुद का पी-एच.डी. थीसिस दूसरे से लिखवाकर पी-एच.डी. पायी थी, अब वे अपने छात्रों के प्रबंध भी मेरठ से रेडीमेड लिखवाकर ला रहे हैं—हमारे पास प्रमाण हैं। इसके अतिरिक्त उन्होंने यू.जी.सी. से दुर्लभ ग्रंथों की खरीदारी के लिए प्राप्त डेढ़ लाख रुपए ग्रांट से फुटपाथ की रद्दी किताबें खरीदकर ग्रंथालय में ठूँसी हैं। उनकी झूठी रसीदें दी हैं, जिनमें *कोकशास्त्र* की सचित्र किताबें भी शामिल हैं। क्या विश्वविद्यालय का प्रशासन इसकी जाँच की हिम्मत दिखाएगा?

कोलाहल। तालियाँ। नारे—गुंडे हैं। जाँच किसलिए, कुलपति अपने अधिकारों के तहत उसे बरखास्त कर सकते हैं। निलंबित क्यों, लंबा ही करेंगे। तालियाँ।

इसके बाद मराठवाड़ा के एक महान स्वतंत्रता सेनानी बोले कि मराठवाड़ा में शिक्षा का औसत कम होने के कारण यहाँ बाहर से, विशेषत: विदर्भ से नवबौद्ध लोग बड़े पैमाने पर स्थानांतरित होकर आए हैं। मराठवाड़ा विश्वविद्यालय का नाम बदलकर आंबेडकर विश्वविद्यालय करने की माँग इन्हीं अमराठवाड़ा—मुख्यत: विदर्भ के नवबौद्धों की है। वे अपने इलाके के नागपुर अथवा अमरावती विश्वविद्यालय को आंबेडकर का नाम देने की हिम्मत दिखाएँ। पुणे में तो इनकी पिटाई ही होगी। तालियाँ। यह मराठवाड़े की लूट-खसोट हो रही है।

इस पर विदर्भ से आए और अब औरंगाबाद में एक यूनियन के अध्यक्ष बन बैठे सज्जन सन्तप्त होकर बोले, मैं इस प्रादेशिक संकीर्णता का निषेध करता हूँ। हैदराबाद रियासत के विलयीकरण से पूर्व की जन्म-तिथियों के जाली प्रमाणपत्र देकर काफी भूमिपुत्र यहाँ नौकरी में आए हैं। उर्दू की सारी उल्टी तवारिखें सीधे क्रम में लिखकर ये झूठी उम्र दिखाते हैं। प्राइमरी स्कूल में दाखिला लेते समय ही इनकी उम्र दस-दस बीस-बीस साल कम लगाई गई है। इसका इन्हें यह लाभ होता है कि शेष महाराष्ट्र के अभ्यर्थियों की तुलना में मराठवाड़ा के ये लोग पंद्रह-बीस साल ज्यादा विद्वान दिखने लगते हैं। इसके अलावा इन मार्कंडेय सदृश सीनियर रिटायर्डों की साठ की असली उम्र गुजर जाने पर भी दस-दस सालों तक इनकी तनख्वाहें चलती ही रहती हैं। वस्तुत: उम्र में अपने बड़े होने, परंतु सरकार की दृष्टि में छोटे होने की मनोग्रंथि भी यहाँ के सभी विद्वान प्राध्यापकों में जन्म से ही होती है। क्योंकि इनका जनम ही दस-बीस साल की उम्र में होता है—मतलब दर्ज किया जाता है। हँसी। तालियाँ। चीख-पुकार।

इस पर भी जोरदार तू तू-मैं-मैं। क्या हम ऐसी अपमानजनक टिप्पणी सहने के लिए महाराष्ट्र में शामिल हुए हैं? उम्र चुराने के लिए? धिक्कार है। पश्चिम महाराष्ट्र को धिक्कार है। पश्चिम के गणराज्यों को धिक्कार है। मतलब, क्या मैं नब्बे साल का हूँ? हमारे यहाँ नए-नए जन्मे बच्चों के नाम चावड़ी में पटवारी के पासवाले रजिस्टर में वेसकर[86] दर्ज करता था। इसमें अधिक-से-अधिक महीने-दो-महीने का अंतर आता होगा। लेकिन बीस साल?...सुना है, उत्तर प्रदेश में ऐसा बहुत होता

86. नगर-द्वार की रक्षा करने वाला व्यक्ति, जो प्राय: महार जाति का हुआ करता था।

है। वहाँ बच्चे माँ के पेट से ही दसवीं पास करके आते हैं।...उर्दू में दर्ज सभी के बुनियादी जन्म प्रमाणपत्रों की विशेषज्ञों द्वारा जाँच करवा लो। साठ के ऊपरवाले सभी प्राध्यापकों को बरखास्त कर डालो।...अच्छा होगा साला, युवा स्नातकों के लिए जगहें तो बनेंगी।...सन्तों की इस भूमि में सन्तों का ही अपमान? यानी क्या ज्ञानेश्वर ने भी उम्र चुराकर ही सोलहवें साल में ज्ञानेश्वरी ग्रंथ लिखा था?...संभव है।...कौन बोला, सामने आओ।...ऐसा नहीं, लेकिन थोड़ा-बहुत यही।

इसके बाद *नवबौद्ध तृतीय श्रेणी कर्मचारी संगठन* के सचिव गौतमीपुत्र गायकवाड़ बोले : अध्यक्ष महोदय, मनु-संस्कृति का आचरण हमारे ही विश्वविद्यालय के कुछ भ्रष्ट अधिकारी कर रहे हैं। इस बारे में आचार-संहिता क्यों नहीं बनाई जाती? विश्वविद्यालय की कबड्डी की अजेय टीम को राष्ट्रीय प्रतियोगितायों में ले जानेवाले अखिल हिंदू छात्र परिषद के कार्यकर्ता हमारे क्रीड़ा निदेशक देवदत्त आचार्य ने सभी खिलाड़ियों को हमेशा एक जून भेल-कचौड़ी खिलाई है और भोजन के बिल फायू स्टार होटल के लगाए हैं। लेकिन उनके झूठे बिल पास करनेवाली अकाऊँटनी हमारे अनुसूचित जाति के लड़कों की जीओआई स्कॉलरशिप कभी समय पर नहीं देती। हर रोज सभी से कल आओ, कल आओ कहती रहती है। कोई हमारा भूखा गरीब छात्र अगर उल्टा जवाब देता है, तो यह अकाऊँटनी खुलेआम कहती है—आप तो भाई सरकारी दामाद हो। हमारे एक विभागाध्यक्ष का उल्लेख *धेड़ ऑफ डिपार्टमेंट* किया जाता है। अंग्रेजी विभाग के प्रा. देशपांडे को हर ऑल इंडिया कॉन्फरन्स में जाने की आदत है। ये सज्जन कॉन्फरन्स में न जाकर आसपास के तीर्थक्षेत्र देखकर आते हैं। हाल ही में ये विश्वविद्यालय के खर्च से ऐसे ही एक कान्फरन्स के लिए कुरुक्षेत्र विश्वविद्यालय गए और वहाँ पाँच ब्राह्मणों के जरिए कुरुक्षेत्र सरोवर में अनुष्ठान करवाकर लौट आए। क्या बाबासाहेब ने मनुस्मृति का दहन यों ही किया? नाम-परिवर्तन इसीलिए होना चाहिए और इसी विश्वविद्यालय का होना चाहिए। आज ही हमारे नामांतर के प्रस्ताव को मंजूरी मिलनी चाहिए। तालियाँ। कोलाहल। सी.बी.आई. जाँच कराइए। मनुवादियों की जाँच कराइए, निलंबित कीजिए। सुनिए।

इसके बाद आर्य-चाणक्य के रूप में विख्यात एक विद्वान किंतु कुटिल प्राध्यापक को निमंत्रित किया गया। उन्होंने अपना भाषण—जिसकी टाइप कॉपी एजेंडा के साथ पहले ही सभी को दी गई थी—पढ़ना शुरू किया : डॉ. बाबासाहेब आंबेडकर जी के लिए इस विश्वविद्यालय में किसके मन में आदर है? *कोलाहल। चीख-पुकार*—टाईप कॉपी में *नहीं* शब्द डालना रह गया।...जाँच कीजिए। कुलसचिव हिंदुत्ववादियों का पिट्ठू बन गया है। यह इसका प्रमाण ही है।...शरारत के लिए मैं माफी चाहता हूँ। कामकाज चलने दीजिए। एजेंडा कितना बड़ा है? महत्वपूर्ण प्रस्ताव पहले लेने दें।...मतलब? कुलपति साहब को कहीं यह तो नहीं कहना है कि यह नाम-परिवर्तन का प्रस्ताव महत्वपूर्ण नहीं है? *धिक्कार है।*...ठहरिए, सुनिए, चाणक्य प्रस्ताव के विरोध में ही बोलेगा, लेकिन दिखाएगा ऐसे जैसे वह इसी पक्ष का है। सुनिए—

सदस्य गण, डॉ. आंबेडकर आधुनिक मनु ही हैं। कोलाहल। मनु? ये तो गाली है। सुनिए।...नया मनु आ रहा है।...फिर मनु मनु ही कर रहा है। कुलपति जी, इन्हें बोलने मत दीजिए।...ऐसे आदमी का नाम विश्वविद्यालय को।...फिर से मनु ही बोले है वो...यह आग्रह कुछ ही लोगों का है। यह तो चूहों द्वारा अपनी सुरक्षा के लिए जहाज की सतह में बिल खोदने जैसी बात हो गई।...आँ? क्या बोल रिया है? हमारे लोगों को चूहा कह रिया है वो? आँ?

इसी बीच बीते तीन महीनों से प्रचार के हंगामे से गूँज रही सीनेट द्वारा मैनेजमेंट में चुनी जानेवाली महत्वपूर्ण पाँच सीटों के लिए वोटों की गिनती पूरी हुई और चुनाव के नतीजे सामने आए। कुलसचिव ने जीते हुए उम्मीदवारों की सूची पढ़कर सुनाई। छत्रपति संगठन ने अपने जो पाँच उम्मीदवार खड़े किए थे, सारे-के-सारे हार गए। भयानक चीख-पुकार—यार बबन, ऐसा कैसे हो गया रे? हम में से एक भी नहीं?...गलती हो गई यार कहीं।...अरे, कोई गलती नहीं हुई है, जाधवराव। मैंने खुद उस बक्से में अपने हाथों से अठारह वोट डाले थे, अकेले हमारे सालुंके साहब के लिए। वो भी दो बार ठीक से गिनकर। पंद्रह वोटोंवाले चुनकर आ गए, और हमारा अठारह वोटोंवाला कैसे नहीं आया?...माँ का जना, कश्मीर के इलेक्शन जैसा हो गया ये तो। अरे कुलसचिव ही बैठता है वोटों की गिनती के लिए—आस्तीन का साँप।...अच्छा हुआ, फँस गया इसमें। तुम जाओ और चंद्रराव के कानों में कह दो—नाम-परिवर्तन का प्रस्ताव नहीं आने देना है। मुख्यमंत्री चिल्लाएगा, चिल्लाने दे। साले आगे-पीछे दोनों तरफ से मार रहे हैं ये मराठवाड़ा की। आज जुड़गे को पीटेंगे।...कुलसचिव, भडुवा देखो कैसे टुर टुर कर रहा है, ठीक है। महँगा पड़ेगा साले को। डंडा घुसेड़े बिना आदत नहीं सुधरेगी उसकी।

फिर नाम-परिवर्तन का प्रस्ताव प्रस्तुत होने से पहले ही *छत्रपति छावा संगठन* के लोगों ने अभूतपूर्व ऊधम मचाना शुरू किया। कुलपति महोदय, माफी माँगने के लिए कहिए। आर्य चाणक्य का आप बचाव कर रहे हैं।...अबे ओ नामर्द कुलपति, चूड़ियाँ पहन साले।

सीनेट की इस सभा में फेशियल और मेकअप करके आईं स्त्रीवादी स्त्रियों ने इस उक्ति का निषेध किया। इतने में ऊपर से एक डंडी गरगर घूमती हुई आई और यह ध्वनिक्षेपणास्त्र कुलपति के टकले से टकराकर नीचे गिर गया। इस तरह यह सीनेट की बजट-सभा तितर-बितर हो गई। परिणामत: अगले साल-भर के लिए नए सुधार, नई योजनाएँ, उनके व्यय का प्रावधान जैसी झंझटवाली बातों की बला अनायास टल गई। सारे अध्यापक और अध्यापकेतर कर्मचारी एक साल के लिए फिर खुशी-ही-खुशी के लिए खुश हो गए। पत्रकार अनंतराव की तो अगले कई दिनों तक कॉलम लिखने की परेशानी मिट गई।...अगली सीनेट की बैठक कब होगी?...इसे एक कमिटी तय करेगी।...उस कमिटी में कौन लोग होंगे?...इसे भी एक कमिटी तय करेगी।...उस कमिटी में कौन लोग होंगे?...यह विश्वविद्यालय

तय करेगा।...विश्वविद्यालय यानी कौन?...यानी मैं ही। चल निकल अब यहाँ से। गेट आउट।

...गेट आउट? विश्वविद्यालय यानी मैं ही? साला अभी तक कन्फर्म भी नहीं हुआ है और इस चूतिए कुलसचिव की ये हिम्मत। पिछले साल यहाँ कुलसचिव बनने से पहले प्राचार्य था, तब खरीदारी के झूठे बिल दिखाकर इसने अपने ही कॉलेज को डुबो दिया। भ्रष्टाचार के कारण जेल में जा रहा था। अपनी जाति का समझकर गृहमंत्री के पास हम खुद गए और इसे छुड़वाया।...लेकिन अब तो ये गोद में बैठकर दाढ़ी नोचने लगा है माँ का जना। जाति की राजनीति इस तरह दगा दे जाती है साली।...लोग बड़े स्वार्थी होते हैं। अब देखो न, किस तरह इसने उन हिंदू विद्यार्थी परिषद के लोगों के साथ सौदा कर लिया? अब मेजोरिटी उनकी है, मतलब इसका कन्फर्मेशन वे ही करेंगे। अब मैनेजमेंट की सारी कमिटियों में वे ही लोग। इतना होशियार तो ये है ही।...अब सौ-डेढ़-सौ नए पद भरे जानेवाले हैं विश्वविद्यालय में। नौकरियों में भी अब इन्हीं के लोग।...कुछ तो करना पड़ेगा, बबनराव। इसे यूँ ही नहीं छोड़ना चाहिए।...वरना, हम क्या झाँटें उखाड़ने के लिए नेता बने हैं? आज ही सब तय करेंगे। तू एक काम कर। अपने नितीन से आज ही मिल ले। अकेले। रात में बेगमपुरा के *नाझ* होटल में ढूँढ़ना उसे। वहीं मिलेगा। हम भी वहीं मिलेंगे। बस हम तीन। किसी को कानोंकान खबर नहीं होनी चाहिए। गुप्त का मतलब समझता है न तू? झंडावंदन। झंडावंदन।

25 जनवरी की रात। *नाझ* में हम रेडियो सीलोन सुन रहे थे कि अचानक एक पहलवान लड़का नितीन इशारे से मछिंदर को बुलाकर ले गया। आधे घंटे बाद मोटरसाइकिल से उसे नाझ पर छोड़कर वह जोर से फटर्र करता हुआ निकल गया। मछिंदर डरा-सहमा दिखाई दिया। क्या हुआ रे?...कुछ नै, कुछ नै।...तो? कहाँ गया था?...कुछ नै।...कुछ नहीं?...कमाल है। चाय पी ले। मामूऽ। तुरंत उधर से आर्डर : काला मफलर एक चाय। *जिया बेकरार है छायी बहार है...*गाने पर हमेशा गर्दन डुलानेवाला और हवा में हाथ लहरानेवाला मछिंदर चुपचाप चाय पीता सुनता रहा। कुछ-न-कुछ अजीबोगरीब होने की चिंता उसके चेहरे पर दिखाई दे रही थी। कल 26 जनवरी...क्यों रे वानखेड़िया, झंडावंदन के लिए जाएँ क्या? मछिंदर अचानक बोल उठा, हम सभी जाएँगे। कल मजा आएगा।...मतलब? वह फिर खामोश। बंगले की ओर लौटते समय वह मेरे कानों में बुदबुदाया, नीचे सीढ़ियों के पास नितीन ने एक बोरा रखा है। चढ़ते समय सँभालकर। बाहर का गेट भी खुला रखना।

सुबह हम सब जल्दी उठकर तुरंत मुख्य इमारत के सामने कायदे से खड़े थे। कुलसचिव जैसे ही रस्सी खींचने लगा, रूमाल से मुँह ढँके एक साधारण-सा लड़का दूसरी पंक्ति से सामने आया। उसके इर्द-गिर्द अचानक गिरोह बन गया।

उसने कुलसचिव के सिर पर लोहे की छड़ से जोरदार प्रहार किया। कुलसचिव ढह गया। इतने में वह गिरोह और छड़ मारनेवाला लड़का पीछे तैयार खड़ीं मोटरसाइकिलों पर सवार होकर अदृश्य हो गए। बड़ा कोलाहल। झंडा भी रस्सियों में गुत्थमगुत्था होकर फँस गया। उसे वैसे ही अधर में लटका छोड़ समारोह संपन्न हुआ। प्रमुख अतिथि झंडे की ओर उँगली दिखाकर बोले, *यह हमारे दिशाहीन गणतंत्र का प्रतीक है।*

इसके बाद अदालत में मुकदमा चला। धीरे-धीरे इसका खर्च वहन करना मुश्किल हो जाने के कारण विश्वविद्यालय ने इसे व्यक्तिगत मामला करार देकर पल्ला झाड़ लिया। कुलसचिव तो बच गया, लेकिन अपनी याददाश्त खो बैठा। वह अदालत में बे-सिर-पैर की बातें करने लगा : *हे आनंददायिनी, तुम कहाँ हो?* मेरे खिलाफ जिन लोगों ने शैम्पेन खोली थी, वे नेशनल डे को पागल हो गए। पैठण के परीक्षा केंद्र पर नकल बहुत होती है, छापा डालना चाहिए, तो कुलपति जुड़गे बोले, तू मेरा चांद मैं तेरी...उन्हें फाइल में रोज 555 सिगरेट का पैकेट भेज देंगे। क्योंकि घर पर उनकी दाहिनी हाफ सिगरेट पीने नहीं देती थी।

अदालत ने बाद में यह मुकदमा खारिज कर दिया।

इस मुकदमे का निर्णय आने तक कलेक्टर या रिटायर्ड पुलिस अफसरों को बतौर कुलसचिव नियुक्त किया जाता रहा। इस कारण विद्यानगरी में चारों तरफ अतिक्रमणों का जाल अपने आप ही बढ़ता गया। पैठण में जायकवाड़ी बाँध के तीसरे चरण की शुरुआत हो गई और ढाई-सौ गाँव पानी के नीचे चले गए। एक रात इन डूबी हुई बस्तियों में रहनेवाले गरीब-बेसहारा लोग ट्रकों में भर-भरकर अपनी घर-गृहस्थी का टूटा-फूटा सामान लेकर यहाँ विश्वविद्यालय में आए—मुसलमान, महार, मातंग, धाँगड़, कोल्हाटी, सारे विस्थापितों ने अपनी-अपनी झुग्गी-बस्तियाँ खड़ी कीं। बकरियाँ चरानेवाले बढ़ते गए। इस कारण मुगल जमाने के पुराने विशाल पेड़ धीरे-धीरे ठूँठ होने लगे। एक-एक पेड़ जलावन का गट्ठर बनकर चूल्हे के सामने से गायब होने लगा। छोटे-छोटे बच्चे पहले पेड़ के तने से छालों की खपच्चियाँ कुरेदते, फिर धीरे-धीरे पेड़ सूख जाता। स्वयं हमारे वाचमैन, प्यून साइकिलों के पीछे कैरियर पर जलावन के गट्ठर बाँधकर खुलेआम घर ले जाते हुए देखे जाते। एक बार पवार सर, दवे सर और हम जैसे कुछ चुलबुले छात्रों ने मिलकर, *पेड़ों की कटाई को रोको*—का निवेदन तैयार किया और कुलपति के पास ले गए।

कुलपति ने निवेदन पढ़कर हमें एसी कमरे में बुलाया। कौन हैं आप? कुछ पढ़ाई-लिखाई भी करते हो या ऐसे ही धंधे करने के लिए माँ-बाप ने यहाँ भेजा है? क्यों? मैं विश्वविद्यालय चलाऊँगा या पेड़ों की रखवाली करूँगा? कुलसचिव के पास क्यों नहीं जाते?...कुलसचिव के पास हम कई बार गए थे सर। वे कहते हैं कि

ये मेरा काम नहीं है, सेक्युरिटी का है। सेक्युरिटी के जाधव बोले, अजी आप इतने विद्वान प्रोफेसर, आपकी तनख्वाहें इतनी बड़ी-बड़ी यूजीसी की, इतने बड़े-बड़े क्वार्टर, पेट्रोल की गाड़ियाँ—क्यों? और इन गरीबों को रात में चूल्हे पर रोटी भी नसीब न हो? इनकी किस्मत में कहाँ है गैस और पानी? उधर गोदावरी का पानी रोककर नीचे इनको सुखा दिया है आप लोगों ने। उठा दिया इन्हें अपनी पुश्तैनी जगहों से। पर्यावरण का ह्रास आप लोग कर रहे हैं या ये? क्यों? एक-दो कम्युनिस्ट प्रोफेसरों ने इसका समर्थन किया। जब तक आपके घरों में गैस और नल से पानी आता है तभी तक आपकी ये मध्यवर्गीय शहरी मूल्यों की पर्यावरणवादी डींगें चलेंगी। जरा दो कोस पर किसी देहात में जाकर देखिए। बेचारे हमारे लोग किस तरह पर्यावरण ओढ़कर सोते हैं।

बाद में संयुक्त महाराष्ट्र घोषित हुआ। इस उपलक्ष्य में हमारे विश्वविद्यालय में महाराष्ट्र के पर्यावरण पर बड़ी इंटरनेशनल संगोष्ठी संपन्न हुई। कुलपति के करकमलों से ही उद्घाटन।

खंडेराव, यही है उच्च शिक्षा।

कँटीली बबूलों का रास्ता भी कम सुन्दर नहीं होता। बेगमपुरा के पीछे विश्वविद्यालय की लाइब्रेरी की ओर आने-जाने की सड़क पर बड़ा-सा प्राचीन तालाब था। उसका पानी सूख गया। पहाड़ी की तलहटी में सर्दियों के मौसम में पीढ़ी-दर-पीढ़ी नियमित आनेवाले लंबी पूँछोंवाले सारस पंछी उस साल आक्रोश जताते मँडराते हुए आगे निकल गए। उनकी विरासत के बरगद, तालाब अदृश्य हो गए थे। यह दृश्य खंडेराव की स्मृति-गुफा में हमेशा के लिए चिना गया है कि सूर्यास्त की लाल पृष्ठभूमि में बचे एक ही बरगद के पेड़ पर सैकड़ों सारस पक्षी रात-भर के बसेरे के लिए डाल-डाल पर एक-दूसरे को धकेल रहे हैं।

परीक्षा बिलकुल सिर पर। अश्मयुगीन उत्क्रांति के चरणों में मनुष्य-बस्तियाँ कैसे गुजर-बसर करती थीं, इसका अध्ययन पूरा नहीं हो रहा था। लाइब्रेरी के बंद होने पर कमरे की ओर चलता जाता हूँ। रात-भर जागने के लिए भरपेट खाना खाने की बजाय दो अंडों का आमलेट और चाय पी-पीकर रात बिताना। बीच से ही फूटती एक पगडंडी से झुग्गी-बस्ती के आखिरी नुक्कड़ पर बबूलों के बीच से होकर सारसों के इस बरगद की ओर मेरे कदम अपने आप मुड़ जाते हैं। एक सिगरेट पीते-पीते पैदल जाने-भर का फासला। वहाँ बरगद की बगल में मिट्टी की दीवारें सफेद मिट्टी से पुती हुईं। ऊपर पेड़-पत्ते, घास-फूस का छप्पर। चारों ओर से काँटों की बाड़ लगाकर सँवारी हुई जगह—बाँध-विस्थापित कमरून की जीने की दुर्दम्य अभिलाषा से दुबारा खड़ी की गई अपनी दुनिया। ठिंगनी-सी, काफी लंबे बालोंवाली कमरून, छोटी- छोटी दो सलोनी बच्चियाँ मुर्गियों के बीच रेंगतीं। दरवाजा हमेशा खुला, भीतरी विस्थापित गरीबी छिपाने की दिलचस्पी से उदासीन। आँगन में छोटा-

सा सब्जा का पौधा रोपकर हथियाई जमीन। दड़बे के पीछे नहाने की खुली जगह। आँगन में वह स्वयं पानी ढोकर बड़ा कमोरा भरकर रखती थी। पत्थरों का चूल्हा। घर मतलब इससे कुछ अलग होता है क्या?

मेरे दीख पड़ते ही, प्रतीक्षारत कमरून तत्परता से दुपट्टा, लंबे बाल सँभालती हुई दोनों हाथ पीछे ले जाकर अपने बालों में गाँठ लगाती है और दड़बे में अंडों पर बैठी मुर्गी को उठाकर उसके पेट के नीचे से दो अंडे जल्दी से लाकर मेरे हाथों में रख देती है। गरम, लंबोतरे, देसी मुर्गियों के खास पीले-से रंग के अंडे सँभालता हुआ मैं उसके हाथ में एक ठंडा सिक्का रखता हूँ। प्रसन्न चेहरे पर अपनी नीली-नीली आँखों से खुशी को छलकाती हुई हथेली बंद कर वह कृतज्ञता से मुड़ जाती है।

अरे अरे खंडेराव, पेड़ों पर बार-बार उड़ने-बैठनेवाले कौओं की काँव- काँव के नीचे की पगडंडी से उन दो गर्म अंडों को हथेली में लिये अभी भी तू उस कमरे की तरफ उसी तरह जा रहा है। यहाँ तेरा मन अभी भी झुलसता हुआ मँड़रा रहा है। कुछ टीसों को सांत्वना नहीं मिलती।

एक नितांत क्लेशदायी स्मृति का निशान : काफी दिनों के बाद प्रवरा तट का उत्खनन कैम्प पूरा कर मैं विश्वविद्यालय लौट आया हूँ। पवार सर के कमरे में बने म्यूजियम में सारे अवशेष ठीक से सजाकर दरवाजा उढ़काया और बाहर निकलते ही याद आता है कि कुछ खाना चाहिए। कदम अपने आप कँटीली बबूलों के रास्ते की ओर मुझे धकेलते हुए ले जाते हैं। कमरून के अहाते में पूरा सन्नाटा। छप्पर के नीचे खामोशी। दड़बे भी निर्जीव, खुले। झाले भी उल्टे पड़े हुए। आँगन सूना। सब्जा का पौधा सूखा हुआ। लाल- सफेद देसी मुर्गियाँ, एक भी नहीं। दरवाजे में दाँत दिखाता लावारिस कुत्ता। अब कुछ खाने के लिए पैदल नाझ तक जाने की शक्ति शरीर में नहीं थी।

पिछले बरगद के नीचे छोटी-छोटी फीके रंग की दो सलवार-कमीजें दिखाई दीं। जिस तरह घास में चिड़ियाँ दिखाई नहीं देती हैं, उसी तरह उलझे बालों की कमरून की सजीली गुड़ियाँ। मुझे करीब आता देख दोनों हड़बड़ा गईं।

क्यूँ बेटी, अम्मी कहाँ है?

बड़ी तो अचानक स्तंभित होकर लाल-लाल हो गई। क्या कहें, उसकी समझ में नहीं आ रहा था।

क्यूँ बेटी, बैदा मिलेगा? अम्मी रख कर गई है?

छोटी अभी-अभी बोलने लगी थी। छोटे-छोटे हाथ ऊपर उठाकर बोली, मर गई।

क्या? मर गई?

हाँ। एक दिन पापा ने ऐसा मारा, ऐसा मारा, मर गई।

बाप रे। खंडेराव, तब तू पत्थर बन गया था।...तू कैम्प के लिए रवाना होने की तैयारी में था और भरी दोपहरी में कमरून हाँफते हुए तुम्हारी सीढ़ियाँ चढ़कर आई

थी। मुर्गी जैसी धड़धड़ाती हुई अचानक बोली, हैदराबाद की गाड़ी में मुझे बिठा देंगे? मेरे पास खाली इत्ते पैसे हैं। आँखों में डर।

खंडेराव, अपनी कायरता का यह ताम्रपट तूने अपने मन-ही-मन में चिना डाला है। अत्यंत नीचता की बात।

जिंदगी यूँ भी गुजर ही जाती
क्यों तेरा राहगुजर याद आया

डाइरेक्टर कुंभार साहब हमेशा की भाँति अनंतराव के पास भविष्य जानने के लिए नहीं आए, बल्कि हाथ में लड्डुओं का बक्सा सँभालते हुए जोर से पुकार उठे : मानकापे साहब, उठिए जी, एम.पी.एस.सी. पास हो गए आप। लड्डू लीजिए। अभी-अभी मुंबई से आ रहा हूँ।

कुंभार साहब को अंदर से पक्की खबर मिली थी कि मछिंदर का मौसा, जो विधायक था, अब सीधे मुख्यमंत्री बननेवाला है। इसलिए मछिंदर अगली सारी परीक्षाएँ, साक्षात्कार पास कर कलेक्टर बन ही जाएगा। हम सब तुरंत खुशी-खुशी नाझ जाने की तैयारी करने लगे। कुंभार सर साथ थे ही। अब मुख्यमंत्री के पास सीधे पहुँचने का अपना रास्ता साफ हो गया। अनंतराव से कहते हुए डाइरेक्टर कुंभार ने अपनी व्यथा की भी कै कर डाली—हम जैसे अल्पसंख्यक को इस प्रजातंत्र में कौन पहचानेगा? हमारी पूरी जाति का एक भी नेता कलियुग की समाप्ति तक कभी विधायक भी चुनकर नहीं आएगा।...और मुख्यमंत्री? हॅं हॅं हॅं—कुंभार साहब दिल से हँस दिए। मुख्यमंत्री? हॅं हॅं हॅं—वे फिर हँस दिए, लेकिन इस बार जरा मायूस लहजे में। लेकिन हमारा तबादले का काम मानकापे साहब से करने के लिए कहिए। दो-एक दिन में ही चव्हाण साहब बतौर मुख्यमंत्री शपथ ले रहे हैं।

ठहरिए कुंभार साहब, आज ही आप मछिंदर से आमने-सामने साफ-साफ बात कर लीजिए। होटल में, चुपचाप—हाँऽऽ।

उधर वानखेड़े भी पिंगलकेशा लड़की से मिलने का सुअवसर देख बाहर जाने की तैयारी करने लगा। ऐसे अवसर पर वह जूते पॉलिश किए बिना लाल मोजे नहीं चढ़ाता और हवा में लहराते बाल बनाकर और बालों को खिलानेवाले चेहरे पर पाऊडर मले बिना अपनी कड़क इस्त्री की भड़कीली नीली कमीज नहीं पहनता। नहरे-अंबरी से नाझ की ओर जाते समय हमें चकमा देकर बीच के किसी कूचे से पाठक लड़की के घर पर अंग्रेजी के Q आकार में मँड़राकर फिर चतुराई से मुख्य सड़क पर हममें शामिल होने की तरकीब उसने खुद ढूँढ़ी थी। किसी बहाने स्टेशनरी या किताब की दुकान में घुसकर या पेशाबघर से अदृश्य होकर वह अपना जरूरी संदेश पहुँचा आता और फिर Q की दुम से हमारे पीछे-पीछे नाझ में हाजिर। आज

तो गले में गहरे हरे रंग की टाई, ऊपर बढ़िया काला कोट, उग्र खुशबूवाला स्प्रे और ऊपर की जेब से दिखाई देनेवाली रूमाल की तह।

हम तीनों कुंभार साहब के साथ गेट पर प्रतीक्षा में रुकते हैं।...ओऽए दलित कविऽ बस हो गया यार फैशनऽ, माँ का जना गँवार साहब—जब तक दो-तीन बार मानकापे यूँ नहीं चिल्लाता, वानखेड़े कमरे के बाहर ही नहीं निकलता।

आजकल अनेक तनावों-दबावों के कारण बेचारा मछिंदर बेचैन था। गलती से लॉटरी लगने की तरह उसकी बारह पंक्तियों की कविता पहली बार अचानक किसी पेपर में छपी थी लेकिन कंपोजिटर ने उसका नाम ही ठीक से नहीं छापा था। मैं मछिंदर की इस कविता की पृष्ठभूमि बताता हूँ—वह नीचे×भरी बरसात में इसकी राह तकते हुए खड़ी थी, ठीक है?...झुककर दूसरे का क्यों देखें भाई?...पार्टनर का उस पिंगला से लव मैरिज होगा?...खाली मैरिज होगा ऐसा बोल न।...क्यों उँगली डालकर सूँघें भाई? उस छोकरी का बाप कट्टर ब्राह्मण है, केवल ब्राह्मण छात्रों को ही प्रैक्टिकल में पूरे-के-पूरे नंबर देता है। बहुजनों के बच्चे चाहे जितने होशियार हों—लेकिन जैसे-तैसे ही पास।

अब इसे कौन समझाए सब कुछ? ऐसी बातों की शुरुआत परीकथा की कहानियों जैसी होती है। लेकिन अंत? डरावने सपने जैसा। कोई भी अखबार खोलकर देखो—जहर पीकर खुदकुशी, कत्ल, आगजनी।...लेकिन यह भी दिखाई देता है कि दलित नेता बनना हो तो बीवी ब्राह्मण ही चाहिए।...यह आपके मुंबई-पुणे में होगा। ऐसे पिछड़े इलाके में थोड़े ही है? और जान की बाजी लगाने जितना अहम होता है क्या ये? हिंदी सिनेमा में ठीक है।...ये बहुत बुरा होगा, देखेंगे आप।...इसी को विषफुल थिंकिंग कहते हो, हॉ हॉ। पहले जमाने में प्रतिशोध के लिए दुश्मनों के देश में जाकर औरतों पर बलात्कार करते थे। ये मामला भी कहीं ऐसा ही तो नहीं? हॉ हॉ हॉ, साले क्या मजाक करता है। हजारों साल हम पर अन्याय करनेवालों की लड़कियों से शादी करना, प्रतिशोध का बहुत बढ़िया उपाय है। हॉ हॉ।

इतने में गॉगल पहनकर रोबदार दिखता वानखेड़े शान से सीढ़ियाँ उतरते हुए दिखाई देता है। सूट-बूट में जब होता है, तब मुँह में हमेशा सिगार फक् फक् कर सुलगाता रहता है। देरी के लिए हम गालियों की डाँट-फटकार जारी रखते हैं।

ये मुझे छैल-छबीला नवकवि कहता है, और देखो खुद ये दलित कवि?... मतलब? हम हमेशा नंगे ही रहें और लंगोट पहनकर आपके साथ घूमें, क्यों? माँ का जना, कपड़ों में भी औकात सँभाले?...मेरा यह मतलब नहीं है, तुम लिखते कुछ और हो और कपड़े विलायती साहब जैसे पहनते हो—

गुंजन नहीं भंजन बोल
रंजन बस साथी अंजन डाल
चंडप्रचंड विद्रोह कर जाति-पाँति बंद कर

ऐसे कपड़े पहननेवाला और हमेशा अंग्रेजी बोलनेवाला आदमी जाति-पाँति क्या बंद करेगा? दलित कविता में चिल्लाने के लिए ये मुहावरा अच्छा है, बस। सामर्थ्य से परे का मुहावरा। कुंभार साहब बोले, चाहे जो हो, महारों ने अपनी रोटियाँ सेंक लीं इस दौरान। हमारे ओ.बी.सी. साले ज्यों-के-त्यों बिना पावर के रह गए। संगठित ही नहीं हो सके।...अजी मातंगों की दुर्दशा तो पूछो ही मत।...उनकी रस्सियाँ बस आजकल बदल गई हैं। जातिवाद पर ही तो इनका दर्शन खड़ा है। जातियाँ टिकी रहीं तो ये टिकेंगे। इसके अलावा *बंद करो* शब्द-प्रयोग विद्रोह से पहले आना चाहिए था।...क्यों?...द्र ध्वनि का वजन द की अपेक्षा ज्यादा है।

झाँटे का वजन। मानकापिया, ऐसी नपुंसक तकनीकों के कारण ही तो मराठी का रूपवादी नवकाव्य एक ही पीढ़ी में गायब हो गया। हॉ हॉ।...मराठी में कौन कवि रूपवादी थे रे, केवल बचकाने थे। कवि-समीक्षक कुलकर्णी का समीक्षालेख अगले रविवार को आ रहा है कि दलित साहित्य अभिरुचिसंपन्न नहीं होता।...कल की रद्दी में? सवर्ण अभिरुचिवालों के ही ऐसे मत होंगे।...कहा गया है कि श्रृंगारिकता और अश्लीलता के बीच का अंतर ही दलित कवियों की समझ में नहीं आता।...श्रृंगारिकता अभिरुचिसंपन्न होती है, यानी ऊपर से अधिक-से-अधिक कमर तक अथवा नीचे से अधिक-से-अधिक जघन तक।...जघन? चूतड़ को संस्कृत में?...जघन एकवचन या बहुवचन?...ऐसे कई होंगे रे? द्विवचन भी होते हैं संस्कृत में। हाँ, तो बाकी बचा हुआ यानी जो इन दोनों के बीच का, वो सीधा अश्लील ही।...झाँटा, माँ का जना, अपना वह श्रृंगारिक और दूसरों का अश्लील!

आत्मसन्तुष्ट भडुवे। इनके किसी भी संग्रह को *आत्मसन्तुष्ट* शीर्षक ही शोभा देगा।...अच्छा, नवकवि, तुम्हारा *आत्मसन्तुष्ट* कविता-संग्रह कब आएगा?...अरे मैं प्रकाशक से संग्रह निकालने को कहता हूँ तो वह मुझे पैसा निकालने के लिए कहता है।...अच्छा, कविता के लिए समर्पित किसी पत्रिका को तूने अपनी तीस-चालीस कविताओं का गट्ठर भेजा था। बतौर शर्त उस पत्रिका का चंदा भी भेजा था। पत्रिका तो तुरंत आने लगी, लेकिन अभी तक उसमें तुम्हारी कविता नहीं आई यार छपकर? गट्ठर वापिस लौटाने का डाकखर्च भी भेजा था। डेढ़ साल हो गया।...आएँगे कभी-न-कभी, हर महीने संपादक का पत्र आता है कि विचाराधीन है।...संपादक? और तुझे पत्र लिखेगा? साले ये बता न कि तू ही हर महीने संलग्न कार्ड भेजता है, उसी को काटकर उत्तर आता है।...पागल ही है साला, लौटाने के लिए टिकट क्यों भेजें? मतलब, यह सूचना हो गई न वह कि कविताएँ वापिस लौटाने लायक ही हैं।...उन टिकटों की कीमत ही कविताओं से ज्यादा हो गई। टिकट तो कम-से-कम सधन्यवाद वापिस मँगा ले संपादक से। कहना, कविता रहने दें उधर ही। कविताओं की फोटोकापी तो बनाकर रखी है न?...धत्, क्यों फोटोकापी का खर्च बढ़ाएँ इस महँगाई में? गईं तो गईं। फिर दूसरी कई लिखी जाएँगी...दुबारा।

तेरी बढ़िया कट रही है वानखेड़िया, तूने अपने पहले संग्रह—*भीमप्रहार* की पाँच हजार प्रतियाँ कैसे बेचीं बताऊँ? चालबाज, तू 16 अक्तूबर को नागपुर की पवित्र दीक्षा भूमि पर दो लड़कों को नीली टोपियाँ पहनाकर ले गया और उन्हें उस भीड़ में खड़ा कर कतार में सभी को वह संग्रह खरीदने को बाध्य किया। देहात से आए बेचारे नवबौद्ध—उन्हें लगा, यहाँ प्रदक्षिणा करते वक्त तुम्हारी ये कविता की किताब खरीदना कंपल्सरी है। ऐसे में कवर पर बाबासाहब की तसवीर। फिर मना कैसे करते? अच्छा धंधा है यह।...क्या मिला रे मुझे इसमें? छापने का खर्च वसूल हो गया। बस। कहानी-लेखक होता तो दिवाली अंक में छपने पर हर कहानी के लिए पच्चीस रुपए तो मिल ही जाते।...दवे सर का लेख क्या सनसनी फैला रहा है—*कथालेखक वृथालेखक* शीर्षक से। सभी होलसेल कहानी निर्माता क्रुद्ध हुए हैं। कमाल कर दिया सर ने। लिखा है, व्यापार बन गया कहानी लेखन।...हमारे संस्कृत के सिलैबस में काव्य-व्यापार का एक टॉपिक है।...कामर्स से संबद्ध?...और क्या, वरना *व्याजस्तुति* जैसे अलंकार कैसे तैयार होते इसके बिना? पहले जमाने में कविताओं के लिए ब्याज के साथ पैसे मिला करते थे।

कुंभार साहब बोले, क्या बकवास करते हैं यार आप भी। यारो, आज के जमाने में भी कविताओं के लिए खूब पैसा मिलता है। हमारे दफ्तर की श्रीमती पाटील—परसों पहली मई को महाराष्ट्र स्थापना दिवस के उपलक्ष्य में सरकार द्वारा आकाशवाणी पर कविताओं की प्रतियोगिता रखी गई थी। इस प्रतियोगिता में श्रीमती पाटील ने एक कविता भेजी थी। एक कविता के लिए—वह भी बीस पंक्तियों की—पाँच सौ रुपए का नकद पुरस्कार मिला श्रीमती पाटील को। हमारे होटल में दूसरा एक कवि वेटर है। वह बोला, मुझे कैसे पता नहीं चला इस प्रतियोगिता के बारे में? तो वह बोली, मेरे पति विज्ञापन विभाग में हैं न, इसलिए मालूम पड़ा।...बच्चा लोग, कविता सुनेंगे तो दंग रह जाओगे। रेडियो पर रोज सुना रहे थे :

झकास सखी झकास
देखो महाराष्ट्र का विकास

ऐसी ही बीस पंक्तियाँ। क्या होंगे अगली पंक्तियों के यमक?

मैं बताता हूँ,

बरबाद सखी बरबाद
फसल में डालो यूरिया खाद

कुंभार साहब को मानकापे का व्यंग्य बहुत ही पसंद आया। कौन-सी सिगरेट पिएँगे मानकापे साहब? नम्रता से पूछकर वे सिगरेट लाने जल्दी-जल्दी नहरे-अंबरी के पासवाले चौक की ओर फुदक-फुदककर रास्ता लाँघकर चले गए। आगे बगल की क्यू-गली की भीड़ में वानखेड़े खिसकने ही वाला था कि सामने

से परामनोवैज्ञानिक प्रमाण के रूप में पिंगलकेशा ठीक उसी की ओर आती नजर आई। उसके साथ उसकी हमेशा की सहेली, चेहरे पर घुँघराले बालों की बड़ी-सी लट झुलाती इतराती। यह गोल-मटोल लड़की मानकापे पर बार-बार तीर-ए-नजर चलाकर हमेशा उसे घायल करती रहती थी। अभी भी यही हुआ। इससे चकराए हुए मानकापे ने एकदम उतावली में पूछा, क्या नाम है रे इस लटवाली मोटी का? साली हमेशा गोश्त हिलाती उसके साथ रहती है। वानखेड़े कहता है, ये *नॉट ओनली* और वो *बट आलसो।* इसे मजाक से भी ज्यादा यौन हमले का मामला समझकर हम उन दोनों की ओर देखकर खूब जोर से सामूहिक हँसते हैं। इसका यौन बदला चुकाने के लिए मोटी *बट आलसो* भीड़ में मानकापे को भैंस की तरह धक्का देकर चली जाती है। वह भी जोश में आकर स्वप्न के सागर में ऊभ-चूभ होने लगता है। कविता उसे सूझ-सूझ करती रहती है। *निरंकुश चंचल चित्त संध्याराग...*

आगे नाझ होटल आने तक चकराया मानकापे लगातार पीछे बट आलसो की तरफ गर्दन मोड़-मोड़कर देखता चलता है और होटल के आगे खुदे हुए गहरे गटर में गिर जाता है। फिसलकर नीचे गिरने से पहले ही मैं और अनंतराव उसका गिरेबान पकड़कर उसे ऊपर खींच लेते हैं। इस्माइल मामू गल्ले से दौड़ता हुआ आता है और मानकापे के पैरों का कीचड़ धोने के लिए जग में पानी मँगाता है। वानखेड़े उधर ओट में पिंगलकेशा के साथ हाथ से कुछ इशारे करता हुआ दिखाई देता है। बट आलसो एड़ियाँ उचका-उचकाकर इधर मानकापे की तरफ देखती नजर आती है। नदी तट की तरफ के आखिरी टेबल पर हमारे बैठते ही उधर इस्माइल मामू अंदर आर्डर देता है : *बड़ी मूँछ, तीन चाय गरम।* जरा देर बाद कुंभार साहब बीस सिगरेट का पनामा पैकेट लेकर हमारे टेबल के पास आते हैं। अब मामू का आर्डर : *काली टोपी एक चाय।* कुंभार साहब मानकापे की सिगरेट सुलगाकर उसे अदब से कहते हैं, साहब, जरा इधर आएँगे?

अनंतराव कहता है, एक अदना-सा एम.एस्सी. का छात्र है ये मानकापे, लेकिन देखो कैसे अकड़कर खड़ा है। और बेचारा परेशान वयस्क बुजुर्ग ये कुंभार, देखो कैसे झुककर हाथ जोड़े उसकी चिरौरी कर रहा है। सी. एम. का भाँजा जो ठहरा? यही होता है खंडेराव, मानो-ना-मानो, लेकिन जाति का अस्तित्व होता ही है।...*अस्तित्व होता है?* यह कैसी मराठी बोल रहा है तू अनंता?...वही, जो सामने दिखाई दे रहा है। अपने अखबार में आजकल हम रोज एक बहस चला रहे हैं—मराठा पावर ऐसा ही बेखौफ जारी रहा तो—अब देखो, क्या ये यूँ ही फॉरेस्ट अफसर बनेगा?—हम जैसी छोटी-मोटी जातियों का क्या लाभ हुआ संयुक्त महाराष्ट्र के बनने से। हम मराठवाड़ा-विदर्भवाले संयुक्त महाराष्ट्र में शामिल हुए—लेकिन इसमें मेजोरिटी तो मराठों की ही पक्की हुई न? वो देखो कुंभार डाइरेक्टर एक मराठा छात्र के सामने हाथ जोड़ रहा है। राम राम, देखा नहीं जाता यह—मैं अखबार का आदमी हूँ—गुस्सा आता है...

फिर बार-बार झुककर प्रणाम करनेवाले कुंभार साहब को छोड़कर मानकापे लौट आता है। अब हम मानकापे की टाँग खींचने लगते हैं : सी. एम. के भाँजे मतलब वी. आई. पी. बन गए यार आप तो, क्यों? पार्थ, तुम्हारी कुंडली देखकर कहा था न मैंने कि गुरू-हर्षल मेल मतलब कहाँ-से-कहाँ पहुँच जाएगा तू। फॉरेस्ट अफसर बनने के बाद एक बार हमें जंगल का बाघ दिखाना यार।...अच्छा, शादी तो करनी ही पड़ेगी अब एम.पी.एस.सी. होने पर।...अभी ओरल बाकी है सालो।...ओरल? अरे किसकी हिम्मत है जो तेरे सिलेक्शन के आड़े आए? पूरा महाराष्ट्र अब तुम्हारी मुट्ठी में है—अब पढ़ाई छोड़ दे। कविता भी छोड़ दे। और शादी कर ले साले—अब तो खूब रोब होगा यार तेरा। जीप, ड्राइवर, बंगला, नौकर-चाकर।...फॉरेस्ट अफसर बनने पर ठेकेदारों की आवाजाही—क्यों? हाँऽऽ नोटों के बंडल, वा ऽऽ।...लेकिन कुछ देर पहले गटर में फिसले मछिंदर को बट आलसो ने देखा था क्या?...जरूर देखा होगा। क्या वो हँस दी थी, इसे गिरा देखकर—

मछिंदर का ध्यान अभी भी बाहर मोटर की आड़ में खड़े बतिया रहे वानखेड़े-पिंगलकेशा की ओर वाया नटी जैसी मेक-अप में खड़ी बट आलसो की ओर गोंद की तरह चिपका हुआ है। इशारों पर इशारे, सवाल भरे इशारे। फिर वानखेड़े इधर आता हुआ दिखाई देता है। उसे देखते ही मामू का आर्डर : *काला चष्मा, एक कोफी।* बैठते-बैठते वानखेड़े कहता है, कहीं चोट तो नहीं आई न मछिंदर? तेरी लाड़ो—बट आलसो—बहुत चिंतित है। जा भाग—बताकर आ उसे, कहना, बहुत ज्यादा चोट नहीं आई। मतलब बातों ही बातों में बता देना कि जितनी तुम्हें लगी उससे जरा कम ही लगी है, जा।

लेकिन मछिंदर वहीं बैठा रहा। उसकी बेचैनी के हिमनग का छोर कुंभार साहब द्वारा दी हुई सिगरेटों के धुएँ से लगातार ऊपर जाता रहा।

कुछ दिनों बाद अनंतराव, वानखेड़े और मैं बशर के ठेले से गुजर रहे थे कि दूर से ग़ालिब का यह मतला सुनाई दिया :

ये न थी हमारी किस्मत के विसाले-यार होता ऽ

मैं बोला, लगता है, मलिका पुखराज है। अनंतराव मुझे खींचकर बोला, वो देख मानकापिया, सब्जीमंडी में, मजबूत *बट-आलसो* के साथ चोरी-चोरी जा रहा है। क्या जबरदस्त लड़की है रे वह...वाह वाह वाह... *ये न थी हमारी किस्मत के विसाले-यार होता...हॉ हॉ हॉ।* मेरे मुँह से पान का ऊँचा फौव्वारा छूट गया। मैंने वानखेड़े से कहा, तू अब अमेरिका में पी-एच.डी. के लिए जाएगा, तो क्या वहाँ होगा ऐसा मजा, ऐसी कोमल सुरम्य कामभावना होगी? ऐसी तरल मुलायम प्री-कंडोम संवेदनशीलता—

तेरे वादे पर जिए हम तो ये जान झूठ जाना

वानखेड़े बोला, आय डोन्नो। खंडेराव, मुझे बता—प्री-एग्रिकल्चरल जमाने में शिकार करके खाने में जो सुरम्य इटीसी इटीसी मजा था, वह अब दो रुपए फेंककर एक राइस-प्लेट के सात व्यंजन दस मिनट में कचर-पचर खाने में है?

मैं दुबारा पान खाने के बहाने ठेले पर सुनने के लिए आया :

मुझे क्या बुरा था मरना   अगर एक बार होता।

अजंता में आखिरी गुफा की कगारवाली चट्टान धँस गई और अचानक दो और बड़ी गुफाएँ दिखाई देने लगीं। कम-से-कम दो हजार सालों से वे बंद होंगी। पवार सर ने इस प्रयोजन से जल्दी में हमारा कैम्प वहाँ लगा दिया कि बड़े-बड़े विशेषज्ञ वहाँ आएँगे और वहाँ प्रत्यक्ष अध्ययन करने का मौका मिलेगा। वहाँ हमारे तीन सप्ताह कैसे बीते, पता ही नहीं चला। कैम्प पूरा कर ढेरों तसवीरें, नोट्स लेकर हम बड़ी उम्मीद से वापिस आए, तो पवार सर को कुलपति का नोटिस : *आपकी इन्क्वायरी क्यों न की जाए।* बिना उचित अनुमति के कैम्प लेना, कैम्प के खर्च के लिए मंजूरी न लेना, धाँधली—जैसे संगीन इल्जाम थे। हम सब छात्र क्रुद्ध हुए। सीनियर के हम छह छात्रों में से सहपाठी मुंढे तो 'कुलपति को थप्पड़ जड़कर आता हूँ' कहकर उनके दफ्तर की ओर चल भी पड़ा था। लेकिन पवार सर ने उसे रोका। वे बोले, मुझे भी यहाँ से पिंड छुड़ाने का बढ़िया अवसर मिल रहा है। मेरे लिए इस बुराई से कुछ अच्छा निकल रहा है। झगड़-झगड़कर ऊब गया हूँ। दवे सर भी इस्तीफा देकर मुंबई जा रहे हैं। और भी अच्छे-अच्छे प्राध्यापक यहाँ से कहीं और जाने की तैयारी में हैं। विश्वविद्यालय का स्वर्णिम काल समाप्त हो गया है। मैंने तो हमारे कैम्प का प्रपोजल ठीक से बनाकर दिया था। लेकिन कुलसचिव ने फॉरवर्ड नहीं किया। होने दो साला इन्क्वायरी। आप सभी लोग गवाही देंगे ही। कितनी मेहनत की है हमने? यह म्यूजियम, ये दुर्लभ वस्तुएँ, हमारे नियोजित प्रकाशन, लेख—धत्। अब बच्चो, आप बस अपनी परीक्षा की पढ़ाई करो। एम.ए. पूरा कर कहीं और चले जाओ। शुभास्ते पंथानः सन्तु।

सर के टेबल पर शीशे के नीचे सन्त तुकाराम की यह पंक्ति बड़े अक्षरों में लिखी दिखाई देने लगी :

मुक्ति का कुछ   ढूँढ़ रहा हूँ उपाय

हम सीनियर के लड़कों ने कैंटीन में ही गुस्सा पीकर तय किया कि इस जगह से हमारा संबंध तीन-चार महीनों के लिए ही तो बचा है। जाने दो।

लेकिन दवे सर के पास जाना जरूरी था, क्योंकि वे जब भी मिलते रुककर मेरी पढ़ाई के बारे में पूछताछ जरूर करते। कुछ-कुछ खास पढ़ने के लिए भी कहते। लेकिन मैं उनके क्वार्टर्स पर जाना टालता रहा। बस एक बार गाँव से भेजे गए मेहरूण के बेर देने उनके घर पर गया था। हमारे मोरगाँव के अग्निहोत्री कुनबे की सदू की पार्वती बुआ उर्फ वर्तमान प्रा. मोनालिसा दवे तब भी घर पर नहीं मिली थीं।

सर घर पर अकेले थे, और एक छात्र को सलाह दे रहे थे कि दुष्प्रवृत्तियों का मुकाबला कैसे करना चाहिए : अत्यंत मासूम, सदाचारी मनुष्य भी दुष्प्रवृत्ति को नष्ट कर सकता है—अपनी बलि देकर। यानी उसके पास संसार के क्रौर्य जैसे स्थापित अनुचित मूल्य के विरोध में दूसरा यही एक उचित मूल्य है, जिसका प्रात्यक्षिक देकर ही वह बलि हो जाता है—बीच में ही मुझे देखकर मेरे हाथों की खुशबू से गमकते बेरों की पोटली सूँघकर मुझे भी बहस में शामिल करते हुए वे बोले, मेहरूण के बेर हैं न? वाह वाह, श्रीमती जी की खुशी तो देखते ही बनेगी, अभी आएँगी वे। बैठो। अपना मत बता—दुष्प्रवृत्तियों के सामने हथियार डालनेवाले कई होते हैं, क्योंकि मन:शांति पाने का वही एक साधन होता है। अगर झगड़ना है तो हमेशा के लिए मन:शांति गँवाने की तैयारी रखनी पड़ती है, नहीं?...इसी को *जद्दोजहद* कहेंगे—

कल रात बशर मियाँ से सुने शेर को याद करने का सुनहरा मौका देखकर मैं तुरंत बोल उठा :

ताब लाए ही बनेगी ग़ालिब
वाकिया सख्त है और जान अज़ीज।

मतलब : सहना ही पड़ेगा, ग़ालिब, मुश्किल घड़ी और जान प्यारी...वाह वाह, क्या सटीक उदाहरण ढूँढ़ा है तूने। ग्रेट। रुक, मैं खुद ही चाय बनाकर लाता हूँ, सब पिएँगे।

फिर रसोई में चाय बनाते-बनाते वे बोले, संसार के इतिहास में दुष्प्रवृत्तियाँ बार-बार सिर ऊपर उठाती दिखाई देती हैं। यह समस्या नए-नए धर्म और गांधी जैसे महात्मा अवतीर्ण होने से मिटनेवाली नहीं है। पहले जमाने में एकाध आदमी, गिरोह, जाति दुष्टता करती थी। अब तो इंग्लैंड जैसा पूरा देश दुष्टता करता है। अमेरिका—क्या हो रहा है उधर वियतनाम में? कैसे मुकाबला करेंगे? कैसे सहनशीलता बढ़ाएँ? या फिर खुद ही क्रूर बनकर और दुनिया-भर में यही संस्कृति स्थापित कर मनुष्य जाति को खत्म कर दें? लेकिन इसकी बजाय हम अपनी खुद की बलि देने की संस्कृति को स्थापित क्यों न करें? क्यों?

उनका छात्र चाय पीते-पीते गर्दन हिला रहा था। बाद में घंटे-भर की गपशप के बाद दवे सर मुझसे बोले थे, कल आना, आते रहना।

परंतु अपनी इस देहाती सोच के कारण मैं उनके पास जाना टालता रहा कि मुझ जैसा चार वाक्य भी ठीक से न बोल पानेवाला गँवार लड़का इतने बड़े लेखक का समय बिना वजह क्यों बरबाद करे? विश्वविद्यालय में पार्वती बुआ कभी-कभी शीघ्रता से क्लास में जाती अथवा क्लास से वैसे ही जल्दी में बाहर आती दिखाई देतीं। मान लो, मैं उनके पास गया और कहा कि मैं आपके गाँववाला हूँ, और मान लो, उन्होंने ऐसा बहाना बनाया कि अपना कोई संबंध ही नहीं है, तो क्या करेंगे? उस दौर में मुझ जैसे देहाती लड़के को सतानेवाला यह डर सही भी था। लेकिन यह सोचकर डर गायब हो गया कि अब वे यहाँ से जा रहे हैं। इसके अलावा इधर

ब्राह्मणों पर काफी किताबें पढ़ने से बुआ के ब्राह्मण होने का दबाव भी कम हो गया था। किसी के जाते समय उसे बिदा देने के लिए जाने का यह सार्वजनिक रिवाज अच्छा भी लगा। मान लो, दवे सर घर पर नहीं होंगे, फिर भी सदू की और अपनी तिरोनी बुआ की पहचान तो है ही।

दूसरे दिन शाम को लाइब्रेरी में चूहा मर गया और बदबू के कारण सभी छात्रों को बाहर निकलना पड़ा। फिर तो दवे सर के घर जाना ही पड़ा। कुछ चिंतित मुद्रा में ही मैं सुनेरी महल के पीछे प्रोफेसर क्वार्टर्स में गया। यह चिंतन करते–करते ही कि अपने गँवार होने के हीनताबोध में शक्ति कैसे ज़ाया होती है, मैं दवे सर के अतिप्रसिद्ध नंदी स्कूटर वाले क्वार्टर के सामने खड़ा हो गया। यह स्कूटर पूरे औरंगाबाद में और विद्यानगरी में भी मजाक का विषय बना हुआ था, क्योंकि पत्नी को इस तरह आराम से पीछे बिठाकर स्वयं गाड़ी चलाना, इधर कुछ अजीब माना जाता था। इसके अलावा ये दोनों इस नंदी पर सवार होकर कहीं भी हमेशा जोड़ी में विहार करते दिखाई देते। इसलिए लोग इन्हें पार्वतीपरमेश्वरौ के रूप में पहचानते थे।

ऐसे में इनके अभी तक कोई सन्तान नहीं थी। यह भी सार्वजनिक औत्सुक्य का विषय था। ऐसी कानाफूसी भी थी कि इनके बच्चा हो ही नहीं सकता। ऐसी सुगबुगाहट भी थी कि श्रीमती जी के मायके से यानी हमारे मोरगाँव के सदू के परिवार से एक लड़के को गोद लेनेवाले हैं। बाद में दवे सर के काठियावाड़ गाँव की ओर से दरबार राजपूत जनजाति की नन्ही बच्ची को गोद लेने की भी चर्चा थी, क्योंकि इस जनजाति में *दूधपीती* करने की यानी लड़कियों को दूध में मुँह डुबोकर बचपन में ही मार डालने की पद्धति थी। श्रीमती दवे का समाजवादी मत था कि ऐसी उन्मत्त क्षत्रिय जाति की लड़की को गोद लेने की बजाय गुजरात की निचली जाति की कोई अंगुलियत लड़की, जो बेचारी माँ की दूसरी शादी के बाद उसकी उँगली पकड़कर आई होती है, को स्वीकार क्यों न करें? या पंढरपुर के अनाथाश्रम की कोई बदनसीब लड़की? इस पर दो बंगले पार रहनेवाली श्रीमती जोशी को सुनाई देनेवाली रायिस्ट दार्शनिक आवाज में दवे सर दहाड़ उठे थे : मूर्ख, हमारे देश की लड़कियों में निचली और ऊपरी का भेद करना तुम्हारी ब्राह्मण बूर्ज्वा प्रवृत्ति को दर्शाता है। ऐसे विचार दवे सर जैसे रैडिकल ह्यूमॅनिस्ट विचारक को अधिक शोभाकारी लग रहे थे। परंतु इधर श्रीमती दवे की नौकरानी ने चोरी से पति–पत्नी के सुने एक दूसरे झगड़े को तुरंत जोशी सर की नौकरानी तक और परोक्षत: श्रीमती जोशी तक पहुँचाया कि मालकिन साहिबा कृत्रिम गर्भधारण करवाने जा रही हैं। इस मराठवाड़ा जैसे पिछड़े इलाके में यह उन्नत सुविधा उपलब्ध न होने के कारण ही यह दम्पति दरअसल इस्तीफा देकर मुंबई जा रहे हैं। इन अजीब अफवाहों के कारण पार्वतीपरमेश्वरौ इस कैम्पस पर हतोत्साह बन गए थे।

डरते–सहमते ही मैंने दरवाजे की बेल का बटन दबाया। सदू की बुआ ने दरवाजा खोला। चेहरे पर कहीं भी मोरगाँव की देहाती चर्या का चिह्न नहीं, शुद्ध

नगरीय रूप। लेकिन हमारे गाँव के अग्निहोत्री लोगों जैसा ही ब्राह्मणी कद। सदू के घरवालों जैसी सीधी लंबी नाक। मानो चश्मा लगाने के लिए ही बनाई गई हो। कौन ?...मैं—मैं सदू का दोस्त—यहाँ एम. ए. आर्कियॉलजी में—मोरगाँव का—मेरी बुआ—तिरोनी—

अचानक तटस्थ ब्राह्मणी चेहरा वात्सल्य का सिन्धु बन गया। अरे, तू हमारे विट्ठल भाई का छोटा लड़का है न ? पगले, नाम बताना था न पहले। आ जा बैठ। प्रथमेश ने बताया था कि तुम्हारे मायके का—मेहरूण के बेर—क्यों भला आया नहीं तू इतने दिनों तक ? क्यों ? बुलावा भेजना चाहिए...क्या है तेरा नाम ? हाँ, खंडेराव... । बढ़िया। प्रथम को उसकी स्टडी में बंद करके रखा है। सोया होगा। मिलनेवाले ही इतने आ जाते हैं आजकल कि बस। हम औरंगाबाद छोड़कर जा रहे हैं न, इसलिए। पाँच सालों से उसकी एक किताब खत्म ही नहीं हो रही थी। तुम लड़कों ने ये नाम-परिवर्तन का झमेला खड़ा कर साल-भर से कक्षा में पढ़ाना ही बंद करवा दिया, सो इस साल काफी समय मिला है उसे। लगता है, इस साल भी परीक्षाएँ आगे धकेली जाएँगी। प्रथम का सारा वक्त पढ़ाने में और छात्रों से गपशप करने में निकल जाता है। पता नहीं क्या होता है इतना पढ़ाने लायक। विश्वविद्यालय के प्राध्यापकों को अनुसंधान, पढ़ना-लिखना करना चाहिए या स्कूल-टीचर की तरह क्लास में, क्लास के बाहर और घर में सभी तरफ टेपरिकार्डर की तरह पढ़ाते ही रहना चाहिए ? अच्छा हुआ, आखिरकार इस मराठवाड़ा से छुटकारा मिल गया। देखा, दुष्ट लोगों के कारण ही ऐसी अच्छी बातें होती हैं। वरना प्रथमेश यहीं रिटायर होकर घर खरीदने की तैयारी में था। सुस्ती ही बहुत असरदार होती है इस धंधे में। तू भी—खंडेराव ही नाम है न तुम्हारा—हाँ खंडेराव, एक बार एम.ए. हो गया न यहाँ से, फिर आनेवाले जून में ही यह पिछड़ा हुआ मराठवाड़ा छोड़ दे। प्रथमेश से सलाह ले—वह अपने छात्रों को हमेशा यही सलाह देता है कि आगे बढ़नेवाले उन्नत लोगों में जाकर रहना चाहिए। जैसे मामूली मक्खी भी रेलगाड़ी में घुसती है तो अपने आप डेढ़-सौ मील की रफ्तार से आगे बढ़ती है। युवाओं को तो केंद्र में रहना ही चाहिए—दिल्ली, मुंबई, महानगर, इंग्लैंड, अमेरिका—बेखटके घुसना चाहिए। उसे भी यह होशियारी अब सूझी है। सौभाग्य से मुंबई विश्वविद्यालय में हम दोनों को एक ही जगह पर बुला रहे हैं। यह अभी वहाँ हाजिर हो जाएगा, मैं जाऊँगी आराम से। चल, रसोई में ही बैठेंगे।

इतने में बेल बजी। देखो तो बेटा कौन है, कहना सर सोए हैं। नाम पूछकर रखना। कहना मेरा सिर दुख रहा है।

मैं वापस लौटकर बोला, वेंकट पति, नागभूषणम् और अय्यंगार सर हैं। पूछ रहे हैं, कब आएँ करके।

बुआ क्रोधित होकर मुझे इशारे से उन्हें जाने को कहने के लिए कहती है। मेरे वापिस लौटने पर भी उसका गुस्सा ठंडा नहीं होता : ये सभी साऊथ इंडियन लोग दवे

सर को आगे-आगे कर फायदा उठाते रहे हैं। झमेलिए हैं ये। कभी मराठों की ओर से ब्राह्मणों के विरुद्ध तो कभी ब्राह्मणों की ओर से मराठों के विरुद्ध—जैसे चली बयार की प्रवृत्ति के लोग। पराए लोग बिना ऐसी राजनीति किए टिक ही नहीं पाएँगे। इन्हें मराठी बिलकुल नहीं आती, इसलिए जैसे-तैसे अंग्रेजी बोलते रहते हैं। और लोगों को लगता है कि मराठी लोगों की अपेक्षा इनका अंग्रेजी पर प्रभुत्व ज्यादा है। हमारे जमाने में अंग्रेजी हटाओ आंदोलन चल रहा था, इस वजह से एक भी अंग्रेजी प्रोफेसर इधर के हिंदुस्तान में नहीं था। सारे के सारे दक्षिण से ही। खुले छोड़ दिए गए थे कॉलेजों में, यूनिवर्सिटियों में।

मतलब, सारे प्राध्यापक लोकल ही चाहिए?

मेरा मतलब वो नहीं है। परसों ही प्रथम तुम्हारे पवार सर को समझा रहा था कि सिद्धांत के लिए जूझनेवालों को ही साथ लेना चाहिए। पवार सर का विश्वविद्यालय सुधार अभियान देखा न किस तरह उन्हीं पर भारी पड़ गया? प्रोफेसरशिप के लिए तीन बार सिलेक्शन होकर भी क्या इन लोगों ने उन्हें अपॉइंटमेंट दिया? जॉग्रफी के देशपांडे सर तो कह रहे थे कि लेक्चरर, रीडर लोगों को क्या पड़ी है विश्वविद्यालय सुधार के झमेलों में पड़ने की? प्रोफेसरशिप पाने के बाद ही करने चाहिए ऐसे धंधे। हि हि हि हि। लड़कों को चाहिए कि बस पढ़ते रहें और प्राध्यापकों को चाहिए कि पढ़ाते रहें। पढ़ना-लिखना छोड़कर ऊटपटांग आंदोलन किसलिए? कार्यकारिणी के लोग होते किसलिए हैं? कुलपति, कुलसचिव किसलिए होते हैं? और प्रबंधन ही खराब होगा तो हम उसमें कैसे सुधार ला सकते हैं?

फिर बेल बजी। फिर चार-पाँच लोग मिलने आए—भगत, जाधव, शिंदे सर। फिर मैं दरवाजे पर जाकर बोल आया—सर सोए हैं, जरा बुखार है, परसों ही आइए।

बुआ बोली, बहुत अच्छा किया। ये मराठा लोग सारे दुम दबानेवाले भगौड़े हैं। परसों पवार सर, प्रथमेश ने प्राध्यापक संघ में सुझाव रखा कि यहाँ के कुलसचिव, कुलपति की अफरातफरी और धाँधली को लेकर हम राज्यपाल से प्रत्यक्ष मिलकर उन्हें यथार्थ स्थिति से अवगत कराएँगे। लेकिन इनमें से एक भी प्राध्यापक तैयार नहीं हुआ। जब ऐसे डरपोक प्राध्यापक होंगे तो कैसे विश्वविद्यालय में सुधार होगा? और अब जब हम यहाँ से जा रहे हैं तो मिलने का ये नाटक किसलिए? अच्छा किया जो खदेड़ दिया उन्हें। अपनी बुआ की तरह तू भी होशियार है। अच्छा, अब भोजन करके ही जाना। तेरी त्रिवेणी बुआ का कुछ अता-पता चला? पाकिस्तान में भी काफी कुछ चल रहा है इन दिनों। बेचारी की किस्मत। मुझसे ज्यादा होशियार थी रे तेरी बुआ। मैट्रिक के साल ही जिद करके मैं बी. ए. के लिए पुणे आई और तब से मोरगाँव से कटती ही गई। तुम्हारी कोठी की चाँदनी पर हम सारी सहेलियाँ कणेर कंकड़ खेला करती थीं। अब जाने की सोचें भी तो कोई अपना करीबी रहा नहीं। आप लोग भी हमें टिकने नहीं देते—यूँ ही मजाक कर रही हूँ। लेकिन एक बात कहूँ, इधर माँ मरी और उधर लड़की का मायका छूटा।

बुआ की आँखें भर आईं, कितनी बड़ी थी हमारी खेती और कोठियाँ—अब तो बस दो ही घर बचे हैं—और वे भी सदू जैसे कंगाल के। कैसे आएँगे। सुना है अब मोरगाँव तक एस.टी. बस की ठेठ सुविधा हो गई है। हमारी गंगू दीदी मर गई बेचारी बालविधवा, और तब मेरा माथा घूम गया। नहीं जाना है इन देहातों में दुबारा। जिंदगी-भर बहुत दुर्दशा भोगी रे बेचारी ने। जब कभी गंगू दीदी की याद आती है, नींद उड़ जाती है मेरी। क्या मंदिर में आरती अभी भी होती है? कैसा अच्छा लगता था न सुनने में? सीधे-सादे गरीब किसान लोग। तेरा हुना चाचा मेरा हमउम्र—तिरंगा झंडा लेकर प्रभात फेरी निकालता। उसकी बीवी क्या वाकई अंधी हो गई? उसकी अच्छे-से देखभाल तो करते हो न? बेचारी। और तुम्हारी अमराई क्या अभी भी है? अच्छा किया तूने जो यहाँ पढ़ने आया। तुम्हारा विषय भी अच्छा है। तुम्हारा डिपार्टमेंट भी बड़ा नामचीन है। अच्छी पढ़ाई कर, फिर तुम्हें विदेश में भी स्कॉलरशिप मिलेगी। प्रथमेश उठेगा अभी। उससे मिलने बहुत सारे लोग आते हैं। तू समय निकालकर जल्दी से उससे बात कर ले। उसके पास देश-भर की जानकारी रहती है। हर पंद्रह-बीस दिनों में उसे कहीं-न-कहीं बाहर जाना ही पड़ता है—चयन समितियाँ, यूजीसी की मीटिंगें, परीक्षा, व्याख्यान, सेमिनार, कॉन्फरन्स, पी-एच.डी. के वाइवा—मैं भी जाती हूँ उसके साथ। पूरा देश देख लेंगे हम। सच कहती हूँ खंडेराव, तू भी प्राध्यापक ही बनना। ठीक है, पैसा कम मिलता है इस धंधे में, लेकिन इतना सम्मान है किसी और धंधे में? अब एम.ए. की परीक्षा खत्म होते ही पी-एच.डी. की शुरुआत करना। और क्यों रे, ये नाखून कितने बढ़ गए हैं तेरे? शीः शीः, जा, उधर बाथरूम में आईने के नीचे नेलकटर रखा है—जा, उठ—

बुआ की बातों में हमारे गाँव की देहाती मिठास थी। अंततोगत्वा अपनी ही बोली मीठी लगती है। घंटे-भर में यहाँ घर जैसा लगने लगा। लगा, सांस्कृतिक भेद के परदे कितने कृत्रिम होते हैं? गाँव में तो इसका एहसास भी नहीं होता था। इतना बड़ा घर, लेकिन सारे कमरे कमाल के साफ-सुथरे। हर वस्तु मशीन के पुर्जे की तरह जहाँ-की-तहाँ, फालतू का पसारा बिलकुल नहीं। घर में बच्चे नहीं हैं, इसलिए तो कहीं ऐसा नहीं? तिरोनी बुआ का भी ऐसा ही, लेकिन उसकी संन्यासी की दुनिया क्या इससे ज्यादा सुन्दर होगी? यह लड़का गोद लेना वगैरह—बच्चे क्यों नहीं हुए होंगे इनके? अधिकांश शिक्षित स्त्रियाँ आजकल बच्चे चाहती ही नहीं हैं। फिर शादी का मतलब ही क्या रहा? आखिरकार बेचैनी इतनी बढ़ गई कि सिगरेट पीना अत्यावश्यक हो गया। फिर सीढ़ियों के सामने एक झरोखा दिखाई दिया, उसमें गिलोटिन की तरह सिर को गर्दन तक घुसेड़कर सिगरेट सुलगाई और धसकते हुए कश लगा मासूम बनकर रसोईघर में आया। बुआ की मदद भी करने लगा। अब बुआ के मुँह में रसोई के अधिकाधिक खानदेसी शब्द आने लगे। मोरगाँव में बचपन से उसके अंदर बसे ये शब्द उसका हिस्सा बन गए : सग्गी मूँलफलियाँ खाप के साथ भूँजना नहीं। खाप जल जाता है और तीखी चटनी में झुलसने की बू आती है। वह

पहँसुल निकालना तो गोखा से। खीरे को मोटा-मोटा ही खुरचना। अभी प्रथमेश को जगाएँगे नहीं। लिखना है तो मगज में बाहर का कुछ कचरा घुसना नहीं चाहिए। वरना शब्द, वाक्य, पैरा सब कुछ बिगड़ जाता है।

बीच में ही उसने कटोरी-भर चीनी पीछे के बगीचे में छिटक दी। मैं उत्सुकता से गर्दन मोड़कर देखने लगा तो बोली, चींटियों के लिए। हमने चींटियाँ पाली हैं। हमारे गुरू महाराज मुनिवर जी प्रत्येक शिष्य से कोई-न-कोई प्राणी पालने के लिए कहते हैं। कुत्ता, बंदर, चिड़िया, कोई कबूतर, कोई कौआ—मेरी एक गुरू भगिनी ने बिल्लियाँ पाल रखी हैं। रोज शाम को तीस-चालीस बिल्लियाँ दूध पीने के लिए उसके घर के इर्द-गिर्द म्याऊँ म्याऊँ करती रहती हैं।

इसकी बजाय चूहे क्यों न पालें ?...शी:ऽ...शी: क्यों, क्या हमारी पृथ्वी सबकी नहीं है ? सभी प्राणी एक जैसे ही नहीं है ? बुआ, मैं जूएँ पाल लूँ सिर में ?

तू भी अपनी बुआ पर गया है रेऽ। वह भी इसी तरह दिमाग उल्टा चलाया करती थी। चींटियाँ कहाँ, जूएँ कहाँ—बेचारियों से कोई तकलीफ नहीं होती। चींटियों जैसा होशियार कोई है ? बता मुझे।

बुआ, पहले आपके दरवाजे पर गाएँ होती थीं—अब चींटियाँ, हॉ।

वाकई, देहात छूट जाए तो हम इसी तरह छोटे-छोटे होते जाते हैं, नहीं ?

मेरे चेहरे की ओर गौर से देखकर आँखें तरेरती हुई बुआ बोली, लगता है, तू तंबाकू खाता है। फिर तो तू हमारे गुरू महाराज से एक बार जरूर मिल ले। मुनिवर महाराज एलोरा के पास खुल्ताबाद में आलमगिरी दरगाह के पीछे तेरापंथी जैन मठ में रहते हैं। मुसलमान लोग भी उन्हें बहुत मानते हैं। इसी कारण उनका मुनवर भी नाम पड़ गया है। कोई भी और कैसी भी लत हो, उससे निजात का अत्यंत साधारण-सा वासनाछेदन तंत्र उनके पास है। मुफ्त में ट्रीटमेंट। तंबाकू, शराब, चरस—

मैंने कहा, हमारे पार्टनर को अखबार पढ़ने की लत है। सच में—इसके बिना उसे संडास तक नहीं आती।

खी खी कर हँसते हुए बुआ बोली : अपनी त्रिवेणी बुआ की तरह तू भी अजीब दिमाग का लड़का है रे। खैर। मुझे बता, अपने गाँव कब गया था तू आज-कल में ? सब कुशल-मंगल तो हैं न ? तुम्हारे घर पर कौन-कौन हैं ?...अच्छा हुआ। तुम्हारे पिता तो बाकमाल ही हैं। इसी से समझ में आता है कि तुम्हारी सारी बहनों के लिए उन्होंने शहर के रिश्ते ढूँढ़े। अब सबसे छोटी—क्या नाम—शशि—हाँ उसका भी शहर में ही तय हो रहा है न ? बढ़िया, लेकिन तुम्हारा भाई, बेचारा फँस गया खेती में, वह भी बहुत होशियार था बचपन में। ठीक है। उसके कारण ही तो तुम पढ़ पा रहे हो। पढ़ो। तुम किसानों की दृष्टि में पढ़ना यानी आराम, शहर में रहना, छाँव का काम। है न ? सच भी है यह। प्रथमेश यही तो अपने छात्रों से कहता है—बौद्धिक प्रापर्टी स्थावर-जंगम जायदाद से कई गुना अच्छी। वह कभी ज़ाया नहीं होती। यह मावे से बना लड्डू खाकर तो देखो। खुद मैंने बनाए हैं कल। प्रथम डिब्बा भर कर

मुंबई ले जाएगा। एक बड़ा लड्डू और मुट्ठी-भर चिउड़ा—वह भी किसलिए? तो बाद में चाय का जायका ठीक लगे इसलिए—इतना खाने पर उसकी रात की पढ़ाई अच्छी होती है। अच्छे तो बने हैं न? खुद बनाए हैं कल मैंने। सदू तुम्हारी ही क्लास में था न? अब ठीक से पंडिताई तो कर रहा है न? देखा, पढ़-लिख जाता तो तुम्हारे साथ यहाँ होता। और हमारा श्याम? कम-से-कम अपना पेट पालना तो आना ही चाहिए या नहीं? पता नहीं क्या होगा इन बच्चों का आगे? अब इतने में कभी गाँव जानेवाले हो? देखो, मेहरूण के बेर खाए ही नहीं थे कितने सालों से। तुम्हारे कारण इस साल मिल गए। हमने सब तरफ के बेर खाए हैं—लेकिन वाकई, हमारे मेहरूण के बेरों जैसी लज्जत कहीं और के बेरों में है ही नहीं। तुम्हारी त्रिवेणी बुआ और मैं—चुपचाप नदी लाँघकर पुंजो धनगर के खेत से चोरी-चोरी लहँगा भरकर ताजे, बड़े-बड़े बेर चुनकर लाती थीं—चुपचाप। मजा ही मजा। वो पुंजा मामा हैं अभी तक? क्या अभी भी मेले में वह बारह गाड़े खींचता है? अखतीज की रात में वहन[87] निकलते हैं न अभी भी? पुंजो की भवानी का वहन सबसे सुन्दर। पुंजो कैसा बढ़िया नाचता था। माँ भवानी का स्वाँग भी ऐसा फबता था उस पर कि लगता सचमुच देवी माँ नाच रही है। हमारे देहातों में न कला की कद्र होती है न इनसान की। शहर में ऐसा नाचनेवाला होता तो अंतर्राष्ट्रीय स्तर तक जा पहुँचता। कहीं भी नृत्य का कार्यक्रम देखते समय मुझे पुंजो की भवानी माँ याद आती है। उसके जैसा कोई नहीं। ऊपर से उसमें न कोई वाद्य और न कोई रंगमंच। मोरगाँव के ऐसे गड्ढे-गड्ढेवाले और धूल-भरे रास्ते पर गाँव-भर में नाचते रहना, वाह। गंगू दीदी तो कहती थी कि साक्षात् माँ भवानी ही प्रसन्न है उससे। सही लगता था वह।

बुआ ने मुझसे पूछकर विशेष खानदेसी दोसे और स्वाद के लिए मूँगफली की चटनी बनानी शुरू की। उधर बाहर दरवाजे की बेल बार-बार बजने लगी : हैं क्या? कौन? दवे सर? सो गए हैं, आप कौन? कल आइए—इस तरह मेरा दरवाजा खोलना-बंद करना सफलतापूर्वक जारी था। लेकिन सर के सामने रहनेवाले तीन युवा लेक्चररों पर मेरा बस नहीं चला। दरअसल, ये लोग झगड़ालू त्रिकूट के रूप में पूरे विश्वविद्यालय में बदनाम थे और मेरे भी अच्छे परिचित थे। बाहर हरियाली पर बैठकर सिगरेट पीते-पीते वे मुझसे बोले, दवे सर के उठने पर हमें बताना।

ये तीनों—छरहरा प्रा. शिंपी, रोज सुबह ग्राउंड में सात चक्कर लगानेवाला फुसफुसा डॉ. माली और हकलानेवाला प्रा. पेंढारी—तीनों एक-दूसरे की इस कदर टाँग खींच रहे थे कि इसमें संदेह नहीं था कि वे बहुत ही घनिष्ठ मित्र होंगे। लेकिन तीनों का चाल-चलन एक जैसा होने के कारण तीनों सालोंसाल प्रमोशन से वंचित दशा में बतौर दो

87. एक प्रकार का वाहन, जिस पर सवार होकर देवी-देवताओं के मुखौटे पहनकर लोक नृत्य किया जाता है।

बाई ढाई ही पढ़ाते आए हैं। यह नाम इसलिए कि लेक्चररों के टेबल पर दो बाई ढाई फीट साइज की काँच लगी होती। रीडर के टेबल पर तीन बाई चार की, और प्रोफेसर बनने पर सोने लायक बड़ा यानी चार बाई छह का पूरा काँच लगा टेबल। उस साल महाराष्ट्र के सभी विश्वविद्यालयों में रीडर, प्रोफेसर वगैरा के साथ-साथ सारे पदों के लिए पिछड़े वर्ग का रिजर्वेशन पूर्वलक्ष्यी बैकलॉग के साथ लागू हो गया था। इस कारण ये लोग हाथ में तंबाकू मलते रह गए, और निराश जीवन-दृष्टि से विचरने लगे।

इनमें भी प्रत्येक अनुसूचित वर्ग में कुछ सिरचढ़ी जातियों का ही वर्चस्व होने के कारण मामूली जन-जातियों को कोई भी पद मिलना मुश्किल हो गया। हरियाली पर बैठे त्रिकूट में से प्रा. शिंपी कई सालों से पी-एच.डी. और जीवन दोनों बातों से ऊबा हुआ था, तो प्रा. पेंढारी हकलाने के कारण प्रत्येक इंटरव्यू में मजाकिया अभ्यर्थी साबित हुआ था। डॉ. माली पी-एच.डी. होकर भी बचकाना होने के कारण तीन बाई चार भी नहीं बन सका था। उसका एक अनुसूचित जाति का छात्र भी तीन बाई चार बनकर उसके सिर पर जा बैठा था, और अब चार बाई छह के लिए तैयार था। डॉ. माली की पैठण के पास चार बीघा तरी की खेती होने के कारण उसे पर्याप्त सुरक्षा प्राप्त थी। इसी कारण उल्टी-सीधी बकवास उसकी जन्मजात आदत बन गई थी। नौकरी में बुरे दिन आ गए तो भी जमीन का यह टुकड़ा तो है? इससे उसका आत्मविश्वास आजन्म बुलंद था।

क्यों रे भडुवे श्रिंपिया, तेरा डाइरिया ठीक नहीं हुआ अभी तक ?...क्या करें माली भाऊ, बीता साल लीप इयर नहीं था न, तो जरा ठीक लगा। एक दिन खाना कम हुआ।...माँ के जने, साले तू उस शेरे पंजाब होटल में खा-खाकर ही ऐसा चिरक रहा है। अल्सर नहीं तो कोल्हायटिस जरूर होगा तुझे। खास कुँवारे लोगों की बीमारियाँ हैं ये। सच है या झूठ, पेंढारी ?...है है है...हैबिट—शादी कर ले पट्ठे अब, वैसे भी तू पी-एच.डी. होने से रहा—बैचलर ऑफ पी-एच.डी. जिंदगी-भर रहेगा। भु भु भु...भुरभुरा ग ग ग..गरमगरम—बराबर बोला पेंढारी, घर के चूल्हे की रोटी के अलावा इसका बाहर बेकरी और बकरी खाना बंद।...द द द...दस्त में बीवी और लूट-खसोट में ससुर—माँ का, पहले से ये हमारा लेक्चरर का धंधा, हफ्ते में पंद्रह घंटे—तीन बाई चारवालों को आठ ही घंटे और छह बाई चार को तो चार ही।...हो हो...हो-हल्ला भै भै भै...भैंसा भी इतना चि चि चि...चिल्ला नहीं सकेगा।...इनका रेंकना तो क्लास के बाहर भी सुनाई देता है।...हॉ हॉ हॉ...हॉल गूँज उठता है।...पेंढारी सर, एक तो हमारे इस उद्यम में वर्जिश कम, सो मुँह छोड़कर बाकी सारी इंद्रियाँ दुबली हो रही हैं।...आँ? माली सर, मतलब क्या वाकई आपके इंद्रिय दुबले हो गये हैं।...मेरा छोड़ शिंपिया, भडुवे, तू फ्लैट ले ले शादी से पहले।...म म...महँगाई ब ब ब...बढ़—अबे, वन रूम किचन भी संभव नहीं दो बाई ढाई की तनख्वाह में।...इ इ इ...इस आनंद कडू ने फ्लैट ले भी लिया।

सही कह रहा है पेंढारी। आनंद कडू के कुछ दूसरे भी धंधे हैं। प्रत्येक छात्र को सौ में से अस्सी-पिच्यासी नंबर।...खै खै खै...खैरात की तरह, छात्र भी खु खु

खु...खुश।...उधर लाइब्रेरी में घुसता है और इस किताब से एक पैरा, उस किताब से चार पंक्तियाँ, नकल कर पेपर लिखता है, बदमाश कहीं का।...म म मू...मूत्रिमंत झू झू...झूठा। अरे, अपने काम की पुस्तक दिखाई देते ही लाइब्रेरी से गायब ही कर देता है वह। बे बे बे...बेहिचक। या किसी और ही रैक में रख देता है। फिर क्या मजाल कि वह किसी दूसरे को मिले सालोंसाल? साला, और कल ये हमारा—हे हे हे...हेड बनेगा। आनंद कडू सरीखे उधर के किसान बच्चों को जीवट से मेहनत करने की यह जनमघुट्टी...आनंद घुट्टी, जनमघुट्टी...दे दे दे...देहात के—माँ की, इनमें प्रमोशन पाने के जीन भी ऐसे ही आनुवांशिकता से तैयार होते होंगे, नहीं?...धी धी धी...धीरे-धीरे होते ही होंगे।...मेहनत कर-करके सूखी जमीन से फसल निकालने की तरह पढ़-पढ़कर जीवट से मटेरियल इकट्ठा करके घू घू घू...घूमता रहता है वो भाषण, सेमिनार मारते—

इतने में एक कुख्यात चौकड़ी दवे सर से मिलने आई—कुलकर्णी, काश्यप, जोशी और मन्या दांडेकर। इन्हें देखते ही बगीचे का त्रिकूट अचानक खामोश हो गया, क्योंकि ये चारों आदमी विभागाध्यक्ष थे और विश्वविद्यालय की प्रत्येक कमिटी में निरंतर शामिल होते रहने के कारण ही ये इनसानी जीव धाकवाले प्रोफेसर बने थे।

दवे सर हैं क्या? भाभी, चाय पीने आए हैं आपके हाथों से बनी। आपके जाने के बाद चाय माँगने का ऐसा अवसर दुबारा कब मिलेगा?—कहकर ये लोग बैठक के कमरे में ही पैर पसारकर बैठ गए।

ये चारों जीव एक-दूसरे के प्रति इतने सम्मान और सभ्यता से पेश आ रहे थे कि इनके बीच की दूरी इसी से प्रकट हो रही थी। बुआ ने हँसते-हँसते इनका स्वागत किया। मैं भी उन्हें पानी, गिलास देने में मदद कर रहा था। एक कान इस ओर कि खिड़की से बाहरवाला त्रिकूट क्या कह रहा है, और दूसरा कान इस ओर कि ये चार जने क्या कह रहे हैं—इस तरह आधा घंटा सुनकर मैंने अपने सिर के लिए काफी दर्द मोल लिया। इनमें से जोशी सर की पत्नी दिन-भर खिड़की में बैठकर विश्वविद्यालय में क्या-क्या हो रहा होता है, पल-पल की खबरें जुटाती रहती और रात में सारी खबरें पति को सुनाए बिना उसे नींद ही नहीं आती थी। लेकिन असल बात इसके बिलकुल विपरीत ही थी कि कौन किसके पास कब गया था, कितनी देर बैठा था, साथ में कौन-कौन था—रात में बीवी से पल-पल की खबर सविस्तार सुने बिना प्रोफेसर जोशी को भी नींद नहीं आती थी। दिन-भर डिपार्टमेंट में वे भी अपने प्यून, रीडर, लेक्चरर, डेमॉन्स्ट्रेटर, और तो और छात्रों के जरिए कण-कण की जानकारी इकट्ठा करते रहते। इस सारे हेर-फेर को ऐतिहासिक पुनर्रचना पद्धति से जोड़कर और कूटनीतिक दाँवपेच खेलकर बहुत से लोग युवावस्था में प्रोफेसर और विभाग प्रमुख नामक इनसानी जीव बन बैठे थे।

पानी पीते-पीते वे कुलकर्णी सर से बोले, तो, क्या बात हुई आज कुलपति साहब से?

सुनते ही कुलकर्णी सर चौंके, लेकिन मानो जैसे कोई कुछ बोला ही न हो इस अंदाज में मुझसे बोले, यंग मैन, मैं चाय नहीं पीता। देवीजी से कहो कि कॉफी बनाएँ।

जोशी सर दुबारा बोले, सुना है कुलपति को चान्सलर ने अर्जेंट बुलाया है। कहीं पवार की जाँच के बारे में तो नहीं? उसकी प्रोफेसरशिप का कुछ हो रहा है क्या?

इस बार भी मानो कुछ सुनाई ही नहीं दिया हो, ऐसा दिखाते हुए कुलकर्णी सर दांडेकर से बोले, अच्छी पुष्पात्मक भाषा में लिखा है। *दैनिक मराठवाड़ा–वीनस प्रैक्टिकल्स*—पढ़ा आपने? हमारे कुलसचिव का उल्लेख—

लेकिन दांडेकर का पूरा ध्यान जोशी की तरफ था। वे जोशी की तरफ मुँह किए पूछ रहे थे, आर्कियालजी डिपार्टमेंट की ही फाइलें गाड़ी में डाली हैं न, पक्का? क्यों जी काश्यप सर? विश्वविद्यालय कानून में ऐसा है—

सख्त वृत्तिवाले काश्यप सर बोले, पवित्रता भंग करनेवालों को प्रायश्चित्त—

इतने में बगीचे से माली सर की जोर से छेकोक्ति : आइए, आइए पाटील मंडली, सब कुशल? ज्वाइन हो गए क्या? सब ठीक तो है न?...ठीक ही कहो...पाटील हैं भई आप, सब कुछ ठीक कैसे नहीं होगा?

इस तरह दो–ढाई व्यंग्यात्मक संवाद सुनाई देने पर युवा प्रोफेसर पाटील, जो एक कॉलेज से विश्वविद्यालय में सीधे प्रोफेसरशिप पर अभी–अभी नियुक्त हुए थे, दरवाजे में दिखाई दिए। गरीबी से उभरे पाटील सर को विश्वविद्यालय की प्रोफेसरशिप पाने के लिए दवे सर ने बहुत अहम सलाह दी थी। इसलिए वे उनसे मिलने आए थे। उनके साथ कॉलेज में पढ़ानेवाले पाटील नामक दो युवा लेक्चरर भी थे, जो पी–एच.डी. की पढ़ाई कर रहे थे और मेरे परिचित भी थे। हरियाली पर बैठे दो बाई ढाई त्रिकूट की ओर तुच्छता से देखकर वे वहाँ से खिसक गए और उन्होंने बैठक के कमरे में झाँककर देखा। भीतर साक्षात् जोशी, कुलकर्णी, काश्यप और दांडेकर। परेशान प्रोफेसर पाटील बुदबुदाए, माँ की च्यूत, बाहर के भंगड़ टालें तो अंदर पिछलग्गू विप्रवर। आसमान से गिरे और खजूर में अटके।

पाटील त्रय को देखते ही पैर पसारकर बैठे चारों प्रतिष्ठित उठकर औपचारिक रूप से पुकार उठे : बधाई होऽ, काँग्रॅट्स, बहुत अच्छा हुआ। कुलपति ने यहाँ आने के बाद जो कुछ अच्छे काम किए हैं, उनमें एक यह है। आप की तरह विपरीत स्थितियों में भी ऐसा अंतर्राष्ट्रीय दर्जे का काम करनेवाले को प्रोफेसरशिप बहुत पहले मिलनी चाहिए थी। आइए, यहाँ बैठिए। ज्वाइन हो गए न? जल्दी हो जाइए, वरना यहाँ बीच में भांजी मारनेवालों की कमी नहीं है। यंग मैन, चाय बढ़ाने के लिए कह दो अंदर।

प्राफेसर पाटील के साथ आए दोनों कॉलेज लेक्चररों को बाहर के वाहियात त्रिकूट में जाना ठीक नहीं लग रहा था। उधर बगीचे के संवाद अब प्रखरता से सुनाई दे रहे थे और भीतर के सभ्य प्रोफेसरों की कानाफूसी भी अत्यंत मूल्यवान निचले सुर में पहुँच गई थी। फिर भी मेरा सिर दोनों कानों के पलड़े सँभालता हुआ सब कुछ दर्ज कर रहा था। लेकिन इस विचार से मैं परेशान हो उठा कि एम.ए. के बाद मैंने भी प्राध्यापक बनना तय किया तो ऐसे ही झंझट मेरे जीवन के लक्ष्य बन जाएँगे। फिर भी सभी को पानी, चाय, कॉफी देता ही रहा।

कॉलेज लेक्चरर का कार्यभार सप्ताह में तीस घंटे का होनेवाला है।...हू हू हू...सेड इट ? व्है व्है व्है ?...इसके अलावा परीक्षा में भी पुलिसिया ड्यूटी, परीक्षाओं का प्रबंधन, उत्तर पुस्तिकाएँ जाँचना मतलब सश्रम कारावास ही है साला। उस पर गैदरिंग, क्रीड़ा, नाटक और नाच-गाने की तैयारी करवाना, कॉलेज मैगजीन के लिए लेख लिखवाना, मतलब बार-बार जाँचकर खुद ही लिख देना, एनसीसी, श्रमदान, लड़के-लड़कियों के झमेले सुलझाना।...सुना है, उधर कोट्टायम की तरफ एक पोट्टा-पोट्टी रिट्रीट है हनीमून पर जानेवालों के लिए...ऐ वॉ वॉ वॉन्ट टू नो...नो नो, अपने पास बताने के लिए कुछ भी न हो तो भी श्रोताओं को बिठाए रखने की तकनीक केवल हमारे प्राध्यापकीय धंधे में आत्मसात की जा सकती है। लेकिन आपके पास ज्ञान बहुत है, और अगर समझाना ही नहीं आता तो क्या फायदा ऐसे ज्ञान का ?...लेकिन जब पास में ही कुछ नहीं हो तो समझाकर भी क्या फायदा है ?...मैंने उन्हें एक-दूसरे पर झुके हुए देखा।...चलता है, युवा हैं। का का...कामातुरानां ना भयं ना लज्जा।...कोबी का रेगीस्तान कहाँ होता है रे ?...झट झट...झटका देना पड़ेगा भडुवे को।...अब बस चार सौ रुपए भरकर नंबर लगाए रखना गांधी ट्रेडर के पास। आगे कभी-न-कभी स्कूटर मिलेगा ही। ब्लैक से पाँच हजार में जाता है। तीन हजार रुपए का नकद लाभ। दिमाग चाहिए पैसा कमाने के लिए।...हका हका...हकाल देता है वह बच्चों को। अरे तुम्हारे कॉलेज में बच्चे पढ़ाई करते हैं या समाजवादियों की रैलियाँ और हड़तालें करते हैं ? घर-घर जाना, पदयात्रा, साइकिल रैली, बिहार के अकाल पीड़ितों की मदद, उत्तर प्रदेश के बाढ़-पीड़ितों के लिए चंदा—माँ की, हर साल अकाल पड़ेंगे और बाढ़ आएगी। पढ़ाई कब करेंगे आपके बच्चे ? भारतीय एकात्मता के लिए दौड़ यात्रा और साक्षरता ज्योति को झुग्गी-बस्ती की गलियों में घुमाना ? पढ़ाई छोड़कर ? छात्र-छात्राएँ दोनों ही ?

आगे भी तो सुनो यार। उस सोयगाँव के भागवत पाटील के छोकरे ने एक ढोर जाति की लड़की को गर्भवती बना दिया, और पोल खुलने से पहले ही हमारे गाँव के देशमुख की लड़की से जल्दी में शादी भी करवाई। तो इनके कॉलेज के क्रांतिकारी युवक-युवतियाँ दौड़ पड़े ऐन वक्त वहाँ धरना-प्रदर्शन करने। शाम को ऐसी मूसलाधार बारिश और बाढ़—फँस गए साले चुदक्कड़ क्रांतिकारी युवक-युवतियाँ पंडाल में ही। फिर क्या, खाया वहीं शादी में और क्या। लौट आए उधर ही पेट भर हगकर।

ये ये ये...क्या छोटे बच्चों के काम हैं ?...और वो अछूत लड़की तो आई भी नहीं ?

दस हजार रुपए देकर चुप करा दिया था उसे।...लेकिन पगले, तुझे सोचना चाहिए कि शहर की लड़कियों को निरोध मिल जाता है, ये अबॉर्शन तक कर सकती हैं। उस हरिजन लड़की के लिए देहात में है कोई उपाय ? फिर ?

हमारे जालना के रिश्तेदार हैं। उन्होंने तो बिल्लियों के नाम से भी स्कूटर के लिए नंबर लगा रखे हैं। हॉ हॉ।...लेकिन च च...चकलाघर चलाया, क्या ये सच है ?...परसों हंगेरी में किसी इम्रे नाज या किसी और देशभक्त को रूसियों ने फाँसी

पर चढ़ा दिया, तो इधर आपके विद्यार्थी हड़ताल करते हैं? हड़ताल तो ठीक है, लेकिन उसके पीछे यदि निष्ठा ही नहीं है, तो क्या फायदा?...घंटे की निष्ठा। अपना-अपना काम कर रहे हैं, करने दो न। वाह जी वाह, कल आप हस्तमैथुन पर भी कानूनन पाबंदी लगाने की कहोगे।

आपका गोविंददादा कॉलेज फैशन शो है या सौंदर्य प्रतियोगिता का कैटवॉक?...सूँ सूँ सूँ...सूँघाड्या साला, लखोटिया इस कॉलेज की लड़कियों का चकलाघर चला रहा है, क्या ये कुलसचिव को नहीं पता? उसकी पियक्कड़ गैंग का दोस्त है वह।...क्यों माली सर, आपके 'एमपीसाहब' ने गाँव की ओर एक नया कॉलेज खोलने की घोषणा की थी, क्या हुआ उसका आगे?

देखिए शिंपी सर, कोई भैंस आपके दूध के लिए गाभिन नहीं बनती। एमपीसाहब कहते हैं : एक ही क्यों, कॉलेजों की लाईन लगा देंगे। सरकार की मंजूरी ले लेंगे। सुना है, पाँच विधायकों के दस्तखत लेकर शीएम के पास गए थे। साल-भर रुकने के लिए कहा है—मेडिकल-इंजीनियरिंग के लिए आवेदन करने के लिए कह रहे हैं। फिर क्या मजाल है कि विश्वविद्यालय मंजूरी न दे? मुख्यमंत्री अब हमारे ही बने हैं। साल-भर में सैंक्शन।

फिर तो शान बढ़ेगी आपकी माली सर—*प्राचार्य डॉ. वी. एस. माली का ग्रामीण जनता को नई दिशा देनेवाला महाविद्यालय।* अभिनव शिक्षा पद्धति—सुसज्जित ग्रंथालय—तजुर्बेकार प्राध्यापक गण—हॅं—इसका मतलब आपके रिश्ते-नाते के डेढ़-दो-सौ बेरोजगार युवाओं की नौकरियाँ पक्की। लेकिन उन्हें नियमित तनख्वाह देना मत भूलना।

हॅऽ हॅऽ हॅऽ तनख्वाह? और नियमित? धत्, अजी, अपने ही लोगों को इसीलिए तो लेना है कि उन्हें साल-भर तनख्वाह न भी दें तब भी कोई बात नहीं। ऐसे ही प्राध्यापक नियुक्त करने हैं। गाँव के बनियों की दुकानों में अपनी जिम्मेदारी पर उधार के खाते खुलवा दो। तनख्वाह, धत्, उल्टा ये ही लाख-लाख रुपए चंदा देते हैं नौकरी पर चिपकने के लिए। इसके बिना बीवी ही नहीं मिलती इन देहाती ग्रेज्युएट छोकरों को। घर से, ससुराल से अनाज, बर्तन-भाँड़े ले आते हैं।...हो हो हो...होशियारी।

नाव-अडेस एनी गाय इस्पेशली गरीब गाय सफर्स मोस्ट।...छ छ...छत्रपति... मराठों का स्वाँग रचाया कुर्मी अच्छा, लेकिन ये आनंद कडू बास्टर्ड असली मराठा कहलवाता है साला।...घंटा मराठा है वो। मिलावट है...एक बार मर्दुमशुमारी में जाति लगा दी न, तो किसी के बच्चे से भी वह बदलवाई नहीं जा सकती।...शि शि...शिवाजी फू फू...फुले और बा बा बा बाबासाहेब का जप करने पर आजकल सब कुछ मिल जाता है।

और, इस साल यशवंतराव चव्हाण व्याख्यानमाला के लिए किसे बुलाना तय हुआ है? दिल्ली से इतिहास के प्रोफेसर थापर आ रहे हैं।...इतिहास के लिए थापर

का नाम बिलकुल उचित ढूँढ़ा है साथियो।—अरे पेंढारी साहब, केवल दस रुपए दाखिले की फीस देने पर बच्चे परीक्षा तक मुफ्त में पढ़ते रहते हैं। पिछड़ा वर्ग, अनुसूचित जाति, अनुसूचित जनजाति की छात्रवृत्तियाँ एकमुश्त सरकार से ऐंठ लो। फिर आर्थिक पिछड़े, घुमंतू नोमैडिक कबीले—बस प्रमाणपत्र जोड़ दिया और हो गया। कक्षा में बच्चे बैठें या न बैठें, रजिस्टर पर तो होते हैं न? हजारों सालों से ज्ञान से वंचित ग्रामीण दलित समाज के लिए शिक्षा के द्वार खुल रहे हैं। बेचारों को पास करते रहो, ग्राण्ट पाते रहो। अब प्रमाणपत्र असली या जाली, ये मुद्दा अलग, लेकिन इस बहाने बच्चे चार किताबें तो पढ़ते हैं?

आप कुछ भी कहिए जोशी सर, उच्च ज्ञान ग्रामीण तो हो ही नहीं सकता। उच्च शिक्षा नगरीय उद्यम ही है। सम्पन्न नागर वर्ग का ही यह आंदोलन है, नहीं? रहन-सहन, अभिरुचि, विचार-संपन्नता, कला साधना, शास्त्रीय खोज—ये सारी खर्चीली बातें हैं। सच्चाई तो स्वीकार करनी ही पड़ेगी जी। संसार के आधुनिक समाज कितने आगे बढ़ गए हैं, और हमारे कॉलेज-यूनिवर्सिटियों में सामाजिक न्याय का कैसा पागलपन बढ़ाया जा रहा है? बोलने में भी डर लगता है। यूँ ही नहीं अब सरकार अरबों रुपयों का बजट खर्च कर आइआइटी खोल रही है। ज्ञानार्जन की प्रक्रिया कठोर ही है। यूँ ऊपरी मलमपट्टी से भी कहीं इन इन इन...क्षेत्रों में गु गु...गुणवत्ता—

साला जब देखो तब छुट्टियाँ-ही-छुट्टियाँ—हिंदुओं के सभी देवताओं के नाम, इसके अलावा मुसलमान, ईसाई, ज्यू—इनका तो ईश्वर एक ही है फिर भी कितनी छुट्टियाँ? बौद्ध, जैनियों में तो ईश्वर है ही नहीं फिर भी छुट्टियाँ कहीं नहीं गईं, सिक्ख भी। साला, सारे महापुरुष भी यहीं पैदा हुए। संसार भर के एक-से-एक धर्म इसी देश में मरने के लिए आए हैं। इन्हीं के कारण कुछ सूझ नहीं रहा है। ऊपर से हर रविवार को रविवार आता ही है। और महाराष्ट्र डे, पंद्रह अगस्त और छब्बीस जनवरी और गांधी, शिवाजी और तिलक और फुले और आंबेडकर जयंती और पुण्यतिथि। कुछ सदियों बाद धीरे-धीरे महापुरुषों की संख्या बढ़ते-बढ़ते तीन सौ साठ तक पहुँचेगी, तब क्या पूरे साल-भर छुट्टियाँ ही रहेंगी?

छुट्टियाँ हो या न हो, क्या फर्क पड़ता है मेरे लाल? सारे प्राध्यापक यहाँ राजनीति करते हैं और गप्पें लड़ाते रहते हैं। विश्वविद्यालय में आते ही घंटी बजाकर पहले प्यून को बुलाएँगे। ट्यूब, पंखे, टेबल लैम्प सब एकसाथ लगाने को कहेंगे। प्यून को बताकर ही रखा होता है कि शाम तक सब ऐसे ही रहने देना है—यह जताने के लिए कि हम यहीं कहीं हैं। फिर उसे तीन-चार लोगों की चाय बनवाने के लिए कहना। फिर फोन पर चार प्राध्यापक पिट्ठुओं को बुलवाकर दोपहर तक गप्पें लड़ाना। ऊब जाने पर घर जाकर खाना खाना और लेट जाना। सो जाना, क्योंकि शाम को गेस्ट हाऊस में पत्तों के दाँव। जा जा जागरण...जनजागरण कहते हैं न, यही तो है वह। इनके प्यून भी बैठ-बैठकर उकता जाते हैं। हमारे विश्वविद्यालयों में काम ही नहीं होता है किसी के पास।

क्यों, हो गया पेपर सेटिंग? क्यों माथापच्ची कर रहे हो? फालतू में बढ़ई की तरह गाँड तराशने जैसा है तुम्हारा। साला एक घंटे का भी काम नहीं होता है ये: प्रश्न 1:——पर निबंध लिखिए। प्रश्न 2:——पर प्रकाश डालिए। प्रश्न 3:——के पक्ष-विपक्ष में चर्चा कीजिए। प्रश्न 4:——अवतरण देकर——का विश्लेषण कीजिए। प्रश्न 5: निम्नलिखित में से किन्हीं दो पर टिप्पणियाँ लिखिए। इस तरह सनातन दस प्रश्न बनाकर किन्हीं पाँच प्रश्नों के उत्तर लिखिए। सभी प्रश्नों के समान अंक हैं—ऊपर सूचना लिख दी। कुल अंक 100—ऐसे ही तीन सेट थोड़ा-बहुत ऊपर-नीचे कर लिख दिए। लिफाफे में बंद कर लाख का ठप्पा लगाओ और जमा कर दो। बस हो गया। परीक्षा देनेवाले भी कहाँ पढ़ाई कर पेपर लिखते हैं, जिनके लिए हम अपने दिमाग का भर्ता बनाकर प्रश्न बनाएँ? क्यों? 95 परसेंट बच्चे तो बिना फीस दिए मुफ्त में पढ़ते हैं। तू क्यों इतनी माथा-पच्ची कर रहा है बेटा? किताब में देख-देखकर प्रश्न क्यों बना रहा है? किताबें कौन खरीदता है बच्चों में? आसान है किताबें खरीदना? अधिकांश के माँ-बाप बीस-पच्चीस रुपए दिहाड़ी से मजदूरी पर जाते हैं। पचास रुपए की किताब कैसे खरींदेगे? जनरल प्रश्न डालने चाहिए। मैं तो किसी को फेल भी नहीं करता हूँ।

गरीब समझकर फेल न करना, क्या यह अनीति नहीं है?

मतलब? अरे बेटा, अगर तुमने फेल कर दिया, तो कुछ खुराफाती बच्चे रिवेल्यूएशन के लिए अर्जी देते हैं। कुलसचिव के एजेंटों को पकड़कर उन्हें पाँच-सौ रुपए दो तो अंक अपने आप बढ़कर आते हैं। हमारा कुलसचिव इन्हीं पैसों के बल पर तो इतनी मस्ती कर रहा है...पाँच-सौ में से आधे उसके, आधे उसके गोपनीय पैनलवाले जाँचकर्ता प्राध्यापक के। हजारों रुपए। बड़े-बड़े परिवार पोसकर पनियाए बेचारे गरीब प्राध्यापक यों एक रुपए में एक पेपर जाँचते हैं—वह भी सिफारिश से पेपर जाँचने का काम मिला तो। परीक्षा पद्धति गोपनीय है न? इसीलिए थोड़ा-बहुत लिखनेवाले सभी को पास करना, हमारा भ्रष्टाचार विरोधी कदम साबित होता है।

क्या साला, ज्ञान के इस पवित्र क्षेत्र में भी परीक्षा की ऐसी गंदगी हो। और वह भी आखिर में? तोता-रटंत। टेंशन। पेपर। रद्दी। अंकों में गड़बड़। जोड़ में गलतियाँ, परीक्षा में नकल और भ्रष्टाचार के घोटाले। परीक्षा पद्धति पारदर्शी नहीं है, वही अच्छा है। अगर ये सब पता चल जाए न, तो एक भी बच्चा पढ़ने नहीं आएगा।

मैं परीक्षा के फ्लाईंग स्क्वॉड में था दो साल? जुड़गे से पूर्व के कुलपति का यह आइडिया था—बीती परीक्षाओं के दरमियान नव नियुक्त कुलपति जुड़गे के पास गए हम और कहा कि सुना है पैठण केंद्र पर मास कॉपी हो रही है। कल हम छापा मारेंगे, आपकी अनुमति चाहिए। सुनते ही यह जुड़गे—जो हाइकोर्ट का न्यायाधीश रह चुका है—बोला, मैं स्वयं एलएलएम के पेपरों में नकल करके पास हुआ हूँ। नकल के बिना अमेरिका और रूस और सत्रह देशों के संविधान पर उत्तर लिखना

संभव है ? बंद करो ये फ्लाइंग स्क्वाड और फ्वाड। फालतू जीप, पेट्रोल और कोर्ट-कचहरियों का खर्च। परीक्षा पद्धति में सुधार यही एकमात्र इसका उपाय है।—अब बोलिए।

अजी सर, हगनेवाले को शर्म नहीं रही, देखनेवाले शर्मिंदा होते हैं।

सही है कुलकर्णी सर इनका कहना। अजी वो हरामखोर भगत, एक बार मैं और आप—हमने बीड़ के कॉलेज पर छापा मारा था—तब हमारे कुलसचिव ही प्राचार्य थे—याद है ? अचानक गए तो सभी ओर शांति, एक भी लड़का नकल नहीं कर रहा था। क्योंकि रातोंरात भगत ने अपना आदमी भेजकर उन्हें बता दिया था कि कल छापा पड़नेवाला है।

हमारे हि हि हि हि...हिंदू लोगों का वंश ही भ्रष्ट लहू का है। ईमानदारी नहीं होगी, वहाँ छापा मारकर भी क्या हाथ आएगा ?

मुझे तो लगता है, जो भी थोड़े-बहुत लोग ईमानदारी से काम कर रहे हैं, उन्हें सच्चाई भत्ता देना चाहिए।

सच्चाई भत्ता ? इतना पैसा कहाँ से आएगा ?

इतना ? कितना पैसा लगेगा ? कितने हैं निष्ठावान प्राध्यापक, माँ के जने ? सैकड़ा दो-चार— ?

पगले, भत्ता शुरू होते ही बाकी बचे अठानबे फीसदी लोगों को ही सच्चाई के पुतले साबित कर भत्ता दिलवाने का प्रबंध हो जाएगा—

हॉ हॉ हॉ हॉ...हॉनेस्टी...शि शि शि शि...शिक्षा।

भोजन करते-करते दवे सर हमेशा की तरह मैडम को और मुझे बताते हैं कि दिन-भर में क्या-क्या हुआ : आज दोपहर मैं स्कूटर से बेगमपुरा श्मशान के अगले रास्ते से आ रहा था। एक भयानक दृश्य देखा, मोना। एक ऊँचा-तगड़ा मजबूत बाप अपने दोनों हाथों में एक नन्हा-सा शिशु लेकर आता हुआ दिखाई दिया। करीब आने पर मालूम पड़ा कि वे मरा हुआ शिशु दफनाने जा रहे हैं। शिशु को हाथों में आड़ा लिटाया हुआ। शरीर की तुलना में उसका बड़ा सिर नीचे लटक रहा था। शिशु पर बाप की धोती ही जैसे-तैसे डाली हुई, बाकी उड़ रही थी। उसके पीछे कुदाल-फावड़ा सँभाले एक दूसरा वैसा ही मजबूत सहयोगी। सामने से मैं। वे धूल उड़ाते चले गए। दिन-भर मुझे यह दृश्य याद आता रहा।

बुआ बोली, भयानक ही है यह। भोजन करते समय ऐसी बात कहने को तुम्हारा दिल कैसे करता है। यह कच्ची उम्र का लड़का क्या सोचेगा—

भोजन के समय क्यों नहीं बताएँ ? दूसरे के दुख में कभी भी साझेदार बनना आना चाहिए। इसके लिए उचित समय कौन-सा होगा ? तुम्हें नहीं लगता कि एक छोटे बच्चे का मरना, हम सभी बड़ों का अपमान है ?

मैंने कहा, बतौर गाइड टूरिस्ट लोगों को मैं अजंता में लेटा हुआ मरणासन्न बुद्ध दिखाता हूँ और उसके चेहरे के करुण भावों का वर्णन करता हूँ। तब सभी फैशनेबुल, विदेशी टूरिस्ट वाकई दिल से बोल उठते हैं—हाऊ ब्यूटीफुल। मरनेवाले की वेदनाएँ भी ब्यूटीफुल ?

भोजन के बाद यह पूछने पर कि मैंने क्या-क्या पढ़ा है, उन्होंने जो बातें बताईं, उन्हें मैंने पक्का ध्यान में रखा। स्मरणशक्ति ठीक होने के कारण घर पर आते ही सारी बातें वैसी की वैसी लिखकर रख लीं :

एक : असल ग्रंथ पढ़िए। *महाभारत, रामायण, उपनिषद, क़ुराण, बाइबल*— मूल ग्रंथ पढ़िए। इन पर बोलनेवालों ने ये मूल ग्रंथ प्रायः नहीं पढ़े होते हैं।

दो : पहले अच्छे ग्रंथ पढ़िए, बाद में गौण, सामान्य वगैरा। मतलब *इलियड, ओडिसी, अरेबियन नाईट्स,* रेसीन, तोलस्तोय, दोस्तोवस्की, शेक्सपीयर, फ्लाबेर, सर्वान्तिस और अभी-अभी बताए हमारे देश के दस-बारह—तुकाराम, ग़ालिब, भर्तृहरि वगैरा। लगते हैं, उतने ज्यादा ग्रंथ हैं नहीं। मेरे हिसाब से सौ-एक।

तीन : हमेशा अपनी मातृभाषा में ही ये सभी ग्रंथ पढ़ने चाहिए। मराठी अनुवाद खराब हो तभी अंग्रेजी पढ़िए, लेकिन यदि हमारी अंग्रेजी ही खराब हो तो एक ही बात है।

चार : हमारी भाषा की हैं केवल इसलिए कुछ किताबें अच्छी माननी ही पड़ती हैं, उन्हें पढ़ना ही चाहिए। मसलन, लीळाचरित्र, ज्ञानेश्वरी—कुछ के चुनिंदा हिस्से, कुछ पूरे।

पाँच : संभवतः पच्चीस साल पहलेवाली किताबें ही पढ़िए।

छह : पत्रिकाएँ, अखबार जान-बूझकर नहीं पढ़ने चाहिए। ऊपर बताए एक से पाँच प्रकारों की किताबें पढ़ने के लिए उपलब्ध नहीं हों, तो ऐसी जगह पर या ऐसे समय ये अपने आप पढ़ने में आते हैं। इसके अलावा होटल में, पाखाने में, सफर में। एक अच्छा पाठक ऐसे स्थानों पर भी लघुकथा, छोटे-छोटे प्रकार का साहित्य पढ़ेगा— *पंचतंत्र, इसप* वगैरा।

दवे सर द्वारा उल्लिखित अन्य बिंदु : ज्ञान के व्यवसाय में अध्यापन, अनुसंधान वगैरा के लिए उपयोगी लेकिन खराब भी पढ़ना पड़ता है। ऐसा मजबूरी का पठन अलग से।

खंडेराव, एक बात गाँठ में बाँध लो—कुछ भी न पढ़ना और खराब पढ़ना, दोनों में कोई फर्क नहीं है। जैसे निरक्षर लोग, जिन्होंने कुछ नहीं पढ़ा होता है, उन्होंने खराब भी कुछ नहीं पढ़ा होता है। इसी कारण वे लोग ज्यादा होशियार होते हैं। हमारे देश में इन्हीं लोगों के कारण सांस्कृतिक सन्तुलन बना हुआ है। यह बात और है कि हमारे समृद्ध मौखिक साहित्य के प्रभाव से ही यह होता है।

नुक्कड़ के पास बिदा लेते हुए मैंने दवे सर से पवार सर के बारे में पूछा। वे बोले, बहुत बुरा हाल है उसका। किसी दूसरे विश्वविद्यालय में जाएगा वो। ऐसा बुद्धिमान

और विद्वान आदमी है कहाँ आपकी आर्कियालजी में? इंग्लैंड से लौटने पर फालतू समाज–सुधार की दीवानगी में आखिर धोखा खा गया। सभी सतहों पर शत्रु बना लिए, बाकी और कुछ नहीं कमाया। एक तो वह मायनारिटी का आदमी—इतना तो मालूम हो कि समय आने पर कोई मराठा–ब्राह्मण हमारे लिए खड़ा नहीं होगा? इन सभी को शर्म आनी चाहिए खंडेराव कि इतने विद्वान मनुष्य को इसी एक प्रोफेसर पद के लिए तीन बार इंटरव्यू देना पड़ा?

लेकिन सर, तीन बार इंटरव्यू क्यों दें? पता था न कि ये हिंदुत्ववादी लोग पावर में हैं—

यह भी तुम्हारे पवार सर का सनकी दिमाग—बोला, ओहदे पर बैठे किसी के भी सामने सफाई दी जा सकती है कि एक बार नहीं लिया, गलती हो गई। लेकिन मैंने तीन बार इंटरव्यू दिया फिर भी हर बार मेरी नियुक्ति नहीं होने दी। इसका अर्थ यह है कि उन्होंने ये जान–बूझकर किया है, और यही मुझे साबित करना था। प्रजातंत्र में इस तरह संघर्ष, हक और झमेले सहने ही पड़ते हैं। लेकिन पवार को कुछ ज्यादा ही कीमत चुकानी पड़ी। पवार मैडम देखो न कैसी सूख गई हैं। बच्चों की भी दुर्दशा। इन जैसे पिछड़े लोगों में आपके मूल्यों की कद्र कौन करता है। अब तो यह विचार भी पहले करना पड़ता है कि त्याग किसके लिए करना है। संवेदनशील मनुष्य को जीते समय—कौन–सा शब्द सुझाया था तूने उस दिन?—*जद्दोजहद*—ज्यादा परेशानियाँ सहनी पड़ती हैं। पवार सर को तो कहीं भी प्रोफेसरशिप मिल जाएगी। निमंत्रण आएँगे जल्दी ही—देखना। लेकिन एक तो ऐसे पिछड़े इलाके में अच्छे लोग आना नहीं चाहते। अब मुझसे भी यह सहा नहीं जा रहा है। इस उम्र में अब मुंबई में रहना—जिसे मैं जिंदगी–भर टालता रहा। वो झुग्गी–बस्तियाँ और अखबार और भीड़ और क्राइम—केवल लॉलेसनेस और वाइलेन्स...उसी में अपने–अपने जीवन को ओयासिस या आइलंड—बनाकर जीते रहना।

बीच में ऐसी खबर आई थी कि आप तीन–चार वरिष्ठ प्राध्यापक राज्यपाल शर्मा जी से मिले—उधर से कुछ—

वह शर्मा—अब तो राष्ट्रपति बना दिया है उसे। वो? वो क्या ध्यान देगा ऐसी बातों की ओर? अरे हम एक शिष्टमंडल लेकर गए—इसी कारण तो कुलपति और कुलसचिव मुझे भी अपना दुश्मन समझकर परेशान करने लगे थे। हमने काफी सबूत जुटाकर दो–सौ पन्नों का निवेदन पहले ही भेज दिया था। इतने में तो मेरी बौद्ध दर्शन की पुस्तक पूरी हो जाती। लेकिन हम मिलने गए तब तक इस हरामी शर्मा ने हमारा निवेदन देखा तक नहीं था। महाराष्ट्र की सभी यूनिवर्सिटियों का एक ही कुलाधिपति—मलबार हिल पर समुंदर की ओर कूल्हे करके बैठा केवल दस्तखत ठोंकता है ये कुल्लाधिपति। एक मंत्री की मध्यस्थता के कारण हमें मिलने दिया, वरना आम आदमी को तो महीना–महीना अपॉइंटमेंट नहीं मिलती राज्यपाल की। हम गए—तुर्रेबाज लाल–सफेद फेंटे पहने सिपाही और सोने की ट्रे

में बढ़िया कप-तश्तरी में चाय। सोनार सर बोले, साहब, हमारे विश्वविद्यालय में कितनी अराजकता फैली है—आप जरा ध्यान दें तो—परीक्षा के पुनर्मूल्यांकन का रैकेट, स्पोर्ट्स विभाग के झूठे बिल, भ्रष्ट अधिकारी, एक लाख पेड़ लगाने की मजदूरी के झूठे बिल—कहाँ हैं वे पेड़, उन्हें पानी देने के लिए टैंकर, डीजल के झूठे बिल—इनके खिलाफ हमारे आर्कियालजी के रीडर डॉ. पवार खुले आम बोल रहे थे तो उन पर ही जाँच कमिटी—तीन बार इंटरव्यू कमिटी ने उन्हें रिकमण्ड किया फिर भी नियुक्ति न करना—आप जरा समय निकालकर—

पता है यह कुलाधिपति क्या बोला? विश्वविद्यालय स्वायत्त हैं न? आप के ही चुने हुए लोग मैनेजमेंट में होते हैं। मैं बतौर राज्यपाल विश्वविद्यालय से किसी की शिकायत पर अधिक से अधिक कॉमेंट मँगवा सकता हूँ।

मैंने ही कहा, लेकिन सर, कुलसचिव आपको गलत स्पष्टीकरण भेजते हैं। हमें कम-से-कम यह तो देखना चाहिए कि—

बस, शर्मा ऐसा क्रुद्ध हुआ कि क्या बताऊँ। आपको क्या लगता है, मेरे पास यही एक काम है? सात-आठ विश्वविद्यालयों की फाइलें और दो-दो सौ पन्नों का निवेदन पढ़ने के लिए हमारे चार-पाँच आइएएस सचिवों को भी समय कम पड़ेगा। कानूनन अधिकारों के मुताबिक हम विश्वविद्यालयों से जानकारी मँगवाते हैं और उसके आधार पर निर्णय करते हैं। यदि वह आपको पसंद नहीं आता है, तो कोर्ट का विकल्प खुला है न्याय माँगने के लिए। केवल आपके अकेले विश्वविद्यालय से संबद्ध शिकायतों की फाइलों से हमारा दफ्तर छत तक भर गया है। जाँच, यूनियन के प्रस्ताव, प्राध्यापक यूनियन की धमकियाँ, हर नियुक्ति के खिलाफ अपील—देखिए लर्नेड प्रोफेसर्स, ऐसे पर्सनल ग्रीवन्सेस के लिए वाकई हमें फुरसत नहीं है। मैं तो इस मत का हूँ कि राज्यपाल के पास कुलाधिपति का दफ्तर होना ही नहीं चाहिए—अच्छा, नमस्कार—और गया साला अंदर लँगड़ाते-लँगड़ाते, कुल्लाधिपति। अरे, माना कि तेरा मत है, विश्वविद्यालयों के लिए अलग से कुलाधिपति हो, लेकिन फिलहाल तो तू ही सँभाल रहा है न? ये है हमारा प्रजातंत्र। इधर नीचे विश्वविद्यालय की जातिवादी जंगली राजनीति और ऊपर ऐसा कोई यूपी की ओर से बुढ़ापे में बक्शीश की तरह राज्यपाल पद पाया कांग्रेस पार्टी का नेहरूनिष्ठ राजनीतिज्ञ—ऐसों के हाथों में जब तक उच्च शिक्षा है, तब तक हमारे विश्वविद्यालयों का क्या होगा? मेरी तो कुछ भी समझ में नहीं आता है, खंडेराव।

मैं बोला, आगे पवार सर का कुछ भी नहीं हुआ?

कुछ भी नहीं। मैंने उसे समझाया, भाई पवार, कोर्ट-कचहरी के चक्कर में मत फँसना। इस भ्रम में मत रहना कि हम पर हुए प्रत्येक अन्याय का इन्साफ इस दुनिया में होता ही है। कुछ बातों का नहीं होता है इन्साफ—नहीं तो नहीं। जाने दे। बहुत देर हो गई है। कँटीले झंखाड़ों से बचकर निकलना ही अच्छा।

मुझे लगा, काफी रात हो जाने के कारण दवे सर मुझसे ही कह रहे हैं कि देर हो गई है और क्वार्टर के पीछेवाले कँटीले झँखाड़ को टालकर घर जाना अच्छा है। मैंने अचानक हाथ जोड़कर कहा अच्छा, और चल दिया।

अनंतराव को पत्रकारिता का डिप्लोमा मिलते ही उसमें बंदरनुमा उत्साह कूदने लगा। हमारे बंगले के गेट के लिए नई तख्ती उसी दिन वह बनवाकर लाया : *पत्रकार अनंतराव, बी.ए. मराठी फर्स्ट क्लास, पत्रकारिता डिप्लोमा (फर्स्ट क्लास)।* हम तीनों अपनी-अपनी परीक्षाओं की पढ़ाई में मग्न थे, और दूसरी तरफ अनंतराव डिप्लोमा फर्स्ट क्लास पास करते ही अपने नए शुरू होने जा रहे अखबार की खबरें छपवाने लगा। किसी-किसी को धमकाकर अखबार के दफ्तर के लिए जगह ढूँढ़ने का भी उसने जी-तोड़ प्रयास शुरू किया। सौभाग्य से एक उपमंत्री उसके चंगुल में तुरंत फँस गया। अनंतराव के हाथों कुछ ऐसे सबूत लगे कि इस उपमंत्री का लखोटिया नामक भाँजा अपने मामा की बीच शहर में स्थित चार-मंजिला नई इमारत में गोविंददादा कॉलेज की नई-नई लड़कियों को बहकाकर खुफिया तरीके से चकलाघर चलाता है। पत्रकारिता के डिप्लोमा पाठ्यक्रम में उसने खोजी पत्रकारिता का एक विषय बड़ी जिज्ञासा से पढ़ा था। उसका अब बहुत ही अच्छा उपयोग हुआ।

संयोग से एक रविवार को कुंभार साहब हमेशा की तरह अनंतराव को कुंडली दिखाने आए, और उन्होंने एक आँख झपकाकर जेब से कोष्ठक जैसी दरों की एक चक्रमुद्रित तालिका अनंतराव के हाथों में ठूँस दी। मैं सरकारी नौकर हूँ, ऐसे में न प्रमोशन, न तबादला, कृपया इसमें मेरा नाम न आने दें, कहकर कुंभार साहब निकल गए। उन्होंने केवल इतनी ही जानकारी दी कि एक निशा शाह नामक लड़की ऐसे पैम्पलेट इंडस्ट्रीयल एरिया में हमेशा बाँटती है। फिर तत्काल हम सबको अपने कमरे में बुलाकर अनंतराव बोला, जरा इसका अर्थ लगाकर दिखाइए तो पार्थो।

Venu's Practicals

	स्नातकपूर्व	प्रथम वर्ष	द्वितीय वर्ष	तृतीय वर्ष
आर्ट्स	100	90	80	70
कॉमर्स	90	80	70	60
सायन्स	70	70	70	60

'वेणू'ज प्रैक्टिकल्स? कौन है ये वेणू? और इन आँकड़ों का क्या मतलब? ट्यूशन की फीस निचली कक्षाओं के मुकाबले ऊपरी कक्षाओं के लिए कम? और इतनी कम? प्राध्यापकों का वेतन ही दो सौ रुपए, और इतने पैसे? धत्। पहले ही परीक्षाएँ सिर पर खड़ीं, सो हम दरवाजे बंद कर अपने-अपने कमरों में पढ़ाई में जुट गए। अनंतराव खोजी-पत्रकारिता के जोश में Venu's Practicals पर अंग्रेजी बोर्ड

लगे उपमंत्री की इमारत के पीछेवाले दरवाजे से अँधियारी सीढ़ियों के सामने दो रातें घात लगाकर बैठा निगरानी करता रहा, और युरेकाऽ।

बाद में अचानक दैनिक मराठवाड़ा समाचार के पुष्पित भाषा में विभूषित उसके स्तंभ ने महाराष्ट्र-भर में सनसनी फैला दी। इतनी कि *वीनस उर्फ वेणूज प्रैक्टिकल* लेखमाला पढ़ने के लिए अभूतपूर्व भीड़ उमड़ने लगी। दैनिक मराठवाड़ा समाचार की बिक्री अचानक बढ़ गई। अनंतराव को मराठी पत्रकारिता की परिधि में उच्च स्थान प्राप्त हुआ। इस स्तंभ के कारण उपमंत्री की बदनामी तो हुई ही, साथ ही संपादकीयों के जरिए मंत्री के त्यागपत्र की माँग भी आने लगी। हमें भी अनंतराव ने चकित कर दिया। पढ़ाई छोड़कर यह स्तंभ पढ़ना अनिवार्य हो गया। मराठी पत्रकारिता सृष्टि के सप्तर्षि कहलाने के लिए अनंतराव योग्य सिद्ध हुआ। इसकी संक्षेप में हकीकत इस प्रकार है :

> *लखोटिया उपमंत्री का भाँजा अपने बाप की आढ़त की दुकान पर बैठने में टालमटोल करके आवारागर्दी करता घूमता रहता था। पिता द्वारा घर से बाहर खदेड़े जाने पर इसने औरंगाबाद में नशा उर्फ निशा शाह नामक, एक बड़े होटल में स्वागतिका का काम करनेवाली लड़की को साथ में लेकर इस प्राचीनतम धंधे में कदम रखा। शुरू में इसके पास यही एक लड़की और उसके अलग-अलग बढ़िया ड्रेस थे-अलग-अलग पोशाकों में यही फातिमा, यही रोजी और यही नूतन। वहाँ काम पर रखा गया नौकर वेणूधरन आनेवाले ग्राहक को दो शर्तें साफ-साफ बताता-प्रैक्टिकल एक समय में एक ही आदमी देगा और एक बार में तीनों में से किसी एक के ही साथ बैठने को मिलेगा। आगे चलकर इस निशा शाह का आकार बिगड़ने की वजह से कहिए या इस ट्रिपल रोल के नाटक का पर्दाफाश होने की वजह से कहिए, लखोटिया ने मिस निशा शाह का गाँव के काफी लड़कियोंवाले गोविंददादा कॉलेज में दाखिला करवाया। यह निशा शाह हमेशा अपनी क्लास और कॉलेज की आट्‌र्स, कॉमर्स, सायन्स स्नातकपूर्व से लेकर स्नातक के अंतिम वर्ष तक की सभी लड़कियों से दोस्ती कर जरूरतमंद लड़कियों की टोह में लगी रहती। आगे चलकर लखोटिया ने इस निशा शाह से आधे-आधे हिस्से की साझेदारी पर अपने मामा की चार मंजिला इमारत के तीन फ्लैटों में बड़ा धंधा शुरू किया। सतही मंजिल पर उपमंत्री का शराब का ठेका रात-भर चलता रहता है, जहाँ निशा शाह गल्ले पर बैठती है और ऊपर अकेली (?) रहती है। चौथी मंजिल के तीनों कमरे बड़े-बड़े पलंग, नए फोम के डबल गद्दे, पूरे पलंग का प्रतिबिंब दिखानेवाले विशाल आईने, अलग-अलग मोरियाँ, नल जैसी सुख-सुविधाओं से लैस हैं। ये फ्लैट बैठनेवालों के लिए सुखदायी हैं और ग्राहकों की राह में आँखें बिछाए रहते हैं। वस्तुत: ऐसी यौन मजदूरनियों के लिए लाइसेंस की आवश्यकता होती है, क्या उपमंत्री ने यह ले रखा है?*

वीनस प्रैक्टिकल की इस खबर ने पुलिसवालों के होश उड़ा दिए। कोर्ट में काफी भागादौड़ी मची। आठ-पंद्रह दिनों में मंत्री महोदय ने अनंतराव और *दैनिक मराठवाड़ा समाचार* के संपादक जोशी पर बदनामी के मुकदमे दायर किए। श्रीमती शाह ने भी अपने शील पर कीचड़ उछालने के इल्जाम में अलग से चार-पाँच मुकदमे दायर किए। अनंतराव और जोशी दोनों यह साबित नहीं कर पाए कि निशा शाह ही चकलाघर चलाती है और यह भी साबित नहीं किया जा सका कि लखोटिया उपमंत्री का भांजा है। यही नहीं, उनका वकील यह भी साबित नहीं कर पाया कि यह चार-मंजिला इमारत उपमंत्री की अपनी है। इतना ही नहीं, स्वयं वेणुधरन ने गवाही दी कि ये फ्लैट स्नायु मसाज प्रैक्टिकल के लिए मैंने किराए पर ले रखे हैं। लखोटिया तो छूट गया, लेकिन पत्रकार अनंतराव और संपादक जोशी दोनों को तीन महीने कारावास की अलग-अलग सजा सुनाई गई। लेकिन दया की खातिर अनंतराव की जमानत पर रिहाई हो गई। कोर्ट का यह भी आदेश था कि दोनों सार्वजनिक रूप से माफी माँगें। सरकारी विज्ञापनों के लिए *दैनिक मराठवाड़ा समाचार* पर बैन लगा दिया गया। इस प्राणवायु के अभाव में यह अखबार आगे चलकर बंद हो गया।

इस तरह नया अखबार निकालने का सपना ध्वस्त होने से और दैनिक स्तंभ-लेखन उत्सर्जन भी बंद होने से अब पत्रकार अनंतराव भूत बंगले में भूत की तरह रहने लगा। उसने कहीं बाहर निकलना भी छोड़ दिया। इससे भी भयानक बात कि उसे अनिद्रा ने घेर लिया और वह दिन-ब-दिन कमजोर होने लगा।

मानकापे कहता, चूतड़ की पत्रकारिता और उसकी स्वतंत्रता...खबरासुर का प्रताप देखा न? पार्थ, कम-से-कम अब तो पत्रकारिता की दीवानगी को बक्श दे। कहीं इज्जत से नौकरी देख। अखबार को हाथ भी नहीं लगाना। पाबंदी। मनाही।

फिर भी अनंतराव में कोई सुधार नहीं था। वह चुपचाप अँधेरे में अखबार खरीद लाता और नीचे पाखाने में टॉर्च के उजाले में चोरी-चोरी पढ़ता रहता। उसके पास पैसे नहीं होते तो हममें से किसी के नहाने जाने पर जेब से चार-आठ आने चुराकर पेपर लाकर पढ़ता। फिर हम तीनों ने तय किया कि इस लत से इसे मुक्ति दिलाने के लिए इसे विख्यात हजरत मुनवर उर्फ मुनिवर सूरी की खानकाह में ले जाएँ। खुद दवे मैडम जैसी विदुषी ने मुनिवर की प्राचीन वासनाछेदन पद्धति की प्रशंसा की थी। ऊपर से ट्रीटमेंट भी मुफ्त, मतलब धोखाधड़ी नहीं। इसके अलावा बेगमपुरा के कई लोग सीना ठोंककर कहते थे कि मुनवर बाबा ने शराब, गांजा, वेश्यागमन—वगैरा जिंदगी का सत्यानाश करनेवाली पुरानी-से-पुरानी कई लतों से कइयों को मुक्त किया है। वानखेड़े बोला, अखबार की लत छुड़ाने की कोशिश भी करके देखेंगे।

फिर हम तीनों ने सामने रहनेवाले इसाक चाचा का रिक्शा लिया और सवेरे-सवेरे पत्रकार अनंतराव को—चल उठ, बड़े औलिया सूफी सन्त आए हैं—कहकर उसे रिक्शा में ठूँसा और एलोरा की सड़क पर आ गए। खुल्ताबाद में औरंगजेब की कब्र के पीछे मुड़ने पर एक पुरान ईदगाह के आगे का बड़ा मैदान बैलगाड़ियों, ताँगों,

रिक्शों, गाड़ियों, ट्रकों, ट्रैक्टरों से भरा हुआ था। औलिया मुनवरजी के पास इतनी सुबह-सुबह भी पाँच-छह सौ लोग आए थे। एक टीला चढ़ने के बाद औरत और मर्द कतार में एक विशाल सुरंग जैसे रास्ते से आगे खिसक रहे थे। आगे दोनों ओर की दीवारें इतनी संकीर्ण होती गईं और सुरंग का अँधेरा इतना घना कि कतार के लोग एक-दूसरे को टटोलकर ही आगे कदम बढ़ा पाते। बीच में एक चौक के उजाले में चूने से लिखा था—*उचित फासला बनाकर चलिए।* कतार में पीछे की औरतें वानखेड़े की पीठ को कोंच रही थीं, तो हमारे पीछे चल रहा मानकापे अपने आगे की मुसलमान लड़की को पीछे से पकड़ रहा था। *उचित फासला बनाइए।* मैं अनंतराव को कसकर पकड़े हुए आगे खिसक रहा था। असल बात मालूम होने पर वह भाग जाएगा, इसलिए भी। आगे चलकर दो कतारें बन गईं। सफेद ईरानी चोगा पहने मुनवर बाबा के भक्त हमें एक ऊँचे छतवाले महल में ले गए। सामने मराठी और उर्दू में मुनवरजी का गुरुमंत्र लिखा हुआ था—*बदला मत लो, बदलो* जो कई सदियों की शिष्य परंपरा के तहत उन तक आया था।

औलिया मुनव्वर उर्फ मुनिवर बाबा के पूर्व जीवन की कई सच्ची-झूठी अफवाहें कतार में समय बिता रहे हिंदू-मुसलमान-जैन-बौद्ध सभी की ओर से सुनाई देती थीं। हर कोई उन्हें अपनी ही जाति का बताकर गप्पें हाँक रहा था। परंतु *जाति न पूछो साधु की*—का जवाब उसे मिल जाता। वानखेड़े बोला, अरे इस कहावत का अर्थ यह होता है कि हमारे देश में साधु कभी ऊँची जाति का होता ही नहीं। सो क्यों उसकी मामूली जाति को मालूम कर फिजूल में मोहभंग करवाएँ? हाँ हाँ। एक राष्ट्रीय दर्जे की अफवाह यह भी थी कि मुनिवर पहले आई.सी.एस. बनने लंदन गए थे, लेकिन सावरकर के संपर्क में आने पर क्रांतिकारी समझकर पकड़े गए और फिर जेल तोड़कर हिमालय में योगियों के साथ घूमे और अब आजादी मिलने पर प्रकट हुए। दूसरी गप थी, वे बड़े डॉक्टर थे, लेकिन गोवा मुक्ति आंदोलन में सत्याग्रहियों के साथ म्हापसा के पास पकड़े गए। सजा के तौर पर पुर्तगीज सैनिकों ने उनके सिर पर नारियल तोड़ा और उन्हें बॉर्डर पर लाकर फेंक दिया। तब से उनकी याददाश्त चली गई। लेकिन स्वास्थ्य संबंधी प्रश्न वे तुरंत समझ जाते थे। उनका शील और गुण बिलकुल महात्मा की तरह थे। उनके शिष्य एक-एक को अंदर ले जाते। अपवादस्वरूप ही कोई दूसरा साथ जा सकता था। मैंने इशारे से समझाया कि अनंतराव अकेला अंदर नहीं जा सकता और तरकीब से अनंतराव के साथ प्रवेश पाया। एक शिष्य बोला :

आइए, छात्र लगते हो। क्या हुआ है इन्हें?

मैंने संक्षेप में परेशानी बयान की।

मतलब? अखबार? और लत? छूट नहीं रही?

मुनवरजी के चेतनालोक में यह प्रश्न नया था। फिर मीडिया की दानवी शक्ति पर मैं पाँच मिनट तक बोला। इसके साथ ही उन्होंने आँखें बंद कर समाधि लगाई।

फिर अचानक हँसी फूटता उनका प्रसन्न चेहरा ज्ञानशक्ति की सीमा से परे जाकर लौट आने जैसा हमें जानने की कोशिश करने लगा। आश्चर्य इस बात पर हुआ कि यह समझाने की जरूरत ही नहीं पड़ी कि इन्हें अखबार की यह लत कैसे लगी है। उनके सामने यही समस्या थी कि इस लत से निजात कैसे पाएँ। क्योंकि यह सब उन्हें मानवीय उत्क्रांति की एक नई विकृति लगी। लेकिन वे समझ गए। चिंतातुर सुर में बोले, पिछले चौक में जरा रुकिए।

तब तक शिष्य ने कतार के अगले व्यक्ति को औलिया के सामने खड़ा कर दिया। मैं पिछले चौक में अनंतराव को बिठाकर चुपचाप एक बड़ी खस की टट्टी की आड़ से दरवाजे में खड़ा मुनवर बाबा की वासनाछेदन की अद्‌भुत चिकित्सा देखता रहा। चेहरे को काफी देर तक घूरकर किसी से वे अश्लील प्रश्न भी पूछते : तुम्हारा लंड का कुछ प्रॉब्लेम है? मुंबई से बड़ी-सी तोंद तौलते हुए आए आदमी को उन्होंने मंत्र दिया : जहाँ तक हो सके काम पर जाते समय पैदल चलकर जाइए, आठ घंटे या बीस मील—इनमें से जो पहले आएगा उतना। दूसरे व्यक्ति का कोई त्वचारोग ठीक नहीं हो रहा था, उसे सलाह दी : रोज शाम को काम से लौटने पर नहाना, सुबह नहीं। सही भी था क्योंकि यह हिंदू पद्धति गलत ही है कि सुबह-सुबह साफ-सुथरा बनकर बाहर निकलना और दिन-भर की गंदगी शरीर पर ओढ़कर खाना-पीना, बाल-बच्चों को प्यार करना और सो जाना। दाँत गिरे हुए एक खोंडर मुँहवाले को सलाह : दोनों बार ब्रश से ही दाँत माँजने की बजाय एक बार ब्रश से और एक बार केवल उँगली से दाँत माँजो—मसूड़े रगड़कर। इसके अलावा ऊपर-ऊपर से ब्रश करने की बजाय दाँतों में फँसा कचरा धागे से निकालना ज्यादा अच्छा। एक नेताजी को : खुजली हो रही है? ऐसे बगूले जैसे सफेद कपड़े मत पहनिए। कपड़े सादे पानी से धुलवाइए। साबुन का इस्तेमाल कम कीजिए। बनियान-जाँघिया सीधे यानी सिलाई को बाहर की तरफ करके पहनिए। *दुनिया को कैसा लगेगा* की चिंता में तुम्हें ये चट्टे पड़ गए हैं। अब इसकी ओर ध्यान दो कि अपनी कोमल त्वचा कैसे अच्छी रहेगी। सत्तर की उम्र के एक आदमी को वे मंत्र दे रहे थे : हस्तमैथुन में कुछ भी गलत नहीं है। इस उम्र में तुम्हारी बीवी अलग रहने को कह रही है, उसकी रोज की पीड़ा टलेगी। तुझ बूढ़े के लिए भी यह बहुत सुविधाजनक है। इसके अलावा इस उम्र में बदसंग से गुप्तरोग, एड्स खरीदने का बिलकुल खतरा नहीं। हमारे प्राचीन मुनियों की महानता का रहस्य यही था।—हस्तमैथुन सस्तामैथुन मस्तमैथुन। चलिए।

पूरी कतार खत्म होने तक यही चलता रहा। फिर औलियासाहब समाधि लगाकर बैठ गए। इस बीच उनका शिष्य हमें उनकी तरफ ले गया। काफी देर बाद मुस्कुराते हुए उन्होंने आँखें खोलीं। बच्चो, हमारे बड़े भक्तगणों में भी यह तकलीफ है। उसे जड़ से उखाड़ने का मंत्र सुनिए :

1. सुबह देर से उठना, मतलब अन्य महत्वपूर्ण कामों की आपाधापी सामने आएगी और अखबार पढ़ने की दगाबाज बेला टल जाएगी।

2. अचानक त्याग देना। इसके लिए बहाना चाहिए हो तो घर के व्यक्ति की मृत्यु अथवा ऐसी ही किसी प्रमुख घटना का औचित्य साधकर प्रतिज्ञा करना। इसके बाद दरवाजे में अखबार सामने भी पड़ा हो तो उसे रौंदते हुए निकल जाना।
3. एक दिन छोड़कर और फिर एक-एक दिन बढ़ाकर आगे महीना-भर के लिए अखबार को हाथ नहीं लगाना। गलती से भी नहीं छूना। अन्य सात्विक मजमून पढ़ते जाना। बहुत महत्वपूर्ण समाचार अपने आप कानों तक आ जाते हैं। उनकी चिंता करने की आवश्यकता नहीं। अखबार की लत छूटने पर दिन कैसा ताजगी-भरा गुजरता है, इसकी सार्वजनिक रूप से चर्चा करना।

परीक्षा को महीना-भर रह गया था और अचानक सहपाठी जिगरी दोस्त रघु नायक बंगले के बाहर ट्रक खड़ा कर ऊपर आया और बोला, खंडेराव भाय, चलिए, शशि का ब्याह अचानक तय हो गया है। ये रही माँ की चिट्ठी:

बेटा, हमारे आँगन का यह आखिरी पंडाल। फिर बीस साल बाद या जाने कब हमारी छोटी-सी गौरैया की शादी होगी, यहाँ या कहीं और, तब तक कौन जीता है और कौन मरता है या गौरैया ही जीती है या मरती है या चली जाती है किसी और का हाथ पकड़कर-किसे पता? तू जरूर चले आना। तुम्हारे लिए भी अब लड़कियाँ ढूँढ़ना शुरू करना पड़ेगा। बीते गुढ़ीपाड़वे को तू तेईस का हो गया है। परीक्षाओं का क्या है, वो तो हमेशा चलती ही रहती हैं। लेकिन शादी-ब्याह के मौके पर ही जवान लड़कियाँ करीब से देखी जाती हैं। कोई अच्छी लड़की अचानक मिल जाती है। लड़कियोंवाले भी हमें देखते रहते हैं। बेटा, शादी जिंदगी में एक ही बार होती है। रघु के साथ तुरंत चले आना।

रात में रघु के ट्रक पर गपशप करते और बीच-बीच में धाबे पर खाते-पीते हम सुबह मोरगाँव पहुँच गए। दो दिन बाद फिर इसी तरह औरंगाबाद लौट आया।

दो दिन तक मन में परेशानी-ही-परेशानी, नाते-रिश्तेदार मेहमान, भीड़, सैकड़ों विधियाँ—इनमें केवल दुल्हन के छोटे भाई द्वारा की जानेवाली दो-चार विधियाँ मुझे करनी पड़ीं। हमारे नए बहनोई दूल्हेराजा अपने सिंचाई विभाग के करीब दो-सौ बाबुओं और चपरासियों को विशेष बाराती बनाकर अपने साथ लाए थे। वधू पक्ष की फजीहत करने और अपना रोब झाड़ने के लिए भी। इसके अलावा देवल के बजनिया के दो तायफे और रंगबिरंगे यूनिफॉर्म पहने फालतू-से दिखनेवाले चालीस बजनियों का बैंड। वह अपने खर्च से चार-पाँच एस.टी. बसें दो दिनों के लिए ठेके पर लाया था। इससे यह अनुमान मंडप में सुनाई देता था कि उसकी रिश्वत की आमदनी कितने हजार की होगी। क्या किस्मत पाई है शशि बिटिया ने।

इन सबकी खातिरदारी अकेले भावडू को ही करनी पड़ी। बीड़ी-सिगरेट, पान-तंबाकू, शरबत, चाय, गद्दे-चद्दर से लेकर मान-मनौती तक, सब कुछ। उधर सोना भाभी भी दूल्हे की माँ और बाराती स्त्रियों की सेवा, शिकवा-शिकायतें निपटाते-निपटाते परेशान। बेवकूफों की बारात। इन देहाती लोगों की दृष्टि से शादी मतलब केवल खाना। पंगत पर पंगत। सारे गाँव को चूल्हा न्यौतना, मतलब कोठी में दिन-भर रसोई और खाने-पीने का ही हो-हल्ला। भावडू ही सब कुछ सँभाले हुए था। ऊपर से घर में ही अड्डा जमाकर हुक्म झाड़नेवाले दोनों बड़े बहनोइयों की सेवा। ये दोनों वीर इस टोह में लगे रहे कि शादी में उन्हें क्या जामाता-सौगात मिलेगी। यह रिवाज है कि दुल्हन का छोटा भाई इनके पैर धोकर प्रत्येक को सोने की एक-एक मुंदरी दे। यह मालूम पड़ते ही मैं ऐन मौके पर अटारी से पीछे नदी की तरफ गायब हो गया। बेचारे भावडू ने ही दोनों के पैर धोए और उन्हें जामाता-सौगात दी।

बड़े बहनोई वकीलसाहब हमेशा की तरह असंख्य व्यंजन खा-पीकर कमाल के वाहियात शाब्दिक परिहास कर रहे थे। मसलन, कोई बोला, हम अज्ञजन—वकीलसाहब—अ से ज्ञ तक बारहखड़ी आ जाए तो अज्ञजन बनता है। हँसी। दिन-भर इसी तरह बार-बार पेट फुलाकर।

लाड़ली का आर्किटेक्ट शराबी पति दिल्ली से आया नहीं था। उसे अँगूठी नहीं मिली, इसलिए इन दोनों बहनोइयों को बहुत अफसोस हुआ। अब तो वह बहुत ज्यादा शराब पीने लगा था। इसलिए लाड़ली ने अंतिम चेतावनी भरा झगड़ा उससे किया कि अगर आप शराब पीना पूरी तरह से छोड़ देंगे, तभी मैं दिल्ली वापस आऊँगी, और दोनों लड़कियों समेत गुस्से से मायके आ गई थी। कुटुंब-व्यवस्था कितनी कमजोर होती है? मिट्टी के बर्तनों जैसी। कभी भी टुकड़े-टुकड़े हो सकती है। इस दबंगई से लड़की की जिंदगी बरबाद हो जाएगी। ऊपर से उसकी दोनों ही लड़कियाँ हैं, लड़का नहीं—उसके भविष्य की चिंता में दिन-रात घुलते रहने से पिताजी की शानो-शौकत फीकी पड़ती गई। और खंडेराव, तुम्हारा भी यों खिंचा-खिंचा बर्ताव। पिताजी से संवाद ही नहीं। वे पूछते हैं, खंडू, हमारी लाड़ली का क्या करें? तुम्हारा जवाब—शादी के लिए जल्दी की, अब भुगतिए उसके फल। वे बेचैन होकर पूछते हैं, खंडू, छुट्टियों में आएगा न तू, परीक्षा खत्म होने पर? तू—कैसी छुट्टी? कैसी परीक्षा? उच्च शिक्षित लड़का अपने पिता से ऐसी बातें करता है? ठीक से बताया नहीं जा सकता था कि पिताजी, एम.ए. की परीक्षा होने पर मुझे पी-एच.डी. की तैयारी करनी है। बहुत कठिन होता है पी-एच.डी. के लिए जगह पाना।—खंडेराव, अरे अरे, पश्चाताप के सिवा अब तू कर ही क्या सकता है? जिंदगी-भर जी-भर अफसोस करते रहना, यही तुम्हारे बस में रह गया है।

शादी की आपाधापी में भावडू इस कदर धँस गया था कि पाँच मिनट के लिए भी उससे आराम से बातें करने का अवसर नहीं मिल पाया। बेचारे के पीछे हमेशा काम-ही-काम। दोनों दिन वह ठीक से सो भी नहीं पाया होगा। और सोना भाभी?

वह तो हमेशा चूल्हे के पास ही रहती थी। रात में भी और दिन में भी। बस एक बार बहनों के आग्रह पर पंगत में उसके गालों पर गुलाल लगाना पड़ा और फिर एक बार रस्म की खातिर उसकी पीठ पर पापड़ तोड़ना पड़ा।

रात में निकलते समय भावडू से बिदा लेनी थी, लेकिन काफी ढूँढ़ने पर भी वह नहीं मिला। आखिरकार जब ट्रक शुरू हुआ तब वह गोठ से जल्दी-जल्दी में दौड़ता हुआ आया—गले में अंगोछा लहरा रहा था। गाय की पूँछ से गोबर के धब्बे लगी ढीली धोती, शादी में पहना सोने के बटनवाला रेशम का कुर्ता, नाखूनों में भैंसों के सानी का आटा, सिर के बड़े-बड़े गट्ठर जैसे बालों में घास के तिनके—जोर से चिल्लाकर वह बोला,

अब उधर ही मिलेंगेऽऽ

उधर ही? अब दिल में टीस उठती है, लेकिन तब, खंडेराव, तूने कहा ठीऽक है। ट्रक रिवर्स गियर में पीछे खिसकता गया। भावडू वहीं हाथ हिलाता हुआ खड़ा आँखों से ओझल हो गया। उसी समय महाद्वार के बाहर नदी की ओर दूर तार स्वर में महारी शहनाई, डफ, मशालची, पीछे से पूरा सिर ढँके छायाओं जैसी स्त्रियाँ मरीमाई के मंदिर की ओर जाती हुई दिखाई दीं। लगता था इंद्रियों के परे का कुछ चल रहा है। मानो वह ट्रक हमारे घर से ही उल्टे गियर में भयानक रफ्तार से पीछे-पीछे ले जाकर ठेठ बेगमपुरा के भूत बंगले पर मुझे उतारकर चला गया। *भावडू, अब उधर ही मिलेंगेऽऽ।* उधर मतलब मृत्युलोक में?

घर से लौटते ही परीक्षा की जानलेवा तैयारी। लगातार पूरा महीना क्षुब्ध। तोता-रटंत। पृथ्वी के आरंभ से लेकर भूगर्भ की सतहें, निर्जीव से जीव की उत्पत्ति। पुराना अश्मयुग, नया अश्मयुग, उसके—पूर्व तथा पूर्वमध्य और मध्य तथा उत्तर कालखंड, ब्रांज युग—इतिहासपूर्व काल, पुरातन इतिहास, प्राचीन इतिहास—दिमाग चकरानेवाले हड्डियों के अलग-अलग प्रकार, रेखांकन, आकृतियाँ, हमारा मुँह चिढ़ाती अलग-अलग वंश की क्रूर खोपड़ियाँ, मिस्र, मेसोपोटेमिया, निनेवा, सिन्धुदेश, पहले बानर मनुष्य की खोपड़ी के नाप। तुस्काना लड़का। हिमयुग, स्थानांतर। ग्रीक, रोमन, हिब्रू—और व्रत, जागना। बार-बार कॉली फॉस। सिलिका। एक लाख शक्ति की होमियोपैथी दवाइयाँ। प्रवरा तट के एक उत्खनन शिविर में डेक्कन कॉलेज के मिश्रा सर ने बड़े मनोयोग से बारह क्षार और होमियोपैथी पढ़ाई थी, वह अब काम आ रही है। पीठ दर्द—ॲण्टिमनी शुरू करो। आँखों पर तनाव? रूटा लो। वाह। एलोपैथी नहीं और डॉक्टर के पास जाकर समय की बरबादी भी नहीं। किताबों से घर अटा पड़ा है पार्थ। खंडेराव, एक बार तो खा ले, मर जाएगा साले रातोंरात। जनुकशास्त्र मालूम होना ही चाहिए। शरीर रचना याद होनी ही चाहिए। मानववंशविज्ञान का नया अनुसंधान जरा-सा ही सही, पढ़ना चाहिए। उत्खननों का इतिहास विवरण समेत

पहले ही पक्का किया हुआ है, यह अच्छा हुआ—ट्रॉय, बॅक्ट्रिया, माया, जेरूसलेम, हड़प्पा, तक्षशिला, पैठण, दौलताबाद। पहली बार कंकाल जोड़ते वक्त धीमा रोमांच। और एक-दो बार इस तरह कंकाल जोड़ दिया, तो हमारे भीतर की पूरी रूमानियत ही खत्म हो जाएगी। पोर, जोड़, कलाई—कितनी सारी हड्डियाँ-ही-हड्डियाँ। सुन्दर कोमल हाथों की त्वचा के नीचे ये ऐसी हड्डियाँ होती हैं? तीनों पार्टनर बेचारे कम-से-कम आवाज करते। बिना बताए मेरे लिए अंडे, ब्रेड, केले ले आते। मानकापे ने तो मुझ पर एक व्यंग्य भी तैयार किया था :

एक तो हिंदू ऊपर से इतिहास पढ़ा।
हो गई ऐसे में इसे पुरातत्व की पीड़ा॥

आजकल किसी ने हमारे बंगले के पिछले कोने में गैरकानूनी बूचड़खाना शुरू किया था। आसपास के गरीब किसानों को कटे हुए बकरों के खुर, सींग, बचा-खुचा सारा मुफ्त में देकर उसने अपना धंधा जमा लिया था। रात में कोई बकरियों, मेमनों, बकरों को लाकर काटने के लिए छोड़ देता, और फिर सुबह-सुबह खट-खट की आवाजें शुरू होने तक मौत की प्रतीक्षा में खड़े इन जीवों की आक्रोशपूर्ण बें-बें जारी रहती। बीच में ही सारा रेवड़ नीचे बंगले के बगीचे में घुसकर कोलाहल मचाता। फिर बूचड़ के पासवाला लड़का हुर्रर हुर्रर करता हुआ एक-एक का कान पकड़कर खींचकर ले जाता। शनिवार को तो आधी रात से ही एक-एक को खींचकर खट-खट कर मारने की आवाजें। विद्यानगरी के सभी शाकाहारी प्राध्यापकों को रविवार के दिन मांसाहारी होने के लाभ मालूम हो चुके थे। ऐसे में कोई किसी ऐसी दुधारू बकरी के फूले हुए थन दुहने की उतावली में, जिसका मेमना पहले ही काट डाला गया हो। बकरी उतनी देर खामोश खड़ी रहती। उसे छुरे तले ले जाने से पहले लोटा-भर दूध चुर्र सुर्र चुर्र सुर्र करते दुहने की आवाजें। खंडेराव, ऐसी दिल दहलाती आवाजों के बीच नींद कैसे आएगी? स्थितप्रज्ञ बन। सोने की कोशिश कर। क्यों, मनुष्य का इतिहास क्रौर्य के अलावा कुछ और भी कहता है? इन सारी बातों समेत ही मनुष्य प्राणी है।

फिर भी मैंने यथासंभव नींद ले-लेकर परीक्षा दी।

हाँ, बोलिए मछिंदर मानकापे, अपना नाम बताइए। शिक्षा?

नाम वही जो आपने कहा, सर। शिक्षा वगैरा सब कुछ आपके हाथ की अर्जी में लिखा हुआ है।

अच्छा, मराठी की पहली कवयित्री कौन है?

महदंबा ढवले।

खूब। बंदे मॅटरम राष्ट्रगीत किसने लिखा?

बंकम चंद्र।

आपकी पसंदीदा किताबें कौन-सी हैं?

पढ़ता ही नहीं हूँ, तो पसंदीदा होने का सवाल ही कहाँ पैदा होता है?

बढ़िया। अब बताइए आज के अखबार में यानी कल की रद्दी में कौन-सी महत्वपूर्ण खबर छपी है?

जब से मुनिवर आचार्य जी से गुरुमंत्र लिया है, अखबार पढ़ना बंद कर दिया है।

आपको वक्तृत्व आता है?

वक्तृत्व यानी भाषणबाजी ही न? क्या करना है वक्तृत्व का? सुननेवालों को बेवकूफ बनाने की कला...

मैंने इतना ही पूछा है न कि क्या आपको वक्तृत्व आता है? फालतू विद्वत्ता किसलिए। सवाल ठीक से सुनाई दिया? मैंने सवाल क्या पूछा और आप किस बात का जवाब दे रहे हैं?

मैं कहाँ जवाब दे रहा हूँ?

मैंने क्या सवाल पूछा था?

मुझे कहाँ याद है आपका सवाल? एक साथ चार-चार पाँच-पाँच सवाल पूछ रहे हैं आप?

अब एक आखिरी सवाल पूछूँ?

आपके सवाल का जवाब देने का सवाल ही कहाँ पैदा होता है?

अपने कमरे में जागते हुए मुझे इस तरह बगलवाले वानखेड़े के कमरे से, फॉरेस्ट अफसर पद के लिए मच्छिंदर मानकापे के इंटरव्यू का ड्रेस रिहर्सल सुनाई देता था। मैं फिर आँखें बंद कर इस भूत बंगले में बीते दो साल के मस्ती-भरे दौर को याद कर सुख से सो जाता हूँ। यह रमणीय दौर बीत गया। सभी ने खूब पढ़ाई की। बढ़िया पेपर लिखे। मेरी ही परीक्षा सबसे लंबी खिंची। परीक्षा खत्म होने पर दो रातें और एक दिन लगातार सोते हुए आज तीसरे दिन भी मैं थकान उतार रहा था। मैं जग गया, तब ये तीनों मेरे मुँह पर ठंडा पानी छिड़क रहे थे।

अरे अभी है, खंडेराव जिंदा है। सो जा पार्थ, सो जा।

खंडेराव, भरपेट नींद लेकर तूने कसर निकाल ली है। अब सोने का कुछ भी बकाया नहीं रहा होगा, चलो उठो तैयारी करो। आज दिन-भर मौज-मस्ती करेंगे। कल मुझे इंटरव्यू के लिए मुंबई रवाना होना है। फिर कहाँ बार-बार मिलना होगा? कोइम्बटुर में साल-भर की ट्रेनिंग। फिर पता नहीं कहाँ पोस्टिंग होती है या...पाखाने में ले जाओ रे खंडेराव को—नहा ले बच्चा, या हम नहलाएँ? चलो, जल्दी निकलेंगे।

आनेवाले दिनों की जानलेवा भाग-दौड़ की कल्पना मात्र से ही मेरी नींद उड़ गई। हम चारों चार दिशाओं में जाएँगे। इनमें मेरी दिशा कौन-सी होगी? भाई-भाई की तरह हम चारों एक साथ रहे—कितनी समृद्ध यादें—दिन-रात पढ़ाई, नाझ में

चली बकवास, कविताएँ, सिगरेट, तंबाकू, हँसी–मजाक, उपदेश, परीक्षा, लाइब्रेरी, रसोई के असंख्य परीक्षण—और बशर के ठेले की ग़ज़लें, पद्मपाणि बुद्ध जैसी लंबी–लंबी उँगलियों में सोपकेस को हौले से पकड़कर चलनेवाला पत्रकार अनंतराव, हमेशा खटिया पर M आकार में रजाई तैयार रखकर झट से उसे ओढ़ भीतर कविता रचनेवाला कविराज मछिंदर मानकापे, झोपड़ी में बकरों के पास पढ़ाई करके हमेशा अव्वल आनेवाला और अब पी–एच.डी. के लिए अमेरिका जाने की तैयारी कर रहा बी.सी. वानखेड़े।

दोपहर में खुल्ताबाद के रेस्ट हाऊस पर खाना बनाने के लिए कहकर हमने एलोरा का सारा इलाका घूमकर उस दिन जश्न मनाया और शाम को वापिस रेस्ट हाऊस पर खाने के लिए आ गए। टूरिस्टों के साथ हम तीनों बतौर गाइड यहाँ कई बार आते थे। इसलिए रेस्ट हाउस का खानसामा सिराज हमें अच्छी तरह से पहचानता था। सन् 1327 में मुहम्मद तुगलक दौलताबाद को नई राजधानी बनाने के लिए दिल्ली से लाखों लोगों को यहाँ लाया। बाद में लगभग सभी उत्तर हिंदुस्तान लौट गए। लेकिन कुछ लोग अलग–अलग कारणों से हमेशा के लिए यहीं बस गए। उन्हीं में एक सिराज का प्रसिद्ध घराना था। बढ़िया भोजन के बाद पान की तश्तरी, तंबाकू, सिगरेट वगैरा लेकर सिराज आया और हमारे साथ पुरानी यादों को ताजा करते हुए गपशप करने लगा। अचानक उसने वानखेड़े से आत्मीयता के सुर में पूछा, क्यों, बेगमसाहिबा का कैसा चल रहा है? उन्हें लाया नै?

सुनने ही वानखेड़े सिटपिटाया।

मैंने भी तुरंत मजाक में कहा, क्यों रे, वह पाठक लड़की दिखाई नहीं दी काफी दिनों से?

तभी अनंतराव ने मुझे इशारा किया कि इस विषय को मत छेड़ना। वानखेड़े ने भी बड़ी होशियारी से कलकत्ता पान में तंबाकू डालकर बड़ी–सी गिलौरी ठूँसते हुए अपना मुँह भर लिया और केवल हाथ से दो–चार इशारे कर चुप हो गया। उसका मुँह यों बंद हो जाने के कारण पाठक लड़की का अध्याय उसके मुँह से सुना नहीं जा सका। लेकिन दो–तीन दिन बाद अनंतराव ने मुझे विस्तार से बताया कि गाँव की एक लड़की के साथ इस साले वानखेड़े की शादी बचपन में ही हो चुकी है। अब पिंगलकेशा से रजिस्टर मैरेज करने के दरमियान उसी के एक गाँववाले ने यह लफड़ा खोदकर बाहर निकाला। फिर वकील के जरिए पहली बीवी को कानूनी नोटिस, रिवाज के अनुसार अखबार में तलाक—वगैरा सारे झमेले पार करने के बाद ही यह इस दूसरी लड़की से शादी कर पाएगा। काफी भागदौड़ चल रही है, साला। अरे, उस गाँव की पहली बीवी को तलाक देने के लिए कांबले वकील के जरिए दिया अखबार का नोटिस मैंने खुद पढ़ा है। किसी को बताना नहीं, अपने तक ही रखना। मछिंदर से भी नहीं कहना। करने दो उसे जो करना है। देखेंगे कि हमें भी सच्चाई बताता है या नहीं।

लेकिन उस दिन रेस्ट हाऊस पर वानखेड़े भोला-भाला बनकर हमसे बहस कर रहा था। मुझे भी उसका यह मामला मालूम नहीं था। फिर मछिंदर की टाँग खींचने के इरादे से मैंने उसे छेड़ा, वो *बट आलसो* भी आजकल दिखाई नहीं दी? क्या चल रहा है तुम्हारा? क्यों? ऐसी वाहियात लड़कियाँ आप जैसे किसानों के घरों में समा पाएँगी? तुम जैसे कलेक्टर बन रहे देहाती लड़के इस तरह की आई.एस.आई. मार्कवाली रेडीमेड लड़कियों से ब्याह करेंगे तो तुम्हारे अपने गाँव की देहाती लड़कियों से कौन ब्याह करेगा? क्या हमारी गाँव की लड़कियाँ जिंदगी-भर सुबह-शाम दूर कुएँ से पानी ढोना, रसोई, बर्तन-कपड़े धोना, झाड़ू-कटका, गोबर-पुताई—यही सब करती रहेंगी?

वानखेड़े के मुँह का तोबड़ा अभी भी बंद था, लेकिन उसके कान हमारी ही तरफ लगे हुए थे। अनंतराव धूर्त चेहरे से उसकी ओर अपनी पत्रकाराना निगाह से देख रहा था।

मछिंदर, घर के सारे काम निपटाकर खेत में खप रहे अपने माँ-बाप के लिए रोटियाँ थापनेवाली, भाई-बहनों को सँभालनेवाली और सारा काम निपटाने के बाद स्कूल जाकर जैसे-तैसे दसवीं-बारहवीं तक पहुँचनेवाली गाँव-देहात की लड़कियों को ये चौड़ी सड़कें, दुकानें, नाटक, घूमने के लिए बगीचे, घर में नल, बाथरूम, पाखाना जैसी नागर सुविधाएँ कब मिलेंगी? क्यों? इन गरीब सिंड्रेला लड़कियों को कभी प्रिन्स वानखेड़े, प्रिन्स मछिंदर मिलेगा या नहीं?

अब वानखेड़े से बिलकुल नहीं रहा गया। ठोड़ी ऊपर करके पान की लुगदी से आवाज निकालकर वह बोला, मटलब? क्या शिंड्रेला शहर में नहीं होटीं?

ऐसा बोल न कि केवल शहर में ही होती हैं।

मेरा मतलब वह नहीं है, लेकिन क्या ये सोच संकीर्ण नहीं है?

और केवल शहरी, शोख, चंट लड़की दिखते ही, झट प्यार और पट शादी—ये संकीर्णता नहीं है? केवल विषम अवसर देनेवाले हमारे जैसे देश में क्या यह विवेकहीनता नहीं है? एक तो हमारी संस्कृति में शादी जैसा अवसर एक ही बार और वह भी अंतिम। केवल शहर की और उसमें भी ऊपरी वर्ग की लड़की को चुनना, क्या ये भेदभाव नहीं है?

देखो, जवानी दीवानी होती है। जाति, वर्ग ये सांस्कृतिक बातें कृत्रिम होती हैं। ऊपरी होती हैं। प्राकृतिक जैविक बातें ही बेसिक, भूगर्भ की तरह होती हैं। अपना ग़ालिब याद कर—

है ये वो आतिश ग़ालिब
के लगाये न लगे और बुझाये न बने

विवाह-संस्था को परोपकारी धर्मादा संस्था ही बनाने पर आमादा हैं खंडेराव जैसे लोग। अहिल्योद्धारक रामचंद्र श्री. खंडेराव महाराज की जऽय।

लेकिन फिर अपनी पसंद का कोई महत्व ही नहीं है? प्यार—

चूतड़ का प्यार। देखो, वर–वधू द्वारा एक–दूसरे का चयन करने का यह लचर तरीका यानी—केवल शहरी, उच्चवर्गीय, पूँजीवादी और पाश्चात्य व्यक्तिवादी मूल्य है। संसार में करोड़ों चीनी, हिंदू, अरब, अफ्रीकी, आदिवासी जनसमुदाय यह माइक्रो चयन का झमेला नहीं मानते। जैविक दृष्टि से उचित साथी, यही है सौ फीसदी चयन। दरअसल, सुन्दर न हो, ऐसी लड़की तो होती ही नहीं है।

मतलब, तुम्हारे मुताबिक सौंदर्य में कम–ज्यादा कुछ होता ही नहीं?—सिमेट्री—

चूतड़ की सिमेट्री।

हॉ हॉ। वह तो बेसिक होती है।

इस चयन के आडंबर को किस सीमा तक ले जाएँ? डेटिंग् करने के बाद भी जब आधे लोगों को तलाक ही लेना है, तो इसकी बजाय जिन्होंने अंत:पट हटने तक एक–दूसरे को देखा तक नहीं है, क्या ऐसे लोगों की गृहस्थी सुखी नहीं है? शादी के बाद प्यार नहीं हो सकता? और इस तरह परंपरागत शरीर संबंधों से प्रतिभावान सन्तान का जन्म नहीं हुआ है?

क्या शादी के बाद डेटिंग की जा सकती है?

खंडेराव, बहुत ही पुरानी दकियानूसी सोच है तुम्हारी। क्यों मछिंदर?

मानकापे अडिग रहा, बोला, दकियानूसी होगी, लेकिन मानवतावादी तो है ही और कंगालों के लिए हितकारी भी है। और नैतिक भी।

हमारी परीक्षाओं के दौरान ही मालूम हुआ कि पवार सर ने अपने रीडर और विभागप्रमुख पदों से इस्तीफा दे दिया है और वे दिल्ली के पुरातत्व विभाग में क्लास वन सुपरिटेंडेंट आर्कियालजिस्ट का पद ग्रहण करने जा रहे हैं। साथ ही यह भी मालूम पड़ा कि उनके घर का सामान भी शिफ्ट हो गया है।

उन्होंने मुझे मिलने बुलाया। जब मैं गया तब वे हमारे पुरातत्व विभाग के म्यूजियम में अपने कमरे की फाइलें उलीच रहे थे। मेरे जाते ही उन्होंने चपरासी को शेट्टी के कैंटीन से चाय और उत्तपा लाने को कह दिया। मैं हमेशा भूखा रहता था, इसलिए वे मेरे लिए खास तौर से उत्तपा मँगवाते।

...कैसे रहे पेपर? खैर, परीक्षा अच्छे–से तो खत्म हुई न? बस। अब आगे की सोचो। अब फौरन पी–एच.डी. का सिनॉप्सिस बनाने में जुट जाओ। इस स्टेज पर जितनी अधिक भागदौड़ करोगे, उतने तुम्हारे पी–एच.डी. के साल अच्छे–से कटेंगे। मेरा भी बैड लक कि अब मैं तुम्हारा गाइड नहीं रहूँगा। लेकिन कोई बात नहीं। ये मेरा पता और फोन नंबर लो—कभी भी, रात–बेरात कुछ भी पूछना। संकोच नहीं करना। हमारे यहाँ बतौर विजिटिंग प्रोफेसर आनेवाले रित्ती सर मैसूर के ही हैं। उनके पास तुरंत मैसूर चले जाओ। विजयनगर, हम्पी का उत्खनन उन्होंने ही करवाया था। वे तुम्हारी सहायता करेंगे। वे तुम पर बहुत खुश थे। मेरा पत्र भी साथ में ले जाओ। वहाँ सारी प्राथमिक जानकारी इकट्ठा कर, ढाँचा

बनाकर ही लौटना। तब तक इधर तुम्हारा एम.ए. का नतीजा भी आ जाएगा। फिर खुद ही तय करना कि कहाँ पी-एच.डी. करना है—बड़ौदा में, इलाहाबाद में, पुणे के डेक्कन कॉलेज में—सभी जगह मेरे मित्र हैं। लगभग सभी यहाँ आकर भी गए हैं। तुम्हें भी पहचानेंगे। तुम खुद वहाँ हो आना। डिपार्टमेंट देखना, जानकारी इकट्ठा करते रहना। अब पीछे नहीं रहना है। तुम्हें बड़ा आर्कियालजिस्ट बनना है। पी-एच.डी. की बड़ी अवधि तुम्हें वहाँ बितानी है। मुझे तो पाँच साल लगे थे। इसी उम्र में खूब जी भरकर अनुसंधान कर लेना। आगे जिंदगी-भर वही हमारे साथ रहता है। अब कुछ सालों तक गाँव, घर-बार सब कुछ भूल जाओ। एक बार सींग भिड़ा दिए न तो बस। फिर चाहे सींग टूटें या पी-एच.डी. छूटे। मुझे यकीन है, तुम्हें कोई भी कहीं भी पी-एच.डी के लिए अपना छात्र बना लेगा। और हाँ, तुम्हारे बंगले के मालिक डॉ. के.बी. देशपांडे अक्तूबर में भारत लौट रहे हैं। सो अपने दोस्तों को बताकर रखना। तब तक तुम्हारा भी अनुसंधान का विषय तय हो जाएगा। रजिस्ट्रेशन या फेलोशिप मिलने तक लेक्चररशिप भी तुम्हें कहीं-न-कहीं मिल ही जाएगी।

फिर बीच में ही फाइल खोलते हुए बोले, देखो, यह म्यूजियम खड़ा करने में खुद तुम्हारी कितनी मेहनत लगी है? ये नांदेड़ जाकर कबाड़ से सस्ते में खरीदकर लाए तुम्हारे छुरे, अंकुश, वह गुप्ती, यह बिछुवा, बाण। ये तलवारें—शेंदुर्णी में हम दोनों ने जागीरदार से पाई—यह नागिन, वह खाँड़ा। यह पानीपत का तुम्हारे मोरगाँव से मिला नाखून उखाड़ने का यंत्र तो लाजवाब है। कितनी तकलीफ होती होगी? दुर्लभ वस्तु...लेकिन इतनी मेहनत करके भी हमें—क्या मिला? अपमान, जाँच, आरोप...

भावावेश के कारण सर की आवाज भारी हो आई। बाद में दाँत पीसते हुए तैश में आकर बोले, मैं इन जातिवादी हरामखोरों को बदनाम किए बिना नहीं रहूँगा। अब चान्सलर को भेजे निवेदन का लेख बनाकर सबूत के साथ अखबारों में छपवाता हूँ। फिर देखो कैसे इनके नाकों में दम आता—

सर, ग़ालिब का एक शेर कहूँ? आपने अपने टेबल की काँच के नीचे जहाँ सन्त तुकाराम के अभंग की पंक्ति *मुक्ति का कुछ ढूँढ़ रहा हूँ उपाय* लगाई है, वहाँ लगाने लायक है। आपको जरूर पसंद आएगा :

सफ़ीना जब के किनारे पे आ लगा ग़ालिब
खुदा से क्या सितम ओ जोर-ए-नाखुदा कहिए?

सफ़ीना यानी नैया जब किनारे पर लग ही गई है आपकी, अब क्यों नदी लाँघते समय माँझी द्वारा सताने की और जोर-जबरदस्ती की शिकायतें खुदा से करें? सर, इस विश्वविद्यालय को दिल से ही निकाल फेंकिए।

मेरा लिखा कागज का वह टुकड़ा अपने भारी हाथों से काँच के नीचे हौले से रख रहे थे कि मुझे उनके चश्मे के भीतर उनकी नम आँखें दिखाई दीं। काफी देर

तक वे कलाई सहलाते हुए हताश बैठे रहे। मैं बोला, चलूँ? आपको स्टेशन पर पहुँचाने आऊँगा। पर उन्होंने मना कर दिया।

लगभग आठ दिनों बाद मेरे कमरे में एक पत्र और साथ में पवार सर की सिफारिश मिली। तेर में डेक्कन कॉलेज के पुरातत्व के लोग अगले सितंबर में बड़ा उत्खनन शुरू करने जा रहे हैं। ईसापूर्व दूसरी-तीसरी सदी में गोरोबा कुंभार का यह तेर बड़ा व्यापारिक केंद्र था—भूमध्य समुद्र और इटली से लेकर भरूच, सूरत और भारत के पूर्वी किनारों से जावा सुमात्रा के व्यापारी मार्ग पर। उत्खनन के लिए अपनी सिफारिश से एक बहुत अच्छा छात्र असिस्टेंट पद के लिए भेजिए। साथ में संलग्न अर्जी और स्ववृत्त उस छात्र की लिखावट में ही भरकर भेजें। सितंबर में डॉ. सांखलिया जब कहें उस तारीख को तेर के उत्खनन शिविर में उपस्थित रहने के लिए उसे कह देना। वगैरा वगैरा।

मैंने डेक्कन कॉलेज के रजिस्ट्रार को तुरंत अपनी स्वीकृति पहुँचाई। पहले से तयशुदा कार्यक्रम के अनुसार मैसूर विश्वविद्यालय में दो-तीन महीने रहने के हिसाब से रिजर्वेशन किया। पत्र भेजे। इस भागदौड़ में घर जाने का विचार भी मन में नहीं आया। पत्र भी भेजना नहीं हुआ। तूफानी खुमार में ही मैसूर गया।

अथातो धर्मजिज्ञासा।

खंडेराव, अब तू वही नहीं रहा। तू अब तू रहा ही नहीं है। निद्रावस्था में जागनेवाला मैं। जागृतावस्था में सोनेवाला तू। किसकी निद्रा? किसकी जागृतावस्था—मनुष्य के दो हिस्सों में बँट जाने पर ये सारे सवाल बेमानी हो जाते हैं। नींद नहीं आती? अनिद्रा? होमियोपैथी की एक-एक लाख शक्ति की गोलियाँ, खुद ही? तू झनझना गया। तेरा सिर कसमसाता है और फैलता जाता है। भाई की मौत के बारे में तू किसी से कोई बात नहीं कर रहा है। बात करने के लिए यहाँ कोई है भी नहीं। अब भूत बंगले में एक भी पार्टनर नहीं है—मछिंदर फॉरेस्ट अफसर की ट्रेनिंग के लिए कोइम्बटूर में, वानखेड़े अपने ही पुराने कॉलेज में लेक्चरर और होस्टेल का वार्डन बन गया है, अनंतराव नांदेड़ में उपसंपादक बन गया—सभी अपने-अपने कमरे छोड़कर जा चुके हैं। तुम्हें भी इस महीने के अंत तक भूत बंगले की सफाई और बीते दो सालों में तुम लोगों द्वारा हुई टूट-फूट, बाड़ की मरम्मत वगैरा काम कर मालिक के साढू के पास चाबी पहुँचानी है। अपने किराए की अंतिम किश्त जमा कर उसे पासबुक में दर्ज करवाना है। कुछ भी छोड़ते वक्त खुद को साफ और खुला-खुला लगना चाहिए—भावडू की कापी में लिखा है। खानदान की सारी पुरानी बातें, वंश-वृक्ष, सुनी हुई बातें, फुटकल विवरण वगैरा भावडू ने अलग-अलग कापियों में लिखकर रखा है। उन्हें वह किसी को पढ़ने नहीं देता था। कल मोरगाँव से रवाना होते समय तूने वह सब अपने कब्जे में ले लिया। पढ़ते समय ऐसा लगता रहा मानो

भावडू ही बोल रहा हो। खंडेराव, आजकल तू ऐसी कविताएँ रचते हुए अपने ऊपर टूटे काल को तौलना चाह रहा है :

क्यों न ढह गया वह पोखरा मेरे ही शरीर पर?
क्यों न मारा झपट्टा बिजली ने मेरे ही सिर पर?

खंडेराव, मैसूर से गाँव पहुँचते ही तू धक से बुझ गया। प्रेतयात्रा। *आम्ही जातो अमुच्या गावा। अमुचा रामराव घ्यावा॥*[88] किसी की जिंदगी इस तरह खत्म होती है? अंततोगत्वा, श्मशान मानवीय भूगोल का अनिवार्य भूभाग होता है। परलोक सागर की डाँड़ी हमारी जिंदा बस्ती के पास कृष्ण विवर की भाँति मुँह खोले शांत पड़ी रहती है। घर के कितने लोगों का वह पूर्णविराम होता है? अब भावडू का।

इन्हीं दिनों तुझे अजीबोगरीब, समझ में न आनेवाली बातें ही ज्यादा दिखाई देने लगीं। दरअसल, सारी बातें यों भी ऐसी ही रहस्यमयी होती होंगी। अभी समझ में आ रहा है कि वे ऐसी होती हैं, अपने भाई के जाने के बाद। किस्मत।

जहाँ तीन रास्ते फूटते हैं, ऐसे तिराहे पर मकबरे के सामने एक आदमी अचानक कहीं से अवतीर्ण होने की भाँति सामने आया और तेरे कंधे पर हाथ रखकर बोला, पहचाना? नहीं न? वाह, अब क्यों पहचानेंगे आप हमें? अच्छा।

फिर तू रात-भर सोचता रहा—इस आदमी का केवल चेहरा ही ऐसा क्यों था, मानो अँधेरे से बना हो? या चेहरा था ही नहीं? साफे से पूरा सिर ठोड़ी तक बँधा हुआ। उसके कंधे पर कुछ तो था।

दूसरा शो खत्म होने पर एक-एक गाड़ी के हेडलाइट खिड़की के इस कोने से उस कोने तक लगातार खिसकते रहते हैं। अनंत काल से मोरगाँव के नदी तट के पेड़ों से दमकनेवाले सूर्य की तरह खिड़कियों पर लगातार जगमगाते रहते हैं। बरसात में मोरनदी की गरजती भीषण बाढ़। किनारे पर छोटा-सा तू, भावडू काफी ऊँचा और तू उसका हाथ पकड़े खड़ा है। तीनेक साल का होगा। ऐसे कुछ ही दृश्य स्मृति में क्यों रहते हैं? खंडू, बहुत आगे नहीं जाना। धीरे-से कदम बढ़ाना। देखो देखो, बह जाएगा—खंडूऽऽ। बेचारा, वही तुझसे पहले बह गया।

उसके जैसा ही कोई पुकार रहा है? बीते साल एक बार रात में वह तेरे लिए जंगली मेवा, होला, छोटी ककड़ी लेकर ट्रक से आया था। बेगमपुरा के कमरे का पता ठीक से नहीं बताया था। वह अँधेरे में हर घर के सामने खड़ा होकर पुकारता घूमता रहा, खंडेराऽव, खंडू रेऽऽ। ओ खंडेराव—

तू पढ़ाई में इतना मग्न था कि तुम्हें लगा मानो भ्रम ही हो रहा है। लेकिन नीचे वाकई भावडू तुझे पुकार रहा था। बाद में दूसरे दिन वह पूछते-पूछते ठीक यहाँ आ गया। लेकिन उससे पहले सुबह ही तू उत्खनन के लिए राजस्थान रवाना हो चुका

---

88. संत तुंकाराम के इस अभंग की पंक्ति को महाराष्ट्र में झाँझ और मृदंग की संगति में अंतिम यात्रा के समय गाया जाता है। इसका अर्थ यह है कि हम तो अपने धाम जा रहे हैं। हमारा आखिरी नमस्कार स्वीकार करें।

था। आठ दिनों बाद तुझे पार्टनर के पास रख छोड़ा वह सूखा जंगली मेवा मिला। कुटुंब ऐसे ही बारीक-बारीक तंतुओं से दृढ़ होता है। टूटता नहीं। वरना सगे भाई, सगी बहनें, बूढ़े माँ-बाप कौन किसे पूछता है? खैर छोड़ो, लेकिन अब तुझे उसकी पुकार का जवाब देते नहीं बन रहा है। और दुबारा कोई ऐसी पुकार लगाएगा भी नहीं।

चाँदनी से लबालब आसमान के नीचे खलिहान में तू और भावडू खटिया बिछाकर सर्दी में कँपकँपाते बैठे हैं। बगल में जवार का पिरामिड। चोरों को पता चले कि कोई रखवाली कर रहा है, इसलिए हम दोनों लगातार लाठियाँ पटक रहे हैं। सुबह चंद्रमा खिल उठता है। तुझे नींद आ रही है। आखिर में देवयानी तारका गुच्छ दिखाते हुए भावडू कहता है, खंडू तू सो जा, मैं अकेला रखवाली करूँगा। तुझे ओढ़ने के लिए अपना ओढ़ावन भी देता है। अँधेरे में बदन पर चाँदनी उतरती है।

चला गया। लेकिन लगता ही नहीं कि वह गया है। उल्टा अभी उसके हमेशा करीब होने का एहसास होता है। कुछ ज्यादा ही।

खंडेराव, अगर सिगरेट, तंबाकू नहीं होते, तो यों दिन-रात को उठाए रखना तुमसे बन पाता? सिगरेटों के होम से चिंताओं के दानवों को अखंड मनोपाताल में खदेड़ते रहो। तू इस भुलावे में मत फँस। निकल भाग। दोनों आईनों को एक-दूसरे के आमने-सामने चिपकाकर कीलें ठोंककर बंद कर दे।

कमरून की छोटी बच्ची ने जिस मासूमियत से अपनी माँ की मौत को बर्दाश्त कर लिया—वह मासूम हृदय बड़ा होने पर दूषित क्यों हो जाता है?...बहुत पीटा, बहुत पीटा—मर गई। तुम्हें लगता है, ऐसी मनोदशा अपनी भी हो...गई...होगी। और तू रात-भर आँखें खुली रखकर सहता रहता है :

सहना ही चाहिए, खंडेराव
घड़ी कठिन है और जान प्यारी।

ग़ालिब की तरह व्याकुल होकर जिए जाने का, मृत्यु को साथ-साथ लिए चलते रहने का कठोर करार। सरजोर समझौता। एक ही वजह—जान प्यारी।

नींद नहीं आ रही है, लगातार कितनी ही रातें? पी-एच.डी. अधूरी छोड़कर मैसूर से मोरगाँव जाना पड़ा। सभी लोग पिताजी से कहते हैं, देखिए, इसीलिए लड़का चाहिए। क्या फायदा लड़कियों का, चार-चार होकर भी? इतनी सारी जायदाद दामादों के भरोसे टिकेगी? भावडू के चले जाने से पिताजी पूरी तरह टूट चुके थे। भावडू की वजह से ही उन्होंने इतना सारा पसारा बढ़ाया था। एक लाख केले। राष्ट्रपति पुरस्कार प्राप्त करनेवाला केले का एक क्विंटल का बड़ा, सीने जितना ऊँचा एक ही घौद। नए-नए बीज और प्रयोग। जिला परिषद के पाइलेट प्रोजेक्ट—हजारों के लेन-देन। पिताजी की भंडारी से गेंडुली बनाकर रखे हिसाबों के हजारों कागजात बाहर निकलने लगते हैं। हजारों रसीदें, बिल, अनुबंध इर्द-गिर्द झूलते हुए फैलते जाते हैं। उनका बवंडर बन जाता है।

खंडेराव, तू दुष्टात्मा ही है। तू बोला, आपकी खेती का यह झमेला मुझसे नहीं होगा। जो करना है वो करो। और महीने-भर में ही कुढ़ते हुए, एक तीखे झटके में तू इधर चला आया।

उन्हीं दिनों कभी रद्दी पेपर के टुकड़े पर अस्पष्ट चेहरे की तसवीर, तेरे जैसी ही—*गुमशुदा 5'11" साँवला रंग। बदन पर नीली चारखानेवाली कमीज। खाकी रंग की पैंट।* अरे, यह तो हूबहू तेरा ही वर्णन है। तुझे लगा, कहीं मैं सचमुच गुम तो नहीं हो गया हूँ? नीचे लिखा था : जैसे हो वैसे घर लौट आओ। नीचे पता नहीं था। कोई भी गुमशुदा किसी के भी घर यों चला जाए तो चलेगा? चलेगा? लेकिन क्या तू जाएगा?

विश्वविद्यालय के नाम-परिवर्तन के हंगामे के कारण परीक्षाओं के नतीजे भी आगे खिसक जाते हैं।

नींद न आने का एक और कारण, तेर के उत्खनन का पत्र नहीं आ रहा था। उसे छोड़कर उधर मैसूर भी नहीं जा सकता था। डेक्कन कॉलेज के पुरातत्व के प्राध्यापकों से भी पी-एच.डी. के लिए मिलना जरूरी था। ऐसे में रात में अद्भुत एहसास होता। एक वेल्डिंगवाले शिक्षित बेरोजगार ने सामने के रसूल मियाँ के घर का ओसारा बैंक से कर्ज लेकर किराए पर ले रखा था। इतने दिनों तक जैसे-तैसे चलनेवाले उसके सुरैया वेल्डिंग वर्क्स को मामूली रिश्वत खिलाकर अचानक—छह हजार दरवाजे और छह हजार खिड़कियाँ—बनाने का बड़ा ठेका मिल गया। इससे खुश होकर वह रात-रात-भर काम करने लगा था। भूत बंगला अब वाकई भुतहे मकान की तरह दमकने लगा। फर्रर्र झक तेज आग का शोला, लगातार चिंगारियों की झिलमिलाहट ठीक अटारी की खिड़कियों से मेरे कमरे में जगमगाती। कभी-कभी तो नींद को साष्टांग प्रणाम कर लेटे रहनेवाले तेरे दिमाग में अजीब संवेदना भिनभिनाती कि मैं सपने में ही हूँ लेकिन उसके आसपास नींद क्यों नहीं—वगैरा।

पीछे के बूचड़ ने भी आज-कल अपना धंधा बड़े पैमाने पर फैला लिया था और अपने खुद के भी बकरे पाल रखे थे। वे हमेशा तुम्हारे ही बगीचे में बें बें करते ऊधम मचाते। गटारी अमावस्या[89] की रात तो ट्रकों बकरियाँ उधेड़ी गईं। कोलाहल। भीतर के तराजू की जंजीरें रात-भर खनखनाती रहीं, आँख झपकने नहीं दे रही थीं। यों भी आधी रात से ही बकरों की गर्दनें छाँटने की मिली-जुली आवाजें सुनाई देतीं। लेकिन अभी तू पहले से ही परेशान...उस दिन तेरा दिमाग घूम गया। चुपचाप सीढ़ियाँ उतरकर तूने एक मोटे-से मजबूत बकरे को पकड़ा। तुम्हें पहली बार महसूस हुआ कि इतने से बकरे में कितनी ताकत होती है। बड़ी कोशिश से तूने उसके पैरों में रस्सी फँसाई और पसीना-पसीना होते हुए उसे हठपूर्वक सीढ़ियों के नीचेवाले कबाड़खाने में खींचकर ले गया और सिटकनी लगा दी।

---

89. श्रावण महीना शुरू होने के एक दिन पहले की दर्श अमावस्या। श्रावण महीने में माँसाहार न करने वाले लोग इस दिन शराब और माँस पर खूब हाथ साफ करते हैं।

बकरे ने अंदर से टीन के दरवाजे पर टक्कर मार-मारकर सारी गली को जगा दिया। वह बकरा बिलकुल इनसानी आवाज में बें बें कर रहा था।

तू लड़खड़ाता हुआ बाहर आया और देखा तो गेट के सामने यम की तरह हाथ में बड़ा-सा छुरा लिए नंगा, तंग चँदिया टोपी पहने चौड़े जबड़े वाला बूचड़ खड़ा था। पल-भर के लिए अंदर से तुझे डर भी लगा होगा न? वह बूचड़ छुरा ऐसे चमका रहा था, मानो तेरे नंगे पेट में भोंकने आया हो। तब थोड़ी देर के लिए ही सही, लेकिन तेरे होश उड़ गए होंगे। लेकिन मैं हिंदू और ये मुसलमान—यह भी तुझे लगा होगा। तूने निडर होकर उससे झगड़ा किया। पीछे के कमरे से बकरे की बें बें और सींग टूट जाने तक लोहे के दरवाजे पर टक्करें और बाहर गैरकानूनी धंधा चलाकर रात-भर तेरी नींद में खलल डालनेवाला यह बूचड़। होने दो मारपीट। भोंकने दो छुरा। यों भी इस जिंदगी में क्या रखा है? चार पड़ोसी भी जमा हो गए। सामने के वेल्डिंगवाले ने अपनी आग उगलती नली बंद की और वह भी आया। छोड़ दो जी—बगीचे में रखा ही क्या है? हमारा कितना नुकसान हो रहा है? खुद का बंगला होता तो क्या करते?

तेरा एक ही बेखौफ जवाब था—कल काँजीहौद से ले जाना। बस।

जमा हुए लोगों को तेरा मारपीट से न डरना अचरज में डाल गया।

काँजीहौद कहाँ, ऊपर से पुलिस का झमेला—फिर बूचड़ भी बार-बार मिन्नतें करता हुआ कह रहा था, छोड़ दो जी। उल्टा तूने ही गाली-गलौज किया होगा।...मुझे तकलीफ होती है। चिल्लाता है तुम्हारा बकरा—नहीं छोड़ूँगा।

आखिर बूचड़ बोला, वो मेरा खुद का पाला हुआ है जी। बच्चा है। शरारती है। लेकिन अभी काटता मैं उसको। देख लेना, अभी उसको पानी पिलाता मैं—

कहकर वह अंदर आया, दरवाजा खोला। बकरे को सहलाकर थोड़ी देर प्यार किया। फिर उसके कान पकड़े और लाड़-प्यार से छोटे बच्चे की तरह फुदक-फुदककर दौड़ाता हुआ पीछे के बूचड़खाने में ले गया। जरा देर बाद बेंऽबेंऽ गूँज उठी चीख—झटका। फिर खट-खट सुनाई दी। खत्म।

समझा, खंडेराव? जीना-मरना ऐसा खेल होता है। न कोई मरता है, न कोई मारता है। जान उड़ जाती है। ऐसा सोचनेवाले को क्या नींद आएगी? हम पर टूटती रहती है चौरासी लाख योनियों की बस खोखली पारदर्शिता।

गोरोबा काका[90] का तेर। बचपन से ही कहानियों के जरिए मन में रचा-बसा। लबालब बहनेवाली तेरणा नदी के किनारे चलते-चलते उस पार ऊँचे टीले पर गोरोबा का घर। घर जैसी परिचित जगह पर आने का एहसास—कहाँ मोर नदी और कहाँ ये तेरणा। देखो, तेरे दादी-दादा जैसे अनपढ़ वारकरियों ने तेरहवीं सदी में इतने बड़े महाराष्ट्र

90. संत गोरा कुम्हार : महाराष्ट्र के कुम्हार जाति के एक प्रसिद्ध संत। उम्र की वरिष्ठता के कारण उनके समकालीन संत उन्हें काका कहकर पुकारते थे।

को कैसे एक बनाया ? शाम को आँगन में दादी की सुनाई गोरोबा की कहानियाँ फिर कानों में आने से गहरी नींद। दरअसल, उत्खनन के साइट पर चार बार पैदल आने-जाने के कारण और अप्पा लिंगण्णा के स्वादिष्ट भोजन के कारण लेटते ही नींद तुझे घेरने लगी। महीने-भर में ही डेक्कन कॉलेज के इस नए परिवार में तू समा गया। सांखलिया सर, ढवले सर, मिश्रा, शेषाद्रि, महादेवन, तिवारी, जैतली जैसे पी-एच.डी. के वरिष्ठ शोधछात्र—सभी इससे पहले उत्खनन शिविरों में, कभी संगोष्ठियों में मिल चुके थे। इनके अलावा डॉ. मंडी भी करीब पंद्रह दिन इस कैम्पस में रहकर गई। उस समय वह अंडमान-निकोबार के आदिवासियों पर अनुसंधान कर रही थी और मराठी सीखने के लिए डेक्कन कॉलेज के भाषाशास्त्र विभाग में आती थी।

सांखलिया सर प्रतिवर्ष देश में कहीं भी ऐसे उत्खनन शिविरों का आयोजन करते। नेपाल, अफगानिस्तान से भी ये लोग हो आए थे। तेरणा तट पर दो महीने तक उत्खनन करने के बावजूद कुछ भी महत्वपूर्ण हाथ नहीं आ रहा था। इस कारण पुरातत्व का पूरा दल निराश हो चुका था। उत्खनन साइट के पास पीपल का एक विशाल पेड़ था। उसकी जड़ों में जमीन से ऊपर उठ आए बारीक ठीकरे दिखाई दिए। मतलब यकीनन यहाँ बहुत पहले जमीन के भीतर गहराई में मटका गड़ा हुआ था। सैकड़ों साल पहले बचपन में ही पीपल की जड़ों ने नीचे कुएँ के तल पर कब्जा कर रखा होगा। जैसे-जैसे पीपल बढ़ता गया, वैसे-वैसे ईंटों के साथ गोलाकार कुएँ को भी अपनी जड़ों में जकड़कर और एकजीव बनाकर जमीन से ऊपर उठा लाया।

जाने तुझे क्या सूझी और तूने इस पीपल के पास स्वयं प्लाट की रेखाएँ खींचकर खोदना शुरू कर दिया। सभी को लगा, अभी ये नया-नया एम.ए. कर रहा छात्र है। लेकिन तूने कहा, जहाँ मटका है, वहाँ दफनाए प्रेत का कंकाल होना ही चाहिए। सांखलिया सर बोले, ये बातें अंत:प्रज्ञा से आती हैं। फिर चार मजदूरों के साथ मिट्टी उलीचने और चिकनी मिट्टी खोदने के बाद निचली सतह में सचमुच एक पूरा कंकाल मिल गया। ढवले सर बोले, हमारे डिपार्टमेंट का प्रेस्टिज अब बढ़ेगा। इस साल हमारे देश के पुरातत्व का यह सबसे महत्वपूर्ण अनुसंधान साबित होगा। फाउंडेशन की तरफ से हमें मिलनेवाली ग्राण्ट में भी बढ़ोतरी होगी—पर यह बात तू अपने इंटरव्यू में इस स्कॉटिश मैडम के साथ चर्चा में सुझाना।

इस गड्ढे की मिट्टी छानते हुए खंडेराव—वगैरा तसवीरें खींचकर मंडी ले गई। खंडेराव, अब तू विख्यात होगा ? लोग तुझे संगोष्ठियों में बुलाएँगे ? बस अपना अध्ययन जारी रखना। और सबसे अहम बात, अब तेरा पी-एच.डी. डेक्कन कॉलेज में पक्का।

फिर भी मिश्रा कह रहा था, स्कॉलरशिप पाना बहुत कठिन होता है। इंटरव्यू बहुत मुश्किल होता है। यूनेस्को के तीन लोगों के सामने एक सेमिनार भी देना पड़ता है। लेकिन तू अच्छी तैयारी करना। कई आवेदन आते हैं। हमें मिले न मिले, अलग बात, लेकिन प्रयास करते रहना है। सांखलिया सर तेरी कतरब्योंत से, शिविर में तेरे बर्ताव से बहुत ही खुश हैं। बुड्ढे की हर एक पर कड़ी नजर होती है।...मटका जोड़ने

का ट्यूब से बाहर निकला पेस्ट ट्यूब में दुबारा पूरा ठूँसकर ही खंडेराव खाने के लिए आया। सारी रात रस्सियाँ लपेटने के बाद ही सोया पट्ठा। हमारे नहाने के पानी के लिए परनाला बनाकर पानी को पेड़ों में छोड़ दिया कल। पीने के बाद गिलास का बचा हुआ पानी पेड़ों में डालता है। बिजली के खराब हुए दो बटनों को जोड़कर उसने एक बटन तैयार किया—गाँव में जाने का हमारा एक चक्कर बच गया न? उसके बचे हुए पार्ट लिफाफे में डालकर बक्से में ठीक से रख दिए। मेरी रिफिल खराब हो गई थी तो दूसरी रिफिल की नोक लगाकर शुरू कर दी। वाह। नोट्स के लिए एक तरफ से कोरे रद्दी कागजों का इस्तेमाल करता है, अच्छे कागज महत्वपूर्ण काम के लिए। कुछ भी ज़ाया न करना। ये बातें यों भी अच्छी होती हैं। अगले शिविर में हम खंडेराव को जरूर साथ ले जाएँगे। तब तक हमारे पास पी-एच.डी. के लिए आ गया तो और अच्छा। लेकिन स्कॉलरशिप उसके लक पर। वैसे भी हमारे डिपार्टमेंट की फेलोशिप महीना साठ रुपया तो मिलेगी ही।

डेक्कन कॉलेज के लगभग सभी अनुसंधाता छात्र इन्हीं साठ रुपयों में अपना निर्वाह करते थे। इसलिए शिविर में भी कतरब्योंत का अपना विशेष मूल्य था। स्कॉट होने के कारण मंडी को तो यह शिविर बहुत ही भाया। इतने बड़े-बड़े विश्वविख्यात पुरातत्व विशेषज्ञ यहाँ शिविर के तंबुओं में कितनी सादगी से रहते हैं? सुबह वर्जिश, प्राणायाम, बाद में दरी पर बैठकर ब्रेकफास्ट—खीर, दलिया, घुघरी, होला, उपमा, पोहा, हलवा—सादा ही लेकिन रोज अलग-अलग व्यंजन और दूध, चाय, कॉफी। फिर पाँच घंटे धूप में अपनी-अपनी खुदाई की जगहों पर काम। वहाँ से लौटने पर उस्मानाबादी जोंधरे की खास जायकेवाली रोटी, एक सब्जी, चावल, दाल बस। फिर घंटा-भर अपने-अपने तंबू में पत्राचार, पठन, आराम। चाय पीकर दुबारा साइट पर पैदल। रात में फिर ऐसा ही सादा लेकिन स्वादिष्ट उस्मानाबादी भोजन—चपाती, दाल, रोज एक नई सब्जी, चावल, साथ में केला, पपीता, अमरूद, चीकू वगैरा उस मौसम में मिलनेवाले फल। तुरंत नींद आने लायक भरपेट खाना खाकर गप्पें, हँसी-मजाक करते-करते अपने-अपने तंबू में पठन, लेखन और नौ बजे के आसपास सभी तंबुओं से खर्राटों की आवाजें।

खंडेराव, तू सही जगह पर आ गया है। पवार सर को तूने पत्र लिखा : मैं अब कहीं और अर्जी-फिर्जी नहीं दूँगा। लगता है, डेक्कन कॉलेज में ही सांखलिया सर पी-एच.डी. के लिए मुझे छात्र के रूप में स्वीकार करेंगे। यहाँ से मैं औरंगाबाद में देशपांडे बंगले की सीढ़ियों के कमरे से अपने बक्से और संदूक उठाकर सीधे डेक्कन कॉलेज जाऊँगा। विषय तय करके ही काम शुरू करूँगा। यूनेस्को की एक बहुत बड़ी स्कॉलरशिप है—वह नहीं मिली तब भी बाकी शोधछात्रों की तरह महीना साठ रुपयों पर चार साल पी-एच.डी. करता रहूँगा। पचास रुपए खर्च—दस रुपए की बचत।

खंडेराव, दरअसल राज की बात यह है कि जब से तुझे वह पूरा कंकाल मिला है, तू ठिकाने पर आ गया है। उन साबुत आड़ी हड्डियों की जटिल सुगठित संरचना में

तुझे अपना गुम हुआ स्वास्थ्य मिल गया है। खोपड़ी की आँखों के सुराखों के आर-पार उस ओर जो कुछ नहीं होता है, वही आखिरकार तुझे मिल गया। यही है तेरी सबसे बड़ी खोज। पुरातात्विक अनुसंधान गौण है। परातत्व का स्पर्श, वही अहम :

हस्ती है न कुछ अदम है ग़ालिब
आखिर तू क्या है, ऐ, नहीं है।

होना भी नहीं और न होना भी नहीं और तू भी नहीं है। यद्यपि तू कहेगा कि है, फिर भी नहीं है :

हरचंद कहें के है, नहीं है।

प्रत्येक की जिंदगी-भर की कमाई यही है कि वह मरता है। इस कंकाल के अलावा पुराने अश्मयुग के इनसान का भी क्या बचा? जो कुछ उस युग में होगा, उसकी कल्पना भी नहीं की जा सकती है। इतना ही हमसे उस युग का स्पर्श—इतना ही उस युग का अर्थ। यहीं वह युग शुरू हुआ, यहीं खत्म हुआ। संस्कृति कोई भी हो, उसका अंत यही होता है—एक के खत्म होने की अतीत छटपटाहट। हमारी आज की संस्कृति भी जल्द छटपटा उठे। फिर पूरी खामोशी।

सांखलिया सर बोले, तुझे किस विषय पर अनुसंधान करना ज्यादा पसंद आएगा?

सर, यह विषय हमेशा मुझे आकर्षित करता रहा है कि दशमिक पद्धति हमारे देश में किन लोगों ने ढूँढ़ी थी। ये लोग भूकंप में दफन हुए या खांडव वन में जलाए गए या उनका वंशध्वंस हुआ—

क्या यह हमारे पुरातत्व के चिह्नों से जाना जा सकेगा? अभी तक सिन्धु लिपि भी सुलझ नहीं रही है, ऐसे में इन आँकड़ों को कैसे ढूँढ़ा जा सकेगा?

सबसे पहले दस तक के आँकड़े अलग करेंगे, ग्यारह-बारह-तेरह-पंद्रह-सत्रह-अठारह...। देखिए, इन सबके अंत में 'रह' है। रह यानी दस। यह अर्थ जिस आर्यपूर्व, द्रविड़पूर्व, शायद मुंडापूर्व आदिवासी कबीलों की भाषा में मिलेगा, वहीं पर दशमिक पद्धति का सूत्र भी मिलेगा। उन ग्रेट लोगों की यह अद्‌भुत खोज है, जिसे हम हाइपोथीसिस के रूप में स्वीकार कर ही सकते हैं? सभी आर्य, द्रविड़ भाषाओं के आँकड़े उधार ही लिए गए दिखाई देते हैं। इस उपमहाद्वीप में आज की मौजूद दस हजार भाषाओं की जाँच—उनका भी किसी ने अब तक अध्ययन नहीं किया है।

अरे हम पुरातत्व के अनुसंधाता हैं, भाषाविज्ञान के नहीं। और पहले ही मर चुकी भाषाओं की ध्वनियों को कैसे ढूँढ़ेंगे? मैं तुमसे सहमत हूँ, लेकिन—

रावण में भी दस के ही अर्थ में रा—होगा। हिंद महासागर की भाषाएँ भी जाँचकर देखेंगे। रव यानी आवाज इसलिए रावण, वगैरा बकवास संस्कृत व्युत्पत्तियों पर मेरा विश्वास नहीं है। लेकिन लगता है, कहीं-न-कहीं दशमिक पद्धति का स्रोत जरूर मिलेगा।

जब मिलेगा तब तू अस्सी बरस का हो चुका होगा। ऐसे अविश्वसनीय अनुसंधान तुझ जैसे युवा लड़के को नहीं करने चाहिए। नौकरी, बीवी, तनख्वाह, पैसा—कुछ चाहिए भी या नहीं अनुसंधाता को?

सर, ये सारी बड़ी-बड़ी खोजें, ग्रह-तारों की गति, नाप, वजन, राकेट, कम्प्यूटर, लंबे-बड़े टेलिफोन नंबर, लंबे-लंबे फासले, अगणित संख्याएँ—अगणित गणित—हमारी पूरी मानवीय सभ्यता ही दशमिक बन गई है। यह जिन अज्ञात लोगों की बुद्धि के कारण हुआ, उनके कुछ तो पदचिह्न—

देखो खंडेराव, यह विषय परोक्ष रूप से ही हमारे क्षेत्र में आता है। कुछ और सोचो।

ठीक है, संवेदनाओं की उत्क्रांति पर भी काम करने को मेरा जी चाहता है। मातृसत्ताक, पितृसत्ताक, कुटुंब, समाज, जादू, बाद में धर्म, आजकल विज्ञान। आगे?

नहीं नहीं, खंडेराव। इतिहास में, समाजशास्त्र में, कुल मिलाकर सामाजिक विज्ञानों में ऐसी गपबाजी चल जाती है। पुरातत्व खालिस विज्ञान है। इतिहास में झूठ चलता है—इतिहास पर प्रभुत्व किसका है, इससे सब तय होता है। आजकल इतिहास पर पश्चिम का प्रभुत्व है। वह इतिहास भी झूठ ही है।

सर, पुरातत्व में संवेदनाओं का अंतर्भाव क्यों नहीं किया जा सकता? मटके की आकृति से भी संवेदनाएँ ढूँढ़ी जा सकती हैं—मातृका के खुदे हुए पत्थर हमें यहीं मिले—

काल्पनिक। शास्त्रीय पद्धति से हटकर हो रहा है यह सब।

संवेदनाओं की उत्क्रांति क्यों नहीं खोजी जा सकती? पथरीली वस्तुओं में खुदे आकार, रेखाएँ, उभार, आंतरिक परिप्रेक्ष्य—

वो सब तो ठीक है, लेकिन इसके लिए पूरी पृथ्वी का उत्खनन करना पड़ेगा। पुरातत्व की परिधि के स्थल कितने बालिश्त-भर—पूरे संसार में हजारेक। इस आधार पर संवेदनाओं के इतिहास पर पी-एच.डी. अनुसंधान नहीं किया जा सकता।

पुराने जमाने में श्रद्धा की कसौटियाँ थीं, अब हम बुद्धि की कसौटियाँ लगाते हैं। धीरे-धीरे मनुष्य प्रज्ञा की ओर मुड़ता हुआ नजर आ रहा है—मनुष्य मिट जाते हैं, संवेदनाएँ बनी रहती हैं।

बाद में हर चर्चा का हश्र यही होता रहा। हर बार नया विषय—महानगरों का विनाश? विश्वविद्यालयों का उत्कर्ष एवं विनाश? बौद्ध धर्म और तंत्र मार्ग? मुसलमानी-हिंदू स्थापत्य?

अंतिम दिन रवाना होते समय सांखलिया सर ने तुझे बुलाकर कहा, इतिहास की गप पढ़-पढ़कर तेरा गलत कन्सेप्च्युएलाइजेशन हो गया है। लेकिन इसमें संदेह नहीं कि तेरे दिमाग का संभ्रम समृद्ध है। जारी रखो। लेकिन आनेवाली पहली तारीख को जब तू पुणे आएगा तब ये सारा संभ्रम पीछे छोड़कर रजिस्ट्रेशन के लिए केवल

पुरातत्व का ही विषय लेकर आना। या एक-दो टॉपिक मैं तुम्हें सुझाऊँगा। रजिस्ट्रेशन कर डालेंगे। वहीं मिलेंगे।

तेरे एक हाथ में टेप, दूसरे हाथ में कैमरा, बगल में रजिस्टर वगैरा होने के कारण सांखलिया सर को तू कृतज्ञतापूर्वक प्रणाम भी नहीं कर पाया। मंडी, मिश्रा, महादेवन वगैरा उनके साथ जीप में चले गए। बाकी बचे ढवले सर, लिपि विशेषज्ञ शेषाद्रि, हड़प्पा बर्तनों पर काम करनेवाला जैतली वगैरा तुझे अहम सलाह दे रहे थे कि पुणे आते समय साथ में क्या-क्या लाना चाहिए—ढवले सर सांस्कृतिक तो शेषाद्रि और जैतली व्यावहारिक :

हर महीने साठ रुपए ही मिलते हैं। मेस के तीस, दूध के दस, साबुन, इस्त्री, और कभी पुणे में जाने की जरूरत पड़ जाए तो बस वगैरह के लिए दस-बीस...पुणे में बार-बार जाने का झंझट पालें ही क्यों? आप भला और अपना पी-एच.डी. का काम भला...महादेवन पाँच सालों से अशोक के शिलालेखों पर काम कर रहा है। अभी तक टाइप करना भी शुरू नहीं हुआ...पाँच-दस रुपए बचते हैं जेबखर्च के लिए...पुणे में किसी भी बात के मंडल होते हैं : गुमनाम पत्र भेजकर तयशुदा शादियाँ तोड़नेवालों का भी एक मंडल है...पीने के पानी के लिए मटका या जग ले आना। वहाँ बगीचे में पीने के पानी का एक ही नल है, वहाँ से पानी भरकर लाना पड़ता है...हमारे कॉलेज के इर्द-गिर्द पूरी मिलिटरी छावनी है। दुकानें नहीं हैं। औरंगाबाद से सारी चीजें लेकर आना—सौ साल पुरानी दुनिया है। बाथरूम-संडास दूर एक बराक में है...बराक?...हाँ, दूसरे विश्वयुद्ध में डेक्कन कॉलेज को मिलिटरी छावनी में तब्दील किया गया था न—इसी कारण इतनी सुविधाएँ हुई हैं, हाँ: पानी, बिजली, टेलिफोन, सड़क तक एक ही और वह भी आर्मी की बनाई...पुणे में ऐसे भी कुछ लोग हैं जो इस आशा में वहाँ रहते हैं कि केवल पुणे में रहने मात्र से वे अपने आप लेखक बन जाएँगे। और देखो, सच भी हुआ है उनका सपना। बीते दस-बीस सालों के ये लोग सबके सब केवल पुणे में रहकर ही लेखक बन गए हैं।...बगीचे में हौज पर ही चाय वगैरह के बर्तन ले जाकर धोना, एक बाल्टी ले आना, अच्छा।...हमारा कॉलेज सबसे पुराना है, अभी भी पुराना ही लगता है। आज तक कोई छात्र या अनुसंधाता आधुनिक सुविधाओं के लिए सांखलिया सर के पास शिकायत लेकर नहीं आया है। सारे लोग प्राचीन काल में ही रहते हैं, क्योंकि अनुसंधान भी तो प्राचीन काल पर ही करना है। नोटियार तो अश्मयुग पर काम करता है। दो जापानी छात्र बुद्ध काल पर—

जीप दूसरे चक्कर में इन बचे हुए लोगों को ले गई।

30 डेक्कन कॉलेज होस्टेल, पुणे-6

बाईं ओर धीमी मुला-मुठा नदी बँध से उफनकर लबालब बह रही है, दाईं ओर पड़ोस में ऊँचे टीले और बीच से खंडेराव पैदल चला जा रहा है—मानो कई

सालों से ऐसे ही चला जा रहा है। कॉलेज में कंपाउंड वगैरह कुछ नहीं है, लेकिन व्यवस्था ऐसी है कि गेट से ही भीतर आ सके—सभी ओर कँटीले झंखाड़, गड्ढे, कोटर। अत्यंत प्राचीन बरगद के पेड़ सीधे होस्टेल तक। सौ साल पुरानी दो मंजिला इमारत के भयानक तेज उतारवाले गेरुए छप्पर के बीच से ही आगे सिर निकालकर कॉलेज की चट्टान का अवलोकन करनेवाली खिड़कियाँ, उनके ऊपर भी ऐसे ही टोपीनुमा भयानक तेज उतारवाले गेरुआ छप्पर। गोल सीढ़ियों की सौ साल पुरानी इमारत में ऊपरी मंजिल पर 38 नंबर कमरा खंडेराव का है। पीछे बरगदों के बीच एक पुरानी इमारत में म्यूजियम सजाया गया है। पुरातत्व की एक इमारत इसी तरह कंकालों, मटकों, हथियारों से उफनती हुई। जापान से लेकर केनेडा तक के अनुसंधाता इसी होस्टल में रहते हैं। बीस फीट ऊँचे बड़े-बड़े कमरों में दस फीट ऊँचे लकड़ी के पार्टीशन डालकर ऐसी अलग व्यवस्था बनाई गई है कि पी-एच.डी. के दो छात्र एक-दूसरे को न देख पाएँ, लेकिन सुन जरूर सकें। पार्टीशन के ऊपर एक-दूसरे से वस्तुओं के लेन-देन की भी सुविधा है, लेकिन दरवाजे दोनों के लिए अलग-अलग। खंडेराव का पार्टनर है, नेपाली पुरातत्व पर पी-एच.डी. करनेवाला काठमांडू का पशुपति शर्मा। वह खुद सादा दाल-चावल पकाकर वहीं खाता। उसकी सुबह-शाम की इस रसोई-क्रिया की प्रत्यक्ष कालावधि में खंडेराव को विवशता में लाइब्रेरी जाना पड़ता, क्योंकि पशुपति शर्मा खाना बनाते समय पहाड़ी नेपाली तर्जें हमेशा गुनगुनाता रहता। या पी-एच.डी. थीसिस के कार्ड लगाते समय बीच में ही उसका दौड़ते हुए आकर बार-बार यह देखना कि चावल पका है या नहीं, और इस समय भी—

क्या बने भात जहाँ
भात बनाए न बने।

यही एक गाना सहगल की तरह हमेशा गुनगुनाना। हर पी-एच.डी. छात्र को इस तरह ऊपर से सुनाई देनेवाला एक पार्टनर मिला था, इसलिए एकल-परिवार जैसी तितिक्षा की भावना सभी में थी। दो जापानी अनुसंधाता—पहला यामाझाकी और दूसरा तकाहारा महाराष्ट्र के बौद्ध धर्म का अध्ययन करने के लिए आए थे। इसलिए वे और डॉ. मंडी भी हमेशा खंडेराव के पास आकर मराठी शब्दों के अर्थ पूछते। डॉ. मंडी उस समय मराठी बोलने के सबक ले रही थी, क्योंकि उसके गुरु और महान इतिहासकार बैशम ने उसे समझाया था कि आर्यों और द्रविड़ों से भी पहले महाराष्ट्र में और विंध्याचल के नीचे श्रीलंका तक खालिस भारतीय लोगों के पूर्वज जो भाषा बोलते थे, वह सिन्धु संस्कृति से जुड़ी हो सकती है। यह अनुसंधान इस सहस्राब्दि की सबसे बड़ी खोज होगी। इसके अनुसार मंडी श्रीलंका की प्राचीन जनजाति वेड्डा और अंडमान-निकोबार की ओंग वगैरा प्राचीन जनजातियों का महाराष्ट्र की कुछ जनजातियों से संबंध होने की कड़ी तलाश रही थी। इनके रीति-रिवाज, रक्तवर्ग, मस्तक के नाप भी उसके अध्ययन के भाग थे।

कुल मिलाकर संभवत: तीस की उम्रवाली यह चुस्त और होशियार स्त्री कैंटीन में हमेशा चर्चा के लिए उत्सुक प्रतीक्षा में बैठी रहती। जब वह मोरगाँव रहकर आई थी, तब खंडेराव को हजारों सवालों के जवाब देने पड़े थे। इसके बदले में खंडेराव को उससे यूरोप के बारे में और उसके मानववंशविज्ञान के बारे में काफी ज्ञान प्राप्त हुआ था। उस साल-भर में खंडेराव जितना प्रज्ञात हुआ, उतना उससे पहले किसी भी एक साल में नहीं हुआ था। चर्चा के लिए मंडी के पास सैकड़ों विषय थे।

यहाँ आने से पहले वह लंदन की किसी फेलोशिप के तहत ग्रेट निकोबार द्वीप पर दो महीने के लिए गई थी। पचास साल पहले अंग्रेजों के जमाने में निकोबार द्वीप पर ग्रेट निकोबारी जनजाति के लगभग आठ सौ लोग कबीलों में रहते थे। अब केवल चालीस बचे हैं। आप भारतीय नागरिक और वे भी भारतीय नागरिक—फिर भी ऐसा क्यों हुआ, पता है?

मिश्रा ने कोई महामारी का कारण बताया।

नहीं। ये लोग पूरे नंगे रहते थे, इसलिए आपके भारतीय तथाकथित सुसंस्कृत लोगों ने कपड़ों के गट्ठर जहाजों पर लादकर उन द्वीपों पर डाल दिए—जाँघिया, चड्डियाँ, कुर्ते, अँगिया वगैरह। उस विषुवत् रेखा की गर्म-बरसाती-गीली हवा में ये पसीनेवाले नम कपड़े पहनकर त्वचा रोग, न्यूमोनिया वगैरा पंद्रह-बीस प्रकार की बीमारियों से वे बेचारे मर गए। केवल चौदह बचे थे। बाद में हमने आपकी सरकार से अनुमति लेकर यूनेस्को की ओर से इन लोगों के लिए विशेष स्वास्थ्य की व्यवस्था की। यदि कपड़े देने हैं तो उन कपड़ों को धोना, सुखाना, साबुन लगाकर साफ करना वगैरा ज्ञान भी उन्हें नहीं देना चाहिए? यह ज्ञान कौन देगा? उनके बीच नंगे रहकर काम करने के लिए आपकी नर्सें तैयार नहीं थीं। मैं ही बिना कपड़े पहने जहाज से जाती थी। इस कारण उन्हें मेरे पास आने में संकोच नहीं होता था।

मिश्रा के ध्यान में आया कि खंडेराव कल्पना चित्र बना रहा है : यह छरहरी सुन्दरी बिना कपड़ों के कैसी सुन्दर दिखती होगी। मंडी की समझ में नहीं आए ऐसी हिंदी में वह बोला, वे सीसे जैसे काले-काले लोग और इसकी ऐसी सफेद त्वचा, इसको लेकर उन्हें कैसा लगा होगा?

अरे, उनके बच्चे यहाँ-वहाँ उँगली लगाकर यह देखते कि मैंने कहीं अंदर काली चमड़ी तो नहीं छिपाई है, फिर सभी हँसते। बढ़िया, पूरे समुदाय का हँसना कितना सुन्दर लगता था। ग्रेट पीपल। ऐसा नहीं लगता तुम्हें कि कपड़ों की खोज करके हम नग्नता की यह निर्हेतुकता गँवा बैठे हैं?

इस तरह मंडी के पास चर्चा के लिए हमेशा कुछ-न-कुछ नया होता :

एक द्वीप पर एक छोटा-सा बच्चा एक जवान आदमी से हमेशा चिपका रहता था। मैंने उन्हीं की भाषा में पूछा, यह कौन है? निकोबारी बोला, मेरी बीवी का

लड़का।...मतलब? तेरा नहीं?...नहीं मेरी बीवी का।...ऐसा कैसे? इस पर वह झल्लाकर बोला, तुम औरतों की समझ में आना चाहिए। मेरी बीवी को मेरे अलावा क्या किसी दूसरे से बच्चा नहीं हो सकता?...आश्चर्य। अरे इंग्लैंड में कोई पति ऐसा सोच भी नहीं सकेगा।

यह नैतिकता भारतीयों की दृष्टि से केंद्र में आनी चाहिए। यहाँ जरा-से संदेह के कारण बीवी को जिंदा जलानेवाली हमारी हिंदू संस्कृति है—हम सुसंस्कृत कहलानेवाले समाज, कितने क्षुद्र?

स्वयं देखी-सुनी न जाने कितनी बातें मंडी के पास चर्चा के लिए हमेशा होतीं। उसके साथ समय कैसे कट जाता है, पता भी नहीं चलता।

यहाँ दिन तो क्या, महीने भी तेजी से गुजरने लगे। एक प्रमुख कारण यह भी था कि भारत सरकार के सांस्कृतिक आदान-प्रदान कार्यक्रम के तहत यहाँ पधारे जापानी, कोरियन, थाई, श्रीलंकाई—सभी साठ रुपयों में पूरा महीना बिताने के लिए सिवा पढ़ाई के कुछ और करते ही नहीं थे। पढ़ाई और बहस। इसका एक और कारण यह कि मनचाही किताब तुरंत मिलती थी। एक-एक विषय पर दसियों-बीसियों किताबें—हाँफी छूटने तक नोट्स बनाना, कार्ड बनाना। चौबीसों घंटे खामोशी। बहुत हुआ तो शाम को बरगद के पेड़ पर सफेद बगुलों की पाठशाला थोड़ी देर के लिए शोर मचाती। बिजली मुफ्त होने के कारण लगभग सभी ने जूना बाजार से सस्ती अँगीठियाँ लाकर कमरे में ही चाय, ब्रेड, आमलेट खाकर पढ़ाई करते रहने की तकनीक अपनायी थी। बीच-बीच में लगभग सभी को बड़ी-बड़ी संगोष्ठियों के निमंत्रण आते। अपने-अपने अनुसंधान पर निबंध लिखकर छात्र देश-विदेश भी जाते। खंडेराव को म्यूजियम संबंधी कोर्स के लिए बड़ौदा भेजा गया और उधर से ही लोथल के उत्खनन शिविर के लिए बुला लिया। सर के साथ वहीं पी-एच.डी. शोध-प्रबंध की रूपरेखा पक्की हो गई।

जल्द ही यूनेस्को स्कॉलरशिप के इंटरव्यू के लिए तीन विशेषज्ञ घोषित हुए। डार्विनोत्तर उत्क्रांतिवाद के संबंध में प्रत्येक को एक सेमिनार देना अनिवार्य था। खुद के अपने विचार, मौलिकता को ज्यादा ऊपरी ग्रेड। इस सेमिनार में डेक्कन कॉलेज से संबद्ध संस्कृत, भाषाविज्ञान, मानववंशविज्ञान, समाजविज्ञान और इतिहास वगैरा विषयों के देश-विदेश से पचास-पचपन विशेषज्ञ अनुसंधाता भी उपस्थित रहते हैं। वे बीच-बीच में सवाल पूछकर अनुसंधाता की हँसी भी उड़ाते हैं। खूब मजा आता है। खंडेराव ने आज तक जो कुछ पढ़ा है, सुना है, सोचा है, सब दिमाग के ठीकरे में सँजो रखा है, लेकिन उसे ठीक से प्रस्तुत करना शायद वह नहीं जानता। इस स्कॉलरशिप के लिए गुवाहाटी, कोलकाता से लेकर केरल तक के केवल दस-बारह अभ्यर्थियों को चुना गया है। यार खंडेराव, तुम्हारा इसमें चयन हुआ, बहुत बड़ी बात है। तैयारी करो। कुछ मौलिक बोलो। पूरा दो-सौ रुपए

महीना पिछले जून से बकाया के साथ मिलेगा। ऊपर से यूनेस्को के निमंत्रण आते रहेंगे। तैयारी। यूनेस्को के स्कॉलर बनो यार।

जूना बाजार में धातु के पुराने सामान के बड़े-बड़े ढेरों पर नजर डालता हुआ खंडेराव हमेशा की तरह गुजर रहा था। अचानक पैरों में ठोकर लगी और वह औंधे मुँह गिर गया। घुटना मलते हुए उठकर कबाड़ के एक बक्से पर बैठ गया। आँखें खोलकर देखा तो मुट्ठी के आकार का, पाव-भर भारी पीला जर्द पीतल का उलूक कबाड़ में पड़ा हुआ। वह कुछ ऐसा विलक्षण बढ़िया लग रहा था कि उसे झट से उठाने का जी नहीं कर रहा था। दरअसल, दो उलूक होते तो और भी बढ़िया दिखते। धोती, अँगोछा, मांत्रिक की तरह शिखा और माथे पर भस्म धारण किये कबाड़िया दुकानदार सामान का बोरा खाली कर रहा था। कई सदियों पूर्व राजस्थान में ऐसे चित्र ढालनेवाले धातुकर्मी कलाकार होते थे। खंडेराव ने कीमत पूछी : पता नहीं क्यों लेकिन इस उलूक को खरीदने की दुर्दम्य इच्छा उसमें उत्पन्न हुई। दाम, पुरानी वस्तु के हिसाब से दस रुपए। एक जर्नल को 'बौद्ध और रोमन कैथोलिक धर्मों में साम्य' विषय पर आलेख बनाकर दिया था। उसका अभी-अभी प्राप्त हुआ बीस रुपए का मानदेय जेब में ही था। उलूक की मूर्ति कुछ रहस्यमय महसूस हो रही थी। क्या ऐसा उलूक एक और है? दुकानदार बोला, हाँ है तो सही, लेकिन ढूँढ़ना पड़ेगा, समय लगेगा। खंडेराव ने बारीकी से नजर घुमाई और तुरंत दूसरे कबाड़ के ढेर से उसी की ओर अपनी खुदी हुई खामोश आँखों से ताक रहा दूसरा उलूक भी दिखाई दे गया। तराजू के पलड़े में दोनों उलूक लेटे हुए शिशुओं जैसे बहुत मजेदार लगे। कितनी सदियों से वे खंडेराव की राह तकते गाँव-गाँव घूमते रहे होंगे? आखिरकार वे उसी के थे और उसी के पास वापिस आ गए। उसे भी यही लगा। महीने-भर के खर्च की परेशानी होगी। लेकिन भारी, गदबदे, लगातार ताकते, बाँकदार चोंच, पंखों पर-सीने पर ठोंक-ठोंक कर खुदे हुए पंख और पैर जोड़े बैठे ये उलूक पाना कुछ अद्‌भुत संयोग था। कई सदियाँ लाँघकर आने जैसा लगा।

टेबल पर जगमगाते पीले उलूक के जोड़े को देखते ही अचानक बेचैन होकर शेषाद्रि बोला, अरे अरे, धातुओं के ऐसे प्राणी यातुविद्या से अभिमंत्रित होते हैं। राजघरानों का, प्रासादों का, महलों का ध्वंस करके ही ये इस तरह बाहर कबाड़ में आते हैं।

कोई बात नहीं। हजार साल पहले के करामातियों ने बीसवीं सदी के इस खंडेराव के लिए ही उन्हें गढ़ा था। इस पुरातन पुणे में मुला-मुठा नदियों के संगम पर स्थित यह कसबे का इलाका यानी वही पुराना नायगाँव है, जहाँ विठ्ठल जगदेव[91] ने

91. विजापुर के अदिलशाह का सरदार, जिसने निजामशाही के अधीन पुणे शहर का ध्वंस कर डाला था।

गधे से हल चलवाया था। उस समय इन उलूकों का भी ध्वंस हुआ और ये जमीन में दफन हो गए होंगे। या किसी ने इन निशाचरों को खंडेराव के लिए ही काल में प्रक्षेपित किया होगा, जो उसे अब प्राप्त हुए हैं। या नदियों के संगम पर किए जानेवाले खास व्रत-विधियों के आचार कर्म में इन दो पीतल के उलूकों का महत्व होगा। लेकिन यह आगे कभी ढूँढ़ा जा सकेगा। हमारे देश में हजार सालों का मार्गक्रमण ढूँढ़ना आसान नहीं है।

सुबह के ग्यारह बजे होंगे, क्योंकि आकाशवाणी से प्रसारित कार्यक्रम *कामगार सभा के* मराठी गाने घर-घर से सुनाई दे रहे थे। स्टेशन के आगेवाले ईरानी होटल में पंखा, पानी, पेपर वगैरा 'पंच पकार' का मुफ्त सेवन कर शिवाजीनगर से डेक्कन जिमखाना की ओर आड़ी-तिरछी गलियाँ लाँघते हुए खंडेराव तेजी से चलने लगा। इंटरनेशनल बुक डिपो से कामाख्या योनिपीठ संबंधी तंत्रविद्या पर एक पुस्तक मँगाई थी, जिसे लेने के लिए वह ये बीचवाले शार्टकट अपनाता हुआ तेजी से चला आया। सहसा सभी ओर घर-घर से आकाशवाणी निवेदिका स्त्री की एक ही आवाज—गायिका हैं : प्रज्ञा खांडेकर, कवि ग दि. माड़गूलकर की रचना और संगीतकार हैं, वसंत पवार, जगदीश खेबुड़कर या राम कदम। कभी माणिक वर्मा। खंडेराव के कदम आगे नहीं बढ़ पा रहे हैं। कदम मराठी भावगीतों, फिल्मी गानों की तानों में फँस जाते हैं। एक बंगले से *जीवनात ही घडी*...तो अगले बंगले से... *अशीच राहू दे*। आगे *मन पिसाट माझेऽ अडले रेऽ*...और बाद में मुड़ जाने पर चाल जैसे घर से *थांब जरा साऽ थांब जरासाऽ*। कदमों को ठेलते हुए फुटपाथ बदलना भी जान पर आ जाए, ऐसे आर्त सुर। हर संस्कृति का सत्व अंततोगत्वा उसके संगीत में ही मिलता है।

याऽ कातरवेळी, पाहिजेऽ सतूऽ जवळी—मालती पांडे? अनिल भारती? या मधुकर पाठक? धीमा साधारण-सा सीधा ठेका। पुरानी, उन्नीस सौ तीस के दरमियान की खुर्शीद की अदा। पाहिजे के ऊपर आघात— *पाहिजेऽऽसतूऽ*

कर्कश मराठी का *पाहिजे*—और— *स* को तोड़कर उस *स* को *तू* के साथ जोड़ने का हुनर। यह *तूऽऽ* भावोत्कट ऊऽऽ स्वर में लपेटकर गुलजार बनाया गया। *पाहिजेऽ सतूऽ जवळीऽ*

मराठी में ऊधम मचानेवाले ट ठ ड ढ ण ळ जैसे खुरदुरे वर्णों को अपनी आवाज की मिठास में लपेटकर कमजोर बना डालने का कौशल। लय को तरल बनाए रखते हुए शब्दों के आघात में नादमयता को ढालनेवाले और व्याकरण की निचली सतह में मराठीपन के अर्थों का आलिंगन कर नाचनेवाले सुर।

बाई बाई, मनमोऽ राऽ चाऽ कसा पिसाराऽ फुलला।

एक सुर से दूसरे सुर में कदम रखते हुए आगे-पीछे खिसकती थिरकती रेखा। मेहनतकश देहाती इनसानों के भजन-पवाड़े- तमाशा-लोकगीत का संगीत सुनते-सुनते बड़े हुए खंडेराव जैसे को ये तर्जें बोरी में पकड़ी गई घूस जैसा पागल बना देती

हैं। दोनों कान खड़े कर प्रत्येक सुर की झंकार को दिमाग के आखिरी संवेदना क्षेत्र में जमा करने की आदत है। लेकिन यह कोमल नजाकत भरी मराठी आवाज साफ-साफ एक व्यंजन से दूसरे व्यंजन पर हौले से न उतरकर बीच के स्वरों पर इतना ज्यादा जोर क्यों डालती है? रेडियो के इन शहरी गानों में इस मध्यवर्गीय मराठी सौंदर्यबुद्धि का कैसा कल्पित डर छिपा हुआ नजर आता है? गाने के शब्दों में स्वरों जितना ही उन शब्दों का अर्थ भी बिंबित होना चाहिए। यह कुछ उच्चवर्णीय शहरी मध्यवर्गीय कला प्रकार ही है। इसमें ग्रामीण मेहनतकश लोगों का अर्थ नहीं है। लेकिन क्या ये शहरी लोग भी हमारे लोग नहीं है? मराठी, मराठे, मह्राटा, मरहट्टे—

अब किसका है ये गाना?

माझा होशिल काऽऽ होशिल काऽऽ होशिल काऽऽ

आशा भोंसले? धीमा, मधुर, दमित शहरी सौंदर्यबुद्धि का प्यार। है कहाँ मराठी का अभिजात संगीत? बीते पच्चीस सालों में कितनी ही देसी कलाओं ने स्वयं को क्लासिकल बना लिया—भरतनाट्यम, कथकली, कथक, मणिपुरी, कुचीपुड़ी, भांगड़ा, ओडिसी, यक्षगान, ठुमरी, गजल, बाऊल—अभिजात होने के लिए मराठी कलाओं को आवश्यक संस्कार देनेवाले लोग नहीं थे? गर्मियों में आधे से ज्यादा महाराष्ट्र पानी के लिए चार-छह महीने भटकता रहता है। बरखा की प्रतीक्षा में साल बिताता है। ये झुलसे हुए चेहरे, धूल से सने पैर, पसीने से सराबोर पल्लू—ये देहाती लोग इन कलाओं के स्वर्ग में कैसे दाखिल होंगे? और यहाँ अंग्रेज़ों और अब अंग्रेजी के आधुनिक प्रेयस को कसकर पकड़े रखने से बसी हुई नागर सुरक्षा—सफेद पुटीन मले उतरे हुए चेहरे, फैशन, कपड़े, नियमित वेतन, सालाना वेतनवृद्धि, पेन्शन—जो हमारे मरने पर बीवी को अपने आप मिलनेवाला होता है, बढ़ते जा रहे महँगाई भत्ते, हर महीने घर का किराया, प्रॉविडेंड फंड, बढ़िया परिवेश, लड़के-लड़कियों का सफल करियर—यह एक अलग ही महाराष्ट्र है। सुखद, उस मराठी यथार्थ से दूर रहने की कामना करनेवाला।

फिर भी खंडेराव, यही सौंदर्यबुद्धि बनाए रख। बेशर्म बन, आदी बन, मशगूल हो। इस केंद्र से ऐसी ही सौंदर्यबुद्धि उपजती रहेगी। मास मीडिया के बहाव द्वारा वह महाराष्ट्र-भर के भूखे लोगों के ओठों पर गुनगुनाई जाएगी। गाँव-देहात में, घर-घर जवान लड़के-लड़कियाँ इस अफीम के नशे में अपने आप को तीन मिनट भूल जाएँगे—गणेशोत्सव, स्कूल-कॉलेजों के समारोह, गैदरिंग, मेले, हल्दी-कुंकुम, तमाशा, नाटक—और तो और लड़की को देखते समय भी जवानी की आशा-आकांक्षाएँ इसी सौंदर्य पर लहलहाएँगी—

दूर तू जरी ऽ ऽ जवळ तुझ्या ऽ मी ऽ ऽ जवळ तुझ्या ऽ मी

बिना समय खर्च किए न्यूनतम मानसिक जगह में उस कठोर यथार्थ का मीठा-मीठा मराठी आभास—उसमें भी एक बार फिर *जवळ तुझ्या ऽ मी* कहने से वधू तो पसंद आएगी ही।

नगरीय संस्कृति के गड़बड़झाले से भरे ये चौक लाँघकर मराठी समाज कब झाड़ी से मालवणी और खानदेसी से माणदेसी[92] बनेगा?

खंडेराव, इसके अलावा और भी गौर से सुनेंगे साढ़े ग्यारह तक का मिठास भरा मराठी भावगीत : सारी इमारतों से गूँज रहा है। किल्ला-किल्ला बड्ढिया है न हमारा मराठी संगीत, हैन्न, खंडेराव?

पाण्यामधूनी, कारंजाची, फुटावीऽ

सुरेल सुन्दर तान, असावे घरटे अपुले छान

हाँ तो कामगार भाइयो, राम राऽम। (शीर्षक संगीत)

यूनेस्को जिनेवा फाउंडेशन के अंडर सेक्रेटरी और इस सेमिनार के अध्यक्ष श्री. हेस्स, इस कमिटी के सभी सदस्य, डेक्कन कॉलेज के डाइरेक्टर, पुरातत्व विभाग के प्रोफेसर, विभागाध्यक्ष, सम्माननीय अनुसंधाता सहकर्मी गण तथा अन्य विद्वान मित्रो,

उत्क्रांति पर आधारित मेरे दस पृष्ठों के प्रस्तुत निबंध को सुविधा के लिए मैंने दो भागों में विभाजित किया है। पहले भाग में चार्ल्स डार्विन तथा अन्य प्रणेताओं द्वारा जब से यह सिद्धांत प्रस्तुत किया गया, तब से लेकर आज तक अलग-अलग क्षेत्रों में—विशेषतः बीते दस सालों में विकसित हुए जनुकविज्ञान अनुसंधान, मस्तिष्क तथा ज्ञानग्रहण क्षेत्र, इसके अलावा जीवविज्ञान, मनोविज्ञान, मानववंशविज्ञान वगैरह सर्वश्रुत विषयों में इस सिद्धांत के कारण कैसे बुनियादी परिवर्तन आए हैं, इसका जायजा लिया गया है। यह जायजा पूर्णतः इधर-उधर से इकट्ठे किए गौण साधनों पर आधारित होने के कारण उसे टाईप करके आप सभी में पहले ही वितरित किया जा चुका है। उसे मैं यहाँ प्रस्तुत नहीं करूँगा। पाद-टिप्पणी, मेरे द्वारा प्रयुक्त पुस्तकों, जर्नलों तथा लेखों की सूची और मेरा जीवनवृत्त भी, जो बहुत प्रभावशाली नहीं है, यहाँ छपा है।

अब यह दूसरा भाग, जिसके अंतर्गत मुझे मुख्य विचार प्रस्तुत करने हैं, उन्हें मैं बीस मिनट में मौखिक रूप से प्रस्तुत करने का प्रयास करता हूँ। संस्कृति केवल मनुष्य ने ही विकसित की है, यह भ्रम होने की बात मैंने प्रथम भाग के अंत में प्रस्तुत की है। अनुवांशिक न होते हुए भी परंपरा से बरकरार रखा गया व्यवहार अथवा संस्कार यानी संस्कृति—यह संस्कृति की परिभाषा स्वयं अभ्यर्थी द्वारा तैयार की गई है, जो आंशिक ही सत्य है। यह प्रमेय भी प्रस्तुत किया गया है कि जीववैज्ञानिक पृष्ठभूमि पर ही संस्कृति बनाए रखी जा सकती है।

अब आप कहेंगे कि अजी, वैज्ञानिक दृष्टिकोण में अच्छे-बुरे का विचार गौण प्रतीत होता है। तथापि विद्वज्जनो, हम वैज्ञानिक नहीं, बल्कि मानव्य विद्या के छात्र हैं, और यही बताने के लिए मैं यहाँ खड़ा हूँ—उत्क्रांति के कारण *खड़े रहने के* अलावा

92. झाड़ी : गोंडवन के गढ़चिरोली, चंद्रपुर क्षेत्र की भाषा; मालवणी : कोंकण के सावंतवाड़ी की भाषा; खानदेसी : खानदेश के नासिक, धुलिया, जलगाँव की भाषा; माणदेशी : मानदेश के सातारा, शोलापुर की भाषा। ये सारे प्रदेश महाराष्ट्र में ही स्थित हैं।

मनुष्य और कर ही क्या सकता है?(हँसी)। अतः द्विपाद मनुष्य प्राणी का यह कहना कि 'खड़ा हूँ' अत्यंत सामान्य कथन प्रतीत होता है। उत्क्रांति सिद्धांत की त्रुटियों की किताबी चर्चा मैंने पहले भाग में की है। अब मैं मुख्यतः इसके संबंध में बात करनेवाला हूँ कि खड़े रहना अवलक्षण उत्क्रांति के दुष्ट परिणामों में से एक क्यों है। इसे मेरे प्रस्तुत निबंध का एक अनावश्यक परिशिष्ट कहा जाए तो भी कोई हर्ज नहीं।

कानाफूसी। परीक्षकों में से एक कहता है, छाप कर बाँटा गया भाग पर्याप्त विचारणीय है। फिर यह नया मौखिक भाषण किसलिए? दूसरा परीक्षक कहता है, सुन लेंगे। तीसरा कहता है, बोलिए।

सज्जनो और कुलीन स्त्रियो, आप सभी को यह विदित होगा कि मानवीय संस्कृति का अंत मनुष्य जाति के नष्ट होने में है। इस पर सभी क्षेत्रों के वैज्ञानिकों में सहमति है। लगभग दो करोड़ वर्ष पूर्व के हमारे पूर्वज चतुष्पाद मनुष्य की अपेक्षा चालीस लाख वर्ष पूर्व उत्क्रांत हुआ द्विपाद मनुष्य प्राणी इस सर्वनाशी गलत रास्ते से पतन की ओर कहाँ तक जा रहा है, इसे कुछ चुनिंदा उदाहरणों से सिद्ध किया जा सकता है। कुछ जातियों के कुत्ते सौ किलोमीटर दूर से भी अपने मालिक को गंध से पहचान लेते हैं। साढ़े तीन ज्ञानेंद्रियोंवाले उत्क्रांत मनुष्य की अपेक्षा उलूक, कबूतर जैसे अनेक पशु-पक्षी ज्ञानेंद्रियों के बारे में अधिक उत्क्रांत हैं। यह कहना कहाँ तक वैज्ञानिक होगा कि आज की उत्क्रांति में संलग्न पाँच कर्मेंद्रियों के साथ मनुष्य को पाँच ज्ञानेंद्रिय भी प्राप्त हैं? ज्ञानसंवेदना के संदर्भ में आज का उत्क्रांत मनुष्य अन्य कई प्राणियों की तुलना में पतन की ओर बढ़ता हुआ दिखाई देगा। घ्राणेंद्रिय नाक का और श्रवणेंद्रिय कान का उपयोग क्या चाक्षुष इंद्रिय आँखों पर चश्मा चढ़ाने के लिए ही हुआ है? हमारे गाँव के शौच जानेवाले ब्राह्मण, बीड़ी को बार-बार सुलगाकर पीनेवाले वृद्ध अथवा बढ़ई लोग कानों की लौ का उपयोग खूँटी जैसा अथवा ॲश ट्रे जैसा या पेंसिल स्टॅण्ड जैसा करते हैं। *(हँसी)*। उसमें भी आँखें पूरी तरह से आगे निकल आने के कारण चश्मे से भी आसपास का अथवा गर्दन घुमाकर भी पीछे का अंतरिक्ष दिखाई नहीं देता। इसी कारण *पीठ में छुरा भोंकना* जैसे मुहावरे सभी मानवीय भाषाओं में रूढ़ हुए हैं। आँखों की पलकें भी इतनी पतली और पारदर्शी होती जा रही हैं कि उन्हें बंद करने से कोई लाभ नहीं होता है। चक्रधरपुर, सिंहणपुर की गुफाओं में आदिमानव द्वारा चितारी गई आँखें या पिकासो, डाली आदि महान कलाकारों द्वारा बनाए गए शरीर के बाहरी हिस्सों में उगी आँखोंवाले चित्र—मेरे हिसाब से मानवीय उत्क्रांति की कटु आलोचनाएँ ही हैं।

मनुष्य की ही नहीं, बल्कि हरेक प्राणी के जीवन-चक्र की सबसे महत्वपूर्ण तीनों क्रियाएँ—जन्म, मैथुन और मृत्यु—आड़े लेटकर ही होती हैं। नींद वगैरह क्रियाएँ भी आड़े लेटकर ही होती हैं। यह साँप जैसा रेंगना ही अभी तक हमारी उत्क्रांति-पूर्व की सुरक्षा को बरकरार रखे हुए है। झुकना, चारों पैरों पर रेंगना, लेटना वगैरा आदिम मानवीय क्रियाओं को दुर्भाग्यवश—आत्मसमर्पण करना, चूतड़ अर्पण

करना—वगैरा गौण अर्थ देहभाषा में प्राप्त हुए हैं। कुछ क्रियाएँ तो आड़े लेटकर ही संभव होती हैं। *(खी खी)*। मसलन, बीजोत्सर्जन गहरा और फलन अचूक हो इसलिए प्रजनन की जैविक अंत:प्रज्ञा से संभोग के लिए तत्पर युगल यथावकाश आड़े लेट जाते हैं। इसमें ऊपरी या निम्न जैसा मानवीय मस्तिष्क की उत्क्रांति का भेद दायाँ-बायाँ विभाजन की तरह प्राकृतिक होकर भी *निम्न* समझ लेने के पूर्वग्रह के कारण उत्क्रांति की वजह से स्त्री जाति को गौण उर्फ निम्न स्थान प्राप्त हुआ है। इसलिए सभी स्त्रियों को बुनियादी तौर पर उत्क्रांति का विरोधी होना चाहिए। द्विपादत्व के कारण ऐसा दिखाई देता है कि उनका गर्भवहन ज्यादा अप्राकृतिक और कष्टप्रद हुआ है। क्योंकि—जन्म का बढ़ता हुआ औसत यही सिद्ध करता है। ऐसी मादापन-विरोधी उत्क्रांति के विरोध में सारी स्त्री जाति को तनकर खड़े होना चाहिए। (*हँसी*)। कहा जाता है कि अग्नि की खोज होने के कई लाख वर्षों बाद यह माना गया कि घर के रसोई वगैरा काम स्त्रियाँ करें और शिकारादि साहसी काम पुरुष करें। परंतु यहीं से स्त्री की अधोगति शुरू हुई है। अब साहस के काम कौन पुरुष करता है? अतः उसी को रसोई बनानी चाहिए। (तालियाँ, हँसी) और ऊपरी और निम्न यह भेद कम-से-कम व्यवहार में उल्टा करके यानी *निम्न* काम खुद उसी को करके दिखाने चाहिए। (*खू खू खू*)।

प्राचीन महाकवि व्यास, होमर, वाल्मीकि वगैरा के इतिहास पढ़ने पर किसी भी सुबुद्ध मनुष्य के ध्यान में यह आएगा कि तनकर खड़े रहने का मनुष्य का यह पागलपन उसकी अपनी सुरक्षा के बारे में अनंत समस्याएँ उत्पन्न कर गया है। चतुष्पाद का हृदय भोंकना, गला काटना आसान नहीं होता। लेकिन शत्रु को हमारा गला काटना आसान हो, या बाण-खंजरादि हथियारों से हमारा हृदय बेधना आसान हो, इसीलिए यह द्विपाद मनुष्य कहीं शत्रु का सामना तो नहीं करता है? कुछ व्यक्तियों के हृदय दाहिनी ओर पाए गए हैं। इसे महत्वपूर्ण प्रतिउत्क्रांति समझना चाहिए। मराठी राष्ट्रीयता की बुनियाद रखनेवाले महान पुरुष मलिक अंबर ने अपना सुरक्षाकर्मी इसी तरह नियुक्त किया था जिसका हृदय दाहिनी ओर था। इस कारण आपातकाल में घटित हुई एक घटना की कहानी उस समय के अहमदनगर राज्य में यानी बृहत् महाराष्ट्र में सर्वश्रुत थी। समयाभाव के कारण उसे यहाँ प्रस्तुत नहीं कर रहा हूँ।

(सुनाइए। हमें उत्सुकता है। अध्यक्ष महोदय इसके लिए केवल पाँच मिनट का अतिरिक्त समय मंजूर करते हैं। जल्दी में ही मलिक अंबर की कहानी सुनाई जाती है।)

असल मुद्दा था कि द्विपादत्व के कारण हमेशा के लिए स्वरक्षापराङ्मुख हो जाने की वजह से उत्क्रांत मानवीय समाज संहार और सर्वनाश को ही सुरक्षा के एकमात्र हथियार के रूप में सँभालता आया है। इस कारण शाश्वत शांति से यह संसार हमेशा के लिए वंचित हो गया है। सौ सालों तक दो ही पैरों पर शरीर का भार सँभालना असंभव होने के कारण शारीरिक, मानसिक और समाजशास्त्रीय आपत्तियाँ

बढ़ती गईं। धीरे-धीरे दो पैरों पर भी चलना बंद होने पर कोयला, बिजली, पेट्रोल, परमाणु वगैरा कृत्रिम ऊर्जा-स्रोतों का प्रयोग करने से पृथ्वी पर पर्यावरण का संकट खड़ा हो गया है। पूरी जीवसृष्टि के भविष्य को खतरे में डालने की क्षतिपूर्ति क्या यह शिश्नोदर परायण मनुष्य जाति करेगी ? यह करना क्या अब उसके लिए भी संभव है ?

इसके अलावा यह भी साबित किया जा सकता है कि निरंतर शारीरिक असुरक्षा की समस्या एकमात्र द्विपाद मनुष्य जाति पर ही आई है। घुटने की बीमारियाँ, जंघा की एक कमजोर हड्डी पर पूरे पेट की बोरी और शरीर का भारी बोझ लगातार ढोते रहने के कारण होनेवाले अस्थिभंग; इसके अलावा कुर्सी जैसे आसन पर कूल्हा टिकाने की निर्भरता—जिसे गुरिल्ला, चिंपांजी, ओरांग उटांग जैसे हमारे महाकाय बंधुओं ने बिलकुल नहीं अपनाया था। सारांश, खड़े रहने का पागलपन इस उत्क्रांति के मूल में इस कदर हावी है कि उसने मूल आड़ेपन और शरीर के खड़ेपन, दोनों के बीच शत्रुता पैदा कर दी है। पैरों के नीचे कुछ इंच के आड़े पैर भी धीरे-धीरे नष्ट होकर केवल एड़ी बची रहेगी। (*हँसी*)। पाँचवीं उँगली तो उत्क्रांति के अगले चरण में नष्ट ही हो जाएगी।

इससे पूर्व के चरण में हमने अपनी दुम भी गँवा दी। इस पुच्छास्थि को तुच्छतापूर्वक दुमची की हड्डी पुकारने से वह भी मिट जाएगी। फिर किस आधार पर खड़े रहेंगे ? आड़े के आधार पर ही तो खड़ा 'खड़ा' होता है। पैरों के केवल ठूँठ बच जाएँगे। शरीर का घना केशाच्छादन नष्ट हो जाने से अगले संभाव्य अथवा अनिवार्य हिमयुगों में हमारा निबाह कैसे होगा ? इसके अलावा केवल केशहीन त्वचा साफ रखने हेतु नहाने के लिए आवश्यक पानी क्या इसके आगे मिलेगा ? साथ ही, पका हुआ अनाज खा-खाकर बाईस ही दाँत बचे रहेंगे और मानवीय जबड़ा और भी कमजोर और कोमल हो जाएगा। अकल दाढ़ और अकल दोनों नष्ट हो जाएँगी। ऐसे अँधियारे युग की ओर यह सर्वनाशी उत्क्रांति हमें ले जा रही है। (*ठहाके*)

सस्तन प्राणियों के मस्तिष्क में निवास करनेवाली संवेदनशीलता पर अनुसंधान करनेवाले अनेक मस्तिष्क वैज्ञानिकों को मानवीय मस्तिष्क में उत्क्रांति के कारण ही अनेक विलक्षण बदलाव दिखाई दिए। एक तो मानवीय मस्तिष्क उत्क्रांति-पूर्व जितना था, उससे बीस गुना भारी और बड़ा हो गया है। मानवीय हृदय को पहले से ही खड़े शरीर में गुरुत्वाकर्षण के विरोध में रक्त पंप करना पड़ता है, उसी में मस्तिष्क की यह बला बढ़ जाने से हृदय थककर दर्द से बंद पड़ने लगे हैं। मस्तिष्क के भारी हो जाने से अब रीढ़ की हड्डी को भी उसे सँभालना मुश्किल हो गया है और गर्दन के इर्द-गिर्द बख्तर पहनकर उसे सँभाले रहना पड़ता है। पीठदर्द और कमरदर्द का औसत हद से ज्यादा बढ़ता जा रहा है। मानवीय मस्तिष्क यदि इसी तरह बढ़ता रहा तो सिर के भार से सन्तुलन खोकर मनुष्य सड़क पर ही ढहते लड़खड़ाते रहेंगे। पानी में तो सिर नीचे तल में और पैर ऊपर, इस तरह शीर्षासन की स्थिति में डूबेंगे।

अब विद्वान अनुसंधाता मित्रो, हम यह उत्क्रांति का दिवालिया चक्र उल्टा तो नहीं कर सकते फिर भी मैं एक बात की ओर आपका ध्यान आकर्षित करना चाहता

हूँ। मस्तक में आगे का मस्तिष्क बेवजह बड़ा होता जा रहा है, इस कारण पीछे का छोटा मस्तिष्क सिकुड़ता जा रहा है। छोटे मस्तिष्क का बड़ा होना और बड़े मस्तिष्क का छोटा होना ऐसी प्रतिउत्क्रांति भी संभव है, क्योंकि ऐसे बदलाव मनुष्य की इच्छाशक्ति के कारण होते हैं। यह कुछ डार्विनोत्तर अनुसंधाताओं ने सिद्ध कर दिखाया है। मसलन, इनसानी पूँछ। अपेंडिक्स वगैरा शरीर के अवयव इसके साक्षी हैं। इस उत्क्रांति ने मनुष्य को अधिक विचारशील, मतलब अविचारी बना दिया है और छोटा मस्तिष्क, जो भावुकता, प्रेम और करुणा वगैरा इन्सानियत के केंद्रों को सँभालता है, उन्हें स्थिरता देता है, को पराया बना दिया है। आज भी संसार में छोटे-मोटे डेढ़-सौ युद्ध चल रहे हैं, जिससे यह दिखाई देता है कि मनुष्य उत्तरोत्तर अधिक हिंसक होता जा रहा है। महात्मा गांधी के कसीदे पढ़ते हुए हमारा देश भी चुपचाप परमाणु बम बना रहा है, यह खुला रहस्य है।

तथाकथित आधुनिक प्रगत इनसानी समुदायों में ज्ञानाधिष्ठित मंस्कृति लहलहाई, परंतु संवेदना के क्षेत्र में पतन हुआ। इसके एक-दो उदाहरण डॉ. मंडी तथा यूनेस्को स्कॉलरों द्वारा निकोबारी लोगों पर किए गए लेकिन अभी अप्रकाशित अनुसंधान के आधार पर मैं संक्षेप में बताता हूँ। इसके लिए मैंने उनसे अनुमति ले रखी है।

अश्मयुग में ही सारे विश्व के मानवीय समुदायों से अलग हुए ग्रेट निकोबारी द्वीप पर डॉ. मंडी आदिवासियों के बीच रहकर आई हैं। इन लोगों के साथ हिंद महासागर में, दो ही इनसान बैठ पाएँ ऐसी छोटी-सी डोंगी में मछली के शिकार पर वे जाती थीं। इतनी-सी डोंगी में लंबी लाठी में लगी बरछी से मछलियाँ मारने की विद्या सीखी—असल में यह कला ही है, क्योंकि इसमें कला के सारे लक्षण मिलते हैं : अपनी डोंगी की गति, समुद्र के प्रवाह की गति, लहरों की नियमित बाधा, इस पर लगातार नजर कि पानी में कितने नीचे-से मछली दौड़ रही है—उसकी गति, हमारी बरछी की गति, हवा में तथा नीचे पानी में भी—वगैरा तकनीक के बाद भी और बहुत कुछ बचता है : एक बार एक बड़ी मछली बरछी की पहुँच में थी फिर भी वह निकोबारी लड़का बरछी नहीं मार रहा था और मंडी जी उस ओर उँगली दिखाकर लगातार चिल्ला रही थीं—वो देखो, वो देखो। आखिरकार वह लड़का परेशान होकर बोला, चुप बैठिए। समझ में नहीं आता कि वह पेट से है?

पानी में चालीस फीट नीचे मछली के आकार और आकार की तुलना में दौड़ने की गति से इन लोगों को कैसे मालूम हुआ कि वह मछली गर्भवती है—यह सवाल अलग। असल सवाल है—गर्भवती को न मारना। और हम जैसे सुसंस्कृत कहलानेवालों को शर्मिंदा करनेवाली एक और बात यानी, उस दिन की जितनी जरूरत होगी उतनी ही मछलियाँ मारना। दो की है तो दो ही। दो बड़ी और एक छोटी चाहिए होगी, तो दो बड़ी पकड़ने के बाद तीसरी बड़ी सामने आए तो भी उसे छोड़ देना और छोटी मिलने तक विषुवत् रेखा के सूर्य की कड़ी धूप में समुद्र में भटकते रहना। पर्यावरण का सर्वनाश करनेवाले मनुष्य के उन्नत समुदायों के अब इतने पीछे जाने में समझदारी

होगी। लांच, बोट में मील-भर जाल बिछाकर छोटी-बड़ी, गर्भवती, बच्चे, सारी मछलियाँ पकड़नेवाली औद्योगिक संस्कृति भलाई की विपरीत दिशा में, भोंथरी संवेदना की ओर जा रही है। मांगल्य को पीछे छोड़नेवाली उत्क्रांति गलत दिशा में हुई है, जिसका अब हमें एहसास होना चाहिए।

प्यार, ममता, सहजीवन ये मूल्य इस कठोर आधुनिक विचार-शक्ति को तुच्छ लगते हैं। इसी कारण ढाई-तीन हजार सालों में गौतम बुद्ध जैसा मनुष्य दुबारा जन्म नहीं ले पाता है। यह उत्क्रांति की असफलता है।

आखिरकार मुझ जैसा अपक्व छात्र आप जैसे अनुभवी अनुसंधाताओं से और क्या कहेगा? स्थिति से अधिक-से-अधिक समझौता करना और हमें जरूरी लगे उतना ही स्थिति में सुधार करना, जैसी उत्क्रांति की नई परिभाषा बनाई जाए, तभी हमारी एकरेखीय उन्नति, जो असल में पतन की ओर ही जा रही है, उसे बदलकर मानवीय संस्कृति कुछ साल और पृथ्वी पर अपनी मियाद बढ़ा सकेगी। कविकुलगुरू मिर्ज़ा ग़ालिब के इस युग्मक से मैं अपने निबंध के दूसरे भाग का समापन करता हूँ:

है कहाँ तमन्ना का दूसरा कदम या रब
हमने दश्ते-इम्काँ को एक नक्शे-पा पाया

श्रोताओं के बीच से :

अर्थ बताइए। यहाँ उर्दू किसकी समझ में आती है?

है कहाँ कामनाओं का दूसरा कदम, भगवन,
हमें इन संभावनाओं के बीहड़ में एक ही कदम का निशान मिला।

संगोष्ठी समाप्त होने पर चाय-बिस्कुट की हड़बड़ी और तुरंत प्रश्नोत्तर शुरू। लेकिन अचानक सामनेवाली कुर्सी पर दृश्यमान हुए गाँव के जिगरी दोस्त सहपाठी रघु नायक। मंडी के पास ही बैठे थे। भयानक मैला मफलर, पसीने की चित्रकारीवाली गांधी टोपी और कमीज का कॉलर पूरा काला, परंतु उस हॉल में उपस्थित सबसे कांतिमान चेहरा। प्रश्नों में खंडेराव का ध्यान न लगना स्वाभाविक था। इसके अलावा परीक्षकों का निर्णय अगले साल पता नहीं कब आएगा। जो कहना था, सो कह दिया है, इसलिए खंडेराव ने सवालों के जैसे-तैसे जवाब दिए और रघु नायक के साथ बाहर हो लिया।

क्या यार कैसा धड़ल्ले से बोल रहा था तू खंडू? बोलने में एक स्पेलिंग की भी गलती नहीं की। कैसा विचारपरिलुप्त भाषण दिया रे, और वह भी इतने सारे विदेशी लोगों के सामने। मैं धन्य हुआ भडुवे तेरा ज्ञान देखकर और वो भी अंग्रेजी में, साला। ओ हो, हमारे मोरगाँव का नाम पूरी दुनिया में रोशन करेगा यार तू। बढ़िया है, चलने दे। वाह। लेकिन मैं तुझे एक अर्जंट पैगाम देने के लिए यहाँ आया हूँ। इसीलिए ट्रक को मंडी में एक दुकान पर लगा दिया और बिना कपड़े बदले इधर आया तेरे डेक्कन

कॉलेज में, पर ये तेरा कॉलेज कहाँ-से-कहाँ इतना दूर, साला। केले का पका घौद भी लाया हूँ तेरे लिए यार, लेकिन तू सुबह-सुबह इधर सभा में। उसे तेरे कमरे के बाहर दरवाजे पर रख आया हूँ। कोई लेकर तो नहीं जाएगा न? अपने सारे दोस्तों में बाँट देना। वो साली गोरी औरत हमारे मोरगाँव में आकर रही थी न, उस धानका ने ही मुझे यहाँ नीचे देखा और मेरा हाथ पकड़कर अंदर कुर्सी पर बिठाया। मेरा ये ऐसा बेढंगा रूप—लेकिन साला कौन झाँटा बोलेगा? आपुन मेहनतकश आदमी ऐसा ही रहेगा। आप बुद्धिजीवी लोग मलिए गाँड में पाउडर और इत्र लगाकर घूमो बन-ठनकर। लेकिन गोरे लोग कुछ अलग ही होंगे। उसे भी कुछ केले दे देना मेरे भाई। उसे मोरगाँव में मैंने बहुत कुछ दिखाया था—कुम्हारबाड़ा, भीलबस्ती। अब अच्छा मराठी बोल लेती है। और क्यों रे खंडू, वो लड़कियाँ तेरे हर वाक्य पर तालियाँ क्यों पीट रही थीं, अभी तक कुँवारी ही हैं क्या? शादी नहीं हुई अभी तक उनकी? अच्छा, फिर तू कहीं इधर की ही बीवी तो नहीं करेगा? क्यों? सच बता खंडिया, यही तेरे माँ-बाप का पैगाम समझ ले। माँ बोली, खंडू से कहना पी-एचडी, फीएचडी जिंदगी-भर चलती रहेगी। सेहरा पहन ले और फिर करते रह पढ़ाई। तेरी माँ ने, बुआ ने दो-तीन बहुत अच्छी लड़कियाँ देखकर रखी हैं। लड़कियों के घर-बार भी अच्छे हैं। मैट्रिक पास हैं। तो बता, क्या कहूँ माँ से? क्यों? करेगा इस साल? कहूँ तेरे माँ-बाप से तैयारी करने के लिए? अरे लड़की जात को रोककर नहीं रखा जाता है सालोंसाल। देख खंडू, तू और मैं बचपन से एक गाँड से हगते आए हैं। तेरे दिल में इधर की कोई छैल-छबीली लड़की बसी हो, तो वैसा बता दे मुझे।

अच्छा सुन, दूसरा संदेश जरा शिरीयस है। जरा सोच ले दोस्त। पगले, तेरे पिता बहुत थक गए हैं। तेरे भाई के जाने के बाद तो कुछ ज्यादा ही। इतनी करोड़ों की जायदाद पड़ी है वहाँ और तू यहाँ जंगल जैसे डेक्कन कॉलेज में सालोंसाल खपा रहा है? जरा सोच। पिताजी ने तुझे आठ दिन की छुट्टी लेकर आने को कहा है। ऊपर से तेरी बहनों के भी झंझट चल रहे हैं। सोना-चाँदी, लेन-देन, ढोर-डंगर—बड़ा साम्राज्य है तुम्हारा। अब तू इकलौता लड़का है। दोस्त, शांति से बैठकर जरा सोच-विचार कर। तुम्हारी कोठी में क्या धूमधाम लगी रहती थी—अब यार उदासी छायी रहती है। चलेगा? चल ट्रक पर, आज शाम को ही चल देंगे—कल सुबह-तड़के मोरगाँव। मैं माल भरकर आता हूँ और यहाँ से तुझे उठाता हूँ। क्यों?

खंडेराव बिना कोई शब्द बोले रघु नायक की बकवास सुनते हुए कमरे पर आया। बाहर दरवाजे से टेककर रखा पीला जर्द केले का घौद अंदर रखा। रघु ने चाय, पाव, चिउड़ा साफ करते-करते फिर अपने वही मुद्दे अधिक तीखे स्वर में रखे : खंडिया, ये क्या हैं, किताबें और नोट्स के घूरे? ये कैसे गोठ जैसे कमरे, माँ के जने? खाने-पीने की भी दुर्दसा ही होगी? खंडेराव, अरे जिंदगी में मौज-मस्ती के लिए, सुख के लिए भी जवानी के कुछ साल रखने चाहिए पगले। कुछ शरीरसुख... *उपरिसुरतश्रान्तललना* अधरमधु वधू—यह भी जरा सोच दोस्त। इतने सालों तक तेरा

भाई सब कुछ देखता रहा। सारी बहनों के पास भैयादूज की सौगात दे आता था। अब तेरे सिवा है ही कौन उनका? विद्वान बन गया, तो क्या इन्सानियत भी भूल जाएगा? होती है गलती गँवार माँ-बाप से। भूल जाना पड़ता है यार। हमारे देहाती माहौल में बचपन से क्या शिक्षा, क्या दुनियादारी की समझ आती है, बता तो? सँभालना पड़ता है यार। और इतने महीनों में एक मामूली कार्ड तक नहीं डाला तूने, पगले? क्या यार, फिर तो हम जैसे अधकचरे बहुत अच्छे हैं तुम जैसे डाक्टर-फिक्टर लोगों से? जो पढ़ा-लिखा सो गया काम से, कहावत यूँ ही बनाई है क्या हमारे लोगों ने? मेरा बाप गुजर गया बीते साल—तुझे पत्र भेजा था न? उसके मरने से पहले हम मियाँ-बीवी उसे पंढरपुर ले गए थे—बेटे और बहू ने पीठ पर लादकर चंद्रभागा में स्नान कराया। भगवन, और क्या चाहिए था इस जनम में—कहते-कहते बूढ़ा सुख से मरा वापिस लौटते ही। आदमी के मरने के बाद ये ही बातें सन्तोष देती हैं। अच्छा लगता है कि कुछ किया बूढ़े इनसान के लिए, उसके ऊपर जाने से पहले। इस जिंदगी में सन्तोष और क्या होता है?

खंडेराव ने रघु के सामने अपना टेबल-कैलेंडर रखा।

लो, एक दिन भी खाली नहीं है इसमें तो। अरे अरे अरे, पाकिस्तान किसलिए जा रहा है तू? क्यों? मुफ्त में? किराया, रहने-खाने के खर्च के साथ? वाह भई वाह। चाय देना तो जरा और इस बात पर। वाह। बहुत बड़ा सम्मान मिलता होगा, नहीं? मोहेनजो-दड़ो में ही? सिन्धु नदी पर? हमारे सुतार मास्टर ने पढ़ाया था वो हमारे पुराने लोगों का शहर, वही पाठ न? अरे अरे अरे बचवा, क्या किस्मत है यार खंडेराव तेरी। वाह भई वाह। तेरा तो सम्मान करना चाहिए मोरगाँव की ग्रामपंचायत को। लेकिन तेरे पास तो एक दिन का भी समय नहीं? सँभलकर रहना मेरे यार, चूतिए लोग हैं वहाँ के। पाकिस्तान में मुसल्लों की तानाशाही और हम हिंदू। गाँव में कहूँगा सबसे। गर्व की बात है। लेकिन घर पर एक बार ही सही, आकर जाना। एक दिन भी निकालना मुमकिन नहीं? कागजात, पासपोर्ट, वीजा, कितनी एम्बेसियाँ, यूनेस्को—न जाने कैसी-कैसी अपाइंटमेंट्स इस डायरी में लिखी हुई हैं तेरी। और दो लेख भी भेजने हैं? फिर तो पढ़ाई करनी ही पड़ेगी। अच्छा, चलता हूँ। मेरा दलाल मार्केट में मेरे नाम से चीख रहा होगा। बताता हूँ सब कुछ घर पर। सँभलकर जाना हाँ...अच्छा दोस्त। कितना बड़ा आदमी हो गया है रे तू? लेकिन दोस्त, एक बार पिताजी से जरूर मिल लेना।

6

अमृतसर से निकलने के बाद दो रातें, बीच का एक दिन और वह भी नींद में गुजारा हुआ और आज का दिन भी आधा हो आया। भूख के मारे अब मूर्च्छा बढ़ती जा रही है। ताप्ति के पुल से नजर आता है, ऊपर पहाड़ों में अभी-अभी जोरदार बरसात हुई है। गरजते पीले जर्द बाढ़ के पानी की आवाजें सुनकर और उसे देखकर गाँव का स्पर्श अनुभव होने लगा। अभी या कल रात देखा एक सपना याद है—सिन्धु नदी के तट पर ऐतिहासिक कचरे के पिरामिड जैसे बड़े-बड़े ढेर खड़े हैं और हम चूहे की भाँति फिसलकर मोहेनजो-दड़ो के हमारे तंबू की ओर आ रहे हैं। तभी आभास हुआ कि भावडू घर के सामने खड़ा होकर मुझे आवाजें दे रहा है, और पढ़ाई की तंद्रा में दुबारा मुझे यही भ्रम लग रहा है।

गाड़ी ताप्ति का पुल पार कर भुसावल स्टेशन के विशाल यार्ड में प्रविष्ट हुई और सिन्धी निर्वासित व्यापारियों ने सिन्धी बोली के पराए व्यंजनों से इस कदर शोर मचाया कि डिब्बे का हर आदमी, मैं भी, उठकर बैठ गया। एक आदमी बोला—ये लोग मध्य प्रदेश का माल सस्ते में लाते हैं और यहाँ चुंगी बचाने के लिए यार्ड में ही गठरियाँ गाड़ी से नीचे फेंकते हैं। गार्ड इन्हीं के लिए यार्ड में गाड़ियाँ थोड़ी देर के लिए रोकते हैं। और वाकई गाड़ी एक मिनट भर रुकी। जल्दी-जल्दी सारे सिन्धी उतरकर चले गए।

फिर वही सामने आया जिससे कई सालों से मैं भाग रहा हूँ। मेरे वहाँ जाते ही अनचाहा मोड़ सामने आने वाला है। स्थिति अपना निर्णय खुद ले रही है।

अरे खंडू, मैं क्या बोल रहा हूँ, और तू क्या सुन रहा है?

—घर पहुँचने पर आज भी पिताजी चिढ़कर ऐसे ही मुझे बोलेंगे।

पहुँच तो गया हूँ : सिंधु से ताप्ति। पाँच हजार सालों का सफर। मोहेनजो-दड़ो से मोरगाँव। तीन दिन के सफर में बीते कई सालों से चुपचाप बैठे विचार, घटनाएँ, इनसान, जगहें ऊधम मचा गए। सारी सुप्तावस्थाएँ प्रकाशित हुईं। ये सारी बातें, इनसान, घटनाएँ हममें ही निरंतर छिपे बैठे रहते होंगे। लेकिन ऐसा भी तो कुछ होगा न कि जो याद नहीं है? जो याद आया उसे अस्तित्व मिल गया। लेकिन जो याद नहीं आया, उसके लिए यह मानें कि वह था ही नहीं, या होगा ही नहीं? एहसास धुँधले हुए, फिर भी अंदर फँसे हुए का पूरा निकास हो गया। अब दिल को सुकून लग रहा है।

रेलयार्ड की अनगिनत पटरियों पर एक इंजन आगे-पीछे हो रहा था। एक-एक डिब्बा खींचकर लाने और उसे दूसरे से जोड़ते हुए वह बड़ी लंबी मालगाड़ी

बनाने में मशगूल था। हर डिब्बे को पीछे-पीछे धकेलकर पिछले डिब्बे से जोड़ते समय धड़ाम् की आवाज होती। शुरू के स्थिर डिब्बों को जोर से धक्का, उसके पीछेवालों तक धक्के की तीव्रता कम-कम होते हुए सबसे पीछेवाले डिब्बे वैसे ही अडिग खामोश खड़े। हर बार यह दृश्य बिलकुल एक जैसा, लेकिन फिर भी कुछ नया लगनेवाला था।

गाड़ी प्लेटफार्म से लगते ही सब कुछ निबटाकर स्टेशन से बाहर आया। खानदेसी लोगों के अनुशासन से कोसों दूर होने के कारण बाहर एस.टी. बस अड्डे पर हमेशा का कोलाहल, भागादौड़ी, कौन-सी गाड़ी कहाँ लगी है, कुछ पता नहीं। लाऊडस्पीकर पर चिल्लानेवाला बेसुरा इस अंदाज में सूचनाएँ देकर शोर को बढ़ा रहा था कि क्या मजाल जो एक भी अक्षर किसी के पल्ले पड़े? तभी मैं उससे पूछता हूँ, मोरगाँव? उत्तर : वो पहाड़ियों में? गाड़ियाँ बंद हैं। कितनी बारिश हुई है पहाड़ियों में? सुबह से सौ बार बता चुका हूँ। रास्ता बह गया है—पुल भी टूट गया है। अब एक-एक के घर पर आकर बताऊँ—शादी के न्यौते जैसा? इधर शिरपुर-चोपड़ा की तरफ से जाओ भाई, यावल के तरफ की गाड़ी मिल जाए तो।

अब इतने विलंब के बाद दूर का चक्कर लगाकर जाना संभव नहीं था। इधर आसमान में इक्का-दुक्का बादल थे। लेकिन उधर अगर तूफानी बरसात का तांडव जारी हुआ तो? अब रेलवे-क्वार्टर्स में रहनेवाले सहपाठी डोंगर मणियार के पास जाना चाहिए। शाम तक हर हाल में मोरगाँव पहुँचाने का वही कुछ प्रबंध करेगा। ऐसे मामले में वह बड़ा होशियार है। किसी की मोटरसाइकिल के पीछे, ट्रक पर, ट्रॅक्टर, बैलगाड़ी—कुछ-न-कुछ प्रबंध करेगा ही।

रेलवे की दीवार खोदकर बिना टिकटवालों का बनाया ठेठ रास्ता इधर सभी को पता था। बाहर निकलने के साथ ही सामने टिकट चेकर लोगों के क्वार्टर्स। बाहर दरवाजे पर **786** का आँकड़ा। बाद में उसके नीचे क्वार्टर नंबर। उसके नीचे म्यूनिसिपल नंबर। पुरानी तख्ती बदली हुई। अब : *डोंगर खान इब्राहिम खान पठान*—की तख्ती। पहले के डोंगर इब्रिया पिंजारी के अब मध्यवर्गीय राष्ट्रीय मुसलमान बन जाने का चिह्न। दरवाजा खुला ही था। दरवाजे पर गहरे रंग का पर्दा। एक दरगाह की बड़ी-सी तसवीर, उसके बगल में प्लास्टर ऑफ पैरिस से बनी कुबल-काबा की चट्टान। दीवारों पर फ्रेम में सुनहरे वरक में कुरआन शरीफ की अरबी आयतें। डोंगर की शादी में मयताब, मैं और चत्रुभुज मिलकर गए थे। डोंगर की बीवी ने मुझे पहचाना और बुर्का उतार दिया। डोंगर बाहर आते ही सीने से लग गया।

अब मैं सतरह डाऊन हावड़ा की ड्यूटी से आता हूँ। रात में खाना खाएँगे। मुझे मोहेनजो-दड़ो के बारे में सब कुछ बता। कैसा है पाकिस्तान? यहीं सो जा, सुबह खुद मैं तुझे मोटरसाइकिल पर मोरगाँव पहुँचा आऊँगा। कितने साल बीत गए यार तेरे घर आए? पढ़ाई की कापियाँ लेकर आता था मैं तेरी कोठी में।

विट्ठल जीजा की भी दुआएँ लूँगा। बड़े आदमी हैं यार तेरे वालिद—हमारे जिले में इतना सुधार असल में विट्ठल जीजा के कारण ही हुआ। फिर भी किसी खिताब-पद की चाहत नहीं।

लेकिन जब मैंने चलने की तैयारी कर ही ली, तो डोंगर विवश हुआ। यूनिफार्म पहनकर उसके तैयार होने तक पोहे, पराठे, चाय पर भरपेट हाथ साफ करने से मुझमें उत्साह आ गया था। बाहर जाकर उसने बैलगाड़ी का प्रबंध किया। बीच का शॉर्टकट चिखली तक का पुराना रास्ता बैलगाड़ी से पार करते ही पहुँच जाओगे। मोटरसाइकिल से तो आधे समय में पहुँच जाएगा तू। शाम से पहले अपने घर। मैंने सब ठीक से सोच लिया है। अरे खंडू, शादी कर ले भैया जल्दी से। मेरी बीवी से बतियाने के लिए भी कोई नहीं है। आते वक्त मेरे ह्याँच ठेरना, हाँ? पुणे की गाड़ी में तुझे बिठा दूँगा। फिर्र, इतना बड़ा टी.सी. बना मैं, उसका क्या मतलब? रात-भर गपशप करेंगे यार। मौज-मस्ती की बातें सुनानी हैं तुझे, तुम आव तो सही, खुदा हाफिज। आराम से जाना। खुदा कभी बुरा नहीं करता। जीजा को सलाम कहना। अरे हाँ, तेरी भाभी ने सेब और लड्डू बाँधकर दिए हैं—रास्ते में चबाने के वास्ते। अच्छा, खुदा हाफिज।

गाड़ी हाँकनेवाला लड़का नाना फड़णीस की तरह एक घुटना ऊपर रखे और दूसरे पैर से बैलों के फोतों को कोंचता हुआ गाड़ी को टैंक की तरह धुडुमधुडुम दौड़ाता हुआ गाँव से बाहर तक ले आया। लड़का लगातार बकबक करता, बातूनी, और कुछ-कुछ मजाकिया तबीयत का था। सड़क पर मिलनेवाले हर आदमी से बतौर नागरिक वह संवाद स्थापित करने लगा। सड़क पर कोई न हो तो बैलों के साथ भी। ए भैया साइकिलवाले, जरा किनारे-किनारे से चलाओ न यार, साइकिल? अरी ओ अम्मा, कहाँ चल दी? क्यों मामाऽ, भैंस जरा उधर से ले जाओ नऽ।

उसकी बातों को अनसुना करते हुए मैं चिंतन में मगन पीछे छूटता जा रहा रास्ता निहार रहा था। तीन साल पहले उस कुर्मीगीरी और बैलगाड़ी की जिंदगी को नकारने के लिए मैंने बड़ी दृढ़ता से इस तरफ हमेशा के लिए पीठ फेर ली थी, लेकिन यह शुष्क देहाती पसारा मेरी किस्मत में कहीं दुबारा तो नहीं लौट रहा है? पाँच हजार सालों से लेकर आज तक की संवेदनाओं का अनुसंधान करता हूँ और मुझसे इतना-सा फैसला करते नहीं बन रहा है? हर साल मृगशिरा में बरखा की ओर नजरें गड़ाकर बैठने के सालाना देहाती एहसास को जिंदगी-भर एक ही जगह पर बस घुमाते रहना। खंडेराव, पिताजी से सीधे शब्दों में इन्कार कर दे।

साला, खेत से हेंगा चलाकर आया और सोचा अब बैलों को खोल देंगे, कि तभी मालिक की पुकार, तिरमक, अरे ओ तिरमक। हमेशा तो तिमिया, और आज तिरमक? सुनते ही लगा कि आई कोई बला।...तिरमक, इसी वक्त टीसी साहब के क्वार्टर पर जा, मोरगाँव में खेप पहुँचा आ, फिर बैलों का सानी-पानी करना।...अच्छा

मालिक। आखिरकार मैं ठहरा नौकर आदमी—घरवाला चाहे पागल हो, बीवी को फिर भी उसके नीचे ही सोना पड़ता है, है कि नहीं?

सहसा गाँव के बाहर की एक बस्ती से उस पूरे मटियाले परिवेश से विसंगत भयानक सफेद, साफ, नुकीली गाँधी टोपी तेजी से हमारी ही तरफ दौड़ती हुई आती दिखाई दी। अंग्रेजों के लाठीचार्ज के दौरान भी कोई सत्याग्रही गांधी टोपी इतनी रफ्तार से नहीं दौड़ी होगी।

अरे रुको भी बैलगाड़ीवाले भाई, अरे कहाँ जा रही है बैलगाड़ीऽ? अरे अरे, रोको भीऽ।

मैं अपनी ही तंद्रा में था और यह वयस्क आदमी हाथ में लंबी थैली लपेटे फतक-फतक प्लास्टिक चप्पल की ध्वनि गुँजाता हुआ गाड़ी के पीछे-पीछे बेतहाशा दौड़ता आ रहा था।

तिरमक ने लगाम खींचकर गाड़ी रोक दी।

कौन है? गाड़ी मोरगाँव जा रही है, कच्ची सड़क से चिखली होकर—

अरे भैया, मुझे भी बिठा ले न यार चिखली तक। अब रात में एक भी एस.टी. बस नहीं छूटेगी दोस्त। मैं शिंगरे गुरुजी, चिखली के प्राइमरी स्कूल का हेडमास्टर हूँ। कल शिक्षाधिकारी स्कूल का मुआयना करने आ रहा है और गाड़ियों का यों झमेला। इसका सारा प्रबंध मुझे ही करना पड़ेगा न भाई। परेशानी में झंझट। बैठूँ? जाना तो बहुत जरूरी है दोस्त।

देखो गुरुजी, गाड़ी में बड़े डीएचपी या पी-एचडी साहब बैठे हैं। यहाँ मेरे पास जुए पर बैठना पड़ेगा—एक कूल्हे पर।

शाबास रे मेरे शेर, अरे एक कूल्हे पर बिठाएगा तो भी चलेगा। ऐसा, अरे खिसक न जरा उधर। ऐसे क्यों अकड़ रहा है? टूट गया रे मेरा पैर, अरे अरे।

गाड़ी अब मुख्य सड़क के नीचे लीकवाले रास्ते से खामोश आगे बढ़ने लगी। आगे टेंभी देहात के बाहर चार्ली चैप्लिन जैसे दिखनेवाले आदमी ने गाड़ी रोकी। घुटने तक लंबी और दो ढक्कनोंवाली जेब का कुर्ता, एक जेब में दो पेन, जेब पर स्याही के दाग, रास्ता झाड़ रहा नया पाजामा, सिर से ठोड़ी के नीचे गाँठ लगा रूमाल का त्रिकोण, बगल के हाथ में तह की हुई खाली बोरी लिये रास्ते के बीचोंबीच खड़ा।

कौन? राजा भाई के बैलों की जोड़ी है न ये? बिलकुल पहचाना। तिरमक बैठा है क्या? कहाँ जा रहा है? वाह भई वाह, मुझे भी आने दे...। क्या? जगह नैं? ऐसे कैसे जगह नैं? हमारे गाँव का दामाद है तेरा मालिक राजा भाई—मैं रिश्तेदार हूँ उसका, बहुत अकड़ मत दिखा मुझको। गाड़ी तेरे बाप की है?

ऐसा क्यों बोल रहा है भला भाई? बाप तक जाने की क्या जरूरत? टेंभीकर पाहुने, बैलगाड़ी ही नहीं, मैं खुद भी अपने बाप का नहीं हूँ, अब बोलो। गाड़ी में बड़े डीएचपी साहब बैठे हैं। जगह नहीं है।

उधर भोजन के हाथ की तरफ से बैठने दे न? तेरे बाप का क्या जाएगा?

फिर तूने बाप का नाम लिया पाहुने। अब तो आपको खुली ही मिल गई है हमारी, मारो।

जाने भी दो यार। बैठो भैया उधर से। चिखली पहुँचने पर चाय पिला देना त्रिंबक को डबल चीनीवाली। चलो, चलो। भगाओ भैया अब त्रिंबक।

चैप्लिन पाहुने के बैठने के बाद थोड़ी ही देर में उसकी तरफ का बैल चिरका और चैप्लिन का नया पाजामा पूरा सन गया।

राम राम! अरे, साले तिरमके, मार दी न तूने भी मेरी, तेरी माँ का। पहले बताना चाहिए था न यार कि ये बैल चिरकता है करके। अब ससुराल में क्या ऐसा गोबर लेकर जाऊँगा?

इनसान के अलावा बाकी सारे जानवरों की गोबर औषधि होती है मेरे लाल। कुछ नहीं होता। मेरी बीवी को भेड़ की पाँच लेंडियाँ गरम पानी के साथ पीने के लिए कहा था बैद ने। आठ साल हो गए। नाक का बहना बंद।

गुरुजी आपका गाँव कौन सा है? ससुराल कहाँ की है आपकी?

थोड़ी देर में उन तीनों ने एक-दूसरे की निजी बातों के साथ सारी जानकारी निकाल ली। बाद में दिल खोलकर हँसती-खेलती धूल उड़ाती गाड़ी दौड़ती हुई लीक से बढ़ चली। ऊपर बादलों ने सूरज को पूरा धुँधला कर दिया था। नींद का बहाना बनाकर मैं लेट गया। पैर फैला दिए।

गुर्जी, पढ़ाई में अव्वल था मैं स्कूल में। लेकिन क्या करें किस्मत ही हमारी ऐसी गाँडू—साली ने बैलों का चूतड़ दिखा दिया। हमारा बाप—बिलकुल *पीताजी*। दिन-रात शराब पीता था। पट्ठे ने मुझसे बिना पूछे चौथी कक्षा से मेरा नाम ही काट लिया स्कूल से और गोट-बस्ती के भोंग्या बनिए के पास होटल में पकौड़े तलने के लिए रख दिया, दो रुपए रोज पर—उसका शराब का खर्च तो निकल गया न? जोंक की तरह शराब पीकर मारपीट करता रहता है। पढ़-लिख जाता तो आप जैसा मैं भी गुर्जी बन गया होता, माँ को भी अपनी नौकरी के गाँव ले जाता, मजा आता—

मजा? तुझे मजा दिख रहा है? दो दिनों से मेरी नींद हराम हो गई है। हेडमास्टर चला गया छुट्टी पर चालाकी से—हरामी साला। रिटायर होने से पहले छुट्टी ले ली। और मैं बैठा हूँ हिसाब लिखते—

यानी, वो निवृत्तिनाथ बन गए, और आप ज्ञानेश्वर। हॉ हॉ हॉ हॉ।

बहोत घपले कर रखे हैं उस निवृत्तिनाथ ने। अब कल यदि उस चालाक शिक्षाधिकारी के ध्यान में आया कि इसने ठेकेदार से साँठ-गाँठ कर झंडा लटकाने के सागौन के खंभे का हजार रुपए बिल लगा दिया है, और वहाँ ग्राउंड पर तो केवल बाँस की डंडी पड़ी है पाँच रुपए की—तो इस ज्ञानेश्वर को समाधि ही लेनी पड़ेगी न कल। ऐसे कई घपले किए हैं हेडमास्टर निवृत्तिनाथ ने। मान लो, शिक्षाधिकारी

बोला कि भरो घपले के पैसे, तो किसके बाप के पास है इतना पैसा? देखता हूँ क्या होता है, वरना वही झंडे के खंभे का बाँस ले जाता हूँ हेडमास्टर के घर और घुसेड़ देता हूँ साले की चड्डी में आर-पार।

क्यों टेंभीकर पाहुने, चिखली में क्या काम निकला है ऐसी शाम को?

क्यों कथा सुनाने को कहते हो गुरुजी? इधर शादी तय होकर टूट जाने की नौबत भी आ गई है।

हैं? सो क्यों रे लड़के? बात तो पक्की हो गई थी न?

सगाई में इस चिखली का बाशिंदा हमारा ही बहनोई मध्यस्थ था। लड़की देवला की तरफ की है। इस साले चोट्टे ने दूल्हे को दहेज नकद चाहिए कहकर ससुर से उधर-के-उधर पैसे उठा लिए और हमें बताया तक नहीं। सगाई में गए तो मामला खुल गया। अब हमारी हालत तो इज्जत लुटी गूँगी जैसी हो गई न—खुलेआम बोल भी नहीं सकते। क्योंकि आजकल गुनाह हो गया है साला दहेज माँगना भी—इसीलिए बीच-बीच में जाकर पैसे माँगता हूँ चिखली में, तो ये मक्कार मुँह छिपाता है। बहन भी पति के इस झाँटाउखाड़ू बर्ताव से परेशान हो गई है। बाप, चाचा कह रहे हैं कि आज उसे आखिरी बार चेतावनी दे आ कि आज ही दहेज का पैसा चाहिए, वरना सगाई तोड़ देंगे। लड़की का बाप करेगा उससे पैसे वसूल। गलती उसकी है।

अरे अरे टेंभीकर, बेचारी लड़की को बीच में ही वनवास क्यों दे रहा है? तू तो पढ़ा-लिखा लड़का है, कब सुधरेंगे तुम्हारे लोग? बोल दे दहेज मिल गया, और हो जा खड़ा विवाह-वेदी पर। लड़की तो अच्छी है न?

एक ही बार देखी है, ठीक है, लेकिन उधर की अहिरानी बोली बोलती है—ऐसी कि हममें से किसी के भी पल्ले नहीं पड़ती है। खानदेसी अशुद्ध बोलेंगे तो हो गई अहिरानी—

बोली को लेकर क्या बैठे हो पाहुने, होंठ तो अच्छे हैं न बोलनेवाली के? वैसे तो पुणे के लोग भी हमारी खानदेसी के बारे में ऐसा ही कहते हैं—पुणे की मराठी जरा अशुद्ध बोलेंगे तो हो गई खानदेसी। हॉ हॉ हॉ।

वैसे तो संस्कृतवाले भी कहते थे, मराठी यानी अशुद्ध संस्कृत ही है।

गुर्जी, खाने के लाले पड़े हुए थे—फिर लग गया राजा भाई के यहाँ बैलों का सानी-पानी करने के काम पर। दो जून खाना मिलता। लेकिन तड़के मुँहअँधेरे खेतों में पानी देने से लेकर घर में, बाहर, आँगन में, गोठ में, खलिहान में, बगीचे में, खेत में, जंगल में काम-ही-काम साला। किसी बात का उजाला नहीं हो रहा है दिमाग में। बुढ़ऊ पी-पीकर मरेगा तो छूट जाएँगे हम सब। क्या करें, मरता भी नहीं किसी हादसे में पीताजी।

अखबार में छपकर आता है न कि किसी का बाप मरा एस.टी. या रेलवे के हादसे में तो सरकार से चालीस-पचास हजार रुपए ईनाम मिलते हैं उसके बच्चों को। एक दुकान लगा सकते हैं इतने पैसों में।

अरे हवाई जहाज के हादसे में तो चार-पाँच लाख रुपए मिलते हैं।

यह पीताजी एस.टी में ठीक से नहीं बैठता। और ये हवाई जहाज से गिरेगा और चार लाख रुपए दिलाएगा?

अरे त्रिंबक, ऐसा नहीं कहते, जन्मदाता हैं—अरे माँ-बाप अनुवांशिक होते हैं।

मतलब?

मतलब, हमें जैसे चाहिए ठीक वैसे नहीं मिलते।

बच्चे भी कहाँ जैसे चाहिए वैसे मिलते हैं?

एक तो बाप का नाम लेते ही मेरा माथा घूम जाता है। क्या साले माँ-बाप पल्ले पड़े हैं हमारे? चौथी कक्षा में सारी कविताएँ याद थीं गुरूजी मुझे, अभी भी कभी उदास होता हूँ तो अकेला बैठकर गाता हूँ। और वह *गिरे पल-पल पर उठे बलात् उड़े बेचारी*...वाह भई वाह। और आखिर में...*फैल गए मिट्‌टी में अतिरम्य पंख*...वाह, लगता है जैसे वाकई मर गई।

आजकल तर्ज पर गाया जा सके ऐसे लिखनेवाले ही नहीं बचे हैं, क्यों गुर्जी?

यदि किसी की इच्छा ही यह हो कि उसकी कविता दस-बारह साल बाद किसी को याद ही न आए, और कोई खुद पर यह पाबंदी लादकर ही लिखता हो, तो किसी पर जबरदस्ती कैसे की जा सकती है?

क्यों गुरुजी, राष्ट्रगीत तैंतालीस सेकेंड में ही गाया जाना चाहिए, पौना मिनट हो जाए तो भी देश का अपमान होता है, क्या ये सही है?

सहसा तिरमक ने लगाम खींची। सामने से रास्ते-भर फैली घास का पहाड़ लिये एक बैलगाड़ी आराम से चली आ रही थी। दोनों बैलजोड़ियाँ एक-दूसरे के आमने-सामने आकर खड़ी हो गईं। हमारे एक बैल ने तो सामने खड़े बैल के मुँह का झाग भी चाटना शुरू कर दिया।

अए, अपना खटारा पीछे हटा ले और रास्ता दे। तभी तो मैं अपनी गाड़ी आगे बढ़ाऊँगा न बे? चूहे?

मैं क्यों दूँ रास्ता? तू ये दो खेप का इतना बड़ा पहाड़ उठा लाया है—तू पीछे हट जा, सड़क क्या तेरे बाप की है?

अरे तू क्या, तेरा बाप भी पीछे खिसकेगा।

गाली-गलौज के बाद मारपीट की नौबत आने से पहले ही गुरुजी और पाहुने ने बिना तिरमक की परवाह किए हमारी गाड़ी को पीछे ले लिया। गाड़ी को एक कोने में खड़ी करने पर सामनेवाला घास का पहाड़ हमारी गाड़ी से रगड़ खाता निकल गया।

तू बड़े बाप का, हम छोटे बाप के भाई, ठीक है? चल तिरमक बढ़ आगे।

गुर्जी, आप थे इसलिए मुझे यों उसके सामने घुटने टेकने पड़े। वरना दिखा देता उसको किसका बाप छोटा है।

चिखली की बदबू आने लगी, बाद में सड़क के दोनों किनारे कूड़ा छान रहे गधे, कुत्ते। पास ही गुरुजी का स्कूल। वहीं एक टाट से बने होटल के सामने सब उतर गए। मैं भी उठ बैठा। तीनों चाय पी रहे थे। गुरुजी ने मेरी ओर हाथ दिखाकर तिरमक को इशारा किया। तिरमक चिल्लाया, हो गई नींद डीएचपी साहेब? कुछ पिएँगे चाय-लस्सी-शरबत? या मँगाऊँ खोल्हा या फेपशी?

मैंने मना करते हुए, जल्दी करो का इशारा किया और इस आतिथ्य से बचाव के लिए फिर लेट गया। गाड़ी चल पड़ी। फिर पहियों की लीक से घसर-घसर। अब तिरमक से बतियाने के लिए कोई नहीं था और अँधेरा होने से पहले लौटने की उसे भी जल्दी थी। इसलिए सारी शक्ति लगाकर वह दोनों पैरों से बैलों को नीचे से कोंचने लगा। लगाम ढीला-तंग करते हुए, कभी दाएँ कभी बाएँ बैल की पीठ को थपथपाते हुए उसने तेज रफ्तार से गाड़ी को मोरगाँव के सगवारे में घुसा दिया। मैं ऊपर आसमान में तैरते एक बड़े बादल की ओर देखता हुआ महाद्वार तक, बाड़े से घर की ओर आँगन तक अपने आप फैलता चला गया। बगल में हमारे कैथा खेत की गुरिल्ले जैसी महाकाय इमली मुझे छोटा-छोटा बनाती गई। बचपन में ले गई। उसकी फुनगी पर धूप थिरक रही थी। उसके पीछे फैली थी छोटे-बड़े उतार-चढ़ावोंवाली सतपुड़ा की हरी गहरी बाँकदार रेखा।

आ गया जीऽ आपका मोरगाँव, साहब उठिए। बाढ़ है नदी में।

मोरगाँव। बरगद की कतारें। गोट-बस्ती के सफेद बौर से लदे नीम। उसकी मधुर गंध नाक से सीने में समाती है। बैल भी बड़े-वड़े नथुने फुलाकर गंध को सूँघते हैं। दूर से महाद्वार का बुर्ज और उस पर उग आया विशाल पीपल का पेड़। बचपन से ही मेरे हर आवागमन पर नजर रखनेवाला। मेरा जन्म हुआ उस साल भूकंप के कारण बुर्ज में नीचे से ऊपर तक बड़ी दरार पड़ गई थी। उसमें ऊपर तक अनेक पक्षियों की घोसलों से सजी गृहस्थी है। बाजार के लिए आई बैलगाड़ियों के जुए क्रूस की तरह ऊपर आकाश की ओर इशारा कर रहे थे।

बैलगाड़ी से सामान उतारकर तिरमक नदी से ही गाड़ी को वापिस मोड़ लेता है। कोई परिचित आदमी बाजार से दौड़ता आता है और सिर पर ट्रंक और एक हाथ में मेरा बैग लिए महाद्वार से तेजी से चलता चला जाता है। आया, खंडू भैया आया। एक ही शोर मचता है। हमारी कोठी की गली आदमियों से पूरी भरी हुई। तीन-तीन, चार-चार आदमियों की टोलियाँ जमीन पर रेखाएँ खींचती, बीड़ी पीती शोकमग्न चेहरों से समय काटती बैठी हैं। हर आदमी परिचित। एकेक टोली उठकर राम-राम। जयभीम।...आया खंडूऽ, ईश्वर की लीला। दूर परदेस से भी यहाँ बराबर पहुँचा दिया।...पुण्यवान है विट्ठल जीजा। इकलौता बेटा, ऐसे समय

पास होना ही चाहिए न।...अच्छा हुआ आया तू भतीजे, दो दिनों से आँखें लगाए बैठे थे हम।...जाने दो जी मेरे पोते को, रास्ता दो।...चल खंडू, चल बेटा, ऐसे इधर से आ।...खंडेराव आया।...खंडिया आया?...खंडेराव आए? पानी लाओ, जल्दी, जल्दी।...अए लड़कियो, विट्ठल जीजा का बरामदा खाली करो अब। औरतें, भीतर बैठेंगी। उठो। खंडू आ रहा है।...पंडित मामा, ओ पंडित मामा, बुलाओ उन्हें।...नीलू चाचा कहाँ गए? मंदिर में? बुलाओ उन्हें।

आँगन के कोने में रखे कमोरे से ठंडा पानी लेकर मैं हाथ-पैर धोकर चेहरे पर ठंडे पानी का छिड़काव करता हूँ और ऊपर रखे मटके का पानी लोटे से ही गटगट पी जाता हूँ। फिर सन्तुलन बनाकर आँगन में उतरता हूँ। भीड़ मेरे लिए अपने आप रास्ता बनाती है जिससे मैं सीधे ओसारे की सीढ़ियों तक, फिर आदतन एक सीढ़ी छोड़ चढ़कर ऊपर ओसारे में आता हूँ। दाएँ कोने में जहाँ दादी की खटिया होती थी, वहाँ पिताजी की लेटी देह दिखाई देती है। तभी बचपन से जानी-पहचानी किसी की आवाज दादाऽ कहकर दहाड़ मारती है। उसे तुरंत चुप कराया जाता है। कानाफूसी। दूसरी तरफ औरतों की ओर से भी ऐसी ही एक सिराकी, उसे भी दबा दिया जाता है। भीतर पीछे की छोटी दीवार तक पूरे घर में पल्लू ओढ़कर आँखें पोंछनेवाली औरतों की ओर धीरज भरी नजर घुमाते ही हृदय व्याकुल हो उठता है। इन सारे परिचित शोकमग्न चेहरों को एक साथ देखकर गला सूख जाता है। एक बच्चा जोर से चीख पड़ता है। शायद यही था मेरा इस घटना के प्रति भीतरी जवाब।

भयानक शोरगुल। बाहर आँगन से अनेक चेहरे आँखें जमाए मुझे घूरते जा रहे हैं। मेरी हर हरकत को दर्ज करते जा रहे थे, बड़ी उत्कटता से प्रतीक्षा कर रहे हैं कि आगे मैं क्या करता हूँ। लेकिन इसी समय मैं पूर्णतः वस्तुनिष्ठ, तटस्थ, पराया बन जाता हूँ—इकलौता लड़का, जो मृत्युशैया पर लेटे अपने पिता से अंतिम क्षणों में मिलने आया है। कैसे मिलता है? खटिया के पास माँ, बहनें, अंधी चाची, चिन्धु बुआ, गूँगी चाची, सिन्धु मौसी खड़ी होकर मेरे लिए जगह बनाती हैं। करीबी, दूर के, दूर-दराज के गाँवों से आए दुःखी नाते-रिश्तेदार, संबंधी सभी अपने चेहरों पर ऐसे भाव दर्शाते हैं मानो विद्रोही लड़का लौट आया हो, और अपनी दृष्टि से यह ऐतिहासिक प्रसंग टीपते हैं। चारों ओर के चेहरे मुझे खुद पर कैमरे की तरह तने हुए महसूस होते हैं और चार सालों से फरार अपराधी की तरह मेरे धीरज का बाँध टूट जाता है। परंतु यह पश्चाताप से टूटने जैसा एहसास नहीं था। ये सभी अपने हजारों काम छोड़ रूढ़ि समझकर एक ही काम करने आए हैं—जानेवाले को अलविदा।

पीछे पीठ पर एक हाथ सांत्वना दे रहा है—नीलू चाचा के सिवा और किसी का नहीं हो सकता।...खंडू, आ गया तू? बहुत बड़ा काम हो गया बेटा। दादा बार-बार कहते रहे कि तुझसे कुछ बात करनी है। और कल से तो उनकी जबान

भी बंद हो गई है। लेकिन पहचानते हैं। इतने चेहरों में तेरा ही चेहरा ढूँढ़ रहे हैं वे, देख। आ जा।

उधर पंडित मामा ने खटिया के इर्द-गिर्द की सारी भीड़ को हटा दिया...आ खंडू, पिताजी से बातें कर। विट्ठल, देखो खंडू आया है। ठीक है न अब ? विठू रे, अए विठू, आँखें खोल, देख तो कौन आया है—

ढँके हुए पैरों पर जल्दी-जल्दी माथा टेककर मैं सिरहाने की तरफ आता हूँ। झुककर पिताजी के चेहरे के पास अपना चेहरा ले जाता हूँ। गहरी धँसी आँखें अनमनी-सी खुलकर बंद होती हैं। उन पर अब उनका नियंत्रण नहीं था। मेरी पुकार सुनते ही सहसा उन्होंने गर्दन उठाई, आँखें पूरी खोल दीं। पुतलियाँ जुड़कर मेरे चेहरे पर स्थिर हो गईं। होंठ हिले, अचानक बिस्तर से छटपटाता हाथ बाहर निकल आया। चेहरे पर हँसी फूट पड़ी। हाथ ऊपर तक आया। नीलू चाचा ने उसे मेरे चेहरे से लगाया। होठों से कुछ बुदबुदाहट जारी थी। पच्चीस सालों का नर्म-सख्त, कोमल-कठोर, कुत्ते-बिल्ली जैसा बाप-बेटे का उलझन भरा संबंध समाप्त हुआ। हाथ भारी होकर फिसल गया। चेहरा भावहीन। बस आँखों की पुतलियों में कुछ-कुछ हरकत होती रही।

जल देखे जाल जोड़िए पड़े छोड़िए पड़े ना, रामा रे गुत्थी सुलझे ना।

शशिऽ, अरी बिजाऽ, माँ से कहना गंगाजल ले आओ, भेंट तो हो गई।...पहचाना ?... और क्या। हँस दिए अच्छे-से। चेहरे तक हाथ ले गए। बच्चे को प्यार किया।...चलिए, उनकी आँखें बंद कीजिए। घराने का एक बड़ा पर्व समाप्त हुआ। उनकी हथेली में ही कई निर्माण कार्य लिखे हुए थे—घर, कोठियाँ, कुएँ, स्कूल, मंदिर, मिल। काम काम काम। क्या नहीं किया इस विट्ठल ने ? कैसी खराब हालत थी बचपन में ? और अब तो बेल जैसे आसमान छू रही है। राजयोग।

धरती पर लिटाएँगे ?[93] भाभीजी को बुलाइए। पिताजी के सिर को गोद में लेना खंडू, बैठो बेटा, इधर मुँह घुमा। दक्षिण किधर ? हाँ ?...इधर है जी। उतारिए नीचे। नीलू भाई, गर्दन को नीचे ठीक से पकड़ो। खंडू तू बस सिर को गोद में लिए वैसे ही बैठे रहना...इसी तरह अंत होता है। हे ईश्वर, तू ही एक है। हरि हरि।

जमीन पर लिटाया ? हाँ, अभी प्राण हैं...रुकिए, बोलिए मत जी। सीने से कान लगाकर देखो तो जरा...क्या किस्मत होती है, देखिए। धूप हो, बारिश हो, सुबह-शाम भगवान की सेवा में कभी नागा नहीं हुआ जीजा का। पंढरपुर जाते तभी उनका मृदंग सूना पड़ जाता...वाह जी वाह, यह है पुण्य। लड़के की गोद मिले, इसके लिए ईश्वर को कितनी बातें जोड़नी पड़ी होंगी ? धन्य है तू पंढरीनाथ।

93. मनुष्य के मरने पर उसे मिट्टी का स्पर्श मिले इसलिए उसके शव को धरती पर उतारा जाता है।

घर में भयानक क्रंदन। कान के परदे फाड़नेवाली चीखों की आवाजें। छोटे-छोटे बच्चों का भी रोना।

कुछ तो कह रहे थे। लेकिन इकलौते बेटे से कहने लायक कितनी ही बातें होती हैं, सब रह गया जीऽ ।...सुपुत्र कहते हैं न, दोनों वैसे ही सुपुत्र थे विट्ठल जीजा के। मानो सद्गुणों के पुतले हों। वरना आजकल के ये युवा छोकरे ?...कुछ तो बोले ही होंगे न ? अब लड़का बिलकुल समझता है कि प्यारे पिता क्या कहना चाहते हैं। लड़का तो बोले बिना भी जान जाता है पिता की बात।...बिलकुल सच है यह। समझदार के लिए भाषा बाधा ही होती है। जिंदगी-भर बाप बेटे को बताता रहता है अच्छा-बुरा, मीठा-कडुवा...खंडू बिलकुल समझ गया होगा बाप को आखिर में क्या कहना था। लेकिन अच्छा हुआ, लड़के से भेंट हो गई। वरना इस अनंत ब्रह्मांड में चौरासी लाख योनियाँ पार करते-करते पता नहीं कब बाप-बेटे की मुलाकात होती ?...इसीलिए तो मनुष्य जन्म की गहिमा बडे-बड़े साधु-सन्तों ने गाई है।

अवधूत महाराज, यहाँ इधर पीढ़े पर बैठिए। आपके बचपन के साथी जा रहे हैं। जोर से पढ़िए। ब्राह्मण की आवाज मतलब साक्षात् वेदों की आवाज...महावाक्य कहता हूँ पहले—सुनिए ऽ...*अहम् ब्रह्मास्मि...*

बायड़ी कल आ गई न मुंबई से ? आ री, अपने प्यारे मामा को अपनी मीठी आवाज सुना आखिरी बार। अभंग गाओ—*इसी हेतु किया था महत्प्रयास...अंतिम दिन मधुर बने॥* वाह। खंडू बेटा, तू भगवान का नाम लेते ही रहना। अभंग गाओ—*तो हा विट्ठल बरवाऽ तो हा माधवऽ बरवा*। हमारी चाची महानुभाव महंत को लिये आ रही है। लड़कियो, उस कमरे में दरवाजे के पास नागदेवबाबा के लिए आसन बिछाओ, धुले हुए कपड़े का। पोथी पढ़ेंगे वे।...ईश्वर यहाँ-वहाँ सभी ओर एक ही है। महानुभाव मठ में भी विट्ठलपंत हर साल चंदा देते आए हैं। सारे महंत आ रहे हैं इधर आखिरी स्मरण देने। संन्यासिनियाँ भी आ रही हैं। अब यहाँ ओसारे में बस मिलने आनेवालों को बैठने दीजिए। सारा गाँव आएगा। ऐसा कौन-सा घर है मोरगाँव में, जिसकी विट्ठल जीजा ने मदद न की हो ? ठेठ भीलबस्ती, महारबाड़ा, मातंगबाड़ा, कहार तो उनके घरवालों जैसे ही हैं। आने दो एक-एक को। सभी की चाहत है आखिरी दर्शन की।

अवधूत भटजी, जोर से पढ़िए। अपना जारी रखिए : *वासांसि जीर्णानि यथा विहाय। नवानि गृह्णाति नरोऽपराणि*।...इसी को *गीताई* में विनोबा कहते हैं : *सांडूनिया जर्जर जीर्ण वस्त्रे। मनुष्य घेतो दुसरे नवीन*। नीलू महाराज, आप भटजी महाराज के साथ ही विनोबा की मराठी गीता भी साथ-साथ पढ़ते जाइए। अच्छी समझ में आती है। बेचारी चिन्धु बुआ, भगवान के सामने लगातार भाई का नाम जप रही है। उस बेचारी को सबसे गहरा घाव लगा होगा। अपने भाई का कितना गुणगान करती है।...कोई अपने सगे भाई से क्या करेगी ऐसा प्यार जो इस सौतेली बहन के मन में था अपने भाई के लिए। शुरू से।

माँ और बहनें थोड़ी देर फूट-फूटकर रोईं। गली के लोग शोकाकुल दशा में अपनी-अपनी यादें बताकर समाप्त हुई एक जिंदगी से अपना रिश्ता जोड़ते रहे। रघु नायक ट्रक की खेप डालकर देर रात आया और काफी देर तक बैठा रहा। एस.टी., बैलगाड़ी, साइकिल—जो सवारी मिले, या पैदल लोग सुबह तक आते ही रहे। कोई भी आता तो पुरुष मंडली मेरे पास ही आकर बैठती और—*पहचाना?* से शुरुआत होती। औरतें भीतर माँ के पास जा बैठतीं। आवेग से गले मिलतीं और सुर में सुर मिलाकर विधिवत् एक ही पारंपरिक छंद में शोक व्यक्त करतीं। भावडू ने इसे शोकवज्रा उर्फ अश्रुधारा नाम दिया था। आवेग कम होने पर सुर नीचे उतर आते। बाद में आँखें पोंछते-पोंछते लड़खड़ाती गद्य-पद्य शैली। इस विलाप विधि का सारा भार अकेली माँ पर ही न पड़े इसलिए बुआ रात-भर उसका साथ निभाती रही। रात-भर जारी इन आवेगों के कारण सुबह तक दोनों के दुःख का काफी हद तक निकास हो गया। प्रत्येक विलाप का समापन एक ही पद्धति से होता : है चंद्रा तेरे पास एक जोंधरा, मेरी तरह केवल मेथी थोड़े ही हैं।...ठीक है बहना, लड़की की जाति, सारे घर की बाती—सारे घर में उजला कर देती है।...इतना पढ़-लिख गया है तेरा खंडू, देखना, सब ठीक-ठाक करेगा। विट्ठल जीजा का तो हमारे इलाके में डंका बजा, खंडू का सारी दुनिया में बजेगा।...बस जिंदगी रहे। दुःख नहीं करना। जिंदगी में धूप-छाँव लगे ही रहते हैं। अपने आप को सँभालो बहना, रो मत, चुप हो जा।

कोई बूढ़ी चार पैरों से रेंगती खुद को ठेलती रात के अँधेरे में हमारे पास आती और तारस्वर में विलाप शुरू करती : बेटा बेटा, तू कैसे अचानक चला गया रे, विठू रेऽऽ हा हा हा हा।

दो-तीन आदमी उसे उठाकर अंदर ले जाते। कौन है यह बूढ़ी ? कहाँ की ? क्या पता ? विट्ठल जीजा की मौसी थी। किसी ने उसे पहले कभी नहीं देखा था, लेकिन आ गई बेचारी।

सुबह-तड़के घर के पिछवाड़े विट्ठल मंदिर से पलीते की आरती के सुर, नगाड़े बज उठे। वीणा के झंकार के साथ कोई सुस्वर में मनुहार करता गा रहा था :

देह भुला दे मुझे...

देशकालवस्तु भेद नष्ट हुआ। आत्मा हो गई विश्वाकार

फिर मंदिर से पंद्रह-बीस वारकरी हरि-हरि करते हुए आए और हमारी कोठी में प्रविष्ट हुए। पंढरपुर की वारी में हमेशा पिताजी के साथ जानेवाले रेवा महाराज सबसे आगे हैं। सत्तर से अधिक उम्र के दादाजी की बत्तीसी पूरी घिस जाने के कारण बातें करते समय ठोड़ी पूरी ऊपर तक जाती है। इसलिए बोलते समय ऐसा लगता है कि वे ठोस निर्णय लेकर ही वाक्य पूरा करते हैं। उनके अधीन पाँच-छह आज्ञाकारी कनिष्ठ वारकरी—रूपा काँग्रेस वगैरा अपने कड़े अनुशासन के तहत हमारे किंकर्तव्यमूढ़ घर का कब्जा ले लेते हैं। पहले सभी ने मंदिर का तीर्थ, फूल, अबीर पैरों में डालकर

हरि-हरि कहते हुए पार्थिव का दर्शन किया। एक ने बड़े प्यार से मेरी पीठ पर हाथ फेरा। दूसरा शोकाकुल होकर पिताजी की ओर देखता हुआ जोर से बोला : अर्जुने, यहाँ हमारा था ही क्या? और लेकर भी क्या जाएगा?...सिसकी।

शवपंचक[94] में रोज दो-चार शवों—छोटे, बड़े, विधवा, सुहागिनें, कुँवारे, बूढ़े—सभी को विधिवत् ठिकाने लगा-लगाकर रेवा महाराज इस विषय के विशेषज्ञ बन चुके हैं।

हरि हरि। चलिए मालकिन जी, अब मालिक चल दिए वैकुंठ, जिसका था उसमें जाकर मिल जाएगा, बहन। इस तरह हाथ-पर-हाथ धरे रहने से कुछ नहीं होगा। रूपा, रघु चाय बनाओ बाहर आँगन में। और इनके स्नान के लिए पानी भी रख दो चूल्हे पर, तुरंत। अब ये आखिरी। सब लोग चाय-पानी पी लो। उठो। लड़कियो, सुबह की सारी विधियाँ निबटाओ। देर नहीं होनी चाहिए। किसान के लिए दिन सोने जैसा होता है, दीदी। पहले इनसान था, अब बची है उसकी देह, उसे पंचमहाभूतों में समर्पित करना। उखा, गणू बनिए से पूजा, गुलाल, सुतली का पुलिंदा ले आना। सिंधी के पास जाकर कफन का कपड़ा ले आना—बीस बाई पाँच—समझा। लड़कियो, जल्दी करो। मुझे उपले, लकड़ियाँ निकालकर दो। कहाँ हैं—सालदारों को भेजो जरा इधर। मुरली, तू भामा कुम्हारनी से मटका ले आ, जा। पटसन की तीलियाँ भी ले आ दो-चार। जाओ, लकड़ियाँ और उपले डाल आओ संगम पर। दक्षिण की तरफ वह शमी का पेड़ है न, उसके नीचे डालना। हम आ ही रहे हैं दिंडी[95] के साथ। मटके में पानी भरकर रखना। उठिए, अवधूत भटजी से कहना अंत्येष्टि का सारा सामान लेकर आना जल्दी। मातंग का सुपड़िया आ गया शायद। अच्छा हुआ। डुग्गी भी दिख रही है उसके हाथ में। कहना बजाता हुआ ही आए गाँव में। विट्ठल जीजा को पहुँचाने जिन्हें आना है वे आएँगे। देखो लड़कियो, अब रोना-धोना बंद करो। अपने-अपने बच्चे सँभालो, गोठ के गाय-बछड़े दिखाओ उन्हें, कुछ भी करो। अब हम विट्ठल जीजा को ले जाते हैं, फिर रो लेना जी भर। अब हमें अपना काम करने दो। चाय पी लो सभी।

मकडू उठ, इस तरह मायूस होकर नहीं बैठते हैं बेटा। अरे मालिक का अपने बच्चे की तरह लाड़-प्यार से सँभाला हुआ सालदार आदमी है तू, अब मालिक के जाने के बाद तुझे ही सारा कारोबार चलाना है। देखो, चाय का झमेला निबटाओ पहले और संगम पर जाओ। वहीं बैठे रहना। अए दीदी, चंद्रभागा, नहलाने की तैयारी कीजिए। देखो, इतना बड़ा गाड़ा खींचा है आपने हमारे विट्ठल जीजा के साथ, और इस तरह रो रही हैं? राम राम, चलिए, भगवान के सामने कान पकड़िए—वादा कीजिए, आप रोएँगी नहीं। मँझीरेवाले आ गए? मृदंग...केसोबोवा आप सँभालिए। हमारा मिरदंगिया तो चला गया रेऽ, क्या करें? खैर। ऐसे बजाना, ऐसे

---

94. वैशाख महीने के पाँच नक्षत्रों का वह काल, जिसमें औसतन ज्यादा लोग मरते हैं।
95. भजन गाते-गाते निकाला जाने वाला जुलूस।

बजाना कि विट्ठल जीजा नाचते-नाचते चले जाएँ वैकुंठ में। हाँ, वारी में हमारा दल नाचता जाता था न, बिलकुल वैसे।

पूरी बत्तीसी झड़ी हुई, बीवी के मरने के बाद बहू-बेटों की उपेक्षा सह नहीं पाए इसलिए बीस सालों से विट्ठल मंदिर में झाड़ू-पोंछा करके समय बितानेवाले, फटी लेकिन साफ कुर्ती, पैबंद लगी साफ धोती, भाल से भी नीचे तक बड़ी-सी गांधी टोपी—केसोबोवा सोत्साह मृदंग गले में लटकाकर आ गए। नीलू चाचा ने वीणा लगाना शुरू किया है। टँऽव टँऽव टँऽव टँऽव। पंडित मामा ने नहलाने की तैयारी की। धोती की लांग खोंसकर रेवा महाराज और बाकी तीनों ने पिताजी की देह को हौले से उठाकर सीढ़ियों से आँगन में उतारा। फिर एक बार घर के भीतर से फूट-फूटकर रोना, सिसकियाँ, दहाड़, आक्रोश—स्वयं नीलू चाचा आँखों से अँगोछा लगाए दीवार का सहारा लेते-लेते ढह गए। अरे-अरे...माना कि संन्यासी है, लेकिन आखिरकार है तो भाई, इनसान ही है न?

डंग डंग डंग डंग डंगा का डंग डंग डंग डंग डंग डंग
दडंग डंग डंग डंग डंग डंग डंग डंग डंग डंग डंग
दडंग दडंग डंग

सुपड़िया भाई अपने चेहरे के इर्द-गिर्द बड़े-बड़े बालों का अयाल उड़ाते हुए, हमेशा का एक ही ताल ठंडेपन से बजाते हुए, गृहस्थी के पिंजड़े में खड़बड़ानेवाले किसानों को सहसा नश्वरता का एहसास दिलाता हुआ गली-गली घूमकर गाँव रौंदकर आता है।

तब तक इधर अरथी बाँधी जा रही है। रेवा महाराज गद्गद होकर एक चरण गाते हैं : *अपने मायके जाऊँगा मैं अब...*

चंद्रभागा बहन आगे आइए। पति को नहलाइए। चिन्धु दीदी, पानी डालिए। यह नई धोती पहनाइए। सोना, इधर आ जा बेटा। पूजा कर। चलिए, उधर से दर्शन करने के लिए कतार बनाइए—पहले माँ, फिर सोना भाभी, फिर अंधी चाची, फिर चिन्धु बुआ, चारों बहनें, बायड़ी, तायड़ी, बहनों के एक साल से लेकर आठ साल तक के सारे बच्चे। चार साल की गौरैया तो बार-बार सिर नवाती है। बाद में गूँगी चाची, कुनबे के लोग, बाद में दादी के मायकेवाले, ननिहालवाले, परननिहालवाले। मोरगाँव से शायद संबंधों की समाप्ति को महसूस करनेवाले अनेक रिश्तेदार, बाद में बहनों के कई ससुरालवाले, कुछ सोना भाभी के मायकेवाले, मामाजी के साथ माँ के मायकेवाले, कोठी की सारी चाचियाँ, दादियाँ। आखिरकार पैरों के अँगूठे कसना, हाथ एक-पर-एक बाँधना, कपड़े पर सूत लपेटना। फूल, तुलसी की लकड़ियाँ, चंदन—चिन्धु बुआ जब तीर्थयात्रा पर गई थी, तब उसका गंडक से लाया अद्भुत रंग का शालिग्राम[96]—एक-एक सिरहाने रखा जाता है। बस कीजिए बहनो अब, अनुमति दीजिए। राम कृष्ण हरि। राम कृष्ण हरि।

96. गंडक नदी से लाया पवित्र माना जाने वाला गोल पत्थर।

खंडू, ओ बेटा खंडेराव, आ जा भैया, पकड़ो यह मटका। रस्सियों को दोनों हाथों से यों आगे पकड़कर ही चलना। जमीन का कहीं स्पर्श नहीं होने देना। पीछे बिलकुल नहीं देखना। पीछे से हमारी दिंडी को सुनते-सुनते, एक-एक कदम आगे बढ़ाते चलते रहना। कंधा देनेवाले—चलो जीऽ। औरतों से कहिए, अब बारह दिनों तक कोई घर से बाहर न निकले। और खटिया उठा दीजिए और वह जमीन पोतकर वहाँ अखंड दीवट जलाइए। नाई से कहना आठ लोगों का सिर मूँड़ने के लिए दोपहर तक संगम के पास आ जाओ। हम वहीं नदी पर स्नान कर लेंगे। पैर छू लो। उठाइए। आराम से। मृदंगिया—मँझीरेवाले—हरि विट्ठल...

आम्ही जातो आपुल्या गावा
आमुचा रामराम घ्यावा [97]

मँझीरेवालों के पीछे चलनेवाले तीन-एक सौ वारकरी नंगे पैर, अँगोछे से आँखें पोंछते, तालियों से ताल देते भर्राई हुई सामूहिक आवाज में गाते हैं :

तुमची आमची हेचि भेटी
येथूनिया जन्मतुटी। [98]

अंबूमाई मातंगी, धनाबय महारन, गुणाबुआ चमारन कोठी के बाहर खड़ी हैं।

दर्शन के लिए अरथी महाद्वार के सामने उतारी जाती है। ऊपर बुर्ज पर पीपल। गाँव के बाहरी गाँव के सारे लोग दर्शन करते हैं। झेंडी भी दूर से रोती हुई घाघरा सँभालती दौड़ती आती है और नागोराव—हमारे सातवें पूर्वज के जमाने से वाराबाई लभानी के माने हुए परंपरागत रिवाज के अनुसार अरथी के सामने—पत्थर पर अपनी चूड़ियाँ तोड़ती है। सिक्के-बतासे उछालती है।

दिंडी दूसरा अभंग शुरू करती है :

आपुल्या माहेरा   जाईन मी आता
क्षरला सागर   गंगा ओघी मिळे [99]

धनजी बोवा का टूटा हुआ भुतहा घर सामने आता है। मेरा मटका...मेरा मटका।

धीरे-धीरे सिर पर अँगोछा ओढ़े कई गाँववाले अंत्ययात्रा में शामिल होते जाते हैं। दूर तक इस समूहगान का गंभीर प्रभाव पड़ता जाता है। सड़क के आसपास खड़े लोगों के हृदय से उत्स्फूर्त दर्शन फूट पड़ता है : देखो, क्या ले जाता है इनसान अपने साथ ? क्या नहीं है इस मरनेवाले के पास—घर-बार, खेती-बाड़ी, इंजन, सोना, पैसा—किसी चीज की कमी नहीं। लेकिन फिर भी खाली हाथ ही चला जाता है न ?...आते समय मुट्ठी बंद करके आता है बदमाश, लेकिन जाते समय ये ऐसा—

97. संत तुकाराम द्वारा अपनी मृत्यु के समय लिखा पद : हम जा रहे अपने गाँव, हमारा प्रणाम स्वीकार करें।
98. संत तुकाराम का पद : आपकी और हमारी यही अंतिम भेंट, इसके आगे जनम-जनम का बिछड़ना।
99. संत तुकाराम का भजन : अपने मायके जाऊँगी मैं अब, ज्यों ज्वार वाला सागर गंगा से जा मिलता है।

भगवन, अब मुझे भी जल्दी उठा लो; बिलकुल सही नहीं जाती ये बीमारी।...क्यों जल्दी मचा रहे हो दादा, कभी-न-कभी झपट्टा मारने ही वाला है वह।...थाली का निवाला थाली में ही रह जाता है।

आपणचि खेळे आपणासि
मधील ते वाव अवघी उपाधि

मधील ते वाव[100]...यही है असल राज।

दिंडी नदी तट की रेती में मुक्तकंठ से सामूहिक स्वर में भजन गाते चल पड़ी। दोनों तटों के टीलों से भजन की अद्‌भुत प्रतिध्वनियों से समूचा परिवेश पारलौकिक हो गया। आध्यात्मिक वातावरण इस तरह का बन गया कि ऐसी अंत्ययात्रा निकलेगी तो किसी को भी मरना अच्छा लगेगा। उस पार रहनेवाले गाँव के बाहरवाले गाँव के लोग उधर से हाथ ऊपर जोड़-जोड़कर अरथी को प्रणाम कर रहे थे।

संगम से पहलेवाले मोड़ पर पुराने ख्वाजा साहब पीर के सम्मान में अरथी नीचे रखनी पड़ती है। कंधा परिवर्तन[101] भी होता है। तभी बीच के पथरीले बँध से हमारे पहाड़ी खेत का ठूँठा रखिया लँगड़ाता, गिरता-पड़ता वहाँ पहुँचता है। किसी ने उसे खबर भी नहीं दी होगी फिर भी इतनी दूर से वह चलकर आता है और अरथी के आगे घुटने टेककर काँपता हुआ दहाड़ मारकर रोता है। यह एक कोढ़ी था जिसकी सारी उँगलियाँ झड़ चुकी थीं। पिताजी ने अपने खर्च से उसे सरकारी अस्पताल में भर्ती कर नियमित दवा-दारू से स्वस्थ किया था। लेकिन गाँव में रहने के लिए उसे कोई जगह नहीं दे रहा था, इसलिए पिताजी ने अपने पहाड़ी खेत में एक कोठरी बनवाकर वहीं उसे आजन्म रखिया बनाकर रख लिया था। रघु नायक वगैरा दो-तीन लोग उसे उठाकर पीछे ले गए, पर उसका गद्‌गद् होकर रोना और ठूँठे हाथों से प्रणाम करना थम नहीं रहा था।

झीबू और ढबू के गले की घंटियाँ सुनाई देती हैं। चिता रचते हुए मकडू कहता है, ये बैल कल से ही बहुत पगलाए हुए हैं। अचानक भड़क उठते हैं। दोनों नदियों की अंटी में घने बबूल, लिसोड़ा, गूलर, जामुन, जंगली बेल उगे ऊँचे-से बंजर में खामोश श्मशान स्थित है। दोनों नदियों में बाढ़ के साथ बहकर आए तरह-तरह के जिंदा पेड़ों के कारण घना जंगल बन गया है। इसके अलावा पानी के बहाव के साथ आए विविध रंगों के गिरगिट, गोह, लोमड़ी, नेवले, चींटे, घोंघे, कनखजूरे, खजोहरों की अनोखी दुनिया भी। बाढ़ की घों घों की आवाजें मानो इसी जगह की प्रतिध्वनि लगतीं। भावडू और मैं यहाँ साहसी खोज के लिए आए थे। पिताजी के हाथों छड़ी से मार खाने की जख्मी यादें—भावडू पीठ मलते-मलते रोते हुए कहे जा रहा है, मारिए नहीं पिताजी, दुबारा हम कभी उस श्मशान में नहीं जाएँगे—अब भावडू भी

100. जीव का शिव से मिलन होने पर उनमें भेद नहीं रह जाता है। आत्मा और परमात्मा के बीच का अंतर ही बाधा है।
101. मृतक को श्मशान की ओर ले जाते समय गाँव की सीमा के पास शव को नीचे रखते हैं और कंधा देने वाले अगले दो व्यक्ति पीछे की ओर आते हैं और पिछले दो व्यक्ति आगे की ओर जाते हैं।

यहीं, मारनेवाले पिता भी यहीं। यह अनिष्ट जगह बचपन से ही हमारे लिए कुतूहल का विषय थी। अभी भी है। चौथी मिति की सरहद। तेर, मोहेनजो-दड़ो से लेकर आज तक सालोंसाल लगातार गर्दनतोड़ बुखार, महामारी, प्लेग और जिंदगी के अंत में अदृश्य होनेवाले लाखों इनसानों का आखिरी अड्डा। यहाँ पहुँचाए गए पूर्वज दुबारा कभी घर का रास्ता न पाने से गुम हो गए। मरैवेति मरैवेति। मराति मरतो भग:। भावडू की चिता भी ठीक इसी जामुन के पेड़ के सामने जलाई गई थी। हमारे हिंदू लोगों में यह अच्छा है कि कब्र, मजार कोई भी निशानी पीछे नहीं रहती। विलीन। शून्य। गायब। *चल खंडू, हम उस घने पत्तों से रिसनेवाली सूर्यकिरणों को नीचे गिरने से रोकनेवाले पिलोई के नीचे-घू घू कर अपना अस्तित्व एक-दूसरे को बता रहे सुनहरे तीतरों का जोड़ा देखेंगे। अब ये पृथ्वी से विलुप्त होते जा रहे हैं।*

खंडू, अरे वहाँ जामुन के पेड़ के तले क्या कर रहा है? देखो, चिता रची गई है। आ जा बेटा, इस गगरी को इस तरह कंधे पर उठा। चाचा द्वारा चिता को आग देते ही मैं इस छोटे-से अश्म से यहाँ छोटा-सा छेद करूँगा, फिर तू पीछे पीठ पर पानी की धार नीचे गिराते-गिराते चिता के इर्द-गिर्द चक्कर लगाना और फिर यहाँ इसी तरह खड़े रहना, और ताप्ति की ओर मुँह कर गगरी को पीछे-के-पीछे ही अश्म पर गिरा देना। मिट्टी की गगरी मिट्टी में जा मिलेगी, समझा? हाँ, नीलू महाराज, घास की मशाल से सिर की तरफ से पहले मुखाग्नि दीजिए और फिर बाकी कोनों पर। जल्दी-जल्दी। चिता एकसाथ सभी ओर से धू धू कर सुलगनी चाहिए। ऐऽसा। खंडू, जाओ चलते-चलते। मारो रे बोंब[102] : वू वू वू वू वू वू वू वू वो वो ऽऽ

सारा सगवारा कलाइयों की बोंब से गूँज उठता है। टेढ़ी-मेढ़ी लपटें, चिंगारियाँ, हवा में ऊपर तक ऊँची उड़नेवाली काली राख। चारों ओर उकडूँ बैठे और शायद ही कभी विचारमुद्रा में लीन होनेवाले किसान। लपटें बैठती जाती हैं। नीचे बड़ी लकड़ियों में आग जलती ही रहती है। खोपड़ी टूटने की आवाज आती है और हरि हरि कहते हुए हर कोई तट से नीचे की ओर संगम में उतरने लगता है। कोई-कोई दह में इधर से छलाँग लगाकर उस पार रेती में। फिर गीले बदन ही धनगर टोले के शार्टकट से अपने-अपने घर जाता है। दोपहर तक सभी अपने-अपने खेतों में हल चला रहे होते हैं।

मैं, नीलू चाचा, पंडित मामा और रेवा महाराज चिता के सामने बैठे रहते हैं। कुनबे के करीबी भाईबंद हमें उठाते हैं। कल स्वर्गीय विट्ठल जीजा की याद में स्वयं नीलोबा महाराज का कीर्तन है। गाँव-गाँव के वारकरियों को संदेशा भेजो। कहना—दुर्लभ योग है आ जाओ। कल से लेकर तेरहवीं तक जीजा के घर रोज सुबह भोजन से पहले गीता-पाठ और भोजनोपरांत दोपहर में ज्ञानेश्वरी-पाठ के लिए मंदिर। चालीस लोग एक साथ पढ़ सकेंगे। घर पर औरतों से भी कहना। मंदिर का घंटा बजते ही निकल पड़ो। चिता की रखवाली के लिए कौन रुकेगा—तोताराम? बढ़िया।

102. अंत्येष्टि के समय मुँह पर कलाई उल्टी रखकर निकाली जानेवाली शोकसूचक ध्वनि।

साथ में रूपा कांग्रेस को भी रखिए, बुजुर्ग आदमी हो तो अच्छा। अस्थियाँ इस मटके में ठीक से जमा कर के लना बच्चो—पता है न? हाथों की दो, पैरों की दो और गर्दन की ये यहाँ की पाँच हड्डियाँ। आपके भाईबंदों में से दो जने ये अस्थियाँ चंद्रभागा में बहाने के लिए पंढरपुर जाएँगे। यह अश्मा मैं अपने साथ लिए जा रहा हूँ। अच्छा। हरि हरि बोलते रहो, भगवन विट्ठल, तू ही एक तारणहार है।

खंडेराव, अब जाओ बेटा घर। रघु वहाँ खड़ा है, उसके साथ चले जाना। स्नान करो, भगवान की पूजा करो। अब तुम ही घर के कर्ता-धर्ता बन गए हो। संयम से एक-एक चीज को अपने हाथों में लेना। सभी के साथ प्यार से रहना। पुरानी गलतियाँ भूल जाओ। देखो, इस तरह आदमी चला जाता है। क्या रहता है पीछे? तेरे माँ-बाप ने तेरे लिए कितना कुछ कर रखा है? सात पीढ़ियों तक बैठकर भी खाएगा तब भी खत्म नहीं होगा। अब अपनी पढ़ाई छोड़कर इधर ही चले आओ। गाँव में कुछ सुधार करो। हमारा क्या है, तुम्हारे पिता ने नंबर लगाया ही है, यहीं खत्म हो जाएँगे। राम कृष्ण हरि।

छन छन छन छन दान पाया जी दान पाया

विट्ठल जीजा के नाम से जीऽ विट्ठल जीजा के नाम सेऽ छन छन छन छन

सुबह-तड़के सोना भाभी द्वारा दिए जवार के सूप को गरगर घुमाकर झोली में डालते हुए वासुदेव ने मौखिक परंपरा के वंशवृक्ष पर पिताजी का नाम पक्का दर्ज कर दिया। इससे पहले वह कुंडलिक दादाजी के नाम से दान पाता था। वासुदेव ने इतिहास का पन्ना सुबह-तड़के सबसे पहले ही बदल दिया।

अब सीढ़ी के सबसे ऊपरी पायदान पर मैं ही खड़ा हूँ। मेरे सिर के ऊपर का छप्पर उड़ गया। अब ऊपर शून्य।

शाम को अवधूत भटजी ने गरुड़ पुराण पढ़कर सुनाया। बार-बार पढ़ने के कारण यह पोथी उन्हें याद ही हो गई थी। पू नामक नरक में जाने से जो बचाता है, वह *पुत्र*। कई नरक। अनेक यातनाएँ। यमदूत। रोंगटे खड़े कर देनेवाला मृत्यु के बाद का वह इलाका। डरावना विवरण।

रात में नीलोबा महाराज के कीर्तन में दूर-दूर से लोग मोरगाँव आते हैं :

वैष्णव जनो, झरने, नाले, नदियाँ, महानदियाँ—दिन-रात और त्रिकाल कल्पांत तक दौड़ती ही रहती हैं—किसलिए? समतलता पाने के लिए। विट्ठल विट्ठल...बोलो पुंडलिक वरदे हरिविट्ठल श्री ज्ञानदेव तुकाराम...हाँ...

ज्ञानदेव चक्रपाणि ऐसे। दोन्हीं डोळस आरसे
परस्पर पाहता कैसे। मुकले भेदा॥[103]

---

103. 'अमृतानुभव', संत ज्ञानेश्वर का नागपंथी योग-विवरण संबंधी ग्रंथ : आत्मा-परमात्मा रूपी दो आईने एक-दूसरे के सम्मुख आते ही उनके बीच का भेद समाप्त हो जाता है।

वीचितरंगन्याय : जिस प्रकार समुद्र में एक के बाद एक लहरें निरंतर उठती ही रहती हैं, और यह सृष्टि का एक रहस्य है। उसी प्रकार यह हमारी जीव सृष्टि का महासागर है। इसमें एक पीढ़ी समाप्त होते ही, अगली पीढ़ी तैयार हो जाती है, उसकी भी अगली पीढ़ी पीछे अपने आप तैयार होती जाती है। विट्ठल विट्ठल विट्ठल विट्ठल। सेवेकरी बोवा, क्या कह गए हैं संत तुकाराम—

मृत्यु मेरी मर गई।

दूसरे दिन सुबह आँगन में महानुभाव नागदेवबाबा अपने प्रवचन में सामने बैठे नए-नए संन्यास ग्रहण करनेवाले चार लड़कों को श्रीचक्रधर स्वामी का सूत्र विश्लेषित कर सुनाते हैं :

द्वापरी श्रीकृष्ण चक्रवर्ती गुसाईं के चरण शरण :
दुःखामिश्रित सुखः वही बोलिजे सुखः वह आनंद नहीं।
माया सृष्टिसंहारू करीः विखो इंद्रियी विलया जाए : इंद्रिय
अंतःकरणी विलया जाए : अंतःकरण देही विलया जाए : देह
विदेही विलया जाए : विदेह हे नित्यः कारण अविद्येचां ठायी
विलया जाए : कार्य कारणी विलया जाए :

म्हाइंभट[104] में मृत्यु का डर निर्मित हुआ। पूछते हैं, भटो, क्या मैं ईश्वर में विलीन हो जाऊँगा?...

कलेवा के लिए सुबह कुनबे के सभी करीबी भाईबंद अपने-अपने घरों से सब्जी-रोटी बनाकर ले आते हैं। सूतक समाप्त होने तक घर की रसोई बंद होने के कारण सुबह-शाम सादे भोजन का यह कड़ुवा निवाला खाने के लिए सभी इकट्ठा होते हैं और बाद में अपने-अपने काम पर, खेत-खलिहानों में चले जाते हैं। सिर मुँड़वाने के बाद आँगन के कोने में चूल्हे के लिए जमीन में गड्ढा खोदा जाता है। घरवालों के साथ-साथ प्रवचन के लिए, सांत्वना देने के लिए आनेवाले रोज के पच्चीस-तीस रिश्तेदारों के लिए सादा भोजन, चायपान। स्त्रियाँ-पुरुष मिलकर रसोई शुरू करते हैं। एकसाथ समय गुजारने का सभी का मुख्य साधन। दुःख की विस्मृति भी।

पिताजी के नए-पुराने सहयोगी, हमेशा के मजदूर, लेहनादार, स्कूल के मास्टर, सोसाइटियों के पदाधिकारी, सहकारी बैंक के कर्मचारी, विधायक, सभापति, केवल परिचित—प्रत्येक के पास विट्ठल जीजा के स्वार्थ-त्याग की, लौकिक गुणों की कोई-न-कोई स्मृति होती :

केवल विट्ठलराव की मंत्री से सिफारिश के कारण इन पच्चीस-तीस देहातों में बिजली आई। वरना इतनी दूर पहाड़ों में बिजली आती? अगली पंचवर्षीय योजना में डालनेवाले थे, क्यों अध्यक्ष साहब, सच है न?

---

104. मराठी के आद्य गद्यकार (तेरहवीं शती), जिन्होंने बड़ी मेहनत से चक्रधर स्वामी का गद्यात्मक चरित्र-ग्रंथ 'लीळाचरित्र' तैयार किया।

विट्ठलराव सच्चे वारकरी। अपने लिए, अपने नाते-रिश्तेदारों के लिए सरकार के सामने कभी हाथ नहीं फैलाया। *सन्तन को का सिकरी सों काम*—यह थी उनकी राजनेताओं के प्रति आचरण की नीति। हमारे मुख्यमंत्री मुझसे बोले कि विट्ठलभाई कुछ भी माँगते तो हम दे देते खुशी से—पुरस्कार, इंजीनियरिंग कॉलेज, कृषिपंडित, आश्रमशाला—लेकिन हजरत हमारे इलाके में कभी आए ही नहीं। इलेक्शन का टिकट तक हमारे हाय कमांड तुरंत दे देते।

खंडेराव, एक बार ही कहता हूँ, बाद में नहीं कहूँगा। आप इतने ऊपर तक पढ़े-लिखे लोग, हम क्या बताएँ आपको? लेकिन इसी दौरान शीएम से मिल लीजिए। शिम्पथी होती है, विट्ठलराव के इस तरह अचानक चले जाने से लोग सौ फीसदी आपको चुनाव जिताएँगे। आप जैसे उच्चशिक्षित तेज-तर्रार नवयुवाओं की अपने इलाके की पार्टी को जरूरत है। मेरी बात मानेंगे तो पार्टी आपका स्वागत ही करेगी। हमारे इलाके को नया नेतृत्व मिलेगा। इधर आराम से खेती करते रहो, और वैसे भी आप जैसे ताजा दमखमवाले लोग इस क्षेत्र में आएँगे नहीं तो राजनीति में क्या खाक सुधार होगा? सोचिए। पहले ये सब हो जाने दीजिए। मैं बात करूँगा दुबारा शीएम से। अच्छा। दो कौर खाता हूँ—मेरी पीठ पर विट्ठल जीजा का हमेशा हाथ रहा है—चलता हूँ। पंगत से ही परस्पर चला जाऊँगा। सोचिए। चलता हूँ। रामराम।

कम-से-कम आश्रमशाला तो लेनी ही चाहिए थी विट्ठल जीजा को—हमारा पहाड़ी खेत भी तो आदिवासी इलाके में ही है। करोड़ों रुपयों की आमदनी होती है।...सौ फीसदी ग्रांट। बस छात्रों के नाम दिखाओ और उनके खाने-पीने का, किताब-कापियों का मनमाना खर्च लिख दो। हमारे गाँववालों ने मंत्री को एक लाख रुपयों की रिश्वत पहुँचाई, फिर भी आश्रमशाला मिल गई दूसरे पहाड़ी गाँव कठोरे के लोगों को—ज्यादा रुपए देने चाहिए थे यार।

प्रजातंत्र बनाम वारकरी धर्म का यह उदाहरण है। पैसा यों कुमार्ग से कमाएँ?
समय के अनुसार क्या वारकरी पंथ को नहीं बदलना चाहिए?
और समय के अनुसार क्या प्रजातंत्र को भी नहीं बदलना चाहिए?

गाँव के कुछ निठल्ले लोग, बूढ़े गाँव-गाँव के समाचार, गपशप, मनोरंजक बातें सुनने के लिए दिन-भर इधर ही चिलम पीते हुए डेरा डाले बैठे रहते। गाँव की औरतें भी भगवान के दर्शन करने के बाद यहीं नई लड़कियों-दुल्हनों से कुछ नया सुनने के लिए आ बैठतीं, सुरस और चमत्कारपूर्ण कथाएँ भी कानों पर आने लगीं। यह तेरह दिनों का समय सभी के कहने-सुनने का मंच बन गया।

पिताजी के उदाहरण से सीधा कहा जा सकता था कि इस समाज में आपको कभी कोई अकेला नहीं रहने देता है—बिलकुल चिता में जलने तक। घर में बैठे-बैठे चरचराते-सफाचट सिर पर बीच-बीच में हाथ फेरते हुए पहले दिन मैंने सोचा

भी नहीं था कि अगले तेरह दिन कैसे बीतेंगे। दिन-भर, रात में भी मिलने आनेवालों का ताँता थमा नहीं। खबर मौखिक हो, किसी-किसी को तो तीसरे-चौथे द्वारा संदेश देने को कहा गया हो—दूर-दूर के रिश्तेदार बराबर आते रहे। परिवार की बुनावट कितनी सघन होती है? अपने भीतर वह अगली पीढ़ी को भी कस लेती है। दिल पर अजीब दबाव पड़ने लगा कि अब मुझे बेवजह किसी का दिल न दुखाने की जीवन-शैली अपनानी चाहिए। भावडू की ससुराल, चारों बहनों के सास-ससुर और सभी देवर-देवरानियाँ, चाचाओं के दामाद, चचेरे भाई, चचेरी बहनें, बुआएँ, फुफेरे भाई, फुफेरी बहनें, ममेरे भाई, ममेरी बहनें, मौसेरे भाई, मौसेरी बहनें—रिश्ते-नाते के बंधन कितनी दूर तक हों? किसी पर भी दबाव नहीं था कि आना ही चाहिए, लेकिन सभी को भीतर से ही लगता होगा कि दूर जा रहा यह घर एक बार ही सही देख आना चाहिए। प्रत्येक की आँखें नम हो रही थीं। दुःख के आरोह-अवरोह को गाने के अवसर बहुत कम आते हैं। सुख बाँटा नहीं जाता होगा, लेकिन दुःख बाँटने के लिए कोई इतनी भागादौड़ी करे, तो उसे सच ही मानना चाहिए।

कम-से-कम मृत्यु एक यथार्थ बन जाता है। दूर-दूराज से आ रहे, रोज मिल रहे ये नए आत्मीय लोग भी संख्या में इतने थे कि इनके प्यार के जवाब में चार शब्द बोलना भी नम्रता का मानसिक प्रशिक्षण बन बैठा। बूढ़े लोगों को कुछ भी कहने की अपेक्षा नहीं होती, लेकिन बस घड़ी-भर के प्यार के भूखे। इतने हाथ-पाँव मारकर रिश्ता बनाए रखते हुए आकर जाते, और अब घर का मेरूमणि बने मुझे—आओ दादी, बैठो—यह तो कहना चाहिए? लेकिन दादी को बहुत भीतरी, पुराना जमा हुआ दिखाना होता—तेरे बाप को मरते-मरते बचा लिया रे तेरी दादी ने। हर रोज कड़ुवे चिराइते का कटोरी भर काढ़ा पिलाती, स्नेह-प्यार से, कभी लाठी से पीटकर—अपने जाए लड़के से इस तरह का बर्ताव करना, माँ का दिल कैसे टूटता होगा रे? बेचारा विठू गटगट कड़ुवी दवा पी जाता और खाली कटोरी फेंक देता। कितना सहा है उसने? सौतेली बहन की गृहस्थी, उसकी लड़कियों की शादी, सगी भौजाई की अंधी गृहस्थी, चाचाओं की खेती—नियमित पैसे भेजना, एक पैसा कभी इधर से उधर नहीं हुआ। उल्टा अपने पैसे डालकर जरूरी काम निपटाता। अंग्रेजों के जमाने में कैसी थी वो बारानी खेती—अकाल, मेहनत। फिर भी कितना किया। खंडू, पिता के पुण्य का प्रताप तुम्हें तारता रहेगा। सुखी रहो, बेटा। चलती हूँ मैं, पहाड़ी रास्ता है। अँधेरा होने से पहले जाना अच्छा। बैठो बेटा...जब तक मैं जिंदा हूँ, हमारे घर आएगा खंडू एक बार?

—और गाल को पल्लू रखकर चूमना।

खंडू, तुम्हें निर्णय करते समय जल्द ही इन सबकी जरूरत पड़ेगी। ठीक से धड़ा लगाकर, पसँगा लगाकर पलड़ा झुकाना पड़ेगा।

कई सालों से अंधे हुए नब्बे की उम्र के एक चाचा लाठी से रास्ता ठेलते ठीक आँगन में आकर दहाड़ लगाते हैं : चला गया रे इठिया, अकेला ही? दिखाई नहीं

देता, फिर भी आठ गलियाँ लाँघ हाथ–पाँव मारकर ये क्यों यहाँ आए होंगे? कई सालों से कल–कल करते प्रवाह की रगड़ को दिन–रात सहकर पूरे सफाचट हुए पत्थर की एक चुंबकीय ऊर्जा, संसार का अंत महसूस करने की।

गाँव–गाँव से आनेवालों का ताँता धीरे–धीरे कम होता गया। ताप्ति के उस पार के सभी लोग मिलकर गए। फिर भी महीने–भर बाद परदादी की भांजी का पति, जो दूर बस्तर जिले में अध्यापक है, छुट्टियों में इधर चक्कर लगा जाता है। और प्यार से कह जाता है—पहचान बनाए रखना खंडेराव, आना कभी हमारे आदिवासी इलाके में। इनसान–इनसान का बुना हुआ यह जंगल हैरान कर जाता है।

इतना सांद्र और सूक्ष्म जीना मुझसे संभव होगा?

मैं आपकी दादी का भाँजा—हेमा। पहचाना नहीं? बचपन में हम सतपुड़ा में—गोमुख पर—

हाँ हाँ। अरे हेमा, अच्छा हुआ तू आ गया। क्या करता है आजकल?

मालेगाँव के पास पटवारी हूँ। दो बच्चे हैं—स्कूल जाते हैं—ठीक चल रहा है। आओ न एक बार—

माँ को पक्की खबर होती है कि नाते–रिश्तेदारों में अभी तक कौन–कौन नहीं आया। हमारी बड़ौदावाली दादी—इनकी चचेरी बहन—पत्र आया है उसका कि आ रही हूँ। अभी तक इनकी इंदौर की ममेरी बहन कैसे नहीं आई? मुंबई से चाचा लोग भी अभी तक कैसे नहीं आए? लगता है सभी एक साथ तेरहवीं में ही आएँगे।

आजकल गाँव में एस.टी. बस के चार चक्कर होते हैं। हर बार यह मानकर ही चलना पड़ता कि कोई–न–कोई मेहमान जरूर आया होगा। किसी के आने पर रोना–धोना शुरू होता, ज्वार कम होने पर पिताजी की एक–एक याद। यहाँ पूरा मौखिक इतिहास दर्ज हो जाता : विट्ठल मामा ने बीच सड़क पर मुझे अपनी जेब से पचास रुपए का नोट निकालकर दिया। बोले, रमेश, यह ले परीक्षा की फीस...घर में एक पैसा भी नहीं था उस समय, परीक्षा नहीं दे सकता था। जाते–जाते मामाजी बोले, अच्छे–से पढ़ाई करना और पास होने पर याद से मुझे लड्डू खिलाना। बाद में मैं पास हुआ, इसी कारण एस.टी. में ड्राइवर की नौकरी लग गई मेरी...अब लड्डू किसे—फूट–फूटकर रोने का आवेग—चुप हो जाओ, अरे तुम्हारा सब ठीक हो गया न, मामा की आत्मा को—माँ की भी सिसकी। सांत्वना देनेवालों के गद्‌गद् असहाय उद्‌गार। यह सब असल था। आवेग से आता था। केवल औपचारिक यकीनन नहीं था।

चिड़ियों की चूँ–चूँ, आना–जाना, भुर्र–भुर्र, चोंच में चारा, बँड़ेर के घोसलों के भीतर से चूजों के सूक्ष्म स्वर। बीच–बीच में कर्कश कौए। उस ओर की छोटी दीवार में मैना की आवाजें। कुत्तों का भौंकना। गोठ में बछड़ों का शोरगुल।

इधर आँगन में पंडाल डालकर उसमें हरिपाठ, गीता प्रवचन शुरू होने पर घर की बीस–पच्चीस औरतें–लड़कियाँ सामने आ बैठतीं। नीलू चाचा के सुरीले गले से

हरिपाठ सुनना गाँव के सभी को विलक्षण योग प्रतीत हुआ। पास-पड़ोस के गाँवों से वारकरी भी हर रोज आते :

कापुराची वाती उजळ्ली ज्योती।
ठायीच समाप्ती झाली जैसे॥
भावेविण भक्ति भक्तिविण मुक्ति।
बळेविण शक्ति बोलू नये॥

—सन्त ज्ञानदेव

मैं ऊपर भावडू की अलमारी में उसकी पुरानी किताबें-बहियाँ, उसकी इकट्ठा की, लिखकर रखीं पुरानी चीजें देख रहा था। वहाँ चोपड़ा ईसाई मिशन का एक पुराना पैम्पलेट मिला :

धन्य हैं गरीब लोग, क्योंकि ईश्वर का राज्य उन्हीं के लिए है। जो दुःख में होते हैं, उन पर ईश्वर की कृपा होती है, क्योंकि वही उनको दिलासा देनेवाला है।

एक कागज पर उसने *उर्ध्वमूलमधःशाखमश्वत्थं* उल्टे पीपल का चित्र पेन से बनाया था। तब मैंने उससे कहा था, अरे बेकार में समय ज़ाया किया तुमने अपना। हमेशा की तरह का पीपल का सीधा चित्र बनाता और उसे उल्टा पकड़ता तो बन जाता न।

वह बोला था, इस तरह बनाने पर ही उसका यह अर्थ होता है।

—मुझे उसका यह जवाब अभी भी विचारणीय लगता है।

तभी नीचे से सुनाई दीं—ऊपर की ओर आनेवाली छोटे-छोटे पैरों की खिलखिलाती आवाजें। अगली पूरी पीढ़ी ही मानो सीढ़ियों की अँधियारी जगह से ऊपर आ रही हो और मेरे यानी परिवार के मुखिया के इर्द-गिर्द कोलाहल मचा रही हो। सारे भाँजे और एक भतीजी—गौरैया, पिता की मृत्यु से संसार की ओर अविश्वास से देखती सिटपिटाई आँखें। सभी मिलकर मुझे बताने आए हैं कि नीचे चलिए, कोई मेहमान मिलने आए हैं। सबसे छोटी गौरैया को गोद में उठाकर सारे बाल-गोपाल के कदमों की प्रतिध्वनियों को आगे-पीछे गुँजाता हुआ मैं, परिवार का मुखिया, ऊपर से नीचे-नीचे उतर रहा हूँ। यह भी एक चित्र। ऐसा ही उल्टा।

नीचे आँगन में दिखाई दिया खंभे से टिककर खड़ा सांडू। पहले भी वह इसी खंभे से इसी तरह टेक लगाकर पिताजी को बताया करता था कि खेत में क्या-क्या किया है। लेकिन अब कुछ ज्यादा ही रोबीला और हीरो जैसा लग रहा है। कोसले के रेशम का बड़ा फेंटा, कंधे से आगे साफा, लंबे बढ़ाए हुए काले घने बाल—जो तमाशा के वगनाट्य में किसी भी ऐतिहासिक, पौराणिक किरदार के लिए उपयुक्त हों। मुझे नीचे से ऊपर तक अचरज से देखते-देखते ही सीने से

लगकर सिसकने लगता है। फिर साफे से आँखें पोंछकर बचपन से पिताजी के साथ निभाई सालदारी की यादें। कोरकू लड़की फुला को फुसलाकर भगाने के इल्जाम में पुलिस ने उसे हिरासत में लिया था, तब पिताजी ने बरसाती बाढ़ से भरी नदी को पैदल पार कर उसे पुलिस चौकी से छुड़ाया था। तब से उसके जीवन का नया अध्याय शुरू हुआ था—तमाशागर का। उसके हर शो के आरंभिक नमन-काव्य में वह कई सत्पुरुषों और आदरणीय व्यक्तियों के नाम लेता था। उसके आखिरी नमन में :

अजी विट्ठल जीजा मोरगाँवकर
कितने मानूँ आपके उपकार
ऋण नहीं चुका पाऊँगा, नहीं चुका पाऊँगा जीऽ जीऽ जीऽ

उसकी कंपनी का नारायणगाँव में पड़ाव था। तब यह छंद सुनने पर भीड़ में खड़ा ताप्ति की ओर का एक पाहुना सांडू से मिला और बोला, आपने अभी जो मोरगाँवकर का नाम लिया, वे विट्ठलराव मिरदंगिया ही हैं न? वारकरी?—वे तो अभी-अभी चल बसे...क्या? क्या बकते हो?...सच में जी।

फटफटिया से रातोंरात सांडू तुरंत इधर चला आया : बारह सालों तक इस घर में औलाद की तरह पला हूँ मैं, खंडू। अब हमारी तरफ आना कभी। खुद का नया ट्रक खरीदा है। कंपनी में बीस लोग हैं। आठ महीनों का दौरा होता है—पूरे महाराष्ट्र में—इंदौर, जबलपुर, रायपुर, बड़ौदा तक। चार महीने घर पर नए गाने तैयार करना, तर्जें ढूँढ़ना, लोकनाट्य रचना। घर पर आना खंडू। विट्ठल जीजा के आशीर्वाद से सब बढ़िया चल रहा है। दो लड़कियाँ हैं, स्कूल जाती हैं। जरूर आना। यार, तेरे पिता को तो घर पर बुलाने की कभी हिम्मत नहीं हुई, लेकिन तुझे तो तमाशा भाता है। याद है, कैसे हम चुपचाप मेले में घुमंतू नौटंकी देखने जाया करते थे, है न? अब तो तेरी फुला मामी बतौर लोककलाकार दिल्ली भी जाती है।

भोजन की पंगत में अभी देर थी। इतने में वह बोला, जरा गोठ से हो आता हूँ—हमारी बैलों की जोड़ी वही है, या बदल दी? देखता हूँ भल्या-बश्या पहचानते हैं या नहीं—दस साल दिन-रात साथ-साथ काम किया है हमने। मैंने ही तैयार किए हैं ये नौसिखुए बछड़े—झीबू-ढबू, लेकिन पहचानेंगे ही—खूब मरम्मत करता था मैं इन बदमाशों की।

गोठ में जाने के साथ ही चारों बैलों ने सांडू को कैसे पहचाना? यह एक अविस्मरणीय मनोहर नजारा था।

हम गोठ से बाहर आए। बाहर भोजन करनेवालों की पंगत दूर तक लगी हुई थी। मुझे वहाँ बाँधे रखनेवाला दृश्य यानी, पंगत जैसे-जैसे बढ़ती जा रही थी, वैसे-वैसे उसके अंतिम छोर पर बैठनेवालों में हमारा पुराना रखिया गिरधर कोतील और उसकी बगल में उसका सात-आठ साल का हड्डियों का ढाँचा लड़का। सांडू को

पंगत में बिठाकर मैं गिरधर के पास आया। अरे, तू गिरधर ही है न?...हौ जी। फटा हुआ बनियान, पीठ काफी नंगी, पेट अंदर धँसा हुआ, आँखें भी गहरी धँसी। जंगल में बरछी तानकर आदिमानव की तरह बेखौफ मेरे आगे दौड़नेवाला हमारा यह मजबूत भील रखिया। उसे इस तरह देखा तो मुझे अपनी आँखों पर यकीन नहीं हुआ। मैं चीखा, अरे बीमार था क्या?...नहीं मालिक, ऐसा ही हूँ साल-डेढ़-साल से।...बीवी-बच्चे?...वह तो मर गई। यह एक लड़का है।...बैठो, बैठो। ठीक से पेट-भर खाना खाओ।

बस इतना ही संवाद। यह है एक संपन्न किसान के खेत में पंद्रह सालों तक ईमानदारी से काम करने की फलनिष्पत्ति। मरते समय कोई इस तरह अपने पीछे लाखों की प्रापर्टी छोड़कर किसलिए जाता है? और उस प्रापर्टी की निर्मिति के साझेदार ये मजदूर—कुपोषण, अल्पायु, बीमारी, आखिरकार रखिया को पेट पालने लायक रोजी-रोटी भी नहीं। जंगल नष्ट हुए, और अब इन आदिवासियों का कृषिप्रधान ग्राम-व्यवस्था में स्थान यानी—मालिक मर ही जाए तो उसकी दशक्रिया की पंगत में, आखिर में ही सही, बैठकर, एक बार भोजन पाने का अधिकार। लड़के को एक पत्तल देकर और दूसरी अपने लिए लेकर गिरधर अन्य आदिवासियों की पंगत में जा बैठता है। और संवाद असंभव हो जाता है।

पिताजी कहते थे, ये खंडिया खेती की दृष्टि से बिलकुल बेकार है। ऐसा उल्टा-सीधा सोचकर ही ये दिवाला निकाल देगा। खंडेराव, देखना—अब यही कृषि-व्यवस्था, यही ग्राम-व्यवस्था तुमसे जिंदगी-भर प्रतिशोध लेती रहेगी।

भयानक कड़ी धूप। बाहर पेड़ पर कौओं की कर्कश काँव-काँव, मतलब और मेहमानों के आने की सूचना—रसोइयो, खाना जरा ज्यादा बनानाऽ।

अंधी चाची टटोलती हुई ठीक मेरी ही ओर सीढ़ियाँ चढ़कर ऊपर आई। मेरी आवाज को वह कहीं से भी पहचान लेती है। बैठे हुए दस लोगों में खड़ा होता हूँ तो पुलिस की भाँति मुझे ही नीचे से ऊपर तक हाथों से जाँचती हुई बचपन में सिर पर लगे घाव के निशान तक उँगलियों के जाते ही खुशी से मिठास-भरी हँसी हँसकर धीरे से कहती, खंडिया ही है। फिर पलकों की कठोर फड़फड़ाहट। इस घर में शादी से लेकर हुना चाचा की फाँसी तक का सारा इतिहास—अंधी होने पर भी कैसे वह जमुना भैंस को सँभालती थी। दूध-दही-घी बनाती थी।...विट्ठल जीजा कैसे रोज खाने पर बैठते ही सबसे पहले बिना भूले जोर से पूछते, छोटी माँ ने खाना खा लिया लड़कियो? गया मेरा सहारा। खंडूऽऽ अब तू ही हमें सँभालना, बेटा। आँसुओं की झड़ी, एक-के-बाद एक आवेग—

पंढरपुर में सब ठीक-ठाक तो चल रहा है न चाची?

हाँ बेटा, अब तो ठीक ही मानना होगा। अकेली जान। विठू जेठजी ने खानदेश बाड़े में मेरे ही नाम पर एक कमरा बनाया है—मेरे मरने के बाद उसे मेरे नाम से

ही धर्मशाला को दान में दिया जाएगा। दीवान हर महीने मेरे खाते में जमा ब्याज मुझे लाकर देता है—काफी हो जाता है। रिमा और मैं रोज चंद्रभागा में स्नान करती हैं। भजन, कीर्तन, भगवान के दर्शन—अच्छा समय कटता है। नीलू चाचा आकर सब देख जाता है। मैं भी वहीं शरीर त्याग दूँगी। वैसे भी यहाँ मेरा है ही क्या? रिमा कहारिन, बेचारी अच्छा ध्यान रखती है मेरा। उसका भी कोई नहीं है—हमने साथ-साथ ही तीर्थयात्राएँ कीं, चारधाम किए। मेरे मरने के बाद धर्मशाला में रहेगी वह।

पंढरपुर की विट्ठल मूर्ति को नीचे से ऊपर तक अपने हाथों से पूरा टटोलकर देखा है उसने। इस तरह दर्शन करने का सौभाग्य उसके अलावा और किसी भक्त को नहीं मिला है। आँखों से देखनेवाले मूर्ति का वर्णन करते हैं, लेकिन इस तरह हाथों से देखा हुआ *सुन्दर ते ध्यान* अंधी चाची हूबहू बताती है।

सहसा चाची मेरे कानों से लगकर एक चोट करनेवाली बात कहती है। न जाने उसे कैसे पता चला कि आसपास कोई नहीं है।...खंडू, तू भोला है, लेकिन अब शादी होगी, बाल-बच्चे होंगे। इतना भोलापन ठीक नहीं। समझा? इन दो दिनों से घर में क्या-क्या हो रहा है, तुझे कुछ पता भी है? पगले?

फिर वह बार-बार सीढ़ियों से आहट लेती हुई मेरे कानों में बुदबुदाती रही : मेरा भी आधा हिस्सा है उस सोने में इसलिए तुझसे कह रही हूँ। पच्चीस साल से मैं इस घर में निःस्वार्थ भाव से जीती रही हूँ—क्या एक बार पूछकर मुझे एक शब्द से सम्मान नहीं देना चाहिए था? तेरी माँ ने—इधर पति का यों हुआ, और उधर तुरंत लड़कियों को बुलाकर सारा सोना, गहने—तुझसे पूछा था? बिलकुल नहीं पूछेगी—तिजोरी भी साफ कर ली और ऊपर चाँदनी के नीचेवाले कमरे में चुपचाप बेझिझक बंदरबाँट कर डाली। मेरी बात छोड़ दे—मेरी किस्मत ही फूटी हुई...शादी कर ससुराल आई और पति जेल गया। लेकिन बेचारी सोना का भी उसमें कोई हिस्सा नहीं? उसे बिना बताए ऐसा करना क्या ठीक है? घर की असल मालकिन है वह—लेकिन उसे नौकरानी बना डाला है। पैसों का भी, एक-एक लाख रुपयों का बँटवारा कर लिया है आपस में...कम-से-कम तुम्हें तो बताना चाहिए था? नहीं बताएगी तेरी माँ—तलवारवाली नबाबाई के खानदान से है वह...और डाक के सर्टिफिकेट भी छिपा रखे हैं उसने—

सीढ़ियों पर किसी के पैरों की आहट हुई, सबसे पहले उसे ही सुनाई दी फिर तुरंत विषय बदलकर अंधी चाची नीचे की तरफ चल दी।...रिमा कहारिन और मैं तेरहवीं होने पर जाएँगी। अब तेरी शादी में ही आऊँगी साल-भर में। इस साल में नहीं हुआ न बेटा, तो गमी में हमारे यहाँ तीन साल तक लड़के का ब्याह नहीं किया जाता। जल्दी कर डाल।

जाते-जाते चाची ने यह बहुत अच्छा रिवाज बताया—तीन साल तक तो शादी को टाला ही जा सकता है। लेकिन बीते इक्कीस-बाईस साल के वैधव्य

का, अकेलेपन का और घर से अधिकार कट जाने का, सारे दुर्भाग्य का प्रतिशोध अंधी चाची ने इस एक मिनट में ले लिया। इसके बाद माँ और मेरे बीच की दूरी बढ़ती ही गई। पिताजी के जाने की ठोकर अभी ताजा थी कि तभी दुख की यह दूसरी ठोकर—माँ और बहनों का मुझ पर जरा-सा भरोसा न हो, बड़े भाई के चले जाने के बाद भी। मेरे मन में अचानक घर, पवित्र लगनेवाली हिंदू कुटुंब-व्यवस्था की सड़ी-गली पूँजीवादी नींव के प्रति घिन उत्पन्न होने लगी। मैं ही बार-बार पिताजी से कहता था कि लड़कियों से लड़कों की तरह बर्ताव करना चाहिए। और असल में चिन्धु बुआ की लड़कियों का भी तो अधिकार है। और भावडू के प्यार का मोल? उसकी बीवी का, लड़की का क्या मोल? गंदी हिंदू-कुटुंब व्यवस्था।

एक बार मैंने ऊपर चक्कर लगाया तो चारों बहनों के संदूकों में बड़े-बड़े ताले लगे थे और चारों बहनें हमेशा बिल्ली की तरह नजर रखे हुए थीं कि वहाँ कौन-कौन आता-जाता है।

खंडू, अब तू मुखिया है। सभी के सामने माँ को डाँट। न्याय कर, विरासत का धन घर की सारी लड़कियों में सम-समान बाँट दे।

परिवार में पैसों के कारण अगर स्वयं माँ-बेटा, भाई-बहन एक-दूसरे से कट जाते हैं, तो फिर परिवार भी कहीं केवल भुरभुरी भावुक रचना ही तो नहीं है? मेरी संवेदनाएँ सुन्न हो गईं। हमें एक ही जिंदगी मिलती है। पिताजी की समाप्त हुई, अब मैं भी अपनी जिंदगी इन्हीं पैसों-जायदाद के झमेले में फँसकर बरबाद करूँगा? मेरी जिंदगी किसी और काम के लिए है। इस कीचड़ में न धँसना ही अच्छा।

इसके बाद मुझे मुक्त हो जाने का एहसास हुआ। आखिर तक इस प्रापर्टी के झमेले में नहीं पड़ा। लेकिन यातनाएँ भी बहुत हुईं।

बड़े बहनोई वकील साहब इन दिनों सुप्रीम कोर्ट के एक केस के सिलसिले में बार-बार दिल्ली आते-जाते थे। इस कारण पिताजी की मौत की खबर उन्हें देर से मिली। लेकिन आने के साथ ही उन्हें मालूम पड़ा कि ससुरजी के जाते ही उन्हें सोने-चाँदी का बड़ा खजाना मिला है। इससे असीम उल्लास में वे बहुत-से व्यंग्य-विनोद करते हुए सुनाई दे रहे थे : बिजा, *वासांसि जीर्णानि*—बास मारनेवाले वे पुराने कपड़े धोने के लिए डाल दे और *नवानि* ले आ। कोई मेरे बारे में उनसे पूछ रहा था : क्यों जी, आपका इकलौता साला खंडेराव कोई नौकरी करता है? वकील साहब मेरी ओर उँगली दिखाते हुए सबको हँसाते हैं : हमारा साला नौकरी नो करीऽ हा हा हाऽ, वह पी-एच.डी. करी। हा हा हा। लेकिन ससुराल में मनचाहे पकवान खाने के आदी वकील साहब को रोजाना मजबूरी में कडुवे निवाले का सादा भोजन करना पड़ता। वे उकता गए और दो ही दिन में—अर्जेंट काम है, फिर तेरहवीं को आ ही रहा हूँ—कहकर चले गए। जाते-जाते गहने और कैश का

बड़ा-सा ताला लगा बैग खुशी से साथ ले जाना नहीं भूले। शायद यही उनका असली अर्जेंट काम था। इनके बाद बाकी दो छोटे बहनोई भी ऐसा ही कोई बहाना बनाकर अपने-अपने भारी बैग इसी तरह चोरों की भाँति ले गए। इनमें से सिंचाई साहब का बैग भुसावल स्टेशन पर चोरों ने उड़ा लिया। बड़ा रोना-पीटना मचने के बाद इस खुफिया षड्यंत्र का भाँड़ा फूट गया, सारे गाँव में छी-थू हुई, लेकिन मैं खामोश रहा। लाड़ली के हिस्से की गठरी को माँ ने कहीं छिपाकर रखा था, क्योंकि उसमें और उसके पति में कुछ ज्यादा ही दरार आ चुकी थी।

दरअसल, पिताजी की जिंदगी यों असमय समाप्त हो जाने की यह भी एक वजह थी। पंडित मामा हताश स्वर में एक बार मुझसे बोले, उन्हें तेज डाइबिटिज हो गया था, लेकिन इसका अंत तक पता नहीं चला। इतने काम कि जाँच के लिए डॉक्टरों के पास मुंबई जाते कब? और देहात में कहाँ स्पेशलिस्ट होता है? जिले के अस्पताल भी कैसे होते हैं? गाँवों को ध्वस्त करने की नीति अंग्रेजों से लेकर आज तक चल रही है।...खंडू, तुम्हारी-मेरी सहमति है। लेकिन बेटा, अब क्या करोगे? तुम्हारे लिए तो कोई विकल्प ही नहीं है। तुम्हें इसी स्थिति में रहना पड़ेगा।

एक बार पंडित मामा मुझे अलग ले जाकर बोले, अरे खंडेराव, हमारी बायड़ी का पति राकेश जब से इन्स्पेक्टर बना है, तब से कुछ-के-कुछ धंधे करने में लगा है। मुंबई में इन्स्पेक्टर, मतलब वह कोई भी गलत धंधा कर सकता है। महानगर में गलत राह से क्या नहीं मिलता? हम वकील लोगों में उसकी छवि तो बहुत ही खराब है—मैं उसकी शादी में मध्यस्थ था, इसीलिए मुझे ग्लानि हो रही है—तू जरा अपनी फुफेरी बहन बायड़ी से बात कर—अब तू ही परिवार का मुखिया है, इन बच्चियों को अब तेरा ही सहारा है। कम-से-कम किसका क्या चल रहा है, इतना तो पूछना सीख ले बेटा। पानी में छलाँग लगाने पर तैरना धीरे-धीरे आ ही जाता है।

एक तो जैसे ही लाड़ली की दोनों लड़कियाँ जब पास आती हैं, मेरा माथा टनटनाने लगता है। फिर बायड़ी का भी कहीं वैसा ही तो नहीं हो रहा है? माना कि कुछ फीसदी पुरुष शराबी, खूनी, लुटेरे, मक्कार, पाखंडी होते हैं, फिर उनमें से कुछ की हमारे घर की लड़कियों की किस्मत में पति बनकर आने की संभावना थोड़ी-बहुत तो थी ही। अब यह अँधेरा हमारे घर की लड़कियों की किस्मत में आया। लेकिन इसके लिए क्या उपाय करें? खंडेराव, असल समझदारी ऐसे सवालों को हल करने में होती है, किताबी अनुसंधान में नहीं।

फिर एक बार देखा तो बायड़ी कुएँ पर गर्दन नीचे झुकाए कपड़े धोते हुए चुपके-चुपके रो रही है और चिन्धु बुआ माँ की ममता से फुसफुसाती आवाज में उसे समझा रही है : *ठीक है बायड़े, सहना चाहिए, सहने में ही औरत का बड़प्पन होता है!*

इतने बड़े परिवार में हर कोई अपनी-अपनी अभिव्यक्ति मनचाहे अनुपात में संपन्न करने में सफल होता ही है। माँ-बेटी भी वही कर रही थीं।

उस दिन दोपहर में चिन्धु बुआ जलावन लाने गोठ की ओर जा रही थी। उसे रोककर परिवार के मुखिया का किरदार निभाना सीख रहे मैंने सीधे पूछ लिया, बुआ, बायड़ी के अब दस-बारह साल के दो बच्चे हैं—बड़ा लड़का, छोटी तो कितनी होशियार है। सब कहते हैं कि उसके घर में सब कुछ है, रुपिया-पैसा है, अब तो खुद का फ्लैट भी खरीद लिया है—फिर भी उसे कोई तकलीफ है?

बुआ का चेहरा अचानक सफेद पड़ गया।

देखो बुआ, ऐसी बातों को छिपाना ठीक नहीं। खुलकर कहनी चाहिए। इसमें क्या बुराई है? हमारी लाड़ली का भी इसी तरह छिपाकर रखा गया और अचानक पटाखा फूट गया। और—

बुआ बोली, सच है। बेचारे विठू पर अचानक कितना भार आ पड़ा।

फिर बुआ ने मुझे इशारे से ऊपर जाने के लिए कहा। थोड़ी देर बाद आत्मविश्वास गँवाने से लाल-लाल हो आई बायड़ी और अत्यंत व्याकुल बुआ, ऊपर आईं। हम सीधे ऊपर की चाँदनी के तले सीढ़ियों पर बैठ गए।

खंडू, मैं इसे समझाती रहती हूँ कि औरत जात को जरा सिर झुकाकर ही रहना चाहिए। सहना चाहिए। लीनता से रहना चाहिए। गृहस्थी यानी दो जीवों का विचार। लेकिन कैसा राच्छस गले पड़ा रे खंडू भैया मेरी बेटी के। घर की थोड़ी-बहुत तो जानकारी लेनी चाहिए थी—लेकिन मैंने ही विठू को मजबूर किया—शहर का ही दामाद चाहिए था न। अपने हजार कामों के बीच वह भी कैसे चार दिन में जानकारी निकालता? पंडित मामा भी मध्यस्थ मिल गया, लेकिन इतने बड़े शहर में उसे भी उसके गाँव का क्या पता? बदमाश, गुंडा, पैसे खानेवाला—ऊपर से उसका बाप भी पुलिस—सारे संस्कार ही मवाली। फँस गए हम तो। नहीं चाहिए घर-बार और पैसा। खाने-पीने को न मिले तो भी कोई बात नहीं, लेकिन ये दुष्ट बर्ताव। इधर देहात में दो बीघेवाले किसान के छप्पर में औरत को सुख मिलता है—लेकिन वहाँ वो भी नहीं। बोल, बायड़े, अब भैया ही तेरा सहारा है। दिल की बातों को होंठों पर आने दे, बेटा।

बायड़ी घर की सबसे होशियार लड़की—पर बेचारी अब हकलाती हुई बोल रही थी: घर में बक्से भर-भरकर गैरकानूनी काला पैसा पड़ा हुआ है। कहीं पुणे की ओर खेती खरीद रहा है। सारे गलत धंधे करता है। गुंडे रात-बेरात आकर घर में पैसा डालकर चले जाते हैं। डर लगता है कि कभी वे मुझे ही मार न डालें। सोना, डालर—पुलिस क्वार्टर से ही सारा लेन-देन चलता है। परसों हेरॉइन पकड़ी। इसने उसे घर में ही छिपाकर रखा और गैंगवालों को दोगुनी कीमत पर बेच दी। अब बच्चे बड़े हो रहे हैं—और भैया, एक रखैल भी...रखी है उसने...

बायड़ी की आवाज दरकने लगी। आखिरकार वह फूट-फूटकर रोती हुई अपनी माँ के गले से लग गई। माँ-बेटी दोनों सूं सूं करती रो रही थीं।

विट्ठलराव के वारकरी संस्कार इसमें आड़े आए। आजकल कहीं अच्छे संस्कार ही परेशानी का सबब तो नहीं बन रहे हैं? वरना चंट लड़कियाँ ऐसी गृहस्थी पर भी चार चाँद लगा देतीं...सत्यं शिवं सुन्दरं? अरे अरे खंडेराव, यह धू-धूकर जलता यथार्थ का अंगार और तुम्हारे वे किताबी मुट्ठे। अरे, अरे परिवार के मुखिया खंडेराव, तू बायड़ी को चुप कराते समय पागल की तरह बस कहता रह गया : सहती रहो बायड़े, अब तुम्हारे दोनों बच्चे बड़े हैं, कल लड़की की शादी की समस्या—अब इस स्टेज पर अलग होना—बच्चों के मानस पर कितना बुरा असर पड़ेगा? सहती रहो, बहना, सहती रहो।

अरे अरे खंडेराव, परिवार के बेशर्म मुखिया की तरह अभी से तू ऐसे मूर्खता-भरे उपदेश देने लगा है? परिवार की मुखियागीरी को त्याग दे, भैया।

दसवाँ, दशक्रिया विधि। नींद खुली तो नीचे से काफी आवाजें मुझे जगा रही थीं। आसमान में चंद्रमा जगमगा रहा था। जिंदगी का एक बड़ा पर्व हमारे भीतर से खिसक जाने का आभास। नीचे मंदिर में पलीते की आरती समाप्त हो गई थी और कोई दो बूढ़े एक ही पद को बारी-बारी से गा रहे थे। पिताजी की अंत्येष्टि से गाँव के सोलह वारकरियों ने मंदिर में अखंड नाम-स्मरण करना तय किया था, आज वह समाप्त हो रहा था। काले-काले आसमान में तारों को देखता हुआ मैं लेटा रहा। गाँव के कुएँ से मोट की आवाजें आने लगीं। पूर्व में लालिमा-भरी कोमल रेखाएँ बिंबित होकर नीले आसमान में लाली धीरे-धीरे फैलती गई। नीचे जोर-शोर से दसवें की तैयारी की आवाजें आ रही थीं। मैं एक-एक गुदड़ी की तह बनाकर उसका ढेर अपने कंधे पर डाल नीचे ले आया। अधिकांश मेहमान मंडली रसोई की तैयारी में जुटी थी। सारी लड़कियाँ आँगन में शोर मचाती हुईं रंगोली बना रही थीं।

पिंडदान के लिए माँ ने नागोराव तक के पूर्वजों के नाम मुझसे याद करवा लिए और सन्तोष प्रकट किया। मैंने उससे उसकी परदादी से पहली स्त्रियों के नाम पूछे, लेकिन वे उसे भी नहीं मालूम थे। अंधी चाची ने बताए। उसने पूछा, किसलिए?...पिंडदान के लिए। मैं सारी औरतों के नाम से भी पिंडदान करूँगा। सुनते ही वह बोली, पिंडदान में केवल पुरुषों के ही नाम लिये जाते हैं, पगले।

नीलू चाचा के साथ बाकी सभी चाचा, चचेरे भाई, भतीजे और बीच में मैं...बिना बोले नदी के तट से संगम पर पैदल आए। रेती में झीबू और ढबू आराम से बैठे कड़बी चुबला रहे थे। नदी के उस पार टीले पर धुआँ, घंटों की आवाजें। मंत्रों का घोष। काकबलि के लिए अवधूत भट ने शास्त्र के अनुसार यह संगम

स्थित टीला चुना था। उनकी यजुर्वेदी संहिता के मुताबिक सहपाठी सदू और श्याम्या भट दोनों ने दो दिन में होम-हवन की सामग्री जुटाई और आज सुबह उसे यहाँ पर डाल दिया। पच्चीस यजुर्वेदी ब्राह्मण चिंचोली नामक उनके अपने मूल गाँव में ही उपलब्ध हो गए थे। इसलिए उन्हें हमारी तीनों बैलगाड़ियों ने सूर्योदय से पहले मोरगाँव में पहुँचा दिया था। छोटे, बड़े, काले, साँवले, शिखाधारी, जनेऊधारी, विशाल पेटवाले ये यजुर्वेदी तीव्र मंत्रघोष कर रहे हैं। होम धधक उठा। किसी भी यजमान के पूर्वजों की सद्‌गति के लिए दूर-दूर पहाड़-दर्रों, गाँव-देहातों में ये काले, मोटे, विशाल वैदिक ब्राह्मण—ईश्वर के पुरोहित कड़े परिश्रम से इतनी सुबह यों तत्परता से निरंतर उपस्थित हों तो इसमें आश्चर्य कैसा कि शहरी बौद्धधर्म नष्ट हुआ? गाँव-डकारों की खातिर मृत्यु का भी एक भोला-भाला सौंदर्यशास्त्र रचनेवाले सभी ब्राह्मणों पर मुझे तरस आया। डैनों को शिथिलता से खोलकर हवा की लहरों पर सवार हो अपने आप शांति से नीचे-नीचे तैरते हुए आकर जमीन की ओर पैर बढ़ा, आदमकद पटेर में अदृश्य होनेवाले उस बगुले की तरह, प्रत्येक मृत्यु के सहज धीमे मंत्रों के छंद। कुंभ, हल्दी, कुंकुम, रंग, विधि। मुंडन, हवन, तर्पण। अश्माविसर्जन...अपनी जिंदगी का कोई दिन इस तरह पूर्वजों के लिए अर्पित करना सभी दु:खों का प्रहार सहनेवाले वंशज को प्राकृतिक ही लगता आया होगा।

हल्दी-कुंकुम, गुलाल, अबीर, सत्तू, दर्भ की अँगूठी पहनिए—इस उँगली में...हाँ...तिल...फूल...तुलसीदल...अश्मा लाए हैं क्या? रखिए यहाँ। ऊँची आवाज में नाम लीजिए—विट्‌ठल...अर्पण करता हूँ...सद्‌गति प्राप्त हो...कुंडलिक...अर्पण... सीताबाई...रुक्माबाई...अर्पण...दादा के बाद परदादा...बीच में औरतों के नाम मत लेना...नीलू चाचा बोले, रहने दो जी, क्या बिगड़ेगा? सर्वेभ्य:...एक-एक पिंड पर पानी डालिए।...तिलांजलि...इस अश्मे पर डालिए...तीन बार पानी डालिए। आरती उतारिए। साष्टांग प्रणाम कीजिए।

पिताजी के पूर्वज पितरों के साथ माँ की माँ, माँ की नानी तलवारवाली नबाबाई, फिर उसकी भी माँ वगैरा के नाम भी याद आते गए। दिमाग में पूर्वज स्त्री-पुरुषों के कंकाल दो भागों में बँटते गए और अनंत जैविक जंगल से दो-दो रास्ते निकलते रहे और मैं भी दो भागों में बँटता रहा। *किसके नाम ले रहे हैं आप यजमान खंडेराव?*...क्या औरतें हमारी पूर्वज नहीं थीं? उन मातरों को इतने पाँच हजार वर्षों के इस एहसास में कभी अपने लिए जगह मिली? क्यों नहीं उनके नाम लेने हैं? इतने लाख सालों से खाना बनाती आई हमारी मातरों को मृत्युलोक में श्राद्ध का अन्न नहीं चाहिए? क्या ये सारे पितर अपनी माँ की कोख से नहीं आए हैं? और जिनके नाम भी पता नहीं, ऐसे आदिमानव तक के मातर और पितर? उस अनादि काल से चले आ रहे अज्ञात स्त्री-पुरुष रूपी कड़ियों से हम जुड़ते जाते हैं। प्रकृति के महाभयानक पाशविक जैविक रसायन जनित्र में ये भोले-भाले

कृत्रिम रिश्ते हम सहारे के लिए रचते हैं—परिवार और माँ-बाप और पुत्र और कन्या—जीवितावस्था में ये रिश्ते बनाए रखकर एक-दूसरे से प्यार करने में जितना कारुण्य है, उस मुकाबले, मरने में कोई कारुण्य नहीं है। वरना सगे भाई-बहनों में झगड़े, मारपीट...

चलिए, यजमान खंडेराव, उठिए, इधर होम के सामने बैठिए, पद्मासन लगाकर। पिंडदान कीजिए एक-एक—अजी, ये बस प्रतीक होते हैं। औरतों के नाम नहीं चलेंगे यहाँ। काकबलि...उठिए चलिए...इस शिला पर पत्तल रखिए। मेरे पीछे दोहराइए, मैं घर के सभी की परवरिश करूँगा। सभी को प्यार करूँगा। किसी को अपने से अलग नहीं करूँगा.. और कोई इच्छा विट्ठलपंत की अतृप्त होगी तो—नदी की तरफ पीठ कीजिए। अश्मा पीछे नदी में फेंक दीजिए। पूजा-निर्माल्य बहा दीजिए।

यजमान खंडेराव, देखिए कितने कौए जमा हो गए हैं, आपकी बलि के लिए। वाह वाह वाह, विट्ठलपंत की सारी इच्छाएँ पूरी हुईं। ब्रह्मार्पणमस्तु। कर्म समापयेत। हो गया। तिलक लगाने पर सूतक समाप्त होगा। सारे कुनबे के लोगों को तिलक लगाइए।

नदी लाँघते समय सबसे बुजुर्ग कृष्णाबोवा अचानक रुक गए और पीछे मुड़कर बोले, अरे अरे चला गया बेचारा।

किसी के मरने के बाद कम-से-कम शब्दों में कहने लायक यही होता है : *अरे अरे चला गया बेचारा*।

यह चिरंतन अँधेरा दिमाग में आता है, तभी वर्तमान काल की मर्यादाएँ भी समझ में आती हैं, तब तक नहीं।

यहाँ वैतरणी के उस पार विस्मृति के रहस्यमय प्रदेश में प्रवेश कर गए हिंदुओं का ऐहिक इतिहास खत्म हो जाता है। इसके बाद हर साल सुपुत्र को घर पर या मनचाही जगह पर, कम-से-कम इस एक दिन अनिवार्यतः नाभि का अर्थ जानना-समझना होता है। आदिमानव तक सभी भूखे पूर्वजों को याद करना। उपले के अग्नि-कुंड पर थोड़ा-थोड़ा अन्न डालकर जितने याद आएँ उन बाप-दादाओं के नाम लेना। जीने का समापन जिस विवशता से होता है, उसे समा लेने का भोला-भाला चिह्न, क्रियाकर्म।

तेरहवें दिन बड़ा सार्वजनिक स्मृतिदिवस। अन्नदान। मरनेवाले को निधन शांति, पुण्य और पूर्णविराम। यह शोरगुल इतना बड़ा कि परिवार के इतिहास का पृष्ठ आज बदल गया है, इसका भरोसा। स्क्रू का अगला पेंच।

सुबह से औपचारिक तौर पर भोजन के लिए आनेवालों में पिताजी के परिचित किसी सोसाइटी के या परिषद के या संघ के या समिति, स्कूल के या कॉलेज

के चेयरमैन या अध्यक्ष या उपाध्यक्ष, या सरपंच या सचिव। लिपिक, पटवारी, स्कूल के अध्यापक, कॉलेज के प्राध्यापक, और ऐसे कितने ही सफेदपोश ग्रामीण नेता। यही एक बात उनकी जन्मगत होशियारी का प्रमाण है कि इन सारे ग्रामीण बंधुओं ने धूपवाली खेती से किनारा कर उदर-निर्वाह के लिए छाँव-भरे साधन चुने।

अन्य ग्रामीण मेहनतकश मंडली दोपहर में खेत से लौटने के साथ ही गाँव की पंगत के महायोजन में तुरंत जुट जाती है। कोई रसोइयों की मदद में, कोई पुराना सालदार सब्जी-तरकारी काटने में जुटा है, कोई इंजन ड्राइवर पत्तलें, कोई द्रोण बाँटता है। मेरे स्कूल-कॉलेज के कई पुराने सहपाठी मेरे साथ रहकर तत्परता से मेरे सारे काम संपन्न कराते रहते हैं।

पिताजी के साथ मेलजोल रखनेवाले आसपास के पच्चीसेक गाँवों के वारकरी, दूर-दराज से आनेवाले रिश्तेदार, सांत्वना के लिए पहले न आ पाए नौकरीपेशा लोग, इष्टमित्र और अन्य समय भी छुट्टियों में गाँव आने पर घर पर चक्कर लगा जानेवाले हमारे परिवार के तरह-तरह के लोग तेरहवीं से एक-दो दिन पहले से ही डेरा डाले थे। निवासी घर का ओसारा, मँझला घर और अगला आँगन पूरा औरतों से भर गया। इस कारण घर की सारी पुरुष मंडली ऊपरी मंजिल पर हमेशा गप्पें लड़ाती बैठी रहती। बैठक के बड़े कमरे में बोरे, दरियाँ बिछी हुई थीं। सारे मेहमान पंगत की राह देखते हुए बैठे गप्पें लड़ाते रहते और भोजन के बाद भी बिदा लेने के लिए मेरे पास आते और थोड़ी देर बैठकर चले जाते। कई सालों बाद सभी मित्र, स्कूल के गुरुजन, कॉलेज के सर जरा-जरा देर मिलकर बातचीत कर चले गए।

पिछली सीढ़ियों से गोठ की ओर नदी में जाने की सुविधा भी थी। एक बड़ी-सी बाढ़ अभी-अभी आकर चली गई थी, जिससे नदी का सारा किनारा साफ और हरा-भरा हो गया था। पानी भी काफी था, इस कारण शहर से पधारे बाल-गोपाल नदी में खेलते, रेती में बँध बनाते, गेंद से अबाधबी खेल खेलते हुए दिन बिताते।

गाँव की आठ-सौ दहलीजों के हिसाब से अनुमान लगाया गया था कि गाँव-पंगत में चार हजार पत्तलें उठेंगी। लेकिन अंत्येष्टि के भोजन में किसी को भी पत्तल से उठाया नहीं जाता। जीवात्मा को महापुण्य प्राप्त करवाने का यह दुर्लभ योग होता है। इसलिए गाँव के गरीब लोग आसपास के गाँवों में रहनेवाले अपने रिश्तेदारों को भरपेट भोजन के लिए आने के संदेश भेजते हैं। इस तरह रसोई विशेषज्ञ और प्रमुख रसोइया लहू जंगले ने अनुमान लगाया कि कुल मिलाकर आठ-नौ हजार पत्तलें उठेंगी। उसने गाँव-पंगत की रसोई के संबंध में प्रत्येक बात के प्रबंधकीय फतवे ही जारी किए। घर-घर से हंडे, कलसे, भगोने, पतीलियाँ, लोटे, बाल्टियाँ, कढ़ाहें, ड्रम इकट्ठा करना शुरू हुआ। गाँव-भर में पानी का

छिड़काव कर धूल-मिट्टी को शांत किया गया। सभी को ताजा और गर्म पदार्थ मिलें, इसलिए गाँव में चार जगहों पर गड्ढों के चूल्हे बनाकर वहाँ जलावन पहुँचाना शुरू हुआ। सारे गाँव का सहभाग दिखाई दे, इसलिए घर-घर से औरतों को बुलावा भेजा गया। रोटी बनाते समय औरतों को बार-बार चाय देने का भी प्रबंध हुआ।

डेढ़-सौ मेहमान और चालीस ब्राह्मणों को यथाशास्त्र सत्ताईस वस्त्र-पात्र दान देना तय हुआ। उसकी खरीदारी के लिए मँझले बहनोई गार्डसाहब के पास पर उनके विशेष डिब्बे में चिन्धु बुआ, सिन्धु मौसी, चारों बहनें और वकील साहब नासिक हो आए, क्योंकि ब्राह्मणों को महापुण्य के दान के रूप में हमारे घर की ठाँठ गाएँ नहीं चाहिए थीं। अवधूत भट द्वारा शास्त्राज्ञा हुई कि अंत्येष्टि में यजमान की ओर से यजुर्वेदी ब्राह्मणों को दान की धर्मग्रंथ में वर्णित विशेष वस्तुएँ चरू, मालाएँ, ग्रंथ और रेशम की धोती केवल नासिक में ही मिलती हैं। यह पहेली ही थी कि मातंग, महार, मुसलमान, कारिंदे, कारीगरों से लेकर ब्राह्मणों तक नए-पुराने सारे रीति-रिवाजों का समाहार इसी समय कैसे और कहाँ से होता है। अचानक रघु नायक ने कहा कि किसी ने नाई का अपमान किया है, सो वह रूठा बैठा है। हम सबने उसके घर जाकर उसे मनाया और कोठी पर ले आए। वह मुझसे बोला, खंडेराव की बात मुझे माननी चाहिए। इस ग्राम-व्यवस्था में एक परिवार का होनहार मुखिया बनने के उपलक्ष्य में उसकी ओर से मुझे सौगात। प्रत्येक कारिंदे का प्रतीकात्मक वर्चस्व कुर्मी को मानना ही पड़ता है। बाकी समय सभी उसी का वर्चस्व मानते रहते हैं।

पधारनेवाले मेहमान नीचे माँ के पास पाँच मिनट बैठकर ऊपर की बैठक में हम मित्रों में आकर गपशप करते। हमारी बगल के ही एक कोने में दीवार से टेक लगाकर वरिष्ठ नागरिक हमारी वर्तमान स्थिति पर जोर-जोर से दार्शनिक बहस कर रहे थे। बड़े बहनोई वकील साहब कुछ लोगों को शाब्दिक मजाक के साथ कानूनी सलाह भी दे रहे थे। प्रापर्टी, वृद्धावस्था में उचित बचत वगैरा सलाह देनेवाले पंडित मामा उनके बीच ही बैठे रहते थे। आँगन में पेड़ तले खटिया बिछाकर बैठे सगे-संबंधियों की गपशप भी सुनाई दे रही थी।

मसलन, नीम तले अखबार पढ़ रहा दादी के मायके का एक मेहमान अचानक ऊपर हमारी बैठक में खिड़की के पास पंखा झलते हुए हवा खा रहे वकील साहब से ऊँची आवाज में पूछता है।

अजी वकील साहब, पढ़ा आपने? शिवाजी पर चरितग्रंथ लिखने से पहले ही पोतदार साहब के जीवन का अध्याय पूरा हुआ।

अध्याय ही पूरा हुआ, तो अब क्या लिखेंगे?

नीचे कोई हेडमास्टर बता रहे थे, साहब, आजकल हमें स्कूल में इन पुण्यतिथियों के श्राद्ध और गणतंत्र दिवस के उद्यापन की बहुत ज्यादा फिक्र लगी रहती है। सर्क्यूलर में दिए गए निर्देश के अनुसार ही करना पड़ता है। स्वतंत्रता दिवस पर *वंदे मातरम्* भी पूरा गाना पड़ता है।

सीढ़ियों से वकील साहब का जवाब : गुरुजी, वन-डे मातरम्। साल-भर में एक दिन गाने में क्या जाता है?

आँगन से वकील साहब कहते हैं, किस आधार पर कहते हैं *चक्षुर्वै सत्यम्?* कोर्ट में *साक्षुर्वै सत्यम्* होता है। दोपहर में अचानक दस-पंद्रह मेहमान बैठक के कमरे में आए। इन मेहमानों में अमेरिका से आया हमारा एक मौसेरा भाई वकील साहब के मजाकों से खुश होकर उनसे सांस्कृतिक आदान-प्रदान का संवाद शुरू करता है। स्वाभाविक रूप से वकील साहब ने अपने पसंदीदा पकवानों के विषय में बातें शुरू कीं : वकील साहब, आपको ऐपल पाइ या पाइनैपल पाइ अच्छा लगता है? उत्तर : मुझे तो बकरे का पाया अच्छा लगता है। हा हा हा। इस पर हँसी का फौव्वारा छूटने से एक मेहमान की नाक से चाय बाहर निकली। उधर अमेरिका में श्राद्ध वगैरह होता है क्या?...धत्, ऐसे अतार्किक रिवाज हमारे हिंदू लोगों में ही मिलते हैं।...फिर वो बक्से में इनसान को सील कर पीछे काले कपड़े पहनकर मिलिटरी की भाँति चेहरा लटकाए चलते जाना, क्या ज्यादा तर्कसंगत है? और कोई मसीहा बाजा बजाता है तब सारे मुर्दे बक्से से बाहर निकल आते हैं, वो?...संसार में अलग-अलग जगहों पर अलग-अलग रीति-रिवाज होते हैं—इस तरह किसी का मजाक उड़ाना ठीक नहीं।...सही कहा दादाजी आपने, हमारा भाँजा पूर्व अफ्रीका में रहता है। वहाँ की योरूबा और अन्य अनेक जातियों में कोई मर जाए तो लोग उल्टे खुशी मनाते हैं—स्त्री-पुरुष-बच्चे सभी नाच-गाने में तल्लीन हो जाते हैं, ऊधम मचाते हैं। शराब पीते हैं। क्योंकि उनका धर्म यह मानता है कि मृतक जीव परलोक में अपने पूर्वजों से जाकर मिल गया।...हमारे आदिवासी भी इसी तरह देसी ठर्रा पीकर मृत्यु का जश्न मनाते हैं। यानी मरते हैं।...सही है, दूसरे लोग हमारी मौत का जश्न मनाएँ, इसकी बजाय क्यों न हम ही अपनी मौत का जश्न मना लें?

मंत्रालय के अवकाशप्राप्त बाबू यमाजी चौधरी कहते हैं, सच ही तो है, और क्या। मृत्यु यानी एक प्रदीर्घ संडे ही है। दुबारा मंडे है ही नहीं। हरि हरि। कितने सालों तक आपका यह हृदय तानपूरे की तरह आपकी जिंदगी का साथ देता रहेगा? इस पर दूसरे ज्येष्ठ नागरिक : वाह, और फेफड़ों का तबला—हमारी बेसुरी आड़ी-तिरछी जिंदगी को आखिर तक ताल देना क्या आसान है? एक बार यह समझ गए न कि जिंदगी निरर्थक है, फिर संत तुकाराम की भाँति आनंद के दह में आनंद की तरंगें। जिंदगी के साथ अर्थ को जोड़ देंगे तो यह मजा खत्म हुआ समझो।...मनुष्य

जन्म यानी, जब से पेट में आता है, तब से बाहर धकेलना ही दिखाई देता है। देखो—स्कूल में, स्कूल से कॉलेज में, वहाँ से नौकरी में, नौकरी से वृद्धाश्रम में, और वहाँ से आखिरी धक्का संसार से हूऽहूऽहूऽ।

एक कहानी है तोलस्तोय की—एक गाँव में एक बूढ़ा आदमी मर गया। उसके घरवालों को चिंता—अब शवपेटिका खरीद लाओ, चर्च में जाओ, पैसा उधार लेकर प्रार्थना के लिए बिशप की फीस दो, मरनेवाले की शवपेटिका को गड्ढा खोदकर दफन करो, फिर औरतों-बच्चों का रोना-धोना, पास-पड़ोसवालों से मदद के लिए गुहार, लोगों को सूतक। इनसान के मर जाने पर सभी ओर से परेशानी।

उसी समय जंगल में एक हिरन मर रहा है। दूर से एक लोमड़ी और उसका पिल्लों का लेहँड़ा यह देखकर खुश है कि अब हिरन मरेगा और आज हमें भरपेट खाना मिलेगा। पंछी हमेशा की तरह चहक रहे हैं। सूर्य हमेशा की तरह प्रकाशमान है। सारी प्रकृति हमेशा की तरह खुश है। इनसान और प्रकृति—कितना फर्क आया है?

ऐसे ही पाठ किताबों में डालने चाहिए। कठोपनिषद् में भी तो यम नचिकेता से कहता है : अरे संसार में न कोई मरता है और न कोई मारता है। ये कल्पनाएँ मात्र हैं।

हमारी मुंबई के मुकाबले कितना ठंडा लगता है जी आपके खानदेश में—इतनी कड़ी गर्मी में भी?...नदी है न तीनों ओर से?...नहीं नहीं, अजी ऊपर चाँदनी से देखिए, चारों ओर मोरगाँव के सगवारे में केले के हरे-भरे बगीचे—कुएँ का पानी तीन-सौ फुट पर जा रहा है—पूरी फसल पानी में ही खड़ी रहती है।...और जो पानी और नीचे गया? सूख ही गया तो?...अगली पीढ़ी अपना-अपना देख लेगी। आज तो किसान लाख-लाख केले उगा रहा है न?

समाधि की तरह का कुछ बनाएँ विट्ठल जीजा की याद में? थोड़ा-बहुत खर्च होगा, ज्यादा नहीं।...खर्च की बात छोड़ो जी, हमारे धरम में नहीं है ऐसा, मरने के बाद चबूतरे जैसा कुछ बनवाना।...हर बात बिगड़ रही है। आजकल बच्चों के पास कोई धरम-करम, और-तो-और नम्रता भी नहीं बची है।...हमारे माँ-बाप भी हमारे बारे में बिलकुल इसी तरह कहा करते थे।

खंडेराव कहता है, मोहेनजो-दड़ो में भी सिर को उत्तर की दिशा की ओर करके ही दफनाते थे। यानी कोई सुधार नहीं?

बदलाव कहिए जी, मरे हुओं को दफनाने में काहे का सुधार? लगातार नसवार चढ़ानेवाले और बचे हुए समय में एक-के-बाद-एक उबासियाँ देनेवाले अवकाशप्राप्त डाकबाबू बोले, बुढ़ापे में पदार्थ दिखाई देता है, लेकिन उसका पद याद नहीं रहता। क्या करना है केवल अर्थ का...अजी, मुझे तो अर्थ भी याद नहीं रहता।

मुझे तो बीमार पड़ने में भी डर लगता है, भाई। बिना वजह लड़के-लड़कियों का आने-जाने का किराया और खर्च। अब जब हम जरत्कारू ही बन गए हैं तो कब मरेंगे क्या भरोसा? हमारी मुंबई में एक बूढ़ा नींद में ही मर गया, उसे भी लोग सुबह जगा रहे थे।

बहुत प्यार होगा बूढ़े से, नहीं?

माँ-बाप का चिड़चिड़ा होना ही अच्छा है। मर गए तो मर गए। बहुत प्यारे संबंध हों तो हमारे जाने तक बेचारे बच्चों पर यों ही भावुकता का दबाव बना रहता है। बेचारों की जिंदगी पहले ही कितनी परेशानियों से भरी हुई है। मैंने तो सोच लिया है, मुंबई में नहीं मरना। ढोनेवाले चार कंधे तक नहीं मिलते। विद्युद्दाहिनी होती है, यही एक दिलासा है।

हाँ, कैसे संपन्न हुई नासिक में आपकी नागबलि की विधि, पी.के. साहब?

बढ़िया, बच्चों का आग्रह था, कर डाला।

पुराने जमाने में लोग अल्पायु होते थे। उन्हें दीर्घ स्वास्थ्य प्राप्त हो, इसीलिए ये विधियाँ होती थीं। उस जमाने में दीर्घायु मतलब, सत्तर की उम्र—महाभारत में लिखा है कि जो व्यक्ति सतत्तर साल, सात महीने और सात दिन तक जीता है, वह देवता बन जाता है। पी.के. साहब, आप तो अभी से अठत्तर के हैं। मतलब देवता ही।

सुना है, आजकल इसका पता भी जनुकविज्ञान से चल जाता है कि बच्चा अमूमन कितने सालों तक जिएगा। कहते हैं, इसका सही हिसाब हमारी जीन में ही लिखा रहता है।

ये अच्छा होगा साथियो। यह मालूम पड़ने पर कि कोई इतने सालों बाद मरनेवाला है, लोग आखिर-आखिर में ही सही, प्यार से तो रहेंगे। मान लो, यदि मुझे बीती अखतीज में ही यह मालूम हो जाता कि विट्ठल भाई साल-भर में ही गुजरनेवाले हैं, तो मैं बीच मेले में उनसे गाली-गलौज क्यों करता? गलती हो गई साला।

क्यों बे भंगड़, ऐसे देवता समान आदमी से गाली-गलौज की तूने?

देखिए चाचा, कहते हैं बंदनवार पर और मौत के द्वार पर कोई झूठ नहीं बोलता। मैंने खेत में धान की कतार में गाँजा बोया था चुपचाप, लेकिन किसी ने चुगली कर दी, साला। पुलिस मुझे पकड़कर चौपाल पर ले आई, हथकड़ी पहनाकर। तब विट्ठल भाई के केवल एक शब्द पर पुलिस मुझे छोड़ देती। लेकिन सगा मौसेरा भाई होकर भी इस आदमी ने मुझे नहीं बचाया, उल्टा मुझे अनदेखा कर निकल गया उस दिन।

क्यों नीलोबा जी महाराज, परसों आपने कीर्तन में बताया, भगवान श्रीकृष्ण या धृतराष्ट्र ने कहा है कि मृत्यु शरीर की प्रकृति ही होती है। लेकिन छोटे बच्चे का मरना, क्या यह भगवान को अन्याय नहीं लगता?

सच कहूँ हेडमास्टर साहब, इस सवाल का हमारे शास्त्र में कोई जवाब नहीं है। इस पर पुनर्जन्म का एक तुरुप का पत्ता चलता है, लेकिन मैं उसका इस्तेमाल कभी नहीं करता हूँ।

जिस तरह दिन-भर काम करने पर झट से नींद आ जाती है, बिस्तर हो या न हो, उसी तरह जिस आदमी की जिंदगी विट्ठल भाई की तरह कट गई हो, वह सुख से मरता है। झट से सो जाने पर काहे का दुख और काहे का सुख?

किसी के मरने का तार आता हुआ देखता हूँ लाल साइकिल पर, तो मुझे ही इधर डर लगता है भाई। कहीं कोई हमारा तो नहीं मरा? लेकिन क्यों न मरे? लड़का—लड़की—

शुभ शुभ बोलिए नारायणरावजी।

उसमें क्या है अशुभ? बुरा लगता है, लेकिन हमारी माँ, हमारी बहन ऐसे ही मरी थीं—तार आया था—

हमारे पोते-पोतियों को लगता है कि उनके दादा-दादी कभी न मरें। फिर पोतों के कारण हमें भी ऐसा लगने लगता है। इसका हमारी जीने की इच्छा पर परिणाम होता होगा या नहीं? मतलब, न मरने की इच्छा पर?

देखिए, दीर्घायु जिंदगी मतलब दिनोंदिन और भी बुरी हालत में जीना। कुछ विचित्र व्याधियाँ—रक्तचाप, अंडवृद्धि, बद्धकोष्ठ, बवासीर—शीः। बच्चे भी आजकल उकता जाते हैं। बीवी जिंदा है, तब तक सब ठीक है। हम दोनों साथ-साथ चले गए तो कोई चिंता की बात नहीं। लेकिन अगर दोनों में से एक चला गया तो, दूसरा समझो मर ही गया—एक-एक दिन गुजारना मुश्किल होता जाएगा।

मरनेवाली तो छूटेगी, अगर पहले मर गई तो।

हमारा बेटा विजय चार सालों से घर नहीं आया है। कहता है, बाबूजी, अब आप हवाई अड्डेवाले शहर में रहने के लिए चले जाइए। मैं फ्लैट खरीदकर देता हूँ, बैंगलोर, हैदराबाद, पुणे। जलगाँव के लिए भी मना करता है। कहता है, उधर हिंदुस्तान में आकर भी आपके मोरगाँव तक आना संभव नहीं होता है। बावले बन गए देखो हमारे बच्चे—अब इनके लिए हम किसी भयानक महानगर में फ्लैट के पिंजड़े में जा बैठें? ऊपर से कहता है आपका मोरगाँव?

सुना है, कम्प्यूटर के कारण दिमाग में खराबी आती है।

हम उधर जाएँ तो भी छह महीनों में ही खदेड़ देते हैं—चलिए, वीजा खत्म हो गया। इस प्रापर्टी का क्या करें, समझ में नहीं आता है। साला। बाप-दादाओं द्वारा सोना कहलाई गई खेती, बैल और छप्पर को बेचो तो बच्चों के दो महीनों की तनख्वाह जितनी भी कीमत नहीं आएगी। हमारे मरने पर मुखाग्नि देने के लिए भी आएँगे या नहीं, क्या पता?

अरे नारायण भाई, मरते समय किसलिए चाहिए पास में बच्चे, बिना वजह उनके अपने जरूरी कामकाज छुड़वाकर? क्या हम शव को ढँक कर बुआई पर जाने के लिए विख्यात नहीं हैं?

आपको मालूम पड़ा? हमारे गाँव के पुराने जमाने के लेखक राम अत्तरदे—भले ही उपेक्षित हों, लेकिन अपने जमाने में उन्होंने कहाँ-कहाँ से किताबें इकट्ठा की थीं। उनकी सारी किताबें उनके लड़के ने रद्दी में बेच डालीं? क्या वो अखबार हैं?

अजी, शहर में मेहमान घर आए तो सोने तक के लिए भी जगह नहीं होती—कहाँ रखेंगे ये कबाड़? कुछ लोगों के माँ-बाप जिंदगी-भर अथक परिश्रम से फेमस हो जाते हैं—पुरस्कार, पदक, सर्टिफिकेट के बड़े-बड़े फ्रेम, फोटो, सीने जितने ऊँचे स्मृतिचिह्न—बाद में इन गरीब बच्चों को सँभालने की परेशानी। कबाड़िया भी नहीं लेता उसे।

हमारा येशिया डाक में नौकरी करता है, फिर भी चार पंक्तियों का कुशल-क्षेम का खत नहीं डालता कभी। उससे कहा मैंने, अरे हम जिंदा हैं तभी तक कहेंगे खत डाल। मरने के बाद हम भी क्यों कहेंगे और तू भी क्यों डालेगा खत? लेकिन अभी हमारे जिंदा होने का तुझे पता है, इसलिए तो खत भेज।

अब क्या बताएँ चाचा, स्वतंत्रता सेनानी भोगे सावदा के बड़े क्रांतिकारी थे, हमारे हुना भाई के साथी। किसी के पास उनकी कोई जानकारी नहीं है। हमारे खानदेश मित्र-मंडल ने ढूँढ़ निकाला कि उनकी विधवा पत्नी ने एक आत्मचरित्र लिखा है। हमारा मंडल ढूँढ़-ढूँढ़कर, पैदल घूम-घूमकर परेशान। आखिरकार गिरगाँव में मिल गया उनका घर, वह भी भोगे कुलनाम अभी तक टिका हुआ है इसलिए। जब भी जाइए, दरवाजे में ताला। एक बार रात में फोन पर मिल गए : है कोई एकाध प्रति, दूसरा संस्करण छापेंगे हम...भोगे की बहू फोन पर कहती है, है कहीं घर में। लेकिन लड़का कहता है, नहीं मिलेगी, दुबारा फोन मत कीजिए।

हमारे यहाँ श्रवणकुमार के आदर्श—गलत, गलत थे चत्रुभुज सर। असल में दशरथ को उसके माँ-बाप पर ही बाण चलाना चाहिए था। आप कुछ भी कहिए, माँ-बाप का अपने बच्चों के प्रति प्रेम प्राकृतिक है, लेकिन बच्चों का अपने माँ-बाप के प्रति प्रेम अ-प्राकृतिक, प्रकृति के विरुद्ध है। माँ-बाप को भी ऐसी अपेक्षा नहीं करनी चाहिए। बच्चों को भावुकता के लिए कहिए, या केवल व्यावहारिक पितृऋण के लिए, बहुत हुआ तो उनका खयाल रखना चाहिए। कर्तव्य भी ठीक है। सहानुभूति अप्राकृतिक होगी। लेकिन प्रेम? धत्। ममता? नहीं नहीं। अमेरिका में देखो न, बच्चों के बीच रहने की बजाय वृद्धाश्रम अच्छे समझे जाते हैं। इस कारण बच्चों के लिए कोई शादी भी नहीं कर रहा है।

हमारे शंकराचार्य कहते हैं, कुपुत्र हो सकता है, लेकिन *कुमाता भवति क्वचित*। असल में, एक मौलिक स्तर पर माता केवल सुमाता ही होती है और पुत्र कुपुत्र ही होता है। जैविक सत्य यही है।

माता की बात छोड़ दीजिए, लेकिन पिता? सुपिता कोई होता है, इस सुमाता का काउंटरपार्ट? इस युग में किस शंकराचार्य की बात कर रहे हैं आप? आजकल जबरदस्ती, मतलब अनिच्छा से माँ-बाप बने निन्यानबे फीसदी से ऊपर होंगे—यानी अपनी इच्छा से माता-पिता न बननेवाले।

यानी, जन्म से पहले भी वही बात हो गई कि माँ खाना न दे और बाप भीख न माँगने दे—

देखिए प्रा. बलीराम कुलकर्णी, बच्चा यानी भविष्यत्काल होता है। माँ-बाप भूतकाल होते हैं, यह तो आप मानते हैं?

गलती कर रहे हैं आप प्रा. देशपांडे, माँ-बाप यानी भविष्यत्काल।

कैसे?

अब देखिए, भविष्य की मृत्यु का वैश्विक अथवा जैविक सत्य अपने उत्तराधिकारी बच्चों को, पोते-पोतियों को प्रत्यक्ष दिखाकर नष्ट होनेवाले कौन होते हैं? बूढ़े माँ-बाप ही। इस कारण दुःख का एहसास परिवार में हमेशा जागृत रखने का काम माँ-बाप ही करते हैं। बच्चे यानी कामदी, माँ-बाप यानी त्रासदी—ध्यान में रखिए। हमारे वैदिक काल से बुढ़ापे को ही जिंदगी का सार्थक पक्ष माना गया है। बूढ़ा होगा, जिंदगी रहे, चिरायु हो—ये हैं हमारे आशीर्वाद।

यह बात छोड़िए, हमारी मानव जाति के स्वीकृत महान मूल्य—आत्मनिर्भरता, स्वायत्तता, स्वातंत्र्य—आपका महान बुढ़ापा इन मूल्यों के पूरे विरोध में जाता है, प्रा. भावे। इसीलिए ऐतिहासिक काल से ही सारी संस्कृतियों में बूढ़ों की अवहेलना होती दिखाई देती है।

लेकिन बच्चे भी दूसरों पर ही निर्भर होते हैं।

लेकिन मानवीय संस्कृति की संरचना ही ऐसी है कि वे बड़े होने पर प्राकृतिक स्मरण से कृतज्ञ होकर हमारे काम आएँगे। बूढ़ों के कूल्हे धोकर भविष्य में क्या मिलता है? मरे सो गए। जो कुछ उनके लिए किया गया, वह वहीं खत्म हो जाता है। बच्चों को इनके लिए जो करना है, वह केवल अपनी सन्तुष्टि के लिए। आनेवाले नए युग का दर्शन यही होगा कि बुढ़ापे में पारिवारिक सहारा नहीं मिलेगा। गाँव-गाँव प्राइमरी स्कूल की तरह वृद्धाश्रम अभी से बनवाना शुरू करो—भविष्य के बूढ़ो, यानी आज के जवानो।

एक शेर : *यह तो खुशबू है, हवा में समा जाएगी*
दिक्कत तो फूल की है, वह कहाँ जाए?

वकील साहब बोले, मैं बताता हूँ : वृद्धाश्रम में।

देखिए वकील साहब, हम गंभीर चर्चा कर रहे हैं। कुलकर्णी सर, चंगेज खान वगैरा मंगोल लोग अगले शहर पर हमला करने से पूर्व की अपनी छावनी का बचा-खुचा अनाज वगैरह बूढ़े लोगों के लिए छोड़कर चले जाते थे। वही उनका अंत। मरेंगे तब तक रहेंगे। बर्फ, बरसात, बाढ़, भूख, अगला सब कुछ पार करना। यही प्राकृतिक आचरण था।

सती, जौहर, आत्मघात, आत्मदहन, विष प्राशन की बजाय समाधि लेना अच्छा, नहीं?

आसान है समाधि लेना? उससे तो फाँसी आसान—फंदे में गर्दन फँसाई, टेंटुआ दब गया और मर गए। ये सभी इच्छामृत्यु के प्रकार हैं। लेकिन संसार को हमारी देन कही जा सके ऐसा तरीका है जैनियों का संथारा। इसका कोई सानी नहीं। धर्मानंद कोसंबी जैसे मेधावी विद्वान इस काल में संथारा ग्रहण करते हैं। मैं इसीलिए जैन संन्यासी बनने की सोच रहा हूँ।

क्या यह सच है कि रिटायरमेंट की उम्र साठ की बजाय ओवन करनेवाले हैं? यानी इस कारण बुढ़ापा दो साल और बढ़ेगा।

लेकिन क्यों जी भावे सर, आपके नागपुर के मित्र कोलते साहब को रिटायर हुए काफी साल हो गए। फिर भी उनका अनुसंधान उत्साह से जारी है। कैसे समझें कि हम बूढ़े हो गए हैं या नहीं—संथारा कब शुरू करेंगे?

संसार और हमारे बीच की दूरी बढ़ने लगे, तो समझ जाइए कि बुढ़ापा शुरू हो गया है। उसके किस सीमा तक बढ़ने पर संथारा शुरू करना चाहिए, यह हमें ही स्वेच्छा से तय करना चाहिए।

यह बहुत ही निगेटिव दर्शन है। अनुसंधान से यह सिद्ध हुआ है कि दादा-दादी, माँ-बाप ऐसे काफी सदस्यों के परिवार में बच्चे जल्दी सयाने होते हैं। उनका विकास भी सन्तुलित होता है। वे अच्छे नागरिक बनते हैं।

आप तो बस बच्चों की भलाई की ही बात सोच रहे हैं यार। यह बुढ़ापा कितना भयानक होता है—दिन-रात का पूरा लंबा-चौड़ा वक्त कैसे बिताएँ खटिया पर लेटे-लेटे? और बच्चों को सुश्रुषा में जुटा दो। कितनी स्मृतियाँ याद करें? कितने स्वप्न देखें? और उससे कोई लाभ? बस जीने की थकान...इसीलिए तो ज्ञानदेव, एकनाथ, तुकाराम—मुक्त हो गए समाधियाँ लेकर इससे—एक जमीन पर, दूसरा पानी में और तीसरा हवा में।

उनका जमाना अलग था जी। आजकल सारी आबादी दीर्घायु होती जा रही है। बीमारियों को जीत लेने के कारण मरता ही नहीं कोई। आजकल सारे स्पेयर पार्ट नए मिल जाते हैं—हृदय, फेफड़े, मूत्रपिंड, हड्डियाँ, घुटने—बस मस्तिष्क छोड़कर। वह भी मिलेगा जल्द ही।

मतलब क्या प्लास्टिक की तरह चिरंजीवी हो जाएँगे? और पड़े रहेंगे धरती पर हमेशा के लिए?

पाटील सर आए...आइए, आइए, बैठिए। पाटील मैडम भी आई हैं न? क्या चल रहा है आजकल?

और क्या करेंगे? माँ-बाप की सेवा में लगे हैं। बस।

सही है सर। अजी, साधु-सन्त ऐसी सेवा करते थे, इसीलिए तो वंदनीय हैं।

साधु-सन्तों की बात ठीक है। घर के बाहर विकलांगों की सेवा करें तो सारी दुनिया को दिखाई देती है, यहाँ मेरी श्रीमती बीस सालों से घर में ही बूढ़े सास-ससुर की सेवा कर रही है। इतना गू-मूत बाहरवालों का ढोती तो मदर टेरेसा से पहले उसे सन्त बना दिया होता लोगों ने। असल में उसे सास-ससुर के मरने की प्रतीक्षा करनी चाहिए, लेकिन पुराने गरीब घर के संस्कार। अब नब्बे साल के हो गए हैं बुढ़ऊ। लगता है कि कहीं उनसे पहले हम ही न चले दें। मैं सगा बेटा हूँ फिर भी बूढ़े के बलगम का डिब्बा भी कभी नहीं उठाता हूँ। लेकिन यह पराई जात की औरत, यही क्यों खपे? यह सवाल मैं अपने आप से भी पूछता हूँ आजकल।

सर ने इंटरकास्ट विवाह किया। तब बुढ़ऊ ने उन्हें साफ-साफ बता दिया था कि इसके आगे अपना मुँह भी नहीं दिखाना। एक धेले की मदद नहीं की थी।

विट्ठल जीजा ने हम दोनों को अपने स्कूल में नौकरी दी—बिना किसी के विरोध की परवाह किए—हम दोनों के लिए वे देवता समान थे, इसी कारण हमारा निबाह हुआ।

लेकिन क्यों पाटील सर, कुछ-न-कुछ खजाना मिलेगा ही न बुढ़ऊ से, उसका छिपाकर रखा हुआ? इसके बिना थोड़े ही कोई किसी की यों सेवा करेगा?

लो, ऊपर से ऐसी कलेजा जला देनेवाली बातें भी सुननी पड़ती हैं, हमें। कौड़ी कीमत की भी प्रापर्टी नहीं रखी है हमारे बुढ़ऊ ने। बुढ़िया के गले का मंगलसूत्र भी आठ-दस रत्ती से ऊपर का नहीं होगा। ऐसे व्यवहारकुशल नहीं थे हमारे माँ-बाप। ईमानदारी से मजदूरी कर अपनी गृहस्थी चलाई। कभी किसी का द्वेष नहीं किया—इन संस्कारों का भी महत्व मानना ही पड़ेगा। और इसका हमारे बच्चों पर थोड़ा-बहुत तो परिणाम होगा कि हम भी अपने माँ-बाप से बिना किसी लाभ की अपेक्षा किए इतनी परेशानियाँ उठा रहे हैं? वे भी अपने सास-ससुर की प्रापर्टी पर नजर रखे बिना सुख से अपनी गृहस्थी चलाएँगे।

सही फरमाया आपने पाटील सर, दरअसल, यही है हमारी पुरानी संस्कृति। बीच-बीच में बिगाड़ दी थी अधकचरे शिक्षित नौकरीपेशा लोगों ने।

लेकिन आजकल साइकोलजी कुछ इस तरह की बन गई है कि बूढ़े मरेंगे मतलब कुछ-न-कुछ प्रापर्टी पीछे छोड़कर जाएँगे ही—घरबार, खेतीबाड़ी, सोना, कैश—

अजी, आपकी ये देहात की प्रापर्टी अब कौड़ी कीमत की होकर रह गई है। बैंक, निवेश, शेयर बाजार, कंपनियों में भागीदारी, करोड़ों की कीमत के फ्लैट,

एजेन्सियाँ—वगैरा प्रापर्टियाँ छोड़कर मरते हैं शहर के बूढ़े। सच बताना सुकलाल सेठ, खत्म होकर बचे रहना जिसे कहते हैं, वैसे ये लोग मरने के बाद बचे नहीं रहते?

और पेंशन? प्रोविडेंड फंड? बीमा? और मरने के बाद साठ साल तक कॉपीराइट के मानदेय? पेटेंट? हमारी मौसी अध्यापक थी। उसे इतना पेंशन मिलता है कि उसमें पूरे घर का गुजारा हो जाता है। घर में सभी बेकार। बीते बीस सालों से वह बिस्तर पकड़े हुए है। वह मरे नहीं, इसलिए सभी उसे पलकों पर बिठाकर उसकी दवा-दारू करते रहते हैं। साल में एक बार पीठ पर लादकर रिक्शा से बैंक में ले जाना, जिंदा होने के दस्तखत करने के लिए। फिर साल-भर हर महीना बैंक से पेंशन।

और जिंदगी-भर कर्ज पर जीनेवाले और बिना कर्ज चुकाए मर जानेवाले सबसे जीनियस।

कुल मिलाकर जीवन की सार्थकता, यानी बूढ़े अपने पीछे कितनी प्रापर्टी छोड़ गए हैं।

धीरे-धीरे आँगन खाली होता गया। कोठी सूनी होती गई। घर भी उदास होने लगा। इस साल खंडेराव की शादी नहीं, मतलब अब तीन साल तक इधर आना नहीं होगा—कहते-कहते दूर के रिश्तेदार चार दिन पड़ाव ज्यादा डाल गए। एक-एक रिश्तेदार मुझे सीने से लगाकर आँखें गीली कर गया। कोई-कोई कंधे पर हाथ रखकर अनुभव के चार शब्द समझा गया। सारे मेहमानों के चले जाने पर बहनें और बहनोई भी चले गए। लाड़ली को सबने समझाया कि लड़कियों की शिक्षा की खातिर दिल्ली में शराबी पति के साथ निभाना जरूरी है। वह भी रोते-रोते ही गई। नीलू चाचा को आलंदी के ज्ञानेश्वरी सप्ताह समारोह में पूरे हफ्ते-भर के लिए जाना पड़ा। इसलिए वे भी मुझे एकांत में ले जाकर चार बातें समझा गए। पंडित मामा भी मुझे कीमती सलाह दे गए।

बाद में कड़ी धूप। मजदूरों के बुआई पूर्व के तयशुदा काम। सालदार अनुभवी थे, वे ईमानदारी से सारे काम निभाते गए। मैं ही अकेला समय निकालकर सुन्न पड़ा रहता। कहाँ किताब, अनुसंधान, तक्षशिला। अजंता। कहाँ दर्ज कर रखी हजारों अहम बातें, आलेख, पत्राचार, कॉलेज के बाकी रह गए काम—ग़ालिब का दीवान भी पास होता तो बेचैनी कम हो जाती। सारा दिमाग संवेदनशून्य हो गया। *दिवस वंध्या जाऊ नेदिजे: एका झाडाची सवे न होआवी: एका स्थानाची सवे न होआवी :*[105]

105. चक्रधर स्वामी का सूत्र—दिन बेकार न जाए, एक ही पेड़ की छाँव की आदत न लगने दे और एक ही जगह पर पड़ाव न डाल।

पिताजी ने मुझे यह अच्छा फाँस दिया है जिंदगी-भर के लिए। मैं इकलौता सपूत अच्छा फँस गया हूँ।

लेकिन मैं किसे फँसाऊँगा, कोई है ही नहीं। जिंदगी-भर इस प्रापर्टी के मैदान में अकेला दौड़ता रहूँगा? धत्, यहाँ से खिसकने का जुगाड़ करना होगा।

तेरे भीतरी वंशवृक्ष पर आज तक के सारे पूर्वज चहचहाते हुए उठ गए। वे तुझसे बात करना चाह रहे थे। इसलिए लगातार लेटे रहना अच्छा लगने लगा। खंडेराव, आज तक एक ही वक्त मानो तू दो-दो था। भावडू जब से गया है, तू गुम ही हो गया था। नीलू चाचा की तरह मोह के जाल से मुक्त हो ले। ठान ले और चल। ठरैवेति चरैवेति। भावनाओं को कठोर बनाकर नष्ट कर। मुक्त हो जा—इति पतंजलि मुनि की अक्षोभकारी वैकल्पिक खोज, अपना हित देखनेवाले से परहित भी सधता है।

हमारा दिमाग ठिकाने पर नहीं होता है, रात की नींद में तू इस तरह लगातार बर्राता है कि किसी बात का किसी बात से कोई संबंध नहीं होता। एक बार तो तू खोपड़ी-कंकाल-हड्डियाँ वगैरा कुछ भयानक ही बोल रहा था, नींद में कविता की तरह कुछ-कुछ कहता है। कुल मिलाकर यह डर पक्का हो जाने के कारण कि घर को किसी की नजर लग गई है, या फिर तुम्हारे लक्षण कुछ ठीक नहीं दिख रहे हैं, घर की सारी औरतों के मुँह सूख गए। अब तो घर में बाकी सारी औरतें, और पुरुष एक ही, और उस पर भी ये बला! इन औरतों की—विशेषत: बुआ की—यह श्रद्धा ध्वस्त हो गई कि इतने सालों से पिता के करतब से ही घर की नींव मजबूत है।

दरअसल, नींद में बड़बड़ाना मेरी पुरानी आदत थी। भावडू भी बचपन में मुझसे कहता कि बेचैन नींद के कारण तू बर्राता रहता है। रात में मेरी जेब में रह गई गोलियाँ या कंचे निकालकर वह दिखाता और कहता, इनके चुभने से चित्त में विचलन होता रहता है। अजीब प्रदीर्घ सपना देखते समय उसी में कुछ बड़बड़ाना भी मेरी बचपन की आदत है। मेरे आज तक के सभी पार्टनर इसके आदी हो चुके हैं। लगता है आजकल वह बढ़ती जा रही है। लेकिन मुझे पूरा एहसास होता है कि मैं सपने में ही हूँ। मसलन, एक बार सपने में ही गहरी नींद में सो रहे मुझे कोई नींद से जगा रहा था। मैं जाग ही नहीं रहा था। फिर वह कहता या कहती है, अरे यह तो सपने में भी नहीं जागता है, फिर असलियत में कैसे जागेगा? ऐसा ही कुछ।

डेक्कन कॉलेज का रूम पार्टनर पशुपति शर्मा पढ़ाई करते समय यदि मेरे बर्राने के उद्‌गारों का कुछ हिस्सा पार्टीशन के ऊपर से सुनता, तो वह उसे लिखकर रखता और सुबह मुझे पढ़कर सुनाता : मैं केवल पेड़ की बरोह। अथवा टहनी टूट रही है कौए बैठ।

मोहेनजो-दड़ो कैम्प में तो तंबू-पड़ोसी यारू को भी मेरा बड़बड़ाना सुनाई देता। रचना की दृष्टि से कुछ स्वप्न इतने मनोरम होते कि नींद अधखुली होने पर उन्हें मैं केवल अपनी समझ में आनेवाली लघुलिपि- चित्रलिपि-कूटलिपि के मिश्रणों में लिखकर रखता। आजकल तो जागृतावस्था इतनी असह्य होती है कि मैं अधिकाधिक समय नींद में ही बिताता हूँ। और ऐसा लगता है कि स्वप्न भी चलता ही रहे। यह वास्तविकता है। दरअसल, स्वप्न में ही हम मुक्त होते हैं। काफी दिनों तक यदि सपना नहीं देखा, तो नींद स्वास्थ्यदायी नहीं होती।

लेकिन मेरे अजीब बर्ताव से घर की औरतों का धीरज चुक गया और मेरे भी ध्यान में यह आया कि आजकल वे काफी भागादौड़ी कर रही हैं।

एक शाम खाना खाकर अटारी पर लेटे-लेटे पूरे सिर को ढककर भीतर बने सुषुप्ति के अबोध शून्य में गर्भाशय के शिशु जैसा सिर से घुटने सटाकर तैरता हुआ ऐसा कोई सपना देख रहा था। तभी माँ, बुआ, भाभी और पड़ोस की चाची सीढ़ियों के मुहाने पर खड़ी होकर एक-के-बाद एक बोलीं, अरे खंडू, जरा उठेगा?...हमारी कोठी के पुराने भगवान के सामने हमारे खेत के कुछ मजदूर आए हैं।...कह रहे हैं कि मालिक थोड़ी देर के लिए आएँगे पूजा में?...मैंने कहा, क्यों नहीं आएँगे?...चलेगा बेटा थोड़ी देर...

नीचे जाकर देखा तो गन्ना काटने के लिए पहाड़ी से आए पच्चीस-तीस मजदूर—झुलसे हुए, फटेहाल, गरीब, छोटी-छोटी कदकाठीवाले—हमारी छोटी बाड़वाली दीवार के पुराने देवता के सामने मशाल जला बैठे हैं, मेरे हाथों पूजा करवाने के लिए। भगवान से गाह्राणे करने के लिए वे यहाँ जमा हुए हैं। मुझे भी गाह्राणे[106] के ये स्वर बहुत भाते हैं...सामने जाकर बैठ गया। आँखें मींचकर सारे गाह्राणे सुनता रहा। कभी खत्म न होंगे, ऐसे लगनेवाले। अखंड। वहीं सो गया। नींद में सपना देखा, उस सपने में भी ऐसे ही गाह्राणे के सुर सुनाई दे रहे थे। लेकिन भाषा अनोखी थी। उनका अगुआ कहता :

इस घर को हँसता-खेलता रहने दो, भगवन ऽऽ

—और उसके सामने और मेरे आगे-पीछे आसपास गोलाकार बैठे उसके साथी तुरंत बुलंद आवाज में उसका सामूहिक साथ देते हैं : *हाँऽ भगवनऽऽ*

इस घर की बेल मंडुवे पर चढ़ने दो, भगवनऽऽ
हाँऽ भगवनऽऽ
बड़ी माई के पूत के हल्दी लगने दो, भगवनऽऽ
हाँऽ भगवनऽऽ

106. देवता के सामने अपने शिकवे-शिकायतों को प्रस्तुत करने की एक विधि।

बुआ माई के भाँजे के हल्दी लगने दो, भगवनऽऽ
हाँऽ भगवनऽऽ
छोटी माई के देवर के हल्दी लगने दो, भगवनऽऽ
हाँऽ भगवनऽऽ
बड़ी माई के पूत के घर में कंगन बजने दो, भगवनऽऽ
हाँऽ भगवनऽऽ
बुआ माई के भाँजे के घर में कंगन बजने दो, भगवनऽऽ
हाँऽ भगवनऽऽ
छोटी माई के देवर के घर में कंगन बजने दो, भगवनऽऽ
हाँऽ भगवनऽऽ
बड़ी माई के पूत की देहरी में बाल-गोपाल रेंगने दो, भगवनऽऽ
हाँऽ भगवनऽऽ

❑❑❑